雪城

上

梁晓声 著

人民文学出版社

图书在版编目(CIP)数据

雪城 : 上下 / 梁晓声著. -- 北京 : 人民文学出版社, 2025. -- (梁晓声文集). -- ISBN 978-7-02-019349-3

Ⅰ. I247.5

中国国家版本馆 CIP 数据核字第 20257ZR106 号

责任编辑 王永洪
责任印制 苏文强

出版发行 人民文学出版社
社　　址 北京市朝内大街 166 号
邮政编码 100705

印　　刷 河北新华第一印刷有限责任公司
经　　销 全国新华书店等

字　　数 1022 千字
开　　本 890 毫米×1290 毫米　1/32
印　　张 44　插页 4
印　　数 1—5000
版　　次 2007 年 1 月北京第 1 版
印　　次 2025 年 8 月第 1 次印刷

书　　号 978-7-02-019349-3
定　　价 146.00 元(全二册)

出版说明

梁晓声，祖籍山东荣成，一九四九年出生于哈尔滨市一个建筑工人家庭。一九六六年初中毕业于哈尔滨市第二十九中学。一九六八年在“上山下乡”运动中成为黑龙江生产建设兵团的一名“兵团知青”。一九七四年被推荐上大学，成为复旦大学中文系“工农兵学员”。一九七七年大学毕业，分配至北京电影制片厂任编辑。一九八八年底调入中国儿童电影制片厂，任艺术委员会副主任。二〇〇二年调入北京语言大学人文学院任教授。曾任民盟中央常委和第十、十一、十二届全国政协委员。

梁晓声是中国当代以知青文学成名的代表作家，也是新时期以来中国文学的代表性作家之一。他自二十世纪八十年代初开始创作至今，作品逾两千万字，是当代文坛的常青树。他的作品曾多次荣获国家级大奖：一九八二年凭借《这是一片神奇的土地》荣获全国优秀短篇小说奖，一九八四年凭借《父亲》《今夜有暴风雪》分别荣获全国优秀短篇小说奖、全国优秀中篇小说奖，二〇一九年凭借长篇小说《人世间》荣获第十届茅盾文学奖，等等。

梁晓声的作品题材广泛，思想深刻。他以直面现实的态度进行深邃的哲学思考和精致的文学创作，真诚而又爱憎分明地记述历史，深入剖析复杂多变的社会问题。他在作品中塑造了有情有义、坚韧担当、善良正直的中国人形象群体，具有时代的、生活的和心灵的史诗品质。

我们编辑出版的这套《梁晓声文集》,收录其各种文体之代表作,集中呈现了梁晓声从文近五十年的创作成就。依据体裁,我们将这些作品厘为长篇小说、中篇小说、短篇小说、散文等。基于这些作品的宏大规模,我们分期出版。

梁晓声的创作时间跨度很大,在编校中,我们尽量保持作品最初发表时的原貌,对一些作家用语习惯和具有时代特色、地域特色的语汇皆予以保留,同时根据国家现行出版编校规范订正了少许文字和标点。

由于梁晓声从文时间长、著述丰,因此,在这套文集的编辑过程中疏漏在所难免,恳请广大读者不吝赐教。

人民文学出版社编辑部

2025 年 6 月

第一章

忍耐。

几千名接站者忍耐着透骨的寒冷和近乎绝望的期待在他们心中造成的愤怒。

火车站忍耐着愤怒的人们。

种种不安在车站广场上空的宁寂中悄悄流动着……

苏联红军烈士纪念碑镇定地俯视着万头攒动的人群……

"站长,要不要开探照灯?"

"暂时不要……"

"治安警察可以出动了吗?"

站长思忖片刻,尽量从容地回答:"不必……"随即补充了一句,"站内的可以出动了……"

他放下听筒,缓缓坐到椅子上,翻开值班日记,匆匆写了一行字:"一九七九年十二月二十六日……"他还想写什么,却难以组织准确的词汇。

广播开始了:

"站台工作人员注意,站台工作人员注意,113次列车就要进站了,请作好接站准备,请作好接站准备,请……"

站长立刻放下笔,起身大步跨到窗前,凝望广场。

他心中对广播员充满了感激。

全世界任何一个国家的任何一个火车站,广播员的声音都永远是那么一种职业性的,那么一种缓而慢之的,那么一种能够安定人心的语调和节奏。每一个国家的国徽和国旗是不同的,但所有国家所有火车站的广播员,却仿佛就是同一位可敬的女性,一位熟谙世界各国语言的女性。

感激她们那种至亲至爱的声音!

我们的地球上没有一个火车站的广播员是男性,正说明在火车站这种地方,人类的心理是多么需要那种温良的、至亲至爱的、女性的声音来安抚。

火车站是人性的磁场。

A 市火车站女广播员的声调是优雅沉着的。然而全体站台工作人员一听到,还是紧张地从各处迅速跑到站台上,肃立在安全线以内,如同组成“散兵线”的士兵。

出站口预先得到站长的命令,绝不放入一个接站者。站台上除了那道蓝色的“散兵线”,再无他人,呈现着一种类似戒严的空寂情形和防备状态。

113 次列车并非什么极端重要的军列,亦非中央高级领导人或秘密来访的某外国元首的专列,车上更没有足以危害一座城市的可怕的瘟疫传染者。

它是历史的债车。

黑龙江生产建设兵团的四十余万知识青年,东北广大地域内近百个农场的知识青年,分散在无法计数的东北各农村的插队知识青年,所有这些在十年动乱中被城市抛弃或抛弃了城市的知识青年,这些当年“堂吉诃德”式的或被哄上被骗上被硬推上历史“游艺车”的“红卫兵”,开始了如钱塘江潮般迅猛的大返城!

113 次列车,是为他们临时增加的车次。可以认为它是返城知识青年们的专列。他们的人数加在一起,少说也有八九十万。相当于一个中小城市的迁移。它首次运行即将抵达 A 市。它已晚点十三小时,毫无疑问还将继续晚点下去。鬼知道它什么时候才能到达终点站上海！

A市是它运行中的第一大站。在此站，它将撇下两千多名知识青年。另有一千七百多名几天前乘其他车次抵达A市的知识青年，正如丧失了编制和纪律的溃军败旅，蚁群似的拥在车站大楼内，期待着转乘知青“专列”兼程南下。他们早恨不得插上双翅飞回各自朝思暮想的城市。他们由于不情愿而没办法的滞留，耐性崩溃瓦解，盲目的怨气和怒气达到顶点，随时欲寻找机会发泄。这种怨气和怒气，已不复是千百少男少女缺乏磨炼的急躁情绪，而是成熟了的一代人长久积压的委屈和愤懑。

从哪一天起他们开始产生了这种心理？

这个研究兴趣留给社会心理学家们吧！

可以认为是他们当年或自愿或被迫地离开城市那一天，也可以认为是他们或留恋或诅咒着离开东北广大土地那一天。

谁也无法在历史的某一页上准确记载下这一天的日期，只有他们每个人自己心中清楚。

蚁聚在车站大楼内的一千七百多名知识青年，使每一个车站工作人员都切身感受到了威胁的存在。车站大楼内仿佛四处堆集着易燃物和爆炸品。车站工作人员对返城知识青年们畏而避之，唯恐与他们发生摩擦。一次微小的摩擦，也可能导致一场难以平息的骚乱，使这北方铁路线上的大枢纽站瘫痪掉！

站前广场的几千名接站者，有返城知识青年们的父母，有他们的兄弟姐妹，有他们各种关系的亲人。有的竟举家而来。十一年前，他们送走的是孩子；十一年后的今天，他们将迎接的，是孩子的爸爸和妈妈，是须眉男子和老姑娘。十一年前，他们是在站台上送别，耳畔锣鼓喧天，鞭炮齐鸣，口号歌声此起彼伏；十一年后的今天，他们却在站前广场上迎接，没有红旗飘舞，没有标语招摇，只有漫天飞雪！

好一场大雪！下了整整一白天，仍在下。在一九七九年十二月二十六日这个夜晚，纷纷扬扬普天降落。它仿佛要掩盖住什么！

十一年前历史轰轰烈烈地欠下了债。

十一年后的今天，时代匆匆忙忙地还这笔债！

无数木牌高低参差地举在黑鸦鸦的人头上，写着各种各样的字句：

“毛毛，出站后到这里！”

“张晓军，爸爸在此！”

“孟丽芬，二哥接你来了！”

…………

天气格外寒冷，零下三十一度。西北风从人们头顶嗖嗖刮过。几千名接站者跺踏双脚，其声犹如百面军鼓乱擂。坚硬的大地震颤着！

接站的几千人，比车站大楼内的知识青年们更焦急，更愤怒。因为他们在风雪之中，严寒之中。车站大楼的各个门都有警察把守，没当日的火车票不许入内。事实上，车站大楼的容人量确已超“饱和”了。

出站口的铁门从里面锁着。铁门内，几名铁路工作人员，袖着双手，泥胎似的僵立不动，对千百人的咒骂声充耳不闻，钢网将他们和接站的人群隔开，使他们多少获得一种安全感。

“接站的同志请注意，请让开出站口前的道路，以免阻挡113次列车的乘客出站……”

广播员至亲至爱的，燕子呢喃般的声音，在广场上空悦耳地回荡着。广播员是很懂得一点心理学的，她不说“返城知识青年们”而说“乘客”，希望不寻常的事情，变成寻常的事情。

但这毕竟是不寻常的事情！十一年来笼罩着千家万户的忧愁，一旦被历史的巨笔果断地画了一个句号，对知识青年和他们的父母及亲人们所造成的冲击力，是强大而又猛烈的。他们面对事实，却仍半信半疑，好像错过了今天这个日子，明天事实就会变成梦幻或泡影似的。

接站的人群顿时亢奋起来，反而愈加骚乱。所有的人都企图挤到最前面去，第一个从出站口将他们要迎接的人拽出。那道钢网铁门，在他们看来，仿佛是现实与梦幻的可透视的屏障。他们恨不得推倒它，冲垮它，毁灭它！

人群外围，两个年轻妇女，刚刚把一张大白纸好歹总算贴上出站口对面一家小吃店的泥墙，纸上写着："王文君，我们实在太冷了，只好回家去。大姐和二姐。"听到广播后，她们毫不犹豫地将它一把扯下，扭身就朝出站口跑，像两只黄鼬似的钻入人群中。

透过铁门钢网，接站的人们看到一队铁路治安警察跑步出现，分列两排，从站台到出站口形成了一道警戒线。

113 次列车，终于载着 A 市千家万户的希望，疲惫地呼哧呼哧地喘息着，宛如一条巨大的钢铁爬虫，无精打采地驶入了站台。车头吐出的阵阵蒸雾弥漫了站台，制造了片刻寂然的梦境。但列车带来的一股疾风转眼又将梦境刮散。每一扇车窗都打开了，每一个窗口都探出三四颗戴着皮或棉的帽子的脑袋，伸长着脖颈，热切而惊诧地张望着空荡荡墓地一般宁静的站台。从他们面前闪过的，没有他们的亲人，只有站台清冽的灯辉下，铁路工作人员一张张严峻的面孔，一道蓝色"散兵线"。还有从站台到出站口那两道紧密的白色警戒线。

愤怒！

摆脱了纪律和理智束缚的愤怒爆发了！

"你们他妈的为什么不放人接站？！"

"我们是土匪强盗吗？！"

"存心跟我们知青哥儿们过不去是不是？"

“老子这么多东西怎么带出站呀?”

“不下车了！不放人接站,咱们都他妈的不下车啦!”

“呸！你姥姥的！……”

一口唾沫,吐在一位铁路工作人员脸上。他缓缓地抬手擦去,宽容地苦笑了一下,对身旁的另一位铁路工作人员说:“我女儿也在这趟车上。”

对方低声说:“你留神点,发现了,我帮你先接到咱们休息室去。”

他回答:“别了,有她妈妈和她哥哥在站外接她……”

“今晚可能要出事。”

“但愿别出事。”

几乎每一节车厢都传出怒骂声。“知青专列”是没有卧铺的。他们像塞在罐头里的鱼,一个紧贴一个地塞满每节车厢。大多数人没有座位,互相挤靠着,许多人实际上仅有立足之地。他们重新体验了一次当年“大串联”的旅途滋味。从列车开动起,乘务员们就都像隐身人似的“消失”了,聪明地将自己倒锁在休息室里,不再露面。不能指责他们,列车上没有他们“为人民服务”的余地。烧水炉早就熄灭了,“凉开水”早被喝光了,餐车里也挤满了人,根本无法开饭。列车上的广播员却很忠于职守,准时播音。上午是“二人转”,中午是“二人转”,下午还是“二人转”。“咿呼嗨,呀呼嗨”开始前,她总是像报幕员一样,热情饱满地说上一句:“下面请欣赏……”使人猜想她只有那么一张宝贝唱片可放,而她那句热情饱满的话也是录在唱片上的。“二人转”唱的是知识青年战天斗地的词,对这车听众来说,无异于是一种讽刺。广播员主观认定,车厢里的每一个返城知识青年,既然在东北各农村生活了整整十一年,必定对这种东北农村曲艺感情深厚,百听不厌。却不知道,有几节车厢的喇叭线,早被扯断了。而许多返城知识青年,为了不辜负广播员兜售艺术的热情和美意,当唱针开始划出第一声“呼嗨”之前,就以更饱满的热情众口喊出“呼嗨”了。

在这中世纪贩奴船般的旅途中,他们的食欲、困意,每一根最微小神经的最末梢,全都麻痹了。许多人的文艺细胞和创造性思维,却变得空前活跃,才华横溢。

这是一种本能,如同被扔进舱底的鱼儿的蹦跳。

“老三听,不但战士要听,干部也要听,哪一级,都要听,听了就要唱,要在‘呼嗨’上狠下功夫……”

他们在“呼嗨”上下的功夫是那么狠!

把“文革”中“副统帅”的语录歌加以篡改,使他们获得极大快感,乐此不疲。每节车厢里失掉了职务的知青“干部”们,耳听“呼嗨”之声唱成一片,则只有默然而已。彼一时,此一时,在这次列车上,没有什么“干部”,也没有什么“战士”了,都是返城知识青年。等待他们的,都将是相同的命运——待业,在城市重新寻找到一个继续生活下去、奋斗下去的点。大返城造成了他们之间地位上的平等,起码在本次列车上,在误点十三小时的旅途中是如此。平等的意识,对大多数人来说,永远是能够获得某种安慰的意识。他们又疲惫又亢奋的头脑,还来不及预见到,城市将在他们之中,划分出多么细致又多么难以超越的“等级”。划分得很细,很细。

这种互相体验到的平等意识,使熟人或生人之间,极自然地产生了一种亲近感。谁都明白,一回到城市,城市便会将他们隔离开来。他们不再是社会无法忽视的一个庞大集团,而成了单独的、孤立的“个体”。无论他们情愿或不情愿,无论十一年来朝夕相处的或在列车上刚刚互报姓名的,他们将再也没有时间和机会人数众多地重聚一起,他们将必须以全副的精力在城市寻找和占据一道起跑线,开始新的冲刺。他们对城市所怀抱的一切希望,都只能从一道新的起跑线上去实现。一代人有一代人的命,这是他们这一代人的命。

如果说他们,这逝去了青春的,心理和精神上都感到疲惫不堪的一代,这几十万,近百万,数千万知青大军,由于"上山下乡"的使命宣告结束,而产生一种解脱感的话,那么也可以说,他们由于将要离别,将要被城市所分化,心灵中产生了溃疡般的忧郁、迷茫、惆怅、失落状态和彼此依恋的情愫。

当列车进站后,除了那些将头探出车窗的人,更多的人则在互相告别。那是很动人的场面:久握不放的双手,依依不舍的拥抱,真挚的眼泪,泣不成声的话语……女知青的感情充分体现这一代人珍重友谊的性格色彩,她们两个、几个、甚至十几个抱作一团,不能抑制地放声大哭。哭声在这种时刻是有传染性的。对于不同城市的知识青年们来说,是离别,也可能意味着以后永难相见。谁知生活会不会恩赐给他们重逢的机会呢?而他们目前又是多么需要在一起!比任何时候都更加需要在一起,需要不被分开。

他们不要被分开!他们心里都有些怕……

哭声一片,从车厢内传到站台上。

挤不到一块去的男知青,就放开嗓门大喊:

"赵东利,我下车了啊!"

"你下车吧,我可没法帮你忙了呀!"

"不用。我的东西都从窗口扔出去了!你还有什么话要说呀?"

"没什么说的了,你快下车吧!"

"那我就下车了啊!"

"下吧!"

"到了上海立刻给我写信啊!"

"一定!"

"我下去了!"

“你他妈快下去，还啰嗦什么呀！一会儿下不去啦！”

“好，我下！……”

“哎！你小子长点记性，往后别再顶撞当官的！千万记住啊！”

“记住了……”

最后这一句话，已是哭着说出来的了。

肃立在安全线以内的站台工作人员，听到车厢里的哭声和告别的话语，也一个个为之动容。他们对挑衅性质的咒骂，保持着可敬的默然。

广播员又开始了她那种至亲至爱的、安定人心的广播：“返城知识青年同志们，你们辛苦了！由于接你们的亲人很多，站台容纳不下，为确保车站的正常秩序，我们一律不放入本次列车的接站者，请你们谅解。站台工作人员，将协助你们出站……”

她那温良悦耳的声音，并没有起到什么安定作用。列车还未停稳，就有人跳到了站台上。手提包、行李捆、小木箱、网兜，各种各类物件，纷纷从车窗扔出，散乱地落在站台上。车门开处，如水闸提起。这时的列车，宛若每一节车厢都发生了猛烈的爆炸，知青们仿佛是被爆炸力从窗口和车门抛射出来的一般，片刻拥满了站台，将由站台工作人员组成的蓝色“散兵线”冲垮了，裹卷走了。也将由铁路警察组成的白色警戒线冲垮了，裹卷走了。几个被摔破的手提包内装的是面粉和黄豆。面粉在千百双鞋的践踏之下，像石灰一样飘飞起来，造成一片白色的粉雾，与满天雪花搅和一起，许许多多的人踩在滚珠似的黄豆上，一片片滑倒，站台上乌烟瘴气。

潮头一般的人流势不可当地涌向出站口……

出站口的钢网铁门还没来得及打开，在这股人流的冲击下，手指粗的铁链，铿然有声地断了！

站内站外一片呼喊声，一片嘈杂声，一片无法平定的局面，一片激动的骚乱，一片骚乱的激动，升上广场夜空，震颤着，缭绕着，交织着，扩散着……

城市突然睁开它的夜眼——两只安装在车站大楼顶上的备战时期的探照灯，它射出雪亮的巨大光束，往人群中交叉地扫来扫去。它似乎想要威胁人们。

一九七九年冬，在那些千百万知识青年大返城的日子里，对每一座十一年前将十几万、几十万知识青年欢送到农村或边疆的城市，对每一个将儿子或女儿打发到农村或边疆的家庭，都是一些同样严峻同样不得安宁的日子。十一年前送走的愈多，十一年后负担得愈重。对一座城市是如此，对一个家庭也是如此。

整个列车上只有一个人还没下车。一个女知青。她一动不动地坐在空荡荡的车厢里，神色麻木，从窗口呆望着混乱的站台。打扫卫生的乘务员踢踢她的脚："你要住车上呀！"

她走出车站后，人群已开始朝四面八方流动。呼儿唤女，喊姐叫弟的声音涛叠浪涌，表达出难以描绘的兴奋和极乐之悲。

城市的夜眼雪亮雪亮。扫过来了，又扫过去了。

"姐姐！姐姐！孙玉蓉！……姐姐！……"在所有的呼唤声中，一个少女的叫喊显得格外尖脆，格外悲凉。悲凉中隐含着凄怆。她循声望去，见一个穿着肥大"棉猴"的矮小身影，逆着四散的人流被冲撞得左旋右转。那少女的叫喊声就是这"棉猴"发出的。少女的身体一定很瘦弱，几乎整个被包裹在"棉猴"之中。"棉猴"显得那么空荡，仿佛它具有神奇的魔法，在自行移动。

"姐姐！孙玉蓉！孙玉蓉！……"尖脆的叫喊声沙哑了，在拖得很长的尾音的过渡之后，变成了茫然的哭泣。

孙玉蓉——这个美好的符号所代表的姑娘是谁？为什么没有赶上这次"知青专列"？临时改变了返城的日期？返城之前出了什么意外的事？

她在火车上听说，某团的一辆客车，开往火车站途中翻下一座桥梁……

她心中替那少女预感到一种不幸。她望了那少女许久，直至那少女在人群中隐失了，才回过头，随着人流向前走。

她撞在什么人身上了，定睛一看，见是一对老夫老妻，互相挽着，像一高一低两块并立的太湖石。他们在寒冷中抵挡着人流的冲撞。他们不呼唤，不走动，就是那么寂寂地、互相依靠地、一动不动地伫立着。那又瘦又高的老人，端正地高举着一块丁字木牌，如体育运动会的引领员。木牌上面写着："赵运祥和赵运瑞，爸爸妈妈在这里！"是毛笔字，笔力雄浑，看得出有很深的书法功底。老人那张清癯的脸，在她心中留下了一见难忘的印象。那雕刀镂刻般的皱纹，那目光凝滞的眼睛，那结霜的胡须，那双没戴手套的、高举着木牌的、无疑早已冻僵的手……她心中倏然产生了一种极其强烈的冲动，很想用自己最大的声音替这老人呼喊几声："赵运祥和赵运瑞！……"

然而她将自己这种冲动压制下去了。她低低地对他们说了一句："对不起……"从他们身边绕过，又向前走去。

在火车上，她非常非常思念家庭，思念父母和弟弟妹妹，希望站着打个盹之后，一睁开眼睛就到家了。但此刻，当她的双脚踏到了这座城市站前广场坚硬的、铺雪的路面时，她却并不那么想立刻回到家中了。她倒很想在这里留一阵，为的要最终看到，那两位老父老母是否接到了他们的两个儿子，那穿着肥大棉猴的瘦小少女是否接到了她的姐姐……

有人从治安警察手中夺过了手提话筒，盲目地呼喊他要接的人的名字。治安警察夺回了话筒，将那人朝一辆警车拖去。于是有几个返城知识青年拥了上去，于是又有几名治安警察拥了上去，于是一阵斥骂，于是一场厮打，于是响起了警笛声……

十几辆摩托开过来，包围了广场……

广场上的人渐渐四散得稀少了，剩下的几百人还聚集在出站口。钢网铁门已重新锁上了，站台内空空荡荡。铁门外的人，却仍怀着不泯的期待扒着钢网朝站内张望……

她再听不到那少女喊叫姐姐的尖脆嗓音了。她不由得转身寻找，见那一高一低两块僵立不动的“太湖石”旁，多了一个“石猴”。那瘦高的老人一条手臂紧搂着那少女的肩膀，那少女则替老人举着木牌，努力举高……

呵，你这期待的老父亲哦！

呵，你这期待的老母亲哦！

呵，你这期待的小妹妹哦！

呵，你们迟归的儿子和姐姐们哦！

但愿他们都没有乘坐那辆翻到桥底下的公共汽车……

她心中一阵难过。

她在心里默默地说：“两位老人，你们回家去吧！小妹妹，你也回家去吧！你们的儿子和姐姐是会回来的，一定会回来的！也许明天，也许后天……”

据说那座桥四米多高，汽车的大部分砸进了冰河。

“姚玉慧同志，姚玉慧同志，原生产建设兵团三师二团七营教导员姚玉慧同志，听到广播后，请马上到苏联红军烈士纪念碑下，那里有车接你，那里有车接你……”

车站广播员那种至亲至爱的声音始终如一。

她迟疑了一下，朝苏联红军烈士纪念碑快步走去。这座碑，曾被用一块巨大的帆布从上至下罩了起来。如今，它也像许多受迫害的人一样，获得解放，重见天日了。望着它，她心中油然产生一种亲切感。它是代表这座城市的标志之一。她知道，这座碑得以重见天日，是自己的父亲——粉碎“四人帮”后由中央任命的市长亲自作出的决定。看来父亲的性格在十年政治风云的浮沉中一点都没有改变，还是那么敢为敢当。她替自己的父亲骄傲。

它是历史。她想。将历史罩起来，这是多么滑稽可笑多么愚昧透顶的行径！

同时她心里又产生了一种惆怅。父亲又作了一市之长，而她自己却再也不是什么教导员了，永远。父亲如今重新获得的，正是她如今所失去的。这并非指权力而言，她并不崇拜权力，也没有操权握柄的野心和欲望。是指价值而言，指能够使一个人时刻充满自信的个人价值而言。这种价值，对她来说，究竟是失去了，还是根本没有真正获得过呢？她开始怀疑了。当她和几千名返城知识青年登上 113 次“专列”时，便开始思考，开始怀疑了。

碑下果然停着一辆小汽车。不是她所常见的“上海”，也不是仅在出租汽车站还超龄“服役”的五十年代的苏联小汽车。也许只有在这座城市的马路上，如今还可以看到那种五十年代的、黑甲虫般的、破旧的苏联小汽车驶来驶去。它们也是历史，使人回想起两个国家的友好年代。它们与童年和少年时期的某些难忘的幸福的记忆，至今仍保留在这一个返城知识青年，这位现任市长的女儿，这位档案上记载着曾担任过营教导员的老姑娘心里。

而眼前这辆小汽车，样式很高级，也很美观，它是崭新的，一看便知，不是国产汽车。她不禁感到，自己对这座城市已经很陌生了。就连这座城市的马路上如今奔驶着哪几类较常见的小汽车，也一无所知，甚至不知道自己的父亲每天乘坐的是什么牌的小汽车。

她不禁苦笑了一下。

虽然很冷，司机门的车窗却是摇下来的。司机正坐在驾驶座位上吸烟。车内传出美妙的音乐，音量不大不小。

她不能判断是不是接自己的那辆小汽车，也不愿贸然上前询问。

一个人匆匆从车站大楼的方向走到了小汽车跟前。

车后门打开了，探出一个姑娘秀发披肩的头，颇有几分不耐烦地问："还没接到？"

被问的，是个穿呢大衣的青年，没戴帽子。他扫兴地回答姑娘："也许没坐上这次车，反正广播员已经广播了，我们再等一会儿吧。"

姑娘嘟起了嘴："真是的！没坐上这次车，就该拍封电报告诉家里嘛！"

青年说："再等十分钟。不，五分钟。还等不着，就回去！"

姑娘用撒娇的语调说："别等了！反正她也不会带多少东西回来！我还没吃晚饭呢，你大概忘了吧？咱们还有一场八点五十的电影呐！"

青年看了看手表，说："来得及。等不着，让刘师傅直接开车送我们到影院。"又转对司机说，"刘师傅，你还要到电影院去接我们回家哟！"

"没说的！"中年司机乐于效劳地回答，同时朝青年递过支烟。

她终于确信，这辆小汽车正是接自己的。因为她已认出，那青年是自己的弟弟。

"明辉！……"她叫了一声。

弟弟猛转身回望，疾步上前，一下子亲亲热热地搂住了她，显出高兴万分的样子大声说："嘿！姐姐你怎么这时候才出站啊？你听到广播了吗？我还以为接不着你了呢！你怎么就背着一个破书包哇？你的东西呢？"

几年未见，弟弟长高了，差不多要比她高出一头，相貌堂堂，英俊而潇洒，成为一个小伙子了。

"东西提前托运了，可能过几天才会到。"她挣脱弟弟的搂抱，退后了一步。自从当上教导员，她便很不习惯别人用过分亲热的举动对待自己了，尤其不习惯男性过分亲热的对待。即使是自己的亲弟弟，她也觉得有点别扭。何况弟弟已不再是从前的小弟弟了，何况还当着司机和一个陌生姑娘的面，她觉得自己的脸微微热了一阵。天黑，弟弟是不会看出她脸红的。

“姐姐你真是的！你还会有些什么宝贝东西，值得从北大荒千里迢迢地托运回来呢？不能随身带的扔在北大荒算了，快上车吧！……”弟弟拉起她的手，和她一块儿走到小汽车跟前。坐在车内那姑娘，替他们打开了车门。

弟弟对她的亲热，虽然是她所不习惯的，却在她心中引起了一种温情柔意。亲人之所以与外人不同，就在于使人感到亲。

弟弟大大方方地向她介绍那姑娘：“她是倩倩，我的女朋友。”

倩倩朝她嫣然一笑，将身子挪到座位里端去，给她让出了位置。

车内有空调，一股暖气扑面。倩倩没穿外衣，只穿了一件紧身的桃红色的高领毛衣。

“我还是坐到前边吧！”她说。她那件兵团战士的大衣尽是油污和灰土，怕弄脏了倩倩那件漂亮的毛衣。

她将弟弟推入车内。司机替她打开了前车门，她坐到了司机旁的位置上。

司机关上车门，摇上车窗，戴上白手套，刚要开车，车头前出现了一个人。

司机又打开车门，探出头吼：“这不是出租汽车，别挡道！”

“我知道这不是出租汽车。”那人说，“请问我们教导员是不是在车里？……”他肩搭两个沉重的手提包，拎着一个更大的手提包。司机没开车灯，她看不清那人的脸。

弟弟也打开车门，探出头训斥：“什么教导员？莫名其妙！”

“我们营教导员姚玉慧……我刚才听到广播，说这里有一辆小汽车是接她的……我……一条腿是假腿，东西又多，而且也没方便的公共汽车可乘……不知为什么家里人没来接我……我……我想请求……”

她明白了。他是她那个营的战士。她想打开车门，却一时不知车门应如何打开。

“这不是接你们教导员的车！”弟弟说罢，嘭地关上了后车门。

司机也嘭地关上了前车门，将车倒几米，偏转车头，从那人身旁驶过。

“明辉，你怎么这样！”她回头责备弟弟，心里非常不高兴。

汽车转眼离开了广场。

“停一下，把他带上吧！”她替自己的战士请求司机。

“姐姐你算了吧！”弟弟说，“简直可笑至极！都返城了，还大言不惭地找什么教导员！‘我……一条腿是假腿……’骗人的鬼话，傻瓜才会相信！只有电影《奇袭》里的李承晚兵才上当呐！……”每句话都带有嘲讽意味。

倩倩被弟弟模仿那个知青语调说的话，逗得咯咯笑了起来。她的笑声很甜。那个知青的语调并无丝毫可笑之处，而弟弟夸张的模仿，也完全缺少幽默感，根本不至于引人发笑。

当姐姐的一点也不明白弟弟的女朋友究竟觉得有什么可笑的。

“教导员我……！”从广场上，传来了不堪入耳的一句辱骂。

她觉得全市的人都可能听到了。

倩倩的笑僵在了脸上。

她自己脸上又一阵发烧。车上四人都显得很难堪。

“他没骗人，他说的肯定是真话！”虽然她被骂了，她还是认为，若不替她的战士辩护，那自己真是太卑劣了。她不禁回头看了一眼，那个知青仍站在原地。

她正欲第二次请求司机停车，弟弟却没容她请求，反驳道："姐姐你也别说得那么肯定，我看你是有点太偏袒你们北大荒返城的残兵败将了！"

从车内镜中，她瞥见了弟弟的脸——一脸冷漠的神气。

"残兵败将"，这四个字使她的自尊受到了严重刺伤！她心中倏然产生了一种难以克制的恼怒。她，和他们，那几十万北大荒返城知识青年，难道果真是一批"残兵败将"么？不！不是！……不是……可她竟一时找不到足以将弟弟反驳得哑口无言的话。欲驳无词，这使她心中更加恼怒。她几乎想斥骂弟弟一句。然而姐弟之间刚刚见面，她不愿和弟弟展开辩论或争吵，那无疑会使弟弟的情感也受到伤害。尽管是弟弟首先伤害了她的情感，却分明是无意识的。无意识的是应该原谅的，弟弟身边还坐着他的女朋友呢！

她也从车内镜中瞥见了倩倩那双眼睛。她此刻才注意到，那双眼睛很大，很迷人，长长的睫毛微微朝上翻卷着，正以一种带有研究意味的目光暗暗睇视她。

于是她向后侧过身，瞧着弟弟，笑了笑，用仿佛闲谈般的语调说："对于他们，我要比你更有发言权。因为我几天前还是他们的教导员。虽然现在不是了，但并不意味着我和他们之间就不存在任何联系了。谁如果侮蔑了他们，同样也等于侮蔑了我……"

弟弟避开了她的目光。

倩倩讪笑着。

大概她还没听过那么肮脏的骂人话吧？当年的知青教导员心中暗想。

她意识到自己说出口的话，使弟弟太难以承受了，而她心中想到的话更多。她有些后悔。

车内小小的空间，一时被令人感到窒闷的沉默所充盈。

弟弟将脸转向了车窗外。

倩倩垂下了睫毛。

这种沉默是她那番话所造成的,她有些窘迫起来。她又笑了笑,笑得很不自然。她企图以微笑向弟弟和倩倩表达歉意,却不怎么成功。弟弟没有转过脸来,倩倩也没有翻起睫毛。

她识趣地坐端正了,观看迎面飞闪过来的各种灯光变幻莫测的夜景。

"听段音乐吧!"她希望打破沉默。

司机扭开了收听装置,一手熟练地掌握着方向盘,用另一只手调拨了一会儿,没有拨到什么音乐,关掉了。

车内镜中又出现了倩倩那双眼睛,还是以刚才那么一种研究的目光,暗暗睇视着她。虽然明知自己的睇视被觉察到了,却并不转移视线。

那双眼睛似乎在逼问:你对什么事情都这样认真吗?有必要吗?你会永远如此吗?……

她被那双眼睛盯得愈加不自在起来,可又难于逃避那双眼睛的盯视。她索性闭上了自己的眼睛,打盹。

"姐……"弟弟轻轻叫她。

她不想睁开眼睛。不做声,不动。

她忽然感到非常疲乏。在火车上,别人曾让出座位给她坐了一小会儿,那是很舒适的一小会儿。可那种舒适,与此刻坐在小汽车软垫座位上的舒适是无法相比的,她全身的骨骼和肌肉都处于一种惬意的松懈状态。她有些困意沉沉了。

弟弟又叫了她一声,并轻轻在她肩上推了一下。

她不得不睁开眼睛。她的眼睛又一次和车内镜中那双眼睛相对了。

我到底有什么值得研究的呢?她暗想。心里挺恼。仅仅为了避开那双眼睛的睇视，她干脆转过身，询问地望着弟弟。

弟弟试探地说：“姐，我刚才的话叫你不高兴了？”

“古怪想法。”她笑了。觉得自己笑得很虚伪。为了掩饰起这种虚伪，她伸手在弟弟头上抚了一下，又转向倩倩，故作诧异地问：“明辉说过什么可能使我不高兴的话么？”

倩倩依然睇视着她，慢言慢语地回答：“他说了，你也真不高兴了。”

她说：“噢？你这么认为？那么依你看，现在究竟是应该我向他道歉呢？还是应该他向我道歉？”

“这是你们姐弟之间的事，与我无关！”那双始终带有研究意味的大眼睛中，闪耀出可爱的狡黠。

大概在她发怒的时候，模样也一定是怪可爱的吧？

二十九岁的、曾经当过营教导员的老姑娘，心中突然产生了一种莫名其妙的嫉妒。

弟弟说：“姐，你猜我刚才在车站内碰到了什么事？”表情异常郑重。

她不动声色地瞧着弟弟。她这种近乎漠然的平静，含有非常明显的讥讽——小弟弟，这十一年我经历了多少你没有经历过的事啊！又见过多少听过多少你没见过没听过的事啊！你讲讲吧，看你讲的事能不能震动我？

“有个军人，怀抱一个不满周岁的孩子，找到了值班主任。他说，半小时前，一位年轻的母亲，请求他替她抱一会儿那孩子，自己去买点东西。可是他左等右等，那位母亲却一去不归，孩子哇哇哭起来。他这才发现，包孩子的小被中掖着一封信，觉得奇怪，便抽出来，打开看了。信上写着：‘阿妈是插妹，阿爸是插兄。全体大返城，三十才归家。娇儿私生子，送给亲人解放军。’可那军人是边防部队的未婚军官。值班主任也不知这件事该如何处理，建议那军人将孩子送到失物招领处去……”

弟弟用缓慢的、绝不带任何感情色彩的语调讲完这件事，沉默片刻，掏出烟盒，吸起烟来。

“真作孽！”司机充满义愤地咒骂了一句。没有主语，不知他骂的是毫无责任感的父亲，还是抛弃骨肉的母亲，抑或这件事本身。

倩倩那双眼睛咄咄逼人地盯着她，尖刻地问：“那位母亲，很可能也是你那个营的战士吧？”

她不由得慢慢转过了身去，她不能够继续迎视弟弟和倩倩的目光。其实他们的目光中并没有流露什么明显的含意，但她还是经受不住。倩倩的话使她内心发寒。受到震动了么？不，谈不上受到震动。北大荒已将她的心变得刚硬了。

送给亲人解放军——她甚至认为，对那位母亲来说，不失为一个办法。带着一个私生子回到大上海待业，那将会是种怎样的处境呢？女人天生是女人的伙伴，女人最能体谅女人的难处。虽然她没结婚，不是母亲，却能体谅。但她还是感到心寒，像吞了一块冰。

小汽车停住了。前面，一辆无轨电车脱缆，堵塞了交通。不远处的公共汽车站聚集了许多许多人，几乎全是返城知识青年。一辆公共汽车靠站，他们蜂拥而上。在这个寒冷的夜晚，他们谁不想立刻回到朝思暮想的家中呢？

“姐，难道你听了那样的事，往后还愿偏袒你们那些残兵败将吗？”讥讽的弓箭转到了弟弟手里。

她沉默不语。她用这种方式妥协。她真想不明白，弟弟是怎么了，何以刚见面就要继续一场她本不情愿继续下去的辩论呢？把她逼到一个哑口无言的死角，难道弟弟竟会获得什么快感不成吗？因为他身旁坐着他漂亮的女朋友，就非争回刚才被反驳的面子不可吗？

“没有勇气抚养自己所生的孩子的女人，是最不值得尊敬也最不值得同情的女人！”倩倩用甜美动听的语调说。

“住口！”她突然怒喝一声。

从车内镜中，她看到倩倩用一只手下意识地捂住了自己的嘴，眼睛由于吃惊瞪得更大了。

可爱的瓷娃娃，应该早点让你知道我是有脾气的，今后对你可大有好处呢！她生气地想，并以命令的口吻对司机说：“开回车站去！”

“姐，你要干什么？……你别做傻事！”弟弟急了，他意识到了什么。

她大声说：“你想教导我？我教导过一个营！”

“你抱回家一个私生子，妈妈会犯心脏病的！”

“把车开回去！”她简直是在怒吼了。

“好，就听你姐的吧！”司机服从地说。

挡住去路的那辆无轨电车终于挂上了缆。司机抢行其前，将小汽车拐上了快速车道，说：“不能原路返回了，只能绕道。”

她不再开口，只希望车速更快。

谴责是一种最普遍的权力。弟弟那漂亮的瓷娃娃虽然一见面就不使她喜欢（为什么，她自己一时不明白，也许仅仅因为太漂亮了的缘故），但说的话并非毫无道理。

我要抚养那孩子——她这个决心是异常坚定的。失物招领处——见他妈的鬼！

二十九岁的老姑娘突然产生一种想骂人的强烈冲动。

小汽车减速驶进了一条僻静的街道。街道一旁，是高墙深院。

她上当了。但为时已晚，车开进了有军人站岗的宽阔大门，缓缓行驶在甬路上。

“你……你敢骗我？！”她怒视着司机。

车停在一幢苏式小楼前,司机转脸瞧着她,嘿嘿笑。

“姐,到家了。”弟弟说。

她一动不动地呆坐着。

弟弟伸过手臂,替她打开了车门。

司机说:“我是为你好哇!你如果抱回来一个小猫小狗的,你爸爸妈妈也许还会喜欢。但市长的女儿,当过生产建设兵团营教导员的人,抱回家来一个私生子,别人会怎么看你?你爸爸、妈妈、弟弟、妹妹需要替你向多少人去做解释?这绝不会给他们增加快乐……”说完,若无其事地吸起烟来。那副样子,仿佛积了一次德,等着听千恩万谢似的。

她恶狠狠地回答:“谢谢!”

那句肮脏的骂人话仍震动着她的耳膜。

“姐,快下车吧!你瞧,妈妈和妹妹出来迎接你了!”弟弟在她身后用赔着小心的语调说。

妈妈和妹妹果然出现在台阶上。

她不得不下车。

“姐姐!”妹妹跃下台阶,张扬着双臂向她扑来。一扑到她跟前,便双臂搂住她的脖子,兴高采烈地说:“姐姐,我想死你了!你终于也返城了,这下,咱们全家大团圆了!太好了!我太快乐了!”说罢高呼:“知青大返城万岁!”悬起双腿,将身体吊在她脖子上,转了一圈。

她挣开妹妹双臂,将妹妹掐腰举起,轻轻放在一旁。

十八岁的妹妹,身体竟那么轻。

妹妹却说:“姐你好大力气哟,我五十三公斤呢!”

“玉慧……”母亲的声音有些颤抖,注视着她,一步步走下台阶。

“妈……”她迎向母亲。

她心中此时萌发了一种巨大的委屈。在这返城的第一天，她就开始隐隐地觉得，城市，包括自己的亲人，对她，对他们，对十一年前敲锣打鼓、轰轰烈烈送走的长子长女们，竟那么缺乏认识，缺乏理解。她真想扑入母亲怀中，将脸贴在母亲胸前，感受母亲充满柔情的爱抚。然而她却没有这样。她又一次控制住自己内心的冲动。为什么？为什么要时时控制住自己的感情？连她自己也不能明白自己。这种对自己内心里强烈情感的控制，不是造作的，也不是自觉的，更不是虚伪的，仅仅是一种心理习惯而已。不，她并非习惯如此，她从来就不习惯如此。这是疾病。是的，是一种心理疾病，一种被生活长期禁锢所致的心理疾病。她是在完全不知不觉的情况下染上这种疾病的，它不损伤人的机体，却销蚀人的心灵。它仿佛已成为她身体内的一种素质，溶入到她的细胞和血液中了。她希望有一天能从自己体内排除这种不良的东西，却常常对自己感到无可奈何。要做到，她明白需要别人的帮助……

她望着母亲，微笑了。

“妈，我……回来了……”她这么说，声音很轻。

她真没法像妹妹那么高兴，虽然她很想显出那么高兴的样子。

母亲紧紧地将她抱在怀中。好像搂抱的不是一个二十九岁的老姑娘，而是自己五六岁的弱女。

她再也无法继续控制自己的感情，泪水一下子涌了出来。

母亲和弟弟妹妹簇拥着她走入楼内。父亲从楼梯上走了下来，父女俩在半楼梯面对面相遇。

父亲说：“你瘦多了……”

女儿说：“爸爸，你老多了……”

“不老，就奇怪了。”父亲苦笑着，手掌在她脸上轻轻拍了几下。这是父亲表达父爱的一种特殊方式，而且，仅仅是表达对她这个长女的父爱的一种特殊方式。她第一次从北大荒探家，父亲打量着她穿兵团服的女民兵式的飒爽英姿，许久才说：“你长大了。”也像今天一样，用宽厚温暖的手掌在她脸颊上轻轻拍了几下。从那以后，她每次探家与父亲见面时，父亲总是如此表达对她的爱，不曾换过另一种方式。她后来逐渐理解，那“第一次”，是父亲对她的“宣言”。这“宣言”意味着，她已不应再需要父亲像她小时候那样爱抚她了。她曾为此多么嫉妒过比她小十一岁的妹妹啊！

“爸爸，你就拿这么冷淡的态度待我姐姐噢？”

妹妹替她表示抗议。

父亲说：“依你我该怎么待你姐姐呀？”

“你起码也得亲姐姐一下吧？姐姐都三年没回家啦！”妹妹理直气壮。

父亲哈哈大笑。

妹妹扑到父亲怀中，噘嘴装作生气的样子，大声嚷叫：“这有什么好笑的？坏爸爸，坏爸爸！”一副小女儿状。

十八岁，妹妹的年龄，也正是她到北大荒去的年龄。

十八岁还有资格撒娇，不能不说是一种幸福。

那种古怪的嫉妒心理又产生了。

“好啦，好啦，你呀，处处对我提出过分的要求，你姐姐是不会愿意我把她当成一个小女孩的……”父亲边哄边推开妹妹，将脸转向弟弟，换了一种严厉的语气说：“明辉，我预先已经告诉过你，不要坐我的车去接你姐姐，你怎么不听我的话？”

“得换三次公共汽车呢！”弟弟讷讷地回答，牵着他那漂亮瓷娃娃的手，就要上楼去。

“站住！”父亲喝了一声，瞪着他说，“换三次公共汽车又怎么样？”

“我也预先告诉过你，让我坐公共汽车去，我就不去！”弟弟抢白了父亲一句。

“混账！”父亲恼怒了。

“哎呀，你也管得太严了！车不是闲着的吗？”母亲替弟弟辩护起来。

倩倩挣脱弟弟的手，一扭身想下楼去，被母亲拦住。

“别生气。”母亲将她和弟弟一块儿推上楼去了。

父亲看了母亲一眼，问：“你认为我过分了？”严厉的神色丝毫未减。

母亲不满地说：“得了，你有完没完？玉慧刚到家，你就当着她和倩倩的面训明辉，让明辉怎么能接受得了呢？”

小妹却捂上了耳朵：“烦死了，烦死了！”还跺了下脚，随后一边推着她上楼，一边说：“姐，甭理他们，让他们辩论去！”

她上楼后，听到父亲在忧心忡忡地说：“本市的人口，在几天内，将增加二十多万返城知识青年，他们将伸手向我这个市长要工作，要房子，甚至可能要妻子，要丈夫，这一切好对付吗？我不愿我的女儿在返城的第一天就成为二十多万中特殊的一个！我不能不考虑影响……”

“爸爸，您别教训弟弟，要教训就教训我，弟弟也是为我。”她想把事因揽到自己身上，便抚着楼栏，朝下望着父亲说：“我绝不会成为二十多万中特殊的一个。”

父亲仰起脸瞧了她一眼，不再说什么，下楼去了。

母亲走上楼来，将她领向一个房间，一边说：“妈已经替你放好了洗澡水。先洗个澡，换身干净衣服，休息一会儿。今天是咱们全家第一次团圆，咱们晚饭索性吃得迟点！”

弟弟和倩倩刚好从另一个房间走出来。倩倩身穿一件卡腰雪花呢大衣，比她初见时显得更窈窕，更有风度。

弟弟说：“妈妈，我们不吃晚饭了，看电影去！”说罢，拉着瓷娃娃的手，双双下楼而去。

“你们回来！”妹妹追下两级楼梯，大嚷一句。

楼下的门哐当响了一声。

母亲满面歉意地望着她……

第 二 章

这是一幢别墅式小楼。楼上一个十四平米的房间,屋顶很高,给人的空间感大于它的实际面积。墙壁四角有花型雕饰,一米半以下用木板镶嵌。年代过久,透明漆已退光,木质本身的独特纹络却仍很美观。木板上部的墙壁喷成雾状的淡蓝色,使整个房间被一种幽雅富贵的情调所笼罩。地板是红松木的,褐色给人以稳重感。刚打过蜡,非常光洁。对门的墙,砌着壁炉。两个长翅膀的小天使背负着一面椭圆形的镜子,将冬日下午的阳光反照在镀银的铁床上。那壁炉已不能再生火,现代化的暖气片安装在炉膛内,散发着暖流。房间里暖烘烘的。

她舒适地侧躺在床,半醒半睡。早晨妹妹到她的房间来过一次,替她拉开了紫绒窗帘。窗台上摆着一盆水仙,翠灵灵的修叶,使人赏心悦目。一束碧绿举着一朵洁白的初放的花朵,那么典雅,那么素,那么美。在这座北方城市中,是很难在什么人家里见到水仙的。妹妹告诉她,是父亲的老战友从南方带来的。枕边放着一本书——《简·爱》。她中学时代百读不厌的书。“文化大革命”中,连同其他的书,被她自己亲手烧了,那是为了表示追求革命思想的愿望。当时,她曾以为,这本书,和她亲手烧掉的那许许多多书,将永远不会再被后世后代的中国青年们所读到了。她心中当时既惋惜又庆幸。庆幸自己读过了这本书,记住了一位她所崇拜的叫夏洛蒂·勃朗特的英国女作家。知道了世界文学史上的一件罕事:一位普通的英国教士家庭中,出现了三位留名后世的女作家。她曾有过极幼稚的想法:如果教士的女儿们最有可能成为作家,她真希望自己的父亲不是一位市长,而是一位教士。自从她读过《简·爱》后,在她的情感世界中,就永远存在了一位最亲密的女友——“简”。在她入了党,成为教导员后,她内心里极隐秘的那一层情感,也从未背叛过“简”。有多少个夜晚,她在心中与“简”对话,讨论友谊、爱、永恒的情感、人格和心灵……都是非常严肃的讨论。甚至讨论如何作好政治思想工作的种种问题,二十世纪七十年代中国青年的理想和精神追求等等,等等,也都是非常严肃的讨论。世界上谁最理解她?当然是“简”。没有第二个人比“简”更能理解她,更能认清她,更能深入到她的心灵之中。父亲母亲也无法代替“简”。然而她却经常对别人说:“最了解我的是营长。”营长——六三年转业到北大荒的,只有小学三年级文化的、语言粗鲁的山东大汉,她的入党介绍人。也是将她从班长提到排长提到指导员最后“培养”为教导员的人。他对别人谈到她时,则说:“小姚,我的人!只要我当营长,谁他妈的也别想撤换她这个教导员!”

营长是好营长。好共产党员。除了语言粗鲁这一条,按照党章的其他标准衡量,死后有资格被追认为“党的好战士”。并非谁都有资格公开讲这样的人最了解自己。这是一种殊荣。营长也自认为给予了她殊荣。

但这种“了解”是多么空泛啊!甚至可以说是虚假的。事实上,一个男人永远也无法了解一个女人。他无论怎样努力,都是深入不到女人们的心灵内部去的。女人的心灵是一个宇宙,男人的心灵不过是一个星球而已。站在任何一个星球上观望宇宙,即使借助天文望远镜,你又可能知道多少、了解多少呢?

原则性强、组织能力强、工作责任心强……除了这几方面“强”,营长对她再一无所知。

入党介绍人——最了解自己的人,符合逻辑,却并不那么符合生活。女人无论成为一个什么样的女人，都有希望某个男人充分了解但又使男人们无法企及的许多方面。这是她如今通过自己的心灵体验逐渐明白的道理。还不明白这个道理的女人，不是一个成熟的女人。有些女人，在她们刚刚踏入生活大门不久，便明白了这个道理。她们是幸运的。有些女人，在她们向这个世界告别的时候，也许还一直没明白这个道理。她们真是不幸得很。她不算幸运，也不算很不幸。她明白得晚了点，但还不算太晚……

她在半睡半醒的状态中，一动不动地，静静地思索着。

这种静真美好啊！她努力回忆，回忆不起在到北大荒后的十年，不，十一年中，有过享受这种美好的时刻。不惜时间流逝，不被周围的任何事物干扰。像是在梦里，又知自己不是在做梦。可以静静地去想，可以去想与一位教导员毫无关系的事，可以只想与女人相关的事，这简直是一种幸福。

然而营长的影子时时执拗地介入到她安宁明朗的思想中。她驱赶他，不愿让他破坏自己此刻的心境，他却不走。

"我最了解你！"他大声说，一遍又一遍，仿佛这至今仍是他的权力。

"最了解我的人是营长。"在她已明白这句话的虚假性后，她仍这么说。知道自己在说谎，没有勇气彻底推翻自己原先的立论。因为许许多多的人，已经非常信服地接受了这一点。她自己在某一时期内，也习惯了说这句话。在营党委的组织生活会上说，在党内展开批评与自我批评的时候说，在需要介绍自己如何成长为一个知青干部的讲用会上说，甚至还将这句话写在存入档案的思想小结上。

除了自己的入党介绍人，她难道可以说另外一个什么人最了解自己吗？那将会使多少人失望和震惊啊！第一个感到自尊心受到严重伤害的，当然会是营长。一个不愿说谎的人说谎话时，也等于在伤害自己，是对自尊的很严重的自践，但她宁肯受到伤害的是自己。

难道她可以对别人说出“简”么？“简”——什么意思？可悲，与她接触和相处过的那么多人中，竟没有一个人知道“简”。

“我的朋友，最亲爱的朋友啊！”她的手动了一下，拿到了《简·爱》这本书，轻轻抚摸着破损的封面，像抚摸一位最亲爱的女友的手。

从今以后，我要对人说：“最了解我的人是‘简’，是你！”她想。不，不是“了解”，而是“理解”。“了解”是一个肤浅的、有距离感的词，“理解”才是与心灵相通的词。对于营长，她就从来没有用过“理解”这个词。最初是因为不明白这两个词之间的区别，以后是因为明白了这两个词之间的区别。

她静静地想着，想着，抚摸着那本自己中学时代最喜欢读的书，心中产生了一种悲哀，一种凄凉，想哭。

女教导员、女政委、女常委……历史在它的某一时期，不允许这样的女人们更像女人，不允许这样的女人们身上保留着女人的情味。在北大荒的时候，她常常从别人对自己的态度中感到自己仿佛是一个中性的人。哪个男人如果公然敢用瞧一个女人那种眼光瞧她一眼，那是肯定会被认为大逆不道的，也无疑会激怒她。而女人们如果对她表示过分亲昵，则会被视为“马屁精”，遭到背地里的谩辱。男性对她敬而远之，女性对她远而敬之。女教导员不是女人，是党的一级“代表”。

一次，营党委委员们坐在一起，围桌讨论制定“知识青年三大纪律八项注意”。有人主张加上“洗澡避女人”这一条。有人不同意，认为这一条在进行一般连队教育时强调一下就可以了。加上这一条，就必须从已列出的八条中去掉一条。否则，变成三大纪律九项注意，不伦不类。主张加上这一条的，坚持非加上这一条不可。为了加上这一条，理所当然地应该去掉已列出的某一条。双方争论起来，直至面红耳赤、出言不雅的地步。仿佛坐在他们之中的她，并不是个女人。几个男人关于“洗澡避女人”这个命题所说的一些话，是比他们赤身裸体当着某个女人的面洗澡，更会使一个女人感到羞赧的。

最后营长拍了一下桌子，吼道：“乱他妈的争个什么劲儿！男人不就是多那么三两肉，女人不就是少那么三两肉吗？让教导员决定！教导员点头，就加上。教导员摇头，就不加！教导员也代表我的意见啦！”

真是莫大的荣幸啊！营长在任何问题上，一向都很尊重她的意见，一向都有意建树她的威信。

于是所有男人们的目光都注视在她脸上。

她当时觉得全身的血液都朝脸上涌……

只有特殊情况下，比如要选派代表参加什么隆重的会议，名额中强调一定要有女代表，她的性别才在特殊的情况下有了特殊的意义。

营部搬家时，她在连队蹲点，是话务员和通讯员替她搬的东西，结果将她的一本厚厚的日记丢失了。整本日记都是写给一个人的信，写给“简”的信。二十一封半。

日记终于是找回来了，但已不知被多少人看过。她为此对话务员和通讯员大发了一顿脾气。

不久，许多人都在背地里窃窃私语，说教导员害了单相思，爱上了一个姓“简”的。议论最初在营机关范围内传播，后来就蔓延到了离营部较近的几个连队。有人甚至怀着某种低俗的兴趣暗中调查了解。在全营也没查出一个姓“简”的男性，只查出三个姓钱的，其中一个还是老头。于是“简”像一个具有神秘色彩的影子，伴随着她出现在各处，接受众多不可思议的目光的检阅。

营长不得不找她谈话了,开门见山地问她:“简”是谁?

她镇定地回答:根本没有这么一个人。

她怎么可能爱一个根本不存在的人呢?营长不相信她。这太荒唐嘛!

“那么,你解释解释,那本日记是怎么回事啊?”营长刨根问底。

怎么解释?没法儿对这个只有小学三年级文化的山东大汉解释清楚。

她反问:“你也看过我的日记了?”

营长摇头,说没看过,听传的。

她心中有了底,现编现讲,说那本日记,并不是她的,而是她小姨的。说她小姨是某出版社的外文翻译。说日记上写的是小姨翻译的最后一部书的手稿,没译完,小姨就生病死了。说她保留这本日记,是出于对小姨的怀念。

营长完全相信了她的话,营长在任何事情上从未怀疑过她的话。营长相信她就像相信自己一样,因为营长认为他太了解她了,怀疑她就等于怀疑自己。营长从不怀疑自己。

营长在全营机关会议上替她辟谣。大发雷霆,说要追查造谣者和传谣者,严加惩处。说造教导员的谣,就等于造他营长的谣。

“我最了解教导员!教导员爱上什么人,我能不知道么?她能不向组织汇报么?组织能不掌握情况么?组织能不对这个人进行各方面的了解么?教导员若爱上什么人,不像你们所想的是件简单的事!他妈的谁今后再敢说一个‘简’字,我割掉他的舌头……”

营长是好意,绝对的好意。营长维护她的尊严和形象不受谣言伤害,正如维护他自己的尊严和形象一样。

关于小姨的感伤而富有人情味的谎话,由她的入党介绍人之口,当众重讲了一遍。所有的人似乎都相信了,几个人的头渐渐低了下去。

她就在营长身旁，正襟危坐，神情庄重。她不得不摆出一副受到无端伤害然而宽容为怀的样子，迎视着种种对她表示歉疚的目光。

她心里却非常难过。那是一种不得不以庄重的神情去加以掩饰的难过。她那么轻易、那么成功地欺骗了营长，自己的入党介绍人又那么严厉、那么无私地欺骗了更多的人。为了什么呢？究竟是为了“简”，还是为了爱？也许仅仅是为了维护一位女教导员的中性的形象！那一天，她第一次对自己产生了一种怜悯，也第一次对自己产生了一种恐惧心理。我已虚伪到了怎样的地步啊！我已变得不是我自己了！为什么没有勇气当众承认，我心中时时感到空虚？为什么没有勇气当众承认，我多么希望别人像对待一个普通女人那样对待我？为什么没有勇气承认，我多么嫉妒那些漂亮的、开朗的、魅力迷人的姑娘，幻想像她们那样，无论出现在哪里，都能吸引众多小伙子爱慕的、而不是准备接受批评的目光；幻想像她们那样被英俊潇洒的青年苦苦追求，幻想像她们那样暗中交换小伙子们写给她们的情书看，与情人偷偷幽会在小河边或桦林中？为什么没有勇气当面对营长宣告：“你根本不了解我！”……这些思想，从那一天起，开始如剐如割地折磨她的灵魂。在这种痛苦的折磨中，她开始正视自己的灵魂。

从别人的眼中，她看清了自己。

她终于明白，自己对于“简”的那种依恋，那种沟通，是一个女人与自己封闭的心灵的沟通，是一个女人对女人本应具有的一切的依恋。不幸的是，她更想成为一个女人。而别人和生活要求她迫使她成为一个教导员。“简”是不漂亮的，她也是不漂亮的。“简”不是十九世纪英国穷牧师女儿的影子，“简”就是她自己。

“把外表的虚饰当作真正的价值。让刷白的墙壁证明洁净的神龛……”

直至那一天她似乎才真正对《简·爱》这一本书中的这一句话有所理解。

“简”却比她还要幸运些。“简”心中有一位罗切斯特先生。她心中只有女人的孤独,还有那些政治思想工作条例……

那一天她将日记烧掉了。

谣言被权威消灭了。

灵魂被思想灼焦了。

营长以为一场庸俗无聊的风波已经过去。

而她却缩入自己的灵魂之中更加不敢钻出来。

她给营长织了一件毛衣,为了表示对于一位监护自己的党内同志的感激。无论如何,营长毕竟有许许多多的理由要求她对他表示感激,但营长从未向她或向别的什么人流露过这种要求。帮助青年干部树立威信,树立尊严,这是营长视为已任的。也是一名共产党员应该具备的好品质。有了什么责任,营长总是挺身而出,将她护在身后。有了什么获得荣誉的机会,营长又总是毫无怨言地、非常真诚地将她推到前面。

无论如何,营长是位好营长,好党员,好干部。营长的的确确有许多值得她学习、值得她尊敬的品质。

但营长却不是一位好丈夫。好营长与好丈夫在生活中往往不一定那么和谐地统一在一起。

营长经常打老婆。某些老婆,是天生需要经常被丈夫们捶捶打打的。营长的老婆就属于这一类老婆。都说山东女人勤劳,那女人却懒得出奇。除了做饭,任什么家务活也不干。而她还没有懒到连饭也不做的地步,则完全是因为她还没有懒到连饭也不吃的地步。营长家里很脏,脏得他羞于让别人到他家去。那女人比营长小十三岁,正是心猿意马的少妇年华。营长没本事拴住她的性情,她便渐渐自己悟会了一套倚门卖俏的手段,干起了陈仓暗度的勾当。丑女人生出这种心思，也会有饥不择食的男人闻腥而至，何况那女人不丑。一张黑红的瓜子脸挺端正，不胖不瘦的身材挺苗条，再加上一双善于投出色饵的眼睛，无异于向男人们打出块招牌——“愿者上钩”。

皇后风流，就有偷香窃玉的国手。营长的老婆不正经，就有敢冒营长之大不韪的色鬼。营长前脚出门，那女人后脚也出门，打扮得整整齐齐，油头粉面。营长往东，她往西。营长往西，她往东。挎着个小篮，上山去采“木耳”，采“蘑菇”，采“猴头”。一采一天。回来的时候，衣扣也缺了，头发也乱了，疲惫不堪却兴致勃勃。

于是营长家里的木耳、蘑菇、猴头就多起来。多得营长经常送给回城市探家的营部机关知识青年。

于是营长就不愁没有佐酒的菜了。

于是营长就觉得自己的老婆也可爱起来。

终于有一天营长吃出那木耳、蘑菇、猴头滋味不对，插上家门将老婆狠狠治了一回。那女人从窗口逃出，一路奔到营部，风风火火，大哭大闹。

营部只有她一个人，正在记录团里的电话通知。

她只好放下电话劝那女人安静下来。

那女人便坐在她对面，像面对一位法官，抽抽搭搭地大声诉苦。

“哪个男人像他？从我嫁给这土鳖，他就只会老一套！……”

“什么老一套啊?”她不懂，却觉得有义务替营长教育那女人一番。

“恩爱夫妻，一年三百六十多个晚上，总得换个花样吧？可是他……就会老一套……完了事，背过身去就打呼噜，鸡鸭踩蛋还扇扇翅膀叫两声呢！……”

那女人却不知羞耻地给她上了一堂房事课。

“你！……你滚出去！”她觉得脸上要着火了。

“你是教导员，营长打我，我不找你找谁？”那女人振振有词。

她跑出了营部，跑到老远老远的地方，跑到小河边，在一棵大树下默默站立了许久……

第二天营长见了她的面，还奇怪地问她脸色为什么不好了。

她说没什么。

营长就吸烟。吸了一支，接着又吸一支。连续吸了好几支，才吞吞吐吐地对她说：“小姚，我家那贱女人找你哭闹来了？那骚货，就该一棍子打断她的腿，叫她往后看得见山，上不了山！”

“营长，我……得去问问打字员，团部的电话通知打印出来没有……”她欲借故走开。

营长却一把抓住了她的一只手，恳求地说：“小姚，昨天那事，你可得替我遮掩啊！传出去，我这营长没脸当了！……”

她默默地点了一下头，觉得面前这个山东大汉非常可怜。

她暗中进行调查，将与营长老婆有瓜葛的那几个男人，发配到了很远很远的山沟连队。她并未向他们作任何解释，他们心虚，也不敢表示出任何不满。她第一次觉得，权力有时候并非可恶的东西。那也是她第一次没与营长商量，便果断地行使了教导员的权力。

毛衣断断续续地织。织成后，营长已打发老婆回山东探家去了。

毛衣是灰色的，粗线的，平针织的，又紧又厚，肯定很暖和。她没织花样，倒是想织，不会。她还是到了北大荒才跟同宿舍的姑娘们学起织毛衣来的。当上了教导员后，就再没摸过织针。以前她认为女教导员静静地坐在某处运针走线，如果被谁看见了，是有点大煞风景的。没什么事可做的时候，她就将《毛泽东选集》或马恩列斯原著翻开，放在膝上，似看非看，似读非读，似动脑筋钻研又根本不是在动脑筋钻研。其实她一翻开那些领袖们的著作就头疼。因为她已经通读过数遍了，获得过三次通读毛著和马恩列斯著作标兵的荣誉。一次是营的标兵，一次是师的标兵，一次是全兵团的标兵。并没有谁要求她必须手不释卷地学习毛著和马恩列斯著作，是她自己这样要求自己。当上了标兵，就得努力争取永远将这个角色扮演下去。标兵一旦不再是标兵，也就连一个普通人都不再是了。那是非凡的苦难。某团的一位上海姑娘，连续两年获得了标兵的荣誉，第三年没被评选为全兵团的标兵，自杀了。她一想到这件事心就抖。她知道这样的事一旦降临到自己身上意味着什么，意味着她不仅仅失去了个人的荣誉，而且也破灭了她那个团、她那个师的各级首长对她抱有的希望。群众也会对她另眼相看。标兵——这是那个时代的一种图腾，是群众心理的需要。没有的地方，没有的人群中，群众会造出来一个。这图腾一旦失去了光环，群众会再造一个。而失去了光环的那一个，就成为过了时的徽章。没有一颗坚强的心是经受不住这种摆布的。她有时不但害怕自己，也害怕群众。她常常感到人人都像自己一样，变得那么混账！

连续——这个词，应用在化学和物理学中，就产生核反应。作用于一个人的心理，就很可能促使一个人去死。

在兵团颁布选举全兵团学习毛著和马恩列斯著作标兵动员令之前，她就知道，师首长给团首长打来了长途电话，说她是全师最有希望被选为全兵团标兵的青年干部，关心地询问到她一年来各方面的表现和工作情况。

团长也给营长打来了电话，说："姚教导员要是在选举之前出了什么差错，我撤你的职！"

营长将团长的话转告了她，并且当天就将七连和九连的两个"秀才"调到了营部，整天关在屋里写她的事迹材料。

团长还派了团宣传股长来到营部,亲任两个"秀才"的组长。三个人不是关在屋子里伏案埋头,就是围住她无休无止地提问题,他们很善于引导她说出一些闪光的话。她非常体谅他们的良苦用心,不得不道出许多豪言壮语。那其实无异是一种摧残人耐性和神经的游戏,语言文字游戏。她道出的那些闪光的话,不过是许多当时很流行很时髦的"豪言壮语"的翻版。举一反三,发挥用之。比如"活着干,死了算!"她换另外一种说法:"死了不能干,活着才拼命干!"——就成为她,三师二团七营女教导员姚玉慧说出的"豪言壮语"了。

她不是语言大师,她只有以这种办法应付别人,也应付自己。

事迹材料完成后,她暗暗庆幸自己没有被搞成精神病。

她的事迹在《兵团战士报》上登载了。

她终于被评为全兵团的标兵了。

当营长预先将这个消息透露给她时,她一转身就跑开了,在白桦林中哭了一场。

营长从那天起却喜形于色,不分场合地搓着两只大手,笑得合不拢嘴,反反复复说:"太好啦!太好啦!小姚你可为咱们全团全师都争了光哇!连续三年,不容易得很哩!我这个入党介绍人,也沾了你的光,跟着你感到光荣哇!……"

从那时起,她内心深处开始害怕荣誉,害怕自己曾一度努力争取的种种荣誉。每种新的荣誉,都仿佛一块压在她身上的大石头。她早已撑不住了,要被压垮了。她终于懂了,荣誉越多,越高,她越不是一个人,越不是一个女人了。

织一件毛衣,这念头,不仅仅是为了对营长表示感激而产生的,也是一种反叛。反叛什么?反叛谁?并不具体,并没有什么明确的思想坚定着这一念头。不,这种反叛的念头绝不是思想,是一种心理,一种朦胧的下意识,一种软弱的本能。如此而已。

“我肯定我们应该回击！”

“简”在劳渥德学校受到虐待后，不是勇敢地说过这样的话么？

那么她就要织一件毛衣。

女人的，也可以认为是人的原始悟性，使她深深地感觉到自己是在受着种种的虐待。一种文明的，不伤及皮肉的，堂皇的虐待。因而也就没有谁体谅她，怜悯她，帮助她摆脱。恰恰相反，有多少人心里还对她隐藏着嫉妒。

织毛衣！织毛衣！！织毛衣！！！

当她开始织那件毛衣时，她才觉得自己在某一方面又有点多少像一个女人了。织毛衣，对一个女人来说，是多么美妙的事情啊！静静地坐着，光滑的织针在手中运动着，柔软的毛线有条不紊地一环环缠绕在织针上，不知不觉中变成袖子，变成领口……更美妙的是，不必强装出一副认真钻研或颦眉思索的样子。她甚至暗想，织毛衣远比装模作样地学毛选或马恩列斯著作，更能使一个女人变得聪明起来。

许多人看见她织毛衣，起初自然都表示出极大的惊诧。

“教导员，你还会织毛衣呀？”

“教导员，看这颜色，你不是给自己织的吧？”

“教导员，你要急着织成的话，我有空时帮你织呀？”

“给营长织的？……营长也怪可怜的，还从没见他穿过一件毛衣呢！”

…………

不久，营部机关的人们也就习惯了看见她静静地坐在某处织毛衣。

她有些后悔说出了是给营长织的。一个女人给一个男人织毛衣，这是很容易引起许多庸俗的猜测或闲言碎语的。

却根本没有什么闲言碎语刮进她耳朵里。

所有营机关的人们,仿佛都普遍认为,营长和教导员之间的关系,无论亲密到何种程度,也肯定不会逾越圣洁的同志式的关系。人们对此深信不疑,仿佛营长和教导员都是没有性与爱这两根神经的人,是同性的人。关于"简"的那些并无恶意纯粹是出于好奇的蜚短流长被营长严厉地加以扑灭之后,人们仿佛普遍认为那是营长替她当众发表的一次郑重宣言:她绝不会爱上什么人,也根本不需要爱。

"小姚,听说你是给我织的啊?抓紧织,今年冬天我就等着穿它啦!"

营长对她大加鼓励。

知道自己做的是别人所期待的,她心中产生了一种莫名其妙的喜悦,一种潜在的兴奋。甚至在开营党委会的时候,她也一反常态,不再那么严肃地瞧瞧这个,望望那个。她埋头坐在一旁织毛衣,别人不问到她什么话,她往往一言不发。

营党委委员们竟连这一点也渐渐接受了,习惯了。

既然营长都不批评她,他们何苦对她加以指责呢?

营长为什么不批评她,这是她不甚明白的。因为毛衣是给他织的么?管它为什么!反正没人批评她,提醒她,告诫她注意什么,使她感到暗暗高兴。

织毛衣!织毛衣!!织毛衣!!!

她几乎是在报复谁似的织着。

教导员的身份,标兵的影响,连续获得三次的荣誉……通通见鬼去吧!她常常一边织着,心里一边恨恨地这么想。

毛衣织成的那一天,是星期天。营机关宿舍里只有她一个人,电话员小孙和文书小周都到连队看同学去了。

收了最后一针,天已经黑了。她长长地舒了口气。像完成了一件复杂而又艰巨的工作那么快活。看看手表,九点多了,小孙和小周肯定不会赶回来了。她将毛衣用一块方头巾包好，铺展被褥，想早点睡。洗了脚，脱了衣服钻入被窝，却又睡不着。光顾织毛衣，忘了往炉膛里加柴，火早熄了。屋里有点冷，又出奇地静。

她感到异常孤独。

小孙的同学在十连，小周的同学在十三连。她们当然都是去看望各自的男同学的。有个男同学在某连队，能够经常彼此看望看望，多好！她也有男同学。同班的，同校的，都有。分散在各个连队。但她明明白白地知道，他们中的哪一个，都不需要她大老远地跑去看望他们。如果她这样做了，他们会感到惊诧的。除了惊诧，可能再也不会有其他表示。他们中的任何一个，也绝不会大老远地跑到营部来看望她。他们看望她也认识的每一个女同学，就是从未看望过她。小学时期，她是市长的女儿。中学时期，她仍是市长的女儿。这一点，使她无论与小学还是中学的同学，都难以结下亲密的友情。那时候她自己好像也不需要友情。她在班级和学校里独往独来，高傲而孤僻，优越感极强。

在北大荒，她也当过一个时期"走资派"的女儿，但属于"可以教育好的"一类。不久父亲便被"解放"了，"结合"了，"长期挂职休养"了，她又成了"革命干部的女儿"。于是成了班长、排长，进而成了副指导员、指导员、教导员。于是，在她是"走资派"的女儿那一时期，曾主动接近过她的一个男同学，又跟她疏远了。

她真希望哪一天有个什么人突然推门而入，声明是来看望她的，那她将会对这个人内心里充满了感激！

小孙和小周的男同学，其实就是他们各自的恋人。她们常常背着她凑在一起说悄悄话，有时忧郁，流泪；有时欢乐，嬉笑。而当她一出现在她们面前时，她们就变成了另一种样子。

"听说星期天食堂吃饺子？"

"嗯。"

"开饭时如果我不在,别忘了替我打呀!打两份。一份三两的,一份八两的。"

"谁要来看我?肯定是个男的!"

"还会有谁来看我?我那位呗!他说每个星期都是我下连队看他,他有点过意不去!"

"别,千万别让他来营部看你,打电话告诉他,你去看他!"

"为什么啦?"

"用问?教导员眼皮底下,你们这次见面能愉快么?我想象得出,她肯定会这么说:'营部不是谈情说爱的场所!'不把你那位鼻子气歪了才怪呢!……"

"我看教导员有点不正常,自己不需要爱情,还希望别人都是石头!"

"那是嫉妒!吃不到葡萄的人,总说葡萄是酸的嘛!"

"哈哈哈哈……"

一次,她无意中听到了她们议论她的这番话。那是夏天,她们在宿舍里,她在宿舍外。她们的笑声,从窗口飞出,像一把针甩在她心头上。

她猛地推门跨入宿舍,使她们大吃一惊,笑声戛然而止,胆怯慌乱地瞧着她,似乎都不敢喘气了。

她气得脸色苍白,双手发抖,狠狠地瞪着她们。

她们同时迅速避了出去。

接连几天,她们在她面前惴惴不安,诚惶诚恐。

她却没有因为这件事故意找她们的什么差错。如果她想报复她们,那是有很多机会也很容易的。

然而她没有。

如果说她还在某些方面像她自己,那么大概也就只有这一条了——不实行报复。

她还不甘连自己最后的本质都由自己污染了。

“营部不是谈情说爱的场所。”——这是营长的话，并非她的话。

她不过是将营长在营党委会上说的这句话，在营机关星期六例会上又宣布了一遍。营机关的女知青多：电话员、卫生员、食堂的炊事员、招待所的服务员、文书、宣传干事、妇女干事……

营长的话的确说得尖刻了些，但她自己当时确也认为这一点不无强调的必要。

她那颗受到伤害的心痛苦而委屈……

屋里太静了，也太冷了。火炕冰凉，忘了烧。电压不足，一百度的电灯，还比不上四十度的电灯亮，像一只昏黄的独眼，冷漠地瞪着她。

外面也是那么静，听不到风声，世界仿佛死了。

她忽然觉得，这个夜晚，她自己一个人，无论如何也是不能够形单影只地度过了。

她一下子坐了起来，发了一会儿呆，又匆匆地穿好衣服，穿上了鞋。

她挟起那件用头巾包着的毛衣，推开门走了出去。

她都不知道外面是什么时候开始下起了雪的，雪很大，仍在下。月光皎洁，四野一片银白。大而柔软的雪花，时时飘落在她脸上。一接触到她的脸颊，顷刻便溶化了。几排营部的家属房，窗子全黑了，人们也许早已进入了梦乡。

她走着，走着，不假思索地，机械地走着，仿佛有一条看不见的绳索在前面拽着她。

走到一排房子最东头的一家小院外，她站住了。

是营长家。

窗帘拉着。忽闪不定的、微弱的光亮透过窗帘布，被滤成了蓝色的,晃在玻璃上。

她想营长还没睡。

她犹豫片刻,轻轻走入小院,轻轻走到门前,轻轻拍门。

“谁?”营长的声音。听来粗暴,使她猜想他正在独自生闷气。或者由于非常讨厌此时此刻有人登门打扰而恼火。

“我……”连她自己也不知道为什么,回答的声音竟那么低。

“小姚? ……”营长披着棉袄开了门,闪身将她让进屋里。

桌上点着极短的一截蜡烛。摆着半瓶酒,一只粗瓷大碗,一小盘咸菜。

营长家里似乎比她的宿舍里更少生气,更少温暖,也更昏暗,也更窒闷。

“怎么不开灯?”

“灯泡坏了。”

“到办公室去先取一个啊!”

“不用,这样挺好。你怎么还没休息? 有事?”

“没事……我来给你送毛衣……”她说着,将毛衣放在炕上,自己也坐在炕沿上。

营长打开头巾,拿起那件毛衣,高兴了,笑了:“你织得还真快。”

她说:“一点都不快。早该让你穿上了!”

营长看了她一眼,默默放下毛衣,不再说话。

屋里充满酒气。

营长身上也散发着酒气。

营长又走到桌前,端起粗瓷大碗,扬起头一口喝干了剩在碗里的酒。

营长的酒量是全团干部中出了名的。

她也能喝三两白酒,在许多次会餐的场合上练出来的。

她忽然极想喝酒。

“营长,也给我倒半碗。”她以一种好胜的口吻说。

“你？……”营长转身又看了她一眼,倒了半碗酒,双手端给她。

她接过碗,一饮而尽。顿时觉得一股火热和辛辣从胃里直冲头顶。

营长默默接过碗,又将那一小盘咸菜递给她。

她用手背抹了一下嘴,摇摇头,推开了。

“我走了。”她喃喃地说。

“那你就走吧。”营长说,“这酒劲挺冲,保你回到宿舍睡一宿安稳觉。”

她站起身,就想走。她自己心里明白,她到这儿来,并不单纯是送毛衣的,毛衣明天也可以送给营长,也不是为了喝上半碗白酒的,酒解除不了她内心此时此刻的空寂。

与眼前这个有许多理由受到她感激,而她从来也没有当面对他说过一句感激之词的男人交谈了几句毫无意义的话,还喝了他半碗白酒,她似乎也就得到了一些满足。同时又觉得渴望获得的半点也没有获得。

她的头开始有些晕了。

她想,她应该走了。

她的双脚却还将她钉在那里。

你究竟需要什么？——她在心里问自己。已经开始朦胧的意识对这个问号很漠然。

营长站在她面前,定定地瞧着她。

她又说:“我走了……”

营长又说:“那你就走吧……”

“你试试毛衣吧,如果不合身,我拿回去拆了重织。”

“不试也罢。哪会不合身呢!”

“你还是试试。”

“那……我就试试……”

营长一抖肩膀,将棉袄抖在炕上,拿起毛衣往身上比量。

她不想立刻回到她那很冷也很静的宿舍。

她说:“你得穿上试试呀,这我怎么看得出来合身不合身……”

营长听了她的话,就脱下了套头的破旧绒衣。

像北大荒的不少男人一样,营长也没穿衬衣,他们认为光着身子穿绒衣更暖和。

这是她完全没想到的。

在昏暗的烛光的照耀下,他宽厚的脊背闪着皮肤的光泽。他那两条粗壮的胳膊,他那仿佛能挑起千斤重担的肌肉发达的双肩,他那像穿了救生衣般高高隆起的胸脯,竟使她无比震惊!

她第一次看见这个自己平素非常熟悉的魁梧男人赤裸着上身。

而且她离他这样近!

那种震惊是强大的,使她心理上一时间还来不及产生任何变化,甚至连一个女性的微妙的羞赧也来不及产生。

她呆呆地看着他,像看着一个用石头凿的人。

营长拿起衣服刚要往头上套,不知为什么,转脸看了她一眼。

在这一时刻,在他的目光与她的目光相碰的瞬间,她的心才突然怦怦激跳起来,她感到脸像被火烤一样灼热。

她下意识地低了头,但随即又抬起了头。这是一种奇特的心理。

她从营长那炯炯的目光中,感到自己是一个女人。

这种她几乎从来没有体验过的意识,彻底击败了她一向很冷静很善于自持的理智。

她内心里骤然生起一种强烈而又迷乱的渴望！

她对它不知所措，也似乎期待它已久。

这震惊，这渴望，被动地期待进一步发生什么事并可怜地害怕果真发生什么事的恐惧，如几股飓风在她心房里喧嚣冲腾。

这是她从未体验过的一场灵魂深处的大骚乱，这崭新的奇异的体验使她的灵魂此时此刻变成了一匹脱缰的烈马。她的灵魂于是获得了一种无羁的快感和一种战栗的兴奋。

她觉得自己身上的每一根最细小的神经都完全失控了。

期待和恐惧双重的本能逆向挣扎，撕裂着她的灵魂，像狮爪撕裂一只小兔。

她偏不垂下她的头。

她咄咄地迎视他的目光。

她固执地勇敢地骄傲地快活地对自己挑战！

她的理智卑下地绝望地对她喊叫：你怎么能这样！

而她的灵魂激动地大声回答：我为什么不能这样！

她觉得她身在大裂谷的无底的断堑，疾速地坠落着。

她觉得她就要晕倒了。

那小小的一截蜡烛，跃起最后一朵光亮，终于不甘地熄灭了。

“蜡……”究竟说出口了这个字，还是仅仅想到了这个字，她自己也不知。

两条粗壮的男人的胳膊，猝地将她紧紧搂抱住了。

没有反抗。没有趋就。没有激情。没有柔情。恐惧也消失了。

情感，精神，心理，三个世界一大片空白！

沉入她心底的两种本能不再互相挣扎，疲竭地喘息着。

不，那是他的喘息。粗重，短促，急迫，散发着酒气。

她酥软得连微微睁开一下眼睛的气力也没有了。她仿佛觉得自己已变成了胶状的什么半死不活的东西，粘在他身上，又在往下流。她仿佛觉得自己被一只章鱼的吸盘牢牢吸住,也被它的八条触臂整个抱拢。

可以认为那一时刻她是死了。死在现实中,活在另一个涅槃的境界。两处都是黑暗的地方。

持续的鼓声引导她迷醉的灵魂走向某一不可知的归宿。

不是鼓声。

是男人的冲动的狂野的心跳!

一只大手,迫不及待地从衬衣底下探入她怀中。

乳罩带被扯断了。

结满厚茧的大手,肆意揉搓着她的乳房。那是此前任何一个异性都没有轻触过一下的。

她呻吟起来。

她那瘫软的身体像受到惊扰的海星,本能地收缩着。

灵魂却不知道该逃向哪里。

她张开着嘴,才感觉到能够呼吸到空气,而另一张嘴立刻堵住了她的嘴。那张嘴贪婪地拼命地裹吮着,像要通过她的口,将她的心裹吮出来,囫囵吞下。

她感到自己的身体似一小片棉絮那么轻,被强壮的手臂抱起来,无声无息地放在炕上。

她仿佛被颓倒在土墙掩埋住了……

那只饥渴的大手,如动物似的,莽莽匆匆地向下抚摸……

突然他抖了一下,一跃离开了她的身体。

她听到一串雷声。

理智渐渐归复到她身上的最初一瞬间,她就明白了他为什么那样迅速地跃开。

不是雷声。

是啪啪的拍门声。

她一下子坐了起来,惊得呆住了!

对她来说,那一片刻,是黑暗之中最最可怕的片刻。世界末日呈现眼前她也不过恐惧如此!

“营长!营长!……”

外面是文书小周焦急的声音。

她和他都屏住了呼吸。

她连抻一下衣服都不敢。

门,并没有插。

“营……”

门突然被拉开了。

文书闯进了屋里。

“营长……”

小周蓦然缄口,僵立在她和他面前。

也许是很长久的一段时间,也许是极短暂的片刻死寂。

小周一扭身跑了出去,将一句话留给她和他:“管理员的爱人难产,得赶快派车送团部!……”

她不知道自己是怎样离开营长家的。

她来时留下的足迹已被新雪覆盖得看不出了。

她不知道自己走了多久才走回到宿舍门前的。

更新的雪来不及覆盖归返的足迹。

雪厚了。

那一行足迹深深的。

她真希望她不过是做了一场梦。

但她身后那一行足迹不容置疑地证明她在这个雪夜的一段非常历程。

她一点也不想进入到宿舍里去。

宿舍里还亮着灯。

她知道小周也不在里边。宿舍肯定还那样寂寞,那样冷清。

她背靠着门,坐在门槛上,呆呆地凝望着她的足迹。

她觉得她的心灵上也留下了一行足迹,深深的,将永远存在。不可能被什么覆盖,不可能被什么清除。

那一行雪地上的足迹在她眼中变成了红色的,染红它的是她心里的血。

你满足了吗?

你满足了吧!

她对她的灵魂说,充满了轻蔑。

灵魂一声不吭。

教导员的自尊开始严厉审判一个女人的空虚。

灵魂罪过深重地缄默着。

我要获得的并不是刚才发生过的那件事。不,不是!“简”,“简”,只有你才能理解我!只有你才能替我作证!只有你才能替我辩护!

可你是不存在的……

她的泪水刷刷地往下淌。

羞耻感,这面别人看不见的镜子,逼照着她的脸。

她在这面镜子里瞧见一座殿堂像小孩子搭的积木一样坍塌了。每一块都变成“人格”两个字,断裂着,重叠着,堆压着,如一座坟。

她双手捧起一捧雪,捂住了脸。

雪化了。又捧起一捧……

小周明天就会将这件事传遍全营的,会非常神秘地将今晚亲眼所见的情形讲给别人听的。

那我就完了。

营长也完了。

我和他从前的一切正常的关系都将被蒙上可耻的堕落的色彩。

一种拯救自己的本能仿佛从极遥远的什么地方将她的理智呼唤回来了，按捺住它并迫使它担负起拯救自己也拯救另一个人的责任。

又一起恶毒地诽谤教导员的谣言?!

彻底否认这件事?!

我今晚根本没到过营长家?!

无中生有?!

用两个领导者的牢固威信加在一起作为有力武器进行回击?!

但愿雪下得更大更快更厚，马上覆盖掉我留下的那一行足迹。在它还没有被任何人发现之前。

但愿明天早晨在宿舍和营长家之间，白茫茫一片大地好干净!

可如果我得救了，小周将落到什么下场?

欺骗得了别人，能欺骗得了自己吗?

心灵上的那一行足迹是大雪无法覆盖也无法掩埋的啊!

他也绝不会与自己订攻守同盟!

他不是那种人!

自己这些念头，绝不会也在他的头脑中产生!

卑鄙! 卑鄙!! 卑鄙啊!!!

这一连串的念头卑鄙得太可怕了!

她的灵魂被自己这一连串念头吓得瑟瑟发抖!

不! 不!! 不!!! ……

她竟失声叫嚷出了一个“不”字。

她下意识地用一只手背堵住了嘴。

不……

她想。那样做了我不但不能使自己获得拯救，反而会堕落到自己和别人都无法再拯救的地狱中去！

既然已经发生了，就让一切形式的审判对我开庭吧！

“简”，你要给我勇气啊！

她又捧起了一捧雪，塞进口中。

可耻！堕落！荒唐！毫无意义的一时的冲动！……既然已经发生了，就承担吧！后悔已晚了就绝不要后悔！

她决定对自己进行冷酷无情的挑战！

将会是一败涂地的挑战……

“教导员……”

她猛抬头，小周不知何时出现在面前。

她缓缓站了起来，手中还攥着一把雪。

小周问：“教导员，你怎么不进屋？”月辉下，对方的眼睛异常明亮。

“我……屋里太闷了……”她喃喃地说。

她的视线不禁从对方的肩头望过去：雪地上，另一行脚印从公路的方向插过来，与她自己的那一行脚印并行至此。

但愿这是一场梦。

她心里还这么想。为了掩饰内心的慌乱，她尽量用一种正常的语调问：“管理员的爱人送往医院了吗？”

“已经送去了。营长也跟去了……”小周低声回答。

她没从小周的声音中听出什么特殊的意味。

她的心多少安定了一点。

她又说：“替我想着点，明天给营长家送一只灯泡。”

小周默默地点了一下头。

她进一步说：“我正在营长家和他谈冬季干部集训的事，灯忽然就灭了，接着你就来找营长……”

小周用更低的声音说：“教导员，这还用解释吗……”

沉默的一方是她自己了。

这是比对方虚伪的沉默。

但她只有沉默——因为对方的话把她“将”死了。

幸亏对方很快就使她从尴尬之中挣扎出来了。

“教导员，多冷啊，咱们进屋去吧！”小周微微笑了一下，推开了门。

进屋后，小周说：“嘿，屋里也这么冷！”

她说：“我没想到你今天晚上还会赶回来。”

小周说：“那你自己就不怕睡凉炕啦？”

她说：“我自己无所谓。”

小周说：“傻瓜才会像你一样！你睡凉炕的次数还少吗？得什么妇女病再后悔就晚了！”说完，便蹲下身去，抡起斧头劈柴。

她望着这个一向对自己恭而不敬、顺而不近的北京姑娘，心头倏地滚过一阵热浪。

她赶紧生火烧炕……

直至熄灯后，两人再没说什么话。

她穿着毛衣躺下了。

想到自己被扯断了带的乳罩，她不敢当着小周的面脱下毛衣。她彻夜失眠，然而她不敢辗转。她几乎一动不动地仰躺了一夜，瞪大眼睛望着屋顶……

一天，两天，三天过去了……

一个星期，两个星期，三个星期过去了……

什么也没发生。

任何轻波微涟也没有。

好像那件事根本就是她做的一个梦。

倒是小周对她似乎比从前亲近了些。而小孙因为小周对她的态度如此，也不再视她为需要提防的人了。

只有几位营党委委员们表示过一点奇怪。他们奇怪的仅仅是营长为什么不穿上教导员为他织的那件毛衣？不合身？

她和营长的话，对某些重要问题的意见，在营党委委员们中间，仍具有决定性的、互相补充的威信。

在各种工作会议或营党委会议上，营长还是常说那句话："让教导员决定吧，她也代表我！"

在评选究竟谁有资格获得某种荣誉的时候，营长还是像从前那样，用无私的口吻说："我看就是小姚吧，她原则性强，组织能力强，工作责任心强，又是连续三年的标兵……"说时，还是像从前那样，连看也不看她。

营党委委员们，营机关的所有人们，对此依然如从前一般毫无疑义，心悦诚服。

但营长的这些话，在她听来，已不能像从前那样激起她心里由衷的感恩图报的回响了，她似乎觉得这些话是受了污染的、隐裹着心照不宣的肮脏内涵。

这是负着罪过感的灵魂对心理的反馈。

她明知自己非常不应该那样去领会营长的那些话，不应该对自己对营长这么无情这么严厉地进行并不公正的审判，不应该将自己也将营长的人格否定得那么彻底。

然而沉重的罪过感以及由此造成的一系列的连锁反应的自裁意识，在她心灵中扩散，糜烂，腐蚀，形成一环又一环的痛苦链条，紧紧地箍在她身上，无法挣脱。

当没有第三者的时候，她和营长不能够再用正常的语调说一句话，不能够彼此迎视一眼。仿佛两个人的内心里都蛰伏着一个魔鬼。不是她逃开了，便是他逃开了。

天天读，政治学习，传达文件，还是由她主持的事。

腐化、堕落、败坏、丑恶行为、不良意识、生活作风、道德品质、灵魂、世界观、自己割自己的尾巴，伪装是不能持久的等等，等等。这些像《圣经》上的戒条一样，充斥语录本中，思想教育材料中和文件中的词句，使她口读着，心颤着。这些词句，这种对人的灵魂进行消毒的形式，是她以前所习惯的，读起来朗朗上口的，视为神圣职责的。而现在，却变成了一遍又一遍往她灵魂上刷的镪水。每天的这种时候，她都觉得自己仿佛是被捆绑起来扔进了镪水池。那是她每天都要经受折磨的时候，那是她每天最难度过的时候。度过后，常常是一头冷汗。

然而在别人听来，教导员的声音仍像从前一样，咬字清晰，发音标准，铿铿然具有警告的力量。职务的训练，使她成为全营读语录、读材料、读文件最适合的人。

她心中暗暗开始诅咒这永无休止的种种宗教式的压迫人灵魂的形式了。

因为在这种形式中真正感到灵魂受压迫受践踏的是她自己，而不是别人。别人可以将头低下去偷偷打盹，可以剪指甲，可以用笔在破纸片上乱涂乱画，可以抠鼻孔，可以抓耳挠腮，可以胡思乱想……

会过去的，就会过去的，这一切都会过去的，总会过去的……

她只有如此抚慰自己。

她变了，憔悴了，常常发怔发痴。

一天，她独自沉思地坐在办公室里，营长走了进来。

她知道是他走了进来。她没动，没看他。

他从头上扯下皮帽子，语无伦次地、绝望之极地说："我受不了啦！我再也不能忍下去啦！共产党员……明人不做暗事……虽然我们没有……那个……但是想……那个的念头……就是犯了作风错误！我档案中没有过任何污点，可是这污点在我心上了！……共产党员对党的一颗红心啊，从此就有污点了啊！我要在营党委会上主动坦白交待自己的严重错误，我要把我的……丑恶灵魂彻底暴露在大家面前！我……我不是人！我甘心情愿接受大家的批判！我要请求给我党纪处分！我……我不配当营长！……他妈的我……共产党员对党的一颗红心……他妈的好端端地糟蹋了啊！……”

这山东汉子痛不欲生，由于话说得太急，满嘴吐出白沫，像一只螃蟹。他一边说一边撕扯自己的领口，一颗扣子蹦飞了。他那样子仿佛神经有点错乱了，有点让人感到可怕也有点让人感到可怜。

她慢慢站起，朝窗外瞥了一眼，猛地转过身，低声然而恨恨地说：“别嚷叫！你忍受不了啦？你怎么就不问问我还能不能忍受？……”

他半张着嘴，瞠目瞪着她。

她又一字一句地说：“忍受不了，也得忍受！”

他呆住了。他那粗壮的脖子青筋暴起，他那突出的喉结上下一动，口中咕噜有声，像把什么要涌出口的东西艰难地咽了下去。

她想：如果你心中真有个鬼，你就咬紧牙关，把它憋死在你心里！别让它钻出来吓你自己也吓别人！

“你要是敢交待半句，我就自杀！”她的话每一个字都说得冷冰冰凉嗖嗖的。她不是在威胁他，她心里就是这么想的，而且也肯定会这么做。

他呆呆地望着她。

他渐渐低下头去，渐渐地转过他那高大魁梧的身体，无声地推开门，无声地走出去了。

她仍呆呆地靠着桌子站立，凝视着他摔在炕上的狗皮帽子，许久许久一动不动。

狗皮帽子仿佛变成了一条狗蹉在炕上。

人竟是多么自私啊！

自私的是我还是他呢？

她第一次像今天这样恶狠狠地对待自己的入党介绍人。

污点，错误……这两个词就能说明那件事吗？人啊人，你为什么在不折磨别人也不被别人所折磨时，还要自己折磨自己，自己虐待自己呢？难道人有灵魂就是为了虐人或自虐的吗？

她突然伏在桌子上痛哭起来。

“教导员你哭什么？……”

“教导员你有什么不顺心的事啊？……”

她想止住哭声，拭去眼泪，装出没事的样子，可已经来不及了。

走进来的是小周和小孙。她们站在门口迟疑了片刻，便同时走到她身边，左边一个，右边一个，两个人的两只手轻按在她肩上，俯下身关切地询问她。

“没什么……我……心里突然有点烦……”她窘迫地说。第一次被人发现在哭，她真觉得无地自容。

小孙不安地说：“教导员，我俩以前对你……太不亲近了，你可别往心里去啊！……”

她触摸了一下小孙按在自己肩头上的那只手，苦笑着说：“别这么想，是个人都有心烦的时候，女人心烦了就爱哭，我也是个女人啊！……”

小孙真挚地说：“教导员，我可是第一次听你说这种话呀！你心里有什么烦恼的事儿，就不能放下教导员的架子对我俩说说吗？我俩今后也不对你保密，也会对你说的！……”

比她小四岁的电话员小孙，是个性格活泼的上海姑娘，不过有时善良得过于可爱。

她微微地摇了摇头。

不能说，傻姑娘！不能对你说，也不能对任何人说，我永远都不会说啊！那不是一般的烦恼忧伤，那是个魔鬼！它会吓坏了你，我要把它憋死在我自己心里！

小周到底比小孙大两岁，懂事些。她说："别缠着教导员了，你这不是在给人添烦？……"说罢，拉着小孙朝外走，走到门口又扭回头说："教导员，中午我们替你把饭打回来！"

两个姑娘走出去之后，她立刻站起来，从兜里掏出手绢在水盆里洗了几下，慌慌地擦自己的脸……

三天后，各连的伐木队都集合到营里了。原定是由一位副营长带队进山的，可营长非要去不可。谁也拗不过他，只好由他。

他当天就带队离开了营部，没跟谁告别，只是将一些未安排妥的工作写在纸上，让人转给了她……

伐木队一钻进深山老林，就三四个月不出来。

她将营长留下的那页纸压在玻璃板底下，常呆呆地瞧着它，心想：你逃避谁呢？逃避什么呢？男人，男人，你比女人还懦弱！……

副营长乐得有人顶替自己进山，便请了探亲假，赶回吉林老家与老婆孩子过团圆年去了。

全营的工作都落在她一个人肩上了。

她默默地处理着各连队汇报上来的种种问题，调解某连队领导班子内部的矛盾，促进连队与连队之间的团结，视察全营的机务检修工作，了解知识青年的思想状况，作计划生育的动员报告……

她的工作能力从来没有得到过那么充分的发挥。

不久，团里又指示三营抽出六百名强壮劳力参加全团兴修水利大会战。她又理所当然地成了水利大军第三支队总指挥。营机关的工作人员也几乎全都编入了支队，只留下了电话员小孙看守转插台，接电话；管理员开介绍信，盖图章。

六百人住在工地上临时搭起的简陋工棚和破棉帐篷里。要在两山之间垒起一道石坝，还要炸平两座山坡，修建起几十米深的水库库底。六百人都将自己最破最脏的衣服从连队穿来了，像一批苦役犯。六百人的劳动态度虽然说不上热情高涨，但起码可以说是非常自觉的。因为他们都是各个连队的党团员，而且他们经过动员后相信了，这绝不再是马歇尔计划。水库设计图纸不是团里的某位领导一时兴之所至、异想天开的结果，而是从省农学院请来的几位教授实地勘察后认真绘制的。只要汗不白流，力气不白出，人们也就不发什么牢骚和怨言。那是精神很容易将人变成物质，而物质又很廉价的时代。一面锦旗可以使一个班、一个排、一个连、一个营，甚至一个团一个师的人们忘记他们是人而非劳动机械……

工地上每天爆炸声不断，巨石源源地从山坡滚下，再被一双双肩膀抬走。号子声、打钎声、铁镐与坚石的碰击声与从扩音器传出的工地宣传员的快板声，响成一片。

那是她的组织能力和工作责任心结合得最出色的一段日子。她既是总指挥，也是普通劳动者。抬石头、打钎、抡镐，她什么都干，她仿佛存心要把自己累垮似的。然而她那并不强壮的身体却似注射了兴奋剂，对劳累失去了正常反应。

她完全能理解营长为什么非要顶替副营长带领伐木队进深山老林了。

六百人在工地上度过了除夕之夜。

从各连队抽调了几名男女知青，前一天临阵磨枪，赶排了几个节目，无非是二人转、对口词、数来宝、快板、山东快书、男声小合唱、女声小合唱、男女声小合唱……内容也无非是工地上的好人好事。就在雪地上、月光下为六百人演出。却只有极少的人去看，索然无味地看了一会儿，发声喊，一哄而散。

第二天开早饭前，各连的领队全来找她，替战士们要求，允许回连队去看看。

她向团里请示,团里不答应。

人们普遍不满起来。这种不满是有道理的。既然放三天假,为什么不让回各自的连队去看看呢?老职工们有不放心的家事要回去料理,知识青年们也盼望着寄到连里的信件和包裹。团里不答应也有道理:三天内六百人不能重新集中怎么办?大坝在三月底不能如期建成,几条河的汛水送下来,将可能前功尽弃……

但她还是自作主张——想回连队的,都可以回去!

各连领队将她的话传达后,工地上一片欢呼。

甚至有人高喊:"教导员万岁!"

一个小时后,六百人就从工地上消失得无影无踪。

团里得到了消息。团长亲自打来了电话,口气相当严厉:"小姚你好大胆!三天后六百人集中不起来,我开你的全团批判会!……"

听得出来,团长是真火了。

她镇定地说:"团长你最好也把我这个教导员撤了,我早就不想当了……"

"你!……"话筒里传出了团长拍桌子的声音。

她轻轻将话筒放下了。

团长从来没对她发过火。

她也从来没对团长那么放肆过。

然而自己从来连想象也不曾想象过的事发生了。

诱导这一切具有强烈叛逆性质的行为的潜因究竟是什么?是自己变坏了的性格?还是那件毛衣?她很难承认自己的性格变好了还是变坏了。就算变坏了吧,也比她从前的好性格更富有人情味了。至于那件毛衣,她敢肯定,是织得很细心的。一个女人织的第一件毛衣比一个鞋匠学徒做的第一双鞋要有意义得多。她想:谁不明白这个道理谁就连起码的人性都不能领悟。

她决定不回营部,独自留在工地上。孤寂曾使她感到过空虚,而她已对空虚不再害怕。空虚有时是人心灵的自然现象,就如同雾是宇宙的自然现象。人对自然现象不必讳言,对一切最自然的事文过饰非才是人的最不自然的行为。

她很奇怪自己的头脑中为什么会产生这些古怪的思想。

这是自然的？还是不自然的？

她觉得自己快成一个经常与自己进行诡辩的哲学家了……

小周原本是要回营部去的,可又突然决定陪她留下来。她心里明白,小周回营部是假,要到十三连去是真。她逼着小周去搭十三连的马车,小周说什么也不肯。

天黑后,两个人把帐篷里的大铁炉子烧得红红的,把铺位挪近了,谁也不干扰谁,靠着被子各做各的事。小周看信,她用硬皮笔记本垫在膝上写信。

她一封三页纸的信写完了,小周那封信还没看完。

她不禁问:“谁写给你的信这么长？能当一本书读了!”

“他……”小周头也不抬地回答。

“十三连的……同学？……”她好奇地问。一位女教导员竟对自己下级的男朋友的信产生了好奇心,她觉得自己这位女教导员简直变得不成体统、有失身份了。

小周抬起头,对她微笑默认。

她不便再问什么,一时又找不到其他事可做,就枕着被子躺下,心想:要是有谁也给自己写这么长的一封信多好呢!

小周仿佛猜着了她在想什么,反问:“教导员你想看么？”

“我？……我看你的男朋友写给你的信？你真是乱开玩笑！……”她的脸倏地红了。

小周咯咯笑了,说:“那有什么啊？我们的信不怕别人看。可以抄在黑板报上让所有的人都看!”

她说:“可惜全团恐怕也找不出那么大的一块黑板呀!”

小周说:“教导员你好像有点不相信?不相信让我念给你听!”

她双手捂上了耳朵:“你真太不害羞了!念我也不听!”

小周说:“你不听我偏念。他这封信写得太好了!真的!你听着……我开始念了啊:亲爱的,吻你。你早已知道我是多么爱你。可你未必意识到你对我有多么重要。因此我要在这封信里告诉你这样一条真理——好女人是一所学校。一个好男人通过一个好女人走向世界。学校!我们女人是一所学校!我当时看到这一行字我都哭了!……”

她故意用一种无动于衷的语调说:“文书同志,那只能证明你自己被爱情的甜言蜜语搅昏了头脑。”捂住耳朵的双手,却不由得放下了。

将女人比作一所学校——这思想真伟大得可以。她有生以来还是第一次听到这种话。难怪有人说,恋爱使人头脑聪明。这封信的开头就大有语不惊人死不休的意味。

小周却不理她是在听还是真不愿听,只管很激动地念下去:“一个男人的一百个男朋友,也没有一个好女人好;一个男人的一百个男朋友,也不能代替一个好女人。好女人是一种教育。好女人身上散发着一种清丽的春风化雨般的妙不可言的气息,她是好男人寻找自己,走向自己,然后又豪迈地走向人生的百折不挠的力量……”

她渐渐地坐了起来。

小周继续念:“一位外国诗人写下过这样一首诗:天下没有比对于一位姑娘的初恋更灵巧的教师/不仅将男子心内卑污的一切抑制下去/也教给他们高尚的思想,可爱的言词,礼貌,勇敢,追求真理的心/和使人成为堂堂男子的一切……”

小周望着她,那种目光在默默地问:教导员,难道你不认为这封信写得好么？

她低声说："念呀！"

于是小周又开始念："这个道理简单而又深刻：世界是由男女组成，当有一个好女人在你身边时，你的世界才是完整的。'妇女是社会变化和发展的酵素。'……"

"什么？……"她没听明白，立刻问了一句。

"酵素。"小周将这两个字大声重复了一遍，说，"你别打断我，认真听下去。刚才那句话，是马克思说的，信上写着。再听：当你走向战场和类似战场的生活，身后有一位好女人相送，那死也不是可怕的了。当你感到身心疲倦透顶的时候，一只温柔的手放在你的额头，一觉醒来，你又变成了朝气蓬勃的人。当你糊涂又懒散，自卑自叹，挺不起腰杆，好女人温柔的指责，像一条鞭子，抽打着你前进……"

小周念到这里，又停住了。这次是开口而不是用目光问："教导员，多好多美啊！每一个女人看了这样的一封信，都会发誓要做一个好女人的！"这二十三岁的平时很文静很善于蓄存感情的姑娘，被恋人的这封信感动得热泪盈眶。仿佛她若不对这封信表示赞美，就会立刻同她争吵起来似的。

"我并没有打断你啊！"她说，"我在认真听着呢！"

激动的情怀使小周的语调发抖："好女人使人向上。事情往往是这样：男人很疲惫，男人很迷惘，男人很痛苦，男人很狂躁。而好女人更温和，好女人更冷静，好女人更有耐心，好女人最肯牺牲。好女人暖化了男人，同时弥补了男人的不完整和幼稚，于是男人就像一个真正的男人走向世界。世界上男人想女人，女人想男人，想了几千年。好男人需要一个好女人，好女人需要一个好男人。人人都能满足，这有多么美好……"

沉默。

她在沉默之中想:小周啊你是多么幸福!每一个女人听你念了这封信都会嫉妒你的啊!能写出这封信的小伙子,他的爱情对一个姑娘来说是世界上最宝贵的。

她喃喃地问:“念完了么?”

小周说:“念完了。”

她说:“可我听着像没完。”

小周犹豫了片刻,说:“还有半页没念完。这半页挺叫人扫兴的……我还不是一个好男人,所以我写不出这样一封信。但是我把你当成我的好女人!我深深地爱着你。有了你的爱,我会成为一个堂堂男子汉的。这封信是我从别人那儿抄来的,这封信在我们连所有的小伙子中间暗暗抄来抄去,连姑娘们也如获至宝,开始暗中传抄了。可见大家都多么想做好男人和好女人啊!这封信你可千万别让教导员发现,那说不定她会在全营展开一场大清查呢!……吻你……完了……”

“就这样……完了?”

“就这样……完了……”

“是有点让人扫兴。”

“所以我不愿念完。”

这封信如此结束,预先让她猜上三天三夜她也猜不到。

过了许久,她再没做声。

是啊,她想,若在几个月前,这样的一封信落在她手中,她肯定会在全营各连展开一场大清查的。也肯定会向团政治部写份详详细细的报告。可是在她经历了那个非常的夜晚后,不,更确切地说,在她开始织那件毛衣后,她已经会用女人的心去感应某些事情了。荔枝熟了,果核硬了。核桃熟了,外壳硬了。她的心态变了,可人们仍只能看到它的外壳。

她又苦笑了。

小周颇有些不安地问:“教导员你笑什么?”

她平平静静地回答:“笑我自己。”

“你……是不是真生气了?”

“我生谁的气呢?”

“你没生气就好。”

“我没生气。”

“教导员,你说这封信写得……美吗?”

“写得很美。”

“你真这么认为?”

“真的。”

“教导员,你第一次对我说了心里话。”

“以后,我还会对你说心里话。”

“谢谢你,教导员。”

“应该我谢谢你,念这么美的信给我听。”

“我知道你肯定会愿意听。”

“是吗?”

“嗯。”

小周站了起来,像三级跳运动员似的,轻盈地一跳,跳过两个铺位,扑通一声落在她身旁,就势坐了下去,一条胳膊从她背后揽过来,将手搭在她肩上,亲昵地依偎着她说:“教导员,我陪你留下来,就是要找机会跟你讲讲心里话呀!教导员你也谈恋爱吧,你都二十五岁啦!你喜欢的小伙子到底该是什么样的?你要是信得过我,就告诉我,我会帮你发现的!爱人啊,像天上飞的鸟,你得留心去发现它。一旦发现了,就要想方设法逮住它。我觉得我现在没有爱就不行,真的!人干吗要装模作样非跟自己过不去呢?教导员,有时我心里真替你挺难过的,难道你心里就真不希望有个小伙子爱你吗?我和他每个星期都见面。不见一面,我下一个星期简直就没法儿过,他也是。见上一面,哪怕只说几句话,甚至什么都不说,互相看一会儿,我心里就满足了,踏实了。失去了他对我的爱,我内心里会空虚死的。真的! 我讲的可句句是真话……”

“别说了……”

“你不爱听?”

“谁会爱我呢?”

“你得先能够爱别人!”小周仿佛在固执地证明自己也可以当她的教导员似的,只管对她循循善诱地说下去:“他抄寄给我的那封信我至少看了二十遍,每看一遍我内心里都感动得要哭。他不是那么好的男人,长得也一般,吸烟很凶,还挺邋遢……可我已爱上他了,有什么办法呢? 只能由着自己去爱。这事最自然而然不过啦! 我才不愿违着自己的心呢! 也不管别人对我如何看法,只要我想他了,就一定设法跟他见上一面,像那封信上写的那么好的男人不多,那么好的女人也不多。我是普普通通的女人,他是普普通通的男人。普普通通的女人更需要一个男人爱,普普通通的男人也更需要一个女人爱。就是这样,就是这么一回事! ……”

“可你不是一个女人,你才二十三岁,你还是一个姑娘。”

“女人是因为产生了爱情才成为女人的!”

听了这句话,她不禁扭转脸看了小周半天。

“二十三岁爱上一个小伙子难道就不光彩了吗? 非得熬到二十八九岁成了老姑娘才可以去爱? 我偏不! 就是有这么一条法律我也要以身试法! ……”小周愤慨起来。

“你可以这样,但我不行。我二十三岁的时候,就当上副指导员了。兵团明文规定,男二十八岁女二十五岁以下不许谈恋爱。”她淡淡地说,又补充了一句,“再说连以上知青干部谈恋爱,要向党组织汇报,这你也知道。”同时暗想:自己二十三岁就当上了副指导员,也许是天大的不幸。

“可你如果现在爱上了什么人，你就不会跟营长……”小周突然意识到失口了，咽下了后半句话。

她的整个身体一时像水泥一样凝固了。她一动也不动，僵硬地坐着，两眼呆呆地望着一个角落。

经过了不短的时间才一片片一块块焊接起来的四分五裂的自尊心，又被别人当面一击粉碎了！

复整的自尊心是多么不堪一击啊！

“教导员，我……我……我不是故意说这句话的……”小周慌乱了，搂住她，急切地解释着，表白着：“那天晚上的事……我对谁也不会讲半个字！真的！我发誓！我什么也没看见……我永远永远……我要是说了，就叫我的一双眼睛瞎了！可是……可是我真替你难过替你害怕呀！你应该爱一个什么人了，可你千万别做蠢事啊！你不爱他，这不可能！你也开始爱吧！可就是别做蠢事！为什么不去爱，而非要去做蠢事啊！……”小周将脸埋在了她怀里。

她什么也不回答。她无话可答。她只是感激地用一只手紧紧地、紧紧地攥着营部文书的手。

她心里又渗出血来……

“公主该起床喽！”

随着一句台词式的话，门开了。妹妹双手端着钢精托盘走进来，托盘上放着两只带盖的钢精杯，几片面包。

妹妹走到她床前，不知该把托盘放在什么地方，转身看见一把椅子离床不远，就伸出一条长腿，用脚尖钩住椅子的横撑，将椅子勾到了床边，然后将托盘放在椅子上。

她从仿佛很遥远很遥远的过去回到了现实中来。非常感激妹妹这时候出现，否则她还会在一个残破的梦里失魂落魄地蹒跚，一直都被一个高大魁梧的黑色的影子所惊悸。

“姐姐,你简直快成一位老公主啦!”妹妹退后一步,双臂交叉抱在胸前,歪着头,像瞧着一个没出息的孩子似的说:“你都回来四天啦,自己知道不?大门不出,二门不迈,每天懒洋洋地躺在床上,衣来伸手,饭来张口,我倒快变成专门伺候你的仆人啦!”

她有点不好意思了,窘迫地笑笑,伸手去端钢精杯。

“先别动!”妹妹轻轻将她的手打开了,嗔怪地说,“伺候你好几天了,连点表示都没有?”

她强作一笑,说:“你还需要听一句谢谢吗?”

“那当然!”妹妹一副理直气壮的样子。

“谢谢!”

“这还像话。”妹妹坐到了床上,仍然像瞧着一个没出息的孩子那么瞧着她。

她打开一个杯盖,见杯中是牛奶。打开另一个杯盖,见杯中是咖啡。

“牛奶加咖啡,面包夹香肠,姐姐你简直过的是贵族生活呀!妈妈吩咐了,要顿顿保证你的营养。你想吃什么,就给你做什么吃……”

妹妹拿起那本《简·爱》,一边信手翻着,一边用嫉妒的语调说。

她吃一口夹肠面包,喝一口牛奶,再喝一口咖啡,觉得这种生活真是让人满足。

妹妹刚才不说,她还真的不记得自己已回家几天了。在这几天内,她整个人处于一种异常慵懒的状态。她觉得可以,并且能够处于如此一种慵懒的状态中,置身在这样一间清洁安宁的房间里,躺在这样一张柔软舒适的床上,半点也不受时间概念的督促,简直是无与伦比的享受。她觉得她的身心在十一年的“屯垦戍边”生活中是耗费得太多了。她真希望今后有许许多多这样的日子,希望在今后很长很长一段时期内，不被别人和生活要求去做什么。更准确地说，不要被别人和生活推到某种行动中去。无论是身体行动还是思想行动。

人啊，真是不可思议！人那么能够适应艰难困苦，也那么能够适应享受和安逸。愈是经历过一些艰难困苦的人，愈那么贪图享受和安逸，愈那么容易沉湎在享受和安逸之中。

生活啊，也是如此不可思议！仅仅十几天以前，她还是生产建设兵团的一位女教导员，喝一口开水都得自己烧，对许多人许多事担负着许多责任和义务。而如今她却只是女儿和姐姐了，只是一个二十九岁的老姑娘了，受到全家每一个人的关心和照料，仿佛成了一个刚从医院里接回来的大难不死的小女孩。坐在床上吃夹肠面包，喝牛奶咖啡，神仙过的日子！

妹妹仍趴在床上翻着《简·爱》，一边翻一边问："姐，你喜欢这本书吗？"书中，划满了红笔道和黑笔道，显然不知有多少像妹妹一样年龄的少男少女们的指纹留在每一页上了。那些硬直的或波状的笔道表明了他们精神的饥渴。

她已吃完了面包，将喝剩的牛奶咖啡兑在一只杯子里，一小口一小口地细细品着那种甜中带苦的味道。听了妹妹的话，她不假思索地回答："从小学五年级起，它就是我的枕边之物了。"

"但是这些话你当时怎样理解的呢？"妹妹发问后，轻声读了起来，"'如果自尊心和环境需要，我可以一个人生活。我不必出卖灵魂去换取幸福。我生来就有一个宝库，让我能够活着，哪怕一切外在的乐趣会给剥夺，或者只用我出不起的代价，才能获得。'姐姐你第一遍读的时候就能理解吗？"

她慢慢放下了杯子，沉思良久，终于摇头——如果当时就能理解，也许如今内心便不会有这许多苦涩的失落！

"还有这段话，都是罗切斯特化装成一个干瘪老太婆对简说的……”妹妹又读了起来:“我兼顾了良心的主张,理智的劝告。我知道,在奉献的幸福之杯中,只要察觉到一点耻辱的渣滓或一丝悔恨的苦味,青春就会立刻逝去,鲜花就会立刻凋谢;而我,并不要牺牲、悲哀、分离——这些不是我的爱好。我希望培育,不希望损失——希望赢得感激,不希望挤出血泊或泪水;我的收获必须是在微笑、亲热和甜蜜之中……”

“够了!”她大声说。

妹妹无比惊讶,抬头瞧着她:“你的记忆力真好!书上是这么写的——破折号,‘够了,我想我是在一种美妙的……’”

“我叫你不要念下去了!”她无端地生起气来。

“烦了?莫名其妙!”妹妹合上书,仰躺在床上,睁大她那双少女清澈的眼睛思索着什么。

她又端起杯,像喝凉水一样,将甜的苦的一口气喝了个精光。

“妈妈哭了。”妹妹自言自语。

“为什么?”她审讯似的问。

“为你那件衬衣,都快洗透明了。”

“我对它有感情,穿五年多了。”

“妈妈在它上边撒了几滴眼泪,就随手把它扔进垃圾箱了。”

“……”

“不过爸爸当时说了一句很有趣的话。”

“怎么说?”

“一位女教导员的衬衣,如果不穿成渔网就扔了,效果不好!”

“你胡说。”

“爸爸就是用的这个词——效果!不信你今天晚上当面问问他。”

效果——讽刺谁呢?讽刺自己的女儿?一定要当面问!

她变得那么敏感,似乎周围充满了对自己的不公正的讽刺和挖苦，包括父亲和妹妹在内。

“你刚才为什么要偏偏对我读书上那两段话？”她猛转身俯视着妹妹，恼怒地质问。

“怎么是偏偏呢？……”妹妹不由得坐了起来，委屈地说，“我天天伺候你，你倒对我这样！我是随便翻到那一页，就读了起来……”

“拿走吧！”

“什么？”

“这本书！托盘！我还想再躺一会儿！”

妹妹站了起来，不满地说：“姐姐你别用这种口气吩咐我！你在家里可不是教导员，我也不是你的勤务兵！”

“住口，我从来没有过勤务兵！”

“那么你想在家里补上这点遗憾啰？”

“小妹你再跟我耍贫嘴，我可真火了啊！”

“你已经火了。可我并没招你也没惹你，莫名其妙！”妹妹不悦地端起托盘，夹起书，转身就走。

妹妹走到门口站住，回头说：“姐姐你们当时烧掉这本书和许多书的时候，大概没为我们想过吧？”

她已经躺下了，又腾地坐起来大声说：“当然为你们想过！怕你们中毒！变成修正主义的接班人！”

“谢天谢地，你们没烧干净。”妹妹耸了一下肩膀，做了个鬼脸，将门用后背顶开一条缝，倒退着挤出去了。

她又闭上了眼睛，希望重新归复到一种安宁的无梦的睡眠状态中去，却不能够了。

她也的确是有点躺腻了，睡足了。

这几天，白天的大部分时间内，家中只有她一个人和阿姨。她每天都躺到九十点钟，不慌不忙地起床，不慌不忙地梳洗，然后不慌不忙地坐到餐桌旁,等阿姨端上她爱吃的饭菜,不慌不忙地吃。然后又回到自己的房间,坐在沙发上静静地看一会儿书,或者打开录音机听一会儿音乐,或者换个房间走动走动,或者到阳台上去站一会儿,然后再接着躺到床上去。

对静,对床,对舒适,对慵懒,她已经开始养成了一种习惯。

父亲每天在她起床之前,就早早地到市委去了。母亲是省教育厅人事处处长,却起码比一位女议员的社会活动还要多。弟弟呢,在她返城的前几天,才从部队复员回来,等待安排工作。或者说,是在耐心地选择最理想的工作。他复员前提升为连长。他认为一个复员的"尉官"有充分的理由要求社会分配给他一个他最理想的工作。她曾和弟弟交谈过几句,弟弟认为对自己最理想的工作单位是电台、电视台、报社、出版社、话剧团、歌舞团、旅游局、市委机关。可见他的理想是很不具体的。他那么自信,断言无论是电台节目编选人,电视节目主持人,记者,编辑,演员,干部,全能愉快胜任。倩倩是市话剧团的演员,一个还默默无闻但似乎不久的将来就会名声大噪、家喻户晓的演员。她和弟弟一样,对自己的前途充满信心。"到了那时候,我们就会……"弟弟爱说这句话,倩倩也爱说这句话。仿佛到了某个时候,整个世界都属于复员尉官和漂亮的瓷娃娃了。

一句自我陶醉的空话。她想。然而自己——返城知青,二十九岁的老姑娘,尽管当过教导员但其貌不扬,连能够说一句陶醉自己的空话的资格都没有!她真羡慕弟弟和倩倩。倩倩才二十二岁,弟弟还不满二十五岁。仅仅这一点,就足以令她羡慕的了。年轻和漂亮,这是装在女性左右衣兜里的宝贵财富。她的一个衣兜从来就是空的,另一个衣兜也被时间彻底扒窃了。在这两方面,她如今是一个乞丐。而倩倩的"衣兜"却是丰满的,就像她那高耸的迷人的双乳。在漂亮的瓷娃娃面前,她常感到无比自卑,如同一个穷光蛋在一个大富翁面前一样。弟弟和她形影不离，每天不是关在他的房间里卿卿我我，相偎相依，便是打扮得超俗脱凡，双双外出。他们仿佛有那么多可做或筹划着做的事。他们仿佛认为，只有他们自己，才是这座城市的真正主人。即使在她面前，他们都毫不掩饰他们的优越感。她甚至觉得，轻狂浅薄在他们身上也有着异乎寻常的魅力。

妹妹在省图书馆工作，也许是由于受工作环境的濡染，迷上了文学。图书馆离家不远，妹妹中午回家吃饭。在短短的吃饭时间里，妹妹也要喋喋不休地和她大谈文学，妹妹相信自己将会成为本市的一位最年轻的女作家。妹妹能讲出本省本市每一位较有名气的作家的作品，以及他们的种种个人情况和家庭情况。而且不论讲到的是老作家还是中青年作家，总是声明在先："他是我的朋友……"批评起他们的作品来，就像要求严格的中学教师批评糟糕透顶的学生的作文。

母亲，在她回到家里的那天晚上，在那顿为她接风洗尘的丰盛的晚餐桌上，用保证的口吻和态度对她说，她今后的工作，一点也不用她自己去想，父母会替她安排得非常令她满意的。

她听从了母亲的话，这几天内尽量不去想工作问题。对于这样一个问题，自己能够不用去想，那当然是再好不过。但完全不想，却又做不到。在心境最散淡最安宁的时候，也会不由自主地去想一想。

一个二十九岁的一无专长的其貌不扬的老姑娘，究竟适合做什么工作呢？弟弟那种种愿望，她都不敢妄想。当工人？从当学徒工开始？那的确很可悲。当什么机关或部门的政工干部，倒是她的本行。可生产建设兵团的教导员做知识青年政治思想工作的经验，就算她颇具这方面的经验，又有多少适用于城市呢？当老师？她自信还行，但也只能当小学老师。中学生她是教不了的。

她有自知之明——初中三年的一切课程,她几乎忘得一干二净。当售货员?公共汽车售票员?她无法忍受这样的下场。纵然她自甘忍受,可想而知,家人也无法忍受。首先是母亲就必定无法忍受。

她觉得自己好像成了没有希望推销出去的废品。

她看了一下手表,十二点半了。突然极想离开房间到外面走走,便一下子坐了起来。

返城第一天,饭前洗完澡,穿着家里预先替她买的一件崭新浴衣走出浴室,她就再也没有见过她穿回来的那身衣服。它们永远地被从她的生活中"扫地出门"了。

她现在穿的这身衣服,从里至外,都是母亲预先为她买的。

她刚要下床,一眼发现床头柜上放着一双崭新的、样式美观的、高跟的棕色靴子。靴下压着一页纸。她拿起靴子,看那页纸,见上面写着这样几行字:姐,这双靴子是我给你买的。我知道你不喜欢棕色,但我犹豫再三,还是给你买了一双棕色的,没买黑色的,因为黑色也许会使你联想到北大荒的土地。我希望你永远忘掉北大荒,永远不再联想到那个地方……

看着那几行字,她又发起呆来。

棕色的,高跟的,活见鬼!她想,她穿上这双靴子一定会显得滑稽可笑。

她穿着袜子下了床,弯腰往床底下瞧。她要寻找到她穿回来的那双大头鞋。她记得她穿回来的那身衣服被"扫地出门"后,放在床底下的大头鞋还在,没被发现,可是现在它不见了。是什么时候被发现,被"扫地出门"的,她不知道。

这个家是那么干净,母亲不允许任何有碍观瞻的东西存在。

她又缓缓坐在床上了,茫然地瞧着那双靴子。

棕色的……高跟的……活见鬼!

那双靴子像两只松鼠睥睨着她。

她恨不得将它们撕碎！

在这个家里，在她身上，任何从北大荒带回来的东西都没有了。母亲和妹妹仿佛是在帮助一个获释的囚徒斩断与监牢有关的一切联想。

又一次“脱胎换骨”么？

她觉得生活真他妈的荒谬！

十一年前，她按照生活对她的要求，去“脱胎换骨”。

十一年后，又得再来一次！

“脱胎换骨”就那么好玩么？让觉得无所谓的人试试看！

可是那两只“松鼠”和她穿回来的那双大头鞋相比，又是那么美观，那么高雅，仿佛具有某种不可抗拒的吸引力，吸引她欣赏它们，诱惑她穿上它们。只有女性某些时候才会对一双鞋产生那样一种被吸引被诱惑的心理。她使劲踢腿，将穿在脚上的两只紫绒拖鞋甩到壁炉前一只，门口一只。然而拿起一只靴子，对它怀有股报复般的仇恨，向后仰着身子，用力往脚上套。费了九牛二虎之力，却无奈穿不到脚上去。她将靴子咚的一声摔在地上，才发现靴腰上是有拉锁的。

毫不费力地穿到脚上，很合脚，不大不小，不肥不瘦。在房间里小心翼翼地走了几个来回，说不出是种什么体验，自我感觉并不良好，觉得变成了一个小脚老太婆似的。

这是她生平第一次穿高跟皮鞋。

皮鞋她是穿过不少双的。上幼儿园的时候穿过皮鞋，上小学的时候穿过皮鞋，上中学的时候也穿过皮鞋。从前妈妈总是要使自己女儿的穿着与一位市长女儿的身份相称。记得她在中学第一次穿上一双黑色的样式很普通的皮鞋时，引起班里不少女同学的羡慕，甚至是嫉妒。刚刚经历了三年自然灾害，六十年代初的中学生们,他们的穿着和现在的中学生相比,是多么的寒酸啊!

她仿佛站在两个高高的支点上,失去了穿着大头鞋那种脚踏实地的感觉。

她迈着小脚老太婆那种步子,一扭一拐地走到立柜前。每走一步,都要不由自主地摆动双臂调整身体平衡。

棕色的……高跟的……他妈的!

她站在壁橱的穿衣镜前,端详着自己,像面对一个陌生的女子一样,竟有些不敢自认。

这个穿着一件金黄色的高领毛衣(倩倩送给她的)、熨线笔直呢子裤的形象,就是我么?

还有这双棕色的、高跟的皮靴!

这哪里是我呢!

她又往镜前迈了一小步,更细心地观察镜子里的形象,要判断出镜子里那个形象究竟是不是自己似的。由于心境从来没有像这几天中这么散淡安宁过,由于从来没有接连这么多天足足地睡过懒觉,由于每天可以用温水洗脸,由于可以不怕被人议论地往脸上擦高级的护肤霜,她的脸上被北大荒冬季的寒风和夏季的炎日所吹晒皱了的表皮,好像褪去了。脸变得白皙了些,也容光焕发了些,双唇也似乎变得红润了些。

我也许并不像我自己认为的那么不好看吧?她自我安慰地想。

生产建设兵团教导员那种严肃的,随时准备批评什么人和事,随时准备进行思想教育的职业性的气质,如今在她身上是半点也看不出来了。

看得出来的只是她内心的散淡,神态的慵懒,目光的怅然若失和迷惘。

她不知道,究竟哪一个形象,更是她自己的庐山真面目;哪一个形象，更符合自己，更对头一点。

她已习惯了那个身为女教导员的自我，尽管这个自我折磨过她，但毕竟是她习惯了的。她有点不甘于承认镜子里那个形象就是自己，有点排斥镜子里那个自我，就像蜗牛不愿缩进陌生的躯壳一样。

她心情复杂地转过身，离开镜子，一小步一小步地走到窗前。

外面在下雪。

雪，城市的雪，岁末的雪，在她心中唤起了一股温柔。

妹妹唯恐黑色会使她联想起北大荒的土地。

而这白色竟也促成万里翩思！

这是瑞雪啊！瑞雪兆丰年。离开北大荒的时候，那里只下过一场小雪。但愿那里也开始下大雪了……

她从衣架上取下件呢大衣披着，轻轻推开落地窗，迈着多少掌握了一点技巧的步子走到阳台上。

雪花很大，洁白而蓬松，飘飘漫漫地，悄无声息地下着。阳台扶栏上，积了十几公分厚的雪。她攥了一把，觉得手心一阵沁人心肺的冰凉。

这一九七九年最后的一场大雪，下得那么从容，那么缱绻。从阳台上，可以看到那些低矮的屋顶，被雪覆盖得洁白。阳台左侧，有一棵大树，树冠齐阳台高。雪花在树枝上绣挂得厚重了，便悄然坠地，像无数紧紧拥抱在一起的小生灵，不能共存，但愿同死，连叹息也不发出。

飘漫的雪花阻挡了她的视线，使稍远一点的市容变得非常虚幻。她的目光聚视在一个固定的方向，穿透雪幔，瞩望朦胧的天际。

几天来，她第一次走出房间，直接呼吸到室外的空气。空气仿佛被大雪过滤了，净化了，那么新鲜，那么清冽，驱除了笼罩在她内心里的慵懒,使她精神为之一爽。

她用奇异的目光观看周围的环境。这是一个幽深而宁寂的大院,两米多高的水泥围墙上布满玻璃刺。在她家的这幢小楼左侧,是车库,右侧是勤杂人员住的一排砖房。铺雪的甬路上,除了两行被雪掩盖的车辙,再没有任何痕迹。甬路两旁,是剪修齐整的柏树女墙。银白压着苍翠,使人赏心悦目。附近没有繁华的马路,听不到车辆过往之声和嘈杂的市声。高墙外,是一条僻静的小胡同,一个人影也没有。

她家原先并不住在这里,是在她返城前不久才搬来的。她对这个地方既感到陌生又感到新奇,总的印象很不坏。这里像所疗养院,她觉得自己的身心都很需要在这么一种良好的环境里进行疗养。本市的二十几万返城知识青年中,全部从北大荒返城的四十几万知识青年中,除她而外,谁能如此得天独厚?这么一想,她又不得不承认自己真是幸运!

这儿离江边不远。她可以望到冰封的松花江,望到江桥和防洪纪念塔的塔顶。一列火车正鸣叫着从江桥上通过,车头喷吐的烟雾,被漫天飞舞的大雪按捺着,不能上升,也难消散,经久地缭绕在桥栏之间。防洪纪念塔孤立地傲矗于一切建筑物之上,像一根熄灭了的大蜡烛。几只鸽子,绕着塔端盘旋。鸽哨声时而悠远时而贴近,虽然单调,却很悦耳,撩人思绪。

他们都在哪儿呢?她忽然想:城市真是强大,吞没二十几万返城知识青年,如同巨鲸吞没海面的泡沫一样!他们可能正在许多不同的屋顶下,像她一样,平息着返城后最初几天内的种种激动心情。北大荒有北大荒的严峻性,城市有城市的严峻性啊!很难说哪一种严峻性小些。她和他们,这一代人命中注定了,要从一种严峻的现实,进入另一种严峻的现实。而接着面临的,仍是现实的严峻性。

上山下乡——返城待业。

席佛西斯的石头。

这一代人又滚到了高山下。

她真想大喊一声:“紧急集合!……”并且想象着,随自己一声高喊,会不会从那些大街小巷和胡同中,从那些楼房,那些院落,那些棚户住宅区,奔涌出一批批兵团战士,集结在她所伫立的这幢楼的阳台下,像在北大荒一样,听从她声音洪亮地颁发命令?……

但她并没有喊。她明白,这种冲动是可笑的,这种想象是荒唐的。兵团不存在了。营不存在了。教导员也不存在了。好比一台车床,由于所谓机械疲劳而突然解体了,其中的一个部件,即使是很主要的一个部件,便也丧失了存在价值一样。北大荒今后需要的,将是具有丰富农业生产经验的实业者。而在北大荒的十一年中,生活并未能够使她成为这样一个人。作为一名教导员,她心中那种隐隐的,仿佛有什么对不起北大荒的内疚,无疑比一般返城知识青年更深些。然而她并不因自己离开了北大荒感到后悔,正如那些留下的人,经过严肃的思考决定留下一样,她也是经过严肃的思考才决定离开的。一个人,在丧失了存在价值的地方,是很难短时期内重新寻找到真正有意义的位置的。

她忍受不了这个。

但自己在城市中的位置又究竟是哪儿呢?

席佛西斯的石头。自己也是其中的一块,这种思想像恶毒的小人一样对她进行着嘲笑……

她摸了一下衣兜,很想吸一支烟。在北大荒,她学会了吸烟。但搭上返城列车之后,她就暗暗发誓,回到城市,绝不再吸一口烟。一个其貌不扬的老姑娘,还吸烟的话,可能更加使城市难以容忍!

却多么想吸一支烟,哪怕只吸几口。

一只大胆的麻雀不知何时落在阳台扶栏上,缩着颈子,歪着头，放肆地瞅着她。

从背后传来一阵旋律优美的音乐，是从弟弟的房间里传出来的，想必弟弟和倩倩一道从外面回来了。

突然响起一阵鞭炮声。她觅声望去，见高墙外的一个大杂院门口，有个老头用竹竿挑着一挂燃爆的鞭炮。几个孩子围住老头，饶有兴趣地观望。她这才发现，那大杂院的对开院门上，贴着两个金色的双喜字。

一辆黑色的、漆光多处剥落的小汽车，戴花披彩，像一只童话中的瓢虫，从街上笨拙地拐入胡同，缓缓行驶。

汽车在贴有囍字的大杂院门口停住，从院里涌出一群男女，其中一个打开车门，请出身着西服的新娘子来。于是两个手捧点心盒的小女孩就从盒里抓出一把把彩纸屑，向新娘子劈头盖脸乱抛乱撒，一时间满空散紫翻红，碎瓣飞舞。

人们乱乱哄哄热热闹闹地簇拥着新娘子进院去了，只将司机和他的车撇在院外。司机厌烦地拂去身上的细碎纸屑，从车头上一把扯下红花彩条，毫不惋惜地扔在地上，钻进汽车，开车走了。

她忽然想到，就要过新年了。这个日子，是个结婚的好日子。新婚燕尔加上新年快乐，那将会是一种什么体验什么心境呢？但愿自己也能选择一个好日子结婚……

这个想法使她不禁苦涩地笑了一下。

她闭上眼睛，一动不动地站立着，默默地数着一二三四……想用这种自我催眠的办法，摆脱有关结婚的系列念头，却不能够。这念头像一只蜜蜂或蝴蝶，一嗅到思想花朵的芬芳，就围绕着不肯飞去了。她只有听凭欲望的风筝，将自己升上幻觉的高空。她心驰神往，仿佛自己悠悠地飘下了阳台，飘入了那个门上贴着金色囍字的大杂院。她恍然觉得自己变成了那个新娘。而新郎是谁呢？怎么会是他呢？怎么会是那个北京小伙子王亚军呢？……

那是她当上教导员不久的事，全营连以上干部在干训队集训期间，她任集训队队长，五连副连长王亚军任集训队副队长。他和她互相配合得很好，他很尊重她。她生了几天病，他徒步来回走了一百多里，回连队为她取了两袋北京寄的麦乳精。

集训结束后，他单独找到她，对她说："教导员，配合你工作这一个月里，我增加了不少工作经验和组织能力，现在就要分手了，我想和你谈谈，一块儿往山下走走好么？……"

她以异常庄重的表情瞧着他，似乎对他的话进行了一番很严肃的思考，才点了一下头。她本愿放下一位女教导员的不苟言笑的架子，却放不下来。她无论如何也想象不到自己那张脸当时在他看来是多么呆板多么冷峭。

她和他肩并肩沿着雪径信步走下山，走入了一片柞树林。说不清是他引导着她走到了那里，还是她引导着他走到了那里。柞树枝扯住了她的头巾，她差点摔倒，他急忙扶住了她。仿佛在那一时刻，他们才同时发觉走入了林中。他们离干训队的营房已经很远很远了，他们互相看了一眼，神态都有些不自然起来。女教导员和一位年轻的副连长，避开人们，来到柞树林中，若被谁发现了，会怎么想怎么说呢？柞树林显然不是谈工作的最好地方。当时她忽然想起了中学时代班里几个男同学编的下流的顺口溜："一男一女，走在一起，旁边无人，钻进树林……"

"我们到公路上去吧！"她急促地说了一句，就撇下他，大步匆匆地朝林外走。走到公路上后，她四周瞭望，并没发现一个人影，怦怦跳动的心才渐渐安定。

他低着头，一声不响地跟到公路上来了。他站在她对面，默默地注视着她。他的胸膛在黄棉袄下起伏着，他的目光是火热的。他张了张嘴，想说什么，却什么也没说出来。

她要求自己低下了头去。

她感觉到他向自己伸出了一只手，猛地抬起头，后退了一步，声色俱厉地说："不许这样！"

他却只不过是从她的头巾上摘下了一片枯叶。

"我觉得，你还是很有工作能力的，对任何工作都充满热忱，也很认真，只是，有时看问题不够全面，爱急躁，爱发火。毛主席教导我们说：'政治路线确定以后，干部就是决定的因素。毛主席还说：'虚心使人进步，骄傲使人落后。'我听到有的同志背后反映，说你有点翘尾巴了。比如那一次，因为食堂晚饭开迟了，才耽误了许多同志的集合时间，可你……"

这番话她早已对他说过一次了，他也很诚恳地接受了她的批评。她明明知道他此时此刻希望听到的不是这样一番话，她明明知道他急切地激动地期待着她说的完全是另外一些话。她明明从他脸上看出来了，她说的话，他一句也不感兴趣。一句也没听进去。而她，却偏偏说的是那些话，说的是完全不必走出这么远，避开人们说的话！她当时真是暗暗恨透了自己啊！她摆脱不了政治思想工作者那种循循善诱、诲人不倦的口吻。仿佛不用这种口吻说话，她就不会说话了似的。她心里也明明知道，清清楚楚地知道，哪怕自己什么话都不说，只默默地望着他，哪怕也不必望着他，只默默地垂下头去，将倾吐内心话语的时机转让给他，对他都会意味着是一种平等的感情上的回报。可是她偏偏好像一个感情方面的吝啬鬼，一头冷血动物，什么也不给与，什么也不回报。她也明明白白地看了出来，他内心里当时是受了多么大的委屈，多么严重的伤害。

而她却仍要喋喋不休地继续说下去："你是知青副连长，你们连是五好连队，你肩上的担子不轻的。一个连队各方面的工作有无成绩，首先取决于这个连队的知青工作开展得如何。因此你更要积极主动地配合连长和指导员，在狠抓知识青年扎根边疆的政治思想工作方面……”

她的话在任何人听来都无比正确，但就不是她想说的话，他想听的话。

“谢谢你教导员同志，我将永记你的批评帮助！”他突然打断她的话，猛转身头也不回地走了。

她呆呆地望着他的背影，一直望着他走上山顶……

以后，她到五连去过几次，每次见到他，他对她的态度，总比她还严肃。并且总说这样一句话：“请教导员批评帮助！”每次她都伪装得非常镇定地咽下这种当面进行的，只有她和他内心里明白的报复。她也曾想寻找机会向他解释，但始终鼓不起勇气，也没有寻找到那样的机会。即使有机会，她又能主动对他如何解释呢？解释什么呢？误会？是他对她的误会？还是她对他的误会？他并没有明确向她表露过什么啊！

不久，五连和另外的两个连队，全体调到别的团去了。从此她再没见到过他，也再没听到过他的什么情况……

他如今怎样了呢？返城了？还是留在北大荒了？结婚了么？和一个什么样的姑娘结婚了呢？漂亮的还是不漂亮的？

时隔多年，她内心里竟还保留着对他的记忆，连她自己都感到惊奇。她忘不掉他步行一百多里地为她从连队取回两袋麦乳精这件事。至今回想起来，淡淡的感伤和惆怅之中，她的心灵还体会到一种消亡了的柔情，一种冷冽的缠绵，一种仿佛被捂盖着的馨香。她想：但愿人的头脑能够更长久地保留这样一些记忆，哪怕仅仅是一些记忆的碎片。它在人心灵空荡的时候，毕竟能给人带来一些小小的慰藉啊！

她觉得有点冷了，裹紧了一下大衣，并翻起了大衣领。

那朵被司机扔在雪地上的、完成了短暂的喜庆使命的红花，刮到了另一个院门外。恰巧有一个人端着盆站在院内，哗的一声，从院内泼出一盆脏水,泼在红花上。于是它顷刻就冻在路面上了。两条红纸,被风吹得飞扬起来,像它的两条手臂在舞动挣扎。

小汽车已经快开出胡同去了。她的目光追望着它,发现胡同的另一头,迎着汽车走来了一列行人,一列三个人组成的横队。其中两个,抬着一架花圈,一架全白的花圈。她一眼便看出,那三个人,都是北大荒返城知识青年。抬花圈的两个穿着破旧的黄棉袄,另一个穿着同样破旧的黄大衣,一颗扣子也没扣。也可能那大衣一颗扣子也没有了。他们都戴着兵团发的那种羊剪绒的棉帽子。他们帽子上肩上落了厚厚的雪花。可以判断,他们抬着这架花圈已经走了很久。

雪,依然纷纷扬扬地飘着。路面上的雪已半尺多厚。他们,在这条小胡同的雪路上,踩出了第一行深深的足迹。他们的步子虽然迈得很大,但行进的速度却很缓慢。他们脸上的表情都很特殊,与其说那是一种悲哀,毋宁说是冷漠的。他们的出现,使这条热闹了一小会儿又寂静下来的胡同,增添了一种异乎寻常的气氛。他们缓慢地,肃穆地,似悲哀实则冷漠地向前走着,走着,走着,仿佛踏着一支无声的哀乐的节奏。

不可思议……

她想,城市就是这样地不可思议!一阵结婚的鞭炮声后,竟引出了一架缟素的花圈!这便是城市的生活色彩,它将幸福和死亡随心所欲地同台公演!

缓缓行驶的小汽车继续往前开,不停的喇叭声催促那三个人让路。但他们似乎压根儿没听见,仍然迈着那种缓慢的肃穆的步子往前走。车与人,终于相遇了。车,不得不停下了。人,也不得不停下了。车与人僵持着。那三个人,毫无让路的意思,一动不动地站着,也不放下花圈,如同一组雕塑。

他们可能就会吵起来,甚至动手打起来。在大返城的日子里,她曾亲眼看到他们丧失了理智之后干出过什么事！而他们如今是变得太容易丧失理智了，一颗小小的火星溅到他们身上，他们都会爆炸的。

不，我不能站在高处眼看着他们闹起一场什么乱子！不能让这三个玷污了二十几万本市返城知识青年的声誉！声誉对二十几万返城知识青年来说，目前是太珍贵太重要了！一种责任感，一种并非昔日教导员的责任感，而是今天一个返城知识青年的强烈自尊心理，促使她急转身离开阳台。

她忘记自己穿的是高跟皮靴，下楼时扭了脚，险些从楼梯上跌下去，幸亏双手抓住了扶栏。

给父亲开车的郭师傅正好走上楼，打量着她，好奇地问："嚯，认不出来了，这是要到哪儿去呀？"

"出去走走。"她双手仍不敢离开楼梯扶栏，半侧着身子，一级一级往下走。一只靴子的高跟一踏实，那只脚腕就疼一阵。

郭师傅跟下了几级楼梯，问："扭脚脖子了？"

她狼狈地"嗯"了一声。

"那还出去？"

"你别管我。"

"要是想散散心，我开车带你在市里头兜一圈？"

"难道市长同志为此从没批评过你吗？"她抢白了他一句。

"你扭脚脖子了么！"郭师傅嘿嘿笑着说，"特殊情况，特殊对待。"

她火了，瞪着他厉声说道："别把我当成我弟弟或他那个瓷娃娃，我可不喜欢别人跟我油嘴滑舌的！"

郭师傅一怔，知趣地将身子闪开了。

她忍着疼，故作一种从容不迫的样子，昂然下楼而去。

走到楼外，身体失去了楼梯扶栏的支撑，有些不敢再向前迈动脚步了。

他妈的这高跟！

她由恼火而发狠了。她向前轻轻滑动步子，移到楼外阳台的一根水泥柱子旁，双手扶着它，踏下一级台阶，高甩起一条腿，使劲朝台阶的坚硬棱角踢去。

几乎没有发出什么声音，那只靴子的高跟就掉了下来。

他妈的样子货！

她甩起另一条腿，照样又是一脚踢去，第二只靴子的高跟也遭到了同样下场。

她觉得自己顿时矮了一截，同时获得了一种脚踏实地的安稳感。

她想：这种感觉就对劲了。一瘸一拐地跑出院子，绕过高墙，向那条胡同跑去。

跑入胡同，见司机正站在车旁，对那一组送花圈的“雕塑”指手画脚，斥骂不休。

一组“雕塑”岿然不动。

待司机骂够了，“雕塑”之一才动了起来。动的是穿破旧黄大衣的那一个。他的身体缓缓向右侧转，同时缓缓抬起一只手臂，然后猛地转正身体，向司机当胸一拳。

仿佛一组分解动作，司机的上半截身子躺倒在车头上。

两个抬花圈的，仍抬着花圈，仍一动也不动。好像他们果真就不是人，确是雕塑。

司机也是个小伙子，当然不甘吃亏，转眼就扑了上去。

两个抬花圈的，同时后退一步，分明是怕被两个打架的撞坏了花圈。他们立刻又变成了“雕塑”，无动于衷地冷眼旁观他们的伙伴和司机打。

“住手！”她喊一声，跑到了他们跟前。

穿黄大衣的首先住手了，因为司机已仰面朝天倒在雪地上。

她对他训斥："人给车让路，这是起码的交通规则，你们也太横行霸道了！"

他乜斜了她一眼，对她的话毫无反应，又用冰冷的目光虎视眈眈地钳着司机。他虽然比司机矮半头，但从他的脸上，从他的眼睛里，从他整个人身上充分显示出来的那种令人感到十分可畏的，预备痛痛快快大打出手，借以发泄胸中什么郁积仇恨的气势，显然对司机产生了比铁拳更瘆人的威慑。

两个抬花圈的，始终一动不动，一声不吭，但那种冷峭的沉默更加显得咄咄逼人。他们那种沉默意味着严厉的无声警告：识趣点，要是惹得我们放下了花圈，那可就有你的好果子吃了！

司机爬起，胆怯地看了他们一眼，恨恨地说："老子惹不起你们，躲得起你们！我忘不了你们的，后会有期！……"

穿黄大衣的又向司机跨近一步。

她插身于二人之间，大声道："你太野蛮了！"

司机慌忙钻入车，将车向后倒去。

穿黄大衣的微微眯起眼睛，不屑一顾的目光从她脸上扫过。

她这时才发现，花圈的一条挽联上写的是：兵团战友徐淑芳千古。另一条上写的是：兵团战友王志松哀挽。

她的眼睛不禁瞪大了。

徐淑芳？……这个名字有些熟啊！对了！她想起来了，在她那个营，五连饲养班，有一个本市的女知青，名字就叫徐淑芳。一年半以前，那个徐淑芳顶替她男朋友的返城手续返城，团里认为这是违反原则的，不批。是她多次向团里打报告，多次亲自到团里各方面疏通，好不容易才为徐淑芳拿到了准迁证。记得当她将准迁证交给徐淑芳时，徐淑芳哭了，对她说："教导员，你是营干部中最好的好人，我一辈子也忘不了你！"

徐淑芳的眼泪,徐淑芳的话,当时曾使她这位教导员受了多大的感动啊!“好干部”,这样的话她已经听腻了。但是“好人”两个字,却是她生平第一次当面获得的评语。她甚至认为,“好人”两个字是包容一切内涵的,对世界上所有人都不例外的最高评语。

徐淑芳还对她说:“教导员,我返城后一定经常写信向您汇报我在城市的工作和生活情况,不管我的处境怎样,任何情况下,我都绝不会丢咱们北大荒知识青年的脸!……”

这些话,她今天回想起来,心中别有一番滋味。

徐淑芳后来却一封信也没有给她写过。

是重名?还是同一个人?

她不由得指着花圈向他们问道:“这个徐淑芳,是三师二团七营五连饲养班的知识青年吗?……”

他们,默默地,从头到脚,从脚到头地审视着她,不回答她的问话。

她觉得他们都很面熟,难道都是她那个营的战士?

他们对她的冷漠使她简直无法忍受。她暗想:如果我穿的不是呢大衣,不是棕色皮靴,而是棉兵团服,大头鞋,他们怎么会用这样一种目光瞧着我?幸亏靴子的高跟被踢掉了,否则我将会在他们面前感到无地自容的。

“我……我也是从北大荒返城的知识青年……”她几乎是怀着无比羞愧的心情,向他们声明。她本还想说一句:“我是二团七营教导员。”但话到舌尖,又卷回去了。她明白,这样的身份,在这种情形之下,也许不讲更为明智。

他们的脸上,除了无动于衷的冷漠表情之外,又呈现出了毫不掩饰的轻蔑。

她的声明并未起到她所希望起到的作用,并未能将她自己向他们那一方推近,也并未能将他们向自己这一方拉拢,反而在他们身上产生了相反的作用。他们仿佛视她为一个多年前就早已通过某种不正当的，甚至是不光彩的，可耻的手段达到了返城目的，如今在城市如鱼得水，混得非常得意的女知青了。她知道某些女知青当年为了达到返城目的付出的都是什么。她也知道知识青年们把她们称作什么——“乘海盗船返城的姑娘”，浪漫而具有惊险意味的说法，它的副标题是——出卖肉体。

她真想对他们大喊：“我不是！我毫无魅力，难道你们眼睛瞎了?!……”

她承受不住他们的目光，转身朝汽车看去。胡同太窄，参差不齐的院落使它更加窄。小汽车像一只倒行的蜗牛，速度非常之慢，还没有退出十米远。

“教导员同志，请您也让开路！”

穿破旧黄大衣，打了司机的那一个，粗野地瞪着她，用冷冰冰的口吻说出礼貌之至的话。潜台词是——好狗不挡道！

果然是七营的战士！也许和徐淑芳是一个连队的吧？她怎么死了呢？可怜的徐淑芳！而他们竟敢如此轻蔑几天前还是他们教导员的自己！如果是在北大荒，她一定要让他们明白，亵渎教导员的尊严该受什么惩罚！

然而她默默地让开了路——历史在今天改变了她和他们之间的关系。此刻她只不过是一个挡住了他们去路的女人罢了！

他们撇下她，一前二后，呈三角形队列，又踏着无声的哀乐行进。

他们步行的速度要比汽车倒退的速度快，当他们与汽车之间的距离由十米缩短至二米左右时，他们不再超越这个距离了。

小汽车被他们一尺尺逼退着。

她跟在他们身后走，好像变成了这个队列的一员。

车轮碾过那朵冻在路面的红花，将它碾扁了，碾脏了。他们的脚,一双穿大头鞋,两双穿棉胶鞋的脚,也从它身上踏过。她怀着怜悯看了它一眼。在她眼中,它仿佛刚才还具有生命,而现在已经死了。

他们走至贴着金色囍字的大杂院门外,前导者站住了,两个抬花圈者随着也站住了。

小汽车终于退出胡同,司机从车内探出头,喊:“浑小子们,你们他妈的怎么没死在北大荒啊?!”

他们仿佛没听见,两个抬花圈的看着那个穿黄大衣的,穿黄大衣的仰头望着门牌号。

院内比胡同的路面低很多。院门后有一道土岗,起到阻挡雨水灌入院内的堤坝作用。院内人家不少,房子低矮破旧,门户多而杂乱。院中央搭起了一座席棚,席棚下垒了一台灶。灶口火光熊熊,棚下热气腾腾。一个穿件褪了色的蓝套头球衣的小伙子,正从沸锅中提起一只鸡,不在行地拔鸡毛。她从阳台上看见的那几个孩子,以观魔术那种浓厚兴趣,在灶旁围了一圈。那小伙子一手倒提两只鸡爪子,另一只手一根一根地往下拔鸡毛。好像对付的不是鸡,是刺猬。他手上似乎涂了胶,拔下的每一根鸡毛都粘在手上,直往围裙上抹。拔一根,抹一次,脏围裙粘满鸡毛。院内弥漫着荤腥味,她一阵恶心。

新房在院子最里的一个角落,两个门斗挤住一扇倾斜的窄门。门上不但贴着金色囍字,两侧还贴着喜联。上联:男才女貌天生一对;下联,亲爱和睦地产一双。横批:妒极羡煞。

新房内传出一阵阵劝酒声,祝贺声,划拳声。

她站在阳台上时对“结婚”两个字产生的种种神秘而幸福的想象,被眼前所见耳边所闻抹了一层滑稽色彩。

女人要结婚,是因为到了不知该将自己怎么办才好的年龄——她想起了小周说过的这句话。

拔鸡毛的小伙子快活得像他自己是新郎一样，一边拔，一边念念有词："拔萝卜，拔萝卜，拔呀拔呀拔不动……"逗得孩子们嘻嘻哈哈。

忽然孩子们都不笑了。

小伙子感觉到气氛不对，抬起头，一时间提着鸡怔住，呆呆望着她和他们。

他们中的一个，穿黄大衣的那一个，上前一步，冷冷地，几乎是用命令的口吻说："通告一声，我们讨杯喜酒喝。"

小伙子的目光已注视在花圈上，听了对方的话，将还没对付完的鸡放在锅台上，问："这花圈……"

"关你什么事？""黄大衣"的口气仍那么冷。

"花圈上写着我嫂子的名！"小伙子瞪起眼睛来，脸也涨得通红。

"原来如此！""黄大衣"冷笑道，"那就把你新嫂子请出来，我有话对她讲！"

"放你妈的屁！"小伙子从锅台上操起一把剔骨尖刀，从席棚下跃出，声色俱厉地说："你们存心来闹事的啊！告诉你们，我们郭家兄弟不是好惹的！聪明点，就把花圈扔到院外去，喜酒管够你们喝！不聪明，咱们白刀子进去，红刀子出来！……"边说边晃着刀，预备展开一场恶斗的样子。

她看出来，他有点跛足。

"黄大衣"谨慎地保持着冷峭的镇定。

两个抬花圈的，见对方手中攥着尖刀，一脸恶色，彼此示意，轻轻放下花圈，同时上前一步，一左一右，护在"黄大衣"身旁。

"放下刀子！你们之间一定是发生了什么误会……"她劝阻小伙子。

"好哇，还跟来个哭丧的！溅你一身血就有你哭的机会了！……”他用另一只手凶狠地推开她。她趔趔趄趄倒退数步才站稳。

“黄大衣”说：“别拿刀吓唬人。它要渴了，先喝的肯定是你的血！”

几个孩子跑入新房。人们从狭窄倾斜的门内一拥而出。

这小院顿时被双方一触即发的紧张气氛所笼罩。

“立伟！……”一个人大步走到小伙子跟前，从他手中夺下刀，将他推到了席棚底下。这人的身材，比“黄大衣”高不少，也强壮许多。一团绸布小红花——新郎的标志，别在的卡中山装上兜盖上。

新郎朝花圈看了一眼，随后一一打量三个不速之客，不卑不亢地问：“我们之间肯定没发生什么误会吗？”

“黄大衣”缓慢地回答：“肯定。可你也不妨当成一场误会。”

双方的语气，都那么平静，那么从容，那么镇定。甚至可以说，那么——礼貌。

新郎又问：“如果我把花圈当礼物收下，你们会感到满意了吗？”

“黄大衣”摇摇头：“那太难为你了，叫新娘当着我们的面把它烧掉吧。我们今后就再也不会来到这个院子里了！”

新郎犹豫了一会儿，缓缓转过身去，用目光在宾客中寻找新娘。

众多男女宾客醉红的脸中有一张如纸般苍白的脸。

失去了身份的女教导员早已注意到，并早已认出：她是当年自己那个营的战士徐淑芳。

新娘却根本没注意到她。

新娘的目光牢牢盯在“黄大衣”脸上。

凝固的目光。

“黄大衣”的咬肌明显地凸现了。

新娘的表情也是凝固的。她的嘴微张着，她的双眉极度意外地高扬着，她那双大睁着的眼睛里，苦苦的哀求，深深的内疚，如山一般的委屈，如渊一般的情感，如面对地狱一般的惊悸，都如死一般凝固在文秀的脸上！仿佛零下二百七十度的制冷机，在这张脸表情最复杂最多意最真实最生动最难以捕捉最难以描摹的瞬间，将它冻结了。

她不忍注视，可目光却被牢牢吸在那张脸上！

新郎又缓缓转过身来，对“黄大衣”低声说：“我替她。”

他走向席棚，从灶膛内抽出一根燃烧的木柴，将花圈点着了。

人们默默地瞧着花圈。火焰飞舞，灰烟升腾。它在众目睽睽之下烧毁，坍在雪地上，化了一片白雪。院内飘散着呛人的焦味。花圈架噼啪作响，仍爆着无数的小火星。一只只黑色的大蝴蝶，在空中旋舞蹁跹。

新娘猛转身跑进屋里去了。

“黄大衣”和他的两个伙伴默默肃立，像为一个死者哀悼。

“我跟你们拼了！”

席棚下突然发出一声怪叫，新郎的弟弟又跃出来，扑向“黄大衣”。

新郎拦挡住弟弟，狠狠给了弟弟一记耳光！

他的弟弟捂住脸，像截木桩似的，僵立在他面前。

“黄大衣”转身朝院外走去。

他的两个伙伴跟随在他身后。

“站住！”

新郎喝了一声。

他们站住了，同时转身。

新郎吩咐一个孩子：“你去拿一瓶酒来，再拿四个杯子。”

男宾女客都泥塑木雕一般，谁也不说一句话。

公众的沉默是公理的沉默。

人们仿佛都明白了什么。

那孩子拿着一瓶白酒和四个杯子出来了,交给新郎后,立刻与其他的孩子们站到一起去了。

孩子们也怯怯地沉默着。

新郎走向那三个造成这种沉默的人,说:“你们还没喝喜酒呢!”

“黄大衣”迟疑了一下,接过酒杯。

他的两个伙伴看了他一眼,也各自接过酒杯。

新郎从容不迫地给四只杯里都倒满了酒。

他们一饮而尽,然后同时相互亮了一下杯底。

新郎从他们手中一一收回杯,问:“你们导演的这场戏该算结束了吧?”

“黄大衣”说:“你这个角色扮演得很出色,不容易。”一只手伸入大衣兜,掏出钱包,弯腰放在雪地上。

他的两个伙伴也各自默默取出钱包,放在雪地上。

他们大步走出了这个院子。

花圈仍在燃烧。

大人孩子们都不能马上从沉默中挣扎出来。

新郎捡起三个钱包,走到花圈前,将它们投入了余焰。

刮起一阵风。纸灰被刮得在地上打转,在人们腿脚间像耗子似的窜来窜去。

突然,新房里传出一个女人的尖叫声,“不好啦,新娘割手腕了! ……”

第一个作出反应的是新郎。他像一头豹子,撞开人们,冲入新房。紧接着,纷纷反应过来了的人们,一齐朝屋里拥。门太窄,拥不进屋去的,就堵在门外。

“躲开！躲开！别挡住我！让我进去！……”姚玉慧对堵在门外的那些人推着，拽着，擂打着。桌椅相撞之声，餐具落地之声，毫无意义的吵吵嚷嚷之声，在屋里造成一阵骚乱。

她总算挤入屋内，见新郎已将徐淑芳抱到了床上，一只手紧紧握住她的左手腕，一声声叫她的名字。

新娘昏在新郎怀中，地板上一摊鲜血。崭新的床单上，新郎新娘身上，也尽是血。屋里的其他人，一个个傻呆呆地围着新郎新娘。有两个女宾客，互相用手绢揩擦她们衣服上的血迹。

“你们，都出去！”姚玉慧大声命令那些束手无策的人。

他们以各种各样的目光瞧着她。

她对谁都不加理睬，又大声说：“不需要你们！出去！”

不知为什么，他们竟服从了她，一个个悄然退出去。

防止再有人进来，她将门插上了。

新郎抬头看了她一眼，低声问：“你能帮我很快叫到一辆出租汽车吗？”

她看得出，虽然对新郎来说，她是最陌生的，他对她还抱有几分怀疑和不可理解，但她的镇定，获得了他的信赖。

她回答：“能。”

新郎握着新娘腕子的那只手动了一下，血立刻从伤口涌出。

她说：“握紧，冷静点。”

她扯下毛巾绳上搭着的一条还没用过的毛巾，用它将新娘的手腕一层层缠住。接着掏出自己的手绢，将毛巾扎紧。

她对新郎说：“把你的手绢也给我。”

新郎赶紧掏出自己的手绢递给了她。她又用他的手绢，在新娘手腕上方扎了一道。这一切她做得很有经验，在兵团时，她受过战场救护训练。

“你等着，我马上就会叫一辆车来。”她说完这句话，便匆匆打开门走出去了。

人们立刻围住她询问：

“新娘怎么样了？”

“还昏着吗？”

也有人发表局外者的议论：

“嗨，什么事都是可以说清楚的嘛，何必寻短见呢！”

“那几个兵团返城的小子也干得太损了……”

她无心理他们，一口气跑回家中，见郭师傅、弟弟和倩倩正从楼上不慌不忙地走下来。

她开口便问：“车在吗？”

郭师傅回答：“在。”

“开车跟我去！”

“哪儿去？”

“别问！”

“这……”郭师傅为难地看着弟弟。

弟弟说：“姐，话剧团的团长今天约我到他家去谈谈，我已经晚了……”

倩倩也说：“是谈明辉到话剧团当演员的事……”

她打断瓷娃娃的话：“晚了又怎么样？你们坐公共汽车去！”

倩倩怔住了。

郭师傅说：“我可是将车偷偷开出来的啊，四十分钟后你父亲要去省委开会……”

“少啰嗦！”

…………

第 三 章

天完全黑了。

市立一院急救室外的乳白色长椅上,坐着姚玉慧和新郎。

长长的走廊,除了他们,再无别人。尽端一盏壁灯亮着,幽蓝的光腼腆地偎向长椅。急救室门旁,竖着人体形的立牌,正圆的"头"上,写一"静"字。

新郎低俯着身,十指插进理过不久的硬发中。他这样坐了很久了。

姚玉慧身子紧靠椅背,头仰着,抵着墙壁。坐得很端正,目不转睛地望着一扇窗。

月光在窗上均匀地涂了一层铂。

从徐淑芳被推入急救室,她和他就坐在这张长椅上,彼此没说一句话。她没有想说话的情绪,她能理解他也是。

她和他都在等。一个等待的是自己的新娘,一个等待的是自己当年的一个女战士。在他们两个人之间,很难说谁比谁的心情更为焦急,更为复杂。

她暗想:他爱徐淑芳吗?今天这件事发生之后,他还会爱她吗?

又想:这么晚了,自己还陪着他坐在这张长椅上,是不是值得?

他需要一个人陪着他等待吗?

总得有一个人坐在这里等待。这是他无法推卸的责任,可并非也是她的责任。是她迫令父亲的司机将徐淑芳送到了医院里,是她挂的号;是她找到母亲认识的医生,非常顺利地办理完了一切住院手续。她能做的,她都做了。实际上是替他做了。没有她,今天够他应付的。

她又根本不是为他做这一切的。他是谁?她连他姓什么还不知道呢!与他毫无关系。甚至他爱不爱徐淑芳,徐淑芳爱不爱他,他们是怎样认识,以什么为基础或者为条件决定结婚,徐淑芳与那个“黄大衣”从前又有过什么样的感情纠葛,也与她毫无关系。如果花圈挽联上写的不是“徐淑芳”三个字,而是另一个人名,她根本不会走入那个大杂院。虽然那个大杂院仅与她的家一墙之隔,她也很可能永远不会产生走入那里的念头,很可能与这个坐在她身旁的新郎老死不相往来。

她所做的一切,仅仅是为了徐淑芳;因为徐淑芳曾说她是个“好人”,她忘不了。

急救室的门无声地开了,新郎一下站起,却不是徐淑芳被推出来,而是一位中年女医生走了出来。女医生露在口罩上方和白帽子下方那双质询的眼睛,盯了他片刻,也盯了她片刻,转身走了。

女医生的目光中包含着对她的不良的猜测意味。

新郎又缓缓坐下了。

她却不愿再与他坐在同一张长椅上,她不愿被第二个人再用女医生那种目光看一眼。她想自己会发怒的。

她走到窗前去,背对新郎站着,抬起手腕瞥了一眼手表——八点多了。

“你走吧。”他说。

她没回答。

“你陪着我没有什么意义。”

“我根本不是为了陪你,我想再看她一眼。”她的语气非常生硬,并未转身。

“你……从前认识她?”

“这个问题对你很重要吗?”

“也重要,也不重要。”

“也算认识,也算不认识。”

他们便都沉默了。

急救室的门第二次打开,徐淑芳被推出来了。

他立刻起来,跟在手术车一侧走,俯身低声说:“我会每天都来看你。”

仰躺着的徐淑芳,将头扭向了一旁。

推手术车的护士说:“别跟她讲话。”

急救室内又走出来一个护士,将他从手术车旁推开。

他抗议道:“我是她丈夫!”

那个护士连看也不看他一眼,说:“你明天到病房来看她吧。”

两个护士将徐淑芳推出了走廊,其中一个随手关了走廊尽头那盏灯。

他呆呆地站立了一会儿,又走回长椅,缓缓坐下。看他那样子,是打算坐在长椅上过夜了。

她看了他一眼,也走了。

医院大门两侧的灯辉,温情脉脉地将她那映在雪地上的身影牵引过去,又依依不舍地送出了大门。

雪,不知何时停了。雪后的夜晚格外寒冷,她打了一阵哆嗦。她这时才发现,两个大衣口袋里一分钱也没有。

只好走回家。她彳亍地在人行道上走着。

走到商场附近,夜市还没散。小摊床上的自制瓦斯灯,照耀出一张张扑朔迷离的脸。招徕生意的喊叫此起彼伏,不绝于耳。

这里,只有这里,城市的夜晚还在延续白天的喧闹。城市像一个精力过剩的女郎,在寻欢作乐的白天之后,又开始进行夜晚的逢场作戏。许多人被卖的欲望和买的念头激动着，争执不休，高声大嗓地讨价还价。也有人鬼鬼祟祟地凑在一起，做着看去是神秘的其实是非法的交易。还有的人，可疑地挨挨擦擦，东窥西探。

为了少绕一段路，她从夜市中穿过。

她被一个人撞了一下。前后左右的瓦斯灯光下，一张看不清眉目的男人的脸，一张阔嘴对她莫测高深、意味深长地笑着。

她厌恶地从他身边挤过去。

那人追随着她，伴着她边走边小声说："想找个地方暖和一会儿吗？"

她站住了，凛凛地瞪着那人。她并不像别的姑娘被这种人纠缠住时那么害怕，只是产生了一种强烈的憎恶，憎恶得想狠狠扇那人一记耳光。

对方意识到猎捕错了目标，悻悻地嘟哝一句："不识抬举！"转身溜了。

她刚要继续往前走，忽然听到附近有一个熟悉的声音在叫卖："凤凰烟，牡丹烟，谁买带过滤嘴的凤凰烟牡丹烟！……"叫卖声并不高，但叫卖者的嗓音非常洪亮，非常浑厚。在这里，在这熙熙攘攘的、热热闹闹的、乱乱哄哄的、空气中浮动着种种买卖欲望的夜市上，虽然这叫卖声是那么与众不同，是那么容易那么明显地同所有的叫卖声区别开来，但并没有格外引起什么人的注意。在本市，带过滤嘴的凤凰烟和牡丹烟极难买到。只有将吸一支好烟看成莫大享受的人，才会注意到这声音的存在。

而她之所以注意到这叫卖声了，是因为她对这声音太熟悉了。

"凤凰烟！带过滤嘴的凤凰烟啊！带过滤嘴的凤凰烟牡丹烟啊！……"

这叫卖声流露出的，与其说是招徕的热情，莫如说是焦躁的期待。不，是由此而产生的屈辱的愤怒！

一件毛衣外加一件呢大衣，是难以抵挡北方十二月底夜晚彻骨的寒冷的。她已经快被冻僵了，而且，她也感到非常饿了。从离开家到现在，她滴水未进。两片夹肠面包，一杯牛奶和一杯咖啡所产生的热量，早就从她的体内挥发干净了。她觉得自己的胃像一只打足了气的球胆，空空如也。她恨不得一步就迈回家中，卧在自己那张舒服的床上，饱吃几片夹肠面包，再慢饮一杯牛奶和一杯咖啡。

可是那叫卖声像一个非常熟的人在频频召唤她，使她不能够不站住，转动着头寻找叫卖者。

她寻找到了——一个穿兵团黄大衣的高身影，站在离她不远的一家商店门外，背朝着她，继续用那种浑厚洪亮的男低音叫卖。一见到那身影，她立刻便知道他是谁了，向他走了过去。

“刘大文！……”她走到他身边，叫了他一声。

“姚教导员？……”他转过身来，上下打量了她好一会儿，才认出她。

她用冻得发抖的声音说：“真……想不到，会在这……种地方遇到……你……”

“这是个好地方啊！白天不能公开进行的买卖，夜晚在这里可以拍手成交。你看，这么晚，这么冷，还是有这么多人在这个地方流连忘返，为了占对方的便宜吹牛撒谎，以假乱真，尔虞我诈，生活多他妈的丰富多彩呀！”刘大文还是那么嘻嘻哈哈，显出由于见到她而非常高兴的样子。但她看得出来，这种高兴的样子是装的。

她瞧着他，一时觉得再无话可说。

他却说：“教导员你真是只要风度不要温度啦！这种地方光识货，不看人。”

他分明是在挖苦她。

她并未生气。这个刘大文，是全团出了名的活宝，团长政委都对他认真不得。

她很严肃地问:“你怎么能在这里卖香烟呢?”

他夸张地表示出十二万分的惊讶,故作天真状地反问:“别人可以在这里卖东卖西,卖活的卖死的,为什么我就不能在这里卖香烟呢?”说罢,放开嗓音又叫卖起来:“谁买凤凰牌牡丹牌香烟啊!带过滤嘴的啦!机不可失,时不再来呀!……”

她喝道:“别喊了!”

他停止叫卖,满不在乎地望着她。

她压低声音说:“你曾是我们七营的骄傲,你曾是团宣传队长,你曾是我们全师知识青年人人皆知的金嗓子,你不能在这种地方丢我们返城知识青年的脸啊!……”

他用反问的语气回答:“大概也让你这位教导员感到丢脸了吧?”

“难道你就一点自尊心都没有了吗?”

“自尊心?一个返城知识青年的自尊心一文不值!”他温文尔雅地微笑着抢白她,“我在街道待业青年办事处登记时,告诉他们,沈阳军区歌剧团曾三次派人到生产建设兵团来要我,三次都因为被团里卡住没去成。你知道他们说什么?他们说:‘那只能怨你的命不好。城市不需要歌唱家。回去耐心等着吧,半年后我们也许能给你找个什么临时工作干干!’他妈的在这座城市里有谁欣赏我的嗓子啊?除了我,你在谁眼里还是一位教导员呀?……”

她,又不知说什么好了。

他却放开他那浑厚的嗓子,高声唱起音阶来,“导来咪发嗦啦希导……导希啦嗦发咪来导……”

几十颗人头一齐向他转过来。他们见他并没有作出什么异常的举动,纷纷扭回头,又去注意那些瓦斯灯照耀下的摊床了。

他对她苦笑道:“瞧见了吧?他们大概以为我的神经有点不正

常呢！”

她用极低的声音说：“我求求你，别这样作践自己……”

“这可不能算是作践自己。”他很认真地反驳，“这是幽默感。幽默感体现男子的风度，体现女人的教养。教导员你连一点幽默感都不具备吗？”

她用更低的声音说：“我今天心里很难过，你就别再用这些话来挖苦我了！”她几乎是在恳求他了。她本希望从他身上多少获得一点返城知识青年之间彼此相通的某种情感，可是真正得到的却完全相反。她撞到了一堵看不见摸不着的心理隔墙上。她更加感到了一种扩散在内心里的大的失落和大的孤独。

然而他却不能够体会到她此时此刻的心情，继续对她进行挖苦：“你心里很难过？这可真是对我的莫大安慰！我有妻子，有女儿，两个。他妈的长这么大从来没获得过什么成对的好东西，却创造出了一对双胞胎！我得负起责任和义务养活老婆孩子，作了丈夫也作了父亲，我总不能再向自己的父母伸手要钱了吧？这才叫男子汉大丈夫的自尊心呢？两个孩子要吃糖葫芦，我没钱给她们买，一人给了她们一巴掌！教导员您心里的难过大概不属于这一类吧？不过知道您心里也很难过我还是挺高兴的，这才能多少体现出来点生活的公平是不是？您究竟为什么难过啊？大概总不会是因为您的孩子想吃糖葫芦而您没钱买吧？……哦，抱歉抱歉，我忘了您还是个独立的女性呢！”

这一番话对她心理上和情感上的双重伤害是太惨重了！她目不转睛地瞪了他许久许久，不明白这个在兵团时整天嘻嘻哈哈，用滑稽的行为和逗趣的语言解除过许多人内心忧愁的活宝，为什么返城后也居然变得如此尖酸刻薄？

她眼前又浮现出了那架燃烧的花圈。

“导来咪，牡丹烟……嗦咪发嗦，凤凰烟……嗦发嗦，带嘴的……"

刘大文的男低音盖住了一切叫卖声!

她猛转身离开了他。

刘大文追上她,说:"教导员你可别生气啊,今晚见到你我还真是挺高兴的。城市把咱们打散了……记得在火车上有人还高谈阔论说大返城是战略转折,农村包围城市……"

他长长地叹了口气。

她向他伸出手:"给我支烟。"

"我忘了你是会抽烟的……你冷吧?我们找家没关门的商店进去多说一会儿?三百多万人口的一座城市里,各奔东西,兽上山鸟入林,忽拉一下就四散了,见了面都灰不溜秋的……"

"就在这儿说吧!"

其实她已什么话都不愿说了,只想赶快回到家里。温暖的房间,舒适的床,牛奶,咖啡,安闲散淡,慵懒清静……她本另有一个好世界。

他脱下大衣披在她身上。

她见他穿着棉衣,便不推让,用大衣紧紧裹住身子,双手交插在袖筒。

他从书包里掏出一盒烟,瞧着,说:"真有点舍不得!"撕了封,替她插在嘴上一支,自己也叼上一支,接着掏出火柴,划了几次没划着,终于划着一根,一只手拢着,刚想替她点着烟,却被一个突然走过来的人噗地一口吹灭了。

他愣愣地瞧着那个人。他虽然生就的高个子,但却不壮,挺瘦,还有点驼背,抬大木时压的。争凶斗狠的本领,他是半点也没有。面临突然的挑衅,发木而已。

那个人身后,还站着两个人。

她不安起来,以为他们是想无事生非的流氓,担心他会无缘无故挨顿揍。

他们并非流氓。

为首的那个人冷冷地说："跟我们走，我们是市场管理所的。"说罢，从他肩上扯下了装满烟的书包。

刘大文对她作出一个古怪的苦笑表情，慢慢伸出一只手说："后会有期……"

另一个市场管理员瞪着她说："你也得跟我们走！"

"我？……我为什么要跟你们走？！"

"别喊！叫你跟我们走，你就得跟我们走！"

刘大文说："她与我无关。请你们对她说话有礼貌点，她是我在兵团的教导员！"

对方讽刺道："教导员？教投机倒把的？因为有她这样的教导员，才有你这样肆无忌惮的投机倒把分子吧？"

他们周围已围了一圈人，人们哄笑起来。

"你看那女的，还叼根烟呢！"

"瞧她这一身，不军不民，不土不洋！嘿，靴子还是平底儿的！这算是哪一派时髦？"

"刚才那个男的还给那个女的点烟呢！"

"唉，今后社会上有了他们这一批呀，治安成大问题喽！"

人们的奚落、嘲笑、侮辱，像一锨锨石块朝这两个返城知识青年劈头盖脸地扬过来。

刘大文被激怒了，吼道："你们他妈的家里就没有一个返城知识青年吗？"

这句话起了作用，人们安静了，有些人默默转身走了。

为首的那个市场管理员却说："得啦，你别争取同情了！我们家也有返城知识青年，两个，可没一个像你们这样的！"他用手一指姚玉慧，"我女儿不像你，一返城就变成这样子，像只换毛的野猫，还叼根烟卷,还冒充什么教导员!”又用手一指刘大文,“我儿子也不像你!一盒烟多卖三毛钱,你这叫牟取暴利你懂不懂?我接连注意你两天了!你要是偷偷摸摸地,我也就睁只眼闭只眼,装看不见。可你嗓门比所有的人都高,你这不是往我们眼睛里滴眼药水嘛!……”

另一个市场管理员说:“别跟他们扯淡!带他们走!”

刘大文内疚地瞧着她。

她这时反而无所谓,将手中那支烟朝地上一扔,踩了一脚,对刘大文说:“咱们别在这儿被展览了,跟他们走!”

于是,一个市场管理员走在前边,两个返城知识青年跟在后边,另外两个市场管理员一左一右夹持着他们,分开人群,向夜市外挤去。

他们就这样被带到了市场管理所。那里的几个男女管理员,纷纷打量了他们几眼,照旧各干各的事。有的抽烟,有的剪指甲,有的织毛衣,有的下棋,还有一个,用一根火柴棍专心致志地掏耳朵,而且还用另一只手接着,好像能掏出一颗珍珠,怕落地摔碎似的。那三个带他们进来的人,一个蹲到炉前去烤火。一个用手套垫着,将炉盖子上的饭盒拿到办公桌上,打开饭盒,坐在一把椅子上,津津有味地吃饭。第三个对他们说:“别站在屋当间碍事!”将他们推到一个墙角,就走到下棋的那两个身旁,俯下身,双手撑着膝盖观棋。

谁也不理他们,他们实际上等于面对墙角被罚站。

刘大文转过身,朝墙上一靠,从兜里掏出刚才开封了的那盒烟,低声说:“他们抽,咱们也抽!咱们抽的还比他们抽的高级呢!”说罢,向她递一支,她摇头。他自己叼上了。

“不许抽烟!”一个人走过来一手打掉了他叼在嘴上那支烟,接着从他兜里掏走了那一盒,狠狠瞪他一眼,说,“到了这地方,只许我们抽烟，不许你们抽烟！”

刘大文耸了一下肩，说：“我并不想抽烟，只想闻闻烟味。你们抽对我也一样。”

“是吗？”那个人笑了，笑得有点不怀好意，慢条斯理地说，“这点小方便，我可以照顾你。”用手指从烟盒下往上一弹，弹出一支烟，低头轻轻一叼，衔着，点着后，深吸一大口，缓缓对着刘大文的脸吐出一缕青烟，问：“好闻么？”

刘大文使劲抽了一下鼻子，郑重地回答：“您有口腔炎吧？”

那个人笑了，伸出一只手，侮辱地在他鼻子上扭了一下：“你长了个狗鼻子。”

两个下棋者中的一个，朝这边抬起头，望着那个人问：“什么牌的？”

“凤凰的。”那人转身离开了。

“来一支。”

于是那人抛过去一支。

“我也来一支。”

于是那人又抛过去一支。

“凤凰的呀？也给我一支呀！”那个四十来岁的、织毛衣的女人，放下了毛衣。

那人瞟她一眼，嬉皮笑脸地说：“你又不会抽，犯的什么瘾啊！”

“你管我犯的什么瘾呢！”女人跳起来，将一盒烟抢了去。

那人从背后拦腰抱住女人，说：“不还给我，我可就把你按倒了！”

女人笑骂道：“你敢！你敢！你这兔崽子手往哪儿摸呀！”

于是他们全体哈哈大笑起来。

一个高叫：“按倒！按倒！”

另一个酸溜溜地大声说：“到底是抢烟啊，还是抢人啊！”

刘大文饶有兴趣地瞧着他们闹成一团，不无羡慕地说："我要是能分配到这个市场管理所工作，也就心满意足了！"见姚玉慧紧皱眉头，又说，"教导员你要是看不惯，还是脸朝墙吧，我是挺爱看的！"

她真是实在看不惯，也从未看见过这种情形。多年的兵团教导员工作，使她看不惯许多事情，不能容忍许多事情。这种男女之间的胡闹，她认为简直是当面对她进行的最严重的侮辱，比刚才在夜市场受到的侮辱更甚十倍！

女人被那个男人按倒了，却仍紧抓那盒烟不放；其他人极为开心，鼓励着这种胡闹发展下去。

她的脸变得紫红紫红。

她看见桌子上有电话，趁他们没注意，迅速走过去，一把抓起了电话，非常快地拨完了号码。

"放下电话！"一个人对她吆喝了一声。

"我给市长打电话，我是他女儿！"

她本不愿亮出这张"王牌"。但她看出来了，如不亮出这张"王牌"，不知自己还会受到什么无法忍受的侮辱，也不知什么时候才能离开这个鬼地方。

她要逃避伤害了她的现实。却没有进一步想到，她所受的伤害，比起返回这座城市的二十几万知识青年来，不过是微小的擦痕。

她的话，把他们全体都镇住了。就在他们将信将疑的时刻，家里有人接电话了，是弟弟。

她对着话筒大声说："我不要你接电话！我要爸爸亲自接电话！……爸爸，我……我……"

她拿着话筒，再也忍不住，哭了。

"你在哪儿？你怎么了？发生了什么事？你快说……"话筒

里，传来父亲不安的、急切的询问。

她再说不出一句话，也不能停止哭。

他们中的一个，看来是个头头脑脑，终于从呆愣状态中反应过来，立刻走到她跟前，从她手中畏缩地拿过话筒，怯声问："您是姚市长吗？我是市场管理所，对，您的女儿这会儿正在我们这里……您先别生气啊，请让我对您解释一下……是，是……我不解释了……是……发生了一点小误会，我们并没有把她怎么样……您不必派车来，我们保证立刻就找辆车把她送回家！……"他放下电话，转身一一瞪着带她和刘大文来的那三个市场管理员，吼道："你们搞的什么名堂？自讨苦吃！还不快去拦一辆车！要拦小汽车！"

那三个人惊慌失措地看看她，匆匆走出去了。

那个小小的人物，马上换了一副和颜悦色的面孔，低三下四地对她说："真是的！这算怎么一回事儿呀！我们那三个同志太没经验了，使您受委屈了，我们……"

如果他不是那么一副低三下四的嘴脸，她心中的怒气还不至于爆发出来。可他偏偏装出那么一副低三下四的嘴脸！

她感到再也忍无可忍了。

她突然叫喊："滚开！"

对方吓了一大跳，灰溜溜地退到一边去了。

其余那些人，仍在发呆。

那小人物确实感到事情有些不美妙了。他又凑到刘大文跟前，说："您这位同志作证，我们并没有把她怎么样呀！……"

刘大文不动声色地伸出一只手："把我的烟还给我！"

"当然，当然……"那人旋转着身子，四处寻找，发现刘大文的书包在一把椅子上，一步跨将过去，拿起来讨好地还给了刘大文。

刘大文接过书包，大大咧咧地往肩上一挎，朝那个女人翘了翘下巴。

那人就转身去看那女人，见她手中还拿着那盒烟，便走过去从她手中夺了下来，并一一夺下了拿在另外几个人手中的，因为刚才那场胡闹没来得及点着的几支烟，插进烟盒，替刘大文揣入兜里。

刘大文推开他，冷笑道："你们并没把她怎么样？你们还要把她怎么样？她是我在兵团时的教导员，我们在兵团时要称她营首长的！可你们那三个混账东西，却在夜市场当众侮辱她！……"

"这不应该，这很不应该……"那人诺诺连声。

不再是教导员的女教导员，骤然间对这个地方产生了无法遏制的愤恨。她突然捧起电话机，高举过头，狠狠摔在地上。

话筒先落地，话机砸在话筒上，将话筒从中间砸断，话机外壳也碎了。

她却并不感到充分发泄了愤怒，又捧起桌上的饭盒狠狠摔在地上。饭菜遍地开花。

她要把这地方毁灭，可再也没有什么东西好摔了。

她凶狠地瞪着他们，剧烈地喘息着。

他们完全被震慑住了。他们以为市长的女儿肯定有点精神上的毛病。无跟的靴子，呢大衣外披着破旧的兵团黄大衣，这种穿着就够古怪的了！他们怎么就没瞧出来呢！教导员之说，毫无疑问是那个倒卖香烟的小子信口开河，胡说八道！可市长的女儿怎么又会跟这样一个其貌不扬的小子搅在一块儿呢？唉唉，知识青年中，什么匪夷所思的事儿没有啊！再说，市长这女儿也其貌不扬……

刘大文两根手指夹着烟，吞云吐雾，幸灾乐祸地瞧着他们，一副悠然自得的样子。

"我们并没把你怎么样啊！……"那小人物又嘟哝了一句。

刘大文喝道："你还敢这么说！"

他立刻缄口。

这时,那三个人回来汇报:"拦住一辆公安局的吉普车,在外边等着呢……"见屋里的情形大不对头,面面相觑。

刘大文将抽了半截的烟盛气凌人地往地上一扔,轻蔑地扫了他们一眼,说:"教导员,我们走!"高傲地搂着她的肩膀,像搂着情人的肩膀一样,从他们面前检阅般地走过,一脚踹开门,扬长而去。

门外果然停着一辆公安局的小吉普车,红色独眼还在无声转着。

那小人物送出门外,替两个返城知识青年打开车门,心怀不安地继续解释:"这完全是误会,请代我向市长同志问好……"

姚玉慧不理他,对刘大文说:"我不坐车!"

刘大文附和道:"对,我们不坐这辆公安局的警车,好像我们是罪犯似的!"又转脸看了那小人物一眼,奚落地说:"我们绝不会代你向市长同志问好的!"

他们如一对散步情人似的走了。

拐过街角,刘大文将手臂从姚玉慧肩上放下,哈哈大笑起来,笑得无比开心,笑弯了腰。

"你笑什么?……"她板着脸问。

他却笑个不停。

"别笑啦!"她呵斥他,自己却忍俊不禁,也无声地笑了。

她羞愧地说:"我刚才真像个疯子是吧?我想我刚才是有点……歇斯底里大发作……"

"啊不,你可千万别这么想。"他终于忍住笑,非常庄重地说,"教导员,你刚才表现得出色极了,风度大大的!"

"因为披着你这件破大衣?"

"因为你把他们统统都给镇住了!"

"主要是因为你的书包又回到了你身上,你才这么赞美我吧?"

"那你把我看的太狭隘了,是因为你的勇敢。"

“勇敢？哼！……”她向前走去。

“是勇敢!”他肯定地说,跟在她身旁走着,又要搂她的肩膀。

她将他的手臂打开了。

他的情绪却有些兴奋得古怪,仿佛刚刚看完了一场好电影,按捺不住地要加以评论。

他侃侃而谈:“你知道,你拿着电话听筒哭的时候我心里想什么？我想我们在北大荒锻炼了十一年竟还那么没出息,我们的教导员竟还是个小女孩！可你把电话摔了的时候,我真想亲你！接着你又摔饭盒,我真想大喊:‘教导员万岁!’就像那一年在水库工地上,你敢于不把团长当成回事儿,下令放我们回各连队时的心情一样！你自己还记得吗？有多少知识青年围在你的帐篷外,蹦着高喊:‘教导员万岁’啊！……”

她当然记得。那是她个人反叛史上的一次辉煌战役,也是一次大的自豪和大的骄傲,她怎么能忘记呢?

她却摇了摇头。

“你不记得啦？对你说句坦率的话,教导员,只有两次你真正使我产生了一点敬意。一次就是当年那件事,一次就是今天这件事……”

她严肃地说:“你的话简直使我怀疑,你是在怂恿我明天开始杀人放火!”

“你怎么把我想得那么坏啊!”刘大文叫了起来,“我自己不会去做的事,从来不怂恿别人去做！但是在需要的时候表示出一点愤怒,总不算过分吧?”

“那你自己当时为什么不表示出一点愤怒来呢?”她好像问得很天真,其实是在挖苦他。

“我？……可惜我不是市长的女儿啊,不敢。”他叹了口气。

“鼻子还疼吗?”

“鼻子是无所谓的……我要是能当上一个市场管理员有多幸福!”

不知不觉,他们已走过了五条横马路,快走到她家了。

她站住,将大衣还他。他说:“你穿回去吧！给我留个今后去找你的借口。”

她一时不明白他说这句话的含意。

“我去找你的时候,就是请求你帮我什么忙的时候。我当然不会经常去找你的,但也许真有需要你帮忙的时候……”

她明白了,在他眼中,她已不再是教导员,而是市长的女儿。

她点了一下头,又将大衣披在身上。

“我说得这么露骨,你不轻视我吧?”

她微微摇了摇头。

“今天你就帮了我的大忙。”他拍拍书包,苦笑道,“一文没赚,还赔了三分,因为开了一包。”

她怜悯地望着他说:“把你的书包给我,我可以再帮你一次小忙。”

“你替我……投机倒把?”

“就算是吧。”

“那怎么行！怎么能让你去替我干这个!”他双手按住书包,仿佛生怕被她夺去。

“有什么不行？我父亲爱抽凤凰烟和牡丹烟。”

“赚你父亲的钱?！……”

“赚市长的钱。”

“我不！你这是在当面骂我!”

“咱俩分利。这你就心安理得了吧？你以为我向父亲母亲弟弟妹妹伸手要钱花时,就不觉得难为情了吗?”

“你怎么至于落到这种地步？从北大荒两兜空空回来的?”

“差不多是这样吧。攒下了三百多元钱,都留给营部管理员了……他老婆死了,撇下了四个孩子……”

她至今仍觉得自己在这件事上有罪过,事实上她没有任何罪过。那一天夜里,并非是因为她在营长家里,而耽误了送那女人去团部医院的时间。卡车在半路陷入了雪窝,是管理员的命,也是那女人的命。

她从刘大文肩上扯下了书包带。

刘大文在机械的争夺中松了手。

他呆呆地望着她转身走了,直至她的身影一拐消失了,他才开始慢慢往回走。

马路上一个人也没有,一辆车也没有。

城市安静了,酣睡了。

他忽然很想唱歌。

他已经很久很久没有唱过歌了。返城后,连他自己也忘了,他有一副多么好的嗓子。

“城市不缺少歌唱家。”那个街道待业青年办公室的人说的这句话,像一根刺,深深地扎在他心里。

他真想向城市证明自己有一副完全够资格当歌唱家的好嗓子啊!尽管它不缺少歌唱家。

他情不自禁地放开自己那浑厚宽广的男低音,引吭高歌:

喜儿喜儿你睡着了,
你爹说话你不知道……

当年,他就是凭这副好嗓子,从连宣传队调到营宣传队,从营宣传队调到团宣传队,从团宣传队借调到师宣传队,参加第一届全兵团文艺宣传队大汇演。

在佳木斯,在兵团总部的大礼堂,当他从台口走到舞台中央站定时,台下许多人发出了笑声。那是他生平第一次站在真正的舞台上。从台口走到舞台中央那几步，是他从默默无闻走向自己的荣誉的历程。他当时是那么缺少自信。后来人们告诉他，那几步他走得像一位农村老大娘。他站得也毫无风度，肩膀歪斜着，一肩高，一肩低……

可是，当他敞开自己的嗓子开始歌唱后，台下一片安静。不，一片肃静。

他唱的就是歌剧《白毛女》中杨白劳的唱段。他本来只应唱一段，可是人们用一遍又一遍的热烈掌声将他从台后唤出来。他唱了全部杨白劳的唱段！他的嗓子将参加汇演的三百多个宣传队的队员们镇住了！刘大文的名字在他们中间变成了最响亮的名字！虽然他的容貌一点也不出众，但各师团的女宣传队员们，却都不放过随时随地的机会向他投以最起码是友好的目光，并希望他能注意到她们的目光。他注意了。结果她们中有一个后来便成了他的妻子。

汇演结束后，兵团宣传部部长给他那个师的师长打电话："告诉你一件事，兵团宣传队又增加了一个人。"

师长明白兵团宣传部长的意思，回答得很巧妙："我们师宣传队少一个人没什么，但你如果采取扣留的方式，不是太不照顾我这个师长的情绪了吗？"

兵团宣传部长照顾了师长的情绪，师长却一点也不照顾兵团宣传部长的情绪。他回到师里的第一天，师长就找他谈话："刘大文你听明白了，但凡是个好东西只有傻瓜蛋才愿送人。我可不是傻瓜蛋！只要我当一天师长，你就是我这个师的人！从现在起，宣传队长是你了！……"

以后，沈阳军区文工团来调过他，省歌舞团也来调过他，他的种种锦绣前程，都被"喜爱人才"的师长软拖硬顶断送了。

兵团解体，改为农场，各师团的宣传队也随之解散。宣传队员们入林投渊,另寻出路。名噪一时的“金嗓子”,成了无处栖身的“寒号鸟”。良机已逝,时过境迁。在师里继续混下去,谋求个轻闲工作,他觉得没趣。怀着些许凄凉,几缕幽怨,他又孑然一身地回到了七营。营里也正“精简机构”,没个适当的位置安排他。他便又回到了自己的老连队,重新当农工。

也就是在这个时候,那位兵团汇演时对他一见钟情,与他通了半年信的上海姑娘,不远千里,从佳木斯市兵团造纸厂来到生活条件非常艰苦的二龙山下,带着一股炽烈的爱情投入了他的怀抱。

连队的知识青年们对他真好。他们还需要他,还需要他的嗓子。劳动休息的时候,他们常常向他提出请求:“大文,给咱们唱歌吧!”

他一次也没拒绝过他们的请求。即使在他心情最不佳的情况下,也没拒绝过他们。只要他们愿听,他便唱。他有了一个生活伴侣,他们有了一个新节目——“男女声二重唱”。

她原是兵团宣传队的女高音独唱队员,一位漂亮的上海姑娘,性格温良气质文静。来到连队不久,便主动提出跟他结了婚。

婚后,他们那一间半低矮的泥草房,成了连队知青们的“快乐园”,几乎每天傍晚,家中都聚集着男女知青们。聊天,扯淡,吹牛。几对有情人们,腻烦了河旁树下的幽会,偏爱在他家里那种特殊的热闹气氛中公开表现你娇我爱,促进感情发展;他们往往至夜才归。他们在,她就欢欢乐乐,有说有笑。他们若要她唱歌,她便大大方方地唱。像他一样,从不拒绝他们。他们若要听男女声二重唱,她便走到他身边,轻轻偎靠着他,柔声说:“我唱低点,你唱高点啊,我伴你。”……他们走了,她就勤快地敞开门窗放走烟雾,倾倒茶根,涮洗茶杯,扫瓜子皮、土豆皮、榛子壳。然后就跪在炕上铺展被褥。接着又下到地上,转入厨房去烧洗脚水……

当他将妻子搂在怀中,欲睡未睡之时,他常常闭着眼睛暗想:

我刘大文真他妈的幸运啊！我凭什么与这么好的一位姑娘结了婚？就凭一副嗓子吗？于是陷入对女性对生活的不可解的迷惑之中。

有一天夜里，他做了一个梦。梦见他和妻在山上伐木，林中突然刮起一阵旋风。风过后，妻不见了，雪地上只留下了妻的一只手套。他焦急得四处狂奔，大声呼喊妻的名字，听到的却只是自己的回声。喊着喊着，他变成了一个哑巴。最后无论怎样喊，竟连一点声音也发不出来了……

他惊醒后，出了一身冷汗。

妻仍偎在他怀里，脸贴着他的胸膛。

一缕月辉从窗外撒进来，映在妻那张美丽的脸上。妻睡得那么香甜，他觉得妻那张脸美丽得胜过天仙。他一下子将妻紧紧搂住，亲吻着妻的头发，无声地哭了。那时刻无边无际的爱充满他的心间。自从他朦朦胧胧地开始感到需要去爱和被爱那一天起，他就没对爱情两个字抱过多大希望。也从没想象过自己会这么深这么痴地去爱一个女性，更没想象过自己会被一个美丽而温良的女性这么深这么痴地爱着。他总觉得自己获得的幸福是非分的，就像一个美梦，总有一天是会如同烟云一般倏然飘散的。这种无法摈除的想法使他内心里恐惧极了，他哭出了声音。

妻被他哭醒，吃惊地问："怎么了，你？"

他捧住妻美丽的脸，注视着这张美丽的脸，任自己的眼泪往下淌着，用发颤的声音说："我爱你！……"

妻仿佛没有听懂他说出的这三个字。

他又说了一遍："我爱你啊！……"

"哦，我知道……你这个……傻孩子，我知道的呀！……"妻吻了他一下，又将脸儿贴在他胸膛上，同时用一条手臂温柔地搂住了他的脖子，悄声说："你呀你，快睡吧。"

他非常了解自己。他知道得清清楚楚,除了一副得天独厚的嗓子,自己在许多方面都不过是一个极平庸的人。乐观一点说,也只不过是一个极平常的人。

听人讲“胖大海”是保养嗓子的好东西,他请求上海知青从上海为自己搞到了一点,像长生不老药一样泡在罐头瓶里,每天喝三次。

“你的嗓子更需要的是专业水平的训练,而不是喝‘胖大海’,我可以当你的指导老师。虽然我的嗓子先天条件远不如你,但声乐知识比你多得多!”妻很认真地对他说。

“你? ……”他有些不相信。

“怎么? 不相信? 对了,我从没告诉过你,我祖父是声乐教授,我父亲是歌唱家……”

看得出来,妻不是在开玩笑。

他怔住了。

沉默了许久,他才低声问:“你为什么不早告诉我呢?”

“我以为这一点在我们的爱情中不是很主要的。”

“可你还说你父亲死了……”

“是死了,在‘运动’期间。”

妻见他的表情那么异样,不安地问:“因为我以前没告诉过你这些,你生气了……”

他勉强微笑了一下,阴郁地回答:“没有。”

妻说:“可你的样子像是生气了。”

他说:“我永远也不会生你的气。”

妻柔情地望了他片刻,又问:“真的?”

他将妻子轻轻拥抱在胸前,说:“真的。”

可是他的内心里,从那一天产生了一种潜在的自卑。在他的家族中,没有一个人,曾与音乐有过丝毫的缘分……

他慢慢推开妻子，盯着她的眼睛，低声问：“你爱我，就是因为我有一副好嗓子？”

妻说：“瞧你问得多怪呀！”

可是他固执地问：“你回答我。”

妻说：“我没想过。”

他说：“那你现在开始想。”

妻说：“不，我才不傻乎乎地去想呢！爱就是爱，想也想不明白的。明明白白的爱，让别人去爱吧！……”

妻抿着嘴儿笑了，用手指在他鼻梁上轻轻刮了一下。

他不由得朝镜子里瞥了一眼，看到了自己那张缺少男子魅力的脸：额头太宽，眼眉太粗，嘴唇太厚，下巴有些翘……一张令自己感到沮丧的脸。

“佳木斯市比这个山沟里强百倍，你一点也不后悔？”

“不啊。”

“要是有一天你忽然感到后悔了，你怎么办？”

“除非你欺负我。”

“天啊，我？……欺负你？！……”他叫了起来。

“你可永远别欺负我呵！”她用双臂揽住了他的脖子。

他凝视着妻，暗暗替她感到惋惜：糊里糊涂地爱上了自己这么一个人，而且爱得那么深那么痴情，那么天真又那么幸福。他心中产生了一种羞愧，好像一个大人靠着大人的狡猾，做了一件对不起一个好孩子的事一样。他担心有一天这个好孩子变得聪明了，这个大人可就无法拯救自己了。

从那一天始，妻认真地作起他的音乐指导教师来。在小河边，在白桦林中，在山顶上，每天清晨，都留下他们碰碎露珠的脚印，都出现他们双双的身影……

有一类年轻女性，在她们作了妻子之后，她们的心灵和性情，依然如天真纯良的少女一般,她们是造物主播向人间的稀奇而宝贵的种子。世界因为她们的存在,而保持清丽的诗意;生活因为她们的存在,而奏出动听的谐音;男人因为她们的存在,而确信活着是美好的。她们本能地向人类证明,女人存在的意义,不是为世界助长雄风,而是向生活注入柔情。

连队所有的男知青都羡慕地甚至是嫉妒地说:"刘大文这小子真比一位国王还幸福!"

而刘大文则不无自豪地回答他们:"王冠和我的妻子比起来算什么!"

他们是全连知青中的第一对夫妻。直至大返城开始,仍然是第一对夫妻。连里的其他几对有情人儿,对他们既充满了羡慕,又下不了决心像他们一样结婚。

某些小伙子私下问刘大文:"大文,你坦白告诉我们,到底是恋爱幸福,还是结婚幸福?"

他非常严肃地思考了一番之后,很自信地回答他们:"幸福是一种感觉,是别人无法体验到的。恋人和醉汉是同一类人。而结婚呢,好比你潜到了爱河神秘的水底!男人女人要结婚,是因为他们彼此爱到了恨不得让自己变成爱人身体一部分的地步!你们都还不想结婚,证明你们都还没有爱到我们这份儿上,继续爱吧!"

幸福和寻欢作乐是同父异母的两姊妹。人性与好女人生出了幸福;人性与坏女人生出了寻欢作乐。幸福的男人与一个好女人结为伴侣便会感到终生幸福;不幸的男人与一百个坏女人厮混也总归还是不幸。北大荒没有寻欢作乐的场所和条件,刘大文和他的爱妻沐浴在很清苦又很清丽的幸福之中。如果有谁以为他们整天都可以无忧无虑地手携着手,互相依偎着逗留在小河边,漫步在白桦林,伫立在山顶上,那就大错而特错了。他们要在冬季里每隔几天就上山砍一次柴,然后将木柴用小爬犁从几十里外的大山深处拖回家中。他们每年秋季都要抹一遍房子，扒一次炕洞。他们春季夏季还要精心侍弄自留地，保证自己有足够吃一冬的萝卜、土豆和白菜。还有其他许许多多没结婚的知识青年们不必操心的事。在北大荒要维持一个小家庭的正常生活，可绝不像给表上弦那么简单那么容易。也许正因为生活是清苦的，他们才尽心尽意地培育着他们的幸福，如同在瓦盆沙土中培育一株娇贵的小花。

有一个星期天，他和妻又上山砍柴，天黑了才回到家里。刚吃过晚饭，他便疲劳得一头躺倒睡去了。第二天早晨，不是妻轻轻推他，他还醒不过来。他睁开眼睛，见妻已穿好了衣服，斜坐在炕沿上，瞅着他，戏谑地说："未来的大歌唱家，今天想旷课呀？"

他翻了个身，嘟哝道："还没睡够呢，今天算了吧！"又闭上眼睛，要继续睡。

"那可不行，起来，起来，大懒孩子！"妻不停地推他。

他围着被子坐了起来，打了一个大哈欠，忽而想到了一个长久以来想要对妻提出的问题，便问："你这么下功夫地指导我，是不是真希望我将来能成为一名歌唱家呀？"

妻回答："要是有那一天，多好呀！"

妻的话令他格外认真起来，又问："要是永远不会有那一天呢？"

妻回答："我相信，总会有那么一天的！好运气迟早会向我们招手的！你的嗓子先天条件好极了，你才二十七岁，咱们还可以耐心地期待十年啊！三十七岁正是歌唱家的黄金时代！"

他什么话都没有再问，什么话都没有再说，默默地穿好衣服，牵着妻的手走出了家门。

那一天，他终于明白终于理解了，歌唱已成为他们生活中不可缺少的维他命。那一天，他暗暗下定决心，为了实现妻对他的希望，他要耐心地期待着好运气……

不久,妻怀孕了。

妻的腹部已经明显地鼓大了,每天早晨还要陪他走出家门去幽静处练声。为了让妻能够多睡一会儿,他每天天不亮就悄悄爬起来,丝毫也不敢惊动妻子,无声无息地独自走出家门。唯恐妻醒了会起来去寻找他,他将门从外面锁上。

妻是在团部医院里生下一对双胞胎女儿的。

接产室并不隔音。他在外面听到了妻一阵阵痛苦的喊叫,他以为妻肯定活不成了,几次发疯般地往接产室里冲,都被勇敢的护士像拦一头狂暴的野牛似的拦住了。那一天他把女人生孩子这种事至少诅咒了一百遍。

他被允许走入产妇病房后,见妻脸色苍白,冷汗将头发湿得像刚洗过没擦干似的。当着两个女护士的面,他心疼地捧住了妻的脸,说:"我真是害怕极了!我以为你活不成了!"

妻柔弱无力地双手轻轻推开他,娇嗔道:"还有脸说呢,是你把我害苦了!"

两个护士吃吃地笑起来。

她们走入婴儿室,一人抱出一个哇哇哭叫不止的小东西给他看。

一个护士还揶揄地说:"快瞧瞧吧,你这当丈夫的值得自豪啊!别人得千斤,你得两千斤,'过黄河超纲要'啊!"

他将脑袋扭向了一边,不看。

他心中暗想:为了你们这两个小东西出世,你们的妈妈险些活不成了!

孩子的诞生,给他们的生活中增添了许多乐趣,也使他们为小家庭的生活更操劳了。妻不得不自行解除了音乐指导教师的义务,担负起了一个年轻母亲的种种职责。他也不得不从妻身上匀出一半的感情一半的爱,平均分配给两个一模一样,连他和妻也很难辨别姐妹的女儿。

妻的话少了,笑少了,活泼少了,再也不唱歌了。偶尔一唱,唱的也是中国或外国的摇篮曲。低低地唱,轻轻地哼。更多的时候,则是匆匆忙忙,急急切切地做这做那。一个婴儿,足以使一对初做父母的年轻夫妻的生活颠倒。两个婴儿,足以使他们的生活颠来倒去。双胞胎女儿并不像串联电路。一个渴,一个却饿;一个酣睡,另一个啼哭。刚刚拍睡了啼哭的,酣睡的又醒了,哇哇发出某种讯号。妻忙乱起来的时候,仿佛一位转动了十几个盘子的冒牌杂技演员,顾此失彼,手眼不一。有时候他们什么事也干不成,一人怀里抱着一个女儿,并肩坐在炕沿上,晃着身子低声合唱摇篮曲,合唱往往由于裤子被尿湿了才得以停止。

连队没有托儿所,妻不能出工干活了。四口之家,仅靠他一个人的三十七元工资维持。妻的奶不足,两个孩子常饿得啼哭。而奶粉又是很难买到的。连队没养奶牛,他每天都要跑到八里地外的另一个连队去买一次牛奶。他不能让房顶漏雨了,墙壁透风了,炕洞堵了,柴不够烧了,自留地荒芜了,也不能不参加各种会:大批判会,政治学习,团组织生活。在各种名目的联欢会上,唱歌仍然是他义不容辞的事。

妻用默默的、无言的温情抚慰着他们艰难的小家庭。

也就是从那时起,他的性格变了。他不再是一个内向的人,他变得在妻面前极爱说说笑笑嘻嘻哈哈了,要贫嘴,出洋相,学着插科逗哏,并不出色地扮演一个无忧无虑、快快活活的乐天派角色。甚至往脸上抹了锅底灰,翻穿着皮袄,装作一只大狗熊,从地下跃到炕上,从炕上扑到地下。为了什么?为了从妻的脸上看到由衷的欢笑,看到从前那种少女般的天真烂漫的光彩。

妻是曾被他逗得咯咯笑过,后来就任他怎么逗也不笑了。有一次就哭了。

“你……你怎么会变成这样了啊！……”妻泪眼汪汪地瞧着他，伤感地问。

“我……我是想逗你开心……”他讷讷地坦白自己的动机。

“可我……真不想看你变成这样……”

“那……我……再也不这样了……”

可是原先的性格已经复归不到他身上了。他从一个很内向的人变成了一个活宝，却不能从一个活宝再变成一个内向的人了。他感觉到他的生活需要耍贫嘴和出洋相，也如同生命需要维他命一样。在人前，他愈来愈是一个活宝；只有在妻的面前，他才能够努力做到像原先的他，妻所习惯了的他。有时候他甚至连自己也搞不明白了，究竟哪一个他才是真实的他？哪一个他才是伪装的他？

大返城期间，离开连队前，上海知青李凤林找到他，开诚布公地对他说：“大文，跟你商量件事，我想……想向你要一个女儿……”

那时，他的两个女儿都已快三岁了，都长得非常美丽可爱，那白净的皮肤，那修长的眉，那会说话的眼睛，那微微嘟起的嘴唇，都像她们的妈妈，没有一个人见了这一对儿双胞胎姐妹不喜爱的。他爱两个女儿，一点也不逊于爱妻子。

听了李凤林的话，他惊讶万分，连想都未想一下，就一口回绝：“不行，不行！你开的什么玩笑！你要是非常喜爱女孩儿，将来让你老婆给你生一个不就得了嘛！要我的图什么呀！”

“你不是有两个嘛！”李凤林不放弃进一步争取的希望。

“我有两个，可他妈的这也不是二一添作五的事呀！”他认为李凤林荒唐透顶。

“你先别急，你听我讲……”李凤林似乎不达目的不肯罢休，耐心地说，“我告诉你，我回上海后，可以继承十几万块的遗产。我们家那幢小洋房，也迟早会退还的。我向你发誓，你将哪个女儿给我了，我保证你那一个女儿从小到大幸福得像一位小公主。你仍然是她的父亲，你随时随地都可以去看望她，她也随时随地可以去看望你……我呢，我只不过，想做她的一个抚养人……”

他觉得对方简直是在大白天说梦话，他仿佛坠入五里雾中，完全被对方搅糊涂了，懵头懵脑地问：“你小子又有洋房又有钱，返城后找个漂亮老婆，不就什么都齐了嘛！还是刚才那句话，喜爱女儿，叫你自己的老婆给你生嘛！女人生男人，不敢打保票，女人生女人，成功率在一半以上！……”

李凤林却火了，凶狠地说：“我他妈的不想结婚！你到底给不给我一个。”

他也火了：“不给！你不想结婚，那你就是天字第一号的大傻瓜！大白痴！难道无论多么漂亮的女人都不能使你动心么？……”

李凤林的脸倏然涨得紫红紫红，咬牙切齿地说：“你老婆就使我动过心！她没成为你老婆之前，我给她写过情书！……”

他用尽全身之力扇了李凤林一个大嘴巴子。

李凤林看了他一眼，转身趺趺撞撞走了。

连里的卫生员赵晓刚走过来问他：“你为什么打他？”

他怒不可遏地说：“这小子他妈的不是人！他纠缠着向我要一个女儿，我不给，他就说……他对我老婆动过心……”

赵晓刚望着李凤林的背影，低声说：“他够可怜的啊，这辈子算别想结婚了，完了……”

“活该！”

“是你把他害的。”

“我？……”

“你还记得有一次盖房子的时候，你跟他扛一根大梁，你溜肩了，大梁那一头砸了他一下，将他砸昏了么？……”

他记得这件事,好像砸在李凤林小肚子上。

“过了几天,他就住院了。全连没有一个人知道他因为什么病住院,只有我知道。那一次是砸到了使一个人断子绝孙的地方,医学上叫作性神经坏死……”

他呆呆地发了半天愣,突然一把揪住赵晓刚的衣领,大声吼道:“你胡说!……”

卫生员掰开他的手,整理了一下衣领,两眼盯着他说:“我要是李凤林,没准儿早把你宰了!”说罢,一转身走了。

他像个站在被告席上的罪大恶极的犯人似的,一动也不动地在那里站立了足有五分钟。

李凤林竟没有把他宰了,在今天之前也从没有明显地对他表示过仇恨,反而使他觉得自己简直无法理解那个眉清目秀的上海知青了。

性神经坏死……

这几个字像一条毒蛇紧紧盘绕住他的心,啮咬着他的心,并往他心内吐注毒液。

我刘大文真是作了天大的孽啊!我毁了好端端的一个人!……

他感到有一把刀凉森森的刀刃压在他后脖梗上,猛一回头,身后却并没有人。

他怀着一种无名的惶恐往家里跑去。

两个女儿并排躺在炕上,都睡着。两只小手,牵在一起。两张小脸蛋都是那么俊秀,那么可爱。

他站在炕沿前,犹犹豫豫地瞧着她们。

他终于下了决心,慢慢地轻轻抱起了一个女儿,转身就往外走。

妻端着洗衣盆从外面进来,奇怪地问:“孩子睡得好好的,你要往哪儿抱她呀？……”

“我……”他不知如何回答才好。

“你尽没事找事，弄醒了，又得我哄！”妻放下盆，从他怀中抱过孩子，又慢慢地轻轻地放在炕上。

妻见他神色异常，又问一句：“你怎么了？”

“没怎么。”

他不敢正视妻的眼睛。

他想哭。

他想用头撞墙。

他一转身又冲出了家门……

李凤林比他提前三天离开了连队。李凤林平素人缘不错，全体知青和许多老职工依依不舍地送行，一直送出连队，送到公路上，望着他搭上一辆卡车从他们的视野中消失……

知青中只有他没去送。

连妻也去送了。

妻回到家里问他：“你跟小李闹过什么别扭吗？”

他摇了摇头。

“那你为什么不去送？让别人怎么猜想呢？”妻第一次责备他。

他低声说：“我不是留在家里看孩子嘛！”

“可你要有点打算送的样子，我就留在家里看孩子了！”

“……”

“好几个人说，刘大文真不够意思！”

“你他妈的住嘴吧！”他第一次对妻子以那么粗暴的态度说话。

妻怔怔地瞧着他，眼中顿时充满了泪水。她噙着泪走到厨房去，抽泣起来。

他内疚地跟到厨房，将妻搂在怀中，说：“别生我的气，你不知我心中有多么难过……”

妻止住抽泣,轻声问:"因为小李的走?"

他没回答。

"听人讲,小李是知青中如今最幸运的一个,返城后不但可以继承十几万遗产,还会有一幢带花园的小洋房,真的?"

他仍没回答,只是将妻搂得很紧很紧。

妻偎在他怀里,又像开玩笑又像很认真地悄声说:"你不是在嫉妒人家吧?"

他摇摇头,低声回答:"我们是多么幸福啊!"

妻听了他的话,便微微闭上眼睛,将脸温顺地贴在他胸前,用双唇衔弄他衣服上的一颗纽扣。

他抚摸着妻的头发。

一滴眼泪缓缓从他眼中溢出,顺着他的面颊滚落下来,藏进了妻的头发中。

他和妻就那样站立了许久。

终于,他开口问道:"小李给你写过情书吗?"

妻睁开了眼睛,仰起脸注视着他:"你为什么哭了?你怎么知道这件事的?"

"他亲口告诉我的。"

"可是我……我连看也没看就还给他了呀!"

"你当时看一看就……好了,也许你以后将会过上人人羡慕的生活……"同时他心中暗想,那自己肯定就不会跟李凤林合扛一根大梁,自己也就不会犯下那罪孽的过失……

"再不许你说这样的话。"妻推开了他,生气地说,"你要是再说这样的话,我就不爱你了!"

当他们一家四口乘上那辆"返城知青专列"后,妻一路是多么兴奋啊!

"我不是对你说过吗?好运气迟早会向我们招手的!返城了,

你可以到省歌舞团去了!”

“他们要我,那已经是几年前的事了。如今他们可能早就把我这个人忘掉了。”

“你要对自己有充分的信心,你要让他们重新赏识你。”

而他一路都在想的,却是一家四口回到城市后住哪儿。

妹妹和妹夫到火车站去接的他们。

家中只有一大一小两间住屋。大的十二米,小的七米。父亲母亲住小屋,妹妹妹夫结婚还不到一个月,住大屋。妹妹妹夫将新房让给了他们住,各自搬到工厂集体宿舍去了。妹妹的工厂在市内,妹夫的工厂在市郊。自从搬到各自的工厂去后,到目前为止还没有机会同时在家中相聚过一次。妹妹休息星期日,妹夫休息星期六;妹夫上夜班,妹妹上白班。

就在昨天,也就是今天这么晚的时候,他从夜市场踯躅地往家中走,经过一条被年轻人称作“爱情之巷”的街道。那条小街道,两旁都是工厂的高墙,只有三根电线杆子,竖在街头、街尾、街中。三根电线杆子上都没有灯。在这寒冷的漫长的冬季寻找不到谈情说爱场所的情侣们,就把那条小街道当成了他们的“伊甸园”。他们穿着厚实的棉衣互相拥抱,戴着手套彼此爱抚,脉脉含情地借着冬季清洌的月光注视对方眉睫挂霜的眼睛,用冰冷的嘴唇去亲吻对方冰冷的嘴唇。任凭飘落的雪花将他们渐渐变成一对对一双双雪塑……电业局的工人们不止一次为这条小街的三根电线杆子安装过街灯,但第二天夜晚到来后,这条小街依然是黑暗的。而令人难以置信的是,在这条小街上,竟从未发生过什么非常事件。连流氓歹徒们也不到这里来滋扰。因为他们如果在此寻衅,这里的每一个小伙子都会变成勇猛的斗士,无需呼吁,就会立刻结成同仇敌忾的阵营。

昨天晚上比今天晚上还寒冷。

有一对情侣手臂从身后互相搂着,像对儿幽灵似的拐出那条小街,缓缓地走在他前面,距离他只有三步远,一边走一边喁喁私语。

男的说:“我真想你。”

女的说:“我也想你。”

男的又说:“哪天给你哥哥和你嫂子买两张电影票,让他们一块儿去看场电影不行吗?”

女的忧愁地说:“可他们肯定会不去的。哥哥嫂子都在待业,又有两个孩子,哪有心思去看电影啊!”

男的沮丧而苦闷地长长叹息了一声,又抱着一线希望说:“要不下个星期六你请一天假到我们工厂去行不行?我们工厂大仓库旁有间小破房,没有人到那里去……”

从他们的话语中,从他们的背影,他判断出来了,他们是自己的妹妹和妹夫。

他站住了,望着他们渐渐走远,自己转向另一条街道。

回到家里,他整夜无法入睡。他几次想推醒妻,跟妻商量,将家里的煤棚清理一下,四口移进去住。但看看两个幼小的女儿,看看妻那张失去了往日光彩的脸,他不忍推醒她,跟她商量这样的事。从到家的第二天她就开始生病,不断咳嗽,明显地瘦了。

没结婚或虽结了婚没孩子的返城知青,比他和妻的处境总会强一些,因为他们毕竟不至于两袋空空地回到家中。而他和妻,在北大荒一分钱也没有积攒下。小家庭中增添了两个孩子后,使他们的生活每一个月都很拮据。返城的路费,还是预先精打细算节省下来的。妹妹给过他十五元钱,他如数交给了妻。妹夫也给过他十五元钱,他也如数交给了妻。妻说:“这三十元钱我们无论如何不能乱花,谁知道我们待业要待到哪一天啊!”

“哥哥,嫂子,你们要是缺钱花可别不吱声啊!”妹妹又几次说过这样的话。

妻感激地回答:“不缺钱花,真的不缺钱花,你们给的那三十元钱,我们还一分也没花呢!”

“我们带了一些回来,还够维持几个月的。”他用谎话欺骗妹妹。

其实妻也欺骗了妹妹。那三十元钱已经花掉了二十二元七角四分——妻为他买了一件铁灰色的卡中山装。

他曾将这件体面的衣服套在兵团战士的破黄棉袄上,在妻的鼓励之下去到歌舞团碰了一次运气。

费了半天口舌,传达室的老头才放他进入歌舞团大楼。

他找到办公室,一位好像是领导者模样的人心不在焉地听他说明来意,用连点礼节性的热情都没有的口吻回答他:“我们的人员已经超编了,将要淘汰下来的歌舞演员还不知道往哪安排呢!”

他恳求地说:“那么您能不能先听我唱一首歌?……”

对方不耐烦地打断了他的话:“对不起,我还有些事务要处理。”

…………

几天后就过新年了。

他发誓再也不接受妹妹和妹夫给的钱。妹妹二级工,妹夫也是二级工。妹妹妹夫要赡养两位老人。母亲一辈子是家庭妇女,依靠父亲的退休金吃饭。父亲是从一个小小的街道工厂退休的,退休金每月十四块。

他双手插在破黄棉袄衣兜里,缓慢地走着。两个女儿跟随他和妻返城后才知道世界上还有一种叫糖葫芦的又好看又好吃的东西。他因为打了两个女儿而有些难过。

想到了女儿,便也想到了妻。

妻大概已经搂着女儿们睡熟了吧?

走过的每一条街道,每一条马路,都是那么寂静,一个人影也没有。

城市好像服了一万瓶安眠药。

他忽然对这座能够安然入睡的城市产生了一种极强烈的嫉妒和怨怒。

他想用自己浑厚宽广的声音吵醒它。

于是他又敞开喉咙引吭高歌:

喜儿喜儿你睡着了,
你爹说话你不知道……

他的歌声是那么低沉那么悲怆那么凄凉那么辽阔!如一道久阻的闸门骤启,一切的心潮一切的感触一切的愁绪一切的郁闷奔泻千里,顺笔直的大马路翻涌向前!仿佛一只看不见的孤鹏巨鹫,在这寒冷的夜晚从这宁寂的大马路上空翱翔而过,双翼将风扇往四面八方的街巷!

他真是很久很久没有像这样敞开喉咙唱歌了。连他自己也惊奇于自己的歌声竟如此冲天动地,如此浩荡辉煌。再也没有比万籁俱寂的夜晚的城市更理想的舞台了。他幻想着有一千名穿黑色夜礼服的大提琴手排开在他身后弓弦齐运为他伴奏,另外有一千名平鼓手隐蔽在马路两旁的一条条街巷之中,如同隐蔽在巨大舞台的两侧。而他觉得这城市的千灯万盏都是为他而照耀的。马路两旁高低参差的楼房将他的歌声制造成多层次的回音,就好像整座城市都跟随着他唱了起来:

不知道……
不知道……

他不由得站住了,朝马路左边望了望,又朝马路右边望了望,没有一幢楼房的一扇窗口是明亮的,只有一盏盏水银路灯居高临下从远远近近瞪着他，仿佛在取笑他。

城市对他的歌声充耳不闻。城市城市你聋了吗?!

他突然举起双臂大喊：

喜儿，你爹把你卖了啊！

卖了……

卖了……

多层次的回音在城市的夜空飘荡着……

一辆摩托车不知是从哪一条街巷中驶出来的，怪叫一声在他跟前刹住。车上插着一面小白旗，旗上写着一个黑色的“警”字。

骑在车上的治安巡警一脚撑地，对他猝然喝道：“你是什么人?!”

他如梦方醒，产生了一种想跟这名治安巡警开个无伤大雅的玩笑的念头，便镇定自若地回答：“我是歌唱家啊！”

“歌唱家？……”治安巡警凌厉的目光上下审视着他。

“对，省歌舞团的郭颂是我的老师。歌唱家郭颂的名字你听说过没有？就是唱《乌苏里船歌》的那个郭颂……”

治安巡警威严地沉默着。

“没听说过？……”他表示大为惊讶地耸了一下肩，“那么这首歌你一定听过……”说着，就又唱了起来：

乌苏里江长又长……

“别唱！”巡警呵斥他，问，“你叫什么名字?”

“我……我叫马路红，牛马的马，道路的路，世界一片红彤彤的红……省歌舞团的青年男低音歌唱家马路红，几天前报上登过介绍我的文章，读过吗？写得还不错，就是把我吹捧得过高了。这类文章容易使人骄傲，是不是？……”

“拿工作证来！”

“工作证……”他佯装在几个衣兜里翻找，一边翻找一边自言自语地嘟哝，“咦，我的工作证呢……可能没带在身上……”

“我看你这一身明明是个返城知青！”

“对，对！我是返城知青……”

“那你说你是歌唱家?!”

“请别误会，这并不矛盾啊！我……是三年前返城的，省歌舞团把我从北大荒调回城市的。就是我刚才讲的著名歌唱家郭颂亲自把我调回来的！您怎么不知道郭颂这个名字呢？……我仍穿这身兵团战士的服装，是因为今天一些返城知青聚会，我得穿的和大家一样，是不是？要不，会对大家的心理造成不良的刺激，是不是？……”

巡警有点半信半疑了，又问：“你喝醉了吧？”

“没有没有！”他连连摇头，“喝酒损伤嗓子，我从小滴酒不沾……”说着，俯下身，对巡警的脸呼出一大口气，“一点酒味也没有吧？”

巡警皱起了眉头：“你刚才说你叫什么名字？”

“马路红，我这名字很容易记。以后要看演出的话，只要是省歌舞团的演出，去找我。三两张票，绝不成问题！”

警帽下那张年轻的脸上浮出了微笑。

“那我们算是朋友啰？”

“当然！”

“离家还远吗？我用摩托送你一段？”

“不必。我就要到家了。”

“走吧！”

“嗨咿！”他举起手臂，向对方敬了一个很帅的德国党卫军式的军礼，然后迈开步子，以军人的步伐气宇轩昂地走了。

那年轻的治安巡警望着他的背影，在头脑中努力回忆对一个名叫“马路红”的年轻歌唱家根本不存在的印象……

他回到家,见妻和两个女儿都已经睡了,悄悄脱去衣服,不发出一点声响地上了床,轻轻躺在妻身旁。

两个孩子两个大人占领一张新婚夫妻的双人床,亲密无间。

他这时才发现妻并没睡,在默默流泪。

“你为什么哭啊? ……”他耳语般地问。

妻转过身去。

他将妻的身子扳了过来,注视着妻,追问:“你为什么这样伤心?”

“我……我把买衣服剩下的那几块钱……丢了……哪儿都找了……找不到……”

妻说着,像个孩子似的,嘤嘤抽泣。

他要凑合着过新年的种种渺小计划成为泡影了。

“丢就丢了吧!”他双手替妻拭去脸上的泪痕。

他心中忽然对妻产生了一种极大的怜爱。他冲动地将妻拉进自己的被窝,紧紧地将妻的身体搂抱在自己怀中。妻温柔的美好的身体使他的灵魂感受到真真切切的安慰。这灵魂此时此刻是太疲惫太需要安慰了! 他此时此刻是什么都不愿去想什么都不愿去愁什么都不愿去烦恼了! 他只需要她。只需要从她身上所获得的那种超过一切的安慰,只需要将自己沉没在对她充满怜爱的炽烈的情欲之中……

他目不转睛地注视着那张他永远也看不够的脸,喃喃地说:“我什么也没有了,只有你和孩子。”

她也目不转睛地注视着他,喃喃地回答:“我也是。”

“只要不失去你和孩子,无论在什么情况下,我都会有足够的勇气活下去!”

“我也是。”

“如果失去了你和孩子,我肯定会自杀的!”

“我也是。”

“我爱你甚于爱我们的孩子。”

“我也是。”

“我爱你,我真是不能没有了你啊……”

“我也是。”

于是他在妻的脸上印下了无数亲吻。

他鲁莽地解开了妻的衬衣扣,将脸偎在妻的怀里。他闭上了眼睛。这世界在他的意念中不存在了。他迷乱地吻着,吻着,吻着……

妻无比温柔地抚摸着他的脸,抚摸着他的头发,抚摸着他的脊背。他从妻的抚摸中,贪婪地感受着一种母爱般的怜情。这正是他内心里对妻所深深怀有的,也正是他渴望妻能够给予他的。与其说这是一种冲动的情欲,毋宁说这是一种互相体恤的情愫。他要获得这种心理上的满足的要求,是强大于获得另一种满足的要求的……

妻用她母爱般的抚摸渐渐平息了他那灵魂的和肉体的双重冲动,轻轻吻了他一下,婉语说:“睡吧……”

他不做声,也不动。仍将脸孩子似的偎在妻的怀里,感到内心正在一种软弱的状态中重新积聚着某种力量。他自信他明天是又可以为卖掉十几盒香烟而走遍全市各个地方了。

妻又说:“今天敏华来了,送来两张明天的电影票……”

他一下子被从温柔之乡推到了尴尬而窘迫的现实面前。

一个短暂的迷醉的梦境被妻忧愁的轻语击碎了。

他的头慢慢从妻那丰满而柔软的胸上抬了起来。

他一翻身仰面朝天躺在了妻的身旁。

妻却扑到了他身上,紧紧抱住他,用陷入绝境的人那种不寒而栗的语调说:“我真是害怕极了啊！害怕我们就这样一年、两年、三年长期地待业下去……果真那样我们可怎么办啊！……”

他猛地推开妻坐了起来,扯过棉袄就掏烟……

第四章

倘若每座城市只有一幢房屋；倘若十几万人，几十万人，一百万人，几百万人都生活在同一个巨大的穹顶之下，像一家人一样；倘若他们都能够成为自己命运的主宰者，有充分的信心和足够的能力抗拒社会的任性对他们命运的摆布，那么城市将会变成怎样的舞台呢？仇恨，这种由高级思维和可怕情感而对人类心灵产生的彼此具有诱发性的污染，是否会消除呢？由此而导致的种种悲剧是否会从社会的节目单上减少一些呢？

呵，你这年轻的城市，你这三百万儿女的母亲呵，当你目睹你的孩子们之间由于受命运的捉弄而彼此仇恨甚至产生彼此杀戮的动机时，你又为什么那样麻木那样无动于衷地缄默着？难道你对他们的爱由于他们人数众多而变得如冰一样冷如水一样淡了么？哦你快看呀，你快将你的脸转向这一条在昨天热闹的喜剧和严峻的悲剧同时发生过的小胡同呀！你快将你的目光注视到那个残留着花圈的灰烬和喜庆的彩纸屑的院落呀！你快将你的制止的呼喊从贴着双喜字的倾斜的门和低矮的窗传入寒酸的新房啊！你看到了么你？你的一个孩子，由于仇恨的作用，又一次操起了尖刀！

世间未经探勘的险境，不在大陆上，不在海洋中，而在人们的头脑和心里。某些人的人格防线一旦受到袭击甚至被突破，他们心底里激起的报复的狂飙是猛烈于一般人十倍的。

郭立伟在磨刀石上霍霍磨刀，猛烈的渴望实行报复的狂飙在他胸膛内卷荡呼啸。他手中的尖刀在磨刀石上推磨一下，报复的狂飙便在他胸膛内冲腾一次。它是那么样的猛烈，仿佛就要鼓破他的胸膛，随之鼓破这小小的新房，在天地间造成一种真正的风暴！

受伤的蚌用珠来补它们的壳。

郭家兄弟之间的手足之情，是他们童年和少年时代经受的种种屈辱和艰难岁月所沉淀的同质岩层。

十几年前，他们家这一带的小街窄巷，还都没有下水道。各家各户的脏水，是靠脏水车运到市郊的下水道总口的，每天早晚各送一次。拉脏水车的，是一匹瘦骨嶙峋的老马，伴着这匹老马走街串巷的，是郭家兄弟的父亲。父亲手持木梆，蹒跚地跟着老马踉踉跄跄的步子，不停地机械地敲着，在每一个大杂院前都必须停一阵。各家各户的人听到梆声，便从家中拎出或抬出脏水桶，倒入铁箱式的脏水车。他们家原先并不住在这一带，家境原先也并不很贫困。甚至还可以说是个小康之家。他们的父亲，曾开过一个卖杂货的小铺子。小铺子归公后，家中曾得到一笔数目可观的款项，父亲每月也有固定收入。后来，他们的父亲由于贪污罪被判了刑。当警车开入他们家住的那条街道时，弟兄俩和许多小孩子一块儿跟在警车后面奔跑，一块儿呼喊："抓坏人喽！抓坏人喽！"警车却在他们家门外停住了，父亲被铐着锃亮的手铐从家中带出来，押上了警车……

那一年哥哥十四岁，弟弟九岁。

他们不相信父亲会是一个贪污犯。他们幻想着明天、后天，最迟大后天，会有另外一辆车，当然不应该是警车，将父亲送回家。警员们会羞愧而负疚地当众向父亲，向母亲，也向他们赔礼道歉，郑重地为他们家恢复名誉。

倒是有另外一辆车开到了他家门前。不是送回父亲，不是来为他们家恢复名誉。

而是查封他们的家。

父亲果真是一个贪污犯，而且是一个长期贪污、多次贪污的贪污犯。

父亲已在法律面前低头认罪了，被判刑八年。

父亲在外还供养着一个只有二十五岁的女人，和那女人姘居了整整六年……

家中的房产、家具、存款都统统被没收充公了。

母亲不得不带着他们来到这条小胡同这个大杂院住下。

他们对父亲的爱对父亲的尊敬对父亲的血缘之亲骨肉之情，连同“父亲”两个字从他们快乐的儿童世界中抹掉了。羞耻如同厚厚的茧壳一层层缠裹住蚕蛹，从此缠裹住了他们还未接触过任何丑恶的幼小心灵。他们不能理解那个在家中似乎对母亲很体贴，在邻居面前似乎很正派的父亲，原来竟是一个伪君子。这种忍心的欺骗使两个天真无邪的孩子对生活可怕又可耻的另一面受到强烈无比的震撼。

他们从此变成了两个孤僻的自卑的孩子。

父亲由于生病提前三年获释。

母亲居然还将父亲接回了家！弟兄俩不跟父亲说一句话，也对母亲产生了鄙视，对母亲变得粗暴起来。父亲卑下地承受着儿子们对自己的惩罚，母亲隐忍着儿子们的粗暴。那正是“文化大革命”第二年，两兄弟都没有加入“红卫兵”。他们自认为是比那些“走资派”、“右派”、“反动学术权威”、“资产阶级臭知识分子”的子女们更卑贱的人。那些子女们也还有暗中互相同情的伙伴，而他们则属于“坏分子”的后代。“坏分子”的内涵除了贪污犯还包括盗窃犯、抢劫犯、强奸犯、诈骗犯。他们觉得自己是掉进了社会的垃圾桶里。

按照“给出路”的政策，父亲成了这一带赶脏水车的人，一个哑巴似的最负责的赶脏水车的人。

父亲每天在这一带小街窄巷中敲起梆子的时间,从未早过或迟过一分钟。是想以此向人们表示忏悔?还是想以此获得人们的一点怜悯?只有父亲自己心里知道。从没有谁对父亲表示过什么,他在人们眼中与那匹拉脏水车的老马没有区别。

那匹拉脏水车的老马,生命力是很强的,并没在哪一天如人们担心的那样突然倒下。父亲却在有一天帮一个女人拎起脏水桶往脏水车里倒时突然倒下了。脏水泼了他一身,再也没爬起来。

兄弟俩的耳膜又开始熟悉另外一种声音。一种像木梆声一样单调,但绝不如木梆声那么脆响的声音——一种持续不断的嗡嗡声。

母亲纺石棉线的声音。

每天晚上,在昏暗的灯光下,在那种持续不断的嗡嗡声中,满屋飘飞着白雪般的石棉的飞絮,哥哥伏在小炕桌上,聚精会神地解数学题或几何题,仿佛社会上发生的一切"轰轰烈烈"的事件都与他毫不相干,他要独自进入一个数学或几何的世界里去似的。而弟弟则缩在墙角,瞪大眼睛编织着该属于成年人的梦——塞满一个个抽屉的钱,宽敞的房子,体面的衣着和人们的真诚的尊敬,借以哄骗自己那颗幼小的心灵。

弟弟当时唯一能够获得安慰的是:哥哥在学校里曾是个门门功课都名列前茅的学生。这一点如一缕烛光照耀在弟弟身上,也照耀在弟弟心里。虽然小小的自珍的蜡烛是持在哥哥手中的,却使弟弟感受到了那微弱的烛光对他的宝贵。因为弟弟连任何一点可以持举自照的光辉也没有。弟弟对哥哥的情感之中,也包含有感激、尊重和崇敬。他总在暗暗地想,"文化大革命"早晚会结束的,那时哥哥一定会考入一所名牌大学。那时他将可以不无自豪地对别人说:"我哥哥……"

有天晚上,他早早就躺下了,母亲以为他睡着了,对哥哥谈起了父亲。

“你不要再恨你父亲了,他已经是死了的人了。他也怪可怜的……”自从父亲被判刑后,母亲一下子变得至少苍老了十五岁,变成了一个老太婆。连声音也变得苍老了,没有丝毫韵调了。母亲的声音,就如同那纺石棉线的嗡嗡声的一部分。

哥哥一个字也没回答。

“被坏女人缠住的男人都没个好结果……”

“……”

“你在听妈说话么?”

“妈,你别再对我提他!也不要再对弟弟提他!”哥哥的语气中流露着毫不掩饰的憎恨。

纺车疲惫地嗡嗡响了一阵后,他听到了母亲的一声悠长的叹息。这声叹息就像一个因窒闷而昏死过去的人发出的第一声呻吟。

“也许是我将他害到那种地步……”母亲又嗫嚅地说了一句。

他听到了哥哥摔课本的声音。

“你不愿听,妈也得说……妈不定哪天两眼一闭,两腿一蹬,就到阴间去了……不对你说,到了阴间,你父亲的鬼魂会恨我,就像你们恨他……”

啪!又是一响。

纺车疲惫地嗡嗡着。

“妈觉得你已经长大了,才对你说。户口本上写着,妈和你父亲同岁。其实你父亲比我小五岁……那小铺子早先是你姥爷开的,你父亲是铺子里的伙计。后来你姥爷死了,你父亲就娶了我……那一年你父亲十七,我二十二……第二年就生下了你,隔了五年又生下了你弟。生下你弟后,妈作了一场大病。病好后,就再也没对你父亲尽过一个女人的……本分……”

纺车的嗡嗡声忽然急而大起来了。

母亲苍老的、没有丝毫韵调的声音，仿佛从极遥远极幽深的一个洞穴里传来，仿佛带着一股寒潮的冷气，使他感到屋里凉森森的。

“我觉得亏待了你父亲，主动提出要和他离了。他觉得那样又亏待了我，自己良心上过不去……他也舍不得撇下你们，他是真舍不得……那个女人我虽没见过，可我知道你父亲和她的事……我没想到你父亲为了用钱拢住她，会犯下贪污的罪……他当初是真舍不得你们……”

他觉得那股寒潮的冷气直沁到心里，他冷得瑟瑟发抖。他一动也不动地躺着，紧闭着眼睛，整个身体绷得都快抽搐起来了。

嗡……嗡……嗡……

这声音愈来愈大愈来愈快，充满了小小的空间。他觉得母亲正在机械地将她自己，将哥哥，也将他一块儿纺进石棉线。他觉得他的四肢，他的整个身体都像麻花似的扭转着，被一只看不见的巨手抻着，抻着，抻得细细的长长的，又被骤然放松，绕到了纺车轮上……

母亲讲的那些话，从始到终，都没有任何韵调，不带任何感情。她仿佛在尽着一次早晚得尽到的既不是情愿也不是被强迫的义务，那些话像从没拧紧的笼头里滴滴答答淌出来的一股自来水。

听不到哥哥的任何声息。

哥哥似乎不存在了。

那天夜里他做了一个噩梦：父亲将木梆举在他耳畔，不停地敲击着，不停地对他重复着同一句话：“我是真舍不得你们，我是真舍不得你们，我是真舍不得你们……”父亲的头忽然变成了那匹拉脏水车的老马的马头，大张着马嘴，暴露出一排稀疏的参差不齐的马齿，要啃他的脸……

他惊醒后，出了一身冷汗，被子褥子湿漉漉的……

第二天早晨，他第一眼看到哥哥时，觉得哥哥变得陌生了。

一夜之间，哥哥那张本来就缺少青年人所应具有的种种表情的脸上，除了阴郁的缄默——如果缄默也可以算作一种表情的话，就再难寻找出别的什么表情的虚线了。

哥哥也用一种异样的目光看着他，低声问："立伟你怎么了？你病了？……"

只有从哥哥的话语中，还能听出哥哥一向对他深深怀有的手足之情。

"我没病……"

"那你的脸色为什么这样难看？"

"我……觉得夜里有点冷……"

"冷？……"

哥哥将一只手放在他额头上。

他并未发烧。

…………

那单调的持续不止的使人欲眠的嗡嗡声有一天中断了。当哥哥放下课本，弟弟从那种概念化的幻想中抬起头来时，他们才发现母亲已倒在纺车旁。母亲脸上、头发上和衣服上，落着一层灰色的毛茸茸的石棉絮。

那种嗡嗡之声首先将母亲催眠了，再也没醒……

他们毕竟是爱母亲的，母亲毕竟是他们唯一的相依为命的亲人。他们认为母亲是一个不幸的女人，而不是一个有罪过的女人。他们心中因为母亲的死而充满了悲哀，他们为母亲也为自己默默地流了许多泪，但是他们都没有放声哭。

他们没有请来任何一位邻人帮助料理母亲的后事。他们用温水轻轻地给母亲洗了几遍脸,洗了几遍头发,洗了几遍手,洗了几遍脚。他们给母亲脱去了落满石棉絮的外衣,破旧的衬衣,翻出母亲生前舍不得穿的一套新衣服和干净衬衣,互相配合着给母亲换上了。

当母亲那瘦得可怜的、枯槁的、皮肉松弛的身体赤裸地呈现在他们面前时,他们都不由得慢慢曲下双膝,虔诚地在母亲身体两旁跪下了。

母亲的两只乳房干瘪地塌在条条肋廓清晰可见的胸上,像被婴儿吮扁了的胶皮奶嘴。他忽然产生了一种本能的冲动,他想含住母亲那变成黑色了的乳头,从母亲的乳房中再吸吮到什么,无论是奶汁还是别的什么。

他一下子扑在母亲身上,紧紧抱住了母亲的身体,从心底里叫出了两个字:"妈妈!"

过了许久许久,哥哥才轻轻将他从母亲身上拽起。

给母亲换好衣服后,哥哥跪在炕上给母亲磕了三个头,他也跪在炕上给母亲磕头。磕了多少,自己也不清楚。

兄弟俩将母亲用家中最好的一床被子包住,放在一辆手推车上,推着经过半个城市,推到了远在市郊的火葬场……

不久,哥哥拿起了那被父亲敲过的油光的木梆。这是经过哥哥请求,区民政局批准才获得的权利。哥哥挑起了养活自己也养活弟弟的担子。

一天早晨,哥哥没按时醒。弟弟却醒了,悄悄爬起,悄悄穿好衣服,悄悄溜出了家门。

他要替哥哥赶一次脏水车。

那匹老马刚拐进一条小胡同,一蹄踏在冰上,猝然跪倒。

沉重的车辕压断了他的一条腿。

不负责任的医生,将他的断腿接得过于草率。石膏拆掉后,他成了一个“颠脚”。

又过了不久，哥哥不得不撇下他到北大荒去了。

他从哥哥手里接过了木梆，每天清晨颠着一只脚，敲着梆子，一步一倾地跟随在拉脏水车的老马旁。

每天夜晚，当他熄了灯，孤独地躺在炕上后，想到自己将可能一生都成为那辆脏水车的一部分，他就对人生陷入了绝望。

他开始抽烟了。

二十四元的工资，一半吃到了胃里，一半吸到了肺里。

每次将脏水车赶近下水道总口，他都要蹦到车辕上半坐着，一手紧紧扳住车闸。那是一段很陡的下坡路。冬天，路面的雪被一天往返两次的脏水车轮碾压得很实很滑。路尽头有一排七倒八歪的木栅，越过木栅是十几米高的石垒的断壁。脏水车在木栅前调转，脏水就从那里像瀑布般泻下，与全市下水道的脏水汇在一起，形成一条污秽的浊流，缓缓地淌向远处。脏水结成的黑色的、浑黄的、深褐的或浅紫色的冰，相间相衬地悬挂在石垒的断壁上，如同人工合成的水乳石。

一天，当他又像往常一样蹦上了车辕，控制着脏水车向下滑时，他心里骤然萌生了一个念头，要与脏水车与那匹苟延残喘而又不堪重负的老马一块儿报销。

他放开了紧扳车闸的那只手，闭上了眼睛。他觉得自己好像坐在一辆雪橇上，耳畔风声呼呼……

完全是人的希望生存的本能拯救了他。他猛地睁开眼睛，俯下身去扳车闸，却一头从车辕上栽了下去。

他抬头看见了脏水车怎样疾速地推着那匹老马，撞断木栅，从他眼中隐去了，他也听到了一种破碎的声音……

他站起来，一步步走到了木栅前，但见车箱已摔为几片铁皮，浊流中露出半个马头和一条马腿……

他自己制造的这场惨剧，使他失业了。

于是某些街道干部们觉得有义不容辞的职责动员他“上山下乡”。

他说：“我算病残青年你们不知道吗？”

他们回答：“贫下中农照样会欢迎你的！你如果都上山下乡了，对那些泡在城市的青年不是更能起带头作用吗？”

他拒绝起这种带头作用。他并不怕艰苦，只想要与什么东西对抗。他能够对抗的唯“上山下乡运动”而已。

城市，你还记得当年那个闻名全市，绰号“半导体”的颠足青年吗？“半导体”不广播革命歌曲也不广播“最高指示”，“它”只充满血腥的传布斗殴新闻。“它”对那些以争雄斗狠为常事的流氓，具有着不可轻视的威胁性。在一般青年中，“它”是传奇式的可畏的一方悍霸；在普通市民中，“它”造成恐惧。

这颠足的青年，在那个动乱的年代中，终于自以为寻找到了体现自己尊严和回击别人欺辱的方式——暴力手段。

他用一株小榆树制作了一根手杖，不是为了助行，而是当成武器。与人打架时，出其不意地倒挥起手杖，钩住对手的脖子，猛力将对手勾倒，然后用手杖痛打。

他不怕死。不怕打死对手，不怕被对手打死。他是个亡命徒。只有每个月收到哥哥从北大荒寄来的汇款单那一天，理智和人性才归复，像鸟儿归巢。但归复是短暂的。有时延续一整天或几天，有时仅仅是片刻的忏悔，瞬间的灵魂不安，又会被新的挑衅和报复的欲念所燃烧。他所进行的种种挑衅和报复，体现着对生活本身、对整个社会的盲目的挑衅与报复。他在种种挑衅和报复之中，获得心理上精神上的快感，获得超乎正常人的非正常的病态体验。他像一颗火药充足但无定时器的炸弹，随时预备自我爆炸，同时炸死他人。

在哥哥每年探家的日子里，他才是安宁的、温良的、本分的。判若两人。甚至不出门，整日呆在家里，变着样给哥哥做好吃的。并且预先警告他的兄弟伙，在那些日子里，不论发生什么事，都不许登门去找他。邻居们惧怕他，谁也不愿多事向他的哥哥讲他什么。

有一年哥哥回家探亲，他却被押在监狱里。

哥哥带着母亲的骨灰盒去探监。

隔着铁栏，哥哥给他跪下了，举着母亲的骨灰盒，盯着他，对他说："咱们老郭家，在城市里的人，只有你一个了。谁提到了你，就是提到了咱们老郭家。难道父亲给咱们家造成的耻辱你还嫌不够吗？你今天对着我，也对着死去的母亲发誓，出狱后要改邪归正！否则，我以后永远不再回到城市里来了……"

望着哥哥，他耳边仿佛又听到了木梆声，又听到了纺车转动的嗡嗡声……

跪着的哥哥，脸上没有苦口婆心的表情，没有哀哀劝导的神情，没有乞求，没有愤怒，没有悲伤。甚至，也没有希望。任何一种表情都没有，一张"空白"的脸。

他完全看得出来，哥哥心里是有准备不再回到这座城市里来了。

一阵痉挛滚过他的心头。

他说："我什么誓也不发，你两年后再回来一次吧！……"

出狱后，他跟兄弟们绝交了。他放弃了一方"首领"的地位。他知道为此他将可能付出什么样的代价——也许是以生命为代价，偿还那些结下的仇恨。他将手杖剁为三截，烧了。他受到了数次报复。每一次都被打得很惨，身上处处是伤。有次被一刀捅进腹部，切断了小肠。路人将他送进医院，他这条命才活了下来……

这个昔日可怕的报复者，在被冷酷无情甚而欲置之死地的报复中，重新赎回了他自己。

…………

今天，他又要实行报复了。

他终于停止磨那把尖刀，用手指拭了拭刀锋，自信它可以毫不费力地捅入人身体的任何部位，才插入刀鞘，别在腰间。之后，他坐在沙发上抽烟。边抽，边环视着屋内。

所有家具，都是他为哥哥做的。由于他在狱中表现较好，出狱后被介绍到家具厂去当临时工，学成了一个出色的木匠，转正了。虽然是最后一批，单独一个，但意味着人们承认他的确是改邪归正了。

生活却依然是孤独的，灵魂却依然是寂寞的，精神却依然是空虚的。内心里摈除了进行报复和提防被报复的刺激，反而更容易骚动了。

他害怕孤独，害怕寂寞，害怕空虚。更准确地说，他害怕孤独、寂寞、空虚，会像三条毒蛇，有一天又将他逼回到兄弟伙之间。他无法熬受每天下班后回到家中，睡觉前没个人说话那段时间，连他的梦境都是孤独的寂寞的空虚的。他是那么地需要与人交谈，那么的需要向人倾诉，那么的需要有人对他表示，他活在这个世界上，对那个人是很重要的。

他终于明白，他所需要所渴望的这一切，都能够用两个字包括：哥哥。

他是在思念自己的哥哥。

他要自己的哥哥在自己的生活中！他要每天都看到他唯一的最亲的人！

只有哥哥才是在他感到活得太累了的情况之下，能够随时让他依靠一会儿的人。

他发誓，要与这个社会再进行一次非暴力的较量。要在社会的强大控制下将哥哥争夺到自己身边来。要给哥哥弄到一张城市户口卡。

那一张硬纸片,当时在城市不公开的浮动的价码,是一千五百元至两千元,或许更高些。

那是不在市场进行的买卖。

他开始为各种各样的人做家具,做各种各样的家具。那都是些可能与一张硬纸片有直接或间接关系的人。他每天下班后,胡乱吃点东西,就又开始比在厂里还紧张的劳作。天天干到后半夜。究竟做了多少家具,自己也记不清,但完全可以摆满一个大家具商店是毫无疑问的。大立柜、高低柜、酒柜、床头柜、单人床、双人床、梳妆台、写字台、沙发、茶几、圆桌、方桌、八仙桌、高椅、矮椅、太师椅……从大到小,什么他没做过?

那个区知青办专管往病返申请书上盖章的贪得无厌的家伙,费尽心机才被他钓上钩。他首先暗暗打听到那家伙的姓名,然后伺守在知青办门口,注意每一个上下班的人,按照别人对他描述的特征,单方面地认识了那张似乎是个正人君子的故作庄重的脸。他曾听人讲过,起码有一个班的下了乡的姑娘,为了在她们的"病返申请书"盖上掌握在这人手中的那颗图章,为这个人而"献身"。

这人是一个掠夺美丽的"海盗"。

容貌不美丽而又确实有病不适应在农村"脱胎换骨"的姑娘,在他那里是不会获得任何同情的。这人不怜悯眼泪,而对容貌美丽的下了乡的姑娘,只要被他看上,就绝不会轻易放过。掌握在他手中的那颗图章,对她们是诱惑力无比的。落入他猎套的姑娘,犹如贪吃的猩猩寻找到的甜蜜的果子。

然而他却没有被一个姑娘控告过。

因为某个姑娘一旦对他进行控告,那么她返城的希望将会永远落空,她付出的将会白白付出。而且意味着她失去的将不仅仅是贞操和名誉。

企图“偷渡”者是没有勇气控告“海盗”船的大副的。

在那个动乱的年代里，“美丽”可悲地成为贬值的通货。它能够交易到的最合算的东西是一张“船”票！

家具厂的颠足的青年木匠，在区“知青办”马路对面的人行道上，第一次看到那家伙时，真恨不得奔过马路去，直奔到那家伙跟前，对那家伙大声说：“为了姑娘们！……”然后用尖刀在那家伙脸上划个十字。

但是他已许久身上不带尖刀一类的凶器了。即使带了，他也不会那么做。他必须与那家伙结识，他得利用掌握在那家伙手中的那颗图章。为了哥哥，也为他自己。

他用三个早晨的时间学会了骑自行车。在第四天的傍晚，当那家伙下了班走出“知青办”不远，正欲跨过马路时，他骑着自行车将那家伙撞倒了。

那家伙被撞得不算特别重，但也不算轻。他分寸把握得恰到好处，结果令他颇觉满意。

那家伙从路上爬起后，先是大骂了他一通，接着抓住他的车把不放，装出昏眩欲倒的脑震荡的症状……

这正中他下怀。

一幕动乱年代的卓别林风格的小小喜剧就这样开始。

他惶恐不安地拦了一辆汽车，将那家伙送到了医院。

那家伙非要住院不可，这也正中他下怀，他不逃过失地留下了自己的工作证。

重要“情节”发展自然，增强了他对“结尾”的信心。

第二天他拎着很可观的诸样食品去看望。

第三天如此。

第四天如此。

第五天如此。

次次诚惶诚恐,好像契诃夫笔下那个不幸往将军靴子上啐了口痰的小官吏。

第六天医生强迫"脑震荡"患者出院了。

他租了一辆小汽车,陪送回家。

隔几天,他登门探望。依然是诚惶诚恐,依然拎着很可观的诸样食品。

他像个食品推销员似的,接连不断地往对方家里送食品。木匠手艺就是印钱的机器。

好吃的东西也能治疗"脑震荡后遗症"。

对方的老婆开始对他表示微小的欢迎,对方也不再很明显地厌恶他了。

条件成熟了。

于是有一次,在对方的家里,他环视着他们的家具,用批判的口吻说:"你们家住的房子不错,可惜家具都太老太旧了。"

于是从那天起,一下班,他就买了面包边吃边匆匆往对方家走。

他用最细致的手艺和当时最新颖的样式淘汰了他们家一半的旧家具后,开门见山地提出了他的请求。

"病返?……男的女的?……"

他明明说的是为自己的哥哥办理"病返",可对方却好像没听明白似的。

"我哥哥……"

"噢,哥哥……那么是男的啰……"

"男的……"

"唉呀,这事不容易呀!如今想走'病返'这条路回城的知青太多了呀!……"

“求求您啦！今后我就是您家的木工，您什么时候需要我做什么，只要通知我一声，我一定来……”

“这……有了什么机会再说吧！”

“您可千万要记在心上啊！”

怀着莫大的希望，他使他们家的家具全部焕然一新。

以后他又开始给他们的至爱亲朋做各种各样的家具。

当他第二次试探着问及哥哥“病返”的事时，对方搪塞地回答：“我那颗章子，不能随随便便地盖呀！有个原则问题……”

“您是不想帮忙了？”

“以后再谈好不好？你可答应我这个大衣柜半月内就做成的呀！……”

一天，他信步走入一家委托商店，不由得呆住了——他做的好几件家具都摆在那里，标以最高价格……

第二天，他拎着一个纸盒子，出现在对方的办公室。

“你怎么可以到这里来找我？……”对方有些恼怒。

见办公室没有旁人，他插上了门，将纸盒子小心翼翼地放在办公桌上，神秘地说：“我给您带来些好东西。”

“你怎么可以……为什么不送到我家去？”对方动心地盯住纸盒子。

他不露声色地打开了纸盒盖，里面是一堆血淋淋的东西。

“什么？……”对方恐惧地后退一步。

“猪心、猪肝、猪肺、猪肚儿、猪腰子、猪舌头、猪耳朵、猪……”

“岂有此理，我从来不吃这些让人恶心的东西！”

“比你还让人恶心吗？”

“你！……”

“听明白了，我今天要你在这份病返申请书上盖章！如果你不盖，三天之内，我就拎着这个盒子到你家去，送给你老婆，里面装的可不是猪下水了，而是人下水，你的！我说到做到！你逃不出我的手心！……”

“……”

“盖章！”他说着从兜里掏出病返申请书放在办公桌上。

“你……真是疯了！你竟敢威胁我……”对方一步跨到桌前，伸手去抓电话。

对方的手抓住了电话听筒，他的一只手也有力地抓住了对方那只手，嘲笑地说：“要往公安局挂电话？〇九七〇六，这个号码我比你熟悉，要不要我替你拨？……”

对方木然地瞪着他，仿佛被什么超然的力量定住，一动也动不了似的。

“公安局的人大概不会来那么快吧？在他们到来之前，我想我早已把你肚子里那些肮脏的东西装在这纸盒里了！干这个我是快手，就用这把刀……”

他从腰间拔出了一柄尖刀，冷笑着抛了一下，接住后，用刀尖在对方腹部郑重其事地比划起来。

他当时太想来真的了！

“别……”对方的脸都变白了。

“盖章！”他低吼一声。

“你……放开我的手……”对方哀求着。

他缓缓地放开了对方那只手。

对方立刻慌乱地拉开抽屉，拿起图章，往印盒里按了一下，在病返申请书上盖了一个血红的章印。

他拿起那张纸，很有耐心地等章印干了后，才折起来揣进衣兜。

对方的手还握着那颗图章。

在对方仍发呆的状态下，他用刀尖在对方那富态女人一般的胖胖的手背上划了一下。

那只皮肤保养得很嫩的手背上立刻出现了一道血线,紧接着血流不止。

图章掉在桌子上。

他平静地说:“往印盒里滴。你盖的这印章不太清楚啊!”

“我重盖,我重盖……”对方用带哭腔的语调说,另一只手捂住了出血的那只手。

“往印盒里滴!”

对方一哆嗦,赶紧照办。

他收起刀子,将纸盒盖上,又说:“带回去让你老婆做了尝尝吧,猪下水并不那么令人恶心。”说罢,不慌不忙地朝外走。

他走到门前站住了,转回身,警告对方:“今天这件事要是被第三个人知道了,我饶不了你!”说罢,打开门锁,推门悠然而去。

门外长凳上坐着三个姑娘,其中一个姑娘不无吸引人之处。

他不禁看了那姑娘一眼,心中对她比对另外那两个不好看的姑娘充满了更多的同情……

至少可以体面地布置二十个家庭的做工精细的家具,终于换到手了一张返城卡。

分离多年的兄弟俩终于重新生活在同一个屋顶下了。

那一段日子,虽然也有无尽的忧愁和烦恼,但他还是感到内心充实了许多,生活像是增添了依赖和希望……

当哥哥将打算结婚的想法告诉了他之后,他是多么高兴啊!为哥哥高兴,也为他自己高兴。

他就要有个嫂子了!家中就要有个女人了!女人,女人,没有一个女人,任何一个家庭,都不是完整的家庭!人类是首先创造了“女人”两个字之后,才想到同时应该创造“家庭”两个字的!女人,对男人们来说,意味着温暖、柔情、抚慰、欢乐和幸福。世界上从来就没有过男人的幸福,而只有女人们带给男人们,并为他们不断设计、不断完善、不断增加、不断美化的幸福。他和弟弟都早已经到了不但被别人视为、也被他们自己意识到是一个“男人”的年龄了!

有一个嫂子,对他来说是非常值得欢悦的事。

当他第一次见到那个将成为他嫂子的姑娘时,他真替哥哥对生活充满了感激。

她清秀,短发乌黑,齐整地梳向耳后,使她那张显示出柔和棱角的,典型的北方姑娘的脸,无遮无掩地明朗地展现人前。这张脸略有些消瘦,带着病容倦色。她看去很文静,文静中流露出心底的温良。她那凝睇的双眼和沉郁的眉宇间笼罩着一缕愁云。不过并不损害她的形象,反而使他这位未来的嫂子在他心目中愈加美了。他第一次见到她时,便对她产生了一种亲近感,一种敬爱。

当她第二次来到他家里,为哥哥洗衣服时,忽而抬头看了他一眼,低声对他说:“弟弟,把你的脏衣服也拿来让我一块儿洗了吧!”

由一个年长自己三岁的姑娘口中对自己叫出“弟弟”两个字,使他内心里油然萌生一阵感动。生平第一次有一个女性称他“弟弟”啊!他觉得自己以后不但会有了一位贤淑的好嫂子,还会同时有了一位亦可亲亦可敬的姐姐。这双重的特殊情感的获得,使他后怕地想起了当年自己制造的那场惨剧——幸亏没和那辆脏水车、那匹老马一齐摔下断壁,没入污流。否则这一切幸福的感受怎能体验到?

他怀着无比快乐的心情和哥哥一块修房子,为哥哥嫂子打家具。房子虽小,虽矮,虽缺少光线,但家具是一定要精工细做的。哥哥嫂子的家具,应是最新式最考究的,应是他亲手所做。这是他的意愿。还有那副对联,是他央人为哥哥嫂子写的……

然而昨天,那三个“不速之客”的突然出现,像复仇三女神蓄谋降临,将哥哥婚礼的喜庆气氛一扫而光,将他已用想象勾勒出了轮廓的一幅非常美好非常和谐的生活图画撕毁了。他仇恨而幻灭地预感到，她——那个他见第一面时就产生了亲近感与敬爱的姑娘，那个叫他一声弟弟就令他内心里产生一阵激动的姑娘，将不再可能成为哥哥的妻子，不再可能成为他的嫂子。在这院子里烧毁的花圈，难道还不足以宣告，没有结束的婚礼不过是一场戏么！

他们追悼什么呢？

一个人不必有很复杂的头脑也会得出判断，她和那三个“不速之客”间，肯定有某种不可告人的，甚至包含着丑恶因素的关系。这种推断彻底捣毁了她在他心目中已经占有已经巩固的重要地位，使他对她产生了如同对他们一样的仇恨。在花圈带来的无法洗刷的耻辱之上，还要涂一层鲜血造成的惊人色彩！他郭立伟忍受了这个，还有何脸面出入家门？还有何脸面走在这一条胡同中？

他要为自己也为哥哥雪耻。

他昨天跟踪过那三个返城知青，记牢了那个“黄大衣”家的街道和门牌号。

他掐灭了烟，从沙发上站起身，朝门后瞥了一眼——他的手杖从前一向挂在那里，如今墙上只有悬挂过它的钉子还在。

他走到门口，复又站住，转身用一种眷恋的目光打量这小小的失去了真正意义的新房。每一件家具都对他进行着缄默的讽刺。他不能够理解自己的哥哥为什么还要在医院中守着她彻夜不归？她步入他们兄弟俩的生活，不过像一颗有毒的果子掉落在孩子的衣兜里。他心中产生了一个决斗者离家时那种又是刚勇又是苍凉的情绪。或者是他的血溅到那个人身上，或者是那个人的血溅到他自己身上，总之刚才他磨过的匕首要饮血。两种可能，一种结果——他今天不会再回到这个家里了。也许，永远不会再回来了。

难道他当年没与那匹拉脏水车的老马一同摔死，就是为了再蒙受一次奇耻大辱，再进行一次血腥的复仇么？

他几乎要落下泪来。

人的命是很厉害的。他想:我逃脱不了它的摆布,但我可以和它同归于尽!

他猛转身迈出了家门……

他挤上了一辆公共汽车,人很多,彼此紧靠。

一个与他贴身站在前边的女人扭过头,尖声嚷:“你怀里揣的什么呀?顶在我腰上!”

“刀!”他瞪着她,恶狠狠地回答。

她哆嗦了一下,胆战心惊地将头转回去,再也没扭过来一次。紧贴着他的肥胖的后背,停止了挤动,变得像块牢牢立着的面板似的。

但周围的几个人却向他转过了脑袋。他的话产生一种效果,他的表情加强了这种效果,他周围一阵胆怯的安静。

下车时,售票员伸着一条胳膊拦他:“票……”

他仿佛没听明白,瞪着售票员。

售票员见他那充满杀机的神色,也像那个女人似的哆嗦了一下,立刻缩回手臂。

光明街十七号——他牢牢记在心里的住址。他跨过马路,拐过一个楼角,朝这住址走去。

他在一间铁道旁的小泥房前站住了。

这一带的房子,都很矮很破,离铁道很近,可以说就在路基下。垫枕木的碎石块儿,滚到了每一家每一户的院门前。这是一条不成其为街道的街道,土坯的,木条的,锈铁片对付着围成的小院,仿佛在象征性地保护着那些破屋矮房。

他斜靠着小泥房的土坯围墙,背风划了一根火柴,吸起烟来。他一手夹烟,一手插在袄兜里。带鞘的匕首五寸长,他将露出在兜外的匕首把掩藏在袖子里,一秒钟内他就可以刀出鞘。

小院里的屋门开了一次,从屋内传出一阵响亮的婴儿的啼哭。屋门顷刻关上,婴儿的啼哭被切断了。有什么人在院里劈柴。劈几下,喘息一阵;喘息一阵,又劈几下。

一个背着书包的少女突然出现在他面前,奇怪地问:"你找谁呀?"

他看了她一眼,没有回答。

那少女疑惑地打量着他,推开小院的门,走了进去。

"妈,咱家院门外站着一个人,我问他找谁,他不说话,可还守在那儿不走。"

"找你哥的吧?"一个老太太的声音。

"谁知道!不进屋就让他在那儿等着好了……"屋门又开了一次,显然那少女进屋去了。

"这丫头……"老太太嘟哝着。吱呀,慢慢推开院门,问他:"你可是找我们志松?"

他一时不知如何回答。

"那是找别人?这一片的人家没有我不熟悉的,你若找不着哇,只要有个姓名,我领你去。"

"我就是找你儿子的!"他本想暂时离开,可竟脱口说出了这句话。说了他也并不后悔。他想:明人不做暗事。

"那还不快进屋?大冷的天,别在外边冻着啊!"老太太没听出他的口气不对头,往小院里推他。

他身不由己地被推进了院子。老太太一边拍打他身上靠的土,一边继续往屋里推他。

那少女从屋里走出来,瞥了他一眼,抿着嘴一笑,蹲下身去,从地上拿起斧子,接替她的母亲劈柴。

他又身不由己地被老太太推进了屋里。

屋内光线很暗。他刚一迈进屋时,不能适应光线的反差,只觉得眼前黑咕隆咚，什么也看不见。他一动也不敢动地站在门口，怕撞在家具上，老太太却抓住他一只手往前拉他。

双眼很快适应了屋里的光线。厨房和正屋子之间没有门，只有门框。破旧的门帘撩在门旁。屋里有扇窗，却不知为什么用碎砖砌上了，还没有抹上墙泥。屋顶开了一个天窗。天窗被外面的阳光所照，厚厚的窗霜正在溶化，往下滴水。天窗四周吊着几个罐头瓶接水。瓶中所接的水或多或少，水珠滴在瓶内，那声音也就不无区别，奏着单调的音乐。

几分钟之前，他，这个专执一念的复仇者，是绝没有想到，自己居然会迈入这个人家的门槛的。但是这会儿，他鬼使神差地成了"客人"。

"他妈的这么个老太太……"他对自己有点恼火，他神色冷峻地站着，右手仍插在衣兜里，更加谨慎地用衣袖掩藏着匕首。

"我们这个家呀，生人进屋哇，就像落在地窖似的！"老太太自言自语，用衣袖将唯一的一把椅子擦了一遍，对他说："坐吧，孩子。"

椅面并没有灰尘。老太太不过是用那一分明习惯了的动作，表示待人接物的热情和诚意。

他不坐。他心中暗暗命令自己："赶快离开！"

"坐呀！"老太太又对他说，并又用衣袖像刚才那样擦了一遍椅子，然后慈祥可亲地瞧着他。

"赶快离开！"他第二次命令自己。但他的意识却违反了理智，在老太太那种母亲般的目光的注视下，他身不由己地坐下了。

一切都是身不由己。

他不安地打量这间狭窄的屋子。家具很破旧，但摆得很齐整。他曾怀着各种复仇的动机，闯入过无数个家庭。他具有着一种特殊的心理反应，凡是跨进那些和他家的状况类同的人家，他心中就会自然而然地产生与这一家人的贴近感。他对生活的观察经验告诉他，谁家有女儿，谁家便干净清洁些。他不禁朝挂在墙上的那少女的书包看了一眼。她是初中生？还是高中生？他妈的什么人都幸运地有个姐姐或妹妹，生活太不公平了！

他这时才发现了床上的孩子。那孩子已将小被蹬开，两条小腿轮番向空中踢，咂咂有声地吮着指头，吮得有滋有味。一个大胖小子。

老太太絮絮叨叨地说："那不，原是有扇窗子的，街道要盖一个公共厕所，盖得离哪家近了，哪家就闹事。后来就盖在咱们窗前了，那时候志松还没返城呐，家里就我和他妹妹。咱们老实啊，不敢像别人那么闹事，我和他妹就捡了些碎砖头，把窗砌了，街道上过意不去，给开了个天窗，还给了五十元钱。钱，咱们是没要，咱们又不是图的钱。不过想着有个公共厕所，街前街后，左邻右舍方便些……"一边说着，一边从小橱里端出盘瓜子放在桌上，又说："嗑吧，这是过年那每人一份儿。志松早回来几天，还能多一份儿！"见他不去动，就抓了一把给他。

他只好用左手接过去。

"这小东西啊，一醒了就蹬啊踹啊的，没个消停的时候！"老太太又去给孩子盖小被。

"赶快离开！"他第三次命令自己。

老太太给孩子盖好小被，在炕沿上坐下，双手轻轻按住孩子的两腿，望着他，问："你和我们志松一个连？……"看来她有不少话，想跟什么人唠叨。

"哦……是……"他哑声回答，觉得嗓子很干，直想逃。他往起站了一下。

"你怎么不嗑瓜子呀，是和我们志松一批返城的？"

他不得已又坐了下去。总不能像个贼似的逃掉，得走得体面点。他这么想,便对老太太点了一下头。

“唉……”老太太长叹一声,愁容满面地说,“你们这些孩子啊,可真让当父母的操不完的心啊！你们在北大荒的时候,当父母的昼盼夜盼,盼着你们有一天能返城。这不,你们忽拉一下全回来了,一个个老大不小的,家里没个住处,自己没个工作,待业到哪天是头哇？你们好几十万,城里一下子也没那么多现成的工作让你们干呀！听街道的干部们开会时讲,城里还有十多万待业的呢……”

那少女进屋了,打断老太太的话说:“妈你又叨咕,好像我哥返城了,倒给你添了愁根似的!”边说边俯下身去逗弄孩子。

“妈,您瞧他笑呢,他笑呢！你可真好玩啊！不许吮手,不许吮手,不许……”少女喜欢地想将孩子抱起来。

“唉呀烦死了！他又没哭,你抱他干什么!”老母亲推开女儿,望着他这位“客人”继续唠叨:“愁不愁死！我们志松还抱回一个孩子,说是和他同连队一个知青的孩子,托他抚养的。他又不是个结了婚的女人,怎么就能代人抚养孩子呢！我听了就有点不相信。这孩子到底是怎么回事儿,我真是犯疑啊！可儿子大了,也不好追三问四的了……”

“妈！……”女儿制止母亲说下去。

“别管我！对你哥一个连队的人说,又不是对外人说。”老太太抬了一下手,那孩子又将小被蹬开。老太太连忙再给孩子盖好小被,仍旧用双手轻轻压住,望着他说:“你大概准能知道点底细吧？要是知道,就明明白白地告诉大娘。无论这孩子是怎么回事儿,大娘都不会责怪志松的……我这当妈的,天天给这孩子喂奶喂水,洗屎布洗尿布,心里边却一片糊涂……我……我不好受哇……”老太太扭过脸去。

“妈,瞧您！……”女儿搂着母亲的肩膀,用自己的手去擦母亲脸上的眼泪。

老太太轻轻推着女儿:“劈柴去,去!”

“斧头让木柴夹住了!”女儿小声说。

“我帮你拔出来!”他一下站起往外就走。

他走到院里,少女也跟到了院里。他往院外走,少女叫住了他:“哎哎,你这个人可真是的! 不帮我把斧头拔出来了?”

他犹豫一下,弯腰用双手握住斧柄,连同夹住斧头的那块木柴高高举起,狠狠砸下,几下便将那块木柴劈开了。他扔下斧子,直起了腰。

“看来劈柴你还挺行的呢!”少女对他大加夸奖,发现从他兜里掉到地上的匕首,捡起来欣赏了一会儿,奇怪地问:“你身上带着它干什么? 我哥哥也有一把,从北大荒带回来的,不过没有鞘。”

他默默从她手中拿过匕首,一言不发,转身便走。

“你的腿,是在北大荒受了伤?”少女低声问,跟在他身后送他。

他还是一言不发。

少女将他送出小院,依着院门又问他:“你叫什么名字啊? 我哥哥回来后,要不要告诉他去找你? ……”

他完全可以一言不发地就那么走掉了。但连他自己也说不清是为了什么,竟站住,回头望着她,说了这么一句:“不必告诉他,我会再来找他的……”

说罢,颠着脚步走了。

他刚刚拐过这条不成其为街的街口,迎面碰上了他要实行报复的人。

他们像棋盘上互相逼住的两个卒子。

他右手插入了衣兜。

“我想到你可能会来找我的。”王志松直视着他,“我听说过你从前大名鼎鼎的绰号。”

他心中的仇恨,刚才在他完全没有预料到的情况下,似乎被一个老太太唠唠叨叨的话和慈祥亲切的对待平息了许多,由于面对面地遇到王志松,又倏然增强起来。他插在衣兜里的右手紧紧握着匕首柄,踮着脚,一步步向对方走近。

王志松不动,直视着他,毫不畏怯地说:“离我家太近了。”

他站住了。一时不明白王志松这句话的意思。

“也许熟人看到,会跑到我家去告诉我母亲和我妹妹,她们会受到惊吓。”王志松镇定地解释。

孝子之心无论在任何时刻都具有打动人的力量。郭立伟的心弦像被谁的手指轻轻拨动了一下。对方的母亲刚刚还把他当作“客人”,唠唠叨叨地跟他说了那么多不见外的话,他不能不考虑对方的话。

“我们到路基那边去!”他低吼了一声。

王志松朝路基望了一眼,点点头,转身踩着碎石蹬上了路基。

“是好样的你别溜!”他紧跟在王志松身后。

一个正常人的蹬坡速度毕竟比一个颠足者的蹬坡速度快得多。王志松听了他的话,等着他跟上来。

他们差不多并肩蹬上路基,同时跨过铁道,走下路基另一侧。

他脚下碎石滚动,差一点使他重重地跌倒。王志松伸出一只手,及时扶了他一下,他才没有滚下路基去。

当他们的双脚都接触到地面后,又开始互相盯视着,对峙着。

一阵长久的沉默。他握刀柄的手出汗了。

他无法忍耐这种沉默,终于爆发般地吼叫起来:“你他妈的动手哇!”

王志松的眉头耸了一下,说:“你打不过我,何况是你找到我头上要打架的。”

王志松的话刚说完,他便凶猛地扑了上来。

他们像在战场上殊死搏斗的敌人似的，立刻扭打在一起。打了半天，难解难分，谁都没占什么便宜。

王志松是在让着他。他完全可以将对方打倒在地，打得对方一时半会儿爬不起来。但他不愿那样。

如果我是他，我也肯定会像他一样，找到一个什么人头上打这一架——这种想法从一开始就盘绕在他头脑中，摆脱不开。他认为自己的报复无可指责，对方来向自己报复也无可指责，他和对方都是在履行什么。这种履行都不是目的，也不能称之为手段，一种行为而已，一种有血性的男人们必然的行动。昨天自己有理，今天对方有理，所以他不忍伤害对方。昨天对方的哥哥表现出甚至可以说是高贵的让步，今天他要向对方表现出同等的让步。

郭立伟一开始并不想动刀。而当他明白自己只靠拳头不可能击倒对方，想动刀的时候，刀早已掉落在雪地上了。对方却没有发现。

他又一次向对方扑去，碎石子被他蹬得滚动了一片，没遭到王志松还击，便绊倒了。他趁机从地上抓起匕首。

他嗖地将匕首拔出鞘，像头凶猛的獒犬似的，直朝王志松刺。

王志松机敏地闪过，顺势擒住了他的腕子，拼力一扭，匕首落地。

这个返城知青激怒了。

他狠狠一拳朝复仇者当面打去，对方后退数步，还是站立不稳，倒下了。

对方刚欲爬起来，他跃到对方跟前，击出了更猛更狠的第二拳。

第三拳，第四拳，第五拳，第六拳，……

他双拳左右开弓，如同一个拳击运动员，将对方的头当成了练拳的沙袋。

对方双手撑在雪地上，又作了一次挣扎，站不起来了。

对方的头慢慢抬起。王志松吃了一惊。

一张鲜血横流的脸！

王志松喘息着，面对自己双拳“创造”的“杰作”，像一个孩子面对自己糊涂乱抹成的一幅可怕图画，目瞪口呆，对自己的恐惧超过了对鲜血的恐惧。

我怎么这样狠?！……

他的双拳依然紧握着，却开始不能控制地发抖了。

在那张鲜血横流的脸上，一双不甘屈服的眼睛一眨不眨地瞪着他。

他心间一阵悸颤。

“我不能被你杀死！……”他望着那张脸喊叫道，“我不能被你杀死！我死了，我母亲和我妹妹，还有那孩子，他们怎么办?！他们如何生活下去?！你这个混蛋！……”

那双眼睛仍旧那样地瞪着他。

“你不是要复仇吗？你他妈的捅我一刀吧！我可以站着不动，挨你一刀！但你不能杀死我！……”他继续喊叫，并转过了身去，“你这个混蛋！你他妈的捅啊！你复仇吧！你流了多少血，我用多少血还你！……”

他身后一点声息也没有。他想象着对方正悄悄爬起来，紧握那把匕首，向自己一步步走近。

他一动也未动。

“慢！……”他愤恨地高叫道，“你得让我把我要说的话说出来！那个和你哥哥结婚的姑娘，曾和我在北大荒相爱了整整四年！我的父亲是铁路上的一名扳道工，三年前被火车轧死了。我父亲的单位，为了照顾我们的家庭生活，替我办理了返城手续。可是我没返城，我让她顶替我的名义返城了。因为她当时得了严重的肝病,我怕她会病死在北大荒。离别的时候,我要求她等我三年。三年后,我仍无返城的希望,她可以与别人结婚。她答应了。我们彼此立下了誓言:三年内,谁背叛了我们的爱情,另一方,将在对方的婚礼上送去一架花圈,表明我们爱情的死亡,也是对背叛爱情的一方的惩罚!我为她留在北大荒!我心中只有她一个姑娘,我拒绝过三个姑娘真诚的求爱,我几乎天天做梦都在想她!别人嘲笑我,说我想她快得了精神病。我日日夜夜盼望着有一天能够返城,和她结婚,作一个无比爱自己妻子的丈夫。可是如今我返城了,她竟和你的哥哥结婚了!我们分别才两年多她就变了心!我恨她!……"

他胸膛里一股风暴在呼啸,他还有许多话要说,但他什么话也不想说了。

他期待着背后挨一刀。

却经久没感觉到什么。

"你他妈的捅吧!……"他忍耐不住,猛地转过了身。

对方已不知何时走掉了。

雪地上留下一行脚印,还有那把匕首。

一列载着圆木的火车驰过。

他从地上抓起匕首,发泄地朝火车抛去。匕首扎在圆木上,被火车带走了。

车头喷出的雾气,将他笼罩住……

第 五 章

七号病房四张床。她的床靠窗。

她对面,是一位老年妇女。斜对面,是一位二十三四岁的姑娘。姑娘对面,是市民政局的一位中年女干部。

那姑娘是七号病房的"三朝元老"。没有什么非住院医治不可的病,不过是将医院作为"避难所"——姑娘自己的说法。

"吵过架后,我就不去上班,住到医院里来了。我爸爸亲自坐小汽车陪我来的。医生在我的诊断书上写的是:情绪受刺激引起精神状态不佳,待观察。我爸爸认识那个医生。我们科长看到诊断书,吓坏了,怕我得精神病。我才不会得精神病呢!他拎着水果和罐头几次到医院来看我,当面向我赔礼道歉,向我爸爸作检讨。我一想,总得给他个台阶下呀,又住了几天,就出院了。出院不几天,工作就调动了。我对他说:'你早给我调工作,我也少住一次院啊!'……"

她一边剥橘子皮,一边洋洋得意地对三个同病房的人讲她的住院史。

她第二次住院,是因为烫了一次发,自觉发型不美,羞于见人,住到医院里来,等头发长些,发卷散些,可以另做发型再出院。医生在她的诊断书上写的是:胃出血。当然还是她爸爸认识的那位医生的高明诊断。

这一次住院,是为了爱情。一个使她厌烦了的小伙子,仍苦苦地追求她。她便又躲避到医院里来了。

“哼,我对他已经腻味透了！他再不识时务,我就让我爸爸找公安局的人把他逮起来！不过我有点不忍心这么做就是了。我和他总算好过,他为我浪费过不少感情,我还是挺讲感情的……”她塞入口中一瓣橘子,作出一种媚态,自信那种样子很可爱很迷人。

护士每天按时给她送来小半杯橙黄色的药汤。不知是医治胃病的,还是滋补感情亏损的。

其实,她住在医院里,也不能够清心寡欲。每天都收到信,每天都寄出信。收到的信,连拆也不拆,就撕碎扔在纸篓里了。而寄出的信,都是每晚趴在床上,用被角掩挡着写的,怕同病房的人看到一个字。

“姑娘,你积点德,早几天出院吧!”那老年妇女,待她将橘子一瓣瓣吃完后,看着她慢声慢语地说。

“你这是什么意思?”姑娘挑起了眉。

“走廊里还躺着一个小学教员呢,就等你出院她才能住进病房啊!”

姑娘生气了,将手中的橘皮朝地上一摔,随后往病床上一躺,拖着腔调说:“要积德你自己积德,你自己立刻出院啊!”

那位一向不多说话的民政局的女干部插言道:“医院不是旅馆,这点儿常识你都不知道?”

姑娘腾地坐起,刚要反唇相讥,护士走进来,递给她一封信,揶揄道:“娟娟,福音书来了,快祷告一番吧!”

姑娘一接信在手,便迫不及待地拆,看了片刻,笑逐颜开,瞥那老年妇女一眼,哼了一声,“啦啦啦,啦啦啦”地唱着飘出了病房。

一会儿,走廊里传来她打电话的声音:“妈妈,我是娟娟呀,他到底给我回信啦！不是小李……我为彻底把他蹬了,才避到医院里来的嘛！是小孙……他到底放下架子,给我的回信可真……妈妈我太幸福太快乐了！……”接着一阵咯咯的笑声。

“竟有将女儿宠惯到这种地步的父母!”中年女干部自言自语,摇了摇头。

那老年妇女下了病床,砰的一声将门关上。

徐淑芳两眼呆呆地望着屋顶,嫉妒地想:我要是也能有个地方可以随时躲避命运该多好啊!

那姑娘回到病房,甩掉拖鞋,钻进被子,从床头柜里又拿出个橘子,一边剥一边重看那封给她带来幸福和快乐的厚厚的信。

“我们邻居一个当爸的,儿子返城了,心里高兴,就多喝了几盅酒,结果呢,脑溢血死了,这才叫乐极生悲呢!”老年妇女似乎没话找话地对女干部说。

女干部无言一笑。

“你说谁乐极生悲?!”姑娘将被子猛一掀,坐起在床上,怒视老年妇女。

“姑娘,我也没说你呀! 我这不是没话说,觉着怪闷的,想找个什么话题说嘛! 再说那是真事儿,也不是我胡乱编排的,拐弯抹角挖苦人,我没那本事! ……”老年妇女慢言慢语地解释,显然的确不是在挖苦那姑娘。

“你就是说的我! 你当我听不出来啊!”姑娘看样子非要大吵一架不可了。

“你呀姑娘,让你到农村去插几年队,到北大荒去呆上八年十年的,你就不会没病装病,也不会像现在这样蛮不讲理了!”老年妇女仍旧慢言慢语地说。

“哼,再搞十次上山下乡运动也轮不到我头上。我命好! 你白咒我!”姑娘冷笑。

“不是你命好,是你有个好爸爸!”女干部尖刻地讽刺。

徐淑芳闭上了眼睛。

这病房,有了这姑娘,没了平静。

她真是一天也不愿在这种环境里呆下去了。

那姑娘的每一句话，每一动作，每一姿态，每一表情乃至每一眼神，都使她无法忍受。就像一个人无法忍受一只扑扑棱棱的蛾子。

她太需要安宁了。不是为了思考或回忆，她什么都不愿思考，什么都不愿回忆。她需要安宁，需要绝对的安宁，乃是企图在安宁之中忘记自己的存在，将麻痹的心灵销蚀在时间里。

那姑娘听了女干部的话，矛头一转，语势压人地说："别自找没趣啊！我看你大小是个干部，才敬你三分；你要是再跟我过不去，可别怪我骂你！"

女干部淡淡地说："老百姓的街谈巷议，你应该汇报给你那位好爸爸听听。"

"你?!……"一块橘子皮飞来，没打着女干部，打在窗子上，落到徐淑芳脸旁。

她没睁开眼睛。

她闻到了一股清馥的橘香。

几年没吃过橘子了？八年了？还是九年了？她几乎已经忘了世上还有橘子这种好吃的东西……

她深深吸一口气。

护士推开门，站在病房门口，大声说："主任医生来查房了！"

主任医生，一位戴眼镜的、半秃顶的、五十多岁的瘦小男人，迈着很稳健的步子走入病房，首先在老年妇女的病床前站住，问："感觉病情好转些了吗？"

"好多了，好多了呀，大夫，让我出院吧！"她请求地说。

"出院？那可不行。您老至少还得再住半个月。"主任医生将病历夹朝身后一背，不容商量地回答。

"哎呀呀我的好大夫，半个月我可再住不起了啊！小儿子待业整整三年了，连个临时工作也找不到，大儿子又返城了，也待业。俩儿子都整天满市奔走拉小套呢！再说，我又不享受公费医疗，俩儿子还挺有孝心的，隔三天五日的总要买点东西来看我，他们靠拉小套才能挣几个钱呀？我都六十多岁了，治好了病又能再活几年？大夫你就让我出院吧！……"

主任医生有耐性地听着，直至她闭上了嘴，忧愁地望着他不再说什么，才回答："有病就得治啊！您老别操那么多心了。我的两个女儿，也刚返城，也在待业……'面包会有的，牛奶会有的，一切都会有的……'"

"还面包牛奶呢，那不到了共产主义了？我还能活到那时候哇……"老人撇了一下嘴，嘟哝着朝墙壁转过身去。

主任医生对护士说："病房里空气不好，打开风窗。"望着女干部，又说，"你明天可以出院了。"

她点了一下头。

"刚才这位大娘的话，你都听到了吧？你们民政局不能救济一下吗？"

徐淑芳立刻睁开了眼睛。

"这……"她沉吟片刻，没把握地说，"像这种情况，全市多极了。比她更困难的情况，我们也了解到不少，可是国家每年批给我们民政局的钱很有限……这是一个社会问题。"

"民政局不就是为了解决这一方面的社会问题而存在的吗？"

"当然……不过……我替这位大娘向局里负责这方面工作的同志说说话吧……"

"我替这位大娘谢谢你。"主任医生严肃地说。

老年妇女缓缓翻过身，望着主任医生说："大夫，您可真是好人啊！"又望着女干部说，"您也是好人，您们俩都是好人！"

徐淑芳真想也对女干部提出希望民政局"救济"自己一下的请

求,但是她的自尊心将这一念头按倒了。她又闭上了眼睛。

主任医生和民政局的女干部相视微微一笑。

主任医生转身瞧着那姑娘,问:"你叫郝娟娟?"

她故作出非常天真非常可爱的模样,眨了一下眼睛,"嗯"了一声,用手心托着一个剥去了皮的橘子递给主任医生:"医生您吃个橘子吧!"

"我从来不吃病人的东西。"主任医生冷淡地说。

"怕传染上病?我可没病,一点病也没有。"她妩媚地笑着,想博得好感。

"你没病住到医院里干什么?"秃顶的主任医生看来对姑娘的妩媚微笑并不欣赏,板着脸说,"你立刻收拾东西,立刻出院,我给你十分钟的时间。"随即对站在身旁的护士吩咐道,"十分钟后,你将走廊里那个小学教员安排在这张床位。"说罢,不再理那姑娘,走到了徐淑芳的病床前。

"伸出手。"他说。

她从被子底下伸出了一只手。不睁眼。

"我要你伸出的是另一只手。"

她将另一只手伸出来,同时将脸转向墙壁。

"转过脸来,睁开眼睛。"

她不得不转过了脸,睁开了眼睛。

医生拿起她的手,看了一会儿,轻轻放下,说:"十分钟后你也出院。"

"医生!"她用凄凉的目光望着医生,哀求道,"医生,我求求您,再允许我住几天吧!"

"不行!医院不是巴黎圣母院。在情场上失去的,还是回到情场上去找回来吧!"主任医生说罢,看了那正在噘着嘴收拾东西的姑娘一眼,朝门外走去。

她明白,在他眼里,她和那姑娘是同属一类了,甚至可能比那姑娘还荒唐。

他在门口站住,半转身体望着她,又说:“自杀不是游戏。割手腕更不是自杀的好方式。我希望你另一只手腕上,别再留下同样的伤疤。”

病房里一阵沉寂。

她屈辱地闭上了眼睛。

“十分钟,我只能再躺在这张病床上十分钟了!离开这病房,我到哪里去?……”

十分钟……还不够考虑这个问题的时间。

命运对它厌弃的人从两个方面进行摆布。社会的沉重十字架加上畸形家庭的铁链。如同浣熊摆布一条鱼。鱼儿即使不死,也定会遍体鳞伤。

她的父亲是出版社的一名普通编辑。她的母亲在她十五岁时病故了。中年的父亲第二次结婚,给女儿的生活带来一位继母和一个异姓的妹妹。继母虽然心地狭隘,性情乖戾,但碍着父亲的关系,也由于她对继母的恭敬和时时处处的谨慎,这个第二次组合的家庭,还能维系着一种不冷不热的气氛。但是在她返城之后不久,父亲去世了。于是笼罩在这个家庭中的那层薄薄的虚假面纱,因父亲的去世而被撕破了。

父亲的死是荒谬的。

出版社编辑部的全体人员在三楼小会议室开会,听工宣队负责人传达中央首长关于“反击右倾翻案风”的“重要指示”。会后工宣队负责人叫他单独留一下,说要跟他进行谈话。

他就留在了会议室。

工宣队负责人却跟开会的人们一块儿离开了,一个半小时内没有再回到会议室来。这位领导上层建筑的工人阶级的代表十分健忘，接了两次电话就将留在会议室的父亲彻底忘掉了。

他就从窗口跳出去了。

他留在会议室一页纸，纸上写着这样几行字："我反省了一个半小时不知自己有何错误。如果我确犯了什么严重政治错误，希望不要使我的家人受到牵连。"

而工宣队负责人谈话的目的，却是要动员他承担起编辑室的领导工作……

许多人替父亲感到遗憾。

只有她一个人在难过之余，想到父亲的死是多么荒谬。

继母因父亲的死，对父亲怀着深深的怨恨。

"这个死鬼！他生来就没那当头头的命，他把我们母女俩坑得好苦哇！"继母一边哇哇大哭，一边拍打着双膝嚎出类似的话。

继母认为，父亲既死，这个家就从此只剩下了两口人，而不是三口人。

她每天都数次出现在街道待业青年办公室，两个月后也没有被分配到一个工作的机会。她极可悲地落入了"吃闲饭"的人的境地。而继母在父亲死的当天，其实已经哭嚎着向她宣布，她从这个家庭被"开除"了。

比她小两岁的妹妹，是因为她当年按照"二比一"的政策主动报名到北大荒去，才得以留在城市，分配了工作。但妹妹并不对她怀有半点感激之情。妹妹认为她到北大荒去是她的命，自己留城了是自己的命。她并不希望妹妹感激她，只要妹妹能够给予她一点姐妹之间的暖色，便心满意足了。暖色是没有的。继母脸上没有，妹妹脸上也没有。不是亲人的"亲人"，比一般人还难以相处。

她并不诅咒她们。只觉得对不住她们。

妹妹是二级工，每月三十八元的工资，要养三口之家，的确太难为妹妹了。妹妹已经与男朋友相处三年多了，因为双方都没钱，结不成婚。

有天晚上，熄灯之后，睡在吊铺上的她，听到继母和妹妹悄声说话：

"妈，我怀孕了。"

"别胡说八道！"

"真的。"

"……"

"已经好几个月了……没别的办法了，我只能赶快和他结婚了……"

"结婚？你们一没房子二没钱，在大马路上结婚呀?！……"继母的话声提高了。

"房子，他倒是能想办法租到一小间，只是钱……"

"别说了！钱、钱、钱！你跟我提钱字有什么用？你挣那点钱，除了养活你妈，还不够别人吃闲饭的呢！我是你妈，我花你的吃你的应该！谁白吃你，你跟谁要钱去！……"继母高声叫嚷起来，似乎非常希望她会羞愧难当，一头从吊铺上栽下来摔死。

妹妹呜呜地哭了。

妹妹的哭声，使她产生无比的怜悯，将继母那番刻毒的话对她的心灵造成的伤害抵消了许多。

她整夜失眠。

第二天吃早饭的时候，她从棉袄内兜掏出一个信封，递给继母，讷讷地说："妈，这是我带回来的五十块钱，没舍得花，您拿去……家里生活用吧……"

妹妹将筷子啪的一声拍在桌上，没好气地说："自己兜里明明揣着钱，还天天白吃，真不要脸！"

她拿钱的手僵住了。

继母说："你在家里白吃几个月了！这五十块钱连你的饭伙钱

也不够！”

她呆呆地一句话说不出来，拿钱的手像被一根铁棍猛击了一下，折断般地落在桌上。

继母的手伸过来，将钱从她手中夺去，掖进衣兜了。

钱是王志松托一个探家的同连知青捎给她的，嘱咐她，在他母亲生日那一天，给他母亲买一身新衣服。

她不愿向继母和妹妹解释。

她一口饭没吃离开了家。

外面哗哗地下着大雨。

她在大雨中心事重重地踟蹰，不知不觉又来到了街道待业青年办公室。还没到上班时间，门挂着一把大锁。她站在房檐下等待，房檐水无情地浇在她肩上，身上；大雨一阵阵斜泼到她脸上。

她像一只在倾盆大雨中无处藏身的可怜的斑鸠。

终于等到有人上班了，她才怀着渺茫的希望跟了进去。

“同志，给我介绍一个临时工作吧！什么活都行！我不怕累，不怕脏，不怕苦，挣多少钱都行！只要能挣点钱就行！我不能靠我妹妹养活我呀！何况不是亲妹妹，这你们早就知道了。求求你们了！今天再找不到活干，我就没脸回家了！我……”

她跪下了。

那个人动了恻隐之心。他慌忙将她扶起来，说：“姑娘，你的处境，我们不是不知道。可我们也没办法呀！你看，你看……”说着拉开抽屉，取出夹在一起的厚厚一叠纸，朝她抖着：“这么多条子，有了好一点的工作，能照顾到你头上吗？”

她双手捂住脸，丧失了全部自尊心，放声大哭。

一个女的同情地说：“老王，这姑娘怪可怜的，你是做具体工作的，就为她多费费心吧！”

“你怎么也说这种话？”那人生气了，“活倒是有，卸煤车！那是一个姑娘能干的活吗？她的肝有病，这是最怕累的病，我给她开了介绍信，算是帮她，还是害她？……”

她立刻停止了哭，双手从脸上放下，紧紧抓住那人的一只手，大声说：“我能干！我能干！我真的能干！同志您就发发善心，介绍我去吧！……”

钱……

这个字像一条疯狗在追咬她的灵魂，要把她的灵魂吞吃掉！

继母为了钱而用刻毒的话一天诅咒她数遍。妹妹为了钱而对她白眼相瞪，视如路人。为了钱她给一个男人下跪，为了钱她当着这个男人的面不知羞耻地呜呜哭泣！

为了钱就是专给死人穿寿衣的工作，她也甘愿做！

城市，城市，没有钱，一个人就生存不下去！城市，城市，一个病返的女知青，要找到一个临时工作，竟比挖参者想挖到一棵大人参还难！这就是几十万、几百万、几千万知青眷恋着、思念着、人人都盼望着早日返回的城市！它对她怎么如此冷酷啊！要知道它是这样可怕这样没有人情味，她宁肯病死在北大荒，绝不返城！

她对它没了眷恋，没了亲情，她恨它！

那人犹犹豫豫地瞧着她，说：“姑娘，我是真心为你好哇，那么累的活，你……”

“累死了我不怨您！……”她一直抓住那人的手不放。

“好吧！这真不知是积了德还是做了孽！”那人抽回手，开了一封介绍信，盖上图章，看着她摇摇头，违心地交给了她。

她一接过就冲出门去，朝煤车站奔跑。

滂沱大雨将地面的积水敲出千百万水泡。

路上没有一个行人，连那些穿雨衣的撑雨伞的也躲避到了商店里，楼门洞里和阳台下。

只有她一个人在路上奔跑，深水洼浅水洼一概不避。在楼门洞里和阳台下避雨的人们，惊愕地望着她跑过。

铁路三号门那里，有每隔两小时开往煤车站一次的区间车。她不顾一切地在大雨中猛跑。心里只存一个念头，赶上第二趟区间车。赶上了，她今天就有希望干上活；赶不上，就没希望。也许连明天，后天的希望也断送了，那张介绍信将可能成为一张废纸。因为她听说过，干这种活的人们，都是一次就分配好组，一组一干都是十天半个月。后来者是非常不受欢迎的。

她没命地向前跑，向前跑，向前跑……摔倒了，爬起来，继续跑，跑，跑……

却没有赶上第二趟区间车。

当她来到煤车站时，已经快十点了。她的样子，如同刚从沼泽中挣扎出来，浑身泥浆精疲力竭而又慌慌张张。

卸煤小组早已分配完了，负责分配的人早已不知去向。

滂沱大雨中，铁道线上停着二十多节一列煤车。每节车上五个人。一律光着脊梁，腰也不直一下，机械地飞快地挥舞着大板锹。

百多个男人中没有一个人注意到她。

雨鞭暴虐地抽在他们的脊梁和乌黑的煤上。

煤车像一条死了的大蟒蛇，笔直地僵卧在铁道线上。

百多个光着脊梁的男人，像百多只大食肉蚁，忙忙碌碌地活动在“蟒蛇”的身躯上，大板锹便是“它们”的钳嘴。

那是原始的挥耗力量而没有热情的劳动。

介绍信折了几折始终攥在她手里。

她不知所措地望着眼前的场面。

“谁要我？你们谁要我？……”她忽然朝他们大声喊。

还是没有人注意到她。

她跑到煤车跟前，从一节节车皮下走过，仰起脸继续大声朝车上的男人们喊着问:“谁要我？你们谁要我啊？……”

她引起了注意。

那些男人们停止干活,拄着锹柄,居高临下,莫名其妙地瞧着她。一张张淌着雨水和汗水的脸上,呈现着各种各样的表情。湿衣服紧紧地裹着她的身体。女性身体的一切线条,都明晰地勾勒在那些男人们面前。他们用看着一个没穿衣服的女人那种贪婪的、猥亵的、淫邪的目光望着她。

“谁要我？谁要……”

她突然浑身打了一阵哆嗦!

那一双双眼睛,那一束束目光,像一只只无形的粗野的手,仿佛将她身上的湿衣服扒了个精光。她觉得他们不是男人,而是一百多雄猩猩,就要从每节车上纷纷跳下,将她团团围住,将她的身体撕成碎片,每只手争夺一片去玩耍,去摆弄,去吮咂,去嚼吃!

她恐惧得连连后退,跌倒在铁轨旁的煤堆上。

“你是小媳妇还是大姑娘哇?”

“我想要你呀,可惜现在没功夫!”

“我们合伙凑个价儿怎么样啊?”

“瞧她那么娇弱的身子,能经受得了我们这么多人吗？……”

“哈哈哈哈……”

“哈哈哈哈……”

“哈哈哈哈……”

他们狂笑起来。

她尖叫一声,爬起来就跑。

可怕的笑声,下流的语言,在她身后紧紧追赶着她!

好像他们都跳下了煤车,要将她逮住。

她跑着跑着,眼前一黑,昏倒了……

当她苏醒过来的时候,是在一节卸光了煤的空车皮里。她被抱在一个人怀中,上身靠着那个人的胸膛。几张黑脸俯视着她。

她的第一个思想是:我完了,终于落在他们手中了……

她猛地推开那个抱着她的人,那人的头咚地撞在车板上。

她迅速站起来,躲开了他们。

"你别怕我们。"那人揉着自己的脑袋,也站了起来,望着她说,"我们不是坏人。刚才我见你昏倒了,这附近又没个避雨的地方,我就只好将你抱到这节空车皮上来了。"

"我们真的不是坏人,我们刚才还抻着衣服为你遮雨呢!"

"我们和他们不是一样的人。那些家伙都是劳改队的……"

他们都很年轻。除将她抱到车上来的那人,看去二十七八岁外,另外四人,都不过才二十岁左右。

他们也光着脊梁。那个二十七八岁的小伙子身体强壮,那四个大孩子般的小青年,简直可以说身体还没长开呢。其中一个,瘦小,胳膊细长,毫无胸肌,一根根肋骨可数,像搓衣板似的头却很大,与身体不成比例。整个人看去,像支故意穿了一颗大山楂的小串糖葫芦。

他问她:"你刚才对那些坏家伙说的话是什么意思呀?……"

"我……我卸煤……"

"你?……"那个二十七八岁的小伙子注视着她,摇头。

"你们要我吧!你们要我吧!我也有街道开的介绍信……"她说着,将攥在手心里的介绍信递给了他。

他接过去的是一个湿纸团。

他小心翼翼地展开,钢笔字迹已经模糊,印章也根本无法辨认,像女人涂了口红的薄薄的双唇在上面吻了一下。

"你是从北大荒病返的知青?"他又注视她。

她无言点了一下头。

"我也是。"

“你也是?”她感到与一个亲人重逢了!

“一师三团的。”

“我是三师二团的。”

“他们也太狠心了,介绍你来干这种活。”

“不,是我自己哀求他们才……”

“他们才大发慈悲?”他打断她的话,愤愤不平地说,“适合你干的工作是有的,不过轮不到你罢了。另外,对于我们这些病返知青,有一条内定原则——三年内不分配正式工作……”

“三年?!可怎么能这样对待我们!”

“为了使我们明白,城市根本没有我们的位置;也为了使那些抱有返城幻想的人看到教训。”

她怔怔地瞧着他,觉得他好像一个巫师,使她清清楚楚地看到了自己以后在城市的艰难处境。

她对自己的将来感到恐惧。

她简直有些恨他,恨他把她的将来那么清楚地指给她看了。

而他说的又分明是真话。

“志松,志松,这一切你都想到了吗?你知道我落在了什么地步吗?在这座城市里,如今谁会给我一点帮助啊!……”她的灵魂,无声地向远在北大荒的爱她的人发出悲怆的呼嚎。

眼泪渐渐地,不知不觉地,从她那双呆滞的眼中涌了出来,淌在她那没有血色的面颊上。

“我姐姐也在北大荒……”

“我哥哥也在北大荒……”

“他们也动员我到北大荒去,可是我宁肯捡破烂也不去!我没有父母了,他们都死了。我也没有兄弟姐妹,光杆司令一个。我向他们提出一个条件,如果将把我父母迫害死了的人查出来,法办了,就是比北大荒还艰苦一百倍的地方,我也毫不犹豫地去!否则，用枪逼着我，我也不离开城市！……”那个瘦小的“大孩子”发誓般地说。

那个北大荒返城知青，慢慢地将那张湿透了的纸攥成一团，扔到车皮外去了。

“你……”她大吃一惊。为了那张纸，她给人跪下过啊！

他低头沉吟片刻，复抬头望着她说：“你今后就跟我们几个一块儿干吧！”又一一扫视着他的几个伙伴说，“看在我的情分上，大家以后都多照顾她点。”

“没说的，我们听你的！”

“无非是我们每人每天少挣一点儿钱呗！”

“大姐，用你的话说，从今天起，我们要你了！”

他微笑了一下。

他们都微笑了。

她，也微笑了。

那是包含着苦涩的感激的微笑……

“二号，你怎么还躺着不动呀？”不知什么时候，护士站在了她的病床前，用一根手指轻轻捅了她一下。

她迷惑地瞧着护士。

“主任医生不是刚才对你说了嘛，你得立刻出院啊！”护士的脸色有些不高兴。

她缓缓地坐了起来。

“你快点，我还得抓紧时间换被单褥单呢！”护士离开之前，又对她说。

她呆呆地看自己左手。手腕上的伤口愈合得很好，细细的一道浅红色的疤线，就像牛皮筋的勒痕。

她想：我再也不干这种蠢事了。徐淑芳，徐淑芳，你永远也不要再产生弄死自己的念头！你一定要倔强地生活下去，看生活到底能将你逼到什么地步！你再不要和自己拼，你要咬紧你的牙关和生活拼，和你的命拼……

她从兜里掏出手绢，用右手将左手那边伤痕包扎上了，仿佛包扎的是什么羞耻的标记。同时她心里在说："志松，志松，从此以后我要把你忘掉！对不起你的不是我，而是生活！你要恨，就恨生活吧！……"

那老年妇女，似乎躺不住，也坐了起来，望着她说："你今儿个就出院了，大娘劝你几句吧！要我看啊，你性情还是怪好的。你丈夫呢，对你也怪疼爱的，这病房里，他来看你的次数最多。所以呢，不是我倚老卖老，训导你。我是要教你一些做个好媳妇的章法。小两口过日子，得互相尊重互相让服着点，有了什么你怀疑我，我猜你的事儿，就应该一是一，二是二地解释明白了。千万别整天不三不四地斗嘴玩，朝夕相处，得有个五音六律。商商量量的多和美？你七嘴他八舌地，就难免不惹气生。做到这几点呀，十拿九稳你们小两口能恩恩爱爱，白头到老！……"

女干部噗哧笑了："大娘，您老原来是位数学教授吧？"

她们说了些什么，她一句也未听进去。她默默地换下病服。默默地收拾着自己的东西。

"娟娟，吃午饭了！"护士第三次来到病房。

"不吃了！不是限我十分钟内出院吗？"姑娘没好气地回答。

"吃吧！我们主任医生就那么个怪脾气，你吃了饭再走，他也不至于夺下你的饭碗，用大棍子把你赶出去呀！"

"哼，让我多住一天我也不住了！"

"你盼的信到手了么！"

"哎，中午有什么好吃的菜？"

"排骨。"

"没情绪。"

“鱼。”

“没情绪。鱼啦肉啦的，吃够了！”

“还有豆芽菜。”

“豆芽菜？那我可得吃一顿！”

“这么爱吃豆芽菜？”

“我体内缺的不是脂肪，而是维生素。维生素能使人皮肤细嫩，脸色白净，这你都不懂？”

“你这么白白嫩嫩的，还怕不能让小伙子们一见动心啊！”

“去你的！快替我买吧！”

“好嘞！几份？”

“两份！两份豆芽菜，二两饭，别的什么菜也别买了啊！”

豆芽菜……

豆芽菜……

豆芽菜……

她忽然扶住桌角，张了张嘴，要吐。

“你怎么了？”女干部关心地问。

“没……什么……”

她坐在床上，双手放在桌子上，将额头贴在手背上。

女干部又问：“要不要替你去找医生？”

“不……”她坚决地说出了一个字。

老年妇女也关心地问：“姑娘，你……是不是怀着身孕呀？那你今后可要当心自己啊！”

她胃里仿佛有十二把大板锹在翻搅，使她一阵阵地恶心，恨不得一下子将胃里的全部东西都呕吐出来。

豆芽菜！……

为什么今天中午医院里偏偏要吃豆芽菜？为什么在她即将离开医院之前让她听到这三个字？生活，生活，你随时随地都要和我作对吗?

…………

"'豆芽菜',今天中午,该你去给咱们买包子了啊!"

"'豆芽菜',你怎么还不去?今天中午我们要是吃不上包子,就吃你!"

在那几个和她一块儿卸煤的人中,有一个的外号就叫"豆芽菜"。瘦小,大头的那个。

那一天,他情绪很异常,大家看出他有心事,询问他,他只字不吐。

他还是给大家去买来了几斤包子,还买了一些肠啊肚儿啊之类的,还买了一瓶白酒。

他们虽然在一起干活,在一起吃午饭,但从未在一起喝过酒。起码自从她加入他们之间后,他们没在一起喝过酒。

"你为什么买酒?"他严厉斥问"豆芽菜"。

"我……这几天心里闷得慌,哥儿们一场,就算我求你们陪我喝点……以后,也许想凑在一起喝的时候,还没机会了……""豆芽菜"小声解释。

"喝点?喝起来你们就不是喝点了!都喝得醉醺醺的,下午那三车皮煤靠谁卸?"他从"豆芽菜"手中夺下酒瓶子,要抛到车皮外去。

"别……"她拦住了他,替"豆芽菜"请求,"既然买来了,就让他们喝点吧,我把着酒瓶子还不行吗?"

在卸光了煤的空车皮里,她和他们围坐着喝起酒来。没有什么可以当杯,就都对着瓶嘴喝。虽然酒瓶子控制在她手里,但最后一瓶酒还是被喝光了。

他也喝了。她也喝了。

下午大家带着醉意卸光了三车皮煤。

第二天，“豆芽菜”没来干活。

第三天，“豆芽菜”也没来干活。

第四天，“豆芽菜”来了，光干活，不说话；别人休息，他还干。夺下他的大板锹让他休息，他就呆呆地坐在煤上，两眼发直。

大家逼着他说出到底有什么心事。

他才不得不告诉大家，他已经报名下乡了。

她问：“将你父母迫害死的人查出来了？”

“豆芽菜”沉默许久，才古怪地向她笑着回答：“已经正法了。”

“那，咱们替他买点什么东西吧？在一块儿干了这么多日子的活，应该有点表示对不对？”她征询地望着大家。

大家纷纷点头。

“豆芽菜”却说：“你们的心意我领了，不必替我买什么东西，下乡应该准备的东西，我都准备齐全了。”

下午三点多，卸完了煤。

大家正要分手时，三辆公安局的摩托开来，在铁道旁急急刹住。

大家都感到有些意外，“豆芽菜”却跳下车皮，在两条铁轨之间逃跑。

几名公安人员猛追。

大家怔怔地望着“豆芽菜”逃到了铁路桥上，回头看看，犹豫一下，翻越桥栏跳了下去。

桥下是一条大马路。他们朝马路跑去。

等他们跑到时，马路上已经围了一圈人，一辆卡车停在人们中间。

她挤入人群，看到了脸朝下卧在马路上的“豆芽菜”，看到了鲜血……

那是她生平第一次看到被汽车轧死的人。

她离开了那条马路很远很远，才发觉自己是被他搀着在走。

她两腿发软，一步也走不动了。她不得不扶住路旁的一棵大树，呕吐不止，最后连胆汁都吐出来了……

第二天，她来干活的时候，只见到了他，另外三个伙伴都没来。

他说："他们再也不会来了。"

她茫然地瞧着他。

他沉默了一会儿，又说："从今天起，我也不干了。"

她目不转睛地瞧了他许久，失落地转过身，一步步走了。

"等一下。"他叫住她，大步走到她身旁，注视着她说，"一块儿干了半个多月的活，还没问过你的名字，可以告诉我吗?"

她低声将自己的名字告诉了他。

"我叫郭立强。"他说，"这纸条上写着我家的住址，以后有什么需要我帮助你的，就去找我吧!"说罢，将纸条塞到她手里，头也不回地走了。

她挣到了八十多元钱。那一天吃晚饭的时候，她将钱全部交给了继母，自己连一元钱也没留下。

一个星期后，妹妹出嫁了。

当妹妹在两个伴娘的陪伴下，走出家门，就要钻进小汽车里的时候，回头看了一次。

她不知妹妹是回头看她还是看继母，但她却赶紧对妹妹作出祝福的笑脸。

妹妹走到了她跟前。

妹妹突然张开双臂搂抱住她的脖子，将脸贴在她的脸上，很动感情地说："姐，谢谢你帮我的那两笔钱啊！我……太不懂事，性格也不好，我对你说过的那些无情无义的话，你可千万别记在心里呀！……"

说着，妹妹就哭了。

她也哭了。

“哎呀呀，得啦得啦，你自己的喜日子，哭个什么劲呀！你舍不得离开别人，就是舍得离开自己的亲妈是不是？”继母大声说着，分开她们，将妹妹推进了小汽车。随后，自己也钻进了小汽车。

她孤零零地站在家门口，望着小汽车开走了。

继母没说让她参加妹妹的婚礼。

从那一天晚上起，家中只剩下了她和继母。

女人天生是女人的伙伴——这句名人的哲言是多么错误！一个正常的女人其实永远希望并需要与一个正常的男人为伴。而一个正常的女人不得不和一个不正常的女人生活在一起，那真是天大的不幸。

继母当然认为自己是正常的，并且至少找出了十条理由认为她是不正常的。继母不需要她。四十八岁的继母仍希望能与一个五十来岁的强壮男人第三次结婚。在没有找到这样一个男人之前便养了一只猫，在养了一只猫之后更加觉得她多余。那只雌猫开始半夜三更将一只雄猫勾引回来，在房前宅后兴奋地呜叫不休的日子里，这个家在一个女儿出嫁之后，也开始有了一些将作新房的微妙迹象。

她又陷入了待业的忧愁之中，竟丝毫也没注意到继母的情绪和这个家发生的那种微妙变化。

于是继母像一位小学老师点示一个愚钝的小学生似的，用绝非小学老师的不雅的语言点示她：该做一个什么男人的老婆了。

“妈，我现在还待业呢，怎么能考虑嫁人的事啊！”她极为冷淡而烦恼地回答。她从未对继母透露过她与王志松立下三年誓约的事，她猜得到继母对此会说出些多么难听的话。

“正因为你待业，才要给你找个能养活你的人！”继母怫然色变。

一天，她出去找活干失望而归，见一个四十多岁的、面容猥琐的男人坐在家里。

那个男人便是继母替她在这座城市里寻找到的能够养活她的男人。要寻找一个百里挑一的英俊男人并不容易。要寻找一个像那个男人一样獐头鼠目、面容猥琐的男人也得百里挑一。继母替她寻找到这样一个男人并未踏破铁鞋，三千块钱使继母坐在家里就见到了这一座城市的三百余万人口中的这一个男人。在继母和她一样都还没有见到这个“百里挑一”的男人之前，继母已经多次替这个男人向她进行“宣传”了。三千块外继母还收下了一块呢子衣料，算是“宣传费”。继母不是一个出色的宣传者，她从继母口中只知道了那个男人很能挣钱，其他方面一无所知。继母认为替那个男人向她“宣传”了“很能挣钱”这一点，也就是牢牢抓住了向她进行“宣传”的“纲”。“纲”举自然“目”张。

邻居一位好心的大婶，暗地里偷偷将她叫到家中，谆谆告诫她：“孩子呀，你可千万千万不能嫁给你继母替你找的那个男人啊！我知道那个男人的一点底细，他不务正业，品行也不好，因为调戏妇女，被判过两年徒刑。他那些钱也不是好路挣来的。你继母是与做媒的人合计着把你卖给了他呀！做这样的媒，真是缺了八辈子德呀！”

虽然继母对待她还不如对待一只猫，但她心里却从来也没有恨过继母。那一天，听了那一位好心的大婶的话以后，继母在她眼中便不再是一个人了。

她告诉那位大婶，她的心已经留在北大荒了，留给一个和她同连队的本市的小伙子了。

大婶怜悯地瞧着她，连连摇头说：“孩子，这也是个愁哇！他若一辈子返不了城，你们可怎么办呢？”

怎么办？她不知道。她只知道应该等他。不仅仅是等三年，而是应该等一辈子。

…………

“淑芳啊，这就是我跟你说的那个老刘呀！你们先聊着，我到小铺去买包火柴。”继母一见她回来了，满脸对那个男人堆下层层笑褶，煞有介事地起身便走。

那男人充满色欲的目光，对她遍体扫描。

那种目光使她想起了第一天去卸煤时，那些雄猩猩般的、对女人的身体感到饥渴的男人们的可怕目光。

今天虽然是在自己的家里，虽然只面对其类之一，她还是感到不寒而栗，打了个哆嗦。

女性本能的起码的自尊使她的脸涨得血红。

她大声说：“妈，您不用去买火柴，我去买吧！”说罢便转身跨出家门。

她在市内到处茫无目的地彳亍了四个多小时才回家。

一回到家里，继母便摔东掼西，辱骂不休。

“二十六七的陈年剩货你还想攀上一个才貌双全的呀？你那是大白天做梦！泡在城里不愿下乡的待业女学生哪趟街没有几个，只要趁钱，缺胳膊少腿的男人也能划拉到手十七八的！你以为你返城回来的倒还算稀罕物啦！有能耐你就自己去找一个稀罕你的，早早滚出这个家！我没来由白养活你给你当妈！……”

她默默爬到低矮的吊铺上，用被子包住头，任凭凌辱的毒汁一阵阵泼向自己，咬破了嘴唇一声不吭……

第二天晚上，她回来时，继母在屋内将门插上了。她敲了几下门，继母非但不给她开门，反而将灯熄了。时间并不算太晚，才八点多钟。

她明知继母存心“整治”她，却除了再敲门，别无奈何。一下也不敢使劲敲，唯恐继母毫无恻隐将她关在门外一夜。

敲了许久,继母总算开了门,还没放她进去,劈头便汹汹地问:“深更半夜地回来,泡哪个野男人去啦?”

她赶紧笑着解释:“妈,我到我们同连队的一个战友家去了。他母亲病了,家中只有一个上中学的小妹妹,我帮着照顾了一天……”

没容她说完,继母火冒三丈:“我也病了你知道吗!你住着我的吃着我的喝着我的,还张口闭口虚情假意地管我叫妈,却去为别人的妈尽孝心,你要是有脸皮有志气就别回来住呀!……”

她忍气吞声地说:“妈,我不知道您病了。照顾别人的母亲,是我答应过别人的义务……”

“义务?你对我就没有义务了吗?!”继母双手叉腰站在门槛内,看样子并不想放她进屋。

她终于忍无可忍,顶撞了一句:“可是你给过我对你尽义务的机会对你尽义务的权利吗?这个家不只是你的,这房子是我父亲单位的!……”

“你?!……”继母突然放声嚎哭,“唉呀呀,我的苍天哇,我那死去的人呀!你可把我撇闪得好苦啊!你的魂咋就不把我也带了去呀!……”

她怕邻居们听到笑话,赶紧哀求道:“妈,您别哭了,是我不好!您如果还念着我爸爸,看在我死去的爸爸的份儿上,原谅我那句错话吧!只要您把我当一个女儿看待,我一定孝敬您,服侍您到老,到死……”

“好哇!你敢当面咒我早死呀?你以为我哭的是你父亲那个死鬼吗?呸!我早把他忘啦!跟他我没过上一天舒心日子!我哭我原先那个人!……”说罢,又大哭。哭得兴起,重演故伎,坐在门槛内,边哭边双手拍打膝盖。

在静静的夜晚,那哭嚎声很瘆人。她的脑袋都要爆炸开了。

她不知所措地双手紧紧捂上了耳朵。

邻居们闻声而来，有的劝继母，有的佯装责备她："淑芳，你怎么能惹你妈生这么大的气呀！"

那位好心的大婶将她扯到一旁，悄声对她说："孩子，她这是到了更年期呀！你又没工作，你就多忍着吧！快去给她赔个不是算了，啊？……"将她轻轻往继母跟前推。

她被推到继母跟前，望着坐在地上耍泼耍赖哇哇哭嚎的继母，心中充满了对继母的厌恶和鄙视。

她猛转身跑了。

过了后半夜，她仍徘徊在这座城市死寂的街巷中，像一头受了伤的牝鹿，孤独地蹒跚在夜幕沉沉的大荒原上。无处栖身，兜里没有一分钱。

不知不觉，她走到了"豆芽菜"被轧死的那条马路。

她在"豆芽菜"从铁路桥上跳下来的那个地方站立了很久。几场大雨已将血迹冲涤干净。路灯幽蓝的光将她的影子投在马路上，仿佛"豆芽菜"仍卧在那儿。她丝毫也没有产生恐惧。人在最孤独最绝望的情况下，恐惧就不附身了。她只是又觉得一阵恶心，想呕吐。

她站在那个地方并非是凭吊"豆芽菜"。她并不怎么可怜他，倒是非常可怜那个被他所杀的十三岁的小女孩。他认为杀的是将他父母迫害至死的仇人的女儿。但那个人只不过在揭发批判他父母的群众大会上发过言而已。而那个十三岁的小女孩连见也没见过他的父母，完全无辜地惨死在他刀下。她是在"豆芽菜"死后三天才知道他的名字的——洪亚男，从死刑布告上知道的。父母都是公检法系统的干部。

她站在那个地方是在思忖——像"豆芽菜"那么个死法痛苦不痛苦。

仿佛有一只看不见的手，温柔地牵着她的手，引导她一步步蹬上了铁路路基，一步步走到了桥上。

那只看不见的手仍温柔地牵着她的手，同时有一个温柔的声音在悄悄对她耳语："跳下去吧，跳下去吧，一点也不痛苦。跳下去吧，跳下去吧，只要往下一跳，一切不能了结的就都了结了……"

"豆芽菜"是在跳下去之后又被一辆从铁路桥下驶过的汽车轧死的。

远远的竟有一辆汽车也朝这里驶来。

那个温柔的声音在继续悄悄对她耳语："跳哇，跳哇，来，我陪你一块儿再跳一次……"

又有一只手在背后将她推向铁路桥栏。

"跳哇，跳哇，我们手牵着手再来一次。"温柔的悄悄的耳语似乎在耐心地哄劝她。她恍然听出这声音像"豆芽菜"的声音，而她却看到了"豆芽菜"出现在桥下的马路上，不是脸朝下蜷卧着，而是脸朝上仰躺着，对她作出一种怪异的笑。一张模糊的苍白的脸，一种不可理喻的怪异而阴险的笑。她觉得身后也有一个"豆芽菜"，一手牵着她的手，一手在向前推她。那看不见而又似乎存在的手，不再温柔，变得如冰一样凉……

她毛骨悚然，尖叫一声："不！……"猛地转过身，用力甩了一下那只仿佛被牵住的手。

面前却没有人。

"我怕死，我不死！……"她在心里对自己说，飞快地从铁路桥上奔跑下去……

就在那一天深夜，生活将她推到了郭家兄弟门前，逼迫她敲他们的家门。

郭立强披着衣服打开了门，在朦胧的月光下看了她半天，竟没认出她来，疑惑地问："你找谁啊？"

“找你……”她用呆滞的目光望着他。

“是你?”他认出她了,追问,“你从哪儿来?你出了什么事?……”

她双唇颤抖着,颤抖着,经久才呜咽地挤出一句话:“我无家可归了!你要是可怜我,就……娶了我吧!……”

“姑娘,你也吃了饭再走呗?”

老年妇女端着碗对她说。

“你没饭票了吧?我给你?”女干部坐在自己的床上,咽下一口饭,瞧着她友好地问。

“吃吧,吃过饭咱俩一块儿走。有车来接我,可以让你搭一段。”那姑娘也对她这么说。

她的头从手臂上缓缓抬起,木然地一一望着她们,望着端在她们手中的碗。

她们竟吃的都是豆芽菜。鹅黄色的豆芽,凉粉似的半透明的长长的芽尾,覆盖在米饭上。

她耳畔响起了小时候和女孩子玩拍手心游戏时唱的顺口溜:

赛、赛、赛,
大米干饭炒豆芽,
好吃不好拿,
拿了变成个癞蛤蟆,
吃了粘你的牙……

在她呆滞的眼中,她们碗里的豆芽菜,仿佛都变成了红色的,仿佛是用血浆炒的。

她们都很爱吃豆芽菜。

她们都吃得津津有味。

她呆呆地瞪着买了两份豆芽菜的姑娘,姑娘食欲很佳地吃着。

她恍惚地觉得那张脸隐失了，只见两片涂了口红的嘴唇在动，只听到一阵细细咀嚼的声音。这声音愈来愈响，仿佛有一台巨大的机械正在隆隆轰鸣……

她哇的一声呕吐了。

她们都停止了吃饭，愕然地望着她。

“真讨厌！”姑娘立刻端着碗走到病房外去了。

女干部将碗放在桌子上，走到她跟前轻轻捶她的背，一边问：“我还是去替你把医生找来吧？”

“不……”她又呕吐起来。

她伏在病床上，用一只手紧紧地捂住自己的嘴。

女干部一声不响地走到门旁拿起笤帚，替她打扫地上的肮脏，之后又用拖把拖了一遍。

恶心的感觉终于过去了。她出了一头汗，体虚力弱地直起身，歉意地看着女干部说：“真对不起，将你的鞋都吐脏了，还让你替我……”

女干部宽厚地笑了一下。

女干部出去洗了手回来，见她还那么呆呆地站着，说：“姑娘，一个人想死还不容易吗？有时候要活下去可并不容易。你这么年轻，别急着选择那条很容易的路啊！虽然我不知道你究竟为什么，但我看你还是个好姑娘，才觉得有必要分别时劝你几句，听不听在你自己了！”

她两眼噙着泪，垂头答道：“我听……”

护士又出现在门口，也不走入，伸长胳膊将一个布包朝她一递：“拿去，你爱人昨天送来的。”

她默默将布包接过来，心中明白里面包的是她的衣物。

她低声问：“他，知道我今天要出院么？”

“知道，昨天医院就通知他了。他预先替你办好了出院手续。”

小护士说完就走了。

他知道,但不来接我,还把我的衣物都送来了,难道他也不要我了？……

她刚强地努力克制住自己的感情,不使自己哭出来。

她留恋地回头朝自己躺了十几天的那张病床看一眼,脚步缓慢地走了。

她失血很多,虽然输过血,身体还是很虚弱。她脚步飘浮地支撑着走到医院大门口,感到一阵头晕,扶住了铁门。

传达室里走出一个老头,走到她跟前,关心地问:“姑娘,刚出院的?”

她轻轻“嗯”了一声。

“看你这样走不了多远啊,怎么家中也不来个人接你?”

“家……很近……”她喃喃地说。

家？……我的家在哪儿啊？……

他分明不再承认我是他的妻子了……

但是我必须回到他那里去。一定要再见到他一面,向他解释这一切,请求他的宽恕……

志松,志松,你恨我吧！你永远地恨我吧！我不怕被你恨！我什么都不在乎了!

她双手放开铁门,挺起腰,倔强地对那个老头说:“我能走回家去!”

她走到她所熟悉的大院门外,不由得站住了。大门上,双喜字已经被风撕扯得残缺不全,只有“口”还是完整的。几个中午去上学的孩子,背着书包从院里跑出来,看见她,都骤然立定,一双双单纯的眼睛向她投注着颇为严肃的目光,好像几只小鹌鹑围住一只丧失了羽冠的凤鸟在进行研究。

一个孩子突然大唱一句:“这个女人不寻常……”撒腿跑了。

“这个女人不寻常……”其余的孩子也跟着唱起来，一哄而去。

她在郭氏兄弟家门前伫立了许久。要敲开这个门，需要比走进这个院子大得多的勇气。她站在这个门前才感觉到，自己一路都在聚集的勇气竟是多么渺小！这个倾斜的小门对她来说如同一座山，使她怀疑推开它简直是不可能的。

“徐淑芳，你不进入这所小房你再无归宿！”她严厉地警告自己，同时举起了一只手。

“不，你不必敲门！因为你是回到了自己的家！你是一个妻子，你是一个嫂子，无论法律还是道德都无权否认这一点！……”

一个声音理直气壮地鼓励她，是她自己的灵魂在对她说话。

于是她推开门迈了进去，她那样子就像一个主妇从市场上买了东西回到家里那么从容。

可是她却没敢把自尊心带进屋去。

郭氏兄弟，都坐在沙发上，都吸着烟。小小的空间，被罩在烟雾的帐子里。

郭立强第一个站了起来，随后郭立伟也站了起来。两兄弟一言不发地看着她，像看着一个陌生而又危险的来客。

她侧转身，将门推开了一半。烟雾缓缓地向外面爬去。带着寒意的新鲜空气渐渐占领了屋子。

她轻轻关上门，犹豫了一下，走到床边，款款坐下去。将拎着的小布包，放在膝上。这一点暴露了她内心的冲突，证明她根本没有那种回到了自己家里的安定感，而是预备着随时被别人赶出去。她吃力地扮演着一个她并不能胜任的角色，却又那么缺乏自信。

郭立强将吸了一半的烟扔在地上，抬脚踩住，像是将一根钉子踩进了地板，不再挪动那只脚。也仿佛踩住了一只蝎子，唯恐那只脚稍一挪动，蝎子的毒尾会在他脚上狠蜇一下置他死地似的。

“别往地上扔烟。”她用批评的语调说，“弟弟油地板费了多大劲呀！”她的头却低垂着，眼睛瞧的是自己的双手。

“你别叫我弟弟！”郭立伟恨恨地吼了一句。

“立伟！”郭立强大声呵斥，终于开口对她说话了，“凡是属于你的东西，连我给你买的两件衣服在内，都在那个布包里了，不会缺少什么的。”他的语调，平静而冰冷。

她沉默了许久才鼓足最大的勇气抬起头，迎视着他的目光说：“我没打开看，我不想带着它到处流浪。”

“这是我们的家，不是收容所！”郭立伟又吼起来。

“难道这就不是我的家了么？”她抗议地说。

“你！……无耻！”郭立伟挥起了拳头，要揍她。

她眯起眼睛望着他说：“你要当着自己哥哥的面打嫂子么？”

郭立伟恨得说不出话，挥起的拳头在空中发抖。

“立伟，你先出去一下。”郭立强瞪了弟弟一眼。

当弟弟的愤愤地冲出去了。

郭立强沉默许久，说出了一番显然经过反复思考的话：“我今天没去接你出院，就等于告诉你，你不必违心地回到我这里。你可以回到另一个人身边去。我们之间的关系，不过是一场悲喜剧，一场闹剧，如此而已。我是能够忘掉这件事的，你也不必向我作任何解释，更不必觉得有什么对不起我的。从今以后，就算我没认识过你这么个人，你也没认识过我这么个人……至于那张结婚证书，我们应该共同去将它换成一张离婚证书，这是你我都必须履行的手续！……”

“不！……”她叫道，猛地站起来，小布包掉在地上。

“你不什么？”他无动于衷地问。

“不，不，我不离婚！”她向他走来，站在他面前，用充满凄凉的眼睛看着他，摇着头令人哀怜地说，“我已经对不起一个人了，我不能再对不起另一个人，我不能让两个人都恨我。只要有一个人能宽恕我，那么就让另一个人永远地恨我吧！……"

他依然那么无动于衷地问："于是你就选择了我作为应该宽恕你的人？"

她又向他走近一步，近得感到了他的呼吸，近得能从他的眼睛里看见了自己。

她凝视着那双眼睛，低声说："告诉我真话，你和我结婚，除了对我的同情和怜悯，就一点爱都没有么？"

他紧闭嘴，不回答。

"告诉我……"她微仰着脸，仍凝视着他的眼睛，也凝视他眼中的自己。她仿佛是一个占卦者，仿佛从他那双冷漠的眼睛里能显示出决定她生死吉凶的迹象来。

一个紧张的战栗着的灵魂凝视着一个将对它作出判决的似乎毫无恻隐的灵魂。

他不开口。

她就那么凝视着他，仿佛将永恒地凝视着，永恒地期待着。

"我并不像你想的那么愚蠢。"一个灵魂终于结束了对另一个灵魂长如百年的折磨，敲下了自己的法槌。

他这句话在她听来则是更明确的三个字——也有爱……

苍天救我！她那紧张期待着的灵魂长吁一声，顿时垮倒了。

她再也没有半点力量坚持着站定在他面前，她张开双臂搂抱住他。她浑身瑟瑟发抖紧紧地紧紧地偎在他怀里，紧紧地紧紧地抱住命运判决给她的这个男人，这足以使她鼓起勇气继续生活下去的唯一的宝贵的指望。

他起初木然地站着，任凭她紧紧偎在自己怀里紧紧抱住自己而无动于衷。但他毕竟是爱她的！他那用理性的钢筋和道德的水泥所构筑的自以为坚不可摧的内心工事，在她可怜的浓缩的柔情之下防御了半分钟便彻底瓦解。女性的哀然的悱然的如残烛如幽水的凄凄之情，对于除非有一副魔鬼心肠的男人外是无法抗拒的。

他情不自禁地抚摸她的头发，抚摸她的肩膀。

对于从小就习惯了将自己的感情封闭起来的他，她是他亲手点种在自己心里的一颗种子。他怀着多少憧憬多少希望感受过这颗种子在他心里生根、生长、形成含苞待放的蓓蕾啊！怜情爱意如淡淡的晨雾弥漫在他胸中。

他双手捧住了她的脸。她脸上淌着两行泪水，她死劲咬住下唇。一颗灵魂所承担的一切莫大的委屈所包容的那一切复杂的情感都呈现在这张脸上了。她分明就要无法克制地放声大哭了。

字典中全部与人性有关的字和词仿佛都写在这一张泪涟涟的脸上了！

他的心肠从来没有像此时此刻这般被深深地打动过。

他真想用他的吻拭去她脸上的泪，也拭去只有他才看得见的那些比眼泪更打动他的字和词。

可是突然有一个声音对他愤恨地说："夺来的！她是你夺来的！……"

仿佛有第三个人就站在这小屋里。

他一下子推开了她。

他感到自己脸上一阵灼热。

他仿佛又看到了一架花圈在他和她之间燃烧着，火焰烤着他，也烤着她。

"你走！……"他骤然大喊。

她惊愕而惶恐地看着他。

"孩子！就算我不在乎他多么恨我，我也不能夺走一个孩子的母亲！孩子将诅咒你抛弃了他！你为什么非要回到我身旁来？为什么不愿去做一个母亲？你顶替别人的名义返城，不负任何责任地留给了别人一个孩子，这一切你都欺瞒着我，你太自私你太无耻你太可恶了！你走吧！我不能有你这样一个妻子！我宁肯终身不娶！我不会心安理得地做你丈夫的！……”

他心中的愤怨像突喷的原油冲天而起！

“我没有孩子！我没有！这不是真的！……”她急切地替自己辩白着，他强加给她的一个孩子使她思想迷乱了。

“可是立伟亲眼看见了那个孩子！到现在你还要继续欺骗我愚弄我！……”他怒吼起来。

“不，不是，不是……”除了否认，她简直不晓得应怎样替自己辩白了。

她在他眼中变成了一个竭力表演企图将他进一步拽进泥潭的邪恶女人。

他狠狠打了她一记耳光！

这一记耳光打得她后退数步倒在床上。

他那张一向平静的脸抽搐着，被憎恨扭歪了。

他那样子仿佛要将这间小小的屋子跺塌摧毁，将自己和她一齐埋葬。

她双臂撑着身子，侧过头绝望地盯着他。

经久，她缓缓站了起来，仍盯着他，一声不响，两手开始机械地解自己的衣扣……

外衣掉在地上……

毛衣也掉在地上……

“你?！……”他以为她是疯了。

她发着一股狠劲地将自己的内衣从身上撕破扯下来了，几颗白色的微小的扣子在地板上四处滚动。

“你诬蔑你的妻子，那么你自己来证实我的身体是贞洁的吧，你逼我这样……”她一字一句地说，每个字每句话都沉重得仿佛落地有声，将这小屋子的地板压得塌陷下去。

她展着双臂像中弹一般仰在床上。

“天啊，这都是怎么一回事啊！……”她内心里大声呼喊，闭上了眼睛，泪水刷刷淌下。

她忽然翻了个身，将脸埋在床上，双手抓着床单，全身一阵痉挛，发出了悲切的恸哭。

郭立强猛地转过身去，心中产生了一种近乎迫害者的强烈的罪过感……

也许我是个大混蛋！他忏悔地想……

第六章

那个婴儿，这时刚刚被喂饱了奶，正躺在王志松家炕上安适地熟睡着。他睡得非常香甜，不时地吮着小嘴唇，不时地微笑着。

王大娘在做针线活。志松的妹妹小珍，伏在孩子身旁，不眨眼地瞧着那孩子可爱的睡态。

“妈，您看呀，他睡着了还笑呢！”小珍快活地说。孩子给这少女增添了许多新鲜的乐趣。

母亲没吱声。

“妈，您为啥不喜欢他啊？”小珍爬起身，推了母亲的肩头一下，说，“因为不是您亲孙子，是我哥替别人抚养的，您就不喜欢哇？”

母亲仍没吱声。

小珍搂着母亲的肩膀，撒娇地问：“妈，你怎么又不高兴啦？”

“妈没不高兴……”母亲叹了口气，“快写作业去吧，别跟妈撒娇了，都十五六的姑娘了！”停了手，自言自语，“也不知你哥哥和你淑芳姐的关系咋样了……”

小珍从母亲身边离开，走到桌旁坐下，刚拿起笔来，忍不住扭头对母亲谴责道：“咋样了？不吹才怪呢！还不是因为您，总对我淑芳姐那么不冷不热的！”

母亲又叹了口气，也自责道：“想来想去，是因为妈不好哇！可那时，妈一心希望的是你哥返城啊！家里连个劈硬柴的人都没有，妈这日子过得为难啊！再说，淑芳这姑娘到底能不能成了妈的儿媳妇，妈心里也没个数啊！生怕你哥哥是白白地把返城的机会让给了人家……”

“所以我淑芳姐以前每次一来，您就冷下脸，连句亲热话也没有！现在我哥哥返城了，您身边有个儿子了，又想要个儿媳妇了？晚喽！我哥打着灯笼再也找不到我淑芳姐这么好的媳妇喽！”小珍用十分替哥哥惋惜的语调说。

“你哥哥嘴上不说，心里还不怨妈一辈子啊？”母亲后悔得伤心了，放下手中的针线活，撩起衣襟拭眼角。

“妈，我胡乱说着玩呢，您别当真，我看我淑芳姐是知情知义的人，绝不会因为您以前对她不好，就把我哥哥甩了……”小珍放下笔，又赶紧走过来，坐在母亲身旁劝慰母亲。

这时，街道主任敲了几下门走进来。

“是主任啊，快坐吧，有事儿？”母亲连忙起身让座，随后吩咐小珍，“给你大妈倒杯水。”

“别倒，我不喝。”主任摆摆手，又是诉苦又是自我表功地说，“唉，这些日子啊可把我忙坏了呢！光咱们这一片呀，返城知青就七八十，又是落户哇，又得登记找工作哇，又是挨家挨户地慰问慰问哇，又是……什么什么的！……”

母亲说：“主任，可不是够您辛苦的嘛！当年，您挨家挨户动员他们下去，如今又是挨家挨户登记给他们找工作。这些年您可就是没清闲过呢！”

“嗨！”主任拍了一下炕沿，说，“别提当年了！提当年我心中有愧呀！有些够条件留城的，也叫我给逼走了，这些孩子们如今说不定心里多恨我呢！可当年我也是没办法呀，毛主席他老人家一个号召，全国一片红，我们当街道干部的，不积极鞍前马后动员行嘛！你们家志松没背后骂过我呀？……”

“他可没有！”母亲立刻替自己的儿子担保。

“就是骂了，您也不能告诉我呀！”主任笑了，收敛笑容后，目光落在孩子身上，说："小珍，你出去玩会儿，我和你妈说几句话。"

小珍不高兴地噘起了嘴："我不！外边挺冷的。我知道你们要说这孩子，这孩子又不是金的银的，难道会是我哥偷来抢来的不成？你们说吧，我堵上耳朵不听就是了呗！反正我不出去挨冻！"

母亲瞪了她一眼，训斥道："别跟你大妈说话这么没礼貌，快出去！"

小珍哼了一声，不情愿地出去了。

主任这才看着母亲说："志松他妈，什么事儿呢？是这么回事儿！派出所负责落户口的人呀，今天又把我传去了，说你们家志松的户口哇，还不能落……"

"不能落？"母亲急了，"别人能落，为什么志松不能落？他的返城手续不全？"

"您先别急嘛！"主任离开椅子，坐到炕沿上，和母亲之间隔着那孩子，挺神秘地说："是因为这孩子呀！人家问志松，他到底结没结过婚，他说没有。那么人家当然就要问这孩子是哪来的啦，他说是替别人抚养的。人家又问孩子叫什么名字呀，他支支吾吾地答不上来，还要以父子关系跟这孩子同时落户！抚养，也得有个什么手续呀，人家再追问这孩子的父母都叫什么名字，在哪儿工作，为什么要他抚养这孩子，他都说不出个四五六来，还嫌人家追问得多了，对人家发脾气。志松这孩子小时候可没什么脾气呀，怎么返城回来变得脾气大极了呢？人家也生气了，说不弄清楚这孩子的来历，连他自己的户口也不给落！"

母亲一时发起怔来。

主任瞅着那孩子，心直口快地说："我看呀，这孩子八成就是你们志松自己的！您瞧瞧，脸盘多像他，还有那高鼻梁！这几年，上山下乡的知青中，没结婚就生下了孩子的不少，也算不了什么太丢人的事儿。志松要是舍不得这孩子呢，就该对人家客气着点，我再替他通融几句,写个书面儿检讨什么的,也就一块落上了！志松他要是舍得了这孩子呢,我倒有个主意,不算两全其美吧,也算个好主意。前街老张两口子,结婚五年多了,想要孩子都快想急眼了,却整不出个孩子,我看这孩子长得怪体面的,莫如趁不懂事儿送给了他们。当然不能白给的,五百六百的他们还拿得出。你们家正在困难的关头,也能接济一阵子。再者,志松拖累个孩子,将来找对象都麻烦！……"

母亲怔怔沉默许久,低声说:"这,我可做不了主,得跟志松商量商量……"

王志松走出铁路局粉刷成米黄色的三层大楼,觉得阳光是那么明媚,天空是那么蔚蓝,每一个行人都是那么可亲可爱。他那颗返城后一直无着无落的心,第一天感到多少安定了些。

他大步走着,舒畅地呼吸着初春潮湿的空气。体验着一个即将有了工作的人那种感激生活的心情。

马路上的雪,这几天开始化了,露出了柏油路面。培在人行道两旁树根下的雪还没化尽,但也在温暖阳光的照耀下往泥土里渗透着。树枝已不再是光秃秃的,开始生长出无数的小芽苞儿。第一场春雨之后,树木就会挂满嫩绿的小叶了。

还是春天比冬天好,他一边走一边这么想。在返城的最初日子里,对于城市的那种种愤怒,像关在笼子里东扑西撞的鸟儿,被打开笼门放飞了。

铁路局的领导对他很不错,挺亲热。他们答应了他的请求,批准他以接班的名义到铁路来工作。几天后,他就可以穿上一身崭新的蓝色的铁路工作服了。终于在这三百多万人口的城市中占据了一个点,而且这么快这么顺利！他完全没有想到。

"要接父母班的人很多啊,光铁路系统,少说也有两三万！许多当父母的为了早点让返城待业的孩子有个工作,不到五十岁就打报告申请退休哇!能都照顾吗?一下子减少了两三万老工人,增加两三万没有工作经验的年轻人,我们可下不了这个决心啊!不过你例外,因为你父亲是烈士。”

铁路局的领导对他说的这一番话,更加使他感到自己在二十几万返城知青中是很幸运的一个。

那位领导还带领他去参观了铁路工人事迹展览馆。父亲放大了的遗像悬挂在那里。父亲是一名老铁路扳道工,两年多以前父亲用自己的生命避免了一次铁路事故,被火车轧为三段……

“儿子,要孝敬你妈,要疼你妹妹。”

父亲从相框中阴郁地望着他。他仿佛听到了父亲在对他叮嘱。

时间刚过中午,他不饿。也不愿这么早回家去。他想在这座城市里到处走走,到处看看,他不属于这座城市整整十一年了。它对他来说是那么熟悉,可又有许多地方令他感到非常陌生。他有种强烈的欲望,想寻找到什么。寻找什么呢?他一点也不清楚,一点也不明确,但心里确确实实存在着那么一种欲望。也许只是想要在现实中对比一下记忆中长久保留的某些事情而已。

经过市委大楼前,他不由得站住了。他注意到,“文革”中“市革命委员会”的白底红字的牌子,被摘掉了,换上了“文革”前的“市人民委员会”的牌子。还是白底红字,还是那么大小,还是挂在那个地方。两块牌子所不同之处,仅仅在于“革命”和“人民”的区别。但这种区别,却代表了三个不同的历史时期。“文革”前——“文革”中——“文革”后,好比温度计上的“0”。

他想:看来无论是“革命”还是“人民”,都最适合用醒目的白底红字来加以显示,都最适合那么大小,都最适合挂在那个固定的地方。他进而又联想到了代表这座城市的天鹅雕塑。它在“文化革命”中被砸毁了，人们将来还会重新雕塑一个，仍是原先那种姿态的，仍是原先那么大小的，也仍在原先那个地方——松花江畔，青年宫前。仿佛想要飞过松花江，飞到太阳岛去似的。

一场历史性的劫难终于是过去了。他站在那里，内心已经没有了当年那种骚动，那种激情；只有一种类乎凭吊的沉思。当年他是一个中学生，如今他已经快三十岁了，早到了该结婚的年龄了。他不想再激动，唯愿能安安稳稳地开始生活。而且他确信，生活本身也肯定早已消耗尽了能使他和他这一代人像当年那么激动起来的力量了。那种巨大的激动，如同运动员注射了超浓度的兴奋剂以后进行的竞赛，一到终点，人就垮了。那是摧毁人的机体也摧毁社会机体的失常态的力量。即使生活本身仍奇异地具有着这种力量，他也不甘再为这种力量所驱使了。他累了。他曾为“革命”两个字怎样地激动过啊！可是那块被换掉的写着“革命”两字的牌子，宣告他不过是参与了一场举国癫狂的政治游戏。写着“人民”两字的牌子仿佛正睥睨着他，用嘲弄的语调在对他说：“老弟，人民万岁，不需要革命！”

去你妈的“革命”吧！他想。老子今生今世再也不会参与那种“革命”了！让没玩过的下一代再陪你们玩吧！如果他们还像我们这一代当年那么真诚得可悲，那么热忱得愚昧，那么激动得白白浪费感情的话！他仿佛觉得自己血管里时至今日仍沉淀着什么非血质的东西。这种东西会不会使人得心肌梗死，他不知道。但这个国家是进行了一次重大的手术才获得了转机，这他完全明白。这一页翻过去了的历史无疑是严峻的危机四伏的，但留给他这个戴过“红卫兵”袖章的人的记忆却是历历在目的被出卖被强奸般的羞耻！

有多少个日日夜夜，在这里，在市委大楼门前，聚集过成千上万的人群，为了“革命”，以“革命”的名义展开辩论、进行演说、发生冲突乃至武斗。这台阶前的方形石砖地,曾被鲜血染红。

他第一次来到这里,是在老师的带领之下,是他在“无产阶级文化大革命”中的第一次“革命”行动,一次自觉的“革命”行动。

他还记忆犹新,那一天,全校师生都坐在操场上,听“文革领导小组”的人传达什么文件。一位教政治的老师从校园外骑着自行车飞驰而至,一直骑到传达者的桌子前才跳下车,他夺过话筒大声疾呼:“革命的教师们,革命的同学们,有一小撮暴徒无法无天,居然公开在市委大楼前张贴反动标语,写的是:市委不革命,就罢他娘的官!大家想一想啊,市委是在党中央领导下的共产党的市委,共产党是我们的亲爹娘,他们要罢市委他娘的官,不就是要罢党中央的官吗?我们能答应吗?他们正在烧市委大楼啊!十万火急,我们要去捍卫市委呀!革命的教师们,革命的同学们,考验我们每一个人的革命性的时刻到了!……”

这位教政治的老师振臂一呼,全校师生立即响应。于是一千七百多人打着一面横幅大标语旗,浩浩荡荡涌上街头,奔往这里。标语旗上写着:誓死捍卫市委。

至今他仍然认为,当时他们一千七百多人那种情绪,那种激动,那种预备以鲜血和身躯去捍卫什么的精神,是十分真诚而又十分真实的。

没有经历过“文化大革命”的人也许会嘲笑这一点,那就让他们去嘲笑吧,他想。某一时期的历史可能本来就是供后人去嘲笑的。那么这一时期的人们又如何能逃脱被嘲笑的命运呢?

一个人有一个人的命,一代人也有一代人的命。一个人的命运摆布这个人,一代人的命运也摆布这一代人。命运和心肺同在。

他忽然有些暗暗惊诧,觉得自己的思想颇有点思想家的意味。命运和……心肺……不错的联系!我从什么时候起开始爱胡思乱想了呢?他对自己有些不解起来。他反复咀嚼自己的思想,又觉得和迷信的老太太们认命的思想并没什么大区别，也丝毫不比她们深刻。

看来我他妈的永远不可能成为一个思想家，连个平庸的思想家也不可能成为。他不禁自嘲地苦笑了一下。

他的注意力转向了人行道上一株躯干倾斜的老柳树。

当年，他们的队伍就是在走到这株老柳树前时，被军事工程学院“红色造反兵团”的红卫兵们拦截住的，他们那条横幅大标语也被扯掉了。

“十九中的老师和同学们，‘无产阶级文化大革命’是伟大领袖毛主席亲自发动的，为的是将各省、市、地、县的赫鲁晓夫式的人物从党的领导机关中清除出去！你们一不捍卫党中央，二不捍卫毛主席，却要誓死捍卫被一小撮赫鲁晓夫式的野心家、阴谋家所盘踞所把持的市委，你们意欲何为？难道你们要与党中央、毛主席的伟大战略部署对抗吗?！……”

一个军工“红色造反兵团”的红卫兵就爬在那株老柳树上，手持话筒慷慨激昂地对他们演说。

那时，红卫兵运动刚刚在这座城市的几所重点大学里兴起，他们那所中学还没有成立任何红卫兵组织。

身穿军装、腰扎武装带的军事工程学院的男女红卫兵们，虽然不戴领章帽徽，但却一个个英姿飒爽，斗志昂扬，豪情勃发。在他们这些中学生们看来，对方真像一批十分年轻的革命家，像电影《青春之歌》里的卢嘉川们，像“五四”运动时期和“一二·九”运动时期的革命学生领袖们。敬意从中学生们心底油然而生。

那个演说者的话语是怎样地征服了他们这些中学生啊！

是啊，一不捍卫党中央，二不捍卫毛主席，一千七百多人只打了一条横幅标语，却写的是“誓死捍卫市委”，多么荒唐的行动！

而且更主要的是，市委大楼并没有在熊熊燃烧，不过有一条

“火烧市委”的竖写标语从楼顶垂下来。

他们感觉到自己受蒙蔽了,上当了,扮演了与“革命”背道而驰的不光彩的角色。

那个爬在树上的演说者以充满革命正义的声音高声疾呼:“革”命不分先后!造反不分早晚!受蒙蔽无罪!反戈一击有功!……

于是他们一千七百多人的一支队伍,就在一阵阵“革命”的口号声中,四散而溃……

那一天,他心里怀着一种真实的羞耻感回到家里,将自己的校徽从衣服上拽下来,扔进了炉子里。

他耻于再佩戴十九中学的校徽。

也就是从那一天起,那位教政治的老师,成了全校学生的罪人。每一个十九中学的学生都认为他是败坏了十九中学声誉的人,不可饶恕。他似乎也知道了这一点,再也没在学校里露过面。全校第一个红卫兵组织宣布成立那一天,传来了他在家中上吊自杀的消息……

也是在这个地方,在一个秋雨潇潇的夜晚,一名大学生以悲愤的语调向人们进行演说:“革命的市民们,革命的群众们,‘三结合’的‘革命委员会’,是在我们的浴血奋战中诞生的!可是,东北的新曙光刚刚升起之际,‘革命委员会’竟指使一伙武斗暴徒,向我们,曾为它的诞生浴血奋战过的造反派战士,发动了有预谋有部署的突然袭击,抓走我领袖,捣毁我总部,打死打伤我战友,妄图置我们于死地而后快!兔死狗烹,狼子野心何其毒也!……我们现在以革命的名义,以我们死难战友的妻子、孩子、父母和一切亲人的名义,向全市人民募捐!……”

那个大学生的形象,至今印在他记忆中,难以被时间抹去:戴眼镜,头缠纱布,没穿雨衣,一绺湿发贴在额前。路灯将他的脸映得异常苍白，雨水顺着他的衣裾往下淌。还有两个女大学生，抬着一个大笸箩。也没穿雨衣，在潇潇秋雨中肃穆地站立着。

“为了失去父母的孩子们，为了失去儿女的父母们，为了失去丈夫的妻子们，我们向全市……”

悲愤的声音，在夜空回荡。

一支哀默的队伍从人群中穿过。他们肩上抬着担架，担架上盖着白布，白布下显出僵硬的尸体的轮廓……

一只只手，男人的手，女人的手，老人的手，孩子的手，纷纷伸向那个大笸箩……

拾元的，伍元的，贰元的，壹元的，伍角的，贰角的，壹角的，伍分的，贰分的，壹分的……

在那个夜晚，究竟有多少人，将多少钱投入了那个笸箩？一个永远不被人知的数字。

那时，他已经从红卫兵组织中退出来了，并且不再想加入任何一个红卫兵组织。学生惨打老师这类事，在他心中造成了很大的刺激。他不能忍受这种“革命”的行为，甘愿做一个没有组织的“散兵游勇”，可他还是整天在全市到处奔走。哪里有演说，哪里有辩论，他便出现在哪里。在全市各处留下了许多张或者表示支持，或者表示同情，或者表示抗议的大字报。

那一天，他将兜里仅有的三毛七分钱捐献了。从市委到家，有很远的路，他连乘车钱也没给自己留下。

如今回想起来，他觉得当年自己是多么不可思议啊！

在那个雨夜，在这个地方，无数的男人、女人、老人、孩子、工人、学生，也是多么不可思议啊！

而募捐的大学生如果是骗子呢？不，这种可能根本不存在。那是一个政治的年代，即使欺骗，也更多地是在政治方面。

他忽然产生了一个念头，觉得自己应该开始写写关于“文化大革命”的回忆录。

让历史尽情嘲笑我们这一代吧！他想。不过我们这一代还没完蛋呢！我们还没老呢！我们不是已经又回到城市里来了么？看我们将会继续怎样生活吧！看我们将会再如何表现我们的存在吧！城市，城市，你欠我们的，你骗了我们的，我们都要向你讨回来！

一个在市委门前巡逻的武装警察，走到他身边突然问：“你老站在这里干什么？”

他斜视了对方一眼，大为不敬地回答：“不干什么，就是愿意在这里站着。”

对方用警察们特有的目光审视了他一番，命令道：“走！别在这里站着！”

到处都有人干涉你，这他妈的就是城市！他挑衅地反问：“我在这里站着有碍观瞻吗？”

对方瞪着他，警告：“叫你快走就快走，别自找没趣！”

他感到受辱了。这小警察看去不过二十来岁，长着个鹰钩鼻子。他真想使劲揪住对方的鼻子，使对方出出洋相，狼狈狼狈。

但他没有这么做。他知道任性地这么做了会惹出什么麻烦。他眯缝起眼睛瞧了对方片刻，用不屑的目光弥补了自己受辱的心理之后，才悻悻地走开。

他想到母校去看看。于是便跑着赶上了一辆公共汽车，乘了三站，怀着放了很长很长时期假盼望早点开学的小学生的心情来到了母校。

正是上课时间，校园里一个人也没有，静悄悄的。滑冰场溶化了，如一个人工围造的小湖，水平如镜。他走到冰场外换鞋的木凳前坐下去，出神地注视着“湖”面。十一年没进过母校的大门了，十一年没滑过冰了。

母校——不知是谁创造的这个词，它将学生对于自己读过书的学校那种感情表达得多么准确！

他耳边仿佛听到了冰球两队激烈争战的种种声音：球拍击球的声音，球拍击球拍的声音，冰刀刹冰骤停的声音，呼叫声，呐喊声……

当年，冰场曾给他带来极大的骄傲，使他在女同学面前高贵得像一位英名遐迩的骑士。

他自矜地微笑了一下，站起来朝教学楼走去。教学楼的窗框全修好了，玻璃也全镶上了。他抬头仰望着，判断和印证着哪几个窗口是保留在他记忆中的窗口——三楼，左数第四个、第五个，还有第八个，对，就是这三个窗口，当年曾用沙袋和耐火砖构筑成工事……

他像个幽灵似的悄悄走入了教学楼，走到了二楼自己当年那个班的教室门外，站在门侧，踮起脚，从门窗向内窥望。

一位陌生的、很年轻的女教师正在讲代数题："那么，我们将 Y 代入公式 X = 2Y，于是，X = 7，Y = 3.5……这道题就解出来了……"

女教师的声音很明朗，口齿清楚。

讲得不错，没那么多废话。他给她下了一个良好的评语。

女教师瞟了一眼手表，说："还有二十分钟，大家开始作第二和第三道习题。"说着，用一个仿佛习惯了的优雅的动作，将半截粉笔轻轻丢在粉笔盒里，迈下了讲台。

他还希望她讲一道题，她却不再出现在讲台上。

他掏出烟盒，吸着一支烟，不死心地期待着从门窗再窥望到女教师。

他不但认为她课讲得不错，而且还认为她长得挺漂亮，不乏某种女性的风度。

从别的学校调来的？还是刚从师范大学毕业分配来的？在这

么一位女教师的班里学习,大概每一个男学生都想争当数学课代表吧?

他有点嫉妒他们。

“你找谁?”

他转过身,见是一位老校工。

“不找谁,随便看看。”他吐出了一缕烟。

“随便看看?这又不是市场,有什么好看的?还吸烟!把烟掐了!你怎么一点学校的规矩都不懂?上过学没有?”老校工一边说,一边不客气地往楼梯口推他。

他掐灭烟,揣进兜里,尴尬地笑着说:“您别推我呀。要是我没认错,您是杨大爷吧?”

老校工已将他推到楼梯口了,听罢他的话,不由得站住,歪着头辨认他那张胡子拉碴的脸。

“我是王志松呀!当年冰球队的,您不记得了?”

“我记得你干吗?”

老校工对他这个当年为母校争得过无数次荣誉的鼎鼎大名的冰球队长竟毫无特殊印象,不免使他大为扫兴。

他搭讪着问:“孙老师还在吗?就是我们初三四班的班主任孙桂珍老师……”

“她调走了。”

“教语文的庞颖老师呢?”

“退休了。”

“教政治的……”他的话问一半又咽回去了——他刚才在市委大楼前还想到这位老师,此刻却忘了这位老师早已死了。

他一时觉得再没什么可继续问的了。

而老校工似乎也正希望他再没什么可继续问的了。

他留恋地回头向自己当年的教室望了一眼,默默走下楼去。

就在那个教室里，有一天，他们那个组织的红卫兵正在开会，对立派的红卫兵突然闯进来，将他们组织中的每一个人，不分男女，或轻或重地都揍了。唯独对他格外开恩，没碰他一指头。在武斗中冰球"明星"享有豁免权。

但他因为被豁免感到羞惭极了，好像自己是一个内奸似的。趁别人不注意的时候，他暗暗拿起一块带钉子的木板，咬咬牙往自己手背狠击一下……

至今疤痕犹在。

"小子们，好好念书吧！"他心里说，"你们他妈的算赶上好运了，不必像老子这么傻，自己用钉子往手背上来一下了！"

他很遗憾没有窥望到坐在自己那座位上的是个男学生还是个女学生，也因为没有再窥望到那位女教师一眼而感到有些惋惜。

他走出教学楼时，郑重地对老校工说："请代我向全体老师问好！"

老校工十分不耐烦地敷衍他："行行行，快走吧！快走吧！"

怎么连我王志松也不记得了呢？他十分沮丧。

支撑阳台的水泥柱，一新一旧。

他扶着那根新水泥柱，又忆起了当年发生的一幕：他们学校的一个红卫兵组织，是"捍联总"中学支队的一个据点。制造坦克的军工厂的'炮轰派'要拔掉这个据点，出动两辆坦克开进了校园。也许这仅只是一次威胁行动而已。一个临危不惧的女"捍联总"从阳台上投下一枚燃烧瓶，使一辆坦克起火。两辆坦克撤退时，撞倒了一根水泥柱，碾平了校门旁小小的修理钟表的铺子……

他永远也忘不了，一个少女怎样扑在那修理钟表的老头的尸体上，哭喊着："爷爷，爷爷，你死得好惨啊！你死了撇下我可怎么办啊！……"

那一天离开学校，直至到北大荒去，他再也没有跨入过学校。

这件事在他头脑中造成的强烈印象太刺激太难以抹去了。正因为这一点，十一年中，他每次探家，从校门前经过，也不愿进入学校看看。学校的牌子白底黑字，但在他看来那上面是有血的。他甚至不愿向别人承认他曾是这所学校的学生。对于曾是这所学校的女“捍联总”们，他一概冷漠待之。使她们大惑不解，不明白他这个当年的“散兵游勇”，何以会对“捍联总”抱那么深的派性敌对情绪。

下课铃声突然响了。

他匆匆朝校外走去。

他不愿被如今母校的学生们用猜疑的眼光注视……

在那个被坦克碾平的钟表铺的原址，盖起了一所小房。小房的窗玻璃上写着“染发”、“理发”四个字，是用红油漆写的。

他看了一眼，立刻转身。

一只手从后边搭在他肩上。

他回头见是同连的返城知青、好朋友严晓东和姚守义。

“没想到我们会在这儿碰见你！”严晓东仿佛和他三年五载没见面，上上下下打量他，似乎要从他身上看出什么明显的变化。

姚守义问：“你到学校里去了吧？”

“没去。去干什么？”他矢口否认。

有什么必要否认呢？他暗问自己，觉得自己的心理太有点古怪了。怕他们瞧出自己在莫名其妙地撒谎，犯什么猜疑，又补充了一句：“我是闲逛才逛到这儿的。”

严晓东意味深长地说：“闲逛可是一门难掌握的艺术啊，我俩也正实践呐！”

姚守义将一块碎砖用鞋尖挑起来，一腿甩到马路对面的人行道上，说：“我俩本想到学校里去看看，可走到这儿，忽然又都觉得怪没意思的，不想进去了！”

严晓东说:“志松,你还记得吗?有年割麦子,咱俩累得半死不活的,躺在麦堆上,我问你在想什么,你回答我:‘要是有那么十几天,哪怕几天,可以什么事都不做,那真叫幸福!’如今你的话应验了,我们已经三个半月无所事事了,他妈的我可一点也不觉得幸福!”

姚守义幸灾乐祸地嘿嘿笑道:“幸福?幸福是鞋趿拉,穿惯了的人才觉着那玩意儿舒服!”

严晓东耸了一下肩膀,忽然提议,“咱们三个看电影去吧?”

姚守义不动声色地问:“你身上有多少钱?”

“够买三张电影票的就是!”严晓东掏出钱包,炫耀地在手上掂了掂,“到红少年电影院去看怎么样?”钱包是用牛皮纸叠的。

王志松丝毫没有想看电影的心思,为了不扫严晓东的兴,装出非常乐意的样子问:“演什么啊?”

严晓东道:“管它演什么呢,消磨掉一个半小时的时间呗!我们看电影,让我们的灵魂从肚子里爬出来在黑暗中活动活动嘛!”

“你怎么知道灵魂是在肚子里?”姚守义认真地问。

“灵魂不过就是一口气嘛,不闷在肚子里能在哪儿?在脚后跟上?”严晓东继续掂着钱包,预备展开一场辩论的样子。

姚守义趁他不防,掠过钱包,一本正经地说:“我的灵魂可是个经常借酒浇愁的东西!”打开钱包一看,撇了撇嘴,“连张整块的都没有,还不如我阔呢!”说着,将钱包里的毛票钢镚一把全部抓出来,揣进自己衣兜,随手将钱包塞进身旁的垃圾筒,“穷光蛋的钱包最好是放在这类保险箱里!”

“你干什么你!”严晓东生气地将姚守义推开,胳膊伸进垃圾筒去掏,一边说,“还留着坑小偷呢!”

姚守义抱着膀子,撇嘴瞧着他说:“你小子真是缺德到家了!”

严晓东掏了半天也没能掏出自己的钱包,却掏了一手肮脏,先狠狠踢了垃圾筒一脚,后在树干上反复蹭手。

姚守义哈哈大笑起来。

王志松也忍不住笑了。

他本想告诉他们,他已经有工作了。但看出他们分明并不真正开心,觉得这时候告诉了他们,是再愚蠢不过的,便打消了念头,说:"我不跟你们一块儿去,我已经出来好长时间了。而且,从今天起,我要戒酒了。"

姚守义止住笑,皱着眉问:"向什么人发过誓了吗?"

他摇了摇头,挺严肃地回答:"向我自己发了誓。"

姚守义做戏般地长长舒了口气,在他肩上重重拍一下,嘲讽地说:"那你就大可不必装出这么一副严肃的样子啰!一个人向自己发誓,不过是为自己创造违背誓言的机会而已。"

他坚持地说:"我可是认真的。"

"但你没有同时让你的朋友养成尊重你誓言的习惯啊,这可是你考虑不周了!"姚守义说着,翻起他的衣兜来。四个兜都翻遍了,却只翻出两块多钱,显出有些失望的样子看着他,慢悠悠地说:"现在你维护自己的誓言也来得及,需不需要再还给你五分钱乘车?"

严晓东闻了闻自己那只不幸的手,说:"王志松,你他妈的以后要还我一个钱包啊!那天你充阔佬,把我俩的钱包也搭上了,没这么坑人的!"

姚守义说:"别翻小肠!老娘们才翻小肠。你不是还喝了喜酒么?"

严晓东用吃了大亏的口吻说:"可咱俩不能白替他抬花圈满市游行吧!"

王志松默默听着而已。

姚守义又说:"得了得了,找个地方喝几两去!"

于是他们左边一个,右边一个,把王志松半拖半架地劫持走了。

他们走到市场区，走过了几家饭店，对那几家饭店，有名气的字号和高等的门面望而却步，没有进去。最后来到了一个街角上的小小的饭馆，互相看看，站住了。

“就这里啦！‘香得来’，牌号起得不错。”姚守义抬头望着小饭馆字体拙劣的牌子，用作出什么重大决策的语调说。

“香得来阿拉肚皮咕咕响！”严晓东率先大摇大摆地走将进去。

“请吧，返城盟友！”姚守义对王志松姿态优雅地说。

王志松只好不欢不快地跟随在严晓东身后。

这三个返城知青伙伴都走入这个小饭馆后，站在门口环视了一番，占据了墙角一个杯盘狼藉的无人的小桌。

小饭馆里十分肮脏，空气污浊。已有六个醉意醺醺的小伙子，仍围着一张桌子高叫怪嚷地猜拳行令。

严晓东看了他们一眼，说：“这里还怪热闹的啊！”

姚守义却瞅着王志松问：“你怎么不高兴？是不是觉得跟我们到这儿来喝酒辱没了你的身份？”

王志松勉强笑笑，说：“你干吗总挖苦我？”

姚守义说：“你让我瞧着别扭。一块儿喝酒嘛，你那么一副嘴脸多让人觉着扫兴！”将兜里的钱一股脑儿全掏出来，摊在桌子上数，数完了，瞧着那堆毛票钢镚儿，像个阔少似的说，“加上我自己的，一共是四块九毛七，今天咱们全开销了！”

一个二十多岁的穿件油腻工作服的服务员姑娘，斜倚着小柜台，目光从眼角注视着他们。

严晓东大声对她说：“同志，你过来擦擦桌子行不行？”

她拎着抹布，像拎着条黑鱼似的，一扭一晃地走过去，将脏杯子脏碗推到小桌的一端，在半个桌面上胡乱地用抹布滚沾了几下，便一声不响地站到一旁，毫无热情地期待他们点菜。

“一盘花生米,一盘肠,一盘松花蛋,再来六两白酒,要……哪种酒最便宜要哪种吧! 你先算算多少钱?”姚守义越是寒酸,越是要摆出一副腰缠万贯的样子,脸上毫无窘态。

“三块九毛五。”女服务员当即回答。一张敷粉的脸,好像挂了一层霜。严晓东讨好地说:“业务不错啊!”

人家连瞥都没瞥他一眼。

严晓东装出来的那种笑模笑样,一时不知往哪种表情过渡才自然,迷失地留在脸上。

王志松替他觉着难堪,将脸转向了一旁。

姚守义却还要十分郑重地问他:“剩下一块零二分,再添个什么菜?”

女服务员一手托着胳膊肘,一手托着那团能拧出半碗汤水的脏抹布,有点不耐烦。

“呃? 再添个什么菜?”姚守义沉着得让王志松恨不得揍他一顿。

“随便。”王志松压着火,希望那张挂了霜的脸快点离去。

“别添菜了,买两盒烟吧!”严晓东搂过剩下的钱,起身去买烟。王志松看得出来,他是故意如此,使自己脸上的表情有个体面的机会较合理地恢复正常状态。

他买了烟回来后,表情果然改观,搭讪地说:“剩下的钱还够买盘花生米呐!”

姚守义不错过可以嘲弄一下别人的机会,盯着严晓东说:“提醒你一句,那姑娘并不值得你讨好,脸形歪。”

严晓东用一种惭愧的语调回答:“我坐的位置不利,刚才没看出来。”

王志松低声说:“你俩再这么油嘴滑舌的,我可就走了啊!”

姚守义说:“我不反对啊!”看着严晓东问,“你呢?”

“我甚至还表示支持。他那份酒归我了!”姚守义嘲弄的目标转移向王志松,使严晓东挺高兴。

“你们今天存心气我是不是?”王志松又恼又恨地瞪着他俩,瞪了几秒钟,到底还是苦笑起来。

姚守义和严晓东也苦笑了。

一会儿,女服务员将他们要的花生米之类和酒分两次送来,又回到小柜台那里,斜倚歪靠地去继续想她的什么心事。

三个返城知青伙伴同时默默举起了酒杯。

姚守义说:“还要保持在北大荒喝酒时的习惯,不举无名之杯,两位谁来句什么?”

严晓东略一思忖,高声道:“为‘鞋趿拉’!”

“为鞋趿拉？好！‘鞋趿拉’包括一切了:工作,房子,老婆……就为我们返城知青的‘鞋趿拉’,干……一口!”

王志松一脸阴郁地和他的两个朋友碰了一下杯。

不唯那个想心事的女服务员,就连那六个在划拳行令的小伙子,也都朝他们这边拧过头来。

“这酒够冲的!”姚守义说。

“跟咱们的北大荒酒一比差远了去啦!”严晓东说。

“还不如说为‘破鞋’干杯呢!”六个小伙子中,有一个阴阳怪气地说。其余五个,爆发一阵哄笑。

王志松刚触到唇边的酒杯,在这阵哄笑中又缓缓放下了。

严晓东侧转身扫了他们一眼,瞧着王志松和姚守义说:“我想劝他们安静点。”

王志松知道他其实是想干什么,冷冷地说:“你给我老老实实坐着!”

姚守义也说:“算啦,别理他们。”

这时,有一个年轻女子走了进来。

三个返城知青伙伴的目光，不由得都投向了她。从年龄上看，她应该属于他们的同代人。她穿一件咖啡色呢大衣，脖子上搭着一条紫毛线围巾，发式很优雅，长及肩头，恰到好处地烫成几叠波浪，发梢向内收卷，衬着一张白净的眉目文秀的脸。

她的出现，使这小小饭馆里安宁了片刻。

那六个喝醉了酒的小伙子望着她，变成了六只姿态不同的泥人。

那个女服务员，简直是在用一种嫉妒的目光“欢迎”这位顾客。

她见再没有清洁些的位置，便将一只折叠式小圆凳搬到窗前，从呢大衣兜里掏出张报纸展开垫着，而后撩起大衣下摆款款坐定，对女服务员竖起两根细长的手指：“二两面，就放在窗台上吧。”

女服务员懒洋洋地走入后灶，片刻端来一碗面，照她的话放在窗台上，又懒洋洋地退回原处，仍靠着柜台，交臂叉脚，也斜着暗暗打量她。

她从从容容地拉开自己小坤包的拉链，取出一双用白纸包了半截的骨质筷子，似乎不经意地朝王志松瞥了一眼，端起碗，挑起面条文雅地吃着。

他觉得她有点面熟，仿佛在他记忆的深层，朦朦胧胧地存在过她那么一张冷漠而秀丽的脸，却想不起来在什么地方，什么时候曾见过她，并对她保留下了一种似有似无的印象。

她这时又看了他一眼。

他一接触她的目光，马上转移了视线。

他觉得她那目光有些奇特。似乎像个女便衣在注意他的一举一动，也似乎要引起他对她的某种注意。

姚守义盯着他的眼睛问：“秀色可餐是不是？”

“什么？”他装傻充愣。

“一没工作，二没票子，老兄，像咱们这号的，得有点坐怀不乱的修炼啊，别心猿意马！”姚守义挖苦他时，一向不乏好词儿。

“我不是就看了她两眼嘛！”他低声替自己分辩，拿起筷子去夹花生米。

姚守义却将盘子挪到了自己嘴巴底下，对严晓东说：“都是咱俩的，他看着她下酒就可以啦。”

严晓东说：“我也这么认为。”

他狠狠地在桌子底下朝姚守义腿上踢了一脚。

姚守义咧了咧嘴，暗中回敬了他一脚。

严晓东欠起身，将他的酒杯拿过去，说：“反正你是不情愿来的，干脆连酒也别喝了吧，陪我们坐会儿，尽点哥儿们情分。”

他尴尬极了，恼火极了，起身欲走。

严晓东正色道：“坐下！”口气近于命令。

他只好坐下。

“你知道我们两个有多么后悔吗？”严晓东红着眼瞪着他问。

他摇头，不理解这句话从何谈起。

严晓东恨恨地说：“你小子他妈的还摇头，自己做过的缺德事自己连想都不想，真没人味！”

“我没做过对不起朋友的事。”他伸过胳膊，将自己的酒杯又拿在手中，喝了一大口。

“可是你对不起她！对不起徐淑芳！她总归是真心实意地爱过你一场，你那么报复她，缺德不缺德？我们两个没能劝你，反而成了你的帮闲，这种事儿他妈的准叫我们后悔一辈子！什么时候想起来什么时候会后悔！老实告诉你，你小子他妈的在我们俩心目中的形象算彻底玩完啦！”

王志松注视着两个朋友，一时怔怔地说不出话。

他心中痛苦地想：淑芳，淑芳，你在哪儿啊？

你还能当的成别人的老婆么？要是还能当成，就当吧！但愿你能获得点幸福！你迟早总归是要当了一个什么男人的老婆的。你知道我虽报复了你，我的良心为此多么内疚么？幸亏你没死啊，这是命运可怜你和我！一报还一报，就让咱俩的情账从此一笔勾销吧！……

他又喝了一大口酒。

严晓东还欲说什么，姚守义举杯道："喝酒，喝酒！志松，你别信晓东的话，没那么严重。"

王志松恶狠狠地说："以后你们再当着我的面提这件事，我就对你们不客气。"

"再也不提了，再也不提了。"姚守义呷了一口酒，接着说，"男子汉大丈夫，做过的事绝不后悔！谁后悔谁是王八蛋！我返城后做的第一件事，就是报复，所以我理解你。我弟弟对我说：'哥，你得帮我去报复！街头有个坏小子，欺负过我。有次他和另外几个坏小子，把我绑在树上，和一只野猫绑在一起。'我这才知道，他脸上的几道疤是怎么留下的。这他妈的是要影响到他将来找对象的！我问：'以前我探家时你怎么不告诉我？'我弟说：'以前不敢告诉你，怕你找他算账。你走后，他更欺负我！'我说：'如今你不必怕了，你哥返城了！这个仇你哥一定替你报！'晚上，我就让我弟带我去找那个坏小子。我拿了一根大棒，从外面一块块敲碎他家的玻璃，敲得一块都不剩。然后，一脚踹开了他家的门。那坏小子结婚了，已经和老婆孩子躺在被窝里了。他一见我弟，立刻明白了，光着膀子坐起来，低声下气地说：'别吓坏了我爱人和我孩子，你们容我穿上衣服，离开我家，随便你们把我怎么样都行。'他老婆从床上扑下来跪在我跟前，只穿着短裤和内衣，抱住我的一条腿，浑身哆哆嗦嗦地说：'你们就饶了他吧！你们就饶了他吧！我知道他以前做过一些坏事，你们要报复，就报复我。要打，打我。我替他挨着。'孩子吓得哇哇哭，抱住那小子的脖子嚷叫：'爸，我怕，我怕呀！'那一时刻，我突然觉得，自己在一个女人和一个孩子面前，是多么凶恶！那天夜里真冷。西北风呼呼地从没有了玻璃的窗口往屋里灌，刮得墙上的画和挂历哗啦哗啦响。那一家三口冻得瑟瑟发抖，那女人的嘴唇都冻紫了。我手里的棒子无论如何也举不起来了，我一转身走了出去。我弟跟出来，问我：'就这么便宜他了？'我甩手给了我弟一耳光……"

三个返城知青，各自注视着自己的酒杯。

严晓东又饮了一口酒，若有所思地说："某些时候，我们被许多人认为做错了什么事，内心却很坦然。另外一些时候，我们觉得所作所为天经地义，做过之后，良心却会永远不安。他妈的，人为什么要有讲良心的毛病呢？"

王志松拿起酒杯，咕咚一口。

姚守义苦笑了一下，又说："他妈的不谈良心问题了。好人深谈这个问题，也会怀疑自己不是好人了。咱们谈别的。我今天早晨去知青办，他们问我有什么特长。我一想，就我，初中还没毕业就到北大荒去了，赶了十年大车，城市哪有大车让我赶呀？我他妈的什么特长也没有哇！但又不甘心这么回答，便说：'我唯一比别人做得好的事，是能认出自己写的字。'你们俩知道，我写那笔字，像老蟑爬的，别人还真挺难认。对方回答得也挺高：'回家给你爸爸妈妈重读你写的那些家信吧！大概他们因为看不懂，都给你保留着呢！'……他妈的我逗你俩笑，你俩干吗不笑一笑？"

王志松勉强一笑，仿佛在行善。

严晓东朝姚守义伸出了一只手，板着脸冷淡地说："给钱。不给钱绝不笑。"

姚守义在严晓东手背上亲昵地拍了一下，同情地说："卖笑？到这地步了？"

严晓东缩回手，叹口气道："卖笑要是果真能挣钱，老子何乐而不为呢?”突然举起自己的酒杯,小半杯白酒一饮而尽。之后将酒杯朝桌上啪地一放,对姚守义说:“再给我来二两。”

姚守义就从破棉袄衣兜里往外掏钱,掏出两把毛票和钢镚儿,放在桌上,细数起来。数完,笑了,高兴地说:“咱俩可以每人再添二两,还剩一毛七分钱。”

严晓东耸了一下肩膀,遗憾地说:“要是再能添一盘花生米就更带劲儿了。”

姚守义说:“兴许你的愿望还真能得到满足。”脱下破棉袄,仔仔细细地捏袄边儿,口中喃喃自语,“这里有,这里也有,这里还有……今天我他妈的可发了!”将棉袄底边撕开一条,伸进只手去掏,掏出了一把钢镚儿放在桌上,对严晓东说:“数数,还有呢。”

严晓东欣喜异常,就数。

“我这棉袄破,兜也破。破虽破,可掉不到马路上去。”姚守义说着,又掏出了一把钢镚儿放在桌上。

严晓东接着数,数完,笑道:“全算上,六毛二,够添盘花生米了!”

王志松默默瞧着他俩。

这时,那个穿呢大衣的年轻女人吃完了面条,站起身走过来,问王志松:“你是十九中毕业的吧?”

王志松抬起头,疑惑地看着她。

“十九中当年的冰球队长,没错吧?”她的目光一直大胆地注视在他脸上。

王志松更加疑惑,说:“可我并不认识你。”

“还记得吴茵这个名字吗?”她那语调,仿佛一位极富耐心的医生在启发一个失去了记忆的人。

王志松不由得站了起来。

吴茵——这是保留在他头脑中的为数不多的几个人的名字

之一。

哪一个男人能忘记自己中学时代同桌女同学的名字呢？她们对他们来说，意味着“年轮”。

他望着她，努力回忆着她从前俏丽、活泼而任性的模样，想要使自己的记忆与眼前的她达到某种复合，却不能够。

眼睛……

从前她那双眼睛充满富于幻想的青春的神采和魅力。

如今她眼中流露出迷茫和倦意，没有了神采，也没有了魅力。一双与心灵的经络被切断了的眼睛，一双好看的假眼睛。明明在注视着他，却使他感到她并没有看见他。

由少女而少妇，这便是时间的形象的定义。

十一年，才十一年啊，三千九百多天内，从前的一切都改变了。

从一页历史到一双眼睛。

一种惆怅又开始在他心中弥漫。

他犹豫了一下，向她伸出一只手。

她立刻握住了他的手，握得很紧。她的手有些发抖。

人们习惯于把这叫作激动。

你为什么如此激动呢，吴茵？

他暗想。想不明白。

因为他自己并不激动。

他欲抽回手，她却不放开。

他发现两个朋友在朝他挤眉弄眼，他脸红了，几乎是有些不礼貌地抽回了自己的手。

她的脸也红了。看了看严晓东和姚守义，将那只激动的手插进大衣兜。

“来，让咱俩为他们的久别重逢而干杯！”严晓东故作郑重地向姚守义举起了杯。杯中的酒还不够湿嘴唇的。

于是他们碰了一下杯,各作豪饮状。

她又看了他们一眼,从精巧的小坤包里取出钢笔和一个小小的记事本,扯下一页,在上面写了几行字,交给王志松,说:"我在晚报当记者,这是我们报社的地址和电话号码,以后我们常联系好么?"

他点了一下头。

她对他微微一笑,转身欲走。

"记者同志!"姚守义大声叫住她,问,"能不能借我们几块钱啊?"他已喝醉了。

她略一怔,随即拉开小坤包,拿出拾元钱放在桌上,一句话不说就走出去了。

王志松拿起那拾元钱,要追上去,还给她。

姚守义眼疾手快,将拾元钱一把抢在手里,说:"挺大方的,够意思。"

严晓东接着说:"该同志是个好同志。"

他俩相视哈哈大笑。

"你们存心出我的洋相是不是?!"王志松恨不得把桌子掀了。

那两个仍借着醉意尽情大笑。

恼怒之下,他真想走掉。又怕他们醉倒了,无人关照,忍着一肚子气重新落座。

严晓东首先收住笑,说:"借你同学拾元钱你就这么生气呀?至于么?我们是借,不是讨小钱。有了工作,还她就是!"

邻桌那伙人中,有一个怪声怪调地大叫一句:"好借好还,再借不难呀!"

那伙人便也爆发一阵哄堂大笑。他们中的另一个,摇摇晃晃地起身走过来拿酱油壶。手一抖,酱油撒了严晓东一身,却对他不理不睬,好像他不是个人似的。

严晓东一把抓住他的衣角，问："你妈没教过你怎么道歉吗？"

那是个穿夹克的青年，连眼睛都喝红了。他扭回头嬉皮笑脸地说："哥儿们，就你这破棉袄，也值得我向你道歉？"

姚守义霍地站了起来，虎视眈眈地吼道："破棉袄？这叫兵团服！一百年后，兴许就是一件历史文物，你他妈的乖乖道歉！"

邻桌那一伙，纷纷站起。

王志松离开座位，费了好大劲才掰开严晓东抓住对方衣角的那只手，在对方肩上拍了一下，宽宏大量地说："他醉了，别跟他一般见识！"

对方哼了一声，悻悻然回到伙伴中。

王志松又对两个朋友说："咱们走！"

"不走！"严晓东说，"我还没喝够呢！"又对姚守义说，"再来一瓶酒，点几个像样的菜。"

他是真醉了。

姚守义分明也有七分醉了。他尚未起身，一只肮脏的小手伸到了他眼皮底下——是个讨饭的小男孩。不知何时从外面溜进来的。

姚守义没好气地说："别向我们要，向他们要。我们也快到了和你差不多的地步了！"说着，就将那讨饭的小男孩往邻桌推。

刚才洒了严晓东一身酱油的那个说："哥儿们，太不仗义了吧？你要是把那张'大团结'给了，我们全都连钱包施舍了，怎么样？"掏出钱包，大模大样地放在桌上。

其余的人也都掏出钱包放在桌上。

他们一个个望着姚守义笑。

姚守义瞧瞧那讨饭的小男孩，又瞧瞧严晓东，一时发呆。

"这还犹豫！"严晓东火了，从姚守义手中夺过钱，给了那小男孩，随即站起身，走到邻桌，就要去收桌上的钱包。

他们却都将钱包迅速从桌上拿起，揣进各自衣兜，之后一阵嘻嘻哈哈。

“傻蛋，你上当了！哥儿们跟你闹着玩呢！”

那个“皮夹克”笑得尤其开心。

讨饭的小男孩趁机溜之大吉。

严晓东的脸扭歪了。

王志松还没来得及拉开他，他已一拳将“皮夹克”连人带椅子打翻在地。

那一伙发声喊，同时朝严晓东扑了上去。

“晓东别怕，哥儿们来了！”姚守义像条狼犬，跳过来转眼投入了“战斗”。

王志松起初还不动手，只是拉架。脸上挨了一拳之后，理智全无，由着心中勃起的一股莫名野性大显其争凶斗狠的威风。

小小饭馆，桌倾椅倒，盘飞碗碎。

对方毕竟人多，三个返城知青先后被打翻在地。他们发一声喊，撤出了小饭馆。

三个返城知青刚刚爬起，女服务员引着几名公安警察堵住了门口……

半小时后，三个返城知青被关进了公安分局的拘留所。

严晓东和姚守义的酒劲发作过去了，大惭不已，耷拉着脑袋靠在一起。

王志松无心责备两个朋友，坐在他们对面一声不吭揉着肿了的手腕。

姚守义忽然说：“我他妈的饿了。”

严晓东接着说：“我也他妈的饿了。”

王志松也饿了。

姚守义又对严晓东说：“都他妈的是你惹出来的事！”

严晓东承认："是啊，是啊。不知道为什么，从返城那一天起，我心里就憋着股火，想跟谁打一架。"

"你可算如愿以偿了。"姚守义挖苦他。

"起码不后悔。终于打了一架，心里痛快多了。只是连累了你俩，觉得抱歉。"严晓东讷讷地说。

王志松终于开口："你知道你惹这一架对我意味着什么吗？"

两个朋友一齐瞧着他，不做声。

王志松自言自语："今天我已经有了工作，明天就开始上班。被拘留个三天五天的，单位知道了，还会要我吗？"

一阵长久的沉默。

"你为什么到了这种地方才告诉我们？"严晓东用极低的声音说。

"我有工作了，你们两个还在待业，我怕告诉了你们，使你们心中更忧烦啊！"王志松说罢，又不禁长叹了一口气。

严晓东起身离开姚守义，坐到了王志松身旁，将他的一只手握住了。半天，才挤出一句不着边际的话："今天星期几？"

王志松明知他是在无话找话，不回答。

姚守义却低声呻吟了起来。

王志松和严晓东瞧着他，以为他装模作样。

姚守义的呻吟越来越响。他双手紧捂肚子，贴着墙壁渐渐躺倒在水泥地上。

王志松和严晓东仍瞧着他，不动也不做声。

姚守义佝偻着身子，不断呻吟着，在冰凉的水泥地上翻滚着。

王志松和严晓东终于觉得他确是真正在经受着某种痛苦，慌了，连忙凑过去，左边一个，右边一个，蹲在他身旁不安地问：

"守义，你怎么了？"

"胃疼还是肚子疼？说话呀！"

“胃里难受……肚子……也疼……疼得……他妈的厉害……”姚守义断断续续地说。

“活该！谁叫你空着肚子喝那么多酒！”王志松恨恨地说着，将他上身扶起，靠在自己怀里。

严晓东解开姚守义的棉袄扣，替他按摩肚子。

“我……我要吐……”姚守义说罢张大了嘴。

“忍住一会儿！”王志松迅速脱下棉袄，接着脱下旧绒衣，铺在地上，说：“往我绒衣上吐。也许我们得在这儿呆上几天，得注意环境卫生。”

他刚说完，姚守义哇地吐了。

他轻轻给姚守义捶着背。

姚守义又吐了好些。

严晓东待他吐完了，将绒衣小心地卷起，放在墙角。然后蹲在姚守义跟前，轻声问：“守义，你觉得怎么样了啊？”

“冷，从心里往外冷。”姚守义浑身哆嗦。

王志松将他更紧地搂在怀里。

严晓东也脱下棉袄，抱起姚守义的双腿，将棉袄垫在他屁股底下。

王志松对严晓东吩咐：“把我的棉袄裹在他身上。”

严晓东照办后，问姚守义：“守义，还觉着那么冷不？把这儿的人喊来？我真怕你是急性阑尾炎什么的。”

姚守义说：“我的阑尾几年前就在北大荒割掉了。”

王志松说：“拘留所真是个好地方，你俩在这儿变得多懂事多乖啊！”

姚守义说：“志松，再把我搂紧点。他妈的我好像掉在冰窖里了。”

王志松更紧更紧地将姚守义搂在怀里。

严晓东脱去棉袄,上身就只剩一件薄线衣了。

“拘留所里为什么不安上暖气呢?”他嘟哝,见王志松比自己更惨,只穿一件衬衣,便在王志松身边坐下,互相用体温取暖。

这三个返城知识青年,此后谁也不吭一声。在这个没有暖气的拘留所里,耐心地等待着对他们的发落。

两小时后,拘留所里黑暗下来了。

严晓东说:“他妈的,连个灯也没有。”

姚守义说:“冷……”

王志松什么也不说。

他觉得偎在自己怀中的姚守义,像个偎在母亲怀中生病的孩子,对姚守义产生了一种母亲般的怜悯。他也感到很冷很冷,姚守义是从心里往外冷,他是从外往心里冷。此时此刻,他真希望能靠在一个温暖的怀抱里。他便靠在严晓冬的怀里。

严晓东的怀抱却并不温暖。他坐在冰凉的水泥地下,靠着冰凉的墙壁,瑟瑟发抖。

只有姚守义应该说是暖和的,屁股下垫着严晓东的棉袄,身上裹着王志松的棉袄。

可他仍说冷。

失去了自由,黑暗,冷,使三个返城知青变得比以往任何时候都理智了,也使他们对发生过的和以后将要发生的任何事情都无所谓了。

他们无所谓地期待着对他们的发落。

除了冷和黑暗,他们心中不再抱怨什么。

走廊里传来了脚步声,越走越近。

三个返城知青就那么坐着,一动未动。

拘留室包着铁皮的门开了,黑暗中一道手电光照射在他们脸上。王志松和严晓东被晃得闭上了眼睛。

姚守义闭着的眼睛却连眼皮都没动一下,他用请求的语调低声说:“志松,替我要杯热水吧。”

“你们出来!”手电灭了。

王志松说:“我们有一个病了。”

“放你们走,你们还啰嗦什么!”黑暗中,那个声音非常严厉。

第一个作出反应的竟是姚守义。

“我没病,我们立刻走,立刻走! ……”他噌地站了起来。

王志松和严晓东也紧接着站了起来,各自从地上捡起棉袄,一左一右扶着姚守义往外就走。

手电又亮了一下:“你们谁的绒衣,脱在这干什么?”

“我的。”王志松赶快从墙角抓起了自己的旧绒衣。

手电光照射在绒衣上。对方显然产生了什么怀疑。

“这里挺热,所以就脱下来了。”

手电光一挑,照射在他脸上。

他佯装出获得宽恕者的感恩不尽的笑。

“挺热? 酒劲烧的吧?”

手电光灭了。

三个返城知青,跟在一位公安警察身后,走在肃静的公安局拘留所的长廊。

严晓东说:“我真他妈的想大笑一场。”

王志松说:“忍住。”

姚守义说:“出去了再笑。”

那位公安警察,头也不回地走在他们前面,走进值班室去了。

他们在值班室外站住了,彼此疑惑地瞧着。

严晓东说:“不是放咱们走么?”

姚守义说:“我也这么理解。”

王志松说:“那咱们走。”

于是他们就继续朝前走。

走到外面，他们同时看见大门口的路灯下站着吴茵。她向他们迎来。

她在他们跟前站住，说："是我给公安局长打了电话，求他下令放你们。"

姚守义说："借你那十块钱，等我一有了工作就还你，我守信义。"

王志松说："我替他还你。"

吴茵说："你们就用这样的话感激我？"

严晓东说："感激留着你的同学对你表示吧。"又向王志松说，"我和守义不奉陪了啊。"顺手接过王志松手中的绒衣，扶着姚守义缓缓走了。

两个中学同学面对面站着，一时无言。

王志松心中充满了羞惭。

吴茵主动开口说："真想不到。"

王志松问："什么？"

吴茵说："今天碰见你。"

王志松说："觉得给你丢脸了吧？"

吴茵说："不。挺高兴的。"

"以后再对你表示感激行么？"

"我希望现在。"

"那我对你说——谢谢。"

吴茵摇头："陪我走走行吗？"

他并不愿意。他急着回家，急着要将自己从明天起有了工作这件重要的事告诉母亲和妹妹，还急着看到他的孩子。是的，他已经有了一个孩子，虽然还没有妻子。

但是他没有理由拒绝她。

他总得报答她。为自己,也为严晓东和姚守义。

他不理解她为什么碰见了自己“挺高兴的”;不理解她为什么要替他们向公安局长说情;不理解她为什么希望自己陪她“走走”。他如今已对任何事情都没心思去理解了。从明天起好好干他得到了的工作,侍奉老母亲,关心妹妹,将他的孩子抚养成人。这些个信念足够支撑他认真地生活下去了。他这么认为。

所以他只默默对她点了一下头。

他陪着她一路无言地走到了松花江畔。

月光之下,冰封的江面消失在对岸的黑夜中,使他联想到了北大荒的雪原。一盏盏路灯像一双双冷漠的眼睛,发呆地盯着马路。行人寥寥,来去匆匆。

吴茵转过身,靠着一根栏杆,久久地望着他。

在离他们不远的地方,有一对情侣,互相搂抱着,一动也不动,如同雕塑。仿佛在那里就那么个样子站立一个世纪了。

他们不觉得腿酸,大概也不会觉得冷。爱情使男人和女人都变得这么可笑!他想。徐淑芳,徐淑芳,我要忘掉你。我爱过了,而且真心实意地爱过了。对一个男人来说,这足够了。他暗暗对自己说。

他不再看那对情侣,希望他陪她走到这里,“任务”已经完成。

“十一年了。”她终于低声说。

这句话他懂。

“对。”他说。

“十一年来我们第一次见面。”

“对。”

“还记得吗?我曾给你写过情书。”

他记得,初二的事。那时他高傲得很。既不屑于主动讨女同学们的欢心,也将女同学们对他的亲近一概视为轻薄。这就更使某些女同学对他这位冰球队长痴心。她便是其中的一个。他用她写给他的情书叠了几只小狗,放在她的书桌里,那时他太不懂得尊重别人。她虽然受到伤害,可是并不怨恨他。继续给他写情书。他也就经常往她的书桌里放情书叠的小狗。后来他感到这种“游戏”腻烦了,就向班主任老师提出换座。他与另一个女同学同桌的那一天,放学后,她在路上拦住他,眼泪汪汪地恨恨地对他说:“你瞧着,到头来你还得和我坐在一起。”从此她找碴与每一个和她同桌的男同学吵架。一个半月后,老师无可奈何,只好又将她和他调在了一张课桌。他在一张纸条上警告她:“再给我写情书,小心我揍你!”她在这同一张纸条上写的是:“不写也可以,你得对我非常友好。”

作为一个条件,他答应了。每次中学冰球赛,她都获准替他抱着衣物和鞋,坐在换场队员座位上观看的特权。她拥有这种特权直至临近初中毕业。老师认为他们这种“关系”颇不正常,觉得有责任找她严肃地谈一次话。

老师问她:“你是不是在追求王志松?”

她诚实而坦白地回答:“是的。”

老师又问:“难道你不明白中学生谈情说爱是不好的事情吗?”

她反问老师:“有什么不好?”

老师指出:“影响学习。”

她继续反问:“我的学习成绩下降了吗?”

老师无话可说。她的学习成绩从未下降过,哪一门功课在全班都属优秀。

老师最后警告她:“总之中学生恋爱是不好的。”

她生气了:“可是我们并没有恋爱。”

老师也恼了:“那你和他这种关系究竟算怎么回事?”

她理直气壮地说:“我不过是想先占有他的感情,为以后再爱打下基础！考试还不能临阵磨枪呢，我有什么错？”

老师居然被她驳得理屈词穷。

老师和她的谈话，被他在教室外全部偷听了。

他在校门口等到她，对她说：“吴茵啊吴茵，你何必跟老师争论呢？我答应将来肯定爱你行了吧？可是明天你得对老师去讲清楚，我俩之间，仅仅是你在追求我，我并没对你有过什么特殊的表示。你有责任替我澄清这个事实。”

她竟天真地问：“我替你澄清了这个事实，你将来就肯定爱我吗？”

他说：“当然真的！”是真在骗她。

“一言为定！”她对他的哄小孩般的假话信以为真。

她当时那副样子快乐极了！

第二天，她果然替他向老师“澄清”了所谓“事实”。

爱情的无私只有在某些少女身上才能够得到令人信服的验证。只要给她们一个爱的希望、爱的信念，她们会心甘情愿为所爱的人尽各种各样的“责任”，并浪漫地从中体味着爱的幸福。她们为对方付出的牺牲愈大，愈加感到爱的真实。

向名牌高中保送生吴茵，被在全校宣布取消了保送资格。

直至那一天，她所获得的全部爱的快乐和爱的幸福，不过就是在她所爱的人进行冰球比赛时，忠于职守地替他抱着衣物和鞋。还有，他“回赠”她的十几只情书叠的小狗。

他觉得非常对不起她，非常内疚。

她反而安慰他：“我才不在乎取消了保送资格呢！通过考试进入名牌高中，更能使我感到骄傲！”

她因终于为所爱的人作出了重大的牺牲，而感到爱得踏实多了，爱得自信多了。

…………

面对当年曾那么痴心地爱过自己的中学女同学，刚从拘留所被放出来的当年的中学生冰球队队长，心中不由得产生了一种往事不堪回首的惭愧感。他忽然对她警觉起来，猜测她也许正是为了当年他欠下她那笔“情债”，今天欲向他实行报复。是啊，她有权报复。他想。因为爱他，仅仅因为爱他，她当年被视为全校最“轻浮”、思想意识最“复杂”的女生。甚至在她的品行鉴定中，也记载了“违反校规早恋，屡经批评不改”这样一条。而他，却背着她几乎对所有的同学都宣布过“她纠缠我是她的过错，我对她根本没半点好感！”以此显示自己的高傲，以此维护冰球队队长的“名誉”。使她成为全校男女同学公开嘲弄的对象，使她伤心地不止痛哭过一次。如今，她是记者；他从明天起才是一个铁路扳道工。她认识公安局长，一个电话，就使他和他的两个朋友从拘留所被放了出来。她当然还会认识许多和公安局长一样有权力的人物。而谁还记得他这个十多年前全省中学三连冠的冰球队队长呢？她只消对他说自己当年居然那么痴心那么钟情地爱过他，是一件多么多么荒唐多么多么可笑多么多么傻的事，就能够将他的自尊心整个儿砸进冰封的松花江里去！

他一这么想，便认定了她希望他陪她“走走”的动机，正是为了实行报复。

“当年我很对不起你，我很坏。”他低声说，在她的注视下，觉得无地自容。一列火车从江桥上驰过，为了避开她的注视，他的目光追随火车望向遥远的黑夜。

她却说：“你送给我的那些情书叠的小狗，我仍珍藏着，一共十三只。如果你当初还会叠别的什么小动物，我就有一个动物园了。”

他的心像被一只无形的手紧攥了一下。

十三封情书啊，一个少女的纯真的情愫，一个中学生所能想象得出的表达爱情的形容和比喻,都包括在其中了。

可他竟连一封也没认真看过。

也没对她说过一句哪怕是友好的话。

他不禁地收回目光看她,见她依然在目不转睛地注视自己。月光下,她的眼睛是明亮的,却没有热情。

一双大而冷的眼睛。

他的心又像被一只无形的手紧攥了一下。

不知为什么,他有点怕她那样子的笑。姚守义和严晓东就常像她那样子笑,他们那样子笑的时候,是什么都不在乎的时候。他们说他有时候也那样子笑,他有时候也怕自己。

她忽然转过身去。

他迟疑地问:“我可以走了么?”只想快点离开她,回家去。

她说:“你走吧。”并不转身。

他走了。

走了几步,他又站住,回头看她,见她伫立在那儿,犹豫了一下,走了回来。

“我再陪你走走?”

“不用。”

“让我再陪你走走吧。”他几乎是在请求了。同时他心里暗想:我他妈这是图的什么?

她缓缓转过身来,凝视他。

她的眼睛在对他说:“谢谢。”

他们默默沿着江畔向前走,走过那一对雕塑般的情侣身旁。

他们一动不动,还是那个样子,好像还要那个样子在那个地方再站上一个世纪。

他们走过青年宫。它前面的场地被江畔的路灯和它的门灯照耀得如同白昼,显得又空旷又寂寥又冷清。

他说:“这儿好像缺点什么。”

她说:“你忘了?这儿原有一尊天鹅雕塑,‘文革’中被砸了。”

他回头朝那对情侣看了一眼,又说:“把那一对摆在这也挺好的。”

她也回头朝那对情侣看了一眼,说:“我倒真想变成一尊雕塑,摆在这儿。不过希望能被雕成中学时代的样子。”

无形的手又攥他的心。

直到这时,他才意识到,他确是欠了她很多很多,比他所能想象到的还多。远非陪她“走走”、“再走走”所能抵偿的。

他心里很难过。

他们不知不觉地走到了江桥下面。

她站住了,用极低的声音说:“陪我过一次江桥吧。”

江桥在夜色中沉默。

他抬起头望着它,觉得它仿佛是具有生命的,不过此刻睡了。

他和她曾一块儿从它身上走过。一块儿走过去,一块跑回来。跑回来是因为走过去后下大雨了。那天是他的生日,她送给他一柄冰球拍,是用她平时积攒下的零钱从体育用品商店买的。他嘲笑她多此一举,声明自己使用惯了学校发的那柄旧冰球拍,根本不会用她送给他的。她就伤心地哭了,他费了不少唇舌才将她哄好。

她说:“那你得陪我过一次江桥。”

他不忍心拒绝。

从江桥上跑下来后,他俩的衣服都淋湿了,躲在桥洞避雨。

她冷得发抖,可是在快活地笑。

她告诉他,那是她第一次过江桥。

“我永远忘不了这一天,是你陪着我一块儿过江桥的。”说这话时,她的表情那么幸福。

她问:“你将来肯定爱我吗?”

他说:“肯定。”

她又问:“什么时候算将来呢?”

他说:“等我们长大了吧。”

“什么时候算长大了呢?”

“二十七八岁的时候。”

“还要等十多年啊。”

“你要爱,就得等。”

“我等。”

“那你等吧。”

“那你现在得吻我一下。”

他轻轻在她脸蛋上吻了一下,同时心中暗想:小丫头,你等不了那么久便会着急慌忙地嫁人的。

那一天,他说的那一切话,不过都是在哄她,像一个大哥哥哄一个小妹妹。

不能白要她一柄冰球拍,总得还赠给她点高兴——他从不占别人的便宜。

人的回忆像打水漂的石头……

他在心中对她说:吴茵吴茵,我当年欠你的,我今天晚上都还你!你如果愿意,我陪你来回在江桥上过一百次!他妈的,我怎么欠下别人那么多啊!却没有一个人对我说曾欠下过我点什么应该抵偿……

他心中产生了一种孩子般的委屈。

“也许我耽误你的时间太久了,你走吧?”

“别把我看得那么自私。”他有些生气地说,挽住她的手臂,和她同步踏上了江桥台阶。

江桥沉默着。

冰封的松花江也沉默着。

江桥仿佛一个巨人的手臂，它搂着一个肌肤洁白的美人儿的身体在熟睡，它的梦境连接着对岸的黑夜。

他们一步步登上了江桥，缓缓走在它的梦境之中，缓缓走向对岸的黑夜。

月亮在他们头顶上伴着他们一齐走。

“我真傻。”她边走边说。

江桥竟也是能产生回音的。她的话声在钢铁的支架间缭绕——“我真傻，我真傻，我真傻……”

“记得吗？‘文革’中，我参加了‘炮轰派’，你参加了‘捍联总’。我们两派的大喇叭天天广播最高指示：革命群众没有必要分成势不两立的两大派组织。可我们就是势不两立。每天，你们在教学楼里喊消灭‘炮轰派’的狗崽子们。我们就在操场上列队跑步，边跑边喊：锻炼身体，准备夺权！那时我常想，总有一天，我们会瓦解你们，夺取到政权，在学校建立一个真正的‘三结合’革命委员会。我要以革命的名义亲自审问你，迫使你在真正的革命造反派面前低下头来。只要你肯低下头来，承认你们是假革命派，我就当众拥抱你，吻你。后来，我们‘炮轰派’的据点一〇一厂，也被你们‘捍联总’攻陷了。那是真正的战斗哇，你说不是吗？每一面迎窗的墙壁上都布满了弹洞，我们一共死了十七个人。你还记得杨宏良吗？就是在咱们学校两次数学竞赛中获得第一名的那个男生，戴眼镜，脸挺白的，秀气得像个女生。他就死在我身边。他从窗下站起来喊了一句：‘我们炮轰战士誓死不……’没喊完就倒下去了，子弹正打在他眉心……他死在我怀里。我一点都没怕，掏出手绢替他擦去了脸上的血，替他抚上了眼睛。还将他被打断了的眼镜用血手绢包上，放入胸罩里，想要亲手交给他的爸爸妈妈……然后我就拿起枪朝外射击。子弹打光了，又拿起了杨宏良的枪继续射击。是的，那是真正的战斗。我们每一个人都视死如归，非常英勇……你们终于占领了我们的阵地，我们有的人跳楼了，剩下的人，被迫举起双手，从同一个楼口走出去。两个你们‘捍联总’的人，守在楼口两边，手中拿着刀子，往我们每一个走出来的‘炮轰派’身上都扎一刀。我是流着眼泪从那个楼口走出来的。他们问我哭什么，说只要我喊一句‘炮轰派’完蛋了，就放我。我回答：‘我哭，是因为我不能像捍卫巴黎公社的女战士那么英勇地牺牲，作了你们的俘虏，我感到羞耻。’他们就往我身上扎了好几刀，有一刀扎在我左胸上。还好，他们没往我脸上来一刀……”

她站住了，一肩斜靠着桥栏，俯视着江面。

冰封的江面像一个睡美人儿的窈窕的身体。

她嘴角又浮现那么一种使他害怕的冷笑。

“围攻一〇一厂的时候，我已经成了逍遥派，那天没去。”他用自己勉强听得到的声音说，似乎是在替自己辩解什么。

“你很幸运，”她说，“那是一场噩梦。”

月亮也停止了移动，悬在他们头顶上，倾听着她的话，也倾听着他的话。

“再后来上山下乡运动开始了，你们都先后报名到北大荒去了，我一个人回到了我父亲的老家——安徽农村。那个村子生活很苦，只有我一个知识青年。我宁肯孤独，也不愿和许多熟悉的人在一起。我想忘掉一切，也希望被一切人忘掉。只有一个人我无法忘掉，那就是你。我几乎每天、每时、每刻都在想你，想你，想你……想着你对我说过，你将来肯定做我的丈夫。我给你写过许多许多封信，却不知应该往何处寄。写一封，放在小箱子里保存起一封。我想，总有一天，你会突然出现在我面前，对我说：‘我来做你的丈夫了！’我相信你的话，胜过相信最高指示。我在对你的希望中熬过了两年多孤独的生活。‘文化大革命’还在继续，但是对于我，它结束了。我却想错了，有一天，一辆吉普车开进了村里，两个公安人员将我戴上手铐铐走了。他们说我在守卫一〇一厂那一天打死过人，我像一个逃犯似的被从安徽农村押回了我们这座城市。我生平第一次被审讯，被关入了真正的牢房。审讯我的是当年‘捍联总’的一个头头，当上了公检法的什么‘领导小组’成员。他有一天单独提审我，忽然对我变得客客气气，对我说，我的命运就掌握在他的手中。我完全相信他的话。我究竟打死过人没有，我自己也不知道，也没有证人。那一天‘炮轰派’死了十七个，‘捍联总’死了十三个。说不定那十三个人中有一个人是死在我的子弹之下。他说只要我答应和他结婚，他就有权宣布我无罪，还可以在城市替我找一个理想的工作。如果我不答应，那么他有足够的证据判我死罪，至少是无期徒刑。‘还要开万人大会公审你。’他说。‘还要将你交给那些死去的捍联总烈士的家属，让他们拿你解解恨。’他说。‘炮轰派，已经定为反动组织，我们想怎么处置你就怎么处置你。’他说。他说的这些话使我内心害怕极了。就是在那个时刻，我心中还想到你。我想只有你才能救我。我想即使你不能从他手中救出我，我也要再见你一面，告诉你，我爱你是怎样的真心实意。我对你的爱绝不是一个女中学生的轻浮。我请求他给我一段时间，一段自由。我一获得自由，就到处打听你家的住址。终于打听到了，去找，你们家却搬了。又去新的住址找，见到了你母亲和你妹妹。她们拿出你的照片给我看，还拿出徐淑芳的照片给我看。她们告诉我，你和她已经是对象了。真没想到，你会爱上我们班最老实的、中学时代和你接触最少的一个女同学。我原以为，只要找到你的家，就会得到你的通讯地址。一个星期内，你就会收到我的电报。你就会不顾一切地回到城市，至少会在我最最渴望见到你的时候，你能够回到城市来让我见上你一面……我所得到的却是彻底的绝望……我想死，又不忍心使爸爸妈妈遭受打击。我那时才明白，你当年对我说的话，是不认真的，是说着玩的，是骗我的……”

江桥震颤了。

一只独眼从对岸的黑夜之中射过来一束探照灯般的强光。

一列火车接连发出三声长嘶,犹如一头猛兽风驰电掣地冲到江桥上。

一个伤感的梦境破碎了。

一团雾气吞掉了两个身影。

江桥的钢铁骨架仿佛在抖动,仿佛顷刻就要解体。

松花江却依然像个身体窈窕雪白的睡美人似的安眠着。

当一切都重新归于宁静之后,两个身影又在雾气弥漫中渐渐显示出来了。

雾气纱绢一般,从江桥上飘落到松花江上。

月亮没移动。

她仍周身缭绕着雾的纱绢。

他说:“我们往前走……”

她朝对岸的黑夜看了一眼,摇摇头:“不,我害怕了……”

“那,我们往回走。”

“等一会儿,我头有点晕。”

“……”

“我如今怕高处,一站在高处,就想往下跳,好像有只手从背后推我。我倒不是想死,我如今很怕死。我是想飞。我总觉得自己只要从高处往下一跳,就会凌空飞起来。像只鸟似的,自由自在地飞,想飞多高就飞多高,想飞多久就飞多久,想落在什么地方就落在什么地方……”

她说得很天真,她笑得很古怪。

月光下,她的脸色苍白。那双眼睛愈发显得大而空,美而冷。

他也害怕极了。

他害怕再有一列火车开上江桥，再有一团雾气吞掉他们，雾气过后，她“飞”了……

“我们下去……”他抓住她的一只手就往回走。

“如今我们可算长大了，是不是？”

“是的。我们长大了。”

“我想回去。”

“我送你回去。”

“我想回到少女的时代。”

“……”

他紧紧抓住她的一只手，像领着一个小女孩似的，领着她匆匆往回走。走下了江桥，走在来的路上。

她忽然站住，使劲从他手中抽出她的手，低声说：“我到家了……”

他便站住了。

他们站在一幢楼前。

她抬起头，又说：“你看，四楼，那个粉红色窗帘的窗口，就是我的家。”

他也便抬头仰望。

“你没忘怎么叠小狗吧？”

“没忘。”

“我还留着那些情书，你要是愿意，哪天我送给你，闲得没事时，你可以叠小狗玩。”

那只无形的手已经把他的心攥碎了。

当他从那个粉红色窗帘的窗口收回目光，她已不知何时悄无声息地隐入楼里去了。

他想：在那粉红色的后面，每天都进行着什么呢？……

吴茵，吴茵，我真对不起你。还有你，淑芳，我更对不起你。还有你们,晓东和守义,我多想给你们一点安慰,可是我顾不上你们了。从明天起,我的时间将不属于你们了。我不能够再陪你们在马路上闲荡,也不能够再陪你们在哪家小酒馆里喝酒了……

哥儿们,工作会有的。迟早会有的,要耐心地等待,等待……他妈的我们已经付出了那么多,就再付出一点耐心吧!

他怀着种种的惆怅种种的失落回到了家中。

母亲躺在炕上,躺在孩子身边。

妹妹坐在凳子上发呆。

他问妹妹:“妈病了?”

妹妹不回答,起身把饭菜给他端上了桌子,神情忧郁地退出了里屋。

他端起饭碗,目光落在孩子身上。他不由得放下了饭碗,走到炕前,双手撑着炕沿,俯身注视孩子的脸。孩子睡得很甜,含着自己的一根指头。

母亲坐了起来,问:“工作的事定下了?”

“定下了,明天就开始上班。”他的目光仍注视在孩子脸上。

“跟妈讲实话,这孩子……究竟……怎么回事?”

“妈,我不骗你了。这孩子,并不是别人委托给我抚养的。我回来那天,在火车站,有一个上海女知青,将这孩子遗弃给一位解放军了。那解放军又将这孩子送到了站长值班室。站长不知如何是好,要让这位解放军把这孩子送到失物招领处去。我想,这孩子是我们北大荒知青的后代,他不应该没有爸爸和妈妈,我就将他抱回来了……”

“那……今后怎么办?”母亲犯愁地望着他。

“我要把这孩子抚养成人。”他坚定地说。

妹妹从外屋走进来了,说:“哥,我喜欢他。我帮你抚养他!我真怕你把他再送人!”

“我谁也不送!”他说着,在那孩子的小脸蛋上,轻轻地吻了一下。

他心里说:“儿子,快长吧……”

第七章

三十支红色小蜡烛，插满一个五斤重的大生日蛋糕。

全家人围桌而坐，预备向姚玉慧祝贺生日。

蛋糕是母亲买的，蜡烛是妹妹插的。

一九七九年过去了。一九八〇年的最初几天也过去了。一年的概念压缩在她返城后一晃而过的日子里，使她切身体会到了“年华如水”这四个字所包含的咄咄逼人的意味。

每人的一生中都有几个年龄界线使人对生命产生一种紧迫感，一种惶惑。二十五岁、三十岁、三十五岁。二十五岁之前我们总以为我们的生活还没有开始，而青春正从我们身旁一天天悄然逝去。当我们不经意地就跨过了这人生的第一个界线后，我们才往往大吃一惊，但那被诗人们赞美为“黄金时代”的年华已永远不再属于我们。我们不免对前面的两个界线望而却步，幻想着要逗留在二十五岁和三十岁之间。二十五岁到三十岁之间的年华，如同白天照射在墙壁上的光影。你看不出它的移动。你一旦发现它确是移动了，白天已经接近黄昏它暗了，马上就要消失，于是你懵懵懂懂地跨过了人生的第二个界线……

三十支小蜡烛，给姚玉慧的生日增添了类似宗教的色彩。望着它们所形成的一小片辉煌，充满在她心间的，不是快乐，而是无边无际的惆怅和茫然。烛光晃在她对面的父亲的脸上，父亲身穿黑色毛衣，虔诚地注视着她。她觉得父亲像个教士，虔诚的表情是故作给她看的。她明白，父亲和母亲一样，因为她已经三十岁了暗暗感到烦恼。她也知道父亲此时此刻坐在她对面，坐在母亲身旁，并非为了使她高兴，不过是为了使母亲高兴。

女儿们的十岁生日能给予父亲们以快乐。

女儿们的二十岁生日能给予父亲们以欣慰。

三十岁了而未嫁的女儿们的生日，能给她们的父亲们带来什么美好的情绪呢？

母亲竟希望女儿的三十岁生日能造成一种欢娱的家庭气氛！

一个三十岁的，没有工作的，对任何男人都毫无吸引力的老姑娘的生日，和这样的一个老姑娘的追悼会没什么区别，同样造不成什么富有诗意的气氛。

弟弟坐在她左边，妹妹坐在她右边。

弟弟送给她一件生日礼物——一条白色的纯毛长围巾。妹妹告诉她，那原本是他买了送给倩倩的，可是他那个瓷洋娃娃不喜欢白色，不要。

当弟弟将它作为生日礼物送给她时，她问清价格，采取一手钱，一手货的方式接受了。钱是向妹妹“借”的。她正缺一条长围巾，省得自己去买了，返城后她最不愿涉足的地方就是商店。一个二十九岁的，不，一个已经三十岁的，没有工作的，对任何男人都毫无吸引力的老姑娘，无所谓喜欢什么颜色或不喜欢什么颜色。

女性选择颜色其实不是用眼而是用心；她内心里没有色彩。

弟弟还装模作样地说：“姐你这是干吗？为什么要给我钱啊？我可是特意给你买的呀，白色象征高洁！”

她听了很生气，反唇相讥：“我比你那个瓷洋娃娃更高洁？”

所以这会儿弟弟多少有点尴尬地躲避着她的目光。

只有妹妹的快乐是由衷的。妹妹分明将给她过生日当成一场游戏。

妹妹比父亲比母亲更爱她。她不愿扫妹妹的兴，也不愿使父亲和母亲在此时此刻感到什么不愉快，于是她就笑，企图用虚假的笑来烘托这场家庭“游戏”的气氛。

母亲见她笑了，母亲也笑了。

父亲见母亲笑了，父亲也笑了。

她明白，父亲和母亲的笑，是向她这个长女的一种牵强的表示——证明他们作为父亲和作为母亲，对于她从今天已经三十岁了这件事，还是满心欢喜的，起码并不忧烦。她太明白了。

她也知道父亲和母亲脸上一边笑心里一边想的是什么。他们准是在想——如果有一个男人以他们未来女婿的身份在座，欢娱气氛才算完美无缺。

他们需要一个女婿比她自己需要一个丈夫的心情迫切得多。

市长家有一个嫁不出去的老姑娘，比普通人家有一个嫁不出去的老姑娘更会引起种种闲言碎语。

她很理解父亲和母亲能够对她作出那种欢喜的微笑是多么不容易。

她忽然觉得自己在这个家庭中很多余，忽然意识到，在她还没有来得及完全由一个“教导员”重新变成一个女人时，她已经无形中给父母造成了很沉重的心理负担。

也许我根本就不应该返城？她想……

妹妹迫不及待地大声嚷：“吹呀！”

她知道应该一支一支吹灭蜡烛。

她吸一大口气，噗地吹去，希望一口就将三十支蜡烛全吹灭。

可怜，只吹灭了四支。

她又深吸一口气，想再来一次就结束这场家庭“游戏”。

“嗨，别那么性急！……”妹妹在她后背上拍了一下。

妹妹希望玩得从从容容，郑重其事。

母亲皱起了眉头。

她赶紧笑。

我可不能使全家人扫兴，她想，我得陪全家人将这场“游戏”进行到底。

“三十年呐，你一口气吹不灭的。”弟弟终于有了一个机会挖苦她。

不知从哪一天起，弟弟好像与她在感情上产生了某种隔阂。大概因为她不喜欢倩倩。不错，她承认自己对那个漂亮的瓷洋娃娃多少存在一点女性的嫉妒心理。嫉妒对方比自己年轻，嫉妒对方有一张对男性们具有吸引力的脸，嫉妒对方是个美人儿，还嫉妒对方时时处处都善于恰到好处地显示自己的美的那种无拘无束的女性本能。而她自己则完全丧失掉了这种本能，刚刚重新开始意识到自己是一个女性。但所有这一切嫉妒并非是她不喜欢倩倩的原因。不，绝对不是。恰恰相反，许多比自己年轻，脸蛋比自己漂亮的姑娘都能够获得她的好感。作为一个女性，她有嫉妒心理，但却从未因此而敌视过谁。

她不喜欢那个瓷洋娃娃是因为那个瓷洋娃娃居然敢对她表示怜悯和同情。

她不能够忍受这一点。

瓷洋娃娃虽不曾对她说过什么怜悯和同情的话，但那种流露出怜悯和同情的目光，常常使她想大声叫嚷：“别用这种目光看我！”

谁怜悯我，谁同情我，谁就等于侮辱我！这种思想从她返城那一天就在她头脑中深深扎根了。

这乃是她——二十九岁的，不，三十岁的，没有工作的，对任何男人毫无吸引力的老姑娘的尊严。

好几次她想对那个瓷洋娃娃说：“可爱的小鸟儿，你除了可爱之外还趁什么更有意义更有价值的资本？你怜悯我同情我太不够档次!”

瓷洋娃娃到家中来的次数少了,所以弟弟对她怀着心照不宣的怨恼。

她被弟弟挖苦了一句之后,瞪了弟弟一眼,冷冷地说:“你今后再敢挖苦我,你那个瓷洋娃娃来了,我就把她轰出去!”

弟弟倏地站起,要离去,被母亲一把扯住,不得已悻悻坐下。

父亲责备地注视着她。

母亲不满地说:“玉慧,从你返城以后,全家人在哪点上对你关心得不够?”

妹妹嚷:“得了得了,这又不是谈判桌,蜡都淌到蛋糕上了,姐你还不快吹!……”

她不再说什么,接连吸气猛吹。

当最后一支蜡烛被姚玉慧吹灭时,姚守义在家中穿完了第一百零三支糖葫芦。

家,对孩子们是一座城堡:他们在外受到威胁时就赶快往家里逃。对中年人是一个王国:最最普通的男人或女人在家里可能是颐指气使,说一不二的君主。对老头老太太们是事业,是江山社稷:儿孙满堂使他们感到劳苦功高。

对返城知识青年们,家究竟意味着什么呢?十年前他们哭着闹着喊着叫着毅然决然地不顾一切地离家而去,又究竟为什么十年后他们二十八九甚至三十多岁了,真正到了不应该再恋家的年龄了,反而哭着闹着喊着叫着毅然决然地不顾一切地返回城市扑进家门呢?为什么?究竟为什么呢?

他们毅然决然地返回城市,急急切切地扑进家门,乃是因为他们省悟到从“红卫兵时代”到“上山下乡运动”,他们原来不过是石头。“席佛西斯的石头”。他们被一位巨人滚上山顶,然后从山顶滚下来,然后再被那位巨人滚上山顶,再滚下来……这是席佛西斯的事业。席佛西斯是不知疲倦的,因为那巨人是神。可他们的血肉之躯已再经不起几番滚动,滚动中他们遍体鳞伤。他们最初认为这种不间断的滚动即是他们作为一代人的使命,可后来他们的头脑终于在滚动中产生了怀疑。这是本能的清醒。他们终于向席佛西斯也向他们自己呻吟着发问:这种滚动的目的何在?

席佛西斯不回答。

那位巨人是神,也是一页历史,也是一个时代。

而一代人再也不甘心充满热情地作神的石头。

他们十年前离开家门是为了去寻找他们要寻找的东西,结果他们什么也没寻找到。他们十年后扑进家门是因为寻找累了,心灰意冷。他们扑进家门是预备第二次迈出家门,是预备开始他们人生的第二次寻找。东西南北中,这一次他们预备按照他们自己的意志认定一个去向。即使旧巢毁坏了,燕子也要在那个地方盘旋几圈才飞向别处。这是生物本能。即使家庭分化改组了,作儿子作女儿的也要回到家里看看再考虑自己今后的生活打算。这是人性。

家对返城知识青年们已不再是城堡,因为他们不再是孩子。

家也并非他们的王国,因为他们的家庭地位依然是孩子。

他们原本希望对家庭对父母一尽儿女的义务和责任,现实却使他们成了家庭成了父母的负担和烦愁,过去是如今依然是。城市在他们每一个人的身上都写下了两个看不见的“红字”——待业。

如果说当年的知青教导员对待业感到的不过是茫然和惆怅的话,那么姚守义们对待业感到的则是内心的痛苦和强烈的愤怒了。

幸亏这会儿他跟前放着一大盆山楂。幸亏一个姑娘,不,一个少妇,不,一个年轻的母亲和他面对面坐着,和他一块儿穿糖葫芦。

否则，他可能又会去找严晓东，两人一块儿凑点钱，到某个街头巷尾的肮脏小饭馆借酒浇愁。

年轻的母亲有一张女孩般的娃娃脸。孩子的脸却是长得像个小老头，描几道皱纹画上几撇胡子就更像了。

山楂么，是一等的山楂，又红又大，瞧着就使人嘴里酸溜溜的。

女人本身就是耐心，就是力量，就是男人们将许多事情做好的最可靠的保证，是稳定男人情绪的万应灵丹，尤其一个女人不难看是这样；难看的女人另当别论。

姚守义放下第一百零三支糖葫芦，立刻拿起第一百零四根竹签子，并且向年轻的母亲提出倡议："咱俩把剩下这点山楂都穿完了怎么样？"

剩下那"点"山楂起码还够他和她每人再穿一百零三串的。

她抬起头看了他一眼，笑笑，乐意地说："行啊，反正我今晚也没什么事儿可干。"

姚守义忽然觉得这个晚上是他返城后心情最佳的一个晚上。

女人居然还能启发一个男人的想象力。

姚守义的头脑本不富于想象，但是将一等的、又红又大的山楂想象成玛瑙、珠宝、玉石球什么的，这种浪漫思维他的头脑还是够用的。在奇妙而有限的想象中，他觉得自己仿佛是一位充满自信的艺匠。穿糖葫芦颇有艺术工作的情趣。他手中那把"文化大革命"中用来刻主席头像的刻刀，也就仿佛成了雕刻家手里的艺术工具，遗憾的是在每个山楂上只能来一刀，使他获得的艺术满足太有限。好在这一刀挺讲究分寸，切口过深过长不行，那样一个完美的整体就变为两个红彤彤的"半球"了，就不好穿了，勉强穿上也不好看了。切口要不深不浅，不长不短。一刀下去，又红又大的一个一等山楂，咧开一张笑口，像没长牙齿的婴儿的笑口。然后呢，用刀尖小心地剔出山楂核，再轻轻将那可爱的笑口合上。六个山楂穿一串，一支体体面面的糖葫芦就完成了一半工序。每穿完一支，他都要自我欣赏几秒钟，才满意地放下。

这个工作是他从今天起才获得的临时工作，是为一家冰棍厂加工。那家冰棍厂夏天做冰棍，冬天做糖葫芦。这事儿原是同院一个无职无业的孤身老头赖以糊口的营生。街道为了照顾那老头，开了介绍信出面替老头与冰棍厂订下长期合同。几天前老头死了。街道主任来到姚守义家，对他母亲说："每月能挣三十几块钱呢，让守义干吧，我看他挺适合干这活。"母亲自是千恩万谢的。他也不得不赔着笑脸说些"承蒙照顾"的话。至于街道主任根据什么认为他"挺适合干这活"，他却百思不得其解。街道主任还诡秘地叮嘱他和母亲："你们千万别对外院的人讲啊，外院的人家知道了，该说我这个街道主任偏向你们守义了！"这话他信。这条街道上就有二十三个返城待业知青，有活可干的还是第一个。每月能挣三十几块钱，二十三个返城待业知青哪一个也不会拒绝这种机会。他们在兵团的最初几年，每月也不过才挣三十二块钱。只要是个能挣钱而又合法的机会，哪一个返城待业知青都会一把抓牢不放松的。过后他问母亲街道主任为什么对他姚守义这般恩典？母亲说："你爸不是从木材加工厂为人家买了一方木柴嘛！"

当他面对两大盆山楂和一大捆竹签子在小板凳上坐下时，他觉得自己的命运和前途都够酸的。转而想，自己毕竟从此和一个单位——一家冰棍厂建立了某种关系，返城后那颗无着无落的心，便安定了许多许多。他甚至认为有必要让父亲再给街道主任从木材加工厂买一方"内部价格"的木柴，然后求她将那份"长期合同"上的死去了的老头的名字，改成他姚守义的名字。

从穿糖葫芦中体味到"艺术工作"的情趣，那是在她开始和他一块儿"共事"之后才渐渐达到的一种境界。

她领着孩子来时，他刚穿了五六支。

“大娘不在家?”声音很低,有些喑哑。

他抬起头,见她一脚门里,一脚门外,正犹豫着进不进屋。黑色短呢上衣,红围巾,灰的卡单裤罩在棉裤外,翻毛皮鞋。他竟丝毫也没看出她是一个返城女知青。要是她不领着一个孩子,他会误以为她是刚念到初一下学期的弟弟的班主任老师来家访。

“收电费去了。”他说罢就又低下头去穿糖葫芦。待业知青的社会地位,使他在任何年轻女性面前都不由得产生羞惭心理。

“那……我等大娘一会儿行么?”

“行。”他觉得她问得好笑。心想:你又不是来到了什么大干部家里,我也不是首长秘书,何必如此!

她解开围巾,在另一只小板凳上坐下,瞧着他穿糖葫芦,那孩子则老老实实地偎靠着她。

他的双手变得笨拙了。

“你工作有着落了?”

“就算有了吧。”

“干什么?”

“就干这个。”

“自己卖?”

“我倒想自己卖,没许可证……”他忽然记起了街道主任的叮嘱,警惕地抬起头看了她一眼:“你问这些干吗?”

“待业知青见了待业知青,不问这些问什么呢?”她长叹一口气。

“你也是待业知青?”他开始对她另眼相看了。

她微微点了一下头。

“你不说,瞧不出来。”

“怕的就是走在马路上让别人瞧出来啊!”她又长叹一口气。

“返城知青就那么卑贱?”他盯着她问,放下了刚拿起的一根竹签子。

她苦笑着说:“我倒没这么想过。其实我是不愿意再穿那身兵团服,统统叫我烧了。一看见兵团服,不论穿在谁身上,就想到了孩子他爸……”

“孩子他爸……不在了?”

“在。在上海。说起来话就长了。我到北大荒那一年才十六,是老大。身下三个弟弟两个妹妹,一个比一个小两岁。我妈也真够可以的,隔两年就给我爸生一个。四十五岁前就生下了我们六个。要不是我爸死得早,我妈兴许还能给我生下几个弟弟妹妹呢!我有时候常想,计划生育早实行十几年就好了,那我不就也是一个被父母娇生惯养的独生女啦?还不早留城参加工作了?还会有返城待业这一天?……”

姚守义觉得她抱怨计划生育实行得晚与返城知青的命运之间没多少必然的联系,打断她的话,很认真地反驳道:“那可不一定。就算你是独生女,当年兴许也会不顾父母的坚决反对,哭着闹着自愿报名上山下乡。知青中这样的还少哇?”

“可我要是个独生女,同样待业,那滋味也大不相同啊!我们姐弟六个,当年上山下乡了一半。如今都返城了,都待业。都老大不小的。我妈的头发,从我返城那一天起,眼见着一天一天全白了。不说我妈了,还说我自己吧!到了北大荒两年后,我就结婚了。不结婚也不行了,有了这孩子了。怀着五个月的孩子,允许我们结婚的前几天,我还接受了一场批判教育。我想结婚就结婚吧,扎根就扎根吧,我当初并没指望有返城这一天啊!我是一心一意想在北大荒建立个小家庭。咱们知青一年四季的活多累呀!我还养鸡养鸭养鹅,每年都腌几坛子鸡蛋鸭蛋和鹅蛋,每次探家我往我家带,他往他家带。没见过比我们孩子他爸更好吃懒做的上海知青啦!有滋有味的,我都让给他吃。锄地,割大豆,他躺在家里装病,我一个人锄两垅,割两垅。他每年都要回上海探一次家,一回去就是三四个月。我俩的工资差不多是他一个人花。有时他人在上海,我还要月月往上海给他寄生活费。他家里的日子过得也挺艰难的。我想啊,我们是夫妻,不是外人。夫妻之间什么都不能计较。计较谁花钱多,谁为家庭操劳少,那还叫夫妻吗?他没怎么疼爱过孩子,孩子差不多就是我一个人抚养大的。十年内我没探过几次家。我宁可自己少探家,也要节省下钱给他作往返上海的路费。他倒也算下了十年乡,十年中能有四年是在上海。他总说自己有病,总说自己身体这不好,那不好,不能累着,也不能缺乏营养,还不能心烦生气。他怎么说,我怎么信。我想他是我丈夫,我是他妻子,我不心疼他谁心疼他?我不照顾他谁照顾他呢?那些年我哪儿是个妻子啊,我像是两个孩子的妈。孩子一天天长大了,他一天天胖了,三口之家就苦了我一个。知青们瞧不起我,认为我没出息,甘愿当女仆。老职工和家属们却夸我,都说:'谁能找这么个老婆算是一辈子的大福气啦!'我比听了贬斥我的话心里还难受。没当别人老婆的时候,我想,我将来要找的丈夫,他必须得爱我,疼我,处处关心我体贴我,宝贝着我,将我当妻子又将我当女儿才行!当女儿时没得到的当妻子后我要得到。梦!大返城了,他要回上海。明摆着,我和孩子到上海落不上户口。我苦苦哀求他跟我一块儿回咱们这座城市,他不同意。他说他是上海人,一定得回上海。一辈子落脚在北方城市他生活不习惯。我求别人帮我劝他。劝来劝去,他还是'回上海'三个字,我生气了,说:'以后长年两地分居,谁会像我这么体贴你?那种生活你受得了么?'直到那时我还以为他离开了我就不行呢!还习惯地将他当成个孩子。他却说:'车到山前必有路!'就这么样,火车到了咱们这座城市,我抱着孩子下了车,他留在车上,从车窗口跟我和孩子告别。火车开走了,我抱着孩子追火车,从站台这头追到站台那头,泪流满面自己不知道,心里一下子变得空空荡荡的……”

姚守义没想到她竟会向自己倾诉这么多,倾诉得这么坦率,无遮无掩。

她瞧着一盆山楂发呆,似乎说得累了。她脸上倒也没有什么悲伤,倒也没有什么抱怨,连点委屈的表情也没有,仿佛她心里直至此时依然空荡荡的。

那孩子不知何时悄悄摸了一颗山楂拿在手里,极想吃而不敢吃,见姚守义看他,两眼一眨不眨地瞪着姚守义,拿着山楂的小手怯怯地伸向盆,将一颗在手中攥了多时的山楂又放在了盆内。

姚守义发现孩子的眼睛很像母亲的眼睛,单眼皮,长眼角,眼神儿忽而呆愣,忽而游移。

“吃吧。”他抓起了一把山楂揣进孩子衣兜。

“这怎么行！……”她从孩子兜里掏出那把山楂,放入盆内,说:“你这肯定有数的。”

“那怕什么？不就是少穿几串嘛!”他接连抓了几把山楂,将孩子的两兜都揣满了。

“快谢谢大大!”她感激地对他微笑了一下。

“谢谢大大!”孩子用细小的声音说,两只小手紧按着左右衣兜,仿佛怕母亲再将山楂掏出。

二十八的返城知青,有生以来第一次被一个孩子当面叫“大大”。他脸红了,有些不好意思起来。

她也脸红了,说:“我还不知咱俩谁年龄大呢,就让孩子叫你‘大大’了,你可别见怪啊!”

姚守义憨厚地笑了:“肯定是我大。我今年二十八了,你二十几?”

“我二十六。”她大胆地盯着他的脸:“瞧你不像二十八的样子。”

“你在返城知青中算年龄小的了。”他低下头说。

“带着这孩子,我倒觉着自己比所有的返城知青都大好几岁。”她说完,又沉默起来,依然瞧着盆山楂发呆。

姚守义想:返城知青的命运,大概个个都像山楂吧?

那孩子从兜里摸出一颗山楂,咬了一口,立刻闭上了眼睛,发寒似的浑身打了个哆嗦。

他问:“酸?”

孩子回答:“酸……”

当母亲的斥道:“酸你还吃!”

孩子瞧着那颗咬了一口的山楂,不知如何是好。

他又低声问她:“后来呢?”

她苦笑道:“后来就离了呗。”

“离了? ……”

“嗯。他给我写的第一封信就提出要离婚,我想他一定疯了。借了一笔钱,带着孩子到上海找他。他一见我们母子的面,哭了。我和孩子也哭。我想他肯定会因为写了那封信后悔不及。他哭够了,却说:‘既然你来了,咱们就把离婚手续在上海办妥了吧!’

“我说:‘我是和儿子千里迢迢看你来的,不是和你离婚来的。’

“他说:‘我恳求你和我离了吧! 我是上海人啊! 我好不容易才回到上海,再也不能离开上海了! 你得尊重我一个上海人的生活习惯啊!’

“我问他:‘是老婆孩子对你重要,还是上海对你重要?’

“他说:‘反正我是无论如何再也不能离开上海的。长期两地分居,还莫如早离早散,重作各自的生活打算。’

“听他的话,好像理全在他那一边了。我的眼泪禁不住又淌出来了,问:‘孩子怎么办? 难道让孩子没父亲?’

“他说:‘你怎么这样死心眼呢? 你还年轻,长得也不难看,找

一个合适的人再结婚完全来得及。你今后跟谁结婚谁就是孩子的父亲呗!'

“我问:‘你有良心吗?’

“他说:‘我怎么没有良心啊?没有良心我会觉得对不起你和孩子吗?会一见你和孩子的面就哭吗?’

“我说:‘那么证明你是不爱我啦?’

“他说:‘事到如今,对你讲实话吧,我从来就没爱过你啊!’

“我说:‘你不爱我当初为什么追求我?还跟我结婚?你这不是坑我吗?’

“他说:‘是啊是啊,我这个人从小就很自私,还很怕苦。我当初追求你,是因为我心里空虚。我和你结婚,不是不得已嘛!另外呢,我考虑结婚对我也没什么坏处。在北大荒有个人处处体贴我,周周到到地侍候我,也是我当初求之不得的。你看,我有一说一,有二说二,全是大实话。我不是也觉得挺对不起你的吗?我内心里永远永远感激你。咱们早离早散,好离好散,你将会在我心中永远永远留下一个美好的无私的形象,留下一段不能忘怀的回忆。我们今后甚至还可以通信,甚至还可以互相探望,如同两个真正的战友。夫妻关系完结了,一种特殊的友谊开始了……’

“我就哇哇大哭起来。

“除了哭,我还有什么话可对他说的呢?

“那天晚上,我带着孩子来到了外滩。我真想一横心抱着孩子跳黄浦江。我想:到了这种境地还活个什么劲呢?干脆死了算!可又那么怕死。我就抱着孩子坐在外滩的石凳上,望着黄浦江想啊想的,只想是继续活下去还是干脆一死。后来我终于想明白了,觉得自己不能死。更不能让孩子跟我一块儿死。还没到非死不可的境地呢!我不但要活下去,还要努力争取活得像个样!我还没幸福地生活过呢,死了太对不起自己。第二天,我就心平气和地和他办理了离婚手续。第三天，我就买了回来的火车票。他还算是有良心，将我们母子送到了火车上，临开车交给我四百元钱。我只留了二百，为了孩子……”

她脸上依然没有悲伤，没有抱怨，连点委屈的表情也没有，只有一丝苦笑挂在她一边的嘴角上。

她那苦笑使姚守义心里感到异常不好受。

“他妈的混账王八蛋！”他突然冲口而出骂了一句。

她吃惊地抬起头看他。

他却看着那孩子，将孩子一把拉到了跟前。

孩子不明白他要将自己怎么样，畏缩地默默地往母亲那边挣身。

他紧紧抓住孩子的一只手，两眼盯着孩子那张小脸儿，问：“想你爸么？”

“想……”那孩子几乎快哭了。

“听着，”他狠狠地说，“你不必想他！你爸爸是个狗崽子！混账王八蛋！就是这么回事。你长大了要到上海去找到他，狠狠揍他一顿！”

孩子哇地哭了。

母亲抓住孩子另一只手，将孩子拽到怀里，生气地对他抗议道：“你干什么你？！你有什么权力对我的儿子骂他的爸爸！……”她紧紧将孩子搂在怀里，用自己的脸颊去贴孩子的小脸儿，两束愤怒的目光射向他。

姚守义不知所措了。他缓缓站起，背转过身去说：“请原谅……”

她也站起，凛凛地说：“别跟我来这套！像听故事似的听我讲，听我讲完了，就当面侮辱我，还侮辱我的儿子！……你才是个混账王八蛋！狗崽子！”

她扯着儿子的手就往外走。

“你给我站住!”他大吼一句。

她站住了,扭回头,微微眯起眼睛,轻蔑地瞧着他。

“你……我……”他不知说什么好。

那孩子从左右兜里将山楂掏出来,放进山楂盆内。连衣兜布也翻到外面了,仿佛是有意给他看——没带走你一颗山楂。

二十八岁的小伙子突然大发雷霆。他挥舞了一下手臂,又吼起来:“你走吧！难道你他妈的就没看出来,我这心里多为你难过吗？听了不难过的才是混账王八蛋,才是狗崽子！……”

他呼呼地喘着粗气。

她一动也不动,就那样瞧着他。

孩子往外拖她。

她仍然一动也不动。

他们彼此眈眈地盯视着。

不知是什么在他们心间起了作用,彼此盯视的目光渐渐变成了彼此凝视的目光。

凝视是超时间超空间的述说,是两颗心灵直接而无限度的沟通。

孩子不理解地,茫然地分别望着两个大人。

她嘴角终于又浮现了一丝苦笑。她微微晃动了一下头,不好意思地说:“真是的,我们怎么会吵起来呢!”

姚守义固执地嘟哝:“反正他就是一个混账王八蛋,狗崽子……”

“那就随你的便吧,”她宽宥地说:“不过我绝不允许你今后再教我的儿子如何怨恨他的父亲!”

“我教他如何作你的好儿子行么?”他非常认真地问。

她低头看了孩子一眼,很自信地说:“这我自己会。”一只手轻轻地爱抚着孩子的头发。

姚守义的母亲这时候回来了,他赶快又坐下穿糖葫芦。

姚大娘瞅瞅儿子,又瞅瞅她,奇怪地问:“你两个刚才都站着干吗呀?”

姚守义的脸倏地一下子红到了耳后根。

她忍住笑看了他一眼,说:“我正要走,他起身送我。”

“老李家的电费把我算糊涂了。”大娘走进里屋,放下收齐的电费,走出来问:“有事?”

她说:“就是我上次来求过您那件事呀,”将孩子朝大娘跟前轻轻推去,“叫姥姥。”

孩子乖顺地叫了一声“姥姥”。

姚守义敏感地听出,那孩子的声调中,有一种儿童的忧伤,有一种向大人们寻求怜爱的乞望。

他心里好不是滋味。

竹签子将一串山楂穿透了。

大娘呵斥道:“你那是穿糖葫芦哇,还是穿算盘珠子哇?”

“我腻味了!”姚守义嘟哝一句,将那串不成样子的东西朝山楂盆里一丢,站起来走进里屋去了。

里屋比外屋大五六米,像低等旅店房间似的,三面都摆着床。一张双人木床靠着正墙,四张单人铁床“更上一层楼”,靠着左墙右墙。一张旧桌子受到不公正的排挤,傲踞房间正中。暖瓶、茶壶茶杯、闹钟花瓶烟灰缸,和其他一些零碎,分庭抗礼地占领了大半个桌面。花瓶里的一束塑料花,已不知是何年何月插入其中的,落满灰尘。姚大娘舍不得扔掉,没闲工夫也没那份心思洗净它,它也就那样黑不拉叽死皮赖脸地永远“开放”着。半块玻璃板下,压着一张奖状,上面用隶书字体写着姚守义的名字。那是他有一年在兵团被评为“五好战士”得的。十年来他也就得过这么一张奖状。物以稀为贵。大娘认为一个家庭连份奖状都没有,未免太不成体统,所以对它挺看重。姚守义返城后第一天就发现了它,想从玻璃板下抽出来撕了,结果挨了姚大娘重重的一巴掌。

他说:"妈,'五好战士'、'四好连队'是当年按林彪假突出政治那一套搞的,这份光荣早过时了!"其实他想撕掉它,另有原因。他觉得它是对自己的一种讽刺。

妈却说:"我才不管什么真突出政治假突出政治的! 反正光荣没有过时的。林彪坏,全国那么多'五好战士'难道也随着变成了不好的战士么? 还讲不讲究点辩证法?"

妈的"辩证法"以妈的特权为"理论基础"。姚守义只好任凭自己过了时的光荣经常从玻璃板下向他反射着透明的嘲笑。

他的妹妹当年没去成兵团,不得不到呼兰县农村插队。后来抽到了县里,在一个小小的酱菜厂当工人。几年前这无论对她自己还是对全家人来说,都是可喜可贺的好运气。如今呢,好运气导致了坏结果,她成了吃商品粮的"工人阶级",便不能够按知青政策返城了。她给姚守义找了一个呼兰县糕点厂的"工人阶级"妹夫,姚守义还没见过妹夫是"长白糕"还是"黑列巴"。妹妹来的信,他返城后给妈念过两封了,有股酱醋味。

他和弟弟睡上下床。床焊得不结实。为了安全,弟弟"压迫"哥哥。初中生每天临睡前,都要偷偷用一块破镜片反复照那张当年被野猫爪子"抚摸"过的脸。这情形使他每天重温自己替弟弟复仇那桩好汉行为,不无忏悔地想到那家的玻璃是否镶上了,那家的老婆孩子那一夜晚是否冻病了,是否被他吓坏了。

对面的双层铁床原先睡的是他的父亲母亲。父亲十几年前被电锯锯掉了右手,上上下下不方便。身体肥胖的母亲不得不像只老猫似的每天小心翼翼地作她所不情愿作的"减肥运动"。

那张双人木床原先是爷爷和奶奶睡的。

他返城后,见父亲母亲已“继承”了那张双人木床,不问心里便明白了。

他从北大荒给爷爷奶奶带回了几棵人参。

他却对父亲母亲说:“爸爸,妈妈,这是我给你们带回来滋补身体的。”

他是很爱爷爷奶奶的,爷爷奶奶也很爱他这个长孙。

人参泡进了白酒瓶子里,父亲却一口也没喝过……

他仰躺在自己的床上,头枕双手,倾听母亲和她在外屋说话。

她向他讲了自己的命运,他却还不知道她的名字。

他并不想知道。她也是一个返城知青,比自己目前所处的境地更艰难,他认为了解了这些就已经等于了解了她的一切,他妈的名字不过就是一个人的符号。

他听到她充满憧憬地说:“我决定了要跟那个老鞋匠学掌鞋。学成了,我就什么也不怕了。城里靠掌鞋谋生的人不少,他说他要到各县里去挣钱。我呢,想跟着他好好学,一年半载的我不在乎。我妈为我操的心不少了,我这个当女儿的不能再让她替我照顾孩子。您老就千万答应替我照顾吧!人人都说您心眼好,孩子长久托付给您我不牵挂!无论我跟随他走到哪儿,保证月月按时给您寄钱来。十五块您要嫌少,二十也行啊!……”

他听到母亲为难地说:“我上次是顺口答应了你,可现在……你瞧守义又揽下了这穿糖葫芦的活,我这家里里外外的,全靠我一个人两只手了。有空儿,我也得帮守义穿糖葫芦呀!你没听见他刚才的话么?刚穿了十几支就腻烦了,哪儿是个有长性的呀,今后还不成了我的活?你要外出那么久,你孩子万一病了,我哪去找你呀?有个三长两短的,我担待不起呀……”

“这……大娘您要是推辞,我可就没路走了……”

“不是大娘推辞，大娘讲的全是实情话呀！”

姚守义呼地坐起来，犹豫片刻，大步跨到外屋去，对母亲说：“妈，她这孩子挺乖的，不会淘什么气，就替她看了吧！”

母亲生气了，斥道：“你就会当面做好人！谁看？你看还是我看？我看，指望你穿糖葫芦成么？”

姚守义又红了脸。他对母亲笑笑，说：“妈，我刚才那不是气话么？穿糖葫芦挺好玩的，这活我会有长性的，我还要帮你看这孩子呢！”

母亲怔怔地瞅了儿子一阵，一转身走到外面去了。

他歉意地望着她。

她凝视了他几秒钟，拉起孩子的手，渐渐低下头，轻声说：“大娘不情愿，就算了，我……再另找人家吧……”说罢，转身领着孩子也往外走。

他呆立着，心中暗生母亲的气。

母亲这时却推开门，费劲儿地将一只大柳条筐拖进屋来，见她母子二人要走，不高兴地说：“怎么？又不放心把孩子留在我们家啦？”转身对儿子大声说：“这全是你弟小时候你爸给他做的玩具，没舍得烧，我这当妈的一心想留给孙子玩呢，哪成想你到如今连个对象也没混上！都给我修好了吧！”

他乐了：“我修！”

她也乐了：“那，咱俩以工换工，我替你穿糖葫芦！”

于是，他找出父亲的木工工具，马上开始修那些木玩具。

她呢，就坐在他刚才坐过的那只小板凳上，立刻开始穿糖葫芦。

孩子对玩具比对山楂更感兴趣，一声不吭地蹲在他身边瞧着他修理。

大娘望着她叹了口气，自顾忙着做饭。

车厢分节的木头火车,轮子能转动的木头汽车,翅膀能并拢也能展开的飞机,木马,木枪……玩具不少,都没损坏,只不过有些松散了。他一会儿便全修好了。

修好后,那孩子便独自玩起来。他就坐到她对面,和她一块儿穿糖葫芦。

他一边穿一边说:“你这儿子挺让大人省心。”

她抬头朝儿子看了一眼,说:“我儿子长这么大还没玩过这么多玩具呢,我替儿子谢你了!”

他说:“你我都是返城知青,谢什么呢!”

此后他们都再没说话,一心一意穿糖葫芦。

他切山楂时她就穿,他穿时她就切山楂;一把小刀在他们手中传过来递过去,被他们的手温热了。

他穿得快起来,觉得自己的手不那么笨拙了,灵活多了。

她穿得比他还快,仿佛在和他比赛。

他忽然摇了下头,无声地笑着。

“你笑什么?”她奇怪地问。

“随便笑笑。”他又摇了一下头。

“随便笑笑? 笑我吧?”她疑心了。

“不是笑你,是笑我自己。”

“笑你自己? 我看我们俩这会儿都没什么可笑的。”

“是没有什么可笑的。”

“那你笑!”

“那我就不笑。”

他收敛了笑容,可心里确是觉得自己有些好笑。

他想起了在兵团时的一件事:一年冬天,男知青排到山上采石头。最初几天小伙子们个个都满有干劲的。后来干劲渐渐松懈下来了,泡病号不上山的一天比一天多了。知青排长每天出工前带领大家学语录:“艰苦的工作就像担子,摆在我们面前,看我们敢不敢去承担……敢于承担的,就是好同志……”天天学这段语录也不能重新鼓起大家的干劲。排长无可奈何了,去找连长请示解决问题的办法。连长指示:抽下两个男知青班,配合两个女知青班。排长一听急了,大叫大嚷:“这怎么行!这怎么行!姑娘们能抡几下大锤?到时候完不成任务可别怪我!”连长胸有成竹地说:“你懂个屁!这叫领导艺术,以后学着点!”两个女知青班上山后,情况果然大有改观。她们掌钎,小伙子们抡锤。小伙子们的干劲,又个个无端地焕发了。还自动比赛,你一气儿抡一百下,他一气儿准比你多抡几十下,仿佛谁都想争个抡大锤的冠军。笑声也有了,歌声也有了,泡病号的也自觉上山了,劳动中友爱精神也大大发扬。结果,提前半个月超额完成任务……

往后,男知青排再接受什么苦的、累的、脏的劳动任务,排长便直言不讳地向连长提出要求:“给我两个班姑娘!”……

如果说当年抡大锤的时候,姚守义并没有意识到一个姑娘给他掌钎和一个小伙子给他掌钎,对于自己是本质上多么不同的事情,那么此时此刻,他觉得自己一个人穿糖葫芦和有她陪着一块穿糖葫芦,他的心境可是太不相同了。近乎“艺术工作”的颇有些高雅的体验,是自然而然地在他心里产生的。

无论在什么时候,无论在什么情况之下,无论一个男人在做的是一件多么乏味的事情,如果有一个并不令他讨厌的女人陪着他一块儿做,这件事就绝不那么乏味了。甚至可能恰恰相反,越是那种简单的,机械的,乏味的,仿佛没完没了的事情,越容易使一个男人和一个女人沉浸在一种忘我的,从容不迫的,内心平和而充满友善的境界。

正是这种感觉,使姚守义弄不明白自己是怎么一回事了。他妈的一个女人使你变得这么有耐性了!他暗暗嘲笑自己。眼见满满一大盆山楂似乎转瞬间剩半盆了，他不免因为刚才自己穿得太快而后悔，故意穿得慢起来，还对她说："别急，没人监工，得保证质量。"

她抬头瞧了他一眼，又瞧瞧自己穿好的那近百支糖葫芦，不安地问："我这些还合乎质量标准么？"

他怕被她窥破内心的"阴谋"，掩饰地拿起她穿的一支糖葫芦，装模作样看了看，说："很好，很好。"

她笑了："听你那话，我还以为我穿得不行呢！"

她这时的笑不再是苦笑了。

她那笑，使他觉得自己此时此刻的内心活动要比她复杂得多，他因此而感到羞耻。

他不敢再抬头，怕接触到她的目光。她的手，却总在他的视线以内，不是左手，就是右手。他想不注意它们，眼睛又没别的地方好瞧，所以也就不管他妈的她是不是会认为他老在盯着她的手看起来没够了。她的手很小，手背的皮肤得白嫩，手指细长细长的。他不禁忆起连队里有一个绰号叫"棒极啦"的北京知青。那小子看过几本古书，承认是"文革"中抄家时弄到的。来不来就给大家哨一段。哨到女人，照例是大家百听不厌的一套："沉鱼落雁之容，闭月羞花之貌，唇不施而朱，眉不描而黛，那双玉手，十指尖尖如笋，整个儿棒极啦！"往往在这时刻，便伸出他自己一只指甲老长藏污纳垢的手："上烟！没烟不讲了！"……

姚守义认为她的两只手就堪称"十指尖尖如笋"了。想到这双小手不久将在大冬天里给人掌鞋，他不免觉得有点心疼。二十八的小伙子胸膛内阵阵涌起令自己难以把持的冲动，想轻轻握住那只手，放在唇边久久地亲吻。这也难怪，二十八岁了，第一回如此近便地欣赏一双女人的手。他猛地意识到，在自己心目中，原来她不唯是一个返城知青，还是一个女人！一个比自己小两岁的业已作了母亲的年轻女人！他记不得是听什么人说过的了——只有作了母亲的女人，才是真正的女人。那么她无疑是一个真正的女人了，一个真正的女人和老子面对面地坐着一块儿穿糖葫芦，他想，难怪我他妈的尽胡思乱想，今天有点不对头！

那双可爱的小手又从盆里抓起了几颗鲜红的山楂。红是红，白是白。

十指尖尖如笋。

一双玉手"把玩"着几颗"红宝石"……

他妈的如果我就亲它们一下又会怎样呢？不行！妈在家。她要是恼了，在妈面前自己太下不来台了！

"玉手"……

真他妈的会形容！他有点恨"棒极啦"，也有点恨自己。人家一心一意在帮自己穿糖葫芦，而自己却在肚子里胡思乱想琢磨人家！姚守义你他妈的真不是个玩意儿！他暗暗咒骂自己。

笋是什么样的东西呢？他这个北方人没见识过。听上海知青讲，南方人当菜吃，炒片、炒丝，还做罐头。必定很好看也很好吃。有了正式工作后一定要饱吃它一顿，请着严晓东和王志松一块儿吃，还要买几听笋罐头尝尝……他企图将思想从她的手上转移开……

她突然问："你瞧着我的手发什么愣呀？"

他故作镇定地反问："你在兵团没干过什么粗重的活吧？"

"没干过？你怎么知道？"

"瞧你这双手，十指尖尖如笋……"

她咯咯地笑出了声，随将双手翻过来，伸到他面前。

她那双小手布满了手心纹，那么密，那么深，像用精毫毛笔描画出来的。十指根一排厚茧，每个手指肚都有着几道细微的血口子。

他难为情了，觉得刚才自己从“棒极啦”那儿学来的奉承话对这样的一双手是大不敬，是亵渎。

“伸出你的手来！”

他默默地将自己的双手伸出来，也像她一样，手心朝上。

“有什么两样？”

他无言以对。

“脱大坯、和大泥、锄大地，三大累，哪一样粗活重活我都没少干！看手背你能看出一个人来？！”

他有些尴尬地笑着。

她慢慢将自己的双手收回，注视着，自言自语道：“这才不是一双小女孩的手呢！你小瞧我这双手，我可不小瞧我这双手。今后，我就要靠着我这双手谋生路，混个样给世人们看，也给咱们返城知青争口气！”

姚守义听了她这番话，内心里不由得对这个看上去弱小的年轻母亲肃然起敬，更为自己刚才的胡思乱想感到羞耻了。

他妈的十指尖尖……

他盯着她的眼睛，用乐观的语调说：“咱们返城知青就像这盆山楂。山楂不是越好的越酸，越酸的越好么？有一天咱们要是穿成串，再挂上糖浆，绝对变成货真价实的东西了！”

她听他说得有意思，无声地笑了，将他那双手推开去，挺认真地问：“那是不是我们每个人身上也要挨一刀，再从我们心里剔出点什么呢？”

大娘这时已将米淘下了锅，将菜切好了，见那孩子独自玩得入迷，过去蹲下，帮他们一块穿糖葫芦。

有大娘在一旁，两个返城知青不再继续说什么。

三个人一会儿就将剩下的山楂都穿完了。姚守义的父亲这时下班回来了。

大娘起身去炒菜。她围上头巾，叫过孩子，要走。

大娘诚意留她吃饭，姚守义也留，她竟腼腆起来，不肯留下。

姚守义送她走出家门，走出大院。

天黑了。没有风，却很冷，小胡同像一条战壕。远处，胡同口那盏路灯，像一个橙子挂在电线杆上。

她说："你快回去吧，我又算不上个客人。"

他说："送你到胡同口。"

她说："何必呢！"

他说："不送你一段，我心里觉着不对劲。"

他送她走到胡同口，她站住了，又说："你快回去吧！"

他说："要不我把这份穿糖葫芦的活儿让给你吧？你就不必撇下孩子，去跟人家学掌鞋了。"

"那算什么事！都是返城知青，一样的命运，我怎么能从你手里夺饭碗？掌鞋毕竟是门手艺，不像穿糖葫芦，到了夏天就失业了。"

他沉默了一会儿，说："看来我只好祝你早日学成了？"

她微微一笑："到时候你的鞋坏了，我给你修。"说罢弯腰抱起孩子，快步走了。

他站在那儿，忧郁地目送着她。

忽然附近响起一声口哨。他扭头看去，见一个人从一排房子的黑影中向他缓缓踱来，直至踱到他跟前，他才看出是严晓东。

严晓东轻轻在他肩上拍了一下："傻青，坦白交待吧！"

"坦白交待什么？"姚守义莫名其妙。

"哥儿们可全观察到了！"严晓东审问道："那位是谁？"

"你他妈的别胡说八道！"姚守义有些生气，"她也是个返城知青，我今天刚认识她！"

"你挺有法子嘛！"严晓东用不无佩服的口吻说，"今天刚认识，不久之后便老婆孩子一块儿有了！省事儿也省了一个过程。”

姚守义气得不知说什么好，恨不得揍他。

严晓东又用悲悲戚戚的语调说：“哥儿们的出路刚有点希望，又被你未来的老婆孩子断送了！这他妈的就是命。”

姚守义双手捂住两耳，冻得缩起脖子说：“你小子到底有正经话没有？没正经话，我可要回家吃饭去了！”

严晓东从棉袄兜里慢悠悠地掏出一张叠起来的晚报递给他：“看报。”

“大冷的天，我没穿棉衣没戴帽子，你倒让我站在电线杆子底下看报！滚你的吧！”他转身就走。

“别走！”严晓东一把拽住他的胳膊：“看完了报，我自有重要的话对你说！”

“有话到我家去说。”

“我的话不能到你家去说，你爸你妈要是听见了，准不会再把我当成你的朋友看。”

姚守义放下一只捂耳朵的手，狐疑地接过报，问：“看什么，快指！”

严晓东赶紧和他一块儿展开报：“不对，在那一面儿！”

两人将报翻过来，严晓东指着中缝的下方说：“看这启事！”

挂在电线杆上的“橙子”发的亮光太暗，报上的字太小，姚守义根本看不清。

他缩回那只拿报的手又捂上耳朵，不耐烦地说：“到底什么事？到底跟咱们有关无关？无关你干脆别说，有关我他妈的就听着！”

“有关！当然有关！大大地有关！”严晓东重新折叠起报纸，宝贝似的揣进兜里，这才言归正传：“本市师范学院师资班要招生了！一年半毕业，分配去向是本市各中学……”

“这他妈的和我有什么关系！招生要考试，我又考不上！你有把握考上你就报名吧，我才不去报考给返城知青丢人现眼呢！……"姚守义没好气地说着转身又要走。

"你敢走！"严晓东火了。

姚守义无可奈何，双手从耳朵上放下来，凑到嘴边哈气，搓。

严晓东摘下自己的帽子，往姚守义头上一扣，接着便脱棉衣。

姚守义嘟哝："你别脱，脱了我也不穿，我身上不冷。"

严晓东已将棉衣脱下，边往姚守义身上披边说："你是重点保护对象。今晚冻坏了我没什么，冻坏了你我的一切打算都告吹！"

"别他妈废话，快说！"姚守义紧裹着棉衣催促。

"好，我直话直说。咱俩的老头子，都在木材加工厂。听我老爸讲，厂里过几天要解决几个老工人的子女待业问题，名额太有限，才三四个，已经通过什么后门内定了一个。咱俩呢，是都够条件，都有指望，但也可以说都没指望。这种事儿你比我明白，往往鹬蚌相争，渔翁得利，那咱俩就谁也进不了厂了！……"

姚守义听得心里竟有些暗暗紧张。

严晓东故意用一种轻松的口吻接着说："所以，我希望你报考。因为咱俩比起来，你上学时成绩一向比我好，抓紧复习复习，有考取的一线希望。我呢，自己知道自己，一线希望也没有。你考取了，我进厂就少了一个比条件的，估计问题不大，你上学期间，我每月给你十五元，哥儿们绝不至于有了工作，就忘恩负义！这一点你总会相信我吧？……"

严晓东不再说下去，默默期待着姚守义的回答。

他许久不做声。

严晓东又问："你没听明白？"

"听明白了。"他低声回答。

"那你给哥儿们句痛快话。"

"让我临阵磨枪？"

“临阵磨枪,不快也光。”

“让我拿我的自尊心去撞大运?”

“为了哥儿们,也为了你自己,你该去撞撞你的运气!”

姚守义又不做声了。

“考上了,一年半以后就是中学教员,比在木材加工厂当出料工强多了!……”严晓东分明在敦促他下决心。

“考不上呢?”姚守义用完全缺乏热情的语调反问。

“你必须从今天起一心一意开始复习,下一个考不上誓不为人的决心。果真考不上,你算为哥儿们尽到了交情!我进厂后,月月分一半工资给你!”

“到那时我好意思要你的钱?”

“有什么不好意思的?别忘了咱俩是不分你我的哥儿们。”

“你他妈的……这不是太自私了吗?”

“你小子别说这种话,哥儿们今天是男子汉低头折腰,求你这一遭了!”

姚守义觉得自己仿佛是在和好朋友拼刺刀,并且被刺刀尖逼到了一个高处的边缘。

“严晓东,严晓东,你他妈这小子可真是个好哥儿们!你他妈的这不明明是在逼着我答应么?”他盯着严晓东那张在黑暗之中看不清楚的脸,心里骂着。

严晓东浑身打了个哆嗦,也双手捂住了耳朵,说:“别装哑巴。愿意还是不愿意,干脆一句话。”

姚守义脱下棉衣还给严晓东,用一种很情愿很乐意的虚假口吻说:“我想通了,愿意。”

“够哥儿们!”严晓东像是没听出他的话有多违心,高兴了,又说:“报考的事儿,可别当着你爸你妈卖我!那我没脸到你家去了。”

“绝不卖你。这是我自己情愿的事儿嘛！”

“也不许向别人卖我！天知，地知，你知，我知。”

“好吧。我他妈的就为你作无名义士！”

“够哥儿们！不过话又说回来，我要是有考上的希望，哪怕一点点希望，我也会反过来成全你的！你信吧？”

我他妈的有个屁希望！姚守义心中暗想，嘴上却说：“当然啦！”

“那我走了！”

“你走吧！”

呆呆地望着严晓东走远了，姚守义才怀着一种近乎被出卖了的心情转身回家。

进屋后，母亲嗔怪：“你送到哪儿去了？这么半天！”

他搪塞道：“在胡同口说了几句话。”

一家人都已吃罢了饭。父亲坐在那张双人木床的床沿上吸烟，弟弟占据了那张方桌的一角写作业。

他内心无比烦乱地往自己的床上仰面一躺。

母亲瞪着他说：“还不快吃饭！”

他朝墙翻过身去，嘟哝道：“不吃了！”

“不吃了？你在胡同口跟她说了些什么？一进家门就好像进了监狱似的！”母亲走过来推了他一把：“吃去！”

弟弟接嘴说：“插妹见插兄，两眼泪汪汪。人家那叫共同语言！”

他猛地坐起，对弟弟吼：“再要这种贫嘴，小心我抽你！”

弟弟立刻噤若寒蝉。

母亲朝他脸上不轻不重地给了一巴掌：“你抽个试试！连工作都没有，还想在家里称二爷呀？不吃你就饿着！”一边转身去收拾碗筷，一边叨叨咕咕：“没返城，想。返城了，五大三粗的，整天价在眼前晃来晃去,又烦!”

他顶撞母亲:“那我明天回北大荒去!”

“你敢!”母亲用手中的一把筷子,使劲儿在饭桌上拍了一下。

好脾气的父亲,受到这会儿不够好的家庭氛围的刺激,终于忍不住也光火了,用那没有了手的棒槌似的腕头在床上狠狠捣了一下,大声说:“他不吃就算了,你何苦逼他吃?他要是从今以后顿顿不吃倒好了!”

儿子毕竟二十八了,虽然没有工作,但年龄摆在那儿。所以父亲的呵斥,是冲着母亲去的。从母亲身上反弹到儿子身上,使当儿子的更加觉得难以消受。

姚守义从兜里掏出烟盒来。他想抽根烟,压压心中的烦恼。只剩一根了,他将烟盒攥成一团,朝墙角扔去。

他刚将烟叼在嘴上,父亲问道:“你哪儿来钱买的烟?”

“昨天我妈给了我一块零花钱。”姚守义不由得从嘴上拿下了烟。

“好么,你没工作,还断不了零花钱!什么牌的?”父亲盯着他问。

“‘前门’……”

“不次么!你知道我抽的是什么烟?‘经济’,一毛二一盒,处理的!”

姚守义低下头去,闷不做声。他想:可不能顶撞父亲!父亲一只手挣钱养活一家四口,不容易!

“从今天起,你把烟给我戒了!”父亲的语调非常严厉。

“是……”他讷讷地回答了一个字。

母亲从外屋探进身替他说情:“打下乡的第二年就开始抽上了,你当老子的一句话他就能戒掉哇?那么容易你怎么不戒?待业,孩子心里就够窝屈的了,再从今以后不许抽根烟,还不窝屈出什么病来呀！……”

不待母亲话说完，父亲又冲母亲喝道：“闭嘴！我让他戒烟自有我的道理！”

母亲的身子立刻闪回去了。

他将那支烟丢在地上，一边狠狠用脚尖去碾，一边发誓道：“爸，你别对我妈发火，我从今以后戒烟就是了！”

父亲的脸转向他，换了一种稍温和些的口气说：“守义，我不是舍不得给你几个抽烟的钱。今天，厂领导找我谈了，厂里要解决几个老工人子女的待业问题，我和晓东他爸都是第一批要考虑照顾的对象。进了木材加工厂，还是把烟戒了好。我在厂里是从来不抽烟的。我怕你烟瘾太大，受不住厂里安全制度的约束，因为抽烟闯下什么大祸！你明白么？”

姚守义默默地点了一下头。

父亲接着说：“劳动局只给了四个招工指标，内定了一个，还剩三个。可算我在内，有五个老工人提出申请。你爸是既不想托人情，也不想送礼走后门，全凭领导定。我寻思，八成没多大问题。因为我比别的老工人多一个条件，因工致残，领导可能会首先考虑照顾到我……”

姚守义问：“晓东他父亲呢？”

“论条件，也够。他母亲多年生病，他父亲的工资比我低一级。可现实情况摆着，只有三个名额。少一个比条件的，兴许有可能。但这种事比评工资还重要，谁让谁？你今晚就写个简历，明天我交给厂领导。”

他鼓起勇气说：“爸，我不想到木材加工厂去当工人。”

父亲瞪起眼睛严厉地问：“那你想干什么？总在家里穿糖葫芦？”

“我要报考师范学院的师资进修班。”他暗作精神准备应付父亲的恼怒。

父亲果然脸色顿变,没有了手的棒槌似的秃腕,又使劲在床上捣了一下,霍地站起身来,吼道:“你小子返城待业,还心比天高!你是瞧不起在木材厂当工人的是不是?可你现时还靠你爸这个木材厂的工人养活你!错过了这次机会,你小子可别后悔!”

他尽量用平静的语调说:“爸,我不后悔。我报考的主意已定。”

“好,好!你考,你考!你考不上,你从此再别进我这家门!”父亲气得脸腮抽搐。

“爸,你别发火,我不是瞧不起当工人的,我……”他想要替自己辩解,却不知如何辩解才好。

父亲近来脾气十分暴躁。他知道,不是因为别的什么事,完全是因为他待业而烦愁的。

母亲慌慌地奔进了屋,责备他:“你考的什么师范呀?!十来年你连念过的中学课本都没再摸过一次,你不是纺线虫跟着蜜蜂嗡嗡,瞎凑那份热闹嘛!听你爸的话,快写简历!”说着一步跨到方桌前,将弟弟推开了:“写吧,写呀!”

“我不写。我一定得报考。”他固执地说。

“不写就给我滚!别叫老子瞧着你来气!”父亲连连跺脚。

他很理解父亲的心情。他觉得自己惹父亲生这么大的气,很对不起父亲。同时又觉得那么委屈,想哭。

他噙着泪,一声不吭地从自己的床上拿起棉衣棉帽,往外就走。

“守义你给我回来!”母亲扑向他,拽住了他拿在手里的棉衣。

“妈,你让我出去走走吧!我不远走,一会儿就回来。”眼泪从他眼中淌了下来。

母亲不由得松开了手。

他戴上帽子，一边穿棉衣，一边走了出去。

像个幽灵似的，他在这座城市的这条“战壕”中踟蹰而行。

“放开我！”突然他听到一声怒吼。

他站住了。朝前望，不见人。转身回看，也不见人。

他妈的出鬼了！他以为自己的神经得了毛病，呆愣片刻，又继续往前走。

去哪儿呢？这么晚了，也没个去处。只有一个明确的意识：离开家，离开这条“战壕”，离得远远的。走到这座城市的任何一个地方，靠着楼角或者电线杆子什么的，忘掉一切烦恼，安安静静地抽根烟。

他的手不由自主地去摸衣兜，同时想到了自己刚刚向父亲发誓——从今天起再也不抽烟了。

发誓归发誓，戒了烟怎么能活下去？

还是母亲更体谅自己，强迫他戒烟，他非得精神病不可！

“放开我！”又是一声，像抗议，充满了愤怒。

这声音就发自附近。

他第二次站住，有些悚然地向两边缓缓转动着头，瞪目观察，终于发现，就在身旁，在一家歪斜的矮门前，在黑暗中隐着一个瘦小的身影。

他知道，那是个疯子，也算是一个返城知青。

他见过那疯子几次，也听说过关于那疯子的一些事。几年前，为了达到返城的目的，吞了一块铅。吞的方法很是聪明——用尼龙丝将铅块拴住，牢系在一颗牙齿上，然后吞下就到团卫生院拍片子，说胃疼。X光片上有暗影，竟骗过了医生，以为是癌，给开了返城必需的诊断书。在团里办妥了返城手续，没想到兵团总部又下达了一个文件，团里的手续是一级手续，还要经过师部和兵团总部复查。三道手续齐全，才能返城。结果在师部医院里，就被认真负责的医生识破了“阴谋”，返城目的终成泡影，还被在全团批判了一遭。仍不死心，用一根筷子插入耳穴，自己狠命一掌，穿聋了耳朵。聋了白聋，又受一次批判。其实那批判不过是走形式了。双耳已聋，人家批判他些什么，听不见的。于是接下来便装疯，连里也就任他疯去。再后来那疯就由似乎伪装的而相当逼真，人们终于觉得有些疯得不成体统，送他去医院检查神经，却果然是疯了。疯了，三级手续也就畅通无阻，被捆着绑着，护送回了城市，护送到了家里。自那以后，这条胡同就有了他这一个真实的疯子。

黢黢的黑暗中，姚守义看不清那疯子的脸，唯见那疯子的两眼，炯炯闪光，分明正眈眈地瞪视着自己。好像他正预备猝不及防地猛扑到自己身上，双手抔自己的脖子，或者紧紧抱住他，咬他的喉管。总之，他觉得那疯子在黑暗中炯炯闪光的眼里，似乎正向他投射出仇视，有种琢磨着怎样才能置他于死地的险恶的用心。

若是在白天，他并不至于害怕。可是在夜晚，在那疯子连吼了两次“放开我”之后，面对着那疯子的两眼在黑暗中投向自己的两束仇视而险恶的目光，他心里不由得发憷。

疯子在嘿嘿地笑。

那不像是一个人的笑。笑得那么鬼气森森，仿佛在说：看你往哪儿跑！

疯子笑得他汗毛都竖了起来。

人有时怕疯子是甚于怕鬼的。

他防范地注视着疯子的一举一动，倒退着走。他不敢转过身去走，唯恐疯子从背后悄悄扑上来抔住他的脖子或咬他的喉管。

疯子却一动未动。

只是那双黑暗中疯子的眼睛，仍眈眈地钳视在他身上，而且似乎离得愈远了，愈加炯炯闪光，愈加鬼气森森。

他就那么倒退着一直走到了胡同口，终于摆脱了那双疯子的眼睛的钳视。不知不觉，出了身冷汗。

挂在胡同口电线杆子上那盏昏黄的电灯，突然间熄灭了。

“放开我！”胡同里又传来了疯子的一声吼叫。狭窄的胡同对疯子不是一条“战壕”，倒像是一支什么乐器，通过细长的音管，将疯子的吼叫变调后传扬到夜空上，在夜空形成一种奇特的回旋。

“放开我……”

“放开我……”

余音在姚守义耳畔缭绕。

他不禁打了一个寒颤。

他抬起头去看那盏电灯，以为它坏了。发现四周楼房和平房的窗子都黑了，才明白全市停电了。

星星也跟往日夜晚不太一样，也仿佛一颗颗都多少沾了点鬼气似的，从高处不怀好意地睥睨着他。

他怀疑自己是在做梦。更准确地说，他希望自己是在做梦。希望这个使他觉得一切都不怀好意的夜晚和以前的十一年，不过是一场做起来挺长挺累但又没多大意思的、完完全全能够回忆得清楚的梦。希望一觉醒来，是躺在自己的而不是父亲和母亲的家里。左边是老婆，右边是孩子。看看表，离天亮还早，搂着老婆再睡过去，就是搂着孩子再睡过去也是满美好的。

远处，马路上有汽车往来。路灯全灭了，车灯显得更加雪亮，如同一些个看不清形状的飞蹿着的怪兽的巨眼。

这一点告诉他不是梦。还有他身上那件仅剩两颗钮扣的兵团战士的棉衣，也告诉他不是梦。

这个夜晚不是梦。那十一年也不是梦。连是连在一块儿的，却都不是梦。没有工作。没有老婆。没有孩子。虽然正是应该有工作有老婆有孩子的好年龄，却他妈的一样也没有！

“放开我！……”

疯子还在胡同里像哨兵喝问口令似的吼叫，声调有些发抖。大概那疯子冷了吧？还是也和他一样害怕？

好冷的夜晚啊！

他又浑身哆嗦了一下。

他真可怜那疯子，也有点鄙视那疯子。为什么非要作践自己不可呢？就是一辈子不许他离开北大荒，他姚守义也不会吞铅块，也不会用筷子戳穿自己的双耳！这他妈的太没出息了！北大荒毕竟他妈的不是地狱呀！

就是返城淘厕所也干——这是当年某些知青的想法，这是一种心理变态的想法。基于这种变态的想法，返城到后来对于某些知青已经不是动机，甚至也不是目的了。它简直他妈的就演变成了一种信念，一种追求，一种理想了！仿佛只要返城了，他们一生之中最最主要最最重要的事情，不，事业，便算完成了！而返城后的命运，那时他们是根本不去想的。

哥儿们，不知你们如今是否称心如意了？他竟有些幸灾乐祸地想。

我姚守义返城，可不是为了淘厕所！

忽然他又想到，听人说一手推车大粪卖到农村去能值四五十块！他妈的怎么早就没想到呢？四五十块！他妈的干吗不淘大粪?！他进而想到，可能就在这天晚上，可能就在此时此刻，除了他姚守义不知会有多少返城待业知青也在动城市里的公共厕所的念头！四五十块！这他妈的简直就是一个光辉灿烂的念头！这一带附近有五六个公共厕所，一个厕所淘两车，全掏遍了就是十几车！六七百块啊！一笔巨款！

天无绝人之路！

现在需要的是行动！必要时今晚就开始！他甚至想到，应不应该在附近所有公共厕所里都用粉笔预先写下一行声明——此厕所淘大粪权已归姚守义所有。

公共厕所刺激了他的膀胱。他早就憋着泡尿呢，于是像瞎子探路似的，摸着厕所的板墙一步步走了进去。

六七百块啊！

他仿佛觉得自己衣兜里已鼓鼓地装着六七百块钱了。

他感到这个厕所对他简直比他的家还亲切！

他真想喊他妈的一句——公共厕所万岁！

突然又来电了。

胡同口电线杆子上的那盏路灯亮了，厕所里的灯也亮了，几幢楼房和几排平房的灯全亮了。四周光明了一些。

厕所里，灯下钉着一块牌子，上面歪歪扭扭地写着两行毛笔字——此公厕属前进人民公社东风大队幸福二小队专掏，盗粪者罚款伍拾元！！！

三个肥胖的惊叹号表明了警告的严厉性。

他注视着那块牌子，好半天撒不出尿来……

第二天，当父亲上班了，弟弟上学了之后，姚守义才起床。

他踩着鞋后跟下了地，也不先洗脸，也不先吃饭，弯腰将头钻到床底下，拖出一只积满尘土的不大的柳条箱来。

他打开箱盖，里面是一堆破棉絮。他就翻起棉絮来，突然一只老鼠蹿出，逃向床底，吓了他一大跳。

母亲已将昨晚穿的糖葫芦装进两个水桶里，进得屋来，欲待他吃罢早饭吩咐他给冰棍厂送去，见他翻东找西的样子，没好气地说："哎呀我的祖宗，你倒是在干吗呀你？！"

"找书。"他又往床底下钻。

这个家，表面看还算干净，还算规矩。床底下可就是另一个世界了：空瓶子破罐子缺口的坛子，掉跟的鞋，椅子的腿，漏了没法修的痰盂，外加一捆麻袋片，几块派不上什么大用场的木板……他记得这些没用的东西他下乡前就存在,这么多年了母亲分明还一样也没舍得扔掉,就是不见他要寻找的书。

“书?什么书呀?”母亲好生奇怪。

“就是我上中学时学过的那些课本!”他努力使身子也钻进床底下去,竟将双层的铁床拱动了一下。

母亲顿脚大声叫道:“早就当废纸卖了!你要拱倒床呀!”

他绝望地从床底下退出身子,站起来瞪着母亲说:“妈,你什么破烂都舍不得扔舍不得卖,怎么单单把我的课本都给卖了呢?我当年不是嘱咐你要给我保留着嘛!”

“当年,当年,当年你还说要扎根北大荒呢!谁成想你又返城了,快三十岁了,还要再回头看中学课本?快洗脸吃饭,吃了饭把糖葫芦送去,领两桶山楂回来!”母亲叨叨着,转身走到外屋去扫地。

他低头瞧着打开的破柳条箱发呆。

一片棉絮微微在动,他弯腰小心地掀开那片棉絮,见是几只还没长毛的粉红色的耗子崽,活像几截刚被剁下来的、还带着神经的,女人的保养得很娇嫩的手指头。

他觉得一阵恶心,赶快又用那片肮脏的棉絮切断了自己的视线。

他突然对母亲大为恼火。什么破东烂西都留着,偏偏只把他的中学课本给卖了!他上学的时候,成绩虽然不过在班里属中等,爱护课本却是全班公认的。有一次老师还表扬过他,拿起他的课本,高举着对全班同学说:“看看人家姚守义的课本,都到期末了,还跟新的差不多。这才是念书,不是啃书!”

此后他便习惯了将自己每个学期的课本都保留起来,像一个人保留自己的立功奖状;下乡前他特意放在那柳条箱里的。

却被母亲给卖了,一册都没剩!

“还不快到外屋来洗脸吃饭!”母亲催促他。

“妈,破棉花套子你放进柳条箱留着干什么?!”他狠狠踢了柳条箱一脚。柳条箱和破棉花套是同样货色,被踢凹了一处。

“破棉花套子也比你那些课本有用!”母亲在外屋用教导的口吻大声说:“居家过日子,破东烂西值万贯! 那是我当妈的一片心,给你留的!”

“给我留着干什么? 给我续棉袄,还是给我续被褥?”他又踢了柳条筐一脚,又踢凹了一处。

“唉……”母亲在外屋叹了口气,不无伤感地说:“我不是指望着你早点抱上孙子嘛! 那棉套洗洗弹弹,给小孩续个屁股垫什么的不是挺好的!”

听了母亲的话,他觉得那破柳条箱里,那片肮脏的棉絮之下所盖着的,不是几只粉红色的、女人娇嫩的手指头般的耗子崽,而是一个赤裸裸的、正在蠕动着小腿小胳膊的婴孩。

难道我姚守义要是有了儿子就用这类破烂东西作褴褓?

他这一怒真非同小可!

他用脚尖将柳条箱盖挑起扣上,复加一脚,恶狠狠跺将下去,那玩意儿就报销了。

母亲听到这番大响动,奔进里屋,骇然道:“我的小祖宗! 你要败家呀!”

“我就是要败败这个家,谁让你把我的课本都给卖了!”当儿子的内心里那种种忧烦愁怨,此时都变成气恼,嚣张地对自己的母亲大发作起来。

姚守义他是有点歇斯底里了! 他一步跨到床头,双手握住上下床的支铁,使足劲往后一拉,就将双层铁床从靠墙壁的地方拉开了两尺多。床下那个对母亲说来很重要的“仓库”的“门”仿佛被敞开了。

他无法控制住自己了,他要由着性子为了他的中学课本对母亲实行报复。他的胸膛像一只高压锅,而他那些中学课本不过是米粒。虽然是米粒,但它堵塞了高压锅的喷气阀,所以他觉得自己的胸膛顷刻就要爆炸了。

他挤到那两尺多宽的墙壁与床之间的夹缝中去,弯下腰抓起一只还带有什么商标的空瓶子,高高举起,狠狠摔下。

啪的一声,瓶子粉碎。

母亲尖叫道:"你疯啦?!"

"我叫你留着!"又一只空瓶子被摔碎。

紧接着,一只破罐子碎了,一只破坛子碎了,第三只空瓶子碎了……

"我叫你留着!"他一边机械地抓起,摔碎,一边机械地重复着这句话。

"我叫你留着!"——啪!

"我叫你留着!"——啦!

"我叫你留着!"——啪!

转眼间,瓶子、罐子、坛子的碎片遍布满地。

母亲懵懂了。母亲呆呆地瞧着对自己一向很孝顺的儿子,不晓得他为什么对那些空瓶子破罐子之类发这么大火。

生了锈的破暖瓶壳被摔到了墙上,撞扁了掉在地上。

破鞋——棉的、单的、皮的、布的、塑料的,一只接一只,手榴弹似的,接二连三从里屋飞到外屋。

"守义你是疯了呀!……"母亲的眼神中充满了不安,脸色都变白了。

儿子却分明进入了一种机械运动的亢奋状态。

他脸色发红,出汗了,双手捧起了一只不小的坛子。

"别……"母亲慌忙上前制止。

迟了。

一声重响，坛子碎成几片，满坛子的咸菜撒在各种碎片之间。咸菜水溅到了他身上，脸上。也溅到了母亲身上，脸上。十几个咸萝卜疙瘩，朝三面的床底下滚去。

他顿时清醒了。

母亲惊骇至极地望着他。

他看着自己由性子一顿发作的结果，缓缓地将脸扭向了一旁。

母亲撩起衣襟，默默地拭着脸上的咸菜水。

母亲慢慢弯下腰，用手去抓咸菜，抓起了，一时又不知该放何处。

母亲无声地哭了。

母亲的眼泪使儿子感到了无比的羞愧。

他望着母亲的满头白发，懊悔不及。

他走到外屋，拿了一个小盆进来，蹲下身，也去捡咸菜。

母子俩都默默地捡着。

他知道，母亲腌这一大坛子咸菜肯定费了不少事。放在床底下，是目前舍不得吃，留待开春以后，缺菜的月份内，全家人顿顿下饭吃的。

母亲的眼泪滴落在自己的手背上，也滴落在他的手背上，滴落在小盆里。

咸的东西混合在咸的东西之中。

再也抓不起来了，再也捧不起来了；一大坛子咸菜，变成了小半盆。

“给我，我去洗洗……”母亲侧转着脸说，并不看他。

他将小盆无言地递给了母亲。

母亲一手接过小盆，另手解开一颗斜襟扣襻，从衣内兜掏出卷钱，也不点数，仍侧转着脸，塞给他后，低声说：“妈兜里就这些钱了,你拿去买几盒烟吧,别再当着你爸的面抽了。”

他低头一看,全是毛票。

他发现母亲手上在流血,无疑是刚才捧咸菜被碎瓶片划破的。

“我说过我要戒烟!”他将那卷钱替母亲塞进衣兜,从母亲手中拿过小盆,放在桌上,拉开抽屉,翻出一截白布条,为母亲缠手上的伤口。

他不知母亲是在用怎样的目光瞧自己,是宽容?还是谴责?

他没勇气抬头看母亲一眼。

母亲仍在默默流泪,泪水一滴又一滴滴落在他手上。

他替母亲包扎好了手,仍没勇气抬头,也没勇气从母亲面前离开,低垂着头,一动不动地站着。

他真想说:“妈你打我吧!”

真想说,却不知为什么说不出口。

母亲轻轻抓起了他的一只手,那卷钱又塞在他手中了。

“妈知道你返城后因为待业心里憋屈得慌啊!烟要是能解你心里的忧烦,你就买去吧……”

他猛地抬起了头:“妈,我不,我……”

他从母亲眼中看到的是充满怜悯的目光。

他再也无法克制自己,抱住母亲的身体,将脸埋在母亲肩上,像个受了许多许多委屈的孩子似的,呜呜哭了。

“这么大的人了,快给我闭嘴!”母亲推开了他:“还不赶紧打扫打扫地上,来个人成什么样子!”说着,拿起小盆,到外屋去淘洗咸菜。

他刚拿起笤帚要打扫,严晓东来了。

“你们家这是怎么啦?”严晓东诧异地问,站在里屋门外,进不得屋。

“守义他帮着我搞卫生呢,那些破东烂西的,早就该摔巴摔巴扔了，留着没用，还占地方……”

母亲替儿子搪塞着。

“有你们家这么搞卫生的?”严晓东大为怀疑，一双眼睛粘在姚守义身上，要从他身上看出什么破绽。

姚守义装作只顾打扫的样子，低着头，不让好朋友看到自己的脸。

严晓东也不再问什么，从外屋墙角拎起垃圾桶，帮着姚守义打扫。

所有那些碎片，装了满满一桶。

姚守义拎起桶去倒，严晓东说:“挺沉，我和你一块儿拎。”

他也不拒绝，两个好朋友合拎着桶一块儿出去了。一气儿拎出胡同，拎到垃圾站，倒了之后，他正要拎起空桶，严晓东一脚踏在桶底上，瞪着他:“说，怎么回事?”

“什么怎么回事呀?”他佯装不懂。

“都是你摔的?!”严晓东逼问。

他默不作声。

“趁大爷不在家，对大娘发火?!”

“我妈把我的中学课本全卖了……”姚守义嗫嚅地回答。

“卖了你就对大娘发火?! 居然还摔起东西来了，你要反教呀?我替大娘教训你! ……”严晓东说着，一把从姚守义头上扯下帽子，往姚守义头上使劲抽打了一下。

“你自己还有脸哭!”又是一下。

严晓东是真生气了。他无论如何不能容忍自己的好朋友欺负老母亲的行为。

“我没哭……”他抬起一只胳膊护着头。

“那这会儿就叫你哭!”严晓东手下无情地用帽子往好朋友头上抽了第三下。

他疼了,也急了,朝后跳开一步,大声说:“你小子他妈的别过分,别仗着你是哥儿们就横三竖四的！我为课本发火,归根到底还不是为了你才跟我妈发火!”

严晓东眯起眼睛盯了他半天,冷言冷语地说:“原来如此,你昨晚嘴上乐意,其实心里并不乐意,是不?”

他见好朋友误解了自己的意思,连忙辩白:“我要那样,是王八蛋!”

严晓东却认真起来,说:“告诉你守义,我昨晚对你说的话,一半真,一半假。求你替我严晓东着想是假,鼓动你报考是真！我父亲昨晚让我写份简历和家庭情况,我压根儿没写！哥儿们是觉着你还有几分可能,希望你比哥儿们出息点,并没安小心眼！也绝不会与你争着比着进木材加工厂！你听明白了!”说罢,将帽子朝姚守义怀里一扔,扭身便走。

姚守义接住帽子,戴在头上后,叫了一句:“晓东！……”

严晓东头也不回地走远了。

姚守义望了他的背影很久,叹口气,拎起空桶怏怏地回家去。

回到家中,发现自己的床上放着五盒“大前门”,几册中学课本。

他将烟一盒一盒并排着压在褥子底下,拿起几册中学课本翻了翻,想:晓东晓东,冲着你对哥儿们的一片真心实意,我也要豁出去撞撞大运!

母亲拿着一封电报跟进里屋,递给他:“你出去这会儿工夫送来的,哪儿来的?”

他拆开电报看了一眼,坐在了床上,一声不吭。

“是你妹来的吧?”母亲猜测地问,期待着他的回答。

他点了点头。

“出了什么事儿？你怎么不说话呀？急死个人!”

“她后天要回来探家，让接站。”

“探家？是就她自己，还是三口一块儿回来呀？”

“三口一块儿回来。”

“这可怎么好，这可怎么好……”母亲旋转身子，环视着屋里的三张床，自言自语：“往哪儿睡呢？往哪儿睡呢？一个个都是大姑娘大小子的了……”

一张本市晚报，在无数返城待业知青心中唤起了各种各样的幻想。

姚守义去报考那一天，报考表已经在一个半小时之前发光了，据说发了一千五百份。可是，仍有数千名没获得报考表的人不肯离去。他们几乎都是返城待业知识青年，他们从三楼走廊东头的招考办公室门前排到长长的走廊西头，顺着楼梯排下二楼，再从二楼走廊西头排到东头，排下一楼，排出楼外，围着一幢大楼绕了两圈，排向一条甬路，从甬路排向操场……似乎有头无尾。

招考办的人几次走出来，在走廊里大声宣布：“同志们，同志们，不要再排了！报考表已经发完了呀，你们就是排到今天夜里，排到明天早晨也白排啊！……”

没一个人走。

“只招收一百五十名啊！一百五十名你们听清楚了没有？可是我们印了整整一千五百份报考表，不算少了呀！十比一的录取名额呀，大家散了吧，散了吧！……”

还是没一个人走。

男的，女的，年龄都在二十六七岁至三十几岁之间。从他们身上都能一眼便看出知青的特征，或者是衣服，或者是裤子，或者是鞋，或者是帽。他们都在以耐久的沉默，期待的表情，恳求的目光，希望感动某一位上帝，发给他们一份报考表。他们更多的人，其实并无准备,也无自信,和姚守义一样,不过想碰碰自己的运气。这是在他们返城之后,社会第一次公开赐给他们每个人的权力和机会,谁不想碰碰自己的运气呢?虽然,在教育界,中学教师们牢骚满腹:工资低、待遇低、操心、吃粉笔末子,有时还要受学生们的气,“臭老九”的帽子还未彻底摘掉……但作为一种工作,对返城待业知识青年们来说,却是命中的“上上签”!他们渴望获得一份报考表的情形,使人联想到解放前灾荒年间大户人家施舍的粥棚前的万千饥民!

一九七九,一九八〇,这是十几万、几十万、几百万、二千多万返城待业知识青年的命运和前途堕入彻底渺茫的时期,是整整一代人沦落街头的时期。哪一座城市有返城知识青年存在,哪一座城市便笼罩着积怨、愤怒和骚乱不安。

“即使考上了的,毕业后也只发大专文凭。上学期间,没助学金,没宿舍,走读;而且毕业后的分配去向,是条件很差、教学质量很落后的学校……”

那个“招考办”的四十多岁的、秃顶的男人,一次次从办公室走出来,嗓子已经劝说哑了,已经不知道再继续劝说些什么话才好了。他的每一句话都在力图表明,这里没有能够被感动一下的上帝,期待下去是愚不可及的毫无意义的。

而他们,返城待业知识青年们,却固执地、坚决地,苦心孤诣地幻想着今天一定要感动谁,感动什么。

这是两种根本无法相互谅解,相互妥协,相互调和的信念和目的之间的冲突。

“我对你们讲了几次,讲得明明白白,难道是对牛弹琴吗?”秃顶男人的涵养终于崩溃。

一双双眼睛向他投射出了敌意的目光。

“出言谨慎点啊,我们可是还没开始发火呢!”

一个声音平淡地说。

这句话潜在的威胁足以使一位将军打个哆嗦。

秃顶男人品味出了这句话的分量。

楼内楼外，两千多名期待者倘若开始发火了，情形会怎样，他那并不迟钝的头脑是完全可以想象得到的。

他立刻换了一副笑脸，用道歉的语调说："大家别生气，大家千万别生气，我刚才那句话用词不当，实在错误，非常的错误，我向大家赔礼，赔礼……"一边说，一边连连鞠躬。

他不是将军，所以那句话在他身上起到的效果，也就大大超过一个哆嗦。

在他的腰又一次躬下去又一次直起来时，一个小伙子走到他跟前，挺礼貌地问："我们原谅您了，您是招考办负责人？"

"多谢，多谢，不是，不是……"

"那么您就进办公室去喝杯茶，抽根烟好了。"

"我不会抽烟……"

"太遗憾了！抽根烟在这种时候绝对必要，您看我不是正在抽吗？"

小伙子向他举起了夹着半截烟的那只手。

差不多所有的小伙子都在吸烟，走廊里烟雾弥漫。

这种烟雾在镇定着比他缺乏涵养的众多人的情绪。

更浓的烟雾从楼梯像一片制造舞台效果的冷气似的弥漫上来。

二楼和一楼的期待者们，所期待的已经不仅仅是报考表，同时也在期待着三楼发生点什么事。

楼外，甬路上和聚集在操场上的期待者们，也正期待着楼内发生点什么事。

似乎哪怕发生点什么事，他们今天也不算白来了。

那个小伙子，从兜里掏出半盒烟，慷慨地塞到秃顶男人手里，一边向办公室推他，一边诱导地说："不会抽，学吧！第一口有点呛，第二口有点迷糊，三口四口之后，你就不会再打算出来劝我们了！……不过，麻烦您把负责人请出来……"

"这……"

秃顶男人，就如此这般地被推进了办公室。

并没有谁觉得好笑。

待业是一种特殊的训练，它能僵化人面部的笑肌，使人变得严肃。

几分钟后，一位剪短发的，五十余岁的微胖的女人从办公室走了出来。

她不是待业者，可脸上的表情比待业知青们更严肃。这倒并不能说明别的，只说明她不乐意露面。

他们看到了这一点，也理解。

"我就是负责人。"她从容不迫地说，双手叠放在衣服最下边一颗钮扣的位置，声音很亮，一位善于应付局面的女人。

"我想，我们刚才那位同志，已经向你们讲明白了，我没必要重复他的话。作为我个人，很同情你们，我要对你们说的，只有这句话。"

还是刚才那个小伙子走上前去，依然用那么一种非常之礼貌的口吻问："亲爱的大婶，对您的同情，我们表示十二万分的、最最由衷的、最最真诚的感激。"

"亲爱的大婶"微微皱了一下眉头。

"请问，印了一千五百份报考表是不是？"

"是的。"

"那为什么只发了半数多，就告诉我们全发完了呢？"

"你有什么根据？"

小伙子指了一下自己的衣袖："我是八百二十七号，却没得到报考表。"

他衣袖上果然用白粉笔写着"827"。

他转身指着另一个人的衣袖："看，八百二十八……"

依次指下去："八百二十九、八百三十、八百……"

这个情况分明是她完全没有料到的。她默默思忖着应该怎样回答才有利于自己，也有利于既成事实。

"你家里大概没有知青吧？"一个姑娘挑衅地发问。

她用目光寻找说这句话的人，寻找到了那姑娘，沉着地回答："有。我的独生女儿。"

她们彼此盯视着。

"你女儿显然早就得到一张报考表了吧？"

"我女儿在北大荒被荒火烧死了……"为了向他们证明她不是在扯谎，她随即补充道："我女儿是三师十四团二十八连的，叫郝秀娟……"

沉默。

一阵长久的沉默。

投射到她身上的，种种不信任的、不满的、敌对的目光，渐渐发生了质的变化。

姑娘讷讷地说："请原谅。"

"没什么。"她将脸转向了大家："你们还有什么要求我回答的问题吗？"

他们又能要求这个女人，这位母亲回答什么呢？

她明明什么也不能给予他们。

那个小伙子，内疚地说："我刚才对您的称呼，有点，有点……"他忽然从双手上扯下线手套，将一双手举给她看："我认识您女儿，我们在一个连队……"

一双被火烧伤过留下了难看的疤痕的手。

她看了他那双手一眼，宽容地回答："不必解释，我都理解。"

这时，办公室的门开了，那个秃顶的男人又走了出来，拿着几张报考表，觉得自己功比天高似的大声说："我从废纸堆里又寻找到了这几张，现在我来分发……"

无数只手伸向那几张报考表。

他的话尚未说完，已手中空空。

许多人互相争抢，走廊里顿时大乱。

更多的人抢到的是半张，或者是一角，一条……

二楼和一楼的期待者们，以为三楼终于又开始发报考表了。既然三楼先行混乱起来，他们还遵守的什么秩序呢？于是他们洪峰似的从楼梯涨上了三楼，于是这整幢大楼仿佛顷刻颤动起来。混乱之声传到楼外，使楼外的期待者们，一个个如同进攻冬宫的阿芙乐尔巡洋舰的英勇水兵，一往无前地直朝楼内冲去……

混乱两小时后才平息，归功于三卡车武装警察。没有发生正面冲突，当这所大学的校园里重新恢复了宁静之后，只不过在那幢楼的外墙上留下了一条用报纸写的标语——还我报考表！

它被警察中队长不以为然地撕掉了。

他对几个部下说："完事了，我们可以撤了。"

然而他想错了。

他太不了解返城待业知青们了。

他们认为自己有理由要求获得的东西，而最终竟没获得，并且受到了驱赶，他们绝不甘罢休。

何况他们认为自己有理由要求获得的东西是太多太多了。岂止一张纸！那张纸不过是一种象征，象征着他们失去的一切。他们总是要以某一种形式向社会表示出他们的索还心理的。不是在今天，便是在明天。返城后，他们还从未像这一天这么人数众多地聚集在一起过。这是情绪的聚集。

遗憾的是,警察中队长的头脑里并没有产生这个绝非无关紧要的念头……

第八章

“今天下午，返城待业知青们在师范学院聚集闹事，你们市委领导们听说了没有？”

在姚玉慧家中，吃晚饭的时候，她的母亲向她的父亲这样问道。

“唔？……”父亲端着饭碗一怔，立刻追问：“多少人？”

“两千多人。”母亲一边回答，一边夹了一筷子豆芽拌在饭里。

父亲缓缓放下了碗，又问：“知道为什么吗？”

“什么也不因为，就是要闹点事儿呗！”母亲说着，又夹了一些豆芽拌在饭里，细嚼慢咽。

父亲额头上现出了三道深深的皱纹。

弟弟和妹妹不在家，晚饭桌上缺少了许多话题。三个人从一开始端起饭碗就各自埋头吃饭，没交谈什么。也许母亲仅仅是因为不习惯这种饭桌上的沉默，才随口引起了一个话题。

显然，这个话题给父亲带来的并不是轻松愉快。

母亲看了父亲一眼，奇怪地问：“你怎么不吃了？菜不对口味？我吃着这豆芽阿姨炒得不错！”

父亲仿佛没听见母亲的话，额头上的皱纹更加深了。

姚玉慧觉得很有必要对母亲的话加以纠正，说：“爸爸，妈妈刚才讲的不符合事实。不是他们想要闹点事，实在是事出有因。”

母亲吃完了那碗饭，正欲盛汤，刚伸手去拿瓷勺，听她这么说，将手缩回来了，瞧着她问：“因为你也是返城知青，就要替他们辩护吗?”

父亲对母亲作了一个阻止的手势,然后注视着她,期待她接着说下去。

她知道自己再说什么,定会使母亲更加不高兴。

但她还是想说。

于是她说:“印了一千五百张报考表,结果只发了半数多一点,其余的不知发到何处去了。返城待业知青们对此提出质疑……”

“这有什么可提出质疑的?”母亲打断她的话,与她进行辩论似的说:“招考对象,包括返城知青,但不限于返城知青! 以什么形式发,发给哪些符合年龄条件的人不一样? 再说,就是一千五百张报考表全部都发给了你们返城知青,不还是只录取一百五十名吗? 能解决二十多万返城知青的就业问题吗? ……”

姚玉慧不愿同母亲展开辩论,不做声了。冷静想一想,她觉得母亲的话并非完全没有道理。一百五十对于二十多万说来,无疑是个微不足道的数字。

“这很不一样。”始终沉思默想着的父亲终于开口了:“返城知识青年们,应该有更多的机会获得各种途径的就业机会。你是教育厅的干部,有义务向教育厅反映这件事,请教育厅派人调查这件事,有什么错误,要严肃纠正!”

“怎么? 这意味着市长同志对我们省教育厅的指示吗?”母亲顿时沉下了脸。

“我是市长,当然管不了省教育厅。既然这次招考是省教育厅进行的,引起了全市那么多返城待业知青的不满,我这个市长,总还有向省教育厅提意见的一点权力吧?”父亲不动声色地说。

母亲一下子站了起来:“那就请你这位市长同志郑重其事地提书面意见,明天派你的秘书送到省教育厅来!”

“完全可以。”父亲的语气也强硬了。

"你！……"母亲难以承受地瞪着父亲，一时说不出话，突然推开椅子，两眼盈泪地离开了。

桌旁只剩下了父女俩。姚玉慧内疚地望着坐在对面的父亲。她非常后悔，觉得父母之间的不快，完全是由于自己的话引起的。父亲则对于母亲的离去无动于衷，站起身若有所思地踱来踱去。

父亲终于止步，向她侧转身，盯着她问："你怎么比你母亲知道得还具体？"

她诚实地回答："我今天到师范学院去了。"

"去干什么？"父亲追问。

她犹豫片刻，依然诚实地回答："我也想报考。"

"你有这样的想法，为什么不和我，或者和你母亲商议一下呢？"

"我不愿和你们商议。"

一句更加诚实的话。

她想：无论父亲听了我的话多么不高兴，我今晚都要对父亲说实话。绝不用半句假话欺骗他！她早就盼望着能有一个机会，向父亲敞开心扉地长谈一次了。返城后，她常常感到，自己给这个家庭带来了种种不协调的因素。起初她以为这是由于自己过于敏感。后来经过细心观察得出了明确的结论——不是。妹妹有一次无意识地对她说："姐，自从你返城后，咱们家饭桌旁的笑谈少了，母亲无忧无虑的时候少了，爸爸吹黑管的时候少了，倩倩来的次数少了，哥哥呆在家里的时候少了。我呢，向爸爸妈妈撒娇的时候少了。怕惹爸爸妈妈烦！"妹妹的话更进一步证实了她得出的结论。

她在北大荒的时候，确信全家人中，母亲是最爱她的。因为母亲给她写的信最多，每一封信都很长，从工作到生活，从身体到个人问题，甚至包括女性的生理卫生常识，方方面面，周周到到，每一封信中都充满了一位有知识有文化的母亲对自己女儿的深爱。那时她常想,要是有整整一年的时间能天天呆在母亲身边多好！母亲肯定会将自己当成一个小女孩去爱的。兴许还会引起妹妹的嫉妒呢！如今终于返城了,终于生活在母亲身边了,她所切身感受到的,却根本不是那么回事！从她踏进家门的那一时刻起,她认为母亲就是将她当成一个难以嫁出去的老姑娘看待的,而不是什么小女孩！关于小女孩的一切一切的想象,原来不过是她自己编织的美好而天真的童话！她顶不能忍受的,就是母亲不失时机地用"个人问题"折磨她。是的,她简直认为,谁与她谈她的个人问题,谁就等于是在无情地折磨她。好比有一个人经常用手指甲刮玻璃,发出刺耳的声音使她难以忍受一样,形成了某种条件反射。以至于这个人只消伸出手指,作刮什么的微小动作,她就要立刻捂上耳朵。她明白,如果她在一年之内不能找到一个被女人们统称为"丈夫"的男人,母亲就会觉得她是这个家庭之中一个不成体统的成员。两年之内也不能,母亲就会觉得她不但不成体统,而且有碍观瞻了。三年之内还不能,母亲就会觉得她的存在简直是家庭的羞耻而厌弃她的。不,我绝不会在家里生活三年之久的！她常这么想。她已暗暗下了决心,一有工作,就离开家庭。她宁肯去住任何单位的女工集体宿舍,不管条件多么低劣！她不明白,儿子难娶,母亲们心里会觉得负疚;女儿难嫁,母亲们心里会感到烦愁。这乃是所有母亲们的通病,这乃是母亲们对自己女儿们特殊的责任感的质变,是母爱对儿子与对女儿们不同的演化。有时她真想高声对母亲嚷叫:"我的'个人'问题,与你有何相干？没有男人爱我,难道是我的罪过?!"

弟弟原本也是非常爱她的。记得有一年春节前,她写信告诉家里,因为种种缘故,不能探家了。弟弟回信中写道:"我一定去北大荒,和你一块儿过春节!"她要再回一封信,打消弟弟的念头。可信还没写,弟弟一天下午突然出现在她面前了。那时弟弟还没转业，弟弟一见面就对她说："姐，我只有半个月的假。全家人中我最想念的就是你！所以我宁愿不在家里过春节，也要到北大荒来和你一块儿过春节！我早就想知道我的姐姐在北大荒是怎样生活的了！如今我终于可以亲眼见到了。往后我一有机会，还要到北大荒来看你！……"弟弟给她带来了许多衣物、好吃的东西和营养品，使她又激动又感动地搂抱着弟弟哭了……

可是返城不久，她便狠狠打了弟弟一记耳光。就是那一记耳光，伤了姐弟之间的感情。她却并不后悔，因为弟弟侮辱了她。

那天，她在家里烦闷得闲呆不住，就离开家，到公园去看冰雕，接着去看电影。电影没看完，又离开影院到江边去独自徘徊了许久。

回到家中，刚走入自己的房间，躺到床上，弟弟就推开了她的房门，连门也不敲一下。

弟弟手指夹着香烟，身子斜靠门框，望着她，似乎有什么话欲对她说，又希望她能够看出这一点，主动找个话题与他交谈。

她当时却不愿与任何人交谈任何话题。她觉得身体很疲惫，更准确地说，是精神很疲惫。

她扭头看了弟弟一眼，皱起眉说："别在我屋里抽烟，我讨厌烟味！"

她这句话，实际上等于对弟弟下了逐客令，虽然她并没有这个本意。

弟弟倒也未表示出明显的不悦。恰恰相反，弟弟竟认为她那句话也算是一个话题，走至她跟前，笑道："姐你干吗对我这么反感呢？"

她说："我反感的是烟味！"

弟弟说："你自己明明也抽烟嘛！我有好几次发现你背着爸爸妈妈偷偷抽烟了！"

她不愿再多说什么，就翻过身去，闭上眼睛佯装睡觉。

弟弟绕到了床这边，继续站在她跟前说："姐你怎么忘了，我昨天不是叮嘱过你，今天我的一些朋友要到家里来认识认识你，和你谈谈吗？你也答应了。可是今天人家都来了，你却不在家，让我的朋友们白等了你两个多小时！……"

她不睁开眼睛，也不说话，希望弟弟立刻离开她的房间，使她心里感到安静一会儿。

弟弟却接着说："姐，你知道社会上有些人如何议论你们返城知青么？说你们是狂热的一代、缺少文化知识的一代、自作自受的一代！说你们的命运并不值得同情，是历史对一代红卫兵的惩罚！说许多入了党，当过领导者的女知青，是'卖身党员'，'卖身干部'，是用肉体换取政治资本的女性，找老婆都不能找你们这样……"

不待弟弟说完，她猛地跃起，狠狠扇了弟弟一记耳光！

弟弟捂着脸，吃惊地看着她。

她愤怒得胸脯大起大伏，一指房门，喝道："你给我出去！你今后再对我说这类话，我就把你当仇人！……"

弟弟的手仍捂在脸上，向房门退去。退至门口，站住了，大声说："姐，我记着你这一记耳光，爸爸妈妈也没打过我耳光！难道你不明白我为什么要安排我的朋友们和你认识和你交谈吗？就是要让他们了解你！让他们知道他们耳闻的那些话不对！我姚明辉的姐姐就不是那样的女知青！可你打我！……"

从那一天起，一个多星期内，弟弟不跟她说话。

她并未向弟弟赔礼认错。弟弟说的那些话应该还以一记耳光！虽然弟弟的愿望是良好的，但那些话已像盆脏水泼到她心里去了，不是良好的愿望所能冲刷干净的。

只有妹妹对她的爱一如从前。没增添什么新内容，也没减少什么旧内容。因为全家人中似乎只有妹妹尚未觉得应该对她这个姐姐尽什么义务。无论是替她物色能做姐夫的男人,还是为她而企图向别人证明什么。也只有妹妹对她的爱使她感到更亲近更自然。既不必惭愧,也不必报偿。但却不属于她所真正需要真正渴求的感情。

感情——在这方面她还能产生什么奢望呢?唯愿有一个人能够自己理解她而已!还会有谁呢?还寄托于谁呢?……

她目不转睛地望着父亲,心里在暗暗说:爸爸,您今晚与我认真交谈一次吧!放下您的一切工作!我多么希望您能真正理解您这个已过了三十岁生日,还没有工作,也没有希望嫁出去的女儿啊!……

父亲走到了她身旁,低头凝视着她,问:"为什么不愿和我们商议?"

为什么?究竟为什么呢?因为她觉得自己在城市这个巨大的棋盘上,不过是一个还没刻上字的棋子而已。她将是什么?她无法预想到。不错,她可以成为走"田"的"象",走"日"的"马",走直线的"车",隔子飞跃的"炮",但这样她就得依靠父母的手去移动自己!只有作"卒",作"兵",她才是她自己。十一年之中,虽然很难,虽然也受人摆布过,但生活的道路,毕竟是自己走过来的!由普通知青,而班长,而排长,而副指导员,而指导员,而教导员。她不愿丢了自己,成为握在父母手中一个举棋不定的棋子。一个当过教导员的女儿的自尊心,无法接受如此被动的现实!

她刚愎地回答父亲:"因为我已经三十岁了。"

"三十岁就不再是女儿了?"

"是女儿。但也是一个女人了。"

"你得到报考表了?"

她点了点头,随即又摇了摇头。

她今天到师范学院去得非常早,所以侥幸获得了一张报考表。

往校外骑自行车时，在一条甬路上，有一个人低头走在她前边。她不断按铃，那人却不让路。不知是耳聋，还是装听不见。结果她撞倒了那人，自己也随车摔倒在雪地上。两人爬起后都欲发火，却同时认出了对方。那人是姚守义。

她对他并无好感。在徐淑芳的婚礼上，他给她留下了一个“帮凶”的印象。她顶憎恶协同别人作恶的人。

所以她理直气壮地问：“在你听来，自行车铃声是音乐吧？”

他一边拍打身上的雪，一边说：“对不起，我没听到任何声音，这座城市对我像他妈的一片大沙漠！”

她的心为之一动，因为她也颇有同感。

她扶起自行车，推着走了几步，忍不住站下，回头又问：“你也来报考？”

“碰碰运气。”

“得到报考表了？”

“运气被别人抢去了！”

“有把握考上吗？”

“什么意思？取笑我？”他怒目而视了，大声说：“我不信这么多返城待业知青都是有把握考上的！你取笑我也就是取笑他们大家！”他抬起手臂，朝聚集在操场上的人群一指。

“你误会了……”她想解释。

“我和你有什么误会？你过去是教导员，如今是市长的女儿！我过去是臭知青，如今还是臭知青！等你当了什么科长处长的时候，老子说不定仍是个无业游民呢！没工夫和你闲扯淡，分道扬镳吧！”

他转身往另一条甬路大步走去。

“站住！”她猛喝一声。

他扭头看着她，用嘲讽的语调说：“教导员同志要开始教导人了么？别忘了老子现在是党政军三不管！”

她推着自行车走到他跟前，从兜里掏出折得方方正正的报考表，塞在他那件兵团黄棉袄的两颗钮扣之间。他那件破而脏的黄棉袄也只剩下两颗钮扣了。

他低头看了一眼，又抬头看她，冷笑着说：“市长的女儿在好善乐施吗？”

“机会均等，生活才算公平！”她一说完，就跨上了自行车……

“为什么又点头，又摇头？”父亲不解地问。

“得到了报考表，但给别人了。”她低声回答，轻轻叹了口气。

父亲说：“既然已经给别人了，也就不必沮丧懊悔。你不要因待业而烦恼，我和你妈妈不是都对你保证过么？会为你安排一个理想的工作的。你不是缺少机会，而是缺少耐心！”

她在心里对父亲说：“爸爸，我明白这一点。我太明白了！与任何一个返城知青相比，我都是拥有最多机会的人。你和妈妈为我创造的种种机会！机会多了，人就没有了失去机会的遗憾，同时也就没有了自己捕捉到并把握住机会的感奋和自信！我可以自己捕捉到的机会在哪儿呢？在哪儿啊！……”

父亲也是这么不理解她。

她想哭。

“爸爸，我是不是不应该返城？三十岁了，还让你们为我分心！”她仰起脸望着父亲，是在问父亲，也是在问自己。

“别这么想，爸爸妈妈对你有责任。你妈妈考虑的不过只是你的就业问题。我是一市之长，要考虑二十几万返城知青的就业问题啊！二十几万……”

父亲也叹起气来。

她有些怜悯父亲了。她知道，仅仅就这二十几万返城待业知青，也足以使父亲感到市长不好当了。

她侧着头，将脸贴在父亲手背上，又喃喃地说："爸爸，今天晚上都是我不好，让您和妈妈产生不快了。可是我真希望您作为我的父亲，作为市长，不但能理解我，也能理解所有的返城待业知青，我们一个个都生活得太累了……"

父亲的手一动不动地放在她肩上。

父亲说："我们的国家也累了啊，我们的党也累了啊，十年动乱是过去了，把我们的党和国家搞得精疲力尽。可紧接着，党和国家又开始向历史还债了！历史的债，是无法拖欠的。拖欠得越久，越是难以还清。市委已经召开过两次会议专门研究返城待业知青的安排问题了。不是两千，不是两万，而是二十多万，加上近几年没考上大学的初中生高中生，三十来万啊！哪一个常委也提不出良好的方案……"

父亲原来也是这么需要理解！

她那欲对父亲彻底敞开的心扉，关闭上了。

父亲的手从她肩上放下了，说："我还有些工作，去替我向你妈妈赔个礼！"

她极想留住父亲，恳求父亲再陪她坐一会儿，再与她谈些什么，但又不忍侵占父亲的时间。

父亲连看都没再看她一眼，匆匆离去了。

饭厅里只剩下了她一个人。

这个家此时真是静极了。全家人都各有各的事，除她而外。

眼泪从她眼角淌了下来。

她仍坐着不动。饭厅也罢，她自己的房间也罢，都是一样的寂寞，一样的无聊，一样的无所事事。妹妹借来的那本《简·爱》，她已再不愿去翻了，许多段她都能背下来，"简"也安慰不了她了。

阿姨悄悄走了进来，撤去盘子碗，一边抹桌子，一边说："你妈妈让你到她房间里去一次。"

她转脸拭去眼泪，缓慢地站起身，很不情愿地来到了母亲的房间。

母亲坐在一只沙发上，她走过去坐在另一只沙发上。她看了母亲一眼，看出母亲刚才分明也哭过。是因为父亲当着她这个女儿的面对母亲的抢白？还是因为她这个女儿当着父亲的面对母亲的顶撞？

她低下了头。

母亲用向下级交待工作的语调说："玉慧，我要和你谈的是你的工作问题，你要认真听着。"

从前她自己也曾用这种语调跟许多人谈过话。那些人不但认真听，有时还要用笔记。

"为了你的工作妈妈已经分了不少心。你父亲是一市之长，不便出面去办，对你的责任全落在妈妈身上了。可是真办起来，也并不那么简单……"

母亲的口吻中包含着委屈。

我并不愿依靠你们。她想，仅仅为了今后不再听到这类话，我也不愿依靠你们。

母亲接着说："你在兵团，不是一名普通知青，是一位教导员。相当于处级，和妈妈一样的级别。可是对于你们返城知青，兵团的职务是不予承认的。如果妈妈破例按你在兵团的职务为你安排工作，不是不可以，但肯定会引起闲话，名不正言不顺的，你自己今后也不好处理种种关系。如果给你安排一个一般的工作呢，那太容易太简单了，可妈妈又会觉得内疚，觉得并没有对你尽到一位母亲的责任……"

原来母亲因为她这个女儿曾是一位教导员，内心里竟产生了如此的苦衷，这又是她完全没想到的！看来教导员的职务和老姑娘的年龄一样，对于母亲都成了精神上的心理上的负担。她不唯不应该是一个老姑娘，甚至也不应该曾是一位教导员了！

“你在认真听么？”

她点了一下头，表示听得很认真。

“所以呢，妈妈想，你应该具有一种什么学历，一个文凭；哪怕大专文凭也好。所以呢，妈妈就为你要了一张报考表……”

妈妈长妈妈短的，把她当成了一个小女孩，全没当成一位曾是教导员的女儿看待，但却对她曾是教导员这一点那么重视！

她突然想哈哈大笑。

母亲起身走到桌前，从抽屉里取出一张表格递给了她，复又坐下。

她一看，正是一张师范学院师资培训班的报考表。

“你还不知道，这个师资班，是专为解决一批干部子女的就业问题才招考的。将来的分配去向，也不是什么中学。同样都是返城知青，对干部子女么，应该优先考虑。他们的父母们，在十年动乱中挨过整，他们又和许多平民百姓的子女一块儿受过苦，不优先考虑他们，优先考虑哪些人呢？总不能再让他们返城后，仍和许多平民百姓的子女一样待业吧？这也是落实干部政策的一个方面啊！……”

她呆呆瞧着那张报考表出神。

“据我估计，今后的社会趋势，学历和文凭是相当重要的。有没有学历和文凭，将会成为提拔干部的一条重要原则。你们这一批干部子女的名单，早已交到招考单位去了。一百五十名，不多不少。所以你们注定是要考上的，不论成绩如何。两年后，你们有了文凭，社会上的返城知青待业问题，也不像目前这么严重了，各个单位各个部门的新老干部，也需要调整需要充实了，你们的安排去向，也就更不成其为问题了……”

当年的知青教导员，听了自己母亲的这番点拨，愈加发呆发愣。母亲不愧是多年的干部处处长,眼光远大,为她铺就了一条将来通往领导岗位的道路。两年后,她自己也当上某个局干部处的处长,想必是不无可能的。但是,她一点儿也不感到欣慰。

母亲见她那种淡漠的样子,问:“你怎么不说话,不愿意……上学期间对你们并没有什么特别的要求,你可以照样解决个人问题……”

她仿佛又听到了手指甲刮玻璃的声音。

她努力控制住自己的情绪,看着母亲问:“既然是这样性质的一个师资培训班,为什么还要在报上公开登招考启事?”

母亲反问:“不公开登启事,那不成秘密培训班了么?”

她心中可怜起今天亲眼看到的那许许多多返城待业知青来,包括像姚守义那样只不过想碰碰运气而已的人。他们全都被蒙在鼓里,不自觉地扮演着可悲的陪衬角色。而真正的主角们,除了她自己,是绝不会再有第二个今天也出现在那种大场面之中的。可母亲还说他们聚众“闹事”!警察们还前往驱赶他们!在他们之中,可能就有不少是她那个营的战士。她仿佛又看到了他们那一张张脸和一双双眼睛。为了获得一张报考表,他们期待了三四个小时之久!他们谁不是对考上这个“师资培训班”满怀着莫大的希望或侥幸的幻想?他们的脸上尽是渴望!他们的眼中尽是恳求!她也想到了姚守义,重新咀嚼和品味着他说的那些冷言冷语。也许,因为她“恩赐”给了他一张报考表,此时此刻,他心里仍在感激着她。而他一旦知道,她所“恩赐”的,不过是一张毫无意义的废纸,他会作何想法呢?今天那两千多名报考者,一旦全都了解了这个“师资培训班”的内幕,他们又会作何想法呢?他们是很容易重新聚集到一起的一代人。如果他们由于受了欺骗由于愤怒而重新聚集起来了,这座城市,就休想安定了!

母亲是无法猜测到她心里正在想些什么的。

母亲不慌不忙地又说起来："当然，妈妈还是希望你能考得好一些，起码应该争取及格。分数太低，判卷的人是会笑话的。传出去，也不太光彩。所以呢，妈妈给你找了一位家庭教师，在这十来天内，帮你温习温习初中课程……"母亲的口吻中，流露出对她这位女儿居功表德的意味。

在没有了解到这个"师资培训班"的内幕之前，她也像姚守义一样，将它看成一次机会。她也怀着种侥幸心理，怀着种幻想，要碰碰自己的运气，并决定开始埋头温习中学课程。考不上，也毕竟算自己为自己作出了努力。

但此时此刻，她对这个"师资培训班"愤恨极了！

她一声不响地站起来，默默盯视着母亲。

"玉慧，你心里到底是怎么想的，说话呀！"母亲急了。

她想大声喊："不！……"望着母亲那种十分迫切的样子，她张了张嘴，没喊出来。

母亲毕竟是在为她这个女儿尽着自己的责任。何况"师资培训班"绝非是母亲策划的，母亲还没有那么大的权力。母亲只不过是像她这样的一百五十名特殊的返城待业知青们的母亲中的一个罢了。

门铃响了。

母亲站了起来，肯定地说："他来了，就是我为你找的那个家庭教师！"

阿姨去开了门，引到房间里一个年轻人。

她不由得上下打量着他，见他一身灰色。灰色的布料中式袄罩，灰色的布料长裤，袄罩比外裤新，因而颜色深些。使他整个人看上去，好像一刷子灰色从领口直刷到裤角，由深而浅；黑皮鞋久未打油，黑围脖末端脱线，黑框眼镜，黑重的眉毛，分明来此之前刚刮过脸，瘦削的脸颊发青。浓密的头发早就该理了，看那不经常梳的样子,不是因为舍不得。

他手中拿着帽子,矜持地站在门口。

母亲不疏不近地介绍道:“这就是小张。”

“张复毅。”他看了她一眼,不卑不亢地说,随即将脸转向别处。虽然他尽量显出很大方的样子,姚玉慧还是觉得他的神态有些拘谨,甚至有些不自然。似乎他不是来做家庭教师的,而是不太情愿地来相对象的。

别担心,她有点玩世不恭地想,我是个独身主义者!

“这就是我女儿。”母亲又说,还作了一个无比郑重的介绍的手势。

她觉得母亲的神态中也有某种不自然的成分。大概是因为有一个尽管当过教导员但却需要补习中学课程的女儿而感到羞惭吧。

她存心连头也不对他点一下,只是漠然地望着他。

“玉慧,你们今天先随便聊聊,明天开始吧!……”母亲一边说,一边走在到桌前,从眼镜盒里取出眼镜,戴上后,又拿起了一张报纸,走回来,款款坐在沙发上,就看报。

“请到我的房间。”她对他说,走在前边,引他走进了自己的房间。

“请随便坐。”她仍不看他,径直走到窗前,背对他望着窗外。

外面漆黑,什么也看不见。玻璃一层水雾。她心不在焉地用手指往窗上写字。写出的竟是“北大荒”三个字,连她自己也觉得奇怪。仿佛有一种神秘的意识无时无刻不在提醒她,使她不能够忘记自己生活过十一年的那片广袤的土地。“北大荒”三个字,渐渐被顺着笔画流淌的水雾模糊了。她不由得将额头紧贴在窗上,感到了一股凉意直沁心肺。

有好一会儿工夫,她把那个张复毅忘了。她想象着自己是在一条清凉的幽静的小河中游泳，就是营部前面那条弯弯曲曲的小河。只有北大荒的小河，才那么清凉！那么幽静！

“可以在你的房间里抽烟么？”他问，那口吻就好像问一个卖菜的——“让挑么？”

她转过身，见他仍站着，反问：“你为什么不坐？虽然我是主人，你是客人，但你是老师，我是学生啊！”她的语调中流露着明显的嘲弄。多半是自嘲，也在嘲弄他。由于他的到来，使她和母亲之间的可能是一场非常严峻的冲突没有发生。为此她想对他说几句感激的话，又想说几句使他大扫其兴的话。她认为严肃的冲突不应避免！

他不动声色地回答：“你让老师坐在地板上么？”

她的房间里只有一把椅子，摆在床边，睡觉时放衣服。椅背上还搭着她换下来的一件衬衣。除了那把椅子，再没有为客人预备的坐物。母亲曾说过，要给她的房间里添置一套沙发，嫌家具店里的沙发样式不好看，没买，决定雇人做。

她脸红了，走到椅子跟前，扯下衬衣塞到枕头底下，搬起椅子，放在离他一米远的地方。

他将椅子搬到门旁，正襟危坐，像个严肃的守门人。

“你可以抽烟，还可以往地板上弹烟灰。”她坐在床上，以研究的目光注视他。

“不胜感激。”他掏出烟，从容不迫地抽了起来，还将手绢铺在双膝上，往手绢上弹烟灰。

她站起身，说：“我给你去取个烟灰缸。”

“多此一举。”他说，“我的烟灰，我要带走。”

这句话无论怎么品味，都不够友善。

“是我母亲……迫使你来的么？”

“没有人能够迫使我做不情愿的事情。”他的话中隐含着一种傲慢无礼。

“那么,是情愿的啰?”

“是。”

“我使你大扫其兴了吧?”

“什么意思?”

“市长的女儿并不如花似玉,而且早已失去了妙龄芳华。”

她怀疑他的“情愿”,是有某种不可告人的企图为动机的。母亲和他串通一气,以帮她复习功课为借口,实则是在导演他“凤求凰”也说不定。可他又为什么显得那么高傲呢?是演技?还是性格?她冷笑着,暗想:活该扫你一大兴。

他对她的话无动于衷,用平静的语调反问:“一元一次方程的几种解法,你还记得不?”

“忘了。”

“因式分解呢?”

“忘了。”

“最大公约数和最小公倍数的求法呢?”

“忘了。”

他耸了一下肩膀,依然用那种平静的语调说:“我来之前,想的是市长女儿起码还应该记得初一的课程,却并没有想到市长女儿的年龄和容貌。现在我不得不坦率承认,我很失望。”

她反唇相讥:“而我知道,在年轻漂亮的姑娘们面前,男人们总是努力掩饰起自己对她们的失望的。”

“谢谢教给我一条生活经验。那么你还记得什么?”

“同性相斥,异性相吸。”

“这真使我感到安慰。看来你在中学时代对物理比对数学感兴趣。”

这时,从弟弟的房间传来了弟弟的朗诵之声:

你是音乐,为什么悲哀地听音乐?
甜蜜不忌甜蜜,欢笑爱欢笑,
为什么你不愉快地接受喜悦?
要不然,你就高兴地接受苦恼?
……

弟弟的声音使人听出来,他在明显地装腔作势。不知他何时回来的。

“停！你要朗诵,不要大喊大叫！要有抑扬顿挫,要表达出情感！要像我这样朗诵……你是音乐,为什么……像含着眼泪轻轻地诉说……为什么？……”

倩倩的声音,一点也不能算是“轻轻地诉说”,听来使人想象得到她在比弟弟更加装腔作势。

“你别打击我的情绪好不好？连于导演都说我有朗诵天才!”

“他那是奉承,因为你是市长的儿子!”

当姐姐的冲出房间,在走廊高喝:“你们都给我停止喊叫！家里不是话剧团的排演厅!”

她走入房间,见他蹲在地上,用一小片纸认真仔细地拾烟灰。

她双臂抱到胸前,低头看着他,几乎是用恨恨的语调问:“带回去做药引子吗?”

他将撮起的烟灰放进手绢,像放入金沙一般,然后站起,又坐在椅子上,不动声色地说:“市长家的地板应该一尘不染。”

她离开他,又走到窗前,靠窗台站着,仍将双臂交叉在胸前,望着他说:“无论我考得如何,即使交白卷,也必定是一百五十名被录取者中的一个,这一点你知道吗?”

他怔住了,一时不能理解她的话。

“所谓‘师资培训班’,不过是在目前情况之下,为返城知青中的一百五十名像我这样的干部子女提供的理想就业途径,这一点你显然也不知道了?"

"真的?"

她点了一下头。

他慢慢从椅子上站了起来。

他又问:"真的?"

她又点了一下头。

他猛转身朝外走去。

他走到门口,回过头说:"我一定要让全市返城待业知青中所有的报考者都知道这件事的真相!"

"你不能这样做……"

"我一定要这样做!"他说罢,走出了房间。

弟弟也送倩倩从房间走出来,见他那种匆匆而愤愤的样子,绅士风度十足地向他鞠了一躬,故作歉意地说:"对不起,我的朗诵打扰你给我姐姐复习功课了!"

他站住,用嘲讽的语调问:"那么刚才是你在大喊大叫啰?"

"难道你连起码的欣赏水平都没有?"

"那是因为你连起码的朗诵水平也没有。朗诵和喊叫是有本质区别的,听着……"

于是他镇定地朗诵起来:

> 假如我的爱只是家门的孩子,
> 那荣华一去,它就将失去爸爸,
> 它将被时间任意处理,
> 随同恶草,或随同好花被掐下,
> 不,它建立在远离偶然的所在,
> 面对含笑的富贵,它不会凋残。
> 在使人愤懑的摆布之下,它也不会
> 倒下!……

他朗诵完，又说："莎士比亚的诗不是为后人练嗓门而写的。"

弟弟冷笑道："怎么，你还想再兼任我的朗诵辅导教师吗？"

他平静地回答："如果你母亲向我提出这样的请求，我可以考虑。"

倩倩涨红了脸，插嘴道："我们根本不喜欢你朗诵的这首诗！"

他不屑地看了那瓷洋娃娃一眼，一字一句地回答："好诗总是被少数人所喜爱。"

当姐姐的，站在自己的房间里，像俄罗斯大剧院包厢里的贵妇似的，无动于衷地观看敞开的房门这小小舞台上进行的话剧。

她头疼得快要裂开了！

她无法忍受这一切一切！

大生日蛋糕、三十支小蜡烛、褐色的细高跟的皮靴、大杂院的婚礼、婚礼上的花圈、徐淑芳手腕动脉流出的鲜血、"师资培训班"、这个叫张复毅的家庭辅导教师、莎士比亚的诗……

她想大声哀求："给我安静！……"

"话剧"仍在演下去。

弟弟："我提醒你，比你更狂妄自大的人，在我们家里也比你更懂得点礼貌。"

他："非常遗憾，我来之前，忘了把礼貌戴在头上，却把高傲揣在兜里了。"

弟弟终于失掉了绅士风度，怒吼起来："你他妈的立刻从我们家滚出去！……"

"多谢你使我领教了市长家的礼貌家风。"他将一只手插进衣兜，仿佛在攥着他那完整无损的高傲，一转身从容不迫地下楼而去。

求求你们让我安静吧……她心里哀求着。

在这个夜晚，在这个时候，临时工郭立强，也在为考取“师资培训班”而复习功课。不过他复习的不是初中课程，而是高中课程。虽然招考启示注明，各科考题绝不超过初中范围，他还是要求自己以考大学的准备和信心踏入考场。

天气确是一天比一天转暖了。城市像一匹乏透的马，在冬春交季的最后日子里打滚。等它一跃而起，抖尽残雪，就会变成可人的春姑娘。一年之计在于春，春天是好季节，普遍的人们都在以好心境期待它。

它带给郭立强的却是失业的警告。春天一到，他就得重新加入二十余万返城待业大军的行列。他的“合同”至四月为止。

必须考取“师资培训班”——这是最后防线。

他的机会是二十块钱买到的，外加一块半新的“上海”牌手表。

报考那一天，他没有得到报考表。他是最后一批被治安警察们赶出师范学院的报考者之一，师范学院的铁栅大门随即被关上。两名治安警察一左一右伫立门内，都以一手握着悬在腰际的警棍。

报考者们一个个悻悻然散去。

他站在一棵大树下，仰望着参差的树枝，好像从澡塘子里出来的人发现衣服全被偷走了一样不知所措。

一个报考者大声问他：“哥儿们，从树上找着报考表了？”

他没心思开玩笑，也不愿看对方一眼，低下头默默走了。

“等等。”对方追上他，和他并肩走着，试探地问：“一张报考表对你非常重要？”

“你无法想象有多重要。”此刻他希望向一个人诉说，否则，他觉得自己的心理是太难以平衡了。

“我卖给你一张怎么样？”对方站住了。

“卖？……”他也不由得站住了。

“一手交钱，一手交货。”对方的手从兜里抽出来了，向他展示了一张报考表。

“多少钱？”他的心怦怦激跳，恨不得一把就将那张报考表抢过来。

对方向他伸出一只五指分开的手。

“五块？”

“五块买运气？难道刚才你没看见几个返城的老姑娘为一张报考表如何抢作一团？”

“五……十块？……”

对方点了一下头，用友好之极的语调说：“我得到这张报考表也不容易，三更半夜就来守在报考处门外了。我并不想考，想考也考不上。不过是动了点脑筋，估计到了一张报考表的价格。你别朝我瞪眼睛，这是城市把我逼得这么无耻。”

“我只有二十块。”

“我这是转卖运气，二十块您太占便宜了！”对方折起了那张报考表，欲揣进兜里。

“你卖给我！”他抓住了对方那只手腕子。

“哥儿们，你要是打算抢，就抢抢看。抢不去，我还是那个价——五十块！”对方虎视眈眈地瞪着他。

他不打算抢，也明知抢到并不容易，不得不放开了对方的手腕。

“二十块就想买好运，太抠门儿了吧？”对方嘟哝着，将报考表奇货可居地揣进兜里。

“可是我只带了二十块！”他恨恨地说。

“记住这个教训吧。要买好运，兜里就该多带点钱。”对方几乎是完全站在同情他的立场上说话，还叹了一口气，好像为他感到非常遗憾非常惋惜似的。

“我把棉袄脱给你！”

“像你这样的棉袄，我们家有四件：我哥哥一件，我一件，我弟弟一件，我妹妹一件。我们家是兵团战士之家，如今是待业者之家。”对方在他肩上重重地拍了一下，接着说：“哥儿们，别把我想得太坏。作这种交易，心不得安宁。这勾当一个人只能干一次，所以我得卖个好价。”说完，有所不忍地转身而去。

他也跟着跑下去了。

他默默地跟随在人家身后。他觉得自己像一条狗，脖子上拴着无形的铁链，一端攥在人家的手中。

他的命运在人家衣兜里，他自己衣兜里则只有二十块钱。人家说得不无道理——好运二百块、两千块也不算索价过高。

“师资进修班”——未来的中学教师。对他来说，不可能再有比这更好些的命运了！

他默默地，身不由己地跟随着人家走。

假如对方说：“你跪下，我给你这张报考表！”

他是会毫不迟疑地跪下的。

可对方不是一个无赖。对方不会要他跪下，对方只要他多给三十块钱，也不要他的黄棉袄。他能体谅一个家庭有四个待业知青，那是一种什么样的生活境地。他可怜自己，也可怜对方。

他只有违反理智地，不甘心地，默默地，身不由己地，狗一样地跟随着对方。

如果真是一条狗就好了，他想。扑上去，用牙齿和爪子撕破对方的衣兜，叼住那张报考表就跑！

走至三孔桥，对方不从桥上过，从桥旁的陡坡跑下去了。

“你为什么跟着我？”对方在桥洞中站住，回转身，防范地瞪着他。

他说：“你刚才还给了我最后一线希望。”

“真打算抢？”

“是。”

“好吧。被你抢去,我认了。”

“我抢来了,也要给你二十元。”

“一言为定?”

“一言为定。”

“那你抢吧。”

“我真抱歉。”

“别不好意思,这样对我们都更公平。”

于是,他们便在桥洞中角斗起来。这两个返城待业知青,为了一张实际上毫无价值的报考表,变得像狮子般凶猛。他们都尽量避免在角斗中打伤了对方,也都不甘失败,所以这场角斗就很持久。他们都没有什么角斗的本领,所以这场角斗就没有什么精彩可言。他们都不喊叫,都很文明。不抓头发,不拃脖子,不踢,不咬,不施计谋,不下毒手。甚至也都不急于取胜,唯希望在持久的角斗中消耗尽对方的体力而已。这是两个人的文明的生存斗争方式。一会儿这一个将那一个按在地上,一会儿那一个又将这一个压在身下。翻滚在一块儿后,谁都没能够站起来过。郭立强有好几次就要将自己的一只手伸进对方装报考表的衣兜了,对方每次都是在这时将他翻压在身下,重占上风。地上的冻土被他们的大头鞋跟蹬起了一层,他们呼哧呼哧地喘粗气。

当他又一次将对方压在身下后,一辆卡车从桥上驶过,一阵黄土落下,眯了对方的眼。他趁机将报考表抢到了手。

他迅速跃起,跳到一旁,将报考表从领口塞入贴身的衬衣中了,然后紧了一格皮带,防止它掉出来。当他确信万无一失,也不可能再被对方夺走后,才从地上捡起自己的帽子,用帽子拍打身上的土。

他一边拍打,一边看了对方一眼,见对方仍一动不动地仰躺在地上，满脸是土，双眼还紧紧地闭着。

对方的一只手，缓缓地向一个衣兜摸去，又向另一个衣兜摸去。那只手，连同那条手臂，软弱无力地从对方的身体上滑下，伸展着。

他看见那只手紧紧地抓了一把土。

他觉得自己是一个强盗。

他立刻走过去扶起对方，用手拍打对方身上的土，然后捡起对方的帽子，替对方戴在头上。

对方请求道："你给我吹吹眼睛。"

他就给对方吹眼睛。

眼泪从对方眼中淌了出来。

"好点么？"

"好点了。"

对方擦眼泪，那张脸立刻变得很肮脏。

他从兜里掏出了二十块钱，低声说："真对不起你。"

"没什么。"对方推开了他的手："我说过，被你抢去，我认了。"

对方说完，转身就走。走了两步，站住，从地上捡起什么，回头望着他，又说："你的表，接住。"将表抛给了他。

他接住表，呆呆地望着对方走出了桥洞。

表，一块半新的"上海"表。他刚才竟忘了自己还有一块表。

"等等！"

对方又站住，转身望着他。

他走到对方跟前，羞惭地说："我刚才忘了我还有块表，真的。"边说边将表和二十块钱放入对方衣兜，拔腿便走。

走出很远，他听到对方喊："哥儿们，祝你交好运，榜上题名。"

他回头看了一眼，对方还站在原处。

又一辆卡车从桥上驶过。

他心中十分感激刚才他和对方翻滚在一起时从桥上开过的那辆卡车的司机……

而在这个夜晚，这个时候，他感激的是从他手中得到了二十块钱和一块半新的“上海”牌手表的那二十余万返城待业知青中的一个。

对方给予他的可是一个命运的转机。

两年后他就可以成为一名中学教师了！

他对生活不再有过高的要求，他相信自己能够成为一名好教师。语文、数学、物理、化学，不论教哪一科他都能够胜任。政治除外。

他很后悔没有问那个给予他这种命运的待业知青伙伴的姓名和住址。这时他想：如果我那块表不是一块半新的“上海”牌的，而是一块崭新的，“欧米茄”牌的，或者“罗马”牌的，带日历的，那才公平啊！……

无家可归的徐淑芳一直“客居”在他家里。

对于同院的邻居们说来，他和她究竟以一种什么关系相处，是个难猜的谜。他们怀着种种好奇，想从她脸上破译谜底，但她却很少迈出他家的门。他们偶尔在院子里看见她，她便立刻低下头，像自惭形秽的麻风病人一样逃进屋去。他们想从他脸上获得信息，满足好奇心。可他脸上既没有新婚后的和美表情，也没有蒙受奇耻大辱的可怕阴云。他一如既往，对所有的邻居都很礼貌，很客气，见面一如既往地称呼他们“大爷”、“大叔”、“大娘”、“大婶”……只有从郭立伟脸上，他们才获得一点反馈。这个当弟弟和当小叔子的，常常以一种警告的目光回敬邻居们好奇的目光。那种目光的含意是——谁若敢议论我们家，我就对谁不客气！于是好奇的邻居们得出结论——她——依然是他们家的人。但邻居们总还不免觉得，在那兄弟俩歪斜的家门内，经历了婚礼那一天的花圈事件之后,居然还能进行着正常的、安静的、平和的生活,简直是不可思议的。

在那扇歪斜的家门内,处境最尴尬,最难堪,内心世界最复杂的,并不是郭立强,也不是他的弟弟郭立伟,而是既合法又不被承认的新娘子和嫂子徐淑芳。一张结婚证书,以我们共和国的庄严法律的名义,将她和这兄弟俩组合在一个家庭之中。而那架在婚礼上被烧毁的花圈,以一个,不,它代表二十余万返城待业知青的情绪和心理,无声地发出道德的呐喊,全部诋毁了那张结婚证书的法律力量。普遍的良心是普遍的道德的基础。这个古老而无懈可击的逻辑,时常使她独自悲哀地暗想:不仅仅是一个王志松,二十余万返城待业知青都会谴责我,唾弃我,包括他。他虽然重新收留了她之后,待她以礼,但他内心深处肯定是极其蔑视她的,毫无疑问他已收回了对她的爱情。对于爱情,礼貌是比仇恨更加彻底的决裂。没有人启发她,她全凭一个女人的本能悟到了这一点,这是女人无师自通的箴言。它用看不见的文字刻在女人的心上,没一个女人对此是“文盲”。

兄弟俩都上班后,她独自“留守”在他们的家中,尽一个名符其实的“看家婆”的种种义务。她常怔坐床边一两个小时之久,陷入无解的沉思默想和无边的忧情苦绪。而在他们下班之前,她给他们做好饭,烧好洗脸水。吃过饭,兄弟俩都从不在里屋多耽留一分钟。一道门槛,隔成她和他们的两个领地。

一天早晨,她梳头时,头发一缕缕地脱落了。她有生以来第一次从镜中看到了自己青白的头皮,所剩无几的稀疏的余发,像伪装草率而拙劣的尼姑的头。她被自己那种样子吓住了,手中拿着木梳呆若顽石。镜中的她那双惊愕的眼渐渐盈满泪水,镜外的她却在心里对自己说:徐淑芳徐淑芳你不要哭!即使你变成了一个怪物你也不要哭!你要刚强你要刚强……

他恰恰在那一时刻走进屋里，仿佛从她身上发出了一道无形的闪电，将他击得倒退了一步。她立刻弯下腰，捡自己落在地上的缕缕头发。捡完了，她已没有力量站起身来，也没有力量抬起来头来。她竟手中抓着自己的落发瘫坐在地上了……

当她的意识从一种麻木的状态中挣扎出来时，他们早已离开了家……

那天晚上，当他们回到家里，见她头戴一顶旧的单军帽，那是弟弟的，不知她从哪里翻着的。

这几天，郭立强开始复习功课，每天晚上才不得不进入里屋。他和她，一个坐在床边，一个坐在桌前。一个悄无声息地两眼瞪着某处发呆。一个聚精会神地看书，演算，吸烟。他将闹钟定了时，到十点，铃声一响，他便立刻走到外屋去，不再进来。

昨天晚上，他刚走到外屋去，又要进里屋来取放在桌上的烟。

她却已经将里屋门插上了。

并不是为了防范。不，绝不是！防范他？她连这样想也没有想过，何况她是没有任何理由防范他的，因为法律已经宣告了她是属于他的女人，她自己对于这一点也是认可了的。何况这是他的家，她没有任何理由阻止他随时进里屋。

她立刻给他开了门。

他走进来后，说："你完全没有必要这样做。"

"我……"她像严重侵犯了别人的权力似的，一时不知如何回答。

他从桌上拿起烟便走。走到门口，转身望着她又说："我明天一定去找他，一定让他来接走你……"

"不！……"她叫喊起来。仿佛一个孩子听到大人威吓地说，要让魔鬼将自己带到一个什么十分可怕的地方去。虽然他的话中毫无威吓的成分……

此刻,她仍像前几天晚上一样,呆呆地坐在床边,凝视着鞋尖。这双猪皮皮鞋还是在婚礼那天开始穿的,穿后一次也没打过油,已经很肮脏了,还沾有她的血滴。

她心里却在暗暗祈祷那闹钟的铃坏了。她感到无比孤独,仿佛是坐在一条小小的木舟上,木舟漂荡在被暗夜笼罩的汪洋大海中。有他在眼前,她似乎感到那种咄咄逼人的从四面向她压迫而来的孤独减少许多许多。虽然他每天晚上一走入里屋,便坐到桌前去,直至离开不看她一眼,不跟她说一句话。她还是觉得他的存在对她意味着可以朦胧望到的彼岸。

她祈祷那闹钟的铃坏了。

它的弦上得很足,走动之声清晰有力,到十点,铃准响。

那时"木舟"上又只剩她自己,"彼岸"也将随之消失。

她简直已无法忍受晚上十点以后的孤独。

真正置身在一条小小的木舟上,飘荡在被暗夜笼罩的汪洋大海中的人,是多么希望和另外一个人为伴啊!哪怕是仇人!仇人的存在所造成的威胁也比那样一种孤独所造成的恐惧小些。

何况他不是仇人,他是她的"岸"。虽然朦胧,但存在着,代表着陆地。他是她所能望到的唯一地平线。

她祈祷闹钟的铃坏了。

她不祈祷自己脱落的头发重新生长出来,却一遍又一遍暗暗祈祷闹钟的铃坏了。

它的弦又上得多么足啊!它的走动之声又多么清晰有力啊!

嚓、嚓、嚓……

这声音冷酷无情。

一到十点,它准响。

她诅咒那有节奏的"嚓嚓"声。

她祈祷闹钟的铃坏了。

她不禁抬头看了他一眼，见他将头伏在手臂上，夹在指间的一截烟还燃着。她以为他不过是那么休息一会儿，见他许久都一动也不动，才断定他是那么睡着了。这几天内他明显地消瘦了。她从内心里对他涌起了一种怜悯之情，和一种深深的羞愧。她没有给他的生活带来任何一点慰藉，连一个女人能够带给一个男人的起码的慰藉也没带给他。她只不过是他的一种负担，也许仅仅是一种道义上的负担。这想法如同老鼠嗑木箱一样啃咬她的心。

她慢慢站起来，轻轻走到他身旁，从他手指间抽出了那截烟，捻灭在烟灰缸里。她俯视着他的头，他的头发浓密而蓬乱。他的脖子很粗壮，由于头微垂着，显示出有韧力的曲线。她想：他真是一个男人啊！一个男人有着这样的脖子，是绝不会在生活面前轻易低下头来的。

她又俯视着他夹过烟的那只手。那只手又大，又厚，虎口的肌肉凸起。虽然放松着，却使她感到，在睡梦中用力一握，也肯定会将什么坚硬的东西握碎。

这只手曾爱抚过她。一个女人被这样的一只手所爱抚过，便永远也不会忘记有着这样一只手的那个男人。当这只手以前握住她的手时，她便从内心里产生要求被爱的强烈渴望。当这只手轻轻抚摸她的脸颊时，她每次都不能够不闭上眼睛，不能够不像孩子似的偎在他怀里。尽管在那一时刻，她心中也无法忘掉“王志松”这个名字。但自己对自己良心的谴责不过成为渴望爱抚的心理要求的变奏序曲。是的，她那时所渴望所要求的，不是去爱，而是被爱，仅仅是被爱。也许由于他有恩于她，也许由于他是那种不肯过多流露温情的男人，也许还由于其他许多她所弄不明白的原因，使她内心里筑起了一道无形的屏障，阻隔了她对他的感情。这种感情仿佛被篱笆围住的羊儿，仿佛永远只能在一个极有限的范围内活动。

但是此刻,她内心里忽然萌发了一种微微的波动。她极想抱住他的头,亲吻他的头发,亲吻他的脖子,亲吻他的手。女性的心从被爱的摇篮中觉醒了,恰恰当她不再被爱的时候觉醒了。她一旦觉醒她便不再满足仅仅被爱。她忽然觉得自己是那么需要去爱。那么需要强烈地爱一个男人。这种冲动萌发得那么突然!使她的心理毫无准备,那道无形的屏障一下子便被突破。咄咄逼人的仿佛从四面包围着她的孤独,压迫得她的心灵无依无傍。它带着一股深厚的柔情一股猛烈的激情一种急切的全部给予的愿望,要主动地报答地偿还地不顾一切地贴紧跟前这个男人的心!它使她整个人像马上就要燃烧起来一样!

她情不自禁地伸出一只手,想要抚摸他的头发,他的脖子,他的手。

这时,闹钟的铃突然急促地响了。

他猛地抬起头,有些惊异地瞧着她。

她立刻下意识地缩回了那只手,慌乱地放在胸前,接着放在桌子上,随后藏在衣角下,并用另一只手隔着衣服紧紧握住了那只偷了东西似的手。

她嗫嚅地说:"我……见你睡着了……还夹着烟,就……替你把烟掐了……"她感到自己的脸像靠近了烧红的火炉,被烤得灼热起来。

他不再瞧着她,止住闹钟铃,合上课本,站起身来。

她悄悄退回床前,又如先前一样坐下去,同时垂下头。

他转过身时,问:"你为什么不同意我去找他?难道我们的关系……可以这样长久维持吗?"

她不回答。

他又说:"我等待着你回答呢!"

"不……"她依旧低垂着头。

“为什么不？更痛苦的不是我，也不是他，而是……你自己……”

“你不必去找他，让我自己去找他吧！”她缓缓抬起头，用一种恳求恩准的目光望着他。

“我担心他会伤害你。”

“他不会的。”

“那你明天就该去找他。”

“明天，我……做不到……”她又垂下了头。

他注视了她一会儿，不再说什么，大步走到外屋去了。

她顿时又感到那种咄咄逼人的孤独从四面向她包围过来。仿佛别人看不到的冰凉的水，渐渐没及她的双腿，没及她的胸，就要使她陷于灭顶之灾，她感到窒息得有些喘不过气来。她再也坐不住了，她站起来，走到桌前，在他刚刚坐过的那把椅子上坐了下去。桌上摆着一面小圆镜。她瞧着镜子，慢慢从头上摘下了那顶旧的单军帽。

苍白而憔悴的脸，稀少得可怜的头发，一个伪装得又草率又拙劣的病尼姑的形象。

她目光呆滞地瞪着“她”。

命运，命运，你把我变成了这么丑的样子，我也绝不向你屈服！王志松，王志松，总有一天，我会具有勇气去找你，当面对你说，我无过！……

她心里一边这样想着，一边轻轻拿起小闹钟，将上铃弦的旋钮拧了下来，揣进兜里。思忖片刻，又站起身走到窗前，轻轻打开了小风窗，从窗口扔到外面去了。

外屋，兄弟俩在说话，她注意倾听着。

“哥，从明天起，你别去上班了。”

“那怎么行！临时工，三天不上班就除名。”

“要不我替你去干？我跟厂里说说，领导会同意的。”

“你的腿不好，怎么能干得了那么重的活！”

“再有几天你就要参加考试了呀！”

“不行！”

“哥，你一定要听我的！你一定要争取考第一。这不是全国高考，捣鬼的名堂多了！考第二第三，别人把你顶替下来，你也没处讲理去！……”

“别说了，快睡觉吧！”

她走到外屋去，对他说：“你应该听立伟的话，明天开始，让我顶替你去上班吧！”

“你？……”他看了她一眼，摇摇头，坚决地说：“不行！……”

她比他更加坚决地说：“如果你不同意，明天我就离开你的家！”

“去找他？你早该如此！”

“不去找他，去流浪！去讨饭！”

这时，外面传来宣传车的广播声：

“全市公民请注意，全市公民请注意，市公安局颁布特殊治安令，从明日起，晚十点以后，行人必须随身携带工作证件。对可疑者，公安人员有权进行盘查或者拘留……”

广播声由远而近，又由近而远：

“各街道委员会、各派出所，要对返城待业知识青年实行认真严肃的注册登记，各影院、剧院、广场及其他公共场所，严禁返城待业知识青年以任何理由举行任何形式的聚会……”

郭立伟从吊铺上探下头对哥哥说：“昨天中午有三个返城待业知青，拎着一个手提包闯进了市劳动局局长办公室，把手提包朝局长的办公桌上一放，从里面取出一个炸药包，逼着局长亲自给他们开介绍信介绍工作，否则他们就要点炸药包……”

“结果呢？……”郭立强低声问。

“局长给他们开了介绍信。他们得意洋洋地离开劳动局，在马路上被公安人员铐上手铐逮捕了……炸药包是假的……”

啪哒！

三个人都吓了一大跳。

是风将里屋的小风窗关上了……

肉体所承受不了的，心灵能够支撑着；心灵所承受不了的，肉体却无法分担。这种时候，沉重的劳动，对人意味着变相的解脱。两种负荷加于一人，人就分不清哪一种负荷属于肉体方面的，哪一种负荷属于心灵方面的。这是文明的现代人拯救自己的古老而原始的方式，人类至今还想不出比这种方式良好却又比这种方式更有效的另一方式。

四十八公斤重的木箱压在徐淑芳背上，她那虚弱的身体没走出几步就被压倒了，幸而没被压伤。她爬起来，去抱那木箱，抱不动。几双脚在木箱四周站住了：穿翻毛皮鞋的，穿大头鞋的，穿棉胶鞋的。

她因为自己被压倒了而感到无比羞耻，没有勇气抬起头来。

一只手在她肩上拍了一下，她感到了那只手的宽大和分量。她执拗地又抱那木箱。它像有一个底座深埋在地下，纹丝不动。

那只手抓住她的腕子，毫不费力地将她拉起来，轻轻扯到了一旁。

一个高大魁梧的男人怜悯地瞧着她，摇了摇头。

“帮我放到背上吧……”她苦苦地请求。在北大荒，她曾扛着一百五十斤重的装满麦种的麻袋上过四级跳板啊！力气，生活曾给予她几乎等同男子的力气。如今生活又把这样的力气从她身上收回去了。就像一个大人捉弄一个孩子，在孩子被骗下深坑后，却将梯子从坑中撤走了。生命所给予人的一切都是有限量的。人在孩提时代就失去了的,可能一辈子都失去了。人在青春年华付出太多的,以后在这方面就贫乏了。如果她早已懂得这个生命的哲学,她当年就不会被一种近乎自我摧残的劳动热情所促使而不惜以耗损血肉之躯去获得表扬了,可她当年不懂。“徐淑芳劳动积极肯干。”一句这样的口头表扬,会使她甘心情愿在某种最沉重的劳动中活活累死。生命总是在人不懂的时候收回它给予人的宝贵的一切。

那高大魁梧的男人弯下腰,用一只手抓住捆绑在木箱上的麻绳,拎起便走,像拎一只空木箱。

另外三个男人,一言不发地离开了她。

她呆呆望着那个拎走木箱的男人的背影,一动也不动。更准确说,是想动而不能动。羞耻感像一根无形的钉子,从她头顶穿下,将她牢牢地钉在那个地方了。那一时刻,她是多么自卑,因为自己是一个女人而自卑。如果可能,她愿求助于某种神明或巫术,将她立刻由一个女人变成一个男人。哪怕变成世界上最丑的男人,她也感激不尽。只要能使她变成一个有力气的男人就行!力气,力气,她宁愿用一个女人内心的全部柔情和在别的女人们看来是最美好的一切一切,换取能扛起四十八公斤重量的力气。

那个高大魁梧的男人,从仓库里走出,迎着她一直大步走过来,走到她跟前才站住,低声说:“我瞧不起他!”

“谁?……”她机械地问。

“你丈夫!我绝不会让自己的老婆顶替自己来干这种活!如果我有老婆的话!”

“不许你侮辱他!”她本能地维护“丈夫”的人格,大声说:“是我非要来,他才不得不同意,过几天他要参加考试,他得复习好多功课……”

“所以我才瞧不起他！他自私透顶！他不配作一个丈夫！你回去告诉他，虽然我跟他交情不错，可我从今天起开始瞧不起他！”他满腔怒火地说罢，撇下她在那儿，一转身就走。

她怔了片刻，赶紧追随在他身后，边走边说：“其实我能干……”

他站住，转过身，看了她一会儿，吼道：“你能干个屁！”吼罢，又大步朝前走。

她呆呆地站在那里，不知如何是好。

几个男人扛着木箱从她身旁走过。他们扛着四十八公斤重的木箱，走起路来轻轻松松的。一个个还故意在她面前显出力大无穷的样子，一边走，一边你撞我一下，我踢你一脚，像耍坛子的杂技演员一样，将木箱从左肩移到右肩，从右肩移到左肩，尽情炫耀男人们的力气。其中一个，扛着木箱一边从她身旁扭扭搭搭地走过，一边学着她的语调说了一句：“其实我能干……”

另一个立刻接了一句：“你能干个屁！”

于是他们爆发出一阵哈哈大笑。

她由羞耻而愤怒了。她跑着追上那个高大魁梧的男人，在他前边倒退着走，同时盯着他的脸，咬牙切齿地说：“你再敢侮辱我和……我丈夫一句，我就跟你拼了！”

他又吃惊地站住了。她转身朝货车跑去。

两个男人，一左一右，守在一节货车车厢门两侧。

她跑过去后，一句话也不说，在他们面前将自己的后背弯成了一个平面。

半天她也没感到有重量压在背上。

她缓缓直起了腰，见他们各自靠着一侧车门框，都将两臂交抱胸前，居高临下望着她皮笑肉不笑。几个男人站在她四周，一个个的神态，像期待着她要什么把戏。

在她身旁，一把铁锹靠着车皮。

她突然抓起那把铁锹，抡过头顶朝站在货车上的一个男人砍去！那男人急忙一闪，锹头擦着他的肩膀，当的一声砍在包着铁皮的车门框上，迸出几颗火星。锹头断了，掉在地上。那男人朝车门框瞥了一眼，上面留下了一道几乎被砍透的痕迹。

她双手仍紧握锹把，胸脯剧烈地起伏着，以一种打算拼命的目光瞪着车上的两个男人。

他们对视一眼，同时默默去搬一个木箱。

她第二次在一些男人的观看之下，弯平了一个年轻女人的后背。

车上的两个男人，存心将木箱搬起得很高，企图报复地重重地压在她背上，将她压趴在几个男人面前。幸亏那个高大魁梧的男人这时走来并看出了他们的企图，当木箱还没有压在她背上之前，伸出一只手用力在箱底托了一下。否则，她是一定会被压趴在地的。

和她如今的体重差不多相等的重量，仿佛一块由千斤锤锻成的铸铁，压在她的后背上了。这一次，她竟挺住了。她反臂用双手扳住木箱两角，腰弯得更低了，她的身体被压得像一把曲尺。她觉得，木箱中装的不是机床的笨重部件，而是铅水，从她的后背上，浇注到了她的两腿中，并且立刻凝固了，使她的两腿不能朝前移动半寸。

足足有两分钟的时间，她背负着那木箱，一动不动。

那个高大魁梧的男人不安地说："实在不行就快甩下吧，别逞强。"

她觉得一股股血液涌到脸上，凝聚在脸上，停止了流动。她一阵头晕目眩。

水泥地面倾斜了。

货车开走了。

她在心中对自己叫喊："徐淑芳，徐淑芳，你不能被压倒，你朝前走啊你！……"

她的两腿却还是迈不出去，它们开始发抖了，它们的支撑力达到了极限。

她恨不得从自己胸前立刻再生长出两条腿，支撑住自己马上就要被压垮了的弯平了的身体。

她恨不得自己变成一匹牲口，或者一张四腿带轮子的桌子！

她觉得她必须从口中喊叫出某种声音来，以减轻压在背上的实际无法减轻的重量。

"下定决心，不怕牺牲，排除万难，去争取胜利！……"多么奇怪啊，此时此刻，竟真有一个声音，在对她念这段"最高指示"。像是她自己的声音，又像是一个完全陌生的声音；像是有一张嘴贴她耳朵念着，又像是从极遥远的地方时有时无地飘过来的。那是一种絮絮叨叨的，老太婆的呓语般的声音。其实她什么声音也没听到，那声音纯粹是在她的幻觉之中产生的。那是肉体在重压下发出的无声的呻吟，是绝望了的意识在崩溃前发出的可怜的寻救的呼号，而绝不会产生所谓的精神力量。"精神力量"变成物质力量的奇迹，只有人在迷信这种转化的情况下才会发生。就像只有迷信鬼神的人才会看到鬼神一样。当年她就是念叨着那段"最高指示"，扛着一百五十斤重的装满麦种的麻袋踏上四级跳板的。当年她本身具有着这样的力气，当年她口中不论念叨着什么都不会被压倒。

人的意识是有记忆的。它在绝望的濒临崩溃的时刻，当年储存在它记忆中的某种讯号发出了条件反射。

她的意识一旦本能地捕捉到了那种似"最高指示"而非"最高指示"，似自己的而非自己的，飘忽不定的，又远又近的，老太婆的呓语般的声音，就像饥饿的婴儿寻找到了可以裹吮的东西一样，迷乱地亢奋起来。母亲的乳头，橡皮奶嘴，自己的手指，对饥饿的婴儿在一定的时刻起同样作用。意识的亢奋虽然不是“精神力量”，但它的亢奋在某种情况下可以带动人的运动神经中枢也亢奋起来，带动人的每一块肌肉也亢奋起来，带动人的整个身体也亢奋起来。

她感觉到那种声音确实给予了她一些力量。

水泥地面仍是倾斜的。

货车仍在从她身旁开走。

她的身体仍弯得像一把曲尺。

她仍觉得一股股血液涌到脸上，凝聚在脸上，停止了流动。

但她终于迈出了一条腿。接着，迈出了另一条腿。

在几个男人无比惊讶的目光的注视下，她背负着四十八公斤重的木箱，像一台被遥控的机械一般，朝仓库极其缓慢地运动而去。

四十八公斤的重压一脱离了她的身体，她就赶快跑出仓库。跑回到货车那里。她不敢休息一会儿，也不敢站一下，喘口气。她害怕自己身体这种奇迹般的状态松懈下来。她一弯下腰，就连声说：“快，快，快……”第二个木箱一压到她背上，她的两腿就迅速朝前运动。她是完完全全坠入了一种亢奋的，机械的，奇迹般的状态之中。似“最高指示”而非“最高指示”，似自己的而非自己的，飘忽不定的，又远又近的，老太婆的呓语般的声音，始终萦绕在她耳边。她一次比一次运动得更快了。

休息的时候，那个高大魁梧的男人找不到徐淑芳了。

仓库旁的小屋里非常暖和，炉火很旺，将炉体烧红了。炉盖上放着一个粗铁丝架，摆着她的和他们的饭盆，散发出混杂在一起的诱人食欲的香味。男人们打开各自的饭盒盖后，并不急于吃饭，他们一边尽情嗅着那种混杂的香味，一边烤火，喝茶，抽烟。

那个高大魁梧的男人，见屋里没有她，又到外面去寻找，甚至爬上了那节货车车厢找，却还是找不着她。

他回到小屋里，向众人："你们谁看见那个女的在哪儿啦？"

众人都说没看见。

"奇怪，能到哪去呢？"他自言自语地嘟哝，突然大发脾气，吼道："你们都给我去找！找不到，谁他妈的也别给我回来！"

他是他们的头儿，又是他们中最高大魁梧的一个。他们见他真发脾气了，不免有几分怕他。他们都乖乖地离开了小屋，四处找她。

最终还是他自己将她找到了。原来她躲在仓库里，躲在几排木箱后，蜷缩在一堆没使用过的纱线之中。她的双膝曲收在胸前，她的脸被纱线掩埋着，她的两条手臂一上一下，瘫软地伸展着。她那样子像一只伸展着翅膀死去了的小鸟，然而她的全身却在瑟瑟发抖。不是因为冷，她并不感到冷，是因为她全身的肌肉都在痉挛地颤动。她的身体经过了三个多小时的亢奋的沉重的耗损之后，此刻是半死不活了。她是再也没有丝毫力气了，纵然她身下的纱线着起熊熊火焰，她也站不起来了。那种荒谬的亢奋状态彻底过去了，耳边那种怪诞的声音逝去了，她的意识完全消散了，她的肉体完全松懈了。只有从她还呼吸着这一点，可以认为她仍活着，连她的呼吸也是痉挛的，一阵急促，一阵微弱。

他蹲下身去，轻轻推她，不安地问："哎，你怎么了？"

她还是那样子蜷缩在纱线堆中，没有作出任何反应。

"你为什么不到屋里去，屋里暖和啊！"

"……"

"你总得吃午饭啊！"

"……"

“你是不是在发高烧啊?”

“……”

他不知所措地慢慢站了起来,依然瞧着她。

他突然开口骂道:“郭立强,我操你祖宗!”

她的头转动了,露出了掩埋在纱线中的脸。

她声音微弱但很恼怒地说:“你……滚!……”

他见她开口说话了,又蹲下身去,像大人哄小孩似的说:“跟我到屋里去吧,啊?屋里可暖和了,还有一张床。吃饱了饭,躺在床上休息,不比你躺在这儿舒服吗?”

“你……走吧!我……现在骨头都……散了……一会儿就到屋里去……求求你……让我一个人……在这里躺一会儿……”她说着,又将脸埋进了纱线中。

他无可奈何了。他脱下棉袄盖在她身上,站起来摇头叹气地离开了仓库。

二十多分钟后,她披着他的棉袄,走进了那小屋。

她见他们已经将炉子围住了,用目光巡视着,想找一个离火炉不远,又和他们保持一定距离的地方坐下。

那个高大魁梧的男人,从炉旁站了起来,走到她跟前,将她推到了自己坐的地方。

她一声不响地在他坐过的两块摞起来的砖头上坐了下去。

他默默地替她将饭盒从炉盖上取下来,放在她膝上。

她感到饿极了,也不怕烫手,打开饭盒盖,抓起一个包子就咬。这只手里的还没吃完,另一只手又抓起了另一个。三口五口,一个包子就不见了。她简直不像一个女人在吃东西,像一个饿鬼饕餮。她吃得两手是油,满下巴也是油。油从双手和下巴滴淌在她的衣服上。她那样子,恨不得要将嘴嚼的过程省略,将胃从胸腔内掏出来,将包子一个接一个塞入胃中。饭盒里顷刻就剩两个包子了,她的胃似乎还空着一大半。

她忽然有所觉察,停止吞咽,抬起头来,见男人们一个个都拿着饭盒,目瞪口呆地瞧着她,像瞧着一头饥饿的母狮子在吃鲜血淋淋的肉,担心她没饱,接着会把他们也一个个都吃掉似的。

她不由得侧转身子,两手往衣服上擦了擦,比较斯文地吃掉了饭盒里剩下的两个包子。

“真够吓人的!”

“你问她饱了么?没饱,我舍出一条胳膊给她吃!”

“你?除了皮就是筋,有啥吃头?”

“就你有吃头?”

“那当然!肥的在腰上,瘦的在腿上,她想吃哪儿吃哪儿好啦,我一不怕苦,二不怕死。”

他们拿她开心取乐。

只有那个高大魁梧的男人在闷头吸烟。

她不理他们,起身从炉上拎起水壶,倒了半饭盒开水,重新坐下一边吃一边喝。

这时她才感到身上有些冷了。衬衣完全被汗湿透了,毛衣也湿了,棉袄里子也湿了。她被烤得冒着蒸气,但湿衬衣却是冰凉地贴在身上。如果没有他们在,她真想将衣服全部脱下来,让炉火烤暖自己的身体。

她从头上摘下了棉帽子,却连那顶旧的单军帽也一起带下来了。

“嘿呀!从尼姑庵还俗没多少日子吧?”

他们中的一个油腔滑调地说。

于是他们全体哈哈大笑。

她仍不理他们,赶紧戴上单帽,将棉帽里子翻出来,拿在手中贴近炉体烤着。

她的沉默,她的容忍,助长了那些男人们对她的放肆。而且她越是沉默,他们越觉得不满足。她越是容忍,他们越觉得快活。他们是习惯了将拿女人逗笑开心当成正常娱乐的。他们是些没有幽默感,只有庸俗,没有羞耻感,只会竞赛下流的男人。

他们开始讲起种种下流话来。这种话,由一个人口中说出第一句,就像打呵欠似的,引得其他几个人也产生了连锁反应。粗俗的,没接受过文明教育的男人,在这方面各个都有举一反三的天才。某个女人在场,对他们发挥这方面的天才是鼓舞。下流话一句接一句从他们口中说出,像螃蟹吐沫,越吐越多。他们一个比一个更无耻。他们的话一句比一句更不堪入耳。他们的话对任何一个女人都无异于变相奸污。他们仿佛获得着一种又满足又不满足的快感。

她这时才明白,为什么在她今天早晨来干活之前,郭立强仍那么坚决地阻止她。

她猛地站了起来,将饭盒里的剩水朝他们泼过去。他们被烫得失声叫喊,一个个慌乱地跳起来,向后躲避。

她抓起一切随手能够抓到的东西,砖头,木墩,蜂窝煤,向他们接连不断地狠狠砸过去。她的发泄,比起她当年的教导员姚玉慧在市场管理所的发泄,要猛烈得多。如果“金嗓子”刘大文在场,一定会为她鼓掌并高呼“乌拉”的。她转眼由一只兔子真的变成了一头母狮,她那种积聚在胸的要和自己的命运一拼的勇气,此刻全部表现出来了。仿佛她若将他们一个个打死,便也战胜了自己的命运似的。

几十块蜂窝煤朝他们砸光了,碎落满地。

那个高大魁梧的男人却一动不动地坐着,看着她尽情发泄。

她从墙角操起一把拖货的搭钩,像古代士兵挺着长矛一样向他们冲去。

他们狼狈地纷纷逃出了屋子。

她失去了进攻的目标，挺着“长矛”在屋里打转。

突然她举起“长矛”，向吊在半空的烟筒狠狠砸去。烟筒分节了，在半空晃来荡去。

顿时满屋青烟。

她还要将炉子踹翻。

这时，那个高大魁梧的男人，才从身后抱住了她。

“放开我！你放开我！……”她喊叫着，挣扎着。

他说：“你疯了！”将她抱得更紧。

她扔掉“长矛”，低下头便咬他的手。用她全部的愤怒，全身的力量咬他的手。那一时刻，她觉得咬的不是一个男人的手，而是一块坚硬无比的石头，而是她的命。她要将它咬碎。由于用着发狠的力量，以至于她紧紧闭上了眼睛，身子都绷得发抖了。

他不做声。使劲攥着那只手。

终于，她觉得自己的牙齿咬进了“石头”。它不那么坚硬了，碎了。

她放松牙齿，睁开了眼睛，看见了一只流血的大手在痛苦地抽搐着，咬痕那么深那么深。她几乎从他手上咬下一块皮肉来。

“放开我，放开我呀，我这是怎么了啊！……”她哭了。

他放开她，向她伸出了另一只手，低声说：“还想咬，你再咬吧！”

她一下子蹲在地上，双手捂着脸，呜呜哭着。

她已经哭过不少次了。

今天，她第一次感到，哭给她带来了一种痛快。

这是她返城后唯一感到痛快的一件事。

“你必须忍受，”他一边接烟筒一边说：“他们就是那样！要么，你用什么东西把耳朵堵上；要么，你明天别来干。”

他将烟筒接好，朝窗外看了一眼，走到她跟前，俯视着她，又说:“这仅仅是开始。以后,他们可能还会对你动手动脚。你还想继续干下去,就必须忍受。在你之前,也曾有几个女人来干过。她们不像你,她们不在乎。这给她们带来了好处,她们愿干就干点,一点不干也无所谓。这儿的活累,很少有女人来这儿干活。他们都愿意替来这儿干活的女人多出把力气,但那个女人得对他们作出让步。他们认为这是公平合理的,所以他们不感到羞耻……”

她不哭了。她的双手慢慢从脸上放下了。他站起来了,她瞪着他。

她说:“我不需要谁替我多出力气,我绝不会比他们干得少。我明天还来干,我要随身带把刀,谁敢再对我说一个脏字,我就和谁拼命!”

“现在你应该理解,我骂你丈夫是有道理的了吧?”

“你敢再骂他,我也和你拼命!”

…………

下午上班后,那些男人们在她面前一个个变得规矩多了。再没有一个人敢对她说一句非礼的话,也再没有一个人敢以哪怕是极微小的轻薄举动冒犯她。

人的尊严,像人类的和平一样,捍卫它,它才存在。而某些女人们在捍卫自己尊严的时候,尤其某些弱女人们在捍卫自己尊严的时候,所表现出的不怕一切不顾一切不惜一切的勇猛,是足以令男人们感到惭愧的。尊严是她们在没有作母亲之前的孩子,不能够捍卫自己尊严的女人也必定不能够成为一个好母亲。

那些男人们的目光,甚至都不敢与她的目光对视一下。她的眼睛里仍闪耀着一种母狮般的凶猛。他们教会了她如何捍卫自己的尊严,她纠正了他们对于女人的错误认识。

对于她来说,下午的时间要比上午的时间长得多。但是她已不再将四十八公斤重的木箱放在眼里了。正如她不再将那些男人们放在眼里。她想——原来生活中能将人压倒的东西并不很多。

中间休息了一会儿，她走进小屋去喝水，他们竟都不敢进屋。

她喝罢水，一转身，愣住了。

郭立强出现在她眼前。

他说："跟我回去。"

她说："不！"

"你怎么能扛得动四十八公斤的木箱！"

"不是扛，是背。"

"背也一样！"

"我已经背了七十多箱，并没被压垮。"

"我不能让你来顶替我干这么重的活！我是个男人！"

"我需要干重活，我是个女人。"

"难道你需要虐待自己?!"

"我需要解救自己。"

他不说话了。

他默默地望着她。

她也默默地望着他。

他又说："用这种方式解救自己是愚蠢的。"

她回答："我在这里比在你的家里感到自己……更是一个人。"

"你胡说！"他恼怒了。

"不是胡说，"她望着他摇摇头，苦笑了一下，"是实话。"

"你心里恨我?"

"我从来也没有恨过你，我永远感激你。"

"你究竟要我怎么办?"

"录取后，让我顶替你在这里的名额。"

"我问的不是这件事！"

"……"

“你究竟要我怎么办?”

“我没有权力再对你要求什么了!”

他又不说话了。

他朝窗外看了一眼,几颗脑袋立刻缩到窗台下。

她却说:“我该干活去了!”就朝门外走。

当她从他身边走过时,他一把抓住她的胳膊,凝视着她的眼睛。

他说:“你哭过。”

她说:“沙土迷眼了。”

他说:“别恨我,我真不知道该怎么办才好。”

她说:“我也是。”又苦笑了一下,掰开他的手指,走出去了。

他在屋里呆呆站了一会儿,也走出去了。

他看见她背着沉重的木箱,身子弯成九十度,缓慢地走过来。

她经过他身边时,吃力地抬起头,看了他一眼,作出一种近乎天真的微笑。

那微笑的含意好像是——你瞧,压不倒我!

她那一笑使他肝肠寸断。

他不忍心再看到她“表演”第二次,一转身大步走了。

“你给我站住!”

他听到了一个人的怒喝。

他站住了,扭回头——是那个高大魁梧的男人。

“你小子不是人!呸!”对方狠狠朝地上吐了一口。

他无法解释,也根本不想解释什么。

他心中暗暗发誓:郭立强,郭立强,你一定要考上!你一定要考第一!为了你自己,为了弟弟,也为了她……

他说:“告诉他们,谁敢欺负她,我找谁算账!”

他猛转身离开了货车场……

第 九 章

“想不到你这个人还会出现在我家里。”

“我那天离开你家的时候,并没有声明我再也不来了。”

“我的房间里开始预备烟灰缸了。”

“我戒烟了。”

“某个姑娘向你提出了这样的要求?”

“是的。”

“打算跟她结婚了?”

“不。”

“因为她不够漂亮?”

“因为她太漂亮了。”

“男人都非常愿意将一个漂亮姑娘的话当成圣旨吗?”

“如果她还是个医生,去看病的男人是会乐于接受她的忠告的。”

姚玉慧观察地望着她的家庭辅导教师的脸,见他的气色果然不佳。他的第二次光临,使她十分不解。她对他身上表现出的那种高傲很反感。那种高傲不是演技,也不能算性格,而是气质。因为是气质,因为是从骨头里表现出来的,所以她很反感。第一天她就断定了他是一个干部子弟。她刚才那些话不过为了测试她的判断。他的回答使她更加确信自己的判断。还是第一次有人在她——一位市长的女儿面前,不肯稍加掩饰干部子弟们所特有的那种高傲。如果说她对他开始感到了某种兴趣的话,正是因为这一点。

她在心里说:“我尊敬的教师,即使你那种高傲是像呼吸一样天生的本能,在一位市长家里你也应该掩饰着点才对。”同时暗想:难道母亲将一位省长的公子请来做我的家庭辅导教师了?

她觉得他骨头里的那种玩意儿在她面前表现出来是异常可笑的。

她又说:“你并没有遗忘在我家里什么东西,包括烟灰。”

他严肃地说:“我是来帮你补习功课的。”

“我那天不是告诉你,无论我的成绩如何,我注定会被录取吗?”

“我那天不是也告诉你,我一定要让全市返城待业知青中所有的报考者都知道考试的真相吗?”

“你已经那样做了?”

“是的。”

听了他的回答后,她许久没有做声。当她拥有某种幸运的机会时,她因为它不光明正大而感到可耻。但此刻当他告诉她,她可能已失去了这种幸运的机会时,她又不免替自己感到无限惋惜。毕竟是在二十余万返城待业知青中只有一百五十个人才能获得的幸运机会!而且完全不必同谁去进行竞争。而且是关系到自己将来甚至可能一生前途的机会。许多人的一生道路,往往可能正是由于一次机会的得失所决定。当过营教导员的她,比别人更明白这一点。因为她曾以一个教导员的权力给予过某些人良好的机会,也剥夺过某些人良好的机会。而她返城后第一次获得的,幸运的、良好的、重要的、不必进行竞争也不必做出巨大努力的机会,被母亲替她聘请的这位从骨头里表现出高傲的家庭辅导教师,以公理的名义剥夺了。

这是她生平第一次被别人剥夺了重要的机会。她不唯感到惋惜,同时也感到恼火了。她可以出于自尊而毫不遗憾地放弃这样的机会,求得一种带有原则性的自我完成,却难以容忍别人从她手中剥夺走这样的机会。因为这种剥夺如同法官宣判她退还自己不应得到的财产一样,意味着耻辱。

于是她冷冷地问:"那你还来帮我补习什么功课?"

他说:"因此我才更应该来帮你补习功课。我衷心希望你能凭分数被录取。"

"谢谢,我早已决定不报考了。"

"是现在才决定的吧?"

他的话剥下了包在她自尊心外面的最后一层锡纸。这最后一层锡纸只有自己剥时自尊心才是完整的。可是竟被他那么无动于衷又似乎那么毫不经意地剥掉了!

"你是我的什么人?你有什么权力以这种态度对我说话?"她的语气和目光同时严厉起来。

"我是你的家庭教师。我想我对你的态度是认真负责的。"他相当平静。

"你走吧!我不需要你!无论我的决心是早已下定的还是现在才下定的,总之我不报考了!因此我对'教师培训班'像对你一样不感兴趣了!"她说着,急步走去打开了房门。

"我没有想到过你对我感不感兴趣的问题。"他坐着不动。

她大声说:"请出去!"

"我真没料到你会这样对待我。"他仍然相当平静,望着她摇了摇头,"我还以为一个当过教导员的人,会将进行机会均等的竞争看成公平合理的事呢,原来你并没有进行这种竞争的自豪感和勇气!"

"你到我家里来,就是为了当面嘲讽我吗?"

"我是为了来帮你补习功课。"

“你究竟要达到什么目的?”

“衷心希望你在机会均等的竞争中,凭分数被录取。”

她沉默片刻,冷笑道:“然后你就有资本到处宣扬,市长的女儿是在你的帮助下才考上‘师资培训班’的?非常抱歉,我不给你这样的资本!”终于也说出尖刻的语言对他反唇相讥,她的恼怒稍释。

他站了起来,目光咄咄地盯着她说:“在我心目中你不是什么市长的女儿,你也是一个返城待业知青!”

他说罢,解开了衣扣,双手将衣襟敞开。

她看到他的旧绒衣上印着“屯垦戍边”四个字。

这四个字,将她对他的心理距离拉近了。在几分钟之内,她注视着他没有说一句话。而她的目光却发生了多层次的变化。她开始以一种特殊的,与几分钟前完全不同的目光看待他了。

她终于低声问:“你也是?”并且徐徐将敞开的门关上了。

“不过比你早离开北大荒三年,也没当过教导员。”他迎视着她的目光,一只手一颗一颗地扣上了衣扣。

她双手背在身后,朝墙上一靠,又问:“几师几团?”

“一师二团。”他站着回答。

“我在三师七团。”她仍注视着他,接着说:“我们当年离得很远。”

他说:“现在好像我们离得也不近。”

“对不起,我刚才太不礼貌了。”她用歉意的语调说。既然她和他是兵团战友,既然他并没把她看成一位市长的女儿,而是看成一个返城待业知青,她也就不再将他看成家庭辅导教师了。兵团战友,仅凭这四个字,两个北大荒返城知青就可以互相产生信任,重新寻找到许多许多共同的语言。它是一代人的“口令”。

“我可没什么值得向你表示歉意的。”他和解地坐了下去。

“你的无礼,是骨头里的。”她仍以尖刻的话回答他。不过已不再是反唇相讥的口吻，而是玩笑的口吻了。她在有意进一步缩短他们之间的距离。能在自己家里见到一位兵团战友，她感到高兴起来，补习功课成了并不重要的事，重要的是她面对着一个肯定会和自己有许多共同语言的人。共同语言是内心世界的大气层，它和人需要吃饭一样重要。

听了她那句开玩笑的话，他第一次微笑了，说："你的确是看到我的骨头里去了。"

她走到床前，坐在床边，情绪彻底改变，心里完全放松地说："现在可以认为我们离得近了些吧？"

她内心的高兴简直是无法形容的。这个家像一只体面的笼子，早已使她感到寂寞难耐了。什么"教师培训班"，见它的鬼！还有他说的什么"机会均等的竞争"，也见鬼去吧！她此刻只想和一个有共同语言的人随便聊点什么。城市将二十余万这样的人同她隔开了。长此下去，她认为自己很快就会由一个老姑娘变成一个阴郁的干瘪的老太婆了。她一经了解到他原来也是二十余万之一，便觉得他身上带有着自己非常需要呼吸到的负离子。

"不，还要更近些。"他站起来，将方桌搬到床前，放在他和她之间。随后将椅子挪到桌旁，端坐下去。这样，他和她就面对面地坐在桌子两侧了。

"好方式。"她说，起身去从床头柜里取出了高级奶糖、橘子、苹果、瓜子，放在桌上。

他看了她一眼，奇怪地问："把这些东西放在桌上干什么？"

"边吃边聊。"她剥开了一个橘子。

"聊什么？"他更加奇怪了。

她忽然想起了北大荒知青当年对厌烦了的各种讨论会进行消极抵制的一种说法，笑道："乱谈及其他。"

不料他却皱起眉头说："教导员同志，我没有这样的时间，你也不应该有这样的时间。离考试只五天了,收起你这些好吃的东西,把你的课本放到桌上,现在我就开始帮你补习功课。”

她将剥好的橘子慢慢放下了。

他见她迟疑不决地看着自己,又说:“我对待任何一件事情都是很认真的。”

她说:“我比你更具有这种性格。但你这不明明是帮我仓促地对待命运吗?”

“是的。”他丝毫也不想否认这一点。

“然后叫我到考场上去受折磨?”

“我相信百分之八十的报考者都绝不会比你补习得更有把握。”他严肃地说:“一代人都在对付命运,不只你自己。”

“莫如说你相信我的运气好。”

“现在也没有时间讨论运气。”

“让我考虑考虑。”她缓缓坐了下去。

“给你五分钟的时间。”他从腕上撸下手表,轻轻放在桌上,注视着,又说:“你还是决定不报考,我便告辞。你刚才问过我的目的究竟是什么,现在我可以回答你,当我能为一个返城待业知青做什么的时候,我就要认真去做。无论对谁都一样。”

她两手捧着面颊,一会儿瞧瞧那只手表,一会儿瞧瞧他。秒针走了一圈,又走了一圈。他脸上的表情愈来愈严肃。

她不禁自言自语:“难道我们返城待业知青注定了不可能有从容一点的时间为自己的命运做准备吗?”

“以后生活更不可能再给这一代人从容的时间做这种准备。”他的目光始终盯在表上,好像五分钟一到,就会拿起手表匆匆走掉。

“命运……真是比什么都可怕的东西……”

“连拿破仑也害怕命运。”

“真的？”

“真的。”

“那么一个老姑娘害怕命运就没什么值得羞愧的了！”

“但任何一个等待好运从天而降的人也都极可悲。好运从来都有限，有限的东西从来都需要去竞争，竞争到的才是真正属于自己的。当然可能对你例外，因为你是市长的女儿，好运也许会接二连三向你招手，所以你若不愿去进行竞争我完全能够理解。”

“别挖苦我了！你说我考……还是不考？把握的确很小。”

“我不想替你作出决定。要不你扔钢镚儿吧！”

“扔钢镚儿？我没跟你开玩笑！”

“我也没跟你开玩笑……五分钟到了！”他拿起手表，戴上后，站了起来。

她还是没有作出决定。

“看来我应该走了。”他不无失望地说，离开桌子，朝房门走去。

她一动不动。

他已经走到了门前，回过头说：“向你表示歉意，我剥夺了你本来唾手可得的一次重要机会！”说着推开了房门。

“别走！”她突然站了起来，将桌上那些好吃的东西全部推落到床上，然后趴在床上，将枕头搬到一旁，将许多册中学课本双手捧着放到了桌上。

她端正地坐着，望着他，像一个注意力集中的学生在课堂上望着老师。她那样子竟很有些激动。

他，由衷地笑了，迅速走回到桌前，重新坐在椅子上。

她庄重地问：“你满意了？”

他回答：“教导员同志，你应该自己对自己感到满意。你为自己做出了值得做出的决定。”

“不是你激我，我肯定会作出相反的决定。”

“那么我也有理由对我那些带有挖苦意味的话感到满意了。”

她笑了。

他也笑了。

他开始翻那些她妹妹为她找全的中学课本。边翻边说:“我们的教导员同志大可不必为政治下功夫了,我相信你差不多可以得满分。历史,暂且也把它放在一旁,但是你自己一定要看看,起码应该记住古代历史年代表,近代历史中一些重大事件发生和结束的时间,著名历史人物的简况和他们在历史上起的作用……”

“历史我有把握及格。”

“你的话太使我受鼓舞了！地理呢?”

“看一遍可以考个六七十分吧。”

“语文呢?”

“中学时我的语文成绩还不错,靠基础也能及格。”

他将政治、历史、地理、语文课本一册册摞起来放在一旁,压上一只手,看着她说:“你知道我现在想什么吗?”

她摇了摇头。

“我真想亲你一下,你使我对你满怀信心。”

虽然他是在开玩笑,她的脸还是倏地红了。如果他当真亲她一下,她知道自己绝不会有什么不高兴的表示。第一次有一个和她年龄相差无几的男人跟她开这么随便的玩笑。她内心里却莫名其妙地产生了一种愉快。他那句玩笑甚至使她对他感到亲近起来,也使她感到补习功课这件过分正经的事增添了几分情趣。归根到底还是让“教师培训班”见鬼去吧！现在有一个和我同样经历的男人就坐在我对面,他敢于随便跟我开玩笑,他已经一点也不使我讨厌了,恰恰相反,他使我心里产生了从来也没有产生过的愉快,它如同闷热夏天的微风。对我来说,这足够在此时此刻使我感到满足的了。为了回报他对我的恩赐,我也应该装出几分认真的学生的样子。她心里这么想着，就将双手压在一起，连同手臂平放在桌子上，目不转睛地，表情异常肃穆地瞧着他。

他却有些窘迫起来，说："教导员同志，让我们彼此都放松一点嘛！"

她的脸又红了一阵，笑道："没问题，只要你自己别太严肃。"

"我要帮你补习的，只剩下了代数、几何、物理、化学四科。我为你抄写了这四科的公式和定理表。你应该把它们用揿钉揿在墙上，随时看，随时记。记住了这些表上的公式和定理，考试时就要靠你运用的灵活性了。"他一边说，一边从椅背上拿起他的书包，取出四张表交给她。

他们就这样开始补习了。

他首先帮她补习的是代数，从初二的课程开始补习起。他为此向她解释出一番道理，说这种补习法叫作"承上启下"。毫无疑问，他到她的家里来之前，对于如何帮助她补习，是动脑筋考虑过的。她也猜测到了他的良苦用心——他认为自己断送了她的一次机会，理所当然应该再帮助她获得同样的机会，作为对给她造成的损失的一种补偿。

而她对他的认真讲解，其实并没听进去多少，她只不过是在看着他的表情，神态，手势，听着他的声音而已。他的表情并不丰富，他的神态未免严肃，他也不过多地做手势，他的声音……很一般的男人的声音，平板，没有抑扬顿挫。如果不是他，而是另外的一个男人如此一本正经地，不厌其烦地，不停地对她讲解那些枯燥无味的代数公式，她不反感地制止继续讲下去，也会公然将头伏在桌上打瞌睡的。中学时她恰恰对代数、几何、物理、化学这四门主科缺乏兴趣。

但是此刻非常奇怪的是，她竟希望他一直不停地讲下去，讲下去，讲下去。她明明什么也没听懂，却频频点头，点头，点头，虚假地表现出有所领悟的样子。她心里为他感到难过。因为她看出来了她那种有所领悟的样子,使他备受鼓舞。他一点都没有想到他简直是在对牛弹琴,完完全全地是在浪费唇舌。他的热情越讲越高涨,他的声音开始变哑了。

“停一下……”她站了起来。

“没讲明白?”他似乎有几分愧意。

“非常明白。明白极了。有条有理……你可以当一位优秀的教师。”

“真的?”

“真的。我给你泡一杯茶吧!”她离开桌子,泡了一杯茶,轻轻放在他面前。

她又说:“如果抽一根烟对你的身体后果不那么严重的话,我去给你取一根来?”

“你真是个好学生!”他微笑了。

她便离开自己的房间,去到客厅里取烟。她并没有马上取了烟就回来,她拿着一支烟和火柴盒在客厅里的沙发上坐下了,她内心里矛盾极了!

老老实实地告诉他,我什么也没有听明白,越听越糊涂,我的脑子已经糊涂成一锅粥了?那么他会如何呢?她完全想象得出来,他将是一副多么失望,多么沮丧,多么扫兴的样子!他肯定会恼恨自己讲得不得要领,他肯定还要从头讲起。

她不忍心告诉他实话。

继续欺骗下去?今天,明天,后天,除了令她讨厌的代数,还有令她更加讨厌的几何、物理、化学……

被欺骗的是他。

感到受折磨的是她自己。

对这么一位用尽义务的热情和坚定不移的信念征服了她的家

庭辅导教师,她真不知如何是好了！而且,她很怕她告诉了他实话之后,失望、沮丧和扫兴,会像三条鞭子一样将他从她家里抽出去。那么她自己的自尊心也会从代数公式和定理组合成的梳妆台上掉下来摔个粉碎。

难道生活就是这样的吗？就是常常不得不欺骗别人并欺骗自己吗？欺骗违反她做人的原则。而这个原则在被生活多次拆拆卸卸玩弄过后,如同被小孩子玩得丢失了许多的积木,已经快搭不成个什么形体了。

演下去,演下去,就是一场戏,也只有继续演下去,这对他和她并不能造成什么重大的损失。他浪费的不过是唇舌,她为此给他泡了一杯"龙井",等价的报偿。她自己浪费的不过是时间,时间目前对于她没有什么特殊的意义,五天之内和五天之后她仍是三十岁,浪费十几个小时并不能使她这个老姑娘明显地变得更老。

我怎么会变得玩世不恭起来了？从哪一天起这种病毒侵入到我的体内了？

她故作一副高高兴兴的样子回到了自己的房间。

他吸着那支烟后,用一种对自己和对她都格外满意的语调说:"你看,我们进展的速度够快的,如果从第一册开始补习,就绝不会这么快了。"

她附和道:"那是当然,那是当然。'承上启下'效果好。"

"都懂了?"

"都懂了,都懂了。你一讲,我就都懂了。"

"要不要把某些重点再讲一遍?"

"不要不要。你走后我自己再看看课本。"

"代数几何是最需要独立思考的,我们开始往下进行吧!"

"好……吧……"

他一口接一口将烟加紧吸完,又开始讲起来。

她仍像先前那样,两条手臂连成“一”字,平放在桌上,一只手压着另一只手,身子坐得端端正正的,目不转睛地瞧着他的脸。

他的情绪比刚才有增无减,愈加饱满。他也瞧着她,他们脸对着脸,眼睛瞧着眼睛。在她眼中,房间里只有他,其他的任何东西都不存在了。她似乎刚刚发现,他是个很英俊的男人。长方脸,前额棱角分明,好像是用斧头砍出来的一般。五官端正,眉毛很黑,但并不粗,高鼻梁,双唇丰厚,看去极富有弹性;一双眼睛优美得像女性的眼睛,投射出的却是典型的男人的目光,那种目光盯着谁看,谁如果不低下头去,就难以躲避,那是一种根本不在乎也似乎根本不曾想到对方会不会感到羞赧的目光。

更准确地说,她不是在瞧着,而是在欣赏。她第一次可以这么近地,脸对着脸地,长久地,目不转睛地,毫无顾忌地欣赏一张男人的脸,并且是一张有可欣赏之处的男人的脸。她仿佛第一次才懂得男人对于女人的吸引力原来意味着什么,这一点在某种时刻比一条最简单的数学公式更容易使一个女人领悟,她那颗老姑娘的心动乱了,她听不到他的声音了,她的灵魂又发生了一种战栗。这种战栗她曾体验过一次,在北大荒,在一个静悄悄的雪夜,在营长家里……它发生时是可怕的,比肉体发生痉挛更可怕。它好比火山的喷发,间隔越久越猛烈!她觉得有一股强大无比的冲击力要摧毁她的整个内心世界了。

她闭上了眼睛,她不能够继续瞧着那张脸了,她近乎绝望地把持着自己一动不动。

“兵团战友们,我们今天到此结束吧,因为我们的教导员同志已经有点精力不集中了!”

切断的视觉将他的脸用一块闪耀许多小星星的黑布蒙上了。他的声音却闯进了她内心世界的殿堂,像主人长驱直入。

“们”——仅仅一个字,一个他无意之下带出的字,就将她从那种昡迷状态中猛地撼醒了。

原来在他眼中，她是一个人，又不是一个人。她是——他们，代表着许许多多，代表着那些需要补习中学文化的，待业的，预备考“教师培训班”的他的无计其数的兵团战友。

“当我能为一个返城待业知青做什么的时候，我就要认真去做，无论对谁都一样。”

他刚才说过的这句话，在她耳边又响了起来。

无论对谁都一样，无论对谁都一样……

无论对他原先认识的或者不认识的，无论对一个男的或者一个女的……都一样……

他那种热情，他那种信心，他那种认真的态度，他那种责任感，他所付出的时间、精力……都只不过是为他自己曾经隶属过的一个群体所尽的义务！

他在瞧着她也是在瞧着他们！

他在对她讲也是在对他们讲！

而她，而她，却始终错误地可笑地认为他是在为她尽着一种义务！只为她一个人尽着一种义务……

在他眼中她是存在着也不存在的……

如果他不是面对着她，而是面对着录音机，她相信他仍然会以那么一种热情，那么一种信心，那么一种认真的态度，那么一种责任感，尽他认为自己应该尽的义务！

在一个多小时内，她以为她全部占有了他，起码在精神上、情绪上和心理上，结果是恰恰相反。而她还一直陪着他像演戏一样演完了这一幕！她根本不是角色！是道具，是象征，是舞台上主角借以抒发某种热情的一棵假树什么的！

她那老姑娘的过分敏感的心仿佛被人踩了一脚。

她又一次体验到的那种强有力的昡迷成了只有她自己暗知的

又一次羞耻的记载!

她一下子伏在桌上哭了起来。

"你……"他大吃一惊,不由得站了起来,茫然不知所措而又万分莫名其妙地瞧着她。

这时,她的妹妹走了进来。

当妹妹的见状在门口迟疑了一下,随即走到了她跟前,轻轻推她的肩头,诧异地问:"姐,你怎么了?"

她羞于回答什么,羞于抬起头。想不哭,不能够。

"你胆敢欺负我姐姐?!"当妹妹的对姐姐的家庭辅导教师发火。

"我并没有欺负她呀!"他觉得很有必要替自己辩白一番,却又一时不知怎样才能辩白得清。

"你没欺负她? 那她为什么哭?!"

"我确实没有欺负她,我……"

当妹妹的哪里肯相信他,拍了一下桌子,挑起眉毛瞪着他大声道:"你有什么了不起的? 你不就是个工农兵学员吗? 冒牌大学生! 请你给我姐姐补习补习功课,是抬举你! 你这家伙却不识抬举,把我姐姐欺负哭了! 你如果没有像训斥小学生一样训斥她,她会哭么?! 你今天必须向她赔礼道歉!"

"你必须首先向我赔礼道歉! 因为你侮辱了我!"他生气了,一只手握成了拳头。

"嚯,你还想在我家里动手打人呀? 你敢!"

"小妹! ……"她不能再不抬头了。

她掏出手绢背转身擦了擦眼睛和脸,难为情地:"我也不知道自己因为什么就哭起来了……"转过身又对他说:"你可别笑话我。"接着对妹妹说:"向他赔礼道歉吧!"

"他真没欺负你呀?"当妹妹的还是解除不了狐疑。

“别废话了！”她狠狠瞪了妹妹一眼。

“那……为了你我才对他发火的，你替我赔礼道歉吧！”当妹妹的说完，调皮地一笑，跑出房间去了。

她已完全从面对面地，目不转睛地瞧着他时那种自幻的涅槃中挣扎出来了，同时她也就感觉到了尴尬的气氛开始渐渐弥漫在他们之间，她的目光没有勇气再与他的目光接触。先前她有意扭转成功的那种彼此都很随便，彼此都很放松的心理环境又遭到了她自己的破坏。她对自己恼恨透了。唯恐他的目光窥视到她内心里，她掩饰地去收拾床上那些吃的东西。

他说：“我该走了。”

她说：“你再多坐一会吧，讲了这么半天，头脑肯定够累的了！”说话时，也不转身看他。

他大概也觉得就这么走了不太好，便慢慢在椅子上坐了下去。

她将那些吃的东西都收进了床头柜，确信自己的神情恢复了常态，这才斜坐在床边，低声说：“我替我妹妹向你赔礼道歉。”仍不看他，看自己的手。

他却始终在看着她，满腹狐疑地说：“我实在猜不到你为什么哭。”

“你永远也不可能猜到。”她站起身要去换茶，还是回避着他的目光。

小妹又闯进屋来，匆匆忙忙地大声对她说：“姐，一会儿我的同学乔欣欣来了，你告诉她我看电影去了，叫她别等我了。”对姐姐做了一个莫测高深的怪相，也不理睬他，视而不见地就往外走。

“站住！”他一步跨到她跟前，伸出一只胳膊，像警察拦住一个违反交通规则的行人似的，拦住了她的去路。

“要逼我向您赔礼道歉？”她不屑地侧目睥睨着他。

“再说一遍，你的同学叫什么名字？”

“乔欣欣。”

“男的女的?”

当妹妹的瞥了姐姐一眼,仿佛在问:你的家庭辅导教师怎么了? 他有什么权力问我这个? 随后用挑衅的语调说:“要审问出一个少年犯罪团伙吗? 我会比我姐姐更令您失望的。”

“回答我! 男的女的?”他那只伸出的手抓住了她的肩头。

“我不逃跑。”她一动也不动,笑模笑样地说:“女的。使你感到遗憾了么?”一副非常乐于接受这审问的样子。

“多大年纪?”

“二十。美妙的年龄是吧?”

“她跟谁生活在一起?”

“爸爸妈妈。不过她早就想跟她的男朋友生活在一起了。可惜他们都没有工作,还不能结婚。”

“少废话! 是亲母亲吗?”

“大概是。”

“到底是不是?”

“反正据我所知,她不是私生女儿,她父亲也没离过婚。”

他那只抓在她肩上的手,失望地放松了,垂落了。无比沮丧的阴云笼罩了他的脸。

“想不到别人的幸福会使您如此难过,否则我肯定会对您撒谎的,就说她有个后妈,天天虐待她,一心要折磨死她……”

“住口!”

“审讯结束了?”

“出去吧!”

她抻了抻被他抓皱的肩部衣服,脸上浮现出并没有获得满足的表情,脚步缓慢地朝外走去,走到门口又回过头诚心诚意地对他说:“不过她爸爸要是什么时候打算离婚,并且打算再给她寻找一个后妈的话，我将及时向您汇报。”完全是一种安慰人的语调。

“混蛋！”他大吼一声。

那少女吓了一哆嗦，赶快逃了出去，楼梯上传来一阵噔噔的脚步声和一阵爆发的咯咯的大笑。

他猛地朝房门转过身去，像是要冲出去将那由于大大取笑了他一番而开心的少女捉回来狠狠揍一顿。

姚玉慧立刻去将房门关上了。她靠在墙上，他站在房间正中，他们今天刚刚见面时的情形也是这样。那时他们之间隔着什么，她还不知道他“也是”，现在她知道了。同样的距离，不同的目光。她望着的是一个使她感到特殊的、具有吸引力的、想亲近而又那么不易亲近的男人；他却似乎在望着一片雾。

他脸上呈现出悲伤的表情，他的头渐渐低了下去，垂在胸前，他的两只手紧紧抓住衣边，他那样子像哀悼谁。她看得出来，她妹妹对他的取笑，严重亵渎了他内心的某种感情。她想，那感情肯定是对他非常圣洁的。她怜悯他。

“能讲吗？如果我配听的话。”

“……”

“讲讲，你的心情也许会轻松些……”

他渐渐抬起头，凝视着她，用极低的声音回答：“没人理解……”

“我妹妹不能理解的，我能理解。”

“难道你没听出来我的北京口音？”

“第一天就听出来了，不过在此之前我不愿主动询问你什么。”

“大学毕业后，我本可以分配回北京的，是我自己主动要求留在了这座城市，尽管我并不喜欢这座城市。”

“为了……爱情？”

“不，为了寻找妹妹。”

“亲妹妹?”

他摇头。

“表妹?”

他又摇头。

她一时不知还应不应该询问下去了,期待地沉默着。

他终于反问:“你空虚过吗?”在椅子上坐了下去。她看得出来,他已经不能不向一个人敞开心扉了。某种感情正在他内心翻涌。

她坦率地回答:“像我这样的一个女人,怎么可能没空虚过呢?”

“你是什么样的女人?”

“当过知青教导员的女人。”她苦笑了一下。

“我指的是另一种空虚,它足以造成人的灵魂死一般的寂寞,这也许是唯有我们知识青年们才会产生的空虚。我们被称作知识青年,可我们身边没有文学,没有艺术,没有一本值得我们翻阅的书,甚至,连可以引起我们兴趣的消遣和娱乐也没有。只有各种政治学习材料和《毛主席语录》。生活像一块海绵,它将我们的种种热情和愿望都吸收了,可它还是它本身的颜色。”

“我曾亲手把这块海绵放入各种政治运动的颜料缸里,捞出来后叫别人承认它是丰富多彩的。”她不禁又苦笑了一下。

他看她一眼,接着说:“我们连队是个新建点,离最近的连队四十多里,我是知青排长。我们太无聊了。打扑克是被禁止的,因为有的知青赌香烟。下象棋也不行。连长和指导员来到大宿舍时,发现哪两个知青下象棋,没有一次不批评:‘有这时间为什么不学毛著?’后来我们捉到了一只小鹰养在大宿舍里。白天,我们常把老职工家的小猫小狗偷偷抱到大宿舍,促使鹰与猫狗相斗,我们从中获得一种低下而可怜的乐趣。夜晚,我们打着手电,四处扒房沿，掏麻雀。我们最开心的事，就是躺在被窝里，趴在枕头上，观看雏鹰贪婪凶残地吞食羽毛未丰的麻雀。

“有一天，鹰不见了，被一个知青释放了。这个知青叫林凡，他是我们之中年龄最小的一个，也是我们之中最瘦弱的一个。他的脸很清秀，像南方少女。他的父亲是这座城市一位颇有名气的话剧编剧。他好像没有兄弟姐妹。关于他的母亲，他从未向任何人说起过，也没人问过他。他不是那种用一句话就可以概括性格的青年。他明智，他灵敏，他观察细微，他思考周密，但他一点也不善辩。他被人揶揄和讥讽时，甚至有点拙口笨舌，他还很忧郁。

“起初，大家都不太喜欢他。因为他离群索居，不和任何人交朋友。每天晚上，大宿舍里吵吵闹闹乱成一团的时候，他总是悄无声息地呆坐在最靠墙角的铺位，幽思冥想。他从不愿引人注意，也从不愿侃侃而谈。但当别人的什么话题使他发生了兴趣，他会从旁突然插入一两句。而这一两句，往往使大家陷入沉默，品味良久。他说过之后，又会独自进入他那种幽思冥想的境界。好像只有他自己的心灵，才是他愿意与之交谈的良友。在这种时候，大家便会觉得他身上具有某种不能不引起注意的魅力。

“一次，全排开会讨论民主问题，谁都发过言了，唯有他独坐一隅，一言不发。我指名要他也发言，他才慢言慢语地说：‘民主对主观武断的人是极不舒服的训练。’他就说了这么一句话，而且语调非常平淡。但这句话的效果相当强烈，全排的人都将目光集中到了我身上。我认为，他这句话明明是冲着我这位排长来的，瞪着他严厉地问：‘你是在含沙射影地攻击我么？’

“他反问：‘你懂含沙射影这个典故么？’

“我不懂。大家也不懂。

“我和大家只有怔怔地望着他而已。

“于是他就向大家讲述，什么什么湖中，有一种叫作蜮的怪物……

“大家听得津津有味。

“当时,我突然意识到,权力在知识面前,哪怕极威严的权力在极一般的知识面前,对于缺乏知识的头脑,也会产生动摇。

“我大声宣布:‘散会!’从此暗暗记恨他,总想寻找机会报复他。而他,却显然并没有意识到已经得罪了我。

“从那一天开始,我怨恨起我的父母和所有的亲人来。因为在我小的时候,他们对我的种种溺爱和娇惯,其实是在有意无意地培养我对权力的崇拜,却没有给予我一点可以充实和丰富头脑或心灵的东西。比如知识,比如文学,比如艺术。社会后来也没有给予我这一切对人极其有益的东西。

“我至今仍记得一件小时候的事:袜带太紧,勒疼了我的腿,我便嚎啕大哭,满地打滚,阿姨赶紧哄我,问我为什么哭,我就是不回答。爸爸妈妈也从各自的房间跑出来问我,我仍不回答,哭得更响,闹得更凶。家人一个个都围着我,束手无策,慌慌乱乱。我一边哭,一边从指缝偷瞧着他们,心中暗暗得意。我在支配他们,我的哭闹对他们具有无比的威力。这种意识在我幼小的心灵中产生无比的快感。最终还是三姐聪明,放松了我的袜带。爸爸妈妈脸上都急出汗了。妈妈说:‘我儿子真凶,闹得全家人心惶惶,围着他团团转!’爸爸说:‘将门出虎子嘛!’我造成的一场风波,得到的却是赞赏之词,使我更加暗暗得意。

“在我家的客厅里曾挂过一幅字,隶书体写的是:‘读史使人明智。读诗使人灵秀。数学使人周密。哲学使人深刻。伦理学使人庄重。逻辑修辞之学使人善辩。凡有所学,皆成性格。’我的父亲非常珍惜这幅字,因为它是一位老书法家在他的一个生日赠送给他的。但是很遗憾,他并未从这幅字画上获得什么良好的性格。也没对我,他唯一的儿子的性格进行过什么良好的培养。他所珍惜的不过是书法，虽然他对书法也一窍不通。

“接着说林凡吧！大家收工回来后，发现那只鹰不见了，分头到处寻找。林凡当众承认，鹰被他放了。他对那种弱肉强食的‘游戏’，早就表示出毫不掩饰的厌恶了。每当那时，他便在一片兴奋的叫嚷声中，独自离开大宿舍，直至‘游戏’结束才回来。他剥夺了大家唯一的乐趣，大家都很恼火。有几个知青甚至想揍他，我存心不加制止。

“‘你们打我吧！’他环视着大家，从容而平静地说：‘你们的头脑太空旷，你们的心灵太空虚了！我常常替你们难过，难道你们自己就一点都不？那究竟能给你们带来一种什么满足呢？你们也许有一天会把一个狼崽子弄到大宿舍，把谁家的小孩偷来给狼吃！我瞧不起你们！鹰是禽类中刚勇而坚强的象征，你们为什么偏偏要欣赏它的凶残呢？难道你们谁都没有读过高尔基的那篇寓言小说——《鹰和蛇》么？……’

“接着，他用他那种特殊的，平缓中流露出淡淡忧郁的语调，低声朗诵起高尔基的这一篇寓言小说来。

“他的记忆力是那么惊人，我在大学里读到了《鹰和蛇》之后，才知道他当时朗诵得一字不差！然而当时并非在显示什么。他仅仅是要把他自己，也把大家带入到一种境界，使大家的心灵和他的心灵一块儿得到片刻的升华，一块儿感受文学的美。

“他朗诵完许久，大家仍肃然地静默着。

“我说：‘林凡，看来你读过许多文学书，你是我们之中最幸运的一个。不过生活也太不公平了！不公平的，就是应该打倒的！’

“他愕然了，问：‘打倒我么？排长？’

“我说：‘我们先不急于打倒你，你对我们还挺重要。要打倒头脑的空旷，打倒心灵的空虚，打倒精神上的无聊和庸俗！从今天起，你必须每天都给我们讲点什么，随你的便，但不讲不行！’

“他听完我的话,笑了。

“从那一天起,林凡成了我们大家所共有的,谁也无法查收,谁也无法禁读的一本书,一本《一千零一夜》……”

他讲述到这里,停止了,问她:“能再给我一支烟么?”

她马上走出房间,到客厅里去取了一支烟回来,无言地递给他。他由于内心激动,划了三次火柴,都将火柴划断了,最后还是她替他划着了火柴,点着了烟。

虽然她始终在认真听。但听到这时,也没有弄明白那使他内心如此激动的真正原因。并根本无法预料他接下来所要讲给她听的事情。她不想问,不想干扰他的情绪。他深信不疑,他如此激动,必然是有原因的。她退回到墙边,像先前那样靠墙站着,望着他,静静地期待他继续讲下去。

他吸了差不多半截烟,才接着说:“书,是一代人对一代人精神上的遗言,是时代的生命,是记载人类文明的阶梯。可惜我们大家当时只有林凡这一本‘书’。他把我们大家寂寞无聊的空虚的时刻,变成我们精神上获得巨大享受的时刻。我们相信,我们是‘读’不完他的。他是我们大家的‘船’,带领我们从空虚的心灵天地驶向广阔无垠的生活海洋……

“我们大家都开始真心实意地爱护他,劳动中重活绝不让他干。我自己尤其真心实意地爱护他,像爱护一个亲弟弟。因为,我内心对他的记恨与嫉妒,已转变成对他的崇敬。

“一天,我替他收到了一封电报。简短的一行电文,传告了一个噩讯——父因肝癌病故。

“我将电报交给他,他一看过,立刻就哭了,哭得那么悲伤,那么绝望。

“那天晚上,在连队前的小河边,我找到了他,安慰他。他向我讲述了他的不幸身世:在他十一岁那年,他的父亲和母亲离婚后,和话剧团的一位女演员结婚了。按照法律的判决，他由父亲抚养，他的妹妹由母亲抚养。从此，他再没有见到过母亲和妹妹一面。母亲调动了工作，带着妹妹不知搬到何处去了。父亲是知道母亲和妹妹的下落的，但不肯告诉他，怕他经常去找母亲，会在感情上失去他。继母虽然对他挺好，但却不能使他忘记亲生母亲和亲妹妹，书便成了他心灵的唯一安慰。他的父亲有近千册藏书，他下乡前，几乎遍读了父亲的那些书……

"我今天仍记得林凡对我说过的一番话。他说：'对于少年人，书是父母。对于青年，书是情人。对于老年，书是儿女。书是一切能读书的人的朋友。'

"而他后来是我们大家的朋友。

"我当时对他充满了同情。

"他还告诉我：他到北大荒的前一天，再三向父亲哀求，父亲才答应，负责通知他的妹妹在火车站和他见一面。

"第二天，直到列车开动，他才发现一个少女冲进火车站，在站台上追随着火车，一边奔跑一边呼喊：'哥哥！哥哥！……'

"他无法知道那是否就是他的妹妹。那一天，有那么多妹妹去送自己下乡的哥哥。他没看清那少女的面容，只记得那少女穿一件浅绿色的连衣裙。

"他一边流泪一边对我说：'我并不恨父亲。虽然在父亲和母亲离婚的最初时期，我心里暗暗恨过父亲。但我长大后，怨恨就渐渐消淡了。我开始理解我的父亲了，他同我继母之间的爱，对他是无比重要的，也是他们各自都无法战胜的。我的父亲不是一个对爱情不严肃的男人。恰恰相反，他不能忍受夫妻关系之外的所谓浪漫爱情。他同我母亲的离异，对他也是一种很大的痛苦，并且一直承担着良心的深重谴责。我相信，父亲对继母的爱，是他一生中最真实最强烈的爱。不是所有的男人都能用良心的力量战胜这种爱情的。这种爱情实际上是不可能被真正战胜的,它只不过可能被一个男人或一个女人埋葬在心里而已。而当他们离开这个世界的时候,它也将是他们最痛苦最巨大的遗憾。它导致悲剧,但不是罪孽。但父亲却那么不理解长大了的我。良心上的深重的自责,使他那么害怕失去我对他的感情,所以他长期对我封锁母亲和妹妹的音讯。他虽然是剧作家,在生活中竟不明白,一个父亲对儿子的爱,无论如何也不能包容和取代母子之情,兄妹之情。在这一点上,我的父亲犯了一个多么可怕的错误!我极其尊重和爱我的母亲。这种尊重和爱,随着我的年龄的增长,也愈来愈增长。在父亲提出和她离婚时,母亲没有哭闹过,没有诅咒过,尽管她爱父亲。在她看来,对一个女人,有高于爱情之上的原则,那就是一个女人的自尊。她以惊人的刚强,表现出惊人的从容和高尚的理解,那么平和地面对家庭生活中的突变。我为自己有这样一位母亲而感到骄傲。可是现在父亲死了,我再向谁去询问母亲的下落呢?……'他忽然紧抱住我失声痛哭起来……

"噩耗没有中断他对我们讲他的'一千零一夜'……

"那天夜里,我陪他回到大宿舍后,他还为我们讲了希腊神话故事'阿尔刻提斯的爱'……

"以后,他讲的故事,都带有更浓的感伤,忧郁和悲剧色彩了。我们仿佛经他介绍认识了许多朋友,都是些悲剧式的高尚的人物。

"那一年冬季,连里派我带两个班上山伐木。只有一个林凡,只有一本'一千零一夜',每个人都需要他。他究竟应该和留连队的知青在一起呢?还是应该和上山伐木的知青在一起呢?大家发生了激烈的争执。大家在饥渴的情况下,曾彼此真诚地推让过一个馒头,或一壶水。但当时为了和林凡在一起,都失去了推让的精神。最后,只有听凭天意来决定——抓阄。结果是,林凡属于上山伐木的知青。不是天意如此,是我在抓阄中施了诡计。我带着林

凡和两个班的知青离开连队那一天,留在连里的知青纷纷叮嘱我:‘排长,你们可要好好照顾林凡啊!’

“在寂静的大山林中,在结束了一天的伐木劳动之后,在帐篷里,在火炉旁,林凡给我们讲永远也不会讲完的‘一千零一夜’。而帐篷外,北风怒号,山林呼啸。

“一天,一棵被伐倒的大树砸倒了另一棵大树,林凡被压在了那另一棵大树下。

“我们一片惶恐地将他从大树下抢救出来。他靠在我怀里,嘴角淌出鲜血,喃喃地说:‘真对不起,我还有那么多那么多要讲给大家听的……我觉得我活不成了。你们把我的尸体送回连队,埋在连队前那条小河岸边吧!如果你们思念起了我,就到那条小河边去。小河的流淌声,就是我在继续给你们讲……’他吃力地仰起脸,两眼凝视着我,又说:‘排长,在我的箱子里,有一个白桦树皮做的灯罩。我请求你,帮我寻找到我的妹妹,替我转交给她。她的小名叫欣欣。大名是不是也叫欣欣,我不知道。是不是改姓了我母亲的姓,我也不知道。排长,够难找的,拜托了……她今年应该是十五岁了……’

“当他那双忧郁而明净的眼睛闭上时,我们的哭声响遍了山林……

“以后,我每次从北大荒回北京探家,途经这座北方城市,都要停留几天,寻找林凡的母亲和妹妹,却一直没找到。

“世上有种东西,是不能随便转托的——那就是一个人的遗嘱。白桦树皮灯罩一直保留在我身边。它是用极薄的,带有美丽纹络的白桦树皮做成的。它是那么质朴,又是那么典雅,宛如一件工艺品。两年后我被连队推荐到这座城市的工学院读书,我将白桦树皮灯罩从北大荒带到了这座城市。我开始如饥似渴地读各种书。凡是我能想办法搞到手的书,我都不肯没有认真阅读就放过。

除了读书和学习，我其余的时间，几乎都用在寻找林凡的母亲和妹妹这件事情上，却还是没有找到她们。几年来，这座城市处在动乱之中，无数的人下放了，迁移了，无数的单位实际上不存在了。没有地址，没有单位，没有姓名，只有'欣欣'两个字，我要在这座对我来说并不熟悉的，三百多万人口的动乱的城市中寻找到她们，就像在大森林中寻找两棵没有特殊标记的树木一样难。我见到过无数个小名叫'欣欣'的二十岁的姑娘。她们都不是林凡的妹妹。我曾在大马路上尾随过容貌酷似林凡的姑娘，我为此被公安局带走过，讯问过，遭到了种种怀疑和侮辱。

"毕业的时候，我作出了决定，放弃分配回北京的机会，留在了这座城市里工作。我向白桦树皮灯罩发誓，一定要寻找到林凡的妹妹。将它当面交到她手里。我感到，我要寻找的，不仅是林凡的妹妹，也仿佛是我自己的妹妹，也仿佛是我们许许多多北大荒知青的妹妹。这件事情，成了我生活中非常重要的一件事情，成了我无论如何要实现的一件事情。简直可以说，成了我始终在独自进行着的事业。我觉得我好像中了巫术。白桦树皮灯罩，也许它将成为我命运的一部分。白桦树皮灯罩，在某些人看来，可能一钱不值，但我甘愿为它继续付出很多很多。只要林凡的妹妹还活在这个世上，不管她仍生存在这座城市里，还是迁到别的城市去了，哪怕在天涯海角，总有一天，我也要亲手把它交到她手中……"

他不再讲下去了。

她始终一动不动地靠墙站着。

她望着他。

他也望着她。

她望着他的目光中充满了柔情。

他望着她的目光似一片迷雾。

门又被推开了，走进来的是她的母亲。

母亲看看他，又看看她，猜疑地问："你们站着一个，坐着一个，这是干什么？"

他没动，没说话，也没看她的母亲一眼。

她回答："他在考我数学公式。妈妈你现在最好别打扰我们。"

"哦，是吗？那好，那好，你们进行吧！"母亲高兴地转身出去了。

他站起来，说："我早该走了。"

她不说话，仍望着他。

他又说："那是一个非常美丽的白桦树皮灯罩。"

她这才说了一句话："我完全想象得出。它会是多么美丽。"

他走到门前，她伸出一只手替他轻轻推开了门。

"你明天还会来给我补习功课吗？"

"是。"

"以后我帮你找。"

"谢谢。"

他走了……

她靠墙站了好一会儿，才关上门，踱到床边。她先是坐在床边出神，呆呆地坐了很久，仰躺下去了。

她看了一眼手表，已经四点半了。她觉得自己在近三个小时内一无所获。是的。一无所获。一条代数公式或者定理也没有弄明白，没有记住。他走出房间时，她真想叫回他，告诉他这一点。并且还要告诉他，明天大可不必再来帮她补习了，她对那些数学公式或定理毫无兴趣。但她太不忍心使他扫兴而去了。

归根到底，我不能成为称职的中学数学教师。机会均等，不错，他说得很不错。这是很公平的社会学的理论。但是为了维护这个理论，她不是已经决定放弃机会了么？他却又激励她去竞争！

竞争——让人一听就肌肉紧张的词！她心理上极端排斥这个

词,如同病人从心理上排斥苦涩的草药汤。为什么要去竞争?这明明不是一种健身运动!为什么?到底为什么?一个三十岁的、其貌不扬的、没希望被什么人爱上的老姑娘,竞争到了博士学位又怎么样?仅仅为了一个就业的机会便用那些数学公式和定理折磨自己的头脑么?她可是完全不必如此跟自己过不去的呀!

她开始认为不是他在给予自己什么帮助,而是自己在为他作着一种无谓的可笑的牺牲罢了!

又是为了什么?

为了博得他对自己的某种好感?

可他瞧着她时的目光像瞧着一大群人!

她觉得自己真可怜。

白桦树皮灯罩——他走了。只给她留下了一个并不属于她的白桦树皮灯罩,留在她心里了。

她真嫉妒那个叫"欣欣"的二十岁的姑娘。她想,大概我这辈子也不会被一个人像他那样一门心思去寻找。如果我知道有一个人在这样寻找我,我立刻就死了也对生活感激不尽了。她想,老姑娘对生活是多余的,好比狗尾草对花园是多余的!由于自己这想法对生活带有亵渎,她感到心里很解气。

母亲不知何时走入房间,坐在床边,俯身关切地问她:"玉慧,你怎么了?"

"没怎么,累了,躺会儿。"她敷衍地回答。

"是不是病了?"

"想病一场。"

"你觉得他这个人怎么样?"

"什么怎么样?"

"人品,长相,各方面。"

她明白了,母亲果然醉翁之意不在酒!

她懒得回答，也懒得发脾气。

“他的家庭倒是和我们的家庭很般配。你还不知道吧？他父亲是位将军呢！……”

她一下子跃了起来，使母亲吃了一惊。

“他有癌症，不定哪天就会死！这一点你还不知道吧？”

“真的？！……”母亲又吃一惊，随即问：“他亲口对你讲的么？不太可能呀？瞧他身体不错嘛！……你别轻信，他肯定是在考验你。既然考验你，证明他对你……”

她打断母亲的话，大声嚷道：“我今天下午已经被证明和反证明搅得够受的了！”从衣架上取下衣服，拎着往外就走。

她一边穿衣服，一边下了楼，走到了外面。

一旦有了工作，就离开这个家！到工厂里去当学徒工也认了！她产生了一种报复的念头。仿佛到工厂里去当学徒工，不是对自己前途的轻率决定，而是对母亲的惩罚。

“城市不需要歌唱家……”她想起了刘大文说过的这句话。

当然更不需要像我这样的老姑娘！

她刚出大门，一个人从高墙下闪出来，叫了她一声：“教导员……”

她站住，回头一看，是刘大文。

“金嗓子”压低他的男低音，吞吞吐吐地说：“教导员，我想，想……向你借点钱……”

她的双手伸进了呢大衣兜。

教导员兜里没有一分钱。

“要不，你把那些烟……还给我也行……还是让我到夜市上去卖吧……”

烟，都快被父亲吸光了。

教导员早已把这桩“买卖”忘了……

第 十 章

这一天终于到来了！

这是郭立强要“义无反顾”地与所有报考者争冠夺魁之日！他盼望着它的到来如同充满信心的演员盼望着第一次登台演出的日子。生活还从来没有向他提供过能够允许他充分显示出自己是一个强者的机会，从来没有。他暗暗在心中发了一个重誓——不考第一，毋宁死！

这几天弟弟没在家住。厂里活紧，需要加班，弟弟住到厂里去了。

徐淑芳今天很早就悄悄爬起来，为他包了一顿饺子，是用精白粉包的。精白粉还是他和她“结婚”前，弟弟求人从饭店买的。他不明白，中国的女人们，尤其做了妻子的女人们，为什么都习惯于沿袭包饺子的传统，以表达她们对自己的丈夫及对某件事的重视？正因为他还不是她的丈夫，她还不是他的妻子，他更加体会她的一片深意，不忍强加阻止。

饺子下锅后，他将他所有的初中课本和高中课本，捧到厨房，一册册塞入炉膛。

“你……怎么烧了？……”她惊讶而赔着小心问。

“我命中注定，只能参加这一次……平凡的考试。它们对于我再也没有什么用了。”他淡淡地回答。

课本在炉膛内变成火焰。火焰映照着他的脸。他默默向待业和做临时工的日子告别。

是的，待业的日子将从此结束，做临时工的日子也将从此结束。他确信不疑！他想：我郭立强今天迈出家门后，就绝不再与那种日子握一次手！他并不觉得感奋。以完全有信心考取清华或北大这样的名牌大学的扎扎实实的准备，去参加什么“教师培训班”的考试，这根本不值得感奋！相反，他的心情倒是非常感伤，他也是在向以往深埋在心中的理想告别，为它焚书志哀。别了，你光辉夺目的每一座高等学府！从此，我将永远只能从你的大门外一望你庄严而神秘的尊容！

她已将饺子从锅里捞出，盛在盘子里了，他还沉思着蹲在炉前，手中拿着最后一册课本。

“进屋吃去吧……”她端着盘子，轻声低头瞧着他说。

他将最后一册课本塞入炉膛，站起来，跟在她身后走进里屋。

一大盘饺子放在桌上。每一个都包得很好看，如同一个模子压出来的。

他在桌旁坐下了。

她在床边坐下了。

当他存在时，她仿佛认定了自己永远只能坐在床边，没有权利坐在别处。而且总是那么一种姿态，微微垂着头，双手轻轻撑着床沿，两眼呆滞地瞧着自己的鞋尖，一种半坐半立的卑微的姿态。

他不禁望了她一眼。他第一次发现，她的眉毛一高一低，以前，他认为这不过是她脸上的一种特殊的表情。此刻才看出，不是表情，是天生的。左眉高、右眉低。

“左眉高，右眉低，身为女子难做妻。”他不由得想起了母亲生前常说的这句话。母亲也是左眉高，右眉低，难道这真是一种命相么？

他不信什么命相之说。

但他内心一时间对她充满了怜悯。不，不是怜悯，不完全是怜悯,也是怜……爱。他知道自己是很爱她的,她是他第一个亲昵过的姑娘。他曾拥抱过她,吻过她。他曾幸福地发过誓,将自己的心和她的心用命运这根挣不断的绳子牢牢拴在一起。他也清楚地知道,她实际上是一个多么好的姑娘,值得一个好男人去爱。他忘不了她和他在一起卸煤的那些日子,一个男人对于一个和自己一块儿出卖过体力的姑娘的认识,基本上是不会错误的。一个被命运驱赶到出卖巨大体力的生存线上的姑娘,怎么可能是一个坏姑娘?凭她的容貌,她完全可以不出卖体力而出卖别的,那她将可以整日吃喝玩乐甚至挥霍无度。一个像她那样容貌秀丽的姑娘,只要肯丢掉廉耻,城市对她是极其慷慨大方的。寻找享乐比寻找职业容易得多,只要漂亮就够了。城市历来如此。

可她如今还像一个女佣人一样栖身在他家低矮的屋顶下。

仅仅这一点就足以说明她是一个好姑娘。

他眼前又浮现出了她背负着四十八公斤重的木箱时的情形。她说她是为了自己,难道不也是为了他今天更有信心地去参加考试么?他既为她温柔隐忍的性格中刚强固执的另一面所感动,也十分惊异于她病弱的身体何以还存在着那样一种压不倒的力量。

他想:郭立强你明天再也不能容许她去替你干那种不是女人所能干的活了!无论如何不容许!你要让她像一位客人一样在你家里住上一些日子。你要真心实意地像对待一位客人一样对待她。不,不只要像对待一位客人一样对待她,还要像对待病人一样对待她,关怀她。你要给她买奶粉,麦乳精,能够补养身体的药品,四处借钱也买!你要使她的身体康复,你要使她的脸颊丰满,你要使她苍白的面容上现出红晕,你要使她的眼睛明亮,你要使她原先柔而且黑的头发重新生长出来!你要使她变得令每一个男人都不能不爱!然后,你就去找那个送花圈的人。你要这样对他说:“还给你,你的爱。在她流落街头的时候,我替你保存了她!”要像命运之神还给别人一件无价珠宝一样……然后,你就忘掉她。

忘掉她？……你能够么？你？忘掉你第一次的爱情！经历过这样一次爱情,你还能够再对别的姑娘产生爱情吗？你？你的心上已经深深刻下了她的名字！

他瞧着她,想得发呆了。

她慢慢抬起头看了他一眼,起身走到外屋去了。一会儿,双手端进来一碗饺子汤,轻轻放在他面前后,退到床边,又那样子坐下了。

可是,她爱他么？她仍旧爱那个对她进行那么无情的报复的人么？还有那个孩子究竟是不是她的呢？如果是,她肯定希望和她的孩子生活在一起。

他不由自主地张口问:“你爱……”他将未出口的话咽下去了。她缓缓抬起头,用不解的表情问:什么?

“你爱吃饺子吗?”

她点了一下头。

“我们一块儿吃。”

她摇了一下头。

“为什么不一块儿吃?”

“我是特意为你包的,不是为我们两个人包的。”

“你不吃我也不吃。”

她低下了头去,说:“等你走了我再吃。”

她连和我在一起吃饭都不肯了！他难过地想。她仍爱那个人,并不爱我,也许从来都没爱过我。我这个白痴！他又不禁地想到,就连以前他拥抱她,吻她,向她表达自己最温存的爱心时,她的神情也是忧郁的,她的目光也是忧郁的,她的微笑也是忧郁的,她的一切情感回报都是忧郁的！也许在那样的时刻,占据她心的也还是那个人！而他竟以为要么她天生是个忧郁的姑娘,要么是后来命运彻底将她改变成一个忧郁的姑娘了！郭立强你这个白痴！你多么可悲！

她说:“你趁热吃吧！可能要考一上午呢,不吃饱,会影响你考试的。”却并没有抬头。

“我不饿,我走了。”他站了起来。

“那怎么行!”她也立刻站了起来,几乎是在用恳求的目光望着他。

“吃不下去。”他说。是真话。即便山珍海味摆在桌子上,他此刻也吃不下去。

“这……我没想到你并不爱吃饺子……你坐下等着,我立刻去给你擀点面条,或者给你抻点片汤?……”她那样子好像做了一件对他很抱歉的事情。

“不必。”他说着穿衣服。

“可时间太早啊!”她拽住他的衣服。

他轻轻推开她,穿好衣服后才说:“我走着去,清醒清醒头脑。”

他拿起帽子的时候,又说:“你都带到班上去吧。干活注意安全,你没有必要和那些男人们比力气。”

她却说:“我真的没想到你并不爱吃饺子,我……”她那样子都快急哭了。

“我很爱吃饺子,不过现在什么我也吃不下去。”她那目光使他深为感动,他在心里对她说:“天地作证,我爱你!”

她站到门口,充满委屈地望着他,不让他走。

他只好放下帽子,重新在桌前坐下,慢慢拿起筷子,为她吃了几个饺子。

她这才默默地从门口闪开身子。

他从她身旁走到了外屋,转身看了她一眼。他真希望她无论从法律上还是从道义上都是他的妻子啊！他真希望她这时扑向他，依偎在他胸前，喃喃地对他说一句："去吧，别辜负了我！"

她也在望着他，却什么都不说。

他怀着极其怅然的心情离开了家……

考场并不在师范学院，而在第一中学。它是本市的重点中学，附设高中。今天是星期日，所以它的教室才肯借给早已超过了中学生和高中生年龄的另一代人作考场。他们迈入它的大门时，无一不产生迈入命运之门的心情。他们之中，有些人和郭立强一样，十几年前曾是它的学生，如果这十几年内的历史正常，他们早已从某些高等学府毕业了。一中的升学率，在全省是名列前茅的。他们这些返城待业知青的心情尤为复杂，恰似浪子归家，无颜面祖。

郭立强还没有来到一中，走在它那条街道上时，便发现自己来得并不算早了。虽然离报考表上印明的开考时间还有五十多分钟，但他已从人行道上匆匆来往的行人中发现了不少返城知青向一中走去。他一眼就能从他们的衣着看出他们是不是返城知青。他们身上至少还保留一件"兵团战士"的标志：破旧的、颜色非黄非绿、样式非军非民的棉大衣，或者同样"不落俗套"的棉袄，羊剪绒厚厚的棉帽子或者笨重的大头鞋——这些组合成为当年比插队知青荣耀得多的"兵团服"。他们还来不及将自己重新改变成为城市青年。即便他们从头到脚去掉了"兵团战士"的标志，他相信他也还是能够从他们的气质上辨别出他们来。他们具有一种特殊的气质，这种气质尤其在"兵团男士"的身上更突出。那是一种像军人比军人散荡，像学生比学生粗野，像流浪汉比流浪汉强横无羁，像山里居民比山里居民目空一切，像行帮比行帮文明讲理，像当年的"红卫兵"比"红卫兵"深沉冷静的气质。那是时代落在他们身上的短期内抖落不掉的一层结晶体。那是"时代原子病"在他们身上留下的"后遗症"。它的"临床特征"是——蔑视任何政治方面的权威、爆发式的愤怒、哈姆莱特型的忧郁、唐·吉诃德的挑战精神和牛虻的尖刻、毕巧林的玩世不恭。它从他们身上大大削弱的是保尔·柯察金的热烈和激情。虽然这种“鸡尾酒”般的气质在他自己身上平常表现得并不显著。但一旦他和他们聚合在一起的时候，就有一种无形的力量强烈的冲动促使他，使他不能够不和他们变成一样的人，仿佛他们聚集起来豪饮了同一种酒。

当他走到一中校门外的时候，从铁栅围墙看到，校园里已有七八百人了。

他在校门外站了一会。他望着校牌，心里默默地说：“母校，郭立强回来了！”他曾连续三年夺得初中数、理、化三科竞赛前三名。母校应该对郭立强这个名字有印象，他认为自己不无资格这样想。

这是一条穿过闹市区的街道。一中马路对面的几幢灰色老旧楼房，商店不多，住户不少。众多的返城知青还不到八点就聚集在一中校园里，使那些住户的男女老少产生了种种猜测和推断。他们纷纷走出家门，站在一幢幢楼前，隔着马路向一中观望。临近开考时间只有半个多小时了，还在各条街道上向一中走来的返城知青加快了脚步，有的甚至跑了起来。几条附近的街道上都有显眼的“兵团服”们在向这一条街道汇聚而来。这反常的情形引起了行人的关注和好奇。许多走着的或骑自行车的人，甚至改变了方向，尾随他们来到一中，要瞧个究竟。不一会儿，校园里的“兵团服”由七八百增加到了一千多。校园外尾随而来或经过时站住的观望者，堵塞了人行道。他们互相询问，这些返城知青聚集在这里想干什么？集会？请愿？游行示威？将采取什么过激行动？曾留意过晚报上那条“招生启事”的人告诉他们——返城知青不过是要在这里参加一次考试。他们却仍不相信，他们仿佛从空气中嗅到了一种辣味，他们认为今天这里肯定将发生比一场考试具有更大新闻性的事件。

在校园里那一千多人中,有的有报考表,有的无报考表,不过是怀着更渺茫的侥幸心理而来。不能参加考试,能接近考场,感受一种考试的心理,对他们也是一种变相的满足。还只有为数不多的人了解到了这场考试的幕后背景。他们都认为他们今天对大家的命运具有义不容辞的责任感。他们早已在一起商讨过改变这场考试性质的策略,一种正义感使他们一个个面容严峻。

有将近一百个人聚集在校园的一角。他们年龄都很小,有的十七八,有的刚刚二十多,他们是待业青年,是城市每年照例都要从高考中淘汰下来的待业青年,他们本能地聚集在一起,离那一千人远远的,他们似乎有点怕"兵团服"们,他们已感觉到了,今天不像是他们能够交好运的日子。

忽然,从教学楼里走出了一个人,站在楼前台阶上,举起一只手臂大声喊:"各教室已经打开了,大家可以进入教室了!"

他的喊声一落,一千多人便潮水一般向教学楼里拥去,顷刻将他吞没了。

那一百多"小字辈",也纷纷跑来,随潮而入。

楼前台阶渐渐清净了,刚才从教学楼里走出来的那个人,又像大潮过后的一块礁石似的出现了。

他望着仍犹豫不决地站在操场上的几百人,用手遥遥一指,喊道:"你们还站在那里干什么?"

"没有报考表也允许参加考试吗?"那几百人中的一个也喊着反问。

站在楼前台阶上的那个人以拥有无上权力的庄严声音回答:"凡是想要参加这场考试的人,都有资格考试!"

于是那几百人也喜出望外地跑进了教学楼。

那个给予他们这一次机会的人是谁?又是谁赋予他这种权力?他的这种权力生效吗?没有一个人想这个问题。没有一个人提出这个问题。也没有一个人对他说一句感激的话。

当楼前台阶上只剩下他自己时,他扫视着空荡荡的校园,确信再没有一个人还留在教学楼外了,才转身走入。

在一个教室里。有一个十八九岁的青年,站在一张课桌旁,对坐在靠外边的座位上的一个"兵团服"讷讷地说:"这是我的座位。"

那个"兵团服"是姚守义。

他冷冷地说:"凭什么你认为这座位是你的?"

"你瞧,我的报考表上印着这个教室这排这个号的座位。"

姚守义将一只手慢腾腾地伸进一边衣兜,也想出示自己的报考表。他的手却伸进兜里再没有抽出来,他的衣兜里什么也没有。他匆匆忙忙地离家,连报考表都没带。他知道自己完全没有必要再将另一只手伸进另一边衣兜。因为衣服破了,另一边的衣兜已经是形式上的存在了,被他粗针大线地缝在棉袄上了。

"你倒是把座位让给我呀!"那面嫩齿稚,正处在变嗓音时期的小青年有些急了。

"让给你? 十几年前这个座位就是我的。那时候你大概还没背上书包呢! 你叫这课桌一声,看它答应你么?"其实他一天也没在一中读过书,纯粹耍无赖。

这时,有一个"兵团服"走入教室里,迈上讲台,大声说:"安静!大家都请安静!"他看了那个小青年一眼,问:"你有没有座位?"

"有……"

"有你为什么不坐下?!"

"这个座位……就是我的,他不肯让给我……"

那个"兵团服"从讲台上大步跨了下来,走到小青年跟前,从他手中拿过报考表看了一眼,说:"不错,这个座位是你的。"

姚守义抬头盯着他,问:"是他的又怎么样? 你把我赶出考场?"

他用一只手在姚守义肩上拍了一下，以一种公正的语调说："完全没那个意思，不过我们应该承认事实。"接着，又对那小青年说："这个矛盾不难解决，你服从我是唯一的办法。"随后便轻轻推着那小青年离开了那个座位，一直将小青年推出教室门外。

他自己则站在教室内，对那懵懵懂懂的小青年说："回家去吧，你以后还有各种各样的机会参加各种各样的考试，一代人要对另一代人发扬风格。现在正是我们需要你们发扬风格的时候。"

他的这番话说得正正经经。

教室里响起一阵笑声。

那被推到了教室外的小青年敢怒而不敢言，愤愤地嘟哝了一句什么，不得不走掉了。

一个"兵团服"观看完这一幕后，从走廊进到教室那里，对个不知是谁授权他主持考场的"兵团服"说："本人完全拥护你的话，并且要实践之。"说罢，扫视了教室一遍，目光落在了另外一个"小字辈"考生身上。对方紧张地将脊背靠在座椅上，还用一只手抓住了课桌角。

"实践者"照直走过去，走到那个"小字辈"身旁，叉开两腿站定，拍拍他的肩，大声说："向刚才那个榜样学习学习吧？"

对方不说话，不动。

"这么一点风格都没有，把他赶出去！"

"别赶他，要靠他自觉。榜样的力量是无穷的嘛！"

"小弟弟，听话，否则大哥哥大姐姐们会不高兴的。"

周围七言八语。

那个企图"顽抗到底"的"小字辈"终于在威胁和哄劝声中坐不住了，他猛地站起来，悻悻地瞪着周围的"兵团服"们，也一言不发地离开了教室。

前后两幕，都被聚在教室门口的"兵团服"们"欣赏"到了。于是又有几个争先恐后地拥入了教室。他们的目光在教室里交叉寻找着目标,一经确定,便迫不及待地欲走过去取而代之。

本考场主持人,严肃地向他们做了一个制止的手势,接着以一位大哲学家的口吻说:"阿基米德的杠杆是不朽的。我们失去的是一个坚固的支点!我们需要的也是一个坚固的支点。谁在我们备感沉沦和失落的时候与我们争夺,谁就不明白'人道'这两个字的内涵。"他站立在讲台上那种具有无上权力的威仪,他那种布道者的语调,与他身上那件破旧不堪的"兵团服"效果很难统一,倒可以说相映成趣。因为他是在代表着"兵团服"们发表庄重的"宣言",故而他们却不觉得可笑。他们用一阵长时间的肃静帮助他加强"宣言"的庄重效果。

在这一阵长时间的肃静中,"小字辈"们一个个识趣地从座位上站了起来,违心地悄然地纷纷退离这个考场。他们大多数并未理解他的"宣言",也不是被他那种布道者的语调所打动,产生了什么恻隐之心。恰恰相反,他们不过是被他似乎具有着的无上权力:被众多"兵团服"们造成的长久而令他们颇为不安的肃静所压迫,所威逼,才极不情愿地放弃了他们自己今天的权利。

"兵团服"们用掌声欢送。与其说是感激的表示,毋宁说是揶揄。

站在走廊里,没有座位的那些"兵团服"们,认为应该积极主动地将这个教室的考场主持人关于"人道"的高尚理论宣传到所有的教室去,大大加以"实践"。于是他们满怀"实践"的热情,立刻分散开来,拥进一楼、二楼、三楼的各个教室。于是走廊里的人的成分发生了变化,最后全是非"兵团服"了。

这时,一辆小面包车驶进了一中校园,真正的主考者们姗姗来迟。校园外围观的人们已经散去。真正的主考者们见校园内空空荡荡杳无一人,不免都有几分奇怪。他们一个个一边看手表一边快步往教学楼里走。

他们刚刚进入教学楼,开考的预备铃响了。他们的出现,使那些被从各个教室驱逐出来的“小字辈”如获得救星。“小字辈”们包围住他们,向他们大诉委屈。有的甚至哭泣起来。

真正的主考者们面面相觑,半信半疑。他们立刻分头赴往自己应该主持的考场。他们一个个面容愠怒,神色庄严。因为他们是真正的主持者。他们每一位身后跟随着几个或十几个预备“杀回马枪”的“小字辈”。

一位表情凛凛可畏的真正的考场主持者,大步疾行地走到了他所负担的那个教室门外。由于他的表情是那么凛凛可畏,跟随在他身后的“小字辈”们也便一个个精神抖擞,变得似乎都勇敢起来。

这不是刚才有人发表“宣言”的那个教室,但与那个教室里的情形没什么区别。两扇门大敞大开,一个“兵团服”坐在讲桌的一角吸烟,窗台上也坐着几个,好几张课椅男女相间挤坐着三个人。

他跨入教室后,大声说道:“岂有此理!”

教室里所有的目光都集中在他身上。

坐在讲桌一角的那个“兵团服”,看了他一眼,说:“您来啦?”口气好像早已期待着他了。说完“您来啦”,屁股并未离开讲桌,照旧吸烟,直至半截烟吸得快烧手指了,才有点舍不得地将粉笔盒当了烟缸。然后从容不迫地踱下讲台,面对面地站在离他仅一步远的地方,开口慢吞吞地说道:“生活中岂有此理的事原本不少哇,叫您有点不愉快了是不是?”

真正的考场主持者感到当众受了大侮大辱,气得只张了一下嘴却说不出话来。

“您带来的是什么?”那个“兵团服”斜眼瞧着夹在他腋下的大公文袋:“一定是考卷啰?很好,很好,您真是雪里送炭!”说着,就从他腋下抽过去公文袋，大模大样地撕开了，取出一份考卷看起来，一边自言自语："考题还不少呢，不过印得可太不清楚了！"

真正的考场主持者口中终于挤出了一句抗议的话："你，你怎么敢夺取我的权力！"

"别激动，别激动，您别那么激动！"夺权者将取出的考卷又装进了公文袋，然后将公文袋夹在自己的腋下，盯着被夺权者的脸恭敬地说："本人愿为您代劳。区区小事，何足挂齿？您带来了考卷，您的使命已经完成了。我看您现在还是到市场上去给家里买点菜去吧！"

真正的考场主持者脸色顿紫。他与夺权者怒目相视了片刻，一转身跨出了教室。那些站立在教室门口对重新获得参加考试的权力满怀希望的"小字辈"，只好一个个又失望地追随他离去。他并不知道自己应该到何处去，他不过是盲目地怒气冲冲地在走廊里来回"散步"而已，"小字辈"们也就盲目地在走廊里来回追随。

这个教室里的全体"兵团服"们，开始对他们那个公然采取了夺权行动的伙伴不满了，他们纷纷大声质问：

"喂，你小子这是干什么？！"

"谁给你这种权力了？"

"你想把这场考试搅黄是不是？"

"把那个人请回来！"

"对！请回来！请回来！你小子要向人家乖乖承认错误！"

那个夺权者并不尴尬。他镇定地站立在讲台上，冷静地注视着大家，默默听着那些质问。突然，他一拳头狠狠擂在讲台上，大吼道："你们他妈的乱嚷嚷什么！"

一石落地，鸦雀无声。

他又大吼道："我们全他妈的被捉弄了你们知不知道？！"

他的伙伴们自然是什么都不知道的，他们疑惑地望着他。

他又沉默了片刻之后，大声说：“我，原是一师二团十三连副连长，共产党员，我的名字叫姜波。现在我以我的人格和一个共产党员的名义，向你们披露这场考试的真相。你们一定都知道，这场考试只录取一百五十人。但你们却一定都不知道，一百五十人的名单早已内定了！无论他们的成绩如何！而你们，包括我自己，都成了被愚弄的陪考者，无论按成绩我们应不应该被录取！……”

一片哗然！一片诅咒之声。一片怒骂之声。一教室狂暴了的狮子。连那些看去温文娴雅的女“兵团服”，也一个个义愤填膺，拍案而起了。

没有一个人怀疑他的话。在这种时候，在发生了刚才那“夺权”的一幕之后，他们根本不会再去怀疑他们的一个伙伴。他的表情和他那番光明磊落，简单明白的话，取得了他们的彻底信任。

他对这一点分明也非常自信。他举起了一只手，教室里顷刻又归复了肃静。

他说：“为了维护对我们并不公平的机会，和我们今天每一个人都同样怀抱着的极其微小的希望，由我和另外九个人，你们的十个返城待业知青伙伴，预先组成了一个录取工作监督委员会。它将与招考单位协商，保证确立一条分数面前人人平等的原则。如果你们承认它，并支持它，请你们举起自己的手！”

几十只手臂同时举了起来。

他满意地望着大家，从讲桌上拿起公文袋，走下讲台，开始发考卷……

此时此刻，每一个教室里，都有一名录取工作监督委员会的义务成员，发表过了类似的、简短演说。但是，演说的结果竟那么不同，是监督委员会义务成员们始料不及的。

有姚守义在座的那个教室里，诅咒、怒骂和义愤简直要掀起了屋顶，根本没法平息。

他始终呆坐着。既不诅咒，也不怒骂，甚至连点义愤也不表示出来。

他虽然身在考场，却心不在焉。

他的心被人家拐走了，带到不知什么地方去了。就是被那个曾和他一块儿穿过无数串糖葫芦的、成了年轻母亲的返城待业知青带走的。

昨天晚上，她到他家里来向他的母亲告别。母亲不在家，买豆腐去了，弟弟看电影去了，父亲陪着妹妹一家三口看冰灯去了。

她一手拎着旅行包，一手领着孩子。

她神情有些凄楚地对他说："孩子从今天晚上起就少不了给你们家添麻烦了！"说着，松开孩子的手，将孩子推到了他跟前："叫叔叔，噢，不对，叫大大！"

那孩子便仰起小脸，用一种小动物般的乞怜的目光望着他，叫了一声"大大"。

他说："你这么忍心撇下孩子就走了？"

她低头看了孩子一眼，回答："我儿子明白我的难处。"

"马上就要走？"

她点了一下头："火车票都买好了，师傅在火车站等我。我们先到北安去，北安有个做皮鞋的小工厂，师傅的一个亲戚在那小工厂里当个小领导，也许会雇下师傅教手艺。"

他感到对她有些依依不舍起来。这些日子里他一直希望能再跟她一块儿穿许多许多糖葫芦，她却一直没有来过。今天总算又见到她了，她却马上要走了，而且可能要离开这座城市很久很久。他为她今后四处流浪的生活而忧郁。他心里有一个愿望不知如何表达，这愿望从那天晚上他和她一块儿穿糖葫芦就产生了。这愿望多少带有点浪漫色彩，要实现却得付出一些必要的时间和精力。没有时间和精力的付出，浪漫色彩必将大大减少。可是我们的二十八岁的返城待业知青，偏偏在绝不应该幻想到任何浪漫事情方面去的阶段，那么无可奈何地产生了追求浪漫的愿望。

这个愿望便是——他非常非常地想要对她表示亲昵。

可是她却马上就要撇在他家里一个孩子，拎着旅行包离开这座城市闯荡去了！

一个小伙子对一个年轻女人产生的想要浪漫浪漫的愿望，不像一个孩子产生的想吃一根冰棍的愿望那么容易丢开或者转移。这个愿望本身与爱情并无牵连，它还远远达不到那么高的档次，更没有使他想到怎样搂着她睡觉等等等等那么具体。因为他还并没有充分的精力和充足的时间一门心思全想在她身上。

他仅只是想要对她表示亲昵，表示他怪同情她的，挺喜欢她的，还愿意再和她围着一大盆上好的、鲜红鲜红的山楂，对面而坐，穿许多许多许多许多糖葫芦，在这种能使他体验某种接近艺术工作的情趣中，时不时地，似乎不经意地用他的手碰一下她的手。不过如此！一个平庸的其实也谈不上有什么浪漫色彩的想象有限的愿望而已。

他妈的就连这么一个愿望也眼瞅着如烟似云了。

他又憋气又说不出有多么烦恼！

“我还不知道你叫什么名字呢！”他无比遗憾地瞧着她那张挺招人喜欢的娃娃脸。

“是么？现在告诉你也不晚。我叫曲秀娟。歌曲的曲，秀丽的秀，女口月组成的那个娟字。别人告诉我，女人的小嘴像月牙，名字中有这个娟字才恰如其分。”

他不禁地去注意她的嘴。

她在苦涩地微笑着。他觉得她的小嘴真是有几分像弯弯的月牙似的。

“我有几句重要的话想对你说。”他伸出舌尖舔了舔自己的嘴唇。

“那你快说。”她看了一眼手表。

“不能当孩子的面说。”

“那我们到屋里去说。”

她便放下旅行包,跟在他身后走入了里屋。

“你看,”他从枕头底下翻出了几册中学生课本让她看:“我明天要去参加本市的‘教师培训班’的考试。”

“这话有什么不能当孩子的面说?”她又看了一眼手表,问:“有把握考取吗?”

“我?没问题。手拿把掐。两年后,我就是一位中学教师了!”

“我为你高兴。”

“将来你的孩子上中学了,就考我当教师的那所中学!我要当他的班主任,一定好好教他,一定培养他考上一所重点大学!”

连他自己都被自己的信口开河搞得昏头涨脑了。

她当然也难免有些涨脑昏头。

她垂下眼睛,颇为感动地说:“但愿能有那么一天吧,到了那一天你让我给你跪下磕头我都肯。”

她是相信他说的话的。他把考试说得那么轻松,还能考不上么?她觉得儿子的将来有了指望和依靠。她不禁地走到里外屋的门口看起儿子来。

儿子仍老老实实地站在外屋,一步也没有挪动。

她转身望着他,他在她眼中被一环善良的高尚的光圈所照耀。她用一种由衷的微笑告诉他——你是个好人。

他完全理解了她的目光。

“我该走了!”她说,就往外屋迈脚。

“别……”他不能自持地抓住了她的一只手。

“你用不着为我担什么心。”她说:“生活早已把我折腾出来了!”同时往回抽自己被抓住的那只手。

他突然用双臂紧紧地抱住了她。这动作那么急促,以至于她在几秒钟内没有反应过来。而他,不顾一切地就去亲她那两片红润的小月牙似的嘴唇。

她这时才开始反抗,使劲将头朝后仰。他的嘴唇没能如愿以偿地亲着她的嘴唇,只来得及在她的下颏上触了一下。没想到她还有股蛮劲,很快便从他的搂抱之中挣脱了身,接着甩手就扇了他一耳光。

这一耳光扇得他脸上火辣辣的,不由倒退一步。

“你……你有什么了不起?!”他恼羞成怒了,大声说:“你将来不就是个修鞋的吗?那个混账王八蛋地地道道的狗崽子你倒为他心甘情愿,我比那小子好一百倍!我,我就不行吗?!……”

啪!他另一边脸上又挨了一耳光。

“你比他还坏!”她咬牙切齿地说,“你装得倒像个善良的好人似的,没想到你爸你妈会有你这么个儿子!”

那孩子一动不动地站在原地,瞪大眼睛望着他和母亲。

她看了看儿子,又看了看旅行包,犹豫了一下,拎起了旅行包。

“如果你胆敢亏待我的儿子,我将来跟你的仇恨没解!还要到法院去告你!”

她留下这么一句话,恨恨地走了。

当母亲要迈出门的时候,那孩子哇的一声哭了,但仍然站着不动地方,只是哭,并没有跑出门去追赶母亲。

他发了一会儿傻,赶紧蹲下身去哄那孩子,却无论用什么办法也哄不好。孩子分明有些怕他,直哭得他心乱如麻,直哭到他家的人都回来了……

今天早晨他走出家门,走在小胡同里时,胡同里那疯子迎面像个鬼魂似的游荡了过来。到他跟前,挡住他的去路,先是阴怖怖地笑视着他,突然说:“你小心点! ……”

他从来也没有招惹过那疯子,不知那疯子为何也仇恨起他来……

他坐在座位上,心里始终在苦苦地想着一个问题:自己究竟是一个好人还是一个坏人。却难以得出结论。自己对自己连这么一个起码的结论都得不出来,使他心里暗暗难过。

周围仍是一片诅咒,一片怒骂,一片义愤,一片大吵大嚷。

他忽然觉得自己今天居然还来参加这场考试,是一件很荒唐很滑稽的事。这场考试的真相也很荒唐很滑稽。周围的一切诅咒,一切怒骂,一切义愤,一切大吵大嚷都很荒唐很滑稽。包括昨天他想亲她的月牙似的嘴唇以及她为此扇了他两记火辣辣的耳光,全他妈的是又荒唐又滑稽的事。

那个本教室的义务考场主持者,终于在混乱之中将考卷发下去了,这会儿站在讲台上,用手掌连连拍桌子,扯着嗓子大声喊:“安静! 安静! 下面宣布考试纪律,第一,不许互相抄袭。第二,不许交头接耳,传递纸条。第三……”他最初仿佛具有的那种无上的权力,在混乱中消亡殆尽了,他已经无法控制住教室里的局面了。他的嗓子哑了,不再能用那种布道者的语调讲话了,他那种充满自信的威仪也完全丧失了。

在姚守义看来,他尤其荒唐尤其滑稽。

他内心里有一种冲动在怂恿他也作出点更荒唐更滑稽的事情,既然一切一切全他妈的如此荒唐如此滑稽!

他站了起来。他大步走上讲台,把那个丧失权力和威仪的人从讲台上推了下去。他这个行动,竟渐渐使教室里安静下来了。

“你想干什么?”被他推下讲台的那个“兵团服”一时不明白他意欲何为。

他回答:“我想接管你的权力。”

“好，好！随你接管，随你接管！”对方心悦诚服地走向他的座位，如卸重任地坐了下去。

他清了清嗓子，不慌不忙地说：“诸位兵团同仁，现在让我给你们背一段‘最高指示’：

> 考试可以交头接耳，冒名顶替，你答不好，我抄你的，抄下来也算好的。交头接耳，冒名顶替过去不公开，现在让他公开。我不会，你写了，我抄一遍也可以。

本监考官遵照‘最高指示’重新宣布考试纪律：可以交头接耳，可以互相研究。还可以抽烟，可以随时上厕所。不许随地吐痰。考试时间不限，什么时候答完，本监考官都耐心等待！”

他最后的那句话被一阵掌声盖过。

“完全拥护！”

“坚决支持！”

“誓死捍卫新监考官！”

站在讲台上的姚守义耸了一下肩膀。他第一次被众多的人当面如此拥戴，他多少有点感到自豪了。他想：原来这就是群众！我的话对他们有利，他们就马上安静了，似乎一个个都变得不那么荒唐不那么滑稽了，而且还满腔热忱地要“誓死捍卫”我！

其实他大错特错了！考试这件事，此刻对他们来说，已经不那么主要了。他们完全被某种情绪互相影响着，扇动着，鼓舞着。这是一种渴望获得发泄的情绪。它已笼罩着整个教室，在空间回旋流动！他看不见它，因此不能真正感觉到它的存在。他们也看不见它，因此连他们自己也不能意识到他们正在这种情绪中失去他们的理智。它像热病，使发高烧的人感到的恰恰是彻骨的寒冷。表象之下掩盖着即将推向更高潮的荒唐的滑稽的本质。他们为他鼓掌，是因为他使他们的某种情绪得到了满足。

“我提议，伟大领袖为我们留下了这条伟大的‘最高指示’，让我们敬祝他老人家万寿无疆！全、体、起、立！……”

一个声音高叫着。

一阵噼里啪啦椅子响，全教室的人不分男女都肃立了起来。一时间“万寿无疆！万寿无疆！”的敬祝声震动教室。

远飞的大雁，
请你捎个信儿到北京，
兵团战士想念毛主席，
毛主席……

一个不太标准的女中音唱起了这首大家在兵团时期经常唱的歌。

远飞的大雁，
请你捎个信儿到北京……

于是大家全都唱了起来。歌声不仅震动教室，而且响彻整个教学楼。

“大雁已经飞到南方去了，让飞机捎个信儿到北京吧！”

一只纸叠的飞机从教室的一个角落飞到了讲台前。它是用考卷叠的。

于是大家一边反复唱，一边都用考卷叠起飞机来。于是一只只飞机满教室飞来飞去。

只有一个人仍坐在最后一排靠墙角的座位上。

这个人是郭立强。

他已看过一遍考卷，那上面的题他用半个多小时就可以准确无误地全部答完。不过他明白，他在这个教室里是无法做到了。他打算到另一个教室或者到走廊里去答卷。他站起来推开同桌的人往教室外走。他内心里告诫着自己，不能同其他人一样胡闹。他今天不是来发泄什么的，他是来竞争第一名的。这个信念一直支撑着他，使他的心理和情绪不致狂乱。

他走到讲台前时，一把揪住姚守义的衣领，盯着姚守义的脸说："你知道你这样做会断送了多少人唯一的一次机会？对今天这个教室里发生的事情你将负责任的！"

他早就认出了姚守义。

姚守义也认出了他。

"是你呀新郎！"姚守义正对参加了今天这样一场考试感到开心极了呢！他见郭立强仍一手拿着考卷，觉得对方在如此令人开心的情况之下愈发显得荒唐，滑稽，不可思议。哪一个"兵团服"在返城后待业的苦闷中错过像今天这般聚在一起大开其心的机会，不是木瓜就是傻蛋！

他对郭立强嬉笑道："今天是返城待业知青的狂欢节，我们的黄历上写着'不许动武'，我可不在这里跟你打架！"

郭立强狠狠一推，将他推倒在讲台上。

郭立强的一只脚刚迈出教室，一只胳膊从外面将他拦住了。

他不由得缩回了那只脚。

那是一只穿在公安警察服衣袖里的胳膊。

几百名公安警察包围了这所重点中学，包围了一代人企图为他们自己而占有而做主的不过初中水平的考场。校门外把守着公安警察。教学楼楼口把守着公安警察。从一楼到三楼的走廊两侧排列着公安警察。每一个教室门外肃立着公安警察……

城市的卫士们要教育返城待业知识青年们如何做一个安分守己的公民了……

徐淑芳一上午都在六神无主的情况下用脊背负运四十八公斤重的木箱。午休时，她仍坐立不安。她打开饭盒盖，怔怔地看着一饭盒饺子，虽然饿极了，却一个也不想吃。早晨郭立强离家后，她也没吃。自己包的饺子,她还不知是咸是淡。她的心始终无着无落地悬挂着什么似的。他一定能考好!即使考不了第一,也会在一百五十人中名列前几名。只要他能考上,哪怕是一百五十名被录取者中成绩排在最后的一名,她也会非常非常为他高兴,和她自己考上了一样高兴。连她自己也不可理解,她为什么把这个人的命运看得比世上的一切,甚至比自己的命运还重要?我是不是爱他呢?她曾向自己这样暗暗发问过。今天又向自己这样暗暗发问,然而她不能够明确回答自己。她只知道自己如今有时候那么需要被一个人爱,那么需要去爱一个人。却不知道他爱不爱自己,自己爱不爱他。即使在她决定了和他结婚的时候,她也还是并不知道自己究竟爱不爱他。决定?不,她从来不曾决定过任何事情。她只不过是听凭命运的安排和摆布,包括她到这里来和这些粗俗的男人们一块儿干这种沉重的活,难道是她的决定而不是命运的安排和摆布吗?

爱,她想,这到底是什么?它不过是一个美好的诱人的字而已。不,世界上根本不存在什么爱,只存在恋人。只存在被这个字赐予幸福或者被这个字造成痛苦的男人和女人。她和郭立强从来都不是恋人。她是在自己陷入没有饭吃,没有地方住,没有临时活干的绝境时去找他的。因为她相信他是一个好人,因为她相信他富有同情心,因为她相信他不会乘人之危欺负她。而他,则是在到了应该结婚的年龄,需要有一个妻子的时候,才愿意做她的丈夫的。她和他完全是被命运推到一起的,不是被对方吸引到一起的。她这么认为。在他曾对她表示过温情的那些时刻,她也没有产生过灵魂的战栗,情感的燃烧,肉体的渴望……她只是觉得那是必然的事情,却从来也没有感觉到那是令人迷醉令人丧失理智令人魂销意乱的事情。

王志松也没有带给过她这样的时刻。

在她到北大荒的第三年秋天，在割大豆的时候，有一个人从大豆地的那一头接应她。两人相会，她割下最后一把豆棵，慢慢直起发酸的腰，才知道帮她的原来是他。他们虽然是同一天离开城市，坐在同一节车厢里，同一个日期到达同一个连队的同班同学，三年来却并没有什么特殊的接触。怕引起专门散布蜚短流长的人们的无端议论和破坏她惯于独处的娴静性格，甚至使她有意避免与任何一个男知青接触。正如她在中学时代从未与任何一个男同学建立过任何感情，以至于连里很少有人知道她和王志松是同班同学。

他对她说："收工后在岔路口等我，我有话跟你说。"说完转身就走了。

收工后，在岔路口，她停下来等他。

她不知道他有什么话要跟她说，她的天性也没有启发她产生任何猜想。

"你怎么不走了？"几个姑娘问她。

"我等王志松。他叫我在这儿等他，有话跟我说。"她还这样回答她们。

"那我们先走了。"

"你们先走吧。"

"要不要替你打一盆热水？"

"不要。我们大概说不了多一会儿话。"

连队里的烧水炉太小，热水总是不够大家用的。她希望他能长话短说。

他终于不慌不忙地最后走过来了。

他对她说的话比她希望的还要简短。

他站在她面前，瞧着她的脸，一边摆弄着手中的镰刀一边说："我觉得我喜欢上你了！从今天起，我们之间的关系，就应该是一种特殊的关系了！你听明白了？"

她听明白了，又似乎根本没有听明白什么。她一时不知应该怎样回答他，她的头脑来不及对他的话进行任何思考。

“还有，从今天起，你不许再和其他人建立这种特殊的关系了！也听明白了么？”

“……”

“你为什么不说话？”

“我……”

“你不回答，点一下头也行！”

她怔愣愣地望着他，他的表情比令她惧怕的连长还严肃十倍。

她不由得点了一下头。

他舒了一口气，高兴地笑了，伸出一只手，在她头上抚摸了一下，像一个大人在高兴的时候抚摸一个他所喜欢的孩子的头。

“那我们走吧！回去晚了连盆热水都打不到啦！”

于是她跟着他匆匆往连队走，头脑里还是来不及对在这几分钟内发生的事进行什么思考。

她没有打到一盆热水。

下午继续割大豆。

他又接应她……

她就这样成了“属于”他的一个姑娘。

她更加有意避免与别的小伙子接触。

因为她对他点了头。

她认为一个有道德的姑娘必须遵守自己的诺言，即使是无声的诺言。

她和他这种“特殊”的关系，的的确确给他带来过一些欢乐、愉快和安慰。有一个小伙子把她视为“他的”人，她也的的确确为此而感到过一个像她那种年龄像她那种性格的姑娘隐藏在内心里的幸福和骄傲。最初他们仅只偷偷地幽会。在北大荒可以避开人们的观察偷偷幽会的地方很多：小河遥远的无人涉足的上游，白桦林的深处，被明媚阳光沐浴着的山顶，开满各种野花的大草甸子。

他们幽会的时候，并没有太怎么亲昵过。彼此握着一只手互相偎靠在一起，脉脉含情地面对面地注视着，相互都不无羞涩地轻轻地生怕冒犯了对方似的抚摸，温柔的而不是热烈的拥抱，频频的而不是长久的、慰藉多于激动的文文雅雅的亲吻……这一切都使两颗没有多少诗才的心灵深深感受到一种无比美妙无比陶醉无比舒畅的诗意，这一切就足以使他们感到无比的满足无比的幸福了。还有仿佛专供他们两个人欣赏的四周大自然的迷人景色：夕阳坠落的庄严时刻，他们观望天边绚丽多彩的晚霞；暴雨来临前，他们躲在用树枝编成的"帷盖"下，仰视乌云在天穹上如何疾涌迅驰；夜幕笼罩后，他们细数倒映在小河里的星星，并争论月亮在河面上的位置究竟移动了没有。而预先约好，星期天到山上去采木耳、蘑菇、"猴头"，是令他们最欢乐的事。他们早早就避开人们的眼目，在山顶上会合，首先俯瞰一阵山下的麦浪，小河的九曲八弯和晨雾在白桦林中如薄纱一般的飘渺浓淡……

他们幽会的时候，他的话并不多，倒是常常要求甚至请求她："对我说话吧！"

"说什么呀？"每当这种时刻，她更加不知对他说什么好了。

"说情话呗，难道你连句情话都不会说，还得我教你吗？"他竟会生起气来。

她便羞红了脸，低下头去，感到非常自卑，非常内疚，非常抱歉，也就变成了一个想说话而说不出话来的哑巴。

"说呀！真是笨得够受的！"

"我……爱你……"

"又是这一句！你老是这一句！概念化，简直是陈词滥调嘛！"他毫不掩饰对她那种绝望和无可奈何的样子，开始唉声叹气。

她的头就会垂得更低,心里瞧不起自己,对自己感到不可救药,替自己感到十分难过,吧哒吧哒地掉下眼泪来。

“得啦得啦,别哭了!随便说点别的什么话都行!”

他便宽宏大量地饶恕了她,降低自己的要求。

“指导员从团里开会回来了。他说,明年我们连的耕种面积要扩大一百垧……”

“别说这个!……”如果他是躺在草地上,就会猛地坐起来,狠狠地瞪着她,看去是恼火透顶了。

她呢,就会双手捂上脸,低声哭起来。

然后他感到自责了,向她认错,哄她,替她擦眼泪。

再然后,他进一步降低自己的要求,不勉强她说什么话了,希望她唱一支歌给他听。

于是她眼中噙着滚动的泪水开口轻轻为他唱歌。唱毛主席诗词歌曲《蝶恋花》、《咏梅》,唱“北风吹,雪花飘,年来到”,唱“花篮的花儿香”,唱“月亮在白云朵般的云层里穿行,我们坐在高高的谷垛上面,听妈妈讲那过去的事情”……她平时很少像别的姑娘们那样自哼自唱。她认为自己的嗓音不好听,所以她会唱的歌少得可怜,其实她的嗓音并不像她自己认为的那样。而他,欣赏要求也并不高,只要她别唱“语录歌”或“东方红”、“大海航行靠舵手”就行。连队里的高音大喇叭,早、午、晚三遍播放的全是这类歌曲,翻来覆去,覆去翻来;不只是他,许多人的神经都受不了啦。

她唱歌的时候,他就会静静地躺在她身边,仰望着天空,手里拿着一茎小草,一段一段地掐着。要不就握着她的一只手,用自己的另一只手抚摸着,或放在嘴唇上温柔地吻着,吻着。

有一天傍晚,也是在小河的上游(他们最喜欢也最经常幽会的地方),她有几分羞怯地对他说:“我想给你唱支歌,听吗?”她第一次主动要为他唱歌,而且还“想”,使他万分惊奇,连连回答:“听,听！……”

她注视着缓缓流淌的澄澈的河水，轻轻地，柔曼地唱了起来：

在这里，我听到了大海在歌唱。
在这里，我闻到了豆蔻花香。
我曾到过遥远的南洋，
遇见一位马来亚的姑娘。
我和她并肩坐在椰子树下，
我向她讲起了我的童年。
她瞪着大而黑的眼睛，
痴痴地呆呆地望着我。
我们俩爱情像海样深，
她为我贡献了她的青春。
…………
在这里，阳光照射着海面，
好像她的灵魂在向我微笑。
在这里，海风吹动着海浪，
好像她的灵魂在向我呼号……

这歌，是女宿舍的一个姑娘有天哼唱的，别的姑娘们被它感伤而抒情的浪漫曲调深深打动了，围住那姑娘，逼着她将歌词唱出来，她无论众姑娘怎么央求也不肯。后来她们都生气了，说今后谁都不再理她了。她这才违心地将歌词写在一张纸上交给大家，同时要求大家发誓，万一连里追查起来，保证不出卖她。不久，每一个姑娘都会唱了。

她唱完，看了他一眼，见他仰面躺在草地上，在默默地流泪。

她俯身瞧着他的脸，柔声低问：“你怎么了你？……”

他忽然伸出双臂将她紧紧抱住，使她倾伏在他身上了。他将脸贴在她的胸脯上，如同一个孩子似的哭了，一边哭一边喃喃地说着:“就应该是这样,就应该是这样,就应该是这样……”

“你让我透不过气来了,你的话是什么意思啊?你希望怎么样呢?别哭别哭,啊?”

“我希望你今后为我唱许多这样的歌!”

“可是,我……我只会唱一首这样的歌呀!”

“那你就老为我唱它吧,我永远永远也不会听够了的!”

一首歌竟使他那么受感动,而且是她唱给他听的!

她也情不自禁地哭了。

随后他们彼此充满温情地拥抱着,不断地亲吻着,轻轻替对方擦拭眼泪……

在她几乎丝毫没有觉察下,他的一只手伸进了她的胸衣,抚摸到了一个像她那样的姑娘时刻不忘防守着的“禁区”……

她惊叫了一声,一下子挣脱了他的拥抱。随即迅速离开了他的身体,站了起来,一边恐惧地望着他,一边连连后退,她想移身逃跑。她浑身瑟瑟战栗,双手紧紧护在胸前,那样子像是一只被什么猛兽吓坏了的可怜的小动物。

他面红耳赤,无地自容。他猛地翻了一个身,将他那张比秋后的柞叶还要红十倍的脸深深埋在青草中,一只拳头一下接一下擂着草地,身体却如死了一般,一动也不动。

她不忍心就这样撇下他跑掉。

她又战栗地,怀着几分本能的防范心理,一步步轻轻走回到他身边,双膝跪了下去,两只手同时抚摸着他的肩,抚摸着他的头,喃喃地说:“你别这样啊你,我没有生你的气呀。我害怕极了,你再也别这样了好吗?我会被你吓昏的呀……”

许久许久,他才将头从青草中抬了起来,他泪流满面,脸上沾了许多泥土,他发誓般地望着她说:“我再也不了,我……再也不让你害怕了!……”

这些，便是她在北大荒的全部爱情罗曼史中，她认为是最最隐秘的，最最不可告人的，“柏拉图”式的（尽管她并不知道柏拉图），纯情诗章一般的片断，也便是镇压在她灵魂上，使她的灵魂快被压得比纸板还薄了的道德和良心的十字架……就为这些，他更加认为她是“属于”他的姑娘。她自己也这么认为……

“你干吗瞧着饭盒发呆呀？”那个高大魁梧的男人奇怪地问她。

回想被打断了，她的灵魂又推开了她的心扉，躲进去张望着冷漠的现实。

她的思想重新集中在郭立强身上了。

他没有吃一口早饭就去参加考试……

她直到现在还认为这完全是她的过错。不，简直是她对他犯下的一次罪过！

“我下午不干了！”她盖上饭盒盖后立刻站了起来。她将饭盒塞进小布兜里，顾不上避讳那些男人们直眉瞪眼的目光，当着他们的面急急慌慌脱下肮脏的帆布工作服，换上了她自己的衣服。

“家里……有什么事了？”那个高大魁梧的男人又问。

“回家做饭。”她说着，拎起小布包就匆匆走了出去。

她快步走出货车场，穿过一条马路，走到一个公共汽车站等车。若是在平时，她是舍不得花一毛钱乘车的。

可这时她心里着急的只有一件事，就是尽快回到“家”里，越快越好，赶在他之前回去，好好做一顿饭菜，让他一进门就能吃上。

他一定饿坏了！

等车的人很多，车却久久不来。盼来了一辆，未停就开过去了，引起了人们的一顿抱怨和斥骂。

一圈人围着一根水泥电线杆看什么。

她听到一个人说：“这帮返城待业知青，不知又要搞什么名堂！”

“返城待业知青”几个字将她吸引过去了，原来是一张写在白纸上的“告示”：

告返城待业知识青年们

为了帮助我们的一位“兵团战友”走上他完全有资格走上的工作岗位，凡兵团原师、团宣传队队员，有自愿尽力者，请携带乐器，于三月二十八日上午十时，在江北会合。

是用毛笔字写的，秀逸的隶书体，可见书写者对这件事的态度是相当认真的。

在兵团她连连队的宣传队也没参加过，但她还是想把日期记下来。也许这几天内会碰到某些认识的“兵团战友”，告诉他们，由他们再告诉更多的人。将要被帮助的会是个什么样的人？男的女的？她并未去想。

她摸了摸衣兜，没带笔，便向身旁的人借了一支钢笔，将日期写在一只手背上。思忖了一下，怕钢笔字容易被从手上擦掉或模糊不清了，又问周围的人谁有圆珠笔。

“我有！”一个少女说，从衣兜里抽出圆珠笔递给了她，接着说：“我猜你也准是从兵团回来的？”

“你怎么猜到了？”她很奇怪。因为她身上从头到脚已经没有一件“兵团知青”的标志了。她离开自己的家时是秋天，全套“兵团服”都没带走，想必早已被继母当破烂卖掉了。

那少女说：“你不是从兵团回来的，能这么关心‘兵团战友’的事吗？”

少女的话说得她微微苦笑起来。

她刚用圆珠笔将日期写在另一只手背上，终于又开来了一辆公共汽车。

她还了那少女的笔，不顾一切地争抢着往车上挤。好容易挤上了车,车门却将她装着饭盒的小布包夹在外面了。

她请售票员为她开一下车门。

售票员问:“包里装的什么?”

“饭盒。”

“那你免了吧!”

“饭盒里是饺子!”

“饺子不也是面捏的吗? 我还以为你那包里是金条呢!”

车开走了。

她被挤得后背紧贴车门站着,一手抓住小布包的一角不放松。

“一中今天发生的事儿知道了吗?”

“不知道哇,发生什么事儿了?”

“嘿,本市今天的头号新闻你都不知道? 返城待业知青和公安警察们干起来了,闹了两三个小时才平息!”

“谁愿闹什么事就闹他们的去吧,我可没兴趣关心这类新闻!”

两个工人背朝他并肩挤着在说话。她极其注意地听着,他们却不说下去,说起别的来了。他们的话使她心中忐忑不安。

她忍不住问:“警察抓人了吗?”

“把好些警察都给打了,不抓还留着他们? 抓走了二三十呢!”知道这件事的那个工人,用掌握着第一手材料的不无炫耀的口吻说。

像一台搅拌机在她心里开始运转,她的整个心被搅拌得乱极了,她失口急切地问道:“被抓走的人里有姓郭的吗?”

那个人很费劲地扭转了脖子,回头瞧她一眼,似乎猜测到了她的什么人一定与这件事有关,大声回答:“这你就得到公安局去打听了!”那种口气使她听不出是对她的同情还是对她的挖苦。

车上虽然拥挤,但许多人都努力转身,扭头,各种年龄的形形色色的目光投射到她身上。

她并没有感到难堪,对他们的目光她也视而不见。更准确地说,他们在她眼中是不存在的,没有意义的。她的心只为一个人的命运担忧,只为郭立强的命运担忧。从今天早晨他走出家门后,她的心就一直在为他的命运所担忧。尽管他对参加这次考试那么充满信心,她还是早有一种忐忑不安的预感。现在这种预感应验了,不但应验了,而且愈加强大。如同一把无形的大铁钳,牢牢地钳住了她的心,随时可能稍一用力便将她的心夹扁,将她心里的血液夹干,就像食品按压器按压橙子汁一样。

他也被警察抓走了么?他也被警察抓走了么?他也被警察抓走了么?……

不会,不会,不会……

一定!一定!!一定!!!……

三种声音同时在她耳边魔语似的一秒钟也不停地辩着吵着嚷着叫着!

她心里混乱,头也晕了。

公共汽车靠站了。车门刚一打开,她就跳了下去。

小布包落在地上,饭盒从包里掉出来,盒盖摔开了,饺子滚了一地。

“哎,票!你的票!问你哪!装什么傻!”

售票员从车窗口探出一截身子朝她喊。

她却什么也没听见,低头瞧着地上的饺子发呆。起大早包的,一心一意为他包的。他只吃了几个,她自己一个也没吃。

“为了逃一张汽车票,值得吗?算了,看在你那些饺子的份上,饶过你了!要不,哼!……”

售票员轻蔑地说了这番话。

汽车开走了。

她从地上捡起小布包,将饭盒装在包里后,发现自己提前好几站下了车。

有几个行人站住,脸上带着取笑的表情望着她。

她实在没有勇气在那几个行人的注视下,还在这一站继续等待下辆车。

她低垂着头,像一个刚刚因为某种嫌疑被警察当众进行审问之后才释放了的人,狼狈地、惶惶地走了。

她越走越快,越接近“家”心里越紧张越不安。她跑起来了,仿佛在追赶什么人,仿佛在被什么人追赶。

她跑进院子里时,已经气喘吁吁了。

一个小孩推开家门,正要从家里出来,见她气喘吁吁,紧紧张张地跑入院子,又缩进了门。

她一直跑到郭家门前才猛地站住——门上悬挂着锁。

难道他没回来?

难道他果然被公安局抓走了?!

她觉得钳住她心的那把无形的钳子,被两只有力的手握住,无情地狠夹了一下。

她被定身法定住了似的,目光呆滞地盯着那把锁。

她怀着最后一线希望,蹲下身去,掀开了门槛旁铺地的一块砖——钥匙没有被人动过。她离家时怎样放的,还是怎样放在砖下。

他果然没回来!

他果然被公安局抓走了!

这想法像触电一样将她击得周身麻木,她几乎没有力量站起来了。

从刚才那个孩子家里走出一个老太太,站在自家门前,望了她一会儿,问:“立强他……家里的,你没带钥匙进不了家了吧?”

谁谁“他家里的”,这是这个院子的老人们,对晚辈的妻子们的一种习惯称呼法。可是这句话,此时此刻,对她不唯是一种尖刻的讽刺,简直是一种严重的伤害。

是的,她是他的妻子,又根本不曾是他的妻子,她无非就是他“家里的”。是他家里的什么呢?

在他现在已被公安局抓走之后,她还是他“家里的”么?又可以算是他“家里的”什么呢?

今天她连算他“家里的”那种不清不楚,不明不白,情不通,理不顺的资格都丧失了。

然而她知道那老太太的话并没有讽刺她伤害她的意思。

她慢慢拿起钥匙,扶着门缓缓地站了起来,回头看了那老太太一眼,苦苦一笑,也不回答句话,打开锁,悄无声息地走进了“家”里。

“家”中的一切仍是她离开时的样子,干干净净,整整洁洁,空空寂寂。

地中间放着洗衣盆,洗衣盆里泡着在他走后她寻找出来的他的几件脏衣服,她原准备今天一吃过晚饭就开始洗的。

桌上那只小闹钟还在“嚓嚓嚓”很正常地走着。她后来又将闹铃的旋钮从外面找回来装上了,因为自从它“哑”了之后,那几天他坐在桌前看一会儿书,便看一眼表,她又那么不忍心分散他的精力。

她站在洗衣盆旁,旋转着身子,用目光四处寻找,仿佛他会藏在这屋里的什么地方,故意跟她开一个大玩笑似的。

“立强……”她叫了一声。

明知他绝不会跟她开什么玩笑,明知这屋里没地方可藏他那么一个大活人,明知在这屋里他根本不存在。

“立强……”她又叫了一声。

有一只耗子在地板底下跑过。

她慢慢地走到了她在这个屋里的老地方——床前。

她徐徐地坐了下去，依旧是她每次坐在那里的那种姿态，仿佛她永远只会以一种姿态坐在那里。

她暗暗想到，她是必须离开他的家了！有他在这个家里，她总归还可以算是他“家里的”人。如今他也不在这个家里了，她继续生活在这个家里的起码的依据性也没有了。她无法想象她和他的弟弟如何在这个家里相处，他至今仍那么鄙视她，憎恨她，厌恶她。

于是她开始收拾她的东西。属于她的东西很少：几件衣服，鞋，毛巾、牙膏、牙刷、木梳，还有那个饭盒。她将这些东西都包在一块旧头巾里，系成一个小包裹。

她拎着它，最后一次留恋地环视了一遍这个屋子。她在这里获得过一些难以忘怀的温暖，也忍受过一些难以忘怀的羞辱。截然不同的两种难以忘怀的心灵的烙印，使她将永远永远铭记住这里，至死都会想起它！

去向何处？她不知道。

她想她必须做的，一离开这里就要去做的第一件事，应该是到公安局探问他的下落，到他被关押的地方看他，告诉他，她这一辈子都忘不了他；告诉他，她会经常来看望他；告诉他，无论货车场的活多么累，她一定会坚持干下去，坚持干到他被放出来那一天，将他的名额归还给他。还要，请他宽恕她，为了她给他造成的一场耻辱宽恕她……

她拎着小包裹走到外屋，又想到了什么，放下小包裹，用炉钩挑起炉盖看了看，见炉内她早上离开时用煤压住的火又着得红彤彤的，便端起脸盆，将盆里的水徐徐倾倒在炉内，将火彻底熄灭了。

粉细的煤灰与水汽从炉中升起，转眼在案板上，锅盖上，缸盖上，橱架上落了一层。她便拿起抹布去擦。抹布擦脏，觉得该擦的地方还未擦净。搓洗了一遍抹布，又一处处细心地重擦。总算觉得擦净了，这才将盆里的脏水倒进脏水桶，换了盆清水，洗净抹布，抖开后搭在绳上。

她见脏水桶满了，便拎到外面，两手轮换着拎，一直拎到街口，倒进下水道。

回来后，她倚靠着里外屋的门框歇了一会儿，心想自己是该走了，眼睛却望着里屋地中间的洗衣盆。

应该把想替他洗的衣服洗完。

仿佛有一个声音在命令她，那声音具有使她无法违抗的威严，那是良心的声音。

她掀开水缸盖，见缸里剩下的水根本不够洗那盆衣服。

她顺从那个声音，毫不犹豫地拎起两只水桶第二次走到外面，取下挂在门旁铁钉上的扁担去挑水。

水站在另一条街。正是中午大人们午休，能抽出工夫挑水的时间，二十几只水桶在冰坡上排了一溜。

终于轮到她接水了。她接满两桶水，挑起来没走几步，脚下一滑，摔倒在冰坡上，两桶水全泼光了，湿了她的棉衣、棉裤和棉鞋。

她爬起来后，只好重新又排队。

她接连挑了两担水。水缸满了，她遍身冻了一层银甲，一举手一投足，便发出一阵冰片断裂的声响。

炉火已被她熄灭了，她那身结冰的棉衣棉裤无法烘烤，也无法烧一锅热水，她索性不管自己，用冷水洗那盆衣服。刚刚挑回来的冷水，像敲碎冰层冒出的河水一样，没洗一会儿，她的双手就被冰得通红，十指麻木了。

她将双手放在口边哈暖了点，接着又洗。仅一件衣袖，她就打了一遍肥皂又打了一遍肥皂，反反复复在搓衣板上搓起来没个完。她总怀疑没洗干净，她想，一定要为他洗得干干净净，干干净净。可惜不能等衣服干了后，亲手替他熨平，叠好了。想到这一点她心中不禁有些难过。

她总算觉得第一件衣服是洗干净了。当她拎着那件衣服直起腰拧水时，像一个石头人似的僵住了——他站在她面前！

她两眼直愣愣地望着他，嘴唇哆哆嗦嗦地，想说话，却一个字也说不出来。

他也像一个石头人似的，一动不动，两眼也直愣愣地望着她。他脸上没有任何一种表情，他仿佛是一尊酷似他的雕像，是一尊他的石头的复制品。

她以为是自己的幻觉，终于从哆哆嗦嗦的双唇中挤出了一个字："你……"

"我白去考了！"石头似的他也开口说话了。

不是幻觉……

不是！

湿衣服从她手中落进盆里了。

她突然又坐下在小凳上，继续洗那件早已洗干净了的衣服，在洗衣板上使劲地搓、搓、搓，似乎要将那件衣服搓烂为止。她的手指在洗衣板上搓破了，她完全不知，因为她完全没觉到疼。同时，她的眼泪，那再也控制不住的眼泪，如同泉水一样从她的两眼中涌出来，一串串地滴落在她手上、衣服上、盆里。

她无声地哭着。

她再也没有抬起她的头来。

而他，则一步步走到床前，走到那张本来应该是他们从"结婚"那一天起共眠，而却从那一天起一直是她的"客榻"的床前，直挺挺地站立了一会儿，被一颗子弹从身后击中了心脏似的，向前一倾，扑倒在床上了，将他的脸掩在双手中……

夜深沉。万籁俱寂。

只有小闹钟发出正常的弦条很足的走动声。

黑暗在某种情况之下是一首心灵的摇篮曲。受了伤的动物隐伏到树丛深处去舔伤口,遭到打击的心灵在黑暗中孤寂地结着血痂。这时人会感到黑暗像一位慈祥的老保姆,她无需对你开口说话,她仿佛就坐在你对面或你的床边,用她那双充满怜爱的眼睛望着你,于是你像一个孩子似的丝毫也不觉得羞耻地在她的注视下哭泣,同时你心灵中的一切悲哀和绝望随着你的眼泪淌走了。这也就是为什么许多男人和许多女人,包括那些最刚强的男人和最坚毅的女人,在深夜里在黑暗中常常独自默默流泪或低声哭泣的真正原因。

屋里却并非黑暗到伸手不见五指的程度。窗帘是蓝色的薄塑料布的,它将月光也滤成柔和的淡淡的蓝色,云雾一般溶漫在屋里。

郭立强一直在那张床上躺到这时。没吃晚饭,没喝一口水,没吸一支烟,没说过一句话,没睡,也没醒着。头脑里没想什么,又有无尽的思想的碎片像鹅毛大雪在头脑中纷飞;那是一种服了安眠药但还是难以安眠的状态。

她将炉火重新烧起来,屋里渐渐使人感到热了之后,他才脱去了衣服。但还是不感到饿,不感到渴,不想吸烟,不想说话,不想睡,也不想醒着,他觉得自己明明是躺在床上,又觉得自己仿佛是飘升在屋顶上,看着躺在床上的自己。自从返城之后,他还没有体验过这样的时刻。今天以前那些日子里的时时刻刻,都像塞满了糠皮的枕头一样塞满了烦恼、愤恨、忧愁焦虑、希望和幻想。而今天这只枕头破了,他仿佛正把这样的一只枕头枕在脑下。他的头脑也像这样的一只枕头般空空如也,彻底的破灭也是彻底的了结。他的全部思想全部神经由于一个最后的希望的破灭,以及为这个希望所付出的一切彻底了结而彻底松懈彻底瘫痪彻底崩溃,奄奄一息。

门，轻轻开了。她赤着双脚走了进来，走到床边，屏息敛气地站立着，像一个幻影飘入淡蓝色的梦中。

他凭直觉感到了。他不睁开眼睛，不动。希望她以为他睡着了，走开去。他不需要她的怜悯和安慰，不需要任何人的怜悯和安慰。别人的怜悯和安慰对他的心灵不过是水，而他的心灵不是白菜花，不是水仙，它是一个具有生命的胎儿，需要的是血液，他自己的血液。每个强硬的人都应该是他自己心灵的母体，他愿做一个无比强硬的人。如果她此时此刻对他说出一句怜悯的或安慰的话，他会无法忍受，会觉得受到了侮辱，甚至会从床上跳跃起来。粗鲁地咒骂她，将她驱赶开。

然而她没有说话。不动，也不离去。在淡蓝色的幽光下，她久久地注视着他的脸。

他听到了一阵窸窸窣窣的声音。他不知她在做什么，他还是不睁开眼睛。

他觉得她轻轻掀开了他的被子，她一声不响地躺在了他的身旁！她那赤裸的身体紧贴着他的身体，她的一只手，抚摸着他的肩膀，抚摸着他的胳膊，抚摸着他的一只手，随后，握住了他那只手。她那温暖的、柔软而战栗着的身体，更紧地依偎向他的身体。

他感到一股强大的电弧倏然间通过了他的全身。他从那种不是醒着也不是睡着的状态中堕入了一种不是死了也不是活着的无底的深渊。他的血液如同岩浆一般在他的血管里炽热地急速地奔流着。她的呼吸并不急促，却似一阵阵飓风将要裹卷着他把他扬向空中！

他不睁开眼睛。不说话。不动。

淡蓝色的幽光笼罩着他们。他以为是一个梦，又明知不是一个梦。他以为她是一个虚幻的魂灵，又明知她不是什么魂灵。她是一个活生生的赤裸裸的温暖的柔软的女人的身体。他能够感觉到她真真实实的存在。他可以抚摸到她，可以拥抱住她。他无比强烈地渴望这样！

一片火焰在他闭着的两眼中燃烧。

一只只大黑蝴蝶在他封闭的视觉中飞舞。

他不睁开眼睛。不说话。不动。

那片火焰将他的心也燃烧起来了。

她的手慢慢放开了他的手。

她的眼泪滴在他的肩头上。

她的身体离开了他的身体。

淡蓝色的幽光笼罩着他们。

她也不说话。不动。静静地躺在他身旁，不再战栗。

他们仿佛是两个布娃娃被“玩家家”的孩子并放在一起了。

许久许久，他们沉默着，静静地躺着，感觉到对方的存在，又似乎感觉不到对方的存在。

终于，她又轻轻掀开被子，无声无息地坐了起来，无声无息地下了床，却仍站在床边，注视着他的脸。

淡蓝色的幽光朦朦胧胧地映衬着她那赤裸的身体。

她徐徐地转过了身去，像个幻影似的，无声无息地弯下腰拾她的衣服……

突然，他伸出一只手抓住了她的胳膊，抓得那么紧那么紧！

那个“玩家家”的孩子不是个只喜爱布娃娃的孩子，它是命运。它以击溃人的理性为骄傲，它以征服人的灵魂为天职，它欲将一个男人与一个女人拆开或结合；宇宙中过去，现在，今后永远没有足以抗拒它的力量，它是任性的。

他和她终于拥抱在一起了。拥抱得那么紧，那么紧，那么紧。他们亲吻着，亲吻着，亲吻着。他们彼此爱抚着，爱抚着，爱抚着。他们的灵魂和他们的肉体同时彼此占有。

命运在完成了它的天职之后，将余下的人类最值得因为是人而幸福的时刻慷慨地留给了他们，带着善意的微笑离开时，顺手带走了他们的理性作为战利品。

那是完全没有任何行为机制的时刻；那是炽烈的冲动与迷眩的柔情交织在一起的时刻；那是男人和女人完全主动摧毁各自的羞怯这道“情感防线”的时刻；那是男人和女人任凭爱彻底占有他们，充满他们的时刻；那是人感到自己是一个人的时刻。他们的爱，那一时刻无边无际，无边无际。他们的爱中包溶着深深的深深的恩爱！

让他们彼此温柔的抚摸更加温柔吧！

让他们长久的亲吻更加长久吧！

让他们紧密的拥抱更加紧密吧！

让他们炽烈的冲动更加炽烈，燃烧的情感更加燃烧，彼此满足的肉体更加满足吧！

让爱这个字所给正常人的全部的无与伦比的一切亲昵感受都让他们尽情地去感受吧！

这一切本不是人的原罪而是人不分高低尊卑共同的权力！

呵，这两个灵魂啊！

淡蓝色的幽光笼罩着他们……

当淡蓝色的月光在时间的流动中变化成淡蓝色的日光时，他从淡蓝色的梦境里渐渐醒来了。

她枕着他的一只手臂，她自己的一只手臂搂着他的脖子，她的头靠着他肌肉凸起的肩。他瞧着她那几乎脱落光了从前的柔发的头，心里一阵难过，眼眶里有些湿了。她微微闭着眼睛，呼吸均匀而轻畅。她的脸此时此刻是那么安宁，由于呈现着甜蜜的安宁而使他感到那么秀丽娴雅。他看得出来，她已经醒了，却不愿睁开眼睛。她的脸色这会儿变得愈加苍白，嘴唇却是变得愈加鲜红了。

她双眉舒展,睫毛显得更长了。他情不自禁又将她紧紧地紧紧地搂抱在怀中!

他想:我要给她买奶粉、麦乳精、滋补药品,让她天天吃饺子和蛋黄龙须面!无论为她借多少钱,欠多少债,我也要给她买!我要重新为她振作起我的精神重新为她鼓起我的勇气奋起我的刚强!我要为她到处去出卖我的体力!我还不应该绝望,我还没到绝望的地步,我还有充分的体力!因为我内心里一直是爱她的,因为我需要她现在非常需要她,因为我需要她的温存需要她的柔情需要她的爱抚需要白天看到她那贤淑的微笑需要夜晚紧紧搂抱住她那柔软的使我迷眩的肉体!因为我已无法再离开她失去她!她本来早就该是我的妻子!

至于那架花圈,它已经被烧毁了,不存在了!让道德和良心审判我谴责我咒骂我吧!我不在乎我不后悔我不惧怕一切人对我的鄙视!如果将她和那一切放在同一架天平上,不,郭立强不需要天平!即使那一切的重量将她高高地压起在空中,我还是要跳起来飞起来将她抱下搂在我的怀里!

他这样想着,不由得轻轻拿起她的一只手放在唇上痴情地吻着。

梦境?不,不是梦境;是一个笼罩在淡蓝色光辉之中的现实。

她已成为他的女人。

他已成为她的男人。

他不由得将头偎在了她的怀里,将他的脸紧贴着她那丰满柔软的乳峰,像追赶太阳而精疲力竭的巨人靠着泰山。

让我们大声地虔诚地感激生活吧!感激生活仍为一代返城待业知青保留了那么多好女人!她们与他们共同度过了多少不正常的年代和不寻常的岁月!她们和他们共同告别城市走向那遥远的广袤的神秘的荒原。她们与他们共同从那个地方经历了人生的种种艰难跋涉返回到城市。她们现在又与他们共同沦落到城市生活最卑下最少幸福最少欢乐的底层。青春妙龄的光彩已从她们的眼睛里和面容上消失，但她们为他们无私地珍留着女性的一切美好的残迹，随时准备在他们最需要的时候更加无私地奉献给他们，就像古希腊的圣徒向心目中的神明奉献祭品。她们乃是属于他们这一代的女人！她们仍愿做他们这一代的女人！如果没有她们在他们悲观绝望苦闷烦愁的时候，向他们的心灵注入无限的柔情，带给他们的生活一些温存的慰藉，他们的命运将会是什么？他们——这些被席佛西斯无意义地在历史的山坡上滚动了十一年的石头，也许会变成一片沉默的无形无状的碎石堆集在历史的山脚下了！

她们是他们的宝石花！

她睁开了双目，看了他一眼，又微微闭上了。她一只手臂搂着他的肩，另一只手臂搂着他的头，同时用手充满爱意地抚摸着他的脸颊，喃喃地说："你这个男子汉啊，真像个孩子。"

他说："我真想是个孩子。我真想是你的一个孩子！"

男人无一不是在女人的怀中长大的。所以即使某些刚强铁汉将他们的头偎在一个他们所爱的柔弱的少女怀中，也是丝毫不足为怪的。伟大的统帅和勇猛的强盗，高贵的王公骑士和平凡的劳工苦力，在这一点上是没有任何区别的。浪漫诗人的叹诵和睿智的哲学家的理论，对这一点所作的是同样本质的解释。它是人类以永不枯竭的激情和圣洁的冲动将永生永世赞唱下去的千年万载的长诗！

她的嘴唇触在他的一只耳朵上，悄声说："让我起来做早饭吧！"

他仿佛没听见她说的话，他的头仍一动不动偎在她怀里。

她又说了一遍："让我起来做早饭吧。你昨天一天没吃饭，我要给你做顿好吃的饭。你想吃什么呢？"

他这才自言自语似的说："什么都不想吃。抱住你我不饿，不渴，不怕。"

"怕？不怕什么？"

"不怕待业，不怕没钱，不怕一切打击。就怕……失去你……"

她不知为何沉默了，她那只抚摸着他的手停止了抚摸，她那条搂着他的胳膊慢慢放开了。

他还是那么偎在她怀里。

"咱们今天可是起得太晚了！"她从被子里伸出一只手，握住灯绳，拉亮了灯。

淡蓝色的幽光被灯光逼射到塑料布窗帘上去了。

他说："对没有工作的人时间没有早晚。"

"你忘了我要去货车场上班啦？"

"我再也不让你为我去干那种活！从今天起我要你在家休养，我要天天为你买好吃的做好吃的，像侍候养病的人一样侍候你！今天我要一步不出门，一整天陪你呆在家里……"

他的话使她那颗女性的心幸福得快要发出喊叫声了！她感动得流泪了，又开始抚摸他，并且喃喃地说："我……真没想到……你还爱我……"

他回答："我也真没想到你还爱我！"他抓住抚摸着他的那只手，又要痴情地亲吻它，却在灯光下发现了她记在手背上的那些已模糊不清的字。

于是他没有亲吻她的手，很奇怪地问："这个日期是什么意思？为什么记在手上？"

她便解释她在公共汽车站看到了一张怎样的"通告"，以及她为什么要记下这个日期。

他不由得欠起了身，望着立柜顶上。立柜顶上平放着一架装在破旧盒子里的坏了的扬琴。在兵团时，他也从没当过宣传队队员，但他学会了演奏它，而且演奏得不错。大返城的日子里，它被扔在大宿舍的一个角落，没有谁想要它。他便将它带回了城市，却一次也没有心思和情趣再摆弄它。

“我要把它修好！”他说：“千万提醒我别忘了你记的日子！”说完，他匆匆穿衣服，好像他今天有了一件无比重要的事必须立刻开始做。

他一穿好衣服，便从立柜顶上取下了琴盒，将它放在桌上，轻轻打开了盒盖。

它断了好几根弦，弦码也丢了好几个。有一处显然被什么东西砸了一下，深深地塌陷了，要从里面撑起来分明不是件容易的事。他想，这可得给弟弟打个电话，让弟弟抽时间回家一次，细木工修补起它来一定比他有些更巧妙的办法。他紧了紧剩下的那几根弦，结果又紧断了一根，使他对自己懊恼得几乎想扇自己的耳光。他在琴盒里寻找击棒，将手探入破了的琴盒衬布里去摸了个遍，一无所获。他到厨房里取了两根筷子又走进来，双手分持着，在所剩无几的琴弦上敲了起来，它发出一阵用音符表达的痛苦的呻吟。

她也已穿好了内衣，两腿还盖着被子，端坐在床上，出神地望着他。此刻，完全不同的两种想法，使他们都从深深的任他们自由潜泳的爱河中浮出水面了。

“你听，它修修还能行！”他那样子，完全像一个摆弄玩具的孩子，语调中充满了喜悦。

她是他的妻子了！这件事曾使他充满了忧郁烦恼的生活中，更增添了多少忧郁烦恼啊！而在昨天夜里，她报偿了他。让忧郁和烦恼都他妈的见鬼去吧！她是他的女人了！他有资格乐观地对待生活了！让“师资培训班”也见他妈的鬼去吧！他在同一天里得到的比他失去的美好得多重要得多幸福得多！怎能相比？无法相比！产生相比较的念头都他妈的是一种罪过。

他已对她说，有了她，每天能够看见她，抱住她，亲吻她，爱抚她，他就不怕待业，不怕没钱，不怕一切打击，天不怕地不怕，什么都不怕了！在此之前他完全不曾料到一个男人如果爱一个女人并且拥有了这个女人的爱，会成为一个什么都不怕的人。他觉得他已经成为了一个这样的男人！他不但不再怕自己的命运，而且还从内心里产生了一种强烈的要去帮助别人改变命运的热情。因为他觉得在相同的命运下，他远比别人幸运得多也幸福得多。

“连对死也不感到可怕！”他一边用筷子敲打着破扬琴，一边自言自语。

“什么？为什么你想到死？”她低声问。

他停止了对那架破扬琴的折磨，转身望着她说：“有了你，我才不想死呢！你使我连对死也不感到可怕了，你知道么？”

她默默点了一下头，微微一笑，表示相信他的话，理解他话中的无限深情。

而他，竟没看出，她那微笑，又流露着了某种苦涩的内涵。

“难道你就不想请我替你演奏一曲吗？”他用鼓励她的语调问。

“你从来也没告诉过我你还会演奏乐器，你都令我刮目相看了！”她的话像是说得很认真，也像是说得很随便，有点崇拜的意味，也不无揶揄的成分。她又那么微微一笑，他还是没看出她那笑流露着某种苦涩的内涵。

“虽然你没有请求，就算是我已经答应了你的请求吧！为你演奏——《快乐的炊事员》，杂技配乐！”

于是他转过身去，又忍心地折磨那不幸的破扬琴。

难登大“俗”之堂的一曲终了，他复转身郑郑重重地向她鞠躬谢——没幕可谢。

她端端正正地坐在床上，为他鼓掌。

眼前的幸福使他身上表现出了在少年时代就早已失去的孩子的顽皮气。

“感谢您的欣赏,本想再露一招……”他看了看破扬琴,非常遗憾地摇头叹气。

他又说:“大音乐家都是靠好乐器出名的!”

她用怀疑的语调轻声问:“你能修好?”

“能,夫人。不需要什么特殊的工具,但一定得需要钱。”

“需要多少钱?”

“至少十几块吧,换弦,买弦码,击棒。乐器也是见钱眼开的东西啊!为它花钱,它才肯发出美妙的声音。”

“把我的棉大衣拿过来。”

“乐于效劳,夫人!”

他走到外屋去,像仆人似的,双手捧着她的棉衣,恭恭敬敬地送到了她面前。

她并没笑,从棉衣内兜取出了一卷钱递给他。

“哪来的?”他惊诧极了。

“我把我那双皮鞋,那件毛衣,还有那件没穿过的外衣……卖了。”

“卖了?!……那你穿什么?”

“我不是每天都穿着衣服去上班的吗?”

“你……为什么连商量都不跟我商量?!”他生气了。

“别生气,”她请求道,又用责备的语调说:“在昨天夜里之前,你连一句话都不愿主动跟我讲。”

卖掉的都是他们结婚前他为她买的。几天来,她就是用那些钱买米,买柴买菜,买油盐酱醋什么的。唯恐分散他参加考试前复习功课的心思,她隐瞒着他。

“我没生气,”他说:“我难过。哪一个丈夫像我,妻子没有一双皮鞋,一件毛衣,一件新外衣……"

她说:"哪一个丈夫像你,因为爱他的妻子,不怕待业,不怕没钱,不怕一切打击,天不怕地不怕,什么都不怕?你是一个使妻子感到最幸福的丈夫。拿去用吧,差不多够修好它了……"

"你真是我的好妻子,我们是在为别人修它啊!"

"别夸奖我。有一天我们实在生存不下去的时候,贴一张同样内容的'通告',也会有许多人为我们尽力而为的,对吗?"

"对。"

"我们是不是应该相信这一点?"

"应该相信。"

"那么把钱接过去吧!"

"淑芳,我向你发誓:如果我今后不能使你过上幸福的生活,我不配是一个男人!"他终于将钱接过去了。

"你到外屋去呆五分钟,我要起床了。"虽然她昨夜已由一个姑娘变成了一个女人,已将一个女人所能奉献给一个男人的一切都毫无保留地奉献给他了,但她还是不习惯被一个男人注视着在白天展示自己的身体。羞涩这种本能的"情感防御",在白天,在他面前,又将一个女人变成一个姑娘了。

他顺从地走到外屋去了……

当郭立强从乐器商店买了琴弦等物回到家里时,门锁着。他以为徐淑芳又去上班了,有些生气她的任性,也有些后悔临走没态度坚决地再对她进行阻止。

昨天她为他洗出来的那几件衣服已经干了,她为他叠好,整整齐齐地放在床上枕旁。屋子收拾得干干净净,地板拖过了,连窗玻璃门玻璃上的水雾痕迹也擦去了。

他闻到一股香味,走到厨房,掀开锅盖一看,锅里熥着她为他做的午饭:两个馒头,一盘肉丝炒土豆片,还有一碗面条。

他想起了她早晨对他说过的那句话："我要给你做顿好吃的饭。"

锅台上，烤着劈得很细的引火的木柴，煤箱里的煤倒满了，炉膛底的煤灰掏尽了，水缸里的水也快溢出了；一切家务活她都做了，他没什么可做的了。他本想今天陪她在家里呆上一整天，尽量使她感到一些快乐，弥补他许多日子以来对她的冷漠，这个愿望却落空了。

他便动手修那架破扬琴。他要赶快修好它，然后到货车场将她替换回来。若不是她这些天顶替他去上班，他也许连货车场那份临时工作也丢掉了。

他忽然发现闹钟下压着一张写满字的纸，以为她有什么忘记叮嘱他的话写在上面，立刻拿起来看。没看完，脸就白了。

那张纸上这样写着：

我走了。我实在没有勇气当面向你告别，千万别恨我，千万原谅我。我万万没有想到原来你爱我爱到那样深。我也万万没有想到从昨夜至今晨我会对你产生那么深那么深的爱。我终于体验到了什么叫爱，为什么男人和女人对爱的要求常常那么强烈那么痴心。我也体验到了我们之间的爱绝不是一般的爱，它是恩爱。虽然我对你无恩无索，而你对我的恩与你的爱一样深，将永远地铭记在我心里。

但是我却不能做你的妻子，不能成为你的女人，不能不离开你，不能够和你生活在一起。我们的婚礼上那架花圈它总在我心里燃烧。

我本想在你最绝望的时候将我的肉体奉献给你，用女人最圣洁的一切安抚你的心灵和肉体，报答你为我损失的一切和曾经给予我的一切。实际上我昨夜奉献出的与我获得到的一样多。不！我获得到的比我奉献出的还要多，多得多。你无法知道我为此多么感激你。你对我的恩增加了难以报答的一份！我的爱永远永远是你对我的爱的奴仆。是命运使它们成为两个星座中的星星！

我实际上没有报答你，又必须去偿还我当年欠他的债。那已经不是感情上的债，而是良心上的债。良心上的债不偿还，人是没法有真正的欢乐和幸福可言的。让我就去做道德法庭上的忏悔者吧！别为我担心，他也是个好人。他不会再伤害我，他会原谅我，会收留我。

关于那孩子，我无需再向你解释什么。因为我已向你证明，你是我的第一个男人！

你千万别去找我。找到我，我也不会再跟你回到这个家。

你要记住你今晨对我说的话，不怕失业，不怕没钱，不怕一切打击，天不怕地不怕，什么都不怕。那么你也应该不怕我们的分离，不是因为怕它，而是因为不怕它，要和它硬碰硬。

我请求你，今后我们无论在什么情况之下偶然见到了，不要注意我，不要跟我说话，要避开我。我偶然见到了你，也会避开你。如果我们不这样，如果我们面对面地站在一起了，我的心会当场碎的！

修好你的琴，别忘了那一天的日期——三月二十八日下午两点，江北。

彻底忘掉我吧，如果你能做到……

徐淑芳即日

字迹十分潦草，看得出她是在内心充满痛苦充满矛盾之下匆匆写的。

那张纸从他手中飘落地上了。

终究是梦境！终究是一个淡淡的幽蓝色的梦！

它所创造的似幻觉又不是幻觉，不是幻觉又太似幻觉的，使他归复了童心失去了一个男人的理智一个男人的庄重的，欢悦的亲昵的眩迷的陶醉的诗一般的家庭牧歌一般的每秒每分都在增长的从未体验过从未享受过的幸福的馨香，还弥漫在这小小的空间里，而她却留下一张纸便离开了他，永远！

他对她深厚而炽热的情感强烈而崇高的冲动不过是一个淡淡的幽蓝色的梦中之梦！

他觉得整个房间旋转起来，越转越快，他的双腿站立不稳，他的身子摇晃了，失去了重心，他下意识地伸出一只手去扶桌角。那只手扶住了桌角，却像根稻草似的毫无支撑力。

他的身体倾倒下去了。照射进房间里的上午的耀眼阳光，又变成了淡淡的幽蓝色，它还要像负心少女娇媚的微笑一样对他施展催眠术般的欺骗……

这时，徐淑芳正在王志松家住的那条铁路路基下不成其为街的街口徘徊。如果他从家里到什么地方去，或者从什么地方回家，她就能看见他，她要在那里一直等待他出现。等到黑天，再从黑天等到白天，她也要等。她不能够没有单独见到他之前便迈进他家的门槛。不是没有这种勇气，而是不愿那样。她必须使他知道一点，她对他没有什么罪过。她要毫无愧色地要他将她心甘情愿地带进他的家。

她终于看到从她并不陌生的那个小院里走出了一个人。像是他，她又怀疑不是他，因为那个人穿着一套蓝色的铁路工作服。

她仿佛戴上了一副浅墨镜，初春三月的和暖阳光下的一切，都变成了淡淡的幽蓝色的。

那种淡淡的幽蓝色啊，对于她，从今以后，将是世界上一切绚丽多彩的颜色之中最最美好的能够浸染到她心灵里的颜色！

她心中暗暗说：别了，你激动过我感动过我使我的灵魂那么颤栗使我的肉体那么冲动的淡淡的幽蓝色。

同样深度同样感受同样体验的爱,只有从同一个人身上才能获得,两个好人也不能够替代。正如果酒是果酒,白酒是白酒,甘蔗是甘蔗,冰糖是冰糖。她来找他不是被爱驱使,而是被良心鞭赶。

当那个人渐渐走近,她才判断出,正是他。

她从容地迎着他走去。

他走路时还像她记忆中那样,低着头,迈着大步,似乎一边走一边心事重重地思考着什么严峻的事。

当她走到离他四五步,叫了他一声:"王志松!"

他这才抬起头来。

"你……"他双脚生了根似的,牢牢地僵立在她面前。

"我。"她十分镇定地回答。

"你为什么叫住我?"

"我来还你的良心债。"她忽然觉得对他十分陌生了,并非由于他穿上了一套崭新的蓝色的铁路工作服,还因为她一时理不清的别的某些变化。眼睛看不出来的,心灵却观察到了,心灵从来都比视觉更细微更敏感。

"良心?我们谁都不欠谁的了。我送了你结婚礼物,你丈夫请我喝了喜酒,我和姚守义严晓东还补了份子钱。"

"花圈烧了,我人还没死。我来做你的妻子。"

"是被驱逐出来的吧?"

"如果是被驱逐出来的,我绝不会找你。现在你回答吧,要我,还是不要?"在他听来,她最后两句话的意思是——无论你怎样回答,我们的账都算一笔勾销了。

对于她如此直截了当的问话,他一时不知应该怎样回答。

他觉得她已完全不是当年在兵团时连公众都承认是"属于"他

的那个徐淑芳了。她过去从来也没用这么一种硬邦邦的口气对他说过话,也从来没有用这么一种硬邦邦的口气对任何人说过话。他觉得她身上少了某种东西,多了某种东西。

记得在兵团的时候,每当他感到不顺心的时候,常常无缘无故地对她发脾气。而她总是那么温顺地有时甚至是可怜地容忍着。

有一次,她在井台边洗衣服,他因为她在团里看病时忘了给他买回一双海绵底球鞋,当着不少男女知青对她大发了一通火。她却一句也不与他争吵,低着头默默洗衣服。他发够了火,脱下自己的脏外衣扔进她的盆里,大声说:“先把我这件洗出来,我等着穿!”她便放下正洗着的一件衣服,一边落泪,一边先洗起他那件衣服来。

黄昏后,他约她陪他到小河边散散步,她照旧陪他去了,并且丝毫没有因为白天受委屈而对他流露出什么不愉快的神色。他要她为他唱那支她已不知为他唱了多少遍的“在这里……”她照旧唱。

她从什么时候开始学会了用那么一种硬邦邦的口气说出那么一些冷冰冰的话?

但她今天毕竟是主动来找他了,还对他说:“我来还你的良心债。”“我来做你的妻子。”

于是他彻底宽恕了她。同时在她面前,在她镇定的注视下,又一次产生了对她的罪过感。

“你……为什么早不来找我?”

“直到今天,我才觉得自己能够平静地看着你,能够平静地跟你说话了。”

“你……现在不恨我?”

“这话应该我问你。”

“你……那么说你原谅我了?”

“这话也应该我问你。”

他本想对她说：“不，我不要你做我的妻子了！我不想改变命运已对我们决定了的安排。”但他说不出想说的话，因为他还爱她。多少日子以来，他希望从记忆中抹去她的影子，从心中摈除她以前占据的位置，却办不到。多少日子里他一直在猜测着她的生活，幸福？还是不幸？后悔了？还是陶醉在新婚燕尔中？

“你……变了。”

“我自己知道。”

“他……对你好吗？”

“你为什么不问问我顶替你返城后是怎么熬过来的？”

“……”

他避开了她的目光。现在他不必详问便可以想象到，城市在她返城后的那些日子里，曾怎样地像她那没人味的后妈一样冷落过她，抛弃过她，欺负过她，凌辱过她，虐待过她，逼迫她做出了违反她良心的抉择。如果他早能想象到这些就好了！为什么应该想象到的却没有想象到？这是他欠她的良心债。彼此偿还，彼此抵消吧！

他又说：“我已经有正式工作了。”

她苦笑了一下：“我很高兴，你能够养活我了。”

她脸上却一点高兴的表情也没有。

他们的心都想要向对方靠拢一些，但他们互相都感到那么陌生了，而且都无法掩饰这一点。

“我妈妈和我妹妹常念叨起你，我一直对她们隐瞒着你的……情况。”

“你的意思是我应该因此而感谢你吗？”

“不，我的意思是，她们见了你心情会很快乐的……”

“你为什么不问问我的心情怎样？”

“我们别……彼此再伤对方了！走！跟我回家吧！我请求你了！”

“不必请求。因为我是主动来做你的妻子的，应该请求的是我。”

“别用这么冷冰冰的语调跟我说话了！我们不是互相都原谅了吗？我们和好吧！像当年在兵团时一样！……跟我回家吧！……”

“像当年在兵团时一样……”她又苦笑了一下，平淡地说：“那么好吧，你带着过去曾‘属于’你的姑娘，现在又重新‘属于’你的女人回家吧！”

“你是真心这么决定的？”

“我是凭良心这么决定的。”

男人啊男人，他们对女人的理解有时是那么深刻，深刻得远远超过了女人们本身所可能具有的深度；他们对女人的理解有时又是那么肤浅，肤浅得像一年级的小学生对“女人”两个字的理解一样。他竟没有听出来，她的回答，和他的问话之间，隔着怎样的一道堑壕。真心与良心，这是两个星系。前者中旋转着的是普遍的人性的行星，后者中旋转着的是普遍的道德的行星。

“那么你跟我回家吧！”

“我正期待着你说这句话。”

于是，他在前，她在后，一同向他家走去。

他回头看了她一眼，又说：“你和他的关系，你就不要出面了，一切由我办理。”

她回答道：“你无法办理。”

“为什么？”

“离婚手续需要夫妻双方同时办理，这是我结了一次婚才学到的一点法律常识。”

这回轮到他苦笑了。

没走多远,她忽然说:“你站一下。”

他站住了,转身疑惑地望着她,见她表情异常严肃,以为她将要在这种时刻向他提出什么条件。城市既然将她变得在他看来陌生了,也完全有可能将她变得世俗了。如果她真提出目前一般姑娘们斤斤计较的什么条件,哪怕是他不难办到的,他也准备只用一句话回答她:“滚回那个人家里去吧!”

她两眼望着他,平静地说:“我要告诉你,在昨天夜里之前,我的身体没有允许一个男人占有过。我和他虽然在法律上结了婚,但你在我们的婚礼上送去的‘结婚礼物’,使我和他一直没有像一对夫妻那样共同生活过一天。我曾盼望你去找我,把我从那种似夫妻又不是夫妻的尴尬生活中拽出来,但是我白白盼望了许多日子。我也欠他的良心债,比欠你的良心债还要多。我要报答他,凭的是真心,不是良心。所以我昨天夜里主动把我自己的身体给予了他……我已报答了他,所以今天才来偿还你。同样用身体。我只有身体,没有别的……”

听了她这番自白性的话,痛苦的、内疚的、负罪的、忏悔的、乞求宽恕的和愿受惩罚的几种表情,同时呈现在他脸上,凝固在他脸上。他那张脸仿佛顿时苍老了百岁!

他呆呆愣愣地瞪着她。

“你不后悔在我需要你拽我一把的时候你却在仇恨我吗?”

“淑芳……”他的声音发抖。

“将一个和别的男人发生过肉体关系的女人作为妻子,你不会觉得是一种耻辱吗?”

城市!城市!你将我当年所爱的温柔的单纯的软弱的容易羞涩的一个姑娘改变成了什么样啊!从前她听到别人说出她刚才说的那一类话便会面红耳赤,垂首低眉地扭身走开。而今天她两眼望着他，面对面地，语调平静得近于刻板地对他讲她和另一个男人的肉体关系！他几乎要大声喊叫：不，不！这不是我当年所爱的姑娘！不是，不是！你到底是谁？！

“你将来不会后悔不会厌弃我吗？”她的语调仍然那么平静。

他却并没有大声喊叫起来。

他那倔强的双唇微动了一下，只从口中推挤出一个字：“不！……”

他们对视片刻，又向前走。她的脚步加快了一些，开始和他并肩走着。

“大娘的身体好吗？”她低声问。此时，她的语调才变得温柔了。那正是他所熟悉的当年听了感到亲近的语调。

“还好。”

“小妹今年毕业后准备考大学吗？”

“她自己信心不足，我鼓励她考。”

她还关心着他老母亲的身体！她还记得他的妹妹今年毕业！他觉得鼻子有些酸。他想：她还是我当年所爱的姑娘！还是！还是！城市城市，你改变不了我王志松所爱的姑娘！你改变不了我们“兵团服”所爱的那些好姑娘！改变不了！你可以使她们长期待业，你可以使她们遭到种种歧视，你可以像没人味的后妈一样冷落她们，抛弃她们，欺负她们，凌辱她们，虐待她们，逼迫她们违反她们的良心，但你改变不了她们！正如你改变不了我们一样，我们和她们，我们和她们，终将有一天征服你！我们征服过北大荒的荒原，我们也一定能征服你！终将有一天你不得不承认，我们并非是你毫无前途毫无出息了的长子长女！

他们走到了他家的小院外。他推开院门，将身体闪在一旁。此刻他的目光中具有了亲近，他望着她说：“家里刚吃完午饭，一定还挺乱的呢！我上中班，家里午饭吃得早。妈妈肯定会再为你自己单独做一顿的。”

她迟疑了一下，一只脚缓缓地迈进了院里。这个小院，对她曾是很亲切很熟悉的，如今它有了明显的变化，院门重修过了，不再像从前那样倾吊着，一角接地，开也费劲关也费劲了。劈好的木柴，整整齐齐地在院里垛得很高。与邻院之间可算有也可算无的七歪八斜的隔栅，用木板条补钉过了，锯齐了，每一根木板条的上端还都锯成了等腰三角形，显得挺美观。小院干干净净，严严紧紧。

一个返城知青回到一个家庭，给许多家庭带来的某些烦恼和变化是一样多的。

她忽然将那只踏入小院的脚缩了回来，并且退后一步。

“进啊，我妈妈和妹妹见到你会高兴的，不会说别的。”

“不……”她又退后一步。

他迷惑不解地瞧着她。

“不，不，这不对，这不对，不是这么回事……”她自言自语地说着些使他更加不解的话。

“你怎么了？你究竟是什么意思？”

“不是这么回事！”她像从一个怪梦中惊醒了似的，叫嚷一声，转身就想跑。

可他的两手同时牢牢地抓住了她的双肩，他的眼睛盯着她的眼睛，低声然而语气咄咄逼人地说：“你捉弄我是不是？！”

“放开我……”她乞求着，扭动着身子想挣脱他的两手。

他的两只手仿佛焊在她的双肩上了。

“你捉弄我是不是？！”他又说了一遍，语气更加咄咄逼人。他的目光如同两根铁钉，好像要钉进她的眼睛里。

她又扭动身体，还是没有挣脱他的两手。

“我爱他！”

“你撒谎！”

“我爱他！我现在爱的是他！我心里爱的是他！……”

“我杀了你！”

“杀吧。我爱他……”

“你！……”他猛烈地摇晃她的身体，将她的身体狠狠往门框上撞。

她口中重复着“我爱他”三个字，再不说别的话。

他终于放开了她，喘息着，恨恨地看着她，一字一句地问：“那你为什么还要来找我？还要对我说来做我的妻子！”

“你要杀我就杀死我吧！”她说：“我的心告诉我，我即使做了你的妻子，也绝不等于还了你的债！我的心将还是属于他！我对你将是一个灵魂不忠的妻子！我不能欺骗自己，也不愿欺骗你，我以为对我的心，我能做得了主，可实际上我不能，根本不能，不能……”她的话说得又激动又坦白。她是把自己的心掏出来捧在手上展示给他看也展示给自己看了。

女人啊女人，有几个女人对自己的心能倒行逆施地做得了主呢？当一种荒山野藤般的爱情在她们心里深深扎根的时候？又有多少女人不敢正视自己的心，在这种时候还要对自己进行欺骗并且一直欺骗到死呢？她们在刚强的时候也是软弱的，她们向命运抗争的方式也往往是将自己当成祭物去牺牲的。

他吼道：“你滚！……”

她此刻才明白，她来找他，与其说是要偿还他的良心债，毋宁说是要惩罚自己良心上的失落。结果反而又一次当面更严重地损害了他。

她无比悔恨地慢慢走了。

“站住！”

她站住了。

“你到院里来，我还有最后的几句话对你说。”

她迟疑了一下，走进了小院，呆呆地望着他。

他的两只手又牢牢地抓住了她的双肩，他粗鲁地将她的身体推得紧靠在小仓房的泥墙上。

从屋里，传出了响亮而带有杂音的收音机播放的黄梅戏曲：

> 树上的鸟儿成双对，
> 绿水青山带笑颜

他的目光又像两根钉子似的咄咄地逼视着她的眼睛。

“当年我那么爱过你，你也爱过我，我有权再吻你一次，不要你还什么良心债！”

她不说话。

他没吻她，却问：“还记得当年你怎样被我吓哭过吗？”

她点点头。

“现在你还怕我吗？”

她摇摇头。

他心中突然又萌生了一种强烈的报复的欲念。因为她又一次严重地伤害了他，因为她变得不再是当年他所爱的那个温柔的单纯的软弱的容易羞涩的姑娘了！当年他的手刚刚伸入她的内衣，她便吓得失声叫起，浑身战栗，转身欲逃，像一只可怜的小动物；可是如今她将她的肉体奉献给了另一个男人，还要当面告诉他！

他冷笑起来，一只手放开了她的肩，开始解她的衣扣，一颗，两颗，三颗……

“你也应该有勇气回去告诉他，我今天怎样对待了你。你不是用那么平静的语调告诉了我，你昨天夜里怎样将你的身体奉献给了他吗？”

他解开了她全部的衣扣。

屋里，收音机的声音小了一瞬，又大了起来：

槐树槐树听我说，……
董永我……

她一动也不动。她闭上了眼睛，泪水渐渐地从她眼角淌了出来……

过了许久，他并没有侵犯她。

她睁开眼睛，见他背对着她站在与邻居的隔栅旁，一手抓着隔栅的一根木条。

她说：“我不是一个坏女人，你也不是一个坏男人。”

啪！被他抓着的那根木条折断了。

“原谅我，”他哑着声音说：“只求你……再为我唱一次歌吧，唱‘在这里’……唱完你就走吧！”

她紧咬着自己的下唇，久久地望着他。她想要满足他这个请求，却不敢张口唱，怕自己一张口就会哭出来。

她扣上衣扣，终于控制住了自己内心里的风暴，低声唱了起来：

在这里，我听到了大海在歌唱。
在这里，我闻到了豆蔻花儿香。
我曾到过遥远的南洋，
遇见一位马来亚的姑娘。
我和她并肩坐在椰子树下，
我向她讲起了我的童年。
她瞪着大而黑的眼睛，
痴痴地呆呆地望着我……

他站在隔栅旁，手中攥着那截折断的木条，一动不动地听着她的声音渐唱渐弱，渐微渐远。

他不由得缓缓向她转过身去——她人已见不到了，她的歌声却仍在院子外面继续：

在这里，阳光照射着海面，
好像她的灵魂在向我微笑。
在这里，海风吹动着海浪，
好像她的灵魂在向我呼号……

徐淑芳回到家里，见郭立强正坐在桌前发呆，那架破扬琴，仍放在桌上。

现在，家这个字，对于她可以去掉引号了。

她几乎是冲进家门的。

她人还在外屋时，就朝里屋激动地大声呼叫："立强！……"

她真希望他没有看她留给他的那封信啊！

他扭头望了她足有两分钟，又将头扭过去了，不对她说话。

她明白，他是看过那封信了。

她不知所措地走到床边坐下去。她为他叠好的衣服仍放在床上，他分明连动也没动一下。

他对她的态度又将她确定在她在这个屋里先前的位置了，那同时也是她的心理位置。

一阵长久的沉默。

他终于开口说："你何必再跑回来看我一次呢？你的信将一切都解释明白了。我今后一定照你信上对我的请求去做，我能做到。"

"我错了，"她低声说："我差一点彻底毁了我自己，毁了他，也毁了我们的爱情。我心里真是后怕极了！我以为我能够离开你，我真傻！我离开了你，心却留在我们的家里！你在认真听我的话么？我爱你！我的心不能够再像爱你一样地爱另外一个男人了！我已经当面这样告诉他了！在我心目中从此以后世界上只有一个男人，那就是你！我要永远永远做你的好妻子，我们要永远永远不分离。我对你的爱,也将使我不怕待业,不怕没钱,不怕一切打击,天不怕地不怕。什么都不怕！我们要永远永远深深地深深地爱着,我要像好孩子一样听你的话,我要顺从你的意愿,天天吃你给我买的奶粉,麦乳精,滋补药品,不管你为我借多少钱欠多少债我都不责备你！我要为你养好身体！我还要为你长出头发！我还要为你生个孩子！我要做一个好母亲！等我的身体休养好了我要再去干临时工,我们都挣钱,我们一块还债！借了多少钱欠了多少债我们也一定能还清！我还要做一个好嫂子。我要使我们这个小家温温暖暖和和睦睦。我要把我的命和你的命牢牢地系在一起！我们的结婚证呢？找出来给我,要由我来珍藏着它……"

他这时已站起来了。他走到了她跟前,三十一岁的男人一句话也没说就跪下了。他抱住她的双腿,将他的脸埋在她的膝间,哭了。他从十几岁起就没有哭过了。他以为自己无论多么伤心多么难过都不会哭了,永远不会哭了。可是现在他哭得像个孩子,哭得羞于对她抬起头来。

她则像一个年轻的母亲抚慰自己受尽了委屈的孩子似的,爱怜地抚摸着他的头发。抚摸着,抚摸着……

一阵警车的啸叫声由远而近,急速地驶到了这条小街上。

"好孩子,起来吧,啊?"她轻声说。

他站了起来,难为情地转过身去。

她也从床边站了起来,走到他对面,踮起脚在他眉心吻了一下,用手替他拭眼泪。

"琴弦什么的买来了?"

"买来了。"

"那你快修它吧!"

"现在我才能够坐下来修它了！你没有回来之前,我守着它发了几个小时的呆。"

她内疚地微微一笑,又踮起脚在他眉心吻了一下。

忽然有人敲门。

他们赶紧分开。

他说:“准是弟弟回来了!”

她说:“弟弟才不会敲门呢!”

他说:“也许是找错了人家的人。”

她笑道:“我可希望不是找错了人家的人,是我们的一位客人。我们家连位客人都没来过!”急忙走去开了门。

门外站着两名公安人员。

“姓郭?”

“对。”

“郭立强在家吗?”

“在。”

他们未经允许便迈进了门。

“你是郭立强?”

“是。”

“这张报考表是你的吧?”

“是我的。”

“知道掉在什么地方了吗?”

“……”

“在考场上你打昏了一名公安人员,不否认吗?”

“……”

“那么跟我们走吧!”

“……”

其中一个公安人员向他亮出了手铐:“伸出双手。”

“我不戴那东西,我不会逃跑。”

“愿不愿戴是你的事,戴不戴是我们的事。”

他被戴上了手铐。

她直至此时才对眼前发生的事做出反应。她扑到他身上,用双臂紧紧抱住他,焦急地大声说:"立强,你快告诉他们,你没打过公安人员！他们一定搞错了！你不会打人的！我相信你不会动手打人！快告诉他们呀……"

他低头瞧着她的脸,诚实地说:"我打了。"

昨天,公安人员与"兵团服"们在各个考场上冲突起来后,姚守义被一名公安人员使劲往教室外拖,姚守义双手抓住门框不放,那公安人员就用警棍打姚守义的双手。这情形使他愤怒了。他跨过去,给了那公安人员一拳,一拳击在对方太阳穴,对方像个射击场上的人形靶似的倒下去了。姚守义趁机溜掉了……

两名公安人员轻轻拽开她,一边一个夹持着他,将他带走了。

他临出门回头对她说:"记住,打个电话给立伟,叫他回家一次,把琴修好。到了那个日子,你带着琴替我去会合,也许他们正需要一架扬琴……"

第十一章

“师资培训班”考场事件纪实

黑色的钢笔，握在一个女人的手中，在一页稿纸上写出了上面一行秀丽的字。

女人的手很白皙。

那支钢笔，笔杆挺粗，已失去了光泽，变得乌旧。完全裸露的笔头有如古兵器方天戟，笔尖磨秃了，磨短了，磨斜了，写字只能侧着笔尖才流利。它是拧帽的，笔胆也无钢套。吸墨水时，捏一下，两分钟才能胀起来。它是一支老式的国产“友谊”钢笔，中国五十年代文化用品的遗物。六十年代中期，在文化用品商店还可以见到，价格是一块三毛七分，但已很少有人请售货员拿出来看看了。人类心理在任何方面总是趋向于追求更新的东西，所以如今它差不多绝迹了。我们人类保护濒于绝迹的动物那种感情非常仁慈伟大，但淘汰旧产品的“喜新厌旧”原则毫不动摇。

晚报记者吴茵使用这样一支钢笔已经十几年了。

她盯着自己在稿纸上写出的那一行字，眼前又浮现出了她在考场上目睹的种种情形。报社并没有委托她写关于这场考试的任何报道，是她自己想去，所以她去了。所以她此刻头脑中重叠着一层层思考，急欲很快就写出来，很快就能见报，让许许多多的人都清楚关于这场考试的幕后真相以及返城待业知青们与公安警察们发生冲突的种种历史的和现实的因素。她认为，如果自己不写，自己便是一个对现实缺乏责任感的不称职的记者。

她曾亮出记者证，问一个被从考场上“请”出来的十八九岁的少女：“你有何感想？”

那少女耸了一下肩膀，无所谓地回答：“我对他们怪同情的。虽然他们将我‘请’出来了，但对我的态度还算不失礼貌。我才不在乎能不能参加这场考试呐！即使被录取我也不会去上什么‘师资培训班’的。我今年还要考大学呢！去年高考我只差三分落榜，完全是由于临场紧张才答错了一道大题。我今天来参加考试，不过就是想多体验一次考场气氛。我今年是有把握考上重点大学的！就算今年还考不上，明年我仍要继续考……”

那少女显然觉得被一位记者采访是件很荣耀的事，毫不腼腆，随随便便直直率率地回答了一大番话。

像所有的记者一样，她喜欢这样的采访对象。那少女使记者这行职业变得轻松愉快。

同情——这就是同一代人中，这就是一个年龄界线内的共和国的儿女们对另一个年龄界线内的共和国的儿女们最“温良恭俭让”的态度了。除了同情，还能再要求我们共和国的小青年们给予老青年们一些什么呢？

那少女说“我对他们怪同情的”这句话时，语气是郑重的，表情是由衷的。

她相信那少女说的是真话。

可我们共和国的长子长女们，需要的不是他们小弟弟小妹妹们的同情，需要的是职业，是改变待业命运的机会。哪怕是只有百分之一千分之一竞争可能的机会，对他们也是宝贵的。一切这样的机会，对他们都意味着“机不可失，失不再来”。而他们对“竞争”两个字，又都是多么缺乏准备啊！他们是被一页历史中时代的惯力旋转得头晕目眩,滚动得精疲力竭了。他们就是在这种状态下不得不为了存在互相进行竞争的。他们像古西班牙斗牛场上斗牛士胯下的马,虽然与蛮牛较量的是斗牛士不是他们胯下的马,但最易受伤最易牺牲的却是它们。人类历史上曾记载过这种野蛮的娱乐:当斗牛士胯下的马被牛角挑开肚腹倒下后,斗牛士立刻换乘另一匹马,而那匹倒下的马则被拖入后场,如果它还没死(它们往往不会当时死掉了),于是就有所谓的兽医将它们的肠子塞入肚腹,用我们今天缝麻袋的那种针线迅速缝合伤口。匆忙中它们的肠子难以塞入肚腹,便用大剪刀毫不心慈手软地剪断。然后用冷水泼尽它们身上的血渍。然后向它们的身体注入大剂量的吗啡,然后重新给它们披上漂亮的色彩美丽鲜艳的披挂,然后就有另一名斗牛场上的投标手再跨到它们背上,用踢马刺促使它们又精神抖擞地冲上斗牛场……

当时,她看到坐在每一个教室里的那一排排穿着像杂牌军的返城待业知青们,心中便很自然地产生了这种不美好的联想。关于古西班牙斗牛场面的情形,还是她在中学时代从一本名叫《血染黄沙》的小说中读到的。作者有意用十分冷漠的文字加以描写,不但那些场面,连同那些文字本身,都曾使她感到惊心动魄。那时她怎么也想不到,后来她自己亲身参加了比古西班牙斗牛场上的情形有过之而无不及的现代中国的"红卫兵"的浴血奋战。她的身体上因此而留下了两处刀疤。值得庆幸的是缝合它们的不是兽医的手,也不是缝麻袋那种针线……

她正欲对那少女再发问,那少女却被女伴扯走了。她听到了她们一边走一边说的话:

"真倒霉,今天白来了,还耽误了看一场电影呢!"

"也不算白来,瞧瞧那些'兵团服'们聚集在一起的种种表演,怪有意思的。"

“哎,你怎么和那个戴眼镜的小书生眉来眼去的?”

“他扔给我一个纸条,上面写着要和我交朋友!”

“考场上暗送秋波,你也浪漫到顶峰啦! 早就认识?”

“今天刚认识。我在那个纸条上写的是:你大概还没长出‘立世牙’吧? 谈情说爱你妈不打你……”

“哈哈哈哈……”

她们的手臂互相搂着对方肩膀,边走边笑,笑得开心极了……

她还看到,当一名公安警察出现在一个教室门口时,有一个“兵团服”大声说:“欢迎警察叔叔前来保卫我们的考场!”

于是那个教室里的“兵团服”猛鼓其掌!

同时有人从座位上站起,带头高呼口号:

“欢迎欢迎! 热烈欢迎!”

又一个“兵团服”也从座位上站起,走到那名公安警察面前,揖了一个九十度的大躬,故意用一种温文尔雅的语调说:“向您唱个肥喏! 请进来,请入座。”

那名公安警察冷冷地瞧着他,带着白手套的双手摆弄着警棍。

“警察叔叔今天如果不是和我们一样来参加考试的,就该穿便衣呀!”

“你们来了多少? 没预先估计一下,你们一个要对付我们几个吗?”

“提醒您一句,我们可是受过军训,学过格斗的!”

公安警察的出现,使“兵团服”们产生了一种近乎“同仇敌忾”的心理和情绪。他们都面无惧色,相反,他们似乎更加亢奋了。他们因为上当受骗而欲大大发泄一番的意念,有了具体发泄的明确的目标。

那个故作温文尔雅的“兵团服”掏出扁而皱的烟盒,取出一支弯曲了的烟敬给那名公安警察,一副点头哈腰的样子,用谄媚的语调说:“请赏脸吸一支?‘迎春’牌的,大众档次,不至于玷污了您的嘴唇吧?”

那名公安警察挥落了他的烟,喝道:“老实点!”同时用警棍向他当胸捣去。

他一把抓住警棍,并将它夺了过去,像公园里淘气的猴子从观看者过分大意伸入笼子的手腕上夺下了一只手表似的,饶有兴趣地欣赏起来,并问:“这是什么玩意?捶衣服用的,还是捣蒜汁用的?”

那名公安警察恼怒了,重新夺回“武器”,使出擒拿本领,将那个“兵团服”重重地摔倒在地。那个“兵团服”的头砰的一声磕在讲台角上,双手抱头半天没爬起来。

一个声音高叫:“敢打我‘兵团战友’者,绝无好下场!”

紧接着另一个声音也高叫:“以牙还牙,以眼还眼!”

“他妈的,让那小子低头认罪!”

于是所有的男“兵团服”们纷纷离开座位,扑向那名公安警察,将他逼到了墙角,一顿拳脚相加。

女“兵团服”们则一齐上前劝阻,叫嚷着,呼吁着:

“别打他,别打他!……”

“正义在我们一边,要和他们讲道理!”

那名公安警察一边挥舞警棍进行被迫自卫,一边吹响了警哨……

冲突就这样开始了,这样发生了。

而另一个教室里,正传出一个女“兵团服”慷慨激昂的演说:“如果历史像台历一样可以随手重翻,如果现在不是八十年代而是六十年代,如果这里不是什么‘师资培训班’的考场而是高考考场,我们之中将会有多少人已从北大毕业,已从清华毕业,已从复旦、南开、航空学院、军事工程学院这一类全国一流的大学毕业了?我们之中又将会有多少人已经成为硕士、博士、研究员、工程师！可是在我们失掉了人生这一切进取机会的今天，在这名曰考场的地方，欺骗却仍在进行！我们已经天真地虔诚地奉陪张铁生之流演过同样主题的戏剧了！今天我们罢演了！导演在哪里？编剧在哪里？请他们出来吧！让他们亲手为我们卸妆！我们的脸并不是什么低劣的戏剧油彩都可以任人往上乱涂乱抹的！……”

“我们呐？我们六九届真正上过几天学？我们真正学到过什么文化知识？现在却来考我们根本没学过的课程！我们不要‘知识青年’这个称呼！把这个称呼扔到历史的公共厕所里去吧！……”

一个男“兵团服”激昂慷慨的大声疾呼打断了那个女“兵团服”滔滔演说的慷慨激昂……

这一切浮现在眼前的情形和回荡在耳畔的声音，并没有使晚报女记者头脑中重叠着的那一层层思想混乱交织。相反，像暴雨前翻涌的雷云，更能显示出天空的本质。她不是只会摆弄线团的小猫。在她这一行中，她起码是一个熟练的抽丝女工。她的经历教会了她怎样思考，她的职业引导她怎样分析。

握在她手中那支被时代所淘汰的钢笔，在标题下写出了第一行字：

历史与现实有着惊人的相似之处。

引用这句名言作为她这篇“纪实”的首语，她自认为含义是深刻的，对写好这篇“纪实”有了更大的信心。思想的闸门一经提起，笔下的词句源源流淌。

为了突出那句名言，她另起一行继续写：

所谓返城待业知青大闹考场事件，昨天和今天在全市引起了……

她停笔思考起来：广泛、充分、严峻、不容置疑、令人震惊……许多词在她头脑里闪现，都令她觉得不够准确，都被她一一用冷静的思考从头脑里抹去了。

最后她选择了“种种”两个抽象而具有囊括性的字。对！种种！

她接着写：

> 引起了种种关注和震动。有人说，这一事件证明，当年“红卫兵”的遗风，还没有从一代人身上肃清！促使笔者写此篇“纪实”的职业责任之一，正是要从道义上驳斥此类说法。一个人不能两次涉过同一条河。因为当你第二次涉过一条河时，第一次没你双腿的河水早已流向远方。一条河永远是它本身，也从来都不是它本身……

她越写越快：

> 一代人也不会在社会的大舞台上第二次扮演同一类角色。因为当他们第二次登台时，历史这位编剧早已把他们第一次扮演过的角色取消了。社会的舞台永远是它本身，也从来都不是它本身。昨天，出现在一中考场上的，不再是当年叱咤政治风云的“红卫兵”，而是目前沦落于生活最底层的待业者。他们的愤怒不是“红卫兵”的呐喊，而是待业者的冲动。三十七名返城待业知青的被拘捕也绝不是这一事件的结束，也许正是序幕……

写到这里，她放下笔，轻轻舒了一口气。她将坐酸了的身子靠在椅背上，一手拿起那页写满了字的稿纸，默读起来。默读完一遍后，她放下稿纸，又拿起笔，将“所谓”两个字勾掉了。“所谓”两个字显然对昨天的“大闹考场事件”带有彻底否定的意思，而这一点是不可否认的。“正是要从道义……”虽然她认为“道义”两个字是有力的，但犹豫了一阵，还是将“义”字改成了“理”字。“道理”——温和一些。主编是个温和的老头儿，老夫子。所以晚报上几乎从来就没出现过什么稍欠温和的文章或词句。“一代人也不会……”似乎有些绝对，社会学家的语气。会不会，谁知道呢？“七八年来一次”，谁又敢断言说“不会”？于是她将“会”字改成了“愿”字。“不愿”——完全准确。她自己不愿，他们也不愿。她了解他们，如同了解自己一样，因为她和他们是同代人。在社会的舞台上同台演过同类角色，而且当年比他们演的还英勇悲壮些。后来，她也和他们有过同样的经历。所不同的是，他们是一批接一批地去经历，她是独自一人去经历……

她又默读了一遍，觉得没什么再可改之处了，便点着了一支烟。在报社和其他地方，她从不吸烟。在家里，却经常吸烟。大概只有她的丈夫知道她是个吸烟的女人。

她一手夹着烟，一手拿着那支钢笔，在手中转动着。

笔帽破裂了，用胶布粘着。她有不少笔，丈夫在她的生日，为了讨她欢心，给她买了一支相当高级的金笔，她一次也没用过。丈夫以为她过于珍视那支笔，舍不得用，受宠若惊。其实她对它和对丈夫那张扁平的脸同样不感兴趣。报社几乎每年发一支笔。钢笔，圆珠笔，软木笔，吸墨毛笔，一大把，全插在笔筒里。笔筒就放在桌上，那些笔她也没用过。

她只用手中这支笔。

这支笔是她偷来的。

她瞧着它，心中不禁想：世界上究竟会有几个人像我一样对一支自己偷来的笔爱不释手呢？又会有几个女人像我一样去偷一个男人价值一块三毛七分的钢笔呢？她当初偷它时，它就是一支旧笔了。正因为在他手中由新而旧了，她才偷它，而不偷他别的什么。不过那时她还不是个女人，是个女中学生；他还不是个男人，是个男中学生。

他这支钢笔上一堂课还使用着，下课后放在文具盒里，再上课时却不翼而飞了。全班大哗,使教那堂历史课的老师到底也没讲明白秦始皇修万里长城的功过。因为他们班级是全校的优秀班级,一个学生居然在教室里丢了一支钢笔,而且丢得那么不可思议,便成了全班的耻辱。班主任老师开座谈会、分析会、调查会,与可疑的同学个别谈心,都没能使她主动承认自己的偷窃行为。老师丝毫没怀疑她,哪一个同学都没怀疑她,他也没怀疑她这个"同桌"。直至老师要召开全体家长会议,在欲请每个同学的家长协助"破案"的情况下,她才不得不向老师"坦白"交待。

"可是为什么?究竟为什么你要偷他这么一支旧钢笔呢?你自己有好几支笔呀!"她的偷盗行为简直令老师感到匪夷所思。在教员室里,班主任老师当着其他几位老师的面"审问"她。她还曾因"拾金不昧"受过表扬呢!

"我爱他。"她惭愧地回答,却并不觉得羞耻。

其他几位老师,仿佛听她说了一句"我要杀他"似的,一位位大惊失色,对她这个全班全校学习成绩一贯最优秀的女学生侧目而视。

那时老师早已知道她"爱"他,并且因为她犯了"爱"他这种十分严重的错误,找她谈过几次话了。

但老师对她更加匪夷所思了。

"我知道,你爱他。你爱他,或者不妨让我们这么理解,你以为你爱他。反正都一样,对于一个女中学生,都是荒唐的,莫名其妙的!不过你可不可以向我们解释一下,你爱他,为什么偷他的笔呢?难道你更爱他的一支旧钢笔不成?"

四十多岁正处在更年期的女班主任老师认为,一个女中学生是根本不可能"爱"上一个男中学生的!这种古怪的感情不过是一种变态的友谊。与蚕蛹不是蚕,也就根本不可能吐丝同理。

"要毕业了,我们马上要分开了,我希望得到他的一件东西珍藏着。”她这么说的时候，忧伤得快要哭了。

她也是全校性格最坚强的女学生，老师们还从未见她哭过。

“是这样，那你为什么不请求他送给你呢？他送给你的不比你从他那里偷走的更值得珍藏吗？”班主任老师似乎有些被感动了，同时也对教育她改正“爱”上他这个严重的错误彻底灰心绝望。无疑是一个十分严重的错误！比偷一支旧钢笔严重多了！但面前这个女学生已经不可救药地“爱”了，作为一个教育工作者对她也实实在在是束手无策，无可奈何了。

“他不会送给我的……”她哭了。

班主任老师知道“爱”这个字折磨过不少女人的心，而且她自己也曾身受其害，却想不到竟会使一个十八岁的女中学生为之“忘乎所以”！她恻隐了，甚至认为一个女中学生犯了一个女人常犯的错误，似乎情有可原了。

“好啦，别哭了。我不批评你了，但你得向全班承认错误。偷，不管是什么原因，毕竟是不良的行为！”

“我不！”

“那么，你将钢笔还给王志松，随便你以什么方式还给他都行。”老师宽容地妥协了。

“我不！”

“你这也不，那也不，既然如此，我就只好向全班同学讲明这件事了！”老师有些生气了。

“那我就死！当场从教室窗口跳出去！”她叫嚷着。

班主任老师呆呆地凝视着自己的女学生。

其他的几位老师面面相觑。

几分钟内，教员室里一片死寂；所有的老师都一言不发地望着她，一位位噤若寒蝉。

她那班级的教室在三楼，楼外水泥铺地，摔死一个跳窗而出的女学生想必是不成什么问题的。老师们相信她这个女学生是会怎么说便怎么做的,她的任性在全校也是被老师和同学们公认的。

良久,班主任老师从椅子上站起来,一只手在她头上抚摸着,瞧着她那张泪眼汪汪的脸说:“你呀……你将来是会不幸的!好吧,我向你保证,除了今天在教员室里的这几位老师,再也不会有别的人知道这件事!”

一件“失窃案”不了了之。

至今,连王志松也不知道,他的笔是被她偷去的。

后来,她带着这支笔到修配钢笔的小店去,让专门往笔上刻字的师傅为她在这支笔上刻几个字。

“刻几个什么字?”

她说还没想好。

“学海无涯苦作舟?怎么样?”

她摇头。

“妙手著文章呢?”

她摇头。

“笔随心意?这句挺好的!字也少,我给你刻梅花篆体的!”

她还摇头。

“那你就回家去自己想吧,想好了再来!”刻字师傅只好将笔还给她。

她也就只好接过笔一边低头思索一边走出了小店。

走在半路上,她忽然转身往回跑,一口气跑进小店里,兴冲冲地说:“我想好了!”

“哦?……”刻字师傅作出一副洗耳恭听的样子。

“四个字!”

“哪四个字?”

“永不丢失!”

“我还以为你想出了一句绝妙好词呢！”刻字师傅嘲笑起她这个过分爱动脑筋，脑筋却并不怎么聪明的少女来。

“我就要刻这四个字！不要梅花篆体，要隶书体！再刻上一行小字——送给吴茵珍存。”

“姑娘，”刻字师傅有些糊涂了：“永不丢失……这四个字……送给别人不怎么贴切呀！好像你是送给自己的意思嘛！”

“你别管这么许多，照我的话刻就是了！”

…………

这支笔，他用了几年，她不知道，她可是用了十几年了！笔杆被她的手磨去光泽了，乌旧了，但刻在上面的那几行字却依然清楚，毫未模糊。

她却到底丢失了他。

几天前她又偶然在这座城市里找到了他，她却成了另一个男人的妻子！纵然他还像她一样，心里牢记着当年对她的许诺，现在对她说“我来做你的丈夫了！”也……太晚了，太晚了！

一位领袖犯的错误，可以在他生前或死后由他自己或由别人纠正过来。

一个党犯的错误，可以在一次全党的中央代表会议或政治局会议上纠正过来。

一页历史犯的错误，可以在历史的下一页纠正过来。

命运在爱情方面对人犯的错误，无论对一个男人或一个女人犯的错误，却是那么难以纠正！即使他们有纠正的愿望有纠正的勇气，社会往往也要迫使他们向命运就范；将错就错，一错到底，一错到死。某些拯救万众大军的统帅，某些拯救一个民族的英雄，某些拯救一个国家的元首，却也在自己命运的爱情方面无力自救，一败涂地，抱憾终生。

她手中仍缓缓转动着那支笔，两眼仍呆滞地瞧着那支笔，心想:命运,命运,你摆布人生为什么那样专横、冷酷!我恨你!如果你是看得见的有形的,我一定要不惜任何代价不惜用任何手段弄到一颗手榴弹,一见到你就死死地抱住你,毫不犹豫地拉响手榴弹,将我自己炸个粉身碎骨,也将你炸得千片万块,与你同归于尽!

烟烧疼了她的手指。

她将烟捻灭在烟灰缸里,看了一眼摆在桌上的手表——九点三十五了。

她本欲连夜赶写完这篇"纪实",思路却再也不能集中了。他像铭刻在她心上的一个音符,无论何时,一想到他,就忆起了少女时代一首首真挚而感伤的恋歌。

丈夫的鼾声忽微忽响。她回头看了一眼,见丈夫那雄海狗一般脂肪肥厚的胖大身体,在被子里蜷曲成S形,睡得正酣。

她知道自己今夜又要失眠了。她服下三片安眠药片,熄了灯,尽量不发出一点声音地脱衣躺在床上。她唯恐碰醒了他,被他纠缠。

丈夫却在这时睡眼惺忪地起床解手,解手回来爬上床,嘟哝一句什么,将她搂了过去。

他的手像女人的手那么柔软细腻。因为他每天洗几遍手,擦几遍护肤霜。这双手成千上万次地抚摸过她的头发,脸,她整个身体的每一部位每一寸皮肤。他是早已将她摸熟了,如同赌徒摸熟了骨牌,算命的瞎子摸熟了命签。却没有一次抚摸,激起过她哪怕一丝一缕的情欲。没有,一次也没有,从来没有,绝对没有,永远也不会有。但他是她的丈夫,拥有愿怎样抚摸她就怎样抚摸她,愿怎样亲昵她就怎样亲昵她的权力。法律维护他这种权力,法律从不干涉一个丈夫怎样爱自己的妻子。法律只有当一个丈夫不爱自己的妻子的时候,才开庭对爱情进行神圣的审判。

而他是永远不会不爱她的。

他内心里知道她不爱他，知道得清清楚楚。但他不在乎，不烦恼，不生气。他自有他对爱的一套男人的哲学。她爱不爱他，这并不重要，重要的是，他有权搂抱她，吻她；有权愿怎样抚摸她就怎样抚摸她；有权愿怎样亲昵她就怎样亲昵她；有权从她身上得到色情的满足和性欲的发泄；有权跪在她面前，装出因为知道她不爱他而异常痛苦的模样，从中获得一种表演乐趣；有权在她的生日给她写一封卑俗诲淫的情书，连同给她买的生日礼物双手奉献给她，以表明他在作了她的丈夫后对她的爱有增无减，地久天长；有权……他既然对她拥有如此这般种种受法律保护的权力，使他感到在爱情方面是一个无限幸福的男人了。她爱不爱他，便是微不足道的了。

按常人的眼光看来，他是一位挺不错的丈夫。四十岁不到，已官登副局长。一九八〇年，本市四十岁不到的副局长唯他一人。他生活作风“严肃”，从不招花惹草。他很被上级赏识，即将由副局长而局长。他待人彬彬有礼，对下属从不摆架子。他“关心群众”，常常亲批“补助某某同志××元”的条子。他善于社交，人缘四通八达。他在各种场合都获得普遍的好感和普遍的尊重。这样的一位丈夫，在本市绝不比养在富雅人家的波斯猫多。

但是她，一个每天同他在一张饭桌上吃饭，在一张床上睡觉，在同一个水龙头下洗手洗脸的女人，以她是他妻子的充分了解，以她是一个记者的敏锐观察，与常人对他的评价恰恰相反。常人看到的是外表的他，她看到的是灵魂深处的他；常人认识的他没做过什么坏事或做过些什么“好”事，而只有她明白，他想做什么坏事和为什么没做，他为什么做那些“好”事和怎样做的。

他从不招花惹草是因为他还没有碰到过一个比她更能撩他情欲的女人。一个年轻漂亮的身为女记者的妻子，使他在虚荣心方面和在性欲方面获得的极大满足是相等的。他被上级赏识是因为他虽无真正的工作能力和领导才干，但却善于见风使舵，巴结钻营。他待人彬彬有礼对下属从不摆架子是因为他早已企望着局长厅长的高职，预先为将来的官运亨通铺垫基础。他“关心群众”是因为觉得有必要更多地收买人心。他以许多精力周旋于交际场上是因为他要为自己编织一张庞大的社会关系网。他曾产生过诬陷另一位副局长有不正当的男女关系问题的念头，后来探听到那位副局长是有靠山的才打消了这个念头，反而与那位副局长过从甚密，渐渐变成了知交。他春节期间到商业局职工医院探望住院的职工们所带的种种食品，是别人求助于他走什么“后门”时送给他吃不完的……

他希望她能早日为他生一个儿子。

她千方百计使他的希望落空，以此作为内心里对他实行的一种报复。他不是男人。他不过是一头狡诈，虚伪，蔑视爱情却离不开色情，性欲旺盛而不愿节制的雄性动物，一头具有雄性动物的种种似乎沾点人情味本能的雄性动物。她一想到她生下的孩子将不可避免地受他的遗传基因的影响，长大了将可能像他一样，就不寒而栗，对女人生育这件人类崇高的伟大的事情感到可怕，产生强烈的逆反心理。

而他却以为她是因为怕生过孩子之后影响自己的体态美。

“晚生几年也好，也好。”他表示理解并表示赞同地说：“生过孩子的女人容易发胖。我的小天鹅，为我永远保持你那优美的体态吧！我可是还没受用够啊！你不生都行，以后咱们领养一个嘛！”说着就搂抱她，亲她。

她的天性本是非常喜爱孩子的，她又多想自己生一个孩子啊！

现在，他的两条胳膊又紧紧地搂抱着她。他的双手又贪婪地遍体抚摸着她。他那雄海狗一般脂肪肥厚的胖大身躯，如同一堆几乎将她掩埋的肥肉。她觉得他像水蛭一样，吸在她身上，是靠着吸她美好身体里的血液而生存的。

在这种状态下，他才睡得酣甜，她却靠安眠药麻痹头脑和神经。

去年某天夜里的一幕“夫妻戏”，又像电影似的浮现在她眼前……

“地震啦！”

这幢楼的走廊内突然有人大喊。

当时他也正这么搂抱着她似睡非睡。

他猛地推开她，霍然从床上跃起，也没穿鞋，也不披件衣服，赤背裸腿，像只被人追捕的大耗子，几秒钟内就蹿出了家门。

顷刻，整幢楼骚乱了。这幢楼的骚乱波及了附近的几幢楼。半条街都随之骚乱起来了。

她躺在床上，一动也没动。她平静地想着“死”这个字，平静地准备投入死神的怀抱。死神的怀抱也要比那头雄海狗的怀抱干净些！她甚至感到庆幸，终于可以摆脱那头成为她丈夫的雄性动物了！

让整幢大楼成为我的坟墓吧！这么死很壮观。报社的领导和同志们会为她的死感到惋惜，感到难过。他们会为她开追悼会，将一些对她表示怀念不忘的，对她的工作和品格公正评价的语言写在悼词上。也许还会有人为她的死落泪。

这么死挺理想，她对自己说。她只能死在某种不幸事件中，比如火灾，地震，车祸，煤气中毒……死于车祸和煤气中毒也不行，人们会最终弄明白她原来是自杀。她不愿在死后成为一些人们津津乐道的闲谈资料，否则她早就让一辆什么汽车撞死自己或让煤气熏死自己了。

她似乎感觉到了房屋在摇晃，灯也在摇晃。

她闭上了眼睛，静静地期待着那现实与永恒之间神秘的一瞬……

地震却没发生，不过一场虚惊；闹地震将人们闹得神经过敏了。

丈夫又回到房间里来了。浑身冻得发青,哆哆嗦嗦。他几乎是扑到了床上,迅速钻进被窝,立刻就紧紧搂抱住了她,一边连连亲她一边说:“我的小天鹅,快暖暖我的身子,快暖暖我的身子!别怕,别怕,不过是一场虚惊!谢天谢地,我这不是又紧紧搂抱着你了吗?我比刚才搂抱着你时更加感到无限幸福了!我……”他也比刚才更加肆意地抚摸着她,从容不迫地将他那脂肪肥厚的雄海狗般的肥大躯体压到了她身上……

不过是一场虚惊……

她的身体麻木地听任他的摆布和蹂躏。

她的心里却对他厌恶和憎恨到极点。那一时刻,她手能伸到的某处如果有一把刀,她会毫不犹豫地伸手抓来,一刀杀了他!……

此刻,他的情欲平息了,性欲又一次得到满足和宣泄了,渐渐发出了鼾声。

他会一觉睡到天亮的。

服下去的三片安眠药片,还是没有起到对她的催眠作用。

她伸手从床头柜上拿起烟盒,仰躺着吸着了一支烟。

他的一只手臂仍搂在她胸上。不,那不是人的一只手臂,那仿佛是章鱼的八条触足!

她狠狠将烟头朝他手臂上一按。

他“唉哟”一声惊叫,一下子从床上坐了起来,瞪着她嚷:“你的烟烫着我了!”

“是吗?”她连瞧都没瞧他一眼,毫无表情地说:“那你就离我远点吧。”

“你怎么还不睡?”

“我想事。”

他复躺下去,离她远了些,一会儿便鼾声大作……

第十二章

市长家。全家人仍聚在客厅争论着“返城待业知青大闹考场事件”的是与非。由于这个家庭是市长的家庭,本市发生的任何重大事件,都会在这个家庭内部造成特殊的震动,引起每一个家庭成员的特殊关注。这是一个有争论传统的家庭。除了返城后的长女姚玉慧对这种家庭传统还不习惯,不适应,作妻子的,作儿子的,作小女儿的,全认为他们有责任有义务以各自对重大事件的鲜明态度和立场,施加影响于市长,也是丈夫和父亲。谁的影响无论直接或间接促使市长在犹豫不决时下了某种决心,作出了某种决定,谁便会感到是一种胜利,一种骄傲。小女儿婷婷在这方面表现得尤为踊跃,却一次也没有对作市长的父亲起到过半点影响。某个家庭成员自以为自己的态度和立场对丈夫或对父亲起到了影响作用的时候,其实不过是市长本人思想果断的时候。他自己也喜欢与家人讨论某些不属于机密的事情,尤其是一些发生在本市的重大事情。他认为每一个家庭成员都是他了解社会的“特派员”。虽然他们各带偏见,但他却从不拒绝听取他们的“汇报”和见解。他将丘吉尔作为自己的楷模,因为这位已故的英国首相曾与一个少年认真严肃地讨论过关于第二次世界大战的问题。

可是今天夜晚这个家庭的情况有些异常,客厅里气氛沉闷,往日无所顾忌的民主被市长脸上的怒容吓跑了。弟弟站在窗前,背朝家人,撩开窗帘的一角望着外面的黑夜,其实是怕父亲的眼睛再盯住自己的脸。他俨然以大政治家的权威语调刚刚发表了一通

“以狠惩乱”的宏论，没发表完，被父亲狠瞪一眼，识趣地结束在一个逗号上。

他忽然转身又说：“这好比大人管教小孩子。小孩子淘气了，大人批评：‘下次不许淘气啦，淘气的孩子不是好孩子呀！’结果呢，小孩子下次还淘气。大人轻轻打了他一巴掌，小孩子明白了大人不过是吓唬他，哭闹起来，大人只好又哄他，塞给他糖果。再下次呢，小孩子仍淘气。因为他知道淘淘气大人也不至于把他怎么样？要是他第一次淘气的时候，大人就板起脸，瞪起眼睛，狠狠一巴掌打过去，小孩子一定会牢记这次教训，绝不敢第二次淘气了！”说完，两眼望着父亲。

“那二十几万返城待业知青不是淘气的小孩子。”父亲连看也不看他，在客厅的墨绿色地毯上来回踱步。一中发生的事，对于他这位本市市长来说，并不是可以轻松进行的家庭讨论的话题。这件事清楚地表明了本市二十几万返城待业知青目前的心理状态和明天或者后天可能采取的行为意向。它使他感到的沉重压力，不是他的妻子和儿女们所能理解和分担的。市委已经召开了两次常委会议，专题讨论解决返城待业知青们的就业措施。但两次常委会都没有形成哪怕是一项务虚性的决议或方案。二十几万，一支庞大的待业大军。这不是在几天内可以解决的问题，也不是在几个月内可以解决的问题，甚至也不是一两年内可以解决的问题，也许需要几年的时间。可那二十几万需要明天或后天就有工作！他们大多数人的生活状况无法使他们再等待下去，等待一两年甚至几年。说服他们等待，请求他们等待，强迫他们等待，警告他们必须等待，镇压他们由于艰难的等待而爆发的愤怒情绪，都将无济于事。偿还历史不容拖缓的债务，对一个国家，对一座城市，同样是咄咄逼人的严峻现实！而当处长的妻子，无忧无虑像蜜蜂寻蜜一样每天都在替自己寻找快乐的小女儿，自以为是天下第一美男子、一心想进入市话剧团当演员的儿子，怎么会真正理解他市长头脑里进行的种种思考？也许只有长女玉慧能够多少理解一些？他看了她一眼。

她和妹妹坐在同一张长沙发上。一人紧靠一端，中间隔着还可以坐下两个人的距离。

她正望着父亲。她的目光在对父亲说："是的爸爸。我理解您，所以我一言不发。"

小妹婷婷当即反驳哥哥道："你的话好像在拿你自己和妈妈作比方。因为你小的时候就是那么一个小孩子，妈妈对你就是那么一个大人。妈妈可是从来也没有对你狠狠一巴掌打过去的！"

母亲坐在姚玉慧和小妹对面的单人沙发上，低垂着头，似乎在反省什么。儿女们谁也不知道，他们不在家里的时候，父亲对母亲大发了一顿脾气。

父亲停止了踱步，站在母亲面前，说："你今晚脸色不太好，去睡吧。"

他这会儿对她感到有些歉意。所谓"师资培训班"的真相，她并没有隐瞒他，预先对他讲过。他虽然也当面表示了反对，但并没有采取任何组织手段预先加以阻止。因为他认为即使真相大白之日，犯错误该作检讨的，也不是他这位市长，更不是他的妻子，而是省教育厅的领导者和批准那件事的某位省委领导者。如果招考和录取工作顺利，长女将来的工作也有了理想的着落，他这位作父亲的也了结了一桩心事。何况他当时还认为，那件事的做法虽然不光明，但在目前情况下，似乎也只有采取些策略。返城待业知青中，一批当年因父亲成了"走资派"，而被驱赶到农村去接受思想改造的干部子女的就业问题，也不是件可以忽视的小事。这个问题能够先一步得到解决，未尝不可。他没有预料到招考之事会酿成一中的一场强烈风波……

当妻子的抬起头，低声说："时间不早了，都睡吧。责任有省教育厅的头头和省里的某位领导担着，你这位市长又何必如此坐立不安呢？"

"责任？什么责任？让谁负责任？"当儿子的对母亲的话很不以为然，大声说："难道让省教育厅的领导和省委的某位领导负一中事件的责任吗？一百五十名干部子女，当年被迫同一些普通老百姓的子女一块儿到农村去接受什么再教育，一块儿睡大炕，锄大地，这对他们公道吗？如今他们比二十几万返城待业知青早一点获得就业机会，有什么了不得的？如果我是市长……"

"住口！"当父亲的严厉地呵斥道："就凭你能说出这些话，你永远当不了市长！当市长的儿子是你这一辈子最大的出息！"

受到呵斥的儿子，又退到窗前去了。

当母亲的却在喃喃自语："究竟是什么人把真相透露出去的呢？……"

弟弟对父亲的呵斥心中不服，一手放在窗台上，一手插在裤兜里，望着母亲冷笑道："妈妈，您何必费心呢？我相信他是一定会被公安局查出来的！也许此刻公安局的警车就正向他家开去。如果我有权，对这个人一定要重判！惩一儆百！"

"判几年？以什么罪名？"姚玉慧终于开口了，她不动声色地用平静的语调发问，语调中包含着抢白的意味。

"蓄意煽动罪！判他十年二十年！"弟弟将受到父亲呵斥后的羞恼，全塞在这两句话的每一个字中了。

姚玉慧猛地从沙发上站立了起来，宣告似的大声说："爸爸，妈妈，我走了！"

"都这么晚了，你还要到哪儿去呀！"母亲的目光中表达着请求——好女儿，别将家庭气氛搞得势不两立，剑拔弩张……

"到公安局自首！泄露真相的是我，不劳公安局的警车开到市长家门前!”

“你?! ……你对谁泄露过? ……他? ……”

弟弟妹妹不禁对视了一眼,都明白了母亲问的“他”是谁。

“原来如此! 我真想不到……”母亲盯着她的目光,由请求而变成了无法宽容的谴责。

“那家伙真可恨! 妈,您别生我姐姐的气。姐姐肯定是因为对他缺乏戒心才……”妹妹用主持公道的口吻替她辩护。

她却打断妹妹的话,并不希望获得什么谅解:“不,我明确告诉他的!”

母亲仍盯着她,不住摇头,目光那么冷峻。仿佛识破她已不再是自己的女儿,而是一个冒充自己女儿的骗子!

一辆警车鸣叫着从附近的某一条街道驶过。渐远渐逝的警笛声,似乎提醒市长一家人,一中事件没有结束。

弟弟仍像刚才那样站在窗前,缓慢而无情地说:“姐姐,你不但断送了自己的机会,也断送了他人的机会。一百四十九名本市的干部子女们将永远诅咒和怀恨你的!”

“一百五十名。应该加上你自己! 你不是立场鲜明地站在他们一边的吗?”当姐姐的眯起眼睛凝视着弟弟,嘴角浮现出了冷笑,她也以弟弟那种缓慢而无情的语调说:“被他们所诅咒和怀恨,并不能使我感到可怕! 被二十多万诅咒和怀恨,才是我不能宽恕自己的罪过! 在开庭宣判这一事件时,我将与你那一百四十九名当庭辩论。还有你,我的母亲……”她抬起手臂,面对面地指着母亲:“我要揭发和控告你,参与了对一代人的亵渎和欺骗!”

母亲的一只手啪地在茶几上使劲拍了一下,气得面色青白,说不出话来。

这时父亲又出现了。他站在客厅和隔室的门口,一言不发,用从未有过的恼怒到极点的目光,一一扫视着妻子和儿女们。

客厅里一瞬间静得如同真空世界。

妹妹畏缩在沙发一端,怯怯地瞧着父亲。

母亲避开了父亲的目光。

只有她不避父亲的目光。

父女之间在肃静中对视了几分钟。

她想:“爸爸,从你口中说出一个使我难以接受的字,我就立刻转身离开这个家!”

父亲却只是低声道:“坐下。”

她又慢慢地坐在沙发一端了。

父亲又指着弟弟低声道:“出去。”

父亲的声音虽然很低,但妻子儿女谁都听出那是真正体现他威严的声音。

弟弟垂下头很快离开了客厅。

“你们都给我离开客厅!”父亲突然低吼了一声,从客厅与隔室的门口消失了。

妻子和女儿们谁都坐着没动,谁也不离开客厅。直至此时此刻,她们才感受到,一中事件,对身为市长的丈夫和父亲所造成的压力,比她们所想到的要巨大得多,严峻得多。

隔室传来了父亲拨电话的声音。

“我找曹局……”

显然,对方不待他的话说完,简单回答后,立刻就放了。

又拨。

“我是市长!对不起什么?!他在哪儿?!局里?……”

隔室安宁了几秒钟,再次响起拨电话声。拨得那么急促,好像本市市长的家在这深更半夜被一伙暴徒包围了。

“我是市长!……”开口就道出自己在本市的地位,无疑是怕对方不够重视这次深更半夜的电话。

“立刻找你们局长来接电话！什么？不在？他哪儿去啦？做盗贼去了吗?！大声点儿！带着刑警队抓人去了？抓什么人？还要再抓多少?！立刻通知他,停止这一行动！这座城市没有他不会到处都在杀人放火！……”

电话听筒重重地放下了。

烦乱的一刻不停的踱步声。

客厅里,还是那么肃静。母亲和两个女儿仍坐在她们刚才坐着的地方,谁也不看谁。

“公民们,公民们,我们是本市公安局的治安宣传车。我们再次向你们宣传本市公安局颁发的特殊治安令:第一……”

这声音由远而近,越来越近,越来越响。

隔室的踱步声停止了。

紫绒帐幔哗地被扯到一旁去了,不仅在这座城市,而且在这个家庭也拥有至高权力的那个男人,又出现在隔室与客厅之间。他的出现,使一声不响地坐在客厅里的妻子和两个女儿都显得神色不安。公安局宣传车的广播声对他此刻的暴躁情绪等于火上浇油！

她们一个接一个将脸转向他,默默瞧着他。

他望着窗外。紫绒窗帘将客厅与黑夜隔开了,广播声却不是它所能隔开的。

“警告某些对社会治安进行挑战的人,公安机关的神圣社会使命是威严的,将对你们进行无情的严厉打击！聚众闹事者的下场,必将是……”

宣传车从院墙后的那条马路上驶过去了。

代表城市卫士者们的那个凌厉的女性的声音,像一位铁腕女王在对她的臣民们发表王室诏书。

这声音也仿佛在向全市人民宣告——城市时时刻刻面临着某

种威胁。它的敌人是存在着的、危险的、蔑视它的、正预备着对它采取什么对抗行动的。

这声音如同刚才驶过的警车的凄厉鸣叫一般,渐远,渐逝,终于使市长家客厅里的人完全听不到了。

但这声音扰醒了另外一些人们的睡眠。

许多大街小巷的,许多家庭的返城待业知青,从被窝里翻起身,注意聆听。

他们都听清楚了,听明白了。正因为听明白了,某种敌意在他们心中扩散着,增长着,裂变着。

城市和她的长子长女们反目了。

扭曲的爱情能够使一个男人对一个女人由爱而仇;扭曲的历史能够使一代人对一座城市由亲而恨。爱情和历史都是最应该小心避免被扭曲的,而又都是最经常遭到扭曲的。人扭曲了它们,它们报复人。几千年了。

一九八〇年,在这座城市里,一代人与历史十几年前的冲突,十几年后难以避免地潜在地酝酿着了。

咪……导咪咪……

悦耳的音乐门铃声响起来了。

他们听到了开门声。

"你?……从来没有一个人在这么晚的时候还到我们家里……做客……"

"我也从来没有在这么晚的时候还到谁家里做客……告诉你姐姐,我要见她一面。"

姚玉慧立刻就从声音和那种高傲的语气听出来者是谁了。

她又从沙发上站了起来。

妹妹分明也听出来者是谁了,目光首先朝母亲瞥去,随后不安地转移到她脸上,充满疑团地瞧着她。

弟弟出现在客厅门口，两手抱着胳膊，表情极为冷淡地对她说："他来了，要见你一面。"

她正欲离开客厅，母亲的眼睛看住她问："谁？干什么的？"

妹妹朝她挤眼睛，意思是——别说是他！

弟弟却望着母亲，挖苦地替她回答："您为我姐姐请的那位家庭辅导教师。"

母亲怫然变色，一下子站了起来，大声道："我不许你再见他！"

她刚欲反驳一句什么，父亲却已对母亲开口道："激动什么？值得那么激动吗？他又不是杀人犯。"

她感激地朝父亲看了一眼，匆匆走出客厅。

弟弟在她离开客厅后又走进客厅。她听到弟弟在客厅里说了句话："妈，也许我还要预先作好充分的思想准备，将来称他姐夫吧？"

"你给我住口！"父亲的吼声，"你们今天晚上都怎么啦？为什么都不去睡觉？"

他站立在门口。她听到的话，他显然也全都听到了，但是并不以为然。

她走到他跟前时，他注视着她，低声说："我明天上午就要离开这座城市了，火车票已经买了。犹豫了很久，还是决定来向你当面告别。见你家的窗子全都亮着，就进来了。"

"探家？"

"不。是调回北京去工作。一切进京手续都是爸爸妈妈一手替我办的。他们就我这么一个儿子，老年人的心情完全可以理解。"他说罢，向她伸出了一只手。

她的目光从他脸上瞧到他手上，半天都没用自己的手去握。

她觉得生活真像一个对人充满恶意同时具有人所破除不了的法力的女巫。完全不可预测地，犹如从宇宙中坠落的一块陨石，根本不考虑她甘愿接受或不愿接受,就独断专行地将他推入到她的内心世界里了。而她开始像一口被遗忘的深井含住了月影一般似乎“拥有”了他时,生活这个女巫又将他从她的内心世界里拽走了,丝毫也不在乎她感到突然或不感到突然。就像母亲从陌生人家拽走自己的孩子一样！也许那冷傲骄横的女巫仅只对她这个老姑娘充满恶意,处处和她过不去?

“我不该来打扰你吧?”他那只伸出的手期待了半天,终于缓缓放下了。

“不,你等一下!”她一转身冲进了她的房间。片刻便又出来了,披着她的大衣,一边穿一边说:“我们出去走走吧!”

“这么晚了,你母亲你弟弟也许会对你更加不满的！其实,我只是想来与你告别一下……”

她却不听他说完,已经往楼下走了。

走在楼梯上时,他还继续说:“不与你告别就离开这座城市,我觉得我就太……轻视人的感情了……”

她什么话也没有回答。

感情……

难道他能够理解,她内心里对他已经产生了一种……特殊的感情吗？不,他不能理解,他不会知道。他不需要一个三十岁的,其貌不扬的老姑娘对他的感情。山本不需要云的缱绻,是云从天空降到了半山腰。何况老姑娘们都不如云那么迷人,也极少会如云那么缱绻。老姑娘们都是使人感到空气沉闷的低布的乌云,她们多情的结果无非是阴雨连绵。她知道自己正是这样一个老姑娘。

不,他不需要她对他的感情,所以也就谈不上轻视或者珍视。

你用错了词汇。她想,你所说的感情,其实是指礼貌而言,我的家庭辅导教师！不被你轻视的,不过是礼礼貌貌的礼貌。当然啰，你是真心实意地来进行礼礼貌貌的礼貌的告别。那么也让我真心实意地，在你离开这座城市前的这一个夜晚，礼礼貌貌地对你表示礼貌的送别吧！

礼貌是人的高雅外衣，稍有教养的人都喜欢穿它。

让我们都穿着它，在这座城市乍暖还寒的深夜散散步吧，我的家庭辅导教师……

当他们走到大院门前，把守大门的警卫认出了她，才替他们打开门，并提醒她道："早点回来，就要到宵禁时间了。"

她仿佛没听见似的走了出去。

他在高墙下站住，抬头望着说："你看……"

她也抬头望着，问："看什么？"

"你们家的窗子全黑了。"

"这是市长家起码的自由。"

"我的意思是，你家的人都睡了。"

"难道因为我送你这位将要离别的……客人，他们也应该彻夜不眠吗？"

"你……为什么对我这样说话？"

"跟你学会了不少东西，我的辅导教师，包括像现在这样说话。"

"你……因为我，受到了你母亲的指责是吧？"

"是的。"她说。随即补充道："不过我并不是为了你，正像你帮我补习功课一样，是为了某种……道义……"

"你……不会怨恨我吧？"

"为什么？"

"我心里总觉得有点……对不住你。也对不住许许多多的返城待业知青。我本以为，结果会对他们公正点，却没有想到，促成了一起事件……谁也没有在这场考试中获得任何机会，却有三十几个人被公安局关押起来了……而我这种时候离开这座城市……”

“我们不谈这件事可以吗?”

他负疚地瞧着她,微微点了一下头。

于是他们沿着高墙并肩缓缓地,默默地往前走。走出小街口,走到了一条笔直的竖马路上。马路上一个行人也没有了,此刻的城市是那么寂寥。

马路两侧,每一根水泥灯柱旁,都有一棵剪过了枝丫的街树相伴。路灯将水泥灯柱和街树的影子投在马路上,一组,一组,一组……两个影子一组,倾斜地朝前排列。街树剪过了枝丫的粗壮影子,像人的手臂,揽着,牵着,或拥抱着水泥灯柱的影子。此刻的城市仿佛是它们相亲相爱的时候,它们没有语言,可是它们分明是在彼此倾诉着什么。

她想:也许它们根本无需彼此倾诉和表白什么,就相信它们的爱是长久的吧?在这座城市里,有哪一个男人和女人之间的爱,会比它们相爱相伴的时间更长久呢?从这座城市有了这条马路,就有了它们。多少相爱相伴的男人和女人由年轻而老了,由老而死了。它们却仍存在着,并且还将长久地继续存在下去,相爱相伴下去。夏季,街树用它的绿荫,为路灯遮阳遮雨。冬季,路灯用它的光和热,为街树驱除黑暗驱除寒冷。而雪后,当人们欣赏着街树美丽的雪挂时,水泥灯柱也会感到自豪吧?那些街树的根须,在深深的土地下,该是早已将水泥灯柱的基部紧紧缠绕住了吧?

路灯也将他们的影子投在马路上,也像那一组组街树和水泥灯柱的影子一样,倾斜着,长长的。不过他们的影子之间的距离,是真正的距离,没有任何牵连。

她忽然感到自己的内心里也像此刻的城市那么寂寥,多层次的寂寥。如荒野一般的寂寥被如冷雾一般的寂寥沉重地笼罩着,如冷雾一般的寂寥之上覆盖着如三尺大雪般的寂寥，三尺大雪般的寂寥又被什么样的寂寥包围着……层层的寂寥在她内心里形成一个寂寥的宇宙。

“你在想什么？”

“没什么可想的。”她张开嘴，深深地吸了一口气，长长地吐了一口气。

他站住，想再次劝她回家去，但见她继续沿着马路朝前走，犹豫了一下，只好跟上她。

防洪纪念塔矗立在这条马路的尽头，像城市的一座碑，使这条马路仿佛通往墓地的路。城市的全部灯光到那里为止了，江彼岸才是真正的夜。令人望而却步的深远的黑暗中，有几点光亮在闪烁。不知是极遥远的小村人家的窗口，还是镶在夜的地平线上的星星。

“你为什么没有去参加那场考试？”

“你怎么知道？”

“因为我去了。我一个教室一个教室地寻找你，找遍了所有的教室……”

“可想而知你也发表了某种演说？”

“莫如说我觉得自己有责任披露这场考试的真相。你没去我非常失望……”

“那么希望我发现你有演说才华？我并非预料到那一天要出事而明哲保身。我是因为实在没有勇气步入考场。那几天内的补习，对我一无所获，什么也没弄明白。”

“这……这怎么可能？这不可能！你听得很认真啊！而且你总说，懂了，懂了，明白了，明白了……”

“其实我什么也没懂，什么也没明白。”

“那你为什么要装得懂了明白了，你为什么要当面骗我啊！”他又站住了,叫嚷起来。

她也站住了,凝视着他,低声说:“这一点是你永远也不会懂不会明白的。”

“可我现在有权要求你告诉我!”

她凝视了他许久,终于微微苦笑了:“一个人为什么要对任何事情都懂都明白呢?留给自己的记忆一些也许永远都不懂永远都不明白的事,岂不是会使生活增添一些奥秘色彩吗?”

“你这是替自己进行诡辩!”他第二次叫嚷起来。

“就算是吧。听一个人替自己进行诡辩没意思吗?你一次也没有替自己进行过诡辩?”她目光仍凝视着他,嘴角仍浮现着那种苦笑。

“你!……”他气愤地转过身去。

“我们这是干吗?深更半夜的,我可不是从家里出来存心跟你争吵的!为什么要争吵?有什么值得争吵的?因为我在你离开这座城市之前告诉了你实话?……陪我走到江边去站一会儿好吗?就算我这个学生对你这位老师的请求……第一次也肯定是最后一次……”她说完,站到了他面前。

听了她的话,望着她对自己的那种凝视,他气愤全消了,也不由得默默笑了。

他们彼此又接近了,又肩并着肩继续缓缓朝前走。

一组组街树和水泥灯柱的亲密的影子接受着他们的检阅。

路灯将他们的身影和他们之间毫无牵连的距离投映在马路这卷底片上。

“你为什么没被公安局抓走?”

“被抓走了,当天又被释放了。唯一被释放的一个。”

“为什么对你就特别开恩?”

“我沾了我父亲的光。我向他们承认,我是‘录取监督委员会’

的发起人和组织者，我对这一事件有不可推卸的责任。我希望他们请求他们将别人都释放，我一个人承担一切后果。可他们还是只把我一个人释放了，并且因为让我挨了几警棍向我赔礼道歉……生活有时候把宽容强加给你正如把罪过强加给你一样，你不接受也得接受，你无可奈何。我算一个什么样的人呢？始乱之……终逃之……”他的话中，有替自己辩护的成分，也有羞愧和负疚的成分。

“你别这样想。谁也不会因为你离开了这座城市便蔑视你的。起码我不会……”她低声安慰他，不留神走在一块冰上，身子突然向后一倒，同时叫了一声。

他及时伸出一条手臂搀了她一下，使她没有摔倒。

“小心点，前边还会有冰。”他说，扶着她的手臂没有立刻收回去。而当他的手臂从她肩上放下时，他的手不经意地触到了她的手，她的手就轻轻握住了他的手。不，那不能算是“握”，仅仅是她的手指轻轻钩住了他的手指。这使她内心里对自己产生了一阵惊悸和惶恐。只要他对她这一举动，作出会使她极端敏感的，哪怕是同样“不经意”的具有一丝一毫排斥性的反应，她那惴惴不安的自尊，就会顷刻土崩瓦解。她就再也不能够有勇气看他一眼，对他说一句话，同他向前多走一步了。然而她又不甘心放开被自己的手指轻轻钩住的那几根男人的手指，不是几根，只是两根，小指和无名指。指尖触恋着指尖。轻轻地，藕断丝连地，仿佛她同他一样是“不经意”地，随时可能因为多迈出一步而“不经意”地分开的触恋。

他并没有作出任何反应，似乎对她这大胆而细微的举动全无知觉。

马路上，触恋着的手指，终于将他们的身影接在一起了。就像被锯过的街树上余存的一条细小枝梢的若有若无的微影，似是而非地连着水泥灯柱的影子。一小股风掠过，也会使它颤颤抖抖地离开水泥灯柱的影子。

他们就这样默默无言地走到了这条马路的尽头。当他们同时踏上防洪纪念塔的几层台阶后,她的手终于轻轻握住了他的手。这仿佛也是不经意的“不经意”的手。“蓄谋已久”的心,有一种鬼使神差的,无法抗拒的力量,促使着她的手握住她的手。心呢,它是完全放弃了自尊。它需要什么?它就需要握住他的手!即使因此而受到轻视,它也要握住他的手!你太无礼了!她想。不是谴责自己的心,而是谴责他。你那么一意孤行地闯入我的心里,你又要那么仓仓促促地走了!我的心有权向你要求偿还损失!它已经损失了那么多!

于是她的手将他的手握得更紧了。

他问:“你手冷吧?你手真凉!”

她说:“有点冷。”

他反而将她的手紧紧握住,并揣进了自己的衣兜里。

他们投在江畔广场上的身影,亲密地连在一起了。

他的衣兜里很温暖,他的手更温暖。她低头瞧着他们的身影,被它们的亲密感动得要哭。

它们亲密地走向江边。

他们站立在江堤上。

江面的雪已经完全化尽了,靠近江堤的坚冰也开始溶化了。白天在阳光下溶化,夜晚再次冻结。这种每一天都进行的重复过程,起到了如同磨镜石的作用,使靠近江堤的坚冰,变得如银镜般光洁可鉴。江堤上的路灯,映在这带状的无限长的银镜中,恍如幻景,奇特而美丽。一阵阵江风从对岸吹过来,他们的身体不由靠得更紧密了。

她内心里获得到一种实现了理想般的满足。

这是她理想之中的一个梦。

和一个男人，一个能够并且使她甘愿的占领了她心的男人，手握着手，亲密地站在一起。无论是站在这里，还是站在别的什么地方；无论是在这样城市酣睡了的时刻，还是在别的什么时刻，都是她理想之中的时刻，都是她理想之中的地方。

这不过是我理想之中的一个梦。她对自己的心说。

而心回答：是的。一个梦。要不了多一会儿寒冷就会把你从这个梦中冻醒。

"这儿风太大，你冷了吧？"

"不……"

"你穿得一点儿也不厚，我们上去吧！"

"不……"

她的手唯恐被握住它的那只手放开，地上的影子唯恐被它们的主人分开。

"你还记得白桦树皮灯罩吗？"

"记得。你找到……她了吗？"

"找到了。"

"你终于找到了，我真替你高兴。"

"可是白桦树皮灯罩我要带回北京去，永远保留在我自己的身边。"

"这……为什么？"

"因为……她已经不是我们的妹妹了……她不要它，不要白桦树皮灯罩……"

"……"

"这也是使我离开这座城市的原因之一。"

"……"

"那是一幢刚落成不久的新楼，我在这座城市终于找到那位叫'欣欣'的姑娘的住址……我按了三遍门铃，门才打开。她出现在我面前时,我真没想到,她会是那么漂亮的一个姑娘……不,一个少妇。她已经结婚了,可能就在几天前结的婚……”

“结婚并不是过错……”

“很对。结婚并不是过错。谁都不会认为自己的妹妹结婚是一种过错,除了精神病患者。她打量了我一番,把我让到屋里,不待我开口,就喋喋不休地说:‘请这边走,先从阳台上看起吧,这阳台够大的吧?我们还可以负责替你安装玻璃。这是小屋,十二平米。隔壁是大屋,十七平米。如今新盖的宿舍楼房,大屋不过十四平米,至多也不会超过十五平米。我们这间大屋却十七平米!设计不太细致,让我们占了便宜!不信你可以了解了解。有上下水,有煤气管道,有壁橱,还有浴室,每星期按时供应两次热水。我们在正阳街还有一套单元楼房,也是两居室,以前我和我母亲住在那里。我们想用两处住房调换一套。当然,条件不能低于四居室。这些我们都写明在换房启事上了……’

“我打断她的话,说:‘我不是换房的。’

“‘不是换房子……的?那你是什么人?到我家里来干什么?’她又开始上下打量我,产生了某种疑心。目光是警惕的,好像我可能是一个贼或是一个骗子。

“我问:‘你有一个哥哥曾在北大荒吗?’

“她犹犹豫豫地点了一下头。

“我又问:‘你哥哥叫林凡吗?’

“她又点了一下头。

“你可以想象,当时我在她面前显得多么激动!我情不自禁地抓住她的一只手,注视着她的脸,从她脸上寻找着和林凡的面貌相同的特征。她的脸,在我眼中变成了林凡那张文静的南方少女一般清秀的脸。毫无疑问,在我面前的正是林凡的妹妹!我激动得几乎说不出话来。从前我是一个很容易激动的人,后来生活使我变得不再那么容易激动了……”

“我在和你的接触中看出了这一点。”

“可当时我激动得真想哭！我在心里说：‘林凡，林凡，我的好兄弟，我终于找到了你的妹妹！我没有辜负你死前对我的委托！我找到了我们的妹妹啊！’真的，即使我是找到了我自己日夜都在想念的，失散了多年的妹妹，也不过就激动到那么一种程度！不料她叫起来：‘你干什么你?！我根本不认识你，你出去！’并且猛地从我手中挣出了她的手。

“我窘迫极了，心里却一点也没有怪她。因为她说得对，她根本不认识我。

“我进一步问她：‘你和你哥哥年纪都很小的时候，你父亲和你母亲离婚了，对不对？你跟你母亲生活，你哥哥跟随你父亲生活，从此你和你哥哥再没见过面，对不对？你父亲是一位编剧，你母亲是大学里的一位图书管理员，对不对？’

“从她的表情我看得出来，我问的每一句话，都更加证实她是林凡的妹妹。

“她呆呆地看了我一会儿，说：‘都对。那又怎么样？和你有什么关系吗？你到我家里来，究竟为什么事？’

“我说：‘我和你哥哥当年在北大荒是一个连队的！你哥哥有一次上山伐木，不幸被大树砸死了，他死前，托付我交给你一个灯罩……’

“一缕哀伤的表情呈现在她那张漂亮的，对婚后幸福生活心满意足的脸上，但很快这缕哀伤的表情就从她那张漂亮的脸上消失了。当时她那张脸上的表情平静得使我无比惊讶！

“她淡漠地问：‘灯……罩？’

“我说：‘是的。一个白桦树皮灯罩。’急忙扯下包裹着白桦树皮灯罩的旧报纸，将我曾拎着去寻找过无数个叫‘欣欣’的姑娘的白桦树皮灯罩,郑重地双手捧着,像捧着一颗宝石叫她观赏。

“这时,她的丈夫手中夹着烟,穿着睡衣从卧室——就是她说的那个十七平米的大房间里走了出来。我一眼就看出,那个丈夫是在我们这类家庭长大的人。我能够认出他们,正像别人在十几年前能认出我一样。

“那个丈夫瞅瞅我,又瞅瞅她,不耐烦地对她说:‘你跟他在啰嗦些什么?什么白桦树皮灯罩?莫名其妙!’

“很显然,他因为我按了三遍门铃打扰了他和新婚妻子的午睡,对我这个陌生人十分讨厌。

“她退到丈夫身边,双手轻轻抓住丈夫的胳膊,低声说:‘他受我哥哥的委托,送来这个灯罩……’目光瞧着我双手捧着的白桦树皮灯罩,像瞧着一个会给他们的新婚幸福带来某种灾难的不祥之物。

“那个丈夫也朝我手捧着的白桦树皮灯罩看了一眼,说:‘你太不懂点起码的为人之道了吧?给一对新婚夫妻送死人的遗物,你不觉得这种做法太缺德吗?难道你没看见贴在我们门上的喜字吗?’

“我解释:‘我看见了。可我送来的是她亲哥哥……’

“那作丈夫的打断了我的话:‘但是你明明知道我妻子的父母十几年前离婚了!我妻子已经不姓林,她姓严,改随了她母亲的姓!讲吧,你到底想图点什么要来对我们纠缠不休?……’他说着,推开了卧室的门:‘我们根本不需要什么白桦树皮灯罩!’

“我看到了一间布置得舒适而阔绰的卧室。一切都是崭新的,考究的。一盏落地灯正对着我的视线,灯罩是西方样式的,红纱的,像他妻子身上穿的那件毛衣一样艳红,一样显得富贵。

“我当时一句话也说不出来了。

“她的丈夫跨到房间门前,又打开了房间的门,意思是赶我出去。

“我只能出去。

“我在房间门口转身看了她一眼，说：‘如果你因为没有收下这个白桦树皮灯罩而后悔了，你可以去找我。’并告诉了她我的住址。我真希望她在我迈出门之前能叫住我，可她没有。她紧紧依偎在丈夫身旁，眼睁睁地望着我离开了她的家，任何表示也没有……”

“也没有去找过你？”

“找过。两天后。她说，她非常感谢我对她哥哥死前的委托，尽到了一个知青战友的义务。她说，她早已把过去的事情忘记了，也不愿再去回想什么了，所以她不能收下那个白桦树皮灯罩。她说，她家里没有合适的地方可以摆放这样一个白桦树皮灯罩。为了表示对我的感激，她当面给了我五十元钱……”

“你呢？”

“我对她说：‘请收起你的钱。我要寻找的并不是你，我找错了。那一天打扰了你和你丈夫的午睡，很对不起！’说完，我也像她丈夫那一天对待我一样，推开宿舍门，将她‘请’了出去……”

寒风从江对岸一阵阵地吹过来。

他们许久都没有再说一句话。

她那只始终揣在他衣兜里的手，从他的手中轻轻抽出，由被握着而握住了他的手。

她能体会到他的心情。她想对他说几句安慰的话，却不知该说什么话好。

她的手指表达着对他的安慰，不停地抚摸着他的手。

“我一回到北京，就要结婚了。”

她的手停止了抚摸。

“我的未婚妻，在我大学毕业前已经等了我三年了。为了白桦树皮灯罩，她又等了我两年多。而且和我分开在两个城市里。她是个好姑娘，我很爱她，也很想她……”

她的手缓缓地从他衣兜里抽出来了。

他不由得看了她一眼。

她低声说：“都出汗了……”

她这时才觉得身上很冷，很冷，颤抖了一下。

他看了看手表，说：“我们该分手了。”

她说：“该分手了。”

“我送你回家吧？”

“不……我离家才十几分钟的路。你走吧？”

“那你……”

“我看着你走。”

“这何必！”

“我曾是你的学生啊，学生对老师总是……或多或少有点感情的。”

他以为她在打趣他，笑了，说：“你言过其实了！我不过帮你补习了几天功课而已。你刚才自己也承认，一无所获。”

“不，今天我有收获。”她语调十分认真地说。说完，又苦笑了。

“那让我们正式握手告别吧！”他向她伸出了手。

她注视着他，摇摇头：“免了最后这种礼礼貌貌的礼貌吧！我们刚才已经握了很久，我的手都出汗了。”

“那么，再见！”他又笑了。

“再见！”

他从她脸上也看到了笑容，才转身大步走了。他却没有看出来，她那是苦笑。

她翻起大衣领，背身抵挡着从江对岸吹来的寒风，一动不动地站在江畔，凝望着他的身影越走越远，越走越远。直至他的身影从江桥下走过，消失在远处，她仍一动不动地站在那里，凝望着……

啊吧啦咕，啊吧啦咕，
我和任何人都没来往，没来往，
命啊，我的星辰，
你引我走向何方？走向何方？
啊！……
我看这世界像沙漠，
我和任何人都没来往……

从他消失的地方，远远地传来了一阵歌声。那种嗓子像敲击破铁罐子发出的声音。与其说是在唱莫如说是在吼叫。听得出来，是一个嗓子处在变音阶段，先天五音不全的青年。这类青年都有相似的"艺名"——"马路红"或"夜里红"、"嗷天狼"、"震山虎"什么的。

一个不知是属于哪一派"红"也不知是"狼"还是"虎"的青年骑着自行车从江桥下出现了。他没戴帽子，双手捂着耳朵，低着头，也不看前边的路，两条长腿飞快地蹬着自行车，高歌猛进。

不被双手控制方向的自行车，像耍龙似的在路上左扭右拐，好几次差点冲上人行道。

"停！……"猝然一声断喝，从马路对面楼房的阴影中闪出了两个肩枪的武装巡逻人员，跨到马路中间挡住了他的自行车。

他吓得险些连人带车摔倒。

他那捂住耳朵的双手赶紧放下，扶住车把，将自行车偏向人行道，刹住后，屁股不离车座，一条长腿踏地，惴惴不安地问："我，我怎么了？"

"干什么的？"

"工人。下夜班回家。"

"工作证！"

"没带在身上。"

“特殊治安条例天天宣传,听到过没有?”

“什么条例?没人对我宣传啊!”

“那只好给你单独补一课了,下车!”

“我……我到底怎么了?不就是在马路上大声唱歌了么?不让唱我不……”

“别啰嗦了!车扣我这儿,你跟他走!”

她在马路对面望着这一幕,不由得将手伸入大衣兜,却猛想到自己还没有工作……

这时,她听到另一个武装治安巡逻警察对那“夜里红”之类的小伙子命令道:“骑上你的自行车吧,好好驮着我。”

“夜里红”十分不情愿地嘟哝:“马路上不是不许骑自行车带人吗?要是再碰上个交通警察怎么办?罚款是你掏钱还是我掏钱?”

那个武装治安巡逻警察道:“交通警察管不着咱俩这一段,再说他们早下班了!”

“往哪儿驮您呀?”

“公安局。”

“驮到了就让我回家呀?”

“弄清楚你小子到底是不是工人再说吧!”

于是,“夜里红”无可奈何地重新骑上自行车,驮着那个武装治安巡逻警察,朝他的“命”他的“星辰”今夜将他引向的地方骑去,也不再唱“啊吧啦咕”了。

她本想趁留在原处的那个武装治安巡逻警察没注意到自己,赶快往家走,不料刚一转身,对方却发现她了。

“哎,站住!”

她只好站住。

对方大步跨过马路,走到她跟前,上下打量了她一番,开始盘问:

“到哪儿去?”

“回家。”

“从哪儿来?”

“家里。”

“深更半夜在江边溜达什么?”

“送……一位朋友。”

“朋友,这么说还有一位啰？哪儿去啦?”

“已经走了。”

“已经走了？男的女的?”

“男的。”

“我想也准是个男的嘛！他是哪个单位的?”

“省教育厅的。”

“干什么的?”

“这……具体什么工作我也不知道。”

“不知道？你不说是你朋友吗?”

“认识不久的朋友。”

对方的怀疑显然越来越大了,继续盘问:

“那么你是干什么的?”

“什么也不干。”

“什么叫什么也不干?”

“待业。”

“噢……返城待业知青?”

“对。”

“跟我走吧!”

“为什么?”

“因为我对你产生了某种怀疑。”

对方格外强调地说出“某种”两个字,她终于明白对方怀疑她什么了。如同刚才那个大嚎“命”和“星辰”的小伙子被称作“夜里红”之类,人们将对方所怀疑的“某种”女人称作“夜来香”。她虽然也像那一次在市场管理所感到受了严重的侮辱,但却没有像那一次一样被激怒,只不过觉得可笑。对方的责任心还让她有几分肃然起敬。

要想脱身,看来不像那一次在市场管理所一样打出“市长的女儿”这一块金字招牌,怕是有点不那么容易了。

于是她笑问道:“如果站在你面前的是市长的女儿,你也一定要带她到公安局去吗?”

“市长的女儿也一样对待!”对方严厉起来。

“那我就毫无办法了,只有跟你到公安局去了!不过你能不能先陪我回家去通知家人呢?我家离这儿不远,十几分钟就走到,要不我一夜不归,我父亲,也就是市长同志,会整夜四处打电话找我的。”她用缓而慢之的语调说。

“你是市长的女儿?”对方又开始从头到脚从脚到头审视起她来,怀疑更大了。不,简直不再是怀疑,而是肯定地认为,她起码是一个竟敢对一位武装巡逻警察冒充市长女儿的骗子!

“你是市长的女儿?好,好,好极啦!你今夜算是碰着了我这个最讲‘认真’二字的人啦!走吧,女士,我就陪您先回家通知您的市长父亲同志吧,免得他整夜四处打电话找您又四处找不到您!”

“真过意不去,给您添麻烦了。”她彬彬有礼地说。

“女士,前边带路了!”对方恶声恶气地嘲讽她。

“不客气。跟着我,别走丢了您!”于是她就“前边带路”。

她一边走心里一边想:他可别身上没带着工作证也碰上了这么一位城市的卫士。

像卷烟厂的工人们身上都不免带有烟草味,酱油厂的工人们身上都不免带有酱油味一样,当年的知青教导员,一旦沦为返城待业知青,也不知不觉地变得玩世不恭起来。

她走到铁门前,警卫立刻给她开了门。她却并不马上走进院里,转身去看那个武装治安巡逻警察。

他已站住不走了。

她对他招手:“来呀,来呀,进来呀!”

警卫隔着铁门也朝那个武装治安巡逻警察看了一眼,问她:“要……到你们家去?你们全家都睡了啊!”

她笑了一下,说:“我并不认识他,他要送我回家。”

警卫面露难色,向她解释道:“我们守卫人员可是有守卫条例的呀!你是市长的女儿,更应该自觉遵守。不认识的人,不能随便带入院内。何况已经这么晚了,他还是携枪者,更不能进来!不信你到传达室去看看守卫条例,上边清清楚楚地写着这一条。我们警卫人员得对领导同志的安全负责啊!”解释了这么一番后,又隔着铁门对外面那个武装治安巡逻警察挥了挥手,大声说:“走吧,走吧,你把她送到这儿,就算送到家了!”说完,锁上大门,从监视孔里警惕地向外望着。

那个武装治安巡逻警察呆呆地站在铁门外。

她隔着铁门对他说:“我想出,出不去了。您想进,进不来了。真是抱歉!多谢您一直把我送到这儿啊!告诉我您的姓名,明天我往公安局给您写封表扬信吧?”

“用不着!”那个武装治安巡逻警察猛转身走了。

“再见!”她对他的背影大嚷一句。

她心里别提有多痛快!因为她这个当年的知青教导员觉得以这种方式替那三十几名因一中事件被抓走的返城待业知青向公安机关的一员进行了一次小小的报复。

“无论如何,报复是必要的!……”她又想到了“简”说过的这句话。她的报复行为有了思想依据,使她心里不但痛快,而且舒畅。

二十余万返城待业知识青年的存在，的的确确在这座城市中造成了一种不安定感。二十余万、返城、待业、青年，如果将社会对他们的统称进行词组分解，就会使任何一个人更加确信他们在这座城市中造成的不安定感是客观的，现实的，并非哪一个患多疑症的头脑产生的幻想。“二十余万”这个数字加上“待业”这个对任何人都很严峻的词，再加上“返城”这种具有特殊历史背景的身份，最后都与“青年”这两个血气方刚的字（虽然这两个字对他们来说未免嫩了一点）排列组合在一起，其引申意就包含着——骚乱。

而骚乱的对应词便是——治安。

所以返城待业知青们与治安警察们的冲突，完全可以说是——自然而然的。

社会因素造成的某种冲突，往往都是具有内在规律的。

市长的女儿，当年知青教导员对一名治安警察的小小的报复，不过是两节五号电池所产生的微弱火花而已……

第十三章

市委第三次常委扩大会议记录

市委一九八〇年三月二十七日召开常委扩大会议，讨论返城待业知识青年就业、“一中事件”的妥善处理及如何消除其影响的问题。市委书记因病缺席。会议由市长、市委副书记姚克泯同志主持。

姚：关于返城待业知青就业问题，我们已经召开两次常委会，专题进行讨论和研究，可是没有形成任何决议或草案，也没有提出什么具体的措施或设想。我感到，我们有的同志对这个问题缺乏足够的重视。认为这是一个历史遗留问题，是一个全国性的社会问题，因而要靠中央拿出一个对全国各大城市都行之有效的办法。这是消极的态度。我们这座城市有二十多万返城待业知识青年。全国有一千九百多万，加上十几年来由于其他社会和历史因素产生的城市待业者，将是几千万。中央在短期内不会拿出办法来！还是要靠我们这些城市领导者根据每一座城市的不同情况和不同条件，拿出具体的解决办法！解决一个返城待业知青的就业问题，要像解决我们党和国家面临的一个困难一样！我们需要这样的态度！

借此机会，给大家讲讲列宁夫人克鲁普斯卡雅的一件平凡小事。她曾在十月革命后，从事过苏维埃教育工作。一天，有位青年女教师拿了一幅中学生作的图画给她看。图画很简单,一个三角形中间一个圆。她问女教师,画的是什么?女教师摇头说,完全不能理解,所以才将这幅画拿来给克鲁普斯卡雅看。克鲁普斯卡雅又问,你要求学生们画的是什么?女教师回答:“给自己留下最美好印象的事物。”克鲁普斯卡雅将那幅画看了许久,思考了许久,坦率承认,自己也完全不能理解,建议:“既然这个学生如此画了,一定不无道理。要真正理解只有一个办法,问问这个学生。”女教师回答,这个学生不知何故,已经好几天没上学了。女教师的回答,引起了克鲁普斯卡雅的关心,她亲自陪同女教师,前去进行家访。

那个学生的父亲十月革命中牺牲了。他和母亲住在别人家黑暗而肮脏的天棚上。母亲靠作洗衣妇供养儿子上学。母亲病倒了,儿子弃学边当临时小工边服侍母亲。原来他画的三角形是天棚的窗,圆是太阳。学生告诉老师:每天太阳出现日光照进天棚,给他留下了他认为最美好的印象……

克鲁普斯卡雅非常难过。回去后立即给苏维埃政权写信,讲述了这个学生的情况。信中写道:“有一位这样的母亲和一个这样的儿子,丈夫与父亲为苏维埃献出生命,他们却老鼠般生活在别人又黑暗又肮脏的天棚,患病的母亲得不到医治,应该努力学习的儿子弃学。只不过我们没更多的机会接触到他们,看到他们的处境。我们既然亲身接触到了一位这样的母亲和一个这样的儿子,亲眼看到了他们的处境,我们苏维埃政权就有责任帮助他们解决困难。并应进一步想到,可能还有这样的母亲和这样的儿子,需要我们去特别加以关注。尽管我们苏维埃政权面临重重困难,但我们应想方设法去做。苏维埃有责任使一个少年的眼睛看到并使他的心灵感受到,在我们的生活中,我们进行着的事业中,有比太阳出现在小小的窗口,阳光照射进黑暗的天棚更美好的事。否则,将是我们苏维埃政权的耻辱……”

苏维埃极端重视克鲁普斯卡雅的这封信，不久由克鲁普斯卡雅负责，成立了"关心人民生活委员会"。

当德国法西斯向年轻的苏维埃社会主义共和国发动疯狂进攻时，那位老母亲，将已经长大的儿子送往前线。那位老母亲说："我的丈夫为苏维埃而死，现在，我让我唯一的儿子去保卫苏维埃。因为苏维埃是我们自己的！在我病倒的时候，它把我送往医院。我们住在别人黑暗的天棚里的时候，它分配给我们连做梦都没想到过会住进去的房间。现在它需要保卫，我向它奉献出我最亲的人，我唯一的儿子……"

同志们，这就是革命和人民之间的关系。丧失了这种关系的革命，是无法进行到底的革命，是可悲的革命！一九七六年，我们的党和国家也经历了一场"十月革命"。我们有种种责任使人民感受到，这场革命结束了他们的灾难，带给了他们美好和幸福。我们已经努力做了许多事情，但是我们没有任何理由认为，我们做了许多事情，很了不起，人民除了感激我们，再不应有别的企望！每一场革命，都必须向前一页历史偿还债务。这是革命的规律之一。我们不能面对历史的债务束手无策。返城待业知青的就业问题，就是一笔沉重而又严峻的历史债务。这笔债务如今压在我们头上了。我提醒同志们，过去他们连着千家万户，也就是连着人民。如今他们仍然连着千家万户……

李：刚才市长同志的发言，很深刻，很令人感动，很……

姚：对不起，打断你一下，请省略一些空洞的词句，谈实质性问题吧！

李：这……那么让别的常委同志先发言吧！

孙：前几天我与民政局局长谈过，民政局可以拨出一万元，分配到各区，各街道委员会，对于生活处境极其困难的返城待业知青给予暂时周济。

姚:这也不失为一个措施。

曹:一万元,平均每个返城待业知青还吃不上一支冰棍呢!……

姚:为什么要搞平均主义?

曹:别用这种批判的口吻跟我说话。我是觉得一万元微不足道!

…………

克鲁普斯卡雅致苏维埃的信是令常委们大受感动的,但对二十余万返城待业知青的就业问题还是一通纸上谈兵,二十余万——常委们不是上帝。

第十四章

刘大文注视着妻的脸。

通常情况下，他每天晚上总是比妻入睡得早，第二天也总是比妻醒得早。一睁开眼睛后，他总忍不住要去注视妻的脸，这成了他无法改变的习惯。妻是他的幸福。这种幸福即使在他对命运感到最绝望，对人生对前途感到最悲观的时候，也还能同时感到自己是最绝望最悲观的人们之中最幸福的一个人。只要他有了一个每月能挣四五十块钱的工作，临时的也行，挣多点更好。再有一间小小的屋子，小小的，有门有窗的就成，那么倘若别人问他，“世界上谁最幸福?”他便会毫不犹豫地回答：“我。我刘大文!”

小学老师教他认识了并会写了“幸福”两个字，却仅仅使他对这两个字的含义得到极其肤浅的答案——满足，快乐。他的中学老师认为没有必要再向自己的学生对“幸福”两个字作任何解释，认为这两个字跟“不幸”一样明白。所以他常常想到他的小学老师、中学老师，怀疑他们从来都没有幸福过。

刘大文啊刘大文，这个傻哥儿们！他竟然买了本《新华字典》，要从字典上获得“幸福”两个字的全部含义。

至今他还清楚地记得，那本字典是商务印书馆出版，新华书店发行，牡丹江印刷厂印刷。统一书号 16017 · 14，定价一元。一九七一年六月修订第一版，一九七一年十月本市第十三次印刷。扉页修订说明中，有这样的词句：“我们将它奉献给认真读马、列的书，努力学习毛主席著作，积极参加阶级斗争、生产斗争、科学实验三大革命运动的广大工农兵群众。并热烈欢迎广大工农兵、革命干部和革命师生对字典提出宝贵意见。”

在四百七十六页，他查到了“幸”这个字，同时也就查到了“幸福”这个词，却没有任何解释。字典的编者们好像也和他的小学老师和中学老师一样，认为“幸福”这个词是明白得无需任何解释的。他大失所望，又查与“幸福”这个词关系紧密的“爱”字。查到了，第二页，解释得似乎还像那么回事：对人或事物有深挚的感情。但接着看下去却使他不但更加失望而且简直恼火透顶——在阶级社会中爱是有阶级性的。拥军爱民，爱祖国，爱劳动，阶级友爱，这些才是无产阶级之爱的内容。

妻是出身于资产阶级家庭的。

“脱胎换骨”多年，连个团徽都没戴上。

他们结婚的第一天夜晚，当他第一次将她紧紧拥抱在怀里，第一次真正感到从此以后她将是他的女人，禁不住无休止地亲吻她时，她的脸竟扭向一旁，轻轻地内疚地推开他说：“大文我对不起你，我有一件事一直欺骗你，不向你坦白我心里不安……”

“什么事？”他不由得放开她，想到了每一个丈夫听了妻子这种话都一定会猜测的方面。

“我坦白，你能原谅我吗？”

“别说。我知道了……我……原谅你……”

“不，你不知道！我一定要告诉你，我再也不能对你继续欺骗下去了！因为你这么爱我！我……我……我不是团员……”

难怪！难怪团组织委员一次次问她团组织关系怎么还没转来！

他静静地躺在妻身旁发了半天愣，心里简直恨透了他妈的写在或印在一切书一切纸张上的“阶级”这个词。这个词他妈的把他和妻的爱也给搞得像过团组织生活那么正经那么严肃了。

妻以为他生气了,缩进被子里直哭……

想起这件事他对那本字典火冒三丈,毫不惋惜地扔进炕洞里烧了。

然后他还觉得不顺气,给出版社写了一封信,大不敬大不恭地质询:"该字典为什么连对'幸福'这个常用词都不加任何解释?请问,当我望着我老婆的时候,我觉得我对她的爱超过了对生活中一切的爱,失去了她我就无法活下去,我的这种感受用幸福这个词形容犯不犯语法修辞错误?……"

其实他既不希望也不需要他们复信就"幸福"对他解释什么。他只是觉得那本字典的修订者们仿佛存心轻蔑他作为一个人所真实感受到的美好情愫,因此他也要对那本字典的修订者们表示他的轻蔑。

没想到复信还很快。不是直接寄给他的,先寄到了团政治部,由团政治部转到了营里,由营里转到了连党支部。

指导员派人把他叫到连部,拍着桌子对他大加训斥:"我说刘大文,你们家祖上不知哪辈子积了点德,让你弄到个好老婆,你就烧包哇?你他妈的烧的什么包?!你照镜子瞧瞧自己那副模样,马脸驴唇的,你配有那么个好老婆吗?要我看是七仙女嫁给董永……不是,是嫁给你这个……你这个他妈的……反正是老天瞎眼配错了对!我真想揍你一顿!你再烧包你那小日子要过不长!……"

指导员一向对他很不错,视他为连队不可无一不可有二的人物,闲散活常忘不了亲自摊派给他。他也对指导员衔恩怀德,从没背后议论过指导员什么。他被骂得丈二和尚摸不着头脑,拉不下脸顶撞,直至指导员将他狗血喷头地骂了个够,气咻咻地抽起烟来不理睬他了,他才懵懵懂懂地问:"指导员,我什么地方得罪您了?"

指导员狠狠瞪他一眼,仍没好气地说:"你他妈的要是得罪了我，我至于跟你发这么大火吗?"说罢，拉开办公桌抽屉，取出一个大信封，朝桌上一扔："你自己看!"

他疑惑地拿起，见上面印着××出版社字样，笑了："指导员您肯定张冠李戴，我可从来没往什么出版社投过稿。我没那文才，也没那雅兴!"

"张冠李戴？还王五姚六呢！是我弄错了，你骂我!"

他是个无心人，早把字典那回事儿忘了！他当时本不认真，写封信去无非是顺顺气，他那股气也是自找着生的。婚后，他对爱情，对幸福，对夫妻，对女人这些很耐琢磨的词，自有他本人的独到见解，差不多形成一套完整的思想体系。理论基础与马克思主义毫不相关，尽是他的"小女孩"使他那并不比别人睿智的头脑产生许多自以为富有哲学意味的胡思乱想。总之，他是沉湎在爱河里，迷眩在爱河里，陶醉在爱河里，爱得没了谱，幸福得没了边儿，不容别人发表半句与他那套"思想体系"相左的言论，包括字典。

他从信封中抽出信纸一看，原来是他寄给××出版社那封"求教信"的影印件。他这才意识到有些不妙，傻眼了。

指导员又说："还有复信呐，你小子看看吧!"

复信是批判性的。措辞庄严地向他解释什么是"幸福"——一辈子全心全意为人民服务，就是最大的幸福。能见到我们心中最红最红的红太阳，就是最大的幸福。加入我们光荣的中国共产党，就是最大的幸福。时时刻刻战斗在阶级斗争、路线斗争、思想斗争的风口浪尖上，也是最大的幸福！而一个女人使你感到的那种所谓"幸福"是渺小的，可怜的，庸俗透顶的！关于"爱"和"幸福"的资产阶级腐朽不堪的思想意识，充斥在你的信中，也显然充斥在你的头脑中……

他们竟敢将他对妻子的爱，将他和妻子互相给予的幸福，说成是"渺小的，可怜的，庸俗透顶的"！他脸气青了，要把那封信撕碎。

指导员眼疾手快,一把将信夺过去,慢条斯理地说:"别撕。撕了你小子也罪证确凿,没看出来这是影印件?人家批你批得有根有据!难道你爱你老婆胜过爱我们心中最红最红的红太阳?既然人家批了你,还向团政治部把你告了,连里就得对你采取点行动是不是?团里就得回复人家一个处理结果是不是?你瞪双牛眼傻瞧着我干什么?活该!谁让你烧包!再给你小子一封信看看吧!……"

指导员又拉开抽屉,拿出第二封信给他看。信封印着本团番号,他朝第二封信瞥了一眼,梗着脖子说:"不看!"心想:我刘大文不过因为太爱我的妻子而感到无比幸福,判不了我死罪,随便他妈的怎么处置吧,一百多斤交给你们了!

指导员又火了:"叫你看你就得给我看!"

他无奈抽出第二封信。

信是这样写的:

> 赵指导员:
>
> 念刘大文曾为我团宣传队争得过荣誉,也曾是一个全团喜爱的宣传队员,且出身良好,资产阶级的思想意识绝不至于在他头脑中扎根太深,只要他能在你的直接教育帮助下承认错误,可从轻发落,免于任何处分。他不过是被一时的胜利("胜利"二字写上后又划掉,更正为"幸福"二字)冲昏头脑,开次批评帮助会便可以了。并且,据我了解,他的头脑常常有某种不正常的状态发生……

落款是团长的名字。团长分明在庇护他,虽然对他的头脑进行污蔑。

"看明白了?"指导员问。

他哭笑不得地回答:"看明白了。"

"还有什么说的?"

“没什么说的。”

“心悦诚服?”

“心悦诚服。”

“回去吧,准备准备,下午开你的批判会。”

也就是他刘大文,换了别人,此事未必能这么简单地“蒙混过关”。还幸亏团长对他有情有义的,还幸亏他出身良好,从团长到指导员,都在庇护他。这般想来,他似乎应该感到庆幸才对。

但他终归有些闷闷不乐,也实在气愤得很。他气愤的是复信者分明在摆出一本正经的面孔装孙子!要不他老婆准是个猪八戒他二姨似的母夜叉,使他根本没体会过爱一个女人同时被一个女人所爱是怎么回事!倒跟他刘大文大谈什么“全心全意为人民服务”和“最红最红的红太阳”!真他妈的扯淡!

妻见他神色不对,有几分不安地问:“你怎么啦?指导员把你找去有什么事啊?”

“下午要开我的批判会!”

“开你的……批判会?!”妻大吃一惊的程度不亚于听他说下午要枪毙他,张着的嘴半天合不拢,呆呆地瞧着他,表情许久才恢复正常,笑道:“今后再不许开这种玩笑吓唬我啊!我可胆小着呢!”

“没跟你开玩笑。”

“真的?!”

“真的。”

“究竟为什么?!”

“这……”他不知从何解释,一时也解释不清。

“快告诉我呀!”妻急了,一下子抱住他。

“看你急的!别急,没什么大不了的!你可不许去参加呀!”他不愿妻听到××出版社批判他的那封信,烦恼地推开妻,往炕上一躺,开始思考应该怎样作自我批评。指导员让他“准备准备”,他不能毫无准备，到时候说不出什么，让指导员当场为难啊！

“我去！我给你壮胆儿。反正我相信你犯不了什么大错误！”妻勇气十足。说完，坐在炕沿儿了，两眼一眨不眨地瞧着他，仿佛在用那种充满柔情的目光给予他某种勇气。

最经受不住激烈的批判会斗争会场面的妻，却要参加对他的批判会，给他壮胆儿！

多好的妻子！他想：为了这样的妻子，受一次批判值得……

批判会在知青们下午上工前召开。

他们集合在礼堂，还以为某个连干部动员义务劳动，搞环境卫生呢！

指导员出现后，问连队文书：“怎么一个老职工都没参加？”

文书回答：“您不是一再叮嘱我，不必通知老职工们参加吗？”

“胡说！我叮嘱你务必通知老职工们也参加，你听错了！这怎么能叫全连批判会呢？”

文书委屈地嘟哝：“那我挨家挨户把他们叫来……”

指导员狠狠瞪她一眼：“听错就听错了！还挨家挨户叫什么？多此一举！”

刘大文听出了名堂，为了限制他“错误”的扩散，也为了给自己今后向上级交待寻找托词，指导员“狡猾狡猾”的。

知青们听指导员说要开的是批判会，交头接耳，互相询问。

“哎，要批判谁呀，我怎么一点风声没听到？”

“我也蒙在鼓里呢！”

“批判看麦场的老职工吴春明！”

“你怎么知道？”

“什么事儿我能不知道？他借看麦场之机，棉袄里子拆道缝，天天往家带黄豆，一次带三四斤！”

“那，他怎么不到场？”

"瞧着吧,过会儿就得押进来!"

"安静!"指导员大声说:"今天开的是刘大文同志的批判会。刘大文,你前边来进行检讨吧!"

刘大文这时才站起来往前边走。

知青们一听说要开他们人人喜爱的"金嗓子"的批判会,顿时炸了锅,一个个向指导员提出质问:

"慢!大文犯了什么错误?先向我们宣布宣布再批判他也不迟嘛!"

"大文你回来!到前边去干什么?"

"刘大文搞腐化了还是盗窃公物了?!"

"指导员,不讲个一清二楚,我们解散了啊?"

指导员本想匆匆走过场,没想到大家比"最讲认真二字"的共产党员还认真,眼瞅着这场批判会要开不成。

万般无奈,指导员只好越俎代庖,替刘大文三言两语简短交待了一下"幸福事件"的始末。

大家不听犹可,越听越糊涂,越不能理解,越替他们的"金嗓子"愤愤不平!

"大文爱自己的老婆,关别人屁事!"

"我要有那么个老婆,我也感到无限幸福!"

"这纯粹他妈的是出于嫉妒心理!"

"大文你回来坐下!看他妈的谁敢批判你!"

指导员本是一番良苦用心,却惹起众怒。

他吼了起来:"你们都冲着我乱吵吵什么?这关我屁事!文书,跑步回连部,把出版社和团长的信都给我取来!"

一会儿,文书把那两封信取来,交给指导员。

指导员先宣读刘大文那封犯有"思想意识错误"的信,接着宣读出版社批判性的复信,最后宣读了团长那封信。

三封信读罢,大家渐渐静了下来,一时鸦雀无声。大家都觉得复信中的振振有词的批判,不能说毫无道理。如果当场点起他们之中的任何一个,问:“是你最爱最爱的女人给予你的幸福大？还是你见到了‘最红最红的红太阳’感到的幸福大?”得到的回答肯定是后者。

但大家又都感到刘大文爱他自己的老婆,哪怕爱到如醉如痴爱到神志昏迷爱到“头脑不正常”爱到疯狂的程度,毕竟算不得什么错误,更算不得什么罪过！一个人爱自己老婆的深情都受到限制,他妈的总是有点不对劲!

“幸福是一种感觉。”他们不由得都联想到了他们的“金嗓子”说过的这句至理名言。

感觉是一个人自己的官能,而且常常是一个人自己做不了自己的主的事儿。刘大文爱他老婆感觉到的那种“幸福”,如果他自己认为是超过一切幸福的幸福,那就让他去那么幸福呗！干吗因为人家说了真话而批判人家,干吗非逼着人家说假话呢！他们都暗自这么想,都同情他们的“金嗓子”,男知青女知青无一例外。不过男知青全抬着头,望着刘大文这么想。女知青全低着头,瞧着鞋尖这么想。

指导员见秩序和气氛好歹算接近开批判会的状态了,对刘大文说:“开始吧！挑实质性的讲几句。”

他听出了指导员的话是对他的暗示。

他看到了妻。

她为了给他“壮胆儿”,居然坐第一排！妻是唯一抬头望着他的女知青,她的眸子里闪耀着异特的光彩,亮晶晶的。

他也从妻的眼睛里看出来妻在用目光鼓励他。鼓励他说假话？还是鼓励他说真话？这他就看不出来了。那一片刻,他经过“准备”的那些自我批判的词句,像浮云被行空的大风刮走一样,头脑中如白纸一张。我不能！他暗暗对自己凶狠地说，我不能当着她的面，看着她的眼睛，承认自己因为无比爱她所感到的那种幸福是“渺小的，可怜的，庸俗透顶的”！我也不能撒谎说我在世界上最爱的并不是她！

他不再看着妻，面对大家，梗着脖子发誓般地道：“我最爱……”

指导员情知有变，厉声打断他的话：“你最爱什么人？！”

指导员两眼牢牢地盯着他的脸，差不多是在无声地向他请求！

“我最爱我的妻子！……”

所有女知青的头一下全都抬了起来。

气氛极其肃穆！

“你！……”指导员的鼻子几乎被气歪了。

“我最爱我的妻子同时也最爱我们心中‘最红最红的红太阳’……”

指导员憋在胸中的一口气，得救似的长长呼了出来，但仍觉得他这话还是多少有点不像话。

“大文呀，两个‘最’，到底哪个‘最’更‘最’呀？总得分个先后吧？”指导员循循善诱地“启发”他：“自我批评嘛，首先对自己的错误认识要端正，啊？”

“我最爱我们心中……‘最红最红的红太阳’同时也最爱我的妻子！”他终于明智了一点，将两个“最”的顺序颠倒过来又说了一遍。

“好！就要你这么一句话！犯了错误不要紧，改正了有了正确的认识依然是好同志嘛！散会！”

大家却不想散会！

“散会啦？不行！”

“我们不让刘大文蒙混过关！”

“说把我们集合起来就集合起来，说把我们解散就把我们解散呀？我们又不是一群羊！”

“刘大文你别走！”

指导员愣住了。

刘大文也大惑不解，大家平日里都是他的朋友，怎么在这种时刻偏偏要跟他过不去？

妻忐忑不安，站起来，转身望着大家，用哀切的目光乞求大家对她的丈夫“网开一面”。

“哄什么？”指导员突然又吼起来：“谁想对刘大文的错误进行批判，到前边来，自由发言！”

“我们不批判他！”

“我们要他唱歌！”

“他侵占了我们的午休时间！”

“我们有权要求赔偿！”

“对！得两口子一块儿唱！”

“唱杨白劳给喜儿扎红头绳那一段！”

指导员瞧瞧他，又瞧她，摊开双手说：“没法子，你们将功折罪吧！”说着，在前排坐下，一边卷烟，一边也期待着欣赏“杨白劳”给“喜儿”扎红头绳。

一条不知哪个姑娘的红绸小手绢，从后边传到前边，传到了指导员手里。

指导员瞧了瞧手表，起身将红绸小手绢递给他时，低声说：“扎一回就得了，大家散了还能睡个把钟头。”

卖豆腐挣下几个钱，
扯了二尺红头绳，
我给我喜儿扎起来……

于是他就给她扎了一回红头绳。

大家还不肯散，不满足，不饶不依。

她只好又对他唱了一段“爹爹爹爹你死得惨”。

…………

“批判会”散了，他和妻一边往家走，妻仍在一边哼唱：

乡亲们呵乡亲们，
我死也不进
黄家的门！……

一回到家里，妻就踮起脚尖，双手捧住他的头，在他满脸印下了起码五十来个吻。

“得了得了，你别像小鸟儿似的啄我的脸啦！今天咱俩算出足了洋相！”

妻不容他推开她。她显得那样幸福，那样快乐！她继续像只小鸡儿似的在他脸上不分鼻子眼睛地“啄”了一气儿……

然后她娇柔地偎在他怀里，悄声说：“你这么爱我，我真没想到！你这么爱我，我真没想到！……”

“什么?！你没想到?！……”他大叫起来。

“别叫！”妻用一只小手捂住他嘴：“大文大文，我的大傻孩子！可你无论多么爱我，也没有必要想让全世界的人都知道都嫉妒你呀！……”

…………

这天晚上，许多男女知青来到了他们的小家中。不是为听他唱歌而来的，也不是为听她唱歌而来的。他们要在这个充满爱意柔情的幸福的小家庭中，谈谈各自对于“爱”和“幸福”的看法。

有人认为他是一个“爱情至上”主义者。

他为此感到很高兴，很骄傲。能够成为一个什么“者”，而且是有“主义”的，而且是崇拜爱情的，十分合他的心意。

有人却非要驳倒他那套“爱情至上”的“思想体系”不可，说：

"大文,你小子别有了一个好老婆就变得这么狂!'生命诚可贵,爱情价更高,若为真理死,二者皆可抛'!我们中学课本上的诗。可见爱情的价值是在真理之下的!我们的中学语文老师是这么讲解的吧?爱情博士,多多请教了!"

天可怜见的这些个实际上头脑中并没有多少知识可喜的知识青年们!他们都不知道裴多菲的这首诗,原意是"若为自由故,两者皆可抛!"

爱是靠自由生存的,所以这首诗才流传经久!

而被我们的某些翻译家别有居心地译为"若为真理死",并选入中学课本,实在是为了对我们共和国的这一代灌输"政治教育"而非人性教育的需要。所以他们后来才深信不疑——"马克思主义的道理千条万绪,归根到底就是一句话——造反有理!"并且在"文革"中轻抛爱情也轻抛生命!

"我们的语文老师都把我们教傻了!"他一边回答一边伸手去抓桌上的烟盒。"爱情至上"主义者一激动起来更想吸烟,这一点使和他的妻子一块儿占领了炕的姑娘们颇觉遗憾。她们认为一个"爱情至上"主义者理应为了爱情而戒掉吸烟的坏毛病。

"大文,别吸了,你的嗓子!"妻向他提出请求式的忠告。

"我们的语文老师都把我们教傻了!"他又大声说了一遍,激动得不顾妻的忠告,吸着了那支烟。

男知青们都很有风格地站在地上。他一边在他们中间穿来绕去,像穿"梅花桩"似的,一边严肃地反驳"论敌":"生命诚可贵,一个人只有一个命。生命对于人,当然是最宝贵的,对吧?爱情价更高,更!听清楚了没有?更高!不必多解释吧?比生命更宝贵!一个人只有一个命……"

"这句话你说过一遍了!"

"但我还要强调一遍!一个人只有一个命,男人女人都一样。

如果他的命中缺少爱情,缺少真正的,使他感到无比幸福的爱情,甚至,完全没有过什么爱情!哥儿们,那这个人的命不是太悲惨了吗?生下来了,长大了,然后,老了,死了……不知道什么叫作爱情,就那么死了……"

"你小子别卖关子!下边那句,下边那句!"

"若为真理死,二者皆可……抛……"

"哈哈哈哈……"

"你们笑什么?我不和你们讨论了!"

"别找台阶下,你没词儿啦!"

"没词儿啦?你怎么知道我没词儿啦?咱们就论其中的一个字——抛……什么意思?"

他不穿"梅花桩"了,站在他们中间,旋转着身子,一一扫视大家:"抛……什么意思?……"

"抛弃了呗!"

"扔了,不要啦!"

"男子汉大丈夫,满不在乎!"

…………

"全是胡说八道!你的命,你不要了,满不在乎,行!你可以这么理解那个'抛'字!比你的命'价更高'的爱情呢?更具体点,一个非常非常爱你,你也非常非常爱她的女人,也像一双旧袜子似的,随手一扔?满不在乎?你他妈的还有点人味儿没有?!'抛'——你们大家仔细琢磨琢磨,为了真理,宝贵的生命,比生命'价更高'的爱情,都得……舍出去!舍!舍不得的舍!这意味着作出最巨大最痛苦的牺牲,是非常非常舍不得的奉献。可是为了真理,没法子!真理对一个人有什么用?对你,对你,对你,有什么用?真理的价值不在于对某个人有什么用,而在于对历史,对人类有用。所以,那些具有牺牲精神的人,为了真理,把生命,把爱情,奉献出来了。所以,我们把他们叫作英雄！‘若为真理死,两者皆可抛’。‘抛’——琢磨琢磨吧！让人要掉泪！这首诗恰恰证明爱情是至高无上的,当不得不为真理而舍出爱情,而奉献出爱情的时候,是人类作出的巨大牺牲！最痛苦的牺牲！比牺牲生命还崇高伟大的牺牲！我再强调一遍,一个人只有一个命,一个人失去了爱情,他的命实际上也就枯萎了！可你们他妈的还说什么扔了、不要了、满不在乎！……”

他的“演讲”博得一阵掌声,虽不能算掌声雷动,也可谓“经久不息”。坐在炕上的姑娘们尤为感动。因为她们每一个都认为自己便是“爱”最准确的代词,不免一个个也都觉得颇有点“至上”起来。

“大文,行啊！有内秀啊！有口才啊!”

“嫂夫人也发表发表高见嘛!”

尽管她是全连女知青中年龄很小的几个中的一个,但所有的男知青一律尊称她“嫂夫人”。

她羞红了脸,垂下头,轻声说:“我没听明白他胡诌八扯了些什么。反正……反正帕里斯把厄里斯的金苹果给了阿佛洛狄忒是有道理的。”

几个背朝着姑娘们的男知青,像听到口令的士兵们一样,一齐朝火炕转过身,对坐在姑娘们中的“嫂夫人”瞠目而视,姑娘们则一个个面面相觑。

连刘大文自己也“友邦惊诧”了!

“什么？什么这个斯那个斯的金苹果?”屋里沉静了片刻,才有一个小伙子如坠五里雾中地发问。

她抬头看大家一眼,愈羞红了脸,立刻又垂下头去,用更轻微的声音说:“我不讲。讲了,你们准该认为我故意显示自己了。”

“没的事儿!”

“快讲！今天嫂夫人你一定得讲!”

“不讲明白,我们不出你家!”

小伙子们一齐向她发动“进攻”。

姑娘们这个推她一把那个推她一把怂恿她。

连刘大文最后也开口道:“既然你已经显示了一句,就别扫大家的兴嘛!”

她终于妥协。仍垂着头,像讲给自己听一样,曼声细语地讲起来:“这是希腊神话里的故事:一个国王结婚,邀请了所有的神参加婚礼,独独忘了邀请纷争之神厄里斯,她不高兴,在宴席上扔下个金苹果,送给最美丽的女神。天后赫拉、智慧女神雅典娜和爱神阿佛洛狄忒争着要,叫一个王子帕里斯评判。三位女神都答应给王子最好的报酬。天后答应给他小亚细亚的统治权。智慧女神雅典娜同时也是战神,她答应给他武功。爱神答应给他世界上最美丽的女人。于是王子把金苹果判给了爱神,爱神使王子得到了世界上最美丽的女人海伦。所以,我认为爱情是比权力和其他什么的……更……”她沉吟了几秒钟,想不出最能表达自己意思的词句,只得用“更好”两个字结束。

大家又是一阵沉静。

她复抬头望大家一眼,难为情地说:“我不会讲故事。小时候家里书多,倒是看了一些书……”

她说着又低下头去,脸色羞红得叫大家有点可怜。她今天在大家面前的确感到十分羞涩。她属于那种将美好的爱情视为甘果的女性,只愿与丈夫在一起细细地品尝,幸福地体味,而不愿像炫耀珠宝一样得意示人,使人羡慕或嫉妒。可她的“大傻孩子”恰恰与她相反,他希望全世界的人都知道他们相爱到何种程度！他们相爱得多么幸福!

她心里真有点嗔怪他了。

"嫂夫人别太谦虚,谦虚过分就是虚伪嘛!"一个小伙子突然打破沉静,一本正经地说:"嫂夫人刚才讲的故事,使本人受益匪浅!本人成诗一首,献给各位男同胞,请各位批评指正!"干咳几下,高声大嗓作咏叹状:

武功诚可贵,
权力价更高,
若为爱情故,
二者皆可抛!

小伙子姑娘们纷纷鼓掌,夸赞好诗。那一位得意洋洋,俨然以天下第二位男性"爱情至上"主义者自居起来。

又一个小伙子愤愤地叫道:"人的命他妈的太不公平!爱情的幸福,全叫大文一人独包独揽了!得匀给咱们哪怕是那么一丁点吧?我提议,为了祝愿大文和咱们嫂夫人在天永作比翼鸟,在地永作连理枝,一辈子相亲相爱,咱们大家……"

"干一杯?没酒哇!"

"一边去!酒鬼!咱们大家,不分男女,一律平等,每人亲咱们嫂夫人一下,可要文文明明的,不许胡来!"

这个提议立刻被大家一致鼓掌通过。

刘大文欲干涉,围坐在妻身旁的几个姑娘们,已经开始行动。

这个亲她一下:"祝愿你们更加幸福!"

那个亲她一下:"祝愿你们的爱情永远甜蜜!"

第三个亲她一下:"祝愿你们的爱情早结佳果,生个像你一样美丽的小女孩!"

第四个亲她一下,不知为什么,哭了。

那个姑娘的哭,使这种特殊的祝愿仪式,显得非常庄重,圣洁,甚至令人感动。

刘大文对大家不忍横加干涉了,妻也不忍抗拒大家的好意了。

姑娘们一个个都亲过了她。她有几分勉强地被她们推下炕，低垂着头站在小伙子们面前。

仿佛她是一件圣物，小伙子们一个个瞧着她，谁也不敢上前轻轻碰她一下，更不敢亲她，似乎那样做就等于亵渎了圣物，冒犯了神明。

提议的那个小伙子瞧了刘大文一眼，说："大文，别不高兴啊？我们可是虔虔诚诚地祝愿你们！"说完，走到她跟前，又对她说："嫂夫人，请接受我的祝愿。我祝愿你们，一辈子都爱得这么叫别人……嫉妒！"

她听了这话，缓缓抬起了头。那个小伙子迅速在她眉心轻轻亲了一下，立即退到一旁。

她一个个地瞧着他们。

他们的表情都是那么虔诚之至。

她没再低下她的头。

小伙子们以第一个人为榜样，依次亲她。

他们都亲过她后，又是先前那么一阵沉静。

她扑向刘大文，偎在他怀里哭了。

大家愕然，惶然，以为他们的好意被误解，使他们的"嫂夫人"觉得受了凌辱，不知所措地望着刘大文。

只有刘大文理解妻的心情，知道她为什么哭。

他感动地对大家说："我刘大文谢谢大家的祝愿！我们俩都谢谢大家的祝愿！……"

他自己也低头在妻的头发上轻轻吻了一下，一只手轻轻抚摸着妻的肩。

沉静持续着。

每个小伙子和每个姑娘的心里，似乎也在那种沉静中感受到了爱，感受到了某种美好的幸福。

“金嗓子”低声唱了一首鄂伦春族民歌：

威参拉哥哥，我有点小米，给你做点小米饭吧，那依呀！

韦丽艳姐姐，我来不是为吃你的小米饭，而是来找你的好意，那依呀！

威参拉哥哥，我有点树鸡肉，给你做点树鸡肉吧，那依呀！

韦丽艳姐姐，我来不是为吃你的树鸡肉，而是向你求婚来的，那依呀！

威参拉哥哥，我有点飞龙肉，给你做点飞龙肉吧，那依呀！

韦丽艳姐姐，我来不是为吃你的飞龙肉，而是为了和你过幸福生活来的，那哈依呀！

你果真有这个心意，咱们就往大兴安岭奔驰吧，那依呀！

咱们快备上马鞍，咱们快跨上猎马，咱们一块儿向大兴安岭奔驰吧！那依呀！那依呀！那哈依呀！……

小伙子们和姑娘们，就在他那情深意厚的低低的歌声中，一个接一个悄悄地离开了他们的家……

他双手捧住妻的脸，说：“你就是我的海伦！从今以后，我要叫你‘小女孩’，好么？”

她莞尔一笑，说：“只许在家里。”

“有件事，你必须答应我。”

“我答应，你说吧！”

“从今天起，每天晚上，我要给小女孩洗脚。”

“你胡说些什么呀！这可不行，不行！我不答应……”她的脸又倏地羞红了，扭过身要离开他。

他拉住她的一只手，扳过她的身子，重又拥抱住她，凝视着她的脸说：“为什么不行？你使我感到自己是最幸福的人，你给我洗衣服，给我补衣服，每天给我做饭，我心里烦闷的时候你安慰我，你使我心里有了一座美丽的小花园。我也要用我的爱，在你心中建造一座同样美丽的小花园。你每天晚上，都把洗脚水端到我脚下，我为什么不能给我的小女孩洗脚呢？我真是不知道怎样爱你才……"

她的手捂住了他的嘴："别说了，就让我作你的小女孩吧……"

当他像给一个孩子洗脚一样，给妻洗完了一只脚后，他捧着妻那只像她的小手一样秀美的脚，不由得痴情地吻了起来。

妻双手撑在炕沿上，将羞红的脸转向一旁，低垂着头，默默无声地承受他那痴情的爱……

也许，刘大文对妻的这种痴情的爱，是被某些"男子汉大丈夫"们所耻笑的。但于他，却是一个男人对一个女人的最自然的爱。他不属于那一类胸怀大志，好高骛远，为某种属于男人们的生活目标去奋斗不止，不达目的死而有憾的男人。他更接近那种被称作"凡夫俗子"类型的男人。他对"权力"二字从来没有产生过丝毫兴趣。如果他有这种兴趣，他可以凭他的好人缘，凭各级领导对他的好印象，在兵团总部宣传队解散后，留下来当个什么参谋干事的，以后混成个股长之类的小官。他不是党员，他入党并不难。但他总觉得像自己这么个人，距离一个党员的条件太远了。他的头脑中也从来没有进行过有关名利方面的思维活动。不错，他梦想当歌唱家。但这种梦想却与名利无关，乃是因为他爱唱歌而已。因为他比谁对自己都更加了解，唱歌是他唯一能为这个社会做得比别人好一点的事情，因为他希望更多的人能听到他的歌声，也还因为这种梦想的实现能给妻带来欣慰。所以沈阳军区歌舞团、省歌舞团、市歌舞团三番五次来人来函调他，被兵团各级主管文艺工作的领导一次又一次卡住不放，他也并不因此对那些领导们心怀怨恨。沈阳军区歌舞团一位亲自前来调他的老歌唱家，当面听他唱了几首歌之后，找到师长激动地说："像刘大文这样的年龄，这么好的嗓子，有资格进中央歌舞团。他的音域实在太宽广了，经过一番专业训练,不但能唱出纯厚的低音,也能唱中音。请您让我把他带走吧,我一定要将他培养成为一名全国优秀的歌唱家!”

师长问:“他的嗓子果然这么好?”

老歌唱家回答:“我不但是一位歌唱家,还是一位共产党员!我和他无亲无故,我以党性保证,绝无半句谎话!”

师长断然地说:“那我更不能让你把他带走了!”

老歌唱家不死心,“官司”打到兵团总部。

司令员亲笔在调令上批了一句:“还我知青。”

老歌唱家愤慨了,对兵团司令员说:“断送一个青年的音乐才华,你们这是犯罪!”

兵团司令员火了:“调走我生产建设兵团一个知识青年,就是动摇了我一批知识青年屯垦戍边的思想,你又该当何罪!”

老歌唱家怫然离开了兵团总部,又回到师里,找到刘大文,对他说:“今天你就跟我走!户口,不要了!粮食关系,不要了!档案,不要了!我养活你,我把你当成我的一个孩子!”

刘大文虽然感动极了,却没跟老歌唱家到沈阳军区歌舞团去。

没有户口,没有粮食关系,没有档案,那不成了一个城市中的“黑人”了?他宁愿当一辈子有户口、有粮食关系、有档案的北大荒知青,而不愿成为城市中的一个“黑人”。尽管老歌唱家说他有资格进中央歌舞团,他却不以当一名兵团战士们所喜爱的宣传队员为耻。我刘大文本就是一个兵团战士,几十万北大荒知识青年中普普通通的一个,他当时这么想。更主要的是,当时他正与他的“小女孩”在情书中恋爱,鱼雁频繁。他不能为了穿上一套沈阳军区歌舞团的军装而撇弃她,军人的妻子必须是“红五类”,虽然军装是他所向往的。

“歌唱家”三个字,对他来说“家”没有特殊意义,歌唱才是本质。从师里回到老连队,他也依然不觉为耻。在连队还是可以唱歌,为知青伙伴们唱。他们需要他的歌声,爱听他唱,他就心满意足了。

正因为他属于"凡夫俗子"之类,正因为他对生活所求甚少,企望很低,他在爱情方面也从没产生过什么浪漫的幻想。他曾现实地在头脑中为自己描绘的妻子的形象是:其貌不扬(因为他总觉得自己不扬其貌),脾气粗暴急躁(连里的一些知青们给他用扑克算过命,结论出入不大,认为像他这种好性情的男人,老婆必定如此那般,不由他不有几分相信),黑(因为他自己黑)笨(因为他自己太灵巧,缝被子,补衣服,细针密线使姑娘们都叹为观止,居然还会织毛衣!),心眼并不坏,所谓刀子嘴豆腐心(因为一个人的命相中总会有点安慰)……

命运女神却似乎偏要使那些用扑克牌为他算过命的知青伙伴"前功尽弃",恩赐给他一个无与伦比的美丽妻子。如同一个人并不迫切地期待命运哪一天随手抛给他一个有也行没有也就算了的玻璃球,万万料想不到接住的却是一颗使珍珠翡翠黯然失色的无价宝玉!他始而被这种幸运搞得晕头转向,继而被这种幸运带来的幸福陶醉得神迷心荡。他是一下子掉进爱的大洋中了!

一个正常的男人只能对他所认为是美丽的女性产生真正的爱并获得真正的爱。这样的爱一旦产生同时获得,那么在他心目中世界上只有一个最美丽的女人。

刘大文对妻的爱就是这样的爱。

她的美丽是典型的南方女性的美丽。皮肤白嫩,脸儿婉雅,修眉俊目,贝齿红唇,身姿娉婷。她成长于艺术之家。父母对独生女儿既爱且严,从不许她的性情稍有放纵。这培养了她时时处处循规蹈矩,庄重娴静的性格:生气时嗔而不怒,悲伤时哀而不娇,高兴时喜而不狂,快活时戏而不谑。这是所谓"书香门第"家教遗风的"成就",是一种几乎被"史无前例"的时代彻底淘汰了的中国女性的古典式的性格美。也许因为她身上所具有的这种种内在的和外在的美，都属凤毛麟角，与那个时代常常用“飒爽英姿”、“黑里透红的脸庞”、“像小伙子一般强壮的身体”等等来形容的“无产阶级的女性美”大相径庭，才使刘大文感到妻的美丽是无与伦比的。那么他就要用无与伦比的爱情去爱她！他只是全心全意地去爱着而已。至于人们如何看待他对妻的爱，如何议论他对妻的爱，如何评价他对妻的爱，他是根本他妈的不去管的。而如果有人敢于嘲笑他对妻的爱，只要让他知道了，那个人就是他不共戴天的敌人……

刘大文仍在注视着妻的脸。

他们已经将妹妹妹夫的新房还给它的主人了。让妹妹和妹夫在“爱情之巷”的夜晚彼此相亲相爱，在妹夫工厂仓库旁的一个什么小破屋里每个月几次（还得妹妹请假）去品尝爱情的“禁果”，他于心不忍，妻也于心不忍。所以他们终于还是住进了他家的煤棚。分开一对新婚夫妻对他们来说是罪过。住进煤棚有住进煤棚的方便之处，烧煤方便，煤堆在“床”下，也不必怀着忧烦的心情去看电影了。

妹妹和妹夫帮他们将煤棚透风露天的地方用破棉花破麻袋片塞上了，还从里面在这些地方抹了遍泥。煤棚无窗。“床”是用木板搭的，木板都不太厚，四口人一躺上忽悠忽悠的，像“席梦思”。倒也不必担心压垮了，“床”下有两吨煤。煤是产生热的东西，睡在“床”上心中颇觉温暖。

煤棚里也确实很温暖。因为它小，严密，炉子支在“床”头。门一关上，它像个匣子。虽然季节已经到了三月底四月初，但不生炉火这个匣子里还是够阴冷的。尤其夜晚不能让炉火灭了，否则他们一家四口都会被冻醒。

父亲母亲舍不得两个小孙女受委屈，要她们每天晚上跟爷爷奶奶一块儿睡。但她们跟爸爸妈妈一块儿睡惯了,无论爷爷奶奶怎么哄她们对她们许下什么愿,她们就是不肯每天晚上跟爷爷奶奶一块儿睡。小姑和姑夫也舍不得她们受委屈,她们照样不领小姑和姑父的情。白天,母亲带着她们在小姑和姑父的新房度过。晚上,她们跟随母亲回到这个匣子里。她们那幼小的心灵似乎明白,度过白天的是小姑和姑父的家,这个匣子才是她们和爸爸妈妈的"家"。所以她们从搬进来住那一天起就对这个匣子挺有感情,尽管它更像匣子不像家,但这是她们的,孩子比大人更不能没有属于自己的东西。

两天前的夜里,炉火灭了。妻半夜冷醒,将棉袄、棉大衣、棉裤,全压在他和两个孩子身上。结果她自己那天上午就开始发高烧,至今未退。

昨天夜里熄灯后,他发现妻在咬着被角哭。他以为她又丢了钱。可再一想,也没钱可丢了。他将妻搂在怀里,劝她不必太为眼前的处境伤心。

妻说:"外婆死了……"

父亲在"文革"中死了。不久,母亲又在"干校"中死了。如今,外婆也死了。妻在上海没有更亲的亲人了,他为妻感到一阵难过。

"外婆……哪天……?"

"前天,表妹来信告诉我的……"

"她为什么不来一封信通知你?你的那些表姐表妹们不是知道外婆最喜欢也最想念你吗?……"

他心里很生妻那些表姐表妹们的气。

"二表姐来信通知过我,说外婆整天躺在病床上念叨我的小名……"

"那你为什么不让我看这封信?你为什么不赶回上海一次!……"

“我……我怕你看了信，心里……着急……再说，我们处在这种情况，我……我也撇不下你和孩子回上海，一天也……撇不下……还得……向妹妹妹夫伸手……”

妻偎在他怀里，哭得上气不接下气。她遏制着哭声，怕哭醒了两个熟睡的女儿。她的额头紧紧抵着他的胸膛，不停地摇晃着，仿佛这样能帮助她遏制自己的哭声，仿佛这样能帮助她减轻内心的巨大悲伤。她哭成了个泪人儿，泪水全洒在他的胸膛上。

他除了更紧更紧地将妻搂在怀里，不知还能用其他的什么方式解除一点妻的悲伤。

他在心里默默地对她说：“眉，眉，我的小女孩，我的可怜的好小女孩啊！我刘大文真是对不起你啊！将你带进了这样一种命里……”

在劝妻服退烧药的时候，他加了三片安眠药，那是他让妹妹为他自己开的。返城后的许多个夜晚，他靠安眠药才能入睡。

“五片？不是每次服两片吗？”妻泪眼涟涟地瞧着他放在她手心上的药。

他骗妻道：“这是我让小妹给你另开的速效退烧药，就是一次服五片。”

妻像个听话的孩子似的服下去了，妻从未怀疑过他的任何一句话……

此刻，妻的脸朝着他，侧枕着枕头，睡得很熟。

唯恐炉火再灭了，他夜里起来擞了两次炉子，加了两次煤。他们的匣子里很温暖。

妻的额上布满着一层细密的汗珠，一只手放在枕上，贴着脸颊，另一只手，伸出在被子外，像一只用白玉雕成的手。妻的脸也像用白玉雕成的，睫毛显得那么长，双唇显得那么红润。电灯就吊在他们的头上，他怕灯光使妻的眼睛受到照射而醒来，轻轻拉了一下灯绳，匣子里又是一片漆黑，外面却已天色曙亮。

两个女儿酣睡在他和妻之间，一个的小手握着另一个的小手。好像她们生怕睡着了之后被分开，以后谁也再见不到谁了似的。

他轻轻起身，将两个女儿移进自己的被窝，然后掀开妻的被角，在妻身旁躺下了。他拿起妻的一只手，放在自己胸上，抚摸着，抚摸着；又放在唇上，吻着，吻着。

他觉得妻的手也是世界上所有女人的手中最美的。那么秀小，真是像十四五岁的少女的手。十指细细的，指端尖尖的。他并不知道，这只手曾能够多么娴熟多么灵巧地弹拨琵琶、筝、竖琴、月琴，并因此获得过全上海市少年儿童弹拨乐器表演一等奖。如果他知道，他会像崇拜妻的美丽一样，对这只手充满了崇拜之情的。妻从来也不向他讲她自己过去的任何一件值得骄傲和自豪的事。兵团宣传队没有竖琴，没有筝，倒是有一把月琴和一把琵琶。可是兵团政委认为月琴和琵琶是"资产阶级"才欣赏的乐器，弹拨出的音调肯定与兵团战士的风貌格格不入。所以她也只是用她的手摸过那把月琴和那把琵琶，一下也没敢弹拨……

他握着妻的这只手，将脸贴在妻的胸上，心中在对妻说："我的小女孩，我的好小女孩，你安安静静暖暖和和地睡吧，一切都会过去的，悲伤会过去的，忧愁会过去的。一切都会有的，工作会有的，钱会有的，像点样子的住处也会有的。到那时，我要使你心里的那座小花园充满明媚的阳光，百花开放！而现在，我要无声地为你唱一支摇篮曲。睡吧，睡吧，我的小女孩，你也该好好睡上一觉了！希望你做一个美好的梦。梦见我们都有了工作，梦见我们有了一个小小的房子是我们的家，梦见我在城市的舞台上唱歌，你和我们的女儿们坐在台下，望着我听我唱，而我呢，望着你们唱……"

他一动也不动地，就那样握着妻的一只手，将脸贴在妻的胸上，静静地躺着。此时此刻，他真不想起来，不想离开妻。他头昏沉沉的，昨夜几乎根本没有安睡过片刻。妻在安眠药的作用下睡熟后，他心中还一直在为妻的外婆的去世难过，觉得自己是那么对不起妻。妻经常跟他讲，她小时候外婆多么疼爱她……

他终于还是起来了。他也看到了徐淑芳看到的那个“通告”。不知是一位他认识的还是不认识的返城待业知青需要当年的兵团宣传队员们的帮助？今天就是徐淑芳记在手背上的那个日子。他收到了一封短信，“要求”他务必前往。即便没有收到这封短信，他也会去的。能够给哪一位返城待业知青一点哪怕是微不足道的帮助，他刘大文也会视为自己义不容辞的事。

他先将两个酣睡中的女儿一次一个用被子裹着抱到父母屋里，对老父亲和老母亲说：“爸，妈，我一会儿要出去办点事儿，孩子们醒了，让她们在这屋里玩吧，千万别让她们去闹醒小眉。昨晚她服了三片安眠药，让她好好睡一觉……”

随后，他回到小煤棚，尽量不发出响声地擞红了炉底，加了满满一炉膛煤。

他在“床”前跪了下去，又久久地注视着妻的脸……

他在妻的唇上吻了一下，站起身，从墙角凑合着钉成的架子上拿下手提包，取出当年发的军上衣，套在又脏又破的黄棉袄外。军上衣是沈阳军区批发给兵团宣传队员们的演出服，他平时舍不得穿，还挺新的。

他推开小煤棚的门走了出去。门的上半部钉着一条麻袋，他将麻袋掀开一角，门上现出了一道缝，勉强可以伸进一只手，他伸进一只手从里面将门插上了。抽出手时，手被钉子划破了。

又温暖又安静的小匣子。我的小女孩你可以在里面好好地睡一觉了，绝不会有谁来打扰你的！

烟筒冒出的青烟，呛得他流出了眼泪。烟筒探出在门上头，他抬头瞧了一眼，见出烟口结满了霜。连日来气候忽暖忽冷，家家户户的铁烟筒口内都像套了一个银环。他想,抽时间得敲敲霜壳清清烟灰了。炉子白天黑夜地烧了一个多月,烟筒里一定已经积了不少灰。

他没忘了背上那个专门从事“投机倒把”活动的书包,也没忘了往书包里塞进十几盒烟。仍是带过滤嘴的“凤凰”和“牡丹”。还有四五条没出手呢!不卖出手,他就赔了。本钱是向同连队的一个返城待业知青借的,也不是那个人自己的钱,是替他向他不认识的第三者代借的。时间太久了,再不还他没脸见那个人了。原价卖出,他也是赔了。因为他买进时,每盒就比原价高一毛五分钱。他不知道,靠倒卖香烟赚钱的人,从来不是一盒一盒地在自由市场上出手。他们有他们的种种“路子”,他们一箱一箱地倒卖也不会犯事儿……

他想先到自由市场碰碰运气。能出手几盒,算自己今天运气好。一盒也卖不出手,无非浪费两个小时,时间对返城待业知青不值钱。

运气不好。离开自由市场时,书包里从家中带出来几盒烟,还是几盒烟。

对不好的运气他习惯了,不觉得多么失望多么沮丧,他匆匆向该去汇合的地点大步走。

守卫在江桥对岸桥头的一个年轻警卫战士,觉得今天情形异常。十几分钟内,已经有十来个返城待业知青过桥了。现在又有十来个正在桥上走着。他们的衣着也异常:上身一律半新的草绿军装,裤子和鞋可就很不统一了,而且很破旧,男的女的都这样。他们为什么一律穿着半新的没有领章的军上衣?他们为什么都带着一件破旧的乐器?他们为什么在几乎同样的时间内离开对面的城市,到附近没有人家的僻静的江这边来?而且都是那样脚步匆匆?难道他们有什么集体的行动吗?他们到江这边来究竟想干什么？

一连串的问号在这个年轻警卫战士头脑中闪过。他联想到了全市皆知，余波未平的“一中事件”，联想到了公安机关颁发的“特殊治安条例”。是对公安机关的一次报复行动？被拘捕的几十名返城待业知青不是还未被释放么？

突然的爆炸、桥毁、人亡……

又一起重大恶性破坏案件……

年轻警卫战士高度警惕起来。

可疑者中的一个，拎着破旧的提琴盒走近了桥头。一边走，一边两眼顾盼，四面张望。

“请站一下。”年轻的警卫战士走出岗亭，拦住了那个比他大七八岁的可疑者。

“干吗？”对方迷惑地问，仍四面张望。

“装的什么？”

“看不出来吗？这是提琴盒！提琴盒里还能装什么？！”

“打开看看。”

“要检查？”

“是的。”

“你凭什么检查我？！”

“守卫江桥是我的职责。”

“拒绝你的检查是我的人身权利，我的提琴盒里又没藏定时炸弹！”

“遵照公安机关最近颁发的‘特殊治安条例’，我有权对可疑的人进行检查！”

“又是他妈的‘特殊治安条例’！老子今天偏不让你检查，你能把老子怎么样？”

“那我就拘捕你！”

“你他妈的敢！你穿上了一套治安服有什么了不起？老子在珍宝岛冒着枪林弹雨抬担架的时候，你可能还钻你爸的裤裆玩呢！”对方说着就要从年轻警卫战士面前通过。

“站住！”年轻警卫战士从肩上取下了带刺刀的枪，刺刀逼着对方的胸膛。

这时那十来个返城知青也都走到了桥头。

“怎么回事？”发问的是一个满脸络腮胡子的返城知青。

“他要检查我的提琴盒！”

“妈的，这不是存心找咱们的碴吗！”

“别骂！让他检查检查吧，你这琴盒里不是没装着炸弹吗？”

“要是装着炸弹我早跟这小子同归于尽了！”

“既然没装着炸弹，别怕人家检查嘛！”

络腮胡子从那个不肯接受检查的返城知青手中夺过提琴盒，朝年轻警卫战士一递：“请吧！”

年轻警卫战士这才把枪又背到肩上，接过提琴盒，蹲下身去，打开盒盖进行检查。

提琴盒里，除了一把旧提琴外，别无它物。

年轻警卫战士盖上琴盒，站起身，将琴盒还给那个络腮胡子，不声不响地让开了路。

他们一块儿通过桥头时，那个不肯被检查的返城知青，恶狠狠地瞪了年轻警卫战士一眼。

年轻警卫战士以眼还眼。

比这十来个返城知青先过了桥的那些返城知青，站在铁道路基下的树丛中喊：“哎！都到这里来集合！”

于是后过桥的这十来个返城知青便往路基下的树丛中走去，他们集合一起，消失在树丛深处。

年轻警卫战士头脑中的种种可疑问号，一个也没得到解答。

他思忖了一会儿，拿起了岗亭中的电话筒……

那些返城知青们，穿过树丛，在一片空旷的野地前站住了。他们之中，有的互相认识，有的并不认识。他们还都不知道为谁而来，也还都不知道谁是这次“行动”的发起人。他们来的动机，和刘大文一样，和想来而没来成的郭立强一样。

两个互相认识的聊着：

“还记得吗？当年咱们在佳木斯兵团总部结束了全兵团文艺大汇演之后，又参加了全省的文艺大汇演，把省、市歌舞团都给震了一家伙！啊？咱们走在人行道上的时候，那精神劲儿！一个个多帅！小伙儿英俊，姑娘漂亮！啊？”

“记得！当然记得！”

站在他们旁边的一个忍不住插了话：“全兵团文艺大汇演我参加了，全省文艺大汇演我也参加了！咱们不但把省、市歌舞团给震了一家伙，还把西哈努克亲王和夫人给震了一家伙呐！……”

刘大文虽不认识他们，可知道他们不是在吹牛。他们一提起当年，使他心中也一阵激动。

他忘不了：一队小汽车从马路上徐徐驶过，其中一辆突然靠向人行道缓缓停住，下车的是正在这座城市进行参观访问的西哈努克亲王和夫人。

西哈努克亲王和夫人通过翻译问他们都是什么部门的。当得知他们是北大荒的兵团战士时，通过翻译对他们说：“我们看到你们真高兴！你们一个个都是这么年轻，这么有朝气！走在一起这么引人注目！祝愿你们永远这么年轻，永远这么有朝气！看到你们这样的年轻人使我感到非常高兴！……”

那时他常因自己不够英俊而有点自卑，却相信自己会长久地年轻，长久地保持朝气。因为朝气是从他内心里向外焕发着的……

可如今他觉得自己的心老了！才三十来岁！

“好汉不提当年勇啊！”又一个插了话。

“是啊，好汉不提当年勇！不提了！如今要是那位亲王和他的夫人再看到我们这一小撮，不知还会不会停住小车，下来对我们说——‘看到你们真高兴！’……”

“不把小汽车赶紧加速开过去，以为我们是伙暴徒才怪呢！你们看那一位，满脸的络腮胡子，像不像个冒充子弟兵的强盗头儿？难怪守桥的警卫要检查琴盒！”

那个说“好汉不提当年勇”的问刘大文：“咱们到底是为谁来呀？这时候也该露露庐山真面目了呀！”

“不知道。”刘大文摇了摇头，又说：“为谁来还不都是应该的。”

“有理。”

这时，那个络腮胡子拍了两下手，对大家说：“诸位兵团战友，感谢大家今天的光临！你们看到的‘通告’，是本人写的，本人一张张到处贴的。不过我首先声明，今天需要大家伸出帮助之手的，并非本人，而是另一个人，现在，就请大家认识认识这个人！谁是刘大文？刘大文来了没有？……”

“是……我就是刘大文……”

刘大文听了络腮胡子的话，才明白众人今天是为自己而来的。他糊涂了，这些人他一个也不认识，包括那个络腮胡子。而且他不知络腮胡子把这么多他并不认识的人用“通告”纠集在一起，想给予他什么样的帮助？想如何帮助他？

他看着络腮胡子，嗫嚅地说：“我……我不认识你呀！你写给我的信里预先也没讲明……”

“过去不认识，今天认识了嘛！”络腮胡子将他从众人中拽出来，推着他，使他面朝着众人。

络腮胡子又开口道：“他，这个刘大文，就是当年咱们兵团的

'金嗓子'！可是如今咱们的'金嗓子'落到了在自由市场倒卖香烟的地步！因为我自己也在自由市场上……做点小买卖，所以看到了他几次，还亲眼看到了市场管理所的人是怎样把我们的'金嗓子'带走的！……"

络腮胡子的话还没说完，好几个人走上前围住了刘大文。

这个拍拍他的肩："嗨！大文，闹了半天我是为你而来的呀？小子！不认识我啦？当年兵团文艺大汇演的时候，咱们天天在一张饭桌上吃饭。我是二师的宣传队长周海涛哇！"

那个当胸给了他一拳头："队长，连我都不认识啦？我是咱们师敲扬琴的曲小安呀！可惜没有扬琴，我只带了把笛子来……"

"哎，小袁好吗？我问的是袁眉！"一个姑娘急切地抓住他的胳膊问。

"她……挺好的，挺好的……"

"你们有小孩了吧？"

"有了，有了，两个女儿。"

"你们怎么胆大妄为，敢生两个呀？"

"没法子，双胞胎，又不能掐死一个！"

大家笑了起来。

姑娘也笑道："你可是变化太大了呀！老多啦！你够有福的啊！当年我们小袁被多少人追求呀！连我当年那位男朋友还想甩了我追求她呢，我一怒之下跟那个小子吹了！谁能想到小袁被你给勾到你们那远山穷连去啦！你可是别欺负她呀，她是个好人儿……"

刘大文看看这个，又瞅瞅那个，在头脑中努力回忆着，却回忆不起他们当年一个个的模样。他的的确确是认不出他们了，正如没有络腮胡子那番介绍，他们和他站在一起也认不出他了。老了！都老了！虽然都才三十来岁，可那一张张脸上都过早地出现了饱经风霜的皱纹，都带有着连笑也不能掩盖的忧郁烦愁。他暗想：我们这一代的青春真他妈的短！比他妈的小孩出麻疹的日子还短！……

"嗨！……"络腮胡子拍了几下巴掌，又大声道："先别叙友情，今天不是叙友情的日子！"

大家便不再交谈，静下来望着他。

"至于我自己，一不会拉什么，二不会弹什么，一天宣传队员也没当过！当年我是个拖拉机手。不过我感谢当过宣传队员的知青朋友。没有你们，那些年我们的生活不知会变得多寂寞！你们也不必问我的姓名，叫我'大胡子'吧……"

那个姑娘嫌他啰嗦，打断道："让我们大家干什么？怎么干？你开门见山，直来直去吧！我们今天全听你的就是啦！"

"好，开门见山，直来直去！我的想法是这样的：我们为刘大文举办个人演唱会。地点——江畔，青年宫前的广场，第一不影响交通，第二听众集中。宗旨——让许许多多的人知道我们返城待业知青中有个'金嗓子'，让许许多多的人公认刘大文的嗓子的的确确不愧是'金嗓子'，以引起各文艺单位的关注，直到哪一天哪一个文艺单位招收了我们的'金嗓子'为止！一句话，我们要齐心协力，同舟共济，把我们的'金嗓子'推上城市的舞台！为此，有劳诸位，给咱们的'金嗓子'伴奏，排练一套正正规规的独唱节目！……"

"好！这个想法太伟大啦！"

"我奉陪到底！"

"我也奉陪到底！"

"要是治安警察们干预怎么办？"

"我们又不是聚众闹事，是唱歌，凭什么干预我们，难道怕鱼刺卡喉咙就不吃鱼了吗？"

"这……这能行吗？……"刘大文显得表情不安起来。

“大文,我们为的是你,你可不许打退堂鼓啊？我们二十多万返城待业知青中,也该出个歌唱家!”

“对,你登上城市舞台演唱那一天,我们也感到骄傲嘛!”

“我……我是……大家为我……我过意不去！……”

“没什么过意不去的！‘金嗓子’不是你刘大文,是别人,我们照样心甘情愿！反正我们都在待业,时间,大大的有!”

这时,徐淑芳正拎着扬琴盒,从江对岸踏上江桥台阶。扬琴盒大,她拎了好长一段路,两臂累酸,索性扛在肩上。

“是看到通知去汇合的吧？我帮你拎可以吗?”

她听身后有人对她说话,在江桥台阶上站住,转身一看,僵立不动。

对她说话的人是姚守义。

“是你？……”姚守义也万万没想到会碰上她。

她不回答一个字。

“我知道,你恨我们。你……肯定有你的苦衷。我们是……做得太损了！过后我们都对自己非常悔恨！今天既然碰上你了,我当面向你……请罪……”姚守义十分尴尬。

她紧闭着嘴。

“你……在我的记忆里,你好像从来没摆弄过什么乐器呀！怎么今天也来了？……”

“我替我丈夫送琴。”她终于开口,“丈夫”两个字咬得格外重。

“噢……”姚守义听出,她的话里包含着对他的蔑视。

因为他是王志松的朋友,所以当年在连队时,他和她的关系也很友好,她常替他和严晓东洗衣服拆被子。他希望能够恢复过去的友好关系,起码希望消除她心中对他的怨恨。

他又搭讪地问:“他……我是说……你丈夫,怎么自己不来?”

“他被公安局带走了。”徐淑芳见他那种虔诚悔过的样子,不忍对他太冷漠,缓和了语气。

“……因为‘一中事件’?……”

她从肩上放下扬琴盒,忧郁地回答:“他们说他打昏了一名治安警察,他自己也承认。”

姚守义不禁低头沉默起来。

过了一会儿,他抬头瞧着她说:“他是为了我。我跑了,他反而……”

“他是比你们三个都好的人。”

姚守义叹了口气,又说:“小徐,你放心,他们大概不至于因此而判他刑的。我们也绝不会不管他和那三十几个被拘捕的伙伴们! 这事不算完,绝不算完,你等着看好了!”

“……”

“我替你把琴盒交给他们怎么样?我也是正要去汇合的……”

她犹豫片刻,点一下头,转身下桥走了。

姚守义望着她走远,拎起了扬琴盒……

他没注意到,有一个不寻常的人,跟随他身后踏上了江桥。即使他注意到了,也绝不会看出那个人有什么不寻常之处。他对徐淑芳说的话,以及那个由她扛到桥阶上,又由他拎过江桥的扬琴盒,使那个不寻常的人认为很不寻常。同时认为如果不跟踪他,将可能犯无法弥补的过失。

另有许多不寻常的人出现在桥下,桥上。过往江桥的寻常的人们,和姚守义一样,是一点也看不出他们有什么不寻常之处的。

姚守义在对面桥头也被那个具有高度警惕性的年轻守桥警卫战士拦住了,要他打开扬琴盒。

他吸取了“一中事件”的教训,乖乖地打开扬琴盒,诚惶诚恐地接受检查。

当他拎着扬琴盒走下桥头,循着一阵音乐声走入树丛中,一架望远镜拿在一双手中，隐蔽在岗亭里，对着传来音乐的地方瞭望。那个年轻的守桥警卫战士，不但具有高度警惕性，而且机智。他持枪肃立在岗亭外，用自己的身体挡住岗亭里的人……

姚守义带给那些当年兵团文艺宣传队队员们的，还有一张节目单，是他在青年宫的售票处买的，他预想到了它可能会对他们有点用。他们如获至宝，那种兴奋的情绪是他所没预想到的。

节目单上金字印着——著名歌唱家郭桐告别舞台专场独唱音乐会。

时间——本日上午十点三十分。

地点——青年宫。

“好嘞，咱们今天就来个各摆擂台，分庭抗礼吧！”他们中的一个冲动地叫道。

“人家准备充分，咱们毫无准备，不打无准备之仗嘛！”另一个表示反对。

“有什么准备不准备的！节目单上的歌，没有一首是咱们不熟悉的！”第三个支持第一个。

络腮胡子开口道：“还是由大文自己定吧！”

“大文，拼啦！人家是著名歌唱家，你是返城待业知青，这才叫硬碰硬！我们为你吹喇叭抬轿子的也来情绪！”

“对，对！‘金嗓子’嘛，还怕碰？要的就是硬碰硬！”

“机不可失，失不再来呀！”

好几个人怂恿他，鼓励他。

刘大文从别人手中接过节目单，看着，想着……

他从节目单上看到了妻那张美丽的脸。

他揣在衣兜里的一只手，慢慢握了起来，似乎握住了什么温柔的东西……

节目单上的歌，他都唱过。第一首便是他很喜欢唱也唱得很好的《乌苏里船歌》。男低音唱这歌，会使歌词更加感情深厚，歌曲更加悠远抒曼。

他抬起头望着络腮胡子，破釜沉舟地说："我……拼了！"

"好！那咱们废话少说，现在就——打过长江去，将革命进行到底！"络腮胡子举起一条手臂，用力朝下一劈。

于是他们怀着挑战的心理，怀着抗争的勇气，怀着坚定不移的信念，穿过树丛，要回到江对面去，要回到城市去向生活展开较量！

当他们走上桥头后，有几个衣着寻常的不寻常的人，站在桥头两侧一一审视着他们通过。

"你，站住！"

姚守义被一个人拦住了。他一看对方的脸，心里什么都明白了。

"认出我来了吗？"

"认出来了。"

"知道为什么叫你站住吗？"

"知道。"

"知道就好。我找了你几天了！"

"让我把扬琴给他们行不？求求你了！"

"去吧，不许跑！"

"多谢！"姚守义拎着扬琴盒赶上那些不知姓名的伙伴们，将扬琴盒交给其中的一个，苦笑着说："真不巧，我碰见个……熟人，不能奉陪了……"说完，故作轻松地转身吹着口哨往回走……

十点半，青年宫内，华丽的大幕徐徐拉开，穿着黑色曳地长裙的女报幕员，从舞台一侧莲步娉婷地走至舞台中央，一时间五色追光投照在舞台上……

青年宫外，广场上，二十几个身着草绿半新军装的返城知青，也列成了两排。扬琴没有架子，放在两块从江边搬来的长方形的轻灰凝铸的巨砖上。拉破二胡，破大提琴的，也端坐在同样的巨砖上。

许多人开始围观他们，像围观走江湖卖艺的。

“大爷大娘们，大叔大婶们，大哥大嫂们，弟弟妹妹们，公民们！今天，我们北大荒返城待业知青中的一个伙伴，要为你们，为城市，献唱几首歌，表达我们对城市的……”络腮胡子充当了他们的报幕员。他不知道应该对城市表达什么，也就不浪费脑细胞去思索那个足以表达“什么”的什么鸟词了。他干脆结束了有头无尾的“开场白”，退回队列，对站在身旁的刘大文低声说：“你是主角，我们不过是配角，成败在此一举，全看你啦！”

刘大文跨出了队列，望着围观他们的人群。

围观者不算太多，也不算太少，百余人。

虽然他们的目光像在观看变戏法的，耍猴子耍狗熊或耍把式卖假药的，他还是激动了起来。如同当年全兵团文艺大汇演时他第一次走上真正的舞台那般激动！他终于有机会在这座城市里面对着这么多人唱歌了！没有背后那些他不认识的和多年前认识但早已忘记了姓名的返城待业知青伙伴们，就是有了今天这样的机会，他也没有此刻这样的勇气。

刘大文啊刘大文，你为什么不唱了？你敞开你的“金嗓子”大声唱啊！唱啊！你不是早就期待着梦想着这样的一天这样的时刻吗？那你就唱啊！

可是他背对着他的伙伴们，不转身向他们作任何“可以了”的表示。

他们不知他是怎么了，都暗暗着急了，也暗暗慌了。他可千万别让他自己和大家都成了被耍笑的一群猴子啊！

络腮胡子突然果断地大吼一声：“开始！”

他们八仙过海，各显神通，努力将他们的演奏技巧提高到艺术的顶峰，努力使那些不美好的破旧的乐器发出美好的声音。

刘大文开口了！完全可以被称为金质的歌声从“金嗓子”冲荡而出！

啊啷赫尼那……
啊啷赫尼那……
啊啷赫尼那赫尼那赫赫尼那赫赫雷，给根……
乌苏里江来长又长，
蓝蓝的江水起波浪，
赫哲人撒下千张网，
船儿满江鱼满舱……

与此同时，青年宫内，站在舞台中央的老歌唱家，也唱着这首当年使他一举成名的歌。老歌唱家对这首歌有着特殊感情。它是他的帆，艺术道路上的帆，人生道路上的帆。所以他将它列为他要唱的第一首歌。每一个人都有自己的帆。有的人一生也没有扬起过他的帆；有的人刚一扬起他的帆就被风撕破了，不得不一辈子泊在某一个死湾；有的人的帆，将他带往名利场，他的帆不过变成了别在他缎带上的一枚徽章，随着时间的流逝而失去光泽；而有的人的帆，却将引他行洋过海，驶完他生命的不朽的全程！

每一个听众都怀着崇敬的心情望着舞台上的老歌唱家，庆幸自己能够听到他最后一次在舞台上唱这首歌，同时在想着奋斗、成功、荣誉和声望等等等等与人生有关的词。

青年宫外，歌声继续。

一位是著名的老歌唱家，一个是返城待业知青。他们按照同样的节目单的顺序，面对不同的一些人，唱着同一首歌。一个要降落他的帆，一个要扬起他的帆！不，“歌唱家”的桂冠并不是他的帆！他的帆是她！是他的“好小女孩”！她才真正是他的帆！失去了她他就会桨损舟沉！他的歌声，不过是风！不过是鼓满她吹送她的风！使她将他们的小舟引向一片平静的美好的湖光水色……

> 白桦林里人儿笑，
> 笑开了满山的红杜鹃，
> 紧摇桨来稳掌舵，
> 金色的晚霞照船帆……

白桦林，白桦林，白桦林啊……

他眼前出现了北大荒的白桦林，美丽的白桦林，神秘的白桦林，童话境界一般的白桦林，清晨的白桦林，黄昏的白桦林，浓雾缭绕的白桦林，明媚阳光透照的白桦林，秋雨潇潇季节的白桦林，洁雪飘飘时的白桦林……

他的"小女孩"在他梦幻般的白桦林中笑啊，笑啊，笑啊，笑啊……笑得那么天真，那么快活，那么可爱，从这一棵白桦旋转着绕到那一棵白桦，又从那一棵白桦旋转着绕到另一棵白桦……她像一个白桦林中的美丽的小精灵，像一棵最美丽的小白桦变成的少女……

青年宫剧场里，爆发了热烈的掌声。老歌唱家在掌声中频频向台下深躬谢幕……

青年宫外的广场上，静得出奇！围观者们这时已有几百人，他们用异特的目光望着这些返城知青。面对着毫无反应的人们，"金嗓子"心中一片茫然了，唱歌的那种激情也顿时低落。

"大文，棒极了！就这么来！……"络腮胡子在他背后小声说，声音有些颤抖。

几枚钢币抛到了他脚旁。接着，又是几枚。他低头望着地上那几枚钢币，一阵酸楚。

钢币在他眼中渐渐模糊了。

络腮胡子跨出队列，弯腰捡那些钢币时仰脸看看他，又对他说："别介意！别忘了你现在正是和人家硬碰硬拼的时候！不是两眼含泪的时候!”

络腮胡子将钢币一一从地上捡起后,托在一只手掌上,走向人群,不卑不亢地说:“我们不是为了钱,哪位的,请哪位收回去。”

外围的某些人们,这时已注意到,有十几辆治安警察们的摩托,不知何时停在广场边上。

一批“蓝警服”在人群外围走动。

谨小慎微的人悄悄离去。

一个“蓝警服”口中一边说着:“闪开,闪开!”一边穿过人墙出现在场地中间。

刘大文默默地望着他,脸上没有表现出惊愕,心里也没有产生不安。

他身后的伙伴们互相传递着眼色,也都对这个“蓝警服”的突然出现面不改色,无动于衷。

“嘿,原来是你呀!”“蓝警服”走到了刘大文跟前,说:“马路红,不记得我啦?你可真成马路红了!难怪我往歌舞团打电话找你,人家说根本没有这么个人呢!”

“金嗓子”的伴奏者们又互相传递眼色。他们随时准备奋不顾身地保卫他们的“金嗓子”,准备用他们手中那些破旧的乐器当武器。

刘大文仍默默地望着对方。

“你唱得真是不错!真的,真是不错!我不认为自己被你骗了!告诉我真实姓名吧,我现在不是在代表公安部门跟你说话。”

“刘大文……”

“我叫孙兆光。互通真实姓名,才算真正认识。”对方向他伸出了一只手。

他也伸出了一只手。

两只手迅速握一下,立即松开。

"蓝警服"转向人们大声说："都要安安静静地听，不许起哄。不许无理取闹！"说罢，攀上一根水泥灯柱底座，朝人墙外挥一下手臂："你们都走吧，这儿没什么事，不过是唱歌，治安由我维持！"

一阵摩托车声驶远了……

轰！……轰！……轰！……

江上游，传来一阵阵炮声。按季节，春天已经来了，但坚冰仍封锁着江面，那是大炮轰击坚冰的声音。坚冰轰破，江水涌出冰面，载着上游的冰排，奔流而下。上游江水和冰排的压力，造成下游冰面坍塌，于是这条江就彻底解冻了。每年大炮轰江都吸引不少人到江边观看那场面。

"轰江了！"

"是轰江了！"

刘大文又开口唱了。

人们的目光又渐渐集中在这些返城知青身上。他们不是为了钱，那他们究竟是为了什么？人们不理解。他们使人们想起了"文革"时期的毛泽东思想文艺宣传队。对于这样的街头文艺形式，人们已经久违了。所不同的是，眼前这些当年肯定都戴过"红卫兵"袖章的返城知青们，唱的不再是"老子英雄儿好汉"或"造反有理，造反到底"了。

而且那个唱歌的嗓子多好哇！

人们开始为刘大文唱的第二首歌鼓掌了。

当他又唱完一首歌后，一个卖汽水的十六七岁的少女手中拿着一瓶汽水钻透人墙，走到他跟前，腼腆地说："喝吧，润润嗓子。我不收你钱，我哥哥在兵团的时候也当过文艺宣传队员……被冻死了……"

刘大文的目光注视在那少女脸上。在这么多听他唱歌的人中，他觉得那少女是唯一不用看热闹的眼神看待他和他背后的伙伴们的。

“小妹妹,我现在不能喝。喝了,反而会唱不出来了……”他低头瞧了一眼拿在一只手中的节目单,回头对络腮胡子说:“我不想再照节目单唱下去了!”

“为什么?”络腮胡子诧异了:“就这么唱下去,效果很好!懂吗?”

“可是这节目单上的一些歌不适合男低音唱。”

“那……你想唱什么?”

“我想唱几首外国歌曲,不知道合适不合适……”

“你自己想唱什么就唱什么吧,现在不是七〇年,是八〇年了,只要别唱什么黄色的反动的!”

络腮胡子虽不会什么乐器,但也没干站着,只要是他也会唱的歌,他就用口哨加入伴奏。他口哨还吹得真不赖。

除了节目单上的一些歌的确不适合男低音唱这个原因而外,更主要的原因是,刘大文很想唱几首妻教他唱会的歌。妻教他唱会了许多外国歌曲,他只在北大荒的那个小家中,为连队的知青们唱过那些歌曲,还从来也没有面对几百人唱过一首跟妻学会的歌曲。这是他心中长久以来的一个夙愿,今天他要实现它!他真希望他的嗓音再浑厚一百倍!再宽广一百倍!传得很远很远,让妻也能够听到。她此时此刻在干什么呢?是在妹妹妹夫的新房里给两个女儿剪纸人呢?还是仍熟睡在那个温暖的“小匣子”里呢?

他望着人们说:“下面我要唱的是一首外国歌曲,歌唱一座山谷。我们北大荒没有山谷,只有广袤的荒原。我们的一些知青伙伴,被埋在那里的土地上了,永远被遗留在那里了,永远也不能再回到城市里来了。我为他们唱,如果你们中有谁是他们的父母和兄弟姐妹,我也是为你们唱的……”

人们肃穆起来。

“金嗓子”将他对那些被埋在北大荒土地上的知青伙伴们的哀思、怀念和挚爱，全部倾注在这首歌的每一个字中了。

他深情地唱道：

西班牙有个山谷叫雅拉玛，
人们都在怀念着它，
多少同志倒在山下，
雅拉玛开遍了鲜花……

西班牙有个山谷叫雅拉玛，
人们都在怀念着它……

他眼前出现了银色的暴风雪，荒原的大火，森林的大火，泛滥的洪水，凿山采石时的塌方，深深的沼泽，凶残的狼群……

他一边唱着，心中一边在默默地说：“我的小女孩，我在唱你教会我唱的歌，你听到了吗？我为那些被冻死的，被烧死的，被淹死的，被炸死的，被砸死的，被瘟疫夺走了生命的我们的知青伙伴们唱！你们死去了的，你们也听到了吗？我刘大文在城市里为你们而唱，愿我的歌声传到北大荒去，传到埋葬你们的那些地方去……”

多少同志倒在山下，
雅拉玛开遍了鲜花……

那个卖汽水的少女哭了。

人们静默片刻，忽然有些骚乱。青年宫的门打开了。

他知道，他第一次在城市里，面对这么多人歌唱的最后时刻到了，身后的伙伴们带给他的今天这一次“机会”该结束了。他忽然很想替背后的伙伴们向人们说些什么，唱些什么。

他要替伙伴们说的那些话是不必进行思考的，他理解他们，知道他们会希望他怎么说。

“城市,是我们的母亲。我们,是这座城市的儿女。我们在北大荒的十一年中,曾日日夜夜地思念她!最后,我为我们返城待业知青们,向我们的城市母亲唱一首歌!……”

他不是说出而是呼喊出了这番话!

母亲,白发苍苍为他们这一代操碎了心的母亲!当年欢送走他们这一代如今似乎不再爱他们这一代的城市母亲!请相信他们是对母亲充满深厚感情的一代吧!

城市母亲,城市母亲!“金嗓子”要用他的歌声打动你!

“金嗓子”他流泪了。

当年我的母亲,
整夜没合上眼睛,
当我告别城市,
她送我一条手巾。
无论我走到哪里,
总难忘母亲的面容,
无论我走到哪里,
更难忘她忧郁的眼睛。
拿起这条手巾,
不由想起母亲,
这条母亲的手巾,
勾起童年的回忆。
我们怎能忘记,
母亲宽厚的爱情,
我们怎能忘记,
母亲忧郁的眼睛……

在他唱着的时候,江上游遥远的地方,又传来了几声大炮轰江的回响，却似乎没有人听到。

刘大文啊刘大文，你是当之无愧的"金嗓子"！你的歌声飞扬过了几条街道，回荡在整个江畔公园！听到它的人，何止是你眼前的几百！你不知道有多少男人、女人、老人、孩子、少年、青年，在街道上走着的、在马路上骑着自行车的、在江畔散着步的……都听到了你的歌声！他们的心弦都被你那浑厚的宽广的金质般的充满深情的歌声拨动了！你也不知道有多少行走着的人站住了，有多少骑着自行车的将自行车靠向马路边停住了，有多少在江畔散着步的朝这里走来！

母亲——这是人类所创造的全世界共通的语汇，这是每一个人的生命的摇篮。这座城市的人们，在街道马路和公园里，听到过有的青年大唱"啊吧啦咕"，听到过有的青年阴阳怪气地哼哼"阿哥阿妹情意长"，听到过有的青年流里流气地呻吟"姐儿姐儿让我亲亲你的手"……

但是人们头一次在这条母亲江边，听到一个浑厚的宽广的金质般的充满深情的声音，真挚而虔诚地歌唱着母亲！人们怎能不侧耳倾听！

松花江啊，这条母亲江，"她"也听到了你的歌声！从"她"被炮弹炸裂的"伤口"，今年的第一股江水，自几十里外的上游，贴着冰面缓缓地涌流了过来。

青年宫内的演出散场了。

刚刚有幸欣赏了老歌唱家告别舞台的专场歌唱演出之后的一些人们，拥聚在青年宫前，继续欣赏一个返城待业知青的"公演"。

专场演出的主持人，早已获悉外面的"情报"。为了使告别舞台的老歌唱家今天本来就很复杂的心绪不致被一伙返城知青搅得更复杂，引导他从侧门离开了剧场。

我们怎能忘记，

母亲宽厚的爱情，
我们怎能忘记，
母亲忧郁的眼睛……

老歌唱家一走出侧门，就听到了这歌声。

他站住，问："什么人在唱？"

"一伙返城知青在那儿哗众取宠，这是我们预先没想到的情况，您多担待！"主持人深怀不安。

"唱歌是人类的普遍自由，我担待其何？"老歌唱家矜持地笑笑，坐进了他的小汽车里。

小汽车不停地鸣着喇叭，在散场的人流中缓缓行驶。尊重他和崇拜他的人们，满怀敬意地闪向两旁，对他的小汽车礼让。

老歌唱家在小汽车内频频向这些人们摆手，表示回敬。

刘大文的歌声却追随着他，也追随着尊重他和崇拜他的人们。那歌声分明是向他的艺术荣誉和人们的崇拜心理挑战。

刘大文他们是离不开那里了。"哗众取宠"的这一伙返城知青，被更多的人包围了，被掌声挽留住了。他不得不重唱最后那首歌。一个人的"金嗓子"只要有一次当众歌唱的机会，不识音符的人也能够听出那嗓子绝不是一面铜锣或破鼓。

老音乐家当然不是不识音符的人。

"停！"他在司机肩上拍了一下。

司机停住车，回头看他一眼，问："什么东西忘在剧场了？"

他仿佛没听见司机的话。

他在想：什么人的嗓音这么浑厚这么宽广？而且，会唱这首歌的返城知青，绝不会与音乐缘浅。他认为本市绝不会有一个嗓音这么好的人，他曾期待过这么一位年轻人的出现，但是后来渐渐失望了。难道今天奇迹发生？在我向舞台告别之日，音乐之神又送来一位比我当年声誉鹊起时更年轻的歌唱家？他凭自己多年的歌唱经验听得出来，唱歌人的年龄绝不会超过三十五岁！

"开回去！"他坚决地对司机说。

司机不知他究竟将什么贵重的东西忘在剧场了，见他神色颇为严肃，不愿多问，调转车头，往回开。

"开到正门去！"他又说了一句。

司机不免奇怪，既然是遗忘了东西嘛，从哪个门进剧场找回来还不一样？干吗偏偏要从正门进呢？你老了，不能再登台演唱了，这也是自然规律。不顺心，别冲我来呀！

从青年宫到环市公共汽车站，有条千米长的小街。剧场里走出来的一大半人，并没停留在青年宫门前，他们直奔环城公共汽车站，这条小街就可谓"人流如潮"了。司机想抄段近路，所以也加入了这股"潮流"。他在这股"潮流"中调转头，已非易事，逆"潮"而驶，则更维艰。

崇拜心理，是人非常需要具有的一种心理。老歌唱家的这众多崇拜者们，一个个并不是聋子，听不到刘大文的歌声，也不是对歌唱缺少起码欣赏水平的一些人，完全听不出那声声灌耳的金质般的歌喉。不，他们听到了，也听出了那歌喉是多么浑厚多么宽广！但他们都不愿表示出对这歌声的欣赏或注意。他们中许多人是手持红底金字的请柬进入剧场的，他们觉得这是一种殊荣，也标明他们在这座城市的艺术生活中所占据的层次。他们刚刚为"阳春白雪"而热情饱满地大鼓其掌，岂有再对剧场门外广场中心的"下里巴人"驻足侧耳之理？那不是对老歌唱家的大大不恭大大不敬么？那不是等于降低了他们的欣赏层次么？所以他们对刘大文的歌声听到了也装作根本没听到。心里暗暗惊讶也故意彼此皱眉摇头，彼此表示着"阳春白雪"的高层次欣赏者们对"下里巴人"的无可忍之而忍之的轻蔑，虚伪地维护着红底金字的请柬所带给他们的殊荣。

可是老歌唱家的小汽车在他们虔诚礼让的注目下竟调转了车头，朝回开去！这令他们始而大惑不解，继而不解大悟——老歌唱家对“下里巴人”公然进行的场内外分庭抗礼的艺术挑衅愤怒了！对一位誉满全市的老歌唱家，对他告别舞台的最后一场歌唱演出，如此这般的艺术挑衅行为实乃冒犯！是可忍，孰不可忍？于是他们也义愤起来！于是许多人站住，向后转，跟随在老歌唱家的小汽车后，往回走。他们都觉得自己有义不容辞的艺术良心和道义，做老歌唱家的坚强后盾，代表本市最高的欣赏层次，去向“下里巴人”大兴问罪之师。

小汽车在广场上的人群外围停住，老歌唱家从容地下了车。

于是就有几个他的崇拜者，在他前面替他“开辟”道路。

“让一让，请让一让，请为歌唱家郭桐郭老让一让路！”

“对不起，这位是老歌唱家郭桐，劳驾啦！”

“闪开，闪开，这位是老歌唱家郭桐……”

“这位是老歌唱家郭桐……”

“请为郭桐同志礼让一下……”

郭桐——一个几乎在本市家喻户晓的名字。他唱的“乌苏里船歌”，“大顶子山高又高”等赫哲族民歌，使他成为当年全国著名的歌唱家之一。他是当年的“金嗓子”，一声“赫尼那”，曾倾倒过多少听众！

里三层外三层的人墙恰似斧落环断，为“郭桐”这个名字断而复合。

刘大文的歌声戛然而止。这个返城待业知青心中明白眼前的人物是谁。

当年的“金嗓子”和待业的“金嗓子”四目相对。刘大文觉得对方的目光仿佛是从云端俯视着自己。他不卑不亢，以沉默回答沉默。他背后的伙伴们一个个手持破旧乐品，从轻灰巨砖上站了起来。

人群顿时肃之敬之。好像在他们看来，对峙着的双方不是两个歌唱的人，是两头狮子，随时会扑斗到一起去似的。

老歌唱家首先开口问道："你叫什么名字？"

"刘大文。"

老歌唱家觉得这名字有些熟悉，像曾在他记忆中保留过又被时间的风吹走了的一片叶子。但他一时想不起来为什么这片叶子曾在他的记忆中保留。

"你在哪个单位工作？"

"待业。"

"靠野唱养家糊口？"

"不为柴米油盐。"

"那……又是为了什么？"

"人人都有唱歌的权力。高兴了，就唱。"

"不过我看你的样子并不见得怎么高兴。"

"不高兴时，也唱。"

"知道今天青年宫里举行我告别舞台的专场独唱演出会？"

"知道。"

"那么你是知之才为之了？"

"正是这样。"

"你以年轻的歌喉向我苍老的声音挑战，不太公道吧？"

"我认为我的嗓子比你年轻时的嗓子还要好。你像我这样年龄的时候，已经多次出国演唱了，而我却待业，公道在哪里？"

老歌唱家缄口片刻，笑了："的确太不公道。我欣赏你的直率。"

"你的意思是，不欣赏我的嗓子啰？"

"你刚才已经对你自己的嗓子作了并不算过分的评价，我不想再重复你的话。我只想当着公众声明,我承认你说出了一个事实。"

轮到刘大文缄口不言了。许久。

老歌唱家从容地微笑着,走到他跟前。

"我比欣赏你的直率性格,更欣赏你的嗓子。"

刘大文双唇颤抖了半天,才从口中挤出两个连自己也勉强能听到的字:"谢谢……"

"我不过说了句由衷的话,何谈谢字呢?"

"你今天在公众面前给我的,我用衣襟也兜不下……我……我刘大文……今天知足了!……"

刘大文热泪又一次夺眶而出!

是的,今天,此时此刻,他心中知足了。

"我当年可不像你这么知足啊!"老歌唱家朗声笑道:"取消我一次出国机会,我会罢演三场的!"

人群中,也发出了一阵笑声。

"千金易得,知音难寻啊!"

"这小伙子今天算是没白唱。"

"不是金刚钻,人家今天也不敢到这儿来揽瓷器活!"

"天生的弯弯肚子才吞镰刀头嘛!"

…………

老歌唱家又说:"我要和你好好谈谈。现在就跟我走,坐我的车,到省歌舞团去。中午饿不着你,我管你饭。"说罢,挽住刘大文的一条手臂,缓步向人群外走去。

刘大文抬起另一条手臂,擦去了脸上的泪水。

人群又闪开了路,表示对他们共同的礼让。

刘大文看到了那辆小汽车。他心情激动得无法形容,以为自己是在做梦,但周围的公众向他证明,他不是在做梦。

“我的小女孩，我的好小女孩，也许，我今天将能带给你一个使你万分欣慰的消息啊！而你，一定会回报我一千个吻……”他在心中对他的“小女孩”说着。他恨不得一步就与老歌唱家跨到小汽车旁，一分钟后就坐着小汽车到了省歌舞团，两分钟后就带着一个美好的福音回到了“家”里，三分钟后就已经躺在他们的那个虽然黑暗但很温暖的“小匣子”中的“席梦思”上，拥抱着他的“小女孩”，享受着她将要回报给他的一千个温柔而甜蜜的亲吻……

当他们走到小汽车旁时，当司机（他万没料到老歌唱家几乎遗失了的是一个年轻的同行）替他们打开车门时，“金嗓子”忽然想到了什么，他从老歌唱家的挽持中抽出手臂，慢慢地转过了身。

他们——他的那些过去从不相识的，或虽曾有过一面之缘，但已多年失去来往，互不联系的，与他一样返城待业的伙伴们，一个个仍站在那里望着他。

他心中严厉地谴责自己，怎么能忘记了他们！他张了张嘴，想要对他们说几句话，却一个字也说不出来！他的喉咙被一块海绵似的东西堵住了，那团海绵仿佛在五味缸中浸泡过。

刘大文啊刘大文，难道你连一句感激的话都不会说了么？那么你就对他们说一句诙谐的话吧！你平时不是挺善于打趣逗哏的么？哪怕像“再见”这样普通的话都行！你总得对他们说一句话呀！你不能对他们一句话都不说就坐进小汽车一走了之呀！

然而他望着他们，张了张嘴，又张了张嘴，张了几次嘴，仍然是一个字也说不出来！他的内心世界里感情的大海涌起叠叠波涛，在他思想的礁石上撞得粉碎，溅起阵阵浪花！将他的语言像卷走海滩上的贝壳或石子一样，卷到他的心海深处沉底了！

他恨不得扯开衣服扒开胸膛让他们看一看他内心里是怎样的一番情形怎样的一种状态！

他硬是说不出一个字来！他绝望了。

心海中的浪花溅湿了他的眼睛。

“金嗓子”深深地深深地向伙伴们弯下了腰——他恭恭敬敬地给伙伴们鞠了一个九十度的大躬。

“金嗓子”向他的伙伴们连鞠三躬，却始终没说出来一个字……

小汽车开走了。

人们渐渐散去了。

广场上空荡寂寥了。

他们，那些“伴奏者”们，依然站在那里，还有那些轻灰巨砖陪着他们。

“这场戏算是结束了，但愿有个好尾声。”络腮胡子自言自语。

谁也没回答他什么。

他一一看着大家，又说：“我们这些配角也该散了！把它们搬回原处吧！”他踢了踢一块轻灰巨砖。

他们默默从命，将那些轻灰巨砖搬回江边。

络腮胡子拍了拍手上砖灰，向大家伸出了一只手：“哥儿们，后会有期了！”

大家一一同他握手。

他们都一一握过了手，还不散去，好像在期待着络腮胡子下达一句更加明确的“口令”——“解散！”才肯分别似的。

络腮胡子没有下达这样的“口令”。他问大家：

“你们说咱们的‘金嗓子’会有个好尾声么？”

还是无人回答他什么。

但他从大家的目光中看出了这样的意思——咱们今天太值了！好运气已经向咱们的“金嗓子”招手了！……

忽然，这些返城待业知青们，不约而同地搂抱在一起了！就像夺得世界足球赛冠军金杯的运动员们那样，十几个搂抱在一起了，他们的头也聚在一起，头抵着头，久久未抬……

那些轻灰巨砖听到他们中有谁哭了……

城市，城市，你将他们二十余万分开了！但是，只要他们想聚在一起，他们就会十几个、几十个，乃至成百上千，更多更多地聚在一起！

“我想起来了，八年前全省文艺大汇演期间，我就听你唱过歌，唱的是歌剧《白毛女》中杨白劳的选段，对不对？后来，为了把你调到省歌舞团，我曾亲笔给你们兵团总部写过信。不过我那时太天真了，我还一边参加演出一边继续接受改造，那封信当然也如泥牛入海，有去无回！……”老歌唱家又朗声大笑了。他指指团长办公室里的沙发，对刘大文说：“坐嘛！我耽误不了你多长时间，要跟你谈的，不过三言两语而已。第一，从今天起，不，从现在起，你就是省歌舞团的歌唱演员了！也不是一般的歌唱演员，是主要歌唱演员，是台柱子。听明白了？”

刘大文听明白了。因为听明白了，才觉得“明白”中混合着太多的不“明白”。半小时前，他还是一个返城待业知青。此时此刻他真可谓“摇身一变”，成了省歌舞团的“台柱子”！“明白”得近乎荒谬。不“明白”得不想“明白”过来。这情形好比一个男子苦恋着一个对其冷若冰霜的女人，而当这男子的心绝望到和那女人一样冷若冰霜的时候，她突然出现在他面前，信誓旦旦地对他说：“我整个儿的心都在爱着你，非你不嫁，听明白了？”然后就张开双臂拥抱他，然后就含情脉脉地长吻他……

老歌唱家见他似明白非明白，郑重地说：“你别以为我在跟你开玩笑！我不是爱开这种玩笑的人。一切手续都由我安排人来办，你不必分心。我放你五天假，五天后，你找我报到，开始参加排练。你要练好三到五首歌，排练时间只有半个月了，半个月后，随团进京,为庆祝‘五一’劳动节向首都人民汇报演出,听明白了?”

“听明白了。”

“我怎么瞧你好像什么都没听明白?”

“听明白了。”

“重复一遍。”老歌唱家越看刘大文那种样子,越觉得有严肃认真的必要。

“从今天起,不,从现在起,我就是本团的歌唱演员了。还是主要歌唱演员,还是台柱子。我不应该以为您在跟我开玩笑,您不是爱开这种玩笑的人。一切手续,都由您安排人来办,我不必分心。您放我五天假。五天后,我找您报到,开始参加排练。我要练好三到五首歌。排练时间只有半个月了,半个月后,随团进京,为庆祝‘五一’劳动节向首都人民汇报演出……”

老歌唱家盯着刘大文的脸瞅了半天,迷惑地问:“你怎么了?”

“我怎么了?”刘大文也迷惑地反问。

“你的记忆力简直使我吃惊!”

“这使您对我的印象不佳了么?”

“那倒不是!但是为什么……”老歌唱家不知为什么自己会说出“为什么”三个字。这场谈话中根本不存在任何应提出质询的“为什么”。面前这个即将成为省歌舞团台柱子的返城待业知青,忽然使他觉得有什么不对头的地方。他没能“但是”下去,却补充道:“对了,你来找我报到的时候,要带给我一份身体健康证明。”他认为补充这一点很重要。

“是。带给您一份身体健康证明。”

“你的头脑没得过什么病吧?比如精神方面,没受过什么打击或刺激吧?”

“这方面的健康证明,我可以开出十张来,报到的时候带给您。”

“噢,不必,不必十张,一张足矣。你还有什么想要对我提出的问题吗?”

“有人对我说城市不需要歌唱家。”

“什么人? 什么人说这种话?”

“我们街道的待业知青办公室负责人。”

“你把他当成一个聋子就是了。”

“我返城之后不久,到这里来过一次,某位好像也是个头头的人对我说,一座城市有一位真正的歌唱家就不算少了。我要唱一首歌给他听,他说他没工夫听……”

“我会调查出他是谁,并且当面告诉他,他的话是屁话。他肯定有工夫听。”

“如果我今天没有勇气在青年宫剧场外……与您分庭抗礼呢?”

“那……可能将是你的遗憾。”

“如果您今天没听到我的歌声呢?”

“那……可能还是你的遗憾。”

“如果您今天虽然听到了我的歌声,却根本不屑于见识一下我这个无礼的小人物是谁,或者虽然见识了我,却当众挖苦我讽刺我呢?”

“那……那可就实在太遗憾了! 是你的遗憾,也是我的遗憾,是省歌舞团的遗憾。”

老歌唱家挽着刘大文的手臂踱出了办公室,一边往饭厅走一边说:“至于健康证明,那就免了吧!”

他抽出手臂说:“我不能在这儿吃!”

“为什么?”

“我想早点回到家里把我的幸运告诉她。”

“谁?”

“我妻子！”

“是这样，理解，我很理解。你稍等一下！”老歌唱家转身离去。一会儿回来了，重新挽着他的手臂，将他送出大楼。

楼前停着那辆刘大文坐过的小汽车。

老歌唱家替他打开了车门……

一千个吻！当然应该是一千个吻！我的“小女孩”我的至亲至爱的最好的“好小女孩”，我的命也是你的命！我们的命早已连在一起成为一个命了！让我们感激别人的同时，也感激我们的命吧！他那只习惯于插在衣兜里的右手，又仿佛轻轻握住了什么温柔的纤秀的小东西……

他真想叫司机停住车，跳下车往“家”跑。他觉得小汽车的速度还没他跑得快。

在离“家”三条街的横马路上，车被红灯拦住了。

“我下车！”他钻出车，撩开长腿往家跑！

他一直跑进院子，跑到“家”门前，见“家”门大敞大开，“家”里一片凌乱，他的“小女孩”不在他们的“小匣子”里。

他想她准是在妹妹妹夫的屋里哄两个孩子玩呢！不过太不应该将“家”门大敞大开：虽然他们的“小匣子”里没什么会丢失的东西，但温暖却是宝贵的。

他关上“家”门，返身疾步走到父母和妹妹妹夫住的屋里，一脚门内，一脚门外，便兴冲冲地叫了一声：“小眉！”

妹妹妹夫住的外屋没人。

父亲母亲住的里屋也没人。

他有点奇怪了。走出屋，在院里高叫：“小眉！小眉！……”

她一向是不带着孩子们到邻居家串门的呀！父亲母亲又到哪儿去了呢？

一位邻居大婶闻声从自家走出来，见是他，急切地说：“大文呀大文,你可闯了祸啦！你那小爱人她煤气中毒了呀！俩孩子都在我家,你赶快去医院吧！可能是静安医院！”

“煤气中毒?”他一时对这四个字没有反应过来。

“天哪！别犯傻了！还问什么劲呀！”

他的第一个反应是那女人所看不见的,他插在衣兜里的右手一下子握紧了……

在静安医院抢救室外,他看到他的老父亲和老母亲抱头痛哭。

“妈,爸,小眉她在哪儿? 在哪儿? ……”他不要她一千个吻了,他要马上看到她怎么样了,他要向她低头认罪:不该在头一天晚上骗她服下三片安眠药,不该往炉子里加煤,不该将她封闭在他们的“小匣子”里,应该早就想到敲打烟筒……

老母亲泪如洗面,望着他,捶胸顿足地说:“我的儿呀儿呀,是你……你把她……害死了呀！……”

“不！她在哪儿? 在哪儿?！……”他要往抢救室里冲。

一个护士从抢救室出来,用背靠住抢救室的门,阻挡他冲进去,司空见惯地说:“你们别在这儿哭了好不好? 你们已经影响里边做手术了！人死如灯灭,哭有什么用? 她已送到停尸房去了……”

他身体摇晃了一下,像棵被从根部锯断的树似的倒下去了……

两天之后,在火葬场,十几个返城知青几乎占领了整个候化室。他们有男有女,是来向袁眉的遗体告别的。他们一个个如同守护神围在她的遗体四周,从中午至下午,没有一个人说过一句话,都在默默地瞧着她那张美丽的脸。十几个死者越过她的编号被输入了地狱之门。

她仰躺在窄长的轮床上,雪白的布单从颏下罩至脚下。她的脸经过了一番淡妆,显得更加秀丽婉雅了。她似乎并没死,似乎仍在睡着。

刘大文站立在她的轮床边，目光没有一刻离开过她那张美丽的脸。他握着她的手，也没有一刻放开过。她那只象牙雕成般的娟秀的小手，仿佛已被他的手握“活”了；不那么凉了，也不那么僵硬了。

又有一个死者越过她的编号被放到了输送带上，一个面容青黄枯槁的老太婆。短小的想必也是干瘪的身躯，被花团锦簇的绸缎被子严密地包裹着。将她放到输送带上的分明是她的两个儿子，他们那样子也分明是在不得已而尽着人之子的最后义务。

输送带是用节节钢辊组成的。它的中间部位闪闪发光，那是“物体”与金属摩擦的结果。而它的两侧，钢辊与钢辊的焊接处，呈现着肮脏机床所常见的一层污渍。

输送带运转了。老太婆的遗体像一件“流水线”上的产品，缓缓地被输往最后一道“工序”。

除了刘大文的目光依然凝视在妻那张显得愈加美丽的脸上，其他返城知青们都又一次默默地看着这一机械作业的过程。包裹着老太婆身躯的缎被，在“地狱之窗”卡住了一下，然而输送带并没有停止运转，那缎被和它所包裹的身躯，卡得卷了起来，如同弹棉机上的棉花由于机械故障堆积成了棉球。可能是操纵机械者发现这一小小“故障”后及时按了某一个按钮，“地狱之窗”迅速抬起，那花团锦簇的“棉球”一下子滚落在托尸板上，他们听到了一声闷响。托尸板——这钢的大手，凭着一根机械的神经，一“感觉”到托住了什么，转眼就将那花团似锦的“东西”连同自己塞到焚尸炉膛里去了。熊熊火焰顿时从炉口喷出……

当那阵火焰渐渐熄落之后，有一个工作人员小心翼翼地对这些返城知青说：“我们……快下班了……”

他们谁也不回答什么，也不动。

那个工作人员,向另外两个工作人员使眼色,他们便走过来欲从轮床上抬起袁眉的身体。

三只有力的手同时将他们狠狠推开了。

他们愣愣地望着这些返城知青们。

一个悲哀的声音低低地说:“嫂夫人,让我们像当年那样……每个人……都……亲你一下吧……”

说话者首先哭了。

这些返城知青们,一个个两眼含着满眶悲泪,依次在那张无比美丽的脸上轻轻吻了一下。

几双手轻轻地轻轻地将她从轮床上抬起,轻轻地轻轻地将她放到了输送带上。

输送带又运转起来了。刘大文还握着妻的那只手不放,他跟随着妻的身体,移动在输送带一侧。

她的面容进入了“地狱之窗”。

刘大文握住她的那只手不放。

输送带运转着。

她的身体一半在“窗口”内,一半在“窗口”外,微微地颤抖起来,就好像她知道外婆的死那一天夜里在他怀中哭时那样颤抖着。

“嫂夫人!……”

“嫂夫人……”

“嫂夫人……”

返城知青们一个个失声恸哭。

刘大文不忍视妻的身体的那种颤抖,他心疼她,放开了她的手……

返城知青们立刻都扑向输送带,用他们的双手拼命朝后扳住输送带的节节钢辊……

输送带运转着,扭伤了他们许多人的手指……

一声微小的人体低落的响声……

输送带停止了运转……

姑娘们几乎同时伏在输送带的钢辊上……

几个小伙子的拳头一下又一下地砸在钢辊上……

哭声一片……

火……

“地狱之门”的火……

“金嗓子”美丽的“小女孩”顷刻变成了碳化物……

那一天夜里，“金嗓子”独自一个人睡在他们——不，他的温暖而黑暗的“小匣子”里。

炉盖开着，外面的烟筒被一团破麻袋片堵塞着。他服了安眠药，怀中搂着妻的骨灰盒……

他在昏晕状态中听到了两个女儿的哭嚷声：

“妈妈！妈妈来……”

“我要跟妈妈睡……”

“我也要跟妈妈睡……”

他听着，听着，听着……

两行眼泪从他那闭着的双眼中渐渐溢了出来。

“我要跟妈妈睡……”

“我也要跟妈妈睡……”

他从昏晕状态中挣扎了起来，跌下“床”，爬到“小匣子”门口，推开了门……

五天后，一个穿着破旧得很不体面的兵团战士棉衣的人，怀中抱着一个美丽的小女孩，出现在四月的阳光温暖的大上海街头。

他抱着那个美丽的小女孩边走边问，在大上海街头走了许久，最后站立在一幢小小的花园洋房的美观的铁栅门外。门旁挂着一块牌子,上写:××区少年之家。

他问看门的老头:“李凤林是不是住在这里?”

老头打量了他一番,回答道:“他已经不在了。”

“他什么时候回来?”

“我说得很明白,他已经不在了。”

“……”

“喏,你没有看到那块牌子吗?他写下了遗书,将这幢花园洋房和十几万存款,捐献给区少年之家了……”

“……”

七天后,一辆小车开进了刘大文家住的胡同。

老歌唱家站在“小匣子”门外,一见开门的正是刘大文,劈头便问:“年轻人,你开我的玩笑吗?”

刘大文的双唇动了动,说:“对不起……”

“金嗓子”发出的是嘶哑的声音。

“你……你的嗓子?!……”

“她死了……”

第十五章

四月标志着这座北方城市的苏醒。树木在春天的裙边慢饮着冬天馈赠给它们的琼浆玉液，醉意微微之中解了银铠甲，披上绿斗篷。

从松花江上开始听得到轮船的汽笛声了。隔江望去，对岸已不再是荒僻的地方，太阳岛树丛的初绿赏心悦目。江畔公园的游人日渐增多。清晨，老人们在江边练太极拳或练气功。傍晚，一对对一双双二十来岁的情侣们的倩影，在江边徜徉过来又翩漫过去。星期天，有工作且有兴致的人们，则乘舟过江，去踏彼岸之春。

邓丽君的歌声从台湾跨越海峡传到了大陆，又从广州、上海、北京沿着铁路线以八十公里的时速传到这座城市。虽然还没达到风靡的全盛阶段，但已显示出方兴未艾的走红势头。“美酒加咖啡”、“月亮就是我的心”之类歌曲，随着“家庭四化”这一民间口号的提出，给本市最先拥有录音机的人们带来了时髦的欣赏。某些热衷于赶时代之“潮流”而又有家庭之经济基础的小青年们，拎着一台“夏普”或“三洋”，里面装上一盘“邓丽君”，将音量放到极大，在江畔招摇过市，仿佛他们是二十世纪八十年代中国的拿破仑似的。

在北京，《中国青年报》正展开讨论当代中国青年可不可以跳“迪斯科”，留“披肩发”，穿“牛仔裤”，描眉抹唇究竟算不算“资产阶级生活方式”的严肃问题。文坛“歌德与缺德”之争风波未平，影坛又因《望乡》唇枪舌剑。“参考影片”票价高达七元八元及至十元以上。录像机和后来被称为“精神污染”的录像带，正从各海关源源地被奉送到或被带回到某些权贵之家。

而在A市，市委又作出决议，恢复了一批老干部的名誉和职务。

一支由建筑工人组成的维修大军，对全市“文革”中耗资几千万元所挖之深“洞”，继续耗费人力物力进行不得已的维修和填埋。

一家电影院的广告上写着：今日上映外国影片《××××》，深刻揭露资本主义社会矛盾，其中也有不少“黄色”镜头，欢迎广大观众批判。

售票窗口前，小青年们恨不得挤破脑袋。

“特殊治安条例”没有宣布撤销，但城市的气氛已不像一个多月前那么紧张了。

“一中事件”仍是欲了未了之事件。

二十余万返城待业知青仍在待业。

这一切值得一提或根本不值一提的城市的事情和事件，似乎都在季节的白绿色彩过渡的美好日子里，失去了本色。

王志松已经参加工作近三个月了。今天是他发工资的日子。他在上衣兜里装着五十九块钱。他返城后衣兜里第一次有过这么大数目一笔钱。他的基本工资是三十八块，比在北大荒多了一块。这个月他一天也没休息，还加了许多天夜班，所以多开了二十一块。他很高兴地走在回家的路上。

他那身新工作服洗了两次，半新了。穿着半新的工作服，上衣兜里装着五十九块钱，腋下夹着饭盒，他觉得自己是这座城市的一位顶天立地的公民了。一个二十九岁的人有了这样一种自我意识，才会觉得二十九岁是想做某些事还都不算晚的年龄。

路过新华书店，他犹豫了一下，走了进去。他听人说，书店里可以买到一本家庭育儿知识方面的书，他早就想买一本了。要让宁宁健健康康地成长，要让宁宁从小受到良好的家庭教育。宁宁——这是他给儿子起的名字，他挺喜欢自己给儿子起的这个名字。小时候叫宁宁，长大了叫王宁。一定要去掉一个“宁”字。不知道为什么，他不喜欢那些叫重复双字的人名——“豆豆”啦、“倩倩”啦、“果果”啦、“红红”啦。不喜欢叫这类名字的小伙子，也不喜欢叫这类名字的姑娘。他认为叫这类名字的人，似乎都是些永远长不大，永远都在装小孩也希望永远被当成小孩去宠惯的人。他讨厌这类人。王宁——他唯愿儿子未来的命运中多一点安宁，性格中也多一点安宁，别像自己那么易怒。想到了儿子，他的好心情又变得有些忧郁起来。自己的户口落下了，儿子的户口至今还没落下，负责落户口的人不承认那孩子是他的儿子，还向他大谈什么婚姻法。儿子，放心！他默默地对自己说，爸爸一定要给你在这座城市落下户口！过几天我还要去找负责落户口那小子，他妈的他再跟我别着劲儿，再跟我大谈什么婚姻法，爸爸就揍扁了他！……

他不但买了《家庭育儿大全》，还买了《怎样奶孩子》、《小儿疾病常识》、《小儿口吃怎么办?》、《怎样保护孩子的听觉和视力》、《儿童心理学》、《儿童性格的培养和教育》、《父母如何为孩子作良好的榜样》等十来本小册子。

售书员是个二十多岁的姑娘，一边给他捆扎那一捆书，一边和他说话。

“男孩女孩啊?”

“男孩。”

“几岁了?”

“还不到一岁。”

“我看你准能当个好爸爸。”

“学着当。”

“男孩比女孩淘气吧？”

“现在还看不出来。”

“你为他这么认真地当爸爸，他长大了要是惹你生气，那可就够你寒心了。”姑娘爱开玩笑。

“我儿子绝不会让我寒心的！”姑娘怪可爱的，她的玩笑不可爱。

姑娘见他变得那么严肃，脸红了，一声不响地赶紧将书捆好交给他。

他拎起书，有点过意不去地说：“谢谢。”

“不用谢，我高兴替做了父母的人选这些书。”姑娘微微笑了一下。

“我的儿子，他将来绝不会让我寒心的。”

“我相信。”姑娘回答得很郑重。因为他那样子，似乎她如果不郑重，不回答“我相信”三个字，他就不走，甚至可能和她吵一架。

“谢谢。”他那张严肃的脸上，终于也浮现出了微笑。

“不过……别太娇惯他了。现在的独生子女们，都有点被父母娇惯坏了。”

“他要是越长大越调皮，我就揍他。”

“那可不好！孩子他妈妈也会跟你闹矛盾的……”

他拎着书发了一会儿呆，竟没听见姑娘这句之后又跟他闲扯了些别的。

“你还要买别的书吗？”

“啊，不，不……”

他因为自己的失神而有点发窘起来，又对姑娘掩饰地笑笑，转身走了。

他乘了一段公共汽车，在自由市场下了车。公共汽车的站牌上写着，这一站是“农贸市场”。可是老百姓们都习惯把这个地方叫作“自由市场”。中国的老百姓，普遍对“自由”的要求很低很低。中国的老百姓在这方面是没得说的，大大的良民，好老百姓。但凡够得上好的百姓，大抵对“自由”都不那么“得寸进尺”，给点就行。

他到这里来是想买两条开江鱼。母亲近来一直卧床不起，病体恹恹。他每天上白班，加夜班，没时间陪母亲去医院看看病。妹妹陪母亲到医院去看了两次病，也没诊断出个什么结果，只开回了几包安神补心的草药。他问母亲想什么吃不？母亲说就想吃开江鱼。在他的记忆中，松花江每年开一次江，母亲却有二十多年没喝过一口开江鱼炖的鱼汤了。规规矩矩的好老百姓们，差不多也都有这么多年头没吃过开江鱼了。也不知道二十多年来松花江里的鱼都哪儿去了。报上解释，因为工业污染。可是自从开放了这个“自由市场”，江里的鱼似乎又多了起来。开江的鱼能见到，封江的鱼也能见到，而且都很肥大。“自由”对老百姓归根结底还是有些好处的。尽管标价贵得令人咋舌，但久违了的鱼儿毕竟又和老百姓有点缘分了。

卖鱼的摊床不少，但他一问价，便不敢滞留。他是个孝子，只要母亲想吃的东西，花多少钱他也舍得买，他是唯恐买回家去的鱼太肥大了，母亲反而难以下咽。花十几块钱买回家一条两斤重的开江鱼，母亲肯定要埋怨他的。买巴掌大小的鱼，他又觉得一片孝心没尽到。他要买两条不大不小的。不小的鱼不少，不大的鱼不多，不大的也都不怎么新鲜了。他有所不甘地沿着卖鱼的摊床，在一阵阵卖开江鱼的招徕声中往前走。春天使这里的“自由”景象更加繁荣了，与冬季相比，只缺少了一样——“金嗓子”叫卖香烟的声音。

从这个“自由”的地方的东头走到西头，王志松还是没有买到两条既足以尽到自己的孝心又不至于受母亲埋怨的“身材适中”的鱼。

在市场牌门外的一小块空地上，疏疏散散地围着一圈人，分明在观看耍什么把式的。树叶虽然是绿了，但傍晚的天气并不暖和。“自由市场”上的许多守摊人，还穿着棉袄呢。那耍把式的，却只穿件背心，噼噼啪啪地拍着胸肌并不发达的胸膛，用一种江湖口气喝吼：“嗨！诸位听了！光说不练假把式，光练不说真把式，又练又说好把式！诸位，小子没有别的能耐，只会一着本领，叫作‘吸水击掌’！这一着，武林失传。在下三生有幸，受高师指点，苦练多年，九路掌法，才略通一二，愿向诸位当场表演！……”

王志松看得分明，也听得分明，那位“在下”不是别人，正是他许久未见的好友严晓东。

“喂，先说说你师傅哪门哪派，叫什么名字？”有人大声发问。从那种语调听得出来，是惯于在别人的狼狈之中获得心理满足的街头混子。

王志松知道，严晓东的“吸水击掌”，是从姚守义那儿学的。当年在连队里，姚守义曾因会这一着，某一时期成了知青们心目中一个神神道道的人物。不少知青想拜他为师，跟他学。他却扎起“气功大师”的架子，“凡人”不传，只看在好朋友的情分上，教会了严晓东。王志松至今不知那一着是真是假。姚守义也不传他，认为他会泄露“天机”。他想，既有可能被泄露的“天机”，足见是假。他暗暗替严晓东捏了两把汗。这要像变戏法似的被当众戳穿，那太丢人献丑了！他猜不出严晓东在这个“自由”的地方当众表演这一手到底是为了什么。

严晓东当然不是到这个“自由”的地方来“自由自由”的，他纯粹是为了挣钱才奔着“自由”而来的。他带来了家中的一把破椅子，一条旧的白布褥单，一个旧脸盆，一个理发箱。理发推子和木梳之类，是连队知青的公物。多年来，他在连队一直是义务理发员，理得还不错。大返城时，知青们连许多私物都顾不上要了，哪还顾得上理发箱！他就义不容辞地将理发箱带回来了。可是接连三天，在这个“自由”的地方没有一个人愿以头相许，所以他的严记露天理发店三天没开张。他心中不免十二分的沮丧，但又不甘心，所以他今天突然心血来潮，要为自己闯闯招牌。

他听了那个人的问话，不慌不忙地道：“在下恩师，行不更名，坐不改姓。只因遁迹武林多年，隐居民间，不愿披名扬姓。在下岂能不记恩师教诲，将恩师的姓名告诉你么？”

他的“恩师”姚守义，这会儿正同三十几名在“一中事件”中遭到拘捕的返城待业知青，被迫进行劳动呢！

“诸位，大家看清了，在下就要开始献技了！如果我是假把式，哪位看破了，当场点穿我！我在地上爬三圈，学狗叫！”严晓东说罢，从容不迫地把一张报纸用香皂粘在身后的水泥墙上，然后将旧脸盆端到离墙四五米远处，平伸双手在人们面前走了一圈，手心朝上，使人们都看到他的手心是干的。然后，来了个很不到家的“骑马蹲裆式”，双臂舒展，手心朝下，对着旧脸盆里的半盆水运起气来。他这一番做作煞有介事，倒也吸引得围观者们目不转睛。

但见他，运足一口“丹田”之气，身体下蹲，双手依然掌心朝下，于旧脸盆二尺许止，作捂盖状，渐而作抱球状，作摩擦状，作聚敛状。

猛可地，他怪叫一声“气来也！”腾地跃到水泥墙前，啪！啪！啪！朝报纸上连击三掌！

报纸还是报纸，上面连个水滴也没出现！

围观者们哈哈大笑起来。

就在这笑声之间，他又朝报纸上连补了三掌，口中发出三声威武雄壮的喝吼：“嗨！嗨！嗨！”

笑声顿止——报纸上出现了三个清清楚楚的水淋淋的掌印！

他收了架势，长长地从容不迫地吁出那一口“丹田”之气，将报纸从墙上揭下来，四指捏着两角，从众人面前一一走过，展示给大家看。

一阵掌声。

他四指一松，那张报纸飘落在地上。他又手心朝上伸出双手展示给大家看，并说道："诸位，请看我这双掌，究竟是一样还是不一样？"

他一掌干，一掌湿。

于是这着"吸水击掌"，获得了几声喝彩。

他脸上不无得意之色："诸位，在下方才已有言在先，九路掌法，在下只练得一二而已。若是练到精通，站在井台之上，击井井水翻花！每一掌出去，都有千斤之力！在下向诸位献技，不过一时兴之所至。在下不是跑江湖靠卖艺混饭吃的，在下是本市规规矩矩的一位公民。诸位看到了，我这里有椅子一把，脸盆一个，还有这个——理发箱。在下是个理发的。哪位若是明天要当新郎，后天要出国，大后天作什么报告，或者是科长以上干部，您别坐我这把椅子，坐下了我也不给您理。我这是只理发，不洗，不吹，不刮脸。您啊，还是请到'北来顺'或者'迎宾楼'那样的高级理发店去理吧！哪位小学生、中学生，您放学回家了，经过我这儿，您那头发长了，再不理老师要批评您啦，到理发店去，没有俩小时轮不到您那颗头。您兜里正好带着一毛五分钱，您就请坐到我这把椅子上，我认真地给您推，仔细地给您剪。十分钟，您可以走人了！您要是位工人，您下班打这儿路过，您也请坐我这把椅子，耽误不了您多大一会儿工夫。晚回家十分钟，进了门，您爱人一见您，乐了。因为您变年轻了嘛！星期天，您再刮刮胡子，两口子带着孩子到江边到公园一遛，或者到孩子他奶奶家姥姥家，多和睦的一天！免得您好容易盼来了个星期天，在理发店就干泡去两个多小时！目前是二十世纪八十年代，时间的观念是极其宝贵的！哪位说啦，我身上没有一毛五,临出门身上只带着一毛钱。一毛钱?您也请坐!我照样认真地给您理,仔细地给您剪!您只带了五分钱?五分就五分,您也请坐了!您一分没带?没带就没带,您也请坐了!咱们算交个朋友,下次您再光临……”

人们见他不再露什么“吸水击掌”一类的“气功”,而大扯起“生意经”来,纷纷离去。

王志松朝自己的好朋友走了过去。他见严晓东一套一套地说得口干舌燥,又是心疼,又是惊讶不已。好朋友在连队时可从来没这么能说会道过呀!

严晓东见人们纷纷走散,留又无法留住,“吸水击掌”也白表演了,更加沮丧。一抬头,见到王志松站在跟前,不由一愣。

王志松说:“给我理理吧!”他头发还真够长的。

严晓东仿佛遇见了救星,大喜过望,说:“诸位慢走!诸位要是信不过我的理发水平,求你们再留片刻,看我给这位工人师傅理得如何?”

他这一说,还果然有人不走了。

“师傅您请坐!”严晓东殷勤之至地对王志松说。瞧那样子,谁也不会想到他和“工人师傅”是好朋友。

王志松在他那把破椅子上坐下,严晓东抖了抖旧白布褥单,围在好朋友脖子上,从理发箱内取出了推子。

“您要理个什么发式?”

“随便。”

严晓东对好朋友的头研究地瞧了片刻,征询地说:“我看师傅您这头型,理个运动式怪精神的!现在天也暖和了,洗起头来也方便,您的意思呐?”

“好,就理个运动式吧!”王志松他是豁出自己一颗头,在今天这关键的时刻周全好朋友。别说运动式,就是严晓东认为当众给他理个秃头对他最合适，他也心甘情愿。

严晓东理发的水平，确实不比一般理发店里的一般师傅的理发水平低。十多分钟，他就为好朋友理了一个“运动式”。不知他是因为“买卖”终于开张，多少有点激动和兴奋，还是因为心急或推子拧得过紧，拔了好朋友几次头发。他自己心里有数，王志松心里也有数。王志松虽然头发被拔得够疼的，却连眉梢也没敢动一下。

严晓东拿了块没框的方镜，为王志松前后左右地照了一遭，问他有什么不满意的。

王志松当然是满口回答：“满意，满意。”

严晓东往他脖子上擦了些粉，替他用毛巾抚尽头茬，“释放”了他。

王志松给了严晓东一毛五分钱。严晓东装出“按劳取酬”的样子，一手接了，揣进衣兜。

两个好朋友在那一毛五分钱一给一接的瞬间，默默望了一眼，各自都看出了对方心里挺不是滋味，却都不能说句什么。

严晓东将那块白布褥单和那条毛巾抖了几下，继续招徕生意：“还有哪位再愿意将头续上？别不好意思嘛！露天看电影和露天理发有什么区别啊？节省的是您的宝贵时间嘛！我这也算‘新生事物’，需要大家的热情扶持啊！”

于是有一个看样子下了班，刚从“自由市场”里转出来还没回家的中年工人，大大咧咧地说：“我这头续上！我看你理得还可以，我这头也不值钱，一毛五就一毛五了！”说着便走向严晓东，在他的椅子上坐下去。

王志松见好朋友的“生意”又续上了，只好离去，走到市场牌门下，吸着烟等待。见到好朋友一面不容易了。

严晓东的“生意”在好朋友的周全之下，虽然总算“开了张”，却不怎么兴隆。但他已经很心满意足了。总共处理了六个头，算上王志松的一毛五分钱,衣兜里已经塞了九毛钱。

他处理完了最后一颗头,将推子什么的往椅子上一放,朝王志松奔了过去。

王志松默默递给他一支烟。

他贪婪地吸了一大口,问:“怎么样?”

“什么怎么样?”王志松反问。

“你的工作。”

“还行。修车。脏点,累点。我们这样的,能有个工作干就不错了!”

“别说这话!哥儿们之中,你是幸运的!”

“我知道。我爸爸的一条命换了我这种幸运。”

严晓东将一只手轻轻放在他肩上,凝视着他的眼睛说:“好好干吧!有了工作的,不管干什么,都应该想到我们这些还没工作的!我们拜托你们为我们全体返城待业知青闯牌子了!你们干得好,我们脸上也光彩,将来分配工作也容易些!”

严晓东这一番话,使王志松心里更加不是滋味,他点了一下头。

两个朋友边说边走。

“你那‘吸水击掌’,到底是怎么回事?”

严晓东神秘地一笑,抓住王志松一只手,往自己耳后摸了一下。

王志松摸了一手湿。他恍然大悟,难怪严晓东那镇住众人的三掌,都是从耳根后击出去的。

“水?”

“是水早干了。头油。”

“理发就理发,何必当众露这么一手?被点穿了多难堪!”

“我是不得已。不露这么一手,那些人能围着我看吗?今天也挣不到九毛钱！我要在那地方站稳脚跟，像今天这么露一手有好处，免得以后受欺负，会气功，谁敢欺负？如今不像在连队了，大家东一个西一个，得靠自己给自己撑腰眼了！……”严晓东说着，将一毛五分钱塞在王志松手中。

“干吗？”

“剃你的脑袋还能收钱？”

“你劳动所得，收下！”

两人争执了一番，晓东又接过了钱。

“守义怎么样？好久没见他了！有点想他。”

“他被拘捕了。”

“啊？！……”

“因为‘一中事件’，你还不知道？”

“一中事件”王志松是知道的。但姚守义被拘捕，却太使他意外了。

他的心情沉重起来，低下头，脚步也慢了。

严晓东有意扭转话题，问：“你拎了一捆什么书？”

“都是有关儿童保育的。”王志松郁郁地回答。

严晓东也就明白他为什么要买这些书了。边走边握了一下好朋友的手，说：“志松，你好好当那孩子的父亲吧！将来，我和守义有了工作，都会当他的好叔叔！”

王志松一声不响地走了一会儿，忽然又问：“小孩拉绿巴巴是怎么回事？”

“这……”严晓东给问住了，老老实实地承认：“这我也不知道。你买的这些书里没写着？”

“买时我都翻了翻，好像哪一本里也没写着。儿子已经拉了两天绿巴巴了！”王志松叹了口气。

“问你妈啊，你妈准知道。”

“问了,我妈说是着了凉,可我总有点不放心……”

严晓东却猛地叫起来:“糟糕,我的理发箱!”

两人只顾说话,忘了这码事儿。他们同时站住,同时转身——身后跟随着五六个半大孩子,有的替严晓东搬着椅子,有的替严晓东端着脸盆(盆里的水居然没倒掉),有的替严晓东拎着理发箱。

“你们……”严晓东大惑不解。

“师傅,你们只管说着走着吧!您的东西一样也丢不了……”

“师傅,从今以后我们就是您的徒弟啦!”

“师傅,我们可是对您无限敬仰无限崇拜啊!您可不能不收下我们!”

“师傅,反正您想收我们这些徒弟也得收,不想收也得收,从今以后我们认您这个师傅认定了!……”

那些半大孩子们,统统的称严晓东为“师傅”。

“你们……都想跟我学剃头?”

“不!我们都要跟师傅学气功,学‘吸水击掌’!”那些“徒儿们”异口同声。

严晓东看看王志松,哭笑不得……

王志松回到家里,见母亲仍病卧炕上,从被子底下伸出一只手,轻轻拍儿子。

儿子甜蜜地酣睡着。

母亲对他摆了摆那只手,说:“这小毛头啊,玩了好半天。你可是没见到我一逗他,他嘻嘻嘎嘎那个笑劲儿呢!”

他问:“还拉绿巴巴吗?”

母亲回答:“不拉绿巴巴了。我不是告诉你了吗,就是着了点凉,他那双小腿一醒来就闲不住,一转脸就把被子蹬了!”

他坐在炕边儿,看着母亲说:“妈,你好点了没有?”

母亲说:“好是好了点,就是一阵阵还心跳得慌,妈这是老毛病了。你别怕，妈不替你把这孩子拉扯大几岁，不会两眼一闭就死了！”

母亲的话，使他心里难过极了。

他笑着说：“妈，我今天开工资了！开了五十九块！”

“开了那么多？”母亲也高兴地笑了。

“这个月活儿紧，下个月还要加班加点，兴许还能开这么多！”

“你干那活累，中午自己在食堂买点好菜吃，别舍不得花钱。”

“妈，我今天忘了给你买鱼了……”

“唉，你问妈想吃什么，妈也不过就那么顺嘴一说。别买，挺贵的！”

“妈，我明天一定给你买回两条来！妈，你看我买了这些书，都是有关怎么样才能抚养好孩子的书，花了五块多，你不埋怨我吧？”

“妈不埋怨你。该买，该买啊！你既然有心把这孩子抚养大，就得学着当好个爸爸呀！咱们不能让这没亲妈没亲爸的孩子受半点委屈。”

“妈，我今天碰见晓东了，他还待业呢！我给了他十块钱，又托他给守义十块钱。守义因为返城待业知青在一中闹那件事，被公安局抓去了……我让晓东替我买点什么看看他……”

“晓东和守义是你亲兄弟一样的朋友，你该帮他们点。再说，你们过去钱上从来不分你我。如今你有了工作，更不能忘了过去的情分……只是，只是守义他是个好孩子呀，怎么就给公安局抓去了呢？他妈他爸可是该多着急上火啊！唉，你们这些孩子啊，做父母的上辈子欠下了你们什么债，这辈子要为你们操碎了一颗心呢？……”

母亲说着，就流泪了。

王志松将剩下的工资从衣兜里掏出来，放在母亲那只手里。他瞧着母亲那张满是皱纹的脸，心中说：妈，我们这些当儿子的真对不起你们……

第十六章

“吴茵,你的信!”

吴茵刚走入报社便被收发室的老张头叫住。他从窗口塞出一大捆信件,照例说上一句:“全报社就数你的信件多。”

这是一个没有争议的事实。

她请了三天“病假”。只要她有几天没来上班,寄给她的信件准会积一大捆。

信是一个人的社会关系的广告,对记者说来,是职业能力的证言。有不少同事羡慕她每天都收到许多信。

她笑笑,接过那捆信,抱着往楼上走。

“小吴,病好了么?”

她回头一看,是记者部主任。

“好了。”

“没好的话,就再休息几天,身体是革命的本钱嘛!你年轻有为,前程似锦,可要珍惜身体啰!”

主任一边并肩和她上楼,一边用关怀备至的语调说。她听不出他的话是真情还是假意。自从她被定为报社领导班子接班人后,主任似乎认为自己时时都有被她取而代之的危险,对她的态度总有点亲近得使她感到不自在,言谈之中难免流露几分虚伪。她却根本没想过要当什么“接班人”,也从来没产生过取代他这位部主任的念头。她生活里缺少的不是这些,她不希图这些,她内心真正渴求什么,别人是无法知道的。

“小病。感冒，发了两天烧。”她用微微一笑回报主任的关怀。其实她既没感冒，也没发烧。自从见了王志松一面后，她的心像一块风化石，从冷峭的巉岩上滚落下来，碎了。三天中她多少次徘徊在王志松家住的那条小街的街头街尾，为的是再见到他一面。没见到。她还不知他已参加工作了。更不知他近来连日加班，常常深夜回家。昨天她从四点钟一直在他家街头徘徊到七点钟，怀着极度失望的心情离去。丈夫问她为什么下班这么晚？她说因为在报社赶篇稿子。

她和主任刚刚走上三楼，到报社来实习的女大学生小于从一间办公室出来，一眼瞧见她，“呀”了一声。

主任进入了他的办公室，小于还在大诧不已地瞧着她，搞得她莫名其妙，以为自己身上有什么不成体统的地方。

“太来派啦！吴姐，你这件风衣从哪儿买的？”小于绕着她前瞧后瞧，左瞧右瞧。

“这是件旧风衣啊，都穿了一年了！”她被瞧得有些不好意思。

“嘿，没治啦！新的旧的，穿在你身上都那么来派！吴姐，你不但是一个好记者，还可以当一个服装模特儿呐！我要是有你这么好的体型啊，宁可去当服装模特儿，不当记者！当服装模特儿多来情绪！”小于对她的风衣和她的体型简直崇拜得五体投地。

“你呀，别像个傻丫头似的，尽说这些话！社里正考虑你毕业后要你呢！”她低声告诫小于。

“要我，也不过是想让我当编辑。不会让我当一名女记者。女记者嘛，都应该是你这样的，漂亮，有吸引力，有风度，有……”

那“丫头”不识好歹，只管喋喋不休。她经不住人当面奉承，转身走入了她的办公室。

“嚯，小吴来了！三天不见，风度有增无减啊！”

“主编老头子昨天还让我们去看望看望你呢！”

“大概老头子又有什么重要采访任务需当面布置给你了!”

“有什么可以先向我们透露透露的新闻吗?”

“你问得怪！她是生了三天病,又不是去采访了三天!”

“小吴不出门,便知天下事嘛！咱们专门去采访都采访不到的新闻,她坐在家里就会唾手可得!”

记者部唯独她这么一名女记者,而且比同事们至少都年轻十岁。在他们眼中,她是一位记者明星。他们和她相处得都不错,并且希望她能早日取代那位谨小慎微,闻“风”而动的部主任。她三天不来上班,他们就会觉得记者部死气沉沉。她五天不来上班,他们就会觉得自己老了好几岁。年轻漂亮的女性,是凡有男人的地方的阳光。往常,她也要跟他们开几句玩笑,今天她没有和他们开玩笑的心情。

她默默走到自己的办公桌前,轻轻放下那捆信件,双手托腮,神态郁郁地凝思冥想。

“小吴,我看你不像生病的样子嘛。三天没上班,是不是跟你丈夫怄气了啊?”在她面前常以老大哥自居的老孙,走过来隔着桌子坐在了她对面。望着她的那种目光,好像要向她证明,真正关心她者非老孙莫属。

她苦笑了一下,对这位“老大哥”摇了摇头。她希望他走开,他却不走开,目光盯在她脸上,似乎要从她脸上研究出她何以那么忧忧郁郁的原因。她不愿被他这么进行研究,便解开了捆信件的绳子,拆开一封信看。

“老大哥”这才放弃了对她进行研究的特权,识趣地站起身坐回到自己的办公桌前去了。

“你的话说得就让人不愉快。人家小吴两口子,那是恩爱夫妻,比翼伉俪,像你和你老婆似的？三天不怄气,五天气‘爆’了!”另一位“叔叔”辈的同事教训“老大哥”。

她的目光注视在信纸上，她的心在咀嚼着同事们的话，包括记者部主任的话。

领导班子的“接班人”，未来的记者部主任乃至副主编，年轻的女人，漂亮的女人，有风度有魅力的女人，有能力的社会关系广泛的女记者，恩爱夫妻，比翼伉俪……这些加在一起，便造成了一个别人心目中的“吴茵”。而这个“吴茵”是她自己吗？这些给她带来过半点幸福吗？不错，在“他”从自己的生活里消失了的漫长的浑浑噩噩的十一年中，她曾靠所谓“事业”两个字支撑着自己荒漠的人生大厦，它像阿拉伯古道上的废墟，可别人认为它价值无穷。它是将人的情感压榨干净之后制作的生活的木乃伊，而别人却羡慕甚至是嫉妒她的生活。她每天都在被一个男人合法地蹂躏合法地强奸，而别人却认为那个男人是她的好丈夫！她心里恨不得想一刀杀了他，而当别人在她面前谈起他的时候，她又不得不将对他的切齿仇恨掩饰起来，用虚假的微笑维护虚假的现实。她的“丈夫”占有了她，毁灭了她，造成她内心里深渊般的痛苦，而别人却认为她每一个小时都可能是浸泡在得意和快乐之中的。甚至认为那头雄海狗般的男人在某些方面也促进了她种种“事业”上的成绩！

她是全记者部在省报上发表文章最多的人。可是别人在公认她对现实的敏锐感知的时候，也曾这样窃窃私议——“她丈夫与省报主编熟得很呐！”

她的几篇“调查报告”在《人民日报》、《中国青年报》、《工人日报》发表后，人们称赞她“问题抓得及时”，“调查周密”，“文笔老练”的时候，也曾当面含蓄地问她：“听说调查线索都是你丈夫向你提供的？你当记者的找这么一位社会关系四通八达，比我们干记者这一行的人知道的事情还多的丈夫，可算是独具慧眼啊！”

她被定为报社领导班子的“接班人”，有人就捕风捉影，推测内幕——某某市委副书记对报社领导们夸奖过她，而她的丈夫是这位某某市委副书记家中的常客……

而那个雄海狗般的男人心里明明白白清清楚楚这一切的一切都与他毫不相干,却从未在别人面前说过一次澄清的话。某些场合,甚至还要表示出一个做丈夫的矜持的默认。有些议论,居然是他亲口向人散布的,以此证明他是一个多么有"能力"的丈夫。他的妻子的"能力"不过是借助了他的"能力"才成为"能力"。

他连她的"事业"也要蹂躏也要强奸也要占有也要毁灭!他要在她的生活的每一内容每一方面都深深打上他的私人印记。他在许许多多男人和女人的心目中却是一个好丈夫!多少男人因为不具备他那样的"能力"而自愧弗如?!多少女人因为她们的丈夫不如他而轻蔑自己的丈夫,眼红她的好命?!

拿在手中的那封信,她连谁写来的,写些什么都没看明白,就放到一边去了。

她又拿起第二封信拆开看。主编几天前交给她的一项采访任务,已经完成草稿,可能主编正在期待着过目,但她却不愿抄写,不愿拿起笔。她这会儿心全散了,什么事情也做不下去。不,整个心全系在一个人身上了,那就是王志松!全部思想都集中在一方面了,那就是她想再见到他。三天内她有多少次想要到他家中去找他,但走近他家时,又失去了迈入他家门内的勇气。如果见到了徐淑芳呢?不,她不想在他家里见到他!虽然她那么想见他一面,却不想在他家里见到他!女人的心啊,再善良的女人的心,在爱情方面,也是包含着嫉妒的!

被欺骗被断送了的爱,使她心中产生了一种对他的仇恨!是的,她恨他!如果世界上根本不曾存在过他,如果她少女时期那般纯真那般热烈那般痛苦的爱不曾萌发过,如果他当年不曾对她说:"等你长大了,我一定做你的丈夫!"那么她现在也许会像许多女人一样,将一种虚假的现实当成幸福,将一种没有爱的爱当作和大家一样享受着的爱……

可是真的曾经有过，假的就当不成真的了。真的没有死，根仍扎在她的心里，深深的，仍吸收着她的心血。假的没有根，从来没活过，却像藻类一样，严严密密地覆盖着她心中爱的池塘，隔绝了阳光，隔绝了空气。使它幽暗，冰冷，也不能倒映出什么影像，如死一般寂寥又莫如是死，而别人看到的却是绿色！

电话铃响起来了。“叔叔”辈的同事去接电话，然后对“老大哥”说：“你爱人打来的。”故意将“爱人”两个字说出过分强调的重音。

于是“老大哥”在电话里跟他的爱人就买国产电视机还是买进口电视机的问题争吵起来。

她在“老大哥”论证“外国的月亮未必一定比中国的圆”的充满民族情感的演说结束前，匆匆看完了第二封信。

写信的人她不认识。是一个小商店的副经理，希望调到某个较大一些的商店当第一把手。她的“丈夫”有权力决定这件事，并且“易如反掌”——信中这么写的。

信中还写道——我今年已经是五十三岁的人了，在这个小商店工作二十年了。再过几年该退休了。退休前若能调到某个较大一些的商店当第一把手，好歹熬个正科级，这辈子于愿足矣！您的丈夫是局里人事大权在手的副局长，我一直无幸与他相识，恐怕贸然登门相求，他也未必肯成全我。所以斗胆给您写此信，请您在您丈夫面前替我述述苦衷，我想他对您的话大概是会照办的。事成之后，我再登门重谢……

她将这封信撕为碎片扔进了纸篓。为什么要给我写信？认为女人一定比男人更具有恻隐之心？五十三岁……正科级……可是有谁来同情过我理解过我？性+权力+官场上的奉迎和倾轧，是构成她“丈夫”的那头雄海狗般的物体的总和！他不但占有着她的肉体,还像灰尘一样污染她生活的全部空间?哪怕她在什么地方留下一个指印,他的灰尘便会落满那个指印,使它显示出来,而有人会指着它说:“看,这就是吴茵!她靠她的丈夫让我们注意到她!”

那封被她撕碎了的信使她心中长久压抑的悲愤达到了顶点。她努力克制着不突然发作起来。

她开始分检那一捆信件。把她认为是首要的放在一边。如果再看到一封和第二封同样内容的信,她想她是会摔茶杯摔墨水瓶什么的。

一个信封上的字体引起了她的注意,那是一个普通的民用信封。粗硬的笔画写着“吴茵同学收”五个字。“吴茵”写得格外大。落款只有“本市”两个字,后面是更粗更硬的一道省略的横线。

这是他的字体!是王志松的字体!十一年没见过他写的一个字了!但她还是一眼就能识别出那确确实实是他的字体。这封信是他写来的!她的手有些发抖,慢慢拿起了这封信。她的目光像瞧着一个昼思夜想的人的照片一样瞧着信上的字体。除了他,还有谁会在信封上写“吴茵同学收”?

同学?……十一年前是同学,十一年后仍然是同学……对于许多人来说,“同学”两个字,意味着友情。可是对她来说,这两个字是一块墓碑,上面刻着别人看不到的墓志铭——“爱情埋葬于此”。

她觉得手中的信很重,很重,也很轻,很轻。

在她见到他的那个寒冷的夜晚,在江桥上,她曾想用一个女人所能想出的最恶毒的语言诅咒她这个“同学”。她曾想一记又一记扇她这个“同学”的耳光!她曾想趁他不留神,抱住他翻过桥栏,从高高的江桥摔死在松花江的坚冰上!可是当时看到他那种失魂落魄的,无所依托的弃儿般的返城知青的灰颓样子,她可怜他了,她心软了,她不忍诅咒他更不忍扇他耳光了……

他会在信里写些什么呢？

忏悔？……

她要他的忏悔有什么用呢？像老头服“哮喘定”一样靠服他的忏悔获得一点心理平衡？

她将那封信对着窗子举起，上午的明亮的阳光几乎照透了薄薄的白纸信封。看得出来，信封里只有一页信纸。

他究竟会在那一页信纸上写些什么呢？只有一页信纸，一页……一页信纸上又能够写下多少字呢？就算是每一个标点符号都是忏悔性的吧，能够补偿她所失去的和正在经受着的吗？

她的手放下了。她将那封信搁在了一旁。让你的忏悔永远地在一个纸的坟墓中安息吧！我的好“同学”！她心中默默地说。

她开始拆其他的信，看其他的信。但是她连一封信也没有看完，就又拿起了他写来的那封信。它对她发出诱惑的呼叫：吴茵，吴茵，难道你不需要？难道你不需要？……

她再也无法冷淡它。她急切地撕开了信封。即使她明知是炸弹，她也会心甘情愿地粉身碎骨。凡是来自他那里的，都是她所需要的。炸弹和忏悔，对她都一样。她需要仅仅是一种回报。两个多月内他重又占据了她的全部思想，三天内为了能见到他一面，她在他家住的那条小街的街头街尾白白期望了总共十几个小时！再加上十一年中她心灵所经历的苦难……他再想不到给予她一点点回报，她某一天就可能等不及偶然的不幸事件发生，从那个挂着粉红色窗帘的四层楼的窗口跳下去了！……

他的信比她想象的还要短——

吴茵同学：

请你务必将随此信寄去的“通告”在晚报上帮忙登出。我预先代表所有的北大荒返城知青感谢你。只有你能够给予我们这种帮助，相信你会尽力而为。

信纸的下半页写的就是“通告”——

> 兹定于四月二十八日，召集北大荒返城知青的首次聚会。地点——江畔。时间——上午九时。召集人——原黑龙江生产建设兵团一师二团七连战士王志松。

信纸从正中对折。扯开，就一半是信，一半是“通告”了。两半纸上的字数差不多少。

不是炸弹，不是忏悔，却比炸弹还令她失望。

她的目光一会儿注视着上半页信纸，一会儿注视着下半页信纸。上半页，与其说是一封信，莫如说是一道“命令”。下半页，等于五六百块钱，想要登在晚报上的话。难怪她没有拆开这封信时，觉得它很重，也很轻。她的好“同学”太缺少常识，显然不知道，如果晚报白登什么通告或广告，那么报社收到的通告或广告将可能比稿件还要多，而报社的编辑和记者们每个月也就无分文奖金可发了。

“只有你能够给予我们这种帮助，相信你会尽力而为。”这两句话中的每两个字都像是一双眼睛，他的眼睛，他在请求她，也是在“命令”她。或者反过来说，他在“命令”她，也是在请求她。请求或“命令”，对她全一样，因为都是他向她发出的。

我一定要为他做到此事，她想。十一年，我一直盼望着为他再做到一件什么事。他今天给了我机会！这是他给予我的最好的回报！不管此事对他多么重要或根本没什么特殊的意义，我都一定要为他做到！因为他在需要这种帮助的时候想到了我，仍相信我会“尽力而为”……

我一定要为他做到！

她猛地站起，撕下“通告”，在同事们疑惑目光的注视下，走出办公室，向主编的房间走去。

在主编的房间门外，她犹豫了。

她冷静下来了，知道这事她未见得能办到。

务必……只有你……相信你……

她还是推开了主编房间的门。

主编正审稿。

“赵老师……”她在门口轻轻叫了一声。

坐在转椅上的老主编半转过身，见是她，放下手中的稿子，不苟言笑地问：“病好了？”

“好了。”她走过去，在主编办公桌横头的一把硬椅上端端坐下。

“我正在看你前几天写的那篇关于重工业企业体制改革的调查报告，言简意赅，没有八股气。好，下星期见报。发头版头条。”老主编也向来不说废话。

她谦虚地低下头。她对面前这位领导和长者非常尊敬。因为也许只有这位长者心中最明白，她的一切工作成绩，与她“丈夫”的“能力”丝毫无关。并对她的工作成绩给予最无私的肯定，由衷地器重着她。

“至于……这篇稿子……”老主编又从桌上拿起了另一篇稿，含蓄地说：“不发为好。当然，这并非否认你所进行的调查和你评论所具有的价值。”

她缓缓抬起了头，见拿在老主编手中的是那篇关于“一中事件”的采访纪实。

主编放下那篇被“毙掉”的稿子，又说：“给你两个星期的时间，查阅一下资料，写一篇有关‘迪斯科’和‘牛仔裤’的知识性文章。是知识性的。比如，为什么叫‘迪斯科’？为什么叫‘牛仔裤’？为什么在西方流行？不要让小青年们认为我们是在批判，也不要让上边认为我们是在推波助澜。宗旨是，善意的引导。这样的文章你不是没写过，也写得很不错。今后……还少不了要写……”

她明白主编的要求,点一下头。

主编的转椅转了四十五度左右,不再看着她,继续审阅稿件。

她仍坐着不动。

“入党申请书,为什么还没交?”主编的目光并未离开稿件。

“这……最近太……忙……没时间……”

转椅又旋转了四十五度左右,主编的脸又朝着她了。

“记住,对这个问题,你再也不许作同样的回答!”主编的目光那么严肃,从镜框上边盯着她的眼睛。

“记住了。”她不由得又垂下了头。

“告诉我,你究竟想不想入党?”

“这……”

“回答这样的问题不必迟疑。想入。或者……不想入。是不是一个党员和是不是一个好记者,两回事。”

“我也这么认为。”

“可是你还没有正面回答我的问题。”

“我想我没有资格入党。”她复抬起头,迎视着主编的目光。

“这也还是不能算正面回答。”

“我参加过‘文革’中那次死了很多人的武斗。”

“你是头头?”

“不。”

“你是策划者?”

“不。”

“当时你多大?”

“十七岁。”

“十八岁的人才享受公民权,那么可以说你当时还是个女孩子。”

“可当时没人把我们当孩子。”

她想到了自己身上是怎样被扎了两刀。

在她结婚的那一天夜晚，那头雄海狗般的男人，不知为什么，对她身上的那两处伤疤发生了野兽般的兴趣。他怀着病态的情欲欣赏她的伤疤，抚玩她的伤疤，像狗一样舔她的伤疤，像基督徒吻耶稣身体上的钉眼一样吻她的伤疤，简直对她的伤疤顶礼膜拜。“我感激那次大型武斗，”他虔诚地说，“否则你怎么会成为我的妻子！”他恨不得要将她的伤疤再次弄出鲜血来。他没参加那次武斗。他没参加过一次武斗。“文化大革命”没有在他身上造成哪怕是头发丝那么细的一道擦痕。那一天，那个夜晚，那个时刻她所蒙受的奇耻大辱，是比武斗最后那一天举着双手，流着眼泪，因为不能像巴黎公社的女战士一样英勇牺牲而感到的奇耻大辱更甚一百倍一千倍一万倍的……

“你当时为什么要去参加那次武斗呢？”老主编语调阴沉地说：“你今天还能坐在我面前，真应该感谢那次武斗只用了轻武器，没有用上飞机、坦克和大炮。”

“为了捍卫毛主席的无产阶级革命路线。”她仿佛感到身上那两处伤疤隐隐作痛。

“当举国上下都为它玩命的时候，它是不存在的。”转椅又旋转了四十五度左右。老主编重新拿起稿件之前，侧头看了她一眼，又说：“我这个民主党派人士，却希望你早日加入共产党，你不觉得奇怪吗？”

她低声回答：“不。我知道您关心我。”同时她暗想：党票根本不能抵偿我失去的一切！还给我失去的一切，我宁愿永远不加入！

“你找我有什么事吧？”

“我……”

“有事就说，我不喜欢吞吞吐吐的人。”

“赵老师，您不是需要一个购买内部书籍的书证吗？我替您办了一个。”

“噢？好。得谢谢你。”老主编又朝她转过身，显得非常高兴。

“您不是还想收藏一幅书画院叶老的字画吗？我也已经代您向他提过了。他爽口应允，说一定给您认认真真地写一幅。”

“噢？知我者，吴茵也！”一向不苟言笑的老主编喜出望外，破例对她开起玩笑来。

书画院的叶老，是位独创一派的老书法家，在书法界名比山高。七十八岁了，性格愈加乖张。什么官员领导之类求字，一概不予理睬。主编也是书法爱好者，对老先生的书法倾慕久矣，早就想获得一幅老先生的墨迹。但耽于素无交往，放不下主编的架子去叩门乞赐。而且即使肯放下主编的架子去了，也很有可能遭到那性格乖张的老先生的冷语拒绝。

她说的全是谎话。她没有为主编办什么内部书籍购买证，更没有替主编去求索过什么字幅。主编是位忠厚长者，竟轻信了她的话。当面欺骗一位忠厚年长并很关心自己的领导，她内疚极了。这类办事的手段，是她“丈夫”所精通的，在她还是第一次。

她鼓起说了两句谎话之后剩余不多的勇气，又开口道：“赵老师，我有件小事，您看……是不是能帮忙呢？……”

老主编发出了第三声“噢”，与前两声意味迥然不同。他用一种特殊的目光注视着她，仿佛已经上了她的什么圈套似的。她脸红了，觉得无地自容。

她惴惴地从衣兜里掏出那写在半页信纸上的“通告”，默默展开，恭敬地双手递给主编。

老主编认认真真地看了一会儿，抬头问她：“什么性质的聚会？”

“没什么，就是想凑在一起玩玩吧？”

“你怎么知道？”

“召集人是我的中学同学。”

“所以就想通过你这个内线关系，在晚报上登载？”

“这，他们付钱……”

“钱是小事！‘一中事件’风波未平，再在晚报上登载此类通告，促成几百名返城待业知青的聚会，一旦引起什么严重后果，再酿成一次什么事件，我们这个晚报还办不办下去了？”

主编并未发火，但语气是严厉的。

“我保证他们不会闹事……”她明知没有余地了，却仍想进一步争取老主编同意。

“别说了，不能发！”转椅猛地转过去了。老主编的手啪的一声将那半页纸拍在桌角，拿起一份稿件便看，不再理她。

她僵坐了许久，才慢慢伸出一只手，拿着那半页纸起身默默离去。

当她走到门前时，老主编忽然转过身说：“先别走。”她满怀希望地回头瞧着他。

不料老主编说：“听着。购书证，我不要了。字幅，我也不要了。”他的目光，好像在对她说另一句话——真没想到你会把我这个老头子当小孩哄！

她明白，她今天为了她的“同学”付出了什么样的代价！

羞耻感如沉重的一掌将她击出了主编办公室。她晕头转向地回到了自己的办公室。她的神色使同事们一个个暗暗吃惊。

“小吴，你……老头子训你了吧？因为什么？……”“叔叔辈的”赶紧站起来，把自己的椅子往她面前一摆，充满义气地说：“坐下，说说。不平则鸣，你要是果真受了委屈，我们都替你到老头子面前去辩白！”

“老大哥”拿笔的那只手在空中比划了个惊叹号，优哉游哉地吐出一口烟，慢条斯理地说：“不至于吧？果而如此，倒是本报内部头条新闻了！吴小妹是不是一贯受宠，半句教诲之言都难以承担了呢？”

“老头子不同意在报上发这条‘通告’。可我是受人重托，我……我不能不办成这件事！求求你们大家替我出个主意吧！……”她将手中那半页纸递给了“叔叔辈的”。

“叔叔辈的”看过后，沉吟良久，做了一个爱莫能助的表示。

“老大哥”从“叔叔辈的”手中拿过那半页纸，看完也说：“我若是主编，我也绝不能同意在本报发这么一条‘通告’！重托之事，理当尽力而为，你已经找过主编了，也算尽力而为了。何必过分认真呢？”

“我一定要办成！”她顶撞了“老大哥”一句。

“那……还有省报嘛！你吴小妹能力不是大得很嘛？可以再到省报去找找关系嘛！”“老大哥”的话，听来是个主意，实则含着挖苦。他说着将那半页纸传给了另一个人。

“你！……”她气得说不出话来。

“老大哥”背过身去，不再以“老大哥”自居，默默吞云吐雾，以这种态度宣布了“事不关己，高高挂起”的立场。

那半页纸从第三个人手中传到第四个人手中，又传到第五个人手中。大家都看过了，都像“叔叔辈的”一样表示爱莫能助。都认为她已经算是尽力而为了，都劝她不必过分认真。

“叔叔辈的”在她肩上轻轻拍了一下，又说：“老头了不同意是有道理的，你冷静想想吧！你是记者，跟返城知青们搅到一块儿去干什么呀？他们如今个个都是火药筒，聚在一起不闹事才怪呢……”

她双手捂上耳朵突然大叫一声：“够了！……”

他们不禁面面相觑，谁也无法理解为什么办成或办不成这件事对她显得那么重要。

她缓缓放下双手,突然站起来,从一个人手中夺回那半页纸,往外就走。

“叔叔辈的”似乎猜到了她的打算,一步跨到她面前,沉下脸问:“小吴你干什么去?”

“我要到印刷厂去！我豁出犯错误,不当这个记者了！从报社被开除我也心甘情愿！……”

“你疯了！……”

“让她去,让她去。她如今连老头子都不放在眼里了,还会把我们的劝告当成一回事？让她去嘛！……”“老大哥”冷冷地对“叔叔辈的”说。

“你这是怂恿她犯严重的错误!”“叔叔辈的”火了。“我们明知她想到印刷厂去干什么,却任凭她一意孤行,她犯了错误我们也逃脱不了责任!”

“一人做事一人担,你滚开!”她又冲着“叔叔辈的”嚷叫起来。

“滚开”二字大伤“叔叔辈”的自尊,他瞧着她愣了一下,从她面前退开了,尴尬地微笑着低声说:“我不拦你了,你去吧,你去吧,滚开……”连连摇头,看样子寒心到了极点。

她心中一切一切的怨恨哀愁,此刻是全部转变成一股怒火了!她就是要不计后果,一意孤行。仿佛只有这样做一次,她的心理才会重新获得一种相对的平衡。否则,她无法再多活一天!

她正欲往外走,门开了,高而且瘦的老主编站在门外,盯着她一个字一个字地说:“你太放肆了!”

空气一时像凝固了。

电话息事宁人地响起了一段单调的音乐。

“老大哥”拿起听筒,放在耳朵上还不足十秒钟就又放下了,拿在手中对她说:“找你。”

她没有反应过来。

"老大哥"耸了一下肩,将听筒轻轻放在桌上。

"叔叔辈的"将她往桌前推了一下。

她机械地拿起听筒,听筒中清楚地传来了那个永远都会使她的心激动的声音:"喂,吴茵?我是王志松……"

"是我……"为了能见到他一面,她请了三天"病假"。此时此刻,才从电话里听到了他的声音。他重新回到了这座城市,却仍像运行在属于她的星系之外的一颗星。

"喂,我没别的事,我告诉你,那个'通告'不发了!我也不知自己是怎么了,忽然产生了那么一个荒唐的念头……"

不发了!……不过是他头脑中忽然产生出的一个荒唐的念头……

可是她为了实现他这个"荒唐的念头"已付出了惨重的代价……

"喂,喂……你怎么不说话啊?……"

说什么?对你,我的好"同学"……

她的手无力地垂落下来了,听筒从她手中掉在桌上。

"吴茵……喂……"他的声音还在从听筒中传出来,微小,但听得很清楚。

"老大哥"替她将电话挂断了。

她慢慢地坐在"老大哥"的椅子上,再也无法控制自己的情感,忽然伏在桌子上放声大哭……

这一天,她下班走出报社大楼时,在楼门前看到了他。

"吴茵!……"

她向别处转过了脸,装作没有看到他,没有听到他的声音,加快了脚步。

他跑了几步赶上她,一边和她并肩往前走,一边向她解释:"我猜想到这件事可能会使你很为难,所以我才给你挂电话。最近我心里非常想念当年那些知青伙伴，你无法理解我多么希望每天都能见到他们，希望有一个什么机会能和他们重新聚在一起……”

他非常想念当年那些知青伙伴……

他希望每天都能见到他们……

希望有一个什么机会能和他们重新聚在一起……

她在心中诅咒着自己：吴茵，吴茵，你在他的生活中从来没有过位置！十一年前是这样，十一年中是这样，十一年后的今天仍是这样！你多爱他，你就多恨他吧！如果你对他还恨不起来，你爱他的感情就太下贱太不值钱了！……

泪水任性地从她眼中涌出来。

前面一辆公共汽车还没开走，她连看也不看他一眼，跑过去挤上了那辆公共汽车……

她怀着一颗被严厉警告和受巨大委屈的心回到家里。在家门前，许久没掏出钥匙开门。对任何人，家庭都是最后驿站。每一扇家门都关闭着一个人的命运，幸福的或不幸的。她的家是二十世纪八十年代达到现代化生活水平的小小宫堡。她似乎是这里的“女王”，实则是这里的女奴。“丈夫”似乎是她恭顺的臣仆，实则是她荒淫的君主。在价值八百余元的高级席梦思床上，“女王”是恭顺的臣仆随心所欲的玩偶。荒淫的君主色情无度地享用着女奴美好的肉体。每天进行的是猥亵与被猥亵，蹂躏与被蹂躏，强奸与被强奸的悲惨剧目。然而在她的家门上贴着三面小红旗，分别写的是：“卫生之家”、“文明之家”、“模范夫妻之家”。

这是她每天都必须像鸟儿投林一样的归宿。除了这个挂着粉色窗帘，铺着红色地毯，刷着橘黄色墙壁，摆着新式家具，连光线也足以撩拨性欲的舒适的娼馆般的“家”，她别无居所。

她不得不打开这扇“家”门。

她刚刚进到屋里,那个坐在沙发上的雄海狗般的男人一下子跃起,扑过来紧紧搂住她,在她脸颊上印了一个黏糊糊的吻。

她神情麻木地闭上了眼睛,任凭他紧紧将她搂抱在比胖女人脂肪还肥厚的怀抱中。

“我的小猫咪,你可算回来了！为了你我今天下午没去上班你知道么?”他说着,挽住她一条手臂,带她走进小餐厅——圆桌上摆着几盘拼出花样的冷菜,一瓶茅台,一瓶中国红,三瓶青岛啤酒。

“热菜我要等着我的小猫咪回来现炒啊！你看我都为你准备了什么山珍海味!”他仍挽住她手臂,又带她走入厨房——一盘盘菜早已切好,在案子上摆了一溜。

“这新鲜对虾,是从国际旅行社搞的。海参,开江鲫鱼,半小时前还活蹦乱跳的！这个,屠宰厂送来的肥牛尾！上午刚宰的牛的牛尾！我电话里跟他们说了,不是刚宰的牛的牛尾不要,不肥也不要,否则他们怎么送来的,怎么拿回去！……”

她挣脱了他。那条剥了皮的肥牛尾,在她看来宛如一条大蛔虫,她觉得一阵恶心,转身离开了厨房。

“我的记者夫人,调查调查,今天全市有多少人能不花一分钱搞到这些东西？今后中国的时代进入了商品时代,没有这点预见,我周某也不会脱下蓝警服转到商业局当副局长！不是夸口,本市如果只有十个鸡蛋,我周某吐出一个‘要’字,起码得有我周某一个。如果只有一个鸡蛋,那我周某谦让了,应该是市长的！我周某的社会关系能把一个局长的权力扩大十倍！……”

他一边洋洋得意地说着,一边跟在她身后也离开厨房,走入客厅。

这是一个四室一厅的单元。在本市,两口之家,即便是局长,也难分配到这样的住房。

她木然地站在客厅里,真想马上冲出这个家！天快黑了,又能到哪儿去呢？无论到哪儿去，最终还得回到家里，睡在那张价值八百余元的高级席梦思床上，以她的肉体向这个合法占有她的男人付房费！政治将她这个当年热血沸腾、为夺取“无产阶级文化大革命”的最后胜利身留两处刀疤的“红卫兵”出卖给了这头雄海狗。

“噢，我的小猫咪，你怎么不高兴啊？你应该高高兴兴才对嘛！你忘了今天是什么日子？今天是你的生日啊！让我的小猫咪欣赏一段音乐吧！……”

于是邓丽君的软绵绵的以娇代情的催眠曲般的歌声响了起来：

来年春天花满地，
我和你还会再度相聚，
鲜花一朵送给你，
一切都顺利……

她这才发现，桌上放着一台组合式录音机。

“夏普，日本原装，六喇叭，立体声的。我的小猫咪，这是我送给你的生日礼物呀！托人从国外带回来的，笑笑啊！”

前程万里，春风得意，
人生何处没分离，
相聚更甜蜜……

她转身走入卧室。

他也跟到卧室。

“我的小猫咪，你今天到底是怎么了？你们主编老头子批评你啦？肯定是！岂有此理，不看僧面还得看佛面呢！上个月我才批准赞助你们报社工会两千块钱作为活动经费！”他说着抓起了床头柜上的电话就拨号。

“你干吗？”

“往你们主编老头子家里打电话,质问他给我的小猫咪什么气受了?”

“放下!”她猛举起小挎包朝电话机砸过去,砸在他手上,将听筒从他手中砸落了,被电话线吊着晃荡。

他并不去管电话,反而走到她跟前,又将她搂在他那比胖女人的脂肪还肥厚的热烘烘的怀中,贴腮厮鬓地对她说:“噢,我的小猫咪,别这个样子啊!别令我扫兴嘛!让我来哄哄我的小猫咪好吗?”

“小猫咪”、“小天鹅”、“小松鼠”、“小美人儿”、“小心肝儿”、“小宝贝儿”……

他愿意叫她什么,就可以叫她什么,这是他的权力。

他享受“丈夫”的权力的淫念,是任何一个正常的男人都无以复加,任何一个正常的女人都难以想象的。

“生日”……

今天根本不是她的生日!他对她的生日是何日毫无兴趣!

今天是他当年由“捍联总”的一个小头目摇身一变当上“接管公检法革命委员会”核心小组成员审讯她的日子!他感激这个日子如同感激“捍联总”和“炮轰派”双方都死了十几个人的那次大型武斗!他占有了她之后每年都不忘纪念这个日子。每年都要在这个日子里以某种方式在家中庆祝一番。她明白他每年在这个日子里煞费苦心伪装的快乐之下掩盖的恶毒意图是什么——提醒她不要忘记她的命运永远操纵在他手中!他永远都随时能够以杀人罪将她投入监狱,使她这个女记者沦为阶下囚!

她用力挣脱了他的搂抱:“别缠我,我要洗澡!”

“噢,我的小猫咪真爱清洁,每天都要洗澡!好吧,我一向是服从我的小猫咪的命令的!”他居心叵测地笑笑,退出了卧室。

浴室,每天下班回到家里后,只有在这个小小的空间,只有洗澡的时候,她才能逃避被他玩弄!

她机械地脱去了内衣,呆呆地凝视着镜子里自己牙雕般的裸体。多么丰满的乳房!多么婀娜的腰肢!多么优雅的双臂!多么修长而迷人的腿!多么光润而白皙的肌肤!如果没有那两处伤疤,真可以说白璧无瑕!它象征着女性的美丽,象征着女性的成熟的生命。它本应属于另一个男人。她从少女时代就渴望有一天将自己这成熟了的美丽的肉体奉献给她用整个心苦恋着的那个男人。现在这成熟了的美丽的肉体完全是一头性欲极强的雄海狗的玩偶了,但她的灵魂还没被它所占有。政治只对扭转历史负有使命,对一段荒谬的历史造成的一个女性的命运悲剧却那么缺乏道义!

卫生架上放着剪刀。是她今天早晨修剪头发时放在卫生架上的。

她握起了剪刀。

让我亲手毁灭了我这成熟的美丽的肉体吧!她想。像用剪刀剪碎一株馥香的花一样!让那头雄海狗像动物园里的野兽一样吞食我鲜血淋漓的肉体的碎块吧!

可是我还没有被我所爱的人爱过一次啊!爱与被爱溶在同一时刻的那种生命本源的幸福体验我还从未获得过一次!在我没有将我这成熟的美丽的肉体奉献给我所爱的人之前,我不能死。我不甘心。我苦恋着的灵魂是足以刷洗我的肉体的!他绝不会因为它被一头雄性动物尽情玩弄过而轻蔑它!……

她慢慢放下了剪刀。

浴室的门突然开了。“丈夫”拿着照相机对裸体的她连连拍了十几下。然后,他倚门而立,神魂飘荡,心猿意马地欣赏着她,迷醉地说:“太美了,太美了,我的小猫咪,你真是太美了!我早就想拍几张你的裸体照了!今天总算如愿以偿!……”

她表情麻木地望着他……

当她洗完澡,在卧室里穿衣服时,“丈夫”又跟进了卧室,抱着肩膀,笑嘻嘻地瞧着她问:“我的小猫咪,你就没发现今天咱们的卧室有了点小小变化么?”

她早已发现那“小小变化”——床两面的墙壁上增添了半截绿色绸布墙围。

她一声不响地穿好了衣服。

“我的小猫咪,现在我该请你入座了。今天绝不会有客人来,我们可以互敬互斟,开怀畅饮啰?”他说着,拉她的手。

“我不饿。你自己吃吧!”她甩开他的手,躺到了床上。

“你真要扫我的兴?”

她闭上眼睛。

他转身走出卧室。一会儿,他两手端着两杯葡萄酒又走了进来。坐在床上说:“小猫咪,我为你忙了大半天,你总该陪我喝一杯酒吧?”

她今天很想醉得人事不省。

她猛地坐起,接过一杯酒,一饮而尽。

酒味有些异样。她顿觉一颗心怦怦激跳,血管里的血液仿佛在燃烧。她的肉体中仿佛又诞生了一个灵魂。这个灵魂是那么亢奋那么野烈那么疯狂,迫使她要做什么事情。

“你!酒里……放了什么?!”她惊恐地瞪着他。

“别怕,我的小猫咪!”他十分得意地笑道:“我不会在酒里放毒药的!我哪能舍得毒死我的小猫咪呢?我爱你还爱不够啊!我不过在酒里放了一点印度春药,从外国人那儿搞来的!开放的时代嘛,我们也该向外国人学学如何做爱是不是?……”

酒杯从她手中无声地落到了地毯上。

他也将另一杯酒一饮而尽。

他更加得意地笑着，拉开了那绿色绸布墙围。

床两面的半截墙壁上镶满了一块块方镜……

第二天，当她醒来时，"丈夫"已经上班去了。她全身软弱无力，那种感觉像一个在大海中沉浮了数天数夜刚被冲到沙滩上、半截身体还浸在海水中的人一样。

红色的床头灯仍亮着，绿色的绸布墙围还没拉拢。镶在墙壁上的一块块方镜，宛如一块块无比光洁的红色漆砖。梦幻般的红辉笼罩着床第。她支撑着坐了起来，于是那些方镜中看到了自己无数的裸体的影像，全被红辉笼罩着，仿佛她遍身涂了一层透明的脂红。她肌肤白皙的裸体在梦幻般的红辉映照之下，更加楚楚动人。一块块方镜中是无数摄人心魄的油画，组成一种奇异魅力。

她突然抓起床头灯朝那些方镜砸去！一块、两块、三块……顷刻之间，她带着股猛烈的仇恨砸碎了所有的方镜！如梦如幻的红辉消失了。镜片纷纷飞落满床。碎琼乱玉闪闪烁烁，而墙上那些残破的方镜，将她的裸体分割成了许多光线幽暗的部分。

她继续砸！直至将床头灯的灯柱砸断才罢休。

她又想起了昨天浴室里那一幕。她内心的仇恨有增无减！她匆匆穿上衣服，赤足走出卧室，像寻找一件可能会被"丈夫"用来杀死她的凶器一样，急切地各处寻找着，终于寻找到了那架照相机。她双手将它高高举起，狠狠朝地上摔去。照相机落在地毯上，没坏。她掀开地毯，又摔。照相机在水泥地上散了，胶片滚到了沙发底下。她挪开沙发，拿起胶片，又赤足走到厨房，点燃煤气，将它烧了……她心中产生了一种可怕的希望。希望有一天自己的身体也这样瞬间在火焰中化成灰烬……

她看了看桌上那个造型美观的小座钟——九点二十五了。虽然太迟了，但她必须去上班。昨天在报社发生了那一切之后，她今天不能再请“病假”了。

卧室里电话响了。她赶紧去拿起电话。

电话是记者部主任打来的。

“小吴,你是不是又病了啊?家里有电话,病了也该打个电话请一下假嘛!还没病到连电话都拿不起来的地步吧?”

“我……昨天夜里赶写篇稿子,刚醒……”

“夜里赶写稿子是记者的常事,却没有过一个记者以此为借口第二天不上班也不请假呀!我们报社还没订出这一条呢!马上到报社来吧,今天有挺重要的事情等待你这位‘记者明星’干呢!”

她想编几句谎言解释,主任已放下了电话。

主任显然知道主编昨天如何对她产生了恼怒,说那些话的语调中暴露出掩饰不住的高兴。

她慌乱乱地穿上袜子、鞋、外衣。临出家门,却找不到钥匙。

为什么要锁门?为什么要替那头雄海狗锁“家”门?但愿今天有一个贼将这“家”偷盗一空才好!

她恨恨地想着,走出了家门……

“带照相机了么?”主任一见她,劈面就问。

照相机……照相机被她摔毁了。她盛怒之下,忘记了那架照相机是报社的,进口的日本美能达相机,价值两千余元。

“我……没带……”

“我在电话里不是明明白白地告诉你今天有挺重要的事吗?”

“可我以为只是什么采访……”

“采访就不需要带照相机了?当了多年记者,连这种职业习惯都没养成?”主任终于有了一个机会当面暗示她,她要对他“取而代之”还为时太早,也还嫩得很呢!

她无话可说。

“先去找架照相机吧！找到了立刻来见我，我在这儿坐等！”

她默默转身离开主任办公室，在编辑部借到了一架私人的“傻瓜”相机。

“记者明星就拎着这么个相机拍新闻照？你自己不觉得丢身份，也太有失我们报社的体面了吧？”

昨天给主编留下了极恶劣的印象，今天她没有勇气再冒犯主任了。她隐忍着，一言不发。

“听着，下午两点，在商业局职工俱乐部，商业局工会和我们报社工会，为了给大龄男女青年创造社交机会，举行联谊舞会。你是咱们报社负责文娱活动的工会委员，你今天当然不能不参加。舞会经费是由商业局工会出的。你的具体任务是，为商业局工会主席拍几张特写照片，几天后要选一张登在报上。还要对人家进行现场采访，写一篇令人家满意的文章。明天上午就得交稿……”

主任不知道，商业局工会主席也正是她那位当副局长的“丈夫”。

她冷冷地：“照片我不能拍。文章我也不能写。”

“为什么？”主任板起了脸。

“我不愿采访……丈夫！”其实她想说的最后两个字是——畜生！

“原来如此！这我还真没想到！不过那更应该由你采访了。妻子采访丈夫的文章，丈夫保证会非常满意啰！……”

“我不！……”

“你近来怎么对每位领导都是这么一种无礼的态度啊？这并不至于给你造成什么不好的影响，断送你将来可能成为报社接班人的前途嘛！你顾虑得太多吧？这是我交给你的任务！再说文章可以化名嘛！……”

“我……你不尊重我！”

“你这是什么口气?!别忘了你是在跟记者部主任说话!就这么定了。有意见你可以找主编老头子去提!”主任怫然变色,起身离开了办公室。

她手中拎着那架“傻瓜”相机,呆呆地站着。

真是一次“美好”的活动!她想。在大龄男女青年的爱情与婚姻问题成为社会问题,刚刚开始引起社会各方面重视的时候,商业局工会主席为全市的领导干部率先作出了榜样!而且是与晚报工会联合举行这样一次必将大受表彰的社会活动!晚报对商业局工会主席的个人宣传无形中成了义务。那头雄海狗又可以到处作报告,介绍经验,成为本市领导干部中具有远见卓识的新闻人物了。又可以如愿以偿地捞取到升官提职的资本了!难怪他慷而慨地批给报社工会两千元赞助性的活动经费!主任却要她对他进行采访,为他拍照,还要特写!照片与文章同时见报,一般人用两千元也休想做到这一点!他的投机方式何等高明!

她完全想象得出他在舞会上将是怎样一种得意、矜持、周旋自如的样子!而她今天的“任务”却是要围着他转!

不!绝不!

她跨到了主任的办公桌前,抓起电话,想给占据着自己心灵的那个人打电话。拿起电话听筒才想到,她没有他的电话号码。但她昨天却看出了他穿的是一身铁路工作服,上面印着“机检”两个字。

她给铁路局总机打电话。因为她一开口就亮出了记者的招牌,总机还算认真对待,几经转线,十五分钟后,她才从话筒中听到了王志松的声音。

“今天下午两点之前,你必须在商业局职工俱乐部门前等我!”完全是命令的口气。我为你付出了那么多失去了那么多,我今天有权命令你!她想。

“什么事啊？为什么要在那个地方等你！”

“我要你和我一块儿参加一次舞会！”

“可是……为了跳舞……我怎么好请假？”

“那是你的事！”

“我……我不会跳舞啊！”

“我教你！”

“……”他分明在犹豫。

“这是我最后一次想要见到你！”她一说完就放下了电话。她的手却仍握着听筒，失神地站立着。

“打完了么？打完了我要打？”

她慢慢转过身，见主任不知何时进来的，坐在她身后的一把椅子上。

“你可以带两三个人入场，但不能太多。”主任用和好的口吻对她说。

她昂然地走出了主任办公室……

已经两点过五分了。

她站在商业局职工俱乐部门口，等待他快半个小时了。她有种预感，认为他肯定不会为了和她一块儿参加一次舞会而请半天假。但她仍怀着微渺的希望注视着从远处急急忙忙向这里走来的每一个男人。好几次她将别人错认是他，要迎上去。

他果真不来，我就绝不再活到明天！让他的良心永受谴责吧！她这样想着。

当她断定他不会来了的时候，她一步步从台阶上踏下，茫然地走了。

这场舞会与我无关了！她继续想。让记者部主任把我恨得咬牙切齿吧！让报社几天后为我吴茵举行追悼会吧！家里此刻无人。煤气是新换的。不留遗言。我对这个世界无话可说。让人们去怀疑我是自杀吧！但他们不会寻找到什么根据……

“吴茵，我来了！”

他突然出现在她面前。

“从我那里到这里太远，乘车也不方便……”

他有点气喘吁吁，脸上淌着汗水。他摘下单帽一边擦汗一边歉意地说：“你没生我的气吧？你肯定等得不耐烦了吧？你瞧，我在班上也没衣服可换，就穿着这身脏工作服来了……”

刹那间她泪水夺眶而出。

“你真生气了？”他不安地问。

“你救了我一命。”她凝视着他，低声说。

“我知道我欠你的永远也偿还不清，今天就是一路上冒着枪林弹雨我也会来的！”他垂下头，摆弄着手中的单帽。

听了他的话她真想放声大哭！他能说出这样的话，她觉得他什么都不欠她的了。

他抬起头，又想对她说什么。

“什么都别说了！”她拉起他的一只手，转身向俱乐部跑去。

入门后，她才掏出手绢擦去脸上的泪痕，用请求的目光望着他，凄然一笑，语气庄重地说：“我要你挽着我的手臂。”

他看了看自己满是油污的袖子，有些犹豫。

“我要你挽着我的手臂！”她又说了一遍，同时向他伸出了一只手臂。

他不再犹豫，挽着她手臂，同她双双步入舞场。

那个身为副局长兼工会主席的雄海狗般的男人正双手交叉放在突鼓的肚子上，站在立式麦克风前发表演说：“我们每一个身为领导干部的人，都要切实关心这个社会问题，都要为切实解决这个社会问题多做有益的事情！我个人所起到的，不过是一个小小的带头……”他一眼望见了他们,愣了几秒钟。

许多人的目光也投注到她和王志松身上。

某些经常出现在各种舞会上并与她跳过舞的男人,一入场后就在寻找她了,互相询问她为什么没来,并且都因失去了一次与她跳舞的机会而暗觉扫兴。她也常出现在各种舞会上。她跳得相当好,舞姿高雅,优美,轻盈。她爱跳舞。只有在跳舞的时候她才会暂时忘记了自己的可悲命运,才感受到美和魅力带给一个年轻女人的欢欣。

舞场布置得极其堂皇。五颜六色的彩灯忽明忽暗,闪耀得令人心旌摇动。拉花悬垂,红光紫辉变幻莫测。喷洒过了香水,馥香四溢。四周的茶座上,摆着烟、糖果、汽水、可乐……男的个个衣冠楚楚,女的个个穿着时髦,或浓妆艳抹,或轻描淡施。

她只向全场扫视了一遍,立刻就看出,十之七八都是本市的官宦子女,真正希望获得社交机会的普通大龄男女青年今天没有入场券。

王志松生平第一次出现在这种场合。他不禁有些自惭形秽,显得十分局促。他那身满是油污的工作服,使他比一个身着戏装的人还惹人注意。他头发蓬乱,脸上汗迹可见。

他本能地想放开她的手臂,但她握住了他的手,用只有他一个人才能听得到的声音说:“今天我只跟你一个人跳舞,把你的帽子揣兜里!”

他一边将帽子往兜里揣,一边说:“我在电话中告诉你了,我从来也没跳过舞。”投射到他身上的各种各样的目光,使他大为窘迫,如芒刺背。

“我也在电话中告诉你了,我教你!”

“舞会开始!”那个做“丈夫”的男人以这句话结束了他的演说。

于是音乐骤起。从省市歌舞团请来的十几名乐队队员,一律身着银灰色西装,演奏得分外卖力。因为他们兜里都预先揣了一笔数目可观的酬金。

要场面,要气氛,要形式,要影响,她知道得很清楚,这些就是她那在别人眼中有“能力”的“丈夫”主持每一件事情的“风格”。只要不是花他自己的钱,他绝不吝啬。

一对对舞伴翩翩起舞。

“别紧张,要放松,随意跟着我的舞步!”她鼓励他,带着他旋入了舞场中央。

他开始显得很笨拙,步子混乱,多次踩疼了她的脚,每一次她都对他说:“别在意!”多次撞在别人身上,每一次她都替他向被撞的人微笑着道歉。

“你好像在搂着一只刺猬跳。”

“我怕弄脏了你的衣服。”

“我的衣服早就被你的工作服弄脏了!”

他这才发现,她那件质料高级的乳白色西服上,已经处处油污了。

她主动地紧偎着他的身体。

当年的冰球队长不是笨蛋,跳舞也不比冰球场上激烈的比赛需要更灵敏的反应。一会儿他就跳得自如了,舞步从容了,舞姿潇洒了。他开始带着她旋转了。既然她快活,他不在乎弄脏她的衣服了。从中学时代到如今,十一年再加上三年——十四年了!他从她眼睛里看得出来,她对他的爱还是那么痴情那么深!他们眼睛望着眼睛,他心里感动极了。

我要比这舞场上的每一个男人都跳得好!他想。他一这么想,别人在他眼中就不存在了,仿佛这舞场上只有他和她!他们像一对仙鹤飘逸欲飞!

他们更加成为许多人注意的特别的一对舞伴了。连那些在跳着的一对对一双双的舞伴，也都失礼地忽略了对方。男人的目光都被她吸引了。他们盼望着音乐赶快停止，下一场成为她的舞伴。女性的目光都被他吸引了。她们想不明白她那么有风度有魅力的女人，为什么将一个穿着脏工作服的野小子带入舞场，而且和他跳得如醉如痴？

她的“丈夫”独坐一隅，一边吸烟，一边毫无表情地“欣赏”着他们。

一曲终了，她轻轻牵着他的一只手走向一张茶座。他们坐下后，她发现了“丈夫”那暗探般的目光，她不理睬那雄海狗的监视。

“你抽烟吗？”

“不。”

“吃块糖吧？”

“行。”

他将手伸向糖盘去拿糖，她抓住了他那只手，说：“我替你挑一块！”另一只手在糖盘中拨了几下，拿起了一块糖。

“酒心巧克力！”她这才放开了他那只手，替他剥开糖纸，将糖用糖纸托着塞向他口中。

在这样的场合，在众目睽睽之下，她公开对他表示的亲昵，把他弄得难为情极了。他从她的眼睛里看出了，当众这么做，对她是一种满足，一种幸福。

他张口从她手中含住了那块酒心巧克力。

“爱吃这种糖么？”

“第一次吃。”

她看了看糖纸，说：“茅台型的，品出来了？”

“我没喝过茅台酒。”

“今天下午你是属于我的！音乐一起，你就要陪我跳！”

她双眸中闪耀着异彩。

他默默地点了一下头。

舞会的主持者,狠狠将半截烟掐灭在烟灰缸里。他虽然听不到他们在说些什么,但他们那种亲昵的样子,已使他感到自己在公众眼中成了小丑。

一个油头油脑的小伙子走到他们跟前,故作温文尔雅地对她鞠了一躬,用装出来的彬彬有礼的腔调说:"下一轮我能有幸成为您的舞伴吗?"

她的眼睛仍凝视着他的脸,根本不想看一眼说话的是个什么样的人,干干脆脆地回答:"我没有换舞伴的习惯。今天我只跟这位跳。"

自以为风流倜傥的小伙子尴尬地走开了。

十四年了!她眼睛凝视着他,心里在想:第一次我和他之间真正存在着亲爱!

音乐又响起来了。

他不再因自己一身肮脏的工作服而感到羞耻了。他恢复了男子汉的精神。别人怎样看我,他妈的与我何干?他想。让他们看看我王志松是如何跳的吧!虽然我刚刚学会,但我要比每一个男人都跳得好!为了今天下午让她高兴!让她快乐!

舞曲的节奏比第一轮欢快!他虽然不知道那些被请来的乐队队员喝了一通汽水或可乐之后,更加卖力演奏的是"华尔兹",但那音乐使他不由自主地兴奋了。他觉得自己仿佛在音乐之中变成了一匹骏马,一只雄鹰,一股旋风!而她则轻得如同一根白色的羽毛,几乎被他旋得飘了起来!

这里的许多人,其实是在为那些坐在茶座上的欣赏者们而跳的。他则是为了她一个人而跳的!周围的一切都与他毫不相干!他对她怀着深深的感动、深深的忏悔和强烈的激情报答的愿望,一心一意地跳着,跳着,跳着。

怎么可能有人比他跳得更潇洒更自由？

二曲终了。他发现实际上乐队等于只为他们两个人进行演奏。和他们同时跳起来的一对对一双双舞伴，在他们忘情欢舞时先后退离，或坐着或站在四周观看着他们。他跳的并非华尔兹。他只是伴随着音乐激狂放任地跳着而已。她也只是在他那种忘乎一切的情绪的感染之下，如鸟如云不拘舞步地飞荡飘旋而已。许多自以为是的人却在窃窃私议，一会儿断定他们跳的是墨西哥舞，一会儿断定他们跳的是吉卜赛舞。他们跳得究竟怎样，连他们自己也不知道，也不愿知道。他们是在“信天游”，他们欢快，他们那个时刻都升入了无忧无虑的境界，他们都觉得这种欢快是对方给予自己的，他们心中都深深地感激着对方，他们是那么满足于内心的感激和欢快交织着的这一时刻！

某些认识她也认识她“丈夫”的人，都不免在心中暗想，今天可能将发生什么大煞风景的事情。因为被冷落在一边的“丈夫”，脸上的表情和周围的欢乐气氛反差太大了。他脸上仿佛带着锡纸面具。

她是跳得有些累了。她没有想到他会跳得如此激情奔放！她微微喘息着，两颊绯红，偎靠着他旁若无人地走向一个茶座。她看到了主编、主任和报社里的几位同事，就坐在那一排茶座，都在望着她。主编神色冷峻，主任嘴角浮现着意味深奥的微笑，几位同事大惑不解，表情都有点匪夷所思。

他谁也不认识，谁也不想认识，谁也不看。挽扶着她一边向茶座走去，一边高傲地想：人们，你们吃惊吧！我王志松就要从这个舞场开始征服我的命运也征服城市！北大荒返城知青是绝不甘被城市所压迫的！

他挽扶着她落座后，开了一瓶可乐，自己喝了一半，将剩下的半瓶递给了她。

这在他并无任何特殊的心意。

但那个坐在他们对面的“丈夫”,将还有着几支烟的烟盒握扁了。

她喝光了他递给她的半瓶可乐。

小于走到了他们跟前,大声说:“吴姐,你简直成了今天的舞后了！你们跳得真是够……野的啊!”

她忽然想到了什么,从座位上拿起挎包,取出照相机朝小于一递:“会照吧？替我俩照几张相!”

小于接过照相机,大声地说:“‘傻瓜’呀,白玩！黑白卷还是彩卷?”

“彩卷。”

“照几张?”

“照完为止!”

她掏出手绢擦汗。看了他一眼,又替他擦汗。

他的脸又红了,他也看出了她今天的兴奋和快乐之中似乎有什么不对劲的地方。

照相机的闪光灯一闪,小于抢下了她替他擦汗的镜头。

整个舞厅不寻常地寂静着。

“那个女的是谁呀?”

“晚报的记者吴茵嘛！本市的记者明星!”

“那个男的呢？她丈夫?”

“不认识。喏。她丈夫在那儿坐着呢!”

“那丈夫够有涵养的啊!”

“妻子是个漂亮女人嘛,丈夫不学得有点涵养怎么办？上帝一向是这么安排的!”

“不过也太放荡不羁了吧?”

“现代女性,引导妇女新潮流嘛!”

两个靠肩而立的中年男子，远远地望着他们低声评论。

小于捧着照相机，在他们前后左右选择理想的角度，闪光灯连连闪耀。

“留一半，等我们跳舞时拍！”她提醒了一句。

舞会的主持者站了起来，朝乐队做个预备开始的手势，随即走到他们跟前，两眼盯着她说：“这一轮赏我个脸可以吗？”

她迎视着他，冷冷地回答：“期待着能和你跳舞的女人不少，你何不去满足她们的愿望？”

音乐又响。

她拉着他的手站了起来。

他那肥胖的身躯挡在他们面前，不走开。

闪光灯又是一闪，小于连这种情形也不失时机地摄入了镜头。

“别照了！你这像什么样子！”主编低声呵斥小于，也站了起来，走到三人身旁，用不可抗拒的语调说：“这一轮我陪你跳。”

她正视着主编，沉默有顷，终于屈服地向老头子伸出了一只手臂。

她虽然在陪着主编跳，但跳得毫无情绪，脸一直向他侧转着，目光一直在注视着他。

“你知道你今天给自己造成了什么影响吗？！”老主编一边跳，一边严厉地斥责她。

她没回答。不知她是根本没听见老主编在跟她说话，还是听到了不愿回答。她的脸还是向他侧转着，她的目光还是在注视着他。

而他，也在注视着她。他心中在痛恨着自己对她犯下的种种罪过。

“刚才和你跳了两轮舞的那个女人很有魅力是不是？”她的“丈夫”平静地问他。

他这才转移视线，看对方一眼，同样平静地回答："是的。"

"在所有这些女人中她最漂亮是不是？"

"是的。"

"你迷恋上了她是不是？"

他听出了对方每一句话中都包含着冷讽热嘲。

他以反击的口吻回答："是的！"

"用句西式的话说，她还很性感是不是？"

"你再说一句这类话，我揍你！"他握紧了双拳。

对方注意到了这一点，不以为然地一笑，又问："你和她是什么关系？如此维护她？"

"我和她是中学同桌三年的同学！"

"是吗？那太失敬了！不过我和她的关系可能比你和她的关系还稍微亲近那么一点点。我已经和她同床共枕十一年了，所以我说她很性感是大实话啊！……"

对方微笑得那么悠然自得。

他面红耳赤，说不出一个字来。

对方仍微笑着问："你大概没有入场券吧？"

"……"

"是自己出去呢？还是让工作人员把你请出去？"

他愣愣地瞧着对方，突然转身向外冲去！

"志松！……"

她高叫一声，推开老主编，也向外跑去。

一对对一双双舞伴都停止了跳舞。

乐队队员们也停止了演奏。只有一个吹小号的，不明白发生了什么事，仍在气足腮鼓地大吹不已……

他冲到外面，在人行道上向前猛跑，猛跑，直到一步也跑不动了，才抱住一棵街树站下。

他将额头抵在树干上,拼命咬住自己的嘴唇不哭出声音来。

过了许久许久,他才渐渐冷静。他放开那棵树,慢慢抬起头,发现她站在身旁,几个行人好奇地站在人行道上,似乎期待着瞧一场什么热闹。

他不理那些人。

她也不理那些人。

他们默默地互相望着。

城市使许多人互不相识,这是任何城市与任何农村的共同区别。汽车在马路上轧死了一个人,城市里的人会无动于衷地围观马路上的死者和鲜血。一个老汉老死了,农村里的人会怀着感情谈论起他生前做过什么好事,即便他生前并不是一个十分好的人。这也是城市与农村的区别。

那几个好奇的人看出他和她之间不会发生什么值得一瞧的事,也就漠然地走开了。

他凝视着她的眼睛说:“吴茵,我坑了你!”

她摇摇头回答:“归根到底坑了我的不是你。一只大手把我们的青春从我们的生活中抹去了,像抚乱一盘棋似的,把我们整整一代人的爱情抚乱了!”

“你还爱我吗?”

“至死爱着你!”

“那么我要履行我当年对你发过的誓言!”

“晚了!”

“不晚!”他冲动地用两手抓住了她的双肩。

“我不能伤害徐淑芳,她是我们中学时代最老实善良的女同学……”

“听着,我和她之间,一切都已经结束了!我现在才想明白,我和她也是……被一只大手抚乱之后撞在一起的两个棋子,所以命运又把我们分开了!”

他的话使她那仿佛被厚厚的藻类严密覆盖的心的池塘中,产生了一阵搅动,一线希望之光,照射进她那幽暗的冰冷的内心世界。

她的灵魂被这一线希望之光映耀得迷眩了!十一年啊!灵魂被囚禁在幽暗冰冷的命运牢笼中整整十一年了啊!

“你为什么不说话?!”他摇晃着她的肩。

泪水一下子从她眼中涌了出来。

女性的泪水并非她们软弱的证明。幸亏她们都有爱流泪的本能,她们才忍受了多少刚强男子也不堪忍受的命运的悲惨摆布!

“我……我也许会因当年参加了那次武斗被投入监狱……”

“我等你!我会常去探监!……”

她突然抱住他放声大哭,边哭边说:“那你救我吧!我再也忍受不下去了!……”

又有几个行人站住,瞧着他们,似乎觉得这情形也算值得一看的街头小剧……

她晚上九点半多才回到家里。

满屋烟雾。“丈夫”还坐在沙发上吸烟。照相机的部件还散在地上。卧室里,碎镜片仍遍布床上。损坏了的台灯再也不能发出笼罩床第的爱悦情调的红光。墙壁上各种形状的残镜,从不同的角度映出不同局部的静物;整个卧室如同一场地震后的镜子店。

“丈夫”看了她一眼,满腔恼怒忍而不发地问:“为什么连门都不锁?”

她挑衅地回答:“希望有一个小偷将这个肮脏的地方偷窃得一空如洗!”

“丈夫”冷笑道:“你这是‘红卫兵’的遗风吗?”

她也冷笑道:“记住,今天才真正是我的生日!这就叫不破不立。破字当头,立在其中!”

“你要破什么?又要立什么?”

“我要破我的墓穴!立我的新生!”

“茵,你坐下。我可以原谅你今天使我当众出丑的做法。让我们好好谈一谈行不?”

“不!从今天起,我永远不会和你坐在一起了!难道你从没看出来过?十一年中我每一天每一时刻都想杀死你!”

“茵,自从我们结婚后……”

“住口!你应该说自从我被你霸占后!”

“一个男人为了得到一个女人完全可以不择手段!爱就必须霸占,霸占就是爱。有什么两样?不过我们先不谈这个,我想问个明白,我对你百依百顺,究竟哪件事错了,值得你发这么大的脾气?”

“你那套虚伪的‘温良恭俭让’再也不会使我不加反抗了!”

“当年若不是我庇护了你,你可能现在还是个犯人,会有今天吗?你太忘恩负义了吧?”

“监狱对我已不那么可怕。我明天或者后天就会去自首!”

“谁给了你这种勇气?”

“你在舞场上已见到了那个人!”

“我看过你珍藏的那些情书。”

“你的卑鄙无耻一点也不使我吃惊!”

“十四年了,还旧情难忘?”

“再过十四年,我也始终不渝!”

他掐灭烟,冷冷地看了她足有三分钟,表情忽然一变,宽宏大量地笑了,随即从沙发上站起来,走到她跟前,用一只手臂搂住她的肩,婉言劝道:“茵,你这又是何必呢?一日夫妻百日恩,我们已经共同生活十一年了,就算没有爱,也总该多少有了点情吧?那个臭工人有什么值得你一片痴心苦恋不休的？还是刚才那句话，我原谅你！原谅你今天在家里在舞场上的一切所作所为，我还把你当成我的小猫咪，小心肝儿、小宝贝！快去打扫一下卧室吧，啊？哪个男人或哪个女人没有过一段旧情？哪个男人或哪个女人没埋葬过一段旧情呢？再说，他当年对你……”他像一位神父在为挽救一个女人即将堕入地狱的灵魂而说教着。

她用一只手抓住了他放在她肩上的那只手。

他以为他的说教达到了目的，暗自欣喜地将他那胖脸向她的脸贴去。

她突然转身，退后一步，却紧紧抓住他那只手不放，用另一只手猛扇他的耳光！一记，两记，三记……

十一年了！今天她终于为自己实行了复仇！

他挣出被她紧紧抓住的那只手后，躲到了墙角。他那胖脸紫红紫红，交叉地留下了她的指印。

她咄咄地逼视着他，凛然冷笑。

“我真没想到你会这么恨我，”他伪装着可怜而难过的样子，挤出两滴眼泪，悲哀地说：“你恨我，我也还是爱你。我去打扫卧室，你消消气……”

他抹着眼泪走入卧室。

她趁机脱掉外衣，卷成个“枕头”，放在沙发一端，想了想，走到浴室里拿出那把剪刀，塞在“枕头”下，蜷身躺在沙发上。

他走出了卧室，双膝跪倒沙发前，一副动人心肠的表情：“茵，我求求你，我不能没有你……”

她一下子抽出剪刀朝他举了起来。

他像只袋鼠似的朝后蹦了一米多远。

在这一个夜晚，她第一次意识到，当自己敢于拿出决斗的勇气的时候，真正畏惧的一方是那头始终把她当成可爱的尤物百般玩弄的雄海狗。

在这个夜晚，她第一次不受那头雄海狗色情的摆布和淫邪的蹂躏。因为她“枕”下有一把剪刀，还因为她苦恋了整整十四年的那个人以爱和良心的双重虔诚向她发誓：“我等你！我会常去探监！”

她觉得压迫她虚伪地生活着的罪恶的十字架不再使她感到沉重得喘不过气来了。可以当作纸剪的“红字”去高傲而轻蔑地对待了。

在这个夜晚，她第一次不靠安眠药的作用而能安安静静地入睡了。十一年了啊！

在这个夜晚，省报和市晚报的印刷厂里，印刷机正在以每小时数万份的速度赶印第二天的报纸。

两报都以头版头条大号黑体字刊登醒目标题——**《铲除“文革”隐患，省市委同时作出清查“三种人”的重要决议》**。

在这一个夜晚，在这一个“家”中，当年为捍卫“无产阶级革命路线”洒过鲜血，身上留下了两处伤疤的英勇不屈的“炮轰派”女战士，与由当年的“捍联总”小头目而变为“接管公检法核心领导小组成员”而变为商业局副局长兼工会主席的政客之间，重新拉开了势不两立的战幕。

她因为根本不去想这些而在沙发上睡得安安静静，并在梦中感激地歌唱着爱情的不死的新芽。

他因为本能地想到了这些而在价值八百余元的“席梦思”床上辗转反侧，一支接一支地猛吸着烟。海狗在水中是靠听觉导向的。“席梦思”床上的这头雄海狗却嗅觉格外灵敏。省市委作出的关于清查“三种人”的决议，还没有形成真正的决议之前他就有所洞知了。今天他亲自主持的舞会，是一种自卫性的措施。全市第一个对大龄男女青年的爱情与婚姻问题作出解决实践的领导干部——

这个政治资本应该说是捞取得很及时也很有光彩的。一个人对社会做的一件“好事”，足以抵消一个人犯下的一桩罪恶。在他的政治计划中，还有做另外几件“好事”的聪明的设想。都做成了，他的桩桩罪恶也许就会都被抵消了，所谓“以功代过”。即使清查到他头上，不过“认识检讨”一番而已。何况还有他那庞大的密纺紧织的、纵横交错的关系网，到了他可能会失势的时候，必定红烟护其左，紫气舒其右，保他过关。但是今天他的“亮相”在公众心目中并不光彩，他的“小猫咪”使他成了一个“绿色”的丑角。他心里对她恨得咬牙切齿，恨不得从床上起来用一根绳子趁她熟睡之际把她活活勒死。今天她竟在沙发上和衣睡得那么安宁，这更使他对她恨到了痛苦的程度。用一根绳子勒死她也不能解他心头之恨！她的肉体十一年来是他股掌之上的玩物，给过他无限的色情和性欲方面的满足，他爱这个美好的肉体像青蛀虫爱香嫩的花心。但是在这个晚上，在这个时刻，他真想把他的“小猫咪”撕开吃掉！连骨头都嚼碎！

一般人们不过以为他是“文革”中“捍联总”的一个小头目，而“捍联总”在本省和本市“文革”史册上的全称是——“捍卫东北新曙光联合总指挥部”——是被十年动乱中的所谓“无产阶级司令部”确认的“革命组织”。很少有人知道，他实际上是这个“革命组织”中的影子内阁，幕后高参，二线“领袖”。当年围攻“炮匪”的那场大型武斗，他是主要策划者之一。围攻方案是他精心拟定的，枪支弹药他是指使人砸了市卫戍区军械仓库搞到的。他的那张社会关系网的链形经纬，是由他当年的“捍联总战友”们一环套一环构成的，他们占据着本省本市的某些重要部门的重要职务。这头雄海狗当年是个顺我者昌，逆我者亡的蒙面人。只要他赖以存在并官运亨通的关系网的链形经纬上的一环断裂，那么他和当年的“捍联总战友”们操纵本省本市“政治小气候”的那种势力，便会土崩瓦解。清查“三种人”的运动是他预见到了的，他却没想到开始得这么突然。他们还没来得及筹谋出全面的对策，他们简直都有点猝不及防。那还在印刷中的“决议”的内容甚至某些关键性的措辞，他在从舞场上将那个穿着一身肮脏的蓝色铁路工作服的“野小子”驱逐出去之后，就有某个“网”上人物向他密告了。他在思考着他和他整个这张网的存亡危夷的严峻问题。对躺在沙发上的他的“小猫咪”，除了恨，一时再没有别的情绪。必须千方百计哄她骗她向她发誓向她让步向她作某种妥协，使她不至于揭发他，甚至要争取到她的庇护。因为她一反戈，他做的许多事便成纸中之火了。等到他度过了“清查”这一关，看他再将如何细细地摆布她！当然，他是绝不会弄死她也绝不会丢掉她的。她毕竟是一个可爱的美妙的他还百玩不厌的尤物！

他下了床，拿起薄被和枕头，从卧室里悄悄走了出来，轻轻将薄被盖在她身上。

她的神经在睡眠状态中也保持着防范和戒备。她醒了，见他在眼前，又抽出了剪刀！

“我……我……给你送枕头和被子……我怕你睡得不舒服，夜里冷……”

她一言不发，仇视地瞪着他，以剪刀相向。他看出来了，只要他再向她接近一点，剪刀一定刺进他的心口。

“气还没消？你不愿和我睡到床上去，那么我就陪你睡在这儿……”他装出一副卑微的忠心耿耿的奴仆的样子说，说完真躺在地毯上了。

她将枕头摔在他脸上，将被子掀在地上，坐起来，低声但却毫不回心转意地说：“滚开！否则就拼个你死我活！……”

他怔怔地瞧着她，从地毯上慢慢爬起来，抱着被子，夹着枕头，狼狈地回到卧室去了……

第二天是星期日。

早晨的灿烂阳光透过粉红色窗帘照进来的时候，她醒了。烟雾从卧室内弥漫到了客厅里，与被窗帘过滤了的水彩般的阳光互溶成淡淡的紫雾。

她起身后并没拉开窗帘，也没推开窗子放放空气。从昨天，连这个“家”里的空气也是与她不相干的了！她不能忍耐污浊的空气。但她宁肯到外面去“吐故纳新”。她为自己做的一件小事如果同时也使那头雄海狗获益，她也宁肯与他共受危害也绝不做！

昨天她虽然回来得很晚，但并非始终和王志松在一起。他的母亲一直病着，他四点多钟就跟她分手了。以后的五个多小时，她是独自坐在江边的一张长椅上，望着滔滔的江水度过的。

他昨天告诉她，他已写信通知了本连的所有男女返城知青，今天在江边聚合，包括徐淑芳在内。他太想念他们了，至今为止，据他了解，他仍是他们之中唯一有了工作的人。他要拿出一个月的工资，让大家聚在一起痛痛快快地玩一天。他请求她也去。她因为他通知了徐淑芳，因为她不属于北大荒返城知青，除了他和徐淑芳，她不认识他的那些知青伙伴，本不愿去。但他的请求那么恳切，她不忍拒绝，答应了。她已不再嫉妒徐淑芳，而且同情她，想念她了。中学时，她们的关系是友好的。徐淑芳是不认为她轻浮的极少数的几个女同学之一。

她在浴室里洗了脸，梳理了头发，对着镜子注视着自己，觉得脸色太苍白了。她怕他看到自己这种脸色心中难过，淡淡地化妆了一番。镜中的面容，显得端庄文雅，神色焕发了。她希望自己今天格外有魅力地出现在他面前。她要为她苦恋了整整十四年的人而变得更美。

时间还太早。她不愿在这个空气污浊的家里多呆一分钟，穿上外衣毫不留盼地走出了家门。如果可能，她但愿今晚不必再回到这个舒适的墓穴来。

“我等着你！我会常去探监！……”

她不禁又想到了他昨天对她说的这句话。这句话今天使她内心仍像昨天当面听到一样感动万分。从此她的命运她的美将有了如愿以偿的归宿和依附了。让穿着政治法衣的法官们审判她吧！如果他们的审判也代表着历史授予他们的公正的权力，如果真有充分的证据证明她在那场大型武斗中枪杀了某个人，她一定低头认罪服法，绝不替自己辩护半句，也不需要辩护律师。因为最有资格充当她的辩护律师的不是人而是历史。如果历史在法律审判她的时候保持缄默，那么她除了认罪服法还有什么话说？她将在法庭上向死者及死者的家属表示忏悔，同时她也一定要在法庭上申明一句，不是替自己辩护，而是申明，仅仅一句——“当年我是以为自己像巴黎公社的女战士捍卫公社一样，在捍卫着无产阶级的革命路线！”在法庭上她绝不表示羞惭！某种罪过使人忏悔，但绝不能使人感到羞惭！让历史在她面前感到羞惭吧！它不仅欺骗了她愚弄了她，不仅在她美好的肉体上留下两处永难平复的伤疤，而且使她沦为一头雄海狗的玩物十一年之久！

这样的历史是可耻的历史！

她一边走，一边想着。

江畔的租船亭前排着不少人。她怕他来时，游船已被租光，就以记者的身份，编了个理由，优先替他租下了八条游船。他昨天说全连的知青伙伴都到齐的话，三十二个人。正好四个人一条船。几个排在后面的人当她拿着船票离开时对她横眉竖目，一个流里流气的小伙子低声骂了她一句什么。她却没生气，能预先为他租下了船，她感到非常高兴。

爱情乃是人生诸事业中最重要的事业，是其他事业的阶梯；其他事业皆攀此阶梯而达到某种高度。这一事业的成败，可使有天才的人成为伟人,也可使有天才的人成为庸人。那些有天才的人无一不深刻理解这一点。黑格尔成为哲学伟人,马克思成为革命导师,谁能否认他们在爱情方面的幸福对他的事业所起到的任何因素都无法代替的作用?而康德和安徒生如果也曾获得过幸福的爱情的话,他们在各自的事业方面能够达到的高度,将必定比今人所承认的高度更高十倍。

从昨天起她心中就只存在一种至高无上的事业了——她要做她从少女时代就一片痴情爱恋着的那个男人的妻子!任什么力量再也不能阻止她完成这一事业了。她相信自己只有在完成了这一事业之后,在成为一个有爱情的女人之后,才能成为一名更优秀的记者……

她想起了不久前她曾采访过一位刚刚死去了丈夫的三十四岁的女建筑师。她希望对方能够说出一句铿锵有力的话。

她启发对方:"你的丈夫虽然永远离开了你,但你周围还有你的同事,你还有你的事业,你的生活渐渐还会充实起来,你将更加热爱你的事业,你心中还装着四化……"

她万没料到对方顿时表示出了非常强烈的愤怒:"我的丈夫死了!丈夫!我跟他共同生活了整整十一年(和她与那头雄海狗共同生活的时间相等)!我爱他,现在我失去了他!可是你,还有其他的一些人,却在对我大谈什么同事之间的友谊,事业心,四化!这一切能代替我的丈夫吗?能吗?你还是个女人!……"对方打开了房门,毫不客气地对她说:"请出去吧,记者同志!我不愿故作刚强!我不愿虚伪地表示崇高!我失去的是丈夫不是一双靴子!……"

那是她第一次采访失败。她羞于对任何人讲起这次采访中遭到的驱逐。

现在她才明白,那位三十四岁的女建筑师,当时为什么会对她表示出那么强烈的愤怒。

在我们九百六十万平方公里的土地上，究竟有多少家庭是以爱情为最基本的建筑材料构成的？在我们这个十亿人口的大国，究竟有多少夫妻彼此相爱到难分难离的程度？又究竟有多少彼此倾心相爱的男人和女人由于社会的“原则”和命运的乖蹇不能成为夫妻。又究竟有多少感情淡漠的男人和女人由于社会的“原则”的威慑和对乖蹇命运的屈服而甘亦不甘、怨亦不怨地浮度终生？爱情的诗意被社会的“原则”统治了几千年啊！政治的，阶级的，“革命”利益的乃至所谓“党性”立场的种种内容，都被像老太太絮褥子一样总嫌不够厚实地絮进爱情的美丽荷包中。于是在我们这个社会主义共和国诞生的时候，年轻女性做半百将军的妻子是“革命”需要。五十年代知识女性嫁给目不识丁的工人或农民，是“与工农相结合”的楷模。六十年代被政治热忱统治了精神世界的姑娘追求“学习毛著标兵”之类是光荣的选择。七十年代她们倾慕“反潮流英雄”成了时髦。八十年代她们嫁给金钱，嫁给地位，嫁给某种虚荣，嫁到九百六十万平方公里以外去，实在是符合惯性定律的。

人道，人性，爱，当某一天我们将这些字用金液书写在我们共和国的法典和旗帜之上的时候，我们的人民才能自觉地迈入一个真正文明的时代并享受到真正的文明。因为这些字乃是人类全部语言中最美好的语言，全部词汇中最美好的词汇。人，在一切物质之中，在一切物质之上，那么人道，人性，爱，也必在人类的一切原则之上！科学、文化、艺术、制止战争的战争，人类的一切伟大的建设与合理的摧毁，难道不是为了更普遍的人们更普遍地获得人道、人性和爱的乐园吗？人道乃是人类尊重生命的道德，人性乃是人类尊重人的情感的悟性。爱乃是人的其他任何事业都无法取代的幸福。歪曲人道的哲学是伪哲学。阉割人性的理论是谬论。不管是用政治的、阶级的或革命的冠冕堂皇的词句注解爱情或贬低爱情的说教,尽是胡诌八扯!

她坐在一张长椅上,头脑中产生了这些连自己也认为过分偏激的思想。苦恋了十四年的一颗女人的心啊!被一头雄海狗囚禁了十一年的一个女人的灵魂啊!她企望着获得真正的如愿以偿的爱情像爬行在沙漠中奄奄待毙的人渴望获得一滴水啊!一个二十八岁的做一个她所仇恨的男人的"妻子"的女人,她企望着爱情的到来是如同被全托在一个冷酷的幼儿园里的孩子企望妈妈一样啊!人们,你们谁也无权谴责她的思想大逆不道!

天空格外晴朗,阳光和煦暖人,没有风,江岸的柳树新芽碧绿,垂丝不摇不动。四月里难得有这样的好天气。松花江过了春汛,变得温柔了,姗姗地流向远方。江面无浪,均匀细碎的鳞波,在明媚的日照下如抖动的蓝绸般闪耀着水光。江面也比前些日子开阔了,但对岸的种种景物却可以望得清楚。已经有许多游船划行在江中了,有的顺流而下,有的斜渡对岸。漫步在江畔的换了春装的男女青年,一个个显得都那么神采奕奕。

无论每一个人的命运如何,无论每一个家庭的状况如何,生活本身永远是美好的,城市本身也将被建设得更加美好。可能就在这一天里有一百个人因为各种各样的原因死了。可能有五百个或六百个或更多的人在为一百个人的死亡而痛不欲生。但在这里,在江畔,更多更多的人享受着春光,体会着生活的美好。这就是城市。

她看了一眼手表,差十分八点,聚合的时间是八点半。她忽然想到了在这四十分钟内足够做完一件重大的事。

她拉开小挎包,取出钢笔和采访本,撕下无字的一页,将小挎包放在膝上,垫着采访本,拔下笔帽,想了片刻,写下了这样几行字:

市人民法院:

> 我——晚报记者吴茵,郑重向法院提出与我的丈夫——市商业局副局长周长伟的离婚起诉。我的离婚理由,将在法庭上陈述,此不赘申。从即日始,我不再承认他是我的丈夫。

她停下了笔。这些字还没写满一页纸,她觉得似乎对法律有点不敬;还想再写几句,起码写满一页纸,但又觉得最主要的已经写了。既然离婚在中外法典上都算是"案",何况她和他在本市都是颇有知名度的人物,他也必定会不肯善罢甘休地和她打这场"官司",开庭审理是免不了的。那么就在法庭上控诉那头雄海狗吧,何必在这页纸上跟法律多啰嗦什么!言简意赅。这是她当了多年记者弄成的职业习惯。于是她在这页纸的下方用大大的字体签上了自己的姓名。

吴茵——市法院对这个名字是不陌生的。

用从晚报记者采访本上扯下来的一页纸写离婚起诉,我是本市第一人,她这样想。严肃的法律对写在手纸上的起诉也应同样重视。

天空这么晴朗,阳光这么和煦,环境这么美好,四周的人们这么可亲,在此时此地做完了将决定她今后生活和命运的重大事情,她感到轻松。不远处就有一个邮亭。她站起身走到那里,买了信封和邮票,伏在邮亭的小窗台上填写邮址。坐在邮亭内的那个四十多岁的女人,瞥见她在信封上写下的不寻常的字,用猜谜一样的目光瞧着她粘好封口,贴好邮票。

"几点取信?"

"上午九点一次,下午三点一次。"

"那么今天肯定能寄到了?"

"肯定能寄到。不过法院离这儿才两站路,你要送去不是会收到得更快吗?"

"有些地方能少去一次就少去一次吧!"她对那女人笑笑,将信封塞入了邮箱。

她的“事业”从今天起开始了。纵然全社会都因此与她为敌，她也要决心将这一“事业”进行到底。她的决心坚如磐石。她知道那头雄海狗在本市的势力之广大，她也预见到他会动员各类人物纠合起各种势力围剿她。那些人物和那些势力甚至可能左右法律，对她作出极不公正的极不利的宣判。但是她现在不顾一切不怕一切了。她想象着，当她站在法庭上的时候，即使从法官到每一个听众都成为她的对立面，只要他——她苦恋了十四年的那个男人在场，只要他的眼睛望着她，她就能够用沉默镇定地接受任何宣判，用微笑蔑视一切！

她寄出了那封信，好像终于割断了一根系成死扣的鞋带，脱下了一双肮脏的鞋子。脱不掉的鞋子只有割断鞋带。对系住命运的死扣像小女孩翻绳花那样去对付是女性的软弱。

他说：“我等着你，我会常去探监！……”

他的话是她割断那系成死扣的鞋带的刀！

十一年了，她脱不下一双肮脏的鞋！

从今天起，她脱掉了！

从今天起，我就不再回那个舒适的墓穴般的“家”！我要住到报社办公室去！不管主编将对我如何看法！不管主任将多么幸灾乐祸！不管同事们将如何议论如何猜三测四！不管从报社到社会将对她传播些什么蜚短流长！

“同志……”有人叫她。

她站住了，面前站着一男一女两个二十多岁的年轻人。那小伙子看去挺文静，姑娘看去很单纯。

“同志，能不能请您替我们拍一张合影？”姑娘有点不好意思地问。

她点了一下头，微笑了。

今天她愿满足各种陌生人的各种请求，只要她能做到，只要请求她做的事非坏事非恶事。

她接过照相机后，那小伙子腼腆地说："我们装的是彩卷呀，可请您拍得认真点啊！"

"信不过我？我是记者。"

她为了使他们相信，还朝他们亮出了记者证。

他们也高兴地笑了。他们的笑容中流露着敬意和友好。

你们真年轻！你们多幸福！你们才二十来岁，可你们已在相爱！从你们身旁走过的每一个行人都一眼就能看出你们是一对情侣，人人都感到这是自然而又美好的事情。生活对你们多么恩宠！

她内心里对他们充满了羡慕。

她像一位专职摄影师，选择最佳角度，最有特点的背景，指示他们摆出最优美的姿势，鼓励他们表现出他们之间的最真挚的亲爱，为他们拍了一张又一张，直至将胶卷拍完。

她还给他们照相机时，姑娘向她伸出了一只手："我们一见如故！请告诉我您的姓名好吗？我真想和一位记者交朋友！我叫袁丽娜，二十二岁，刚参加工作，国际旅行社的服务员。我们准备后天就结婚！我的爸爸妈妈和他的爸爸妈妈都反对我们结婚，说我们还是孩子！但我们觉得我们都是大人了！都有资格当丈夫和妻子了！……"真是位爽朗的有个性的姑娘！说起话来节奏又快语调又悦耳。

她很喜欢这姑娘。

她握住了姑娘的手，犹豫一下，亲切地回答："我叫吴茵。我也高兴和你们认识！"

"后天你能参加我们的婚礼吗？"姑娘握住她的手不放。

她又犹豫一下，说："如果有一天社会上许多人都认为我是一个坏女人，你们会后悔邀请我参加了你们的婚礼吗？"

“不会的。我相信在我结婚前两天认识的新朋友肯定是个非常好的女人!”

“那么我一定去参加你们的婚礼!”

姑娘这才放开她的手,在她的采访本上,用她的笔留下了地址。

“我和她一样真心诚意地欢迎你参加我们的婚礼!”

那小伙子也腼腆地和她握了一下手。

他们告别了她走远后,她一转身,见王志松站在身旁,穿着一身洗得干干净净的半新不旧的衣服,显得朴素而精神。

他目不转睛地凝视着她。

“你为什么这样看着我?”

“你……今天比昨天还美……”

“成为你的妻子之后,我会更美的。”

“我觉得自己配不上你了。”

“今天别说傻话。”

“他们是谁?”

“我刚刚认识的一对小恋人。他们后天结婚,邀请我去参加他们的婚礼,我要你陪我去!”

“……”

“只要你为我请两个小时假……”

“我一定陪你去!”

她感激地微笑了。

他却不笑。

他说:“我越来越感到对不起你!”

她说:“又一句傻话。”

他还是没笑,和她并肩向聚合的地点走去——从防洪纪念塔左侧数起第六张长椅。

那张长椅上已占据了一对情人。

他们在长椅的另一端坐了下去。

她微笑着问那一对:“不至于使你们讨厌吧?”

那一对不乐意地睥睨了他们一眼,双双离去。

她对他眏了眏眼睛,用一只手捂着嘴笑,笑得像个淘气的小女孩那么顽皮。

他说:“吴茵,你回去了。”

她问:“回哪儿去了?”

“你又回到少女时代了。”

她不笑了,沉默了,她抓住了他的一只手,深情地注视着他。

许久,她才低声说:“我们一块儿回去吧!我要你陪我回去!”

“我陪你回去!”

“我要你以后叫我小茵!”

“小茵……”

“我爱你!”

“小茵,我乞求你对我说一句话。”

“再也不许你对我说‘乞求’一类的话。”

“你对我说一句你恨我吧!”

“……”

“我求你……”

“……”

他用另一只手抓住了她的另一只手,她感到他那只手在发抖。他们彼此紧紧抓住对方的一只手。

“如果你说一句你恨我,我内心会安宁些。”

“……”

“如果你不说,我在你面前会永远怀着深深的忏悔,这可能会像阴影一样笼罩着我们以后的幸福……”

“……”

“说吧……难道你不肯真正宽恕我?”

“……”她的嘴唇颤抖着。

“小茵! ……”

“我……”

他流出了眼泪。

“我……”

“你为什么就不肯对我说一句恨我的话啊!”

“我……”

“我恨我自己!”

“我……爱你……”她终于说出了一句整话。

他再也不能控制住自己的感情,一下子将她拥抱在自己怀里。

她偎在他怀里,又喃喃地说:“我爱你……”

几个行人对他们公然的“有伤风化”的亲爱侧目而视,表现卫道者的义务。

他们对此不屑理会。

他想:所有的人都他妈的围观我们,我们也要面不改色地这样坐在一起,这样拥抱在一起!

她在他怀里翻转了身子,仰视着他,柔声问:“你知道我此刻心里感到多么幸福吗?”

他还是说那句话:“我恨我自……”

她抬起一手捂住了他的嘴,并擦去了他脸上的两行泪痕。

“我真想在你怀里做一个梦……”她脸上浮现出了一种痴情的微笑。

他便用一只手轻轻抚闭了她的眼睛。

“请问现在几点了?”

他们慢慢分开,回头看去——那个人是严晓东。

“你什么时候到的?”他站了起来,脸红了。

她也认出了严晓东,脸也红了。

严晓东淡淡地说:“我像个保镖似的,在你们身后站了五分多钟了。你们还要继续下去的话,我就再到别处溜达溜达。天气挺不错!”

他说:“是啊,天气很好!”

她说:“你也别再当保镖了,坐下吧!”

严晓东绕过长椅,在王志松身旁坐下了。

王志松问严晓东:“我让你通知的几个人,都通知到了?”

严晓东回答:“不辱使命。”

“那为什么除了你自己,别人还都不来?”

“这是我预料之中的事。”

“难道返城后连见我王志松一面都不愿意了?”

“那倒不是。除了你自己,大家都还没工作,谁有心思玩乐一天?就算是都聚在一块了,谁又能真正高兴得起来?”

王志松低头不语了。

严晓东反问:“你自己通知的那些人都怎么说?”

“都说争取来。”

“争取来?”严晓东耸了一下肩膀:“那就是含蓄地告诉你——不来!”

“我们再等等看。”

“你们愿意等,”严晓东又耸了一下肩膀,“那我就陪你们等!”

他不对王志松说“你”,而说“你们”,使王志松听出了他的话中包含着某种讥讽的意味。但是王志松不明白好朋友为什么今天会对自己怀有这种情绪,他又低头不语了。

吴茵也听出了严晓东话中包含的某种讥讽意味。她以女性的和记者的双重敏感判断出了严晓东心里在怎么想。

“我到报刊亭去买本杂志……”她走开了。

两个好朋友一时彼此无言。

王志松首先打破沉默:“你也替我通知她了?”

严晓东明白“她”指的是谁,低声回答:“她明确告诉我她不来。”

“她还恨我?”

“对这一点我无可奉告。她丈夫也被公安局拘捕了,你想她会来玩乐吗?”

“为什么?”

“一中事件。”

“妈的!”

“说不定哪一天二十几万返城待业知青就全部聚合起来。玩乐都没心思,搞他妈的一次示威游行,可是个个都憋着这股情绪呢!到那时看看究竟谁怕谁!”

“你怎么知道会发生这种事?”

“因为我和他们一样还他妈的在待业!”

“晓东!你一定参与了组织这种事!告诉我实话!参与了没有?”

“我什么也不会告诉你的,你也别多问了!你已经不是返城待业知青了,何必再跟我们搅到一块儿,使自己受牵连?”

“我根本不会参与你们的示威游行!”

“那我更不能告诉你实话了!也许你会出卖我们吧?”

“你!……晓东,你们不能胡闹啊!”

严晓东猛地站了起来,愤慨地说:“胡闹?!我的理发工具在自由市场被没收了你知道不?因为我没有执照!罚款二十块!几十个脑袋我白剃了不算,还向我母亲要了十三块钱才凑足罚款!三十几个返城待业知青伙伴,至今被和流氓小偷押在一起,天天强迫劳动，难道我们就不管他们了吗?! 守义的父母天天在为他流泪你知道不? 可你，有了工作，又有了新欢，念头一生，就想召集大家陪你们玩乐一天! 你他妈的和我们还有什么共同语言?! 要是我把你的话告诉还在待业的返城知青们，他们谁见了你都要往你脸上吐唾沫! ……”

王志松盯着严晓东也缓缓站了起来，他突然给了好朋友一记耳光!

严晓东用一只手捂住了脸。许久，他才放下那只手，冷冷地说:“志松，我永远不会忘了你这一耳光的! 从此以后，你将失去两个最好的朋友。”

听了严晓东的话，看着严晓东那种冷冷的样子，王志松心里一阵难过。严晓东对他的谴责是那么不公道那么严重地伤害了他的自尊心，否则就是别人将一把刀压在他脖子后，威逼着他，他的手掌也不会落在好朋友脸上!

他想念他们这些知青伙伴，他时时关心着他们的命运，他爱他们! 可是连像晓东这样的好朋友都那么不理解甚至曲解了他的感情!

“晓东! ……”

他真想搂住好朋友哭一场!

“从今往后，你省略我姓的权力已经没有了! 我也会牢记你是姓王的!”

这时，吴茵拿着一本杂志回来了。她看出了他们的神色都不对头，明白他们之间发生了不愉快，装作毫无觉察的样子说:“你们干吗都虎视眈眈地站着，像两个冷面杀手碰到了一块儿似的，要引人注意呀?”

严晓东横扫了她一眼，慢慢从兜里掏出一张十块的钱，伸直手臂朝她一递，脸上毫无表情，语调拒人千里地说:“记者小姐，还你钱！”

她没有料到他会这样对待自己，怔怔地瞧着王志松，一时不知怎样表示才好。

严晓东又说：“这叫一清二楚。”手臂仍那么笔直地伸着，脸上仍毫无表情，语调仍拒人千里。

“你会后悔的！”王志松替她接过了钱。

“多谢提醒！”

严晓东一转身大步走了。

她望着他的背影问：“你们怎么了？”

王志松恼怒地回答：“我们互相不理解了。”

“我已经预先租下了八条船。”

“也许只留一条船就够了。”

“为了我……我？……”

他走到她跟前，握了一下她的手：“别这么想。我们结婚的时候，如果他们都有工作，都会来参加我们的婚礼，都会衷心祝福我们的！你信吗？”

“我信。”

他挽着她的手臂朝停船的地方走去。

“你怕吗？”

“怕什么？”

“碰见认识你的人。”

“我爱你，与别人何干？”

“我也爱你。”

他们互相凝视着……

八条游船，并排着静静地泊在江边，像一把展开的扇子，寂寞地随着江流微微起伏。

他说：“我们再等一会儿吧！”

她顺从地点了点头。

他们站在江边，望着通江街马路口，等了长久的“一会儿”——近一小时。

这段时间内，他一句话没说。

她理解他的心情。既不问什么，也不表示急躁。如果他还要等一小时，她毫无怨言地陪他等。今天我完全是属于他的，她想。

他彻底失望了，终于苦笑着对她说：“小茵，只有我和你在一起，你更高兴是吗？”

“是。”她知道他所希望的并非如此，替他感到难过，但还是装出高兴的样子笑了笑。

“我们上船吧。”

“我去退掉七张船票。”

“不。让七张船票代表我那些知青伙伴，就当他们和我们在同一条船上。”

他们上了一条船。他操起双桨，熟练地划着，游船渐渐离开江岸。

她坐在船头，几乎是用欣赏的目光瞧着他。中学时代的男同学如今变成了男子汉。他的脸棱角分明，呈现着令人感到几分凛峻的英气。这是时间和生活对当年的冰球队长那种少年的高傲提炼的结果。她觉得她当年还是一个少女的时候，想象之中他成为一个堂堂男子汉的模样，正是如今他这个模样。他的双臂那么有力，划桨的姿态潇洒利落。游船驶得很快，十几分钟后到了江心。

“你今天刮脸了？”

“为你刮的。”

“你比昨天年轻多了。”

“我希望在你面前显得又年轻又英俊。”

“从昨天到今天，你说的好几句话都使我感动得想哭。”

“我说一万句使你感动的话,也还是顶不上你爱我十四年。”

“你知我现在心里想什么?”

“你想划一会儿?”

“我想吻你。”

“唱支歌吧?”

“十一年了,我没有唱过歌。”

“今天为我唱,唱‘在那里’!”

“在哪里?”

“在那里,我听到了大海在歌唱,在那里,我闻到过豆蔻花儿香。我曾到过遥远的南洋,遇到一位马来亚的姑娘……”

“歌词真好,可惜我不会唱。”

“那么唱你会唱的吧!”

她凝眸沉思一会儿,轻声唱了起来:

让我们荡起双桨,
小船儿推开波浪,
海面倒映着美丽的白塔,
四周环绕着绿树红墙。
小船儿轻轻飘荡在水中,
迎面吹来了凉爽的风……

“别唱这歌!”他突然大声打断她。

“可是你说过的,你要陪我一块儿回去。”她不无委屈地瞧着他。

回去?如果我真能陪你回去,我宁可少活十年!他苍凉地想。

她又说:“少女时代,我最爱唱这支歌!”

“原谅我,咱们一块儿唱!”他内疚了。

于是他们一块儿唱:

红领巾迎着太阳，
阳光洒在海面上。
水中鱼儿望着我们，
悄悄地听我们一块儿歌唱……

另一条游船与他们的游船对驶而过。船上有六七个小伙子，其中一个朝他们喊："红领巾，为什么不向叔叔们敬队礼呀？"其余的一阵哄笑。

他们仿佛没听见。

他们怀着淡淡的感伤唱着逝去了的美好年华。

做完了一天的功课，
我们来尽情欢乐。
我问你亲爱的伙伴，
谁给我们安排下幸福的生活？……
我问你亲爱的伙伴，
谁给我们安排下……

她忽然双手捂住脸，悲伤地哭了。

他停了桨，说："别哭。我不是在陪你回去吗？"

她边哭边说："我真傻……我明知道……永远也回不去……可却……那么想重新回……去……"

"我爱你！……"

除了这句，他再找不到别的能安慰她的话。

当他们的船到达对岸时，岸上有一对中年夫妻请求他们将船转让。当父亲的怀中抱着一个女孩。妻子焦急地向他们述说，孩子不知为什么大量流鼻血，已经昏迷不醒。她一边说，一边从钱包里掏出几十块钱往他手中塞，他拒绝接受。

他们将船转让了。她还写给那当父亲的一个出租汽车站的电话号码和一个人名。并告诉说:“这人是出租汽车站的调度,你们就在江畔那个公用电话亭打电话好了。我叫吴茵。你们说是我的朋友,这人一定会尽快派出一辆车来接你们去医院的!”

望着游船划回江那边,他们才转身朝一片小树林走去。

虽然是星期天,虽然租到游船的人很多,但大多数游船迷恋着风平浪静的江流,像滑冰爱好者们迷恋冰场一样,划着游船在江面往来。靠在江这岸的只有四五条游船,分散地拴在定船桩上,像四五只互不理睬的喜欢孤独的卧羊。它们的主人全是钓鱼的,隐蔽到什么不受干扰的地方垂钓打坐去了。

江这岸是另一个世界。一个无人的,春意勃发的,触目皆绿的,静谧的世界。

小树林中更加静谧。是片杂树林,有挺拔的白杨,枝杈任性生长的榆树,柔“发”及腰的柳树,还有桑树,还有“飞刀”树,还有一些他们叫不出名的树。连鸟的啼声也听不到,鸟儿不知为什么竟不光顾这片小树林。林中的青草一寸多高了,嫩绿的草尖,鹅黄的根茎,如同冬季某些人家里水栽的蒜苗。清新的空气中弥漫着深春植物的香蒿般的沁人心脾的馥芳。明媚而和煦的阳光,避过各种各样的树冠,温暖地照耀在林中,照耀在他们身上。

他们互相凝视着,感到自己在对方面前毫无原因地显得拘谨了,羞怯了。

他们互相凝视了一会儿,都渐渐微笑了。

她说:“我已经把它们扔到江里去了。”

他问:“什么?”

“船票。”

“你真狠心,‘他们’之中一半人不会游泳啊!”

“‘他们’淹不死的。咱们的船刚刚离岸我就偷偷请‘他们’下船了!我不希望有你那种感觉,好像无数的影子都和我们在一起似的，今天我要和你一个人在一起。”

“我也希望和你一个人在一起。只是预先通知了他们，他们却一个也不来，我感到被冷落了！”

“为了我，高兴起来好吗？想想我在船上对你说过一句什么话？”

他便握住她的一只手，将她轻轻拉入怀中，紧紧拥抱着。

他们的双唇久久地久久地吻在一起。

他们的双唇终于恋恋不舍地分开了。

他们在一片草地上并肩坐下。他们握在一起的手依然互相握着，他们依然脸对着脸，他们的目光依然彼此凝视，他们的心灵依然陶醉在久久亲吻的那一心魂迷荡的时刻。

她说：“我苦恋了你整整十四年，今天才……”

他握住她的双手：“听着，谁阻止你成为我的妻子，谁就是我王志松不共戴天的仇敌！”

“今天，我已经向法院寄出了离婚起诉。”

“不管法律如何判决，咱们的命从今以后要牢牢地拴在一起！”

“今天晚上我就要搬到报社去住。”

“每天晚上我都要到报社陪你度过几小时！”

“有了你的爱，你不在我身边，我也不会感到孤独了！”

“有一件事，我必须预先告诉你。我……有个儿子……”

“是……你和她的？”

“不。我和她之间从来也没有过那种事。那孩子，是一个上海女知青在大返城中抛弃的。是我们北大荒知青的后代！我将他抱回了家，要将他当成自己的儿子一样抚养！”

“那就让我做他的亲妈妈吧！”

“我们永远也不能让他知道被抛弃的身世！”

“志松，我也要告诉你我的身世。”

“你？……”

“我的父亲并非我的亲父亲，我至今不知我的亲父亲是谁。妈妈病故之前，才向父亲忏悔。我是她和另一个男人的女儿，但她没说出那个男人的姓名。这件事，对父亲感情上的刺激太大了！父亲比母亲更爱我。他万万也没有想到，从小在他怀抱里长大的女儿，竟不是他的亲生女儿！可是他只有我这么一个女儿。他爱我，我又使他恨母亲。他在感情上离不开我，在心理上又难以承认我是他的女儿。母亲活着的时候，我始终难以理解，父母之间的感情为什么那样冷漠。母亲去世后，我不明白父亲为什么有时疼爱我，有时却厌弃我。我到了安徽农村以后，父亲才在一封信中将这一切都告诉了我……父亲在信中写了许多忏悔的词句。他说他从此再也不会厌弃我了……因为除了我，他再也没有第二个儿女……那天刮大风，天昏地暗的，我一边看信一边哭……后来我返城了，他觉得他幸福极了，因为他从此不用挂念我了……后来我结婚了，他高兴地对我说，他死了也瞑目了……有一天我忍受不了内心的痛苦，我跑回家，将我的不幸全部向他倾诉了……我流着泪跪在他面前说：‘爸爸，救救我吧！……’我真糊涂，父亲有什么能力救我呢？他当时呆得像一个石头人……几天后他疯了……父亲没救得了我，我反而害了父亲……他如今已经在精神病院度过三年了！我可怜他。答应我，等我们成了夫妻后，只要我们的住房条件稍好一点，我们就把他从精神病院接出来，让他和我们一块儿度过晚年，我要用一个女儿对父亲的爱，医治母亲在他心头造成的创伤。你答应我吗？”

“我答应你，我也要像一个儿子一样照料他！”

她又情不自禁地扑在他怀中了。

他说：“我们坐在长椅上的时候，你不是说真想在我怀中睡一会儿吗？你就睡吧，你可以一直睡到日落黄昏！”他吻了她一下，抚摸着她的脸颊。

她便微微闭上了双眼。

小树林静谧得仿佛在做着美好的仲春之梦。

“这儿多静啊！”她闭着眼睛喃喃地说。

他又轻轻吻了她一下。

“我真想要……”她握住他的一只手，将他的手紧贴在自己脸颊上。

“要什么？”

“要你……”

“你不是正在我怀里吗？”

“所以我这时刻真想要……你……”

她的脸红得像朵玫瑰。

他终于明白了她的话，他对她的爱顿时充满了他的整个心！

她此刻说的话使他想起了她昨天对他说的话：“那你救我吧，我再也忍受不下去了！……”

“不会有人到这里来的，十一年了，我和那头雄海狗睡在一张席梦思床上，他还在床四周镶满了镜子，他还骗我服下从外国人那里搞来的印度春药……这里多美好，这里多宁静，就让这片青草当我们的床吧！我想要……我想在这里要你！……真的……我们为什么不？……”

她说这番话时，睁开了眼睛。她的眼睛是那么明亮，她的目光是那么坦率地仰视着他，她的双眸闪动着炽热的情焰，她的语调却是那么平静，她的表情却是那么圣洁。她一点都不为自己的话感到羞耻。

她在默默地乞求着，真挚地期待着。

他突然将头埋在她怀中，更紧更紧地拥抱着她……

“多么动人的情形啊！”忽然有一个人大声说，并拍了几下手掌。

他抬起头来,见是她的“丈夫”站在他们跟前,脖子上吊着一架照相机,大而胖的脸盘上呈现着矜持的微笑,仿佛是从地底下钻出来的。

“夏娃在求欢,而亚当却哭了!”

她依旧偎在他怀中,一动也没动,挑战地瞪着她所仇恨的这个男人。

“你们可以改变姿态了,我已经为你们拍下了刚才的镜头!完全可以作圣经的彩色插图!”

他们站了起来。

“你摔碎了一架照相机,可是我又借到了一架。我还是有点先见之明的,料到会有如此动人的情形。”那雄海狗般的男人得意洋洋地对她说。随后瞧着他说:“这里多美好,这里多宁静,你为什么不满足夏娃的欲望呢?我可是很想为你们拍一张伊甸园中偷尝‘禁果’的纪念照呀!”

“你有点遗憾?”他冷冷地问。

“有那么点。我是位摄影艺术爱好者。”

“那就多拍几张吧!”他又将她揽在怀中,吻她。

“好极啦!”那雄海狗般的男人又拍了一张。

“现在,请可爱的夏娃离开一会儿,让我和亚当谈谈行吗?”那雄海狗般的男人彬彬有礼地问她。

她忍受不了这种羞辱,一转身想走开。

“别走!”王志松低声说。

“让咱俩当着她面谈灵魂道德和肉体罪恶的问题?小伙子,就算作为一个情人,你也太过分了吧?”

王志松向“摄影艺术爱好者”跨近一步,朝那张大而胖的脸盘上猛击一拳!

"摄影艺术爱好者"被击倒在地，鼻孔里顿时流出鲜血来。

"现在你才应该说'太过分了'！"

"摄影艺术爱好者"刚刚爬起，第二拳比第一拳的力量更凶猛，他又倒在地上了。

当年的中学冰球队队长叉开双腿站在商业局副局长跟前，对方刚要爬起来时，便从容不迫地击出一拳，拳拳击在那张大而胖的脸盘上。数拳之后，商业局副局长鼻青脸肿，满面鲜血了。

对方趴着再不敢爬起，照相机也甩在地上。

王志松不慌不忙地捡起照相机，说："我和你有同样的爱好，让我也为你这位摄影艺术爱好者拍一张纪念照吧！我的摄影水平一点都不比你差！"

他拍完后，对方才慢慢跪了起来。他将照相机挂在对方脖子上，冷笑道："是架好相机，因此我舍不得毁了它！你的摄影杰作随你愿意洗印多少张都可以，但是必须寄给我一张！我叫王志松，这个名字你要记住了。我是铁路机修段的工人！"

对方终于有机会站起来了，掏出手绢畏惧地擦着脸上的血迹，不敢瞧他。

"还有什么可谈的吗？"

"我……不……"

"局长大人不想和我这个工人谈谈灵魂道德和肉体罪恶的问题了？那我和我妻子走了！"

他拉着她的一只手，朝林外散步似的走去。

"她是我的！……"那雄海狗般的男人叫嚷。

他站住了，转身怒视着对方："你敢再说一遍？"

"我……我不能失去她……"

"我不再失去她！"他用宣告的凛然语调说。说完，拉着她的手继续往林外走。

他们走出了小树林,那雄海狗般的男人也跟出了小树林,尾随在他们身后,可怜巴巴地说:“让我们谈谈条件吧!让我再和她生活两年,两年!两年后她不会变老,我们和平离婚,我保证把她让给你!我就这么样失去她,我……我没法再活下去了呀!……”他泪流满面,卑下地哭泣着。

王志松猝然转身,又凶猛地将他一拳击倒了。他爬起来时,鼻孔里又流血了。他又掏出手绢擦,不敢再步步尾随他们了。

他们走到江边,江边正泊着一条小船。

划船的小伙子招徕地对他们说:“过江?请上我的船吧,又快又稳,二十分钟保证你们到达对岸!”

他们就上了那条船。船小而破旧,显然不是船站的游船。

小伙子并不马上划船,却对他们说:“请二位稍候一会儿,这船还能坐下四五个人呢!当着真人不说假话,我是个返城待业知青,开江后才靠划这条船能挣几个钱。船是借的,要给船主钱。被船站的人发现了,还要罚款。一次多渡几个人,能多挣个三毛四毛的!我这两条胳膊都划酸了,兜里不到两块钱呢!去了要给船主的,我今天还挣不到一块钱啊!二位多包涵吧!”

他说:“等多久我们今天都坐定你这条船了!”

“多谢多谢!”小伙子感激地朝他抱了抱拳。

“北大荒返城的?”

“对。城市的弃儿!”

“几师的?”

“二师的。你也是?”

“我也是。”

“看样子你是有工作的了?”

“接我父亲的班。”

“真羡慕你。我不收你们钱了!”

“正因为我也是返城知青，我们更不能白坐你的船。”他从兜里掏出钱包，抽出十块钱递给小伙子。

“算啦算啦，我找不开！”小伙子不肯接。

“我并没让你找钱！”他郑重地说。

“那怎么行！……”小伙子脸倏地红了。

“你收下吧，他是诚心诚意的！”她替他这样说。

小伙子犹豫着。

“北大荒有句话：见面分一半！我们是弟兄。都姓一个姓——姓北！”

“哥儿们，既然你说出这么仗义的话，我不收下辜负你一片心了！”

小伙子大大方方地接过了钱。

她附耳悄声对他说：“爱你！你是我的男子汉！你刚才要是怕他，我又会绝望的！”

他轻轻握了一下她的手。

这一握使她感到胜过任何语言的表白。

这时，那鼻青脸肿的“摄影艺术爱好者”来到了江边。他见他们已经坐在了船上，不待划船的小伙子和他打招呼，也上了这条船。他仍想和他们谈谈，他打算把两年的条件降低为一年。这头雄海狗的的确确是离不开她，不能失去她。她是他所酷爱的玩偶，他摆弄惯了她美好的肉体。她是他的政治野心的粘连物，因为占有她，他才觉得自己的种种政治野心和官场计谋是有趣的。失去了她，他会感到自己失去了双重的存在价值。他的种种政治野心也将随之萎缩，他也将失掉周旋于官场的“才智”。十一年来，他是将她那美好的肉体视为维持他生命旺盛的营养滋补剂的。十一年来，这雄海狗般的男人如同一条水蛭，牢牢地吸附在她那美好的肉体上，吮嘬着她的生命她的血液，因为占有她而意识到自己各方面都是个春风得意的男人！他是既害怕失去她，又害怕她向法律控告他当年占有她的卑鄙手段，从而败露他“文革”中更多更大的罪恶，使他落入恢恢法网之中。但是王志松咄咄的目光和凶猛的拳头，使他一声不敢吭。他还暗暗怀着一线希望，幻想到达了对岸，她毕竟不至于公然跟他从此走了而不回家。不管采取文的或武的手段，对付她一个人要容易得多。当年他对她进行“审讯”的档案他还私自保留着呢！他不信她不重新乖乖就范！

“三位坐稳当，咱们开船了！”划船的小伙子说着，用一支桨把船从岸边支开了。

王志松和吴茵坐在船中位，他们手仍握在一起。

鼻青脸肿的“爱好”摄影艺术的商业局副局长坐在船头。他那海狗般的肥胖的身体大约有八十公斤以上，使船头吃水很深。“文化大革命”中本市发生过大大小小近百次能给人们留下印象的武斗，他却没损伤过一根毫毛。自打出娘胎以来，他脸上没挨过拳头。如今成了本市官场上足以呼风唤雨的人物，一张脸却几乎被一个返城的野小子拳击得五官错位，而且还公然夺走他心爱的尤物！他是真恨不得从背后扑过去，把那野小子推入江中淹死！君子报仇十年不晚。杂种，过了“清查运动”，看我周某人怎么整治你！王志松——这个名字，他是一辈子也忘不掉的！爱与恨，爱是难以割断的，恨是容易泯灭的。一般人的仇恨，好比拳击场上的两个拳击手，一方将另一方击倒在地，那恨也就画了句号了。深仇大恨，结果了仇人的性命，那恨也就完成了促使行为的使命。这个人不，他恨一个仇人的情感是与爱一个女人的情感同样不论怎样发泄都难以满足的。他不会产生杀人的念头。杀人对他来说是太简单太寻常的报复。他惯于的报复行为是摆布他所仇恨的人的命运，将他所仇恨的人的命运放在平底锅上翻来翻去地文火煎烤。所以他想把王志松推入江中淹死的念头，不过是一时的冲动的恨的一闪念而已。如果他和王志松不是在一条船上,不是在江中,而是行走在马路上,一辆汽车猛驶过来,他准会拉王志松一把,避免王志松被轧死。王志松如果真被轧死了,他会像恨王志松一样恨那个司机!

他看到他们靠得那么亲密,他们的手握在一起,他的心痛苦得痉挛着,抽搐着。然而他坐得安安稳稳,不动声色,时不时地掏出变红的手绢,擦一擦仍从鼻孔里缓缓淌出来的血。

划船的小伙子不是只认"大团结"的傻瓜蛋。看出了坐在他船上的这二男一女之间本是认识却又不那么"团结"的。他也不再同王志松说话,生怕自己无意间说出不得体的话,惹恼了两个男人中的哪一个,使他们和自己或者他们互相之间在船上打斗起来,那他这条破旧的小船是担载不起的。他靠划私船摆渡挣钱是出于无奈而且冒险的,因为他不会游泳,船也划得并不熟练。

船到江心,王志松看出他划累了,主动说:"我替你划一会儿吧!"

"别。咱俩一调位我这船准失重! 你要是把船划翻了,淹死一个我承担还是你承担?"

王志松听他这么说,只好稳坐不动。

因为小伙子划得越来越无力,这条船在江上行驶得斜度很大,至少与应该靠岸的地方相距一千米。

一艘"呼哈"号中型客船,穿过江桥桥洞,逆流驶了过来。他们乘坐的小船挡住了客轮的航道。客轮在江桥那面时,他们谁也没有注意。客轮一过江桥桥洞,距他们的小船便很近了。客轮连连鸣笛,划船的小伙子乱了手脚,双桨起落不齐,小船在江中打起转来。

"别慌,我来替你!"王志松说着站起身。可是他刚一站起,小船晃动不止,他赶快又坐了下去。

小伙子慌乱之中，落了一支桨。小船完全失控，顺流迎客轮飘行过去。

王志松来不及再多思考，对吴茵叮咛了一句："坐稳，别怕！"迅速脱下外衣塞在她怀里，跃入江中。他想抓取到那支落水的桨，可是它已漂出十几米外，来不及了。他只好一边踩水一边推船。

吴茵抱着他的外衣，像当年替他抱着衣物在冰球场外看他比赛一样。虽然她不会游泳，虽然情形有些危险，她却一点也不惊慌，她很镇定地坐着。她知道他水性极好，相信他能够将小船推向岸边。

那划船的小伙子完全呆住了，连握在他手中的那一支桨也不发挥作用了。

坐在船头的她的"丈夫"，眼见客轮离小船越来越近，惊恐万状。实际上客轮已经减速，但是他在惊恐之下看不出来。

他突然站起指着那划船的小伙子破口大骂："你他妈的手里还有一支桨，你倒是划呀！原来你他妈的是个根本不会划船的骗子！靠了岸我要……"

他那肥胖的身子一晃，倒下去了。八十公斤以上的重量猛砸在小船一侧，小船顿时底朝天！

在小船倾覆的瞬间，吴茵本能地叫了一声："志松！……"

王志松已在踩水时蹬掉了鞋。他听到了她的叫声，绕着扣翻的小船游了一圈，寻找着她。

他发现了她的头从水中往上一冒，立刻又没入水中，头发还飘在水面。

他朝她迅速游过去。

突然他的双腿在水中被两条手臂搂住了。那两条手臂死死搂住他的双腿，任他怎样挣扎也无济于事，他被坠入了水底。他在水中弯下腰，抓住那人的头发，朝那颗脑袋猛击一拳，那两条手臂才放开了他的双腿,但随即紧紧搂抱住了他的腰。他拼命蹬动双腿,仰游着浮出水面。他已经没有力量摆脱掉那个人了。他倒划双臂拖带着那个人向岸边仰游,他心中只有一个念头:到了岸上才能摆脱掉这个人,才能再去救他的吴茵!……

一条游船划过来,将他和那个人救了上来。

那人正是那头雄海狗。他有海狗一样的肥胖身躯,却无海狗的游泳本领。

那头雄海狗像头死海狗般卧在游船上。

他第二次跃入水中,一边茫然地游着,一边寻找着吴茵。

江面上却再也寻找不到她的踪影。

“吴茵!吴茵!吴茵!……”他大声喊叫,一头潜入水底。

吴茵,我找遍这条江也要把你找到,救你上岸……

当他从水中冒出头换气时,一艘救生小艇绕着他的头兜了一圈,艇上一人手持话筒对他吼:“你老婆被救上岸了!你他妈的还在江中折腾什么?!一会儿让老子也救你呀!……”

第二天的晚报,第四版,左下方,登载了这样一条报道——昨日下午二时许,松花江上不幸发生翻船事故,落水四人,淹毙一人。被淹毙者,是违反江上治安规定,摆渡私船载客的返城待业知青。江上治安部就此不幸事件严肃重申,凡摆渡私船载客者,船只一律没收,永不归还,并罚以重款。屡犯者将以违法罪拘捕……

不久,关于晚报“记者明星”的“桃色新闻”广为流传,成了本市许许多多人茶余饭后的闲谈资料。

普遍的市民们对于具有某种知名度的人,尤其对于具有某种知名度的女人的名誉的“败坏”,总是产生特殊兴趣的。这种兴趣与某些孩子喜欢拆散他们感到奇妙的玩具的兴趣一样。

…………

市法院驳回了吴茵的离婚起诉。

强大的社会舆论,“正义”和“道德”的呼吁之声从四面八方向她压来,也向报社压来。

报社每天接到无数次电话和无数封信,敦促报社对一个“品行败坏”的女记者进行制裁。

同事们的规劝,领导们的批评,她全置若罔闻,一意孤行。

记者部主任在一次党员会议上措辞激烈地大谈记者的“社会形象”问题和领导“用人不当”的“惨重教训”……

老主编“引咎”退职……

她被取消记者资格,贬到印刷厂当工人……

铁路局收到商业局盖有“党委”红章的公函,强烈要求铁路局严惩“第三者”。

机修段领导找王志松进行严肃谈话,警告他,第一,作检查,承认错误。第二,断绝与有夫之妇的一切来往。第三,向商业局周副局长赔礼道歉……

他说:“不!”

领导问:“你这样做对得起谁?你连你父亲也对不起!你想继续待业吗?……”

他缓慢地从兜里掏出工作证,当着领导的面从工作证上撕下了自己的照片,脱了工作服,放在桌上,转身而去……

他在公用电话亭给她挂电话。

“是你?”

“是我。”

“我只是想听到你的声音……”

“我很好……你呢?……”

“我再也不丢掉你!……”

…………

几天后的一个晚上,他抱着儿子来到了徐淑芳家中。

“求你收下这个孩子。”

“谁的孩子?”

“我们北大荒返城知青的孩子。我本想做他的父亲,可是……我母亲……昨天……去世了……我又待业了,无法抚养他了……”

他仿佛老了十岁!

母亲,白发苍苍的老母亲,她那颗衰弱的心脏,无法承受儿子第二次沦为返城待业知青的现实……

徐淑芳默默从他怀中抱过了那孩子。

“我给他起的小名叫宁宁,如果你不喜欢,就另给他起个更好的名字吧!”

“我仍要叫他宁宁。”

“他爱蹬被子。”

“我不会让他着凉生病。”

“他还没落上城市户口。”

“他永远落不上户口,也是我们的儿子。”

“将来不能告诉他,他是个曾被遗弃的孩子。”

“不告诉。”

他在那孩子脸上轻轻吻了一下。心中说:“儿子,我的儿子,爸爸爱你!……”

他转身欲走时,她终于叫了一声他的名字:“志松……”

“……”

“我们都不要被压垮了!”

第十七章

一座城市如果是省会,市长更难全面施展自己的执政能力。

在这座城市,市委和省委大楼分处两区。双重党政机关将它分成两个权力辖治范围。市长是这两种权力之间的平衡砝码。“文化大革命”在这两种权力之间遗留下种种“历史误会”。省市委领导者们相互积怨甚多。某几位市委领导者,时至今天,仍因在“文化大革命”中省委领导者们为了保自己“过关”,将他们当成棋盘上的车、马、炮,抛给了“革命群众”和“红卫兵”而耿耿于怀。某几位省委领导者,由于市委领导者们在“文化大革命”中将自己应负的“路线”责任推给他们,使他们成了“黑根子”被“打翻在地”,踏上过“千万只脚”而铭记“教训”。某些省市委领导者们之间的关系与其说是融洽莫如说是互相容忍。在许多方面,在许多事情上,“历史误会”继续造成今天的“误会”。姚市长作为一市之长,在种种历史和现实的“误会”中,既要维护市委领导权力的独立性,又必须时时事事审慎地考虑到某些省委领导同志的心理和情绪。他深知自己的执政责任,应是努力消除弥漫于两种权力之间的种种“误会”,无论如何不能再加剧“误会”。这使他在许多方面,在处理许多问题时,由一个有魄力的敢作敢为的人变成了一个思前顾后、优柔寡断的人。

对“一中事件”,他便是如此。

三十几名被拘捕的返城待业知青仍未获释。首先,市委领导者们就无法对这一问题统一态度。释放被拘捕的返城待业知青们？释放也得对他们有个说法，对社会有个说法。什么样的说法才能被他们接受？被社会接受？被二十余万返城待业知青接受？宣布他们无过？那么谁之过？那么他们将有权对公安机关提出抗议，要求公安机关面向社会对他们公开赔礼道歉，他们是绝不会放弃这一要求的。二十余万返城待业知青是他们的后盾。他们的家庭一天比一天更为他们感到愤愤不平。“师资培训班”的“内幕”早已不成其“内幕”，三百余万市民们愈来愈同情他们了。对“师资培训班”作过“批示”的某几位省委领导者正面临着巨大的社会压力。若由市委对社会宣布他们无过，无疑等于又一次将某几位省委领导者抛到了社会的谴责舆论的漩涡，同时也无疑等于向社会表明了市委对“一中事件”的双重态度——站在返城待业知青一边的态度和对省委的指责态度。结果是可以预料的——市委及他这位市长本人会因此而深得民心，并大大削减二十余万返城待业知青对他本人及对市委的对抗情绪。但省委的某几位领导者也就有理由认为市委公开“出卖”了他们，将二十余万返城待业知青的对抗情绪转移到了他们身上。必然造成省市委领导者之间新时期新问题面前的新“误会”。一百五十名内定的“师资培训班”录取名额中，有近半数是市委各级领导者们的子女。省委的某几位领导者在考虑如何更理想更妥善地安排干部子女就业问题的时候，并没有将市委各级领导者们的子女排斥在外。一百五十名干部子女中包括了他这位市长的女儿姚玉慧。而且他这位市长预先也知道“招考”的“内幕”。被“出卖”者将有充分的理由认为市委及他这位市长对“一中事件”的态度是狡猾而可耻的！他们如果恼羞成怒，“反戈一击”，那么前一天他可能被二十余万返城待业知青及普遍的市民们视为“包龙图”，第二天则必成为遭到社会舆论谴责最甚的“两面派”！他在这座城市的领导威望将丧失殆尽！

无论从个人的或者全局的得失来考虑，他本人及市委都不能够向社会，向二十余万返城待业知青，向三十几名被拘捕的返城待业知青和他们的家庭作出立场鲜明的表态！使他思前顾后、优柔寡断的种种因素，也正是使其他几位市委领导者们对“一中事件”的态度不能统一起来的因素。

何况无论是他本人还是其他的几位市委领导者们，都并不认为因“一中事件”被拘捕的三十几名返城待业知青是完全无辜完全无过的。

公安局长对“一中事件”的态度“立场鲜明”。

“放了他们？休想！除非你们先罢了我的官，撤了我的职，开除我党籍！”有一天晚上，六十二岁的、身为十级干部的老局长往他家里打了一次电话，在电话里可着嗓子对他咆哮，是否暴跳如雷他不知道。

老局长有他一套独特的、一贯的、以忠于职守为原则的思想逻辑。谁违犯了这座城市的治安条例，谁可能在这座城市引起骚乱，谁就应受到制裁！他行使他的权力是不带任何人情味的！“文革”前如此，“文革”后更其如此。正因为他亲身经历了那场“史无前例”的大骚乱，今天他对引起任何骚乱的人愈加深恶痛绝！消防队员扑灭火灾靠的是高压水龙，他对付骚乱靠的是他指挥下的刑警队。他官复原职后的第一件事就是大大扩充了刑警队的编制，严格进行擒拿和格斗训练。他对他们的训词只有一句话——“你们每个人在平息骚乱时都应具有以一当十的本领。”这句话成为他们的“座右铭”。不知为什么，许多“最高指示”他都忘记了，但毛主席说的那句话却连在梦里都忘不掉——“过七八年又来一次。”而且不知为什么竟有点相信。他妈的，又来一次的时候，全国又像“文革”一样大乱了，我也要靠我的刑警队在这座城市中控制住治安！再来一次吧！再来一次我他妈的才不会像上一次那么老老实实地弯腰低头接受批斗呢！再来一次看看谁怕谁？！……他头脑中经常因为“过七八年又来一次”这句“伟大”的预言，而产生以上那一类天真的救世的想法。

他认为他的刑警队紧急出动，在“一中事件”中拘捕了三十几名企图制造一场大骚乱的返城待业知青们并没有错。他认为倘若自己不采取这一果断的雷厉风行的“打击”，倒是大错特错了。二十余万当年的“红卫兵”，像二十余万散兵游勇似的大返城了，使这位老公安局长的心理上产生了一种似乎果然“又来一次”的先兆感应。“红卫兵”给他留下的深刻印象如同第一次注射青霉素药针给小孩子留下的印象。他的右腿当年被一伙“红卫兵”们打断过，致使如今他常常“左倾”。他仇视“红卫兵”。他认为“无产阶级文化大革命”原本可能是一场好端端的“兴无灭资”的“大革命”，全是被“红卫兵”们到处“煽风点火”搞到天下大乱不可收拾的地步的。同时他认为粉碎“四人帮”后党中央的一系列方针政策都英明正确，唯独允许知识青年大返城是政治家们的头脑“热发昏”！他们十之八九是当年的“红卫兵”！他们应该在广阔天地被改造一辈子！对历史偿还他们一辈子也偿还不清的罪孽！真值得对他们大发慈悲，允许他们重新回到城市里来么？他们尽是“狼孩”，成千成万地回到城市里来，城市怎生再得安宁?！他对“红卫兵”的仇视，渐渐扩大为他对整整一代人的敌意。对于这一代人他没有恻隐，没有怜悯，没有亲情，没有责任感。在他看来这一代人是炉灰渣子。对这个国家对这个民族没有什么意义了！他自己的一男一女例外。不是偏爱，是因为自己的儿女们当年由于他的牵连没有资格戴过“红卫兵”袖章。如果他们当年也是“红卫兵”，那么今天在他这位父亲眼里也是炉灰渣子，也是“狼孩”。

他的部下擅自放掉了“一中事件”的主要“策划”者，北京的一位什么将军的公子，使他大为光火，将那个部下骂得狗血喷头，诺诺连声。

“将军的公子今天参与造反更应严办,你他妈的倒敢放跑了!老子在抗联时期就当过副师长,他妈的这三十几年如果一直都在部队干,今天也是位不折不扣的将军!严办一位将军的公子才更能惩一儆百!你给老子把他重新抓回来!抓不回来我脱了你的警服!……”

他头脑中倒是没有市长头脑中那么许多思前顾后、优柔寡断。因为他的一男一女返城不久便都穿上了蓝警服,成了他的“兵”,没有报考什么鸟“师资培训班”。所以他完全没有思前顾后、优柔寡断的心理负担,正所谓“胸中正则胆气豪”。

他那位被骂得狗血喷头的部下还真带了三名刑警队员连夜又去重新逮捕“一中事件”的“要犯”归案。但“要犯”已离开了本市,“逃”之夭夭。他鞭长莫及,又将那部下狗血喷头地骂了一顿。

如若释放了三十几名被拘捕的返城待业知青,并向社会宣布他们无过又无辜,那么将置他这位城市卫士的象征者及他的忠实的刑警队员们的尊严于何地?难道他的刑警队紧急出动,平息了“一中事件”倒是错误的了?如果当天他的刑警队不出动,谁能预料“一中事件”以怎样的结果告终?不少刑警队员们在平息那场骚乱中遭到了殴打,对他们说他们错了,他们会做何想法?在城市治安需要他们时,他们还能具有那种“以一当十”、一往无前的勇敢精神吗?他的刑警队员们的精神是需要鼓励而万万不能也不应该被挫伤的!他们的精神也是他本人的精神!“蓝警服”的尊严在“文革”中被践踏得够惨的了!他要在城市重树这种尊严,维持这种尊严!迫使社会认识到这种尊严,并承认这种尊严!社会丧失了“蓝警服”的尊严何谈时代的尊严?动乱的历史过去了!人们需要时代的尊严!人们需要有治安的社会!他及他的刑警队员们的存在价值,就是以治安为己任,使人们使社会获得这种保障!而他实施这种保障的手段则是——平息骚乱!打击骚乱!镇压骚乱!拘捕、逮捕、搜捕一切引起或制造骚乱的分子，包括一切企图引起或企图制造骚乱的分子，这是他的精神内核，这是他认为高于一切原则之上的原则。超出这一原则范围以外的种种思想，也是超出他头脑以外的思想，那是其他人们应该进行的考虑和应该采取的行动。

当市长本人在因“一中事件”欲了难了，在因被拘捕的三十几名返城待业知青而瞻前顾后、优柔寡断的时候，他们正被刑警队员看管着，每天跟一批等待接受法律判决的流氓歹徒、小偷、盗窃犯、诈骗犯、贪污犯一块儿在一处建筑工地上干活呢。一个多月以来，没有任何方面提审过他们。市与省的司法部门，拒绝受理此“案”，显然对他们持同情态度。市委曾派过一个三人“调查”组，向他们进行过“调查”。名曰“调查”，实则“谈判”。

——你们想不想早日获得自由？

他们当然都表示——想。

——你们能否保证以后再不聚众闹事，扰乱社会治安？

他们也都表示——能。

“调查”组的三个成员很高兴，没预料“谈判”如此顺利，不辱使命，当场说：“你们每人写一份保证书，或者共同写一份保证书，你们就自由了！”

他们却说——他们也有条件：第一，在报上公开披露“师资培训班”的内幕，向社会澄清“一中事件”的真相。第二，向他们和当天参加考试的返城待业知青及全体二十余万返城待业知青赔礼道歉。第三，保证今后不再发生类似的愚弄他们的事。

“调查”组的三名成员这才意识到自己高兴得太早了，都不免阴沉下脸，回答无权接受他们这些“苛刻的条件”。

“那就派有权接受条件的人来进行谈判吧！”

“苛刻的条件？难道愚弄了我们一场，想一不澄清真相，二不赔礼道歉吗？难道以为我们是好愚弄的吗?!"

"不答应这三个条件,我们宁可不要自由!"

"没有工作,我们的自由算是个屁!"

"我们等待着发落！我们有耐心,看究竟能把我们怎样发落!"

他们全体愤慨起来。

"谈判"破裂。他们撇下三名市委"调查"组成员,扬扬长长地干活去了!

他们也有他们的尊严,他们要向社会证明他们的尊严是不可辱的,他们要在城市争回他们的尊严。共同的命运将他们团结在一起了,他们并不感到孤独无援,他们知道他们并不孤立。每天都有他们认识的或不认识的返城待业知青来看望他们。告诉他们二十余万没有忘记他们三十几个,他们觉得他们成了二十余万的一面旗帜。

他们甘愿做这面旗帜!

他们是坚定地要同城市,要同他们的命运抗争到底了!

这是盲目的挑战,这是必然的盲目,这是合理的必然,这是历史一步步演算出的社会方程的"根"。

就在这一代人同历史,同城市,同社会,同他们的命运对峙的情况下,一种势力,一种"文化大革命"中形成,"文化大革命"后巩固的势力,一种似有似无的势力,正密谋着如何挽救他们的危机。

而一种政治势力在挽救危机的时候,往往是要借助无辜者的鲜血的……

"郭立强,你弟弟看你来了!"

郭立强挑起一担砖正要上跳板,听到姚守义的喊声,蹲身放下了担子。

"在哪儿?"

“那儿！”

不远处，弟弟正望着他。

他大步朝弟弟走了过去。

一名持枪看押他们的公安局的刑警队员拦住了他：“干什么去？”

他不理睬那个刑警队员，继续朝弟弟走去。

他走到弟弟跟前，苦笑了一下，说：“我们正干活呢！”那口气仿佛他终于有了正式工作，是一名建筑工人了。

弟弟用阴郁的目光瞧着他，半天没开口。

他又说：“以前我在类似的情况下看过你，今天轮到你来看我了！”

弟弟还是不开口。

“你何必到这种地方来看我呢！”他因为辜负了弟弟对自己那么大的希望，感到很内疚。

弟弟仍不开口。

“这幢楼三个月后就能完工。”他有意扭转话题，仰起脸望着大楼，其实是在避开弟弟的目光。

“他们打你了？”弟弟终于开口了。

他下意识地用手轻轻摸一下左眼眶，又苦笑了：“因为那天在考场上我打了人家一拳啊！”

“疼吗？”

“不疼。”

“眼眶都青了！”

“我那天把人家一拳打昏了，所以人家打我的时候我没还手，要不打不到我眼眶上。”

弟弟的双眼中渐渐盈满了眼泪。

“别眼泪汪汪的，你曾经挨过的打不是比我惨得多吗？”

弟弟垂下了头，眼泪滴落在沙土中。

“立伟，你看着我，我要对你说几句要紧的话。”

“你说吧，我听着就是。”

弟弟不抬头。

“你要把她当嫂子对待！”

“……”

“她已经是你的嫂子了！”

弟弟渐渐抬起头，默默地望着他，不说话。

“我要求你从今以后尊敬她！”

弟弟眼中仍噙着眼泪，点了一下头。

“你回去吧！告诉她别替我担心。”

“她想一块儿来，可是孩子没人照看……”

“孩子？”

“就是我亲眼看到过的那孩子……我一直怀疑是她的，可不是。是你们一个北大荒返城知青的孩子……”

“男孩儿女孩儿？”

“男孩儿。她说你会同意抚养的……”

“她说对了。你呢？能喜欢一个不是亲侄子的侄子吗？”

“哥，只要你喜欢那孩子，我就也喜欢那孩子！”

“我？……我们北大荒知青的后代，我要当亲儿子来抚养！”

“那我就是他的亲叔叔！”

“嫂子也有了，侄子也有了，我和她的工作，将来也会有的，你还眼泪汪汪的干什么？”

弟弟不由得笑了一下，擦去了脸上的泪痕。

“我该干活去了！”

“哥，我给你带来一条烟。”

“我们不缺烟。差不多天天有人给我们送烟来，都是返城待业知青送来的。”

“尽抽别人的烟多不好!”

“那给我吧。”

弟弟从平日上班装饭盒的布兜里取出一条烟,正要交给他,被另一只突然出现的手夺过去了。

一名刑警队的小队长站在他们身旁。

“大前门!还是带嘴的!”对方将那条烟在空中抛一下,接住,冷笑道:“没工作也抽这么好的烟?”

“给我。”郭立强克制地说。

“给你?没收啦!”对方将拿着烟的那只手朝身后一背。

“你敢!把烟给我哥哥!”郭立伟愤愤地嚷道。

对方的目光转向了郭立伟,故作诧异地说:“原来是你呀,当年的‘半导体’?久违了啊?我可真有点荣幸呢,如今又看管起你哥哥啦!”

“你……”

“你送我一条烟,我今天挺有造化是不是?”

被生活驯化了的野蛮性格,在郭立伟的血管里顿时奔突起来!他不能容忍这个穿蓝警服的人当着他哥哥的面侮辱他,同时当着他的面侮辱他的哥哥。如今他是将他们郭家兄弟俩的尊严看得比他们的生命还重要的!他双手在发抖,紧紧握起了拳头。

郭立强看出了对方是在有意激怒他们,他不能理解这个穿蓝警服的人为什么要这样做。

“你究竟想干什么?”他推开了弟弟,怒视着对方大声说:“把烟还给我!”

“还给你?”对方又将那条烟在空中抛了一下:“有谁能证明,这条烟是你们的,不是我的?”

“你王八蛋!”郭立伟骂了一句。

“好小子,满嘴喷粪！我要教训教训你!”对方说着,跨前一步,挥拳便打。

郭立强一把擒住了对方的腕子,说:“立伟,你别惹是生非了!快走吧!”

郭立伟不愿给哥哥找麻烦,恨恨地转身走了。

郭立强见弟弟走远,才放开对方的腕子。

“这条烟就算是送给你的吧!”他盯着对方说:“可你心里要明白,我不怕你!”

“你还识时务。”对方道,“你去把那铁锹拿起来!”口气是命令式的。

在离他们七八步远处,一把铁锹插在沙堆上。

郭立强不明白对方的用意,他迷惑着,没动。

“我叫你把那铁锹拿起来!”

他看出了对方分明是在向他继续挑衅,正因为看出了这一点,他隐忍着,努力压抑着恼怒。对方的挑衅究竟要达到什么目的,实现什么企图,却是他无从猜测的。

他转身向沙堆走去。

郭立强啊郭立强,你又怎么会知道,你今天注定了要成为一种政治势力预先策划的阴谋中的牺牲！因为你有一个当年被“专政”过的弟弟。

某种政治阴谋一旦选择了谁作牺牲,这个人就难以逃脱牺牲的下场!

当他走至沙堆前,将铁锹从沙中拔出来,握在手里的时候,听到了一声枪响。

他转过身,看见手枪拿在对方手中,枪口对准着自己,对方的脸冷酷无情。

他张了张嘴,要向对方发出质问,却觉得脚下的大地开始旋转。

他双手仍紧紧握着铁锹。

血，鲜红的血，一滴一滴滴在锹柄上，滴在他的双手上，滴在沙堆上。

他不是朝天开了一枪，他是朝我开了一枪呀！为什么？……

最后的疑问凝固在头脑中，成了对命运的迷惑不解的“遗”问。这个返城待业知青一下子栽倒在沙堆上，停止了呼吸。

郭立伟听到枪声，猛转过身。他见哥哥倒在沙堆上，一颠一颠地跑了回来，跑到沙堆前，将哥哥抱在怀中。

“哥，哥，哥！……”他一声比一声高地叫着。

哥哥的两眼瞪得很大，却失去了目光。

他想把铁锹从哥哥双手中抽出来，竟抽不动。

哥哥胸部涌出的血也染红了他的双手。

“哥呀哥！……”他撕心裂肺地大叫一声，嚎啕恸哭。

三十几名被看管的返城待业知青，许多工人和十几名蓝警服都朝这里跑来。

人群围住了郭家兄弟。

在郭立伟的哭声中，人群渐渐分化。蓝警服们感到了事态的严峻性，站到了他们的小队长的身后，一个个将右手防范地按在手枪枪套上。

三十几名被看管的返城待业知青聚拢了，他们一步步逼向蓝警服们。

围住郭家兄弟的只剩下了工人们，他们同情地摇着头。

砰！……

刑警小队长又朝天开了一枪。

他喝道：“谁再往前走一步就打死谁！他想用铁锹袭击我！他是咎由自取！我是正当防卫！”凛凛的语调中却暴露出了内心的胆

怯和惊慌。

三十几名待业知青朝“蓝警服”们扑了过去……

第一场春雨在“五一”国际劳动节这天淅淅沥沥地下起来了。

姚玉慧斜卧床上，不胜闲愁地观望着雨滴淋洗窗外那棵树的新叶。

忽然，她听到了一阵歌声：

兄弟们啊，姐妹们啊，
不能再等待……

不是一个人的歌声。

不是几个人的歌声。

不是几十人几百人的歌声。

是成千上万人的歌声！

她怔怔地倾听了片刻，一跃而起，顾不上穿鞋，只穿着袜子奔到了阳台上。

歌声在城市上空回荡着，震彻着。

兄弟们啊，姐妹们啊，
不能再等待……

二十余万返城待业知青组织在一起，聚集在一起，被他们的一个返城待业知青伙伴的死所激怒，向城市示威游行了！

她无法看见他们的队伍。

他们正冒雨行进在大街上，向市委而来。

他们所经之路，交通完全中断！

“金嗓子”倒退在他们前面，他的嗓子已发不出雄浑宽广的声音了，他紧封双唇，挥动两臂。

返城待业知青队伍，在他的指挥下，反反复复地只唱那两句：

兄弟们啊，姐妹们啊，
不能再等待……

不知他们是在什么地方，怎样集合起来的。

雨淋湿了这支队伍。他们一步步地“占领”了一条街道，又“占领”了一条街道。

“文化大革命”中，也没有哪一派能够组织起这么一支浩浩荡荡的示威游行队伍！

在这支队伍里，默默走着徐淑芳，怀抱着宁宁。

北大荒返城知青之子，被他的知青母亲用衣襟包裹着，遮挡着淅淅沥沥的雨滴。

在这支队伍里，默默走着严晓东和王志松。他们也像徐淑芳一样，一人怀抱着一个孩子。是“金嗓子”的双胞胎女儿。

他们继续“占领”着一条又一条街道！

一根竹竿挑着一件破旧的兵团战士的棉大衣，高高擎举，作为他们的旗帜。

他们似潮流要一条街道又一条街道地淹没这座城市！

一切车辆避向马路两边，没有一个司机敢按一声喇叭。

一段马路上准备重铺路面的一堆堆，在他们经过之后，沙堆不见了。

一个交通岗亭，在他们经过之后，被连同底座搬上了人行道，里边的交通警呆若木鸡。

雨，更大了。

他们的歌声，更高了。

他们经过市劳动局后，那条马路上坐满了他们的伙伴。

他们经过市公安局后，那条马路上也坐满了他们的伙伴。

他们经过省教育厅，那条马路上又坐满了他们的伙伴。

城市被震慑了！

城市屏息敛气。

只有他们的歌声响彻城市上空：

> 兄弟们啊，姐妹们啊，
> 不能再等待……

站在阳台上的姚玉慧，终于看到他们了。他们出现在胡同口，一步步“占领”了胡同，朝市委领导宿舍大院走来。

她看到的只不过是他们分出的小小一支队伍。

警卫人员没来得及关上门，铁栅院门被冲开了。这支队伍拥进院内，顷刻坐满了一院！

她如同被定身法定在了阳台上！她呆呆地俯视着他们。

徐淑芳也在这些返城待业知青中，她首先发现了自己当年的教导员，认出了自己当年的教导员，怀抱着宁宁，仰头望着自己当年的教导员。

大雨泼在她脸上！

大雨淋透了她包裹着宁宁的衣襟。也许那孩子感到冷了，突然哭起来。

当年的知青教导员猛地离开阳台。她冲出楼，撑着伞跑到徐淑芳身旁，替徐淑芳遮雨。

“教导员，原谅我。”

“我也代我父亲，请你们原谅。”

“我们不是冲着他一个人来的。”

“谁的孩子？”

“我们的。我们大家的。他曾被遗弃在火车站……”

姚玉慧想起了返城那一天弟弟对她讲的事。

她说：“把孩子给我，让我抱进屋去，他会被淋病的！”

徐淑芳感激地点了一下头。

她从徐淑芳怀中抱过哭着的孩子，跑进楼去。

阿姨惊恐万分地围着她团团转:“这可怎么好？就你一个人在家,他们要是……这可怎么好？……”

她苦笑道:“什么事也不会发生的。阿姨,你给这孩子冲杯奶去吧!”

阿姨六神无主地离开后,宁宁不哭了。

她抱着孩子走到窗前,望着在雨中坐满院子的当年的知青伙伴,心中说:“爸爸啊,原谅他们吧,他们是不能再等待了,像您的女儿一样……”

她不由得将自己的脸紧紧贴在孩子脸上……

返城待业知青们的队伍在继续向市委走去。

公安局长高大魁梧的身材,仿佛一座碑。他叉开两腿站在返城待业知青队伍正走过来的马路尽头。

他身后,排列着由数百名刑警队员组成的双重散兵线。

一辆小汽车从马路尽头的丁字形路口出现,直开到他身边才猛刹住。

市长跨下了小汽车。

市长低声说:“立刻撤走你的刑警队,否则我罢你的官!”

老局长看了市长一眼,语气十分强硬地回答:“我有职责保卫这座城市的治安,现在谁也无权命令我撤走我的刑警队!”

“我不认为这是骚乱!”

“恰恰相反,我认为这是粉碎‘四人帮’后发生在本市的最大一次骚乱!”

“他们没有打砸抢!”

“他们若敢,我就下令开枪!”

老局长说罢,从头上摘下了警帽,向市长递去。

市长不接。

他缓缓弯腰将警帽放在雨地上。

市长激怒了："当你开枪时，站在你枪口前的将是我！"

老局长不再回答，岿然不动地注视着越来越近的返城待业知青们的队伍。

双方接近得仅距五六米了，返城待业知青们的队伍停止了前进。

一辆接一辆靠在马路边的公共汽车和无轨电车里的乘客，纷纷跳下，争先恐后跑进各个商店。

"金嗓子"不由得转过身，这才明白队伍因何而停止行进。他对"蓝警服"们张大嘴喊了一句，然而没有人听到他喊的是什么，因为他的嗓子沙哑得几乎喊不出声音了。

老局长做了一个手势，他身后的双重散兵线，迅速形成了阻挡的蓝色方阵。

从返城待业知青们的队伍中跨出一个人——严晓东。

他轻轻推开"金嗓子"，朝队伍振臂高呼一句："跟着我！"

他一步步向前走。

返城待业知青们的队伍一步步跟着他。

"站住！"老局长厉喝一声，一只手放到了手枪套上。

市委大楼就在他身后，他绝不允许他们再接近市委大楼一步！

严晓东没有站住，对他的警告和他的动作听而不闻，视而不见，继续向前走。

市长一步跨到严晓东与老局长之间，伸开双臂，面对返城待业知青们大声说："我是市长，我理解你们！也请你们理解城市，理解市委的困难！"

"你理解我们？"严晓东站住了，冷笑道："你根本不理解我们！城市也不理解我们！你的儿子或你的女儿小时候，你带他们到公园里去骑过木马吗？"

市长不明白这个返城待业知青为什么向自己提出这样的问

题,一时不知怎样回答才是。

“如果你没有,你无法理解我们!小孩子骑在木马上,每旋转一圈,向父母招一次手,这是人性!你懂吗?我们年年向城市招手,因为我们已不是小孩子,我们却仍骑在木马上!我们不是被艰苦吓回到城市里的!十一年,我们四十余万,可以盖起一座城市!可是我们的青春我们的汗水并没有换取到足以使我们感到自豪的劳动成果!历史浪费了我们的青春我们的汗水!我们不能再等待!……”

严晓东说着,又向前跨了一步。

他身后的队伍,也向前跨了一步。

市长不由得退了一步。

站在市长身后的老局长不由得退了一步。

站在老局长身后的蓝色方阵不由得退了一步。

严晓东将脸转向了老局长:“开枪啊!拔出枪来开枪啊!你们不是打死了我们一个吗?你为什么后退了?……”他从地上捡起了老局长的警帽,又说:“只要我一句话,我们就会将你踏在我们脚下,将你的刑警队踏在我们脚下!”

他说一句,向前跨一步。

市长连连后退。

老局长连连后退。

刑警队的蓝色方阵连连后退。

“我们并不想闹事!但如果拿枪吓唬我们,那是愚蠢的!我们不过要求城市关注我们的存在,指给我们一个起点!我们他妈的只要一个起点!有了一个起点我们会证明我们这一代人不是废品!……”

刑警队的蓝色方阵已经退到了市委大楼楼前,再无退路。

严晓东将警帽朝老局长一递:“您戴上吧!我们连您的警帽也

不想踩坏!”

市长替老局长接过了警帽。

“我们是累了,累极了,但我们这一代还没垮呢? 市长同志,请您检阅吧!”严晓东说罢,朝后一甩湿漉漉的头发,转身高喊:“全体……立正! 向后……转正步……走! ……”

“向后……转!”

“向后……转!”

“向后……转!”

“正步……走!”

“正步……走!”

“正步……走!”

返城待业知青的队伍中跨出了许多人,站在人行道上,向他们的队伍重复着严晓东的口令。

马路下当年的防空洞,发出巨鼓般的震响。

嗵! ……嗵! ……嗵! ……

挑在竹竿上的破旧的兵团大衣——他们的旗帜,被擎得更高!

兄弟们啊,姐妹们啊,
不能再等待……

这两句歌声又在城市上空回荡。

市长自言自语:“他们和当年是多么不一样!”

是的,他们和当年不一样了。他们已不是当年的红卫兵了。他们也厌恶了流血和骚乱,只想向城市表明他们的存在,所以他们向后转。

老局长暗自呼了一口气。

嗵! ……嗵! ……嗵! ……

马路两旁的街树抖动着。

各种车辆,缓缓随在他们身后,终于有了行驶的机会。

“开枪打死那个返城待业知青的事，你调查了吗？”

“我正在调查。也许事情是复杂的，会有某种背景……”

“噢？……”

“子弹从背后击中，正当防卫不能自圆其说。”

“没有那件事，不会导致今天这件事。”市长说着，将警帽递给老局长。

老局长接过，许久才戴上。

“我相信……”

“什么？”

“他们今天能够把我、把你、把你的刑警队踏在他们脚下，可他们没有。”

“我今天也是作好了他们从我身上踏过的思想准备的。”

“喜欢文学吗？”

“不感兴趣。”

“一本小说也没读过？”

“读过一本——《刑警队长》。”

“再多读一本吧——《悲惨世界》。”

“……”

“书中一个人物很有点像你，名字叫沙威。”

“正面人物还是反面人物？”

“一言难尽。”

“下场如何？”

“给自己戴上手铐，跳进塞纳河淹死了。”

老局长不再问什么，抬头向返城待业知青们的队尾望去。

他们的旗帜——挑在竹竿上的破旧的兵团战士大衣，像高高擎举着的十字架上的耶稣。

嗵！……嗵！……嗵！……

防空洞发出的震响，如城市的巨大心脏在搏动。

忽然，一棵街树渐渐向马路倒下。随即，又倒下一棵，又倒下一棵……

马路两旁的街树，都开始向马路中央倾斜，纷纷倒下，障碍了各种车辆的行驶。

这情形使市长、老局长和刑警队员们惊诧万分。

而紧接着发生的情形，更加使他们目瞪口呆——一长段马路徐徐向中间塌陷下去！

又一长段马路徐徐向中间塌陷下去！

一辆公共汽车，两辆无轨电车，同时随马路塌陷下去，只露出平顶，无轨电车的“辫子”脱离了电缆，在空中摇晃。

老局长反应迅速地大吼一句：“快抢救！”

他的刑警队员们奋不顾身地向塌陷地段奔去！

返城待业知青的队伍也骚乱起来。他们被他们自己的力量惊呆了！

严晓东第一个跳下塌陷地段救人。

王志松、“金嗓子”跟在其后跳了下去。

无数“兵团服”跳了下去……

马路仍在塌陷。

当年耗资巨万的“防空洞”，今天被证明在现代战争中没有任何实际战备意义。

返城待业知青们的旗帜倒了，被踏在他们自己的脚下……

雪城

下

梁晓声 著

人民文学出版社

第十八章

夜乃梦之谷。梦乃欲之壑。

城市死寂一片如公墓。做梦的人迷乱于城市的梦中。城市的梦浸在子夜中。近百万台电视机早已关上了,城市仿佛处于封闭状态,只有电信局和火车站还保持着与外界的联系。一幢幢高楼大厦被酱油色的子夜和清冽的水银灯光囫囵地腌制着。在它们背后,平民阶层的大杂院如同一只只蜷伏的狗。形影相吊的交通岗亭好像街头女郎,似有所待又若有所失。红绿灯是“她们”毫无倦意而徒劳心思眨动着的“媚眼”。

松花江慵懒地淌着。它白天掀翻了一条由太阳岛驶回的游船,吞掉一船人只吐还半数。两艘救生艇仍拖拽着巨网进行打捞。一百二十多个男女老少不知被它藏到哪儿去了。他们的许多家眷亲属仍坐在江堤的台阶上,不哭了,默默地像一尊尊石雕。江水在它的最深层继续恶作剧地摆弄死难者的尸体,好比小孩子缩在被窝里摆弄新到手的玩具。

江堤,这生硬的城市线条的南端,一座立交桥宛若倾斜的十字架。一群“精灵”在桥洞下猛烈地舞蹈,他们是些居住附近的青年,是这座城市缺乏自信的民间霹雳舞星。那儿是他们的“夜总会”。桥上,一名巡警忠于职守地来回走动,不时站定,向桥洞下俯身一会儿。他是他们唯一的欣赏者,却并不鼓掌捧场。

一只大猫头鹰栖息在一条小街的独一无二的圆木电线杆顶端,绿眼咄咄,冷漠地俯瞰着毗连的院落和参差的屋脊,随时欲镞扑而下,从城市和人的梦中一爪子攫走什么。这凶猛的枭禽入侵城市的现象近年极少发生。

它诧异城市对它的宽容,似乎觉得不被注意是受到了轻蔑。它怪叫一声,阴怖的叫声有几分恼羞成怒,有几分无聊。

夜深沉。

城市死寂如公墓。

它又怪叫一声,企图以它那阴怖的叫声惊扰城市的梦。令人听了悚栗,也愈加显出它的恼羞成怒和它的无聊。

深沉的夜依然深沉。

死寂的城市依然死寂。

一辆小汽车从马路上飞驶而过,像一只耗子在公墓间倏蹿。

枭禽阴怖的怪叫,收敛在子夜的深沉和城市的死寂中。

它那紧紧抓住电线杆顶端的双爪抬起了一只,从容不迫地舒舒爪钩,缓缓地放下。又抬起了另一只,也从容不迫地舒舒爪钩,缓缓地放下。头随之左右转动。

它在犹豫,要不要离开这根电线杆飞往别处?它确是在这根电线杆的顶端栖息得太久了,它既没有注意到什么也没有被什么所注意。这夜的凶残的"杀手"因无所事事而闲在得腻烦了。

忽然它的头停止了转动。它那双咄咄的绿色环眼盯住地面的一个目标。更准确地说,是一座院子里的一个活物……

一只鸡?

一只黄鼬?

都不是。

它居高临下看得十分真切,是一只鸽子,一只被人叫做"瓦灰"的极肥的家鸽。

一阵激动顿时遍布它的全身,它的双爪痒了,锐利的爪钩下意识地抓入电线杆的朽木。它的锋喙仿佛噬到了鲜美的鸽肉,温润的鸽血仿佛在通过它的喉流入它的胃。它的胃已经几天没进行消化活动了，鲜美的鸽肉温润的鸽血是能中和它胃分泌液的上好东西。它那强有力的双翼更紧地并拢了，夹着它的身体。它的每一根羽毛都作着猝袭的准备。捕杀的冲动和饕餮的欲望使这凶猛枭禽的神经中枢产生了亢奋的紧张的快感。

家鸽的眼睛可不像猫头鹰的眼睛那么习惯于黑夜，迷茫地咕咕叫着，怯怯地踽踽踱步，全不知极大的险恶正觊觎着自己。

猫头鹰骤地扑了下来。

家鸽尚未及反应，便被它一翅扇倒了。它那双锐利的爪钩仅仅一秒钟内就将一个毫无抵抗能力的生命撕裂了……

在同一刹那，一张网罩住了它。不待它挣扎，它便被塞入麻袋。麻袋迅速卷起，使它动也无法动一下……

子夜深沉。

城市死寂如公墓。

梦非梦……

第二天上午，一个小青年拎着铁丝鸽笼出现在动物园管理办公室。鸽笼内不是温顺的鸽子，而是凶猛的猫头鹰。

小青年不慌不忙地将鸽笼放在办公桌上，彬彬有礼地问："我从晚报看到条消息，你们逃走了一只猫头鹰。是不是这只？"

一男一女两位管理员围着笼子辨认了片刻，男的说："是，是！没错儿！"

女的说："瞧它那只爪子，爪钩不是断了一截么？有家电影制片厂拍电影需要它，因为它是从小在动物园里养大的，不太疏远人。我们已答应借给电影制片厂了，不然它逃了也不会登报寻找的！"

男的又说："可不么，真应该感谢您啊。我们刚才还谈这事儿，以为它根本不会被重新捉住了呢！吸烟，请吸一支。自己卷的大白杆儿，别见笑。烟丝还可以，烟厂职工内销的！”

青年接过烟，男管理员赶紧划火柴替他点着，热情地客气着：“坐，请坐。”

青年坐下，深吸了一口，缓缓吐出，用闲聊的口吻问：“电影制片厂得给你们一笔钱吧？”

“当然，当然。如今讲究经济观念嘛！要过去，就白借给他们了！别说一只猫头鹰，狮子老虎让他们拍些镜头又怎么样？时代不同了，处处都按经济观念办事儿。我们不要，倒显着迂了，是不是？”

“电影厂给你们多少钱呢？”

“不多，不多，六百。”

青年微微笑了一下，往烟灰缸里弹弹烟灰，慢条斯理地说：“你们不是还在报上登得明白，捉住送还者，有酬谢费么？”

“对，对，对！光顾说话，把这茬儿忘了！小刘，你快付给人家这位同志酬谢费！”

于是那女管理员立刻拉开抽屉，找出二十元钱和一张纸放在青年面前：“你得给我们写下个收据，我们好报账。”

青年朝那二十元钱和那张白纸瞥了一眼，没动。转脸瞅着男管理员依然慢条斯理地问：“您说，电影厂给你们六百，我没听错吧？”

男管理员不禁一怔，这才省悟到对方刚才并非跟他闲聊。很是后悔。但底牌已向对方摊出，想改口情知来不及了，尴尬地点点头。

“若不是我逮住了这只猫头鹰，给你们送来，你们六百元还能得到么？”青年始终微笑，又吸一口烟。

男管理员和女管理员对视一眼。之后，目光一齐瞅向鸽笼内的猫头鹰，瞅了足够半分钟。之后，目光一齐瞅向青年。

青年微笑，吸烟，叠着“二郎腿”，表情默默的，显出很友善很虔诚的样子。他吐尽了一口烟雾，又道：“这烟蛮不错啊！事情明摆着，我等于给你们送来了丢失的六百元钱。对不？这叫什么精神？这叫拾金不昧。你们都巴望着分这笔钱呢，对不？干哪行吃哪行嘛！这没什么不好意思的，这很正常，这叫时代潮流，这潮流好。所以我不跟你们绕弯子，咱们开诚布公！你们得六百，我只得二十，三十分之一，这太不合适了吧？将人心比己心，你们若是我，你们又该怎么想呢？”

青年坦率之至地、慢条斯理地说出的这一番话，使那两个男女一时哑口无言，定睛瞅着他直发愣。

猫头鹰在鸽笼子里怪叫一声，要扇扇翅膀。无奈笼子太小，扇不开，发狠地用嘴拧铁丝。

青年便拿烟头烫猫头鹰的嘴。更加惹得它环眼欲裂，充满仇恨，激怒异常。

女管理员赔笑道：“是少了点，二十元是少了点。您不说，我们自己也觉得怪拿不出手的。可这是我们领导一句话定的数，不是我俩做的主。您看这样行不，我俩先掏自己的钱，再凑给您三十，一共给您五十。更多，我们可就也不敢垫了！”说罢，从兜里摸出钱包，将钱尽数取出放在桌上，还对青年亮了亮空钱包，使他相信钱包里确实一无所有了。她迅速点点那些钱，对男管理员说：“缺十三元八毛二。老李，你快看你那够不够哇！”

男管理员不情愿地从兜里摸出了钱包，一脸愠色，忍而不发。

“慢！”

青年挽袖子。

他们以为青年要动武，都吃惊地后退了一步。

“你们别怕。”青年又微笑，说，“我不过想让你们瞧瞧，我为你们付出了多么惨重的代价!”

一只袖子挽起来了,小臂包扎着层层纱布。

“五十元就想打发我?你们把我当小孩儿哄么?我这胳膊是被猫头鹰挠的!皮肉之苦,你们说该论个什么价吧!还搭上我一只心爱的鸽子作诱饵。光我那只鸽子在鸽市起码卖五十元!”

青年不微笑了。大概他认为在策略上已经微笑得足够了。他将烟屁股扔进铁笼,猫头鹰一喙叼起,烫得像人似的怪叫一声。

两个男女又对视一眼。他们终于明白:来者不善,不那么好打发。

那女的赔了个笑脸,以近乎诉苦的语调说:“同志啊,您就多多体谅吧!啊?您刚才也说了,干哪行吃哪行。干哪行的如今都有点肥水。可干我们这行,您说叫我们吃什么呐?拍电影的需要我们一只猫头鹰,这对我们是百年不遇的事儿!六百元,上上下下四十来人,您算算我们每个人能分多少呢?给您五十,固然不多。可与我们相比,您是挺多的啦!托这只猫头鹰的福,我们每人能买两只鸡三斤鱼的,乐呵乐呵。您成全了我们,我们感谢您。您就别跟我们斤斤计较了。啊?另外我们再往您单位写封感谢信,怎么样呢?啊?”她对他“您您”的满怀敬意,如同坐在她面前的是一位伟大的动物学家。

“感谢信?……”青年乜斜了她一眼,嘴角一撇,不屑地说,“我不稀罕!”

那男的忍不住生气地正告:“你也别太过分了!我们动物园不止这一只猫头鹰!”弦外之音是——我们完全可以用另外一只猫头鹰顶替。

青年又现出了那种虔诚的微笑。语气却冷冷的:“别忘了,你刚才亲口讲的,这只猫头鹰是从小在动物园里养大的,不疏远人,所以拍电影的才物色中了它。所以你们才登报寻找它。就算你们养着一百只猫头鹰，用另外一只顶替，那帮拍电影的干么？肯照价给你们六百元？”话一说完，脸上的微笑收敛干净。

青年深通微笑秘诀，该笑则笑，不笑时那张小白脸儿的模样如同是坐催立等讨债的。

“你……”那男的脖子上的青筋凸了起来——千不该万不该，他妈的不该向这个小王八蛋泄露了底牌！还敬了这小王八蛋一支烟！

那女的这时倒显得挺沉着，眯起双眼盯着青年那张“长白糕”似的脸瞅了一阵，低声问：“您挑明了吧，您到底想要多少？”

青年向她伸出两根指头，剪动几下。

“二……百？……”

“二一添作五，三百。我反过来感谢你们，甚至可以给你们写封感谢信留下。”

“敲竹杠！你这是敲竹杠！”

那男的怒吼。

“敲竹杠？要不是我机智勇敢地捉住这只猫头鹰，三百元你们哪儿讨去？你们占我个大便宜，反诬蔑我敲竹杠……”

青年振振有词。不动声色，也不发火。他性情怪好的。

“你小子坐这儿别走！我给派出所打电话！派出所会好好表扬你小子的！……”

那男的说着抓起电话，气急败坏地拨号码。

那女的在一旁直劲儿打圆场：“老李你别这样，别这样。这位青年同志兴许是开玩笑呢！再耐心谈谈，耐心谈谈……”嘴上虽如此说，却并不真心阻拦。

青年见势头不妙，趁那一男一女未提防，倏地站起身，拎了鸽笼往外便走。边走边说：“什么玩意儿，不识好歹！老子放生了！你们有能耐自己再捉回来吧！拜拜啦！”话扔在屋里，人已在屋外。

一男一女追出时，青年跑远了，铁丝笼子在他手下荡秋千。

他们呆望着，无可奈何。

青年跑到公园外，回头瞧瞧，见无人穷追不舍，放慢了脚步，愤愤咒骂："狗男女，他妈的不通情理！"

他放下笼子，从手臂上扯下伪装的纱布，塞入垃圾箱……

隔日，这青年出现在自由市场。双手捧着一段经过细心雕琢的鹿角似的树杈，树杈固定在经过车磨加工的赤铜底座。一只猫头鹰雄赳赳威凛凛地栖息在树杈上。不过已不是活的，而是制作得相当不错的标本了。

八十年代的某些青年大抵都没有放生的慈悲，也大抵都不想积点什么德。他们普遍不再迷信什么，甚至可以说普遍不再相信什么。如禅门弟子似的，精诚所至，感化神明，茅塞大开，忽而顿悟，一切皆空，唯有钱才是实实在在的东西。像跑狗场上的狗，戴着各种主义各种思想的脖套，又兜回到老祖宗的一条古训，叫做"人为财死，鸟为食亡"。从这个陈腐得吹口气便飞灰满天的训条为"崭新"起点，开始追求，或曰"创世纪"。

猫头鹰底座悬挂着纸牌儿，上写"丰富家庭艺术情趣，引导生活新潮流——廉价出售，五十元整"。

与标本的做工相比，歪歪扭扭的毛笔字实在拙劣。

同样的钱数，宁愿赔上做工赔上时间到自由市场来卖死的，不肯当成是名正言顺的酬谢费外加一封感谢信体体面面地接受，这种心理怎么解释？挺难解释，也挺好解释。时髦的注脚是"逆反"。

一九八六年，许多青年们，尤其城市青年们，尤其二十多岁的城市小青年们，普遍传染上了"逆反病"。西方的病理学家们因为"艾滋病"而忧心忡忡的同时，中国的社会心理学家们则在因为"逆反病"的无药可医而摇首叹息。城市的小青年却觉得患上了这种病如同骑上了一辆摩托兜风，完全没有任何不适的病症感觉。既然患上了这种病是这样的神气，连中学生们也受到大大的诱惑。中学老师教导不用功的学生——“少壮不努力，老大徒伤悲啊！”学生立刻回答——“我是老二”。

那几天A城的晚报内容挺活。有人慷慨陈词痛切吁请对小青年加强思想教育，有人坚决反对往小青年的头脑中灌输传统观念；而在电视台为小青年们举办的恳谈会上，他们都说苦闷啊不被社会关怀啊不被重视啊不被理解啊寻找真诚啊真诚在哪里啊，仿佛早已被压抑得死不了活不成似的……

那几天A城的公检法机构正在准备开庭公审几桩要案大案。一九八六年，大骗子和改革者八仙过海，各显其能，同登社会舞台，在时代的紧锣密鼓中充分表演，文丑并茂。红脸的白脸的红白脸的白红脸的唱西皮唱散板唱二黄流水，轮番亮相。好戏继场，高潮不穷，情节跌宕。正剧、悲剧、喜剧、悲喜剧、闹剧、荒诞剧推陈出新，“中外结合”，洋洋大观，叹为观止。假改革者真经济犯有人包庇有人辩护有人拍胸顿足证明两袖清风查无实据；真改革者受诬蒙耻有人调查有人写匿名信上告有人揭发贪污受贿乱搞男女关系。黑的白的黑黑白白不黑不白之事有风有影无风无影捕风捉影捕不着风而能捉得着影。

一九八六年，时代的风标忽东忽西忽南忽北忽偏西南忽偏东北不停止地飞转。然而绝大多数的中国老百姓却并不感到晕头转向，因为他们早已不去关注它了。

城市在改革中体验着思考着忧患着亢奋着焦躁着踌躇着踝躞着喜悦着烦恼着痛苦着忍耐着失败着鼓舞着夭折着诞生着……

一九八六年，城市扯不断理还乱地较着股劲。

一九八六年，似乎连中国人也搞不大清楚中国在向何处去究竟应该向何处去？中国式的社会主义到底将是个什么样子？农民们终于又明白了还是“民以食为天”的。城市的老百姓们终于也明白了钱比任何主义都好,就都将主义方面的种种操心事儿一甩手丢给政治家们去争论了。有钱能使鬼推磨。没钱,只有去当推磨的小鬼了!

那个以五十元的价格兜售猫头鹰标本的小青年将自己归到在这座城市里推磨的小鬼儿一类,他是太需要钱了。如同潜水员需要氧气一样,他期望着发大财的幸运,他不放过任何一次占小便宜的机会。

他是一个工厂的二级工。还他妈的是一个亏损的工厂!二级工的工资加上奖金还不够他一个人下三顿馆子的。“马无夜草不肥”他信。这是马的座右铭,如今也是一些人的座右铭。他想买一辆进口摩托,没钱;他想买高级组合音响,没钱;他想买配备变焦镜头长焦镜头的尼康照相机,没钱;他想买起码“四五〇”的录像机,没钱;他想一个星期至少携带漂亮的女伴到全市第一流的舞厅跳一次舞而后出入一次大饭店,没钱;他想找一位影视演员或者戏剧演员或者舞蹈演员(倘舞蹈演员最理想是跳芭蕾的)顶次也应是一位报幕员当老婆,没钱;有了这样的老婆他还想有两个至三个情妇,情妇更需要有钱宠养着;有了这一切他还想有那么八九十来万存款,可他那取了存存了取已弄旧了弄脏了的存折上目前才只有三位数,打头的是个“3”……光一个“他妈的”概括得了这些么?!

他痛恨这世道太不公平。

他是怀着这种痛恨将那只猫头鹰宰了的。

他是怀着这种痛恨来到自由市场这每天无数人花钱有数人赚钱的地方的。

他怀着痛恨也怀着屈辱。

物以稀为贵。卖死猫头鹰的就他一个。自从这地方成为自由市场,他可谓“史无前例”。卖鸟的倒是大有人在。买鸟的人也不算少,就是没谁搭理他。看他的人挺多,看的不是他,看的是猫头鹰。他并没什么值得使人看上一眼的,那猫头鹰比他好看。但看的人也光是看看而已,边看就边从他身旁走过去了。这怪他缺少经验。如果没标价牌,兴许会有人站下问问价。有人问价他便可以讨价还价,一讨价一还价买卖便可能成交。

五十元?!……

许多人一看见那标价牌,心里就开始算账了:五十元能买二十多斤一等猪肉。能买五只烧鸡。能买七八条肥鲤鱼。能买两套便宜的衣服。能买三双皮革凉鞋……

买那么个东西往哪儿摆?

老人嫌不吉祥,小孩子准害怕;摆在厨房不像话,摆在卧室,闭了灯两口子在床上那点事儿都让它看在眼里了!瞧它那双眼!瞪得恶狠狠的!摆在客厅?……大多数普通中国人之家没客厅。

“嗨!谁买谁买?猫头鹰标本,昨天还是活的,今天死而如生!丰富家庭艺术情趣,倡导生活新潮流啦!廉价出售,五十元整!独特的艺术品,胜过维纳斯!制作精细,具有长久审美价值!……”

他高声招徕着往前走。

毕竟八十年代了,他不知从哪儿学会了用“审美价值”四个字造句,运用得十分准确。

仿佛与这青年有意呼应,传来了一个女人河南农村语调特别浓厚的经过扩音器的话:“这只狗,不是一般的狗,是按照苏联伟大的动物学家巴甫洛夫教授的条件反射学说严格训练的狗。它有个可爱的名字叫妮妮。因为它是女的。瞧,妮妮小姐向大家致意……”

在自由市场的尽头,在街心公园,一个来自河南某农村的跑江湖的家庭杂耍班子的一条黄毛老狗正笨拙表演。替狗解说和进行宣传的,是班主的长女,一位二十二三岁的河南姑娘。虽然不够多么有姿色,脸蛋却也端正,五官却也匀称。眉描得细长黑,唇抹得俏艳倩，绿裤红衣瘦秀透，“三点四围”风流皆现。连日来一些孟浪子弟热情捧场，大喝其彩。自然是醉翁之意不在狗。他们赠了她个绰号，或者该说是艺号——“十三大妹子”。妹子而大，则就可以调戏无忌了。相帮着竖竿扯索之刻，免不了动手动脚，拈香扪玉。那“十三大妹子”虽比“十三妹”“大”，却无“十三妹”的高强武功。连几着花拳绣腿也没练过。除了走绳蹬伞钻圈儿顶碗指使那条黄毛老狗，可能再不会别的什么本领了。她便只有忍气吞声，只有苦装笑颜，只有千恩万谢。连“十三大妹子”的老爹，也只有躬身抱拳说些“仰仗仰仗，关照关照”的话。开罪了那帮孟浪子弟，他们在这座城市就没个立脚的地盘了。近几年，从南到北，从东到西，流浪艺人杂耍班子，卷着乡土的陋野风格，和娇滴滴甜腻腻莺声燕语的港台歌星的录音带一块儿打入大城小镇。那条脱了毛的显然活了一大把年纪的老黄狗，是否当真受过伟大的巴甫洛夫教授的条件反射学说的严格训练，不得而知。也许就是条普通的看守农家院户吃小孩巴巴的狗被主人教会了倚老卖老罢了。而那“十三大妹子”竟知道苏联有个死了好几十年的巴甫洛夫，可见学识“渊博”，并非一般乡里妹子。兜售死猫头鹰的那位愤世不嫉俗的小青年高喊什么“审美价值”，则更不足为怪了。

“喂，卖猫头鹰的，你站一下！”

小青年猛听有人唤他站下，立即站下。

唤他的人，是位个体活动服装店的店主。三十五六岁年纪，见棱见角的长方脸刮得干干净净，腮帮子泛青。着笔挺西装，衬衫领子雪白，还系条紫红色带黑点儿的领带。那样子全不像“倒爷”，却像一位绅士。俨然当今中国之“白领阶级”一员似的。

再看他那活动服装店，竟是一间全塑组合的天蓝色的大房子，巧妙地载在一辆卡车上。这就使它比所有的摊床都至少高出两米，在整个自由市场上，大有高屋建瓴、鹤立鸡群之势。一块大匾，悬挂在滑轮拉门之上，五个魏碑体雕刻大字写的是——“新潮服装店”。是店而非摊床，更令人肃然起敬，觉得店主不仅是位“爷”，简直就是这个地方的“太爷”了！他的店使人联想到印度电影《大篷车》中那辆大篷车，只不过没那般花哨。天蓝色的大房子里，连衣裙、百褶裙、旗袍裙、西服裙、蝙蝠衫、T 恤衫、意大利式衬衫应有尽有，标新立异，多为黄色。浅黄、深黄、鹅黄、杏黄、金黄……贴有圆形号码牌 1、2、3、4、5……直至一百七十八。店内居然铺着地毯，一段铝梯落地。自门望去，但见店内顾客盈塞。那店主舒适地坐在店前一张沙发里，守着当做柜台的办公桌。桌上放着一摞《服装》杂志，杂志下压住一张大红纸的边缘。大红纸上写的是：买一件服装，赠《服装》杂志一期。本期刊有国内服装专家之预见性文章——一九八六年夏季流行色为黄色！！！

桌上还摆着暖瓶、保温杯、打火机、“盾”牌美国香烟。

“你过来。”“新潮服装店”店主对兜售“长久审美价值”的小青年轻轻扬了下手，仿佛大亨招叫跑堂的。

小青年岂会怠慢？双手捧着猫头鹰标本，如同捧着全世界剩下的最后一顶王冠，立即颠颠地走将过去。

“什么价？”

“写着呐……”

“五十？不贵。放下我仔细看看。”

小青年心内暗喜，遵命将标本放稳在桌上。

“这么多人，没个识货的！您若肯买，咱们还可以还还价……”

“还什么价？”“新潮服装店”店主瞪了他一眼，“我不是说了不贵么？”

“那您就买了呗！往书架顶上一摆，家里来了客人，显得您多有审美情趣，多……”

“少跟我耍嘴皮子！”“新潮服装店”店主又瞧不大起地瞪了他

一眼。

小青年很识相地缄口不言了。

那“白领——倒爷”双手托起标本，看上看下，看左看右，如同经验丰富的珠宝商辨别真伪。

“您看吧，一根羽毛也不缺！您能看出膛口在哪儿吗？看不出来吧？这底座可是赤铜的呀！不是铅的锡的铁的刷层铜粉骗人。那双眼睛也不是玻璃球的……”

小青年忍不住又说起牛二卖刀、秦琼当锏的话来。

“嗯。做得是不错。我买啦！”

“新潮服装店”店主爽快地从衣兜里掏出黑皮大钱包，拉开带环饰的拉链儿，指头尖儿上有特异功能似的，只一夹，便不多不少整整儿夹出五张“大团结”，毫不犹豫地递给小青年。

这时围了些好奇的人。

“五十元买这，真是有钱没处花啦！”一个倒提一只肥鹅的胖女人小声嘟哝着离去了。

“‘倒爷’们一个个腰缠万贯，才不在乎几十元钱呢！”一个腋下夹着把新扫帚的精瘦高挑的男人自言自语地附和着，也相跟那胖女人离去了，大概是两口子。

“这年头，卖什么的都有，买什么的都有！”

“是啊，是啊，有卖的就有买的么！”

好奇围观的人中，有两位发表着似乎对这年头不满又似乎对这年头挺称意的暧昧言论。

小青年接了钱，转身刚欲走开，猛听一声断喝：“慢着！”

与“新潮服装店”正对面，是一个卖衣服的摊床。打那摊床后边，绕出一位四十多岁的圆头圆脸的汉子。那摊床不幸，地盘儿占在“新潮服装店”对面，恰应着了那句话——“不是冤家不对头”，相比之下，冷冷清清，无人光顾，倒像是个卖破烂儿的，怪可怜见。那汉子却是位地道的汉子，五短身材结结实实。他横着膀子就跨了过来，在那小青年肩上重重拍了一巴掌，憋着股无名火气冲冲地说："别卖给他！卖给我！"

小青年有几分惧怕亦有几分为难地说："那哪儿成啊，我已经收了他的钱啦！"

那汉子道："收了退还他么！他五十元买你的，我六十元买你的！"

"开玩笑？"

"屁话！不认不识的跟你开什么玩笑？"汉子说着，也爽快地从兜里掏出了一沓儿钱，全是"大团结"。不足一千，也够八百。像扑克油子发牌似的，眼睛一眨不眨地盯视着小青年，手中飞快地将六张崭新得嘎巴脆响的"大团结"抛甩在"新潮服装店"店主那当做柜台的桌面儿上。

小青年一见，急切地对"新潮服装店"店主说："哥儿们别见怪，我不卖给你，卖给他了！能多卖拾元我不干，那我不成傻瓜蛋了么！"就将已揣入衣兜的五十元掏出来放在桌上，随后将那汉子抛甩到桌上的六十元一总抓起，另手指着标本，对汉子说："归你啦！"

那汉子瞅着"新潮服装店"店主得意洋洋地无声一笑，伸出十指粗而短的双手就去捧标本。他的双手还没有触摸到标本，被"新潮服装店"店主一胳膊挡住了。"新潮服装店"店主盯了汉子一阵，转而又盯了那小青年一阵，微微笑道："他比我多给你十元，你就不卖给我，又卖给他了？那好，我再比他多给你二十元，你到底愿意卖给谁吧？"

小青年一怔，大为怀疑地问："您说话算话？"

他对"新潮服装店"店主称"您"，对那汉子称"你"，足见在这种地方，他心里也是有着"等级观念"的。

"新潮服装店"店主不回答，重新掏出黑皮大钱包，从容不迫地拉开带环饰的拉链儿，两根手指又像刚才那般灵巧地只一夹，夹出一小沓钱来，也如同发扑克牌似的，刷刷刷迅速将钱抛甩桌面儿上。那钱一张斜压着一张，在桌面儿上形成了扇状，不多不少八张。

"也对不起您了啊？"

小青年将刚刚攥在手中的六张"大团结"塞入那汉子的上衣兜，急忙伸手去抓"扇"。

汉子也一胳膊挡住了他的手："我比他多加十元！"说罢，将九十元一掌拍在桌上，只等他一点头，捧起标本就走。

他瞅瞅标本，又瞅瞅"新潮服装店"店主，贪婪而激动，一时不知所措。他觉得今天这桩买卖本身很来劲儿，可自己在众目睽睽之下未免显得太没劲了！

连盈塞在店中的那些姑娘们，也纷纷踏下铝梯围观。

"新潮服装店"店主脸上却没有什么不高兴的样子，仍保持着那种绅士风度十足的涵养极大的微笑，鼓励道："别为难么，我若是你，谁出价高我卖给谁……"

"那我卖给他！……"

"我的话没说完呢，我还加二十！"

"那我卖给你！"

"我还加十元！"又一掌拍在桌上一张"大团结"。

"何必使那么大劲儿呢，我再加二十。"笑容可掬。

"再加十元！"

"再加二十。"

"再加十元！"

"再加二十。"

围观者没谁议论，静静地默默地看着。

"新潮服装店"店主和那汉子干脆都不说话了，眼睛互相眈眈地盯着，手中飞快地往桌面儿上抛甩钞票，他们还在较量着冷静。

小青年这才发现,“新潮服装店”店主的左手,齐根儿上没了小指头。然而他并不因比那汉子少了一根指头抛甩钞票的动作就慢些,相反,更迅速。

尤其冷静的是那只猫头鹰。这被活活开膛破肚掏尽了五脏六腑的猛禽,并不因为自己成了“永久的艺术”而且身价递增感到荣耀。它两眼射出咄咄的仇恨注视这场买卖的结局。

终于,“新潮服装店”店主手中的一沓儿钱抛甩光了。

那汉子最后往钱堆上又拍了十元,对小青年用胜利了的语调说:“收钱吧!”第二次欲捧标本。

“别急嘛!”“新潮服装店”店主拉开抽屉,冷笑着取出一捆钱,扯断捆钱的白纸条,对汉子恭敬地一笑,淡淡地说:“接着来呀!”

汉子手中仅剩一张“大团结”了,他的脸色变得十分难看起来。他愣怔片刻,鼻孔喷出威胁人的一哼,恨恨地说:“爷儿们没兴致陪你玩儿了!”胡乱抓起那堆属于他自己的“大团结”,用力塞到衣兜里,一扭身分开众人便走,走回去便收摊床。

“新潮服装店”店主对众人抱拳道:“散了吧散了吧,我们不过是解解闷儿,有什么热闹好看的? 诸位别影响了我的生意!”

围观者不散,一个个定睛瞧着桌面上那堆“大团结”眼神儿发直。小青年也定睛瞧着桌面上那堆“大团结”眼神儿发直。猫头鹰似乎也在瞧着桌面上那堆“大团结”。它活着身价六百,死了居然还值钱一堆,也算“死得其所”。

“新潮服装店”店主对小青年说:“你愣着干吗? 那堆钱归你了! 拿走! 快拿走!”

小青年如梦初醒,似饿虎扑羊,饥狐逮兔,唯恐被抢掠了一般,往前一冲,身子倾压在钱堆上。

“新潮服装店”店主笑了。

围观者中,某些人的眼睛闪耀着嫉妒的光。

猫头鹰似乎要怪叫一声，从树杈上扑下来。

小青年一把一把从身下掏出钱来，一张一张在手中摆弄齐了，一沓儿一沓儿往内衣兜里揣。终于，他的手从身下掏取不到什么了，才离开了桌子，双手护在胸前，拔脚便去。

“站下！”

“新潮服装店”店主喝了一声，声音相当严厉，具有着一种真正的威胁力量，使他想跑掉却又不敢不乖乖站下。他忐忑不安地回首望着那位绅士“倒爷”——或者说“倒爷”绅士更恰当。

“就这么走了？我使你这标本卖了比原价起码多二十倍的钱，连个谢字也不说？”

他赶紧转过身，虔诚地说：“哥儿们，给您鞠躬了！”深弯其腰，连鞠三次九十度大躬。

钱是比上帝更能够使人虔诚起来的好东西。

“这还差不多。请便吧！”

小青年匆匆离去。

围观者们也就渐渐散了。

“新潮服装店”店前一时清静了。

猫头鹰仇恨地凶恶地瞪着店主。

他痴呆呆地瞧着它，似有所思，不知心内究竟作何想法。仿佛在欣赏，仿佛在研究，仿佛在挑剔什么缺陷，仿佛在怨恼它、诅咒它。他的目光中流露出迷惑、茫然、空虚，难以解释的某种怀疑。

“贱卖啦！贱卖啦！长白山木耳——不惜血本大牺牲，十八元二斤，二斤十八元啰！”

“新鲜蘑菇！新鲜蘑菇！”

“甲鱼！甲鱼！最后两只，补阴助阳，强壮身体，胜过人参蜂王浆！”

…………

叫卖声招徕声此起彼伏，一声高过一声。一阵高过一阵。都想压倒别人的声音，使自己的声音覆盖整个市场。

“妮妮小姐，不是一般的狗，是根据苏联巴甫洛夫教授……”

街心公园里，“十三大妹子”还在忍心折磨那条黄毛老狗……

那汉子已收摊了，怏怏地悻悻地正推着车离开自由市场……

他有几分解恨有几分内疚有几分自责有几分沮丧地望着那汉子的背影。

他觉得经受着一种巨大的无聊的压迫，尽管他赌赢了一口气。

丧失了生命价值却获得了审美价值的猫头鹰雄赳赳气昂昂地仇恨地瞪着他，好像要趁他不防，猝地叼出他的眼睛……

他是严晓东。

他完全没有心思继续经营了。他将“柜台”和沙发一一举起，放入店内。自己也跃到里边，扯动绳索，收拢铝梯，关严了门，一屁股又坐在沙发上。

透过塑料壁，绿色的阳光恩爱地照耀着他。他却感到自己是个活得怪没意思怪没情趣的人。尽管除了这“大篷车”服装店他还是一个回民饭馆的“老板”。

他从兜里掏出进口的袖珍收录机。

“……至今天早晨五点钟，又寻找到了十二具尸体。七具女尸，五具男尸。死者之一是学龄前儿童。据悉，可能至少有两家人全体溺死。打捞仍在进行之中……”

他立刻关上了收录机。

许多人就那么悲惨地淹死了，可我严晓东还活着。活得这么没意思这么没情趣。怎么活着才会使自己觉得有点意思有点情趣呢？他认认真真地想过多少次了，想不明白。他认为自己是命中注定了，只能像现在这么个活法，不能再换另一种活法了！每天大把大把地赚钱，每天大把大把地花钱，天长日久谁不腻歪呢？……

第十九章

严晓东家已经不在住了三十余年的那个大杂院内了。搬到了全市每一户人家都十分向往的地处文明中心的南岗区。在中山路一百七十五号那幢外观相当漂亮的乳白色的大楼内,他和老父亲老母亲拥有三室一厅。而据说够资格居住在这幢楼内的大多数是局级干部。他用三万元买到了这种资格。

搬家前,父亲说这张桌子是正宗八仙桌,那个箱子是樟木的,一些破东烂西是过日子用得着绝不能缺少的。母亲跟父亲的主张一致,反反复复跟他叨咕——破家值万贯。

搬家那一天,他买了两张戏票,安排老父亲老母亲坐出租小汽车去看《窦娥冤》。散场后,老父亲搀着哭红了双眼的老母亲走出剧院,他早已坐在另一辆出租小汽车里等待着了。

老父亲车一开动就打起呼噜来。

老母亲问:"儿啊,这是往哪儿去?"

他说:"甭问,到地方你就知道是哪儿了。"

司机抿嘴暗笑。司机是他哥儿们。

小汽车开到那幢乳白色的大楼前停稳,他们下了车,司机对他扬了扬手,将车开走了。

母亲奇怪地问:"司机怎么把咱们丢在这儿不管啦?"

他说:"这儿是咱们家门口啊!"

父亲转向地四面望望,狐疑地问:"家门口?才一场戏工夫你就把个家搬了过来?"

他更正道:“半场戏的工夫。我去接你们的时候,窦娥她爸还没出场呢!”说罢,率先而入。

上了三楼,他从兜里掏出钥匙,一副心不在焉的样子打开房门。

老父亲老母亲站在门外,见到橘黄色的布纹塑料贴墙纸将满室映衬得富丽堂皇,拼木地面图案美观,组合家具漆光闪亮。百宝架上,一尊唐三彩马神姿伟俊。一尊陶瓷雄鹰双翅飞展……还能见到一角厚厚的地毯……他们不敢贸然而入。

母亲说:“儿啊,不兴这么逗弄爸妈玩! 这……这到底是谁家? ……”

他倚着门框,两根手指捏着钥匙链,两眼得意地瞧着母亲,悠荡着钥匙,一字一顿清清楚楚地说:“这、是、咱、家!”

“这怎么是咱家? 咱家怎么能是这样的? 你,你小子搞的什么名堂! ……”老父亲仿佛感到在被儿子耍弄,涨红了脸,脖子也粗了。

“这就是咱家。咱家怎么就不能是这样的? 你们住不惯这样的家是不是? 你们不想住这样的家是不是?”他的语调中流露出了儿子对老子的怜悯的挖苦。父亲的话使他听了极不顺耳。

老母亲瞧了他一阵子,又朝室内瞧了一阵子,好像偷窥别人的家似的,责备道:“搬家也不跟爸妈打声招呼!”

“跟你们打招呼? 跟你们打招呼这新家就不定是什么样子啦!”他说着走入室内。

老母亲终于也跟了进来。

老父亲又向室内望了望,追问道:“咱家那些东西呢? 嗯? 怎么一件也没搬过来? 嗯?! ……”仿佛那些破东烂西没搬过来,他便绝不承认这儿是家,绝不入门。

“淘汰了!”

他已开了录音机，伴着迪斯科不灵活地扭动着僵硬而粗壮的腰身。尚未中年，他却过早地发胖了。

"什么？……"老父亲不懂"淘汰"这个词儿。

"淘汰了！"他大声重复，继续进行减肥。

"胡说！又不是些活物往哪儿逃？！"

"都不要了！该扔的扔了！能送人的送人了！"

"你、你、你！好你个败家的小子哇！我和你妈守着那些东西过了一辈子，你就扔了！你就送人了！你如今趁了几个钱，你烧包到什么地步哇！"

老父亲终于也闯入了房间，左瞧瞧，右看看，没发现一件旧东西，因而似乎对这新居内的一切一切都瞧着不顺眼，看着来气。

当儿子的自以为扭得潇洒，一边更加来劲儿地晃肩摆胯，一边轻描淡写地纠正父亲的话："不是趁了几个钱，是趁十四万还多！不是烧包，是实现家庭现代化！"

老父亲张了张嘴，干瞪眼吐不出一个字。

老母亲双手抚摸着塑料贴墙纸，也埋怨道："都扔啦？都送人啦？那口大箱子不是挺好的么？那可是樟木的呢！"

他烦了。停止了怪模怪样的扭动，关了录音机。从冰箱内取出一筒啤酒，啪地开了封，一饮而光，用手背抹抹嘴，打了个响亮的嗝，抢白道："您那口宝贝箱子，只有盖儿上一块窄板是樟木的，四帮都朽了，三个角都被耗子嗑穿了！"

老父亲望望老母亲，老母亲望望老父亲，这才无话可说，默默参观新居。大概他们连做梦都不曾梦到会在如此这般的新居度过晚年了却残生。他们的脸上虽然没明显地表露出什么，他们混沌干涸的老眼却渐渐闪烁出了年轻人那种熠熠的光芒。他们身临其境，面对现实，似乎还怀疑自己可能在梦幻里，有没有这等福分。他们通情达理地意识到了。再斥责什么埋怨什么絮叨什么未免太矫情太扫儿子的兴也太辜负今天这个好日子了！是好日子啊，乔迁之喜么！乔迁之喜是如今诸喜中的头等大喜啊！胜过嫁娶之喜，胜过得子之喜。倘无房间，则该娶的娶不进，该嫁的嫁不出；儿子孙子也就难以喜气洋洋地出世，出世了也从小受委屈。老父亲老母亲甚至觉着刚才那些斥责的话、埋怨的话不但大扫了儿子的兴，也必大伤了儿子的心。他们严姓这个一向穷困的家靠谁改天换地辞旧迎新的？还不是靠晓东这么个儿子！儿子为什么把他们老两口接到这令人羡慕的富贵荣华的新居来一块儿住着？还不是想尽一片孝子之心？儿子是个好儿子啊！儿子是个能人啊！几年前还待业呢！想买盒烟还得避开父亲暗地里红脸低眉吞吞吐吐朝妈讨零钱呢！这一晃才几年呀！儿子已成全市除了市长好像他数第二的人物！积攒了十几万元不说，还买下了如此这般一个在他们看来非但富丽堂皇简直太腐化太奢侈的家！儿子的名字还上过报，被宣称为“经营有方的个体户典型”。这样的荣耀并不比十几年前的“毛著标兵”逊色啊！……

老母亲抽巴干瘪的嘴角终于浮现出了一抹笑意，皱纹道道的脸上却已挂着串串泪珠。

那口大箱子失去了也就失去了吧！儿子没说错，的确只有箱盖上的一块窄板是樟木的。的确四帮都朽了。的确三个角被耗子嗑穿了。不过它陪伴了她与老伴多年，是他们成亲时她娘家的陪嫁，她对它有了种特殊的恋恋不舍的古怪感情而已。她自己也明白说它是口樟木箱子实在抬举它了，不过是自欺欺人地高兴那么认为罢了。

老父亲脸上的神态却格外庄重。俨然一位接收单位的全权代表极端认真负责地视察质量标准。倒剪双手在儿子的引导之下从这个房间踱入那个房间，又从那个房间踱入这个房间。儿子的皮鞋在地毯上横行竖过，直来直去，他的双脚却谨慎地绕着地毯边儿走。走过后还禁不住扭回头瞧瞧是否踩下了肮脏的脚印。幸亏他的鞋底儿很干净,否则他也许会无从下脚。

老母亲的鞋底儿也很干净。但她早已脱掉了两只鞋,穿着袜子在地毯上蹑蹑踯躅。

“爸,这大房间你和妈住,那小房间我住。当中那间作会客室,吃饭在方厅。垃圾什么的从门外那个铁板遮着的口倒,下边是垃圾箱,每天有专人清理……”

儿子好像一位陪同参观的介绍员,指东讲东,指西道西,上三下四,左五右六,一明二白地交待着,不厌其烦有问必答,耐心可嘉。

老母亲穿着袜子踱往镶玻璃的阳台。那里光线更充足,几十盆花有的吊在空中有的摆在水磨石案上有的放在地下。君子兰蟹爪莲金橘石榴假桃花茶花红的紫的白的深绿浅绿墨绿,赏心悦目,馥香扑鼻。老母亲爱花。原先那个家阴暗潮湿没地方搁盆花也根本养不活一盆花。这新居有着一个理想的花廊,遂了她生活中的一大愿望。她欢喜得眉开眼笑乐得合不拢嘴,闻闻这朵嗅嗅那株;端详这边欣赏那面,不愿离开。

“那东西,给我从客厅搬出去!”老父亲指着“维纳斯”厉声道。“那东西”三尺多高。

“她就是该摆在客厅的嘛!”儿子的胳膊往“那东西”肩上一搭,手正放在“那东西”最突出的部位。

老父亲看在眼里,气在心里——儿子的举动太下流啊!

“老子不许!”

老父亲吼了起来。他认为“那东西”是个淫物。尽管石膏的,残废;但对男人们肯定具有非常之厉害的诱惑性;尤其对儿子这类三十五六了还打光棍的男人。

他吼过之后,研究地审视着儿子的脸。不无几分痛心地想,好端端一个儿子大概早已被诱惑坏了吧？

儿子的脸刮得青溜溜的，看不出什么很明显的灵魂堕落的迹象，绝顶的自信中透露着未必真实的狡黠和精明。

他知道他的家族的血统是太缺少狡黠和精明了。

他摇了摇头，还叹了口气。一时不能得出结论：这种血统的改变可喜抑或可忧？

“你瞧不顺眼，摆我屋。”儿子说着，从墙角抱起“维纳斯”，走向自己屋。一双手不抱别处，专抱在胸部，捂住了两只雪白的乳房！小手指还在奶窝抚摸着。

“王八蛋！”他恨恨地骂了一句。

“晓东怎么啦？”老伴儿在阳台上懵懵懂懂地问。

他并非只骂儿子，还骂生产“那东西”的工厂。如此淫物也可以成批成批的生产出来卖钱么？将有多少好端端的男人心思会大大地坏了呢？偌大国家就没个人考虑到这一层么？对我们的共和国怀有深切责任感的老公民联想到了那场叫做“清除精神污染”的运动。退了休的他被街道委员会封为“清污”组长，挨家挨户查的就是有没有“维纳斯”之类。几辈子居住在小胡同低矮屋顶下的老百姓家里，肮脏的墙上也赶时兴地挂着电影美人儿挂历，却没见谁家摆着三尺多高的“维纳斯”。那条胡同的老百姓还都没条件“资产阶级”起来。不失为共和国的一些好老百姓。报纸、广播、电视大造了一气儿声势，似乎要彻底“清除”一通儿。却没“清除”得怎样，虎头蛇尾不了了之。唉唉，共产党啊，共产党啊，“说得到做得到”的气魄哪儿去了呢？“文化大革命”固然不好，可毛主席他老人家那等气魄谁个能比？共产党内就再出不了一个有毛主席那等气魄的人物了么？连一场小小的运动都虎头蛇尾不了了之，往后老百姓还听你们的号召？听个鬼！老公民联想甚多，不仅忧国，而且深切地忧党了。

他一抬头,目光又被陈列架上方的一幅镶在大框子里的油画勾住了——一个赤条精光的女人横卧在红毯上。红白相衬,连块遮羞布也不覆盖。一手持柄孔雀翎的羽扇,从高处媚眼盈盈地瞥着他浪笑。其实他一进屋就发现了这幅油画。不过眼花,一片阳光照耀在画上,使他没看出画上究竟是什么。

"维纳斯"胯以下毕竟还围着布!尽管眼瞅着就要滑落似的。这荡妇比"维纳斯"更其不要脸啊!并且"维纳斯"低着头,也不笑。这赤条精光的荡妇媚眼盈盈地瞥着人浪笑!……

而最不要脸的是儿子!将这一类荡妇们不知从何处买回家来,摆着,挂着。就差没燃香秉烛供着她们!

"你小子过来!"

他又大吼一声,只觉一团怒火在胸中腾蹿,冲上脑门。太阳穴突突跳,周身血管都发胀。

儿子闻声踱过来,瞪着他不说话。意思是:又怎么啦?爸?

他抬臂一指油画:"那是啥?!"

儿子用天真纯洁得像三五岁小男孩般的语调回答:"波琪儿!"在他听来,那种语调是故装的,隐含着嘲弄他的意味。

"啥?你敢再说一遍!"

"波琪儿。"

簸箕!居然当面回答他那赤条精光的女人是簸箕!

"你!你……"共和国的老公民,退了休的老工人,八十年代的社会主义的自由市场领域内的"服装大王"或曰走运小贩的老父亲,瞪着儿子跺了下脚说不出话来。

"你们爷儿俩干什么?"老伴离开花房般的阳台予以干涉了。

"你的好儿子!"当父亲的又抬起手臂,指着油画愤愤然道,"他说那上面画的是簸箕!我眼还没瞎!你看那是不是簸箕!"

当母亲的这时才发现那幅油画。她认为自己理所当然地应该站在老伴的立场，语气便不是调解的而是教诲的："儿啊，从前咱家穷，可是个正经家庭。如今咱家依赖着你，富了。富了更得是个正经家庭。挂那么个女人画，家里来个客，坐沙发上，客瞅着她，她瞅着客，情形好么？算怎么一档子事儿？你还欺你爸年老眼花……"

"簸箕！你咋不说那是把笤帚？……"当父亲的痛心疾首。忧国忧党之情，转化为忧子之虑了。儿子从哪时起变得这等不正经了呢？钱，钱！是一个钱字将儿子引导坏了啊！唉唉！谁能说不是呢？

"是叫波琪儿嘛！伟大的女奴波琪儿！画上这么写的……"当儿子的悻悻地嘟哝。

"女奴不就是丫环么？丫环还有伟大的？杨排风一根烧火棍闯天门阵，说书的也不过说她比男人勇猛，戏文里也没敢唱她半句伟大呀。我看那画的是个外国女子。只有外国男人才把丫环宠到这地步，还夸个丫环伟大！你如今要是专喜欢看……美人画什么的，挂幅演电影的，再不挂崔莺莺，挂林黛玉，都行。不强似挂这么一幅下流脏眼的画？……"当母亲的论古道今，循循善诱。

当儿子的火了，顶撞母亲："妈你懂什么？瞎喳喳！这是世界名画！"

世界名画——母亲确是不懂。缄口无言了。

父亲又忍不住梗着脖子吼起来："有我和你妈活着，家里就不许挂世界名画！簸箕笤帚都不许挂！"

"八百元高价买的，就是为的挂在墙上看！"

"八百元?！……八……百……元?！……"父亲两手颤抖，身体左右旋转，目光四处睃巡，看样子想摔什么砸什么发泄。

新居没件破旧东西可供一摔或一砸，连茶几上的烟灰缸都那么美观。卧头牛，牛背上盘腿坐着个吹笛子的牧童，玉石的，晶晶莹莹。父亲跨将过去，抓在手中，高高举起，看出价钱也便宜不了，轻轻地又放下。

父亲一把抓住母亲的手:“这地方是他花钱买的,是他的家。在他家,咱俩说话能算话么?跟我走。看来还得回去住!……”

母亲被父亲扯着,身不由己,脚下移动,目光哀求地望他。

他呆呆地站立着,紧闭着嘴,不肯说一句妥协的话。他许多方面都变了,却仍是倔强的。

父母离去了,撇下他孤零零地在新居。他从这间屋转到那间屋,在席梦思床上四仰八叉地躺一会儿,在阳台上朝下面的街道望了一会儿,打开电视机看了几分钟,从冰箱里拿出瓶汽水喝了两口,听了一盘录音带。邓丽君在国内早已落红了。李谷一销声匿迹了。苏小明和朱明瑛据说是都到国外深造去了。眼下在这座城市最流行的是薛什么和张什么。这两位是何许人?他不知道。也听腻了他们唱的“请到我身边”和“告诉我”,听第三遍的时候就腻歪透了。他不想到他们身边,他们也根本不会高兴他出现在他们身边。如果他们高兴,那他得拎着一个皮包,皮包内装满了钞票,并且一开口就声明诚心诚意地将皮包奉送给他们。他这么想。他更没什么可告诉他们的。尽管他们哼哼叽叽的没完没了地唱告诉我告诉我告诉我……仿佛没人告诉他们点什么他们就不能活了似的。然而他得买他们的录音带。为自己,更主要的是为那些熟悉他或想与他结交的人。他已然成为这些人经常的谈资。他得保证他们谈论起他的时候都觉得挺自豪,他明白自己不过就是一个走运的“倒爷”。他不在乎别人实事求是地看待他,但那些人在乎。很在乎。他们需要他的钱,更需要他是个值得他们结交值得他们称兄道弟值得他们经常谈论的“人物”,而非一般的一个走运的“倒爷”。他们因需要他的钱而更需要他是一个“人物”。花一个“人物”的钱和花一个“倒爷”的钱对他们是大不相同。

比如他请他们吃饭(他得经常想到这一点),他们会对他们的朋友说："今天严晓东请了我！"

"哪个严晓东？"

"怎么，你不认识？就是晚报上介绍过的那个'服装大王'啊！……"

"噢……"

这一声"噢"中，得流露出敬意。

他们要的就是听到这一声"噢"时那种引以为荣的感觉。

归根到底，他是为了自己真正成为一个"人物"而非一个走运的"倒爷"做着种种的努力。或曰"拼搏"。这对于他太不容易了，太吃力了……

他又在海绵沙发上架着二郎腿坐了一会儿，望着"波琪儿"出神。

他并不觉得维纳斯有多么多么美。"波琪儿"算不算世界名画他根本不清楚。伟大的女奴——他和母亲一样百思不得其解。这幅油画，也并非出自名家之手。作这幅画的，不过是话剧团的一位四十来岁的美工。他要求人家给他画一幅世界名画，人家就给他画了这幅"波琪儿"。既然人家画了，他就没理由怀疑"波琪儿"不是世界名画。人家要五百，他多给了三百。即使不是世界名画，冲八百元这个价儿，也算世界名画了。客厅挂一幅八百元的油画，在这座艺术传统并不久长的城市，不是个"人物"，也算个"人物"了。人家见他大方，后来又主动给他画了两幅"抽象派"的。一幅是——白画布正中有一个黑点。他看不出所以然，"欣赏"了半天，还是看不出所以然，只好发问："画的什么？"

"象征上帝的独一无二和上帝爱心的始终如一。"

"那幅呢？"

那幅白画布正中有两个半重叠的黑点。

"是结合的象征。是最初被逐到尘世中来的亚当和夏娃。是创世纪的赤裸男人和女人。”

“想多少钱卖给我?”

“一回生,二回熟。上帝要你二百五,亚当和夏娃要你两个二百五。”

多一个黑点,多一个二百五。尽管都是神圣的点,尽管人家视他为财神爷,那也索价太高了啊!

可是据说对方被认为是很有天才的人。他当时忽然明白了一个道理——某时候某些人之被捧为天才,就正如某种虫子被称为百足一样,并非因为这种虫子果真有一百只脚,而是因为大多数人只能用眼睛数到十几。

他毫不考虑地回答:“算了吧,我讨厌黑点,喜欢红点!”

三十六岁的他,只有初一文化的他,至今并未能对艺术培养起怎样雅的趣味,没那份儿闲情逸致。有空儿他爱看金庸和梁羽生的武侠小说。他从武侠小说里感受英雄主义——当然不是所谓革命的。《倚天屠龙记》、《侠女恩仇记》、《射雕英雄传》、《雪山飞狐传》……见到就买。可是他得将书架上摆满一列列托尔斯泰、雨果、巴尔扎克、罗曼·罗兰、斯汤达等等文学大师的小说,有的还是精装本。也是见到就买。他更得将什么《第三次浪潮》、《爱与死的痛苦》、《论存在主义》、弗洛伊德的系列书籍摆放在书架上最显眼的位置。以便某一天某一报社的某一记者又来采访他时,可以有根据地介绍他目前在看哪些书。而金庸和梁羽生是要被压在褥子底下的。几位热心的哥儿们正在促成报社对他进行一次“全方位的”、“开放式的”采访,他不能辜负了他们。他们的热心是为他,归根到底还是为他们自己。

他差不多有三年没进过电影院门,却常常在晚上八九点以后去光顾某些半公开的一时说非法被查封一时又说合法被允许的放映录像的场所。为的是寻求到一点儿消遣,一点儿刺激。那些场所尽是些肮脏的地方。有些在潮湿的地下室。光顾那些地方的多半是小贩、青工、开口闭口互称“哥儿们”和“姐儿们”的社会的一群。他们的欣赏趣味超脱不了三个字:黄、惊、打。他们是一个松散的联盟,一个层次,一个社会圈子。

社会圈子形形色色。分高档的、中档的、低档的。仔细考察,许多人都是生活在不同的社会圈子里。脱离了形形色色的圈子,许多人便没法儿存在。他也是属于不依赖于一个圈子便没法儿存在的人。一个人的“独立自主”在今天,在中国,得有资格,得有条件。他还没那资格,也没那条件。钱并不能使一个人在今天在中国“独立自主”。何况他不是百万富翁,肯定这辈子也不会是;肯定这辈子也没条件没资格“独立自主”;肯定这辈子到死都得依赖于某一个圈子。想到这一点他便觉得悲哀。

高档圈子他向往。也钻进去过。高档圈子里他无论如何也获得不到丝毫敬意。钱帮不上他的忙。他豪爽地挥霍钞票,仍感到自己比别人卑下,仍被别人视为丑角。不用谁暗示他,他自动退缩出来了。他明白了,他从骨头里就不可能属于这种圈子。这种圈子是极度文明的,连不要脸都是文明的。

低档的圈子里又有着太暴露的无耻、荒唐、堕落、疯狂。在这种圈子里他只要慷慨,倒是能颇受尊重。但他自己又无论如何也不习惯不适应这种圈子的乌烟瘴气。在这种圈子里,贪婪就是贪婪,丑恶就是丑恶,凶狠就是凶狠,不要脸就是不要脸。开诚布公地不要脸,襟怀坦白地不要脸,直截了当直言不讳地不要脸,不给文明留半点面子。

“大哥哎,你也该考虑考虑个人问题啦,三十五六啦!”

酒后,那个绰号叫“秦川次郎”的小子,打了一串响亮的饱嗝,一本正经地对他说。

是在谁家?他已记不得了。好像就是“秦川次郎”家,又好像不是。“秦川次郎”是结了婚的人,那一天他并没见到“弟妹”,而且“秦川次郎”家也不会住在郊区。

他喝醉了。没醉到瘫软如泥的地步也差不多了。“秦川次郎”好酒量。能陪他喝到这份儿上的人他服。

录音机开着。“秦川次郎”的“外甥女”,一个二十来岁的俊模俊样的姑娘,在迪斯科音乐中扭着丰满的腰肢,扭得好看。那一天聚在一起的没外人,就他们三个。“秦川次郎”将那姑娘介绍给他时说:“我外甥女。你叫她小婉吧!”

他当然不相信她是“秦川次郎”的“外甥女”。

“小舅,你别问人家不该问的！严大哥还用得着你操这份儿心么？说不定有多少女人排队候选呢！……”

小婉醉眼乜斜地瞧着他。一张嫩脸白中透粉,粉中透红,嘴角挂着天真无邪的笑意。

他说:“我喝多了……”想将目光从她身上移开,却不能够。仿佛她那款款扭动的身体对他的眼睛产生巨大的磁力。

“没事儿,在这儿随便,你想怎么就怎么。到床上躺会儿吧!”

“秦川次郎”说着,将他从沙发上扶起,架到了床边。

小婉停止扭动,爬上床帮着“小舅”,安置他平躺在床。

“小舅”吩咐“外甥女”:“你去煮咖啡。”

她便像只猫似的蹦下床,进入厨房煮咖啡去了。

“大哥,你觉得我这外甥女怎么样？……”“秦川次郎”坐在床边,盯着他的眼睛。

“好……”他感到头沉重得像石头。

“秦川次郎”笑了。秦川是那冒牌日侨的姓名。这个炎黄子孙巴不得自己真是日本种。

后来“秦川次郎”就离开了房间。

后来小婉就走入了房间,一手端着带把的瓷茶杯,一手捏着钢精勺，轻轻坐在她“小舅”坐过的地方，缓缓搅动着咖啡，那双涂过眼圈的眼睛，一眨不眨地瞅着他。

后来她就用钢精勺一勺一勺喂他喝光了那杯咖啡。

后来她就开始脱衣服，眼睛仍一眨不眨地瞅着他。

“你小舅……”

“他才不是我小舅呢，王八蛋走了！”

“门……”

“插了！”

那一天之前，间接的这方面很局限的生活经验告诉他，一个二十来岁的姑娘在一个四十来岁的男人面前一件件脱光自己的衣服，倘不是非常之圣洁的事情，必然是非常之屈辱的事情。

小婉纠正了他的错误。

他从她脸上既未看出丝毫圣洁的表情，也未看出丝毫屈辱的表情，甚至连半点放荡的表情也没有。如果她的举动她的神色是放荡的，他内心里也不会感到那么强烈的震惊。

她像在澡塘子里似的。使他猜测她当着各种年龄的男人的面脱光衣服的次数，绝不可能比洗澡的次数少。

而她那张俊模俊样的脸又是那么天真那么纯洁！

她瞅着他的那种目光，如同瞅着一个未满月的男婴。她那种目光倒令他觉得无比羞愧。

她那赤裸裸的身体是那么优美，白皙的肌肤光润似蜡。

“那王八蛋说你还没跟一个女人搞过，我不信。哪个男人会白有你那么多钱？……”

“……”

“他怂恿我迷住你，嫁给你……”

“……”

“我可不是那些眼浅的小妞。我看出来了，你这种男人不会娶我这种女人的。咱俩不是一路人，没缘分……”

“……”

“我不在乎你娶不娶我，给我钱就行。别人一次给二十三十，也有给十五块的，那得看面子了。你得比别人多给，因为你趁钱……”

“……”

“再说咱俩今天刚认识，谈不上什么面子不面子的。往后有了交情，你会知道我不敲男人竹杠……”

“……”

这些话，她说得推心置腹。诚挚得令人感动，坦率得使任何一个男人听了都将认为自己是一个伪君子。

她一边说着，一边替他解衣扣，解裤带，脱鞋，脱袜子……

她从容不迫地摆好枕头，展开被子，盖在她和他身上，依偎着他躺下了……

“小指头怎么掉的?”

“钱咬的。”

“钱咬人?”

“有时还吃人。”

他们总共就说了这么四句话。说完这么四句话就干那件事。那件某些男人谈起来津津乐道，眉飞色舞，心猿意马想入非非的事，那件如同美轮美奂的工艺品一样陈列于他观念的最高层次上的事，在他头脑中留下的却不过是一堆又破碎又连贯的粗野的急躁的笨拙的忙乱的不顾羞耻的丑态迭出的滑稽可笑的记忆。那情形像小猫第一次捉到一只大耗子。于他是这样，于她则不同。她显然要比他老练得多，经验丰富得多。从始至终，她极不严肃。而不知为什么，他认为这是件应该相当严肃地进行的事。尽管他的动作是很有损风雅有失体统的，但他的态度无论如何也不能说不严肃。可能正因为他的态度过于严肃，她哧哧笑个不停。她的笑带有对他的毫不掩饰的嘲谑意味，使他惭愧之极亦恼火透顶。不错，她好比一只大耗子，一只大白耗子。镇定地从容地根本不当回事儿地随随便便地招架着他。从经验这方面讲，按理她有不容推卸的义务指导他，言传身带，主动配合。可她不。她似乎从他粗野的急躁的笨拙的忙乱的不顾羞耻的丑态迭出的滑稽可笑的复加很严肃的攻击中获得某种远远大于做爱体验的开心。结果仅仅如此倒还则罢了，留下小猫和大耗子的印象毕竟可算为一种幽默的童话般的印象。然而结果，不，后果要令人沮丧得多，动摇了他对女人的信仰。那信仰原本是挺虔诚的。“不知女人何味”——所有了解他或自以为了解他的哥儿们、朋友，都曾用这句包含着怜悯的话揶揄过他调侃过他。他将那些破碎而又连贯的记忆重新排列组合颠三倒四地剪辑起来。形成了对女人的新的思维简单的认识。

“他妈的……女人！究竟能给男人什么快慰呢？呸！……”甚至连结婚的念头也灰暗了。

“秦川次郎”还不肯轻易放过他。义愤填膺地指责他：“你玩了小婉没有？”

“玩了。”敢作敢当。对于这一个事实他在任何情况下都不会否认。

“那你到底打不打算和她结婚？”

“不。”在任何情况之下他的回答将永远都是这一个字。

“你是人吗？……”冒牌日侨后裔拉开要和他动武的架势，但那握起的拳头举在半空中却又没胆量落在他身上。毕竟不是真日本种儿，缺乏大大的“武士道”精神。

“她是我外甥女！……”

“是你妈也活该。”

“你你你……你赔偿一千元损失费算私了！……”

“一分钱也休想从我这儿得到！我的损失谁赔偿？”

他真是觉得自己损失相当惨重，一种心理和伦理的损失。这是钱所赔偿不了的。

“等着看！我要告倒你！……”

“请便！”

他内心里总归有些忐忑不安，他天生不是那类认为名誉不重要的人。他其实很害怕收到法庭的传票。玩弄女性，还怎么抬头见人啊！

他苦闷了许多天。

只有一个绝对信得过并且绝不会鄙视他的朋友可以商量商量应付的谋略——姚守义。

几经犹豫，他去找姚守义。

守义听他讲完，沉默良久才问：“那个……那个……她叫什么？……”

“小婉。”

“小婉……名字怪好听的。被她攥着什么证据没有？”

“没有。”

“肯定没有？”

“肯定没有。”

“那个……那个什么次郎呢？”

“也没有。”

“他们都没攥着什么证据，那你怕什么！”

“我……”他尴尬地笑了。

“没有证据，他们要是真告了，你可以反控他们诬告嘛！”

守义三言两语，大大解除了他的不安。

“那，我预先托人蹚蹚法院方面的路子，上下打点打点，是不是就更放心了？”

“别，千万别。傻瓜蛋！那么一来，你就恰恰留把柄啦！你做买卖脑瓜转得挺快的，这种事儿怎么愚蠢到家呢？”

“我不是没经历过么？”

“我经历过啦？这就叫社会！他人是地狱！买个小本儿记上，一天背三遍，免得今后再被坑蒙诈骗！”

“他人是地狱？谁说的？”

“你管谁说的干什么？反正有道理！尤其对你阁下应该当做警句！……”

生活是很厉害的，生活真他妈的厉害！

返城之后，一晃七年了。他严晓东同生活进行了多少次严峻的较量啊！他希望自己仍是从前那个严晓东。他曾像一个顽强的战士固守堡垒一样固守过自己的人格和道德原则，结果他遍体鳞伤最终还是对生活让步了。有时他也觉得自己是一个胜利者，毕竟他手中有了十四万元，算得上返城知青中的一个人物了。哥儿们比他两条腿上的汗毛还多。工农商学兵，东西南北中，大经理小“老开”真港客假港崽儿机关人员领导干部剧团的团长串戏的票友电视台的“二把刀”导演专善于拉“赞助”的野班子的制片“分红”第一不知艺术第几的演员三教九流鸡鸣狗盗狡兔刁狐老马猾驴红男绿女舍命汉子玩世泼妇三十六行七十二业。比他年小的叫他“大哥”，比他年长的叫他“小弟”。没结婚的姑娘见了他“严兄”长“严兄”短，比祝英台对梁山伯叫得还亲。已婚的新妻小媳妇见了他“晓东”寒“晓东”暖，讨好他远胜过讨好自己丈夫。他不知他究竟联络着多少人或者反过来多少人在联络着他，攀附着他，巴结着他。不知这些人中哪些是真哥儿们，哪些是假朋友，哪些是正人君子，哪些属势利之徒。不知是自己处处事事离不开他们，需要利用他们或者是他们事事处处离不开自己，需要利用自己。这些人中的哪一个他想不再来往都办不到。他想从他的社交圈子、他的生活内容里摆脱他们,摈除他们也不可能。他有几册名片夹和一本厚厚的通讯录。好几次他将一批人的名片抽掉了撕碎了,将一批人的姓名住址电话号码从通讯录上划去了,心里宣布与他们彻底决裂。可他们仍拎着东西来探望他拜见他,虔虔诚诚地敬请他光临婚礼赴"得子"庆宴。关切地询问他为什么烦恼?何以闷闷不乐,遇到了哪种纠纷哪类棘手的麻烦,请他只管开门见山地说,他们愿效鞍前马后之劳,替他排忧解难。好像他们半点也看不出他多么烦他们。倒使他自己非常过意不去,怀疑自己误会了他们,错看了他们,将真哥儿们绝情地视为假朋友;于是内疚,于是惭愧,于是感动,于是来往如初。

他觉得自己像一只蜘蛛王,每时每刻在拉丝结网。经纬交织,重重相叠,组成八卦,排为六爻。许多人分明是心甘情愿地奋不顾身地前仆后继地憨皮赖脸地朝他的网上扑朝他的网上撞朝他的网上粘,扯住拽住揪住吊住一根网丝悠悠荡荡打秋千,并非是他施展什么伎俩诱使他们自投其网。他也清楚究竟为什么许许多多的人朝他的网上扑朝他的网上撞朝他的网上粘。他这张网是他的钱结成的,他们粘在他这张网上并无任何危险。他不"吃"他们,他们倒是能获得不少利益。这种利益从别人那里他们靠欺骗靠乞求也难以获得。

"大哥,这阵子我手头紧了。"

"要多少?"

"二百三百就行,手头一宽松就还你。"

"拿去!不会催你还!"

他不会催人家还,人家自然也便不会主动还。天长日久,人家似乎忘了,他也矢口不提。二百三百的,哥儿们之间,好意思提么?

"老弟,我想买台日本进口的彩电,听说以后不再进口了!百货公司的朋友给我留着一台呢,钱凑不足,不能取货。再拖,人家就卖了！”

“还缺多少？”

“缺半数呢，五百吧！”

“今晚到我家取！”

半夜三更，电话铃响了。

“严兄啊，我是小娜呀！我的车里多坐了一位客，让交通警扣住啦！他认识你。我说是你朋友他不信。你电话里替我讲讲情吧！嘱咐他千万别没收我执照哇！”

急切切娇滴滴的女性的声音。小娜？小娜是谁？一时竟想不起来。

“喂，你谁？小张啊！这么晚了还值勤？够辛苦的！对，那是我干妹子！哪里哪里，一回生二回熟嘛！以后用车找她就是了！没问题，收你的钱像话么！听说你二哥升交警大队长啦？往后我那些开车的哥儿们全得仰仗他多多关照呀！哈哈，你二哥就是我二哥么！……”

清晨睡着正香，电话铃又响了。懒得接，响个不停，不得不接。

“是我。您是白科长？商业局又要整顿市场？跟税务局联合行动？您放心，我严晓东又没干过偷税漏税的勾当！那倒也是，行，行，一切听您安排！在哪请？佳宾楼？好，好。五六百元够不够上下打点的？您的话对，花点钱，免得被找出什么差错！上午我就给您送钱去！一切拜托您啦！真谢谢您替我考虑得周周到到的！……”

这类时刻，他的网又使他感到骄傲感到自豪。许许多多的人毕竟是众星捧月似的活跃在他周围呀！

他也常觉得自己不但像蜘蛛更像一条蚕。日日月月年年吐丝吐丝吐丝赚钱赚钱赚钱。像蜘蛛也罢像蚕也罢丝是从肛门拉出的也罢从口中吐出的也罢反正丝就是钱钱就是丝他一旦没钱了便既不像蜘蛛了也不像蚕了既没有一张韧性的网了也没有保护性的茧衣了。那当然会成为一个普普通通的人了。一个普普通通没他现在这么多钱的严晓东,过的将会是一种怎样的生活呢?他不愿朝这方面想,他不愿再变成这么一个严晓东。尽管那也许会在另一方面使他生活得比现在轻松些,尽管他已感到快被自己吐出的丝整个儿的一层层的严密的包缠起来了呼吸憋闷了胸膛窒息了。但他还是不愿做一个普普通通没他现在这么多钱的严晓东。或者说是没有足够的勇气与现在的自己令他厌恶了的自己分手。富足是一种负荷,穷困同样是一种负荷。前种负荷似乎使人丧失了许多生活的清心寡欲的乐趣,却又似乎使人获得许多奢侈的随心所欲的快感;后种负荷他曾亲身体验过,更会压死人的!

但更多的时候他暗暗承认自己是一个生活中的失败者。因为他的正直他的坦率他的光明磊落他的不卑不亢的品德和性格,一点一滴地被生活从他身上挤出去,仿佛挤压器挤压一只橙子。

“可是你何苦要去沾染那种女孩子的腥味儿呢?”守义像训斥自己没出息的弟弟似的训斥他:“你不是找不到老婆的男人嘛!你这家伙不正正经经地谈恋爱,偏偏拈花惹草!往后这种恶心人的事儿别找我来商议!……”

“我,那天我喝醉了……”他只有用这句话替自己辩解。

听来是很有力的辩解。酒后无行,纵然法律也会宽恕些的。能骗得过好朋友,却骗不过自己。他那一天的确醉了。却没醉到不能阻止小婉当着他的面一件件脱光了衣服上床和他躺在一个被窝里的地步。如果他不乐意,一个二十来岁的姑娘是强奸不了他这个七尺汉子的。他内心里深深地悲哀自己已开始变得虚伪了。从什么时候开始变得虚伪了呢?那是他自己也无法知晓的。和小婉比起来,倒是小婉显得多么的真实!自己是怎么样的她便让他明白她是怎么样的。有言在先,直来直去,她不替自己的行为进行任何辩解，她是言行一致的。起码给他留下了这么个印象。谁又能说这么个印象不是个良好的印象呢？

“秦川次郎”没敢告他。非但没敢告，反而托人过了个话儿给他，要与他重结哥儿们情义。要请他去“佳宾楼”大“撮”一顿。

“他人是地狱”——牢记了姚守义这深刻的教导，他不赴宴。

冒牌的日侨后裔又亲自给他打了几次电话。他每次一听出是那小子，便将电话挂了。

他又去找姚守义，问该不该去？

“去！干吗不去？”守义不假思索就鼓励他去。

“要是……要是他设的圈套呢？”

“你是说，他会不会召集了一帮人，狠狠揍你一顿吧？他没那胆量！他若有那胆量，早打上你家门啦！”

“要是……要是小婉也去了呢？”

“她是孙二娘？你怕她？”

“我……我怎么好意思再见到她？”

“她若好意思，你有什么不好意思的？这样吧，我陪你去，给你保驾！再回一个条件，桌面儿上只字不许提那件事！瞧你垂头丧气的样儿！当年组织二十余万返城知青大游行的气魄哪去了？”

“好汉不提当年勇……”

掺杂着证明自己仍是好汉的意识，连守义的保驾也不需要了，他西装革履，租一辆“皇冠”小汽车“单刀赴会”。

“秦川次郎”并未请别人，还是小婉作陪。自然未提那件事儿。“秦川次郎”还是张口闭口“大哥”、“大哥”叫得亲亲热热，小婉还是左一杯又一杯劝得殷殷勤勤。

酒肉穿肠过，“情义”心中留。他暗暗告诫着自己，也还是喝了个颠倒乾坤。

他要结账。“秦川次郎”岂肯？一向扮演吃客角色的“秦川次郎”,破例豪爽地甩出了八张“大团结”。

小婉从二楼像搀着自己的老父亲似的,一直将他搀到楼外,搀进了小汽车……

这一次比上一次喝得更多,他不知道自己是怎么从小汽车里出来的……

酒醒之后,他发现自己赤裸裸地躺在被窝里,身旁依偎着和他一样赤裸裸的一个柔软的身体——小婉!

他这一惊非同小可!赤裸裸地蹦下了床,恐惧地望着那张床,仿佛床上有一具面目可怖的女尸。

小婉睁开惺忪睡眼,翻了个身,从被窝里抽出一条修长白皙的手臂,弯成“V”字形轻轻压住身上的被子,凝眸睇视着他嫣然一笑:“做噩梦了?”

但愿是梦。妈的不是梦!

还是上次那间屋,还是上次那张床,还是上次那对绣花枕头。“冷面影星”高仓健还是贴在墙上原先的地方,板着苦难者式的脸阴郁郁地瞪着他。

他说不出话来,费劲儿地咽了口唾沫。

“快钻被窝吧,别冷着!”

小婉掀起被角,仍嫣然地笑着。

他这才意识到自己赤裸着身子,想寻觅个角落躲避她的目光。哪躲?没处躲!他本能地蹲了下去。

“我的衣服呐?”

“这儿。”她拍拍他枕过的枕头。

“扔给我!”他大吼。

“吼什么呀?给你!”她从枕下抽出他的衬衣衬裤之类,扔给了他。

他背转身,匆匆惶惶穿上,恢复了一点儿自尊。

他斜肩膀靠着衣柜，身子隐在衣柜一侧，冷冷地问："我的外衣呢？"

"床底下……"

"床底下？！"

"洗衣盆里。"

他不信。跨到床前，撩起床单，果然看见一只大洗衣盆。拖将出来，不由七窍生烟——他那套西装泡在半盆水中，褐色领带扭曲着，像条蛇。

没有了外衣如何离开？

他顿时猜想：又落入了"秦川次郎"的陷阱！说不定那小子已在可恶的小婉的配合之下拍了不少低级不堪的照片吧？

这么一想，他开始诅咒她，用自己最愤怒的时候也骂不出口的脏话破口大骂她。

她火了。猛地掀开被子，一下坐起来，柳眉倒竖，涂了眼圈的眼睛咄咄逼人："你是个什么东西！你在小汽车里躺我怀中，人事不省。我又不认识你家，不把你送到这儿难道把你丢马路上？你吐得衣服裤子一团脏，我好心好意替你泡上，想替你洗。你不谢我，反倒骂我！你滚，立即给我滚！……"

"衣服老子不要了，留给你送别的男人穿吧！……"他往外就走。

推开了门，他没迈出去。正半夜，外面哗哗下着倾盆大雨，地点又在市郊。四野漆黑，灯光全无。

他默默关上了门。

"走啊！……"她幸灾乐祸地说，重新躺下。将被子往上扯到下巴，用类乎大耗子瞧着小猫咪的目光，静静地无所谓地瞧着他。

他默默退到沙发前，一屁股跌坐了下去。同时咬牙切齿地骂："秦川，老子饶不了你！……"

“你恨秦川干吗？人家没用枪逼着你今天去‘佳宾楼’呀！”

她曼声曼调地说完，随手拉灭了灯。灯一灭，屋里黑得几乎伸手不见五指。

在这种黑暗中，他呆呆地坐在沙发上，觉得自己他妈的真是如同陷入他人的地狱了。

细想想，她的话也很公正。今天的事儿可是恨不着秦川那小子呀！

恨谁？恨自己？恨自己恨不大起来，而且他更觉得自己眼下的处境怪可怜的。想恨姚守义。因为是姚守义鼓励他怂恿他赴宴的，但姚守义是一片朋友之心啊！连唯一值得信赖的好朋友都恨，那他妈的这世界上还有谁不该恨呢？想来想去，顶可恨的是躺在床上这个俊模俊样的外表看起来又单纯又天真又可爱的姑娘。不要脸到了惊世骇俗无与伦比的境界！若有把刀，他真想宰了她！

突然他跳起来，怀着一股猛烈的仇恨，像头獒犬似的扑到床上揍她！仿佛要扼死她撕碎她用拳头擂扁她。她则缩进被窝，在被子底下机灵地躲避他的打击。他将被子扯到了地上，她就缩在墙角，瞪着极其镇定的眼睛，拼命地勇敢无畏地招架、反抗，她一丝恐惧也不显出来。她不喊不叫，只是招架，只是反抗。凭着青春的躯体里本能的旺盛的气力招架着反抗着。然而他那种怀着猛烈仇恨的强壮的凶暴的男子汉的进攻，毕竟是她所难以抵挡的。渐渐地她气力不支了，他的打击接连地实实惠惠地落在她身上了，她却仍不喊仍不叫。他牢牢抓住她的两只手腕，将她从墙角拖到床中间，压迫在她身上，被一种非彻底制服她不可的意念所亢奋。这种亢奋掺杂着奇特的低贱的快感。她的反抗虽已徒劳但继续着。在黑暗中，他们的身体互相抵触着又互相厮磨着，互相较量着又互相贴紧着……

仿佛有一种超乎他们主观的欲望指示着他们左右着他们，渐渐地他们都被它所征服所驯化了。他们身体的互相抵触变为互相依偎,互相较量变为互相亲近,他们的双手由互相搏斗而变为互相爱抚,他们的嘴唇长久地甜蜜地吻在一起了……一切都发生得那么荒谬又那么自然……

这一次,他是真的从她身上获得了无比新鲜的无比迷醉的从未体验过的从未领略过的畅美的满足……

一场肉体与肉体共同掀起的狂风暴雨过去后,暂时佯退的理性高擎着道德的威武旌旗开始反攻,横扫残余的快感,又长驱直入地占据了他的灵魂,并在那里刻不容缓地对他开庭审判。

那是毫不留情的“回马枪”!

一般不甘堕落的男人们大抵比女人们会更痛苦地惨败于这致命的一击之下。

他翻转身,背对她,耸动着双肩,像个丢失了贵重东西的孩子似的,呜呜哭了。

她好像非常理解他。温柔地伏在他肩上,用嘴唇衔弄着他的耳朵,无言地以缠绵的爱意安抚他。

他发誓般地说:“听着,我要和你结婚!”

她说:“随你的便。”声音很低很低。在他听来,她的语气是那么淡然那么无所谓。

“我保证和你结婚!”他更加郑重地说。

“你何必呢?”她的语气中带着中肯的劝告。

他猝然转过身,双手用力推开她,在黑暗中瞪视着她,恶狠狠地说:“那么你心里把我当成什么样的一个人了?!”

“我心里没有过你那么多想法……”他看不见她的脸,回答他的仿佛是包围着他的黑暗。

有限空间内的黑暗如同深渊。只要有一线光亮他就会感到看见了自己的一个希望。他撑起身在黑暗中摸索着,摸到的只是光滑的墙壁,好像临渊的绝壁。

“你干什么?”黑暗问他。

“灯绳呢? 我要开灯!”

“灯绳刚才被我扯断了……”

他颓然地又躺下了。

“你真古怪……”黑暗向他伸过软润的双臂。

他无力抗拒那样一种诱惑,将头偎在她怀里,喃喃地问:“这里是哪儿?”

“我家啊。”

“怎么我从没见过你家什么人?”

“我家就我一个人。”

“怎么可能就你一个人呢?”

“怎么不可能就我一个人呢?”

“你爸爸妈妈呢?”

“三年前就离婚了。我爸又找了个女人,我妈又找了个男人……”

“那……你就没有一个兄弟姐妹?”

“有个兄弟姐妹倒不错了……”

一阵沉默。一点儿同情。

“你怎么认识秦川的?”

“舞场上认识的。”

“你……也和他像我们这样过?”

“可以和你,为什么不能和他?”

又一阵沉默。又一重厌恶。

“我是第几个?”

“你想是第几个?”

“我是正经问你!”

“我也是正经回答你。你想是第一个,我就说你是第一个。你不在乎,我就如实告诉你,你是第五个,也许是第六个……”

“我在乎!”

“那你就以为你是第一个好了!”

“秦川这个王八蛋!”

“你又提他。是我自愿的。”

“可是他有老婆!”

“我预先知道。”

“预先知道你还……”

“预先知道就不行了?”

“你坏透了!”

“我觉得我挺好的。我又没挑唆他和他老婆离婚。我讲原则。”

“你还有原则?!”

“当然。人活着,谁没有个活着的原则? 比方对你吧,我的原则是,你要想我的时候,你就来找我。你不想理我的时候,我绝不纠缠你。不过我挺想知道,你喜不喜欢我? ……”

她那双用香脂滋润得非常细嫩的手抚摸着他的身体。

“你在乎这一点?”

“倒也谈不上在乎,挺想知道而已。”

“我憎恨你!”

“像你这么坦率的男人不太多啊。你是我承认的第一个。”

她叹息了一声。

他的关于男人的信仰也开始动摇了。与其说是她的话使之动摇,毋宁说是他自己此时此地的行为使之动摇。她的坦率,以及受她影响他自己所表现的坦率,使他一向的观念无法判定这件他陷入得难以自拔的事的本质了。

细嫩的手从他的肩始向下滑……

他怀着憎恨与厌恶的心又嚣荡起迷醉的冲动……

他紧紧搂抱住她丰满的似乎散发着馥芳的身体，如同在黑暗的海之深域搂抱住一条抹香鲸……

她会吞食我么？抑或把我带往某处极乐仙境？

同时他心里绝望地咒骂自己："严晓东严晓东，你这好色之徒你这无耻的东西你他妈的不是人你整个儿堕落到底了！……"

天明后，她仍酣睡着。

他小心谨慎地爬起来，悄没声地下了床，唯恐惊醒她；仿佛怕惊醒一头凶暴的雌狒狒。

他轻轻打开衣柜，内中尽是花的艳的女衣女裤。他无可奈何地坐在沙发上吸烟。吸完一支烟，又开始各处寻找。像个贼。终于，从衣柜底下发现了卷成一团的一套蓝色工作服。肥且大，脏而破。不知是她的，还是别的哪一个男人的。如获至宝，匆匆穿上，往外便走。

走到门口，不由回头望了一下。她静静地侧卧在床上，脸朝着他，只要微微一睁眼，就会看到他那副贼样。她的脸又安详又恬静。这会儿，他才很真实地承认，她的确是个美丽动人的姑娘。他觉得她睡着的时候像个天使。一旦醒来却是个甘愿堕落的半公开的娼妓。他想：如果你老是这么睡着，我也许会天天晚上来这里。他甚至怀疑她早醒了，暗中将他的一切贼似的举动看在眼里了，只不过是在装睡。

"我这么一走了之可怪不得我，何况你什么也不在乎！"他心说，推开道门缝，侧身闪了出去……

隔日，姚守义给他打了次电话：

"哪天去赴宴啊？"

"我……已经赴过了……"

“你这家伙搞什么名堂？让我倒心里当成回事儿整天牵挂着！”

“你不是用话激我拿出点当年的气魄么？”

“一个人去的？”

“一个人。”

“听出我用话激你还冒险？当真挨顿臭揍呢？”

“没挨揍。”

“气氛怎么样？”

“挺好的。”

“哼，挺好的！那件事儿就算了结啦？”

“……”

“说啊！”

“了结啦……”

“再也不会找你麻烦？”

“再也不会找我麻烦……”

“这我就放心了。你给我听着晓东，任何时候别作践自己！你也毕竟算咱们返城知青中出息了的一个。别忘了没钱买包烟那阵子的艰难。靠摆地摊混到如今人模狗样的地步你比我更不容易！你的名字是上了报的。你知道报上是怎么鼓吹你的？返城待业知青中自谋生路的典型！这不简单，不低。你别往你自己和咱们返城知青头上扣屎盆子！……”

姚守义的话，像带电似的，使他觉得握着话筒的手发木。

“我……哪能呢？……”

“怎么说？大声点！”

“我……记住你的话！”

“你敢不记住！再发生那类臭事儿，别登我家门！小曲也会瞧不起你！你给我保证！”

“我保证……坚决保证……”

“那好，我信你。下个星期天是小曲生日，晚上你得来，别忘了带着照相机。”

姚守义那边挂了电话，他这边还久久握着话筒发呆。没骗过守义，开始骗了。他是敬重朋友的人，守义是真正的无话不说的实心实意的朋友，唯一这么好的朋友。骗这样的朋友罪过，骗了他心里好难受啊！

而守义还说“我信你”！

从此他避免见到“秦川次郎”像避瘟神一样。

却常常想到小婉。谈不上是想念，也不无想念的成分。倘说想小婉便是他这三十七八岁的光棍汉想女人吧，倒莫如说想女人便是想小婉。女人在他的信仰中是彻底完蛋了。更应该完蛋去的小婉竟他妈的害苦了他，日益在他头脑中侵占越来越大的“地盘”。这当然不是单相思，单相思不过就是相思；他想到她的时候，每每还想到自己的灵魂之猥琐和不可救药；类乎癌病患者想到癌的心理。小婉是可以招之即来的，他没那胆量再主动召见她一次。他悲哀地认为自己在精神上确实是一个懦夫了，连一点索性堕落的勇气都没有了。真的召见了，小婉也是可以挥之即去的；他相信小婉是不在乎的。小婉哪会在乎这个呢？在乎这个，小婉就不是小婉了。从他的理解，小婉那套“原则”中有着时刻准备让哪个男人挥之即去的“内定”的一条。对男人，她无疑也是要求挥之即去的。但小婉的模样却不那么容易从他的头脑中挥之即去了。她的底片好像他妈的印在他的头脑中了。哪时哪刻冲洗显影放大全由不得他！又好像他妈的有两个小婉；一模一样。一个是娼妓般的，他得时时抵御她对他造成的诱惑；一个是仙女般的，他更得时时抵御她对他造成的诱惑。一个就够他受的了！两个如何受得！问题的严重性还在于，小婉虽然是女人，但除了她自己，似娼妓也似仙女的她自己，所有的女人都不是小婉！所有的女人都不能取代她使他不去想到她！

更要命的是，他总觉得自己对不住小婉。第二次就那么像个贼似的溜了，一分钱也没给小婉留下。这很不仗义嘛！那套西装倒是能卖个百十来元的。可一开始没讲好用那套西装顶钱啊！这种做法要是从小婉口中散布，他严晓东究竟算个什么玩意儿呢！

他终于鼓起勇气找小婉。他知道想找她并不难，几个舞厅一逛准能找到。

果然在一个舞厅见着了。

小婉正与一个二十六七岁的瘦高个儿小伙子跳“自由式”。本市的年轻人们管跳“迪斯科”叫跳“自由式”，一种近乎直译的说法。她跳得当然没比，那小伙子跳得也不赖，两人水平挺般配。他看见了小婉，小婉没看见他。小婉跳得专心致志，甚至也不看着那小伙子，只是在和那小伙子走马灯似的转着跳。

音乐结束，那小伙子牵着小婉一只手，将她引到食品柜台喝冷饮。

他也走到食品柜台前，努力不瞧她，装着买汽水。

“大哥。”小婉从旁叫了他一声，叫得十分亲热。

“唔，小婉？……”他接过汽水和零钱，转身看着她，继续装出诧然的样子。

“你也来跳舞哇？”她问。问罢低头吮汽水，照例涂了眼圈的眼睛目光朝上挑着注视他。

“我么……”他模仿中年绅士那种自信而矜持的笑容，彬彬有礼又不失风趣地说，“劳逸结合，寻找逝去的青春。”

小婉吐出饮管回报了个嫣然一笑：“你风华正茂嘛，寻找什么逝去的青春啊！”

“老了。是老了。三十七多了，什么都晚了。”

“且不晚呐！想快活，起码还能快活十几年。你舞伴呢？引来介绍介绍嘛！”

“没舞伴。”

“鬼信。”

“真的，现找。你陪我跳一轮吧？”他满有把握地期待着她说“行”、“好”或“可以”。

她却掏出小白手绢，拭了拭嘴角，认真地问：“跳什么？”

“快四吧？”

她摇头。

“慢四？”

她摇头。

“探戈？”

“都没意思。你要跳‘自由式’我才奉陪！”

“华尔兹呢？我认识这儿的经理，要求演奏什么舞曲，都不会使我失望。”他有些得意洋洋地说，侧目打量了那青年一眼，脸上显出几分踌躇满志的中年人对毛头小伙子不屑一顾的表情。

不料她竟坚持道：“自由式！”

他扫兴起来。为赶时髦，他尽管已摘掉了“舞盲”的帽子，偶尔也独自伴着音乐“自由”过，却从没在舞厅扭动开始发福的粗壮身体，他对“自由”太怯场。

“未见得吧？”瘦高的青年慢条斯理地插话了。

“什么意思？”他再次侧目打量对方。那张“彼得”式长发“包装”着长脸，使他联想到了戴假头套的胡萝卜。

“乐队只听我的。”

“我忘给你们介绍一下了，”她观察出了他们彼此的醋意，用调和的语调说，“这位是话剧团的乐队队长小刘，刘华。这位是我严大哥，报上介绍过的那位倒……个体营业者。”

他看得出来，在这种情况下，她很顾全他的尊严，才没将“倒爷”二字说出口。但已说出了一个“倒”字，“个体营业者”五个字于事无补了。

妈的你还不如只说一个“爷”字！他在心里生气地骂了她一句。

她一笑，补充道：“你们都是我的朋友。”

“靠卖女式衬衣裤衩发财的那位便是您？”专业乐队的年轻队长讥讽地说，以优雅的姿势从西服上衣兜里摸出一张喷香的名片，夹在中指和食指间递给他。

这种给予使他感到受了莫大侮辱。

他不想接。她瞧着他。不接便连一点男人的气度也丧失掉了。犹豫片刻，还是接了过去。

“我的名片没带。”他脸红了。其实他从没印过名片。他认为姚守义都有资格印名片，自己没有。姚守义可以在自己的姓名前印上“木材加工厂第二车间主任”，自己往姓名前印什么？

“名人是不需要名片的嘛！”专业乐队的年轻队长说罢，傲气十足地挽着小婉离开了，仿佛挽着自己老婆似的。

小婉连头也不回！刚才还称他“严大哥”！

他望着他们的背影，羞恼得想一头撞死在水泥廊柱前！很久很久了，他没遭到过如此的奚落！

他将那张喷香的名片撕碎，扔进了食品柜角的痰盂。

那令他嫉恨的小伙子挽着小婉走到舞场中央，竖起一只手臂，乐队便又奏起了“迪斯科”。在他们的带动下，很多的人都一对一对转来绕去跳节奏剧烈的“自由式”。跳得美的和跳得丑的都跳得那么来劲那么忘我！几位过了中年的男人和半老徐娘自甘落伍地退至外围，望洋兴叹。

他的手不由得伸进了西服内兜。

妈的同样穿的是高档质料的西装，同样扎的是“金利来”领带，同样是花十二元钱买的门票才进入这一流舞厅的，却被人瞧不起了！

他的手在西服内兜里攥紧了。攥住了一捆钱，整整一千元。是带来要当面给小婉的，打算用这一千元赎一个良心过得去。此刻，他改变了主意。由于那个傲气十足的年轻人，他决定扫她一大兴！

当这一曲“迪斯科”奏完，舞者们兴犹未艾地退出舞场时，他不被人注意地走向乐队，右手依然插在西服内。

他先走到指挥身边，右手这时才抽出，手中是几张“大团结”。拇指熟练地轻轻一捻，“大团结”呈扇形分开。五张。崭新。

“朋友，一点小意思，别见笑。”他搭讪着说。

“这……给过了……”风度翩翩的指挥，两眼盯着钱，诚实得可敬。

“我个人酬谢的……”他将“个人”二字拖出特别强调的意味。

指挥的手向钱伸出了，又收回去了，犹豫着不知该不该接受。

他将钱夹在指挥的乐谱中。

指挥赶紧连声说：“惭愧，惭愧。”

所有的乐队队员都虎视眈眈地瞧着这令人兴奋的一幕。

他转过身，不多说什么，依次在每一位队员的乐谱中都夹了五张“大团结”。并不亮出那捆钱，只是一次次将右手插入西服内，一次次抽出。抽出时，不多不少必然崭新的五张。照例拇指轻轻一捻，呈扇形分开，使他们每人都看清，他没有偏向，一视同仁。

他发完了，他们也一个个将钱揣入了衣兜。音乐是神圣的，衣兜才是放钱之处。

他望着他们，右手还插在西服内，好像会再发一轮似的，起码使他们不免这样以为。

他冲他们一笑，说："快四、慢四、华尔兹、探戈，随你们奏，就是别来迪斯科！"

"听您的！"

"当然听您的啦！"

"放心。有您这句话，今晚禁绝迪斯科！"

"保证一个迪斯科音阶您也听不到！"

他们全体和和气气，堪为信赖。

他作出十分感激的表情，向他们点了一下头，从从容容地离开了。

他的目光到处巡视，看见小婉和那傲气十足的小伙子在一根廊柱前喁喁私语。那小伙子曲臂撑着廊柱，另一只手搭在小婉肩上。

他避开他们的视线绕着向他们走过去。走到廊柱的另一面，他们也没发现他。

他背靠廊柱听他们的一番卿卿我我：

"你有把握出国吗？"

"百分之百的把握。"

"什么时候？"

"不是认识了你，我已经出去了。"

"我不明白你的话。"

"你装不明白。"

"听人讲，出去了也很不容易混到工作，沦落成难民可惨了！"

"那就看是什么样的人出去了！你知道，我是吹黑管的。像我这样的出去，凭着一支黑管，几年后过上国外的中产阶级生活还成问题？"

"要有个人能带我出去，我给他做牛做马都心甘情愿。"

"你真想出去？"

“如今哪个姑娘不想到国外去呀!”

他听到这儿,幽灵似的从廊柱背面闪现出来,仿佛怀着不容置疑的善良动机似的说:“二十来岁,连个起码的文凭都没有,也不会外语的姑娘,作这种决定可要三思而行啊!前几天的晚报看过没有?一个这样的姑娘被骗出国,最终落得个给卖到下等妓院的结果!那真是叫天天不应,叫地地不灵!逃了三次才逃到中国使馆,还是咱们中国使馆用外汇替她赎的身。送回来,成了个出口转内销!掉价多啦!”

乐队队长瞠目瞪着他,半晌才从牙缝挤出四个字:“危言耸听!”

“怎么是危言耸听呢?这话要叫晚报的什么人听到了可会提抗议的呀!”他掏出了一盒“骆驼”,弹出一支,敬道:“请吸烟。”

“你滚!”还是从牙缝往外挤着说。

“何必发火呢?我一片好心,帮她参谋参谋。”他瞅瞅小婉,仿佛被误解而又宽宏大量地耸了下肩膀,表示由衷的遗憾。

她白了他一眼,扯着新交男友的衣袖说:“咱们跳舞!”

于是他们愤愤然离开了,旁若无人地走到舞场中央。傲气十足的专业乐队队长又竖起一只手臂,遥遥向乐队做手势。

指挥棒一落,乐队奏起华尔兹。

“停!”乐队队长喊了一声。

指挥扭头望他。

“你没看清我手势呀?”

指挥棒又一落,乐队奏起探戈。

年轻气盛的乐队队长撇下小婉,冲向乐队,往他们面前一站,训斥道:“来时怎么讲的?都维护点我的脸面是不是?谁从中作梗,跟我过不去?!”

乐队队员们面面相觑,目光一齐落在指挥身上。

指挥显得为难了。

他在这“军心动摇”的时刻又出现了，右手从西装内缓缓抽出，三张“大团结”呈扇形捏在手中，微笑着往乐谱架上一插。

他又开始依次分发。和第一次一样，没偏没向，一视同仁。

许多舞者也莫名其妙地围过来，相互询问：

“怎么回事？怎么回事？”

“不知道。”

“乐队嫌钱少？”

“嫌钱少找经理去，也不该亮我们呀！”

一位半老徐娘对一个秃顶男人嘟哝：“那一对捣乱，一入场就是迪斯科，不许换换样儿！好像乐队是他俩出钱请的似的！”

他不动声色地分发完了钱，对指挥举手打了个脆响的榧子。

指挥往后一甩头发，断然地大声说：“都往我这儿瞧！你，瞧哪儿？瞧指挥棒！华尔兹！”

指挥棒骤然一落，弓弦齐运。

优美的华尔兹舞曲响彻舞场……

年轻的乐队队长身上那股不可一世的傲气被彻底瓦解，呆若木鸡地站在那儿，一副尴尬相。

他用充满热情的语调鼓动众人：“跳哇，大家都跳哇！尽情跳吧，这舞曲多美！”

小婉上前去扯自己的新交男友：“咱们走！”

于是他们双双地走了。

乐队队长临走恶狠狠地扫了他的乐队队员们一眼。

他们都摆出专注的模样，根本不瞧一眼自己的队长——每人的乐谱中夹着三张“大团结”，前后两排，看去怪有意思的。

用“大团结”打败了“迪斯科”，他感到一种胜利了的骄傲。

指挥忙里偷闲扭头对他说：“什么东西！溜须拍马挠扯上个队

长当,就不知道自己有几两重了!”

他宽宥地笑笑,转过身去。他明白指挥和每一个乐队队员都在期待着他给予他们一个时机。果然,当他再面对乐队,夹在指挥和每一个乐队队员乐谱中的“大团结”全不见了,而他竟没有听出舞曲在哪一个拍节间中断。

妈的水平真不低!他想。

他不再感觉有一沓什么东西硌着自己的胸部了,但这可绝非一种非常之舒服的丧失。他还是希望保持那种感觉的,那种感觉通常和他的自尊联系在一起。

用“大团结”打败“迪斯科”的胜利者的骄傲转瞬云消烟灭,代之而起的是内心的沮丧。暗暗计算了一下,他又闹着玩似的抛出了八百八。倘这八百八如愿以偿,换取的是灵魂的安宁,倒也值,但不过就是为了和一个自视清高的毛头小伙子赌口气。第几次了?记不得了。反正不是第一次,也不是第二次。他感到自己活着的意义好像只是赚钱,赚钱的目的好像只是在某种情况下以某种方式赌口气。某种?妈的从来就是那么一种方式!用钱赌气,一个天才的头脑又能翻出几多花样呐?而明明赌赢了的时候内心里也依然觉得输得挺惨!

我的神经是不是确有毛病了呢?他对自己没底了。有时他觉得许多许多人都很瞧得起他,有时他又觉得许多许多人都很瞧不起他。返城初期,他什么没干过?在闹市街角扯开嗓子大声招徕,为“下里巴人”们剃“方便头”,在自由市场摆地摊卖菜,在货车站拉小套,甚至还以翻扑克牌的方式设赌骗过钱。那时他才不怕被人瞧不起呐!根本没心思朝这方面想。被市场管理员罚款,被治安警察盘问,他面不改色心不跳。那时候好像反而没什么人瞧不起他。那时候他走南闯北凭的什么?凭自己是条汉子。那时候他无所畏惧。听人说柳州尽便宜东西,他将全部血本——四千多元塞入皮包就上了火车。广西佬欺他是外地客，而且没伴儿，骗他到家中“瞧货”——五六个凶汉在郊外一幢房子里团团围住他，其中一个，将一把菜刀砍在桌子上，问他要钱还是要命？

他说要钱。

他拔出那把菜刀，一刀剁掉了左手的小指头，鲜血喷溅，他还冷笑。

“就你们几个，也想动抢？老子天生要钱不要命的主，你们有什么本事，来吧！”

“告诉你，我们‘文化大革命’中吃过人！”一个个龇牙咧嘴。

“老子早听说过你们广西佬‘文化大革命’中做过些什么孽！甭吓唬我，先吃了我这根指头让我见识见识！老子替你们拍扁剁碎！”

他将他那根小指头像拍黄瓜似的，用刀背拍扁了，剁十几刀剁碎了，铲在刀上，吼：“哪个吃？吃啊！”

那五六个凶汉却原来色厉内荏，一个个目瞪口呆，他手中的刀举到谁眼前，谁惶恐地往后退……

那一次他失掉了左手的小指头，倒了一次大买卖。那时候他玩命赚钱！现在是怎么了呢？是他自己的心态不对劲了？还是年头不对劲了呢？从买不起一包廉价烟的境地不屈不挠地挣扎到今天银行里存着十四万元的份儿上，按说该扬眉吐气了，可自己就是找不到这种良好的感觉。瞧不起他的人不是他虚幻出来的！他们确确实实地存在着。用他们的表情他们的目光他们的语言提醒他——他归根结底还是个人下人！妈的是从前他并没注意到他们的存在呢？还是从前他们并没注意到他的存在呢？现在仍被许多人瞧不起，这在他内心里造成极大的痛苦。连小婉这样一个他非常鄙视的姑娘，身子都不在乎地闹着玩似的给过他两次了，竟也对他翻起白眼来！那种活得充充实实的真正不卑不亢的感觉在哪儿？在哪儿?!什么样？什么样?!怎么才能获得到？怎么才能获得到呢?!难道在中国,在一九八六年,十四万元钱还垫不起一个腰杆挺直的人？

舞曲是美极了。指挥情绪饱满,乐队队员个个演奏得十分认真,十分卖劲儿。一双双舞伴陶醉在舞曲之中,旋来转去,雅不胜述。“华尔兹”也罢,“迪斯科”也罢,对他们区别不大。只要乐队一曲接一曲,使他们尽兴,使他们认为十二元一张的票钱值,他们才不管究竟是“大团结”打败了“迪斯科”还是“迪斯科”打败了“大团结”呐!

八百八为谁抛出的呢？为自己？可自己什么也没得到！内心里依然空空荡荡！依然觉着气闷！依然觉着自卑！为那一双双舞侣？他们未必感激他！他们没来由感激他！他没抛出那八百八,他们也是在跳着嘛！如果他们都知道了他抛出八百八,只怕他的形象在他们心目中会是一个小丑呢！只怕他们有的人会说:“活该！傻瓜蛋！谁叫他跑这儿抖神气！……”

他突然高喊一声:“停止！……”

舞曲顿然中断。

指挥握着小棒的手僵在半空,迷惑不解地望着他。

全体乐队队员们朝他转过脸,一张张脸上呈现着各种“友邦惊诧”的表情。

一双双舞伴若即若离地望着他。

“迪斯科……”他说,比那一声喊低了八度。

指挥愣怔着。

“迪斯科……”好像是喃喃自语。

“好,好,迪斯科……翻乐谱第七页……”

指挥终于活了。

乐队队员们终于活了,哗哗翻乐谱。

指挥棒一比划，响起了第一节剧烈的音乐。

一双双舞伴们却没有活过来。由“华尔兹”的舒缓优美的旋律转折为“迪斯科”的快速火热的旋律，他们的情绪一时无法适应。他们一时“活”不过来。

“乐队开什么玩笑！……”

“当我们是机器人啊！……”

“都是那个穿咖啡色西服的小子瞎捣乱！……”

“从哪儿冒出这么个家伙！……”

“干什么的？到这里来发号施令！……”

“以为这是什么地方？这是高级舞厅！……”

“管他干什么的，把他轰出去！……”

“对！把他轰出去！……”

指挥泰然自若，一副事不关己的神态，继续指挥。

乐队队员们也对一双双舞伴们视而不见，仿佛在他们眼里只有指挥一人的存在。

“迪斯科”音乐快速、火热、剧烈、癫狂……

在这音乐声中，感到被捉弄被侮辱被亵渎被侵犯被破坏了情绪被大大扫兴的一双双舞伴们愤怒地向他冲来……

在众多人的助威之下，他被两个男人架着胳膊架出舞厅门外，使劲一掼，倒在仿大理石台阶上。

一双擦得锃亮的皮鞋，稳重地踱到了他眼前。抬头看，见是穿着红色黑领边黑袖边制服的舞厅专职维护人员。

他羞愧地爬起来，赶紧说：“他们如此粗暴地对待我，显然不知道我是谁……”

对方冷冷地瞪着他，拖长音调问：“你是谁啊？”

“我是严晓东！真的……”

对方猝然变了口吻，喝道：“严晓东又是哪儿的一个王八蛋？

滚！要不对你不客气！臭痞子！……"

他不敢再多说一个字,乖乖地转身逃下台阶。

音乐从舞厅内传出,不是"迪斯科",是"华尔兹"了……

八百八只能收买乐队一时,不能打倒音乐。打不倒"迪斯科",也打不倒"华尔兹"。他被赶出来了,而他听到的音乐似乎更优美了。那些乐队队员们明天茶余饭后将有可笑的谈资,而他们的老婆今天夜里也许会因此便对他们格外温柔……

有人敲门。敲得急促。只有敲自家门的人才会这样不礼貌。

他以为父亲母亲半路消了气,回来了,立刻从沙发上蹦起去开门——却不是父亲母亲,是个肩背帆布工作袋的青年工人。

"电业局的,查查这幢新楼的电表有没有毛病。"电业局的小青工说着跨了进来。

"电表?……我还没注意电表安装在哪儿呢!"他不欢迎地嘟哝,希望人家转身便走。

他这会儿心里烦透了,想一个人安安静静地呆着。

"在厕所。我亲手安装的。"小青工拽开了厕所的门,像熟知自己家一样,无需他指点便扯亮了灯。

"嚯！进了二十几家,全楼没一家比得上你家的厕所这么高级,跟一等宾馆的卫生间比也毫不逊色哇！这大浴盆多少钱买的?"

"二百多元。"

"幸亏这幢楼的厕所面积大,要不还没法儿放呢！下班回来,泡上半个钟头,神仙过的日子！光有个淋浴喷头可就没这福享啰！这从下到顶的花瓷砖更得费不少钱吧?"

"忘了。五毛七一块,你自己算。"

"五毛七……嗯,起码也得七百块……五七三十五,七七四十九，四百多元，对不？”

“你检查电表吧！”

“啊，对，电表。”小青工心不在焉地抬头望了一眼电表，“正常。洗脸池那儿再镶一块大镜子更没治了！”

“当然是要镶的。”

“这个单元几间？”

“三间。”

“噢，瞧我这记性！想起来了，这原是房管局罗局长为他三儿子结婚卡下的。赶上这阵子整党风太紧，群众也有反映，才让了出来。您哪个单位？”

“我……”他犹豫了一下，顺口回答，“文化部门。”

“文化部门……哪方面？……”

“管……艺术……”

“管艺术？”小青工对他刮目相看起来，话也东拉西扯地说个没完，“不好管啊。美国的国防部长难当，中国的文化部长难当。谁当谁没好结果！中国顶数艺术界运动多，所以管着艺术界的人就得多。我的话有道理吧？”

“有道理。十分有道理。”他应付着。心说：妈的老子没工夫和你闲聊！快出去吧！

“参观一下可以不？”小青工全无离去的意思。

“有什么好参观的！”他心里老大不高兴，脸上又不便太明显地流露出来。

“行个方便，参观参观。您这厕所都修缮得这么讲究，房间肯定布置得更甭提啦！我姓赵，这一片的民用线路归我负责。以后有用得着我的地方，往电业局民用处打电话找我！”

他那萎缩了多日的虚荣心好像气球，被对方进门后的一句句奉迎话渐渐吹大。这时，只有这时，他才仿佛找到了一个内心充充实实的人那种良好的自我感觉。靠了虚荣心他才觉得自己健康。

“既然你有参观一下的雅兴,我也不好硬是拒绝呀!”他客气了。

于是他在前引导,小青工在后跟随,依次参观房间,弥补着老父亲老母亲刚才使他大扫其兴的遗憾。

小青工对他卧室里三尺高的维纳斯,尤其表示出惊叹。

“啧啧,活的一样!这维纳斯!”小青工伸手欲摸美神丰满的胸脯,被他伸出胳膊挡住了手。

“你手太脏,先用肥皂洗洗手。”

小青工瞧了一眼自己油污的手,发窘地说:“对不起。一时动了凡心,不过倒也不是非摸……”

他说:“摸一下是可以的,那你就下次来收电费时摸吧!”

小青工有几分失意地瞅着美神说:“再高三尺就棒啦。跟真人一般大小,那整天看着什么感想!”

他说:“倒是想买个真人一般大小的,哪儿买去?这还是花高价从小贩手里买来的呢!”

说出了“小贩”两个字,他的脸倏地红了一阵。“小贩”、“倒爷”、“摆摊的”,都是他非常之忌讳的话。

还好,小青工没注意到他脸红。

小青工跟随他一走入客厅,失态地呀了一声,呆呆望着“波琪儿”,半张着嘴,似乎一时停止了呼吸。

“伟大的女奴,世界名画。别人家里没见过吧?”

小青工仿佛没听见,仿佛魂魄入画了。

“坐,八百元。对懂艺术的人来说,钱是不足论道的。一幅名画,能使满室生辉!……”

小青工仿佛还没听见。

证明自己崇尚艺术,精神追求高雅脱俗的话,对方居然傻呆呆地似听非听，他有点不满意。

“你坐下欣赏嘛！”他推了对方的肩膀一下。

“镇了！……”小青工目光盯在画上，双脚机械地朝后移动，腿碰到沙发，才缓缓坐下。

“八百元买的。对懂艺术的人来说，钱是不足论道的。一幅名画，能使满室生辉！”他再次证明自己的价值观。

“对，对！钱算什么？可惜我没那么多钱！八百元值，很值。很值啊！”小青工完全赞同他的话，也在证明着是他的一个崇尚艺术的伙伴。

这使他心里挺愉快。

“喝瓶汽水？”

“喝就喝……”

他打开冰箱，取出两瓶汽水，与小青工并坐沙发上，都仰脸望着“伟大的女奴”，边喝边聊。

“不懂艺术的人，就是肯花八百元高价买这样的画也未必有勇气堂堂正正地挂在自己家客厅里，啊？”

“对，对！如今有几个真正懂艺术的人？您这样管着艺术的人，客厅里才配挂这样的世界名画！”

“你看我书架上多少书！管艺术，不多读书不行！艺术家们可不是任什么人管都服的！《西方美术史》，看过没有？”

“没，没看过……”

“旁边那本呢？《第二性——女人》，看过没有？”

“也没看过……没工夫看书……”小青工觉着羞愧了。

“得多看书，一定得多看书。”

“看是看过几本。《射雕英雄传》、《壁橱内的女尸》……”

“那一类书根本不值得看！那一类书中有知识么？有学问么？要看《第二性——女人》这样的书！看了，你就了解女人是怎么回事了。女人都是白耗子！她们自己往垃圾堆钻行，你若把她们弄脏了一点儿，她们恨你一辈子！……”

“书里这么写的？”

“书里这么写的！”

西蒙·波娃可没在书里写着女人都是白耗子，并且他并不知道那本书的作者是谁。买回来后根本就未翻过一页，纯粹是为了摆在书架上，不是为了看。

小青工对那本写女人的书发生了浓厚的兴趣，请求道：“借我看看行不？保证不给您弄丢了。我知道您这样的人都是非常爱惜书的。”

“借是可以的……不过……我还得研究，还得细读。要……写一篇评论……”其实怕人家借了去，寻找不到女人是白耗子的话，对他留下个胡说八道的印象。

“那我就不借了。”人家很识趣，随后虔诚请教，“我在出版社一位美术编辑家见过一幅画，什么……什么莎也算世界名画吧？”

“蒙娜丽莎？”

“对！一个笑眯眯的外国女人，两手都放胸这儿，一手压着一手。看样子像是结过婚的。”

蒙娜丽莎他知道。几年前他倒卖过一种冒牌的进口香水儿，商标就是“蒙娜丽莎”。

“结过婚！没错。也算世界名画，但早过时了！真正懂艺术的人，家里才不挂过时货！”他有许多机会在别人面前炫耀自己腰缠万贯，却很少有机会在别人面前炫耀自己的学识。对方虔诚的敬意，鼓励他抓住这难得的机会不放。

“我看那幅画也觉着太过时了！那个外国女人尽管笑眯眯的但不够撩人！哪能和您这幅画相提并论啊！”小青工挺善于“侃”，一味儿顺着他说，“您这幅画，让人一瞅见，眼神儿就舍不得移了！

画女人么！就该画到这份儿上！这幅画算是‘火’到家啦！全‘毙’！”

“艺术嘛，讲究的是魅力！”

“对，对！什么年代了啊！八十年代了，什么事儿都得有八十年代的派！如今赶时代的姑娘们穿裙子还追求透、短、露呢！别讲一幅女人画了。比乡巴佬的新自行车缠得还严密，趁早甭画，甭挂！”

“是啊是啊，真正懂艺术的人，思想更要开放……”

两个人，喝着汽水，吸着香烟，望着“伟大的女奴”，“侃”得句句投和，越“侃”越来情绪……

小青工终于恋恋不舍地走了。也不知是舍不得他，还是舍不得“波琪儿”。

他仍独自坐在沙发上，瞧着茶几上的几个空汽水瓶，满满一烟灰缸烟蒂，攥扁了的空烟盒，复陷入一种百无聊赖的空虚寂寞中。小青工带给他的心理满足又带走了。无聊、空虚、寂寞更加显得咄咄逼人，如同看不见的棉絮。四面包裹着他，堆压着他。

只有“伟大的女奴”和他做伴儿。

他呆呆地望着她那侧卧在红毯上的一丝不挂的雪白裸体，心里痛苦万端地想小婉。将那美艳的光华四射的“伟大的女奴”悬挂在客厅，实现着他对小婉也是对女人的公开的堂而皇之的亵渎。可是他对自己缺乏了解缺乏认识缺乏研究的程度，正如他对女人从前和现在的观念一样肤浅一样愚昧。富足者的空虚与赤贫者的空虚是同样深刻的，前者有时甚至比后者来势更猛。抵御后者不过靠本能，而抵御前者却靠睿智的自觉。生活还没培养起他这种睿智，就将他拎着一下子扔到了二十世纪八十年代中国的富足者们的海绵堆上了。他觉得它很舒服，但未免有种不落实地的悬高感……

并且海绵堆也是能吞没人的。

“八十年代了，什么事儿都得有八十年代的派……”

他认为电业局小青工这句话对他颇有启发，值得细细咀嚼、回味、琢磨。

何谓八十年代的派？

何谓八十年代一个三十五六岁银行存着十四万元的光棍汉“倒爷”的派？

他迷惑得很。

八百八“大团结”在高级舞厅打败“迪斯科”，究竟算不算很来派呢？

三尺高的维纳斯和赤裸裸的“波琪儿”摆在卧室挂在客厅究竟算不算很来派呢？

那个晚上从小婉那儿贼似的偷偷溜了，显然是太掉份儿太不够来派的行径啰？

这内心深处的羞耻无论如何得靠自己补救！

怎么个补救法儿呢？

和自己相比，小婉倒似乎应该说活得很来派了！不是么？想跟哪个男人睡，就跟哪个男人睡。尤其值得尊重的是，她有一套坦率之极的原则！妈的就她那坦率劲儿，也堪称一派！

可自己呢？和小婉睡了两次还生怕别人知道！别人都不知道还自己跟自己良心上过不去！还揣着整整一千元到处寻找她，希望赎回个灵魂安宁！

妈的没谁日日夜夜监督着我过规规矩矩的正人君子的生活呀！妈的那个傲气十足的乐队队长才不会像我这么傻兮兮对小婉讲良心呢！她也许正因此反而认为那毛头小伙子比我强吧？刚才不就神吹海哨地骗了电业局那小青工一通么？骗了又怎么了呢？他挺满足，老子也挺满足。不是怪好的么？

八十年代，八十年代，老子在八十年代竟不知道该咋做一个爷们了！

他颇严肃地思想着。觉得八十年代真好比老太太哄小孩玩的那种叫“七十二变”的卡通画册：仙女的罗裙下露出两只狼爪子，大力神扭着俏村姑的腰，人参精的娃娃脸移到了孙悟空的猴颈上，都是未尝不可的事儿了！他坚定不移地认为起码和五六个男人睡过觉的小婉无可争辩地是个堕落的姑娘。可许多人并不这么认为，他们称小婉这类姑娘“现代派儿”。“派”再加个“儿”音，亲昵之中包含着暧昧的赞赏。小婉竟还对他这么说过：“如今呀，比我更加单纯的姑娘不多喽！”他认为自己已经堕落得快不能自拔了，可许多哥儿们嘲讽他连堕落一下的勇气都没有。一次他们使他恼火了，受到蔑视般地庄严声明：“老子也睡过女人了！”结果他们哄堂大笑——意思是这也值得一提？二姐和二姐夫同时从北京出差，住在家里。二姐语重心长地劝他：“晓东啊，你这么下去可就一辈子没出息了！”二姐夫却接过话去说：“没出息不怕，有入息就行！非得像咱们似的，光着屁股坐花轿才算出息吗？咱们一家三口，不是还住着一屋一厨么？我看晓东够能耐的了！”二姐二姐夫都是六十年代初的大学生，正经八百的知识分子。可见如今连知识分子们对出息的看法也多么不同。他到北京去跑买卖，在二姐家做客，跟小婉年龄差不多的外甥女，将饭烧焦了。二姐生气地说：“这么大的姑娘了，饭都不会煮，将来谁娶你？”外甥女却振振有词：“妈你操心太多了，到时候生米已煮成熟饭了！”使他怀疑她也是个“现代派儿”。

当他的思想在所谓旧观念和所谓新观念的夹墙中感到走投无路的时候，便去喝酒。酒不能使他明白什么，但酒能使他糊涂。彻底糊涂的时候，两堵墙就同时倒塌了……

他离开了家，又打算到哪儿去喝个一醉方休。走出楼，见楼外台阶上,紧挨着坐在一起的是自己的老父亲老母亲。

他一下子站住了。

父亲抬头看着他。

母亲抬头看着他。

老父亲老母亲默默地看着他,都不说话。他们的目光中流露着仿佛被儿子抛弃了的悲凉。

他心里好不是滋味!

他掏出钥匙递给父亲:“爸,坐这儿干吗?回家坐沙发上多好……”

父亲的目光从他脸上移开,凝望着远处高空一座塔吊的铁臂,它吊着一块巨大的预制板,不知该往哪儿放似的……

他又递给母亲:“妈,你接着。一会儿和我爸家去吧……”

母亲的目光没从他脸上移开,但也不接钥匙。母亲的目光中包含着某种乞求,母亲的目光使他不忍迎视。

他垂了头,低声说:“那画,妈你找块好看的布先罩上……”

第二十章

人类最普遍的价值是平凡的价值。

普遍到百分之九十九点九九九九九……

“不想当元帅的士兵不是好士兵。”——这句话出自拿破仑口才成为名言留传下来,而且大概只有在文学作品和传记中出现才使我们觉得闪耀着什么哲理的光彩。倘一百个士兵喋喋不休地说一百年,也不过是一句漂亮的大话,并会使任何一位头脑正常的元帅诅咒这一百个士兵简直“妈妈的”!

事实上,一万个士兵中能出一位元帅就挺不错了。万人大军人人都只一个心眼梦想当元帅的话,那么这支军队就是拿破仑也根本无法统帅的。是非但不能打胜仗恐怕连打猎也不行的军队。也许还不如一万条猎犬顶事儿。

对于军队,一万名好士兵与一位好元帅是同等重要的。拿破仑最明白这一点,所以他那句名言只是嘴皮子上说说罢了。他才不至于傻到真诚鼓励他的士兵个个都想争当元帅的地步呐!

想当元帅当不上元帅的人说“时势造英雄”这类话,总会使我们多多少少听出点嫉妒的意味儿。而一位元帅说“想当年……”这类话,总会使我们多多少少听出点英雄史观的意味儿。中国人尊崇伯乐,西方人相信自己。伯乐是一种文化和文明的国粹。故中国人总在那儿祈祷被别人发现的幸运,而西方人靠自己发现自己。十位伯乐的存在价值永远不如一匹真正的千里马更有价值。如果伯乐只会相马,千里马多伯乐们便无事可干。对马,伯乐是伯乐;

对人,伯乐今天包含有“靠山”的引申意。蛇用身体行走,花用开谢行走,石头用坚损行走,东西用新旧行走,生用死行走,热用冷行走,冷用冰行走,有用无行走,动用静行走,阴用阳行走,火用燃烧行走,星球用引力行走,历史用过去行走。

而人,唯有人,用双脚行走。

但是,也有人用双手行走,或曰“往上爬”。

他们不明白一个极其简单的道理——没有人能真正把你拉得很高——你会抓不牢绳索。你凭自己的双脚却可以踏踏实实地走出你自己的路。

用双手“行走”之人双脚必然渐渐退化。

能想到么?姚守义成了一千六百余人的木材加工厂厂长的首席接班人!但他却是个并不想“往上爬”的人。

患有关节炎气管炎肝炎肾炎心脏病糖尿病哮喘病美尼尔综合症的老厂长,住了四个月医院出院后又疗养了半年,终于在他六十六岁生日后的第二百一十七天,正式向林业局党委呈交了离休报告,同时以饱满的热情推荐第二车间主任姚守义当厂长。木材加工厂虽不是了不起的厂,老厂长却是革命资历很长的十一级干部。想当年党给他个木材加工厂厂长当当是因为他没文化,也因为他对革命劳苦功高总得当个什么“长”。木材加工厂只要不失火,是一个适合养尊处优的单位。

林业局党委非常非常重视老厂长的推荐,将这看成是一位老革命老干部对党的一片赤诚和“临终嘱咐”。尽管他好像还能活一阵子。

局党委调查组一行四人来到木材加工厂收集群众意见,了解姚守义的领导能力工作魄力群众基础生活作风各方各面的情况。

群众说:

“谁当都成。谁当都一样。”

“谁持鞭子我们听谁的吆喝呗！”

“这厂像我们老厂长，半死不活的。奖金都三个多月没发了，是该换个年轻人干干看。”

“姚守义？行吧！他们车间的人都挺服他管。”

“他爸是厂里的老工人了！和我们关系不错。他当厂长，不好好干，我们这些老工人往他脸上啐唾沫也没啥。不是他当我们可就不敢了！”

“小伙子不错，年年上光荣榜。”

“生活作风怎么样？”

“生活作风？那是他自个儿的事，又不是征求我们他配不配当个模范丈夫！”

“不能这么认为。如今有些年轻人，各方面都具备当领导的水平。一当上，就出生活问题了。一出生活问题，就倒了。审批部门被动得很啊！……”

“那，问他自己吧。我们眼里看他，倒是和本厂的女人没什么不正经的勾搭……”

调查组的工作是深入细致的。了解够了党外群众的意见，又了解党内干部的意见。党内的大大小小干部，对姚守义的印象和评价普遍也还算不错，不失公正。分歧当然是有的。一部分人主张应该大胆提拔年轻干部。再说他已经当了三年多车间主任，他那车间又连续三年是红旗车间，领导能力工作经验都受过锻炼。另一部分人觉得他毕竟还太嫩了点，一下子提拔到厂一级领导岗位上，总归让人有些替他担忧。但这两种看法，并不针锋相对。

却是五十七岁的邢副厂长提出了很严肃的一条疑义——姚守义还不是党员。一千六百余人的企业，交给一个不是党员的年轻人当家，如何体现党的领导呢？党委和他的关系又怎么个摆法呢？

调查组四人面面相觑。如此首要的原则性的一条竟忽略了！

他们觉得怪狼狈的。

“姚守义不是党员么?”调查组组长,局组织处副处长,一位正处在更年期的不苟言笑的我党女同志不相信似的问。

“姚守义怎么可能是党员呢?”邢副厂长环视着本厂的党内同志们,慢条斯理地说,“他跟我们党员说话,张口闭口,贵党如何如何的。整党期间,就在这个会议室,他的发言近乎恶毒攻击了。老马当时你也在场,他怎么说的?”

“他说……他说:‘我给党员提四条建议’……”

“哪四条建议,向调查组的同志们详细汇报么!”

“第一条,修改党章。全心全意为人民服务,改成半心半意为人民服务。这么改,再动员群众帮助贵党整党时,贵党的大部分党员干部,较容易通过……”

“接着讲么。四条都讲完嘛! 吭吭哧哧地干什么?”

“第二条,纪律检查委员会由党外人士组成。贵党自己监督自己,差不多等于不受监督。比如腐败现象,一旦整到自己头上,不是就整不下去,大事化小,小事化了么? ……”

调查组的四个人全拿出小本儿记。

邢副厂长默默地吸烟,呷茶。

“第三条,贵党的领导干部,首先自己要继续相信社会主义。其次起码得证明自己的老婆孩子也是相信社会主义的。要不‘社会主义好’光留给老百姓体会,你们去体会封建主义、资本主义,老百姓怪过意不去的……”

“第四条更邪乎! 说呀,看着我干什么? 看着调查组的同志说!”

“第四条么,我想想原话是怎么说的来着……噢,他说,劝贵党今后少谈点主义。老百姓从来不靠主义活着。过去穷苦农民跟着共产党打土豪也不是为了主义,是为了分田地。老百姓活得不好,这国家也没好。别把主义当成个玩不坏的玩意儿。还说,要是贵党非要谈主义不可,就多谈点和平主义,人道主义,只这两个主义如今还跟老百姓有点关系。如果打日本来了个天皇,或者打英国来了个女王,能比共产党早五十年使中国富起来,我姚守义就带头不跟着共产党信马克思主义,而要信天皇信的那个主义,信女王陛下信的那个主义了……”

“听听,听听……”

邢副厂长大摇其头。那样子仿佛会突然拍案而起,高叫“哎呀,怎么得了!”

姚守义当时是在主持会议的邢副厂长三番五次的督促之下才发言的。他的发言引起一阵阵笑声。群众代表们笑,党员笑,干部也笑。只他自己不笑。那天他本不想参加这种会,他原指定两名工人作为第二车间的代表。临到开会,他们推三拒四说什么也不肯扮演代表的角色了。

一个说:“整屁党啊,帮着党整了几次啦。整出点起色了么?还不是越整,党的形象在群众中越灰不溜秋的?”

另一个说:“就是!趁早甭走这过场,拉鸡巴倒吧!往后这种角色,抬举别人好啦。我们不想入党,也犯不着在整党运动中显积极!”

连续三年的红旗车间,没有个群众代表乐意参加整党座谈会,当然有损红旗车间的荣誉。没奈何,他只得自己挺身而出。他一向自称“党外布尔什维克”,非党群众也习惯了如此看待他,以车间主任的身份充当车间代表,似乎也合情顺理。

会开得是相当之沉闷。党员不发言,群众代表们也不发言。尤其那些都有点以权谋私损公肥己的把柄攥在群众手中的党员干部,一个个摆出预备挨整的惴惴然如坐针毡的模样。而作为代表不得不参加这种会的群众,则根本不想面对面地揭他们的底儿。

倒不是怕。一九八六年，群众什么话不敢说？是不屑于。一九八六年，被称作群众的最普通的中国人，似乎对什么事儿都不屑于了，评职称涨工资分房子之类的事儿例外。

用群众的话说："犯得着么？"

"犯得着么？"也成了姚守义的座右铭。许多看不惯听了引起某种冲动的事儿，克制着性情冷静地问问自己——犯得着犯不着？也就都不大犯得着了。这是一种修炼。一九八六年，聪明点的中国人，都挺自觉地朝此涅槃境界修炼着。入厂的头两年，他很不安分。供销科科长将十几立方米的一等木料以边角料的处理价格卖给某县县长，他提意见。可报复他的不是供销科长，供销科长"犯不着"报复他。是群众。群众心里有数，不久便会从那个县运来一卡车精米，每个职工都能不花钱分上三五十斤。至于供销科长分多少？厂里的其他头头脑脑分多少？群众不计较。当官的有份儿，群众也有份儿，就叫为群众谋福利。群众学乖了，学得实际了。不像前几年那么古板那么教条了。反对这种事儿，也许很有斗争性，但究竟能图着个啥呢？屌毛灰也图不着。冒犯了当官的，杜绝了群众的一次便宜，非但"犯不着"，简直"何苦来"嘛！当官的恼恨你，可能还讲个姿态讲个涵养，不显山不显水的，群众恼恨起一个人来，足以使一个人陷入灭顶之灾。

结果是他受到了一次警告：几乎全厂的人串通一气儿似的，见了他都佯佯不睬，以看一个"鸡奸犯"差不多的那种眼光乜斜他，三天内没一个人跟他说句话。以后他才领悟到，那不过是一次小小的温和的警告。

他三个晚上没睡好觉，彻夜反省。骂自己：活该！姚守义你他妈的以为你是谁？再有这种事儿你提意见你是全厂人的孙子！

他不是个傻瓜。一次小小的温和的警告，也使他学乖。北大荒返城知青那种愤世嫉俗敢于直言的勇气，他是从此鼓不起来了。

连严晓东那种当年揭竿而起二十余万返城待业知青大游行的发起者组织者，如今也常常在现实面前三六眼观英雄气短了，何况他姚守义哉？

半袋子精米扛回家，老父亲老母亲高兴得合不拢嘴。

母亲一把把抓起来细看，说："这米真好，这米真好。这是地道的'赛珍珠'，瞧着生的就想吃。"

父亲欣慰地瞅着他，教诲道："我在厂里干了一辈子，没分过什么。看来厂里现时是搞活了。哪个单位都讲搞活，不搞活还行？不搞活工人们肯正经干？你要不惜力气，对得起这厂。争取当上个锯工，那是技术工种！"

他苦笑着嘿嘿然而已。

母亲就用那精米做了顿米饭。的确好米，一粒粒闪耀着乳白色的光亮。他吃了两大碗，觉得从未吃过那么香的米饭。

学乖了，反而感到在厂里做人并非自己想象的那么难。只要不惜力气，闲事莫管，闲事莫问，奖金还是公道的。

邢副厂长二儿子要结婚，家里"住不开"了，得扩展出一间，是他带着几个工人去出的力，连小院儿也给重新围严加固了。剩下半方木料，邢副厂长老婆问："守义哎，这木料，我留儿根行不？我付钱，省得你为难，群众说闲话！"还煞有介事地掏钱包。

他一笑："干吗呀婶？你用得着，悄没声留下就是了呗。我不讲，鬼知道！"

第二天邢副厂长见了他，主动打招呼："小姚，局里总工会举办'青年工人谈理想'活动，优秀青年工人才有资格参加，我跟工会主席研究了，让你去。"

"我……"他受宠若惊，"我哪儿够得上优秀啊，再说也不能算青年了……"

"怎么不算青年？才三十来岁嘛！有外国电影看，还发纪念品,去吧!”邢副厂长亲热地在他肩上拍了一下……

那一年秋季,大白菜奇缺。外县农村,急木材厂工人阶级之所急,应诺了给几万斤大白菜。但得工人弟兄亲自到农民弟兄的菜地去收,不是按斤论价,是按亩优惠论价。比公价便宜二分多,并且是市场上根本买不到的一级菜。当然照例得用木材换。收菜不是好干的活。那一年天冷得早,收不完就有可能冻在地里,便宜事反而会变成吃亏的事儿。全厂人人都盼着过冬白菜早早运回来,却没谁自愿肯到农村去吃苦。

是他姚守义,动员了十几个青年工人,自告奋勇,承担了这项为全厂人谋福利的任务。在他,有点将功折罪的心理。他没忘上次分精米自己的“恶劣”表现。

一个星期后,“凯旋在子夜”。第二天,看到四卡车一级大白菜,人人喜悦。

“小姚,不负众望,不负众望啊!”

“守义,辛苦,辛苦!”

“嘻嘻,今年不愁过冬没菜吃了!”

群众从此彻底宽恕了他。

得意之余,他内心产生一种悲哀。原来这就是“群众的本色”!与在兵团的“群众”多么不相同!一九六六年到一九八六年,二十年间历史在他心中形成的“群众”始终伟大的概念,在那一天被他自己的新认识否定了。可是谁能不说,一九八六年,中国人最像中国人,中国的“群众”最像“群众”呢?他却没再进一步想想,兵团的“群众”,是无家庭儿女的姚守义们自己。

大白菜别人替他运到了家里,老父亲老母亲自然又是一番高兴。父亲的高兴比母亲的高兴多一重——还有人给运到了家里,证明儿子的人缘不错。

父亲对他又进行了一番谆谆教导:“往后替群众谋福利的事,

你要争着做！做这种事永远不吃亏，群众的心明镜似的，一件一件都给你记着呢！”

他仍只有嘿嘿然苦笑而已。

交换大白菜的一等木料，无疑是销在生产“合理耗损”账目上的。

不正之风所以没法儿杜绝，乃是因为不但掌权者边批边搞，还有着相当深厚相当广泛的群众基础。群众诅咒不正之风，可也唯恐共产党果真杜绝了不正之风。生活中的许多事情，前门行不通，后门也行不通的话，群众在许多方面更是走投无路的。所以还是开着前门留着后门好。前门开得大些，后门留得多些，一切事情想“搞活”差不离总能“搞活”。某些掌权者也掌握了这个规律，他们研究群众研究到家了，可以说是研究群众的专家。扔给群众一挂排骨，则自己扛走半扇公字号的猪也不打紧。他们不但不至于惹怒了群众，还将受到群众的拥戴。其实群众的本质就像小孩子。

姚守义悟出了这些道理，觉得自己成熟多了。

成熟了的姚守义也就更明白自己该怎么做人了。他嘲笑自己过去的幼稚和肤浅。

有些人一旦当上了模范和先进什么的，就被群众抛弃了，成了受气包。他可不是。他连续几年是先进生产者，人缘照样不错。倒没什么诀窍，不过受益于他做人的灵活性。今非昔比，观念更新，纲举目张。他自认为在做人方面的确是比过去灵活多了。他不像严晓东。严晓东是太舍不得改变过去那个自己。所以既无可奈之何地在变着，又变得挺痛苦，挺受罪。他可不依恋过去那个自己。要说半点不依恋，未免夸大其词，多多少少总还是有点依恋。过去那个自己在生活中时时处处模仿的是保尔·柯察金。过去的严晓东在这一点上与他相同。他们啊连打架也是保尔式的。能像保尔那么生活那么做人，固然不错。可在一九八六年，在中国，一个保尔能活得下去么？张海迪是有点保尔精神的。可保尔并不到处作报告啊！他在电视里听过张海迪的报告，很受感动。但后来她的报告作多了，他便怀疑她必定有几次是违心的，身不由己的。真是保尔呢？会违心的身不由己的任人支配到处去作报告么？足见最有资格做一个中国的保尔的人，归根结底也还是难以做成保尔。想通了这些，他苦笑着与过去的自己挥手告别。严晓东却是痴情郎似的与过去的自己藕断丝连，拉拉扯扯，幻想拥抱着过去的自己在现实中跳“双人舞”；又丧失了过去的自己敢于孤立地公然地向现实挑战的勇气，那哪儿成啊！

他当上第二车间主任后，把全车间人笼络得围着他团团转。另外三个车间主任背后说他天生的是刘备，善于摔孩子收买人心。话传到他耳朵，他微微一笑，心中骂道：“去你娘的腿！老子现世学的！”

车间有几个小青工是厂里的“刺头”，腰里横着扁担的货。第一天宣布了他当主任，第二天下班他就请那哥儿们几个大吃了一顿。整整一箱啤酒全开销了。桌面上，他双手抱拳，豪爽地说：“论年龄，你们全是我小老弟，我是你们大哥！往后你们受了什么委屈，大哥出头替你们打抱不平！可大哥这个主任，也得靠你们多多维持着，我是‘维持会长’。你们若不肯给大哥这个面子，大哥明天就向厂里声明，车间主任干不了！”

过后，一个月内，他与老婆曲秀娟，访遍了几个“刺头”的家。进门便说：“你嫂子非要让我领着认识认识你这位小老弟！”见了人家老人则说：“我是他大哥，往后少来不了。来了千万别把我当成他领导看待！我们弟兄在厂里处得比亲兄弟还亲，您老不信我走了问他！”

小曲明白自己应扮演什么角色起什么作用，话说得更其亲近：“你大哥不是块当官的料。有什么不够意思的地方你可得看嫂子面儿上多担待！别跟他治气。跟他治气他能活活把你气死。告诉嫂子，让嫂子调教他！”

这么一位车间主任人家还有不欢迎的么？两口子告辞，家家送出大老远。车间主任登门拜访，还拎着点心盒子，还当着自己父母的面与自己称兄道弟，几个小青工觉得“大哥”给他们脸上添光彩。“嫂子”隔三差五往车间通一次电话，不找“大哥”接，找“小老弟”们接。问从粮店买到了苞谷面，想不想吃贴饼子？还有四川辣味腐乳和虾酱。或者问想不想处个对象，一位姑娘二十三……

能不“大哥”长“大哥”短么？能不围着他团团转么？这一套严晓东也实行着。不过在他是主动，在严晓东是被动；在他是积极的，在严晓东是消极的；在他效果是有益的，在严晓东效果常常是愈加有害的；在他实质体现着一种获得，在严晓东实质体现着一种没完没了有去无还的给予。所谓灵性不同，玄化各异。

按说学乖了的姚守义，在整党期间似乎不该发那么一通尖酸刻薄的言论。但他那一通言论，当时让听的人并不觉得怎样的尖酸刻薄，甚至连讽刺挖苦的意味也没有。他当时那种诙谐的口吻，那种挺幽默的模样，抵消了他那通言论的分量。那更是一种调侃。而他当时认为，调侃对那种沉闷的会议气氛是必要的，当时的效果也的确证明是必要的。不是他的发言，一些人快睡着了。邢副厂长当时也笑了的，还启发众人道：“说嘛，党内党外，关上门，一家人。小姚的发言就又风趣又中肯嘛！”

他那通言论绝非信口开河，哗众取宠，语不惊人死不休。不，他在心里是寻思了半天的。他想，面对面的那些人，包括邢副厂长，已然摆出了等候挨“整”的嘴脸，自己的发言若真指名道姓，披私揭短，他们不恼恨死我姚守义才怪呢！和别的群众代表一样，呆呆相望锁唇舌，来个一声不吭吧，邢副厂长又在不停地怂恿他，而摆出等候挨“整”的嘴脸的那些人们，一个个显得那么不尴不尬的。

空对空不着边际地说几句冠冕堂皇的“很必要很及时”？别的群众代表会认为我姚守义不是来帮着“整”党的，是来帮着党走过场给党搭下台阶的，有讨好卖乖投机之嫌，也太孙子。想来想去，发言只能亦虚亦实，亦庄亦谐，亦尖锐亦轻松，“调笑令”为高。

人们笑过了，拍拍屁股一哄而散。几个人还对他说：“精彩！”“妙！”“糖衣炮弹。”“共产党下回整党，还请老兄多多关照。”

他也觉着自己的发言挺精彩挺妙。

一九八六年，老百姓或曰群众，谈论党，“调笑令”就不错了！白纸黑字写出来大煞风景，然而是真现实。

他哪里能预想到，自己有一天会成为厂长候选人呢？又哪里能预想到，邢副厂长会在调查组面前泡沫裹钉子奏他一本呢？

调查组组长最后对邢副厂长说：“我们回去如实向局党委汇报。今天这个会嘛，属于党内摸底，内外还是要有别。不许扩散。”

姚守义的话被第一车间主任老马一重复，完全走了“调笑令”的味儿，使调查组的人听来咬牙切齿有如“霹雳火”。

党内有党，党外有派。哪能不扩散？

一九八六年，中央政治局在什么地方开了一次什么什么会议，会上哪一位常委说了哪些话，都全国各地风传得有鼻子有眼，使人不由得不信呢！

首先就扩散到了姚守义耳朵里。

他不以为然，说：“把我的话反映到中央去我才满意呐。有时候还真想和党中央直接对上话呢！”他没把问题看得多严重，也并不认为邢副厂长心怀叵测。何况，他压根儿不想当厂长。一千六百多人的工厂，即使当上了厂长，孤独一枝，踢蹬得开吗？不用上边撤，三个月后自己就得识趣地滚下台。我姚守义可不是电视连续剧《新星》里那个李向南。他有自知之明，李向南他爸是干什么的？我爸是干什么的？

接着就扩散到了老厂长耳朵里。

下班走到厂门口，老厂长的三女儿秀红从传达室迈出来，拦住他说："我爸叫你到我家去一次。"

没结婚打了一次胎。秀红苍白的脸色尚未恢复原先的秀色和红润，在他面前显得有几分忸怩，似乎怪不好意思的。

"现在就去？"他怕在她家耽误久了，看不上《阿信》。

"嗯。"

"有事儿？"

"没事儿能打发我在厂门口堵你么？"她故作小女儿状地一笑。可能就是这小女儿状的勾人的笑，使她为邢副厂长的二儿子白怀四个月的胎也没做成媳妇。邢副厂长家却多出一间房子，公家还搭上一个班的人工和几方一等木料。

"什么事儿？"

"去了就知道了呗。我爸气坏了！"

"气坏了？为什么啊？"

"还不是为你！"

"为我？我没惹你爸生气啊！"

"为你，生别人的气！"

"生谁的气？"

"生邢大头的气！生马胖子的气！我爸说，要击鼓骂曹。"

"击鼓骂曹？！"

"嗯。骂邢大头个老狗！"

他暗暗捏着两把汗。怕她爸走火，今天伤了自己。

两人一接一递，说话的工夫，就到了她家。

厂一级的头们，住的都不是楼房，而是苏式平房。这一带原叫"莫斯科兵营"。当年苏联红军从佳木斯登岸，进攻日本关东军，帮着抗联光复了哈尔滨，一些尉校军官把妻小接来，曾在此居住过。

如今那些平房易了主人。它们却依然是本市房管局众多人垂涎的住宅。都有小花园,都是独家独户,室内举架要比新建楼房高两尺多,窗子都有美观的窗框,门前都有厚木台阶。近两年,又都接通了上下水道,煤气管道,安装了土暖气,冬暖夏凉。那些小花园里,到七八月份,散紫翻红,芬芳弥漫,绿荫遮阳。

老厂长家住的是尤其漂亮的一幢,尖顶宽檐。厂里上个月刚刚派人给粉刷过。外墙是米黄色的,门窗是深褐色的;雅淡而庄重,自成格调,美可入画。满院儿开着扫帚梅和夜来香。

进了院,秀红说:“这些花儿过几天全拔。”

他说:“开得多好啊,拔了可惜呀!院里没花儿太空落了。”

秀红说:“我爸要种草。老小孩心态,想一出是一出,谁敢反对?”

他跟在她身后脚步轻轻地走到她爸的房间门口。虽然来过她家两次了(一次是春节团拜,代表本车间的工人们来探望老厂长,一次是送老厂长住院),还是很有些拘谨,仿佛刘姥姥初入大观园。他觉得这里总有点不像一个真实的家庭,像舞台上设计体面的内景。

她爸——那干瘦的矮小的老头儿,跺一下脚全厂都会发生震动的人物,端端地坐在包皮椅子里,双手各抓着两个健身球,似乎无所事事地把玩着。说他是坐在包皮椅子“里”,不是“上”,是因为和他的身体相比,那包皮椅子显得巨大而沉重。

老头儿正盯着房门口,更准确地说,正盯着第二车间主任。无法指出姚守义和这看去行将就木但又很难死掉的老头儿究竟谁的目光先落在谁的身上。反正姚守义一看见他,他的目光已然盯住姚守义脸了。极其威严的目光。一个半大孩子的身体上长着一颗面容灰黄皱纹纵横的老人的头,令人感到古怪和畏惧。

姚守义觉得,这老头儿,也不像一个真实的人,像舞台上的模型。石头凿出来的或者铁水浇铸出来的，永远不会站起行动，只可能连同那巨大而沉重的包皮椅子一块儿倒下。

怎么这么一个干瘦的诸病缠身的老头，全厂就人人都怕他呢？他在木材厂这儿咳嗽一声，局里那些领导就都能听到似的异常重视呢？姚守义迟疑地站在门口望着他，心里却大不敬地寻思：我要是抓住他的裤腰带，一只手能不能不费劲儿地把他举过头顶？

“你进屋啊！”秀红推了他一下。

屋内铺着块羊剪绒的大地毯。他见秀红换上了拖鞋才走进屋，便也将自己干活穿的那双破皮鞋脱了。一股恶臭首先冲入他自己的鼻孔。他的脚气，每天一进自己的家门，第一件事儿是洗脚，否则老婆孩子都得捂鼻子。小曲下班比他早时，会预备一盆温水摆在门口。这儿可没谁知道他的惭愧，也就没有一盆温水预备在门口。

他真的有些不安了。不是因为老厂长，是因为自己的两只臭脚。趁臭味儿尚未大面积扩散，他进屋后先开了窗，接着开了电风扇。他做得随随便便，随随便便得近乎于大大咧咧，好像他是这家庭中受宠的一个女婿。

他没敢坐老厂长身旁那只沙发，坐老厂长对面摆在门口的一只油得可爱的小板凳上，这样可以将两只臭脚放在门外。其实他倒很想坐沙发，正如老厂长在家里愿意坐那包皮椅。

“你干吗坐这儿啊？”秀红奇怪地问。随即说：“那小凳不是坐人的，是我爸在院子里乘凉垫脚的。”

他说：“老厂长垫脚的，正适合我坐。”

“瞧你会说话劲儿的，怪不得我爸相中了你当接班人！”秀红哧哧笑了。

电风扇嗡嗡响，掩盖住了健身球发出的简单音响。

“什么味儿？……”老厂长吸了下鼻子。

“是有股味……”这个家庭的“三小姐”也吸了下鼻子。

“来时,街角有辆抽粪车掏公厕……”他平静地说,起身将电风扇扭至快挡。

“我怎么没看见?”“三小姐”在这类问题方面最讲认真二字。

“你没注意。”他十分肯定地说。

“怪啦!咱俩并肩走着,你看见了,我却没看见?”

“没看见的事物就不存在了么?你没看见,它也是在那儿散发着臭气!是客观第一?还是主观第一?……”老头儿一句是一句地说,仿佛老哲学教授在启发思维迟钝的学生。

“得了得了!哪儿对哪儿啊!……”“三小姐”嗤之以鼻。

姚守义赶紧表明立场:“老厂长说得对。客观是第一性的,永远是第一性的。比如那辆你没看见的抽粪车……”

“姚主任,没您这么拍马屁的。听着也太让人肉麻点了吧?……”“三小姐”那双细长的眼睛,黑眼珠朝上翻进三分之二,名符其实地白了他一眼。

他故作一怔,咧嘴佯笑,讪讪地答道:“我的好妹妹,你咋这么认为我呢?不等于也骂你爸了么?你爸他是那种喜欢被人拍马屁的领导么?……”

老厂长看看他,又看看自己的女儿,训斥:“这儿没你的事,你给‘继革’洗澡去!”

“三小姐”哼一声,快快地离开了。

老厂长研究一幅欣赏不了的现代派绘画似的,仍注视着他,不说话。

“三小姐”将一只大木盆放在走廊,一瓶“参液洗发精”放在盆边。他以为她不是给她二姐就是给她大姐的宝贝儿子洗澡,不料她却从自己屋里抱出一只花皮猫,杀生害命一般按在水中,还喃喃着:“‘继革’别怕,‘继革’别怕,阿姨慢慢洗,洗得干干净净才招人疼爱……”

从哪个辈分上论，她是它“阿姨”呢？他想笑。

“看着猫干什么？看着我！”老头儿终于又开口了。三分钟不“鸣”，一“鸣”惊人，气粗如吼。他没思想准备，吓了一跳。那么干瘦弱小的身体里，怎么蕴藏着这样充沛的底气呢？老头儿尽吃些啥补药？他好生奇怪。

“这猫的名字，起得挺……绝的啊！……”他说着也用研究的目光注视着老头儿。

“你不是党员？”

“对啊。不是。”

“你为什么不是？”

“这……党没批准过我……”

“哪个党？”

“中国共产党啊！……”

“我问哪个地方的党？！”

“就是……兵团，我们当年兵团那个地方的党……连队党支部呗！”

“这样的党支部该狠狠整！”

“是啊。整党么，狠点，比走过场强。不过也不能太狠了，太狠了逼出人命影响不好。当年我个人的努力不够……”他边说边细心观察老头儿脸上的表情，希望那张灰黄的皱纹纵横的脸起点变化，或者同意他的观点，或者反对他的观点。

那张核桃般的脸上毫无变化。老头儿仿佛当了一百年皇帝，被权力整个儿异化了，满脸写着威严。老头儿停止了把玩健身球的双手在自己膝上同时拍了一下。一对健身球滚落。

“可我一直以为你是个党员！”气不打一处来的语调。仿佛一向被他卑鄙地欺骗着，今日才水落石出，真相大白。

他的屁股离开小板凳，替老头儿捡起那对健身球，偷眼瞧瞧老头儿，老头儿咄咄地盯着他。他不敢还那对儿景泰蓝的健身球，只好暂时拿在自己手中，畏缩地又坐在小凳上，没忘了两只脚放在门外。

“老厂长，我……我可从没敢自己那么以为过呀！……”他发誓般地表白着。

“你奉劝敝党修改党章?!”

另一对健身球也滚落，有一个滚到老头儿的皮椅下，他只捡起了一个。

“我不过……给贵党提建议，在整党会上……会下我可没乱讲……”

“敝党！”

“对，敝党，敝党……”

“住口！只许我说敝党，不许你说敝党！”

“对，我说错了。我是应该说贵党的……”

“混账！”

“说贵党也不应该……说贵党是完全错误的。应该说我们的党，我们伟大光荣正确的党……”

这一二年他说“贵党”说惯了，顺嘴了，而且从没有人指责他不该这么说。连党员们也没对他进行过指责。他直到这时才明白，上午的会议内容不仅扩散到了他自己耳朵里，也扩散到了老头儿耳朵里。一个三七年的老党员，自尊心必定被大大伤害了。他欲解释，一时又不知从何解释。

“你瞧不起敝党是不是?!”

“不，不。瞧得起。很瞧得起……”

“敝党再不行，可把蒋介石赶到了台湾去！可统一了全中国！眼下在领导着全中国的改革！你小子有能耐，再创造一个党！敝党将全中国让给你的党领导！……”

“老厂长啊，您听我说，我有那么大的能耐么？我不是一个劲儿地向您认错嘛！……”他两手机械地运动着健身球，像是被老头儿逼着运动那玩意儿。

“你小子有什么资格奉劝敝党修改党章?！半心半意为人民服务？敝党引以为荣的就是全心全意四个字！半心半意！半心半意连国民党在台湾可能也会做得差不离！……”

电扇停了。他和老头子之间的空气不再涡旋。却谁的鼻孔都好像塞满了棉团，鼓了起来。在他手中运动着的健身球，发出清脆的音乐般的撞击声。

老头儿与他说过的“贵党”针锋相对，口口声声“敝党”，恶狠狠的谦逊。

“敝党创立六十余年，把全中国老百姓从苦海之中拯救了，有些人今天竟忘了本！身上的衣服还没干呢，转脸不认人，还要说：没把我帽子捞上来！……”

他耳听着，眼朝“三小姐”望着，盼她给“继革”洗完澡，能够注意到他用目光发出的求援信号——她明明说，她爸不是生他的气嘛！担心老头儿走火，老头儿果然向他开射排炮！

老头儿朝走廊大声嚷：“秀红，你说，你还相信不相信社会主义?!”

“三小姐”将“继革”从盆中拉出，用块浴巾给它揩毛，一边拖长了音调回答：“信——连咱家的猫都信——”

“听到了么?!”老头儿怒视着他。

“我也信……真的。我不信不是连只猫都不如了么？……”他嘟哝着回答。

“你信个屁!”

“老厂长，我哪能信个屁呢……”

"继革"突然从走廊蹿进屋,一纵,蹦到老头儿膝上,弓腰一抖,水珠溅了老头儿一脸。

"滚! ……"

姚守义如得到大赦令,站起来蹬上鞋就走了。

走到街上,他扑哧笑了。他倒不生老厂长的气,老厂长比自己的父亲年纪还大。莫说训一通,打也是打得的。自己那通话确实够让一位三七年入党的老党员气愤的。何况这位老党员一向抬举他,使他当上了车间主任,又极力推荐他当厂长。他感到好笑的是——老厂长的健身球被他带出来了。

老厂长是个挺可爱的老头儿。全厂人人都怕,人人也都觉得他还挺可爱。这年月,不可爱的领导干部,谁把你当回事儿? 玩蛋去! 表面把你当回事儿,背后照旧不尿你!

老厂长可爱有三:其一,不近女色。他这一辈子只与一个女人"染"过,那就是他老伴儿。她大概出于对他"忠贞不贰"的感激,又给他生了三个女人。他老伴儿的文化比他还低,最有把握绝不会认错的三个字是他的姓名。她每月亲自替他领工资,他的姓名写在第一号工资袋上。一回生,二回熟。他一定级就是十一级,一辈子没提过级,一辈子没涨过工资,一辈子没因此发过一句牢骚。在他,够花就行。而他时常以自己的情况天真地想:生活中花钱的方面原本是很少很少的。他老伴是他进城当了官后,特意回老家自己相中的一个山区女人。普遍的群众的观念在某些问题上是很"妈妈的"。他们赞美他这一点。好像他如果不是回老家去相中一个山区女人,在他们眼里他就会是一个王八蛋了。与他相比,邢副厂长就大大地吃亏。邢副厂长不过是位副处级的厂头,强调干部年轻化时选进班子的,这几年又不算很年轻的干部了。他爱人(他自己总这么叫,别人也就不好说他老婆)比他小八岁。问题倒不在于小几岁,老厂长的老伴还比老厂长小十二岁呢! 问题在于,光小八岁还倒罢了，居然是个市京剧团唱“花旦”的演员。如今早已丰腴得不好意思登台，只在后台给别人化化妆，但每天一清早立在自家院里吊嗓子，一吊吊半个多钟头，吊得左邻右舍不得安宁，人们送她个绰号叫“报晓鸡婆”。去年转到了厂里，在厂办当办事员。不久由办事员而秘书，由秘书到厂办主任。从此厂办屋里，杂牌香水味儿扑鼻，使人神晕智昏。群众说是“污染”。家里厂里，叫她丈夫，不管什么人在场，不管什么情况之下，都不按照中年女人们对丈夫的习惯叫“老邢”，而叫“邢副厂长——哎——”还“哎”，拖出甜腻腻酸溜溜行板的不正韵味儿。群众别提多受不了她这个！有天不知怎么心血来潮，到职工食堂帮厨。馒头一掀屉，蒸气混着香水味儿四溢八飘。案子师傅皱眉道：“嚯，今天大家准以为我是用香水和的面！”她却说：“那是我揉的馒头香。我往润手的奶液里兑了香精！”排在窗口外的小青工们，一窝蜂地抢着叫嚷：“我买她揉过的馒头！”“我买副厂长夫人的一对白馒头！”小青工们低级下流的隐喻之词，不知她真的不懂，还是装不懂，望着他们嘻嘻笑：“干吗非吃我揉的，不吃别人揉的啊？”

邢副厂长竟觉得他这位夫人替他增添了不少领导人的魅力。

老厂长的第二个可爱之处是——直来直去，心口如一，性格坦率。一次开全厂职工大会，邢副厂长请他讲几句。他没客气，一把抓过话筒说：“邢副厂长请我讲，我就讲。他不请我讲，我还是要讲。我今天只讲一种现象，攀比现象：工人和工人攀比，干部和干部攀比，工人和干部攀比。不比贡献，专比待遇。妈的腿比个什么劲儿？能比出公道来么？比出公道反而不公道啦！我三七年入党。我是十一级干部。全市有几个十一级干部？你们谁有资格和我比？老子当年拎着脑袋闹革命，如今就应该比别人特殊！这叫种瓜得瓜、种豆得豆！谁有意见顶屁用？白有！全厂要是只有一个工转干的名额，该谁？我有子女在厂里的话，该我的子女！谁的子女也甭跟老子争！争不过老子！邢副厂长，你心里和我攀比过没有？……”

邢副厂长立刻回答：“没有没有，您把我思想境界估计得太低了！”

“反正你也比别人高不到哪去！”他接着演说，“我当面问邢副厂长，是给大家举个例子。比方邢副厂长，副处级干部，八二年才入党。谁批准的？最后我批准的！邢副厂长他有资格与我攀比么？凭哪条？邢副厂长都没资格和我攀比，你们一般工人还攀比个什么劲儿？我今天讲这个问题，是因为我听到汇报，有人对厂里出工出料给我修房子有看法，犯自由主义！谁敢说不对？嗯？老子六十六了，不定哪天两腿一踹，吹灯拔蜡，给马克思喂马去了！喘口气儿没咽的时候修修房子，你们背后瞎嘀咕！妈的有点人道主义么？……”

会后，群众都说老厂长讲得明白。从来没讲得这么明白过，道理摆到家了，不来虚的，尽讲实的。有的还说，共产党的干部，全像老厂长这么个讲法，服！将人心比己心，细想想，可不讲得正确么！让人不服的，是那些不讲真话的人！群众面前说得天高海深，背着群众尽不办人事儿！吃着公家香的，喝着公家辣的，还说清廉话，谁服啊！

对他搞特殊化极有意见的人，听了他的演讲后似乎都没意见了。似乎都因为自己胡乱搅而觉得内疚了。并且似乎那以后，倔老头儿的威望还匪夷所思地提高了一大块。落了个“实在”！普遍的群众的通情达理，更多的时候是相当值得表扬的。

老头儿的第三可爱之处，是“泰山石敢当”的那股子倔劲。“清除精神污染”仿佛肯定要形成一场全国性的大运动的日子里，邢副厂长在党委会上建议：“市委门前贴出了通告，在市委工作的女同志不得留披肩发，不得穿半寸以上高跟鞋，不得穿无袖上衣和短裙子……”

不待邢副厂长把话说完，老头儿一拍桌子：“好！好得很！市委嘛，严肃的机关，不能学资产阶级的样儿！要那些个自由的，别在市委工作！……”

邢副厂长趁热打铁：“那，您看咱们厂是不是……也照此办理呢？市委作了榜样，咱们不能不紧跟啊！”

老头儿又拍了一下桌子：“照此办理！照此办理！只要市委做得对，我们就照市委的办！派个人到市委去抄一下那通告，标点符号也不许差！”

邢副厂长商量地说：“恐怕还是得有几个字的区别。市委二字就得改成木材厂啊！”

于是木材厂的大门上，第二天也贴出了一份通告。全厂男女青工对它充满义愤，纠集起三十多人，闯进党委要自由。邢副厂长受到围攻，穷于招架的关键时刻，老头儿闻讯拄着手杖从家里赶来了。

“吵吵嚷嚷的干什么？”老头儿用手杖一个个指点着他们，“谁要自由？冲我要！”

还真没人敢冲他要自由。

“都不要啦？都不要干活去！八小时以外，法律条文以内，就是我给你们的自由！还想多要，半点不给！”

小青工们敢怒不敢言，悻悻地却又乖乖地散了，干活儿去了。

老头儿瞧了狼狈之极的邢副厂长一眼，打鼻孔里重重地哼出一声。那意思是：真没用！

邢副厂长恭恭敬敬地将他送出党委办公室，望着他拄手杖从容不迫地下楼去，只有在心中暗骂那帮小青工贱骨头的份儿。

后来，“清除精神污染”并没有形成大运动。旋风卷过，邢副厂长听说市委将门前的通告揭掉了，他又“照此办理”，明智地派人将贴在厂大门上的通告不张不扬地也揭掉了。

老头儿得知，暴跳如雷，大骂邢副厂长“跟屁虫”。

他怒勃勃气冲冲拄着手杖赶到厂里，从收发室搬出把椅子，堂堂正正摆在大门口，监斩官镇法场似的，铁青着核桃脸，双手按膝，分腿而坐。那情形，一夫当关，万夫莫开。手杖靠椅而立，宛如尚方宝剑在此。

他用手杖指点着，将几十名或留长发或穿高跟鞋的男女青工拦在厂外。而后，吩咐传达召来了安全员，全然不动声色地说：“从今天起，给他们重上安全条例课，考试。及格的，可以上班。不及格的，补考。补考三次还不及格，列份名单，亲自交给我。上课期间，工资扣一半儿，本月奖金全扣。听明白了？”

安全员诺诺连声。

又问那些小青工：“你们听明白了？”

他们都仰脸儿望天，没一个人回答。

他的脾气倒显得无比的好，仍全然不动声色地说：“听明白了我的话的，就进来，跟安全员走。没听明白的，我也不重复。回家去，别在这儿聚着碍我眼。”

一个个地、闷声不响地从他身边儿溜入厂门，低眉顺眼地跟着安全员去上安全条例课。

接着，他又吩咐传达室的将邢副厂长的老婆召了来，就一动不动正襟危坐在那里向她下达指示：“我说一句，你记一句：本厂特殊通告——1. 凡本厂车间女工，发长不得过耳。入厂必戴工作帽。2. 凡本厂车间女工，不得穿任何高跟鞋入厂，尤其不得穿任何高跟鞋入车间。违犯者，严重警告一次。严重警告两次而仍违犯者，开除厂籍，留厂察看。3. 凡本厂男工……”

“坡底儿鞋也不许么？”厂办主任低声问。

“什么叫坡底儿？我不懂！”他用手杖指着她鞋说，“你穿这种，就不许！厂里发的工作鞋都扔了？卖给收破烂儿的了？”

…………

通告又出现在厂大门上。不是纸的，是木板的。一行行小楷字，火烫的。旁边另一块同样大小的木板，火烫的小楷字记录着本厂历史上最惨重的事故：因长发被锯床绞入死了的，因裙角被传送带剐住丧失了一条腿的，因高跟鞋蹬跳板摔坏了大脑神经的……

两块木板至今仍挂在厂大门上，火烫的字风雨难蚀。

他在党委会上拍着桌子指着邢副厂长的鼻子吼：“我的话说得明明白白，市委做得对，我们才照它的办！是市委直接管着这个厂？还是我们管着这个厂？干吗有权不行使，非当跟屁虫?！……”

老头儿原先在厂里有个绰号——“三爷”。这绰号挺准确。后来大伙不叫他“三爷”了，而叫“左爷”，也挺准确。时代淘汰着许多东西。绰号之被淘汰更新自然难免，符合规律。老头儿不在乎。“三爷”也罢，“左爷”也罢，都有个“爷”字，都包含着敬畏。“左”到令人敬畏，那总算“左”得值当。何况“大伙儿”是个笼统量词，大多数，许多，并非全体。

有人认为，“左”者都像老头儿那么个“左”法，倒也“左”得可爱，“左”得表里如一，“左”到了份儿上。谁都知道他“左”，他的“左”就无须提防。无须提防便不怎样可怕。

也有人认为，老头儿不“左”。老头儿自己从不想“左”也从不想“右”。老头儿根本不考虑什么“左”啦“右”啦的。他自有他的道理：“什么‘左’啦‘右’啦的！‘左’怎么啦？‘右’怎么啦？好比江中一条船，谁摇橹谁都得一左一右地晃橹把，船才行着。我是坐社会主义这条船的，不是特等舱，也是头等舱。管那么多干什么！反正让我知道船行着，我心里就踏实了！左就左会儿，右就右会儿嘛！……”

姚守义挺同意后者们对老头儿的看法。也挺同意老头儿的“左右观”。并且有着比老头儿更超脱点似乎就更深刻点儿的看法。五十年代,政治在中国人中划了一道严峻的白线,结果是产生了二百来万“右派”。当时洋洋五亿之众的人口,二百来万不算多,所以叫做“一小撮”。“文化大革命”,政治又将那道白线重重地涂了一次,结果是几乎每一条街道都有某些个家庭的某些个人因某种政治罪名被划到了白线右边儿,很不算少,但还是叫做“一小撮”。中国人的恐“右”心理是有历史缘故的,因而中国人的本能的自卫经验是“宁左勿右”。“左”在中国人的观念中,向来是跟“革命”连一起的。过“左”无非是太“革命”的意思。仅仅由于害怕被政治划到“右”边去,太“革命”的人便自然而然多起来。一旦被那道严峻的白线划到右边去,下场大抵也够悲惨。吸取经验教训的人便自然而然多起来。“宁左勿右”便成了中国人的保身哲言。一代人告诫另一代人,教会另一代人。八十年代,中国人痛定思痛,对历史“反戈一击”,批“左”恨“左”声讨“左”笔伐“左”更是自然而然的。在这么一种历史趋势之下,“左”虽仍不失为保身哲言,但在大多数人中臭了起来。如过街老鼠,没到人人喊打的绝境,也可以说到了人人鄙弃的地步。中国人又自然而然地由一向的恐“右”转变为过于敏感的恐“左”了。恐“右”是社会的病态现象;恐“左”也是社会的病态现象。正如血压高血压低都是病一样。而“左”与“右”,大抵又体现在官场的权力角逐方面,或曰“路线之争”。而一般老百姓眼中心里,没那么多“左”也没那么多“右”,更普遍区分的还属是非问题。老厂长维护本厂通告“立而不废”这件事,曾被他用手杖挡在厂门外的那帮男女小青工背地里咒骂他“左癫疯”。邢副厂长竟也每天站立在柞木烫字的两块牌子前,作出思想开明受到极“左”压制而无可奈何的苦笑,借机向人们表现他的心是与极“左”分道扬镳的,就真是有点他妈的了。偏偏他周围还有些人专门为他的虚伪捧场。

“邢副厂长,有何感想啊?”他们巧妙地为他提示进一步表现的铺垫台词。

“唉! ……”他撇撇嘴,摇摇头,耸耸肩。似乎内心曲衷尽在一个“唉”字。

这样恰到好处。再多表现,就“过戏了”。他深谙分寸的艺术。

还有些人,明明是赞同老厂长的,却非要说些不赞同的话:

“什么年代了啊,还左一条右一条限制青年们的自由?”

“就是。解放前这个厂的资本家也没立过这么多条规矩啊!”

“这老头儿的‘左’那是没治的,天皇老子也管不了。让他带着花岗岩头脑给马克思喂马去吧,看马克思欢迎他不!”

他们的自我证明,基于做人的非常可怜的投机心理——仅为博得男女小青工们的好感,便心满意足了。

八十年代,什么都分档次,投机也分。

姚守义尽管变得圆通了,但这太可怜太低下的投机,他还是不屑于为之的。他厌恶那些人如同厌恶活跃在他脚趾缝中的霉菌和散发着难闻臭味的污垢。他常常需要十分努力才能掩饰起对那些人的厌恶。八十年代,那些人是愈来愈多了。厌恶他们,也得和他们在同一片蓝天下活着,朝夕相处。他们包围着你,一重又一重。你觉得他们口中呼出的气都是令人作呕的。但你得习惯,你不习惯,则不是他们的错,是你的错。他们因为众多,一个个便不觉得自己羞耻,更不认为自己可怜。他们因为众多,则似乎就有权讥笑你的公正心,显得可怜的倒反而是你自己。“人都是自私的”,投机也便有了哲学方面的托词。所以你的公正心,在他们看来,与他们一样,也是一种自我证明自我表现。谁会相信你那自我证明自我表现之目的,没掺杂着什么不可告人的成分呢?

姚守义从来不敢轻易表现自己良心中那点儿公正。因为他感到许多人希望将磊落与卑鄙,崇高与低下,坦白与虚伪,无私与有私放在中国的现实生活这口千年老汤起沫冒泡的大锅里一块儿煮,还要指着蒸蒸沸气理直气壮地说:“你闻闻,不都一个味儿么?”

叫你怎样回答?

他时常难免颓唐地想:妈的,这时代对于人的卑鄙、低下、虚伪、自私和种种的投机心理,太他妈的容忍了吧!就算同属表现吧,中国人总该努力表现好的方面啊!

一天,不知是谁,将一只死鸡倒挂在那块柞木烫字的木板上。许多人围着瞧,许多人传递着会意的笑。都在以表情和一句比一句放肆的言语证明自己对于“左”之受到作践格外开心。

他气愤不过,强压住火不说什么,默默将死鸡摘下,像抡链球似的,抛往路对面的垃圾堆。

大概他当时的脸色十分可怕,谁都不吱声儿。过后他知道,有些人骂他:“‘左爷’没儿子,这回准有干儿子可认了。”

他本想找那些家伙打一架,满厂绕着找了一圈儿,没找到。没找到,气也消了。“犯得着么?”——这种处世哲学安慰了他。

技术科新分来一个大专毕业生,据说很有点儿新思想。厂里的一伙儿小青工,将那小子尊为“精神领袖”。连本车间的几个“小老弟”,午休也开始往木料仓库去,那儿是“新思想”的讲坛。接受了几次“新思想”的熏陶,“小老弟”们变得“深沉”起来,动辄开口道:“‘眼镜’认为……”或者“这个疑问得去请教‘眼镜’……”

怎么样个人物会有如此的魅力?他也希望接受接受“新思想”的洗礼,就也到木料仓库去了一次。蹲在一个角落,一边吃饭,一边侧耳聆听那“新思想”的布道者一套儿一套儿的“新思想”。

“‘人不为己,天诛地灭’。为什么这话流传千年?因为是哲学!孕妇肚子里的胎儿都是自私的。孕妇吃了胎儿不愿吸收的食物,胎儿就给孕妇来了个让你呕吐!才不管妈不妈的呢!……”

众人哄笑。

他也默默地笑了。深入浅出,这是讲道理的学问。他自己这门儿学问不太行。

“自私是一种权利。至高无上!我就自私,这没什么可耻的。为了我的利益,拿别人脑袋换一支香烟,我不会犹豫的!别人也可以这样对待我嘛!别人也有同样的权利嘛!社会这样朝前发展,弱者就渐渐被淘汰光了!你保不住你的脑袋,你活该!你被淘汰天经地义!这样人种就强化了!必将达到一个强者的未来。那才真正是人类的理想王国!……”

这话使他听了很逆耳。侃侃的语调充满着毛骨悚然的冷酷。人类的未来假如是那么一幅图画,他真有点为自己的子孙后代担忧。拿别人的脑袋换一支香烟若是权利,而且至高无上,人吃人不是也没什么了么?

妈的,怎么这样的些个人都那么恬不知耻地坦率呢?他又有点想不明白了。妈的!时代确实变了,恬不知耻的人变得如此坦率,还保留着点羞耻心的人大抵又变得虚虚伪伪暧暧昧昧!

“那……人也不一定全都是自私的吧?比如……比如江姐、许云峰、黄继光、董存瑞……这些英雄?怎么说?……”

一个声音,犹犹豫豫的,吞吞吐吐的,缺乏自信的,不好意思地提出异议。

他停止吃饭,抬头朝“精神领袖”望去。望不见“领袖”的脸,“领袖”的脸被众多“信徒”的后脑勺包围着。

“哈……”嘲讽的一声,显然是“领袖”发出的。“哈,我猜到你们有人准会提这类愚不可及的问题!你看过《红岩》?”

“没,没看过……”

“看过就大大方方地承认看过嘛,别不好意思!”

仿佛《红岩》是黄色手抄本。

“没看过,真的！前几天,电视播过一次《在烈火中永生》……”

很惭愧的“招供”。

“有三个台可以选择嘛！也可以关了嘛！没人非逼着你看。证明你还是自己愿意看。”

类乎审讯的口吻步步紧逼。

“这……”

一个“这”字,不但惭愧,简直包含着耻辱了。

“这什么这！哥儿们,你不是还对我说,感动得流眼泪了吗?你说没说?说没说?”

别个“信徒”的从旁揭发,又引起一阵哄笑,一阵揶揄。

“小子,脸红什么?”

“精神焕发!”

“怎么又黄啦?”

“防冷涂的蜡!”

“你们干吗挤对我啊！我不过就是看了《在烈火中永生》,又不是调戏妇女！操,这也丢人现眼啦?……”

嘟嘟哝哝的,是自我辩护,已然觉得耻辱了,听来勇气很不充足。

“算不上丢人现眼,却也够幼稚得可怜了！你泪腺就那么发达?”“领袖”又开尊口了。“领袖”一开口,众人肃静。

“许云峰、江姐、一切一切的所谓英雄,统统不过是另一类自私自利者。”“所谓”说得十分重,咬出特别强调的意味。口吻相当轻佻,亦相当权威。只有将人生真谛“吃”得透透了的大思想家,对一群愚昧之徒进行启蒙时才可能是那种口吻。自信得如同上帝,仁爱得如同上帝在拯救不开窍的灵魂。那种口吻使人听来大慈大悲。

木料仓库比教堂还静,一堆堆木料似乎都在听。

“你们想一想，许云峰有妻子儿女没有？肯定有。江姐有丈夫没有？有的。书也罢，电影也罢，反正是同一个人。叫彭松涛嘛！还有个儿子，别人代养着。可他们置夫妻儿女于不顾，宁愿去死。图的什么？世上有无所图的行为么？绝对没有！他们图名节，图流芳千古，图成为英雄，图被后人敬仰。说白了不就这么回事儿吗？我们后人被他们感动了。为他们的壮烈牺牲流泪了，还要纪念他们，缅怀他们。他们图的就是这个！他们那么一种人，活着所追求的就是有机会壮烈一死！人固有一死嘛！人过留名，雁过留声。他们的信仰归根结底也是个人主义的嘛！充其量是个人英雄主义的嘛！死，完成了他们那种人的精神追求。给他们带来满足，带来快感。要不怎么叫从容就义，笑赴刑场呢？他们那儿满足了，体验到心理快感了，从容就义，笑赴刑场。您哥儿们今天为他们落泪，您不是大傻帽儿嘛！他们为了实现他们的追求，使他们的亲人悲痛万分而心肠如铁。这是一种异化了的自私，更冷酷无情的自私，更深刻的自私。还不如甫志高呢！甫志高还有点人情味儿呢！甫志高为什么叛变？因为他想到了他妻子！甫志高被捕时不是说了句‘她什么也不知道’么？这是很感动人的！甫志高不值得同情？他是一个悲剧。您许云峰您江姐身上体现的是人自私本质的一方面。我甫志高身上体现的不过是另一面。都是自私，分什么叛徒和烈士？这种观念上的分法儿公平么？不肤浅么？《红岩》我在学校读过。不都说是本使人感动的好书么？那么我就研究研究。我与别人读得不一样，我是边读边思考。你们觉得我的许多见解不凡，为什么？因为我习惯善于对许多事件独立的深入的思考。来支烟……”

好几个人掏出烟，朝一个闪耀着“新思想”光芒的方位扔过去，整个仓库都仿佛被一种“新思想”的光芒普照，气氛是那么的肃穆。

“这烟味不正。对不起了啊，我换一支吸。‘三五’的，哪位哥儿们这么慷慨？还是‘三五’吸着来劲儿！中国那么多制烟厂，就是生产不出抵得上‘三五’的烟！……接着刚才的话说。打个比方，给你们侃侃《西游记》！比方许云峰江姐是唐僧，甫志高是猪八戒。你们别笑！《西游记》我也研究过。没思考成熟的见解我不与人谈，深刻的思想首先是成熟的思想。您唐僧，一门儿心思取经，一门心思修成正果，历尽千辛万苦，遭遇九九八十一难，那是您所要达到的个人目的，那是您的活法，那是您的人生观，您对生命价值的一种选择。我猪八戒不是您唐僧。我要回高老庄做高员外的女婿，我追求的是人世间的享乐，我追求的是女人。有个外国老头儿去看病，他说：‘医生，你得给我想个办法，我已经一百岁了，可是还在追女人。’医生说：‘那有什么不好，为什么要我帮忙？’外国老头说：‘因为我在追女人的时候，已经想不起为什么要追她们了。’这叫人性，男人的人性。记者问美国总统卡特：‘总统先生，您见了漂亮的女人时会作何想法？’卡特回答：‘什么想法都产生过，有时甚至产生强暴她们的念头。’哪个男人对漂亮的女人没产生过强奸的念头？这不是男人不好。谁叫有些女人长得那么漂亮呢？你漂亮，我就想强奸你。不是我获得了强奸你的快感，就是你加给我强奸不了你的痛苦。在这一点上，倒是女人们应该开明点，与传统观念彻底决裂。接回来说，猪八戒追求的是女人。您唐僧心归正本，绝了七情六欲。您是个人，不想当人。我猪八戒有我的活法。有我的人生观。有我对生命价值的另一种选择。人活一世，谁比谁活得崇高啊？欺人之谈么！可惜猪八戒后来还是被正统思想牵制着，妥协了。猪八戒也是个悲剧。这就是《西游记》的局限性。越是名著，往往局限性越严重。有一个时期，我还想给《西游记》补续呢！可惜没工夫。我还不那么打算出名。现在这年龄，正是玩乐的年龄。享受享受青春，你们说对不对？烟灭了，谁有火？……”

“我有火！”姚守义大声回答。

第二车间主任屈尊移趾，他来到这个“新思想”的布道场，怀着对一位大专生的十二万分的羡慕和敬意，躲在一个不被注意的角落，一边吃饭一边听，听的却是一大套使他七窍生烟的高明的胡说八道！

他心里的火压不住！

妈的你小子不想当英雄也罢了。和平年代，想当英雄也没那么多机会那么多条件。你不该信口雌黄作践英雄！更不该作践死去了的英雄！妈的老百姓说法你小子这叫鞭尸！

姚守义是共和国的一代长子中“正统”思想基础最松散的一个。因为“正统”从来也没把他当成怎么回事儿。“正统”曾赏赐给这一代人的那种种嘉奖，他所得到的太少了。“努力争取”了十一年，直至他灰心丧气，不懂再如何“努力”如何“争取”的时候，“正统”才丢给了他一枚团徽。就好像当妈的随手丢给对她的感情变得淡漠了的孩子一块糖盒里遗留下来的难以剥下糖纸的糖。那是大返城前几个月的幸运。“趁团支部还起作用，咱们拉守义一把，让他入了团吧！”完全是几个团员知青出于义气，他才最后一批“单崩楞”地入了团。

“正统”思想之对于姚守义，诚如旧童装之对于长大了的少女。她们保存它们乃是保存自己的一部分。她们有时容忍不了别人将它们贬为“过时货”，乃是因为她们穿着它们确曾显得可爱过。时代之所以是延续的，正由于只能在一代人的内心里结束。而历史告诉我们，这个过程远比核桃干了的时间要长。

姚守义是返城知青中最明智地向生活进行主动的协商，最善于同生活“和平共处”的一个，是最早学得世故起来和圆熟起来的一个，也是最早从身上血淋淋地撕下愤世嫉俗的一层皮的一个。他原谅自己有时变成滑头，但他绝不允许自己变成恶棍。他可以做到不与滑头哲学争辩，但他毕竟还没修行到容忍恶棍理论的

“超境”。

他端着饭盒,大步走向“新思想”的“精神领袖”。

“没想到主任也光临了,惭愧惭愧。我若瞧见您,就请您坐我对面了!”“领袖”颇感意外地说。

众人对他的突然出现不无诧异。

“你不是讨火吗?”他走到“精神领袖”跟前,将剩的半饭盒米饭扣在对方头上。扔了饭盒,双手按住对方的头,洗毛皮领子似的,就往对方头发里揉搓大米饭。烧茄子的油汤从对方头上往下流,糊住了眼镜片,一双别人称之为“深奥”的眼睛鼠目寸光了。

“再说给我听,许云峰是自私的么?江姐是自私的么?黄继光董存瑞是自私的么?!说!……”

他双手扼住了对方的脖子。

对方的脸憋得绛紫,连气儿都喘不过来,哪里说得出什么话!

“说啊!……”

他手劲失了控制,对方翻白眼了。

“大哥!大哥你干什么你?……”

“大哥!你掐着人家脖子呢,人家能说出话么!”

“大哥,你怎么能这样你!……”

本车间那几个“小老弟”,惊慌失措地围着劝解。

“你们别管我,我掐死他。他那通狗屁脏了我耳朵!洗不干净了!……”

“大哥,人家那也是一种观点,言论自由,你别胡来啊!你不爱听可以和人家辩论嘛!……”

“我辩论不过他。我非掐死他不可。掐死他我得到快感,我非要得到这点快感不可!……”

没人拉扯着,没人掰他的手,他真会掐死对方的。

好皮肤的女性般白皙的一段可爱的脖子,终于从他那双铁钳般的手中拯救出来了。“领袖”业已奄奄一息,被人扶放着平躺在地上,半天才缓过口气儿。

众人望着他们自己尊敬的“领袖”,一个个表情愠怒。这简直是肆无忌惮的暴行嘛！而且他是位主任啊！

他才不理睬他们愠怒不愠怒。他一旦怒了,眼里没有别人。他想:今天我姚守义不发怒,往后哪个流氓歹徒当着我面强奸幼女我也会变得麻木不仁无动于衷了！

他从地上抓起一片烧茄子,塞进了“领袖”口中。

“领袖”含着烧茄子,不敢吐出,不敢动。油汤糊住的两只镜片,像一双因恐惧而扩散的眸子。镜片后那双“深奥”的眼睛还深奥不深奥,可就没谁知道了。

“批判的武器”永远抵不过“武器的批判”。

“新思想”哪怕是“新”而又“新”的思想,用焖得不软不硬的米饭和烧得油腻腻的茄子,照此办理,也就失去启蒙的力量了。

众人愠怒地站着,没人瞧他,都瞧着他们的“精神领袖”。他们希望,他们的“领袖”缓过气儿一跃而起,操件什么家伙与姚守义拼命。“领袖”换了他们中的任何一个,不与姚守义拼个你死我活才怪呢！明知拼不过也得拼,也该拼。具有思想力量的人应是“士”,“士可杀而不可辱”啊！

然而他们的“领袖”使他们大大失望。他就那么躺着,仿佛打定主意一辈子不动一辈子不爬起来了。他连个人多少总该有那么一点点的血性都没有。爬起来呀！爬起来跟我打一架呀！姚守义低头瞧着他,你得证明你是个男的呀！

他想象得到,只要对方爬起来与他拼,必定会有几个人也对自己开打。他做好了寡不敌众,被打得鼻青脸肿的精神准备。虽然他不是“精神领袖”,但毕竟有精神,便知道准备。

可“领袖”就是口含着烧茄子不动。

这小子是吃什么样的女人的奶长大的呢？他想不通了。妈的打算像一条恶狼似的活着，骨子里却又是只兔子！这样的小子这二年多起来了。你惧着他，他真能玩闹似的就拿你的脑袋去换一支香烟啊。你蔑视他，他可以装你孙子！

姚守义看出来了，他不离开，那位"领袖"是没胆量吐出烧茄子爬起的。而剑拔弩张一触即发的严峻包围着他。

他瞧了一眼手表，厉声道："还差五分钟上班了，都给我滚！"话一说完，抬腿往外便走。打死了"镇关西"的鲁提辖，就是他那么样从状元桥头脱身的。

幸而本车间那几位"小老弟"挺照顾他的脸面，一个个默默地顺从地跟将出来，别的些按捺着愤愤不平的才没敢跟他"炸刺儿"……

第二天，一个话儿在全厂流传——姚守义要入党了。

几个"小老弟"郑郑重重地问他："大哥，你是不是要入党？"

他听了奇怪，郑郑重重地反问："入党怎样？不入党又怎样？"

"挑明了，你要入党，先跟哥儿几个打声招呼！"

"对，还是先打声招呼好。我们不跟'共党分子'交往！"

"免得我们不认你这位大哥时，你心里还不晓得哪儿得罪了我们！".

他一一注视着他们，半晌没吭声。那时那刻，他才真正认识到自己这个车间主任实际上当得有多么难！

"我连申请书都没写过，入什么党？"

"你不想入党，昨天为什么那样对待'眼镜'？"

哪儿跟哪儿呀！扯不上边儿么！过后寻思，又觉得他们问得是有道理的。车间里有个老工人，每天早来晚去的，打扫车间，检查车床电路，他们也这么对他说："好好表现吧您哪，争取退休前混入党内！"他心里最清楚，老工人压根儿没想入党。二十几年养成的自觉习惯。他们认为，只有“共党分子”或企图怀着某种利益动机“混”入“共党”的人，才容不得“眼镜”那套叛逆性的“观点”。而任何叛逆性的“观点”，对他们都有着吸引力。

他苦笑了，回答他们：“好，我想入党的时候，保证先跟你们打招呼。现在我还没想呢，就还是你们大哥！”

而他那位退了休的老父亲，却对他入不入党十分在乎。

“当个车间主任，连个党员都不是，别人不说，你自己觉得配么？赶紧的给老子争取入党，要不你这主任当得名不正言不顺！……”

老父亲三天一遍心病似的叨叨，常常使他起烦。

…………

被老厂长狗血喷头地骂了一通的姚守义，一边沮丧地往家走，一边胡思乱想。由这儿想到那儿，由那儿想到这儿，“意识流”，没个条理。许多事儿，不想则已，一想，徒增不快。

走到离家门不远处，母亲在门口望见他，大声嚷：“还不赶紧走几步！小曲把饭菜摆上了桌儿，等你有工夫啦！”

一辆自行车，连铃也不按，擦身骑过，猛地刹住在他前边，挡住他的路。

又是秀红，两手扶着车把，裙子底下跨出一条穿着透明丝袜的长腿，高跟鞋鞋尖点地，瞪着他不说话。

“噢，你爸的健身球……”

三个景泰蓝的好看的球仍拿在他手中。他向她递过去。

她不接，冷冷地问：“你想把老头子气死呀？”

“在你家我气他了么？你听着的啊！”

“那他没发话让你走，你怎么就扬扬长长地走了？”

“是他骂了我一声‘滚’，我才敢走的么！我不滚，有挨骂的瘾啊？”

“他是骂猫。”

“骂猫？……”

什么事儿呢！

“你跟我回去！”

“我……不回去了。”

“你敢？你敢，我就如实禀报。老头子逼我追你的！”

“那……我吃完饭再去你家……”

“老头子也还没吃饭呢，被你气得躺在沙发上哆嗦！”

母亲望着他们，又嚷：“秀红，有话家来说呗！”

“我爸找守义哥有事儿！他不去！”

恶人先告状！要不是她降下十一级干部女儿的身份怪近便地称他“守义哥”，他就真给她来个不去了！

“你快给我去！站当街跟秀红磨什么牙！”

母亲在家门口训斥他。

“你爸不至于咬我几口吧？”

“那谁知道！”

“我说‘贵党’没什么讽刺的意思，你得帮我解释解释啊。”

“他生气不光为这个。我们姐几个，当着他面儿也‘贵党’长‘贵党’短，他还不是装聋作哑听着！归根到底他是生邢大头马胖子他们的气！”

姚守义没法儿，只好返身跟秀红往回走。

“我带着你快点，这会儿工夫兴许老头子就犯了心脏病呢！”

一进客厅，见老头儿果然躺在沙发上，一只枯手上下抚胸口。

他满脸堆下晚辈诚惶诚恐的笑模样，乖巧而恭敬地说：“老厂长，误会了。天大的误会。我以为您让我滚呢，没成想您骂猫。秀红一跟我讲明白了，我没二话就往回跑……”

“哎，你这人，我白驮着你一百多斤啦？”

秀红不够意思地揭发他的谎言。

“我找你来，是要说真话。你呢，一句一个谎，伤我的心……”

老头儿悲哀地抬手指指他的皮包椅。

秀红扶起老头儿，一边往皮包椅那儿搀，一边用十分孝敬的语调说：“爸，您别生气，气坏了身体自己不划算。我这不是又把他拎回来了么！有多少气您都冲他撒。撒够了，心情就好了。”还转脸问他，“你回来是不是就为了让我爸撒撒气？”

“是，是的。”他诺诺地回答，恨死她了。

老头儿坐定于包皮椅里，也不再用皇上盯着下臣那种威严的目光盯着他了，垂落松弛的眼皮，说：“姚主任，你，你给我在沙发上坐下……有点……耐心……别急着走……”声音嗄哑了，语调低缓了。

姚守义顿时对老头儿充满了同情。不，简直充满了怜悯。那么大岁数了，那么多病，离休了，还念念不忘自己是十一级干部，念念不忘曾经是一厂之主。还为谁继自己之后当厂长操心，大概还为自己死了木材厂还能否存在操心。

活得不容易啊。活得累啊。谁这么活着，肯定都是要折寿的！

“好，好。我坐，我耐心。我不急着走……您心里有什么火，只管朝我发……”他嘟哝着，在老头儿对面的沙发上坐下了。他想：我要表现得特恭顺，哄老头儿个高兴。不冲别的，就冲他那么大岁数了！

他发现自己忘了脱鞋，地毯上已留下了几个土鞋底印，诚惶诚恐就脱鞋。

“得了吧您哎，行行好吧。您那双臭丫子别往外放啦！”

秀红大声抗议，臊得他脸上一阵热。

“工作鞋一天八小时捂着，木材厂哪个工人的脚不臭？”老头儿宽厚地说。又吩咐女儿，“拿纸来，拿笔来。”

秀红转身去拿来了纸和笔，递给老头儿。

“给他。”老头儿缓缓抬起手臂，指了他一下。

“给你。大主任！”

他狐疑地接过纸和笔。

老头儿又吩咐女儿：“把茶几往他跟前挪挪。”

“他自己是个死人呀！”秀红不乐意了，拒不执行。

“我自己挪。我自己……”他很识趣。

“不！”老头儿的眼皮倏地撩起来了，瞪着女儿道，“非你挪不可！我让谁挪谁就得挪！这还是在我家里，我的话就不算话了么?!”

姚守义不敢别着老头儿的劲儿，只有嘿嘿讪笑着。

秀红噘起嘴，将茶几往他跟前推了一下。随后在沙发上坐下，架起一条长腿，脚尖挑着高跟鞋，旁若无人地悠荡着玩。

老头儿说：“你给我写。”

姚守义说：“写什么啊？”

老头儿说：“向敝党写份检讨。”

姚守义问：“怎么写啊？”

老头儿说：“还得我教你么？”

“不用教，不用教……”他嘟哝着，马上作出要下笔的模样，心里却着实不知该怎么写。不敢抬头看老头儿，侧脸瞧了秀红一眼。

“该往纲上提，你就放心大胆往纲上提。该往线上挂，你就放心大胆往线上挂。一切有我爸替你顶着，还怕谁敢打你个反党啊！”她也正瞧着他，有几分幸灾乐祸，有几分推心置腹。

“我不怕。有老厂长替我顶着，这世上没个我怕的人！”他说，又嘿嘿讪笑。他想：三小姐，没你老头子替我顶着，我照样不怕。八六年了！我姚守义给共产党提几条建议，还是在整党的时候请我提的！不信共产党会关我大牢或者枪毙我！大不了撸了我这个车间主任，以为谁稀罕当啊！

老头儿“嗯”了一声，表示肯定女儿的话，也表示肯定姚守义的话。

> “关于本人在整党期间，向党所提之四条建议，思考很不成熟，提法似欠妥当，今经反省，认识了错误，特向贵党……”

秀红捂嘴哧哧笑。笑得他糊里糊涂，笑得老头儿闭着的眼睛复睁开了。

老头儿喝问女儿：“这是严肃的事，你坐他旁边笑什么！”

他也不解地瞧着她，一本正经地说：“你别笑。你一笑，倒显得我不严肃了似的！”

不料她笑得猛烈起来，最后笑得不能自已，翻身伏在沙发上，全身颤动。

“放肆！”

老头儿大怒。

“是他自己不严肃嘛！还不许人笑？……”秀红忍住笑，细手指戳着“贵党”二字，“你别改，啊？……”又大笑，笑着奔了出去。

姚守义这才注意到，心不在焉地写了“贵党”，白纸黑字，铁证如山。党会以为我存心要笑党，那才冤枉！

“你写了些什么？念给我听！”

老头儿对他的态度起了疑心。

他不得不念。念到最后，将“贵党”用一种特殊的语调念成“亲爱的党”。

老头儿听得极认真。听罢，沉吟良久，频频点头道：“可以……是可以的。那个‘之’去掉，文绉绉的，不顺耳。什么不成熟？什么欠妥当？那是完全错误的！就照我的话写！是完全错误的！要在五七年，打你个永世不得翻身的右派！五七年我在思想汇报中，错把中国共产党写成了中华共产党，还作了三次小会检讨一次大会检讨呢！如今共产党处处宽大着你们，你们也别往共产党鼻梁上爬！重抄一遍！……”

他一迭声说“是”。照老头儿的意思改了词句，重抄一遍。抄完，问老头儿：“日子就写今天吧？”

老头儿想了想，一摇头：“还是不写具体日子好！”

他双手将那份检讨呈递给老头。

老头儿叫：“秀红，找我签阅文件的那支笔！”

秀红应声而至，这儿那儿翻了一阵子，寻找出一支半截红蓝铅笔，塞在老头儿手里。

“我拿着，你看着，再念一遍我听。”

秀红立在父亲身旁，一字一句念了一遍。

“我这眼，离了眼镜是睁眼瞎。他写得工整不？”

“工整。他字比人好看点儿。”

“推我到写字台前。”

秀红就将父亲推到了写字台前。

老头儿的认真，使姚守义大受感动。他不禁后悔自己写得太短了。发挥发挥，是能写满一页纸的。

老头儿用他习惯了的那半截红蓝铅笔，在四行字的检讨空白处，写了个几乎占半页纸的“阅”，朝姚守义展示了一下，说：“存我这儿。你这是好几个月前主动写了交给我的。听明白了？”

姚守义觉得那“阅”字不像个字，倒像小孩儿画的一座单线条一笔连下来的城门。一座不知从哪儿才能绕进去，绕进去了也不知从哪儿才能绕出来的城门。城门内蹲踞着豹首蛇身的把门怪兽。听了老头儿的话，领悟了老头儿不让他写具体日期的良苦用心，又是一番大受感动。

老头儿接着说：“你再给我写。”

“还写什么？”已然大受感动，听从摆布就情愿多了。

“写入党申请书！”

“这……”

“这也是严严肃肃的事！”

“可我……得考虑考虑……”

“入党！不是逼你入教！考虑什么？”

“考虑怎么写好啊……”

“写明白了就算写得好！不需要你长篇大套的！谁有工夫看？”

他看看手中的笔，瞅瞅秀红，讪笑加苦笑。

“你心里还是瞧不起敝党？”

敝党——又来了！总说不揪辫子，可老头儿揪住他的小辫子不放！他想：局里那些官老爷能轻饶我么？没老头儿荐举我当厂长的事儿也翻不出整党期间那件事儿！我姚守义压根不想当厂长啊！妈的邢大头！你巴不得当上厂长，你就不该得罪了老头儿。更不该算计我！算计了我你该当不上厂长还是当不上厂长啊！

想到了邢副厂长，心里暗暗咒骂着，却忍不住鼓起勇气问老头：“老厂长，邢副厂长配合您当几年副厂长了，您怎么不首先考虑荐举他啊？从各方面讲，他当比我当更合适嘛！”

他说的是真话，心里暗骂归心里暗骂。邢副厂长无疑是个“面面光”，滑头一个。但滑头也是可以当厂长的嘛！可能还会当个不错的厂长。如今不精不滑的，想要当官难；当上了要当长久更难。

他这么认为。

而且，他确实不清楚，邢副厂长和老头儿之间，究竟结下了什么解不开的疙瘩。

“邢大头？做梦！休想！”秀红分外激动地大声插话了：“他骂过我爸！”

“这不太可能吧？一千六百多人的厂，免不了有传瞎话的。他不至于啊！……”他的心地毕竟是善良的。刚才还在暗暗恨着的人，这会儿却替那个人辩白起来。

“你别替他说好话！他就是骂了——骂我爸什么病都得了，就差得艾滋病了！……”

秀红两眼炯炯射光。仿佛邢副厂长在跟前，她会立刻扑上去撕他挠他。

“这……我倒也有所耳闻。不过不是邢副厂长骂的，千真万确是他儿子骂的……”

“他儿子骂的跟他骂的有啥两样？他儿子个王八蛋！考上大学就把我甩了！不得好死！姑奶奶要不再找个大学生气气他，誓不为人！……”

姚守义缄口了。他知道如若再替邢副厂长辩白下去，她那红嘴白牙会吐出更难听的。他认为她是有点报私仇。

“住口！你……你给我滚出去！……”

老头儿猛然吼叫。

娇生惯养的“三小姐”愣怔了一会儿，咧嘴哇哇大哭着跑掉了。

“关上门。”老头儿抬手指指门。

姚守义赶紧站起身去关上了门。“三小姐”的哭声，不知从哪一房间穿透房门干扰着他们。我干吗替邢大头说好话呢？他后悔莫及。

“我老三刚才说的那个……那个什么病？……”

“艾滋病，近两年在国外发现的。”

“X……X 病……难怪我听着不像中国病。怎么个症状？……”

“这……我也不太详细，别人讲浑身发软……吃不下饭……贪睡……”

“我没出过国。我怎么会染上外国病？我还能吃。我常失眠，整宿整宿睡不着。我没那病。”

老头儿绝对自信地说。

“当然，您怎么会传染上那种病呢，笑话！”

姚守义绝对肯定地附和。

“你入不入党，”老头儿克制着脾气说，“和邢副厂长能不能当厂长，我该不该首先荐举他，两码事。你同意我的话不？”

“同意……”他低声说。心想：分不开的两码事。

“既然同意，你就写。”

“好，我给您写……”

“不是给我写，给你自己写。”

老头儿从来没用这么平和的语调跟他说过话。他觉得此时此刻的老头儿，是值得他尊敬的。一种尊敬之情油然而生。

“你吸支烟吧，也递我一支。烟在写字台上。写入党申请书，我不给你改。你怎么想，就怎么写……”

他太需要吸支烟了。便起身从写字台上取过烟和打火机，首先抽出一支给了老头儿，替老头儿点着。然后自己吸着一支，重新坐下，想一句，写一句。

很奇怪地，他觉着这会儿并不是被人逼着写入党申请了。这是他第一次写入党申请书。他早就不想入不入党这码事儿了。更不曾料到会在这么一位老头儿家里，在刚刚向共产党写了一份书面检讨之后，在演戏似的应付了老头儿一阵之后，在说了几句本不该说的话惹老头儿父女之间不大愉快之后，一边吸着好烟，一边搜肠刮肚地写。

他写道：

我，姚守义。男。现年三十五岁。出身工人。木材加工厂第二车间主任。申请加入中国共产党。过去大批特批“入党做官论。”我看现今还是入党才能做官。入党总和做官连在一起，想入党的人里就总少不了其实只想做官根本不是想为人民服务的人。这样的人入党多了，党就不纯了。这样的人当上官的多了，党在群众中的威望就下降了。这样的人当上的官大了，就会带来危害了。我起誓，我申请入党并不是想当官。党吸收了我，对党有益。第一我保证做一个正派的党员。第二我要在党内同不正派的党员斗争……

不写则已，信笔写来，竟有些收不住了。平时常寻思的一些想法，一吐为快，自然如行云流水般。一句是一句，自以为哪一句都不是废话。不是不会写，是连说都不愿对人说。不过他忘了，他在写入党申请书，不是写日记。

老头儿早已吸完一支烟，见他接连吸了好几支，写得没完没了，连头都不抬一下，问："你打算出本书啊？"

他这才意识到自己已有"长篇大论"之嫌。写完整又一句话，不管能否"收"住，干脆作罢，了结复杂而精细的工作似的，如释重负地放下笔，抹了把额上的汗，长长舒了口气，疲乏地靠在沙发上。

老头儿又闭上了眼，薄而黑色的嘴唇一动："念。"

他就拿起来念。整整一页纸，名字被排挤在一角。念时，他感到自己是写得太直太白太露了。他本想用自己掌握得挺出色的那种调侃的口吻念，冲淡仿佛话中有话弦外有音的文字，但效果反而更糟。连自己听来都不像念入党申请书。只那么念了两句就明智地打住，改用念"红头文件"那种庄重的语调念完，惴惴地瞧着老头子。

"你这不是申请入党，还是善里藏刀地挖苦敝党么！"结论一下定，薄而色黑的嘴唇紧抿起来，严丝合缝，连眼也不睁。使人不安。提心吊胆地觉得，它们猝然一张开，会冲他脸喷出股炽炽烈火。

"我……我自己也感到……写得不理想，我重写吧？……"

老头儿沉默了许久，出乎他意料地说："不必重写。这么个样子，也很好。”伸手朝写字台那儿指了指。

姚守义顿悟，起身将老头儿推到了写字台前。老头儿拿起那截红蓝铅笔，又在他的入党申请书上画了一个顶天立地的“阅”。没有空白，只能喧宾夺主地压迫着他写的满页字。

“也放我这儿。”

“我听您的……”

他存心站着，期待老头儿立即打发他走。

“你站着干什么？”

“我……我打扰您太久了吧？……”

“我还有些话对你说。”

他不得不又坐在沙发上。

“你大概寻思，因为邢副厂长骂过我，我才不荐举他当厂长吧？”

“不是他骂的，那话是他儿子骂的。您千万别信秀红的……”

门突然被推开，秀红抱着“继革”站在门外，柳眉倒竖：“姚守义你想干什么！在我家里挑拨我们父女关系？！”

姚守义火了，按捺不住，腾地站起来，沉下脸道：“别放肆。我是你爸请来的！”

“你！……”她将“继革”狠狠往地上一摔。

那老头儿的宠物“喵”地叫了一声，打个滚，寻求保护地蹿到老头儿怀中。

老头儿一手搂着猫，一手指着女儿：“把门关上！没规矩的东西！”

门哐地关上了。

姚守义站立了一会儿，又缓缓坐下了。

“你说，她信社会主义么？”

“她不是说，她信么？”

“我问你。”

“问我……还不如再问她……”

“她说一百遍信,其实我也不信她!我的女儿,信不信社会主义,我自己还不知道?她若真信,连这只猫也信了。她不信。她这辈子可能都不会信了!她两年前就彻底‘现代’了。信及时行乐,还抱怨我这个当父亲的才混到十一级,白瞎了我这份革命资历……”老头儿说出的每个字都浸透着悲哀,那是一位老父亲从内心里发出的极大的悲哀。

姚守义不知如何安慰他好。端端地坐着,沉默着,同情地望着他。

“三个女儿。老三压根儿不信社会主义了,老二也压根儿不信了,只有老大一个信。老大吃苦顶多,‘文革’中我挨整,老大在大学也挨整。后来背着‘走资派’女儿的罪名,被分到山沟沟去了。学的是儿科,让她当兽医。如今是入了党了。我给她去信,说趁我要离休,作为个条件向组织上提出来,把她一家调到我身边吧。她回信说,那地方太需要医生,她又当了乡卫生院院长,不想回来……她俩妹妹就讽刺她是‘顽固不化的布尔什维克’……我最希望老大在我身边,可她不在我身边……”

两颗挺大的泪珠,从老头儿布满鱼尾纹的眼角,渐渐地,渐渐地溢了出来。

姚守义望着它们慢慢淌在老头儿核桃似的脸上,终于先后滚落在老头儿枯槁的手背上,仿佛完全渗入了皮肤。他的心灵受到了一种撞击,有一块碱在他心里溶解了似的。

“有时候,我觉得我对不起党。三个女儿,只教育成功一个信社会主义的。那两个,她们教育我别信社会主义的时候,比我教育她们要信社会主义的时候还多。我没文化,能和她们打个平手,就算我的一次胜利了。再加上个女婿,她们的同盟军,常常一块儿围攻我一个老头子……我是少数，单枪匹马的……只有老婆子站在我一边儿……你知道，她也没文化，又不是党员，充其量算我个‘红外围’……我这么大岁数了，不定哪天就给马克思喂马去了，叫我承认我入共产党是入错了门儿，我能么？现时有些人瞧不起共产党了——有些让人瞧不大起的地方，这，还不怎么寒心……自己的女儿瞧不起自己入了一辈子的这个党，我才觉着寒心啊……”

老头儿不说了。姚守义看得出来，他是说不下去了。他的薄而色黑的嘴唇抿得更紧，他脸腮上的皱纹深深地聚在一起。他那奇大而突出的喉结，上下艰滞地运动了一次，又运动了一次，好像随时可能破皮弹出。

老头儿的心在哭。

姚守义低声安慰道："您心里有这么多苦闷，就应该多找我们年轻人聊聊才是。"

"跟谁去聊？谁听我这一套？"老头儿的声音比他的声音还低，像是说给自己听的，"你当我不知道你们叫我'左爷'？我还倚老卖老，去讨你们厌？……"

"我，我可没那么叫过……"姚守义的喉结也运动了一次。刚才，他不过是觉得老头儿有点可怜，这会儿他是觉得老头儿很可怜了。

"从前呢，我还以为自己对党挺重要的。如今才明白，蛮不是那么回事儿。没文化，大老粗，能双手打枪，四十年来也没仗再用得着我去打。现在给我支冲锋枪，抱是还能抱得动一会儿，端不动了，老了。离休了，想想，才知道，党是养了我四十来年。党早就对我没那么高要求了。别犯反党的错误，特殊化别不像话，木材厂别着火……我当厂长以来，木材厂没着过火。再想想，也觉还算对得起党。三个女儿，教育成功一个党的人，交给党了。我也就能做到这点了……二比一，二比一也比三比零强啊……"

“现在的年轻人，并没对党那么绝情，更多的是嘴上放肆。中越边界反击战，不都是年轻人在打么？比如秀红，不是前几年还想要参军么？……”他为了安慰老头，竟又替秀红说好话。

“别提她。提她我生气……跟邢副厂长的儿子，要好，好得像一个人；翻了脸，像仇人。明明怀的是人家的孩子，还偏偏自己四处说，不是人家的，以为人家会懊恼，人家才不懊恼呢。人家反咬住理，说就为这，不跟她结婚。我也不是因为邢副厂长的儿子对不起我女儿，记恨在心，才不荐举邢副厂长当厂长。我不荐举他有三条，第一，是他怂恿儿子追我老三的。以为和我成了亲家，我离休，厂长的椅子会让给他坐。当面套了我几次话，我都没肯定回答。觉着我靠不住了，又怂恿儿子跟我家老三吹灯拔蜡。他家小阿姨一五一十全告诉了我家小阿姨。我起初不信，回想回想他当我面说过的那些话，不由我不信。共产党不兴这么干啊。第二，他像卖给小孩子玩的风转轮儿，顺着风滴溜乱转。他当厂长，全厂人都得跟着他转得迷迷糊糊，光他自己不迷糊。正确的永远是他，不正确的永远是群众。第三，他就是你申请书上写的那种人，入了党，一门心思想的就是当官。我不是个好厂长，逢年过节，我还亲自登门到一些老工人家问问寒问问暖。就算说我是装的吧，我也装了。你父亲退休后，我哪一年没去过一次？也就今年，腿不灵便了，想去没去成。我心里有着当年和我一块儿把个日本人扔下的破烂摊子办成一个厂的那些老工人，他心里有么？去年闹洪峰那天晚上，我眼不好，看不清路，还拄着手杖，冒着暴雨，叫老伴儿领着道儿往职工区奔，一路摔了多少跤？只有我自己知道。我拖着这身板儿查看职工宿舍，指挥抢险，他那时可是在哪儿？在局干部处处长家打麻将……厂里的老工人们为什么不骂我？为什么我特殊化点儿他们原谅我？因为他们知道我心里毕竟还有他们！你说我能荐举邢副厂长当厂长么？……”

老头儿的喉结又上下运动了一次。

姚守义的喉结随之上下运动了一次。

他们的目光接触了。老头儿眼角的泪痕,已完全渗入鱼尾纹中去了,连点湿都看不出来。足见那张核桃般的脸的皮肤,是多么的渴望些水分。谈话的内容变了,那张核桃般的脸也变了!悲哀消失了。或者更准确地说,悲哀也渗入到那张灰黄而瘦的老脸的皮肤中去了。那张脸又恢复了常态,一种自信的、威严的、时刻打算发号施令的常态。

姚守义暗暗觉得奇怪,他始终望着那张脸,竟没有观察到它变化的过程。它是根本不变地就变了。

这老头儿今天是怎么了?我来之前喝酒了?我来后酒劲儿冲头了?或者打发女儿在厂门口堵着我把我找来,本就是醉中的清醒,清醒着的醉态?可老头儿又不像喝过酒的样子。姚守义用鼻孔做深呼吸——空气中丝毫没酒味儿。该自己知道的事,不能不知道;不该自己知道的事,但愿不知道。知道事情多的人,麻烦便多。这是他总结的一条生活经验。倘知道的事情属于别人的隐私,则不但麻烦多,仇怨也必然多。八六年了,许多人想作"信息"灵通者,许多连人民币还不够花的人,天天坐在电视机前,聚精会神地观看世界货币兑换价格,关心美元的贬值或日元的升值。姚守义觉得这些人好笑,无法理解。他不相信一个人光靠信息便能与别人活得两样。而别人的隐私,他以为是最没意义的信息。比如某某男的或女的电影演员在某某宾馆与某某人物睡觉,知道得如数家珍,能编一本大百科字典,也还是最没意义的信息。

老头儿的话,他觉得已超出了"信息"的范围,太属于隐私了,双重隐私。既是邢副厂长的隐私,亦是老头儿自己的隐私。不,岂止双重隐私,简直是双双重隐私嘛!既是党内隐私,亦是党内领导者之间的隐私,恶性隐私。倘什么时候老头儿和邢副厂长握手言欢了,秀红和邢副厂长的儿子破镜重圆了,他大概就会是最使他们瞧着别扭的人了吧?

他举措不安,如坐针毡。

“你知道我为什么荐举你当厂长么?”

“我……不必知道……”他心里这么想,顺嘴竟说出来了,说出来后极不安。因为老头儿的喉结在向下运动的过程停止了,固定在颈子中部,像皱巴巴的旧布包着一块三角铁。他不知那预示着什么。

“你必得知道。”

口气是相当的平静。

喉结缓缓地又开始向下运动,那什么也不预示。

“行,我可以知道……”

“你入厂是哪一年呢?”

“八〇年……”

“那就是八一年的事儿,一天我到厂里转悠。见上好的木方子,横七竖八地堆在路中央,断了许多。上面有轮胎印,是卡车开过去轧断的。我站在一旁等着,看厂里有没有个工人,瞧了心疼。有这么个工人,我就给他提一级。一会儿走过去一个人,一会儿走过去一个人。每个人都跟我打招呼,问好。每个人都像瞧不见那方子,绕着走。你走过来了。你不认识我,我也不认识你。你问我:‘这些方子堆这儿干什么?’我回答你:‘不知道。’你说:‘堆这儿不挡道么?’我说:‘堆这儿挡道。’你说:‘那我扛别处去。’我说:‘那你就扛别处去吧。’你便往木料仓库扛。来来回回扛了二十几趟,我给你数着呢。又有一拨人走过。他们站下看你,看我。看你像看傻瓜,看我们俩像看一场戏。我问他们你是谁,一个人告诉我:‘姚福林的儿子。’我暗想姚福林这个儿子挺不错。那拨人走了。其中一个边走边说:‘小姚真比老姚会来事儿!这叫面子活,扛给老厂长看的。'我心想，先别忙着给这小子涨工资，兴许叫他们说对了。我这么想着，就走了。这件事儿你自己还记得么？……”

他摇了摇头，像听老头儿讲别人。

“那一年年底，你的大照片上了光荣榜。我一眼就认出了你。我站在光荣榜前瞅着你的大照片，心说：'小子，我还欠你一级工资呢！好好儿干。下一年再做了先进生产者，老子提拔你当车间主任。'第二年你又是先进。我本想就提拔你了，可是这些年我太信不过你们年轻人了。我怕你是风景儿有限，兔子尾巴长不了。我便常打听打听你的一贯表现。你还真够给你爸争脸的，第三年又弄了个先进。我想，老子再不提拔你，老子就不公道了！厂党委会上，我就替你评功摆好。有人说你太年轻。我说：'三十多岁了当车间主任，年轻个屁！'有人说你不是党员。我说：'这不是选党委！'他们仍不明确表态。我火了，又说：'提拔个车间主任就这么使你们为难？你们再没话可讲就证明你们同意了！最迟下个星期内，向全厂公布！'实话告诉你，没有我你当不上车间主任！当先进的不见得就能当上官。能当官的不见得非是先进！走的不是一根神经。如今某些人，先进永远留给你去争取，官永远留给他去当。让你务'虚'，他自己务'实'。小小一个第二车间主任，科长级，你知道全厂共有多少人瞪大了眼睛削尖了脑袋要抢到那位置？谅你小子也不知道！不是我一锤定音，你这辈子光当先进吧！你小子总算没辜负了我，闹腾得挺行。又给老子闹腾了个连续三年红旗车间。你以为你那主任当得消停啊？两个月前还有人往局党委写匿名信，告你，告我。告你这主任是八百元钱走我后门当上的。告你们车间的红旗是假的，我硬赏给的。老子从来只赏官，不赏红旗。老子也讲究个务'实'！还告你怎么样拎着名酒往我家送……”

“那不是名酒，是一般的酒。不过泡了人参鹿茸。返城时我给我奶奶从北大荒带回来的。她死了,我爸喝着冲,说您爱喝冲酒,关节又不好……”

“也告你几年前组织过全市知青大示威!如今仍跟些可疑的人交往,是社会不安定因素,告到了公安局。公安局到厂里来看过你的档案!留下话说:只要发现你有可疑行动,应向公安局及时反映!……”

“王八蛋!……”

“王八蛋暗中监督着你这红旗车间主任正对劲!谁叫你小子官运亨通,平步青云!”

“这……这完全是您一手……”

“别扯上我!再听你自己这么说,老子用手杖敲你!你有个哥儿们叫严什么东是不是?你别瞪眼!有没有?……”

“有……”

“干什么的?”

“个体户……”

“你一个国营厂的车间主任,跟个体户瓜葛什么?和他做着买卖呢?图他钱?嗯?”

“没有……”老头儿这么判断他和严晓东的友情,他觉得受了奇耻大辱。愤愤地又补充了句:“谁这么以为,我操他妈!”

“啊?”老头儿威胁地向他倾过身体。

“我没骂您,我骂别人!”

“今后不许再和那个姓严的来往!当年他也是你们那次二十多万人大游行的头儿,对不?公安局也挂着号呢!你以为别人不抓住点什么把柄就写匿名信啦?这叫群众的眼睛是亮的,贼亮贼亮!……”

“他们不是群众。群众不会背地里整我!”

“是!不但是群众,还是革命的呢!匿名信我看的,上面这么写的！没名没姓，才非是革命的不可！你别叫你那姓严的哥儿们牵连了你！老子这是肺腑之言！……”

唾沫星子溅到他脸上，他没擦。

他浑身燥热，嗓子冒烟，恨不得跟谁打一架。

自从有了工作，他一向认为，自己的命运是开始攥在自己手里了。现在听来却不是。仍是攥在别人的手里。归根结底仍是攥在别人手里，不完全是攥在眼前这老头儿手里。只攥在这老头儿手里，倒还是他的幸运了，也攥在另外一些人手里。那些人平时好像并不存在，当他的命运影响到他们的命运时，他们的各种各样的嘴脸才会显出来。好比蒙上了一层灰尘的镜子，灰尘一擦，什么都照见了。他们平时不过是攥着他的命运，笑呵呵地攥着。一张张面孔可能都是亲近的，友好的，诚挚的，和善的。他不能清楚地知道自己的命运究竟是攥在他们谁的手中。

他今天又一次明白了，无论他怎样努力，怎样学得圆熟起来，也只能操纵着自己的一小半命运。他的命运不过像他养的一只狗。狗脖子上套着许多脖圈，每个脖圈都连着一根结实的绳子，自己手中只扯着一根。另外许多根平时看不见，不知扯在哪些人手中。他的路越顺利，那许多根看不见的绳子便越渐渐绷紧。而当他走得比别人都顺利时，那些扯着另外许多根绳子的手，就必定要使暗劲儿朝四面八方拽了，那些人只能容忍他的命运引导他往坑坑洼洼肮肮脏脏污水遍地乱石成堆处跟头把式踉踉跄跄三步一跤五步一倒地走。也许只有这样活着才不至于遭人恨遭人陷害遭人暗算。

难道所谓社会如今便是你手中拽着我的“狗”我手中拽着他的“狗”他手中拽着你的“狗”人人手中都拽着别人的“狗”人人的“狗”都被别人拽着的“遛狗图”么？

老头儿，老厂长，难为您为我姚守义如此一片栽培之心，我是应该感激您呢？还是应该怨恼您呢？是您应该向我表示歉意还是我应该向您表示忠于？您到底需要什么呢？需要我的报答我坐地给您磕三六一十八个响头咱俩的账一笔勾销一了百了，从此您别再抬举我我也不需要被您抬举，我他妈的没想当车间主任更没想当厂长连先进也没想当那是群众选的我他妈的只想老老实实地干活吃饭养活老婆孩子，他妈的我招谁惹谁了往公安局写匿名信诬告我！

他联想起了六年前大闹考场想起了郭立强之死想起了袁眉之死想起了二十余万返城知青“五一”大游行想起了王志松吴茵徐淑芳姚玉慧刘大文……

除了严晓东仍常来常往王志松偶尔见面知道些吴茵的情况徐淑芳姚玉慧刘大文早已几年没见了他们你们如今生活得怎样连你们在哪儿我都不知道了大文你的两个女儿该上学了吧小徐你还是得忘了郭立强再找个男人做丈夫教导员你也该结婚了找个五十来岁的也行啊你不能一辈子做老姑娘叫人一想到你就叹息……

“你发什么愣？”

老头儿突然问。分明看出了他在想别的。

“我……我没发愣啊……”

“一句句听着。你是我儿子？不是。你是我女婿？不是。我儿子女儿在厂里，我也还是要荐举你当厂长。这一点上我没私心。我离了，荐举个好厂长，我最后为党办了件事。在家抱孙子，再不跨进厂门儿，我对这个厂也问心无愧了！你不当谁当？他当了我睡得着觉么？他当了不要几年，这个厂便不会再姓‘木’，改姓邢了！”

姚守义希望家里有人来找他。又明明知道家里绝不会有人来找他——老厂长与他谈事，这是一个证明。证明他在老厂长眼里自然也就等于在厂里是个举足轻重的人物。这肯定是母亲的骄傲。时间越长，母亲的骄傲越大。

秀红又推开门，斜靠着门框，以懒散而受宠的女秘书那种口吻说："杨医生给你看病来了。打发人家走还是让人家等会儿？"

他迫不及待地站起，感激之至地瞧着她说："我走，我走。改天再来，随叫随到。"

她乜斜了他一眼："我没说你，说的是医生。"

他的失望没法儿形容。怔了片刻，说："给你父亲看病要紧。你父亲对我进行了这么半天教育，也够累的了。话讲多了伤肝，他肝本来就不好……"

她默默地望着她的父亲，不理会他的好意。

老头儿对她挥了下手："等会儿！刚来急什么！"

"人家还没吃饭呢，一下班就从医院直接赶来了。"

"那你就请他先吃饭。"

"吃什么呀？我妈到我二姐家去了，冰箱里什么也没有！"

"那你就想办法吧！"

"该死的小阿姨，放她一天假，疯得没影啦！存心想饿死人！"

秀红嘟哝着离开。

老头儿半天没再开口，也不望他。

"老厂长，您还有话对我说么？"

"有！你不耐烦了？"

"不，我耐烦着呢……"

一段相当长时间的沉默。

他忍不住又赔着小心低声问："老厂长，您不是还有话对我讲么？"

老头儿闭着眼睛，后脑勺抵着椅背，似乎在归纳着思想，组织着逻辑。

天黑了。

室内暗下来。老头儿,不,更恰当地说,是那巨大而沉重的带轮子的包皮椅,变成了失去立体感的影子。它仿佛监视着他。窗外恬淡的月辉剪出了椅背直线上的三分之一的脑瓜顶,它是光秃的。

又一段相当长时间的沉默。

“您……”

巨大而沉重的包皮椅发出了均匀的鼾声……

第二十一章

对于三十多岁的女人,生日是沮丧的加法。

"星期天是我生日。"

当老婆像只黄鼬似的钻进姚守义被窝,悄声对他说这句话时,他翻过了身去,给予她的不是温暖的怀抱而是光脊梁。

这显然不是欢迎的态度。

女人在这种尴尬的情况下大抵会表现出可敬的涵养。任何事情都有正反两个方面。反面儿有反面儿的意义。她温柔地偎贴着他那壮实的"反面儿",自觉地审查着今天的言行,认为并没什么惹他不高兴的地方。

"哎,我说热不热?"

姚守义用胳膊肘捣了她一下。

"你拿什么糖!"她生气了。也猛地一翻身,画轴卷画似的,将被子卷了过去。

"你这是干吗呀?"

姚守义又往老婆被窝钻。北方比不得南方,夏天,夜里还是怪凉的。

"你不是热么?"她将被子紧紧裹在自己身上,不让他钻。

他干脆不理她,在黑暗中摸索着吸起烟来。

一会儿,挨了一脚。

一会儿,挨了一拳。

往旁边躲躲。再躲躲。

他心里很烦。

他感到自己像一块木楔子，被老厂长执拗地钉在厂长的空缺和巴不得一屁股坐稳它的邢副厂长的野心之间了。他可不愿被钉得那么深，楔子会有好下场么？

他心里简直烦透了。

胳膊上被狠狠拧了一下。

“搞小动作，什么东西！……”

他不仰躺着了，用壮实的光脊梁当盾，又往旁边躲了躲。

她就哭了，嘤嘤地哭。

他掐灭烟，第二次尝试往被窝钻。

她仍将被子紧紧裹在自己身上。

他很及时地打了两个喷嚏。

她不哭了，被子盖在了他身上。

“背靠背”不是解决矛盾的办法。

“你干吗又踹我又打我又拧我啊？”

“你拿糖！……”

“我拿什么糖了呀？”

“我什么时候把脊梁给过你？”

“那你就至于哭呀？”

“你欺负人！还骂我……我搞什么小动作了？……”

“我不是骂你啊！骂别人，真的。骂别人……我可能当厂长……”

“听说了！可能当，还没当上，就开始冷淡我呀？真当上还不得跟我离婚？……”

“哪能呢！……”

他早摸透她的脾气了。对于她，他的话并不能彻底解除误会，主要得靠行动，尤其这会儿。

温存了一阵子,他叹了口气。

“当不当在你自己,不在别人。想当便当,不想当不当,五尺男人,叹什么气? 搅得人家也心烦了……”

“你不明白,不说这个。你刚才说星期天怎么? ……”

“星期天是我生日。连人家生日都不记着! ……”

“又拧我! 生日又怎么? ……”

“什么叫又怎么啊,我想好好过一次生日。”

“好好过一次……我看,可以的……”

“什么叫可以的啊? 你说不可以,我不过啦? 还没真当上厂长呢,跟老婆说话开始要官腔了? 女人有几个三十三岁? ……”

“是啊,没几个。好好过一次,好好过一次……”

她便温柔地伏在他胸上。

他不记得自己曾过了哪一岁的生日。结婚后这是她第一次提过生日,连孩子也没过什么生日,是该好好过一次。三位一体,算三个人共同过一次吧!

他情不自禁爱抚她。他喜欢她的身体,那是很光滑的女人的身体。他爱抚着她的时候会渐渐消愁解忧,结了婚的男人就这点便利。

“问你,怕不怕我老? ……”

声音低低的,包含威胁的意味。

“别老哇,结婚才四年,你就往老上打主意,不是坑我么! ……”

“那你还是怕我老啦? 说,怕不怕? ……”

“怕。”

“我已经有点老啦是不是?”

“哪儿的话,你水灵着呢!”

“老婆老婆,总是要老的……”

她往他怀里偎,吃吃地笑,笑得十分得意。

三十三岁的女人,即或漂亮,也是谈不上“水灵”的。她们是熟透了的果子。生活是果库,家庭是塑料袋,年龄是贮存期。她们的一切美点,在三十三岁这一贮存期达到了完善——如果确有美点的话。熟透了的果子是娇贵的果子。需要贮存的东西是难以保留的东西。三十三岁是女人生命链环中的一段牛皮筋,生活和家庭既能抻长它,又能老化它。看什么样的生活什么样的家庭了。这就是某些女人为什么三十四岁了三十五岁了三十六岁了依然觉得自己逗留在三十三岁上依然使别人觉得她们仍像三十三岁,这就是某些女人为什么一过了三十三岁就像秋末的园林没了色彩没了生机一片萧瑟的缘故。

女人们,当心三十三岁这个年龄。

丈夫们,当心爱护三十三岁的妻子!

曲秀娟十三岁二十三岁的时候也没像朵什么花。姚守义却是一个难得的好丈夫。这类好丈夫如同好裁缝,家庭是他们从生活这匹布上裁下来的。他们具备裁剪的技巧,他们掂掇生活,努力不被生活所掂掇。与别的男人相比较而言,他们最优秀之处是他们善于做一个好丈夫。他们的短处是他们终生超越不了这个“最”。如果他们娶了一个对生活的欲望太多太强的女人是他们的大不幸;随遇而安的女人嫁给他们算是嫁着了。前一类女人的痛苦可能比后一类女人的痛苦更深刻,但很活该。后一类女人的幸福可能比前一类女人的幸福平庸,但普通女人的幸福才是普遍意义上的幸福。贵族的幸福,包括贵族的痛苦,男的女的都算上,乃是写在另一本字典上的。它的封面是镀金的,像贵族的一切东西一样。外观看似高贵华丽其实内容空洞苍白。

曲秀娟是普通得不能再普通的女人。她对生活的欲望活泼而不浪漫,现实而不迟钝;求而不奢,好而不强,一个“感觉派”女人的好感觉。女人的幸福从来都是产生在她这样的女人的好感觉中的。

她跟随修鞋匠师傅在外地整整流浪了两年。从北到南，从南到北。两过长江，足迹遍布南北十几个市镇。回到 A 市的却是她自己，老修鞋匠死在天津了。老修鞋匠不死在天津，他们的下一个驻留地是北京。

老修鞋匠死前拉着她的手说："秀娟呵，师傅对不起你。讲好的，咱们到北安。连师傅我也没成想，北安不容咱们。我一气之下，就带着你流落到这一步。你心里可千万别怨我呵！……"

她心里对师傅本是有些隐怨的。离家太远了，也离家太久了，她想儿子偷偷哭过好几次。听了师傅的话，她心里反而觉得是自己对不住师傅了。师傅毕竟一片好心，为的是带她闯荡闯荡鞋匠的生涯，为的是他和她都多挣些钱。而她常跟师傅耍小性子。她耍小性子的时候，师傅总是一声不吭。凭良心讲，这老修鞋匠对她像对相依为命的女儿一样。

她眼中扑簌簌滚落两滴泪，也用自己的另一只手攥住老修鞋匠的那只手，动深情地说："师傅，我不怨你。我没怨过你……"

老修鞋匠那只手，像生锈的铁笊篱。正是这样的手，将谋生之道传授给她。

"怎么能没怨过我呢？你常背着我哭，当我不知道？你是妈。你撇下孩子跟随了我两年多，不容易。要耍小性子我不介意。我带你到处闯荡，是有点个人打算的。我孤身一人，又老了，一辈子没离开咱们那个市……想到处逛逛，也不白活一辈子。想多挣几个防老钱……没你，我有这份儿打算，也不敢就这么闯荡……你以为我就不怕在外地受人欺了？……我一个孤老头子……更怕……这两年，处处是你照顾着我……"

她忍不住哭了，说："师傅，你的病会好的。你病一好，咱们就一块儿回去……"

老修鞋匠病得陷入眼眶的一双老眼也盈满了泪。眼睛陷得太深,他仰躺着,泪水渐渐地多,却始终溢不出眼眶。那双老眼如同掉进浑酒盅的两颗巴豆。

"我回不去了……我知道。都说人临死的时候自己是知道的,我从来不信。现在……信了,晚了……回不去了……唉……我是真想到北京呢……这辈子没到过北京,没亲眼见过天安门,没到皇上住的那个什么宫去过……这是命啊……听人讲毛主席那个馆让人参观了,才块八角一张门票……块八角,不贵啊!……天津离北京这么近……想去就去不成……不是命是什么呢?……"

老修鞋匠塌腮方下巴的那张脸上,笼罩着极其令人感动的悲哀。他紧紧抿住了他的阔嘴。

第二天,他只说了一句话:"我死了,你好歹要把我的骨灰带回去……"

第三天,他一句话都没说。

第四天,他又开口说话:"别再为我费钱打针抓药了……白费钱……咱们钱挣得……不容易……"

她说:"师傅,花多少钱,也要把你的病治好!咱俩挣的钱都花光了,我一个人再挣!我只盼你病好了,咱俩去北京……我……我也没去过……"

她难过地在心里谴责自己,明知师傅有肝病,平时却没劝阻师傅喝酒。有时为了让师傅高兴,自己还买酒给师傅喝,还陪师傅喝过。

老修鞋匠那张瘦得脱了形的脸,竟奇异地浮现出一种笑容。也许根本不是笑容,仅仅是受了感动的表情。

"闺女,甭指望我好喽。我好不了啦……我也把你这个徒弟拖累得够呛啦……我明天就死。我死后你别再闯荡啦,该回去看看孩子啦……你扶我坐起……”

她就扶师傅坐起。

“你帮我扯开我这衬衣里子……别扯那儿,扯这块补丁……”

她就替师傅从衬衣上扯下了一块大补丁——一个白布包儿掉了出来。白布已经变黄了,汗染的。

师傅抖抖的手将包儿展开——包的是一个存折。

“我这一辈子,积攒下点儿钱。无儿无女的,没更亲的人留给……这么大个国家,捐献了能派点啥用场?……现如今贪污国家的人也多,糟蹋国家钱的人也多……我一辈子辛辛苦苦积攒下来的钱,我才不捐……捐了无非图个虚名……我不图那死后的虚名……我留给你……只要你逢我的忌日,想着……给我烧纸……”

她抱住师傅哭。

第二天师傅真死了……

那存折上存着六千多元……

师傅还给她留下一千多元现金……

虽然天津离北京很近,虽然师徒俩挣的钱还剩下不少,虽然有了六千多元的一个存折,虽然她也没去过北京,她却根本不想去了,不想亲眼看看天安门,不想瞻仰毛主席纪念堂,不想在广场照张相,不想逛王府井买东西……从此她觉得北京是可去可不去的地方……

七千多元,这么大一笔数目的钱,师傅一辈子辛辛苦苦积攒下的钱,师傅临死前留给她的钱,使她心里极不安宁。认为是不该属于自己的,有一种霸占似的犯罪感。她想,还是应该替师傅捐献给国家才对。但反复思考,又认为师傅的话不无几分道理。替师傅捐了,太违背师傅生前的意愿。捐了,国家会指定一个人,每逢师傅的忌日,给师傅烧纸么?她听人讲,有些大企业,一年就浪费几百万。她听人讲,有些当大官的,家里换一次地板就得上万元……

捐了,莫如救济哪一户日子穷的老百姓。

自己就穷,连个安身的窝还没有……

回来时,一下火车她直奔姚家。屋里只有守义妈和儿子在,儿子见了她那亲热劲没法形容。她太需要有自己的家了!见过儿子,她下了决心——为自己和儿子买处房子。

她接儿子那天晚上,姚守义刚下班。见了她那不好意思劲儿也没法形容。两年多,他好像还记着她扇过他一耳光。

"你挣了不少钱吧?"他搭讪着问。

"反正是没讨着饭回来。"她骄傲地回答,瞅瞅他工作服上"木材厂"三个字,说,"我还以为你当上中学教师了呢?"

守义妈一旁插话道:"你就不想想,他那样的能考上?"

姚守义往厨房推他妈:"妈,你刷碗去,刷碗去……"将他妈推到厨房,红着脸对她说,"我妈总爱当着旁人贬斥我!我这样的怎么啦?当年复习得手拿把掐的!不是没考上,是没考成。当年返城知青大闹考场,谁也没考成。要不,我考不了前三名,姚字倒写在脑门儿上……我现在也不错,比当中学老师工资高,月月开八十多……不信你问我妈……"

曲秀娟没问。她觉得信与不信都跟自己无关。

守义妈在厨房为儿子作证:"那是,月月八十多!"

她笑了笑,说:"你们家今后可就没愁事儿了。"

守义妈却在厨房叹了口长气:"没愁事儿了?我都快为他愁死了!至今连个对象还没对上茬儿呢!这么大个子,整天在眼前晃晃的,有时候真恨不得一脚踹出门去!"

姚守义说:"我自己不愁,你愁什么?瞎愁!"

她瞧着他,调侃地说:"月月八十多,也养得起一个大众化的老婆子!"

他将脸转向一旁,庄重地说:"不是养得起养不起的问题。买鞋，还得挑双跟脚的呢！老婆一旦没挑准，后半辈子全泡汤了！”

她继续调侃：“那你就得主动找哇！找着了，也让大婶早点省心啊！”

他看了她一眼，又将脸转向一旁：“怎么主动？一男一女，同时站到一个座位前，男的要让女的，这叫什么？这叫主动吧？一男一女，过道里走了个碰头，男的贴着墙，说声‘请’，这叫什么？这叫主动吧？一男一女等车，车门儿一开，男的往旁边闪闪，说‘您先上’，这叫什么？这叫主动吧？这叫男人的文明风度吧？找对象我姚守义也要坚持这个原则。光棍一条，对一切女人公开。姜子牙钓鱼，愿者上钩。我把主动让给女的，这也是我的主动嘛！我对哪个女人说我爱她，她对我一瞪眼——‘也不拿镜子照照自己！’这类话儿，我不干。但哪个女人如果对我说她爱我，我却保证不会对她瞪眼睛。我不爱她，我也不会挫伤她的自尊心。所以想来想去，她们来‘对’我，‘对’不上双方都不失面子。维护了‘安定团结’。下棋还讲红先黑后呢！明明是一种主动的态度，可别人却都以为我压根儿就没有想结婚这根神经……”

她忍俊不禁，格格笑道：“看来你得往自己身上贴一张说明书哇！”

守义妈一步抢进屋，指点着儿子对她说：“你听听，你听听，我这儿子倒是傻啊还是痴啊？”又冲姚守义嚷，“你以为女人都该上赶着凑到你跟前，近近乎乎地问你愿不愿娶她们呀？你以为你是那戏里的唐伯虎？唐伯虎还把秋香追得没着没落呢！你给我滚！今晚别回家，爱哪儿去哪去！……”

他低着头倔倔地离开了家。

他走后，守义妈留住她又聊了一个多钟头。

她离开他家，走到胡同口，发现他站在电线杆子底下。

“你真不回家啦？”她想笑。

他说:“我在这儿等着送送你。”

她说:“不用啊,也没多远的路。”

他说:“那也得送,不送我不放心。”

听他说得虔诚,她只好由他送。

他抱起孩子走在她身旁,沉默无言。

他的沉默使她别别扭扭的,没话找话。

“今晚月亮好。”

“唔。”

“可能快十点了。”

“唔。”

“再过五天新年了。”

“唔。”

“一过新年就一九八三年了。”

“唔。”

“你们家没小孩儿,不用买鞭炮吧?”

“唔。”

“你敢放‘二踢脚’么?”

“唔。”

“斜文街汽车轧死一个人。”

“唔。”

“轧死了一个男人。”

“唔。”

“自行车后座托着他老婆。老婆没轧着。”

他突然愤愤吼道:“男人都该死!女人命都大!”

她吓了一跳,不知他何以生气,没敢再往下说什么。

走到她花三千五百元买的那幢小房门前,姚守义放下孩子,站在黑影中,瞪着她。仿佛突然间会把她怎么地似的。

她没怕他，但提防着。暗想他可别来两年前那一手，当着儿子的面够她害臊的。被亲一下倒不在乎，自己又不是纸糊的，亲不坏。也不会像两年前那样，回敬他一耳光。但亲我一下对你能解决什么问题呢？

他光那么一动不动地站着，瞪着她。

两年前那一耳光把你扇胆小了？她又想笑。

胆小了就走吧，你却不走。

没儿子在跟前，我亲你一下也是不打紧的。闯荡这两年，我什么事儿没经历过啊！傻小子，赶快结婚吧！总像猫扑耗子似的想要突然扑哪个女人一下，到底有什么乐趣啊？不是吓人家一跳，就是自找挨扇！

他仍那么一动不动地站着，仍那么虎视眈眈地瞪着她，他那双眼睛被月光晃得贼亮。

她几乎就要忍不住笑将起来了。

姚守义啊姚守义，我儿子都九岁了！别像欲火中烧的色魔汉瞪着黄花大姑娘那么直眉竖眼地瞪着我了！该找对象的年龄了你不托亲告友去找，瞪着我也是白瞪。

她默默开了锁，注视着他说："太晚了，我不请你屋里坐了。你明天还得上班，早睡早起身体好。"

听了她的话，他猛转身大步走了。

她的话本有几分玩笑的意思，见他那么样地走了，她暗暗责备自己：玩笑开得不算过，却有点不是时候。三十多岁还没结婚的男人哪一个对女人没有点非分之想呢？

她不觉得他可笑了，怜悯他了，同时心里有种难以名状的失落感。

他走出十几步，不走了。背向她站了一会儿，像刚才那么突然地猛一转身，又大步腾腾地直朝她走回来。

其意不善!

她仍没怕,倒是有几分慌措,赶紧将儿子推进屋里。

他走到她跟前站住,近得没法儿再近,要想搂抱她伸伸胳膊就行了。

她心说,要搂你就搂吧!要亲你就亲个够吧!反正你也是北大荒返城知青,让你占点便宜也是“自己人”之间的小勾当,别得寸近尺就行。

他真伸出了胳膊。看来没有一下子搂抱住她的意思,因为他只伸出了一只胳膊。

他的一根手指戳着她的心窝,瞪着她,半天也不开口,眼睛贼亮贼亮。

这算怎么回事嘛!要来什么你就来真格的,来了你就走。别走了不甘心,凑到跟前又没胆量。这两年里受坏男人调戏欺负不是五遭六遭的事啦!何况你不坏,我不会像对付他们那么对付你,不就是亲亲搂搂这一套嘛!让人不耐烦劲的!屋里没开灯,时间长了我儿子害怕。

“你有良心没有?”终于,他口中硬邦邦地挤出了一句话,手指仍戳着她心窝。

她万没料到他会异常严肃地谈到一个异常严肃的问题。本不够严肃的内心活动顿时严肃地收敛了。

“你以为我没有良心吗?”答话便也相应地严肃。

严肃的因子在二人之间互相撞击,他们的话仿佛噼噼啪啪地闪烁着电花。

“我是以为你没良心。”

“良心又不长在脸上。”

“你他妈的就是没良心。”

“你敢再骂一句他妈的,我还扇你耳光。”

我两年的闯荡生活中，到处受人欺。有时敢怒而不敢言，有时连怒都不敢。如今回来了，对你还得惧怕三分么？她愤懑地想。

“替你照顾了两年儿子，为什么连个谢字都不讲？你以为你月月寄回那点带臭鞋味儿的钱，付操心费就绰绰有余了么？”

带臭鞋味儿的钱——她受了严重的侮辱。她使劲儿打开了他那只手，那只手的食指恰恰正戳着“良心”的部位。他居然说她没有！

“你是聋子啊？我在你家说了成筐成箩感激的话。都快说满你家一屋子了，你怎么就一句没听见?!”

“你那些话是对我妈说的！”

“对你妈说和对你说有什么两样？”

“就是两样！我妈是我妈，我是我！……”

她困惑了，她真的困惑了。这人怎么这样？她没法儿明白他。姚守义姚守义，我要是哈哈大笑，能怪我嘛！

也许她真的笑了一下，因为他的手指又戳到了她“良心”所在的部位。既然认为我没良心，还往这儿戳！

“你儿子都上小学二年级了你知道不知道？你问问他天天晚上是谁辅导他写作业的！你问问他每次是谁去开家长会的！你问问他考试得了五分，是谁替他高兴得大声唱歌？你问问他没有勇气参加运动会赛跑，是谁那一天专为他请了假，坐在场地外傻乎乎地喊：‘加油，加油’？是我！不是我妈！……他病了，深更半夜是我背着他上医院！他闯了祸，别人骂他‘有娘养没娘教育的’，我脱了棉袄要跟人家打架！他就是我一个小弟弟，就是我一个亲儿子，对他也没那么多耐心烦儿！你问问他……”

“叔叔好……”

一个诚实的微小的声音。孩子不知何时从屋里出来了，站在妈妈和叔叔身旁，仰脸望着两个最亲的大人。

他低头看了孩子一眼,十分伤感地说:“你妈她没良心……”

说了便走。

曲秀娟一时怔住在那里。上次到守义家,没见儿子时,有一大堆想知道的,巴不得同时都知道。见了儿子,却只顾抱住亲,抹眼泪,似乎什么都不必问了,似乎什么都知道了。接着就说感激的话,就滔滔不绝地讲述自己的种种经历,种种体会。把个守义妈听得一会儿为她悲,一会儿为她笑;一会儿婉言安慰,一会儿拍手称快。话题的中心,不是儿子,倒是她自己了。回来后,又忙买房、收拾屋子,也顾不上儿子……

儿子竟上学了……上二年级了!

“乖,你真是上学了么?……”她蹲下。双手抓住儿子的两条手臂,仿佛不相信地问,那声音不禁发抖。

“嗯。”

“上二年级了么?”

“嗯。”

“每次考试都打五分?”

“嗯。”

“会写妈妈的名字?”

“嗯。”

“那你为什么不给妈妈写信啊?”

“想写来着……不知道往哪儿写……”

是啊,是啊,自己今天住在这儿,明天住在那儿,没个长久的落脚地,叫儿子往哪儿写啊!……

她一下将儿子搂在怀里,心间充满愧疚。你啊你啊,你这个当妈的,怎么就没对他说一个谢字呢?人家是有理由生你气的呀,你还觉着人家可笑……

第二天,儿子比她醒得早。是儿子推醒了她。

“妈,我听到叔叔叫我……”

“瞎说,做梦了吧？……”

她平静地躺着。环视着房间。第一次体会到,家,这是一个多么令人感动的字！

我的家,自己的家,和儿子共同拥有的家。多好啊！她幸福地想,多好的一个小窝啊！

女人需要自己的家乃是女人的第二本能。在这一点上,她们像海狸鼠。普通的女人尤其需要自己的家,哪怕像个小窝一样的家。嘲笑她们这一点的男人,往往自以为是在嘲笑平庸。他们那种高贵心态不但虚伪而且肤浅。他们忘了他们是男人之前无一不是在“窝”里长大的。公子王孙的“窝”是宫室,平民百姓的“窝”更像窝罢了。不过人类筑窝营巢的技巧比动物或虫鸟高明罢了,就这么回事。根本就这么回事。

墙是淡粉色的。她喜欢淡粉色,淡粉色使她内心里感到一种语言难以表述的微妙温馨。窗帘是紫红色的。她一向认为紫红象征着荣华富贵。荣、华、富、贵她的生活中都没有,今后注定了也没有。没有就没有,她不在乎。但是这种色彩的一块绒布却很便宜,并且结实。色彩是精神的物质。她的心最容易满足。床上一对绣花大枕头和儿子的一只格格的小枕头,都是新添的。绣花大枕头本不想买一对儿,可商店不拆对儿卖。晚上还是得拆对儿,闲放在沙发上一只。新的“一头沉”,散发着漆味儿。方砖地刷了几层油,米黄色的,倒也挺光滑。墙上挂着明星大挂历。作甜蜜状的刘晓庆笑得有点诱惑人,乜斜着眼睛。她崇拜刘晓庆,却一点儿不嫉妒,嫉妒是人自己造成的痛苦。从现在开始她要为自己弥补欢悦。

这个温馨的小窝可以说是由粉、红、米黄三种色块组成的。仅有的八十年代的标志,便是明星大挂历。将它扔出去,这个家会使年代一下子倒退至少二十年。如今的戏剧舞台上出现的那个年代的幸福小家庭的布景，比如一个青年工人的幸福小家庭，大抵这样。墙上贴几张那个年代的年画更没治了。

她也只能把自己的小窝布置到这样的水平。不唯是经济基础所决定，更主要的是她还来不及追随上八十年代。能回归到过去年代的淡粉色和紫红色的习俗的简陋的温馨中，她已经觉得很不错了。能在这种小小空间中体味生活的美好，已经大大超出她的奢望了。能从这个起点上扑奔生活，她已经对生活十分感激充满信心了……

刘晓庆乜斜着她，她也乜斜着刘晓庆。刘晓庆的甜蜜是不无几分靠演技的，而她的甜蜜是内心渗出。刘晓庆笑得有点儿媚，她笑得却幼稚而天真，近乎傻气。

她在心里对刘晓庆说："哎，姐儿们，你活得怎么样？瞧你那春风得意劲儿的！我儿子都上二年级了，你趁儿子吗？没儿子赶快生一个吧，生个女儿也行嘛！现在别人嫉妒你，过几年你脸上出褶子了，就该嫉妒别人了！到那时候够你心里翻醋的……"

她竟有点同情红遍全中国的大明星了。

"妈，是叔叔在外边叫我……"儿子说着慌慌忙忙地就穿衣服。

"真的？我怎么没听见？……"

他可别登上家门来讨几句感激话！

"先别开门，等我也穿上衣服……"

她的话还没说完，儿子已开门跑出去了。

这个儿子！……这个姚守义！……一大清早就跑我窗前转悠！邻居们看见算什么事呀……

她也慌慌忙忙坐起来穿衣服。刚穿上一件小胸衣，听到门外姚守义和儿子说话声，赶快又躺下，缩进被窝，将脸转向墙，屏住呼吸，装睡。

堵人家被窝……不兴这个嘛！

门开了,儿子的脚步走到了床前:“妈……”

傻儿子！……姚守义,没你这样的男人！……

她不动,不睁眼。

“妈！……”

还不动,还不睁眼。

“我都起来了,你还睡懒觉呀？……”儿子竟将她的被揭开了！

她立刻又扯过被子盖在身上,别提有多恼火有多窘。不睁眼是不行了,只得睁开眼。姚守义却原来并不在,她想想,觉得自己太可笑,格格地就笑个不停。

“妈,你笑什么呀？……”

儿子奇怪得眼睛都竖了。

忍住笑,问儿子:“那个姓姚的……叔叔,跟你在外边嘀咕些什么呀?”

“叔叔把我的书包送来了。妈你昨天都忘了!”

“自己的书包,自己不想着！要是人家不给你送来,今天你还不迟到?”

“叔叔扛来了一麻袋大白菜。”

“白菜？……一麻袋？……”

“满满一麻袋呢……叔叔说怕咱们没菜吃……”

“你没谢谢他?”

“不用谢。”

“胡说。”

“叔叔讲过的不用谢嘛!”

“怎么讲的?”

“他讲,他讲……我再对他说谢……就揍我……”

“……”

她穿好衣服走到外面,看见门口那满满一麻袋大白菜,仿佛觉得阳光瞬间更明亮了一下……

那天，在他家那条胡同口，她碰见了他。更正确地说是她在那儿等待他。

她问："叫我怎么谢你呢？"

他不吭声。

"我给你做一双牛皮鞋吧？我师傅还教会我做皮鞋了呢？保证比买的样式好，耐穿……"边说边低头看他脚，"你肯定穿三十九号半的，没错吧？"

他一扭头走了。

第二天，她又在那儿"碰"见他。

"我多给你做几双……行了吧？"

他又一扭头走了。

第三天，她还"碰"见他。

"你这辈子就不必再买皮鞋穿了……我说话算话！"

他还是一扭头就走了。

第四天，谁也没碰见谁。

吃过晚饭后，她儿子来到了他家，先问"姥姥好"，接着对他说："叔叔，我妈请你到我家去。"

把个"请"字说得十二万分礼貌。

"什么事儿？"

"请你吃晚饭。"

"吃晚饭？我吃过了，不去！"

"我妈嘱咐我一定得把你请去……叔你就去吧！"

"不去！"

坚决得很。

孩子那模样失望极了，站在他面前不走。

守义妈一旁火了："你摆什么架子？孩子这么请你都不去！人

家一片诚心，吃过了你去去也是个意思！你给我去！你给我去！……”操起鸡毛掸子打他。

他跟去了，像一头被牵往屠宰场的牛似的跟去了。

她从窗子望见他，腰间扎着围裙迎出门，笑道：“真怕你不给我面子呢！”

她觉得她在努力掩饰着内心的某种小紧张。因其小，不屑于猜测。母子俩一左一右将他“挟持”到里屋，但见里屋一位大姑娘，穿件宽松的毛衣端坐在沙发上。大姑娘的毛衣——不是大姑娘，花团似锦的一片。

他扭头就往外走。

她在外屋拦挡，孩子揪住他衣襟。

“你原来是请我陪客？”

他的声音虽然很低，怕那大姑娘听到觉着尴尬，却把个“请”字说得恶狠狠的。

她那双眼睛顿时被哀求充大了。

“不是外人，是我二妹！亲的！我不骗你，不是你陪她，是她陪你啊！”

二妹在里屋开口了：“姐，你把话说明白啊。我用不着他陪我，我也不是来陪他的。不过在你这儿互相认识认识罢了！人家不愿意认识，让人家走嘛！大路朝天，各走一边。我干吗好像巴结似的非要认识一个木材厂的工人？……”

听起来不卑不亢，但每句话的核儿里都分明浸透着淋淋漓漓的傲气！

他犹豫片刻，不知心中怎么想的，竟笑了。

“好吧。既然是二妹，早早晚晚得认识。早认识比晚认识对劲儿！”

说完，摆脱了揪住衣襟的孩子，故作趾高气扬地跨进了里屋。

二妹连身子也没欠一下，只瞥了他一眼，自顾嗑瓜子儿，嗑得比松鼠嗑松子儿还快。

他当了十年局长似的坐在另一只沙发上，抓了一把瓜子儿，也嗑起来。二郎腿架得气派十足而规矩，悠悠然地晃荡着。嗑也嗑得斯文，不像那二妹嗑得那么快。她那种嗑法儿，仿佛三顿没吃饭，想靠瓜子儿顶饿。

她不看他，他也不看她。她瞥他一眼，他回报一瞥。抛还及时，不拖不欠。

二妹耐不住这等沉默。想必瞥顾频频，眼神也有些累了，说："这瓜子儿炒'大'了！"像对自己说。

他说："不'大'，火候刚好。"也像对自己说。

隔会儿，她又说："正阳路上新盖了个小邮局，往后邮信近便多了。"

他说："街口那个公共厕所装了盏灯，晚上去不用带手电了。"

她就又瞥了他一眼。目光若是伤人利器，他死定了。

他便又还了一瞥。以目光告诉她，我刀枪不入。

当姐的端入一盆干豆角，说："你们闲着没事儿，帮着剥剥。"

当妹的说："你又没泡过，剥了也不能做着吃啊。"

他说："能。先用高压锅炖。"

当姐的说："我还没买高压锅呢，我自有我的做法儿。"对他们笑笑，出去了。

他们便放下各自抓在手中的瓜子儿，剥着豆。

干豆角使他联想起了糖葫芦。联想起了糖葫芦也就联想起了自己当年挨那一记耳光。这本该是羞辱的联想却成了他美好的回忆，连当年那一记耳光他都觉着情味无穷。他不禁抬头睇视——姐俩长得毫无相似之处。姐姐是蛋形脸儿，妹妹是满月脸儿。姐姐瘦点，妹妹胖点儿。姐姐的眉眼长得好看，妹妹的嘴唇却比姐姐娇小迷人,真正的樱桃小嘴儿。公而论之,都不算漂亮,也都不丑;分不出个高下。

他的目光落在那双剥豆的手上。那双手大且白,软绵绵的,柔若无骨,如同用二斤精面粉做的。他十分惊异女人有这么大的手。

"我们奶牛厂的女工,都羡慕我这双手长得好!"

她以为他是在欣赏她那双手,话说得亲近多了。不失时机地又瞥了他一眼,眼神儿波递着点妩媚了。

"你……在奶牛厂工作?"

"是啊,我姐没告诉你?"

"没有……干什么活儿?"

"还能干什么活儿? 挤牛奶呗!"

他想象着她那双大且白的手挤牛奶的情形,肯定地认为奶牛一定是不会太舒服的,除非它的乳头三寸长。而她姐姐的那双手,不大不小的,看去则要灵活得多了。

"讲个笑话给你听,"她变得主动了,"我刚到奶牛厂时,见了奶牛对我瞪眼睛就害怕,不敢靠前。后来她们教我一条经验,挤奶前对奶牛作揖,并且还要说:'低头不见抬头见的,请多关照,请多关照'……真行!"

他没笑。她自个儿笑起没够儿。

他猛然一站,她吃一大惊。

他深深作揖:"低头不见抬头见的,请多关照,请多关照!"

她仰脸儿呆望着他。

他复作一揖:"低头不见抬头见的,请多关照,请多关照!"

她以为他逗乐儿,研究他半天。结果蛮拧。

她将手中那把豆摔在盆里,迸溅得哪儿哪儿都是,绯红了脸,起身往外便走。

"二妹,饭菜眼瞅着做好了,你别走哇!"

“姐……哼！他拿我当奶牛！……”

门哐地一响。

当姐的沉着脸出现在里外间门口。

“你成心把我二妹气走是不是?”

“是。”

“你一点儿都没明白我的好意是不是?”

“没明白我能成心把她气走么?”

“我二妹哪点儿配不上你?”

“配我个木材厂的工人绰绰有余。”

“那你嫌她是在奶牛厂工作?”

“在奶牛厂工作有什么不好？干哪行吃哪行。我爱喝牛奶。”

“那你究竟不中意她什么?”

“我不喜欢圆脸的!”

“是这……样,还不中意她什么?”

“我不喜欢她那双手!”

“手……她手是大了点……可白啊……”

“再白我也不喜欢!”

他们互相隐忍地注视着,比赛涵养。

她忽而一笑,用息事宁人的语调说:“得,算我今天白费了番心机。我三妹也没对象呢,过几天我再安排你见见我三妹。咱们吃饭吧！……”边说边解下围裙。

他一步从豆盆上跨过去,跨到她跟前,咬牙切齿地说:“告诉你曲秀娟,你有一万八千九百九十九个亲妹妹,我这辈子打光棍,也不会娶她们哪一个。这口气我是跟你赌定了!”

“你跟我赌什么气?”

“你心里明白。”

“我不明白。”

“你装不明白。”

“我也告诉你姚守义。你为我儿子操了两年心,我没什么足以报答你的,想成全你的婚姻,了却你妈一块心病,才把亲妹妹引荐给你。我两个妹妹都不是嫁不出去的！你别不识抬举！我曲秀娟知恩图报,我的好意尽到了。你不领情是你的事！从此咱俩谁也不欠谁了。你滚,你给我滚!”

“滚就滚。从此我不跨这门槛儿!”

他扬扬长长地滚了,一副大丈夫气概。

孩子追出门,眼泪汪汪地拽住他手:“叔叔,你别和我妈生气,别和我妈生气……我妈这次又没打你……”

当年那一记耳光,不知为什么,连孩子也不忘。

他叹口气,挣脱手,抚摸着孩子的头说:“你不懂……你小小孩儿能懂什么呢？……”

如果说在返城后的最初两年中。严晓东的全部精力投入在他的“事业”中,废寝忘食折腾小买卖,姚守义却一直害着痛苦的单相思。一记耳光不但没能使他成为“可以教育好”的男人,而且将他穿糖葫芦时那种情欲的冲动扇得深刻了。不少男人都是挨了女人的耳光之后更爱她们的。

单相思的并发症是失眠,严重了神经衰弱。他的睡眠已经得靠“安定”保证了,还以神经衰弱的名义休过病假。孩子天天在他眼前转,看着孩子他就想孩子他妈。曲秀娟在外地想到过他,梦见过他。想他会不会对那一耳光之耻耿耿于怀,给她的儿子什么气受;梦见他百般虐待她儿子。梦里哭,醒来更哭。生活往往就是这么阴错阳差,差那么一丁点儿不对劲。好比螺丝帽和螺丝杆儿勚了一环扣,硬拧非但拧不上,还两败俱伤;寸劲儿碰巧了,噌噌地就拧上。

换了别人,见到曲秀娟,就找个机会一吐衷肠吧？成则皆大欢喜，不成也断了相思病根。咱们的姚守义不，咱们的姚守义是汉子，起码他觉着他自己是汉子。而汉子在爱情方面，往往是不得法，缺乏要领的。他夜里梦见人家，白天想着人家，还把人家一个做了妈的女人当怎么看怎么不顺眼的小女孩数落，并且希望人家从他这种矫情的态度中悟出什么爱的真谛。另外，他那汉子或准汉子的心理上也有着一点儿不正大光明——我爱你一个离过婚的女人，还得我上赶着表白么？再汉子的汉子，爱一个离过十次婚的女人，不表白人家又怎么能知道？“红先黑后”没定为爱情法，女人们可以不当他这一条是个正经事儿。何况曲秀娟的师傅是修鞋的，不是心理学家，没向她传授半点儿研究男人心理的学问。

但从那一天他对她说“你装不明白”之后，她终于明白了。她又不傻，还不明白则一定是装的了。她既明白了，就觉得他和她这事儿是不能成的了，成了也没好前景。

他怎么是这么样一个男人？她不无遗憾地想。

“红先黑后”。只要我主动，他就是我丈夫了，没跑。是我丈夫了他能对我好么？他若对我不好我怨谁去？他还会理直气壮地说：“谁让你上赶着非嫁给我的？”

离过一次婚，对第二次结婚她就有点怕。三十多岁了，再离一次谁还要我？我又不是二八女郎，如花似玉。那不彻底毁了自己么？第二次是个希望，是失去了可能就不会再有的希望。她不敢轻率地将它交付给姚守义。

就算自己和他结了婚后能忍受他的气，对儿子的心灵也太残酷了。她可不愿使自己这个母亲的形象在儿子的小心灵中是个可怜虫！宁肯不嫁！嫁就一定要嫁个看准了的！

生活已经将咱们的曲秀娟教得很理性了。用理性这把快剪刀，她果决地剪断了自己同姚守义之间的恩恩怨怨像从自己头上剪掉一绺头发似的，有点儿惋惜，但也没什么太舍不得的。况且，她毕竟对他的脾气秉性不甚了了,更谈不上有什么感情基础。

孩子却仍像一根针,在二人之间穿纫。不连着“线”,也就不起作用,只传递些没价值的“情报”而已。姚守义倒十分重视一切有关她的“情报”。她对有关他的“情报”总是淡然一笑。

转眼三四个月过去了,姚守义期待得特不耐烦。他原以为只消三四天后,她便会在哪儿再“碰”见他,对他说:“那我不给你做皮鞋了,我给你做老婆吧!”或者把话说得含蓄点儿,他也是可以表示同意的。她却不再主动“碰”见他,而他要主动“碰”见她也“碰”不见了!

这个女人不寻常——他想。因为她不寻常而更爱她了,每天临睡前多服一片“安定”。

后来厂里派他到大兴安岭联系业务,一去就是两个多月,有关她的“情报”完全中断。他打熬不过相思之苦,在一封家信中写道:“我曾答应替小曲修修房顶,可一时又回不去。雨季来临,她那房顶必定漏雨,让她另找人帮她修吧!”闲笔一提似的。

挺快就收到了弟弟的回信。满满一页信纸上,他一眼就钩出了“曲”字:“我去问过她。她说,她不记得求你帮她修房顶这码事儿。倒是有个人这几天在帮她修房顶,还拉来一车板皮修她家小院儿。她要和那个人结婚了,咱妈都送了礼……”

弟弟不“明戏”,从这几行字看不出半点替他遗憾的成分。

他向林场交待几句,当天就动身离开了。人家见他那种失魂落魄的样子,还以为他家着火失盗或他妈突然重病了呢。不便深问,任他离去。

风尘仆仆,夜里才下火车。不回家,截辆出租小汽车直奔她家。她家的窗子已黑了,月光下那幢小房子似乎神秘莫测,像警觉的狗蹲着。

也没多想,他就敲窗。

“谁？……”她的声音，忐忑的声音。

“我……”

“你是谁？……”

“我是……守义……”将姓省略了，现套近乎。

“你……不是出差了吗？……”

“回来了！”

“回来了？……今天我还见到你妈……你妈说你没回来！……”

分明的，她还不敢相信外边的“我”是他姚守义。

“我刚下火车！难道你就听不出我的声音?！……”

他急了。吼。

她不应声了。他又敲窗。

“那你干吗不回家呀……”

分明的，她相信外边的“我”是他姚守义了，也就分明的更对他深夜敲窗的动机犯疑了。

“有话跟你谈……”

“有话明天谈吧！……”

“明天就晚了！……你再不开门我可要砸门！”

屋里一阵寂静之后，灯亮了。他舒了第一口气。

门打开一条缝。他欲推门闯入，却不能推开，门还有铁链闩着呢。

他毕竟可以从那条门缝看见她的脸了。

“就这么说吧……”

“不行，你让我进屋吧！进屋才说得清楚啊！……”

“你丢公款了？惹祸了？……”

“没丢公款。惹大祸了！……”

“你……伤了人?！……被追捕着?！……”

“哎呀求求你，先让我进去！……”

她犹豫一下，终于拔掉了链锤儿。

他一进去，就将暗锁划上了，将链锤儿也插上了，同时舒了第二口气。

“救救我！……”他抓住她双手。

“什么事儿？……怎么救？……”她挣出双手，不禁退后一步。

“你要结婚了？”

“嗯。”

“跟谁结婚？”

“商业局的一个科长……四十多岁，人挺老实……”

“我才不管他老实不老实！反正你不能跟他结婚！……”

她的心稍稍镇定了些，问：“就为这事儿你从大兴安岭赶回来，深更半夜敲窗砸门？”语气很平静，却冷冷的。

“不错！就为这事儿！”他向她跨一步，吼，“你他妈的是想要我的命！……”

“我……不明白……”她摇头。

“你他妈的还装不明白！”手指戳着她心窝——他以为有或没有良心的那个地方，“你明明白白！”

她不禁又后退一步。

“你得嫁我！除了我你谁也不许嫁！……”

“小声点儿，你吼醒我儿子！……”

“我不管！你儿子对我有感情！你不知道么？除了我姚守义谁能当好他父亲？谁能？！……”

他的话夹着一股冲天怨气。

里外屋的门没关严。从里屋透射出来的灯光映在他脸上，他的脸明一半暗一半。明的那一半是愤怒的，暗的那一半什么表情不得而知。

她退至门前,将门反手带严了。

漆黑中,他听到她自语般地说:“晚了……”

“不晚……”

“我怕……”

“你怕什么?……怕那个科长找麻烦?一切有我你别怕……”

“我怕你……怕你将来给我气受……我后悔莫及……”

“我,会给你气受?……”

他忽然跪下,抱住她的双腿,将脸偎在她身上委屈地呜呜哭了:“你要是忍心害我……我……我一辈子不结婚了……”

“唉……”很怜悯的一声长叹,她就抚摸他的头。

男人在这种时刻差不多总是得寸进尺的。他一下子站起来,将她搂在怀里,狂放地就亲她。

“不,你别……”

他却像捧小孩儿似的将她捧了起来,一脚踢开门,进入里屋。

“你疯了!孩子醒了多不好……”

“好。他也会觉得好……”

他轻轻将她放在床上,笑逐颜开地瞅着她。

她一动不动,也瞅着他说:“没你这样的……”

他就拉灭了灯……

第二天早晨,孩子惊诧地发现妈妈和叔叔似醒非醒,依依偎偎地躺在一个被窝里,也钻入了他们被窝。

当母亲的羞得无地自容,脸比山楂还红。一翻身想爬起来,被他一手按住了。

“起那么早干什么?你是自由职业者。今天你就放自己假呗!”

她顺从地又躺下了。复闭上双眼,没勇气再睁开一下。

孩子一手搂着妈,一手搂着他,高兴地问:“叔,从今往后咱们是一家人了吧?”

“儿子,你中间插一杠子干什么!”他在孩子屁股上拍了一巴掌,“往后不许再叫我叔！要叫爸。八、拔、把、爸！第四声,发音得准确!”

“八拔把爸！爸,爸爸,爸爸爸……”

“好儿子！练习得不错!”

屁股上又挨了一巴掌。

她仍闭着双眼,抿嘴强忍住笑,心中荡起一阵幸福的小波涛。一切似乎又都很对劲儿了,好像本来就该是现在这么回事儿。不是现在这么回事儿倒是太不对劲儿了！昨夜他拉灭了灯以后她的感觉是良好的。幸福不就是一种感觉么？他对她是亲爱的。是不是亲爱很重要。女人最能体味到男人对她们是亲爱的或仅仅不过是“爱”而已。前者后者的区别那可就大了。爱之对于女人,若无亲的感觉和情味,则只能使她们冲动罢了,冲动不是幸福。她这会儿的感觉尤其良好,再作一次妻子无论如何是很值得的,她想;并对自己曾一度打算孤身生活下去的念头进行嘲讽和批判。那是多么的傻！虽然她是个结过婚的女人,可第一个作过她丈夫的那男人并未曾给予她什么亲爱,一点儿也未曾给予。那男人只不过需要她,更准确地说是需要一个女人,一个白日里侍候他夜里还得侍候他的女奴。他是一个又懒又馋又自私又软弱在“火红”年代什么男人的享乐都想获得什么男人的责任都不想付出的知青队伍中的“少爷”。

“哎,”她慢声慢语开口道,“咱俩得说清楚,咱俩究竟是‘红先黑后’,还是‘黑先红后’啊?”

“‘红先黑后’嘛！这不是明摆着的事儿？……”

“你再说,你再说！……”她倏地一翻身,一只手拧住他耳朵,嗔怒地瞪着他。

“‘黑先红后’‘黑先红后’就算‘黑先红后’还不成么！……”

“就算？怎么叫就算？你这人太缺德……”

“好好好，不算，不算……”

“不算更不行！照我的话说——我和曲秀娟是‘黑先红后’！天地良心证明是‘黑先红后’！……”

“我说，我说，拧疼我啦！我和曲秀娟是‘黑先红后’！天地良心证明是‘黑先红后’！……”

“儿子，听见了没有？将来他给你妈气受，你也得替妈证明！……”

“我当然证明啦！”儿子开心地嘻嘻笑，随后问，“妈，什么是‘黑先红后’呀？”

她放开他耳朵，说：“就是他上赶着来给你当爸的！”

儿子认认真真地说：“妈，这我愿意作证。我才不喜欢那个人呢！他比叔叔老……”

“叫我什么?!”

“他比……爸爸老，还镶着一颗银牙！还总爱说‘是的，是的’，还总爱眨巴眼睛……”

姚守义哈哈大笑。

她也难为情地笑了。

这时，有人敲窗：“小曲，小曲，你起了没有？……”

她立刻一手捂住他的嘴，一手捂住儿子的嘴。

“你还没起？……”一个女人的声音。

“没呢……韩嫂你有事儿？……”

“可不有事儿咋的！你先给我开门，外边冷着呢！”

“这……我儿子病了……发烧啊……受不得一丁点冷风……有事儿你说吧，我在屋里听着……”

“你儿子也病了？咋整的，赶一块堆了呢！那我告诉你说呀，老赵他住院了！你别心急啊？阑尾炎！阑尾炎你也得去看看人家呀,是不是？现在人家需要你表现这份儿情意嘛！是不是？……我的话你听清没有啊？……”

“听清了……”

“那你今天抽空儿就去看看人家吧,我替你照应儿子！”

“好……我去！……”

“那我走了……”一阵脚步踩雪的嘎吱声渐远。

她缓缓坐起,缓缓将双手从他和儿子嘴上收回,探身撩开一角窗帘。

好大一场雪！足有一尺厚。

“谁？……”他问。

“介绍人。”她放下窗帘,呆愣愣地瞧着他。

“什么介绍人啊？”

“你装糊涂是不是?!”她像只猫似的扑到他身上,又是打又是咬又是掐又是拧,十八般武艺大显身手。足足发泄够了,她就双手掩面哭了。

他受了惩罚后才明白“介绍人”是“什么”,也就明白了“老赵”何许人。好情绪从名不正言不顺的小家庭的小甜蜜小欢乐中狼狈地爬了出来,惭愧地望着她。

“我这算是怎么回事？都是你搅的！贺喜礼物我都收下十几份了！还有你妈送的大花脸盆！……”她边哭边恨恨地数落他。

他环视着屋里。这屋与先前不一样了。新添置了圆桌,茶几,大衣柜,五斗橱;十几份红纸包裹的贺礼放在五斗橱上,茶几上还放着一沓剪好了的金色喜字;墙上,连她与“老赵”的合影都预先挂了起来。

“老赵”虽然还不到该老的年龄,可那样子却“走得太远”了点儿,已经快“完全彻底”的秃顶了。苹果脸儿——好大个儿的苹果脸儿,红扑扑的苹果脸儿,因为照片是彩色的。四十多岁的男人而苹果脸儿,是很有失男人尊严的,这是美学规律。他在照片上幸福,不,毋宁说是幸运地笑着——确实有颗银牙。还好,是银牙,不是金牙,若是颗黄澄澄的金牙,他那笑就超过马季演相声时的“特写”水平,该令人喷饭了。

看去人挺厚道的。姚守义望着照片想;心中不免感到惭愧,且感到罪过了。

“是怨我。真是怨我……”他转脸望着她老老实实地承认,“怨我没弄好,把简单的事儿弄复杂了……你别急……现在,现在么,我们就得把弄复杂了的事儿再往简单了弄,也许不难弄……”

“叫我怎么对人家解释呢?……”她仍哭。

“妈,别哭了……要不我去告诉他,我说我不喜欢他,喜欢叔叔……”儿子见义勇为。

“爸……”姚守义大声纠正。

“滚一边儿去!显不着你……”她将儿子推开。

姚守义默默穿好衣服,下了地,站在床边,望望她,望望孩子,望望“老赵”,用一种将功折罪的敢作敢为的口气说:“我替你到医院去看望他,我替你向人家解释,我替你向人家赔礼道歉……我一定能弄好……”说罢往外走,一副颇为自信的样子。

“你站住!……”

他在门口站住。

“你要多跟人家说小话儿……只许人家对你发火,不许你对人家发火……一口一句小话儿才好……”她“三娘教子”一般叮嘱。

“求人家多多原谅的事儿,我哪还能跟人家发火呢?我保证一口一句小话儿……”他苦笑道,“即使人家骂我个狗血喷头,我也点头哈腰听着!”

“你说,是不是自作自受?”

“是，是。咱们是有点自作自受……”

“没我！是你，你自作自受！还咱们……”

“对，对。我自作自受……”

“去吧！反正全靠你了……”

“你安心在家等我好消息！”

他就走出去了。

她想安心，那颗心却没法儿安定下来。坐也不是，站也不是。当妈的没心思吃一口早饭，当儿子的没去上学。小学二年级生认为，叔，不，爸带回个什么结果，对于妈妈和对于自己是同样重要同样严峻的。两年多没叫爸了，爸字竟不那么顺口了。八拔把爸，爸爸，爸爸爸……

中午时分，将事儿“弄复杂”的才能大大超过将事儿“弄简单”的才能的“爸”回来了。娘俩一见他那沮丧的表情，不问就明白七八分了。

他一句话不说，进屋便一屁股坐在沙发上，闷头吸烟，间插长吁短叹。

明白七八分了她还是得问啊！

“你到底跟人家发火了？”

“没有。”

看他那样儿是没有。

“像我叮嘱你的，一口一句小话儿？”

“一口一句小话儿。”

“人家骂你了吧？”

“没有。”

“那人家肯定骂的是我了？”

“没有。”

“没有？”

“没骂我,也没骂你,人家挺有涵养的。”

“究竟你们怎么谈的?你倒是说说嘛!”

“还能怎么谈?”他抬头看了她一眼,扔掉烟蒂,使劲儿踏一脚,“我把我们之间的事儿,原本该多么简单,后来如何没弄好,被我弄复杂了,跟人家一五一十讲了一遍,请人家原谅,宽恕,高抬贵手……”

“他怎么说?”

“他说,让小曲亲自来跟我解释。”

“就这么一句话?”

“就这么一句话。”

“始终就这么一句话?”

“始终就这么一句话……我走出去了,他还说,让小曲亲自来跟我解释……”

她默默地望着他,半晌,又问:“那你怎么办?”

“什么我怎么办?”他又抬头看了她一眼。

“到了这种地步,你如何打算?”

“你得是我的!天塌地陷你也得是我的!难道你还希望我眼睁睁看你嫁给别人不成!”

幸亏你还有这么大的一份决心,她想,凝视了他许久。她是又感到欣慰,又感到失望。你坐在那儿就一点着儿没有了么?你把事儿弄到了这一步,你个姚守义!

他又吸着了一支烟,闷头苦恼着,那副样子真是一点着儿没有了。

“那,我就去见人家!不见人家,我也内疚!”她异常平静地说,下了床,扎条头巾就要出去。

“你……别去!……”他低声嘟哝。

“不去行么?”

“是啊,你不去也不行……可我怕,你去了他会当面骂你一顿……”

“骂我,我听着。”

“你千万别跟人家吵……”

“这还用你叮嘱?”

“那你去吧……”

“我去了……”

她一出门,他便从沙发上站起,将孩子搂在怀里了。

“我没弄好……”他自言自语。

“叔……”

“又忘了!”

“爸,下一回……你可别瞎弄了……其实我妈心里对你好……那天她和……和那人照相回来,她都哭了……”

“傻儿子,哪还有下一回啊! 就这一次了。成也得成,不成也得成! 反正你得是我的,你妈也得是我的……”

“我和我妈都乐意……”

“你今天怎么没上学?”

“等个好结果呗……旷一天课也值得……”

他叹了口气。心想,姚守义你他妈的真笨,干吗就非得“红先黑后”呢? ……

他断定,“老赵”一定会当着同病房的另外两个男人的面,羞辱她,谩骂她,往她脸上啐唾沫……

他真想狠狠扇自己嘴巴子。

很久她才回来。其实不过一个多小时,他觉得是很久罢了。

她进了屋,也一声不吭地坐在沙发上,连头巾都懒得摘。

他想,她也大败而归了! 不敢问她。

“给我支烟……”

他慌忙递给她一支烟,并替她点着。

她默默吸,吐尽一口,吸足一口,吐尽才吸足。垂着目光。

他仍不敢开口问。

终于,她扔掉烟——吸得只剩过滤嘴。缓缓扯下头巾。

“我对不起你……”

“别再说这种话了,我得感激你……”

他怔了,愣愣地瞧着她。吃不准她这句话的意味。

半天,斗胆又问:“他把你好顿骂?”

“没有……”她离开沙发,扑到床上,拖过一只枕头,仰躺着。瞪着双大眼望屋顶。

“那……结果到底怎么样啊? ……”

“完……了……”

“他……不依不干? ……”

“他说……祝咱们……幸福……”

“他真……这么说的? ……”

姚守义一下子扑在她身上,追问。

“嗯……”

她闭上了眼睛,一滴眼泪从她眼角滴落枕上。

结果太出乎意料,他一时简直有些不能相信。

“是他……骗了我……”

“他骗了你? ……”

“他……他有那方面的病……我要真和他结了婚……可算怎么回事啊! ……”

她轻轻推开他,猛一翻身,脸埋在枕头上,呜呜地哭开了。

他站起在床前,瞧着她双肩耸动的样子,突然破口大骂:“姓韩的臭女人! 我……我去砸了她的家! ……”

“别骂保媒的……她也不知道……”

“不知道她给你保媒!”

“她是一片好心……”

他转身望着墙上的照片,怒从心底起,摘下来狠狠摔在地上。

“他不是好东西！……”

“别骂他了……他怪可怜的。被打过右派……劳改过……妻离子散,家破人亡的……如今不过想获得点儿生活的温暖……”

“他明摆着是坑你!”

“人家不是良心发现了么？……再说我们也做得怪对不起人家的,谁也不恨谁就是了……”

他瞧着地上的照片,不禁又捡起来了。那上边毕竟有她,他不知如何处置。

“烧了。”她不哭了,坐了起来。

他划根火柴,将照片点着。

它带着五颜六色的火苗飘落,渐渐化成一团曲卷的灰烬。

她说:“你到我跟前来。”

他就走到了她跟前。

她抱住他的身子,仰起脸儿,低声说:“你今后可千万别欺负我曲秀娟呀,你想我的命多不好！好了好了又差点儿糟了！所幸的是,我和老赵虽然都到了买东西、准备办喜事的地步,但结婚证我一直没去办。老赵催了几次,我心里总不是味,不到最后,我是不愿去办的,兴许咱俩真有这段儿缘分？……”

他笑了:“好险啊……”

他们成为夫妻前的这一段序曲,按说不该发生在他们这种年龄,那并不浪漫。但婚后他们思想起来,都觉得相当浪漫。仿佛增添了他们爱情的美妙情调。其实那也不美妙,滑稽而已。整整这一代的恋爱季节是荒芜的,三十多岁了而本能地要补上“维特的烦恼”和“少女之恋”这一课,弄出了滑稽是必然的。

那一天姚守义也没回家。隔数条街，十五分钟的路，他说不回去就不回去，他“乐不思蜀”。

那一天夜晚她花三千五百元买下的那幢小房子成了“梅辛那”的王宫。他们很出色地扮演了培尼狄克和贝特丽丝，就是莎士比亚戏剧《无事生非》中那一对儿“冤家”。不过他们都是本色演员。

那一夜他们絮絮叨叨不厌其烦互相保证成为对方的好妻子和好丈夫。后来生活证明他们都是说话算话的人。

第三天上午，姚守义回到家里，他妈还以为他是刚从大兴安岭林场回来的呢，忙不迭地要给儿子做碗热汤面。

他说吃过了——当然吃过了。

他妈见他扭扭捏捏，很是奇怪。

“你怎么那样子？”

“我样子怎么了？”

“让人看不惯呗……羞羞答答的！”

“妈，我……”

“有话就说！那么大个子了你别装小姑娘儿！”

“我……我结婚了。”

“你发昏吧！没正形的东西！”

“我真的是结婚了！”

“滚！……”

他没滚，摇头笑了笑，然后用商量的口吻郑重地说：“妈，你看小曲如何？”

“动人家心思？你小子晚了！人家过几天又快做新媳妇了！”

“那是，做我的新媳妇。”

“再胡说八道我撕烂你腮帮子！”

“妈，真的！我就是和她结婚了啊！”

“你！……”

他妈很注意地看了他几秒钟，见他并没有什么神经不正常的地方，操起笤帚疙瘩便打他。

“妈，你别打我呀！你听我说嘛，我前天晚上就回来了。这两个晚上，都是睡在她那儿的！不信你去问问她自己嘛！……”

“什……么？”笤帚疙瘩从当妈的手中掉在地上，“你，你们……”当妈的整个儿身子随之摇晃。妈送贺礼，儿子偷人，这缺德事儿顶风也得臭出十万八千里去呀！名誉很好的老太太哪承受得了这个！

“妈，你别急。你听我说，你听我慢慢说……我们也是感情凝聚到了这份儿上才……”他急忙扶着妈坐在一把椅子上，给妈倒了一杯水，又将“安定”放在妈手掌上两粒。

他妈两眼发直地盯着“安定”看了一阵，又抬头盯着他的脸，一字一句地说：“你，你给我，讲明白！……”

他便怎么来怎么去滔滔不绝讲得他妈云山雾罩，直替一对“冤家”着急，听到“峰回路转”时，又几乎拍案惊奇。

他终于讲完了，赔着谨慎问：“妈，这事儿，到了这一步，总算遂了我和小曲的心愿，就不知您心里头，高兴不高兴？……”

“我……高兴……高兴个腿！……”他妈双手一推，将他推坐在地上。

老太太接着放声大哭：“我这是哪辈子做了孽啊，婚姻事，你连一声招呼都不跟我这当妈的打！……回来了两个晚上你不着家……你你你……”

忽然她不哭了。曲秀娟领着孩子走进了屋。

“大娘，我向您认罪来了！”不愧是闯荡了两年江湖的个曲秀娟，不卑不亢，“我和守义，不能全怪他，我也够难讨好的。您要是还看得上我，我现在就叫您声妈。您要是看不上我，我也不为难守义，算我甘心情愿。我认了！”

老太太那哭,本就纯粹是当母亲的尊严受到伤害时的一种委屈,完全是冲着儿子的。听了曲秀娟的话,不禁破涕为笑:“傻孩子,我喜欢你。你心里还没数么?从今往后,我连儿媳妇带孙子一块儿都有了,我……这不等着你叫我妈呢?……”

“妈!”曲秀娟亲亲昵昵地叫了一声。

“奶奶!”孩子也甜甜蜜蜜地叫了一声。

“哎!……”老太太接连应了两声,一时间又乐得合不拢嘴。

一对儿“冤家”,当日去起了结婚证,不张不扬地就成了夫妻。

曲秀娟办事儿滴水不漏。后来又与姚守义挨家挨户给那些送了贺礼的人回送喜糖,解释说“老赵嫌我脸黑”,一句话就遮掩过去了。

生活就像下棋。有人一辈子不顺,往往因为关键的一步走错了,叫做“无力回天”。而许多人的错棋,又往往因为一时的任性,一时的糊涂,一时的软弱或一时的刚愎,一时的赌气或一时的泄气。“一失足成千古恨,”老祖宗这句话是从多少遗恨中总结出来的!生活算是够抬举姚守义和曲秀娟的了,还恩赐给了这对“冤家”一步悔棋。要不,谁知道他们如今是否都觉得挺幸福的呢!……

不管多少人满腹牢骚,不管多少人怨气冲天,公正论之,一九八六年对于中国人来说还是怪不错的一年——这一年中国消费了数字惊人的生日蛋糕。糕点厂的生日蛋糕越做越大价钱越来越令人咋舌,然而常常供不应求。过生日普遍地买生日蛋糕送生日蛋糕,且要买上好的送上好的,足见普遍的中国人日子在朝好的方面过渡。

曲秀娟为自己买了一盒十六元多的生日蛋糕。守义妈没说贵,守义没批评她太铺张,她自己还后悔买小了。

儿子打开盒盖看了一看,摇摇头说:“妈你就给自己买这一种啊？我们同学过生日，买的还是带鲜红樱桃的呐！”

严晓东弥补了曲秀娟那点儿遗憾，拎来了一盒更大的，外加一瓶“茅台”。

守义仔细研究商标，问：“不是冒牌货拿来糊弄我吧？”

“什么话！”严晓东从他手中夺下酒瓶子，往圆桌中间一放说，“我是要陪你喝的。难道我还糊弄自己不成？”

守义妈正在厨房拌凉菜，听了他们的话，两手是油走进屋，拿起那瓶酒说：“听人讲这‘茅台’是名酒，以前却连瓶儿也没见识过！感情这酒瓶儿和其他的酒瓶儿还就是不一样。一会儿我也得抿几口……”

话没说完，油手一滑，“茅台”就往地上掉。

守义“哎呀”一声，急忙便接，哪里来得及！啪的一声掉在地上，眼睁睁见它碎了。

顿时，满屋弥散香冽的酒气。

“妈，你看你，也不小心点！……”守义顿足埋怨。

“我……”老太太竟蹲下身双手去捧油漆砖地上的酒液。“茅台”啊！

晓东心里也不免觉得扫兴。不过一点儿没表示出来，反而哈哈笑了，搀起守义妈说：“大娘，别心疼！您千万别心疼！今天这瓶儿，就算先请您闻闻味儿，过几天我再送一瓶儿给您喝！”

老太太讷讷地说：“我岂不是没喝‘茅台’的福分么，我岂不是没喝‘茅台’的福分么……”

秀娟也从厨房走进屋，问晓东：“大哥，你多少钱一瓶买的？”

晓东打着哈哈说：“不贵，不贵，我是从内部搞的，才九十元一瓶。”

秀娟吐了下舌头，操起拖把拖尽酒液。

晓东又打趣道：“弟妹，你两天内甭涮拖把。这酒味不但好闻，还杀菌呢！”

秀娟笑道：“大哥如今真不愧是阔佬了，尽说财大气粗的话！”转脸又对守义妈说，“妈，您凉菜还没拌好呢！”

“大娘您拌凉菜去，您拌凉菜去。我就爱吃您拌的凉菜！还是多放芥末，少放酱油。”晓东一边说，一边往厨房推守义妈。还亏他这么嘻嘻哈哈的，才将守义妈从尴尬中解救出来。

老太太进了厨房，晓东落座在沙发上，习惯地架起二郎腿，点燃支烟，吸了一口，悠悠地吐出，问守义：“又一个半月没照面儿了，近来怎么样？”完全是一副老首长对当年的小勤务兵说话那种口气。

在守义家，只有在守义家，严晓东才能找到一种优越的自我感觉。守义妈敬着他，守义敬着他，小曲敬着他，他自己更加敬自己。倒不因为他成了阔佬，因为他和守义的情谊。也只有在这个家庭，他才能感到如今世上还有钱所不能取代所打不倒的情谊存在。在城市，在八十年代，人寻找到这种亲情太不容易了。观念的嬗变远比金钱对人的摆布更放肆。这是古老文明对所谓当代意识付出的代价之一，也是当代人面临的痛苦之一，当代人只有乞灵于那样一句话——“习惯成自然”。人类在自己的心路历程中什么都能习惯，这乃是上帝赋予人类的最宝贵的本能。人类在不甘于习惯时的一切努力一切作为，即或最崇高的努力和最伟大的作为，所换取到的，最终仍是并且必然是接受另一种新的观念。

某些人无缘无故地恨他，希望他哪一天以哪一种罪名锒铛入狱，被从南岗区那幢局级干部的住宅中驱赶出来，家产充公，十四万存款没收。他果真有那么一天的话，他们会拍手称快的。他太知道这一点太清楚这一点了。一想到某些人无缘无故恨他，他就悲伤，就喝酒。无缘无故的恨，他不知怎么去消除。

只有守义全家不把他当“二道贩子”看待。他们从不问他买卖方面的事儿,一次也没有当着他的面说过“缺钱花”或“手头儿紧”之类的话。他明白,这一家人家,是极其珍重他和他们的情谊的,唯恐钱这个字玷污了他和他们的情谊。这情谊不仅是他和守义在北大荒十一年中结下的,更是在他和守义共同经历过的那段艰难的待业时期深化的。他那个社会圈子使他认为,“情谊”两个字现如今已带有了极浓厚的商品色彩,是可以到处买进和卖出的。倘标价,则应分“内部价格”、“外部价格”、“批发价格”、“零售价格”、“议价”、“黑价”、“处理价”、“试销价”。像自由市场的菜价似的,一天一个价。所以他极看重自己在姚守义家感受到的这份儿情谊,这份儿情谊乃是他过去的经历过去的生活对他的一点儿遗赠。

在他自己家里也莫如在守义家里愉快。母亲常用不安的话告诫他:“儿啊,你千万别做下什么犯法的事儿呀!”父亲则常用老牧羊犬看一只狼狗崽子那种怀疑的眼光看他,似乎早已从他身上嗅出了杂种的气味儿。而他却没有任何办法能使父亲对他完全放心,相信他是一个好儿子。

“什么怎么样?”守义反问,陪他吸烟。

“工作,生活,各方各面呗!”他喜欢扮演关怀者的角色,这种角色使他对做人充满实实在在的自信。

“还好。”守义淡淡地回答。

“碰到什么难事的话只管对我说,不对我说你还对谁说?”

“我能碰到什么难事儿?”守义微微一笑。

“没跟小曲吵架吧?”

“吵是免不了的,两口子嘛。我们吵纯粹是闹着玩,吵过我哄哄她,就更亲爱了!”

这话使他心里顿生嫉妒。他非常希望自己能有个好老婆。气气她,再哄哄她,那是一种何等的乐趣?钱多了,乐趣少了。他不明白自己的生活怎么会变成现在这样,富足而贫乏。要命的是他更不明白怎么改变自己目前的生活,好像问题并非出在钱上嘛!

他叹了口气。

守义妈和秀娟一人端着两只盘子进屋,守义便掐灭了烟,将圆桌挪到屋地中间。

秀娟放下盘子,说:“守义,你陪晓东先吃着吧!”

守义妈说:“秀娟,你也陪着吧。今天是你生日嘛,晓东是为你来的!”

秀娟笑笑,首先落座。

守义问晓东:“你先来啤酒,还是先来白酒?”

晓东说:“先来白酒,啤酒那是解渴的。”

守义又问秀娟:“白酒你行么?”

秀娟笑笑:“行!”

“晓东,大娘听说这‘五粮液’也是好酒。亲戚送给你大爷的,你大爷想找你爸喝。我呢,藏起来了,就是为你留的!”守义妈说着,弯腰从柜底下寻出一瓶“五粮液”,替他们开了瓶。

守义斟满三盅酒,秀娟第一个举起来,注视着晓东说:“我和守义,论亲戚,不少,论朋友,只两个,一个叫王志松,一个叫严晓东。王志松自打结婚后,就再没来过。你严晓东呢,是拿棒子也打不走的自己人!我曲秀娟活了三十三岁,第一次做了七荤八素像模像样地过生日。几年前我能想到自己会有如今这个小家庭吗?知足者常乐。我对生活知足。今天咱们不谈国事,只谈家事,不扯政治,只叙友情。咱们干了!”

晓东说:“对,不谈国事,只叙友情!”

守义说:“咱们这一代啊,聚一块堆,专爱谈国事,专爱扯政治,好像都有可能当上中央委员似的!我看出一个中央委员就是咱们这一代的光荣啦!”

严晓东放下酒盅,拿起筷子刚欲夹凉菜,忽然想到了什么,用筷子点着姚守义问:“你猜我前几天遇到谁了?”

“徐淑芳?”

晓东摇头。

“志松?”

晓东又摇头。

秀娟性急地说:“别卖关子!”

“姚玉慧!”

“姚玉慧?”守义将刚拿起的筷子轻轻放下,说,“自从八〇年返城待业知青‘五一’大游行之后,我就再没见过她一面,都快把她彻底忘记了。你在哪儿遇见她的?”

“公共汽车上。”

“她在什么单位?”

“不知道。”

“结婚了没有?”

“不知道。”

“你们总得谈了些什么吧?”

晓东耸耸肩:“什么也没谈。”

“这怎么可能呢? 遇见了,连句话都没说?”守义疑惑了。

“就是连句话都没说。我在通达街上了九路公共汽车后,见车厢中部有个女人怎么那么面熟啊,猛地认出来了,不是我们当年的营教导员么! 她发现我盯着她看,却好像没认出我,把身子转了。我想挤过去跟她说话,挤不过去。我以为自己认错了人,可明明是她呀! 车到了一站,我赶紧跳下去,从中门又上了车。我挤到她身旁,叫了声:‘教导员!’可她一点儿没反应,往窗外看。我想,今天真见了鬼啦! 难道世界上有第二个姚玉慧? 难道我严晓东真变得使她根本认不出来了? 我不就是比过去胖了点么? 你装不认识我,我也只好装不认识你啦! 你不就是市长的女儿么! ……”

守义说:“市长八二年就换了,她父亲离休了。”

“离休了?那她姚玉慧更没什么了不起的了!当过知青教导员也算资本?这年头,谁还照顾这点儿情绪呀!你可以装不认识我严晓东,但我不能白在你身旁多乘一站路!我得让你心里知道我是认出了你的!你们猜我怎么着?我就哼歌。哼‘兵团战士胸有朝阳’!就算你姚玉慧真不认识我严晓东了,这首歌你总归不会忘吧?我一哼歌,车厢里许多人都朝我看。以为我不是个正经人,对身旁的女同志存什么不良企图!我才不在乎,哼我的!你们猜她怎么样?她干脆把眼睛闭上了!好像三天没睡觉的人乘车打瞌睡!我想巴结你怎么着呀?我严晓东返城待业那么艰难的时期也没巴结过谁!如今巴结你?如今巴结我的人倒不少!不就是因为几年没见了,在公共汽车上偶然一见,心里觉得亲,想凑你跟前说几句话么!我这个气呀!好,我还非叫你跟我说上几句话不可!我严晓东就这脾气!我他妈的不哼‘兵团战士胸有朝阳’啦!我踩她脚!我穿的是皮鞋。新买的,鞋底儿邦邦硬。她穿的是双布鞋,就是咱们上中学时女生们穿的那种,黑色的,快刷白了,如今买都没处买那样一双鞋,真不知她为什么还没扔!我的皮鞋就使劲儿踩在她的鞋面儿上!你们猜她怎么着?她不睁眼睛!她……她忍受着!她宁肯忍受着也不愿睁开眼睛认出我跟我说几句话!……”

守义说:“不是她吧?”

晓东一拍桌子:“若不是她,还不骂我呀!”

秀娟瞅瞅晓东,瞅瞅守义,问:“就是你有一次跟我提起过的你们三营的教导员?”

守义点了点头,对晓东说:“接着讲啊!”

晓东却吸起烟来。吸了几口,说:“我这脾气,当时能不恼火么?我想,敢情您在车上站久了,那只脚麻木了?踩得又使了股劲了。能不踩疼么？可她还是忍受着，还是不睁眼。我觉得出她那只脚想挪动，可被我牢牢踩住了，她收不回去，不知为什么，我心里一下子酸溜溜的，并不是因为尴尬。你们想想，尴尬的其实不是我，是她呀！她装作不认识我这个当年的兵团战友，不愿睁开眼睛看见我，跟我说话，想必她心里……总有她的……什么……我忽然觉得她真可怜啊，忽然觉得我这不是明明在欺负她么？我那只脚不由得放松了，不踩她了。过会儿，车又到站了。我拍了拍她的肩，就下车了。我也不明白我为什么要拍拍她的肩，她仍不睁开眼睛看我一下……车上的人都对我怒目而视……从那以后，我还总想到她。一想到她，心里就不是滋味……"

一时间，三人都沉默。

"她……她变化大么？……"守义郁郁地问。

"变化大。显老了，显老多了，也瘦多了。她当教导员的时候，浑身仿佛还总有那么一股英姿飒爽的劲儿，是吧？如今从她身上这股劲儿丝毫也看不出来了。剪短发，守义，就是大娘剪的那种短发。现如今，城市里三十多岁的女人哪有剪那种短发的呀！大热的天儿，穿一条黑长裤，一件白小褂。浑身上下，除了黑白两色，就没别的色彩啦！如今什么年头？讲流行色！讲女人四十一枝花儿！自由市场上那些三十多岁摆小摊的女人，一个个打扮得也比她鲜艳啊！有一部美国片子《蝴蝶梦》，你们都看过没有？对，她像《蝴蝶梦》中的那个女管家……"

秀娟将晓东的筷子递给他，抗议地说："你嘴上积点德，别作践我们女同胞！"

晓东分辩道："我不是作践她啊！我是同情她，可怜她。说心里话，我还真想找到她家门儿上去，问问她，有没有什么我严晓东能为她姚玉慧效劳的事儿。她若肯开诚布公，只要说出一个'有'字，我严晓东赴汤蹈火在所不辞！不瞒你们，我如今有了十四万！

可十四万没给我带来太多的快活！我活得也够累的！你们信不？若我的十四万能使别人活得一辈子幸福，我双手奉献！你们信不？当然得是我心甘情愿给予的人！比如你，守义，要不？你说一个'要'字，我不给你我是孙子！一万？拿去！两万？拿去！三万四万，晓东也舍得，拿去！可我知道你不会要，你清高。没什么情分的人我也不给，我犯得着吗？……”

秀娟截断了他的话：“我看她也不会要你的钱。”

“谁？”

“姚玉慧呗。你替她赴汤蹈火对她也没什么意义……”秀娟目光中流露出只有女人对女人才可能的理解。

“是啊是啊，那当然。这一点我知道……”晓东嘟哝。

守义轻轻叹了口气。

“哎，你们怎么都不动筷子了？别尽说尽说的啊，吃菜啊，怎么也都不斟酒了？……”守义妈又端上了一盘炒腰花。

守义便道：“咱们三个干一盅吧！”

于是他们干了一盅。一时间沉默。往常，他们扯到政治话题，曾高谈阔论，慷慨激昂，争辩不休过。姚玉慧不是政治，尽管她当年就是政治，但如今跟政治不沾边了，政治不需要她了。他们也不需要教导员教导他们的思想了，却希望她生活得好。看来生活和政治一样并不怎么宠爱她了。虽然他们都非多愁善感者，还是替个受过他们尊敬的女人惆怅和忧郁，各自在心里虔诚祝祷她幸福。

曲秀娟首先打破沉默，对严晓东说：“你也该结束光棍汉的生活了，你究竟想找个什么样的老婆才称心如意啊？”两盅酒使她的脸微红了。

“漂亮的！”严晓东回答得很干脆。

秀娟哈哈大笑：“那并不难找哇！如今漂亮妞有的是嘛！热闹

大街上走着，一眼望过去，准能发现好几个！”

晓东又自斟自饮了一盅，正色道：“漂亮的，是第一条，首要的一条。不找个漂亮的，我不白趁十四万元了？漂亮的摆在第一条，我是总结了教训的！上赶着给我介绍对象的不少！人家问我：‘晓东啊，你要找个什么样的？’我说：‘只要心眼好，善良，品行端正，不缺鼻子不少眼就行呗！’人家给我引荐了一个姑娘，不缺鼻子不少眼，可那形象也太困难了点。要是结了婚，一张双人床她得占三分之二！我还不得天天夜里往地上掉？见过面后人家问我：‘你中意不中意啊？’我说：‘这我能中意吗？’人家说：‘可是按照你亲口讲的条件介绍的呀！姑娘心眼好，心眼儿好极了好极了！姑娘善良，善良得赛过菩萨！姑娘品行端正，绝对的品行端正从不跟男人眉来眼去的……’我心想，眉来眼去的还不叫男人发毛？不成，人家还对我一肚子不满。再有人问我：‘晓东啊，你要找个什么样的？’我还是那么回答，人家又引荐来了一位。心眼好极了好极了，善良得没比没比的，品行端端正正端端正正，不少鼻子不少眼，连颗牙也不少！可雄狮鼻子！一个女人长那种鼻子够呛不够呛？人家还告诉我那是福相！她的福！会是我严晓东的福么？如今什么什么事儿不都时兴反思么？我想也反思反思吧！反思的结果是，我想通了，干吗我那么虚伪呀？哪个男人找老婆不想找个漂亮的？漂亮老婆对面坐着，也比对面坐着个其貌不扬的老婆看着顺眼啊！所以呢，我如今是把漂亮的摆在第一条，摆在首位……”

晓东这番话，使守义也忍俊不禁哈哈大笑。

秀娟却故作认真，又问：“第二条呢？”

晓东相当严肃地说：“第二条嘛，我可与别的男人不一样了。现如今讲究什么‘精神生活’，我反这个潮流！我要找一个对‘精神生活’没啥要求的。你们想啊，我那十四万元钱，在现如今只能保证一种富裕的物质生活。精神生活是拿钱买不来的呀！精神生活那靠教养。钱能买到教养么！比如她喜欢音乐，我可以买高档组合音响，但我没工夫陪她听啊，买卖还做不做了？我这买卖不像工人上班下班有钟点，我没钟点。做成一桩买卖，那得一门心思扑上去。我也可以买钢琴，但她不能一有空儿就在家里叮叮咚，我的耳朵受不了。看电影，我要看惊险的，恐怖的，打斗的，闹剧的，她如果要看什么艺术片，文学片，我俩就不能进一个影院。一言以蔽之吧，我不是知识分子，不是文人雅士。对什么艺术也不讲究欣赏，也没兴趣欣赏。我需要的是娱乐、消遣。所以呢，我要找的老婆，对'精神生活'必得向我靠拢，迁就我一点儿。不然的话，我倒没什么，她不是就会感到精神空虚了么？她可以贪玩，但不能浪漫。你们知道我这人一点儿也不浪漫。我不浪她浪，那能和谐么？她甚至可以轻佻一点儿，但千万别放荡，我可不能忍受绿帽子。她文化不能太高，最好是不喜欢看小说的。喜欢看武侠小说那行，那跟我兴趣一致。但一定得是不喜欢看爱情小说的，尤其得是不喜欢看琼瑶小说的。现如今满大街各个书摊上摆的一本本尽是琼瑶的爱情小说！女的看了都幻想着找个丈夫、遇到个情人是他妈的什么'白马王子'，哪儿那么多'白马王子'？若是找了那么一个，好吃懒做，挥霍着我的血汗钱，听着组合音响，弹着钢琴，整天瞧着我这张中间凹两边翘的倭瓜脸，心里思想着某个'白马王子'可能正给她写了一封缠缠绵绵的情书寄在半道儿上，不是他妈的闹猴儿戏么？……"

守义和秀娟听他说得虽然逗乐，却也不无道理，很实际，很客观。强忍住笑作严肃状。

"第三条，她得关心国家大事，养成听广播读报纸的习惯。她得有敏感的政治头脑，她得有准确理解政策的水平，她得有军犬一样的鼻子……"

"鼻子？……"秀娟大惑。

“鼻子？……”守义指着自己的鼻子。

“对，鼻子。不是雄狮鼻，是军犬一样的鼻子！”晓东特别强调，接着侃侃而谈，“朝空气嗅一嗅，就准知道政策是不是要变了，可能怎么变，提醒我早作应付准备。现如今我觉得我的政治头脑越来越不够用了。现如今洋政策，土政策，土洋结合的政策，中央的政策，地方的政策太多了！而且这个政策那个政策就常常大不一样，就往往对立着！这个政策管着你，那个政策也管着你。你有时候根本搞不明白你究竟该听谁的？究竟该服谁管？不该服谁管？稍有闪失，像我这样的，就有栽在老共手里的危险！我一无靠山，二无父母撑腰，一旦栽在老共手里了，不拿我开刀，拿谁开刀？落到那种地步，有谁替我奔走呼号，八方活动？你们以为我每天夜晚都高枕无忧么？……”

“老共？老共是谁啊？……”秀娟以为“老共”是晓东的一个同行冤家。

“共产党啊！不都这么叫么？”晓东反而奇怪了，“大众语言啊！”

“没听说过！”秀娟笑道，“如今大众语言可真太丰富了，能编本字典。”

突然地，一个人从厨房一步跨将出来，怒吼道：“你们喝醉了，就都甭喝了！”

三人吃一惊，看时，却是守义他老父亲。也不知老头儿什么时候进屋呆在小厨房里的，他们谁也没注意到。

老头儿今天本想凑凑热闹，知道晓东来，陪他喝两盅。严晓东的话，败坏了老头儿的好情绪。他跨至桌前，将酒瓶抓起，不瞪别人，专瞪着儿子，大声说：“在姓姚的家里可以批评共产党，不许嘲笑共产党！”

守义妈急忙从厨房迈出，责备老伴道：“你这是干什么？孩子们也没嘲笑共产党呀！再说，这也不是你家嘛！”

“不是我家？”老头儿拿酒瓶朝儿子一指，“他若改姓，我才管不着！……”怒冲冲带着酒瓶走了。

秀娟脸上就有些挂不住。

守义妈跺下脚，恨恨地说：“你们别理他！大娘再给你们瓶好酒，不次于‘五粮液’的……”

“大娘，我们不喝白酒了……”晓东离座将老太太往厨房扶。

“哼，怪老头……”

晓东看着守义笑笑：“没想到老共给了点儿言论自由，却还要受你父亲限制！”

守义讪讪地说：“他是党员么，所以听不惯啊！”

“党员？你父亲……党员！什么时候？……”

“你别大惊小怪，跟你父亲一块儿入的。”

“我，我父亲也入了？……”

“你不知道？”

“操，这事儿！没跟我讲过啊！……”

“他俩退休的时候，老厂长与他俩谈了一次话。对他俩说：‘你们都是厂里的优秀工人，大半辈子贡献给厂里了。这个厂我没管理好，使你们如今还住着日本老板时期的破房子。我对不起你们，你们有什么请求，只要我能办到的，只管提。’我爸说：‘厂里的难处我们知道，没什么请求。’你爸也说：‘没什么请求。’老厂长又问他俩：‘你们还信不信共产党了？’我爸想想，说：‘那还得信共产党啊，中国也没第二个党能领导得了哇！’你爸想想，也说：‘我们这一辈子，横竖快活完了。我们信过，也不信过，现在是又信又不信。不过共产党如果真有魄力挽回民心，我们还信！’老厂长就说：‘好！那我介绍你们入党，也不枉你们给共产党做了大半辈子优秀工人！’厂党委一讨论，都认为你爸和我爸这样的老工人，早够共产党员的标准了！他们退休那一天，批准他们入党了……”

“是……这样……”晓东瞅瞅守义，瞅瞅秀娟，自言自语，“我以后当着我父亲的面说话得预先考虑考虑了，惹他发火他会揍我……”

“晓东，你前几天遇到姚玉慧，我前几天却遇到徐淑芳。”守义扭转话题。

秀娟将喝白酒的小酒盅换了喝啤酒的玻璃杯，开了两瓶啤酒，于是三人接着喝啤酒。

严晓东像喝凉开水似的，一口气儿喝光一杯，用手背抹了一下嘴唇：“她还一个人？”

“还一个人。我问她为什么不结婚啊？她笑笑，说，碰不到合适的。我说，我帮你介绍？她说，行啊！她这人挺让我佩服。那几年她的境遇多惨啊，没被生活压垮，如今反而变得开朗乐观了！”

“你我都对不起她，有机会我们应该当面向她赎罪。”

守义明白晓东指的哪件事，忏悔地点点头。

秀娟也明白，教训地说：“你们当年浑不浑？啊？有你们那么做的么？”

“浑。”严晓东又给自己倒满一杯酒，又像喝凉开水似的一口气儿喝光。

“哎，晓东，依你看，要是徐淑芳和刘大文……怎么样？……”

“‘金嗓子’？你和他有来往？”

严晓东眼前浮现出一九八〇年二十余万返城知青“五一”冒雨大游行的情景，“金嗓子”倒退着走在队伍前面，奋力挥舞双臂指挥，用嘶哑了的声音反复领唱“兄弟们啊，姐妹们啊，不能再等待”……从那以后，再也没有任何一件事，能使他感到自己像当年那么重要，那么不可忽视。

他再也没有那么强大过。因为再也不可能将当年那二十余万人集合在一起。

“我见不着他，是‘大胡子’告诉我的。‘大胡子’现在是一个建筑队的队长，他在‘大胡子’手下当瓦工。他的嗓子太令人可惜了，要不坏如今准是位大歌星！”

晓东一边说，一边往三只杯里倒酒。

“来，咱们为徐淑芳和刘大文……”他举杯郑重站起。

“也为‘大胡子’！”姚守义随之站起。

“也为王志松和吴……”秀娟欲与晓东碰杯，晓东却闪开了杯。

她不解地望着姚守义。

姚守义明白缘由：严晓东有次经过铁路局，曾满怀感情去看望王志松，不料王志松竟对他相当冷淡，使他又尴尬又难过，一支烟没吸完便怫然而去……

“晓东，你甭多想，忘掉它！谁都有自己烦恼的时候，兴许那一天王志松心中不快，并不是故意冷淡你……”姚守义息事宁人地说。

“可我听到他在我背后对他的同事说：‘也不想想自己是干什么的，跑这儿哥儿们长哥儿们短！如今谁也不能拿过去的交情当通行证！’接着他给传达室打电话，嘱咐我再找他，就说他不在，或者正开会！……”

严晓东怒形于色，气不打一处来。

“那是你误会了，兴许指的根本不是你……”姚守义继续维护着三人之间原先的友谊。

“你还莫如说我耳朵成问题！”严晓东使劲儿将杯往桌上一蹾，酒溅了一桌子。

“到底为什么事儿呀？”秀娟听得越发糊涂。

正这时，有人一步迈进了屋。不是别人，正是王志松。

王志松嗅嗅鼻子道：“好一股酒香！今天什么日子？你们聚一

起喝的什么名酒？”

守义和秀娟慌忙起身让座。

“今天是秀娟生日，秀娟提议聚一聚。我知道你当了秘书后太忙，没敢劳你的驾，就只找来了晓东……”守义一边说，一边向严晓东使眼色。

严晓东坐着一动不动，也不看王志松一眼。

“晓东带了一瓶货真价实的茅台，结果让我们老太太失手摔碎了瓶子，我们谁也没喝上一口，跟你一样，光闻茅台酒味了！……”秀娟生怕王志松因晓东那样子感到别扭，笑盈盈地打圆场。

“晓东，你不认识我了？还需要主人给咱俩介绍一番？”王志松大模大样地就落了座。

严晓东还是一句话也不说，还是一眼也不看王志松。

守义和秀娟那宝贝儿子跑进来嚷嚷：“爸，妈，志松大大也是坐小汽车来的！比严大大坐的那辆小汽车还高级！司机叔叔说是‘皇冠’！”

曲秀娟便笑了：“这下我们家可算贵客光临了，第一遭门口停两辆小汽车！”

守义在儿子头上摸一下，也打趣道：“儿子，这是你的福气。有一个有钱的大大，还有一个有前程的大大！别往桌子跟前凑，玩去，玩去！”

严晓东却一把扯住那孩子，抱到膝上说：“不就是辆‘皇冠’吗？过几天大大租辆‘皇冠’，带你坐着痛痛快快地玩！”

守义替王志松倒满一杯啤酒。王志松喝了一口之后，盯着严晓东说：“我到你家找你，你父亲告诉我你在这儿。我就直奔这儿来了……”

严晓东还是不看他，不答话。

“我找你有件急事儿，得向你这位财神爷借一笔钱……”

严晓东放开守义那宝贝儿子，端起酒杯默默地喝。

“晓东有点喝多了……”秀娟替王志松觉得难堪，继续打圆场。

守义则狠狠踩晓东的脚。

严晓东这才开口：“多少？”仍不看王志松，看自己的杯。

“一个数。”

“一千？”

“一万。”

“一万？……”严晓东终于抬起头，仿佛听错了疑问地注视着王志松。

“对，一万。别人那儿我也能借到，但你是哥儿们，借你的仗义。”王志松说完，端起杯，但只是将杯凑到嘴边，想喝不喝的，两眼依旧盯着严晓东。

“你借？还是别人借？”

“何必问那么详细呢？”

“不明不白的，我不借。”

“好吧，既然你非想知道，我当着真人不说假话。为我们局里一个头儿借，他儿子出国，要多换些美金带出去……”

严晓东转动手中的杯，沉吟着。

守义和秀娟一齐瞧着他。王志松借的数目太大，而且是为别人借，夫妻俩觉得都不便多言。

王志松又说：“晓东，我可向我们头儿夸海口啦！”

严晓东微微扬起脸，仍沉吟着。他是在心里盘算，一下子能否拿出一万元钱。虽然他是个财神爷，但十四万存的是死期。

“先给你六千，三天后再给你四千……”他终于开口。

“我借一万，你先给我六千，你这不等于变相回绝了我么？拿出一万对你还为难么？……”王志松期待地笑着，话中不无弦外之音。

“三天后还不成？也不至于那么急吧？”姚守义比严晓东更听出了王志松话中的隐含意味儿，替严晓东软中带刺地抢白一句。他也觉得王志松是变了，变得说话也不阴不阳的了。

“不急我犯得着求他么？”王志松不满地看了姚守义一眼，复盯着严晓东说，“借一万，还你一万二，怎么样？”

严晓东有几分违心，也真有几分为难。他冷冷地问：“那二千谁还？你？还是你们头儿？”

“那你就别管了，反正我王志松保你不白借！我绝不欠你情！”

“你当我是放高利贷的！”

“就算你放一次高利贷，我借一次高利贷，有何不可？各得其所嘛！我知道干你们这一行的，不见兔子不撒鹰，你也不必在我面前充义气……”

严晓东突然将杯中的剩酒朝王志松泼过去，一点儿没浪费，全泼在了王志松脸上。他猛地站起，手指着王志松，激怒得说不出话。

王志松呆若木鸡，一时忘了掏手绢擦脸。

守义妈端进一盘浇汁鱼，见状不禁愣住。

严晓东看了守义妈一眼，说：“大娘，您老多担待！”随即将脸转向王志松，愤慨慨道，“王志松，从今往后，我再认识你，我严晓东不是人养的！……”

他一只狮子似的冲了出去……

与此同时，木材加工厂第二车间主任的老父亲，来到了南岗区中山路一百七十五号那幢外观相当漂亮的乳白色的局级干部们住的大楼内，在三〇二单元与“新潮服装店”店主的老父亲也喝着酒。半瓶“五粮液”早已被两位退了休的老工人缓斟慢饮对付光了，晓东爸又开了一瓶。

守义爸说：“我不喝你那熊儿子的酒！”

晓东爸说："当然不喝兔崽子的酒！我与他经济独立，这是我自己买的酒，正宗'二锅头'！"

守义爸说："对，经济独立对！你是党员，免得以后被儿子沾上个'四不清'，丢党的脸！"

酒菜穿肠过，党性留心间。他们都喝到量了。

守义爸指着用花布罩起来的"伟大的女奴"，醉眼乜斜地问："那……那是什么？……"

晓东爸回头看了看，说："奶奶的……"想到自己已然是在党之人，便将最后那个不雅的字卡在牙关。

"嗯？……"

守义爸指着的手却不放下。

晓东妈赶紧从侧室走过来，接着晓东爸的话胡乱搪塞："那呀，是晓东他奶奶的……遗像啊。请人画的……没画完呐……"

勾得守义爸想起了守义他奶奶，心中难过，"唉"了一声，虔诚地说："不管画没画完，我得给你们老太太磕个头，也算给我们那老太太磕了个头……"说着便跪。

慌得晓东爸晓东妈急忙阻止。

他怪生气的："拦我干什么？拦我干什么？你们老太太，不就等于是我们老太太么！……"

无奈，只得由着他性，随他恭恭敬敬地跪下，给"伟大的女奴"磕了三个响头……

待重新斟满两盅酒，晓东爸擎起酒盅问："你知道不？你那个宝贝儿子，在整党群众会上，口口声声叫共产党是'贵党'！还劝咱们党修改党章，将全心全意为人民服务改成半心半意！……"

在党了的晓东爸，对如今些个年轻人的"反党言论"心里火大着呢！正因为常听到种种的"反党言论"，他竟不好意思对人公开自己的党员身份，包括对儿子。仿佛这么大岁数倒入了党，如同从自由市场买了一捆削价处理的小白菜，家里外头，他在自觉地作着“地下党员”似的。

守义爸也擎起了酒盅：“你那宝贝儿子跟我儿子一路货！你知道不？晓东他口口声声叫咱们党‘老共’！你，我，啊？都成了‘老共’啦！……就因为他这话，我才从家里憋着气出来！……”

晓东爸一口酒到了嗓子眼没咽下去，扑地喷出来，涨得脸色通红，咳嗽不止……

一九八六年，中国依然是最政治化的国家之一。

一九八六年，无论想要从自己身上剥下政治这张“皮”或想要裹紧政治这张“皮”的中国人，都似乎同样觉得徒劳无益。

两位信仰过共产党，也疑惑过共产党，还有七分信仍有三分疑惑，可以说主要是怀着老工人对共产党的仗义入了党的老父亲，吃不准他们自己可敬还是可笑，吃不准他们的儿子究竟算是好儿子还是坏儿子了……

第二十二章

据统计,A 市二十五岁至四十五岁的男人与同龄女人的比是 8∶5。社会学家们呼吁对男人的明显偏多应引起足够重视。未婚的女人们哀叹真正的男人太少,找到有男子气的丈夫十分不易。而已婚夫妇依然希望生男莫生女。几年前摆地摊叫卖“净胡膏”的江湖骗子,如今诡秘地推销“美须灵”。满脸络腮胡子的男人自认为是美男子。胸毛浓密的男人开始喜欢大敞领上衣,并且不穿背心。如果有专门出售假络腮胡子假胸毛的商店开张,一定顾客盈门,生意兴隆。也许不惜花钱在这方面的女人比男人还多。女人比男人更希望男人是男人。

男人,大抵将女人当做自己的镜子,喜欢照镜子的男人绝不少于喜欢照镜子的女人。女人常常一边照镜子一边化妆和修饰自己。男人常常对着镜子久久地凝视自己,如同凝视一个陌生者,如同在研究他为什么是那个样子。女人既易于接受自己,习惯自己,钟爱自己,也总想要改变自己。男人既苦于排斥自己,怀疑自己,否定自己,也总想要认清自己。女人相信镜子,男人相信女人的眼睛。

大多数女人迷惘地寻找着属于自己的那一个男人。

大多数男人迷惘地寻找着自己。

男人寻找不到自己的时候,便像儿童一样投入女人的怀抱。男人是永远的相对值,女人是永远的绝对值。女人被认为是一个女人之后,即或仍保留着某些孩子的天性,其灵魂却永远不再是孩子；所以她们总是希望被当做纯洁烂漫的儿童。爱人被认为是一个男人之后，即或刮鳞一样将孩子的某些天性从身上刮得一干二净，其灵魂仍趋向于孩子；所以他们总爱装男子汉。事实上哪一个男人都仅能寻找到自己的一部分，甚至很小的一部分。正如哪一个女人都不能寻找到一个不使自己失望的“男子汉”一样。男人的大部分是女人给予的。女人是男人的小数点，她标在男人一生的哪一阶段，往往决定一个男人成为什么样的男人。夸父若有一个好女人为侣，他可能不至于累死。而女娲并未靠男人相助，也出色地补了天。男人设计着世界，女人设计着男人。一个民族的女人设计着一个民族的男人。一个男人的女人设计着这一个男人。

我们看到高大强壮伟岸挺拔的男人挽着娇小柔弱的女人信心十足地行走，不要以为他是她的“护花神”、她离了他难以生活，其实她对于他可能更为重要，谁保护着谁还不一定。

爱神、美神、命运之神、死神、战神、和平之神、胜利之神、艺术之神都被想象为女人塑造为女人，不是没有原因的。我们勘查人类的心路历程，在最最成熟的某一阶段，也不难发现儿童本性的某些轨迹。实乃因为人类永远有一半男人。女性化的民族如果没出息，不是因为女人在数量上太多，而是因为男人在质量上太劣。

一个苦于寻找不到自我才投入女人怀抱的男人，终将会使她意识到，他根本不是她要寻找的男人。对于负数式的男人，女人这个“小数点”没有意义。

女人给她的男人也给她自己生一个孩子，她才会感到她对他的爱以及他对她的爱，不再是小狗式的亲昵而已。孩子是女人对男人的最美好的赠予，也是男人对女人的最美好的赠予。她通过他对孩子的爱，更深地领悟他对自己的爱！她会从他身上看到充满热情的责任感，也将欣慰地看到使他成为堂堂男子的一切可贵品质。男人，女人，孩子，是结构成一个完美家庭的牢固的三脚架。

所谓“男子汉”的嬗变过程——孩子出世了,男人不再像孩子了。这个诞生带来那个成熟,是孩子夺走了男人身上属于孩子的许多天性。男人是女人和孩子共同教养成的。

王志松将当父亲的乐趣留给自己充分体会,将父母共同的责任完全推卸给吴茵,并且行使对她的监督权和批评权。

婚后第三天,他从徐淑芳那里抱回了宁宁。宁宁才两岁,在徐淑芳那里寄养了一年。

他抱起宁宁往外走时,宁宁不干,向徐淑芳伸出两只小手,着急地叫:“妈妈,妈妈,妈妈……”

他迈不出门槛去。

他不禁转过身望着徐淑芳。

她的脸比郭立强死后的最初几个月稍许明朗了些。悲哀被女性内心的刚强从她那张脸上逼退了,但也仅仅是逼退了而已。一部分逼退到心灵深处,一部分逼退到眼里。心灵深处已再无法容纳。眼里那一部分便凝聚在眼里,占领在眼里,使她的双眸忧郁而沉静。

“是我不好……”她说,声音很低。

“什么不好?……”

“教宁宁叫我妈妈……”

“这有什么!”

“你心里没不高兴吧?”

“怎么会不高兴呢?这一年宁宁多亏你抚养。”

一年……整整一年……多么不容易的一年啊!对她是不容易的一年,对他也是不容易的一年,对吴茵更是不容易的一年。吴茵由于“一机厂事件”的历史债,失去了记者证,下放到印刷厂。他由于吴茵,愤而辞职,当时刚找到了活儿,给一家被盗了两次的商场打更,天天夜里冒着很可能“再来一次”的凶险。

他说："宁宁胖多了。"

"是么?"她微笑了一下。这一笑流露出一点儿欣慰，这一点儿欣慰也交织着忧郁。

"宁宁，跟爸爸去，好乖……"

"不，不！妈妈，妈妈！……"

在"爸爸"和"妈妈"之间，儿童大抵选择后者。

"我今天不抱他走?"

他期待她的回答。

她沉默。

他便将宁宁放下了。

"你还是今天就抱他走吧。"

她虽然这么说，却将宁宁抱在自己怀里。

他犹豫片刻，说："也许……你抚养他更好?……你决定吧，反正我们都是为这孩子……"

她缓缓放下宁宁，走到窗前，背对他望着窗外。四月，窗前小院里的积雪尚未化，快厚到窗台了，结籽的蒿草刺透肮脏的雪被。几只麻雀在雪上打滚，啄食草籽。

"你也有权做他的母亲。"

"妈妈抱，妈妈抱……"宁宁迈着令人担心的步子向她走去。

她急忙又抱起了宁宁，同时问："那么谁来做他的父亲?……他不能没有父亲……"

"你给他找个父亲吧！趁他还不太懂事儿……"

"你以为我那么快就能忘掉一个人?我们这是在谁家里说话?……"

沉默一下子扼住了他的咽喉。

"宁宁很快会依恋另一位妈妈的。"

"……"

“他的记忆中不该留下任何对自己身世的疑点,这是我们共同的义务。”

“……”

“你抱他走吧!”

他便无言地从她怀中抱过了宁宁。

“宁宁有个不好的习惯。”

“什么习惯?”

她欲言又止。

“告诉我。我帮宁宁改。”

她脸红了。垂下目光说:“不是你能帮他改的,让吴茵帮他改吧!”

他望了她片刻,抱着宁宁走出去了。

“妈妈,妈妈,妈妈……”

宁宁哭叫。

他任凭宁宁哭叫,只管往前大步走。宁宁激怒了,两只小手左右开弓,啪啪打他的脸。他任凭宁宁打,心里说:“打吧,儿子。打吧！爸爸可是第一次惹你哭,是为你将来好……”

宁宁对自己最初安身立命的地方丝毫没印象了。宁宁对小姨完全陌生了,根本不让她抱。而对吴茵,不知为什么,则怀着一种本能的敌意。在这两岁孩子面前,吴茵诚惶诚恐,举措笨拙,不知如何能讨宁宁欢喜。

“这孩子有个坏毛病……”

夜里,吴茵告诉他时,他想起徐淑芳的话,问:“什么毛病啊?”

“他……他得捂着我……才能睡……”

“捂着你?……”他越加糊涂。

“傻瓜！捂着我……咂咂！……”

她怪羞。

“孩子么！……”他不以为然，将她一只手放在自己胸上，握着，抚摸着。心里充满甜蜜。有妻子，有儿子；完整的家，完整的生活。他想，够了。再有正式工作，他对生活便别无企求！像所有的那些返城知青一样，最初的艰难时日，他和他们对生活的要求那么简单，那么低。不是君子兰，是抓地草。草根着土就能活，抓住地皮活。

公正地说，吴茵爱宁宁。但那种爱并不意味着是母爱。世界上没有一个女人能像爱自己的亲生骨肉一样爱别人的孩子。这是女人德行上可以完成实际上做不到的事情。不是从自己的脐带剪断下来的生命，即使关心得无可指责无微不至，也还是不能使女人获得真正的母爱体验。吴茵对宁宁怀抱着满腔做一位好母亲的热忱。她从未讨好过谁，但她对宁宁却有一种讨好心理。为了使宁宁早日认可她是“妈妈”，她经常奉迎地向宁宁解开自己的衣襟，将宁宁的小手塞入自己怀里。那小手很放肆，它不只是捂着“咂咂”而已，它还玩弄。有时用手背摩擦，有时用指尖轻捻。即使这时，嘴里仍喃喃着：“找妈，找妈……”

不良习惯是王志松母亲无形中给宁宁养成的。老人家活着的时候，宁宁一直跟老人家一块儿睡。那在孩子是本能，在老人家是最正常最自然不过的事儿。她的儿子小时候也有这习惯。老人家活着没想到，另一个年轻的女人，她儿子的妻子，是否也会认为宁宁这习惯很正常很自然，是否也会很乐于接受。

在宁宁那单纯的“自我中心”的情感世界里，已经先入为主地印了一位母亲的形象。不是吴茵，而是徐淑芳。儿童的情感世界太小太小，容不下两个“妈妈”。一旦有了一个“妈”，一万个给他慈爱的女人永远是一万个给他慈爱的女人，不是“妈”。“妈”之所以可亲，因为她是儿童认识的第一个良友。

吴茵不是第一个。尽管这不是她的过错，尽管她多么遗憾自己不是第一个,尽管她想要弥补这一遗憾。对宁宁说来,她似乎永远不是第一个,他似乎也永远不可能彻底忘掉第一个。何况母爱不单单是热忱,更是特权。孩子淘气打孩子一巴掌,孩子任性训斥孩子几句,孩子哭了不理睬孩子,被孩子缠烦了而推开孩子作嗔怒状……没有与孩子的这种关系,一个母亲对孩子的爱便是不自然的,不真实的,本质便不同于母爱。这对孩子方面倒不见得是一种情感亏损,而对女人却是大的不公平。母爱的内容至少包含着三分之一的特权。吴茵自己首先惭愧地从心理上放弃了这种特权。

桌上摆着引起宁宁兴趣的种种东西:工艺台笔、闹钟、绢花儿、一套漂亮的茶壶茶碗,一排胖乎乎的小泥俑……

宁宁总闹着要到桌上玩。

她为了使他感到亲近,卑恭地满足了他的愿望。结果是:他将台笔折下来了,将闹钟摔坏了,将花瓶搬倒砸裂了桌子上的玻璃板,将小泥俑塞到茶壶中泡成了泥浆……接着又对电视机天线产生了强烈的破坏欲……

她想跟他讲道理,他不懂。她想从他手中夺走不该当玩具的东西,他大发脾气。她想将他抱下桌子,他哇哇号哭。他一哭,就想起他的"妈",就泪流满面地可怜地表述他的委屈和愤懑:"家家,家家,找妈,找妈……"

这孩子是悲亦思"蜀",乐亦思"蜀"。

吴茵便更惭愧了,常常慌乱起来。慌乱之中急急忙忙解开自己的衣襟……

慌乱什么?……究竟慌乱什么?……

王志松并非没观察到过这一点,却不理解。有时竟觉得好笑,加以揶揄。

她只有红了脸默认自己是不及格的母亲。

在吴茵思想深处,宁宁不仅是一个两岁的孩子,更是一个"联盟”的“盟主”。一个道义、责任、天良和品德的“联盟”的“盟主”。正因为他幼小,他才拥有调遣某一方面或这几方面同时对她进行裁决的理由。知道这个捡来的儿子是自己和丈夫爱情天平上的一个很重要的砝码。知道自己对这个捡来的儿子爱得深或不深,影响着决定着夫妻之间感情水库的水位。是的,是水库。必定是水库,而不可能再是江河湖海。婚前与婚后,是男人与女人的爱之两个境界。无论他们为了作夫妻,曾怎样花前月下,曾怎样海誓山盟,曾怎样如胶似漆、形影不离,曾怎样耳鬓厮磨卿卿我我眉目含情蜜语甜言,或曾怎样同各自的命运挣扎拼斗破釜沉舟孤注一掷不顾前程不惜身败名裂,一旦他们真正实现了终于睡在法律批准的一张床上的夙愿,不久便会觉得他们那张床不过就是水库中的一张木筏而已。爱之狂风暴雨、闪电雷鸣过后,水库的平静既是宜人的也是令人感到寂寞和庸常的。

吴茵对第二次结婚所抱的希望是过于美好也过于天真了。王志松带给她一种新命运,但并没有带给她一种新生活。不,应该说他带给了她一种新生活,可不是她所向往的那种新生活。

我向往的新生活到底是怎样的一种生活呢?

她常暗问自己,却回答不了自己。

她不知道,不明确。那是朦朦胧胧的云锁雾罩的时现时隐似有似无的一种憧憬。她决定将自己的命运之绳和他的命运之绳结在一起之前就不甚明确。她原以为生活在一起后自然便会明确了。但生活在一起后倒更不明确了,更迷茫了,甚至可以说是糊涂一团了。

反正不应该是眼前这样一种生活才对。

眼前的生活是匆匆忙忙地上班离家,急急切切地下班回家。做饭洗衣服哄孩子。孩子刚拉了又尿了又磕了又碰了又发烧了又不吃饭了王志松又批评了又埋怨了。烟囱堵了煤烧光了木柴被雨淋湿了菜窖塌了王志松说这一切只有星期日才能解决。说他已经为宁宁生病请过两次事假了不能再请事假了否则他这个月的奖金全没了！米生虫了油瓶空了她也星期日才有空儿去买米买油。她也因为家务请过两天事假了不能再请事假了否则她这个月的奖金也全没了。

其实凡食人间烟火之人,其生活本质都是庸常的。庸常是生活的颠扑不破的大规律。在这连天接地的颠扑不破的大规律的覆盖下,奥林匹斯山上的神祇们的日子也是庸常的。能超脱于凡人的大概也只有一点——不需要钱。

而他和她都不能不十分看重钱。

他每个月才能拿回三十六元,多一分也不给。人家明知他一时也难再找到活,爱干不干,不干雇别人。她的基本工资是五十四元几毛钱。由记者到印刷工人,地位低了,工资也低了一级。

她一天天变得爱叨叨了牢骚无穷了不整洁了丢三落四了心烦意乱了愁眉苦脸了,连坐在沙发上看一会儿书的闲空儿也难得有了……

再说家里没沙发。没录音机便也没音乐。电视是九时黑白的,图像不清,竖起了室外天线也没用。

她所面临的生活最初是贫穷和寒酸的庸常的实实在在的贫穷实实在在的寒酸实实在在的庸常。

庸常得累人。

烂漫的憧憬被撕下了华丽的外衣。

生活向她龇牙咧嘴做鬼脸幸灾乐祸得意于她的惶恐和茫然。

王志松活得比她还累。但他累得高兴,累得如愿以偿,累得仿佛浑身有使不完的劲儿,累得那么得天独厚似的。他常常冲动地表达出内心的甜蜜,内心的幸福,内心的满足。他常常说一切甜蜜一切幸福一切满足都是她带给他的。

只有这一点安慰着她。否则，她会认为眼前的生活与从前的生活没什么两样。不过一种生活丑恶，一种生活俗恶。一种生活丑，而涂脂抹粉；一种生活俗，而掺着些微愉悦。连些微的愉悦也落着一层俗的灰尘。

她的新生活的的确确是俗生活，比一般俗生活更俗的大量地消耗人生活热情的俗生活。一代返城知青的最初的新生活不可避免地命中注定地是最俗的生活。在这个最初的俗生活阶段，没有理想、没有追求、没有明确的目标、没有诗情画意；是工作问题第一，住房问题第一，钱第一。

吴茵觉得自己已经快被这种生活消耗干瘪了。

而比起来他们还算不错的，毕竟有情人终成眷属了，毕竟有房子住，毕竟她有正式工作。

浪漫的富于幻想的追求性格强烈的经常思考所谓价值观念的书卷气十足的吴茵，对一个返城知青的最初的庸常的俗而又俗无法超俗脱俗的生活缺乏精神准备和心理准备。

连爱也变得时有时无，似有似无了。

别了“松”，别了“茵”；代之以“哎”和“喂”。

可她原想象生活在一起后应是举案齐眉相敬如宾笑可慰人嗔能代语心有灵犀一点通起码牛郎织女式的。他却并非她所想象的“牛郎”，倒有几分像美国西部小说中不顾前不虑后的“牛仔”。每天夜晚，他将一柄锋利的匕首插在腰间，刹刹皮带，照例说一句：“我走了。”就走了。这也叫上班！她替他提心吊胆，常做噩梦。惊醒了还要瞧瞧宁宁是否尿了被窝。

有次她对他说：“别去打更了……”

他却瞪她一眼：“一个月三十六元钱，别去谁给？”

“求求人再换个临时工作吧……”

“求谁？”

“我怕……”

“我都不怕你怕什么!”

“万一……”

“万一是命。”

他如此这般轻描淡写地回答后,沉默了一会儿,又说:“假如哪一天我真被歹徒杀了,你一定要把宁宁再送给她!”

她明白他说的“她”是谁。

他的话深深刺伤了她,他走后她痛哭一场。

爱被庸常的俗生活侵蚀得锈迹斑斑,使她产生了巨大的心理危机。她亦难能做“织女”,连做贤妻良母的自信也动摇了。

她从来没觉得自己单独和宁宁在一起过。宁宁身旁总无时无刻地维护着四个大人:丈夫、徐淑芳、另外一个不相干的男人和另外一个不相干的女人。

“当初你保证过,要像爱自己的亲生儿子一样爱他!”丈夫这么说。

“你不会成为好母亲。你不如我,所以宁宁想我。”徐淑芳这么说。

“别对我儿子板起你的脸……”那个不相识也不相干的男人这么说,戴着灰白色的面具。

“你们自己情愿的……”那个不相识也不相干的女人这么说,也戴着面具,也是灰白色的。面具上只有一张嘴,或者更确切地说一个洞。

宁宁哭时,她能不慌乱么?能么?

宁宁病时,她能不引咎自责么?能么?

宁宁说“家,家,找妈,找妈”时,她能不感到既羞愧又委屈么?能么?

又对谁去倾诉这些呢?对丈夫?他会认为她心胸狭窄,她宁肯不倾诉。也许我真是一个心胸狭窄的女人么？她甚至对自己产生了怀疑。

“宁宁啊，你看，这是风婆婆。风婆婆鼓着腮帮在干什么呢？……”

一次，王志松伏在床上给宁宁讲画册。

“吐奶奶呢！……”

他哈哈大笑。

“吐奶奶呢！好儿子，你联想得可真妙！风婆婆鼓着腮帮吐奶奶！吴茵，听到了么？儿子的联想多了不起呀！……”

她听到了，她没笑。丝毫不觉得那孩子的联想显示出多么了不起的天才。

“你为什么不笑？”他坐起来瞪着她。

“我没心情笑。”她平淡地回答，也瞪着他。

“怎么啦？”

“反正我没心情笑，你总不能要求我装笑吧？”

他用陌生的目光瞪她半天，脸色阴沉地又躺下。

“讲，讲，讲……”

宁宁纠缠着他。

他将画册扔到了床角。

她默默地瞧着他，瞧着孩子。那一时刻，他当真要求她、逼迫她装笑，她也装不出来。

报社曾要调她回编辑部，这是她殷殷期待的事，她一直盼望着这一天。可为了表现自尊，却说“我考虑考虑”。

人家看透了她的心理。人家婉转地开导她：“小吴哇，当初决定你离开报社，那是迫于各方面的舆论压力，领导不得已而为之。你现在就别太计较了，啊？现在领导又决定调你回报社，不是恰恰证明领导心中始终没忘你么？”

她仍说:“我考虑考虑。”

“那你就考虑考虑吧！早点给领导个答复。”

只有傻瓜才需要考虑！

等到她认为那段“考虑考虑”的时间足以维护了她的自尊去答复人家,人家遗憾地告诉她,就在这一段时间内,上边下达了一个文件,凡报社记者都要有大专本科或相当于大专本科的文凭。

她只有初中文凭。早丢了。

“可我……我已当过好几年记者呀！我的实际工作能力你们了解呀！……”

“当然,当然了解。但是……文件精神必须严格执行啊！别说你啦,现在当着记者的几个人,没文凭的,还得补考到文凭呢……”

“那……那我回报社当编辑也行……”

“当编辑同样得有文凭！文件这么规定的。这牵扯到今后评定正式职称的问题,不信你看文件……”

人家翻出红头文件给她看。

她没接过去看。她愣愣地站在那里。

“唉,你要不考虑……”

人家的口吻是同情。

她一句话也没再说,转身就离开了编辑部……

维护自尊是要付出代价的。如果预先知道可能会付出这样的代价,她就不维护那点自尊。

…………

宁宁坐在他胸上,他又开始逗宁宁笑。宁宁笑得格格的,他也笑,笑得很开心。她没有理由恼怒他在笑,因为他不知道她这件事儿;她心里只有彻底的失落的苦涩。

她默默地瞧着他和宁宁。

她暗暗嫉妒宁宁和他的亲情。尽管她已经做了许多努力,宁宁对他的亲情还是远远超过对她的亲情。他是“爸爸”，是“第一个”而她不是“第一个”。她满怀着做妈妈的热忱却换不来那两岁的孩子叫她一声“妈”。她没法儿从宁宁的小心灵中驱除徐淑芳。生活太不公平——这使她也常常嫉妒徐淑芳。同时负担着愈来愈沉重的忧虑——归根到底，这对宁宁的命运是笼罩着的阴影。这种状况必须改变！必须在宁宁懂事以前改变。否则，一天天长大了的宁宁，将会意识到自己是一个弃儿。

这愈来愈沉重的忧虑压迫着她！

宁宁压迫着她！

倘它真的不可避免，那过错似乎完全集于她一身了。因为她未能在一个两岁孩子的心目中确立起一位可亲可爱的母亲的形象！

过错将在于我么？我已做了一位母亲该做的一切！

“叫爸爸……”

“爸爸！”

“爸爸好不好？”

“好。”

“叫妈妈……”

“妈妈！”

“妈妈好不好？”

“好。”

“妈妈在哪儿？”

“妈妈在家家。”

“不对，妈妈在那儿呢！”

他指指她。宁宁扭头看看她。

“妈妈在哪儿？”

“妈妈在家家。”

“蠢儿子！妈妈在那儿呢！”

他又指指她，宁宁又扭头看看她，一双大眼睛里全是疑惑。

“叫妈妈！”

宁宁瞪着她。不叫。

“叫啊！”

就是不叫。

她看得出来，丈夫是多么沮丧，多么灰心！

这孩子以大人般的固执捍卫着徐淑芳在自己小小的情感世界中不可动摇和替代的位置。

他沮丧，她更沮丧。他灰心，她更灰心。他们都对宁宁那种孩子的固执无可奈何。

“蠢！叫姨，不对！爸爸教错了，叫妈妈！……妈……妈！……”

“姨妈妈！”宁宁竟这么叫起来，叫得同样爽快。

“姨妈妈，姨妈妈……”

宁宁望着她，不停地叫，仿佛对这一新的叫法兴趣浓厚，也仿佛通过这一新的叫法对她这位虽不是“妈妈”却像妈妈一样照看他、爱护他的女人表示感激。

“姨妈妈好么？”他问。

“姨妈妈好！”

“让姨妈妈抱抱吧？”

“姨妈妈抱！”

宁宁向她伸出了手臂。

姨妈妈……

满腔做母亲的热忱，满腔做母亲的爱心，种种的讨好、种种的努力，换取的是“姨妈妈”！此前宁宁什么都不叫她，只有当困了的时候才主动找她抱。而那表示需要她的语言是——“摸哑哑”。并且将“咂”说成“栽”。使她总感到这孩子所需要的根本不是自己，仅仅是“栽”。

“摸栽栽”……“姨妈妈”……

情感的飞跃么？她与这捡来的儿子之间？

怎么不是呢？

“姨妈妈”毕竟与“妈妈”两个字连在了一起！

姨妈妈……但姨妈妈不就是姨么？丈夫是孩子承认的“爸爸”，徐淑芳是孩子承认的“妈妈”，她自己，则成了“姨妈妈”！则是姨！

乱七八糟！

可宁宁刚才说了“姨妈妈好”啊！

可宁宁正向她伸出手臂要“姨妈妈抱”啊！

她一下从椅子上站起来，扑过去将宁宁紧紧抱在怀里。

“姨妈妈不好，姨妈妈不是好妈妈……”她说。

“姨妈妈好……”小手习惯地欲伸入她的襟怀，可不知如何才能伸入。

她解开了衣扣。

“给你。是你的，是乖宁宁的……”她简直不知怎样感激这捡来的儿子。

“姨妈妈好”——正式裁决啊！道义、责任、天良、品德对她做出的共同的裁决。还有爱的裁决，她是爱他的呀！她对他的爱表现为一种谨小慎微的侍奉，像宫廷乳母侍奉皇太子一样。实际上过分放纵这孩子的倒未见得是丈夫，是她自己。

“你怎么能这样？你继续惯他的坏毛病啊！”他又坐了起来。

宁宁的一只小手霸道地捂住她的一只乳房，在她怀里舒服地依偎着，安适地闭上了眼睛。他是困了，要睡了。

“姨妈妈好”依然意味着是要“摸‘栽栽’”么？

忽然她心内产生巨大的委屈。

她哭了。

“你哭什么啊？……”

他愕异地望着她。

是啊,哭什么呢？说不明白。就不说。

“抹风油精怎么样？”

她缓缓抬起头,含泪瞧着他。不解。

“风油精不是刺激皮肤么？小孩子的手嫩,也许能改掉宁宁的坏毛病……”

“小手一揉眼睛,那还得了？”

她想这办法未免有点恶毒。

“不是往宁宁手上抹。往你……那儿抹……”

间接地往孩子手上抹。就这么点区别。

“不!”她生气地回答,“那还莫如做一个钢丝乳罩!”

他说:“这办法倒也不失为办法。再买把锁,钥匙放我这儿!”

她扑哧噙着泪笑了。

生活在这一时刻,闪烁着顽皮的欢娱。从什么时候,他们之间也开起这类玩笑了呢？这类玩笑也太超出她原先的想象。生活真厉害,它冷漠地改变着人的教养。甚至比这类玩笑更庸俗的玩笑,出自丈夫之口,早已使她司空“听”惯了。不过幸亏夫妻间偶尔还开开这类玩笑,彼此调侃一番。否则弥漫在她内心里那种惶惶的危机感,也许哪一天将会使她忍受不了的。

她研究地注视着他,要从他脸上捕捉到答案——这类玩笑莫非是他对她的一种报答？一种赠与？为的是博她一时开心？

他一脸俗相。

“实不实践在你啊,我是不在乎的。反正钥匙放我这儿……”

“……”

"晚八点开锁，早六点上锁；不买一般的锁，买密码锁。宁宁的坏习惯准能改过来，我的坏习惯也准能改过来……"

"……"

从他那一脸俗相后面，她捕捉到了隐蔽着的烦愁，那才是一个彻头彻尾的真实。真实伪装了，但还是被她那双敏锐的眼睛看穿了。

这类玩笑多开一句，对她也便失去了调侃的效果。

"我的中学语文老师，教我们那一班时，刚从大学毕业，文质彬彬。讲《可爱的中国》，有个男同学故意提问：老师，乳房是什么？你猜他怎么说？他脸红极了，憋了半天才回答——奶库！……"

他自个儿笑起来。

她没笑。

她不明白他今天为什么像只饿狗咬住一根散发着腐臭味儿的骨头一样，咬住一个庸俗的玩笑不肯丢开？

"下课，有几个坏男同学编了顺口溜……"

"别说啦！"她大声叫嚷。

宁宁被惊醒，微微睁开一下眼睛，又闭上了，小手换了一只乳房捂着。

他顿时紧紧抿住双唇。

"你别再用这类玩笑逗我了……我讨厌！"

"是……吗？……"

"是的！是的是的是的！"

"为什么不早声明？"

"你应该自觉！"

她心里为他感到一阵难过，也为自己感到一阵难过。当生活的伪装的顽皮被剥下了外衣，暴露后的那真实就令人觉得有点可怕。而先前夫妻间那许多次类似内容的调侃，如果也算调侃，同时令她觉得十分俗恶了。

他猛地站起来，说："我上班去！"一把扯下挂在墙上的棉袄，大步往外便走。

"等等。"她叫住他，抱着宁宁走到厨房，从锅台上拿起他天天都要带在身上的匕首，往自己衣服上抹了两下递给他，"我刚才削土豆来……"

他默默接过，站在她面前，不走。

"削土豆……快么？"

"快……"

"往后削土豆用吧！"

他狠狠地将匕首扎在菜墩上。

"你别无缘无故对我发火！"

"我没对你发火！我这算对你发火吗？你也太尊贵了吧？你不就是当过几天记者么？你以为你是谁？你以为你是王族夫人？……"

"你！……"

她走入里屋，又哭了。不敢大声哭，怕哭醒宁宁。

一会儿，他也走入里屋，坐在她身旁。她不理他。

"你今后不必替我担心了。"

"……"

"那两起盗窃案破了。"

"……"

"我的差事到昨天为止了。"

"……"

她立刻停止了哭，扭头看他。

他看着宁宁的小脸儿。

那孩子在睡态中笑……

任何别的原因，都不能使她主动去找徐淑芳。为了这孩子，为了这孩子有一个完整的而不是残缺的家，她毫不顾及自己高傲的自尊。

当她站在徐淑芳面前时，徐淑芳感到多么意外啊！

她们都显得十分拘谨，更拘谨的是她。

“我……我因为宁宁才来找你……”她清清楚楚地记得自己开口说的这第一句话。她至今仍非常后悔多说了一个“才”字，仿佛包含着潜台词，如果不是因为宁宁，她永远不会去找她似的。其实她特别同情徐淑芳。

“你坐吧……”她也清楚地记得，徐淑芳在她面前表现出怎样的矜持。

“不坐了。就说几句话。”

“几句话我也不能让你站着说。”

“宁宁……不叫我妈……”

“……”

“她叫我姨妈妈……姨妈妈……”

“……”

“姨妈妈还是姨啊！”

“……”

“我什么责任什么义务都尽了……我爱他……可他就是不叫我妈……他心里老想着你才是他的妈，想起来就哭闹着要‘找妈，找妈’‘回家，回家’……我真是不知道怎么办好了……”

“……”

“这不行啊！这他渐渐懂事以后，就会猜测到自己的身世啊！……那，那我们对不起他呀！……”

她说着说着哭了，哭得伤心至极。

徐淑芳一直矜持地默默地听她说。见她哭起来，扶她坐下，给她倒了杯水。

她不仅清楚地记得徐淑芳当时的神态,也清楚地记得徐淑芳当时的每一个微小举动。

“这……都怪我……我抚养他的时候,不该教他叫我妈……可我……我更喜欢他,更爱他。不知为什么,我那么爱他。他给我添了不少累,也给我添了不少快乐,不少安慰。我当时真是需要一点儿快乐,一点儿安慰。他叫我妈时,我的心都快化了……”

“我理解……我来找你,不是当面责备……”

“我知道。我也完全理解你……让我们都好好想一想。也许,我的过错只有我自己才能纠正……”

于是她们都不说什么了,都默默地望着对方,都想。

想了很久,徐淑芳这么说:“我有一个办法了。可能不是一个好办法,但试一试吧!”

“什么办法?什么办法?……”她迫不及待地问。

“明天不是星期日么?你抱宁宁到江边去玩,在防洪纪念碑下,我在那儿等你……”

“讲啊!”

“我要怎么做先不告诉你,免得你反对。”

“那……”她满腹狐疑,“那宁宁要是纠缠住你不放,我怎么办?你又怎么办?”

“不会的。”

“会的!”

“不会的。相信我好么?如果我做得有些过分,你可要原谅我……我们都是为了这孩子……”

徐淑芳的话并不能打消她的顾虑,她是怀着失望告辞的。

第二天,按照徐淑芳的话,她抱宁宁到江畔去。远远地,一眼便看到徐淑芳。她为什么也抱着个孩子?这徐淑芳究竟意欲何为？她站住了，她犹豫了，不想抱宁宁走过去了。甚至后悔昨天去找徐淑芳诉说苦衷。

徐淑芳也看到了她，见她站住，向她走来。

还没走近，宁宁发现了“妈妈”。

“妈妈！妈妈！妈妈……”

宁宁一边叫，一边在她怀抱中挣扎。

她不忍心使宁宁着急，将宁宁放在地上。

“妈妈！妈妈！妈妈……”

宁宁一边叫，一边迈着刚刚学会走路的儿童那种一往无前的步子，向“妈妈”扑奔过去。

“宁宁，别跑！别摔倒了呀！……”

宁宁真摔倒了。摔倒在离徐淑芳两三步远的地方。

“妈妈，妈妈……”

宁宁哭了，仰脸儿瞅着徐淑芳，用孩子那种使人怜悯的目光乞求“妈妈”抱起他。

然而“妈妈”漠然地看着他，怀抱的小女孩花枝招展，比宁宁大两岁。

“妈妈，妈妈……”

徐淑芳无动于衷。

你怎么可以这样！

她恨恨地想，赶快跑过去抱起宁宁。

“妈来了，妈来了，让妈看看乖儿子摔破了哪儿没有？……”

并没有摔破哪儿。

徐淑芳冷若冰霜，仍无动于衷。

“妈妈，妈妈……”

在她怀抱中的宁宁，向徐淑芳伸出两只小手，小脸蛋儿挂着泪珠。

徐淑芳打了宁宁的小手一下，板脸说："你乱叫什么？我不是你的妈妈！我是贞贞的妈妈！"说完在那花枝招展的小女孩脸蛋上亲了一下。

"贞贞，叫妈妈。"

"妈妈！"声音很甜。

"再叫一声。"

"妈妈！"

"亲妈妈一下。"

小女孩便在徐淑芳脸上亲了一下。

"好贞贞！贞贞才是妈妈的心肝小宝贝呢！"

徐淑芳在小女孩儿脸蛋上亲了一下。

宁宁迷惑地茫然地望着徐淑芳。

徐淑芳对宁宁则根本不屑一顾，对抱在自己怀中的小女孩继续表现出令任何一个孩子都会嫉妒的亲爱。

宁宁忽然哇地放声大哭。

徐淑芳全然不理，抱着她的"心肝儿小宝贝"往前走了。

想不到你这样做！这冷酷无情！这愚蠢透顶！如此虐待一个孩子的心灵，太过分了！太荒唐了！

她被宁宁的放声大哭搅得自己也想哭，她感到自己被同时严重地伤害了。

"噢，乖孩子，别哭，别哭，你也是妈妈的心肝儿小宝贝……"她不停地抚慰着宁宁，一种她都从未体验过的母爱之情，像九月的热风在她心怀中激荡。那一时刻，她才仿佛真正理解了"母亲"两个字包含着些什么内容。

如果徐淑芳将那小女孩举上天空，举到哪一朵云上，她一定会将自己的宁宁也举上天空，举到一朵更高更高的云上！

宁宁却仍在哭。

她抱着宁宁快步赶上了徐淑芳。

“你站住。”

徐淑芳站住了。

“你觉得你自己很聪明是不是?”

“我从来没有觉得自己聪明过。”

宁宁望着徐淑芳哭。

“看来是我将你估计过高了!”她生气了。

“别无他法!”徐淑芳似乎也有些生气了。

“但是你没权利伤害我儿子的心灵!”她叫嚷起来。

“该伤害一下的时候,就得伤害一下。”徐淑芳异常镇定。

她们唇枪舌剑,使抱在她们各自怀中的两个孩子也彼此瞪视起来。

几个闲逛的游人在她们周围站下了,期待看场热闹。

那小女孩用一只胳膊搂住了徐淑芳的脖子。

宁宁也用一只胳膊搂住了她的脖子。她觉得宁宁是更紧地偎在自己怀中了。

“我不会因为宁宁去找你第二次的。再见!”她冷冷地说,抱着宁宁怫然而去。

“回家,回家……”宁宁喃喃着。

“好孩子,回家。咱们回家……”她自言自语,亦将宁宁抱得更紧。

“你等等!”

徐淑芳在背后高声一喝。

她站住了,缓缓转过身。

徐淑芳抱着那个小女孩走向她。小女孩的一只手臂仍搂着徐淑芳的脖颈。

那几个闲逛的游人也跟随而来,又围住了她们。

“哥儿几个快过来！这儿有戏！……”随着一阵刺耳的滑轮声，一个穿旱冰鞋的青年首当其冲滑将过来，在她和徐淑芳之间斜身穿过，露了一招漂亮的急停骤转。倘若真是在冰场上，冰刀铲起的冰屑定会溅她一身。

顷刻又有几个穿旱冰鞋的青年滑了过来。他们肆无忌惮地冲撞着那些包围着她们的人，占领最佳的观看角度，一溜儿排成弧形，个个抱着膀子专等“戏”开场。他们的脚却不安分，旱冰鞋轮子在水泥地上哗哗响，似乎在为即将开场的好“戏”伴奏。

这众多人的围观，使宁宁更加不安，在她怀里扭转身，改用双手紧紧搂抱住她的脖颈，望向江桥那方，又喃喃着：“回家，回家……”

“吴茵，你不能抱宁宁回家。”徐淑芳平静地说，带有劝告的意味，仍那么镇定。仿佛围观的人全不是人。见她不回答，又说：“我是这女孩儿的妈妈，你是宁宁的妈妈。这是我们今天要共同完成的任务。没有你我单独完不成这个任务，没有我你单独也完不成这个任务。你别以为我在随心所欲扮演一个荒唐的角色。你得为宁宁想一想！”

她终于理智了。也终于明白了几分徐淑芳的良苦用心。尽管她仍很怀疑两个大人如此这般“勾结”起来用计谋对付一个两岁的孩子是否道德，是否能像她们所希望的那样达到目的，但也只好抱着侥幸心理尝试了。

她犹豫了一阵，说：“好吧，我听你的。”

徐淑芳微微苦笑了：“那我们今天就跟两个孩子痛痛快快玩一天吧！你可要处处证明你是一个比我更爱自己孩子的妈妈。”

她也不禁微微苦笑了。

“嘿，怎么又笑了！”

“这不是成心逗人玩么！哥儿几个哎，干脆撤了吧，没戏看啦！"

溜旱冰的青年们，齐发一声哄，哗哗地溜走了。

徐淑芳说："我们到那边去照几张相吧！"

她点了点头。

于是她们一同向前走去。

几个围观者心有不甘地跟随在她们身后，徐淑芳转身大声对他们说："你们别太不知趣了，这有什么意思！"

他们才不再跟随，都有几分扫兴的样子。

她们玩得还真算挺愉快。徐淑芳抱着"她的"贞贞照了一张相，她抱着自己的宁宁照了一张相。随后她们在长椅上坐下，让俩孩子自己玩。贞贞像一位小姐姐，宁宁被她哄着玩得怪高兴的。

"你从哪儿抱来这么一个小姑娘？"她眼瞧着贞贞问徐淑芳，也有几分暗暗喜爱活泼的贞贞。

女孩儿天生是男孩儿的伙伴，贞贞和宁宁围着长椅捉迷藏。

"借的。"徐淑芳坦率地回答。

"借的？"

"是呀。借邻居家的。自从宁宁离开了我之后，每天心里总觉得空落落的。想宁宁想急了的时候，就到邻居家逗这女孩玩一阵。贞贞跟我混得可熟呢，要不她父母哪能允许我带她出来玩呢！"

她脸上不禁显出了内疚。

徐淑芳看她一眼，笑笑，低声说："我现在不那么想宁宁了。"目光却盯着宁宁。

"你骗我。"

徐淑芳沉吟良久，低下头，承认道："是的……"复抬起头，望着江北遥远的某处，有些歉意地问："你不介意我说心里话吧？"

她摇了摇头，想表示理解，可找不到适当的话，不知该回答什么。

宁宁和贞贞玩得快乐极了,不时嘎嘎笑。到底是一个才两岁多点的孩子,玩得高兴就完全忘了妈不妈的。可怜的宁宁,你又怎能知道两个女人“勾结”起来正设下计谋对付你呢？如果你将来知道了自己的身世,并且也知道了这一天我们两个女人是怎样合谋对付你的,你会作何想法呢？会感激我们呢？还是会咒骂我们呢？无论感激还是咒骂,只能由你了！只要你成为一个刚强的男人,一个正直的男人！不……不能让你知道你是一个弃儿！那对你太不公平了！……

“你在想什么?”

徐淑芳碰碰她的手。

“没想什么。”

“可你分明是在想什么。”

“真没想什么。”她掩饰地问,“贞贞也算是我们的同谋吗?”

徐淑芳又苦笑起来:“也算,也不算。我只是嘱咐她听我的话,我要她叫我‘妈妈’时,她得甜甜地叫。她表现不错,是不是?”

徐淑芳每苦笑一次,她的内疚便增加一重,尽管她自己的每次笑,也总是苦的。

“是表演不错!”她纠正道,努力用诙谐使谈话轻松。

徐淑芳又碰碰她的手,低声问:“你不至于觉得宁宁是种负担吧?”

“你怎么会这样以为?”她惊愕了。

“别生气,今后你要为宁宁操的心多着呢!”

“可我是他的母亲呀!”

徐淑芳不再说什么,轻轻握住了她的手。

她们都瞧着宁宁,徐淑芳分明也开始想什么了。

她说:“贞贞真是你的女儿就好了。”

徐淑芳无声地叹了口气:“真想有个孩子。男孩儿女孩儿都行。”

“贞贞要是你的女儿，将来就嫁给我的宁宁，那多好！”

“是啊，那多好。可是谁知道他们能不能相爱呢！”

“我们替他们做主呀！”

“那不成包办婚姻了？”

她们都笑了起来。只有这一次笑得都不苦。

后来，徐淑芳说：“我去给贞贞买冰淇淋。”

她说：“也给宁宁买一只。”

徐淑芳说：“应该你自己给宁宁买。”

她说：“咱俩一块儿去买。”

徐淑芳说：“你错了。应该等我买回来，给了贞贞，贞贞吃着，宁宁看着，你再去买。”

她明白了徐淑芳的用意，就坐在长椅上等。

一会儿徐淑芳买回来了，对贞贞说：“贞贞，先别玩了，过来吃冰淇淋。”

贞贞就停止了跟宁宁玩耍，跑到“妈妈”跟前去接过冰淇淋吃起来。

宁宁馋涎欲滴地在一旁看着。

“贞贞，好吃么？”

“好吃。”

“谁给买的？”

贞贞聪明地回答：“妈妈买的。”

真是一个理想的合谋者！一个骗局的小小参与者。

宁宁看了贞贞一阵，又看着徐淑芳。徐淑芳却不理睬宁宁。宁宁看了徐淑芳一阵，又看着她。

她柔声说：“宁宁，过来，到妈妈这儿来。”

宁宁便向她走来。

她抱起宁宁，问："宁宁，你也想吃冰淇淋么？"

宁宁说："想吃。"

她说："那妈妈抱你去买。"

她就抱着宁宁去买了一只冰淇淋。

她和徐淑芳并坐在长椅上。她怀抱着宁宁，徐淑芳怀抱着贞贞。

她内心里暗暗感到一种无法形容的喜悦。

徐淑芳悄声问："你带的钱多么？"

她说："两三块钱呢，够花的！"

徐淑芳说："两三块可不够。一会儿还有你买的呢！我为贞贞花钱的时候，你也得为宁宁花钱。咱俩今天就比着做宠爱孩子的母亲吧！"说罢，掏出钱包，抽出拾元钱，塞在她手中。

她发窘地说："那算你借给我的。"

徐淑芳正色道："你若还我就等于侮辱我。"

你真好。她想。歉意地笑了。

"你笑什么？"

她脱口而出地说："我喜欢你。我们认干姐妹吧！"

徐淑芳也笑了，温和地说："我也喜欢你。我比你大，当然是姐姐了。"

宁宁和贞贞吃完冰淇淋，在徐淑芳的提议下，她们抱着两个孩子过了一次江桥。

自从一九八〇年初那个夜晚，她和王志松一起踏上过一次江桥之后，她再也没有踏上过江桥……

那个夜晚真冷。那个夜晚月亮又圆又大。那个夜晚月亮也被冻得惨白……

宁宁从没置身于江桥那么高处，望着滔滔江水显出了惊奇和害怕的样子，双臂紧紧搂抱住她脖子，服服帖帖地偎在她怀抱中一动也不敢动。

她说:“宁宁,别怕。妈妈抱着你呢,你不会掉下去的!”

她心中充满了母亲的柔情。

下了江桥,她们又抱着两个孩子乘公共汽车去到动物园,各自买了一个塑料袋儿,蹲在小河边,用各自的手绢为两个孩子捞蝌蚪,各自都捞了几十只大大小小的蝌蚪。看到两个孩子非常喜爱小蝌蚪,她们捞得很起劲儿。忽然管理员走来呵斥,还要罚款,她们面红耳赤地将蝌蚪放入河中。

宁宁和贞贞大为沮丧,几乎哭了。

于是徐淑芳提议去给孩子们买金鱼。徐淑芳给贞贞买了五条小金鱼,她也给宁宁买了五条小金鱼,装在塑料袋里。

她们又分别抱起宁宁和贞贞去乘木马……

中午在一家小饭馆美美地吃了一顿……

逛商店的时候,徐淑芳给贞贞买了一个布娃娃,她给宁宁买了一把激光手枪。

她处处显出是比徐淑芳更肯满足孩子愿望的母亲的样子。在这一场“戏”中她恨不得一下子就将宁宁对她的感性认识推向理性认识的飞跃阶段,徐淑芳时时提醒她勿操之过急。

后来两个孩子困了,在她们怀中睡着了。

她们也累了,坐在向阳的长椅上休息。

徐淑芳见宁宁的一只小手伸入她衣襟里,对她苦笑。

她也无可奈何地苦笑。

徐淑芳说:“宁宁在我那儿第一次这样时,我脸都红了。”

她说:“我也是。”

徐淑芳说:“不是自己的孩子,最初总有点儿觉得别扭。”

她说:“像一只陌生男人的手。”

“我以为你改正了宁宁这个坏习惯呢!”

“我想不出好办法啊。”

“这个坏习惯可不是我给宁宁养成的。”

“我知道不是你,是志松他母亲。”

“他母亲在世时,你见过么?”

“见过。”

“瞧我问的,你怎么能没见过呢！上中学的时候,你经常到他家去玩,是不?”

“是的。那么多女同学迷上了他这个冰球队长,我也迷上了。想想那时候我自己迷他迷得真可怜。”

“告诉我真话,你后悔过没有?”

“后悔什么?”

“后悔十一年中心里始终只爱他一个人,包括和他结婚。”

“不。我永远不后悔,我永远感激他;他改变了我的命运。但我常常感到生活得很累……”

“不累的生活不太可能属于我们。”

“你后悔过没有?”

“我? ……”

“你后悔过爱上郭……没有?”

“没有。谁也不能保证自己爱的人不遭不幸。是爱,就不后悔,也不忏悔。”

“他好么?”

“他好。”

“他好你也得忘记他。你不要被他统治着你的心、你的情感,你得忘记他,他死了。女人不应该把感情奉献给一个死去的男人,无论他是多好的男人。就这么回事儿！男人活着的时候,我们可以全心全意爱他们。他们死了以后,我们应该尽快地忘记他们。这个道理简单而明白,也肯定是每一个男人都乐于接受的！根本上就应该这么回事儿！……”

徐淑芳没有马上回答什么，似乎在认真地思考着她的话。

忽然远处响起了沉闷的雷声，早春的第一阵雷。她们不经意间，天阴了。

徐淑芳说：“要下雨了。”

她仰脸看着天，真是要下雨了。

徐淑芳又说：“那我们分手吧，都赶快回家，别让孩子们淋着！”

“分手吧。”

她们对视片刻，同时转身，各奔东西。

她那番坦率的话没有得到徐淑芳的回答，心里颇有些不安，唯恐徐淑芳会将她视为一个缺少真实感情的女人。而她深知自己并不是那样的女人，也不认为自己的话有什么不对。

“吴茵！……”

听到徐淑芳叫她，她立刻转过身去。

徐淑芳已走出了很远，对她喊：“今天是预演，下个星期天，我们就在这张长椅见，怎么样？”

她也喊：“行！你还要抱着贞贞来！”

“你得满怀信心！”

“有你配合，我不动摇！”

…………

她和宁宁还是被雨淋着了。

五条小金鱼连同塑料袋掉在人行道上。她抱着宁宁蹲下身去捡。一个男人匆匆奔跑而过，一脚踩在塑料袋上，五条小金鱼被踩死了三条。活着的两条在方砖人行道上蹦，她单手抓了几次没抓起来，眼睁睁瞧着大雨将它们冲入了下水道……

回到家里，王志松严厉地问：“你抱着宁宁到哪儿去了？”

她说：“玩去了。”

他恼怒地训斥:"这是过的什么日子？你还有心思玩!"

他却没有想到应该撑把伞在街口迎迎她,这些方面是他结婚后再也没有想到过的。

她一句也没解释,有意对他隐瞒实情。她想宁宁开始叫她妈妈了,她要让他获得意外的喜悦。

第二天宁宁却发烧了,接连三天不退。

三天内他无休无止地谴责她。她默默听着。

"都怨你！你出的好主意！……"她在电话里对徐淑芳发脾气,她太感到委屈了,她心里的委屈总得对谁宣泄宣泄啊!

"我的罪过,是我的罪过。吴茵,我真觉得对不起你！你可要好好照看宁宁啊！宁宁的高烧如果还不退,你一定要再打电话告诉我呀！你听见了么？你就对他把责任都推在我身上吧,完全是我的罪过……"徐淑芳认罪不已。

幸而宁宁的高烧隔日渐退了。

"喂,淑芳,宁宁的高烧退了！……"她又给徐淑芳打了一次电话。她不难想象到徐淑芳会处在怎样的一种不安状态之中。

"……"

徐淑芳却没有立刻说话。

她大声对着话筒重复:"宁、宁、的、高、烧、退了！听清了吗?"

许久,话筒中才传来徐淑芳的声音:"听清了……"声音很小很小。

"你为什么用这么小的声音说话呀?"

"……"

"我还要告诉你,宁宁,他叫我妈妈啦！……"

由于激动,她握着话筒的手直抖。

"……"

"今天早晨,他醒来的时候,我正俯身瞧着他的小脸儿。他那双大眼睛也定定地瞧着我。我和他就那么互相瞧了很久……后来，他的小嘴儿动了一下，说出了一个‘妈’字！我以为我听错了，急忙问他：‘宁宁，你说什么？再说一遍！’他那双大眼睛仍然那么定定地瞧着我，我以为我真听错了，转身去拿桌上的药。就当我刚刚转过身的时候，他又说：‘妈妈抱……’清清楚楚的三个字！我一下子就把他抱了起来……喂，喂，我的话你全听见没有啊？……”

“……”

“喂，喂，徐……”

“全听见了……”

“你……你哭了？……”

“没……”

话筒中传来抑制着然而无法抑制的哭声。

她不知再说什么好，握着话筒发愣。

“徐淑芳……谢……”她也情不自禁地哭了……

当天徐淑芳又给她打来电话，试探地问：“下个星期日我们还见面么？”

她回答：“那当然！”

但是下个星期日徐淑芳却没有带着贞贞。

她问：“怎么不带着贞贞来？贞贞配合得很好呀！”

徐淑芳说：“借不出来了。她爸爸妈妈要带她到姥姥家，不好意思再开口借了。”

她们都叹息了一阵。

看来她们都不是那类善于做戏的女人。失去了贞贞恰到好处的配合，她们在宁宁面前一时都不能胜任愉快地进入角色。当宁宁用他那双单纯而明亮的眼睛瞧着她们时，她们都不免有点儿感到羞耻，也都有点感到难过。她们是太作践这孩子的小心灵了，他才两岁多呀，却不得不对真伪进行判断！却不得不对两个大人进行感情上的重新认识重新估价重新选择！多么愚蠢多么荒唐多么冷酷的计谋！然而她们都想不出更好的办法，她们心理上都负担着不轻的罪过感。

“今天还得你是主角。”

“不，今天你是主角。你要记住，我不是宁宁的妈妈，你是。我根本不喜欢宁宁，你喜欢。你今天仍要处处表现对他的爱。我呢，仍要无动于衷冷眼旁观就是了……”

她说这些话时，眼睛冷漠地盯着宁宁。宁宁已经有些怕她那种目光了，宁宁躲避着她的目光。

那一天很明媚，公园里有很多人。她们玩得却并不开心，宁宁也不怎么开心。她始终抱着宁宁，徐淑芳跟着她走。她抱累了，说：“宁宁，让阿姨抱一会儿吧？”

宁宁就在她怀中扭转身，搂住她脖子，生怕她硬将他塞到徐淑芳怀里。

那一天她给宁宁买了许多小玩具。

而宁宁每一次指着什么玩具嚷着说：“要，要……”的时候，徐淑芳便呵斥：“什么都想要！不许要！”

徐淑芳买了一枚香币，分手时，将香币放入她兜里，说：“我只能推断出宁宁是属羊的，但不知道他的生日究竟是哪一天。就当他的生日是四月二十六日吧！这是一枚生日纪念香币，宁宁长到三岁时，你送给他吧！”

她攥住徐淑芳的手，说：“徐淑芳，真难为死你了！”

徐淑芳微微一笑，抽回手，说：“生活中，谁也免不了为难谁几次。”

她对宁宁说：“宁宁，跟阿姨再见啊！”

宁宁是会说“阿姨再见”的，却不肯说，朝别处望。

徐淑芳注视着她说：“吴茵你再也别跟宁宁提起我了。等你在宁宁心中的妈妈地位巩固了,能让我做他的姨妈妈,我就非常非常知足了!"

她点了点头。那一时刻,她又想哭。

徐淑芳向宁宁伸出只手,似乎要抚爱宁宁一下,却没有,猛转身走了。

那枚生日纪念币散发着一股檀香……

她明白徐淑芳为什么希望四月二十六日是宁宁的生日——这一天是她和王志松结婚的日子……

宁宁啊,你什么都不知道!

也许有一天妈妈会让你知道这一切……也许妈妈永远不会让你知道这一切……

到了那孩子三岁生日那一天,她为他拍了纪念照,为他买了一个小型的生日蛋糕,将那枚香币郑郑重重地送给了他 ,要他记住那一天是他的生日……

可是到了晚上睡觉的时候,她在他屁股上狠狠揍了几巴掌。她第一次打他,她是真生气了。因为他趁她不注意,从床上爬到桌上去,将热水瓶碰到了地上摔得粉碎,幸亏他自己没被刚灌入的开水烫着。

他当然哭了。

她不理他,任他哭。

后来他可怜巴巴地缩在床角说:"妈妈,我再也不敢了……"

她终于心软,将他抱了起来……

从那一天起,她才觉得自己真正是他的母亲了,他真正是她的儿子了。因为她在他淘气的时候已有权教训他了,而他并不恨她,甚至也不怕她,只是寻求挨打后的爱抚……

在这一个夜晚。在一九八六年夏天的这一个夜晚,他们的儿子睡了。他们的彩色电视里进行着“家庭智力百秒竞赛”。

“喂,剪刀呢?”他问,头也不回。他正坐在桌前剪贴报纸,仿佛是一位对工作极端认真的资料收集员。

没有一种生活不是残缺不全的——这句话是从哪本书中读到的?她努力回想着,回想不起来。是真理么?当然是。以她的感受,她这么认为。

“没听见啊,我问你剪刀在哪儿?”

他抬头望着她。

她也望着他。

他们面对镜子。他们从镜子里望着对方。

“你……冷笑什么?……”

我冷笑?……是啊,我冷笑什么呢?

她注视着镜子里的自己,一种讥嘲的冷笑使她那张祈祷着什么似的脸变得相当生动。她自己给自己留下了极深刻的印象。

如今宁宁六岁多了。

有一天,她异常严肃地对儿子说:“宁宁,你不久便该上学了,是一个小学生了。小学生还摸‘咂咂’的话,羞耻不羞耻啊?”

儿子忽然懂事了许多似的,向她保证道:“妈妈,我再也不了!”

“你能做到?”

“能!我要睡觉的时候,就把两只手都压在枕头底下!”

从那一天的晚上起,儿子开始伏着睡。

如今儿子已改掉了“摸咂咂”的坏习惯,并且不必将两只手都压在枕头底下伏着睡了。

如今他们已住进了两室一厅三十九平米的单元楼房,是铁路局分给他的;他又回到了铁路局。人家对他说的话,和报社对她说的话内容差不多。他没有像她一样回答“考虑考虑”,所以他的结果就很好。足见男人永远比女人识时务,所以男人们大抵总有些机会成为“俊杰”。他有了文凭，由工人而转干。他入了党，由工会而调到了局党委当秘书。他当了局党委秘书，所以他分到了一套一般像他这种年龄的人在任何一个单位也难以分到的好住房。一切合情合理。在这一合情合理的背后，还有些什么不太合情合理的事进行过，她一概不得而知。他对自己的事守口如瓶，从不告诉她。

如今他们的电视机也换成二十吋彩色的了，而且是“日立”。它不是每一个想买的人都能买得到的。

如今他是个踌躇志满春风得意之人了。主要倒不是因为有了文凭，入了党，当了秘书，是因为他打入了一个小圈子，一个纯粹的文学圈子。而那个圈子其实并不小，有能挣点稿费的人，却没有一位可敬的作家或诗人。那个“纯粹的文学圈子”里的人，聚在一起常常谈论或商议的并非文学方面的事，纯粹是与文学无关的事。比如怎样为了圈子内的人扬名显姓官运亨通公开吹捧暗中鼓噪四面串联八方活动。以小圈子的利益和小圈子中的每一个人将来的利益能否兑现作为前提，这也许正是八十年代互相帮助的精神？为这个小圈子，他付出了些什么？还将付出些什么？获得了些什么？还将获得些什么？她则不清楚了。在这方面，他对她一向“无可奉告”，她也一向无心过问。但有一件事她是清楚的，那就是他的入党，这个小圈子是起了相当重要的作用的。圈子里的几个核心人物或曰头面人物，移尊屈趾，聚集在他们原先的家里，吸烟饮茶之间，细致分析，严密策划，统一部署，分头落实。那时他在他们之间显得多么受宠若惊、多么局促多么自卑啊！

“如此看来，支部通过这第一关似乎没什么问题了吧？”他们中的一个自信地说，随后扭头问一个：“你看呢？”

“七票中四票可以担保举手，我看也没问题。”另一个肯定地说。

“正副书记的态度很关键。张凤鸣是正书记还是副书记?”第三个深谋远虑地问他。

“正书记。”他慌忙地回答:“可张书记对我印象一般,我跟他顶过一次嘴……”

深谋远虑者淡然一笑:“没什么。那正书记这一票我包了!他儿子是咱们圈儿内人。副书记谁?”

“郝大钧……大小的大,千钧一发的钧……”

“你们谁认识这个姓郝的?三哥,你没调到公安局之前,不是在车辆段么?认识不?”

“郝大钧?不认识。我在的时候,段里的党支部副书记不姓郝哇!……”

“不管认识不认识,这个郝大钧交给你办了!你不是在车辆段党内党外仍有一帮弟兄么?”

“有是有,不常往来了。临时抱佛脚,有点……”

“有点什么?……”第一个说话的插言了,“你要换煤气,那专管换煤气罐的也是佛!不临时抱还天天抱着?是佛的多了,你抱得过来么?入党又不是每个月入一次的事儿,抱一回就得了呗!”

“我尽力而为!”

“尽力而为是什么话!”深谋远虑者不满了,“你要抱定他的佛脚不放松。你要将他拿下!你拿下了姓郝的,志松的党票就笃定到手了!”

“好吧!姓郝的包给我了!”

“这还像句痛快话!”

“局里那一关,要不要也开展一下攻势?”

“支部通过了,局党委无非履行审批程序罢了。局党委书记是我大学同学的老岳父,有我大学同学的面子,会给照应着的……”

深谋远虑者又开口道:“现在不是号召各单位进行革命传统教

育么？志松你父亲不是在‘文革’中因一次列车的安全牺牲的么？不是铁路局的烈士么？你写一篇怀念你父亲的小文章，我给你润色，我给你拿去发表。你父亲是党员不？”

“是……”

他当时对那几位圈子里的人何等诚惶诚恐何等感激啊！他那种自卑而感激的样子当时令她觉得多么害臊啊！

“好极了！‘七一’快到了，争取‘七一’见报！一位烈士、党员、老工人的儿子，在党的生日，缅怀父亲，向党表白真诚的热爱之心，报社要组到这样的文章如今还不太容易呢！这叫舆论先行！”

他们看出了她有反感情绪，深谋远虑的那一位严肃之至地对她说：“志松应该入党，这是我们经过研究才做出的决定。所以我们要成全他。他具备了某些可以入党的条件，为什么不入？不入党他就转不了干，就永远没有提拔到某一级领导岗位上去的可能。就一辈子是个工人！我们这些人中，需要有当官的！需要有掌实权的！”

可以这么认为，他还不是党员之前，实际已经在组织上入了党。批准他的是那个圈子的核心者们，尽管他们都不是党员。他们另有他们的标准，他们另有他们的原则；信仰与否并不重要。

这个圈子的基本成员充其量四五十人，核心者也就那么七八个。但它像孙悟空的如意金箍棒。倘说小，则可能小到那么七八个核心者中仍有核心，甚至仍有核心的核心的核心。倘说大，则圈子外仍有圈子，甚至仍有圈外圈子的圈子。这是一种积木式的隐形的社会结构。他们之间，彼此了解的，你手指肚上有几个“斗”，他头顶有几个“旋儿”，详知难诈。他们之间互不认识的，即或在一个工作单位一个工作部门，也许过从极少。它的结构特点是“寻常看不见，偶尔露峥嵘。”

煤气罐弄不到？你来找我，我去找他；他找张三，张三找李四……圈儿套圈儿地找，准能找到煤气公司的某一个人的头上，甚至可能找到煤气公司经理头上。煤气罐给你弄到了。你不是圈儿内的？那你烧蜂窝煤烧到二〇〇〇年再说吧！

我考驾驶执照没考下来，该轮到我去找你了，该轮到你去找他了。不就是驾驶执照没考下来么？不就是这么一件事儿么？圈儿套圈儿地找，准能找到交警大队的某一个人的头上，甚至可能就是交警大队队长头上。活动活动，花点钱，请一桌，驾驶执照给你弄到了。包公爷管着呐？那也给你弄到了！你不是圈儿内的？考不下来是你没本事。活该！

他小舅子栽进"局子"了，该轮到他来找咱俩了。咱俩只好分头去找了。什么案？溜门撬锁？不就是溜门撬锁么？有前科没有？没有前科？没有前科不必发愁！有前科？有前科也不必发愁！圈儿套圈儿地找呗！办案的执法如山？又不是杀人放火抢劫银行盗窃国库的大案要案，执法如山也得给点人情、网开一面啊！回家等信儿吧，当场释放有点那个，半月内保证那位小舅子自由自在地逛马路……

如此这般些个等闲之事，不劳圈子的核心者们烦神，圈儿里圈儿外的圈儿兄圈儿弟圈儿朋圈儿友们串联起来，疏通疏通各方面关节就"安排"了。

这种圈子像儿童积木，单摆浮搁，每一块都是不太起眼的涂了花花绿绿的颜色绘了各种图案的木块而已；组合了则变化无穷花样层出。又像一台机械，一旦因某一件事运转起来，发挥着难以想象的性能。

王志松最初是怀着自哀自怜的屈辱心理挤入这样一个圈子的。他始终难忘曾当过冰球队长的荣耀。它在他头脑中遗留下仿佛显赫一时的旧梦的幻影，它奇异。对它的回味愉快而妙不可言。他靠回味它度过了多次精神危机。如同熊靠舔熊掌度过漫长的蜷缩的冬季。然而人在艰难时日终究不能靠回味旧梦轻松潇洒地生活下去。这种回味也终究不能持久地支撑在现实中苟且着的精神。中学时代的他并非智商优越者。在课堂上获得不到的东西，他以十倍的热情百倍的勇猛在冰球场上获得。他是冰球场上的一头雄狮，是“冰球场上的斯巴达克斯”。这样的溢美之词不仅出于向他取悦的女同学之口，也出于崇敬他的男同学之口，包括他的冰球队员们。当年在冰球场上，他体验自我中心横冲直撞任意驰骋难以阻挡的快感，他从发号施令支配别人挫败别人之中，尽情享受强者的自信、自豪、骄傲和满足。那种快感，那种享受，那种体验，使他回味旧梦时感到吸大麻般的似乎甜滋滋的通体舒坦。从他返城那一天起，一种发誓要征服城市征服生活的勃勃雄心，便在艰难时日中被压抑着挣扎着，好比铁笼中的一头猛兽狂躁地期待着破笼而出的机会。他将城市和生活视为冰球场，幻想着像当年那样仍成为精神不垮的“斯巴达克斯”。

然而他错了。城市告诉他，他不过是一只小小的蝼蚁，它是泰山也似的巨人。他单枪匹马使尽浑身解数攀爬，也不过只配在它的脚趾缝间蠕动。生活却愈来愈向他显示出类乎冰球场上激烈交锋拼搏争夺一个小小橡胶扁球般的真实。区别在于冰球场上喝五吆六呐喊阵阵，生活的表面却是平静的、庸常的、文明的、温和的；生活含蓄地暗示他，他不再是生活这个大冰球场上的进攻型队员了，更不再是什么队长了。一旦明白了这一点，精神不垮的“斯巴达克斯”的精神面临彻底崩溃的边缘。他性格中刚愎的一面迅速向反面发展，变得暴躁、冷漠、嫉妒。

他卖了当年的冰球服，烧了当年的冰球拍。

他劳智衰神，脱发盈把，瘦得形销骨立终于考上了电大。可因为他是熟练工人，单位领导不同意他读电大。

在这种情况下，有人将他引荐到了那个圈子中。那个圈子仅仅是出于对他的怜悯,发了一点儿小小的慈悲,一次三分钟不到的电话的作用,他梦寐以求的愿望便实现了。他对那个圈子千恩万谢,当了它的一个小奴婢,为它效过几次不足论道的劳务。

电大毕业了,可他的文凭丝毫也没受到什么重视。仍是一个整天穿着油污工作服的工人。他又不得不低三下四去求助于那个圈子。他已然为它效劳过了,它便又一次成全了他。无非是人情过人情的事儿,他由工人而转干,调到了工会,又由工会调到党委当秘书,依靠的仍是这个圈子的周旋。他很需要它这样的圈子,他因依附于它而对自己对生活重新张扬起了勃勃雄心。他的雄心亦是它的雄心。他的精神亦补充着它的精神。他的雄心受到它的怂恿。他的精神受到它的鼓励。他与它结下了"生死结"。它从此将他庇护在自己的羽翼下。为的是他有朝一日能展开羽翼庇护它。它在某种意义上是八十年代的中国的"黑手党"——文明"青红帮"。而他幻想着将来成为中国的"教父"。他很欣赏《教父》。这本书是吴茵买的,但吴茵还一直没有从头至尾翻阅过,而他已详读三遍了。"教父"是人间的上帝,他暗暗发誓总有一天在那个圈子里要做主宰人而不被人主宰的"上帝"。雄心嬗变为野心,他将这种野心深深地埋藏在心里。最初的屈辱感被克服了,取代的是幸运儿的踌躇满志。他与那个圈子进行赌博,赌注是他自己。

那天,圈子里的核心人物为他入党之事谋划周密告辞后,他和吴茵有了下面一场对话:

"你是出于信仰的么?"

他沉默不答,吸着了他们吸剩的最后一支烟。

她看得出来,她的话激起了他的恼怒。然而她固执地瞪着他,以目光逼迫他回答。

他沉默着,沉默着,突然将脸转向她,冷冷地说:

"如今我只信仰我自己!"

“你非入党不可?”

“非入党不可!”

“为了什么?”

“为了一切!”

“这么入党你不觉得可耻么?”

“当然可耻!”

“你甘愿可耻?”

“甘愿可耻!”

“没有别的选择?”

“没有别的选择!”

“不入又怎么样?”

“不入一切都是梦!”

“一切什么?”

“一切的一切!”

“你父亲如果活着会怎么想?”

她看了一眼悬挂在墙壁正中的他父亲的放大了的遗像。

“活人不考虑死人怎么想。”

他也看了一眼他父亲的遗像。

他的每一句回答,都使她感到屋里的温度一度一度下降。而他最后那句话,使她周身发寒。

她注视他良久,摇头道:“我觉得,你总是处在一种紧张状态之中。”开始怜悯他了。

不料他猛地站起来叫喊:“是的!是的!我全身都处在一种紧张状态之中!每天都处在一种紧张状态之中!冰球场!一个大冰球场!人人都在犯规!犯规也算合理冲撞!谁是裁判?谁?没有裁判!没有!没有!……”

他两眼闪烁着荒原上孤独的公狼那种凶恶而饥渴的目光。

那一时刻,他使她感到可怕。可怕的感觉比他本人更加可怕。它像瘆人的活物,从此以后经常骚扰她的心,经常在她心里造成某种不具体的忐忑,它吞吃她对他的感情。它仿佛很小很小,寄生在她的灵魂之中。又仿佛随时会从她的灵魂之中蠕动出来,变得庞大而无形无状,霸占了他们的家的几乎全部空间,将她和他逼迫在斜对的两个角落,不但吞吃她对他的感情,还吞吃他们生命的一切营养。并且如同巨蟹似的,吐出一堆堆黏的泡沫,胶住他们,埋葬着他们……

“剪刀!……”

“在抽屉里。”

他拉开了一个抽屉:“没有!……”

“第二个抽屉。”

他拉开了第二个抽屉:“没有!……”

“第三个抽屉。”

他拉开了第三个抽屉:“也没有!……”

“那就是不在抽屉里。”

“废话!”

“是废话。”

她脸上那种讥讽的冷笑更明显了。

“但是你应该知道在哪儿,我现在要用!”

“但是我为什么应该知道在哪儿?”

她的回答使他万分惊讶。不,简直可以说是有些震惊。他终于转过身看她,像看中午的太阳,眯起眼睛看。

她迎视着他的目光,也眯起眼睛。

睡在小床上的儿子翻了个身。

电视里,仪态端庄举止大方的女主持人正在发奖,典雅地微笑着将一个扁方的盒子捧送给一个四十多岁的矮小男人,那矮小的男人意识到自己此刻定是摄像机对准着的目标，尽量挺直身体，力所不能及地作男子汉状，满脸的矜持满脸的洋洋得意。

那漂亮盒子里装的什么呢？……

没有一种生活不是残缺不全的——是从哪本书中读到的呢？……

那漂亮盒子里若什么都没有呢？空的呢？或者，只有一张小纸片，上面写着这句话——没有一种生活不是残缺不全的——奖给参赛获胜者……那会怎么样呢？

那样做了也许这个节目更加受欢迎。一条真理作为奖品，不是比其他的什么作奖品更好么？多经济啊！真理成为真理之前代价昂贵，成为真理之后就削价了。

“你还在冷笑。”

他说。他已经转过身去了，从镜子里望着她。仍眯着眼睛。他找到了剪刀。

在哪儿找到的？

她思想着的那段时间里，根本没注意他，注意的是电视屏幕上那个仪态端庄举止大方的女节目主持人。

她叫什么名字？

她的生活也是残缺不全的吗？

“你还在冷笑。”

他又说。他从镜子里研究着她。

她也不由得望着镜子，从镜子里研究着自己。

“是的。我还在冷笑。”

她承认镜子里那个事实。

一个清清楚楚的事实。

那面镜子的水银好。

“可怕……”

“什么？……”

“你冷笑的样子……”

“是可怕……你害怕了？……”

“我？……我怕你？我谁也不怕。我什么也不怕。”

他们都凝视着镜子，都凝视着对方，也都凝视着自己。

那面镜子的水银好。

“镜子是用我的工资买的。”她说。

“是用你的工资买的又怎么样？”他说。

“不怎样。但这是一个事实。”

“是一个事实又怎么样？”

“不怎么样。我在跟自己说话。”

“莫名其妙！”他嘟哝，开始剪一张报纸。

他已在晚报上发表了十几篇小文章。每篇一千多字，至多不超过两千字。有一篇还获了“青年论坛”二等奖。他的笔名“文竹”，女性味儿十足的一个笔名。她认为他给自己起这样一个笔名是可笑的。为了保存他那十几篇小文章，他花九元钱买了一册大影集，将它们剪下来贴在影集里。她看过几篇，毫无文采。也无思想可言，但她为他高兴过。后来就不为他高兴了。她觉得写那类向别人进行说教的东西除了获得一笔小小的稿费外，再也没有别的什么意义。她承认钱是很重要的东西。生活对她的最成功的教育，正在于使她明白了钱是多么重要的东西。但为了钱，不一定非要去写那一类连他自己也根本不信奉、时常背叛、却偏装出诲人不倦的样子向别人进行说教的新道德经。是的，她认为他是在贩卖新的虚伪的道德经。什么“爱情的原则”啊、“幸福家庭的分析”呀、“个人价值的反思”呀、“我怎样理解生活”呀……等等，等等。不是煞有介事地重复别人的观点就是七拼八凑抄录名人的言论。可有些报纸似乎很需要这样的小文章。所以像他这样舞文弄墨的人便多了起来。“文竹”如今取代了她当年在报上的地位。

稿费他是一分钱也不花的，再拮据的时候也不花。他一笔笔地存起来，他有一个小本儿，收到一笔记上一笔。十几篇，五百多元了。她不反对他存钱，但没法儿理解他的心态。想理解，没法儿理解。以后索性不再企图去理解了，随他那么认真地做……

儿子忽然爬起来，站在小床上转圈，却闭着眼。

她赶紧端尿盆儿，走到小床前，让儿子靠在自己身上，口中轻轻发出类似口哨的声音。

儿子撒了一大泡尿，扑在小床上，挠腿，挠胳膊。

她发现了一只蚊子。它喝足了儿子的血，身体有些沉重，已飞不太动。然而它分明还要继续喝儿子的血，它嗡嗡盘绕在小床周围。

她拍了几次，没拍着。它消失在小床底下了。

她站在小床边不离开，很有耐心地期待它再现。

一会儿，她又听到了嗡嗡声。

她寻觅着，慢慢转动身体——发现它改变了目标，盘绕在丈夫头顶。

他一边吸烟一边炮制向人们进行说教的小文章。只穿着一件蓝背心，蚊子放心大胆地降落在他的肩膀上——很宽厚的男人的背。男子汉的背？

她蹑足走了过去……

啪！

狠狠的一掌。

他吃一惊，握笔的那只手碰倒了墨水瓶。墨水横溢桌上，立刻浸透他那两页写好的稿纸。

“你！……”

他突地站了起来，恼怒之极地瞪着她。

“你疯啦?”他吼。

嗡嗡之声消隐了。

失望……

严重的失望。黑雾一般的失望。得不到宣泄得不到安抚无从转移没法减轻的失望,在她内心里弥漫开来弥漫开来弥漫开来弥漫……

“你……你又冷笑！你笑什么啊你！……”

儿子被惊醒,坐起来,揉揉眼睛,诧异地望着她。

嗡嗡之声在耳。

“哪去了？……”她自言自语。

“什么呀？……”儿子懵懵懂懂地问。

“蚊子……”

儿子也转动着头,寻觅着,倾听着。

“那儿!”儿子抬手一指。

她扑向儿子指的方位。

“没你什么事！你睡觉!”

他生气地训斥儿子,接着拉灭了灯。

黑暗中,嗡嗡之声似乎更响了。

儿子悄然躺下。

失望。

黑雾般的失望与黑暗交溶,包围着她。

“开灯！……”

她愤怒地大叫。

“你到底想干什么?”黑暗中,他镇定地问。

“我一定要打死它!”

“你就当它已经死了不行么?”

“它明明没死!”

“没死又怎么样?”

“我恨它!”

“妈,……睡吧……蚊子不叮我……”黑暗中,儿子怯怯地说,带着几分请求。

妈——仅仅一个字,就将长久积压在她内心的阴霾扫荡了。也将她脸上那种连自己都难破译的古怪冷笑拂去了。母亲的柔情顿时感化了她。

黑暗中,她走到儿子的小床边,轻轻坐下,爱抚着儿子的小脸儿。

“乖儿子,快睡吧!”

嚓……一根火柴着了。

那片刻的光亮,使她看到儿子睁着眼睛,被很大的潜在的不安骚扰着,惴惴地瞧着她,那样子叫她怜悯。

“快睡吧,啊? ……”她将手轻轻罩在儿子眼睛上,替儿子遮挡那根火柴的亮光。

火柴转瞬灭了。

他坐在大床边儿吸烟。烟头令她联想到通过望远镜倒望的缩小了至少一百倍的血红落日,坠于世纪末的绝望的黑暗深渊中。

那么宇宙是完美的抑或残缺不全的呢?

她叹了口气。

“我不该发火……”他说,语调是主动和解的,“你也睡吧,我们都睡吧。”

都睡吧,就好了么?

可嘴上却说:“怨我。我不该非要打死那只蚊子。”又叹了口气。

仿佛一切的不快都是那只狡猾的蚊子引起的。当然是蚊子引起的,但不全是。蚊子不过就是一只蚊子,还因为剪刀,更因为她的冷笑。闭了灯也好。除了剪刀和冷笑,也因为别的。她心里最清楚,清楚而又说不明白。他知道么?他分明是不知道……

"睡吧,你。"他说。

"你先睡吧,我想守着儿子呆一会儿。"

黑暗中,他开始窸窸窣窣地铺展被褥。

黑暗中,儿子挠腿。

她摸了摸儿子挠的地方,被蚊子叮起了几个大包。

那一只该死的蚊子!

丈夫却已发出了轻微的鼾声。

她真想大喊:你隐藏在哪儿?你飞出来!你吸我的血吧!

她开了灯,复坐在儿子小床边,发现儿子背上,臂上也被叮起了大包。她对那只蚊子的憎恨达到了极点!

"你不睡,也不想让别人睡啊?"他翻身趴在床上,瞪着她。

她没好气地说:"你关灯这会儿,蚊子叮了宁宁满身大包!"

"那你就开着灯坐在他床边守一夜吧!"

他用被单蒙上了头。

这时,那只蚊子再次出现。它的肚子已经快圆了,变成暗红色的了,它飞得很笨了,但它分明仍要吸人血。

她本是双手一拍有把握将它拍死的,她却改变了主意。她用自己的手臂护住儿子的身体,希望它落在自己手臂上,吸自己的血。

它果然落在她手臂上了。她感觉到了轻微的针尖扎了一下似的疼痒。她猛地攥起拳,绷起肌肉——那只蚊子意识到上当了,却飞不脱了。它的长长的吸嘴被她的肌肉缩住了,它的翅膀拼命扇动,发出绝望的嗡嗡的呻吟——这种惩罚蚊子的方式,还是她在农村时向农民的孩子们学的。这是比驱蚊剂更能使人体验到报复快感的惩罚方式。

现在她可以从容地细细地摆布这只蚊子了。她憎恨它,不仅因为它吸她儿子的血,还因为笼罩于她心头那种莫名的失望和郁闷。近来她天天受到自己这种坏透了的情绪的摆布。她觉得自己像被什么毛茸茸的黏糊糊的不透明不透气的东西一层层裹住了。那东西仿佛正是生活本身。庸常的日复一日月复一月年复一年理解不到任何意义的俗生活本身,仿佛是无法挣脱的,如同一只蚂蚁陷于一摊沥青之中。纵然具有着足以拖得动比自身大十几倍的物体的力量,却拔不出自己的一只脚。又如同一个人走在锈迹斑斑的弃废了的铁轨之间,永远走不到头,也没有站。铁轨两旁抛着别人的某些生活的碎片:青春、爱情、追求、憧憬、梦想、野心、迷乱、堕落、女人的小手绢卷发器相册、男人的日记本拉力器破裤衩……有些崭新,有些正变成垃圾。在她盲目而匆匆的行走中,也已不经意间丢掉了一些相当宝贵相当美好的东西,绝对不可能再往回走寻找回来了……

甚至连她的憎恨本身也是没有任何意义的。没有意义!

她开始用另一只手拔蚊子的长腿。一一拔掉,毫无恻隐。她又产生了一个念头。念头一产生便立刻付诸行动。她单手点燃了一支蜡烛,将烛泪滴在蚊子身上。没了腿的蚊子,渐渐被烛泪凝固了。蜡质的模糊的透明度中,蚊子的翅膀和黑红的圆鼓鼓的肚子隐约可见。

琥珀这样形成的么?……

她将蜡滴按扁了。按得扁扁的,宛如一颗乳白色的扣子。之后,她将它小心翼翼地揭下,用两根指头轻轻夹住,对着灯光观看。

人血红似相思豆。

忽然她心头悸过一阵恐怖。她觉得凝固在蜡中的不是蚊子,而是她自己。

它便掉在地上了。

她狠狠踏它一脚,赶快闭了灯,和衣躺在床上。

“你怎么连衣服也不脱?”

原来他并未睡熟。

“你最近几天究竟怎么了?”

他的手向她伸过来,替她脱衣。

她无声地推开了他的手。

然而他的双手又向她伸过来,搂抱住她。

她本欲拒绝他的亲爱,却又十分渴望他的亲爱。她开始祈祷他能用亲爱驱除自己心头的阴霾。那种阴霾仿佛是潮湿的,发霉的,具有腐蚀性的,她的心已被毒害。然而她明知她的祈祷毫无意义。他的亲爱不可能从她心头驱除什么,早就不可能了。此刻他也绝不会给予她由衷的亲爱。当他需要她的时候,才给予。这形成他的“实践”规则了,这纳入她的经验了。似乎已是他们之间的默契,似乎已是不言而喻的事。此刻他并不需要她,他的亲爱是虚假的。

他抚摸她的身体像厨子抚摸案板上的一条鱼。

心不在焉的别有所思的抚摸。

他不过在以此求得和解,表达某种歉意。或者还企图证明今天晚上他们之间并未发生什么不愉快。

黑暗掩饰不了亲爱的虚假。

他的手只在她背上抚摸,矜持地避免引起她的冲动。

我并不冲动。

黑暗中,她笑了一下。自己也知道,必定是冷笑。

怎么会变成这个样子?她曾像沉浮在汪洋大海中的人抱住一块船板似的紧紧抱住不放的生活,怎么会变成这个样子了?包括床上的亲爱!从哪一天变的?……

她不偎就,不动。抑制着充满委屈的心灵对享受亲爱的进一步渴望，平静地问："你想么？……"

"想……"他犹豫地回答。

你犹豫什么？

他的手仍在她背上矜持地抚摸着。

如果她真是条鱼，她的鳞全掉光了。

"你撒谎。"

"……"

他的手停止了抚摸，羞耻地缩回去了。

她忽然哭起来，巨大的委屈一下子冲绝了心理堤坝。

"你，你哭什么啊？我没做什么对不起你的事啊！"

"我……我也考上电大了……"

他又搂抱住她："这是值得高兴的事嘛！"

"没有文凭，我就得死了回报社的心……"

她不由自主地偎贴在他怀里。

"是啊，是啊。文凭非常重要，我知道……"

她感觉到他的抚摸带有了温存。

"可托儿所通知我，宁宁再过几天该从大班毕业了……要在家里呆三个月……三个月后该入学了……"

"唔？……"他的手停止了抚摸。

"宁宁入托晚，宁宁不是个很聪明的孩子……宁宁上学后更需要我们多操心……我真是矛盾极了……"在这种宣泄着的时候，她的哭声也是抑制的，怕哭醒儿子。

儿子如今已成为她很重要的一部分。

她期待着他这样说："别哭，有我呢！你好不容易考上了电大，就读吧！今后我会多多负起一个父亲的责任，你付出的已经够多了……"

哪怕仅仅是这样说说而已。

但他却回答:"是啊。宁宁不是个很聪明的孩子。这真得权衡权衡……宁宁小学的基础如果打不好,怎么能考上一所重点中学呢?如果考不上重点中学,又怎么能考上一所重点高中呢?如果考不上重点高中,还有几分指望考上大学?考不上大学,将来岂不成了我们的累赘?……"

逻辑很周密的一番话。他发表的那些小文章,几乎无不一存在这样的逻辑,经得起反驳的逻辑,具有相同的说教意味。

"那……"她忍住了哭泣,"你的意思是,我就别上电大了?……"

"别上了。"他断然地说:"你是妻子,你是母亲。我工作之余,还要写文章……争取今年内汇编一个小集子。只要能出版个小集子,我就可以加入省作协了!真的!那你就是一位作家的妻子了!……"

真的……她完全相信。

作家的妻子……如果女人仅仅是妻子,只能是妻子,那么是一位作家的妻子和是任何男人的妻子究竟有什么不同?……

那像瘆人的活物一样,经常骚扰她的心,吞吃她对他的感情的东西,又从她的灵魂之中蠕动了出来……横着爬了出来。蟹爪似的勾足,却仍钩住着它的蜗居,她的灵魂。看不见的,连点儿腥味都没有的粘的泡沫,在她和他之间积聚着,积聚着。它的勾足深深抓入她的灵魂,撕破她的灵魂,使她感到一种类乎处女膜初裂般的疼痛。使她忆起了第一次遭受男人蹂躏的羞耻的性的体验。毫无冲动,毫无快感,只有绝望的屈从。当时她的灵魂剧烈地可怜地抵御着那个雄海狗般的男人的恣意奸淫,向遥远的不可知处呼号:"志松,志松,快来拯救我啊!……"如今他就躺在她的身边,履行了他中学时代向她许下的缺乏责任感的诺言,终于是成了她的丈夫。而那一种缴械人意志的疼痛又发生了,伴着同样的羞耻,由肉体的感知深入到灵魂的感知。倘灵魂有血，泡沫该是红的。尤其可怕在于那是可以忍受的。若不可忍，她早便奋起挣扎了。但的的确确是可以忍受的，甚至是可以笑忍的。甚至是只要否认它，它则不存在似的。男人难以战胜妖冶媚丽的诱惑，即使那诱惑是相当危险的。女人难以反抗无形无状的压迫，即使那压迫是相当沉重的。

他的手仍在抚摸她的身体。她感觉得出，它由矜持而变得狎亵了。

他的另一只手也开始参与亵渎的行径。

她将他的双手拒回，放在他自己身体上，说："我很困。"翻过身去，远避开了他那海星般的手……

第二天，她醒来的时候，屋里已经阳光明媚了。儿子穿好了衣服，正伏在她身旁，双手托着下巴，像只依恋主人的小狗似的望着她的脸。

每一个人，不管男人或女人，当从夜晚醒来的最初的瞬间，灵魂大抵是安详的。人睡眠的时候，灵魂也休息。夜晚是一个破折号，早晨也是一个破折号。我、你、他，我们大家，可能也只有每天早晨醒来的那最初的瞬间内，才处在两个破折号之间。昨天的烦愁还没来得及伸出毛乎乎的大猩猩般的手臂搂抱住你。今天的苦恼还没有像衣服一样被你自己穿在身上。这个瞬间是被生活的剪刀节节剪断的永恒，是根本无法连续起来的短暂的幸福。所以人常常喜欢沉湎于那么一种睡眼惺忪心智游离的朦胧状态，喜欢在那么一种状态之中祈祷自己的生活会有充满希望的转机降临，会有美好无比的事情出乎意料地发生。虽然我们常在那瞬间浪费了太多的虔诚，像小孩子从滑梯上滑下来一样，一头跌到新的一天的"豆芽堆"上。普遍的人们的生活中缺少许多不同的或共同的东西。普遍的人们的生活中最富裕的是逗号。一天天的日子仿佛无穷无尽堆豆芽。人们从这一堆滚到那一堆,仿佛被施了魔法,没有一位神、佛、道或者圣贤前来解救,一直滚到死。也许仅仅为了抓住一个完整的句号,就像圣徒幻想抓住上帝的衣襟一样。然而到死也抓不住,任何人也休想抓住一个属于自己的完整的句号。他们只能抓毁它,抓到手一段大圆周或小圆周的弧而已。那是句号的残骸,无论怎样认真书写,那仍像一个大的或小的逗号,越描越像逗号。人的生命在胚胎时期便酷似一个逗号,所以生命的形式便是一个逗号,死亡本身才是一个句号。

吴茵对儿子微笑了一下,又闭上了眼睛。对于这个喜欢思想的女人,思想已经成了习惯。她的思想没有深度,甚至绝大部分没有什么意义,没有什么价值。有意义有价值的那一小部分,也只不过局限在女人的命运方面,并且带有着浓重的悲观色彩。从红卫兵女战士到妻子到母亲,从忧患全人类的命运到忧患女人的命运到忧患个人的命运。理想主义教育的成果经历了这样的嬗变过程,最终只能像糖块掉在灰烬中一样,再用理想主义的嘴是无论如何也吹不干净的。沦落在庸常的现实生活之中的理想主义者,对生活所持的态度必然是矫情的。她或她们若不能被生活锤锻成坚韧的现实主义者,便只能以表面看来似乎是她或她们傲视生活的形式被生活所抛弃。吴茵是时代设计的最后一个女儿。她的种种苦闷,即使是纯粹的女人的个人的苦闷,实际上也在分担着时代的大苦闷。她醒了却躺在床上不起来,闭着眼睛不睁开,她本能地认为,若躺着闭着眼睛,便能延长那被剪断的永恒,便能连缀起那短暂的幸福的感觉,连这女人的本能也是疲惫的。实际上也在分担着时代的高度紧张。

“妈妈,我今天不上托儿所了么?”

孩子却大抵是最现实的。

她睁开眼睛朝桌上的小闹钟看看——八点半了。糟糕! 今天上班又要迟到了。一种经常性的紧张使她一下子坐了起来，可是那种紧张随即受到早就逆反了的理性的抵制。既然已起得这么晚，慌慌忙忙又有什么意义？目前的家离他单位很近，离她单位更远。除了星期日，每一天她都得带着儿子换乘三次公共汽车，两番绕大半个城市。对她的频频迟到，领导和群众都已不觉奇怪，她也不在乎了。她的紧张第一次无所谓地松弛了，难得从容，何不从容呢？她记不清跟他商议过多少次，希望他能将儿子转到他单位的托儿所。不必带着儿子上班，她也就不至于经常迟到了。可这件事分明使他很厌烦。

“得了得了，我自己的许多正事还顾不过来呢！”

每次商议都以类似的话告终。所幸儿子的入托生活就要结束了。

“妈妈，我是不是很笨啊？”很悲哀的语调。

“宁宁不笨。谁说宁宁笨了？”

“你。”

“我？妈妈什么时候说你笨了？”

“昨天晚上，你对爸爸说我笨，你还哭了。妈妈你是因为我笨才哭的么？”

“你……你不是睡着了么？”

“我装的。”

“为什么要装？”

“我睡着了，妈妈才会睡。”

她不由得将儿子搂在怀里亲了一下。

“我自己穿的衣服。”

“宁宁一点儿也不笨。宁宁不是自己能穿衣服了么！”

“被子也是我自己叠的。”

叠得挺整齐。她还以为是丈夫叠的，以为是丈夫替儿子穿的衣服呢。

“其实我自己会穿衣服，自己会叠小被，是你总替我穿，总替我叠……我什么都会！……”

儿子忽然哇地哭了。哭得相当委屈：“我今后再也不让你替我做什么事了，也不许你对爸爸说我笨……”

她那一颗母亲的心在儿子委屈的泣述中受到了微微的震撼。倏忽间她想到了那些大风天大雨天大雪天，儿子怎样和她等公共汽车挤上公共汽车挤下公共汽车的种种情形。连儿子也学会了在她怀抱中伸出一双小手去拽扯那些拥塞住公共汽车门的男人们的帽子衣领或女人们的头巾围脖。连儿子也学会了用哀求的语调叫喊：“让我们上去！让我们上去吧！”或“让我们下来！让我们挤下来呀！”连儿子也懂得了鼓励她：“妈妈，快走，要不你又迟到了，我也又迟到了！”或者自强地说：“妈妈，别抱着我了，我自己走，咱俩比赛谁走得快！”有多少次啊，儿子吃不上托儿所的早饭，她却连往儿子兜里塞几块饼干都没想到。又有多少次，由于大雪或大雨所阻，交通中断，儿子和她一样，晚上八九点钟才回到家里，不是全身淋得像落汤鸡，就是嘴唇冻肿手足冻僵。可是儿子从来没抱怨过，儿子还不会抱怨生活；儿子更不忍抱怨她这位被生活的鞭子驱赶得疲于奔命的母亲。儿子这还是第一次向她泣述自己内心里的委屈，乃是因为儿子在夜里听到她说他“不是一个聪明的孩子”！儿子是有权在听到这样的话后向她泣述委屈的。六岁了的儿子尽管还不会看表，但是善于忍受生活。这在今天该是一个孩子的了不起的优点啊！她搂抱着儿子，心里觉得仿佛是搂抱着一个完全值得信赖的生活的伙伴。

“乖宁宁，原谅妈妈，妈妈说得不对……妈妈向你道歉……”

“妈妈，爸爸在桌上给你留了字！”

她走到桌前，见一张稿纸上写着草草的两行字——今晚我有事，在外吃晚饭，九点后归。

有事……

什么事……

他的事。“正事”。他有越来越多似乎与她无关的事了……

她没动那张纸。她早已习惯了这样的留言。

她和儿子从从容容地离开了家。母子俩手牵着手，一边说话一边走。她觉得儿子今天早晨起长大了好几岁。她暗暗下决心，从今天开始，直到儿子向托儿所告别那一天，要让儿子和她一起充分享受从容而出从容而归的愉悦。她极少能享受到这种愉悦，儿子也极少能享受到这种愉悦。在过去几年的日子里，生活的鞭子不但频频抽在她身上，也抽在儿子身上。这么小的年龄，竟也活得那么紧张。

“宁宁，你累了？”

“妈妈，我一点儿也不累！我都快六岁了，再也不用妈妈抱着我走路了！”

“妈妈不是问你这会儿走得累不累，妈妈是问你……问你……活得累不累？”

“不累。一点儿都不累。妈妈，有人活得很累是么？”

“是的。有许多人都活得很累。”

“妈妈，那你活得也很累，是么？”

“……”

“是不是呀？妈妈。”

“是……”

“妈妈，我不要你活得那么累！”

“……”

“妈妈，你昨天晚上哭了是不是因为累的？”

“是……”

“妈妈,我心疼你。”

“宁宁,许多孩子的妈妈,都是活得很累的女人。”

“妈妈,你活得顶累顶累的时候,你就告诉我。你睡觉,我守着你行么?”

“……”

“妈妈,你说话呀!”

“行啊。”她叹了口气,低头望着儿子仰起的小脸儿,苦苦一笑,“妈妈活得顶累顶累的时候,妈妈就睡觉,让宁宁守着妈妈。”

儿子默默地向她伸出了小手指。

她明白儿子的意思,也默默伸出了自己的小手指,与儿子的小手指钩在一起。

儿子庄严地说:“拉钩是谁,一百年,不后悔!”

她不禁又苦笑了起来。她忽然因为自己是一个母亲,仅仅因为自己是一个母亲,而觉得非常自豪。

路过一家门面素雅的西餐厅,她牵着儿子的手走了进去。餐厅内很清洁,人不多,播放着《搭错车》。她和儿子占据了一张餐桌。儿子习惯地坐在她身上。她轻拍着儿子的肩说:“宁宁,你已经长大了。妈妈要求你像一个大人一样,坐在妈妈对面,而不是坐在妈妈身上,行么?”

“行!”儿子立刻蹦下地,坐到了她对面。当然,是爬上椅子的。

“儿子,你想吃什么?”

“想吃……沙拉!”

有一天她心血来潮,在家里照着菜谱做过一回沙拉。儿子便认定那是世界上最好吃的东西,尽管她做得一点儿也不高明。以后再也没心思做,但再吃沙拉却成了儿子的夙愿。这正是一家西餐厅,儿子的夙愿能够实现。她想:今天旷半天工是多么值得!

她以手招来服务员,点了一盘沙拉,一盘牛尾汤,一盘烤鱼片,一盘果酱面包。

儿子吃得津津有味。

这是她第一次带着儿子在很体面的餐厅吃饭。望着儿子食欲很好的吃相，她在心里对儿子说：宁宁，宁宁，为了你，妈妈付出了很多。虽然妈妈有时候心里觉得挺委屈，但是仍愿为你付出更多！

> 没有天哪有地，
> 没有地哪有家，
> 没有家哪有你，
> 没有你哪有我，
> 不是你把我抚养
> 我的命将会是什么？……
> 酒干了倘卖匆……

红极一时的歌坛新星小程琳，将这首台湾流行歌曲唱得那么有情有味。她崇拜歌星甚于崇拜电影明星，一个人能唱着歌活，那是多么的幸福！

今天她自己的食欲也很好。然而那盘地道俄国风味的牛尾汤她和儿子却没喝光。结账的时候她从钱包中付出了三十元（前天刚发工资），找回了大小不同的三枚钢镚儿。

离开餐厅前，她严肃地对儿子说："宁宁，你看见了，妈妈付三张拾元的钱，可找回来的就是这三枚钢镚儿，八分。你知道三十元是多少钱么？"

"知道。"儿子也严肃地回答："三十元是三张拾元的钱。"

"非常正确。三十元是三张拾元的钱。可是你知道妈妈一个月才能挣几张拾元的钱么？七张。只能挣七张多几元，一个月。所以，妈妈不能经常带你到这种地方来吃饭。也许很长很长时间内都不能带你再到这种地方来吃饭了。妈妈挣的钱每个月还要付房费、水费、电费，换煤气、买粮食，买菜。如今菜很贵，冬季，妈妈每天挣的钱还不够买一斤韭菜的。你明白么?”

“明白。”儿子大人般庄重地回答,但立刻又发问,“那么爸爸挣的钱都干什么用了呢?”

“爸爸挣的钱么……”

他挣的钱比她多,一百余元。他每个月却只交给她五十元。剩下的五十元,她也不知道他都干什么用了。她不愿追问他。他和他那个圈子之间的关系,得靠经常在一起“撮一顿”巩固着。在今天,任何一类圈子都建立在“经济基础”之上。在此基础之上结构着其他种种利益,或可认为是“精神变物质,物质变精神”。这种付出是“有奖储蓄”。她太了解了,所以不愿追问他。

儿子偏偏固执地追问她:“那么爸爸挣的钱都干什么用了呢?”

“男人用钱的地方是很多的。”她只有如此回答。

“我长大了用钱的地方也很多么?”

“这……那就要看宁宁长大了是一个什么样的男人了?”

“我长大了挣钱全给妈妈!”儿子大声说。

好一个豪爽义气的儿子!

她笑了。今天旷半天工真是太值得了!为此连续扣三个月的奖金也值得!因为她从儿子那些幼稚的话中,发现了儿子身上原来具有着一个儿童的不寻常的美点。是的,那都是美点,都是不寻常的,也都是令她觉得意外的,令她深受感动的。女人的心通常是最容易被儿童所感动的;而儿童感动她们的又往往是只有体现在儿童们身上才美的纯真和幼稚。女人天生是儿童的良友,她从儿子身上获得了极大的满足;那乃是一种欣慰的满足。她认为儿子果然长大了,已经能像一个男子汉似的跟她谈话了,而这对于女人无疑是种快活。何况今天她与儿子所谈的内容,在家里,在丈夫面前,是不能够进行的。

酒干了倘卖勿……酒干了倘卖勿……酒干了倘卖勿……

小程琳真是唱得不错。幸运的小女人！

她笑着举起了没有喝完的可乐杯，目不转睛地望着儿子的脸。

儿子是个漂亮的男孩儿。

她有点遗憾。多少有那么一点点儿遗憾。漂亮对一个男人究竟好抑或不好，究竟重要不重要，她吃不大准。但对女人无疑是存在着危险的。漂亮的男人倘若不是女人的俊友，很可能就是女人的天敌；正如漂亮的女人倘若不是男人的佳侣，很可能就是男人的天敌一样。她希望儿子将来不是一个漂亮的男人，而是一个正直的男人。正直是美。美超越漂亮之上。同时暗暗祈祷：儿子，儿子，你将来可千万不要伤害女人，不要伤害女人们的心，不要成为她们的天敌。女人们的心所受到的一致伤害，究其本源都来自于男人们。即使除去男人们，女人们的天敌也够多了，包括她们自身亦是她们的天敌。如果她们中的某些有罪孽，另外的许多女人早已替她们赎罪了。如果她们中的某些应该受到惩罚，另外的许多女人早已替她们遭到打击了。而男人施于女人的最惨重的伤害，却往往落在善而弱的女人身上。男人根本无法伤害到一个坏女人的心，他充其所能不过是杀死她罢了……

"妈妈，你又发愣了？"

又？……又么？

"宁宁，妈妈时常发愣？"

"嗯。"

是这样……还时常冷笑——这一点是经丈夫指出的。时常发愣……时常冷笑……这不好，很不好。爱发愣而又爱冷笑的女人，连上帝大概也不会喜欢！

"妈妈你还在发愣。"

你还在冷笑——他不是上帝的化身……

"妈妈在想。"

“想什么呀?”

“妈妈在想,宁宁应当和妈妈碰一下杯是不是?你今天说了许多使妈妈心里高兴的话!”

儿子毫不迟疑地也拿起了可乐杯,像一个真正的男子汉似的,乐意而矜持地和她碰了一下杯。玻璃钢的杯子,发出了清脆悦耳的一声响。

“干么?”

喏喏喏,这可不是男子汉的话。

“当然!”

儿子杯中的可乐不多。儿子扬颈作豪饮状,一口气儿喝完,还朝她亮了亮杯底儿。

她也朝儿子亮了亮杯底儿。

儿子笑了。

她笑了。

“走吧,儿子。”

“走。妈妈。”

她习惯地牵儿子的手。

“妈妈我不要你领着我走!”

儿子摆脱了她的手,迈着大人那种自信的步子,和她并进。出门时,儿子抢先推开门,用自己的小身体抵住弹力很大的门,让她先走出。她无意识地回了一下头,见那个三十多岁的少妇模样的服务员正羡慕地望着她。

女人们,羡慕我吧,我的儿子就是这样的一个好儿子!

天气很晴朗。最后的暑热在昨天夜里被最初的秋爽逼退了。马路两侧杨树肥大的叶子一片片挺起了叶柄,在明媚的阳光下闪耀着绿灿灿的光。柏油马路不再散发着蒸蒸的地气了,城市从虚幻之中又暴露出了它的“根”。行人不那么无精打采了,站在十字路口圆形踏台上的交通警察也显得比前几天机敏多了。

吴茵觉得每一张陌生的男人的或女人的年老的或年轻的面孔，都挺和善，挺可亲。都有那么一种仿佛在心里感激着生活的虔诚和那么一种仿佛前程似锦的神气。生活就像一个巨大的振荡器。它白天发动，夜晚停止。人像沙砾，在它开始震荡的时候，随之跳跃，互相摩擦。在互相摩擦中遍体鳞伤，在它停止的时候随之停止。只有停止了下来才感到疲惫，感到晕眩，感到迷惑，感到颓伤，产生怀疑，产生不满，产生幽怨，产生悲观。而当它又震荡起来的时候，又随之跳跃和摩擦。在跳跃和摩擦着的时候，认为生活本来就该是这样的，盲目地兴奋着和幸福着。白天——夜晚，失望——希望，自怜——自信，自抑——自扬，心理如同受电子系统控制随着震荡的频率自我调整。这乃是人的本质。日日夜夜，如此循环不已，这乃是生活的惯力。

这一点吴茵体会最深了。白天她是充足了电的机器人，白天她没时间抱怨生活。今天这个白天她尽量使自己处于从容状态。这种特殊的享受使她的情绪很平稳，很不错。她竟在一边走一边进行反省了，觉得自己的生活其实并不像自己感受到的那么糟，也大可不必像自己那么委屈那么抱怨。甚至觉得丈夫身上所发生的那种种变化，完全可以理解，可以认为是男人的值得乐观的变化。归根到底，他当上了党委秘书比仍当一个工人好，他入了党比没入党好，他能够在报上发表文章比他想在报上发表文章而发表不了好，他在社会上有了那么一批“哥儿们”，比在社会上孤家寡人好……对他好，对她当然也好。尽管她无论如何也不会对他入党的手段表示赞同，但他入党毕竟不是为了反党啊！而且他始终是爱她的，这一点是毋庸置疑的。丈夫就是丈夫，不能要求丈夫爱妻子像情男爱恋女一样，男人就是男人。不能要求男人在社会上自强不息、在家庭中亦是模范丈夫。两全其美固然完善，但那对他们太勉为其难了。何况生活本身就是残缺不全的,爱情本身就是残缺不全的。家庭本身就是写实的冗长而蹩脚的散文,杂乱无章,实在不可能有太大的想象空间……这些肤浅的道理她还是懂得的,不需要别人说教。她甚至因为昨天晚上任性的荒唐而感到羞愧了,由反省进而谴责自己了。不就是一只蚊子吗?闹腾得好像发现了一只毒蝙蝠,真不像话!当时明明心里也渴望着他的爱抚却拒绝了他,拒绝得那么冷淡那么无理!虚伪啊!虚伪从什么时候起竟然侵入了她和丈夫的性生活领域呢?毫无疑问他比自己生活得更累。夫妻之间,生活得很累的不是应该处处原谅和处处主动体贴生活得更累的么?……我是不是太矫情了呢?

她忽然站住了。站住在广告栏前。她发现广告栏上贴着一张大红纸的海报,上写“音乐特讯”四个字。音乐对她依然具有相当之大的魅力。俗常的生活还没有将这唯一保留下来的迷恋也掠夺了去,而舞场她是久违了。自从和王志松结婚后她就再没进入过任何舞场一次。她很怀疑自己还能否跳得如当年那么自如。格什温?格什温是什么人?哪一个国家的?《蓝色的多瑙河》?布里顿——《战争安魂曲》、贝多芬!《第三交响曲》啊!贝多芬!千古流芳的“英雄”!……中央交响乐团应邀莅临我省公演!荟萃古今名曲!演奏精湛一流!……可怜,她都未听过。近几年,在这一座号称“艺术摇篮”的城市,流行歌曲几乎成了音乐的代词,很难买到一盒优秀的交响乐录音磁带。前几年他们没有录音机。去年有了,但他喜欢听节奏猛烈的现代歌曲。而且一盒录音磁带不便宜,买时,她一向随他的意……

一等票四元、二等票三元、三等票两元……

后来结束……

“宁宁!宁宁!……”

儿子却不见了。

“宁宁！……”

她提心吊胆起来——马路上车辆如梭。

“宁……”

“这儿呢！”

儿子却从她背后转了出来，一副顽皮样儿。

“宁宁，妈妈带你去买票好么？”

“买什么票呀妈妈？”

“买听音乐的票。买今天晚上的，或者明天晚上的。买三张。爸爸，妈妈，你，咱们都听！”

“妈！我爱听音乐！”

“妈妈，也爱听音乐！”

“那爸爸呢？”

“爸爸当然也爱听啰！”

“妈妈是你生爸爸的气了还是爸爸生你的气了？”

“胡说！好像你什么都知道！”

“我就是知道！因为蚊子，还因为你冷笑。”

“你听着，妈妈和爸爸从来就没有不好过，但有时候妈妈和爸爸心里都挺烦的……”她这么说，也开始这么认为，仿佛她真相信事实如此。

“妈妈和爸爸心里烦的时候就不高兴了对吗？”

“对啊，所以那时候宁宁更要表现得特别懂事，特别听话，特别乖。记住了吗？”

“记住了。”

…………

母子俩乘公共汽车来到了省歌舞团音乐厅。买票的人排起了长龙队，她央求一个小伙子替自己代买了三张当天的票。儿子走了许多路，实在累了，不逞强了。她抱起儿子离开音乐厅一站多远时,猛然想起了丈夫的留言,只好又抱着儿子走回来换票。为了能获得三张座号连在一起的第二天的预售票,她在人群中周旋了近一个小时,以至于儿子在她怀中睡着了。最后,多付了五元钱,终于如愿以偿。不知为什么,她太想明天晚上和丈夫一起带着儿子坐在音乐厅里欣赏中央交响乐团演奏的交响乐了!手中攥着三张座号连在一起的票,尽管周旋出了满头汗,心里很高兴。

儿子在公共汽车上醒了。来到单位,连下午上班的时间都超过了。她牵着儿子的手,从容不迫,长驱直入。

“哎哎哎,等一下,等一下!”

把门的老头从屋里踱出来了。

“你就是三车间的吴茵吧?”

“对。”

“平日常见面,却总也没说过话。”老头儿走到了她跟前。

“有什么事吗?”

“没事,没事。这就是你那儿子?”

“对。这就是我那天天上托儿所也迟到的儿子。”

“你呀,真不容易啊!”老头蹲下,握住宁宁的一双小手问:“叫什么名字?”

“王宁宁。”儿子怯怯地回答,仰脸儿看着她。

她不明白老头儿为什么叫住她,对她和儿子发生了什么兴趣,一心赶快将儿子送到托儿所,赶快到车间,不愿跟老头儿闲聊,不说话。

“别走。”老头儿站起,转身不慌不忙地朝屋里踱去。一会儿,双手用纸托着一大串葡萄,又从屋里踱出来,复走到她跟前,说:“你替你儿子带托儿所去吃吧!”

“这……这……托儿所不许吃零食啊……”老头儿的亲近使她大为疑惑。葡萄新上市,两元多一斤。那一大串足有一斤半,她推拒着。

“嗨,不就是一串葡萄吗?接着,接着!在托儿所不许吃,下班你带回家给儿子吃!”老头儿急了。

“那……谢谢您啦……”她只好接过。一手托着,一手忙不迭地掏钱包,“我给您钱……”

“干什么呀!”老头儿竟有点生气了,涨红脸道,“我特意为孩子买的,你给我钱成什么事儿了!别啰嗦了,快把儿子送托儿所吧!”老头儿说完,拔脚便走。

她愣愣地站在那儿,怎么回想也回想不起来老头儿在什么时候曾欠过她什么人情。

老头儿还转身向她竖大拇指!

托儿所静悄悄的,孩子们都在睡午觉。她轻敲儿子那个班的房门,二十多岁的小阿姨开了门,探出戴着许多发卷的头。

“宁宁呀,我还以为这孩子病了呢!”

小阿姨赶快迈出门来,将宁宁抱起。

她惭愧地说:“今天家里有点事,所以这时候才……”

“没关系,没关系,您快去上班吧!如果我们哪方面对宁宁照顾得不周到,您给我们提意见啊!对这孩子……对这孩子我们一定像您一样疼爱他!……”

小阿姨说罢,虔诚地笑了笑,将儿子抱入屋去了。

她内心的糊涂又增添了一大片!

车间里的女工们,一发现她,都将近乎崇敬的目光投注到她身上,手中的工作能够停下的,全停下了。

“来了!她来了!吴茵来了!组长,别打电话了!”一个女工扯着嗓子大声嚷。

组长从电话间那边儿小跑着过来,亲亲热热地对她说:“我们都以为你病了呢,我正往你丈夫单位打电话!大伙儿还商议,要是你真病了,让我买些东西代表全组姐妹看望你。我这个当组长的,对你了解太少,以前常因为你迟到批评你,你可别往心里去啊！这葡萄……"

她如坠五里雾中,顺水推舟:"这葡萄是把门儿的师傅送给我的,大伙儿吃吧,大伙儿吃吧……"便将葡萄一小串一小串劈开分给女工们。

组长又说:"厂长嘱咐我,你一来,就让你到厂长办公室去。你快去吧!"说着,推她一齐就走。

走出车间,组长站下道:"上午来了两拨记者！咱们印刷厂破天荒第一次有记者大驾光临,厂长热情招待得不亦乐乎！你自己上二楼吧,说不定厂长正等你等得心急呢!"

"究竟什么事啊?"

"你呀,别装糊涂了！如今还瞒什么呢?"

她听得出来,组长的话里,有那么一种不酸不咸的味儿。

开门的是历年引导全厂女工服装新潮流的厂长秘书。

"呀,你来了?"厂长秘书的细眉高高飞扬,作出一副夸张的惊讶表情,随后回首大声禀报:"厂长,吴茵同志来了!"

"快请进!"厂长的声音流露出某种兴奋。

于是厂长秘书姿态文雅地将她请入厂长办公室。

年已五十七岁但看去壮心不已的厂长,从宽大的黑漆办公桌后站起富态的身躯,隔着桌子向她伸出一只肥厚的手:"吴茵同志,你好,你好！……"

"厂长跟你握手呢!"秘书将她往办公桌前轻轻推了一下。

她有点莫名其妙地也伸出了手。那只肥厚的手将她的手握得很紧,还上下抖几抖。如今市场上已推出了男性系列护肤霜,厂长的手保养得滑腻腻的。她的手被它使劲儿握着觉得很不习惯,可硬抽出来未免有失礼貌。

她局促地笑着。

“坐，坐！”厂长终于释放了她的手，吩咐秘书，“快给吴茵同志泡杯茶。泡我从家里带来的好绿茶！啊不，还是给吴茵同志来杯冷饮吧！”

“厂长，冷饮都让上午那两拨记者喝光了！”

“再找保管员领几瓶嘛，快去！”

秘书轻盈地旋了出去。

厂长吸着一支烟，看着她说：“吴茵同志，我们好像见过面嘛！”

她笑了笑，说：“厂长，是见过。我被从报社除名，下放到印刷厂的第一天，您找我谈过话。”

“哦？是吗？”厂长显出极其高兴的样子，“我和你谈了些什么呢？你还能回忆起来么？认真想，认真想想。”

“这不用好好想。当时的情形我记得很清楚：您坐着，我站着。您说：‘你的错误报社领导对我讲了，你要在车间里好好劳动，彻底改造资产阶级思想意识。’……”六年来，她第一次和厂长面对面地坐着说话。她很局促，不明白究竟出了什么事，低下头静等厂长讲话。

“噢，噢，是这样。你记性真好，我倒是一点也不记得了。当时我就对你说了那么几句话？”

“是的。就说了那么几句话。”

“就说了那么三句话……”厂长似乎颇觉遗憾，吐出口烟，沉默片刻，又道，“不过那三句话对你很重要是不是？奠定了你后来高尚思想的基础是不是？刚才省报宣传教育版负责同志还亲自打来电话，再三强调，一定要帮你寻找到高尚思想的可信来源……”

“厂长，我不明白……我不知道……”她抬起头望着厂长，她是糊涂到家了。

厂长用手势制止了她的话，站起身，来回踱着步子，一边思索，一边自顾自地说将下去:“一时自己也不明白,这没什么,不奇怪。一个年轻同志犯了错误,犯了错误并不可怕嘛! 下放到了一个新单位,新单位的领导并没有歧视她,也就是你,吴茵同志;作为新单位的领导,我当时勉励你放下包袱,彻底改造头脑中的非无产阶级思想意识,这些话使你心里感到非常非常的温暖,是不是? 你当时哭了? ……”

她摇摇头:“没有。我没哭。”

“啊,没哭。没哭不等于没受感动,是不是?”

她努力回忆自己当时是否真受了点儿感动。

“啊对了,你犯的什么性质的错误?”厂长停止踱步,背着手站立在她面前。

“离婚……”

“离婚? 这也算不上什么错误啊!”

“没离婚之前我就爱上了别人。”

“这就不好了。就是你现在的丈夫王志松?”

“对,就是我现在的丈夫王志松。”她回答得十分坦率。一直糊涂着,索性便糊涂着。

“那么你的第一个丈夫……是哪个单位的?”

“六年前的商业局副局长。”她不愿提及那个令她永世憎恨的男人的名字。

“噢,是他呀! 认识,认识! 叫什么名字来着? 你看我这个记性! 他不是已经被清除出党了么? 六年前‘五一’劳动节返城知识青年大示威事件,不就是他那一伙蓄意挑起的么? 三种人,应该跟他离婚! 离得对! ……”

“厂长,您找我,究竟要谈什么事?”

“噢,原谅,原谅! 我把话题扯远了。刚才乔秘书的话你也听到了,如今你的名字一见报,在厂里造成很大的轰动啊! 你们夫妻的事迹，读来也确实令人感动。一句话，你不容易！不光我自己在这儿这么说，今天上午全厂都这么议论纷纷！据报社的记者们透露，省市委宣传部门也相当重视！这个月正是‘精神文明月’，如今正大力宣传和提倡‘五讲四美’，晚报上那篇文章，省报还要转载，还要加编者按。遵照有关方面的指示，需要补充一些单位领导教育作用的内容。如今有些单位的领导，对职工忽视乃至放弃了思想教育。放弃了这一点那怎么行呢？……”

“什么文章？我什么都不知道！”

“别开玩笑了吴茵同志！此时此刻，全市会有成千上万的人知道了你们的事迹，说不定有的单位还要请你去作报告呢！六年来，默默地抚养一个北大荒知青的弃子，这的确是心灵美啊！而且也可以说是计划生育方面的模范！……”

她一下子站了起来：“这张报纸在哪儿?!”

“嗯？你真不知道啊？这倒有些奇怪了……”

厂长跨到桌前，从抽屉里取出了一张晚报递给她：“第二版上，头条文章，你怎么可能不知道呢？”

那是一张昨天的晚报。第二版上，果然有一篇占据了几乎整版的大块文章。通栏标题是——《我为什么要抚养一个北大荒返城知青的弃儿？》

她今天的好情绪一扫而光！她觉得自己仿佛在睡着了的时候被一个卑鄙之徒奸污了！

“无耻！无耻的报导！无耻的记者！我没有对他们讲过！没有！……”

她将报纸扔在地上，气愤得再也说不出什么。

厂长愣愣地看着她，缓而慢地说：“吴茵同志，别骂记者，骂记者不好，也冤枉了他们。这篇文章不是记者写的嘛，是你丈夫自己写的嘛！你看，白纸黑字，你丈夫的名字……”

厂长从地上捡起了报纸,铺放在桌上,指点着让她看。

王志松……

通栏标题下,果然是自己丈夫的名字。隶书体。四号字。非常醒目。

她简直不敢相信自己的眼睛,然而那印有自己丈夫姓名的报纸是一个谁也无法否认的存在。

她将报纸扯个粉碎,一转身冲了出去。

她没有回车间,直奔托儿所。她头脑中只有一个意识——将儿子紧紧抱在自己怀里。仿佛她若不这样做,若迟了,便会被一双无形的没有性别的巨大的手,将她的儿子夺了去似的。

“宁宁!宁宁!……”

她一闯入托儿所就大声喊叫,连门也没敲。有几个孩子被她惊醒了,纷纷爬起,骇然地望着她。

“您别这么大声嚷嚷啊!什么事?”小阿姨显出极不满的样子。

“我儿子呢?我儿子睡在哪儿?”

“妈妈,我在这儿!”

宁宁从一张小床上爬了起来,也骇然地望着她。

她扑过去就将儿子抱在怀里了,抱得很紧。

她说:“儿子,咱们回家!和妈妈回家!”

“到底因为什么啊?”小阿姨走到她身边,谨慎地问。

“我的!儿子是我的!是我的亲生儿子!……”她抱着儿子就往外走。

“衣服!还有鞋!……”小阿姨追到外边,将宁宁的衣服和鞋塞在她怀里。

“他胡扯!这都是假的!……”

“他胡扯不胡扯,我们哪知道真情啊!您也不必生这么大气。是您亲生的,您再发表个声明就得了呗!……”

她的话并不是为了使小阿姨相信才说的，而是为了使自己相信才说的。那是女人对一种业已造成了强大声势的真实的苍白无力的逆反，是女人内心被突如其来的恐慌所扫荡时的自言自语。所以她并没有再回答小阿姨什么，甚至可能根本就没有听清楚小阿姨说了些什么。她抱着儿子匆匆促促地去了，仿佛抱着一个偷来的儿子。

“小吴，怎么就走了啊？回家么？孩子病了么？用不用我帮什么忙啊？”看门的老头儿又从屋里踱出，怪近乎地搭讪着和她说话，她也没听见，也就没理睬，冷落得那善良的老头儿不尴不尬的。

走在街上，她觉得每一个人都看了晚报，每一个人都知道了她的儿子竟不是她的儿子，人人都想拦住她问：“你为什么抚养一个北大荒返城知青的弃儿？”仿佛只要有一个人拦住了她，立刻就会有许多人围上来，异口同声地问她：“你为什么抚养一个北大荒返城知青的弃儿？”

她像一个惧怕在街上被捕获的逃犯似的走着，一心只想赶快逃回家里，她觉得人人都是不怀好意的。

“妈妈，我是你的儿子，我是你亲生的儿子！”儿子喃喃地说，似在安慰她，也似在安慰自己。她的惶恐，也使儿子觉得惶恐起来。尽管那不到六岁的孩子完全不知道究竟发生了什么严峻的事情，纵然知道了也未必就会理解这件事情将如同怎样的阴霾从此笼罩住他的心灵。

听了儿子的话，她抱得更紧了。她仿佛看到一片阴霾正向儿子逼来，好像一片雷云正追逐着一只小小的蝴蝶，而那只蝴蝶在天空上无处隐藏！

她心中充满了愤恨。一个女人在睡着了的时候遭到卑鄙之徒蹂躏和奸污之后那种强烈的愤恨。

她真想大声喊出来：“强奸！无耻的强奸！……”

她匆匆促促地走着,走着,走着……

不知自己是怎样乘上公共汽车,怎样换车,怎样回到家里的。完全是一种逃遁的意识将她牵引到了家里。

她仍抱着儿子,坐在椅子上,呆呆地久久地坐着。

"妈妈,你别哭。你别哭啊!"

儿子乖乖地偎在她怀里。

她不知自己在默默流泪。

"妈妈,我是你的儿子。我是你的!"

"你是妈妈的,你当然是妈妈的。"

"妈妈,有许多人说我不是你的儿子么?"

"不,没有。没有一个人说宁宁不是妈妈的儿子。"

"妈妈,那你别哭了吧!"

"……"

"妈妈,你又活得很累了是吧?那你睡觉吧!我就坐在你身边……"

她抹去了淌在脸上的泪。

她抱着儿子站起来,走到镜子跟前,注视着镜中的自己,也注视着镜中的儿子。

她说:"宁宁,你看,你的脸形像妈妈,你的眼睛像妈妈,你的小嘴儿像妈妈,连你的眉毛都像妈妈,是不是?"

脸形不像,眼睛不像,小嘴儿不像,眉毛更不像。毫无相似之处。

儿子低声回答:"像。妈妈。"

她又看到了丈夫的留言,她忽然觉得在自己家里也是不安全的。

她将儿子轻轻放下,动手拖儿子的小床,从这一间房屋向那一间房屋拖。儿子是不理解她何以要这样做的,却卖劲儿地帮她拖。

之后，她又将长沙发也拖到了那一间屋子里。随即便坐在长沙发上喘息。

“妈妈，让我单独睡在这间小屋里么？”

“不，妈妈也睡在这间小屋里。”

“妈妈你睡哪儿？”

“妈妈睡沙发。”

“那，我们总不和爸爸睡在一个屋里了么？”

“宁宁，听妈妈说，你爸爸，他喜欢安静。他每天晚上，还要写文章。所以，咱们和他分两个屋住，不打扰他。听明白了么？”

“妈妈我听明白了。”

“那你乖乖地睡觉吧！你今天都没睡成午觉。”

儿子顺从地在小床上躺下了……

王志松回到家里时，见黑着灯，以为妻子和儿子都睡了。他在门口换上拖鞋，并没顺手开吊灯，而是蹑足走到桌前，开亮了台灯。灯一亮，他发现妻子坐在一张单人沙发上，正望他。房间内的变化使他大为诧异。但他转瞬似乎就猜到了变化的原因，没问什么。吴茵也默默地望着他不主动开口说话。他企图回避妻子的注视。在这个十六平米的房间内，无可回避处。他踱向哪一个角落，妻子的目光便注视向哪一个角落。即使他背对着妻子，他也本能地感到妻子的目光仍落在他身上，如芒刺背。他进了一会儿厕所，仅仅是为了躲开一会儿妻子那种默默无言的注视。回到房间里，妻子还那么端端地坐在沙发上，还注视着他。他干脆到洗脸间洗脸，漱口。洗漱完，一进入室内，迎视他的又是妻子那种默默无言的极其冷静的目光。她的目光甚至使他在洗脸间犹豫了一下不愿进屋。

“宁宁睡了么？”他问。

“睡了。”

他拿起暖瓶要倒水。

“给你泡好了茶。”她说。

他放下暖瓶，拧开他那只保温杯盖，一杯淡茶还冒热气。

他喝了一口，终于也敢望着妻子，说：“睡吧。”

她说：“你把宁宁和我出卖了。”仍目不转睛地望着他，语调相当之平静，半点儿谴责半点儿抱怨的意味也没有。

他低下了头，又端起杯子喝了一口茶。

“你甚至也把徐淑芳出卖了。”

“……”

相当长时间的沉默。

一阵湿风窜入屋里，窗帘被鼓起来，搭在了一扇开着的窗子上。挂历哗哗响，随即归复平静。他早晨留言的那张纸，被吹落地上。他弯腰捡起来，看了看，揉成一团，扔进纸篓。他叹了口气。

外面下雨了。

他站起身走到窗前，轻轻关上窗。他转过身来的时候，似乎想坐在并摆的另一张沙发上，但也许因为那样他和她离得太近了，她的目光会使他更加不知所措，复又坐在床边上。

“你为什么要隐瞒我？这种事隐瞒得了么？”

“你看了那篇文章？”

“没有。只看了标题。”

“我知道，我如果预先告诉你，你一定坚决反对。我并不想长久隐瞒你，我也不是不知道那根本不可能。我只是想，成为事实之后……如果你此刻还不知道，此刻我肯定正告诉你，回家的路上我就在这么想。我知道你会生气，可我也知道，在我解释之后，你会理解我的，我们也就和好如初了。像每一次一样……”他自以为是地望着她，那意思是——难道不是这样么？

“你真不愧是我的丈夫，”她讥讽地说，“把我研究得那么透彻。”

“我认为是互相理解。”

“非常遗憾,在这一点上,我比你稍逊一筹。”

“那是因为你不愿更多地理解我。”

“也许这对你我都更好些。”

又是一段相当长久的沉默。

他自顾自地喝着他的茶,续了一次水。

“你就不想向我证明你的做法是正确的吗?”

“今天晚上我没太大的把握。”

“试试看。你不妨试试看。”

“你真心鼓励我?”

“谈不上鼓励,是一个建议。如果你今天晚上的努力不成功,大概你以后也没有多少成功的希望了。”

“你的意思是我只有今天晚上这一次机会?”

“机会倒还会有,成功的希望将一次比一次小。还是试试吧。”

“我必须那么做。”

“非那么做不可?”

“非那么做不可。”

“像你入党的动机一样,也是某种手段?”

“我现在越来越认为那都没什么可耻的。我已经开始崇拜手段。”看了她一眼,他补充道,“但我不会做恶棍。”

“这一次又要达到怎样的目的呢?”

“一切如愿的话,我能当上秘书处副处长。”

他们的语气都很平和。甚至可以说完全是在进行一次推心置腹的交谈,是在努力要达到最深入的理解和被理解。

“也是你那个圈子里的高参们帮你策划的吧?”

“是的。如今我离不开他们,今后更离不开他们;离开他们我看不到自己的前程。我的竞争对手有好几个,他们有后台,有当官的老子,有裙带关系,有人缘基础,有八面玲珑的处世经验。他们能够纵横自如,上下捭阖;在这些方面我根本比不上他们。我要一举压倒他们只有借助社会舆论,形成我的优势,把自己树立为一个正面的新闻人物,树立为一个崇高的典型。我这样做一半也是为了你。”

“夫贵妻荣?”

他冷笑了:“如果我是一个女人,我就不会用你那种讥讽的语调说出这四个字。夫贵妻荣,古今中外,历来如此。起码一百年内,在中国也还会如此。妻能贵,夫也荣。可你贵不起来了,我还能指望你‘贵’起来么?”

“你大概是指望不上了。”

“可我给你的指望,将来要比副处长更多些。”

“你会后悔的。”

“我会感到内疚,但绝不后悔。”

“你也出卖了自己的高尚。”

他又冷笑了:“高尚?高尚有什么实际价值?再深问一层,高尚又是什么?雷锋做过多少高尚的事?但他生前才不过是个上等兵!他所做的那些高尚的事,如果不记在日记里,如果他的日记不被大量出版。谁又知道他很高尚?谁又承认他很高尚?雷锋如果现在还活着,如果他活着就想出版他的日记,我看他照样得请客送礼,拉关系走后门!如果他不想一辈子当一个高尚的上等兵,照样也得做点不那么高尚甚至可气的事!”他说得有些激动起来,声音也大了,“我们共同抚养了一个别人抛弃的孩子,我们为这个孩子操了那么多心!有谁感激我们?有谁承认我们高尚?宁宁会感激我们么?不会!他不知道,他也就无需感激我们!他的亲生父母会感激我们么?也许他们早就把他忘了!根本不再想到他了,现在又有了一个儿子或女儿,生活过得比我们还满意!我们付出了,我们不得到些什么，我们就太傻了！……”

“看来你不但把我研究得很透彻，而且把社会研究得也很透彻了！”她站起来走到另一房间门前，推开门往屋里看了一眼，确信儿子仍睡着，又走回到沙发那儿，但却没有坐下去。

“我不是没考虑过后果，”他又说，“我考虑过。这对宁宁并没有什么。人们很快就会把这件事忘记的。除了我们，不会有人在十年后仍关心宁宁。即使宁宁将来知道了他的身世，我们有理由要求他更加爱我们。再说，我那篇文章中也提到了你，整整一段，四百多字，是这样写的——我的妻子吴茵，为了这个孩子，付出的牺牲比我更大。她是一个无私的女性。她具有一位好母亲的许多美德……不信你看底稿……”他拉开抽屉，翻找底稿。

“别找了。”她说，“你睡吧！我完全相信你是那样写的。我……想出去走走……散散步……”

“散……步？这么晚了，外边还下着雨……”

她朝窗外看了一眼，说，“雨不大，我穿上雨衣就是了。”说着，从门后摘下雨衣，搭在手臂上往外便走。

他抢前一步，挡在门口，神色不安地说：“吴茵，为这件事，你可别想不开……”

“什么意思？”她微微一笑，“怕我产生自杀的念头？你大错特错了，我亲爱的丈夫。我那又何必呢？你太低估我了。我那样做不是太小心眼了么？我不过就是想在雨中散散步……而已……”

“那……我陪你……”他显出还不放心的样子。

“不用。我想单独散散步。”

她拨开他，走了出去……

雨，温柔的雨，在这个八月的夜晚不张不扬地下着，淅淅沥沥地下着。像天上一位神父应付差事地掸向人间的圣水。

她在马路上漫然地走着，并不戴上雨衣的帽子，任凭雨点吻她的头发。静悄悄的马路上幽灵似的飘过来一个行人,撑着伞。从她身旁飘过时,她才从四条腿看出,不是一个人,是两个人。伞下发出一个女人哧哧的笑,和一个男人梦呓似的话:"你真好……"

男人需要某一个女人的时候,那个女人大抵总是成为世界上最好的女人。而为了连女人自己也根本不相信的阿谀奉承,女人就将自己的身体回报。她想,女人真是既精灵又愚蠢的小动物,而男人们爱的正是她们这方面的愚蠢。

她不知不觉走到了江畔。江桥像钢铁的胳膊,从对岸的黑夜中伸过来,单掌撑住江堤,仿佛要将大江挟走似的。夜的黑暗,掩饰着江的湍急。堤灯映亮大江一段段飞驰的鳞躯。

不知为什么,她想走过江桥去,走到对岸的黑夜中去。好像那隔江的黑夜里,蜷伏着一个斯蒂芬斯,它召唤她去猜破一个谜语。

当她一步步踏上江桥,守桥的卫兵从岗亭中迈了出来,拦住她问:"这么晚了,还过江去吗?"

一束手电光照在她脸上,她被晃得转过了身。

"对不起……"大概因为她是女人,卫兵的声音有些歉意,那是年轻的声音。

她转身说:"不一定过去,就是想到桥上走走。"

"走走?"

"嗯。散步。"

"散步? 回家去吧!"

"为什么?"

"不为什么。回家去吧!"

"究竟为什么?"

"哪有这么晚,还下着雨,一个女人独自到江桥上来散步的?"

"我不是穿着雨衣吗?"

"我看见你穿着雨衣了……回家去吧!"

“怀疑我身上藏着炸弹？”

“你千万别误会，我可没那么想……前天，也是这么晚，也是我站岗，一个姑娘，也说要到江桥上走走，结果……江面这么黑，什么都看不见，我根本没法儿救她……”

“你怕我和那姑娘一样？”

年轻的卫兵吞吐了一下，老老实实地回答：“是的。”

真是个好心眼儿的小伙子。她想。

“那我就在这儿站一会儿，行吗？”

“行。”

她伏在水淋淋的铁栏杆上，望着江。江好似消失在大地的黑暗中了，只有视点所及的地方，闪烁着云母般的光。

倏然，一股莫名的冲动，促使她欲翻身跳下去。这股冲动很猛烈，简直难以抗拒。幽黑的江流中，好似向她发出着一种巨大的诱惑，诱惑得她心旌招摇。她并不是想死，绝不是想死，她想飞。想如同一只江鸥似的，刷地展翅从桥上俯冲下去，箭镞一般地飞走……

她双手下意识地紧紧地紧紧地抓牢水淋淋的铁栏杆，不敢稍微放松。

她的头开始晕。

一条手臂轻轻揽在她的腰际：“回家吧！”

她放开了铁栏杆，由于头昏，闭上了眼睛，不由得往后靠在那年轻卫兵的身上。

一只手扯下了她的雨衣帽子，一张男人的脸贴在她脸上。

她一下子睁开眼睛，猛地转过身。

刺刀在黑暗中闪光，年轻的卫兵站立在岗亭旁。

面对面的，是丈夫。

“你出来这么久了，我不放心。”他撑着伞，一条手臂仍揽在她腰际。她的头还是有点晕，在他的挟持下，她机械地随他离开桥栏。

“请等一下。”年轻的卫兵拦住了他们，问他，“你们是什么关系？”

“我是她丈夫。”

“他是你丈夫吗？”又问她。

“是……”机械地回答。

年轻的卫兵这才让开了去路，望着她和他踏下江桥台阶。

她回头说了一句：“谢谢你啊！”

为什么非要说这么一句？她不十分明白，甚至十分不明白。

她没有听到回答，只最后瞥见了刺刀的闪光……

她和他一路没说一句话。

回到家里，她脱下雨衣，又在沙发上坐下了。

他站立在门口看了她一阵，又坐在床边上，并且又低着他的头。

终于，她开口道：“你是在忏悔吗？”

他缓缓抬起头，盯住她的脸，坚定地说：“我不忏悔。”

“你过来，我们谈谈。”

他服从地站了起来，向她走过去，在另一只沙发上坐下，将右手放在茶几上。

“你不觉得你活得很累吗？”她问，声音很低。

“很累。难以想象的那么累。”

“我怜悯你。”她抚摸着他放在沙发上的那只手。

“有时候我也怜悯我自己。”

“我不能再和一个我所怜悯的男人做那种事，即使这个男人是我的丈夫。”

“哪种事？”

“床上的事……你在乎吗？”

“我在乎。”

“很在乎？”

“很在乎。”

“我真感到对不起你。但是我不能够……那会使我觉得像与一个可怜的小女孩搞同性恋一样别扭……”

“你的意思是说……离婚？……”

“不。现在我如果和你离婚，对你很不利。你眼看将获得的一切，也许全成泡影。对不对？何况，我们都有责任为宁宁多想一想。否则宁宁这孩子的命运太不幸了。我们仅仅从道义出发，也该保护这孩子的小心灵不再受到任何摧残，对不对？”

他沉默着。

“从今天起，我和宁宁住那间小屋，你自己住这间大屋。我仍负责买菜、做饭、洗衣服、一切家务。包括对宁宁的种种义务……我们仍在一张饭桌上吃饭……我也仍然礼貌地招待你的客人……”

“而实际上你已不是我的妻子了？”

她抚摸着他那只手。

“这和离婚有什么两样？”

“这很虚伪。”她说，“可我想不出更好的办法。哪怕我恨你也好啊！可我连恨你都不恨你了，我心中对你只剩下了一种感情……怜悯……”

他用双手抓住她那只手，说：“吴茵，原谅我！我想不到……结果竟这么严重……”

“应该请求原谅的是我。”她使劲儿抽出了她的手，“完全是因为我把事情看得很严重，你才也觉得严重了，对不对？”

她站了起来。

他仰脸不知所措地望着她。

她又说:“你不是认为我不高兴几天,发一顿脾气,事情就会过去的吗?但愿能如你想的那么简单,我也朝这方面尽量努力,啊?……”

她说完,便走入了小屋。

他也缓缓站起来,跟进了小屋。

她说:“你连对我的一点起码的尊重都不保留?”

他说:“让我看看我们的儿子。”

她说:“儿子睡得正香,别弄醒他。”

他说:“你开灯,让我好好看看他,只是看看。”

于是她开亮了小屋的灯。

于是他走向儿子的小床,俯身注视着儿子。缓缓地,他双膝弯曲了,跪下去了。他将他的脸贴在儿子的脸上。

她靠着门框,怜悯地望着他。

他开始亲吻儿子。

她说:“别弄醒他。”

他站起来,低着头,一步步退了出去。

她说:“睡前别再喝茶了,要不你又失眠。”

他什么也没说,替她关上房门。

她关了灯,站在门旁,一只手摸索着将门插上了。

忽然她转过身,双手捂住脸,将自己的身体挤在墙角,紧紧咬住嘴唇,顿时泪如泉涌……

第二十三章

除了星期日的每一天早晨,七点半左右,霞飞路东侧人行道,从路口数第三根水泥电线杆旁,总有十来个人在那儿候班车。

马路对面卖包子的小伙儿,不久前认识了他们中的一个——律师事务所的一个女人。

那女人那一天跨过马路,他并没想到她要买包子,骑上三轮摊车正欲蹬走 。

那女人抢前一步问:“还有包子吗?”

他没下车,双手扶把,看了那女人足足二十秒钟。

他一边研究地瞧着那女人,一边暗自寻思,七八个破了皮儿露了馅的包子,应不应该——不,不存在什么应该不应该的问题,只存在能不能的问题——能不能全卖给她呢!怎么想法子糊弄她都买了去呢?

那女人剪着齐颈短发,贴脸的头发由发卡整整齐齐地卡向耳后,发卡是那种五分钱两个的顶便宜的发卡。如今只有四十五岁以上的城市职业女性,才这么随便地对付自己的头发。她上身穿一件半袖的白色的确良衫,下身穿条长过膝盖半尺的黑色的裙子,很肥,像是睡裙改的,或者更准确地说,这样的一条裙子是完全可以当睡裙穿的。她给人的总体印象是,想把自己打扮得色彩朴素而又具有风度,但风度二字却显然令人同情地与她无缘。她多多少少有点“小”知识分子的矜持的本色,也多多少少有点“小”干部的自尊的清高。上下左右,无线条可言。使他联想到握在交通警察手中的指挥棒。如果她的裙子不是黑色的而是红色的。

“还有包子吗?”

那女人又问。

“有……倒是有……不多了！留着自己吃了,今天的包子馅调得好极了！……”

小伙子沉着地回答,没下车。

“卖我几个吧!”

那女人流露出请求的意思,她这个意思使小伙子备受鼓舞。

“你从马路那边奔我过来了,不卖几个给你,瞧你扫兴而去,我于心何忍呢?”

小伙子终于蹦到地上,他没掀开罩布,而是双手伸入罩布之下,摸索着将那七八个破了皮儿露了馅的包子全装在一个纸袋内。

“半斤,九毛六。”

“这……我只要二两……”

“你看你,早不开口！都给你装在纸袋里了,你才说只要二两!”

小伙子怪眼瞪她。

“那……半斤就半斤吧……”

“什么叫‘就’呀！好像我非多卖给你三两似的！今天的包子好,皮儿薄馅大,没多会儿就快卖光了!”

女人感激地笑笑,默默掏钱包……

小伙子望着那女人跨过马路去,因为自己小小不言微不足道地坑了别人一次,占了点小小不言微不足道的便宜,内心体验着小小不言微不足道的快感。现如今吃亏是很活该的事儿。坑人是不作兴忏悔的。或曰“时代精神”之一种,讲究的哲学是既坑之则安之。

小伙子一点儿也不觉得对那女人不落忍。他重新骑上三轮摊车，马路天使似的，一边轻轻快快地往前蹬，一边引吭高歌：

十五的月亮，
照在家乡照在边关，
宁静的夜晚，
你也思念我也思念……

这女人便是姚玉慧。

六年了，姚玉慧一点儿没胖起来。曾一度胖起来些，白了些，但因患了肝炎，一经检查出便已属慢性，渐渐地就又瘦到形销骨立的地步。脸色也由一度的白了些而渐渐地就黄暗无光泽了。她已经三十六岁了。三十六岁的姚玉慧看去像四十多岁了，却比某些四十多岁的女人还显老。然而由于瘦，她脸上倒没有明显的皱纹，也没有白发，但她的的确确是比六年前老多了。那仿佛是一种从心灵开始的老化，使人感到她每时每分每秒都在继续老着，不可须臾改变地老着，一味儿地老下去。

像她这样的女人如同是一面镜子，从这面镜子中显示出从青春到老年是多么短暂！她们使人对悄然过去悄然来临的岁月产生恐惧，对生命之容易枯萎的现象产生惊悸。她们的老就像一株大榕树，在她们内心里盘根错节，遮蔽成不透风不透雨不透阳光的暗幽幽闷郁郁阴凄凄的一个独立王国。她们的情感只能在它的缝隙之中如同一只只萤火虫似的钻飞。那种奇妙的昆虫尾部发出的磷光在她们内心聚不到一起，形成不了哪怕是一小片美好的照耀，只不过是细细碎碎闪闪烁烁地存在着而已。

当年黑龙江生产建设兵团的营教导员，现在是律师事务所的办公室主任。这个足以使一个三十六岁的女人得意的职位，是她母亲离休前替她谋划到的。然而也的的确确经过了一番表面看来似乎完全靠她自己的实际能力的“竞争”，那是必胜无疑的“竞争”，因为本市没有第二位市长的女儿，所谓“竞争”则是出于对她的自尊心的怜悯和维护。由于"一中考场事件",她的母亲当年受到了党内的纪律处分。母亲的实际能力比女儿的实际能力要强得多。倘若仅仅靠她自己的能力,她根本不可能竞争到比商店服务员、小学教员和普通工人更好些的工作。充其量这辈子只能当上一位小学校的教导主任,连小学校长也没多大指望当上。

姚玉慧与某些干部子女不同。十一年之久的知青经历,在她头脑中形成了极可贵的寻求独立精神的品格。那乃是一个女人对一种独立精神的崇拜,那乃是一个女人对自己命运的拥抱的热情。那乃是一种对真实个性的渴望。一种自我完善的观念的涅槃。一种心灵分裂之后对复合的本能的强烈的愿望。然而可悲在于,十一年之久的知青经历,究其实质,不过仅仅赋予了她品格力量,并没有同时赋予她什么有价值的足以支撑这种可贵品格的真正才干。她曾经具有过的种种"才干",不过是那个时代恩赐予她的一柄魔杖,攥着魔杖她是强者。如今时代收回了对她的恩赐,她才发现自己原来一无所长,在现实面前产生了心理上的大的慌措。正如一个被杂技表演者旋转了的盘子。不是继续旋转,就是倒下去成为一只普普通通的盘子。变得普通她心有不甘,继续旋转必须依靠外力;她痛苦地选择了后者。这是明智,亦是涅槃的崩溃,亦是渴望的幻灭,亦是热情的耗损,亦是崇拜的坍塌,亦是品格的惨败。人的可贵的乃至高贵的品格,在今天处处遭受着现实的误解和攻讦。某些人在这种情况下往往不得不退缩。社会永远不提供涅槃的显影剂。也永远不会品格化。

律师事务所也是个不乏沽名钓誉者的地方,争夺的目标却是所长或副所长。一位律师同时身兼律师事务所所长或副所长,其社会地位自然不同,站在法律面前的威望便不同。中国的任何地方都有党的领导,律师事务所也不例外,却没有哪一位律师争当党支部书记。在她到来之前,所里党员对担任党支部书记一职,被视为是不得已的事。在她到来之后，她的党内同志们一致推选她当上了党支部书记，对她表现出了十二分的信赖，包含着感激。她党外有职，党内有责。只要她愿意，她便会永远当下去。

她愿意。

她愿意多做些事情。

她领导着八位中国共产党党员和两位预备党员。

每个月过两次组织生活，内容大抵是读报或传达文件。

这样的事她仍很善于做。

一九八六年的每一个月，各类报纸上总有几篇值得一位党支部书记读给党内同志们听听的文章，也总有必须传达的中央文件或省委文件或市委文件。倘若这两件很正经的事都无可做，那么就只有交流交流社会信息了。集中在律师事务所的信息五花八门，如果她每一次都记录，便是一本厚厚的“社会大百科全书”。如果还能出版，肯定创全国畅销书之“最”。

最初她不习惯在党的组织生活会议上，尤其是在她自己主持的党的组织生活会议上听任这类交流。她总想将话题扭转到她认为严肃而有意义的内容方面，她的几次努力都以失败告终。后来她就自觉地放弃这种良好的企图了。再后来她也就习惯了。

律师中的党内同志，谁也不想当党支部书记。每次改选，都将书记大权拱手相让。光荣一直责无旁贷地落在她身上，并且绝对没有一位党内同志嫉妒她。党外律师，不论年轻的年老的，却都在积极要求入党。而党内的她的同志们，对于她屡次强调提出的发展新党员的建议，半点也不来情绪。照她的党内同志们的看法，律师事务所不是党员的四十几名律师中，压根再无一人有资格申请加入中国共产党。可她却觉得，某些党外人士，与她的这几位党内同志相比，除了性别高矮胖瘦没法儿强求一致，其他许多方面并非等而下之，甚至可能更强些。要说服她的党内同志承认这一点，真真是艰难之极的工作。任何一个人，哪怕一个平时被尊重的人，哪怕也被她的那几位党内同志所尊重，一旦被她那几位党内同志讨论够不够入党条件时，就差不多变成可恶之徒了。从一个好人身上指出十条缺点是挺容易的事儿，而有时否定一个人的入党愿望时，只需要两三条就足以了。每次进行这种“缺席审判”，她都替被“审判”者感到大不公正，替她的那几位党内同志感到羞耻。比如一个对个人名利斤斤计较的人，指责别人买国库券只买够了工资比例而没有主动表示多买几十元是缺乏爱国之心的时候，你能不替前者感到羞耻么？即使那个对个人名利斤斤计较的人是你的同志加兄弟吧！党内的庸才不允许党外的优秀人士入党，而且愈是庸才愈偏执。党内的能力高强者也不欢迎党外的优秀人士入党，而且越是能力高强者，可能愈加表现卑劣。他们有时候倒宁肯对党外的庸才“网开一面”。这种现象也许不普遍，但留心观察，随处可见一二。由教导员而党支部书记的姚玉慧，一个时期内是那么替党感到悲观、失望、沮丧和难过。

任何不正常的现象必伴随着不正常的历史。律师事务所的历史已有四年半。最初只三个人，其中之一是夏守刚。另外两个，一个是他的妻子，一个是他的同学。一九六四年他们毕业于北京政法学院法律系，夏守刚和他的妻子当了中学教员，他的同学当了某工厂的保卫科科长。四年前，当整个社会意识到多年冷落了法律是个多么大的错误时，昔日，政法学院毕业后被发落到各处的理当做律师的人们开始从各个角落被寻找、汇集。一个在司法部门的朋友找到夏守刚，动员他们夫妻归口当律师。他们欣然接受了这个建议。夫妻俩双双很快被从中学调到司法机关。不久，根据司法局的安排，他们就在区里办起了第一个律师事务所。三十多年来法律成了专政的代名词，中国人对法律怀着一种传统的惧怕心理。律师事务所的牌子挂出后却没有谁信任他们、肯聘请他们替自己打官司。人们宁肯将打赢一场什么官司的赌注下在请客送礼、花钱贿赂、找关系走后门方面。

后来本市发生了一起事件：市里一领导干部的公子，逼死了与其结婚不到一年的妻子，法律以家庭内部正常矛盾造成不幸死亡之结论，宣判其无罪。死者没有了父母，只有一个在灯泡厂当工人的老实而软弱的姐姐。姐姐替妹妹的尸体换衣时，瞧着妹妹身上被烟头所烫留下的斑斑伤痕，也只有泪涟涟如雨而已。在场之人，无不义愤。夏守刚夫妻获知后，主动找上那姐姐的家门，代书状纸，打抱不平。这位领导干部先是恫之以势，继而诱之以利；夏守刚不为所动。那位公子扬言要给他点“厉害瞧瞧”，深更半夜猎枪轰碎了他家的玻璃。他的妻子走在路上，祸从天降，被一块不知从何处飞来的半砖击破了头，昏晕道旁。夏守刚发誓：“这场官司非打到底，宁肯家破人亡！”他四处奔走，八方呼吁。他凭一腔汉子血破釜沉舟，终于让他争得了一次开庭重审。

他没白上过政法学院。慷慨陈词，滔滔雄辩，唇枪舌剑，锐不可当。被告也请了一位老律师。老律师很富有经验，从容不迫地进行反驳：“俗话道，清官难断家务事。原告控诉被告有虐待妻子之罪，证据是死者身体被香烟所烫之伤痕。本律师认为，原告的控诉不能成立。起码证明不够充分。且其妻已死，亦无旁证，虐妻之罪孰能定论？仅此一点，足见原告之主观臆断。”

那一天的听众竟达六七百人，有许多人那一天不上班了也要听个结果。

夏守刚沉着地站起身，望着听众，用平缓沉重的语气说道：“适才被告律师借用了‘清官难断家务事’这句俗话，本律师也借用一句俗话是——‘至亲莫过骨肉情’。我提请法庭注意一个事实，即死者有一遗婴。这是被告及其父母均回避的一个事实。试想：被告父母只有其一个儿子，按照人之常情，得孙辈该是天伦之喜，合家之乐,两代皆欢的事吧?那孩子该是为父者掌上明珠,为祖父母者宝贝吧?其实不然。他们根本不爱那孩子!他们从感情上心理上排斥那个孩子!他们视那个孩子为多余之物!因为那个孩子是个女孩儿而非男孩儿!那孩子出生近百日了,至今连个名字都还没有!所谓公婆关怀儿媳,丈夫宠爱妻子,不是事实!事实是:死者崇拜权势,贪图虚荣,轻率地嫁给了被告,然而由于门户之见,她在这个家庭里,虽丰衣足食,却受不到尊重。身是新妇,位同婢女!她终日饮她自酿的苦酒。但在别人面前,却不敢流露一二,唯一能够相与尽述苦衷的,只有她的姐姐。待她生下那个女孩儿之后,便又多了一条罪状。公婆白眼相对,怒其生女;丈夫恶语中伤,喜新厌旧,两拍即合,双方夹攻,迫其离婚。丈夫更施加虐待,终使其不堪忍受,跳楼身死……"

六七百听众鸦雀无声。

夏守刚朝被告侧转身,缓缓抬起一只手臂,厉指道:"你无疑是有罪的!"又朝被告的父母侧转身,亦厉指道:"你们无疑也是有罪的!"

偌大法庭,静如幽谷。但闻一人欷歔成泣,是死者的姐姐。

随后那夏守刚面向法官,慷慨陈词:"想一平民百姓之女,以姿色媚权贵,出入高墙深院,受虐他人不知,实属世间悲剧,自酿苦酒。尤可叹身为党的高级干部者,封建思想根深蒂固,重男轻女悖人之伦常,纵子虐妻逆长辈之德,安知羞耻二字?败坏我们党的声誉!天理昭昭,不予制裁,党纪何在?国法何在?本律师受托于死者亲属,踏碎法院石阶,也要替泉下冤鬼拼得公正二字!……"

言词铿锵掷地有声,听众无不为之动容。

他沉默片刻,又望着被告律师道:"老前辈,您以丰富之经验而压学生之义胆,为真罪人开脱,加莫须有之秽名于死者,学生以为大谬不然。身为律师,视胜负为寻常,但良心应在胸膛!"

之后，夏守刚根据从死者亲属、同事处了解的情况，向法庭提供了被告摧残其妻及其父母纵子虐妻的事实和人证物证，遂使案情清晰起来。经过几次庭讯，终于为原告赢得胜诉。

夏守刚从此为自己树立了口碑，被万千市民所传颂。

不久，他和他的妻子，又胜诉了另一起牵涉广泛的重大经济案。

“律师事务所”的招牌于是为人瞩目。美国人喜爱“超人”。创造出男“超人”，继而又创造出女“超人”，满足他们的男人和女人们的“超人”欲。英国人喜爱“福尔摩斯”。“福尔摩斯”被他们的崇尚绅士派头的老一辈们忘掉了，他们的新一辈便创造出“〇〇七”。让他在全世界各地神出鬼没，一边与各种肤色的女人大大方方地寻欢作乐，一边潇潇洒洒地屡建奇功。法国的男人和女人几乎个顶个儿地喜爱“爱情”，生活中没有罗曼蒂克对于他们就像没有盐一样。中国人却喜爱“包公”，喜爱了好几代，喜爱了好几辈子。没有了“包公”对于中国人来说正如西方人没有了上帝，是非常绝望的事。所以那个夏守刚被A市的万千市民尊为“包公”就不足为怪了。从前信任党支部书记，如今信任“包公”式的人。不在党的“包公”式的人物则更被信任，这是中国的老百姓的心理嬗变。

夏守刚为律师事务所赢得了声誉，他本人被几家企业聘为常年律师。他潜心律师业务，有雄才大展之势。而律师事务所的人员也由当初的三个人扩大到三十几个人了。其中，不乏有志之士。而那些由于种种原因，或想改换门庭者，或想混个闲职者，或想仕途遍达者，也都一律泥沙俱下地涌进这当年门可罗雀的律师事务所。

于是，就有了姚玉慧那几位党内同志被调到“律师联合事务所”担任领导。于是夏守刚便从所长而变为副所长进而变为第二副所长第三副所长第四副所长直至第五位副所长。这些人把一切权力都包揽了过去,甚至连召开一般性经验交流会的权力也包揽了过去。夏守刚对所里的许多事情都不明不白起来。他申请入党,他们暗示他:你不是个人物吗?兴许民主党派更欢迎你这样的人物,去参加民主党派吧!参加民主党派就参加民主党派!他赌着一口气,要来了一份民主党派的党章。可那上边的第一条是——我党在中国共产党的领导之下。他从此彻底打消加入民主党派的念头。心想,那就还是争取加入共产党吧!他是六十年代的大学生,是受过所谓"正统教育"的人,他对党是有感情的。他曾是他那所中学的连续三年的优秀教师,如果不是匆促地离开了教育战线,他很可能已入了党了。他不明白自己怎么就得罪了党,而且分明得罪得那么深,被党视为歧路人了。他痛苦,他很想找一位律师替自己在党面前与那些排挤自己的人打一场官司。但"律师联合事务所"尽管集中了一批好律师,不乏像他自己一样敢于仗义执言者,却没有一个可以承当他自己的律师。即或有人挺身承当,这场官司可到哪儿去打呢?怎么个打法呢?他想"落荒而走",可又那么舍不得自己创下的这一番事业。

后来,"联合"两个字,被瞧着别扭的党内同志一致决定去掉他了——他们说那两个字使他们想到"文化大革命"中的"战斗队"。

正在他愤懑无处诉时,姚玉慧调来了,当上了党支部书记。知道她是什么人的女儿,也了解一些她能调来做办公室主任的内幕,他对她敬而远之。

没想到不久之后她却主动找到他头上,问他对党持何种态度?

他当然不愿向她吐露内心真言,干脆拒绝与她谈这样的问题。

她虽遭到了冷淡,又第二次主动找他谈。

她坦率地对他说:"也许你挺瞧不起我的。我实际上是靠了父母才能到这里来当上这个主任的。我只有中学文化程度,而且在中学时还不是个成绩出色的学生;我没有任何专长,没有任何能力。既然党内同志们抬举我，推选我做了支部书记，我想尽我的能力把这个工作做好。你的情况我已经侧面了解了不少，我认为你是全所首先一个应该被发展入党的人。何况你自己并非没有这样的愿望。"

两人对面而坐，隔着桌子。她的双手连同小臂平放在桌上，一手压着另一只手，以坦诚的目光看着他。他的坐法有点特别，一只手臂架在椅背上，从脑后撑着自己的头，使他的脸微微朝左侧仰起；另一只手臂呈"V"形，肘端固定在桌上，指间夹着烟。他那副样子显得相当傲慢，仿佛在用拒人于千里之外的表情说——你干吗又浪费我的时间？但他心里却已对她产生了小小的好感。真话总是能博人好感的。他觉得她那张毫无生动之处的老姑娘的脸，是可以供业余美术班的学生们素描的，取题《冰雕》，或《望着我》。他吃不大透她那种诚恳是习惯的伪装，还是掩饰着的自信。他的经验告诉他，党支部书记，尤其新来的党支部书记，更尤其女党支部书记，需谨慎对待。没有新的干扰，他的日子已不太好过。

她见他固执地沉默着，疏淡的短眉渐渐扬了起来，眼睛却相反地眯了起来。同时，薄薄的舌尖从一边的唇角犹犹豫豫地挤了出来。这就使她那张老姑娘的其貌不扬的脸，显得有几分滑稽。

他无声地笑了，心中不禁产生了一个优越感很强的男人对一个太缺乏美感的女性的同情。

她平静地问："你笑什么？"

他说："和党支部书记谈话时不许笑么？"

"笑我这张脸？"

"不是。你的脸有什么好笑的？"

"我的脸常常会使人联想到某类'马列主义老太太'。我对我这张脸很悲观，所以我仍是个老姑娘。"

她说得那么由衷，又说得那么不动声色，就好像收购皮货的人在谈论一张劣等毛皮。他的心被触动了,他的手臂缓缓朝桌上放下来。使人感到挺有力度的一个“V”字倾倒了,变成松弛的“一”。

他无言地将烟头掐灭在烟灰缸里。

“我们得养成承认事实和接受事实的习惯对不对?不管事实是一张脸还是一个党支部。”

这个女人怎么这样说话?他困惑地望着她,她的确面不改色。

“脸是没有什么办法的了,一个党支部的状况却可以扭转。”

“扬长避短十分重要。”

“党支部?”

“不,脸。”

“这我已经习惯了。”她苦笑一下,“不过倒愿意听听你的具体建议。”

“对党支部?”

“对我的脸。”

她很诚恳,很认真。

他内心不安了。

“小姚,”他说,“叫你小姚没关系吧?……”

“叫老姚也没关系。”她说,“叫我姚支书的话可就会显得你阴阳怪气了。”

“小姚,我绝没有想伤害你自尊心的意思!真是的,我们怎么谈起你的脸来了呢!……”

“别那么抱歉,是我首先谈起来的。”

“对党,我是这么……”

她打断他道:“先不谈党,也不谈支部,谈谈我的脸,我洗耳恭听。”

他更加困惑了。

她平静地说:“以前还没有一个人当面对我谈谈我的脸。无论男人或女人。真的,我的脸这辈子就这样了。我不是不想把它修饰得稍微好看一点儿,不是不想使它多少具备点儿女人的魅力。我想,很想啊。可我太不善于了,不会,更怕东施效颦。你刚才说什么来着?扬长避短?……”

“我那话是针对党支部说的……”他急忙解释,“那七位同志都是党员,这是他们的长处。但他们同时又是律师,却都一起案子也没承办过,这是他们的短处。我们毕竟不是一般的业务单位……”

“我知道他们都是怎么成为律师的。强调干部专业化的时候,以工作性质需要为名,一股脑儿就都变成律师了。是吧?”

“是。党外律师同志们普遍对此有意见……”

“我不该剪这种发型吧?”

“这……”

“老姑娘在别人眼里总是一个谜,我不希望我在你眼里也是一个谜。身为党支部书记的女人,被别人看成是一个谜很糟糕。你不觉得我古怪吧?”

“不,不……”

“以前,我在北大荒当教导员的时候,在我眼里只有人。上级,下级,战士;没有男人女人。不,这么说不对。应该说没有男人才对。男人也是女人。不,这么说也不对。我那时不敢把一个男人看成男人,我怕男人。越怕他们,越严肃地对待他们。那种严肃是很可笑的,所以男人们也就有充分的理由不把我看成一个女人。我在男人们眼里仿佛是中性的,男人们在我眼里仿佛也是中性的。他们怕把我看成一个女人他们会犯错误,我怕把他们看成男人我自己会犯错误……”她耸耸肩,又苦笑了一下,“这你没法儿理解。”

“我理解。”他低声回答。

她怀疑地注视着他。

“我理解。”他重复地说,强调自己不是在说谎。他觉得她是一个未免太真实了的女人,真实得令一个像他这样的男人都有些不知所措。在不知所措的窘迫之中他掏出了烟。

她那双叠放着的手此时才分开,一只手向他伸了过来,剪动着食指和中指。

“你吸烟?”

她点了点头。

于是他赶快抽出一支烟,夹在她剪动着的两指间,并且按动打火机替她点着了,自己也叼上一支。

她深吸一口,悠悠地吐尽,接着说:“现在我却变了。和女人们在一起,我总觉得别扭;和男人们在一起,反而能做到很坦率,很真实,很放松,不管男人们是不是把我视为中性的。和女人们在一起不能,即使她们欢迎我和她们在一起我也不能。这是老姑娘的变态心理么?”

“不,怎么能这么认为呢?”

“我难以做到亲近女人,但却绝不会排斥她们入党。”

“我相信。”

她微笑了。

他也笑了。

“我希望你早日是一个党员并非因为你是一个男人。”

“我明白。”

“对这一点你要比我对自己的脸有信心才是。”

“可……谁肯当我的入党介绍人?”

“我。”

“……”

“我们刚才谈这个问题时你不信任我。”

“不信任。”

“现在呢?”

“现在我想请你原谅。”

“这没什么值得请我原谅的。”

“那么……我说我感激你。”

“应该我说我感激你,你必须支持我。”

“我支持你。”

“一个党支部长期采取‘关门主义’是不行的。每一个想入党的人,只要真心实意,在今天都使我感动。我相信你入了党之后,能为我们这个特殊的社会职业做更多有益的事。所以我首先需要你了解我。”

高傲的名声响亮的中年律师垂下了他的头,他的眼睛有些湿了。他觉得这个身为党支部书记的老处女,具有某种足以使男人们敬畏的东西,不仅是一种使他这样的男人都会感到不知所措的真实。他竟希望她是个好看的女人。

“小姚……”他站了起来,走到她跟前,注视了她好一阵。又退后几步,上下打量着她说:“听着,你是不应该剪这种发式。索性再剪短点儿,吹成更利落的女运动式。因为你的脸虽然瘦,却不显得长。那样一种发式衬着,可能会好些……”

她问:“你有把握?”

他说:“有。”

“那我接受你这个建议。”

“男人在这方面对女人的建议,也许比女人对女人的建议更有价值。”他的目光落在她的鞋上,摇了摇头,“从哪儿搞到的?”

“我在北大荒时买了好几双,还是托上海知青从上海买的呢。”

“穿了可惜,明天别穿了,收藏着吧。如今大概在全市也很难找到十位穿这种带扣襻布鞋的女人了！买双漂亮的皮鞋穿吧。哪天让我爱人陪你去选择？她一定会包你满意的。你不反对吧?”

“哪儿的话!”她一笑,“别把我看成女人的仇敌。”

“没那个意思。你三十几?”

“三十四。”

“我四十四,整整大你十岁,完全有资格做你的老大哥。”他走近她,拍拍她的肩,庄重地说,“其实你并不像你自己以为的那么丑。”

“你用不着安慰我。”她说,“更用不着怜悯我,我也快向老姑娘生活告别了,有未婚夫了,他时刻准备着做我的丈夫。有自己的家,有丈夫,住房条件挺好,工作也让人羡慕,三十四岁已有十四年党龄,还是个处级干部兼党支部书记,将来再生个孩子。一个女人的生活达到这样一般也就不错了吧?”

“相当不错了!”他显出几分替她感到乐观的模样。

“齐了?”

“基本上齐了。”

“参加我的婚礼?”

“一定参加。”

…………

此后他们的关系并没怎样进一步密切,然而他绝对地信任着这位女党支部书记。尽管于今两年过去了,他仍蹲在党的大门口,而她仍是老处女。她的那位未婚夫还是未婚夫,仍忠心耿耿地时刻准备着做她的丈夫,似乎她也在时刻准备着做妻子,却谁也不知道他们究竟为什么还迟迟不结婚,还在准备什么。她经常采纳夏律师的批评性的建议,虚心改正,在风韵方面却总不见有什么可喜的改观。

两年中在她艰苦卓绝的说服工作下,党支部总算吸收了三名新党员。三名非常老实的,业务上一点儿也不出色的人,二男一女,介绍人之一都是她。她原先那几位党内同志,抱怨三名新党员入党之后都不那么老实了。因为三名新党员在需要明确表态的情况下，差不多总是站在她那一方，而她的党务工作又几乎是无可指责的，没有任何正当的理由在改选时把她选下来。并且，那几人中也开始分化，有两个人已经开始向她靠拢了，她在某些问题上已经足以争取多数票了。所长、一位副所长和秘书长，都不免暗暗后悔。他们认识到了原先被他们放弃的党支部书记一职，并不仅仅是过组织生活时的读报人，也开始是一种权力，却难以重新夺回。

而三十六岁的老处女，从二十二岁起当过八年一呼百应的营教导员的姚玉慧，如果说对工作还有女人的选择愿望的话，对权力这东西则早就丝毫也不感兴趣了。权力给她造成的人生损失是太大了。办公室主任也罢，党支部书记也罢，于她都是工作，仅仅是工作。甚至可以认为，在一个女人所应有的一切欲念之中，做好工作乃是她的最主要最强烈的欲念。女人的其他方面的欲念恶毒地嘲笑她。她只能靠紧紧抓住那更属于男人们的仿佛被烘制成了干货的欲念活着。如同瞎子以耳代目。在所长、副所长和秘书长看来，她是一个被他们低估了的专擅权术的女人，事实上他们是将她估计得太高了，一个老处女的正直和一个党支部书记的“权术”，像烈酒和酒精一样容易被混为一谈。

今天，为了夏律师的入党问题，她是要和她的对手们干戈相见了，并且她是有准备的。对手们有没有准备，她不得而知。

你们若没有准备可就会败得很惨了。她不动声色地望着他们，稳操胜券地想。与自私、狭隘而偏执的男人们较量，并且击垮他们，她觉得是一大快事。

会议室里。气氛并不异常。

“我们来学习一篇文章吧。”姚玉慧说着向大家扬了扬手中的《支部生活》，随即翻开，朗声读道：“论‘关门主义’的心理症结——姚玉慧……”

“姚什么？……”秘书长懵懂地问。

“姚、玉、慧。女兆姚，玉石的玉，智慧的慧。”

“和你重名？”

“谁和我重名？”

“这个姚玉慧啊！”

“我就是这个姚玉慧。”

“你？……”所长和副所长“友邦惊诧”，仿佛她是撒切尔夫人在主持一次中国共产党的支部生活会似的。

“我就是我。这有什么值得大惊小怪的？我当营教导员的时候就已经是《支部生活》的特约通讯员了。这上面不是第一次刊登我写的文章。”她看了秘书长一眼，又说，“请你别再打断我。”

秘书长尴尬地笑笑。所长从铁烟盒里拿出一支烟，抛给了秘书长。

“我先读编者按：这是一篇好文章。言简意赅，投矢中的。鞭辟入里，足以使党内‘关门主义’者们汗颜羞愧。希望党内少数‘关门主义’者们学后躬身反省，引以为鉴。”

所长干咳了一声，副所长也干咳了一声；秘书长咳了一阵子，一口烟没吸顺呛的，非咳不可。

“现在我读正文：何谓党内‘关门主义’？它有如下表现——一、排斥别人入党。尤其排斥那些能力比自己强，思想比自己先进的人入党。二、手拿两面镜子。一面显微镜，一面放大镜。只照别人，不照自己。先用显微镜，后用放大镜照。以为自己是一朵花，看别人是土坷垃。偏执于极大的真实。三、手操‘党票’为资本。若非庸庸之辈，必是好妒强者。以党内庸庸而骄矜于党外，以党外之妒而经营于党内。以上三点，究其实质是一个‘怕’字。怕什么？怕与党外的横向比较中不再能获得什么，怕在党内的纵向竞争中失去什么。怕‘党票’贬值，幻想奇货可居……”

“什么……”秘书长又欲打断她。

她用手势制止了他，解释道："'奇货'，奇怪的奇，货物的货。"

所长一手摩挲着下巴，两眼盯视着她，拖腔拖调地问："这么比不太合适吧？"

她平静地回答："文责自负。"

副所长旗帜鲜明地说："党组织的全国性刊物，责任编辑竟然没替你删去这四个字，我看是失职嘛！"

"通篇只字未改。"她笑了笑，"当然，任何比喻都是有缺陷的。"

"你这么说我不同意！"秘书长脸红脖子粗。

"不是我说的。是列宁说的。"她收敛了笑容。她的话抢白的意味儿十足。

他们便都沉默了。

所长又向秘书长抛过去一支烟。

"你有批评的权利。"她侧目望着秘书长，"你可以向《支部生活》直接提出你的质问，与我保持联系的编辑叫万德明。"

他们不失尊严地继续沉默着。

"我看今天就先读到这儿吧！再读下去更会时时被打断。我这篇文章不短呢，五千多字。才读了还不到十分之一。"她合上了《支部生活》往椅背上放松地一靠。

他们相继表情冷峻地站了起来。

"别走啊，还有内容呢。"她说，连看也不看他们。

他们只好又坐下。

"老李，把电扇停了，嗡嗡地响着讨厌！"

老李起身去将电扇停了。

时间显得那么静。

她看了看手表，说："两件事，很快就结束。"

没人开口，都默默期待着她。

"头有点疼。"她自言自语，闭上了眼睛，一手托肘，一手按摩眉心,一边说,“第一件事,夏律师的入党问题。如果我没记错,今天是第六次讨论了,意见始终不一致。能不能把‘入党志愿书’交给夏守刚同志?首先是,在座的诸位中,有没有谁怕他入党?咱们都是党员,关上门,一家人。干吗都闷声不响?都怕?还是都不怕?我看再讨论意见也统一不起来,干脆请大家举手表态……”她说完,停止了按摩眉心,举起了那只手,却并没睁开眼睛。

“老李,替我宣布一下结果。”

“六票同意,三票不同意。”

这个结果是在她预料之中的。

“怎么忽然就头疼起来了呢?”她缓缓放了举着的那只手,又开始按摩眉心,同时低声说,“压倒多数。会后,我将作为介绍人代表支部把‘入党志愿书’发给夏守刚同志。”

静悄悄的沉默。

“现在,讨论第二件事,我们支部今天又到改选期了。还是采取简单的惯例,无记名投票吧。老李,也还是你来统计。”

也不知是谁,凑近她耳朵,用极细小的声音问:“要不要风油精?”

她坚决地回答了一个字:“不。”心想:也许更加感到头疼的不是我。

片刻,老李说:“结果出来了。”有点过分庄严的语调。

“宣布。”

“六票对三票。”

“谁?”她明知故问。

“你。”

“我是谁?”

“姚玉慧。”

“大声点。”

“姚、玉、慧。”

“诸位，散会吧！”

一阵椅子响动之后，周围复归安静。

她吁了口长气，伏在桌上，头枕着手臂，想在这安静之中小憩一会儿。

走廊里有人大声说：“该吃午饭了。”

她抬起头，懒懒地站起来，拖着脚步，回到自己的办公室。

她将那些败坏食欲的东西又用破纸袋包了起来，想想，说：“告诉办公室小刘一声，我下午回家了！”说着，双手捧起纸袋，急火火地走了。

半个小时之后，“律师事务所”党支部书记兼办公室主任，独自出现在一家西餐馆里。就是吴茵带着儿子一次花了二十九元九毛二的那个西餐馆。早有三十几个男女占据了三张桌子，吃得挺豪爽挺热闹。

她见那场面，没往里去，在紧靠门的一张供两人就餐的小方桌旁款款落座，召来服务员，要了三菜一汤，一瓶啤酒。酒菜顷刻上齐，她往杯里倒满啤酒，仿佛对面坐着个人似的，举了一下杯，心中暗说：“姚玉慧，为祝贺夏律师入党，我和你干一杯！”杯唇吻嘴唇，缓缓倾斜杯子，无声无息地一饮而尽。随后又往杯中倒满酒，拿起刀叉，从容进餐。她偶尔一抬头，发现那三桌人中差不多有一半儿在注意她，便站起来重摆椅子，背对他们坐。却发现服务员在望着她。她便放下了刀叉，直愣愣地盯着服务员姑娘那张脸。直盯得对方转过身去，才又拿起刀叉。低着头刚吃了几口，觉得对面坐下了一个人。她也不抬头，自顾从容地吃。三块牛排吃掉了两块，一份奶油番茄汤喝了半盘，想起还有一杯啤酒没喝，就放下刀叉，伸手拿起了酒杯。坐在她对面的是个女人。她的目光一落在那女人脸上，就没法儿移开。那张脸太熟悉了！一时又回忆不起在哪里与对方见过。反正她断定对方是一个从她的记忆里走来坐在她对面的人。

“你是……姚教导员吧？……”

教导员？……当年她是一个大营的教导员，在这座城市里起码有一千五百个人是她当年的战士。她不愿在饭店在剧场在公共汽车上在公园里在马路人行道上随时随地被叫做“姚教导员”或者被问“你是姚教导员？”姚教导员早该烟消云散了！是又怎么样？难道三十年后她是老太婆了你们也是老头老太婆了还念念不忘我曾是你们的教导员么？活见鬼！千载不朽万古不衰的“姚教导员”！难道我想忘却的，你们合谋起来偏不许我忘却么？

“你认错人了。”她冰冷地说，恼火地瞪着对方。

“我没认错，你肯定就是姚教导员。”对方一点儿也不介意她那种恼火的目光。

真他妈的！她垂下目光，不再理睬对方，自顾吮饮杯中之酒。

“教导员，我是徐淑芳啊！”

“徐淑芳？……”她慢慢放下了酒杯，一时间不知说什么好。

“教导员，你在哪儿工作？”徐淑芳亲近地注视着她。

“我……在律师事务所……”

“教导员你当律师了？”徐淑芳眼中闪耀出由衷钦佩的光彩，“教导员你真了不起，真为我们北大荒返城知青争气！”

姚玉慧的脸倏地就红了，赶紧声明：“我这样的怎么能当律师呢？做一般性的管理工作。”

“那又当领导了？”

“办公室的小头头。”

“能在律师事务所当个小头头也够不简单的啦！”

“你呢？你在哪儿工作？”

徐淑芳从肩上取下精巧的小挎包，打开来，翻出了一张名片递给她。

“多少人？”她接过，见赫然印着“百花玩具厂厂长”。

“上个月又招了一百二十人，五百多人了。”

姚玉慧顿时对自己这个当年的女战士刮目而视。她怀着几分敬意说：“你成为一个女强人了吧？”

“哪儿呀！”徐淑芳不好意思起来，羞惭地说，“一个小厂，什么什么还都不够正规呢！”却又不无骄傲地补充道，“如今我们的产品打到香港去了，年底将会在日本出现。等我们的新厂房落成了，教导员，我一定请你到我们厂参观参观！”

姚玉慧不禁笑了，低声说：“别再称我教导员了，都哪辈子的事儿！”

徐淑芳也笑了：“那怎么称呼？”

她沉吟了一下，认真地说：“叫老姚吧！”

“老姚？你才比我大两岁！”

“那就干脆叫我的名字。”

“姚、玉、慧？……”徐淑芳注视着她的脸，摇了摇头，忽然说，“叫大姐吧！要不叫慧姐，挺顺口的。就这么定了！来，认识认识我的客人们！”说着站了起来。

姚玉慧本来不肯，却身不由己地被徐淑芳从椅子上拽了起来，半拖半拽地来到那三桌人之间，把个姚玉慧窘得不行。但看得出徐淑芳对自己的亲近是真的，不忍太令徐淑芳扫兴，只有讪讪作笑。

“诸位，”徐淑芳，大声说，“她是我当年的教导员姚玉慧！我当年的返城证明，是她经手办的。是她一次次往团里打电话，甚至亲自往团里跑，团里才批准的……”

姚玉慧听着，内心感动不已。徐淑芳，徐淑芳，没你这么好的女人！你若能够，兴许还会为此给我姚玉慧立块碑吧？

“教导员如今在律师事务所工作，当然是领导工作！”徐淑芳说着，一一向姚玉慧介绍那些以各种各样的目光注视着她的人，“这是上海第二玩具厂的张厂长，这是北京西单百货商场的经销部副主任老倪，这位是我们厂的驻京业务员，这位是天津玩具厂的……教导员你看我们厂虽小，朋友单位却不少吧？他们都支持过我们，今天我是代表全厂向他们致谢的。……”

六年不见，徐淑芳已不再是当年那个处处怯场的令她可怜的苦人了，言谈举止落落大方很有风度。她的脸比六年前胖了些，化了淡妆，显得挺有神采，挺妩媚，挺生动。她那双眼睛在姚玉慧看来也比六年前明亮了，顾盼之间闪耀着充分的自信。她的发型很优雅，瀑布似的泻到肩部，自然地向内卷曲。如果她不说出她的名字，当年的教导员是无法认出这个在生产建设兵团喂猪的女兵的。她穿的居然是一件旗袍，而且是一件紫红色的旗袍，而且无袖，裸着白皙的圆润的双臂。极透明的肉色的丝袜，将她的双腿紧束得苗条而挺拔。一九七九年那个寒冷的冬天之后，姚玉慧就再也没见过她。这三四年内，甚至再也没想起过她，早把她忘却了。她也变得丰满了，做工精细的那件紫红色旗袍，将女人身体的一切骄傲的美点都衬托出来了。姚玉慧呆呆地瞧着她，感到异常震惊。当年生产建设兵团那个穿着肥大兵团服的瘦弱纤小的女知青，何以竟会变成眼前这样一个富有魅力的女人呢？徐淑芳，徐淑芳，靠了什么，生活没将你这个苦人儿压扁搓碎？靠了什么，你越变越美？是养生之道？是健美秘诀？是系列奶液？还是爱情？你又爱上了一个什么样的男人？更使姚玉慧惊讶的是，她发现徐淑芳手指上戴着一枚金戒指。是结婚戒指？也许是喝了酒的缘故，徐淑芳满面红光。姚玉慧观察到，那些男客都非常乐意和徐淑芳谈笑，那些女客也都很尊敬她，对她很有好感。自卑夹杂着可耻的妒意在心中涌动着。姚玉慧忽然想到，自己和徐淑芳站在一起，一定是显得很干瘪很丑陋很令人讨厌的。一种痛苦噬咬着她的心，她竭力保持住脸上那种不自然的笑。

“小徐，别让我凑这份儿热闹了！”她说着，就要走回到自己的餐桌去。

“教导员，见了你我今天格外高兴，给我点面子！”徐淑芳恳求地说，握住她的一只手不放，又大声对她的客人们说，“诸位，请共同举杯，为我和我的教导员不期而遇干一杯！六年啊，我们整整六年没见面了！”说着，先敬给姚玉慧一杯酒，然后高高举起了自己的酒杯。

那些男女客人都很乐于接受这个意外穿插进来的小节目，都很善于营造气氛。十几只杯同时与姚玉慧手中的杯相撞，使她应接不暇。

“教导员，请！”

“教导员，有空儿出差北京，到我们单位去玩！”

“教导员，需要从上海买什么东西的话，跟小徐厂长说就行！”

“教导员……”

“教导员……”

“教导员……”

那些客人们竟也口口声声称她教导员！一张张陌生的面孔在她眼前交替更变。一只只冒沫的杯子友好地和她的杯子相撞，脆音悦耳。她记不清她的酒是在一个男人还是一个女人的怂恿之下干了的。而那位四十多岁的面孔比女人还白净的张经理，双手托着啤酒瓶子站在她旁边，不失一切时机地往她的杯子里倒酒。

“围剿”之下，她连干了三四杯，便觉得有些酒力冲顶。

“不行不行，诸位，这样可不行！”徐淑芳见状，慌忙横身在她面前，替她护驾道，“可别把我的教导员灌醉了！教导员，你坐下。”扶她在一把椅子上坐了下去。

“你没法改了!”姚玉慧嗔怪地仰脸瞪着她。

徐淑芳抱歉地笑了,对她的客人们说:“我的教导员不许我称她教导员。你们怎么称呼我不干涉啊,从现在起,我叫她慧姐了!”说着走向姚玉慧坐过的那餐桌,将她的筷子和小盘拿了过来,摆在她面前,又道,“教导员,不,慧姐你吃几口菜吧!”就往她的小盘儿里挑选地夹着菜。

客人们这才纷纷落座,然而都不动筷子,都在从各个角度望着她们。也许徐淑芳对姚玉慧的亲热和尊重,使大家对姚玉慧这个其貌不扬的女人莫测高深,陷于不敢等闲视之的印象之中。

徐淑芳说:“诸位,各自为战!我陪我教……我陪我慧姐吃。我俩有贴心话要交换!小余,你替我多多关照大家!”

…………

“教导员,你……结婚了没有?……”徐淑芳近近便便地和姚玉慧坐在一块儿,悄悄地问。

当年的教导员摇了摇头。

“我帮帮你忙吧?”

如果不是徐淑芳,是别的什么人,在这种场合,竟敢问她结婚了没有,还说“帮帮你忙吧”之类的话,姚玉慧必定愤然变色。对徐淑芳,她却不能。连她自己也觉得奇怪究竟为什么不能,连她对徐淑芳此时此刻的嫉妒都是温柔的,致使她暗暗宽容着自己,并且不觉得可耻。

徐淑芳,徐淑芳,你和我都是女人,是两类根本不同的女人。我真想问问你,究竟依赖于什么,你竟能长久左右我对你的感情?你一出现在我面前,我就无法疏远你冷淡你?而我已疏远了许多人冷淡了许多人,包括我的母亲,弟弟,妹妹……

徐淑芳又悄悄地问:“教导员你究竟要找个什么样的男人啊?”

姚玉慧夹起一个鹌鹑蛋,又放下了,说:“已经有一个男人愿意做我的丈夫了。”

“干什么的?”徐淑芳那双好看的眼睛笑得眯了起来。

“大学讲师。”她用筷子漫不经心地拨着那只鹌鹑蛋。

“嘿!”徐淑芳端起了杯,“这可值得干一次吧?”

“值得吗?”

“当然!”

“好吧。”于是她也端起杯。两个人并没碰杯,目光注视着目光,无声地长吸慢饮,倾杯而尽。

徐淑芳的脸也红了起来。在姚玉慧看来,红得那么美!

“我脸红了吧?”她问。

“红了。”徐淑芳老实地告诉她。

她从来也没有在这么样一种场合与别人谈自己的婚事。然而她看得出来,徐淑芳认为这是她们之间最重要的话题,她迁就了。尽管她发现同桌的人看去都似在互相交谈,其实侧耳聆听者居多。徐淑芳不在乎,她便也不在乎。

“小徐,你呢?”

“哪方面?”

“还能是哪方面?”

徐淑芳缓缓转动着手中的空杯,微笑不语。

“说啊!”

“现在不说行么?”

“不行。”

徐淑芳手中的杯停止了转动,瞧她一眼,垂下目光,违心地回答:“刘大文……”

“刘大文?……”

“你连他也不记得了?”

“金嗓子?……”

“嗯。姚守义介绍我们来往的。”

姚玉慧半天没说话。

“教导员，你对他印象不好？”徐淑芳疑惑了。

“很好。”她沉思地说：“我只不过是在想，我们女人是否逃脱不了结婚的命运？”

“干吗逃脱呢？”徐淑芳笑出了声儿，悄悄说，“我太愿意做妻子了，真的教导员。每天很累啊，有个丈夫爱我，累也会觉得活得有劲儿！”

“他还中你意么？”

“还行吧。”

“你中他的意么？”

“谁知道呢！才见过几次面……”

“我要忠告你，做继母很难。做一个好继母更难。”姚玉慧的目光中，习惯地流露出了女教导员对女兵的责任感。她自己要熨平女教导员的印痕，其实也不容易。在某种特定的情况下，这位老处女仍会不知不觉地扮演一切人的教导员。宇航员在戴帽子的时候都会想到自己曾在太空飞行过。失重状况于他们是一种愉悦和满足。

徐淑芳却从姚玉慧眼中领悟到了纯粹的爱护。恰如姚玉慧在徐淑芳面前无法不被旧角色所推动沿着过去的生活轨道逆行一样，当了一厂之长穿着旗袍戴着金戒指的徐淑芳，也无法彻底摆脱是教导员在与自己谈话那种过去时的心理。心理也不但有它的历程，而且有它的历史。

她那戴着金戒指的手向姚玉慧放在桌上的手伸过去，似乎想握住它，刚触到它，又收回去。那只手一时不知该具体做什么，像只蜗牛似的从光滑的桌面上退了回去，最后“匍匐”在她膝上了。

她低声说：“教导员，你真好。”

老处女又看到了自己当年的女兵的戒指，正正经经地问："真金的？"

徐淑芳略一怔，微笑道："真金的。厂里那些年轻的女工们整天怂恿我买一只戴，我只好满足她们的愿望。在一些无关紧要的小事儿上，当领导的得善于迎合群众的情绪，是不是教导员？"

两个人都沉默起来，互相体恤地注视着。

在这种沉默之中，在这种互相注视之下，她们都获得着极大的满足。于一方是情意的满足，于另一方是心理的满足。都包含着微妙的感激，都是不动声色的给予。

"教导员，也许只有你，才肯对我这么说……不过他那两个女儿很亲近我，我也从心里喜爱她们……"

"这就好。别生我的气……"

"为什么？"

"刚才我没能一眼就认出你……"

她们仍彼此注视着，渐渐地都微笑了。

一个矮小的五十来岁的男人走到她们跟前，手中拿着一盒"大重九"，恭恭敬敬地对姚玉慧说："姚教导员，请吸支烟吧？"

姚玉慧不失身份地略显犹豫地抬头望着他那张悬挂了太多讨好表情的脸。

徐淑芳替她回答："教导员不会吸烟。"

不料姚玉慧却从对方手中接过了一支烟，还说："我会。你以前从没看见过我吸烟罢了。"荡漾在氛围中的只要她不表示讨厌便足以缭绕着她的虚虚实实的敬意，使她不由得飘然起来，何况她有几分醉了。

徐淑芳怔了一下，从那个男人手中无言地要过打火机，替自己当年的教导员点着了烟。

那个男人得寸进尺地说："姚教导员，我想单独与您交谈几句，请赏个面子。”

“坐这儿一块交谈呗!”徐淑芳嘴上说着,同时用自己的膝暗暗碰了碰姚玉慧的膝。

律师事务所办公室主任兼党支部书记并不愚蠢的头脑这会儿变得反应迟钝了,她立即站起来爽快地说:“别客气,我这人随便得很。”就跟随那个男人绕到屏风后去了。

徐淑芳暗暗叫苦。

屏风后务实的交谈:

“姚教导员,是这样:今年上半年我与徐厂长签订了一份合同,那批玩具很畅销,几个月就出售一空,领导让我再来联系一批,我也向领导拍胸脯打了保票,可是徐厂长……她没成全我啊!我是老采购了,回去不好交差呀!这事儿非您出面帮着说句话不可,徐厂长肯定不好意思驳您的面子……”

“就这么一件事儿?”

“是的,是的,就这么一件事儿。在您不过三言两语,在我,嘴皮子磨破了也不行。徐厂长有时相当不照顾面子。成了我们保证有酬金!”

“我不需要酬金。”

“姚教导员您千万别误会,我可绝没有贿赂您的意思!求求您了,求求您了!鄙人代表我们领导求……”

“不必多说,跟我来吧!”姚玉慧胸有成竹,大包大揽。

两人转过屏风,走到徐淑芳跟前,姚玉慧一手搭在徐淑芳肩上,指着那个思维敏捷的矮小男人说:“小徐,他那事儿,给我个面子!”

姚玉慧话音不高,却使许多人将身体或头朝她们转了过来。

狡猾的矮小男人怀着毫不掩饰的庆幸在一旁笑脸相陪。

徐淑芳已料到了这么个结果,心中恼着男人的足智多谋,脸上却呈现出郑重的表情，款款站起道："教导员，他那事儿，我们一定再商量！"

徐淑芳可没醉，这种场面她早已经历得多了，这种情况她也面临得多了。她说的是一句给自己留有充分回旋余地的外交辞令，巧妙地维护了自己当年的教导员的遭到轻视就等于遭到伤害的自尊，也许给了那狡猾的矮小男人一个实际意义不大的希望。

那矮小男人却在众目睽睽之下自鸣得意，抓起一筒刚刚起开的啤酒，首先倒满了姚玉慧的杯子，接着倒满了徐淑芳的杯子，之后举起自己的杯子急切地说："君子一言，驷马难追。姚教导员，请务必陪我和徐厂长干此一杯！"

醉意蒙眬的姚玉慧正想端起酒杯，被徐淑芳抢先举过去，微笑道："君子无戏言，酒量也是可观的。为男人的精明，我干两杯！"言罢，双手持二杯，一杯复一杯，从容而尽。

四座为她的豪饮大鼓其掌。

她轻轻将两只杯子放下，彬彬拱手道："再有敬者，恕不奉陪！"

为姚玉慧不至于醉倒，她是有点舍命相拼了。

姚玉慧有些晕眩了，以这位当年的生产建设兵团教导员在北大荒陶冶出来的酒量，如果是独斟慢饮，三四瓶啤酒不足以醉倒她。而今天的情形大为不同，返城后她没再经历过这般热闹的场面，更没再成为过喧宾夺主的中心人物。敬意对老处女尤其不是多余的东西，她今天是心先醉了。醉得满足，醉得愉悦。

"小徐，我……该走了……"她含糊地说，却并没站起来，腿发软了。她没把握能自己站得起来，她还没醉到意识混乱的地步，唯恐自己在众人面前稍有失态。

细心的徐淑芳看出她的教导员醉了，不免因没有对她的教导员采取保护性的限制暗觉惭愧。她知道她的教导员当年是有酒量的，未料到她的教导员这么轻易地就醉了。

她对席间一个小伙子招了招手,吩咐道:“小李,送教导员回家。”言罢,以一种亲近的而不是担心的姿态将姚玉慧从椅子上扶持了起来,又对众人说:“各位请便,我送送我的教导员!”挽着姚玉慧的手臂缓步向外走。幸亏被徐淑芳挽着,姚玉慧脚步沉着离开得还相当之体面。

徐淑芳挽着姚玉慧跨出门,一级级迈下台阶,将姚玉慧请入一辆崭新的“伏尔加”,并关上车门。

姚玉慧从车窗伸出一只手,徐淑芳用双手握住了她的手。

姚玉慧用赞许的口吻说:“小徐你成熟多了!”抽回手又说,“你简直像一位大使夫人!”

“教导员,你是有点看不惯我的装束吧?我自己起初也别扭,可需要我出面接待的人太多了,不只是今天你见到的这些人们,也有港商,外商。我们这个小厂还是市里的企业管理模范典型,经常有外宾来参观。我这个女厂长,总希望自己给人家留下的是美好的印象。女人的魅力往往能变成谈判桌上的主动权,你同意不,教导员?……”徐淑芳忽然意识到自己说了一句不该说的话,顿时不安地缄口了,暗暗谴责自己竟然冒犯了自己当年的教导员近乎神圣的尊严。

姚玉慧的满足和愉悦被横扫去了一大半。她倒没有怎么不高兴,只是有点失意。

她庄重地说:“也许吧……车费我付。”

开车的小伙子替徐淑芳回答:“付什么车费啊,这是我们徐厂长的专车。”

姚玉慧情不自禁地“嗯”了一声。

徐淑芳却已从车旁退开。

“伏尔加”转眼上了快车道。

“你们厂长有专车?”

“这有什么奇怪的啊！每年向市里交一百多万，厂长没专车像什么话？”

“你们厂长怎么样？”

“哪方面？”

“各方各面。”

“简而言之，没说的！”

“怎么叫没说的？”

“没说的就是没说的呗！”

“具体点。”

小司机侧脸看了她一眼：“大伙儿喜欢她！”

“为什么？”

“她爱笑。”

“爱笑？……”

“大伙儿也爱看她笑。她对大伙儿一笑，大伙就觉得心里舒畅。有些当领导的整天绷着个脸，好像每个工人都欠他八百吊似的，工人宁肯少看他一眼，多看一眼电线杆子！有些当领导的整天笑模笑样的，像个笑面儿虎，对哪一个工人都嘻嘻哈哈的，一心想跟工人打成一片似的，岂不知工人心里腻烦透了他！我们徐厂长微微一笑，能笑到你心里去！就这么回事！”

姚玉慧不再问什么，将头仰在靠背上，微微合目，若有所思。她不愿睁开眼睛，不愿从车前镜中看见自己的脸。她在心里对自己说：姚玉慧啊姚玉慧，也许你命中注定了将永远是不幸的。三十六岁的其貌不扬的老处女，常常希望自己某一天早晨醒来，变成一位满头银发，满脸皱纹的老太婆。她真想一夜之间跨越目前这段未老而老的尴尬的年龄阶段！美既然不属于自己，那么就让老快点到来吧！老是丑的最高明的化妆师，因而人们仅用美与丑对男人和女人进行评论，从不对老人进行同样的评论。老人是人类的同一化的复归。普遍的男人们和女人们对普遍的老人们的尊敬，乃是人类对自身的同一化的普遍的认可。因而人们对老人们更加强调的是善与恶的区别。姚玉慧深信自己的心灵的本质是善的，尽管那里边常有女人的嫉妒作祟，但她的心灵从不允许嫉妒转变为恶。嫉妒是每一个人心灵里的寄生虫。不是人的心灵中和了它们，便是它们蛀空了人的心灵。对于漂亮女人们的种种嫉妒，在姚玉慧心灵中常生又常灭。她深信自己成了一个老妪的时候，它们也便会老了。像珊瑚虫变为珊瑚一样，钙化了，死了。她深信它们绝不会比自己活得更长久。因而相信自己会成为一位善良的老妪。无所谓美，无所谓丑；又老，又善良，满头银发，满脸皱纹，目光慈祥。那时她也要对人人都微笑，笑到人们心里去；那时人们也许便会由衷地尊敬她，不唯尊敬，而且喜欢。那时人们也许便会这样评论她：多好的一位老太婆啊！多么善良！多么可亲啊！对于我，赶快老了是多么美好的事呢！她想。

刚才所体验到的那种满足和愉悦，被小司机评论徐淑芳的话，又横扫了一次，这一次是一扫而光了。现实是咄咄逼人的。她只能一天天地渐渐地老，一天天地熬过她时时觉得痛苦的这一段年龄，至少还要熬十五年。十五年啊！世上有多少其貌不扬的男人却找了个年轻漂亮的老婆，而女人若其貌不扬，真难能做女人啊！更加可悲可叹的是，她的灵魂仍执拗地拥抱着完美。执拗的灵魂啊，它像一头走失在荒野之上的羔羊，咩咩叫着，前后茫茫，左右苍苍，于迷津中不知向何处归去。它时时绝望，在绝望的痛苦的压迫之下扭曲着，翻滚着。灵与肉本能地分离着，致使她不得不经常扮演两个角色：一个是古怪的老处女，一个是自恃独立的党的优秀的处级干部。她根本不知道哪一个更是她自己。

倘若她今天意外碰到的不是徐淑芳，而是袁眉（如果刘大文美丽的妻子还活着的话），她也许不会在满足之后产生这么多痛苦的想法。袁眉的美丽是当年被公认的,袁眉从来就是美丽的。而徐淑芳从来就不是美丽的,起码在兵团的那些年从来就不是美丽的,起码在她这位当年的教导员眼中从来就不是美丽的。从来就不美丽的徐淑芳如今却变得风姿绰约,仪态楚楚,变成了一个充分显示出三十多岁的女性那种丰腴之美的女人,仿佛熟透了却仍悬挂枝头诱人摘取的果子。此刻脱离了西餐厅内那种众目所向的氛围,徐淑芳的变化在她心理上造成巨大的震惊。老处女对人是堡垒对己是幽宫的内心世界,在震惊的当时似乎还岿然不动,此刻却基墙动摇,砖石纷落,上塌下陷,尘土飞扬!

满足后的失落意识是极端可怕的幽灵。

满足是幸福的一种形式,比较是痛苦的一种形式,忘记是自由的一种形式。在各方面她都从来没有真正满足过,在各方面她都处于经常的比较之中在各方面她都无法彻底忘记过去。她整个人是一个虽然成立然而无解的多元的方程式。

“姚教导员,您该下车了。”

不知何时,“伏尔加”已停在律师事务所与市法院合资盖的那幢宿舍楼前。

“看您有点醉了的样子,我也没问您就开到这儿来了,您住这儿吧?”

她是住这儿。六楼,朝马路的窗子。

她却说:“不,我不住这儿。”

她不想让小司机确定地知道她住在哪儿,也就等于是不想让徐淑芳确定地知道她住在哪儿,她不愿再见到徐淑芳了,她害怕再见到徐淑芳,同时害怕自己心灵的不堪一击的孱弱。

“教导员您多包涵!”小司机发窘了,自责地说,“怪我,怪我。本来我是应该向您问清楚的。”

她宽宥地说:“不怪你,怪我,怪我没告诉你。”

“现在您可得告诉我了!”

“往前开吧。”

“好,往前开就往前开。”小司机又扭头看了她一眼,看她酒劲儿过去了没有似的,目光中有几分不解。

“往左拐。”

“伏尔加”拐向了另一条马路。

“第一个十字路口,再往右,往右一点点就行……”

小司机不问,也不再看她。

“在站牌那儿停……”

车停后,小司机抢先下了车,替她打开了后车门。

她跨下车,心里着实觉得太对不住这小司机,向小司机伸出了一只手:“再见吧,谢谢你。”

小司机却不与她握手,尽职尽责地说:“我们厂长吩咐我要把您送到家门口哇!”

她愣了一下,垂落伸出的手:“那又何必呢?”

“可我得给我们厂长个令她满意的交待啊!”

“你就说把我送到家门口了嘛!”

“那不是向我们厂长撒谎么?我可从来没向我们厂长撒过谎!”

“也用不着把你们厂长的每一句话都当成圣旨。”她嘲讽地笑笑,“我又不是小女孩儿。”

一辆无轨电车靠站,不停地鸣喇叭?

小司机只好慌忙钻入“伏尔加”。望着“伏尔加”驶远,她才转身往回走。

车上几分钟,车下数里路。酒劲儿是过去了,两腿却还是有些发软。

登上六楼,依着楼梯栏杆喘息了一会儿,她才掏出钥匙开了门,身心疲惫地走入目前还是她一个人的家。

这是个挺不错的家。两室一厅,摆设布置已初具规模。她的母亲替她想得很周到,因为自己的女儿保证能分到两室一厅,才最终决定将女儿塞进律师事务所。

"瞧你慢性子劲儿的,脱衣服也那么斯文!"

她的卧室忽然传出她妹妹说话的声音!

"不会突然闯来什么人吧?"

男人的声音!

卧室的门朝她半开半掩着。

"告诉你多少遍了!除了我姐姐谁也不会来!"

从半开半掩的房门她望见了大衣柜的镜子。从镜子里望见了妹妹完全赤裸的白皙的上身。

接着,一个男人的一丝不挂的身体扑入镜中。浅褐色的,不算强壮,可也绝不瘦弱。

老处女变成了一尊石人。她仿佛被铁水兜头铸在那儿了。她的灵魂在她的生命之外看着别人的生命的最原始的本质。

白皙的……

浅褐色的……

"石人"复活了,踮踮地向阳台逃奔。

她站在六层楼的阳台上燃烧。

城市在她眼底喧闹着,车水马龙……

她有点儿恶心,想呕吐,却呕吐不成……

她不禁地闭着眼睛伏在阳台的水泥栏上,前额枕着手臂。

她觉得自己像一把草,正在被烧尽。

"姐……"

飘荡在空中的声音。

"姐!……"

她缓缓地直起了腰，缓缓地从水泥栏上放下了手臂，缓缓地睁开了眼睛，缓缓地转过了身。

她诧异于自己并没有被烧尽。

妹妹娉立在小厅。衣衫整齐，只是头发稍乱，鼻孔似乎还因过度的冲动而扩张着，脸上似乎还残留着纵情肆欲的感人的快活。

她一步步走入小厅，站在妹妹面前。

“他呢？”

“让你吓跑了。”

“是谁？”

“还能是谁？小赵呗！”

“哪个小赵？”

“还能是哪个小赵？我那个小赵呗！谁料到你悄没声儿地就回来了！……”

妹妹不无怨恼。

啪！——凶狠的一记耳光。

妹妹整个身子都摇晃了一下，差点儿倒下去。

“说！你哪来的钥匙？”

“田老师那儿……”

妹妹捂着脸，不屈服地瞪着她。

“你骗来的钥匙对不对？”

“那又怎么样？小赵早晚是我丈夫！”

妹妹强硬起来了，理直气壮。

是的，早晚是那么回事儿，那是肯定无疑的。虽然她只见过那个小赵两面，一次是妹妹把他带到了这儿，向她炫耀炫耀；一次是过端午节合家团聚的时候。她却明白，小赵已经得到了她父母的承认，已经算是她们姚氏家族的成员之一了。在妹妹的顶撞下，她反而觉得无礼的仿佛是她这个当姐姐的了。

“我要告诉爸爸妈妈的！”

“告去！告去！现在就告去！告诉了又怎么样?!”

是啊，告诉了又怎么样呢？连爸爸妈妈也会认为她未免小题大做吧？小题大做么？……难道不是么？……

妹妹毫无羞色，那样子分明还感到十分败兴。

“你要不是我姐姐，我们才不会到你这儿来玩呢！”

玩？……好游戏！……三十六岁了她从没这么玩过，也是第一次撞到别人这么玩……她无法靠想象体验那真正玩起来会感觉怎样……

如今某些人们在生活中是越来越公然地毫不忸怩地理直气壮地强调那种感觉了。她知道，她却仿佛是超度于其外的。像龟离开水也能活一样，龟和鱼究竟有哪些方面的根本不同呢？

难道是我自己变得不可理喻？……

在妹妹的振振有词的反攻之下，她困惑了，不知说什么好了，不知所措了。

她可怜地怔了片刻，猛转身避入自己的卧室。

床上凌乱不堪，床单皱了。她觉得被蹂躏脏了，她感到她的世界中最神圣的位置被污染了；她的方舟，而实际上它也的确是被污染了。

他妈的怎么竟变成我自己无理而又无礼了呢?!

一只男人的丝袜搭在床沿上。黑色的，好似一条肥胖的娃娃鱼，要爬下床，又怕摔死。

她的枕头在地上。那是更神圣的，她的不容触犯的一部分。

她捡起枕头，放在床畔的椅子上，随后从床上扯下了床单，连同那条丑恶的“娃娃鱼”卷成一团，抱着闯出了卧室。

妹妹已坐在小厅的双人沙发上了。头发看去已不蓬乱，模样那么娴雅，那么文静，那么安泰，那么一种单纯可爱的神气，那么若无其事,什么尴尬也没有发生过似的,只是挨了一记耳光的那边脸,仍有些红,红得恰到好处,红得秀色可餐。

发生过什么事儿么?

她简直怀疑了!

自己神经错乱了?

坐在那儿的是妹妹么?

以一种怜悯的眼光望着自己的是妹妹么?

像一位宽厚的母亲望着低智能的女儿一样望着自己,并且决定原谅女儿的一切乖张的任性的无缘无故的发作方式的,是比自己小十四岁的妹妹么?

然而自己不是刚从自己的卧室闯出来么?怀里不是正抱着自己的被蹂躏了被污染了的床单么?床单中不是还裹着那只男人的黑色的丝袜么?

太他妈的了!即使是自己的妹妹也太他妈的了呀!床单倒并不很主要了,是与非更主要了。怎么自己有理的时候也常常不明不白地就变得好像无理而且无礼了似的呢?难道应该请求原谅的倒是自己了不成?!

她将床单朝妹妹摔去,喊道:"你得给我洗!洗不干净不行!"

床单抖展了一部分,包住了妹妹的头。妹妹将床单从头上不慌不忙地扯下,卷了卷放在身旁,耸耸肩平静地说:"我给你洗,保证洗干净。家里有洗衣机,又有阿姨,干吗不充分利用?你还有什么需要洗的?统统找出来吧。"

文静的妹妹,平静的话。

在妹妹怜悯而宽容的目光的注视之下,她竟觉得自己仿佛真是一个低智能的小女孩了,仿佛真是在乖张的任性的无缘无故的发作和宣泄了。

而妹妹却是似乎有着惊人的涵养的。

她一时感到难堪极了，难堪得竟想像个小女孩似的大哭一场。

她竟低声说："对不起。"

妹妹又耸了耸肩："没什么对不起的，你是亲姐姐么。"

依然那么平静，依然那么文静。

听妹妹这种语气，她分明地是错定了，错得连平静下来与妹妹平平静静地讨论讨论的余地都没有了，错得只剩进行解释的份儿了。

"我……我回来之前喝酒了……"

"明知自己肝不好还喝酒。"

"啤酒，喝得不多。"

"坐下吧。"

好像主人不是她，是妹妹了。

她惭愧地在妹妹身旁坐了下去，转脸看着妹妹，赔了个笑脸，问："真没生气？"

"有什么值得生气的？"妹妹瞅着迎面无物的白墙，自言自语地说，"谁也免不了扫兴的时候。本来我们今天挺快活的，还以为能在一起度过五六个小时呢，结果你突然地就回来了，冲散了我们不算，还打了我一记耳光，什么事呀！"

"我不是向你解释了么，我喝酒了……"

"那也不至于的呀！姐，你太没风度。"

"什么风度？"

"不说，没意思。"

"我觉着你们……"

"我们怎么了？你说说，我们究竟怎么了？你对我发火总得多少有点道理吧？扫兴的是我，不是你。可我对你发火了么？我从不毫无道理地对别人发火……"

"是啊，我喜欢发火，无缘无故……"

“那你以后就改改。你若不是我亲姐姐,我才不受这份儿委屈呐。”

委屈?……

我当姐姐的已经开始一句接一句地认错,你当妹妹的倒开始一句接一句地数落起我来了!老姑娘就处处都不占理了么?而且让谁去评这份儿理呢?她又困惑了。不是对妹妹,不是对刚才那件令人难堪的事儿,而是对生活本身。她忽然意识到,似乎经常和她作对的,并不是人,并不是一些男人或女人们,而是生活本身。生活就像妹妹本身一样,妹妹就像生活本身一样。她和妹妹之间,似乎早已没有了一条能够衡量是与非的共同的准绳;她和生活之间也似乎早已没有了这样一条准绳。这样的一条共同的准绳是曾有过的,而那时候的生活很不对劲儿,而那时候的她自己也很不对劲儿。都不对劲儿的时候却那么和谐,那么一致,那么明白,那么明确。非常之不对劲儿而又使人感到非常之对劲儿。如今的她变化了,变化很大。她觉得自己是在努力朝良好的方面变化着。一边无可救药的老着,一边拯救自己地变化着。如今生活也变化了,也变化很大。她像普通的人们一样,心悦诚服地认为生活也是在努力朝良好的方面变化着。一边令人欣慰地进步着,一边令人吃惊地变化着。难道她不是在和生活一齐努力朝良好的方面变化着么?可为什么那种和谐却没有了呢?那种一致却没有了呢?那条明白的明确的应该共同具有的准绳却没有了呢?可为什么应该使人感到非常之对劲了却反而又使人感到似乎非常之不对劲了呢?是我变得太慢了抑或根本没有变?是生活变得太快了抑或人们变得太快了?究竟是我困惑我迷茫还是生活本身困惑着生活本身迷茫着呢?难道人与生活之间根本就不应该有根本就不可能有根本就不必存在一条共同的因而也是和谐的一致的明白的明确的准绳么?或仅仅是老姑娘们根本就不可能有根本就不必有根本就不配有？究竟是有好还是没有好呢？她认为没有这样一条准绳自己简直就是无法生活的，难道别人比如妹妹居然会因为没有而生活得更轻松更自然更自觉么？她是早已经习惯了与生活保持和谐与生活保持一致与生活之间保持一种明白的明确的关系。这应该肯定地说是一种良好的生活态度良好的习惯啊！可为什么生活仿佛总是要随时抛弃她似的呢？这又将如何是好呢？问题不在于那件难堪的事不在于妹妹的占足了理似的数落不在于那被污染了的蹂躏了的床单，问题在于她不明白不明确不懂一点儿也不懂，而她那么希望想明白那么希望想明确那么希望自己能懂那么希望一个是与非一个公正的事理……

妹妹丝毫也不觉得尴尬，丝毫也不觉得难堪。觉得理直气壮，还觉得受了委屈。觉得尴尬的却是她，觉得难堪的却是她。进而觉得词穷理短的也是她，进而觉得羞愧难当的还是她。这便很对劲了么？往往是这样不明不白的。今天又是这样！对生活本身的困惑对生活本身的迷茫使她愤怒！

她猛地站起，朝房门一指，几乎是咬牙切齿地说："小妹，你给我出去！"

妹妹翻眼望着她。娴雅、文静、安泰。目光中依旧包含着怜悯也包含着宽恕。

她恼怒之极，厉喝："别装模作样！给我立刻出去！滚！"

妹妹仍那般镇定，面带高贵的隐忍，不失尊严地站了起来，不失尊严地向门口走去。在门口，妹妹转过身，望着她摇头："姐，你太没风度。"

"少废话，把钥匙留下！"

妹妹从手腕捋下了拴在松紧绳上的钥匙，抛到沙发上。那副表情对她说——姐，我永远也不会再来了。

她从沙发上抓起卷成一团的床单，凶狠地朝妹妹甩去，吼道：

“洗不干净我还要找你算账!”

妹妹像接球似的接住,嘟哝了一句:“神经病!”便出去了。

妹妹极有礼貌地轻若无声地带上了房门。

妹妹真有好风度。

她复坐在沙发上,陷于孤寂。

妹妹去年也入党了,妹妹也是她的党内同志,妹妹还是市级“精神文明”标兵;其中没有家庭的作用,没有父母的作用,没有什么弄虚作假的成分。认识妹妹的人,没有说妹妹不好的。不管男的女的,老的少的,没有不喜欢妹妹的。妹妹一边做党员,一边做“现代派”。一边做“精神文明”标兵,一边热衷地寻求各种愉悦甚至各种刺激。两方面都作得相当有分寸,相当之出色。妹妹两方面都要,两方面都不甘失去。妹妹是和谐的,妹妹周围的人们竟承认这种和谐。妹妹是个圆,是圆舞曲。

而我是什么呢?我是一个不等边三角形么?难道不是么?无论哪一个顶点都似乎承受着不匀的力的作用。似乎无论哪一个顶点都是不可更动的。稍一更动,整体便散架了。我究竟变了没有?我为什么变来变去还是一个不等边三角形?我为什么不能是圆?为什么不能是圆舞曲?

困惑、迷茫、孤寂。

连衡量党员和标兵的准绳也不那么明白那么明确那么“准”了。妹妹如果变得像她一样很可能便入不了党;她如果变得像妹妹一样整党时很可能便过不了关。妹妹如果变得像她一样谁也不会喜欢妹妹,小赵那个恃才自傲的“朦胧派”诗人也不会希望成为妹妹的丈夫。她如果变得像妹妹一样,恐怕连人们对律师事务所办公室主任和党支部书记的起码的敬意也将失去了!刚才她从床上看到的妹妹和坐在沙发上的妹妹,竟好像也是那么和谐,那么一致,那么完美似的。那无疑就是一个妹妹啊!难道生活中又是有着某种和谐，某种一致，某种完美的么？……

陷于孤寂、困惑、迷茫之中的老处女，一门心思想要解析生活，解析妹妹，解析自己，却怎么也不能开窍。

窗外忽然传来一阵刺耳的警哨声。

她百无聊赖地又踱到阳台上，居高临下观望。十字街头堵塞了十几辆各类汽车，围聚着一群人众，穿黄制服的交通警察们正在驱散着人群。

可能是出车祸了，她淡淡地这样想。

从阳台上慢慢踱进屋里，重新落座在沙发上，一动也不动，心中感到一阵躁闷。

孤寂，无聊。不知该做什么事好。无事可做。

探身将电话从茶几上捧下来，放在膝上，两脚互相蹬掉了鞋，侧卧在沙发上，开始拨一个号码。

"喂，哪一位呀？"听筒里传来女人的温和的声音。

"姚玉慧……"

"小姚啊，找老夏？他在所里呀！"

"我上午见到他了。不找他……"

"那找我？……"有几分惊奇。

"嗯……"

"什么事儿？"

"我告诉你，支部要把'入党志愿书'发给夏律师了……今天上午开会……"

"噢……"语调拖得很长的一声，"这事啊！快五十了，当律师的又不是在大机关里，入不入的有什么呢？也就他呗，还偏和那几个人赌口气非入党不可！他一跟我提入得了入不了党的事儿我就腻烦……"

这番话和她此时此刻希望听到的话恰恰相反。

“小姚,你认识电话局的人吗?”

“我不认识,我母亲好像认识局长……”

“家里这电话不是老夏当所长时安的吗?如今老夏早就不当那个所长了,还安着公家的电话,我总怕人家说三道四的。几次让所里派人来拆,所里也不派人来。拆了算了!我们可都不是爱占公家便宜的人。拆了我们再自费安呗!又不是拿不出那么一笔钱。对不?你哪时回家问问你母亲,如果真认识电话局局长……”

“不用拆,也不用找电话局局长。夏律师他还得当原先那个官儿!”

“谁说的?”

“我。”

“小姚,你可千万别为他上上下下地活动!成功了我也不许他再当!我们交往归交往,可用不着这样。他当对你又有什么实际的好处呢?……”

“这不是什么感情交往问题!我个人也并不图什么实际的好处!”她觉得受了极大的侮辱,啪地放下了听筒。

隔会儿,电话在她膝上响了起来。她发愣地瞧着它,不拿听筒,它响了一阵,不响了。

她将电话放回原处,一时间非常希望能有个人与自己交谈些什么。即使是妹妹也好,是小赵也好,是徐淑芳也好,是那个小司机也好;不交谈也好,坐在她对面或坐在她身旁就行。

忽然她觉得自己需要的不只是一个人,而且是一个男人。一个活生生的男人,一个能使自己产生某种激动的男人。需要一种获得,一种强烈的,能使自己战栗起来的获得。否则,她觉得自己那么坐着坐着,似乎会在一个小时之内化成一股青烟消散了似的。以至于她竟被那种莫明的恐惧包裹住了。不敢再那么坐着。她不由得站了起来,走向卧室,而又不愿走进去,立在门口,神经无故紧张地望着大衣柜的镜子。

镜中没有白皙的肌肤，没有浅褐色的肌肤。

镜中只有她自己：脸色苍白，头发稀疏，形销骨立，其貌不扬。像个男性化的憔悴的女人，亦像个女性化的不健康的男人。

她一转身又回到小厅里拨电话。拨了好几遍没人接，她极不甘心地拨个不停，终于通了。

“找谁？”男人干巴巴的声音。

“找田老师。”

“哪位田老师？我们这儿两位姓田的呢！”

“教英语的田老师，田非！”

“不在！”

“同志！同志您千万别放！求求您啦，我找他有急事儿！十万火急的事啊！他可能在宿舍，麻烦您替我喊他一下，求求您啦！……”

她全身都紧张着，故而那语调也是紧张的。她唯恐对方不愿去找，继续恳求：“同志，行行好！行行好……”

“十万火急？……你耐心等着吧！……”

等了很久很久。其实并不算久，不过她自己觉得很久很久罢了。一听到她所渴望的那个男人的声音，她竟激动得差点儿哭。

“哪位？……”

“我……”

“玉慧？你在哪儿给我打电话？”

“家……”

“什么事？搞得我慌里慌张的！”

“我要你来一下……”

“这……今天晚上我和朋友约……”

“我不管！你一定得来！否则你永远也别来了！……”她对着

话筒大声喊叫。

“行,行,我去,我去!……”

“立刻动身!”

“立刻动身……”

“我等你……”情不自禁的温柔的一句,她慢慢放下了听筒。

其后她开始坐立不安。坐立不安了一会儿便将自己关进了洗漱间,找出了一块别人送给她的法国香皂,据说是较高级的一种,用来洗澡,肌肤一整天都可以保持一种自然而清淡的紫罗兰的馥郁。就用这块没用过的法国香皂洗了个洁洁净净清清爽爽的冷水澡,并且用买了半年多也一次没用过的吹发器笨拙地吹了头发。没能吹成令自己满意的发型。其实她根本不知道自己究竟要将自己的头发吹成怎样一种发型和怎样才能吹成一种有点风格的发型,只是按照原式吹干了而已。她本想吹出几个卷儿,却没敢,没把握。她认为夏律师说得很对,自己太不该剪这么一种古板的发式。要不要擦点增白粉蜜呢?犹豫了一阵,放弃了这念头。增白粉蜜擦在自己脸上,那是会被他一眼看出来的。她可不愿被他看出来,更不愿被他揣摸到自己内心最底层的那种浮躁的渴望。但是她涂了唇膏,那种渐显的变色唇膏,并且描了描眉,并且使用睫毛刷将自己的睫毛刷得挺成功。在自己整个这张脸上,最给她些安慰的是睫毛,它们还算没什么可挑剔的。八十年代女人们拥有的化妆品美容品,她不缺少,一概有;不过在今天之前她一概不用,那些价钱不低的东西在今天之前不过是她完全多余的奢侈品。修饰与不修饰大不一样。望着镜中自己那张发生了些微变化的脸,她对欢迎他的到来有了些信心。欢迎?……在自己的注视之下,自己的脸红了。是的,难道不是在渴望地期待着他,准备欢迎他么?……她还是第一次主动约他来……为什么?想干什么?……困惑……迷茫……自己对自己产生的大的困惑大的迷茫……不想弄明白……只觉得一种生命的强烈饥渴一种生命的强烈欲望一种生命的强烈需求在燃烧着她的血液。

她离开洗漱室，匆匆走入卧室，打开衣柜、皮箱，挑选合适的服装更换。她也不算缺少服装，甚至不乏质地高级样式新颖的服装；她十分喜爱高级的服装，漂亮的服装，尤其喜爱样式新颖的女人的夏装。她很舍得花钱买，却不穿，当然不是舍不得穿。偶尔心境格外好时，夜晚独自在家里穿穿而已。它们之对于她也仿佛是些完全无用的奢侈的东西。今天则不同了，今天她竟觉得哪一件也够不上漂亮够不上新颖。她将它们堆了一床，挑来选去，最后挑选了一件旗袍，一件墨绿色的旗袍。徐淑芳穿得，我为什么穿不得？那是她出差到广州时买的，无袖，开衩很高。徐淑芳穿的开衩也不低！怀着种向谁挑衅似的心态，她换上了它。立在衣柜镜前旋转着身子左照一会儿右照一会儿，她认为夏律师曾对她说过的另一句话也是真话——她并不像自己判断的那么丑。现在这样子是否可以打个六分呢？六分就行！他也不是十分的男人，顶多也就六分……

将床上那堆衣服乱七八糟地塞入皮箱，塞入衣柜，她又翻出新床单新枕套铺换。那是一张价值六百余元的双人床，是父母与他谈了一次话之后替她买的。父母与他谈了些什么，她未问过，他也未说过。

欢迎前的准备无可再做，她从窗台上拿起一本书，仰躺在床上看起来，一本《获奖中篇小说选》。看了几页，吸引不了她，放下不看了。不知不觉，她竟睡着了。

等她被一阵敲门声惊醒时，天已经黑了。

她的第一个动作是扯亮了床头灯。灯光在橘黄色的透明灯罩的过滤下，使房间映耀着幽幽的温情的暖调。

谁？……几乎没有一个人天黑以后来过。天黑以后她的“城堡”是悬起吊桥的,孤独的女王早已习惯于孤独地享受孤独。

猛地她明白了门外是谁。

她一跃而起。第二个动作是跨到了大衣柜镜前……

鞋!……居然没换鞋!脚上穿的是双旧鞋!……

幸亏照了照镜子!要不多可笑!

敲门声又响了起来。

“等一下,就来啦!”

她高叫着,慌慌张张地找鞋换。鞋也是不少的,没时间认真比较了,从衣柜底下拖出一个鞋盒,她换上了一双很新的样式相当之美观的细高跟鞋。她不但喜欢漂亮的样式新颖的女人服装,也喜欢漂亮的样式新颖的女人的各种鞋,那于她更类乎一种收藏的癖好。

却找不到一双新袜子了。白天穿的那双袜子在洗漱间,淹在水中呢。

她只得赤裸着脚穿上了那双皮鞋,觉得不会走路了。一小步一小步地走到门前,稳稳心神之后才打开了门。

“你怎么才来?”她嗔怪地问,尽量显出镇定自若的样子。

“刚想动身,朋友到了……”他说着,已走进房间。

她关上门,站在门口又问:“什么朋友?”

“两位外国朋友。”他在沙发上坐下,奇怪地问:“怎么不开灯?”

“这盏灯……坏了……”她撒谎,“你进卧室瞧瞧,我新买的床单怎么样?”

他便起身走入了卧室。

“不错,我也不喜欢花的,喜欢条格式的。”

站立在黑暗的小厅,从大衣柜镜子里,她望见他在床畔一端坐下了。半秃顶,身材瘦小,衣着整洁,戴副黑色宽边的眼镜。不生长胡须的白净的脸上有着一种知识分子的斯文,一种矜持,一种思想深沉的样子。

就是这个男人将要成为她的丈夫，英语水平相当高，离过一次婚，用英文翻译出版过一本小三十二开的薄薄的外国爱情诗选，《大众电影》和《大众电视》的最忠实的预订者，月票夹里总爱夹一张印有女明星玉照的年历片。就这些，构成将要成为她丈夫的这一个男人，一个四十六岁的男人。

在可能乐意和她结婚的为数不多的男人中，他也许是最出色的一个了，也不算老，她没有任何理由怀疑自己是幸运的。认识他之前和认识他之后却并未感到幸福或不幸福；结婚之后幸福不幸福她也无法想象无法预知。有一点她是明白的，放弃了这一个男人或者被这一个男人所放弃，也许永远不会有比这一个更出色点儿的另一个了。是放弃，只能说是放弃，而不能说是抛弃。她和他谁都没太大的自信说抛弃谁。

还有一点她也明白——她今天晚上需要他，需要一个男人。而他正是一个男人，一个虽然不算活生生但是活的男人。除了他，她不可能再用电话在这种时候召来一个男人。

那种需要无法转移，无法平息，无法抑制。

它在她的心房里在她的血管里呼号，像一个饿极了或渴极了的婴儿响亮的啼哭。

她要获得眼前这一个活的男人。

她的灵魂激动不已，索索地战栗着。

“你怎么不进来？”

“我……”

她一小步一小步地走入了卧室，站立在门旁，贪婪地盯着他。

他像看一棵树似的看着她，仿佛在猜想这棵树是真树还是假树。

“你不是说你在家等着我么？”

“我一直在等着你。”

“没出门?”

“没出门。”

“我还以为你到哪儿去了刚回来不久呢。你穿旗袍不好看。”

“不好看?”

“嗯。你太瘦,撑不起来。体态丰满些的女人穿旗袍才好看,会显出线条。”

“我穿着一点儿也显不出么?”

“一点儿也显不出。”

他首先给予了她一个不小的失望。

然而她并不怎么沮丧,因为他说的可能是实话,诚实是男人的好品质,证明他的确是有令她感到幸运的方面。

她和他是在婚姻介绍所认识的,至今她也不知道是谁替她花了五元钱手续费在婚姻介绍所登的记。

在她决定与他见面那天,婚姻介绍所和她年龄相仿的一个女人问她:“相信科学吗?”

她回答说她相信科学。

“相信科学就好。你和将要见到的那个男人,是经过电脑周密计算排列组合在一起的,也可以说是科学的组合。”

“电脑? ……”

她又有点不相信科学了。

“当然。从日本进口的。你和他的参照数据仅差一点儿,你应该感到理想。”

人家看出她怀疑,允许她试试。

她在人家的指导下,输入一个假生日——二〇〇〇年一月一日。

电脑呼呼地响了一会儿,吐出来的字条上写的是——等你出生以后再说。

她没理由再怀疑什么了。

他也相信科学。于是他们进行到现在。

她姗姗地走到大衣柜前,又观看自己。

“腰这儿,不是有些线条么?”

“那是旗袍的线条。”

她用手去抚摸镜子,不再说话。

“你老是站在那儿抚摸镜子干吗?”

“我觉得镜子有点脏。”

“我看一点儿也不脏。”

的确不脏。在灯光的映照下,镜子反射出橘黄色,和一个橘黄色中的墨绿色的自己。

她渴望从镜子里另外看到什么。

血在周身沸腾。

“你怎么了?”

“没怎么啊?”

“你不是说找我有十万火急的事儿么?”

“啊,就是想……让你看看我新买的这床单儿……”

她离开镜子,姗姗地踱到床前,在床畔另一端坐下了,身子斜倚着被。

他开始侧身注视她。

她用双脚蹬掉了高跟鞋,将腿从他面前举起放到床上,一条伸直,一条蜷着,也默默地注视他。

他的目光从她脸上移到了她腿上。

她的目光也从他脸上移到了自己腿上。

她将旗袍的下裾撩到身上,低声说:“我的腿还是挺白的,是吧?”

“是的。”他说，就伸过一只手来抚摸她的腿。

她便闭上了眼睛，整个身体都紧张地绷紧了。

他忽然扑在她身上，压住她，抱住她，吻，抚摸……

她呻吟起来，扭动着，扭动着，也紧紧地搂抱住了压在她身上的这一个男人，却觉得什么也没有搂抱住，搂抱住的不过是自己似的……

这种迷乱了的体验仿佛是经历过的……

一种同样的体验从意识的最底层渐渐苏醒，像两张湿透了的宣纸，与此时此刻的体验在现实的水盆中贴在了一起……

那又是在什么时候？那又是在什么地方？……

“营长！……”

她猛地睁开了眼睛。

他不说话，他继续蹂躏着她。

她朝镜子望去，看到了他，看到了自己。他和自己的样子都很丑，活生生的丑，比平时更丑。

“不！……”

她坚决地叫道，使劲儿一推，将他从自己身上推到了地上。

他跪在地上，眼镜掉了，双手一边摸眼镜，一边望着她嘟哝了一句什么。

她慢慢坐起来，将双腿垂到床下，抻了抻旗袍的下裾盖住两膝，歉意地说：“我……忘了插门……”

他摸到了眼镜，戴上，说：“我去插。”站起来就去插门。

“我去！”她赤着脚抢先一步，其实她是要离开床。对门的那个单元还没搬来人家，不插门也是不必提心吊胆的。

然而由于仿佛冥冥之中的那一声“营长”，她惊出了一身冷汗。

保险锁被她的手轻轻一拧，钢舌无声地伸入锁口，房门将室内和室外保险地分隔成了两个世界。她第一次在这么晚的时候，将一个人和自己一起关闭在她的“城堡”里。而且这一个人是一个男人。尽管对她来说，他的身份是未婚夫，但未婚夫毕竟不是丈夫，也很可能不再是未婚夫。

她觉得自己仿佛是大无畏的，勇敢的。她犹豫片刻，开了小厅的灯。

“咦，你不是说那盏灯坏了吗？”

“谁知道怎么又亮了，时亮时不亮的。”

“你进来啊！”

“你出来吧。”

他出来了，用欲火燃烧的目光望着她。

然而她自己的燃烧时刻却过去了。在期待着渴望着很长时间之后，一阵短暂的晕眩似的过去了。

她又朝卧室内望去，朝大衣柜镜子望去，继而望着他的脸。

在那张男人的脸上，欲火将斯文破坏得那么厉害，那是很丑的一种表情。一想到自己刚才的表情可能像这一个男人的表情一样，她羞耻得无地自容。

这不真实，她想；这太不真实！他那样，而我也那样。在那样的时候，我是丑的，他也是丑的。

在那丑得令人震惊的真实中不是明明存在着令人震惊的大不真实么？……

她却不想放他走。

她怕，怕此刻她的“城堡”中只有她自己。

“你怎么发起愣来了？”

“我……咱们听音乐吧！我买了几盒好磁带……”

她说完，就去摆弄书架上的录音机。

“听，多美的音乐……”

她说着，退到沙发前坐了下去。

音乐很美。

他怔怔地望着她。

“你坐下啊!”

他走向沙发,和她挨得不能再近地坐了下去。

她两眼盯着录音机,一副全神贯注欣赏音乐的样子。

他的一只手伸向她的旗袍下,抚摸着她的腿。

她将腿并拢,用双手抱住了。

“你要是没什么事儿,我就走了。”他不得不收回了他那只手。

“别走……”

“太晚了,乘不上车怎么办?”

“住这儿……”

“那我不走。”

“你何必走?”

“那你听吧,我得洗洗。”

他就走入了洗漱间。一会儿,他从洗漱间出来,见她仍坐在沙发上,便问:“你还听?”她说:“还听……”

那真是一首很美的外国古典乐曲。

他从容地走入了卧室。

录音机啪哒一声,终于寂寞了。

她关了它,赤着脚轻轻走入卧室。

他并没睡,躺在床上,暴露着缺少肌肉的上身,说:“快点睡吧!”

她说:“就睡。”走向他,从床上抱起了另一只枕头。

“你干吗?”

“你睡床,我睡沙发。”

“这……”

她虚伪地笑笑:“我睡觉不老实……”

“那……我睡沙发！……”

她看出了他显得有些恼火。

“你睡床……”

“我睡沙发！”

他坐了起来，从椅子上扯过他的衣裤，也像她刚才一样，赤着双脚下了床。

他竟变成了一丝不挂的一个男人。

他拎起他的鞋，毫无羞色地在她吃惊的注视之下冲出了卧室，又回来取走了一只枕头。

小厅的灯熄了。

她也熄了卧室的灯。在黑暗中呆呆立了一会儿，无声地走过去轻轻掩上了门。

她脱去旗袍，静静地躺在床上。

大衣柜的镜子反射着锃亮的月光。

那种渴望在黑暗中又渐渐强烈地冲动起来。

她大睁着双眼，默默数数，数到了一千。

她无法将那种渴望压制下去，又赤着双脚下了床，走到大衣柜镜前。

为什么刚才就没有想到关灯呢？

也许……镜子是不能从某一种角度去瞧的？……

最后的遮体的那件东西，从她身上飘落到了地上，像一片树叶在一个夜晚从树身上飘落到了地上一样。

于是她成了一个完全的彻底的纯粹的女人。

这一个女人缓缓地转过身，像轻盈的幽灵似的，悄无声息地推开卧室的门，悄无声息地走到小厅的长沙发前，怀着重新开始燃烧的渴望去接近那一个男人。

然而沙发上并没有一个男人。

她开了灯。

沙发上确实并没有一个男人,仅有一只被男人的头枕过的枕头。

她推开了厕所的门——也没有……

她推开了洗漱间的门——也没有……

她久久地望着那长沙发怔愣,无比的困惑,无比的迷乱,忘记了自己赤身裸体……

这个女人的幽灵不知该回归到哪儿去……

第二天早晨,律师事务所党支部书记兼办公室主任,像以往一样,衣着朴素,表情格外庄重地站在霞飞路马路左侧人行道第三根水泥电线杆下等候班车,手中仍拎着昨天那个旧布拎兜。

“包子!新出笼的热包子!皮儿薄馅儿大的包子!……”

马路对面,那个卖包子的小伙子正起劲地叫卖。

她忽然想起了昨天买的那些破皮儿露馅儿的包子还在拎兜里。她气昂昂地跨过马路,直奔那个卖包子的。

“买包子?……”小伙子一眼便认出了她,却装作没认出,笑脸相迎。

“你好健忘。”

“是吗?想不起来在哪儿见过您啦!”

“就在这儿,昨天。”

“是吗?我们做买卖的,相逢开口笑,过后不思量!”

她从旧布兜里取出了破纸袋包着的那些包子,往摊车上一放:“你太欺负人了,给换!”

小伙子看着那些包子,不动声色地问:“是在我这儿买的?”

“当然!”

“怎么了?”

“你自己看!”

“我看不出怎么了啊！”

“个个破皮了！个个露馅了！”

“这可是您不讲理了。我卖的包子，皮儿薄馅儿大您买回去不吃，能不粘破皮儿么？粘破了皮儿能不露馅儿吗？您倒好意思来换！”拿起一个闻了闻，又道：“这都有味儿了，我应该给您换么？将心比心，什么事儿都论个设身处地，如果您是我呐？大伙儿也评说评说，她这位女同志是不是太欠理了点啊？”

周围要买包子的人们，都以蔑视的目光瞧着她，以不屑于评说的沉默，表示站在公理一边儿，站在小伙子一边儿。

“你！……你花言巧语！不给换不行！”

“我花言巧语，还是您强词夺理啊？换是可以换的，不就几个包子么？但您为了几个包子，这么矫情值得么？您不见大伙儿都用什么眼光瞧着您么？看您这样儿，不是个没文化的女人，别太失身份啊！您若坚持要换，我就给您换，您考虑考虑吧！……新出笼的热包子啊！皮儿薄馅儿大的包子啊！……”

小伙子不再理睬她，自顾向其他人卖包子。

买包子的人们，也不再理睬她。

她觉得她的身份已然地失却了。

姚玉慧，姚玉慧，你怎么变成这样了？为了几个包子，你这么矫情值得么？你太让人瞧不起了啊！

她心里暗暗谴责起自己来。

“您考虑好了没有？考虑好了就开口，别怕难为情！这年头儿，谁又把自尊当回事啊！”

小伙子忙里偷闲瞅了她一眼，不软不硬地说了这么句话。

她从摊车上抓起那些有味了的包子，连纸袋儿一起塞入了马路旁的垃圾箱，抽身便走。

“这女人，真是！自讨没趣……”

身后有人议论。

待她再跨过马路来,发现班车已开走了。

站立在水泥电线杆下,她又是一阵怔愣,一阵发呆;一阵困惑,一阵迷茫。

在这新的一天里,她仍会像昨天前天大前天大大前天一样,虔虔诚诚地寻求着与生活的和谐,一致,完善,完美。尽管她已经开始十分怀疑,但她忍辱负重地孜孜以求。

没有一条准绳,她好像就不会活了……

第二十四章

女人们的心灵从来都是并且永远都比男人们更真实。这个变革的大时代使大多数女人更真实起来了。

百花玩具厂厂长与律师事务所办公室主任截然相反,她对男人有种本能的防范。她清楚地看到了生活中一层可怕的现实:男人们不但无情地彼此践踏,还随时准备无情地践踏在某方面成功地超越了他们的女人。她所警惕的是男人,她所亲近的是女人,尤其是那些十八九岁二十来岁只有初中或高中文化的姑娘们。更具体地说,是本厂的那些姑娘们。当她从她们身上发现了那么一种热情饱满的享受生活的健康愿望后,不但亲近她们,而且爱她们了。

百花玩具厂差不多是一个女儿国,一个城市中的女性的部落。新入厂的姑娘,不出三天准会唱首歌:

> 趁你还没学会装模作样证明你自己,
> 你想什么生活就是你,
> 趁你还没学会翻来覆去考虑又考虑,
> 你想什么生活就是你……

不必谁教,听便听会了。听会了,便不由你不随着哼唱。连传达室的那老头儿,闲来无事,也时常陡地一嗓子吼道:

> 你想什么生活就是你!

这首被小程琳唱红了的流行歌曲,仿佛成了百花玩具厂的厂歌。

这个城市中的芳龄女性为主体的“部落”，简直可以比作是一口染缸。染料不是红色的，也不是黑色的，是玫瑰色的，如果玫瑰色代表青春的话。

不管你是谁，不管你入厂前头脑里塞满了些什么样的思想，你入厂后须得明白这样一条道理：好好儿工作，为厂也为你自己多挣钱。你缺钱花生活就不是你。没有什么人专门对你进行这种教育，靠的是“部落”意识的集体影响，靠的是自己教育自己。它的姑娘们一个比一个喜欢打扮，善于打扮，一个比一个赶时髦。

而她，是这个“部落”的酋长。温良，开通，宽厚的女酋长。

当城市将她从二十余万返城知青的待业大军中推到一个名曰工厂实际上比中世纪的破陋作坊条件还差的“单位”不久，它便濒临解体。银行里只剩七元钱的基金，厂里只剩下二十几名由家庭妇女组成的女工和几捆锈得无法做成沙发弹簧的钢丝。那些女工不散去的原因只有一个——“单位”还欠她们三个多月的工资呐！她们打算卖掉那几台肮脏的车床，将钱一分了之。

“原指望老了有个拿零花钱的地方，没成想竹篮打水一场空！你怎么给分到这儿来了？这儿也算个‘单位’？”

“我们倒霉，你比我们还倒霉。卖了车床，钱有你一份儿！”

“我们走了，你就是厂长了！还有什么能卖钱的，你只管卖！”

厂长早已辞职，“跑单帮”做“倒儿爷”去了。

她们都有点同情她。

后来她们总算把车床卖掉了，分给了她七十元钱，便纷纷散去了。

那时她仍住在郭家，名分上仍是郭立伟的嫂子。他在哥哥死后，对她格外敬重。

他见她犯愁，问：“嫂子，那厂房大么？”

“挺大的。”

“有多大？”

“十来个教室那么大呢，还有更大的个院子，破破烂烂的。”

“厂房漏雨么？”

“谁知道呢！”

“嫂子，你别愁。明天我请天假，陪你看看去。”

当小叔子的也没再多说什么，爬上小厨房半空的吊铺就睡去了。

第二天，他一进厂房，便道：“好地方嘛！”见角落里还放着两捆油毡，又道，“真是天无绝人之路！”遂爬上房顶，顺下条绳子，将两捆油毡扯了上去。

“要不要我帮忙？”

“你能上得来么？”

“能！”

“那你也上来吧！”

于是她也爬上了房顶。

当小叔子的想得很周到，随身带了工具袋，掏出锤子和几把钉子，在她的配合下，将破油毡扯下，铺上了新油毡。

“立伟你打的什么主意？”

“先别问。”

铺完了，两人都下了房顶，他还不告诉她。钉门，修窗框。门钉正了，窗框修严了，又对她说：“现在该打扫打扫了！”

“立伟，你别让我纳闷啊！”

他却光笑笑。

她只好跟他一块儿打扫。

整整一上午，两人弄得蓬头垢面，满身灰尘。偌大的厂房总算打扫干净了，偌大的院子也总算打扫干净了。他不知从哪儿借了一辆手推车,两人从厂房里院里推走了十几车垃圾。

之后,他用粗铁丝拧上了院门,带她到他的厂里去洗澡。

把门的从窗口探出头问他:“郭儿,今天没上班?”

“请了天假,干点家里的活儿。”

“难怪这模样!这位……是你带来的?……”

“我嫂子。带她来洗澡。”

“噢……快去吧,快去吧,中午人不多!没带毛巾什么的吧?用我的?”

“那就用你的!”

传达室走出一位女工,说:“郭儿,你嫂子交给我吧,我陪她去洗。”

那女工边走边对她说:“郭儿可是个心眼儿好的人。”

她说:“和他哥一样。”

“要是换个人,哥哥死了,还容嫂子占着房子?不撵你搬走才怪呢!”

“我也挺不落忍的,害得他住家里不方便,总住厂里。”

“要不全厂都说他心眼儿好呢!他还求人给你做媒呢!”

“他……”

“你不知道?”

“不知道。”

“那我兴许不该告诉你!他就求过我。你既然知道了可别犯猜疑啊,他纯粹是为你着想。他说,你要再结了婚,没房子的话,他家那房子就永归你!哪儿找这样通情达理的小叔子!如今亲兄弟亲姐妹为了争房子打得四邻不安的事儿还少么?论说郭儿,不是腿有毛病,早让姑娘们追上了!……”

那女工自来熟,不住口地说,一句句话说得她心酸又暖。

她默默无言地走了一段路,低声说:“大姐,你先给我弟做做媒吧！成了，我感激你一辈子！他若明天结婚，我今天就搬走。房子本该属他的……”

那女工道：“你们叔嫂二人的事儿，我是愿意热心帮忙的。愿意热心帮忙的人不少呢！这事儿得碰巧儿，慢来。解决一个是一个呗！”

一番话又说得她心乱如麻。

管浴室的老女人见她陌生，要她买澡票。

那女工生气地道：“你这老婆子，买什么澡票哇？她是郭儿他嫂子，我一进门不就告诉你了么？”

“谁他嫂子？……”

“细木工车间的郭立伟！”

“嗨，你也不说清楚！不用买票，不用买票……”

那老女人直拿眼睛打量她，仿佛打量一位什么可敬的人物似的。

“谁的毛巾给郭儿他嫂子贡献过来！”

“用我的吧！”……

洗完了将要离去的女工们，纷纷将毛巾什么的递给她，使她窘得不行。

陪她前来的那女工却笑道：“别不好意思。爱用谁的用谁的，郭儿在厂里有人缘儿着呢！”

温水淋头的时候，她的眼泪再也抑制不住了。她一任它流着，流着……她替九泉之下的仅做过一夜夫妻的丈夫感到了一种莫大的安慰。她用心对他说：立强，咱们有个好弟弟。我徐淑芳这辈子都把立伟当成我亲弟弟一样……

那女工比她先洗完，在更衣室等她。她一出来，就将不知从谁人那里借的一套衣服给了她，说：“兴许你穿着能合身儿……”

她慌乱地说：“这可不行！这可不行！借谁的快还给谁吧，人家带来也是要换的……”就去抓自己那套满是灰土的衣服。

那女工却将她那套衣服抢了过去，塞入一个网兜，说：“这有什么！不是冲着你是郭儿他嫂子么？网兜也借你了！你那身衣服怎么往身上穿啊！……”

她穿着不知什么人的一套衣服出了浴室，见他在路旁等她，一手拎着两条一尺多长的肥鲤鱼。他也换了一套干净衣服，将脏衣服用张报纸卷着夹在腋下。她以一种温柔的目光望着她死去了的丈夫这唯一的弟弟，唯一的亲人，微笑着走到他跟前。那一时刻她仿佛觉得天空将一片最明媚的阳光照射在她身上，为的是使她感到每一个活在世上的人其实都必有某种幸福——如果谈不上幸福的话，也必有某种慰藉。

那跛足的年轻人也微笑着。

她猛地想到，他已经三十了，早该有个生活伴侣了。

她同时感到对他负着一种义不容辞的责任，她决定从今以后负起这个责任来。

“你买鱼干什么啊？”

“食堂里在卖，人人都买，比自由市场的便宜。嫂子你拎回家做着吃吧！”

“你不跟我一块儿回家？”

“不了。”

“跟我一块儿回家，我给你做顿清蒸鱼吃，咱们焖大米饭，你送回家的好米我还没吃完呢。”

“嫂子，我不回去了吧！有点累了……”

“我又不是让你回家再干什么活儿！你不回去我不接这鱼。”

“那我回去，”他低了头笑着说，“好久没吃嫂子做的饭了……”

于是他们并肩向厂外走去。

“立伟，自己得存点钱了，嗯？”

“嗯。”

“和那姑娘,还有挽回的余地么?”

“哪个姑娘?”他站住了。

“别瞒我了,我全知道了……”她也站住了。

“孙师傅告诉你的? ……她嘴真快!”

“要是还有点挽回的余地,就试试吧!”

“没什么可挽回的!”他一脚将一块石头踢出老远。

“人家姑娘也有人家姑娘的道理。要结婚么,当然得有房子……嫂子想法子再找个住处就是……”

“迟两年结婚就不成? 她才二十四五岁,又不是老姑娘! 凭什么让我把嫂子撵出家门?!”

她默默地望着他,不知再说什么好。那一时刻,她觉得他太像他哥哥了。

她叹了口气。

“嫂子,为这么件事儿不值得叹气。”他说着,换手拎着那两条鱼,其中一条鱼甩了下尾巴。

“嫂子,你看有条鱼还活着呢!”他瞅着她笑。

她觉得他那笑,也十分像他的哥哥。她常常认为郭立强并没有死,不过是到外地工作去了,说不定哪一天就会突然出现,带给她意外的惊喜。

走到厂门口,他犹犹豫豫地又说:“嫂子,我还是不能回去。”

“为什么?”她有点生气了,瞪着他。

他赶紧说:“嫂子你别生气,我为你的事儿。”

“为我什么事儿?”她脸红了。

“为你干活的事儿。”

“你能帮我找到工作干?”她顿时高兴起来。

“还不一定呢! 我得挨个儿求厂里领导,但愿他们都点头……”他低下头去，将两条鱼递给她，“嫂子你今天够累的了，回家好好休息。要是事儿成了，明天一早准回家告诉你！不成呢，算咱俩今天白辛苦，你也别怨我……”

她一接过鱼，他转身就走。

“立伟，”她低声叫住了他，“把你的脏衣服给我，我带回家给你洗。”

“不用，我在厂里洗更方便。家里没有自来水……”

“给我！”

他又犹豫了一阵，从衣服卷里将袜子和短裤抽了出来。

她一把连袜子和短裤都夺了过去，竟真有些生气了……

第二天一早，他果然回到了家里。

“成了？”

“成了！”

“什么活儿？”

“跟我走吧！”

他很兴奋，她便忍住不问。

叔嫂二人又来到了她的“单位”。

院门上了一把虎头大锁。他从兜里摸出钥匙，开了锁，让她先进。她一进入院内，呆住了。偌大个院子，摞满了已经刨好的木板、木条、木方，分类放得整整齐齐。上边都用帆布蒙着，下边都用几层砖垫着。

“让我给你们厂看管木料？”

“我们厂的木料也用不着往这儿放啊！”他得意地说，“我们厂给两所大学承做了三千多套课桌课椅，厂里其他活儿也忙，怕得超期。所以厂里让职工家属包组装。好多人替家属争着包，大伙儿一听我是为嫂子，都让我，结果我一下子给你包了一千七！”

“立伟，你欠考虑了。我也不会木工活呀！”望着那一垛垛木板，木方，木条，她发起大愁来。

“嫂子，这一点儿不难！”他鼓励她，“你看这些木板，木方，木条全是加工好了，用螺丝钉拧在一起就行了。我先给你装一套。”

只用了二十几分钟，他便组装好了一套。

他又指着那一垛垛木板、木方、木条说：“哪是面儿，哪是底儿，哪是腿儿，哪是横掌，垛上我都给你压着纸呢。按顺序拿，按顺序装，没错！”

她有了些信心，遂问：“你什么时候把这么多东西运来的？”

他笑笑，说：“昨晚上。”

她惊讶了：“就你一个？”

“求了两个哥儿们帮忙，厂里出了辆卡车。”

“你们……忙到挺晚吧？”

他又笑了笑：“早晨三点多。”

“那怎么不叫上我？”

“这是累活儿。再说你今天就得开始干了。”

“你今天不是也得上班？”

“我是男的。”

她望着他那种疲惫的强打精神的样子，心内一阵阵涌起着奇异的冲动，直想捧住他的脸说：立伟，你真好，你为什么对我这么好？……

“嫂子，进去看看。”

他说着走入了厂房。

她见他那条瘸腿更瘸了，问：“立伟，你的腿……”

他淡淡地回答：“没事儿。昨晚从车上往下蹦，脚腕拧了。”

厂房里，已经组装起了几套桌椅，成两行摆在后边。

“嫂子，你得从后往前装，一行行摆好。别堵住前后门，留出过道来。装好了，不光洁的地方，用砂纸打打。还有一道工序，上漆。

两桶快干漆放在那个墙角儿。上漆是有讲究的活儿,你没干过,可千万别自己干,哪天我来帮你干。完一批,我跟厂里的车来拉一批,保证厂房里总是宽宽绰绰的……嫂子你还有什么不明白的?"

"都明白了。"

"这是几盒螺钉,给你留两把螺丝刀,这是砂纸,锤子也留给你。但尽量别使锤子……"他一一摆在窗台上。

"一把螺丝刀就行。"

"还是给你留两把。只一把,一时坏了,或找不到了,耽误干活,怕你心急!"

她想:立强,立强,幸亏你有这么个好弟弟啊!

"嫂子,那我走了……得赶紧去上班了……"

"等会儿……我看你脚……伤得重不重?"

"别看了,轻轻的……"

"让我看!"她蹲下了身。

他只好将那只裤腿儿往上抻起。

她不禁呀了一声:"还说轻轻的呢,肿得这么高!"站起后又说:"立伟,听嫂子的话,休息几天吧!就算你听你哥的话,啊?"

他放下裤腿儿,说:"这阵儿厂里活儿多,我要歇了,我师傅得受累。"

她严厉地说:"我不管你师傅!反正你得给我休息!今天不许你回厂,回家去,啊?你听不听嫂子的话?"

他顺从地回答了一个"听"字,就一瘸一拐地走了……

偌大的、空荡荡的、四壁颓败的厂房里只剩下了她自己。这个空荡荡的、四壁颓败的、令她感到发阴并且确实发阴的地方,散发着某种类乎从塌陷的菜窖散发出来的潮湿的腐烂的气味儿。它昏暗的空间,飘荡着社会最底层的、病态的、卑俗的小市民男女的苟且的情绪。它与穷困相关,与文明格格不入。她内心有些发毛。

那些女工们曾告诉她，这里吓死过一个人，一个女人，被一个男人吓死的。女人原也是这小工厂的女工，男人是最初的厂长。他勾搭上了她，后来她又和别的男人勾搭在一起，不大理他了。他对那个女人是又迷恋又总想小小地报复一下。有一天夜里，他又约那个女人来厂里私会。那个女人打扮得妖妖道道的，骗她丈夫说是来厂里加班，结果那女人满怀骚情地叫开了门，迎面看见的是一张恐怖的“鬼”脸——披头散发，青面獠牙。耷拉着一尺多长的血淋淋的舌头，锐锐的一双利爪就来掐那女人的脖子，还用可怕之极的声音说：“我要吃你的心肝！……”是那男人装扮的。

那女人尖叫一声就昏倒了，那男人就跑了。

结果第二天他来上班，发现门口围着许许多多的人，派出所的也来了，在维护现场——那女人死了。

那个男人被判了刑。两年后死在狱中……

那些女工们都说那个女人死得活该。也都说那个女人是这街道小工厂有史以来最漂亮的一个女人。还说那个厂长是最有办法的一任厂长，把这个小街道工厂搞得挺红火的，其后的几任全比不上他领导有方，做一天和尚撞一天钟或者只做和尚不撞钟……

出了一桩人命案，街道委员会对这个小小的街道工厂重视起来了，他们派人来抓了一阵子思想教育，结果又证据确凿地查出了不少男女关系方面的问题。日子但凡还能过得去的那些男人们，怀着苦涩的羞耻将自己的女人们从这个地方领回去了，以各种方式永远地断绝了她们再想到这儿来的心思。于是这个地方只剩下了一些老太婆和一些丑女人，同时也就永远地失去了足以令一个男人心旌摇荡的某种活力，于是继任者们一个比一个平庸一个比一个碌碌无为……

那些卖掉了破旧机床，分了钱已散去的老女人和丑女人们，在和她相处的那些日子里，整日喋喋不休地向她述说她们是多么缅怀这里的过去,缅怀破旧机床发出的那种尖锐刺耳的噪音,缅怀年轻女人们那种放浪形骸的笑声和与男人们打情骂俏的淫邪的热闹,甚至缅怀那个她们当时认为被吓死了很活该的“骚狐狸”以及一双色眼专在年轻女人们身上睃视的那位被判了刑的厂长……

因为那时她们有活干,每天能挣一元多钱。

和她们相处的那些日子里,徐淑芳只是觉得这个地方脏而乱,像那些老或丑的女人们,却并不觉得这个地方可怖。正如并不觉得那些老或丑的女人们可恶。刚才她也并不觉得这个地方可怖,因为有她的小叔子郭立伟和她在一起。

此刻,这个地方只剩下她自己了,她觉得这里有点鬼气拂拂的,觉得有鬼魂在渐渐逼近她似的,觉得一阵阵发冷,一阵阵汗毛竖立,觉得昏暗的空间正有什么带着斑斑血污的毛茸茸的东西飘落在身上。

一只肥嘟嘟的耗子,嗖地从她脚边蹿过,吓得她发出了一声尖叫,而她又更被自己那一声尖叫吓着了。

她从厂房里跑了出来,跑到了院子里。她觉得院子里也是可怖的。仿佛一个男鬼和一个女鬼,隐蔽在一垛垛木料后面,鬼眼咄咄地注视着她,随时可能从帆布下露出狰狞的面目或探出锐利的鬼爪,用可怕的声音说:“我要吃你的心肝……”

她又从院子里跑了出来。

她坐在院门口的一块石头上,努力想使自己镇定下来。早晨的阳光照射在她身上,使她感到安全了一些。而院门缝却渗出阴森的潮湿的过堂风,使她后背愈加觉得冷气相侵。还觉得门缝随时会伸出只手,将她一把拽入院里去。

她起身踱到路对面去,站在一棵枯树下,望着那两扇使她感到可怖的院门。一只风筝的残骸挂在树上,风筝尾巴静静地垂在她头顶。

这是一条狭长的胡同，一条无人行走的胡同。两旁居民的院落很疏散，所有的门户几乎全都开在另一面，这一面全是高低不一参差不齐的后山墙。有几堵后山墙存在着被砌死了的后窗的痕迹，居民们嫌这条胡同太肮脏。这里那里，一堆堆垃圾散发着臭气。就在离她不远的一堆垃圾上，趴着一只令人作呕的猫的尸体，布满苍蝇。这是一条被城市抛弃了的胡同，城市的平面图上早已去掉了它的名字，然而它存在着。

据那些和她相处过一些日子的女人们讲，这个小小的街道工厂的门，原先也是开在另一面的，女工们图僻静，才封了正门，开了现在这后门的。如今正门已被土深深埋住，无法重开了。而当年她们每天行走于这条胡同的时候，没有居民敢往这条胡同偷偷倒垃圾，因为她们隔半个月差不多总要集体将这条胡同清扫一次。那位被判了刑的厂长虽然是个好色之徒，但也的确领导有方，的确有值得那些老的或丑的女人们缅怀之德。他还带领女工们在胡同两旁种过些树，它们如今都死了，她背后那棵树就是其中的一棵。

这条胡同也自有它的一段历史。

这历史记载着光彩也记载着耻辱，都是微不足道的。

她久久地望着那两扇从里往外渗透着阴冷的潮湿的穿堂风的院门，终于想明白了她还是必须走进去，只有走进去。她自己的历史已写到了这一页，她无法将它空白地翻过去。她怕它如同怕鬼。厌恶它如同厌恶一个满面疤瘌的男人。但她必得接近它，习惯它，甚至还得付出热情拥抱住它，拥抱住它归根结底是拥抱住她自己的命运。只有紧紧拥抱住它才能紧紧拥抱住自己的命运……

于是她一步步重新向那两扇院门走去，它那带树皮的朽木板上长着青苔和无疑有毒的赤褐色的蘑菇。她轻轻推开它的时候为了给自己壮胆大声唱起了歌：

宝贝，

你爸爸正在过着动荡的生活，
他参加游击队打击敌人哪我的宝贝，
睡吧我的好宝贝，
我的宝贝，
我的宝贝……

那一天是一九八一年秋季的一天。

那一天市劳动人民文化宫举行全市首次职工业余歌手演唱流行歌曲大奖赛。

到那一天为止她还不会唱任何一首一九七六年十月以后流行起来的流行歌曲。

连她自己也不明白究竟哪一根神经受到了什么样的牵动，一首外国歌曲从她记忆的半凝结状态的最深层翻了上来。

而兴奋地向前奔跑着的生活，又何止仅仅将她甩下了五年！她甚至来不及抬头一看，就被孤单单地推到了一条又弯曲又坎坷的起跑线上，并且生活没给她一双好的跑鞋。

宝贝，
你爸爸正在过着动荡的生活，
他参加游击队打击敌人哪我的宝贝，
睡吧我的好宝贝，
我的宝贝，
我的宝贝……
宝贝……

她反复唱着，搬着木料走进那令她感到可怖的空荡荡的四壁颓败的厂房，开始组装。她手攥着螺丝刀的时候，仿佛掌握着什么足以置某种恶鬼于死地的强大武器，胆量增添了许多。后来她又唱别的歌曲，唱《东方红》，唱《大海航行靠舵手》，唱《国歌》，唱《国际歌》,唱“我们的同志在困难的时候,要看到成绩,要看到光明,要提高我们的勇气”,唱“兵团战士胸有朝阳胸有朝阳”,唱“我们新中国的儿童我们新少年的先锋,团结起来,继承我们的父兄,不怕艰难不怕担子重”……

唱一切她想得起来的,“徐淑芳时代”的流行歌曲。

什么人唱什么歌。

后来她什么歌都不唱了,后来她也完全忘记了怕什么。后来她彻底被机械而单调的组装劳动搅入了某种忘我的亢奋之中。她脱去外衣,她满头是汗,她不觉得累,她不觉得渴不觉得饿……她似乎要一气儿将一千七百套桌椅组装完,直至厂房里黑暗了,不能再看清螺丝孔。

她猛然间一抬头,才发现天已经黑了。一缕蓝幽幽的光洒在她周围,那是窗外一根电线杆上路灯的光斜射了进来。而在那一缕蓝幽幽的光的四面,是静悄悄的漆黑。那么一种阴险的静!静中仿佛有什么在喘息着,四面的漆黑之处仿佛影影绰绰地晃动着些影子……

恐怖猝不及防地一下子就攫住了她。

“立伟!……”在那一瞬间,她失口叫喊出了她小叔子的名。她扔下螺丝刀,拔腿就往外跑。那条只有一盏路灯的肮脏的胡同也静悄悄的,也潜伏着某种险恶似的,也有什么躲在处处黑暗中喘息着似的,她觉得身后仿佛渐渐逼近地追赶着吐出血淋淋长舌的鬼……

她跑到胡同口时,撞在一个人身上。

“嫂子……”

她一认出那是她的小叔子,便扑在他身上抱住了他。

“嫂子,你怎么了?你跑什么啊?”

“我怕……”

“怕什么？谁？……”他轻轻推开她，以一种预备争凶斗狠的姿势站定，虎视眈眈地望着她跑来的方向。

“没人……我怕鬼……”

“鬼？……”

“嗯……我知道根本没鬼……可就是心里害怕……”

她难为情地垂下了头。

他见她那样子，觉得挺开心似的笑道：“自己吓唬自己嘛！嫂子，我得查一下质量。一千七百多套呢，我对双方都担着不小的责任哪！”

她点了一下头，跟他往回走。

他像个逃荒汉似的，身后背着一大卷什么；她像个胆怯的小女孩儿似的，一手扯着他的一只袖子。

进入厂房，他开了灯，她见他背的是毯子和褥子。

她嗔怪道：“你走时怎么不告诉我开关在哪儿？”

他说：“对这地方你该比我更熟呀，还不知道开关在哪儿？”

她愈加不好意思起来，羞窘地笑了。

四盏灯一亮，厂房内顿时显得比白天更光明。

他将四张桌子靠着一面墙对拼起来，将毯子四角用钉子钉在墙上，将褥子铺在桌上，褥子中还卷着枕头，录音机，饭盒，旅行水壶，一双崭新的细线手套。

他将枕头摆在褥子一端，拍软了，对她说：“嫂子，你歇会儿吧，坐着躺着随你便。”接着打开饭盒，又说：“我下班后回了一次家，把一条鱼做了，给你焖了一饭盒米饭，你吃完饭我把你送出胡同口。”

“你没休息？”

“没有。”

“你不听我话？”

他捧着饭盒，光是憨憨地笑。

“你还笑！你存心惹我生气!”

他惴惴地就不笑了,低声说:“嫂子,我可没存心惹你生气……”

她倒是微微地笑了,心中不免涌起一种温情,也便低声说:“我会真生气么？……”

她遂走过去,坐到那“床”上,从他手中接过饭盒,舒舒服服地靠着墙,盘起腿,大模大样地吃起来。

他则不再看她,一心一意地拖着一条电源线,不知接通在哪儿了,装上盘磁带,那录音机送出了一个娇滴滴的女性的轻唱:

你问我爱你有多深,
我爱你有几分……

她停了吃,颇严肃地问:“哪儿搞的这么一盒磁带?”

他将声音调大了一些,说:“买的啊。”

“哪儿买的?”

“哪哪都能买着啊!”

“我不信！现在让听这种歌了?”

“早就让了！这是邓丽君唱的啊!”

“邓丽君？邓丽君是谁?”

“台湾最红的女歌星啊!”

“台湾？……”

他正在固定着那条电源线,听了她用那么讶然的语调说出的话,缓缓转过身,默默地望着她,他脸上有一种怜悯的表情。他和她一块儿从火葬场回到家里那天,她捧着他哥哥的骨灰盒,呆呆地坐在床上,他也是今天这样子,严肃地站在一个地方,默默地望着她,脸上也有这么一种怜悯的表情。

“嫂子,”他忧郁地说,“你不能这么下去,再这么下去,即使你有了工作,你也不像个活在中国的中国人了!”

“我？……我会不像一个中国人？”

“连外国人今天在中国听到邓丽君的歌声，都一点儿也不奇怪了！而你好像一九七六年以前就睡着了，刚刚才醒。”

“我……睡着了？……”

她自言自语，低下头陷入了沉思。是啊是啊，徐淑芳，你在你的命运之中终日愁眉苦脸的，生活却在你周围天天发生着那么丰富的变化，你可不仅仅是为了干活吃饭才活在世上的啊！你才三十多岁，你可不能变成原先在这里干活儿的那些老太婆！

邓丽君的歌声戛然中断。

她一下子抬起头问：“录音机怎么了？”

他说：“你不爱听这一盘，我换别的。”

她连忙制止道：“别换，挺好听的，我爱听。”

于是邓丽君的歌声又继续：

你去想一想你去看一看
月亮代表我的心……

她又开始吃饭。他则开始查看她组装起来的那几套桌椅的质量。她听着那台湾女人娇滴滴的爱意缠绵的歌声，忽然有几分不安：在黑天的时候，在这样一个地方，像自己这样年龄的一个女人，单独和自己的小叔子在一起，还有一张“床”，还听着这样的歌曲，别人如果知道了会作何想法呢？……

深深的一段情，
怎不打动我的心
轻轻的一个吻
叫我思念到如今……

她偷偷地侧目去瞧他，见他察看得极认真极仔细，心中分明半点也没有她那种顾忌，她觉得自己的胡思乱想简直等于是对他的亵渎。别人？……管他们呢！重要的是他对她组装的那几套桌椅满意不满意。

“嫂子……”

“嗯？”

“我做的鱼，行么？”

“挺香的，比我做得好。”

“本来我想做清蒸的，可是想不出用什么给你连汤带来。”

“红烧的我也爱吃。立伟……”

“嗯？”

“我……装得还行么？”

“一等质量！我还以为你装不了这么多呢。”

她很自豪地笑了。因为他低着头，没看到她那自豪的笑，她觉着挺遗憾。

“嫂子……”

“嗯？”

他走到了她跟前：“让我看看你手心。”

她以为他要给她看手相，就放下饭盒，笑着，手心朝上将双手伸向他。

“你自己看看。”

她也看自己手心时，才发现手心磨起了好几处血泡。

“呀，我的天！……”

“这怪我。我没教你怎么样攥螺丝刀子才对劲儿。”他皱起眉自责地说，“回家用针穿破，轻轻压出血来，涂点紫药水儿，别涂红药水儿。明天戴上这双手套吧！”他从枕上拿起那双细线手套放在她身旁。

“我真笨！”

“难免的。吃饱了？”

“饱了。”

“喝几口水吧?”

他将旅行水壶递给了她,瞧着她喝了几口水,又说:“嫂子,你现在就戴上手套,我教你怎么使螺丝刀。”

于是她便顺从地戴上那双手套,从“床”上蹦下来。

于是他像师傅指导徒弟似的教她。

之后又教她喷漆。在他的指导下,她喷完了一套桌椅。

“嫂子,你一点儿也不笨。”他高兴地说,“现在我送你走吧。”

“那你呢?你别回厂,跟我一块儿回家住吧!”她不禁脸红了,随即低声补充一句,“邻居都挺好的,不会说闲话。嗯?”

他说:“我住这儿。一晚上我能帮你组装六七套呢!”

“那怎么行!”她急了,“不行!你不能再替我干夜班!你一人住在这么个地方嫂子也不放心啊!你跟我回家,要不我不走!”

“这地方好啊!”他憨憨地笑,“凉快,清静,有床,有音乐。嫂子我保证一点之后准睡觉!”

她注视着他那张永远对她带有敬意的年轻的脸,内心对他说:立伟,立伟,有我这么一位嫂子,你多倒霉啊!……

第二天,当她来到厂房里,但见一排排组装好的桌椅,已将偌大的厂房占领得只剩一小块余地。

他却不在了。

有他的床在,有他的录音机在,她觉得他仍在身边似的。

她不复觉得这个地方阴森可怖、鬼气森森了。

她开了录音机,在节奏强烈的摇滚乐中,开始了她又一天的孤单单的工作……

那些最后从这里散去的女人们重新回到了这里。不知是被台湾女歌星的歌声和摇滚乐所吸引,还是被夜晚的灯光所吸引。她们对徐淑芳说,按照惯例,有了活儿,是要大家伙干的。她们提醒她，卖掉那几台破旧车床获得的钱，她不是也有份儿么？她们的话听来振振有词，她找不到任何理由拒绝她们十分正当的劳动愿望和劳动热情。于是这个城市中的最低贱的角落，又有了紧张劳动的新气象，而郭立伟每天晚上依旧住在这里加夜班，年轻的细木工不仅仅是在帮自己的嫂子干活儿了，也是在帮她们“大家伙儿”干活儿了。那些老的或丑的女人们却并不这么认为，她们认为他完完全全是冲着他嫂子才甘心情愿地住在这么个寂寥的地方并且每天晚上加夜班到一点钟的，因此她们也就没什么必要对他表示感激。当嫂子的自然替小叔子觉得不公，她谴责她们，甚至请求她们对自己的小叔子哪怕表示出一点点感激也好。而她们偏不，她们回答她——“感激的话留给你对你小叔子说呗，”或者“你们俩之间，还用得着谁感激谁不成么？”

她们真是又老又丑。

而每当她坐在那张“床”上休息一会的时候，她们总是互相传递诡秘的眼色。她们是从不沾那张“床”的边儿的，她好心请她们坐，她们也不坐。宁肯就地坐块破麻袋片什么的。

有时她真想骂她们一顿。

她常常发现她们暗中窥视她，她们更用暧昧的目光看待她的小叔子；她每每替她的小叔子感到受了奇耻大辱。他却根本不注意那些老的或丑的女人用什么样的目光观察自己。他只是干活儿，吸烟，和自己年轻的嫂子并坐在“床”上，舒服地将背靠着挂了毯子的墙，说些意义不大的话，或者聚精会神地欣赏音乐。每当他和她说话的时候，她们一个个分明地是在竖耳聆听，就好像他和她说的那些意义不大的话，每一句全都包含着无数句潜台词或暗语似的。

这种时候她最想骂她们。

而这种时候她看得出来他的心情最好。

仅仅为了不破坏他的好心情,她才一次次忍住不骂她们。

令她奇怪的是他非常尊敬她们每一位。她们若组装得马虎,他常常是一声不响地拆散了重新组装而已。不得不批评她们只图组装得快,忽略了质量,他的话也讲得很礼貌,很客气,很有分寸,绝不至于使她们难堪。

一次休息时,他和她又并坐在“床”上。既然有张“床”,别人不坐,他和她何苦也不坐呢?

他用火柴棍儿掏耳朵。

她说:“我替你掏。”

于是他将火柴棍儿给了她。

“转过头,冲着光。”她就跪在“床”上,伏在他肩上,替他掏起耳朵来。

而他非常惬意地闭着眼睛。

忽然她觉得厂房如同真空一样静。

她意识到了什么,立刻坐好,将火柴棍儿还到他手上,说:“还是你自己掏吧!”

那些老的或丑的女人们,一个个坐着破麻袋片什么的,像观看一对儿互相捉虱子的亲密的猴子似的,从各个角度用又有兴趣又怀有某种恶意的目光望着她和她的小叔子。

她的脸顿时充血般红。

而他,就用那根火柴吸着了一支烟,还冲她们笑。

“郭师傅,今年多大啦?”她们中的一个,不算十分老但脸盘巨大,身躯胖得像河马的一个,搭讪地问他。

“三十。”他简明地回答。

“结婚了?”

“没结。”

“有对象了?”

“没有。”

“和你嫂子同岁吧?”

“对。”

“噢……”

巨大的脸盘往前倾倒了一下,算是点了一下头。

其他的那些女人,也纷纷点头,也纷纷“噢”。

噢——老或丑的女人们失去了圆润的喉音。

她忍受不了这个。

“你们……你们无聊！无耻！……”

她叫嚷着,从“床”上蹦下来跑出了厂房,气得站在两垛木料之间喘息,落泪。

他跟了出来,站在她身旁,责备地说:“嫂子,你怎么能骂她们?”

“她们……老不正经！老不要脸！……”

“别骂了!”他厉声道。

她猛地转过身来,见他的神色变得那么愤怒,和他哥哥愤怒时的神色几乎一模一样。

“她们的年龄都和咱妈差不多!”

他对她提到他的母亲的时候,一向说“咱妈”,尽管她连他们兄弟的母亲的照片也没见到过,但确信他们兄弟的母亲必定是一位可敬的女人。

“她们家里生活若不困难,会让她们这种年纪的女人出来干杂活挣钱？她们对我们胡猜乱想,那也不证明她们坏！她们的脑袋又不是煤球,你总得允许她们猜想点什么吧？她们问的话,哪一句是无耻的话？哪一句是不正经的话？无聊是真的。我们和她们在一起,我们觉得无聊;就不许她们和我们在一起也觉得无聊？她们觉得无聊就不许她们问几句无聊的话？……”

他竟对令她气愤到这种地步的事,解释得那么简单,那么平静,那么无所谓,听起竟好像根本不值得进行解释。

“你得向她们赔礼道歉。”

“我不!”

“真不?”

“就不。”

他一转身走了。

她却仍站在那里生气。

那些女人们又开始干活了,她们默默地从她身旁往厂房里搬取木料,仿佛她们习惯于受了伤害之后忍气吞声。

她擦尽了泪,也搬取木料进厂房。

“他呢?……”

她们似乎都聋了,都不抬头,都一心一意地干活。

“他人呢?!……”

“可不,他人呢?……”

那张巨大的脸挺沉重地扬起来,河马般凸而小的一双眼睛环视着……

第二天晚上,他没来。

第三天晚上,他也没来。

第四天晚上,她到厂里去找他。

见了面,她说:“我已经向她们赔礼了。”又说:“你跟我赌气,你也得向我赔礼。”

“嫂子,我再也不跟你赌气了……”

他孩子似的笑了。

有他的帮助,加上那些女人们的“帮助”,她本需干三个月才能完的活儿,不到一个月便干完了。她和那些女人们共同得到了二千五百五十元钱。这个数目,对于钱路宽广的某些人,得来全不费工夫。一天内就可以打水漂儿似的花在餐桌上，赌桌上，或女人们的身上。而对于她，那乃是活了三十岁，第一次拿在自己手中的一笔巨款。二千五百五十元啊！然而分成十三等份的话，每人所得还不足二百元。本来这一笔巨款完全应该属于她和她的小叔子！现在却有另外十二双手等着抓取了！干活的时候她还能容忍那些女人，见了钱她竟有些憎恨她们了！她们非老即笨，她们组装的桌椅还不及总数的一半，包括她的小叔子替她们返工的；可她们现在都理所当然地等着分钱，围住她坐着破麻袋片儿什么的，都那么有耐性，目光都那么贪婪，那么兴奋。

"床"没了。她先是蹲在她们中间，一笔笔算账给她们听：每组装一套桌椅，一元五角整。一千套，一千五百元。七百套，五七三十五，一七得七……

她须得使她们每一个人心里都十分清楚，十分明白。做到这一点要有耐性。而她们那样子，似乎都在警惕她可能故意把她们算糊涂了。

"什么五七三十五，一七得七的！这账能是这么个算法么？"

"那，依你们怎么算？"

"你这么算吧！一千套，一千五。五百套是多少？"

"五百套是七百五。"

"一百套是多少？"

"一百五。"

"二百套呢？"

"三百。"

"这不挺明白个账么？还五七三十五，一七得七的，照你那么算，越算俺们心里越不明白了！……总共是多少？……"

二千五百五十元，收据上写着。收据上写着她们也要求她算一遍给她们听。她第一次跟这么一些脑筋迟钝了的老太婆们算账,她们没费什么事儿就把她给弄糊涂了,弄到了脑筋和她们一样迟钝的地步。她们自有她们算账时的一套数学逻辑,她得运用她们那套数学逻辑算给她们听。

组装一套一元五,一千七百套应是二千五百五十元——终于使她们相信这是正确的了。而使她们进一步相信每人均得一百九十六元……余两元也是正确的,她的耐性受到了一次更大的考验。

刚开始分钱,她们中的一个忽然提出疑问:

“你小叔子怎么没来?”

“他不来了。”

“为什么不来?”

“没他什么事儿啊!”

“怎么就没他什么事儿?他得了多少?活是他揽的,多得可以。但总得告诉我们个详数吧?他若是半道截去了一大笔,那可就不行!那可得找个地方摆摆理……”

“对!”

“对,对!”

她们一个个都显出非常不好惹的样子。

她说:“他一分钱也没得,他白干。不信你们可以到他厂里去问!”

她恨不得把那些钱摔在她们脸上。

“要是真的,我们也犯不上到他厂里去查问。不是余两元钱么?你给你小叔子买几盒烟吧!”

她说:“那倒不必。我有个想法,跟你们商议商议。这一大笔钱咱们不分好不好?咱们共同存上,用来做基金,把这个小厂维持下去……”尽管她厌恶她们,她还是愿意和她们共谋一番前途。

“不好!”

“不好!”

她们七言八语地说不好。

她们说还是分了好，分了心里踏实。钱，无论如何是要分的。她们说她们的家里都等着花这笔钱呢！儿媳妇要买呢大衣，儿子要买录音机，孙子要买电动火车……等等，等等。

“怎么维持下去啊？”

“这我没想到个出路呢！”

“你小叔子又替你揽到活儿干了？”

“没有。我也不能总依赖着他。”

“那就分吧！”

“快分，快分！”

从这些上了年纪的，生命宛如烛之将尽的老太婆们身上，她看到了中国当代社会最底层某些家庭内部的畸形关系。她们这些老人恐怕只有用钱，才能在这种关系中收买到一点点可悲的尊敬。老人是不值钱的，晚辈们在拮据之中膨胀着享受的种种欲望，而老人们在变相地向社会行乞；倘连一分钱都不能挣了，在家庭中可能就被视为完完全全多余的东西了。

她怜悯起她们来。

分了钱，她们走了。那多余的两元钱，也不知分到她们谁手里了。她们走了后，她觉得心里轻松多了。她不愿再见到她们中的任何一个，她已经不厌恶她们了。她已经在心里宽恕了她们的卑琐，自私，对好人的罪过的猜疑和对几乎所有年轻女人的亵渎的思想；她心里只剩下了对她们的怜悯，唯其怜悯她们才不愿再见到她们。在生活中，我们最不愿见到的人，不是也往往包括那些我们最怜悯的人么？她和她们在一起时，感到胸口仿佛特别窒闷。也许正因为她们老了，行将就木了，她们似乎需要从空间吸收比她多得多的空气……

她将一百九十六元钱用手绢包好，稳妥地揣起来。放了一段音乐静静地听，听了一会儿，关上录音机，拎在手中，环视着又变得空空荡荡的这个厂房，不知为什么，心中竟产生了一种眷眷的依恋之情。

她正要离开，那些女人中的一个，就是在她看来哪儿哪儿都像河马的那一个又回来了，对她说："小徐子，我信得过你！我这份儿钱今天交你了！咱俩拧成一股绳儿，把这个小厂好歹维持下去吧！总算有这么个院子，有这么个厂房，空闲在这儿怪可惜的。啊？"

她顾虑重重地审视着对方那张巨大的脸盘儿，没立刻接对方的钱。

"你别小瞧我。我能忽悠！忽悠是什么你懂不？"

她摇了摇头。

"忽悠……就是上上下下的，方方面面的，单靠一张嘴把事儿办成！这是能耐。我有这能耐！我看你有点帅才。我是个好将才！你当厂长，我当副厂长！你只管出谋划策，我到处替你忽悠它个天昏地暗！咱俩的钱加在一起四百来块，也不算少。如今光夹着个空皮包到处做大买卖的能人多啦，咱俩女的还不顶一个男的么？……"

"你……真那么能忽悠？……"她犹豫，怀疑。

"当然，你可以打听，凡认识我的，谁不知道我能忽悠！"

"好！"她接过了钱。

"大娘……你姓啥呀？"

"姓马。别叫我大娘，我还没那么老。往后你叫我婶儿吧！"

"马婶儿，咱俩……同舟共济了？"

她觉得马婶儿姓马之后，倒不那么像河马了。

"同舟共济！"

…………

晚上，她打电话将小叔子"请"回到家里。叔嫂一块儿包饺子时，她向他讲述分钱的情形，她以为他听了准会取笑那些女人们一番，不料他没有。

他叹了口气说："咱妈活着的时候也那样啊！为了一斤石棉线被定成一等的还是二等的，跟人家脸红脖子粗的吵。为了几毛钱的工钱，扯住人家，跟人家掰着指头算过来算过去……嫂子你不能要求每一个穷人对钱都那么大度……尤其不能要求这些老太太……"

她觉得她小叔子的那颗心善良得令她感动。

她想到了自己返城后的种种经历……

想到了自己为挣钱怎样给别人下跪……

想到了自己为挣钱在大雨中怎样奔到卸煤厂怎样对那些男劳改们喊叫："谁要我？你们谁要我？……"

想到了自己是怎样被乖戾的命运推进了这个家……

她低声说："可也是……"

饺子包好了，她让他在屋子中间支起小圆桌，安静地坐在桌旁吸支烟，不许他再插手帮她煮。火很旺，锅开得快。她心情愉悦，暂时忘记了自己明天又是一个待业者。她轻轻哼着歌儿，忙得相当利索。一边看着锅，一边剥好了一小盘蒜，还和他一问一答地说着话儿。

"立伟，马婶儿要和我把那个小厂维持下去！我俩的钱合在一块儿了，做基金。你看我们能成不？"

"哪个马婶儿？"

"就是最胖的那一个呀！她主张的。"

"怎么不成？嫂子，现在饿不死人。我还能帮你揽到活呢！"

"真的？那太好啦！嫂子就一点儿也不愁了！马婶告诉我她能忽悠……立伟你知道忽悠是什么意思么？"

"知道。如今忽悠也是本事啊！"

“那你怎么不学?”

“我学也学不会啊,那得靠点儿天才!”

他在里屋笑了。

她在小厨房里也笑了。

她将饺子一盘盘端上桌子,压住炉火,进了屋,安安心心地坐在他对面,和他一块儿吃起来。

“香么?”

“香。”

“淡不?”

“不淡。”

她不由得回想起,去年郭立强参加一中考试那天,她也曾早早起来给他包了顿饺子。她转脸朝迎门的墙上望去——她和郭立强的结婚照挂在墙正中,照片上的他有点儿腼腆地微笑着。当时摄影师让他笑一笑,他就那样微笑了一下。如今那微笑成了他最后的微笑。按说最后的美好的东西,总该是极有价值的。可他那最后的微笑,除了造成她的一段感伤的回忆,还另外有些什么价值呢?一年,仅仅一年,由于他的死被强烈激怒过的当年的返城知青们,有几个还谈起一中事件?有几个还谈起一九八〇年“五一”国际劳动节那一天举行的震惊全市的大示威?有几个还谈起郭立强这个死者的名字?此时此刻,有谁还在怀念他?除了她,除了他的弟弟。生活就是这样,生活的本质就是这样。对于生活,一切过去了的事情,都终将是被人忘却的事情。在人心里最不能久驻的恐怕还是人。一年,仅仅一年,她每每怀念起他时的那种感伤,不是已经一天天从她心间消散了么?就像峡谷之中的浓雾,在太阳升起后会渐渐消散一样。对于她,他已不过是她曾爱过的一个男人。如此而已,仅此而已。她又想起,为了宁宁,她和吴茵在江畔会面的时候,吴茵曾对她说应该忘掉之类的话。当时她认为吴茵是个心灵冷漠的女人，甚至对吴茵的话有些反感。而事实上，她已经差不多忘掉了他。此刻她注视着照片上的他，心灵竟是平静的。她暗暗吃惊于自己此刻心灵的平静，却也只是吃惊而已，并不能再引起更使她激动的感情波澜了。她不得不承认，无论谁忘掉一个死去的人，那本是很正常的事，绝不证明人的心灵怎样。人忘掉一个爱过的人，应该如同忘掉一个恨过的人。人不应该生活在怀念之中，人不应该靠回忆生活，不管那种回忆多么影响人。也许只有对生活绝望了的人，才靠某种怀念某种回忆过日子吧？

吴茵的话是有道理的么？

还是我也变得心灵冷漠了？

不……我的心灵并未变得冷漠。恰恰相反啊，它分明是比原先更能蓄藏情感了啊！……

摄影师当时也让她笑一笑，她似乎微笑了一下，从照片上却看不出来，照片上的她满面笼罩着愁苦。而此时此刻的她在吃饺子，心情愉悦，毫无感伤。即使想要强迫自己感伤起来也不能够。她暗暗吃惊于自己怎么会是这样一个女人？暗暗怀疑自己是不是已经不知不觉地变成一个坏女人了？

“嫂子，想什么呢？”

“我……在想你哥……”

郭立伟也朝墙上的照片望了一眼，轻轻放下筷子，盯着她说：“嫂子，该忘的，就不该再想了。”

“包括你哥哥？”

“……包括我哥哥。”

她万万料不到他会这么回答！回答得这么平静！

她也轻轻放下筷子，双手捧着脸颊，两肘支在桌上，迎着他的目光，低声问：“立伟，你已经把你哥哥忘掉了么？”

“怎么可能呢？”他垂下了目光，“只是不再想他了。”

“原先你想他的时候,想哭过么?”

“想哭过。”

“我也是。”

“有时候我觉得哥哥是到外地去了,说不定哪天就会突然回来,突然站在我面前。”

“我也是。”

“以后我想起他的时候,就好像有一个人在旁边劝我,对我说,死是解脱,他解脱了,你还没有。他从来没有轻松地活过,你该活得比他轻松。一个人只有一条命,你得珍惜你自己的命,你得让你的生活中幸福多一点儿,快乐多一点儿……”

他抬起头看了她一眼。

她坦白地说:“我也是。”

“有时候,我总觉得,那个劝我的人好像就是……”

“是谁?……”

“是你……”他又抬起头看了她一眼,随即低下。

“我……也是……”

“我就学会了劝自己,我常常对自己说,郭立伟,你哥哥死了,你还有个好嫂子呢。你也得尽力,使你嫂子的生活中幸福多一点儿,快乐多一点儿……”

我也是——她说。没说出口,在心里说。她始终注视着他,她想:立强,我们如果不是有一个弟弟,而是有一个妹妹,那我的命会是怎样的呢?……

她受一种深厚而隐秘的柔情的驱使,缓缓站了起来,镇定地走到他身边,毫无顾忌地捧起了他的脸,俯视着,端详着。她觉得那张脸真是年轻!显示着几分男人的成熟,又显示着几分孩子的天真,成熟和天真在那张脸上交融得很和谐。她心中鼓荡起一阵爱意。就在那一时刻她忽然明白了自己,明白了她除去需要工作之外尤其需要什么。她丝毫也不为自己的举动感到羞耻，更不感到罪过。她任凭那一种深厚而隐秘的柔情驾驭着她，她任凭那一阵爱意鼓荡着她的心。她的脸红艳艳的，那乃是因为柔情和爱意一下子从她心里溢了出来。她觉得自己就好像是一棵笋，不是从土地下，而是从塘底的淤泥中，一下子就生长了出来，瞬间冲破了一片死水，嫩绿嫩绿的，清清新新地挺立在水面之上，并且继续勃勃地生长，一节一节地向上拔。

他也是镇定的，仿佛他早就习惯了她对他如此亲爱似的。他笑了，说："其实饺子有点淡，我口太重。"

她说："不，是我口太轻了。"

她就将他的头搂抱在自己怀里，抚摸着他的脸，问："小伟，你生活得快乐么？"

很自然的，她竟叫起他"小伟"来了。

"就算快乐吧。"他一动不动，像孩子似的接受她的柔情和爱意，平平静静地说："工作挺累的，又实行劳动定额，下了班，洗过澡，唯一的愿望是轻松轻松。听音乐，看小说，下棋，看电视，有时候也到俱乐部去看录像，去跳舞……"

"你还跳舞？"

"跳。干吗不跳？腿瘸也要跳。跳舞的时候我会忘了自己腿瘸，人家都说我跳得不错。"

"姑娘们愿意跟你跳？"

"认识我的就愿意，我也不请陌生的姑娘跳。"

"星期天呢？星期天你怎么打发？"

"星期天到松花江去游泳，划船。有时候一个人逛公园儿，安安静静地在哪儿坐上半天，看人……"

"看人？"

"嗯。看那些男人女人，愉愉快快地从身边走过，我就觉得自己的心情也愉快起来……还坐碰碰车玩……”

“碰碰车？碰碰车是什么车？”

“你碰我，我碰你，碰来碰去的一种车。大人小孩儿都喜欢坐着玩……”

“难怪你星期天也不回家，你就没想想我一个人在家里怎么打发星期天么？……”

“想过……怎么能不想呢？嫂子，录音机我不拿回去了，留给你。如今一个人的生活里不能没有音乐啊！下个月我奖金能发挺多，我还有点存款，先给你买个电视机吧。买彩色的钱不够，只能买黑白的。从电视机里，你能了解到别人如今怎么生活，还能了解到外国人如今怎么生活……”

“我不要你给我买电视机，我以后挣了钱自己买。”

“那不是得以后么？就算我先借给你钱。”

“你也活得很幸福？”

“不。不幸福……”他的头在她怀中摇了摇。

“我听你说都觉得你活得很幸福。”

“那是活得快乐。幸福靠命，快乐靠自己。我觉得不幸福，我才要多给自己寻找快乐……”

她又将他的脸捧了起来，凝视着他的眼睛，耳语似的说：“我也是……可我没处给自己寻找快乐……”

“嫂子，明天我们一块儿到公园去好么？”

“好……”

“没工作也要高兴地活。还是我那句话，如今挣钱不是件难事了。用不着愁眉苦脸，留心看看，你就会知道。信么？”

“信……”

她突然离开他，从食品柜中取出瓶酒，有些激动地说：“你看，我还买了一瓶酒呢，洋河大曲。售货员说是好酒，我也不知道究竟好不好，是好酒么？”

他从她手中接过酒瓶，看了看商标，点头道：“老百姓喝，也算是好酒了。”

“嫂子陪你喝吧？”她又从食品柜中取出了两个酒盅，一个摆在他面前，一个自己拿着，复坐下去。

他却站了起来，说：“我想回厂了。”

“不行！”她也站了起来，预备阻拦他。

他说：“嫂子你别拦我，我回厂看电视，今晚有足球赛。”

她说：“你连饺子也没吃几个。”

他说：“吃饺子就那么回事儿，兴趣全在包的时候。”

她说：“那我酒白买了？特意为你买的！嫂子陪你喝一盅你再走。我去拌点白菜心……对了，还有一只烧鸡我都给忘了……”说着要往厨房走。

“什么都不用。”他拧开瓶盖，斟满了一盅酒，擎起来说：“我就喝一盅再走。今天嫂子高兴，我心里也高兴！”

她制止道：“别喝！”探身从他面前拿过酒瓶，给自己斟满了一盅酒，也擎起来，庄重地说：“嫂子有言在先，陪你喝一盅。”

他说：“嫂子，这酒度数高，你象征性的吧！”

她坚决地说：“不，我来真的！”言罢，两眼瞧着他，徐徐地就将那满满一盅酒饮尽了，她的脸顿时更加艳红了。她辣得吐出了舌头，赶紧夹起个饺子塞入口中。

“那我再喝两盅谢嫂子今天一番心意。”他又从她面前拿过了酒瓶，为自己连斟两次，眉都不蹙一下，连饮连尽。

她也为他夹起个饺子，走到他面前，送到他口边。

他一笑，说：“三盅酒，哪儿到哪儿！还多吃个饺子干什么？”

她说：“你吃下这个饺子压压酒，要不你走了我也这么举着……”

他耸耸肩膀,顺从地一口吞下了那个饺子,迈步往外便走。走到门口,他转过身,环视着屋里的家具,说:“这套家具是我一年前为嫂子和我哥做的,现在式样又过时了!我已经备下了料,嫂子,等你结婚时我再为你打一套式样更新的!”

她望着他,喃喃地说:“小伟,你别走……”

他问:“嫂子,你还有什么事儿闷在心里吧?”

她低下了头去,默然良久,抬起头说:“明天就是星期天,你……真带我到公园去?”

“真的。”

“我也要坐碰碰车玩!”

“那有什么不可以呢?我陪嫂子高高兴兴地玩上一整天就是了。嫂子你可要打扮得漂亮点儿,现在哪儿有穿你那种蓝涤卡的?涤卡过时了……”

“嗯……”

“明天我不回家找你了,我直接在公园门口等你。九点!”

“那,你得答应我,玩够了陪我回家,咱俩一块儿在家吃晚饭!……”

“我听嫂子的。”

她望着他推开门走出去,一时觉得他从家中带走了许多对于她是不可缺少的东西。还带走了她内心那种柔情和那种爱意。一年多了,一年零五个月了,她似乎已经忘记了自己是一个女人。在愁苦的待业时期,她很少走出这个院子,走出这条街。而明天他要带她到公园里去,高高兴兴地玩上一整天!没有工作的人也是可以高高兴兴地玩上一整天的么?为什么不可以?他不是还跳舞并且被公认跳得不错么?他不是告诉她如今饿不死人,如今不难找到活儿干么?她竟很迫切地想要知道,一九八一年,除了台湾女歌星邓丽君的录音磁带,周围的生活中到底还多了些什么?在这个院子，在这条街以外的年轻女人们，都开始穿些什么服装了？“涤卡”过时了？连“涤卡”都过时了，那么还有什么没过时呢？她不太信……

她还想彻底抛掉忧愁，彻底抛掉锈一般的回忆。她还想要一个人的快乐，要一个三十岁的女人的快乐。他说得对，幸福靠命，快乐靠人自己去寻找。他说得对，一个人只有一个命……他说得对，一个人应该对自己负起热情的责任……

他说得对，吃饺子就那么回事儿，兴趣全在包的时候。饺子，她也不想吃了。

她忽然很想听音乐。于是她从他留下的几盒磁带中挑选出了“邓丽君”放入录音机，音量拨到刚好能听清，悠悠然地坐在桌边听起来。

她觉得那台湾女人唱得真是悦耳动听，尽管唱得娇滴滴的，但娇得并不令人讨厌。她想，女人的本性总是娇滴滴的，自己不是就常常产生想向谁撒娇的心态么？而那个“谁”说穿了不是一个男人么？而没有这个“谁”确实地存在着她不是才常常觉得活得很累，很乏味儿，委屈上加委屈么？不是正因为无处撒娇，她才常常无缘无故地在小叔子面前作嗔状么？如果女人们无处撒娇，女人们很快就会老的吧？如果女人们无处撒娇，男人们会变得娇滴滴的吧？人原本并不是很复杂的吧？人先虚伪了其后才复杂了吧？那么人有什么正当的理由非虚伪地活着不可呢？我虚伪么？我从前是虚伪的么？我现在变得虚伪了么？虚伪的女人能对自己负起热情的责任么？徐淑芳，没谁要求你监视你怎样活着啊！谁又凭什么要求你怎样活着监视你怎样活着呢？如果他们是虚伪的，他们更凭什么呢？如果他们自以为是有权要求你监视你的，那他们便也必定受着别人的要求受着别人的监视！那人人都活得很累活得很乏味儿活得很委屈不就是很活该的事儿了么？那么谁还能对自己有着热情的责任？……

轻轻的一个吻
叫我思念到如今……
吻……

活到今天，她只被两个男人吻过。一个是王志松，在北大荒，在僻静的小河旁，他笨拙地吻了她一下，她却吓哭了。当年她十九岁。除了他的笨拙和她的恐惧，记忆中没再留下任何别的印象。可从此以后他便认定了她是属于他的，她也这么认定了。一个笨拙的吻就占有了一个十九岁的姑娘，如果这还不算荒唐可笑，那么吻对于女人就真是太可怕的事儿。男人们也太混蛋了……那也能叫做吻么？另一个是郭立强。他是那类绝不吻一个还不是自己妻子的女人的男人，可能也是为了这一点他才决定和她结婚。他简直视女人为神圣之物，他自己也想力争做一个神圣的男人。她和他都如圣男圣女一般在这个家里共同生活了不短的时日，而别人们，包括善良的邻居们都不相信他们真的就是圣男圣女。即或人人相信，其意义又何在呢？后来她将自己的肉体在他绝望之极的时候主动奉献给了他。用自己的一个平凡女人的活生生的肉体，验证了他不过是一个平凡的男人。那个夜里他们尽吻尽吻，没有什么"轻轻的"那一说；同时也验证了他们对彼此亲爱饥渴到了何等程度。那是一个蓝色的夜。一个迷醉的、满足的、血液燃烧的、冲动之中跌宕着冲动的夜。结果第二天早晨那个"神圣"的男人就变成了一个单纯而天真的大孩子，喋喋不休地对她说，他有了她就什么都不怕了，连死都不怕了。并且分明地开始有些向她撒起娇来。结果那天早晨他连一架破扬琴也没来得及修好，就被公安人员带走了，就再也没回来，永远……

那个蓝色的夜晚！

她回想起他的时候也更是回想起它。一次次的回想，使那个夜晚竟变得像宗教日一样神圣起来，使这个家也变得神圣起来，使这张床也变得神圣起来，使每天晚上都睡在这张床上的她，也于近乎神圣的回想之中变得近乎神圣起来。这个家竟渐渐地具有了教堂的色彩。正因为如此，她的小叔子不回来。正因为如此，她每次对他的挽留，哪怕是最真心实意的挽留，也不可免地包含着虚伪的成分，以及生怕触犯了某种神圣的东西，心灵颤巍巍的恐惧……

那一个蓝色的夜晚！

那一个迷醉的、满足的、血液燃烧的，冲动之中跌宕着冲动的夜晚！

一年多了，整整一年零五个月了，女人的心在寂寞之中老化着，女人在寂寞之中渐渐忘却着自己是女人。柔情像呼吸一样，吐出去又吸进来。爱意像炉火一样，旺起来立刻又被一铲煤压下去，在心怀内进行悄悄的势将更旺的燃烧，煤压不住火。她天生是一个靠爱的自觉才能进一步自觉到自己是一个女人的女人。如果说她从前不是，那乃是因为这样的女人的成熟大抵是迟缓的。而她现在已经成熟这样一个女人了，已经是这样一个女人了。像一颗成熟得无比饱满的果子，悬挂在被折断的枯枝上。

生命的最生动的最任性的活泼，早已从这个小小的空间消散尽净了。一年多的时间，足以从封闭不严密的空间消散更多的东西。

她不禁又望着墙上的结婚照。一个男人和一个女人的合影。“上帝”和“圣女贞德”的合影。“上帝”到天国去了。“圣女贞德”仍在人世间。因为她常常觉得他仿佛是上帝，无时无刻不在俯视着她，所以她不敢以为自己是夏娃。只能难以胜任地充当“圣女贞德”。同时充当嫂子。夏娃怕上帝。而他到天国去之前，却又并没有把她那颗女人的原本极容易充满柔情极容易嚣荡起爱意的心收回去带走。上帝也有疏忽的时候么？她忽然起身，将椅子搬向那面墙，踏着椅子将相框从墙上摘了下来。连看也不看，翻出块花布包好，放进了柜子里。刚刚坐下，又觉得放在柜里并不妥。于是拿出来，一会儿塞到这里，一会儿塞到那里，尽往目光所不及的角落塞，无论塞到哪儿还是觉得不妥。她手持着它，咬着嘴唇沉思了片刻，猛转身走到厨房去，挑开几圈炉盖，将它放在炉膛中了。她蹲在炉旁，用炉钩子从炉口撤火。撤着撤着，呼地一片红光耀眼，炉火熊熊地燃烧起来了。她听到炉中发出了轻微的玻璃的碎裂声。

不知收藏在何处才好的东西，烧掉是最妥的收藏。她觉得她自己掌握了一个生活小常识。

她很想再喝点酒，她觉得喝了一盅酒之后那种头脑稍许有点发晕的感觉挺新鲜，也挺好玩。墙上没有了那照片，她才认为真正不被约束不被监视了，并且觉得这是良好的自我感觉。

她细细地切了一盘菜心儿，拍了蒜放上，浇香油浇醋拌糖。尝了尝，挺有滋味儿，挺爽口，挺满意。她又片下了一盘鸡肉，加了该加的作料，一手端一只盘子，独自笑盈盈地进得屋来，摆在桌上，就拧开酒瓶盖儿，款款落座，自斟自饮。太辛辣。她想，既然算是好酒，太辛辣也值得一醉方休啊！今宵不醉，更待何时呢？……

录音机停了。

那个台湾女人……她叫什么来的？……邓……丽……君……好个娇滴滴的邓丽君！你也唱得够累的了！女人向女人撒娇作嗲……忒没意思！……对酒当歌……不行，没歌不行……

于是她从录音机中“请”出邓丽君，换了一盘磁带。

“对酒当歌，人生几何？……”

她大声问，习惯地朝那面神圣的墙瞥了一眼。

墙上一片空白。

“几何？……”

是李白的诗么？好像中学老师讲过是李白的诗？李白作这么

俗的诗么？还诗仙呢……看来也是一个……大俗人啊！……

“把酒问青天……明月几时有？……”

也是李白那个大俗男人的诗么？……初几学的呢？初二？还是初三？……

她朝窗外看了看。

明月哪儿去了呢？……连星也没有……

“把酒泪（酹）滔滔……心潮逐浪高……”

这又是什么人的诗呢？……可惜只记住两句……

没有歌不行！这么高兴的夜晚……

录音机仍不唱，她便站起来，自唱：

我失骄杨君失柳
杨柳轻飏直上重霄九
问讯吴刚何所有
吴刚捧出桂花酒
寂寞嫦娥舒广袖
万里长空且为忠魂舞……

唱罢，又斟一盅，壮丽地一饮而尽。她的身子摇晃了一下，本能地用一只手撑住了桌子。她觉得自己似乎变成了一根羽毛，只要那只手一离开桌子，就会飘起来。她觉得这种感觉真是奇妙极了啊！

唱到“寂寞嫦娥舒广袖，万里长空且为忠魂舞”，其情不能自禁，离开桌子，摇摇晃晃做舞蹈状，脚下无根，险些倾倒，扑于床上。她顺势将床单扯下，披在肩头，双臂担之，似袅袅广袖，左舒右展，前飘后敛，且旋且舞……

她醉了。

一觉陡醒，天已大亮。一抹阳光照在床上，照在身上。见自己和衣而眠，还裹着床单，就有些惊诧。撑起松软的身体，坐在床边，闻酒香弥漫，一时不知昨晚自己何为。坐着静想了一会儿，不免顿生惭愧，暗笑自己。猛然地记起九点在公园门口和小伟相会，她就去洗漱。冷水激面，更加清醒，对镜梳头之际，注视着自己，双颊渐红。暗羞于“立伟”变成了“小伟”，这一颗心是怎么了呢？与姚玉慧相反，她没有卷发器，没有系列化妆品，但是她并不因此对自己缺乏信心。镜子里那个女人的脸还显得挺年轻，挺秀气。那种自己习惯作出的淡淡的微笑也挺美好。“还行。”她满意地想。

看看表，时间尚充裕，得抓紧收拾一下屋子。开了录音机，录音机里又送出一个女人的歌声。这小伟，专爱听女人唱的歌！

在歌声中，大敞门窗，散尽了酒气，将地板拖得干干净净，将桌上的盘子碗筷归拢了罩起来，将床上另铺了一条床单，将被子叠得整整齐齐，按习惯擦了一遍并不存在灰尘的家具，复关上门窗，开始换衣服。

她也没有姚玉慧那么多可选择的衣服可选择的鞋。但她仍未对自己缺乏信心，她相当乐观地爱护着自己的好情绪。以一位少女要去野游那种发自内心的愉快，十分随意地打扮着自己。她穿了一件夹克式的米黄色的斜纹布上衣，束腰的，婚前买的，一直未穿过。没有面穿衣镜可照，她却能想象得出自己穿着会增添一种女性的潇洒风采。“涤卡”过时了，她牢记着他的提醒。今天可不能穿过时的，宁肯穿普通布的。九月底，穿裙子是不是太招摇了点呢？她犹犹豫豫地穿上了一条半新的女军裤，还是在兵团时期保留下来的“财产”。不好！半黄加草绿，准像只蚂蚱！便又脱了。九月底就九月底！九月底也要穿裙子！记得上小学的时候，“十一”庆祝游行老师还要求女同学们一律穿裙子呢！何况今天又温暖又明媚！于是她穿上了一条蓝色的“的确良”裙子。是他不久前给她买的，说是西服裙。“涤卡”过时了，“的确良”大概没过时吧？否则他也不会给她买。“的确良”要是也过时了，那人们还穿什么？

那不甘落伍的女人们不是该因衣着天天发愁了么？……

她认为自己还是穿上了那条裙子好。夹克式大翻领女上衣，内衬着雪白的圆领衫，下着西服裙，所有她那些普通的衣服中，这无疑是最佳的搭配方案了。脚和腿呢？要不要穿袜子？穿长袜子好还是穿短袜好呢？她很自豪于自己的双腿，它们大大显出了女人的修长之美，如两段象牙一样白一样光洁。她决定不穿袜子，赤足穿上了一双黑色的高跟塑料凉鞋，她觉得自己挺拔了起来。那双极便宜的鞋更加衬托出了她双腿的修长之美，脚足的束秀之美。

她突然意识到，自己作为一个三十多岁的女人，首先是一个幸运的女人。因为青春尚在，甚至可以说刚刚开始焕发。女人的美还在，女人的魅力还在；其次才是一个待业的女人。生活将给予她的希望和机遇，可能要远远比那些虽然有工作，但已永远失去了青春失去了美失去了魅力的女人多得多。她起码有三条理由不再将自己看成一个生活中的苦人儿，一个可怜虫。

啊哈“尤斯”，啊哈“尤斯”，
嘿！——嘿！——嘿——

录音机里，一群男女在快乐地嚷叫。

尤斯——什么意思呢？不懂。然而那种嚷叫是很扇动人的情绪的，像运动场上的啦啦队在喊“加油！”、“加油！”……

难怪小伟说如今生活里没有音乐怎么行！

她关了录音机，找出放在柜子最底层的那包钱，从中抽出了五元，想了想，怕少，又抽出了五元；然后写了一张借条，夹在那一沓钱中，重新包好，放回原处。她明白，那笔钱她是不能随便动的。从某种意义上讲，已经是公款，是意向尚不明确的事业的基金。

她走出家，锁了门，恨不得一步就迈出院子，她有点不愿让邻居瞧见她这身衣着。偏巧孙二婶也从家里走出来，瞧见了她，好奇地问：“淑芳啊，哪儿去呀？打扮得这么体面！”

她红了脸发窘地说:“体面什么呀！二婶,我去看一场电影。”

“看电影?”孙二婶的好奇陡增十倍,揶揄道:“八成会什么人去吧?”

“二婶您尽会开玩笑！我哪有心思去会什么人啊!”她不好意思就那么径直走掉,只好站下和孙二婶胡扯几句。

“去吧,去吧！别晚了,看不到片头儿多扫兴!”

孙二婶倒很识趣,催她走。

离开了那个院子,离开了那条小街,穿过几条胡同,走到了城市的一条马路上。严格地说,她的家,更严格地说,郭氏兄弟的家,不能算是在市区,只能算是城市的边缘。这条马路的尽头才接近城市的热闹处,而要到这条马路的尽头,得乘十几站公共汽车。马路尽头的热闹,也不过就是有一个农贸市场和一个小电影院而已。当然也就有一个派出所,夹在农贸市场和电影院之间。这是一条毫无可观之处的马路,城市的显著的发展和变化还没有推进到这里。马路两旁有些楼正在盖着,尽是灰色的简易商品楼,同样毫无可观之处,使人觉得还没盖完已经旧了。她等车的时候,吸引了许多人的目光,她怪不自在的。极少有时髦女人出现在这一带,而人们的目光告诉她,她仿佛是一个时髦的女人。

但一到了闹市区,她便觉得自己黯然无光了,几乎没有谁再注意她了。许许多多的女人仍穿着夏令时装,她们大多又是年轻的女人,她们似乎存心要向后延长季节似的。她竟有些奇怪,这座城市的年轻女人从哪一天起都变得这么漂亮了?比她们更漂亮的女人们的时装是哪儿卖的呢?城市又从哪一天起开始变得有点像所谓“花花世界”了呢?两条最繁华的马路交叉的中心,高高地矗立着一座青铜雕像——一个健美女人的裸体,向天空舒展双臂。她觉得它真是美极了！然而她不好意思驻足久看它。除了她,并没有谁注意它,好像它已经在那儿站立了至少一百年！而她清楚地记得，一年多以前站立在那儿的还不是那个裸体的健美的女人，是毛主席庄严地倒背双手，披着大衣的雕像，也是青铜的。因为她在一年多以前曾跟随二十余万返城待业知青的游行队伍经过这里。那个刘大文还爬上了毛主席的青铜雕像的底座，一手揽着毛主席的一条巨腿，一手有力地打着拍子，用他那毁灭了的嘶哑的金嗓子，指挥大家反反复复只唱两句歌：

兄弟们啊，姐妹们啊，
不能再等待

那个大雨哗哗的“五一”！

如今二十万待业知青是真正地被城市所吞没了，他们再也没有向城市显示过一次集合起来的声势。城市冷静地教育了他们，盲目的愤怒的行动对于他们没有任何实际的意义。他们中的每一个，毕竟都得首先作为一个人活着。

城市不是演兵场。

谁要重新做一个城市人，谁就得克服掉依赖群体的习惯，城市不管这种习惯对于谁多么重要。而事实上，即使在动物方面，习惯依赖群体的也大抵是那些弱的生命……她这么想。

她站在人行道上，默默地想，那愤怒过，呐喊过，哀唱过，示威过的二十余万中，今天是强起来了呢？还是更弱下去了呢？

耳畔忽听一阵喊：

“快来买呀，《怎样过好性生活》！堪称性生活指南！分析性冷淡心理！新婚夫妻的良友！中年夫妻的福音！老年夫妻的参考！一切男人女人性生活和谐畅美的保证！……”

她以为是疯子在喊，转身望去，却见离她六七步远的地方，一个书摊小贩，手挥一本白皮书，热情奔放地叫卖着。几个小伙子和几个姑娘，包围着书摊，各持一本，高考前的用功学生似的在看，充耳不闻市声。

“嗨！你们到底买不买？不买别乱翻！……”

小贩一一从他们手中夺下了书,于是他们纷纷掏钱来买。

那小贩背后,是一块巨幅宣传板。红漆衬底画着一男一女的黑漆头部剪影,唇若吻而未吻。黄漆写着一行正楷大字赫赫然是——一对夫妻只生一个好!

她暗暗吃惊于城市竟变得如此之不害羞了！或许由于它从前正经得过了头吧？其实她心里倒极想买那么一本书。但是她太厌恶那个书摊小贩的招徕方式,如果他不那么大喊大叫她便会真的走过去买一本。

她赶快朝公园走去,唯恐自己经受不住那令她厌恶的书摊小贩的诱惑。

一年多,仅仅一年多,城市的变化使她耳目一新,使她吃惊不小,使她受到不少生动的刺激。无论如何,她是一点儿也不后悔的。她想,她是一个城市人,是一个并不自暴自弃的年轻的城市女人。再没有什么群体可依赖,城市也不可依赖,只可适应;所以她得将城市感觉透了。除了一个女人那种细微的感觉,她没有别的方式更了解它,更熟悉它,更接近它,更习惯它;尽管她是它养大的。

她低着头,一边走一边思想,撞到了什么人身上。抬起头,她瞪大了眼睛——站在面前的是一位穿游泳衣的少女。不,不只是一位,而是三位。三位少女都身着红色游泳衣,都赤着脚,身材都相当之窈窕,皮肤都相当之白皙。红白相映,如三朵出水芙蓉,长发也都水淋淋地披散在肩头。

“对不起……”她反应迅速地道歉,连退两步,望着三朵艳嫩的“花儿”,竟疑惑今天不是今天仍是昨夜,自己仍醉卧家中床上做着离奇的梦幻。

“没什么……”被她撞了的那一“朵”,不介意地笑笑,抬起一条玉腿，拿手揉脚趾。

“我……不该低着头走路……”

“嘿！你们就这么在街上晃？当在家里哪？”一位交通警威严的面孔。

“怎么了怎么了？从江边到家就这几步路……”

“那就办展览呀？受过文明教育没有？”

“你受过！哎，那你看我们干吗？”

她走出越围越多的人群，争吵声一直跟着她，少女们的声音脆脆的……

咦，前面何时盖起了一座大厦？——国际旅游俱乐部？好气派！半月形的宏伟建筑的外体，遍镶着咖啡色的玻璃。她不知道那种玻璃是用外汇进口的。在九月的上午的灿烂阳光照耀之下，整座大厦熠熠生辉，流霞溢彩，显得豪华无比。楼口的大理石台阶中间铺紫红地毯，两名穿漂亮制服的英俊而年轻的男侍，庄严地鹤立在宫闱式的门首两侧。一阵阵舞曲从门内传出。楼前广场停着一排排小汽车。

许多衣着时髦的漂亮的她的女同胞，或独自或三三两两徘徊徜徉在门首。她以为她们是被好听的舞曲所吸引，但很快便看出，吸引她们的并非舞曲，而是进进出出的外国人，自然是外国男人；不分年龄，不分种族，不分肤色，不分高低胖瘦美丑的每一个外国男人。只要是没有外国女人陪伴着的外国男人，不管是单独的外国男人还是两个三个四五个在一起的外国男人，他们一出现，她们便像训练有素的猎鹰发现了捕捉目标一样扑上去，急急地热烈地用拙劣的外语表达什么意思。看得出来，那些外国男人听不大懂她们的中国话夹杂着外语的低低的表达，但似乎却不难明白她们的意思。他们也格外被她们所吸引，尤其是那些刚刚从小汽车上踏下来的外国男人，也都习惯地用目光猎捕着她们。这种情形，就使她很难判断,究竟是她们在猎捕他们,还是他们在猎捕她们。也许只能说,那是一种互相的猎捕。都是鹰,也都是目标。心有灵犀一点通,语言的不同不通在此时此处似乎没有什么表达的障碍。她们有的被他们带入了楼内,有的被他们带入了车内。不能捕捉到目标或者不能被当做目标捕捉了去的,就显出很失落和很嫉妒的样子……

在“国际旅行社”五个朱红大字的“旅”字上方,悬着比她家里的圆桌面儿小不了多少的中华人民共和国国徽,光彩夺目,标志着这座大厦是中国的。

大厦的豪华尽管使她惊叹,然而毕竟不至于使她倾倒。很使她倾倒的是她的那些女同胞们,她们的衣着那么时髦,典型的“资产阶级的奇装异服”,她们都是那么年轻,那么漂亮,那么富有女性的魅力……

“小姐,想跳舞么?……”

一个男人的声音就在她身边彬彬有礼地问,她没有转身,只是将脸侧了过去。由于生平第一次被称为“小姐”,内心不免惊慌。

那是一位四十五六岁的男人,瘦而高。穿一套棕色西服,系一条黑色领带,领带上别一枚精致的显然是金质的领针。两鬓有白发了,精神却很矍铄,目光炯炯的,礼貌文雅之中,透露着他那种年龄的男人特有的自信,挺有风度。这个陌生的男人,在她不经意间,像头猎豹似的悄没声儿地就接近了她,引起了她一种女人的本能的警惕。

她努力不使内心的惊慌表现出丝毫,镇定地微笑道:“谢谢,我不想跳舞。”

她欲立刻离开,可他紧接着问:“那么,想不想到郊外兜兜风?我的车就在那儿,那辆白色的。”他指了指十几步远处的一辆白色小汽车。

车内，戴墨镜的中年男司机，正像密探似的望着她。

“不，不想兜风。”

“我姓陈，耳东陈。美籍华人，到这座城市来办些商务……”

他似乎并不因为她既不想跳舞也不想兜风而感到遗憾。

“陈先生，您找错人了。”

她冷冷地说。一说完，拔脚就走。

她觉得受了严重的侮辱。但是又不知为什么，走出不远，她忍不住回头看了看。

一位穿旗袍的姑娘正挽着那位陈先生踏上豪华大厦的铺红地毯的台阶……

她想，那位乘虚而入的姑娘，心里一定会嘲笑她的不识抬举，并且庆幸自己终于捕捉到了一个半老头子吧？……

生活在城市边缘的她，今天的的确确是感受到了城市腹地发生着不可思议的变化。绝不是她在家里所能想象得到的，也不仅仅是她所看到的。她仿佛觉得自己所看到的，不过是穿插幕间的小品节目，有意思而已。城市什么时候才拉开它的大幕，使她看到称得上是正剧的内容呢？她不喜欢那三位只穿着游泳衣在闹市区行走的少女，不喜欢那些徘徊在国际旅行社大厦外的花枝招展的姑娘，不喜欢那位美籍华人陈先生……但也不十分反感。因为她明白反感是没有任何意义的，因为她明白这一切已构成了和继续构成着城市在一九八一年的某种色彩。城市不是为她而变的，也绝不会按照她的好恶而变。

生活可能也是有性格的。她想，人拗不过生活，谁也拗不过生活。人与生活对峙的话，归根结底，遭受损失的将是人。她想，徐淑芳，你今后得用极其宽容的眼光看待生活了呢！你也得学会对你自己宽容些了呢！否则，你就别抱怨生活处处和你作对。

何况她看到了自己很喜欢的事物——那一座豪华的大厦，那一尊高高矗立的裸体的女人雕像……

她仿佛感到有一种无色无味的粉齑，飘荡在城市的空气中，被一切男人和女人天天吸入到肺里。那乃是生活的一部分因子，从生活的本体挥发了出来，改变着城市的空气的成分。改变着一切男人和一切女人的肺活量。使他们在被改变的状态下，脸上都有着那么一种扑朔迷离的神情。他们和她们那种神情中，包含着种种活泼的欲望，种种生动之极的欲望。

她终于走到了公园。贴着公园的美观的绿色铁围栅，她加快了脚步向门口走去。

几百名手擎各色花环的小学生，在公园内的草坪上排列成整齐的方队。不知悬挂于何处的一只大喇叭，送出了一个男人富于鼓动性的声音：

“好！刚才那一遍做得很好！我们再来一遍……校庆！我们学校的生日！大家心中一定要想到这一点！要显出万分激动的样子！刚才那一声‘啊’不好！毫无激情！要持续一分钟左右！然后充满活力地向前奔跑，向假设主席台奔跑，要如同一群飞翔的小鸟一样！那一天有市里的领导坐在主席台上……”

忽然，那一列列方阵，齐发一片“啊”，一片兴奋的欢呼，如同一群飞翔的小鸟一样，朝同一个方向飞翔而去。

是一辆载着汽水箱、冰棍箱和面包箱的三轮平板车蹬了来。它顷刻被包围了，看不到了，各色花环丢弃在草坪上……

走在公园围栅外的徐淑芳，不禁扑哧一笑。从前严严肃肃的生活如今变得这么有趣了！她认为这不失为一种令人愉快的变化。她觉得那男人的富于鼓动的声音和语言不无造作，而那些如同一群小鸟似的扑向饮食的小学生们，则要真实得多了。

她一眼便望到了她的小叔子，穿一套深灰色的笔挺西服，也扎领带，一条深红色的斜排黑点儿的领带，脸刮得光光净净的，头发精心地梳理过，显得那么精神焕发，那么年轻，她觉得她的小叔子原来挺英俊的。

她走到他跟前后，低声问：“我怎么样？”

他相当认真地说：“很好。”

“仅仅很好？”她不满足于这样的评语。

“很有风度……还显得很……漂亮！”

“真的？”

“当然真的！”

她愉快地微笑了。

“我呢？”

“你……简直帅极了！”

他们回到家里的时候，已经晚上八点四十了。

那一夜郭立伟住在了家里……

他交给了她整整一包蜡烛。

尽管并没有停电，她却不想开灯，而燃起了一支支蜡烛。

她不明白自己为什么偏要燃蜡烛。也不愿明白。

她听由她的心情的支配。

在烛光辉映成的梦一样的诗一样的如同初生婴儿玫瑰般肤色的红晕之中，他们的肉体乃至他们的灵魂，激情奔跃地演奏人类最古老的那一首“欢乐颂”。是的，它是最古老的。也是最永恒的。它是最高贵的。也是最通俗的。它是最传统的。也是最现代的。它是最优秀最杰出的千载不朽万古不厌的。

因为它是亚当和夏娃合谱的人类的第一首“欢乐颂”……

它之动人在于只能用生命演奏。

而唯生命是一切男人和一切女人都拥有的。

故它不是神曲。

神不指挥着……

而她从一个欢乐的梦中醒来后，才黎明。

他已穿着整齐，坐在沙发上吸烟。

她一动不动地仰躺在床上，静静地望着他。想回忆起那具体是一个怎样的梦，却什么也回忆不起来了。只是感到有一缕欢乐的似乎五彩缤纷的余而不尽的体味，像隐隐的音韵，像飘渺的云霞，仍缭绕在印象中……

没有爱情的男人或女人形同瘸子。

无论如何，爱是重要的。

她想，我现在可以认为，自己是一个幸福的女人。她想，她之对于他的爱，其实质也许是对同一个男人的爱的延续吧？诞生在一段夭折了的情缘之中？……

她仍安适地躺着，仍温柔地望着他，觉得能在一个静谧的黎明时分，这样子地望着一个男人，而那男人又和自己之间超越了一般的亲昵界线，彼此都给予了灵与肉的渴望和安慰，乃是很美好的，乃是一种惬意的幸福。

一个女人拥有一个男人是非常必要的，她想；否则，女人会渐渐忘记自己是一个女人。而对于女人，没有任何其他的事比这更糟糕了。

她想，一个人，尤其一个女人，能够真真实实地说话真真实实地生活也是多么的美好！

他深深地望了她一眼，走了。

他碰见了在院里扇煤球炉子的孙二婶。

“立伟，昨天晚上在家住的？”

“啊。”

“我说立伟，你呀，也该经常回家里来住住！你嫂子以前受的那些苦楚，就不提了。自从和你哥哥办喜事儿那天往后，也还是有苦难言呀！待业这一年多里，天天就不见她出家门，刚说分配了个工作吧，大家伙都挺为她高兴的，昨儿我听她讲又没活干了！你又根本不着个家。八不成这家就不是你的了？你哥不在了她就不是你嫂子了？冲着名分上你也该经常回家看看她，安慰安慰她，替她分担分担忧愁哇！你不能把她撇闪得孤苦伶仃的！你说二婶的话在理不在理？”

心直口快的孙二婶，扯住他袖角，唠唠叨叨，一边数落一边叹息。

“二婶，你说得在理。我听你的话！”

孙二婶见他下了保证，才放他去。

走出院子，他更加理解了她那些发自肺腑的话。并且确信，生活对人毕竟是宽容多了。如果今天不是一九八一年的一天，而是一九七一年的一天，孙二婶那双藏不住沙子的眼睛，要不将他盯得“做贼心虚”起来才怪呢！连当年街道妇女专政队的队长孙二婶都变得仁慈了，他和她之间到底还存在着什么了不得的严峻的阻碍呢？孙二婶那双眼睛就今天也是敏锐的，无疑已从他那有几分窘状的神色看出了什么破绽。刚刚离开了一个女人怀抱的男人，他内心的隐情瞒不过另一个女人的眼睛。然而孙二婶的目光是厚道的，善良的，好意的。

他想：我永不忏悔！

他就一边走一边哼起歌来……

早晨的阳光悄悄地从床上移到墙壁上去了。

她仍没起来。

她静静地回想着昨天。

昨天充满快乐！

碰碰车多么好玩儿！一次五分钟，两元钱。就是索价太高了！那些为孩子一次次买票的父亲和母亲们，一边诅咒王八蛋发明了这么一种赚老百姓钱的方式,一边掏钱包。孩子们却只管不厌其烦地玩儿。即使是王八蛋发明的,对于他们也肯定是个好王八蛋。他们准是都挺感激王八蛋。却不见得感激为他们付钱的爸爸妈妈。他们可能还不知道挣钱是怎么一回事儿。有些孩子居然玩儿得非常老练,非常油滑,非常刁。他们横冲直撞使别的孩子防不胜防,躲不及躲,惊慌失措时,一个个感到那么开心!而他们能敏捷地闪避过别人的碰撞时,一个个又表现得那么自信,那么骄矜,仿佛不可一世。与其说他们在享受快乐,毋宁说他们也是在从小演习将来闯荡社会的本领。

碰碰车场上的主角当然是那些年轻人,那些二十来岁的姑娘和小伙子们。在她们的车辆旁,大抵有他们的车辆保护着,如同骑士保护贵妇。他们要在这里寻找的是和孩子们截然不同的感觉。那可能更是一种象征性的感觉,玩乐之中捕捉情爱的感觉。他们——是他们,而不是她们——掏钱包时可绝不发任何诅咒之词。也许因为他们是在为姑娘们付钱的缘故。他们一出手就是十元二十元,一次就买下半个小时甚至一个小时的票,以示自己将来是绝对养得起一个爱玩碰碰车的老婆的。

她听到一个小伙子瞥着一位当父亲的,讥笑地对自己的姑娘说:“没钱就别到这儿来‘现眼’么!”

那位当父亲的,死拉硬扯着自己的孩子离去。而那孩子双手抓住碰碰车场的铁栅栏,哭哭啼啼,样子十分可怜。气得那位当父亲的几次举手要打孩子,却又舍不得打。

她的小伟看不过去,替那孩子买了两次的票。

“我不是舍不得为孩子花钱!”当父亲的红了脸向她的小伟解释:“我是没带那么多钱!他已经玩两次了,这孩子,太不像话!”

收票的小伙子,仰脸望着天空,一边用指甲拔下巴上的胡茬,一边说:“既然带着孩子到公园里来玩,为什么预先不把钱包塞鼓点儿？”

那当父亲的脸就更红了。孩子已经进入碰车场，坐在车上横冲直撞起来了，他还一个劲儿地向她的小伟解释着：“我真是没带那么多钱！忘带了！家里有的是钱！上星期在‘东来顺’请客儿，我一次就花了三百元！这年头，花几个钱算什么？敢挣敢花！有钱不花，丢了白瞎，死了白搭！忘了多带钱，您看还就是忘了，家里有的是……”那已经不是解释，而是在声明。也不是在仅仅向她的小伟声明，而是在向周围所有的人声明——我不是缺钱花的人！我是个趁钱的人！家里有的是钱！今天出门忘了多带些……

她的小伟只是默默微笑，表示完全相信。

周围的人们也只是默默微笑，表示完全相信。

唯有那收票的小伙子似乎不那么相信，继续用指甲拔下巴上的胡茬儿，仍仰脸望着天空说：“您家里再趁钱也别宣传起来没完没了啊，小心溜门撬锁的盯上您！”

人们在向贫穷告别。不，不是在向贫穷告别，更是在向以穷为荣的时代告别。她根本不相信那些花起钱来出手大方的人们都那么富有。她看得透彻，那些人都是在显示富有。她明白了，穷，在今天，在城市，已不足以引起普遍的怜悯和同情。也许恰恰相反。而富有，哪怕仅仅是富有，则足以使一个人觉得自己是个上等人了。她仿佛细微地觉察到，一个以富有为荣的时代正在悄悄地逼近着人们。它是一个庞然大物。它是巨鳄。它是复苏的远古恐龙。人们都闻到了它的潮腥气味儿，人们都感到了它强而猛健的呼吸。它可以任富有的人们骑到它的背上，它甚至愿意为他们表演节目。在它爬行过的路上，它会将贫穷的人践踏在脚爪之下，他们将在它巨大的身躯下变为泥土。而普遍的人们不仅事实上都并没有变得怎样富有，大概连怎样才能真正富有起来也还根本不知道。所以他们恐怕只能装出富有的样子，以迎合它嫌贫爱富的习性,并幻想着也能够爬到它的背上去。它笨拙地然而一往无前地就爬将过来了,它用它那巨大的爪子拨拉着人——对它诚惶诚恐的遍地皆是的生灵,当它爬过之后,将他们分为穷的,较穷的,富的,较富的和最富的。就像农妇挑豆子似的,大概其地拨拉着。它将用它的爪子对社会进行重新排列组合。它将冷漠地吞吃一切阻碍它爬行的事物,包括人。它唯独不吞吃贫穷,它将贫穷留待人自己去对付。

普遍的人们对付得了贫穷么?

贫穷不是一向都由国家来对付的么?

人们不是一向习惯了说那样一句话——“依靠政府”么?

而“政府”又去靠什么呢?

她根本不相信那位红着脸喋喋不休地宣扬自己“家里有的是钱”的父亲家里果真“有的是钱”。因为他那双“盖儿鞋”太破旧了,已经穿扁了,像两辆敞篷车。

她从周围人们对那位做父亲的男人表示出的怜悯的微笑之中,也窥见了人们对自己的普遍的隐藏的怜悯。

她十分怀疑仅仅靠工资便能维持那些一出手就十元二十元的充阔的面子。

人们害怕自己不像一个趁钱的人似乎更甚于害怕真实的贫穷。

而她却是很实际的。她竟不想玩碰碰车了,她舍不得花两元钱玩五分钟,她认为这个地方“出售”的快乐是高价的,高价的快乐不属于待业者。可是她的小伟已替她买了玩三次的票。她主张退掉两张票,她说她只玩一次就够了,她说她玩三次之多也许会头晕。他却说,要玩,就玩个痛快。头晕了,就退场。她说那样不是浪费了票,太不合算了么?他笑笑说,人在玩的时候,不应该考虑合算不合算。难道他也学会伪装趁钱的人,学会充阔了么?……

他自己却不玩，他说他早就玩腻了。他伏在铁栏杆上望着她玩。第一个五分钟里，她那辆碰碰车简直就不是车，是个“嘎儿”。被别人的车撞头撞尾，撞得滴溜溜乱转。她双手紧紧攥着方向盘，瞪大着一双眼睛，紧张极了。那些玩得油滑的孩子们居然也敢于欺负她，经过串通似的，这个冲过来，那个冲过去，把她撞得定在了原地。

她求援地抬头望他。

他只是伏在铁栏杆上冲她不以为然地笑。

第二个五分钟里，她镇定了许多。那些玩得相当油滑的孩子们，不太能随心所欲地欺负她了，她学会了躲闪。在左右躲闪之中她学会了进退，在进退自如之中她学会了敏捷地操纵自己的路线。这时她才体验到了快感和乐趣，体验到了游艺着的自信。每躲闪一次不安分的恶作剧的孩子的“进攻”，她便不由得发出一声胜利的喜悦的欢呼，并且骄傲地向他招一次手。他则在场外为她大鼓其掌。她仿佛觉得自己的年龄至少缩小了十岁。

第三个五分钟里，她自己也变得像那些恶作剧的孩子们一样不安分了。她也开始横冲直撞起来。她那种横冲直撞带着一股不将任何人放在眼里的蛮劲儿。那些欺弱怕强的调皮的孩子们纷纷回避着她了。那些在游艺的时候也尽量不失文雅或尽量装出文雅模样的姑娘们，也纷纷回避着她了，如同贵妇淑女们回避不拘礼节的吉卜赛人。孩子们和姑娘们分明都有点儿怕她了。由怕人而使人怕，这使她内心里特别高兴。她简直有点得意忘形，如入无人之境。多少年来，不，十几年来，不，也许还要长久，也许从她的童年时起幼年时起，就被生活被周围的环境被自己对自己合乎种种规范的要求压制得几乎彻底泯灭了的，不甘羁绊的天性，在她三十岁的时候，在生平第一次游艺的碰碰车场上，获得了意想不到的解放。

游艺场外的郭立伟惊异地望着自己的嫂子。他觉得这个自己以为很熟悉的女人身上放射出了奇妙的光彩。她一反常态,不复是一个娴静的,循规蹈矩的,被忧郁愁苦所沉重压迫着的女人了。她驾驶着碰碰车的姿势何等的潇洒!她眼睛里闪耀着睥睨一切的目光!她满脸都是一个大强者的自信!她分明不屑与那些曾欺负她的调皮的孩子们周旋了。她是怎样地在别人面前抖擞着自己的威风啊!她竟开始故意去冲撞成双成对的“鸳鸯车”了!那些姑娘们表情紧张,乱了方寸,甚至惊呼起来的时候——她那种不将任何人放在眼里的带着股蛮劲儿的冲撞,大有将人家连人带车撞翻几个个儿的凶猛之势,引得那些奋不顾身的“骑士”们慌忙救驾。而她却又灵活又敏捷地一偏车头,与人家擦车而过,造成一种险象,使人家虚惊一场。她的嘴角上就会浮现一丝毫不掩饰的得意的笑容。终于她激起了那些“骑士”们的“公愤”,他们联合起来,形成攻守同盟,对她进行“围剿”和“讨伐”,于是在游艺场上展开了一场“车战”。她毫无惧色,表现相当骁勇。她在“围剿”之下左突右冲,有时连连被撞,却镇定自若。“骑士”们都一个个冷落了保护对象,在与她一个人的角逐之中,似乎获得了更大的游艺乐趣和快感。她在单枪匹马的“鏖战”之中,显得更其潇洒,更其逞强,更其自信,更其睥睨一切人了。正当她像位骁勇无比的女将似的,与那些“骑士”们“鏖战”得胜负难分,不可开交之际,第三个五分钟结束了。

她一离开游艺场,就往售票窗口跑。

他一把拽住了她,又交给她十五分钟的票。

她说:“你看着我如何对付他们!”便迫不及待地又进入了游艺场。

“骑士”们齐声发出欢呼。

一位“骑士”对他喊:“哥儿们,别心疼几块钱啊!我们这才叫玩出情绪来了,保证发扬革命人道主义精神,连这位大姐的一丁点皮儿也不会碰破!”

他仍只是笑笑,仍伏在铁栏杆上,饶有兴趣地望着她和他们继续周旋,比自己玩儿还觉得有意思。他感到她之对于他,已不再仅仅是可敬的女人,而更是可爱的女人了。她身上所放射出的那种逞强好胜的近乎顽童的天性的光彩,吸引着他,使她在他眼里增添了从前所不曾发现过的魅力。女人不能同时兼备可敬和可爱两种光彩,女人若使男人觉得可爱必得脱下可敬的披风。他是用一种暗暗惊喜的欣赏的目光望着他的嫂子。正是在那一时刻,她打碎了她在他心目中固有的形象,重新在他心目中确立了她的地位——一个可爱的女人的地位……

而她自己全然不知。

我们最普遍的人们,宁肯彻底遗忘自己的天性,而不肯稍忘自己在别人眼里是一个怎样的人或应该是一个怎样的人。他们习惯了贴近别人看待自己的一成不变的眼光,唯恐自己的天性一旦复归破坏了自己在别人心目中的形象。所以我们在玩的时候,常常觉得人人都可以是朋友。觉得人人都更加可爱。

当她和他对坐在冷饮厅的一张小桌旁品着果味冰淇淋时,她有点儿不好意思地悄声问:“在游艺场上,我……是不是太没个样子了?”

他反问:“该是什么样儿呢?”

她低头寻思了一会儿,说:“我也不知道该是什么样儿!”随后又笑道,“不过玩得真痛快!我想象不到我原来是能够这么快乐的……”

他说:“要是中国人都有机会经常这么快乐地玩儿就好了。”

她忽然起身离开了他一会儿,回来后递给他十二元钱,他才知道她是换钱去了。

“票钱?”

“票钱。”

“你叫我怎么想呢?”

如果是在以前,就是在昨天,他说这句话时,也一定会加上“嫂子”两个字的。

“你别多想啊!反正你一定得收下,你不收下我心里别扭。”

“那么一会儿你还要给我一杯冰淇淋的钱?”

她笑了,用手指在他额角上触了一下:“瞧你说些什么话呀!从小长到三十岁,我今天才算尽情尽兴地玩儿了一次,还是让嫂子花自己的钱吧!今天我再不多花一分钱了,全花你的钱还不行么?”

他理解了她,也笑了,默默接过了钱。

她重新坐下后,又说:“今后钱对所有的人都更加重要了是不是?”

他肯定地点了一下头:“是的。”

“今后钱多快乐就多,钱少快乐就少,是不是?”

他没有马上回答。他吸起烟来,在他那狭窄的眉心,渐渐现出了一道竖着的皱纹。人们都认为眉心狭窄心胸也必狭窄。她注视他的脸,暗想这种说法毫无道理,因为她的小伟分明是个乐天的豁达的男人。

她很有耐性地期待着他的回答。

终于他说:“从前也如此。”

她眯起眼睛,又寻思了片刻,反驳道:“不,从前和现在不一样。从前我们两人逛一次公园,也许只带五元钱就足够了。从前公园里没有碰碰车场。我只玩了半个小时的碰碰车,就花掉了十二元,你还没玩儿。从前人人都逛得起公园,有时间的话甚至可以天天逛。”

“现在也人人都逛得起公园。”

“但却不是人人都玩儿得起碰碰车。如果玩不起，就获得不到那份儿快乐，就只能眼巴巴看着别人玩得快乐。今天这公园里发生了许多变化，比如这儿，一杯冰淇淋六毛，差不多比公园外贵一倍……”

他打断她的话说：“可是这儿环境幽雅，可以坐下来从容地享用，还有音乐……”

她也打断他的话说：“不错，你看对面还有舞厅，你看左边还有饭庄。我刚才顺便问了一下，一张舞票二元钱，一场一个小时。如果我们吃完了冰淇淋，再去跳两场舞；如果我们跳完了舞，再到饭庄去像样地吃一顿饭；公园离家很远，得换乘三次公共汽车，如果我们累了，还想坐出租小汽车回家的话……我进公园时注意了，公园门口有出租汽车站……那我们两个人逛一次公园需要多少钱呢？……”

他一时不能完全明白她说这些话的意思，便一口接一口吸着烟，听她继续说下去。

“如果我们来到了公园里，也不玩儿碰碰车，也不坐在这儿吃冰淇淋，也不跳舞，也不到那个挺体面的小饭庄去像像样样地吃一顿饭，只看着别人玩儿碰碰车，坐在这儿吃冰淇淋，成双成对地走入舞厅，心满意足地从饭庄内出来，在公园门口坐上一辆出租小汽车回家……那么我们到底觉得有什么意思呢？那么我们何必来逛公园呢？那么公园里这一切变化又与我们有什么相干呢？我们岂不是在今天逛十几年前的旧公园么？像十几年前小学生到公园里来过队日一样，坐在长椅上啃干面包，喝旅行壶里的凉开水？如果我们的话题再从这个公园扯开去，你没感觉到周围的生活发生的变化更大么？你一定早就感觉到了，我今天也切身感觉到了。每一种新的变化都给人们带来新的享受，新的快乐，每一方面新的享受，新的快乐，都必须花钱才能获得，是不是？所以，我的话千真万确,今后钱多快乐就多,今后钱少快乐就少。谁也无法预购幸福,但是快乐靠我们自己,从来不靠神仙皇帝。也不能指望‘政府’!……”

她说得有些激动起来。

他向她“嘘”了一声,并且挤眼睛。

她下意识地四面望望,见好些人在对她侧目而视。

她站起身坚决地说:“走!”

他便顺从地跟随在她身后离开了那个幽雅的地方。

他们无言地走到了小河边。

她说:“这儿挺好。”就坐下了。

他便在她身旁坐下了。

她说:“我刚才那些话他们不爱听?”

他笑笑,老实地回答:“也许。他们看着你那种目光像看着一个‘现代派’的女人。”

“‘现代派’的女人?什么样的女人是‘现代派’的女人?”

“这……一句话说不清楚……”

“你直说。没关系!不正经的女人?”

“那倒不是!怎么说呢?真的一句话说不清楚……也许可以这么认为——想怎么活着就怎么活着的女人。”

“你认为我是这样一个女人?”

“不。我不认为你是这样一个女人。”

“真遗憾!”

她有点儿沮丧地往河中扔了一块石头。投石惊鸟,惊起了一男一女两个人。那一男一女隐蔽在一块假山石后,她和他都没发现。那一对儿冷不丁地从假山石后冒出来,倒把他俩着实吓了一大跳!那女的站起时,衣服的敞领还没扯到肩上去,样子十分狼狈。

她的小伟赶紧赔着笑脸向人家道歉:“对不起,实在是不知道……”

那一男一女,像木偶剧中的人物似的,又缓缓地消失到假山石后面去了。那男的重新隐蔽前凶恶地瞪了他们一眼,那女的嘟哝了一句:“讨厌!”

她好不容易才忍住没笑出声来。

“你再接着说,你为什么感到遗憾?”

“这还用问么?想怎么活着就怎么活着不好?我认为很好!我怎么不能做一个那样的女人呢?我像今天以前那样活着就好?今天我算明白了,我活得太亏了!再像以前那么活着,我太对不起自己了!我得换个活法!……”

她又说得激动起来,又捡起了一块石头要往河中抛。他赶紧抓住她那只手,朝假山石努了努嘴。

“你想怎么活?”他放开了她那只手,却将那块拳头大的、光滑的鹅卵石拿在自己手中掂着。它要是被她用力抛在河中,假山石后面那一对儿非得像被弹簧弹起来一样不可!那就不知又会是一番什么景象了。

“想怎么活?第一,要有很多很多的钱!不管多么脏多么累多么苦多么不是人干的活,我都肯干!只要挣钱多就行!我已经三十岁了,我什么技术也不会,我可能也只配干那一类别人不愿意干、耻于干的活儿!挣了钱,我就要快快乐乐地花钱!能怎么享受就怎么享受!别人怎么享受我就怎么享受!真的,我长这么大就没怎么真正快乐过!你也是!我挣的钱也要给你花!你愿意怎么花就怎么花!因为你是我唯一的亲人!除了你我哪还有一个亲人!只要你别花着嫂子挣的钱往坏道上学就行!如果我们不这样开始想,别人就这样开始想了!等我们跟在别人后面开始这样想的时候,生活早就跑到我们前边去了!……”

她的话感动了他，他情不自禁地攥住了她的一只手，而她任他紧紧地攥着自己的手，丝毫没有抽回的意思。

“许多和我们一样的人，不但已经开始这么想了，而且已经开始这么生活了！”他思考着说。又瞅定她的脸问：“你知道全市已经有了多少趁钱的人？”

她像个期待老师告诉答案的小学生似的望着他。

“就这二三年内，全市已经有了一百二十多个趁钱的人！平均每人趁两三万！”

“那将来趁钱的人越来越多，我们不是很可能会变成穷人么？”

“是啊，完全有这种可能。所以我下了班之后，闲着没事儿干的时候，我给别人打家具。打一个立柜七十多元，一个星期内光晚上我就能挣七十多。我也存了点钱，不存怎么行呢？……”

“难怪你近来这么瘦……”她用另一只手轻轻抚摸着他的面颊，目光中充满了怜悯，那也是情不自禁的。

他却自信地说：“放心，靠我的木匠手艺，我成不了穷人！许多人家托关系送礼物求我给他们做家具呢！因为我自己会设计，我做的家具新颖，符合现代家庭生活的要求。不像那些老木匠，差不多一辈子都在按照一种样式做家具。那还能成？今后他们是穷人了，我也不会是穷人的！但是我不想只为了钱活着，够花就行，手艺就是一笔取之不尽的存款。你组装那批课桌椅，是我设计的。厂里给我的奖金就七百多！将来实行专利权了，还可以卖专利呢……”

他竟很有些骄傲了。

“那我呢？那你这个嫂子呢？我怎么办啊？”她的手也紧紧抓住了他的手：“我真怕！我觉得生活它变成一个大怪物了！它咧着血盆大口要人拿钱喂饱它！你喂不饱它，它就张牙舞爪摆布你！吓唬你！用它的尾巴梢儿一扫，就不知把你扫到城市的哪一个旮旯儿去了！我也不想为钱活着。可是我得先有一笔钱啊！不这样我怎么能生活得踏实啊！我可不愿意是城市里的一个穷人！我真是怕极了啊，更怕你撇下我这个嫂子不管不问，小伟你得替我拿个主意呀！……”

他动感情地说：“我哪会撇下你不管不问呢？我也再没有一个亲人了，你就是我唯一的亲人。我不替你拿主意谁替你拿主意啊？……”

他们便都笑了起来。

她这才发觉，自己说着话儿的时候，几乎是倾在她的小叔子的怀里了。她的脸因此羞红得什么似的，使他也非常不自然起来。她不好意思仍脸儿对脸儿地瞧着他，她稍微侧转了一下身体，却就势依靠在他怀里了。他一动也没有动，坐得像堵墙那般稳。她觉得他是完全靠得住的。

一些半黄半绿的叶子，从河的上游漂了下来。向他们预示着秋天的最初的迹象。经过不久前的一场大雨，河水涨高了，也变得混浊了。秋天的树叶是比夏天的树叶更美丽的。阳光和秋风给它们涂上了金黄色的边儿，金黄色的边儿略略地向内卷着。仿佛是人细致地做成那样的，仿佛是要将中间的绿包裹起来似的。那绿，也与夏天的绿不同了，少了些翠嫩，多了些油青。每一片漂在河面上的叶子的经络，也显得格外地分明了，看去仍保持着生命力。从上游漂下来的叶子渐多，如同一艘艘不编队的古阿拉伯的船只，无声无息地行驶着。她舒适地依靠在他怀里，出神地望着它们，就觉得奇怪：它们的叶柄居然都高翘着，一致地朝向前方。她不由地想，树是一种生命，树叶也是一种生命。有些生命那么长久，可以千百年地活下去。有些生命那么短暂，永远不能经历第二个夏天。当明年树上长出新叶的时候，眼前这些叶子早已腐烂了。它们一旦从树上落下来，除了捡标本的小女孩儿，谁还注意它们呢？而这时恰恰是它们两种颜色集于一身,变得最美丽的时候。而使它们变得美丽的一种颜色,竟是死亡的颜色……

人呢?人的生命要比一棵树的生命短得多。人的生命其实并不见得比一片叶子的生命更长久。人的一生也不过就分为一年十二月。如果从一岁到二十岁是人的春季的话,那么她已经度过了一个女人的夏季的一半儿了,正如九月的叶子。九月的叶子能在树枝上悬挂多久呢?她一向悬挂其上的那一种生活,又是多么糟糕的一棵“树”啊!早晨,恰恰就是这一天的早晨,她还欣慰于自己仍拥有着一个女人的一部分青春,仍拥有着一个女人的一部分美,仍拥有着一个女人的一部分魅力,并因此而对自己充满着一个女人的自信。此时此刻,她却意识到,人也是不能第二次重度自己的某一个季节的。那都是一个女人的夏季的最后的美丽,那都是她的金黄色的“边饰”。恰恰是在她认为自己最美丽的这个阶段,她那奇异的迟迟焕发的美丽,向她预示了她的秋季的迫近和她的夏季的告别……

她内心里顿时起了一阵惆怅,一阵感伤,一阵惶惑,竟不免有些难过起来。为那些河中的落叶,也为自己。

河对岸,一位公园清洁工,戴着大口罩,将一张脸捂得只露出了三分之一,也不知是男是女。双手持着一把崭新的大扫帚,一扫帚紧接着一扫帚,将河岸边那些落叶扫拢在一起。另一位清洁工推着垃圾车走来,两位清洁工从容地将一堆堆落叶收到垃圾车上去了。他们,也许是她们,对自己的工作那么认真那么负责,连漂在河中的落叶也不放过。站在河沿上,都用大耙子搂着,捞着。那些漂亮的“古阿拉伯船只”,水淋淋地被扔到了垃圾车上……

两位清洁工走了……

河面一无所有了……

只有养在河中的一条条大青鱼的嘴,没了遮掩,一个小圈儿一个小圈儿地暴露了,吞吐着河面上细小的泡沫……

从左面,河的上游,挺远的地方,传来一阵哗哗的响声,是那两个清洁工在用长杆的铁耙子往下打树叶。美丽的,镶着金色“边饰”的,也许还能在树枝上悬挂一个月之久的叶子,在铁耙子的打击之下,纷纷飘落了。它们在空中旋转着,仿佛不甘落地,而要飞上天空似的。它们毕竟没有翅膀,它们毕竟不是鸟儿,它们绝望地旋转在空中,描写出对死亡的恐惧,一种徒劳的挣扎的旋转。

它们一时间又布满了河面,叶柄仍朝着前方。美丽的、具有诗意的、古阿拉伯船队般的死亡的阵营,无规则地排列在河面上。造成一种令人感到悲哀的情景,缓缓地顺流而下,从容地接受不可避免的命运——铁耙子和垃圾车。

自然不为叶子的死亡奏哀乐。

她突然一转身,双手搂抱住了他,头抵着他的胸膛,急切地慌张地说:“我真怕！我一定得换种活法,还不换种活法就来不及了！……你可千万要帮我！……”

…………

后来他们买了两张舞票。

她不会跳,也不好意思现学,他便也没跳,陪她看了一场。

离开舞厅时,她问:“你没心疼钱吧？”

他说:“心疼什么？这很值得。”

后来他们在公园里那个饭庄吃了一顿饭,花了二十三元。

后来他带她逛商店,逛自由市场。

她充满憧憬地说她要从摆小摊干起。

他只是笑。

她追问:“行不行呀？”

他不得不回答:“你干不了。”

她扫兴得半天没再说话。

后来他带她到“三十六棚”去观看新居民区。那个地方,怎么比喻呢?半个多世纪以来,也就是说从解放前到解放后,它一直是这座城市的肮脏的“鞋垫”。那个地方住着十数万人口——多数是装卸工。被叫做“扛大个儿”的男人们,用脊梁和肩膀拱起他们的家庭,生儿育女,老和死亡。他们干着这座城市最苦最累最低下的活。与一般工人的区别在于,他们干活甚至靠的不是双手,他们干活靠的也是脊梁和肩膀。

那个地方,比她所去过的任何一处穷困的居民区更加穷困,穷困得乱七八糟,穷困和肮脏得会给人留下终生难忘的印象。不知有多少部国产电影中的解放前的贫民窟的外景地是选在那儿实地拍摄的了,几乎所有的房子都是用碎砖乱瓦堆起来的,仿佛里面住的不是人,而是鼠类。那种面目狰狞披头散发的房子之间,好像坏了牙的丑陋的嘴巴一样,露出一道道的黑缝——是一条条没有路灯的小巷子。贫穷在其中滋生着罪恶、野蛮、愚昧和堕落,和一切人世间的不幸……

几年前,她与郭立强在煤厂卸煤的时候,经常路过“三十六棚”。伪满时期,日本人把那个地方的男人们叫做“苦力的干活”,几年前那里的男人们仍是“苦力的干活”。

她没有想到,她怎么也不会想到,今天,展现在她面前的,竟会是一幢幢新建的高楼。它们组成庞大的群落。一排、两排、三排、四排、五排、六排……她想数清,却数不清。宽阔的柏油马路、刷成银色的水泥电杆、美观的路灯、街心公园、商店、俱乐部、医院、托儿所……家家户户的阳台上排着花盆,每一幢楼上都竖着各式各样的电视天线……

就连她所看到的每一个人:男人、女人、老人、孩子,仿佛也都是一些崭新的人,都是一些刚刚从另一个世界诞生出来的人,一些可爱的人。

他说:“这里现在有十四条街道,一百六十幢楼房。另外还有三十二幢楼房正在施工……过不了多久,这里将会是很美的一个地方了!”

他眼中闪耀出一种兴奋的异彩。

那时已近黄昏,绚丽的晚霞布满天空,东西南北都有塔式起重机静止的剪影高高耸立着。

她望着他惊诧地问:“你怎么知道得这样清楚?”

他孩子似的笑了,有点儿不好意思地说:“前几天我骑着自行车来数过。”

“为什么来数?”她更加大惑不解了。

“我也不知道为什么。我和你今天的感受不太一样。我可不觉得生活是一个大怪物……我觉得生活变得像是万花筒了。它越变越使我感到新鲜,越吸引我注意它,越使我感到活得挺来劲儿,挺受鼓舞……”

她忽然觉得他比自己年长了好几岁,觉得他是一个比他的哥哥还成熟的男人了。因为促使他哥哥成熟的是忧郁,而促使他成熟的是乐观。

男人的忧郁和乐观都是足以影响女人的生活态度的。她心说,徐淑芳,你也许完全用不着惴惴不安地看待生活呢,无论如何它不是变得更令人满意了么?你必得有充分的信心骑到它的背上去,管它像不像一个大怪物呢!你要将它当做一辆碰碰车,你要紧紧抓住它的犄角,就像你在游艺场上牢牢掌握住碰碰车的方向盘那样!……

“嫂子,你在想什么?”

“小伟,我真想亲你!”

她的脸红似鲜花。并不是因为自己说出的忘情的一句话,而是因为晚霞照耀在她脸上……

“淑芳,淑芳……起了没有啊?”

门外传来孙二婶的话声。

“还没起呢,二婶有事儿么?”

“别做早饭了,起来到我家吃吧!有粥,有馒头,还有咸鸭蛋!”

她一下子坐了起来,就开始匆匆地穿衣服。

今天她有很重要的事跟马婶商议——她要开始弹棉花。

小伟说,秋天一过,家家户户都要做新被,弹棉花准能赚一笔钱。弹棉花机简单,搞点旧部件他就能帮她组装起一台来。

她绝对相信她的小伟。

她要从别人的破棉套中“弹”出一个三十岁的有家而没有家庭的女人热情奔放的生活乐章——当别人获得新棉套的时候,她预见到了她获得的将更多些……

第二十五章

从一九八一年到一九八六年，生活又发生了许多变化。“邓丽君”这位台湾女歌星的名字在大陆青年中已经失去了最初那种令他们或她们崇拜得近乎发狂的魅力，甚至可以实事求是地说日趋“落红”了。其间有几位香港女歌星也瞅准“行情”到国内热热闹闹地你来我去地“风光”了几阵，热闹一过，“风光”便也云消烟灭，她们的名字很快就被人们忘掉了。而某些经济条件较好的人家，已不再满足于只有彩色电视机，还要买录像机了。也不再满足于什么四个喇叭六个喇叭的立体声的高档录音机，而将买组合音响当成了家庭四化的奋斗目标之一。录像机由一千多元而三千多元，却仍不好买。名牌自行车由二百来元而四百来元，在市场上却仍见不到，想买则需托关系走后门，市场上偶尔来一批便顷刻争购一空。头戴安全盔骑着价值几千元甚至近万余元的外国名牌摩托的青年人日渐多起来了，市交通管理部门不得不限制发放驾驶执照。私人拥有小汽车的事儿对于中国人也不再是“天方夜谭”。于是便有了汽车走私行当，有了摩托交易场所。于是便有了从中牟取暴利者，有了大发横财者。有了几十万元户和银铛入狱的罪犯。

生活之流显示出一切美好一切希望一切憧憬夹杂着一切丑恶一切俗恶一切罪恶汹汹涌涌地向前奔泻。它不随人意不可阻挡。普遍的人们更加担心害怕自己将来成为贫穷的人。可是他们却常常逼迫他们的幼儿幼女：“你每天必须给我吃一个苹果！”好像命令孩子们吃药。

在一九八六年，在这一座城市，在九月，在任何卖苹果的地方，无论是国营商店的柜台还是私人小贩的摊床，其价格全在八毛钱以上。比一九八一年贵了近一倍。可连许多普通工人家庭中的受宠爱的孩子们，吃起苹果来似乎都如同吃被嚼过的甘蔗渣一样无滋无味了。

徐淑芳一九八一年九月的那一天在公园里对她的小叔子说的话一点儿不错。一九八六年钱对每一个人对每一个家庭比一九八一年更为重要，也许世界上只有钱这种东西才是越贬值越重要的东西。生活的的确确是张着巨大的嘴巴要每一个人不断地用钱喂它，而每一个人似乎都能够不断地用钱喂它。在货币公开流通的任何地方，随处可见那样一些人，他们用钱喂“生活”，如同小孩儿用糖果喂杂技团铁笼子里的熊一般慷慨大方。在法律严格限制和打击货币流通的某些方面，当然包括以货币交换女人身体的男人们的传统“爱好”方面，货币的流通尤其活泛。好比大雨过后阴沟里的浊水，汇入下水道最后污染到江河里。

三个月前百花玩具厂的会计被徐淑芳送上了法庭。那个五十二岁的曾受到她绝对信任和格外尊重的男人贪污了万余元公款。

她在将他送上法庭之前和他进行了一次单独的谈话：

“公款还在么？”

“花光了……”

“那买的东西还在么？”

“没买东西……”

“那一万多元你怎么花的？”

“六千多元花在几个女人身上了……”

“那还剩下五千多元呢？”

“三千多元花在赌场上了……”

“那还剩下二千多元呢?”

老会计挠挠头,想了一阵,羞惭地回答:“浪费了……”

她瞅着他那张由于性生活过度而憔悴不堪的皱巴巴的脸,半天才悟明白他的浪费观念——钱既没花在女人身上也没花在赌场上的话,便是“浪费”;他的羞惭分明更主要地是因为“浪费”而不是因为贪污。

她知道他家里的生活状况——没职业的老婆和三个儿女,全都依赖于他的工资。

一万余元啊,他竟一分钱也没有花在——按他的说法,哪怕是“浪费”在他老婆和儿女的身上!

“那几个女人漂亮?”

“是。”

年轻而漂亮的女人的身体,出售给丑陋而年老的男人,不消问索价一定更昂贵。

她叹了口气。

“你辜负了我对你的信任。”

“是……我对不起你……”

“你后悔不……?”

“很后悔……我没想到你已经开始对我产生怀疑了,否则我会把账目做得更巧妙,使你一点儿破绽也查不出来……”

他居然还坦率地一笑。

“你认为你值得?”

她真想扇他一耳光。

“怎么不值得呢? ……厂长,让我抽支烟吧!”

她点了点头。当他将烟叼在嘴上的时候,他的手才发起抖来,接连划了两根火柴都没划着。

隔着她的长方形办公桌,她向他伸过一只手。

他在这种特殊情况之下。受宠若惊，慌乱地抽出一支烟递给她。

她接在手中看了看——是“三五”牌。

“过去你抽的最好的烟是‘红梅’吧？”

“现在我抽惯了‘三五’……”

他居然又一笑。他的双手却仍在发抖，第三根火柴还是没划着。

“我不是要烟，我要火柴。”

她将那支英国烟还给了他。

他十分困惑地看着她，赶快把火柴给了她。

而她对这个曾受自己绝对信任和格外尊重的老会计的困惑，甚于他对自己的困惑十倍。

“贪污了一万多元，也没买个高级点的打火机？”

“我兜里揣惯火柴了，揣打火机总是丢……”

她划着一根火柴，像举着火把似的举向他。

他怔了一下，立刻凑向那根火柴吸着了烟。

她轻轻晃灭火柴，平静地说：“你慢慢吸……吸完这一支还可以吸。这可能是我们的最后一次谈话了……不应受时间限制。”

一阵沉痛的难过涌满她的心间——他曾是她得力的参谋。在她创业的最初的那些艰难时日，他曾向她提出过良好的建议，帮助她推行重大的决策。

他吸得并不慢，他吸得很猛烈，他一口接一口地吸。他吐一口烟说一句话：“我这个人……一辈子没享乐过……那些女人真是个个又年轻又漂亮……和她们在一块儿的时候我真希望自己年轻三十岁……如果有一种返老还童药丸，十万元一丸……我就会再贪污十万元……我是个好会计……可惜不是个好赌徒……我以为我会赢万把元，补上我贪污的公款……却从没赢过……我花在那些女人身上的钱是值得的……我这一辈子也忘不了她们，哪一个也忘不了……我这一辈子啊……总算是享乐过了……年轻时没享乐过，五十多岁了才开始……也许男人都是越老了越巴不得享乐享乐……厂长你信么？看着那些小伙子大姑娘活得自在玩得开心，我这心里边嫉妒得像有只耗子整天在抓挠，又啃又咬的……”

他吸完一支烟，接着吸第二支。

还是她替他划着火柴，还是像举火把那样举到他面前。

她不打断他，任他尽说尽说。

终于他没什么可说的了，缄口不言了。

她这才又与他交谈：“几年来我们互相尊重，为了咱们这个小厂的发展，我们一向配合得不错，是不是？”

“是啊，厂长……”

“正因为我知道你家里生活困难，才每个季度都补助你一次。”

“厂长，我对你说不出一个不字……我一边贪污一边觉得对不起你……”

“你大女儿考上职业高中了？”

“考上了……”

那张憔悴不堪的皱巴巴的脸上，出现了一种由衷的欣慰的表情，它从每一条丑陋的皱纹中爬出来，使那张脸显得怪异之极。

“二女儿今年考大学？”

“嗯……”

“你觉得她有把握考上？”

“有什么把握！在班里还够不上个中等生……”

“我会把你妻子招进厂里来……这我过去就跟你商议过，你自己却不愿意……”

“是啊，你是跟我商议过……那女人没文化，又爱搬弄是非……在厂里，我看不见她……眼不见心不烦……”

她叹了口气，又说："你二女儿考不上大学的话，我也会把她招进厂里……不过还得让她考一考，毕竟是她应有的机会，啊？"

"嗯……"

"我会好好照顾她们的。你每月的工资是二百七十元，我保证她们母女入厂后的工资加起来绝不低于你的工资，以后凭她们自己争取……"

"……"

老会计低下头去。

"你放心，我用人格保证你的妻子和你的女儿入厂后不会受到歧视……你相信我么？"

"厂长，我……相信……"

"你也得向我保证一件事。"

"厂长，你说什么事我都可以保证……"

"你可别自杀。"

他慢慢抬起了头。在他那张由于性生活过度而憔悴不堪的皱巴巴的丑陋的老脸上，原先曾有一双睿智的时时透射着精明的洞察细微的眼睛。也许正因为这样一双眼睛，以前她从未觉得他有多么丑，也从未听别人说过他多么丑，原先他那张脸并不那么憔悴，原先他那张脸并不那么皱巴巴的。他毫不吝啬地给某几个女人钱，某几个女人回赠她们的身体，同时用憔悴和皱纹在他脸上记下了一笔笔彼此都不觉得吃亏的账。他那双眼睛里已没了睿智的没了精明的没了谋略深远的没了洞察细微的目光，浑浊而凝滞，活像死了三天开始变臭的死鱼的眼睛。

他那双眼睛蒙着一层泪。

如同肮脏的玻璃球沾了一层胶水。

这一张男人的脸此时此刻真是又丑陋又令人可怜。

他嘴唇抖抖地说："厂长，我不……"

即使在这会儿，她还是相信了他这句话。

“我陪你再吸一支烟吧？”

他给了她一支烟，他的手不再抖得那么厉害了。因而他能够划着了一支火柴，虽然无风，却用另一只手拢着，恭恭敬敬地将火柴凑向她。

他的确是一位有经验的好会计，许多单位和部门查账时曾向厂里借调过他。假账目骗不过他那双眼睛，先后有三个当会计的人贪污行径败露在他那双眼睛之下。可以认为实际上是他将那三个当会计的人送上了法庭，其中一个还是与他交情很厚的人。他没有被交情和那个人的苦苦哀求所动，他也拒绝了对方一笔相当可观的贿赂。她从前绝对信任他格外尊重他不是无缘无故的。而现在他所做的账目上弊端败露在她的眼睛之下，她查账的经验是几年来虚心向他求教的。他将被她送上法庭，她和他一样，对于贪污公款的人是冷酷无情的。在决定同他进行这场聊家常式的谈话之前，她接连三个晚上彻夜失眠。她曾产生过这样的念头：将自己存折上的四千余元全部无偿地给予他，再帮他筹借一笔钱，补上他贪污的公款，只是撤了他会计的职务，不对任何人声张这件本厂最严峻的坏事……

在今天早晨她才彻底从自己头脑中排除了那个善良的念头。

如今她仍是一个软心肠的女人。她可以像别的软心肠的女人们那样宽宥他，但她不能够像别的软心肠的女人们那样宽宥贪污一万余元这样的事。

她望着他那张又丑陋又可怜被种种享乐的欲望糟蹋得不成样子的脸，心想善良和性行为在生活中都是必须节制的，不节制的善良便是愚蠢。一个人做了第一件愚蠢的事以后便会常常被愚蠢纠缠不休，女人尤其如此。为了这个厂，为了全厂的五百多名职工，她对这个男子没有权利大发慈悲，更没有权利让愚蠢强奸自己的理智。

她低下了头——在玻璃板下，在办公桌的右下角，压着一页白纸，白纸上写着这样两行字：

像女人那样活着

像男人那样办事

她自己写的。她的座右铭。

她的心肠一时变得更加坚硬起来。

即使此刻他跪在她脚前，涕泪横流，磕头捶胸，痛悔不已，也不会动摇她的理智。

她抬起头，平静地说："我们很久没有这么面对面地交谈过了，今天我的时间是属于你的。咱们不谈这件事了，换个话题吧？……"

一滴胶水般的眼泪，黏黏糊糊地从他浑浊的双眼上缓缓淌了下来，溢出松弛的眼角，像溪流似的分散在他皱巴巴的脸上。

而他那张阔嘴的嘴角，浮现出了一丝感激的苦笑。

"你认为在目前这种竞争激烈的情况下，我们的产品是应向高档创新呢？还是应该继续保持中低档的生产优势？我早就想听听你有什么宏观的或者微观的想法了。"

她十分真诚地问。想到这将是他最后一次为她出谋划策，她又有些难过起来。

她把脸转向了窗外，她不愿被他看出她心里难过的样子。无论她难过或者不难过对于他有什么意义呢？与其相对欷歔，莫如坦诚话别。那时节厂院内丁香花开得正盛，芬芳浸透了空气，一阵阵熏风使人心旷神怡……

今天，她站在她办公室的三楼阳台上，耐心期待前来洽谈业务的外商。丁香花是早已经开败了，厂院内别的花却在散紫翻红，争媚斗妍。尽职的老花匠正提着喷壶给花浇水。

她抚着阳台朝老花匠喊:“郑大爷,您剪些花给我送一束上来!”

老花匠仰起脸大声问:“厂长你要什么花呀?”

“什么花都要!”

俯视着她含辛茹苦创建的这花园般的工厂,她内心里充满了自豪感。她没有成为一个趁钱的女人,四千零二十八元,在今天是不足论道的。如果她是一个男人的话,如果她明天结婚的话,四千零二十八元还不够布置起一个新房。但她却成了一个有权支配七百余万元资产的女厂长。某些女人,如果交给她们这样的权力,她们未见得个个都知道怎样才能使七百万变成八百万变成九百万变成一千万。而她知道。而她每天都在实行着这种变化。在中国,在今天,即使对那些很趁钱的人来说,一旦损失十万二十万三十万元可能就会一贫如洗甚至刀抹脖子绳上吊,而她损失了十万二十万三十万元照样睡得很安宁。经济活动从来就是有输有赢的“游戏”;赢固可喜,输亦欣然,这才是好“牌手”的风度。

有一次一位采访她的记者请她谈谈小厂致富的经验。

她想了想,回答说:“经济活动必然充满了冒险,而我从来不冒险。如果有百分之九十‘赢’的可能,我也只肯押百分之七十到八十的赌注。有百分之九十九点九‘赢’的可能,我还是绝不将老本全押上。”

对方又请她谈谈创业过程。

她沉默良久,只回答了四个字——“无可奉告”。

她成为女厂长的第一步,是从弹棉花开始的。但这个年利润三百余万的生气勃勃的小厂,却并非是从烂棉花中弹出来的。烂棉花中所能产生的最美好的东西,只不过是重新成形的棉絮而已,别无它物。一口铁锅办起一个化工厂之类的报道,那是别人的自豪,不是她的自豪。

没有她的小叔子郭立伟,便没有她的今天,便没有百花玩具厂的存在。几年前她像瞎子,靠一种女人特有的韧性生活,如同瞎子靠手中的竹竿触触点点地探路。是她的小叔子也是她当年从心灵到肉体都如饥似渴地需要的一个男人执起了竹竿的另一端,她才觉得自己的眼睛能看清生活了。

她是永远也不会将这一点告诉任何人的。

没有隐情的男人是没有思想可言的男人。

没有隐情的女人是没有灵性的女人。

隐情一旦自白于人,心灵中最珍贵的血液便丧失掉了。心灵便成了干枯的东西。

是她的小叔子,在她和马婶弹了三个月棉花挣了一千二百余元钱之后,替她们从银行贷出了三万元钱,帮助她们维修厂房,联络业务,生产起冬季的劳保手套来。

第二年春天,市郊的一家玻璃制品厂看中了她们的破厂房和破院落在市内的占地,提出要和她们交换厂址,宁愿补贴给她们三十万元。

三十万元啊!

不是谁都能经常遇到“财神爷”的!何况“财神爷”自己找上了门!

她们的厂房虽破,院落虽破,却不是她们的。它可以空荡在那里,月复一月年复一年地颓败,倒塌,变成残垣断壁直至变成一片废墟而无人过问。但要由它获得三十万元的话,过问和干涉的人比那破厂房里的耗子还多。

她和马婶欣喜若狂地先去找街道委员会请求批准。

街道委员会主任回答说做不了主,让她们找公社。

“你们想卖厂房?你们两个女人太见钱眼开了!那是你们家

自己盖的煤棚子么?”

公社负责人对她们大发其火。

对方恼怒的态度使她根本不知如何才能解释明白。

马婶便施展她那“忽悠”的本领,跟随在人家屁股后从这一间屋走到那一间屋,喋喋不休地向人家大谈她们的种种雄心壮志。

最后人家拍起桌子来,指着马婶的鼻子训斥:“你别跟我天花乱坠地吹牛皮!我知道你能‘忽悠’,我可不吃你这一套老娘儿们的伎俩!允许你们借那块地方找点活干就不错了!我从开始就不信你们两个女人能创什么业!再多说一句,明天不许你们在那儿干活!”

结果是一套组合家具起了作用。

组合家具被从破厂房内运走后,她的小伟累得吐血住院。

公社的鲜红大印清清楚楚地落在白纸上,又杀出了房地产管理局的几位男女。

他们说:“没有我们盖的公章,光有你们公社盖的公章,你们这张纸还是一张白纸。”

她和马婶诚惶诚恐地说:“那就请你们也为我们盖章吧!”

那几个男女便都笑了起来。光笑不说话,笑得她和马婶如坠五里雾中。

那几个男女见她和马婶不明白的样子,又都庄严起来,各做各的事儿,不再理睬她们。

她们只有讪讪地离去了。沮丧地在路上走着走着,马婶忽然两手一拍,恍然大悟:“嗨,难怪人家笑咱们,咱们真是糊涂哇!忘了给人家带来‘盖章费’了!”

“‘盖章费’?”

她更糊涂了。

“是啊,如今时兴这个!你不信咱们明天带着‘盖章费’再来!”

第二天，她们又去了。马婶一边说着“请同志们多多支持”之类的话，一边将一份份用红纸包着的“盖章费”塞到那些男女手中，每份红纸包上还都明写着“一百元”。

血汗钱使她们那张白纸上又多了一颗公章。

可是人家又告诉她们，还得盖一位处长的私章，还得请那位处长批字。

她们请求引见那位处长，答曰处长休病假。唯恐三十万元化为泡影，请求告诉处长家的地址。终于告诉了，却千叮万嘱：“可别说我们告诉的呀！”

她们一往无前冒冒失失地来到那位处长家，见处长并未生病，而是在亲自指挥一伙人装饰房间，贴壁纸的贴壁纸，铺地毯的铺地毯，安吊灯的安吊灯……

马婶的“忽悠”本领，几经挫折，自信全无，不敢再“忽悠”，畏畏缩缩地说明来意，结果遭到了处长一顿义正词严的教育。

“这事我知道！你们搞什么嘛！给你们公社书记送了一套组合家具对不对？这叫腐蚀干部你们明白吗？本来你们这件事是很简单的事，两厢情愿，互立交换厂地的字据就行了嘛！你们却偏偏要搞歪门邪道！本来我的章是可以盖的，我的字是可以签的，不过是一道手续而已。现在我郑重告诉你们，章，我是绝不盖的！字，我是绝不签的！不为别的，就为抵制不正之风！党风党纪，都是让你们这样专搞歪门邪道的人败坏了的！……”

在义正词严的那一位处长面前，她们无地自容，羞羞惭惭地告退了。

结果，仍是一套组合家具起了作用。

她的小伟那时已累垮了身体，锯不动也刨不动了。他将他为数不多的存款全部取出交给了她，连同她和马婶弹棉花做手套挣的钱，加在一起两千八百多，从家具展销会上买了一套组合家具。

三人用手推车分三次送到那一位“高风亮节”的处长家里。还不敢对处长说是买的，口口声声说是做的，一再表明绝没有腐蚀处长的不良居心，恳求处长接受。

处长不是傻瓜，明明看出了是买的。但既然他们口口声声说是做的，处长也就顺水推舟，佯装确信是做的。既然他们一再表明绝没有腐蚀处长的不良居心，既然他们恳求处长接受，处长也就不忍拒绝，开恩笑纳了。

如此这般，她们那张白纸上，才盖下了最关键的也是多余的一个章。

处长家的门刚在他们背后关上，马婶便啐了一口，骂道“呸，屎壳郎戴花，臭不要脸！”

徐淑芳想到她的小伟当年为了他哥哥的返城，也是靠家具“过五关斩六将”的，感叹：“许多方面如今都变了，就是这一方面没变，哪天能变一变呢？”

他淡淡一笑，说：“这一方面也变了啊！当年他们要立柜，要酒柜，要方桌，如今要的是组合家具了！当年是具体管你那件事的人，才卡住你的脖子要这要那，如今是一个人卡住你的脖子，许多人瞪着眼睛看你，哪一个不打点满意了你的事都休想办成，这也叫观念更新吧！”

三人正说着走着，处长十三四岁的儿子追了下来，指着她的小伟问：“你是木工吧？”

他说：“是。”

处长的儿子说：“我爸叫你明天上午来给我家装阳台上的封闭窗！”

那神气那口气，完全像解放前地主家的少爷崽子对一个长工说话。

她觉得欺人太甚，忍无可忍地说：“他是有工作的人，又不是无业游民,可以随时听凭你家指使!”

那大孩子骄横地说:“这我不管!我只管传我爸的话,不来,后果你们自己负!”

马婶一旁听了,气愤得巨大的脸盘儿青紫,敢怒而不敢言。

他却爽快地答道:“我还有三天病假呢,我明天上午一准来!你爸如果要天上的云彩飘在你家客厅里,那砍了我脑袋我也办不到,不就是安装阳台上的封闭窗么?包我身上了!”

处长的“传令兵”走后,她埋怨他:“你干吗答应?反正他的章已经给咱们盖了,字也签了,不答应他又能怎么样?”

他开导地说:“不答应不行啊!别看他章已经给咱们盖了,字也签了,稍微惹他不顺心,他照样还能卡住你们脖子,那就前功尽弃了!他们大言不惭地讲他们是老百姓的公仆,实际上老百姓是他们的公仆。如今是这样——你也公仆,我也公仆。公仆对公仆,谁也别挑谁的理。你也利用我,我也利用你。你利用我靠权,我利用你靠钱。你敲诈了我,我办成了事儿,各得其所。何况咱们成的,是于国于民可能大大有利的事业,问心无愧,应该高兴才对!若在前几年,我才不会陪着你们这么低三下四地讨一个狗屁处长的好呢?我宁肯犯法坐牢,也给他放点血。你们看我的观念不是更新了么?”

他这一番开导的话,说得循循善诱,又轻松又幽默又乐观,将她和马婶说笑了。

第二天他在给人家安装封闭窗时,从六层楼的阳台上掉了下来,幸亏他预先将一根绳索系在腰间,否则便粉身碎骨一命呜呼了。当时处长家没人,处长夫妇被电力局请去乘游艇游览松花江,只留下儿子看家。是看着他,怕他偷东西。那处长的儿子不愿意老老实实地呆在家里看着他,锁了门不知到哪儿玩去了。处长家的阳台背街,朝向院子里。那幢楼是新楼,住户才搬进去三分之一。上午九点来钟,楼院内见不着个人影。他在高空中吊了半个多小时才被发现,可想救他的人进不了处长家,那门包着白洋铁皮,安全锁。想救他的人只好跑下六层楼去请来了一位派出所的老民警。

老民警说:“妈的,救人要紧,砸门!”

破门而入,总算将他救起。又多在高空中吊了半个小时。

他被拽到阳台上时,居然叼着烟!

老民警愕然道:“小伙子,你烟瘾够大的啊!”

他说:“吊在高空孤单单的,幸亏兜里有烟有火柴,吸烟解闷呗!”

夜里,她发现了他腰间一环淤血的深深的勒痕,逼问他,他才讲。

她伏在他身上哭了。

她心里恨透了那个王八蛋处长!

这些,她不愿对记者讲。

玻璃制品厂最后又提出了一个她和马婶万万料想不到的条件——以她们的城市户口与玻璃制品厂两名职工的农村户口对调。

人家通情达理地说:“我们这两位职工,都对我们厂有过大贡献,户口问题十几年了解决不了,我们心中有愧。实话对你们讲,乐意和我们交换厂址的,另外还有两个单位呢!现在搞活了,趁了钱的单位,原先在农村或郊区的,向市内迁移不算难事!没钱的穷单位,在城市里混不下去,还莫如先抓到手几十万,到市郊去图谋发展,一旦发展起来了,还可以像我们一样重新占领城市嘛!”

人家不但说得通情达理,而且说得颇有远见。尽管如此,她们当时还是呆住了。户口在她们的头脑中,仍是每一个人,尤其女人的顶顶重要的“固定资产”,因为它决定着每一个中国人的属类。

对方的这一项附加条件,好似一闷棍,击得她们晕头转向。而她则不仅晕头转向,简直眼冒金花,心冷如冰了。她刚刚把握住一个城市女人的生活感觉啊!

人家见她们那种失魂落魄的样子,又说:"当然,我们所谓的附加条件,可以对你们是有条件的条件,比如,是要你们同意了,我们愿多给你们两万元,这值得你们好好考虑考虑啊!两万元归你们个人呀!"

马婶肉蒲扇似的肥手,往比窈窕淑女们的腰还粗的大腿上猛拍一记,豪气冲天地说:"我干了!不过您同志可别把我当成个财迷心窍的女人!我们缺钱,太缺钱了!多一万是一万,我们两个女人要折腾起一番事业,让你们男人佩服!"随即看定她的脸说:"淑芳你可千万不能舍出你的城市户口!你还没结婚,舍出了城市户口,你个三十来岁的女人身价就跌惨啦!我都五十六岁了,血压高,不定哪一天摔个跟头起不来,我不在乎什么城市户口不城市户口的!……"

马婶的话将她的心又烧得火热火热的!

她坚定地说:"马婶,咱俩发过誓的,要同舟共济!你不在乎,我也不在乎!我豁出去了!搭上我今后的命运和你一块儿卖城市户口!……咱俩谁若反悔天打五雷轰……"

三十二万元却根本没从她们手里过,就被公社中间接收了。接收前连个招呼也没跟她们打!

她们得知后,找到公社,请求恳求哀求乞求,起码得拨给她们十万支持她们的雄心壮志啊!

最后她们得到的仅仅是她们出卖自己城市户口的那一笔钱——二万,一分也不多。

公社根本不信任她们,认为若拨给她们钱支持她们"所谓的事业",等于用肉包子打狗。

公社书记对她们说："三十晚上亮晶晶，八月十五黑咕隆咚，路上看见人咬狗，拿起狗来打石头，鸡蛋撞到磨盘上，把磨盘撞了个大窟窿！你们甭'忽悠'，我不吃这套！我要信了你们，我这公社书记就成了天字第一号的大傻瓜啦！你们心甘情愿卖了你们的城市户口，那是你们自己的事！两万元也够你们折腾的了，国外还有靠两美元折腾为百万富翁的呢！"

那时已经有人向她们透露，公社书记和房地产局那位处长竟是"一担挑"！

两套组合家具白送，哑巴吃黄连，有苦说不出。

玻璃制品厂的几位领导，却被她们——一个普普通通的有"单位"的待业女知青和一个斗大的字识不了一笸箩的家庭妇女想要折腾起一番事业的热忱和勃勃雄心所感动了。将不想运走的三四万块旧砖和一批滞销的产品，无偿留给她们了。

在她的小伟帮助四处奔走之下，半个月内她们卖掉了那三四万块旧砖和那一批滞销的玻璃产品，又获得近万元。

二万九千多元，一个小手提包塞得鼓鼓胀胀的。摆在玻璃制品厂传达室内人家遗弃的一张破桌子上。马婶将那小手提包捧在怀里一会儿，她接着将它捧在怀里一会儿，它好像一个人人见了人人爱的漂亮的婴儿。许久许久，她们谁也不说话。地处郊区的玻璃制品工厂门临一条公路，穿过公路便是农村的菜地，菜地尽头是隐蔽在柳林中的村子。厂院内宁静异常，绿的草和红的花，尽落着搬迁造成的灰尘。

马婶先开口了，低声问她："淑芳你想什么呢？"

她将塞满二万九千多元钱的手提包轻轻放在那张破桌子上，反问："马婶你想什么呢？"

马婶慢慢拉开手提包，取出一捆钱——托在肉蒲扇似的肥手上，盯着说："我真想，咱俩干脆分了算啦！"

“我……也在这么想……”

“分了,一人将近一万五,每月利息就是九十多!”

“是啊……”

“自打五八年开始号召妇女迈出家门参加工作,三十来年我什么活没干过!却哪一个月也没挣过九十多!”

“我也做梦都没敢想过一个月挣九十多……”

“分了,咱俩也是万元户了!”

“是啊,分了咱俩也是万元户了!……”

“分了,什么活也不用再干,吃利息是最保险的铁饭碗!”

“我也再不怕待业了!……”

“你说分不分?”

“你说呢?……”

“你先说,我随你!”

“你先说,我随你!”

她们互相注视了足有两分钟,谁也不先说。

马婶转身走到院子里,望着说:“多大的院子,好多的厂房,一码青砖的,二十年也倒不了!……”

她也走到了院子里,也望着说:“不知我们甩手一走,它会落在些什么人手里……”

离她们二十几步的地方,倒着一个大肚子细脖子的容器,也不知是派什么用场的。马婶慢腾腾地走过去扶起了它,顺手捡起半块砖头,慢腾腾地走回她身旁,复开口道:“这样吧,我用这半块砖,打那个东西。如果我一砖头打中它了,咱们就啥话也甭再说,分了钱回家!这叫人随天意,嗯?”

她说:“嗯。”

于是身高体胖的马婶,拉开滑稽可笑的弓步,站稳了,眯起一只眼,单眼瞄准那件容器,高高举起了砖。

“要是……你打不中呢？……”

马婶的手臂垂落下来，转脸看她一眼，说：“打不中，咱们还是那句话——同舟共济！做这地方的‘女寨主’！咱们就给它个折腾起来看！”

“要是……咱们背时倒运，到头来竹篮打水一场空，把钱赔个一干二净呢？……”

“那也没处买后悔药吃！你若想不开寻死，我陪你一块儿上吊！嗯？”

“嗯……”

马婶的手臂又举了起来……

她真希望马婶瞄得准准的，一砖将那个古怪的玻璃东西打个粉碎！又真希望马婶怎么瞄也瞄不准，空投一砖。两种希望像两只公鸡在她心里相斗，斗得不可开交，冠滴血，羽毛飞。

她背过了身去，不由自主地用双手捂上了耳朵。仿佛马婶举的不是半头砖，而是手榴弹；那大肚子细脖子的古怪东西也不是玻璃，而是炸药箱。一旦被马婶击中，便会惊天动地似的。

良久，她连用指甲轻弹玻璃的脆小的声音都没听到。

她有些奇怪地转过身，见马婶的手臂又垂落了，半块砖却仍拿在手中。滑稽可笑的弓步也收拢了，瞪着那古怪的玻璃的东西发呆。

“你怎么不打啊？”

“我觉得怎么瞄也瞄不准……还是你来吧……”

“不，不，我不来！你打，你打！打中打不中，我心里都没什么。真的马婶！”

“你别把难事儿推给我呀！你比我年轻，这不公平！年轻的人更要知难而上！别客气，你来，你来！……”

马婶往她手里塞砖头。

“我不是客气，这有什么客气的呀！……”

她将双手背到身后，死活不肯接那半块砖头。

“叫你来，你就来！又不是叫你拿着半块砖头打老虎！伸手！……”

马婶生气了。

她只好极端违心地接过了那半块砖头。她看着马婶的大脸盘儿，企图从那张大脸盘儿上观察出某种愿望。

那张大脸盘儿呆板得像抽象派木刻，毫无特殊的表情，一副听天由命的样子。

于是她也像马婶刚才似的，拉开弓步，站稳了，眯起一只眼，瞄准那件容器，高高举起了砖。

几年前和郭立强他们在煤场卸煤的那些日子里，休息时，闲得没事儿，她常和他们指定一个什么目标，用煤块儿打。比谁打得准，以此解闷儿。后来她竟练得很准，往往十中七八。

她一开始瞄准那件容器，她就一心只想打中它了。那仅仅是一种本能的意识，就仿佛一位姑娘，照着镜子，不知道自己剪掉了辫子会不会比留着条大辫子更好看；而一旦操起了剪刀，开始比量着要剪了，那种想要一剪刀剪掉自己大辫子的念头就变成想要获得一种快感的心理了。

“你先别……”

马婶的话还没说完，半块砖头已从她手中飞出。

但听“砰”的一声爆响，那古怪的玻璃容器顿时粉碎。

她呆呆地站在那里，似乎自己打碎了昂贵无比的宝物。

马婶也呆呆地站在那里，大脸盘上显出了一种惋惜的表情。

她们半天没说话，谁也不看谁。

后来她走到了那堆碎玻璃片儿跟前。

马婶也跟着她走到了那堆碎玻璃片跟前。

她们都仿佛不相信那个古怪的玻璃容器真被击碎了,走过去是为了进一步证实给她们自己看似的。

马婶低声说:“这是天意。嗯?”

“也许是……你刚才为什么要拦住我?……”

“我忽然又想我自己来了。”

“你看你拦晚了……”

“我这人有点迷信,天意不可违啊……”

她们默默走入传达室,一言不发就分钱。你从手提包中取出一捆儿,我从手提包手中取出一捆儿……

那天,她回到家后急忙拉严窗帘,插了两道门,脱鞋盘腿坐在床上,解开扎成死扣的手绢四角,瞧着那一捆捆的钱,独自个儿喜悦得没法儿形容,一时忘记自己已经不是城市女人而是农村女人了。

明知一捆一千元,哪一捆也不会少,她却一捆一捆认真数。

人数钱的时候是绝不会厌烦的:如果钱是自己的。

她数了将近半个小时才数完。

然后她仍坐在床上,一捆一捆,一张一张将那些钱平均分为两份儿。留出了五十五元作为一个月的生活费。

下午她将两份儿钱存入了银行。一个存折上写的是自己的名字,一个存折上写的是“郭立伟”。

离开银行,她在一个公用电话亭给她的小伟打电话。他不在,别人代接的。她让那个人转告他——下班后立刻回家,家中的烟囱堵了。

接着她去本市服务条件最好的浴池洗澡。

走出浴池她又去逛商店,先买了种种化妆品,后买各类食物。

一回到家里,她做的第一件事,便是“改变”自己。窗子在几天前已经封上了,家温温暖暖的。烟囱当然并未堵,炉火压着,一撴马上会旺起来。

她穿上了一件红色的紧身毛衣，她是第二次穿它，第一次穿它是在她的结婚日。那一天它沾染了她的血，后来是她自己将它洗了一遍。当时一盆水洗得发红，却不是毛线掉色，是她的血使一盆水变红了；毛衣的颜色仍如没洗过一般鲜艳。

刚刚关上衣柜门，她想了想，复又打开，翻出一件洁白的兔毛小坎肩，加在红色的紧身毛衣外。

随后她坐在桌前，一一打开所有刚买的化妆品，对着小圆镜，精心细致地化妆自己那张天生白皙的脸。

她生平第一次化妆，今天她要使自己显得格外的美。她的双眉本是很弯很长的，不过看去过于淡。经眉笔轻描了一下，更弯更长了，自然地使她脸上顿增了不尽的女性的娇媚 。她的嘴唇也一向是滋润的。她买了三种唇膏，犹犹豫豫地放下这一种，拿起那一种，不知该往嘴唇上涂哪一种才好，最后她决定了涂桃红色的。经唇膏一涂，嘴唇的轮廓更加分明。她原先从未敢想象过自己把嘴唇涂得红红的会是一副什么样子，现在镜子告诉她，是她原先绝对想象不到的那么艳美！她原先根本不知道世界上还有专为女人化妆用的叫做“睫毛刷”的这么一种东西。她以为电影里那些外国和中国的漂亮的女演员们的睫毛，天生是又黑又动人地向上翻卷的呢！

她是看了“说明书”才敢于动用它的。化妆是女人的本能。所谓“化妆美学”的全部学问，其实都不过是男人们从女人们的这种本能之中剽窃的。第一次使用“睫毛刷”的女人，远比第一次使用镢头的男人更灵巧。

在桌子上方，挂着电影明星挂历。她忽然站起来将挂历摘下，从十一月份往前翻。翻到六月，不翻了。她觉得自己太像六月份上那个女人了！

宋佳？演过些什么电影或电视剧？真可悲，返城至今，她还没看过一次电影。不过宋佳对于她是毫不重要的，六月份对她也是毫不重要的，重要的是她像那个女人；而那个女人挺美。

她就将翻到六月份的挂历重新挂到墙上。

刚刚挂好，听到门响。她迅速拉开抽屉，将桌上的化妆品一股脑儿收入抽屉。

刚刚推上抽屉，转过身来，听到的却是孙二婶的话声：

"淑芳啊，你在屋吗？……"

"在……"

她拉灭了灯，唯恐孙二婶一步迈进屋来，发现自己是一副多么不寻常的样子！

"你干吗把灯关了呀？……"

"二婶你可先别进来，我正换衣服呢，怪不好意思的……"

她轻轻走到脸盆架前，抓起了湿毛巾，就要擦脸。

"那我不进屋了。也没什么事儿，公社要统计人口，明天你有空儿帮二婶挨家挨户填写表格行么？……"

"行啊二婶。"

"那我走了……瞧你粗心劲儿的，换衣服也不插门！"

她舒了一口气，将手中的湿毛巾又搭在脸盆架上了。

"哎哟！踩我脚了！……"

孙二婶还没走出去，却叫起来。

"是二婶吧？怎么黑着灯啊？我嫂子不在家？……"

该死的！偏偏赶上这会儿进家门！

她站在洗脸架旁，屏息敛气，不敢离开。

"你嫂子在里屋换衣服呢……"孙二婶的声音低了："那你到二婶家先坐会儿吧？"

"我回来打烟囱。不去你家了二婶，我在厨房呆会儿……"

听着孙二婶走出去之后，她稳了稳心神，在里屋说："你把外边门插上。"

听着他将外边门插上了，她走到桌旁站着，又说："你进屋吧。"

看见他的身影进了屋，她说："你开灯。"

他一声不响地拉亮了灯。

他手中握着灯绳，望着她一时僵立在门口。

"你拉上窗帘。"

他的目光始终望着她，机械地走到窗前，机械地拉上窗帘。

"是为你……"

她不无羞涩地笑了。

他一步步向她走过来，仿佛接近着一尊神圣的偶像。

"你别过来……"

他站住了。

"我这样……好么？……"

"好……"

"你看我……像谁？……"

"谁也不像……"

"你看看挂历……"

他的目光从她脸上缓缓转移到了挂历上。

"像谁？……"

"像你自己……"

他的目光在挂历上停留了还不足半秒钟，就又凝视在她脸上。

"我一点儿都不像挂历上……那个女人？"

他摇头。

她有些扫兴起来，固执地说："我觉得像嘛！"

"不像。"

"像！"

他还是摇头："你再说像我就把那张挂历扯下来撕了！……"

"你敢！……"

他两步就跨到了桌前，一下子从墙上扯掉了那页挂历，几乎是有些愤怒地撕扯得粉碎，抛在她脚下。

"你？……"

她惊愕了。

"我眼里根本看不见第二个女人！"

她就一头扎在他怀里了。

他将她横抱了起来，似乎轻轻地就将她横抱了起来。她料不到他的双臂竟那么有力，托着她像托着一个小女孩儿似的。

"今晚住在家里行么？"

他的目光告诉她，她所请求的正是他所渴望的。

"二婶会不会起疑心？"

"二婶是好人……"

"别的邻居们呢？"

"现在为什么要想到他们呢？"

她忘不了那个夜晚，当她把那张七千多元的存折送给她的小伟时，他是怎样拒绝的。他时而咆哮，时而又冷言相向，直到连她自己也像他那样蔑视自己分钱后吃利息过小日子的念头，直到她觉得原已不容易开始淡漠的创业发展的想法再一次清清楚楚，结结实实地从心底站起。五年，她已经离开那个拉紧窗帘点着票子设计宽裕生活的徐淑芳非常非常遥远了，但她知道自己永远不会忘掉那个烛光迷离的夜晚，就像一个人忘不了旅程中最难逾越的那道障碍，而这障碍是他以他的方式帮他逾越的，虽然他那时是那么野，那么凶，虽然他呵斥讥讽得她痛苦了许久……

还有马婶，她曾与之分钱又与之集资的老搭档。

马婶死了。

像马婶自己说的那样，中午从车间到食堂的路上，她走着走着，跌了一跤，就死了。

马婶是不脱产的副厂长。或者更确切地讲，是名义上的副厂长。她曾几次坚持要马婶脱产，坐到副厂长的办公室里去。

马婶却说："空出那么一间屋子，让我整天守着屋子干吗呀？还不把我憋闷出毛病来啊？哪有跟姑娘们在车间干活好？跟姑娘们一块儿干活我觉得自己年轻！……"

"忽悠"一词，仍在民间广为应用。但到了一九八六年，无论公对公还是私对私，或者公对私或者私对公，办任何事情光靠能"忽悠"是办不大成了。

生活淘汰一类人比舞台淘汰一类明星更迅速。

因而本市的老百姓又创造了另一个词取而代之——"安排"。

是"创造"，绝不仅仅是"选择"。

一个词一旦被赋予了崭新的含义，当然便是创造。正如新的发明取代旧的科学。

"安排"意味着请客、送礼、塞钞票……以及凡能用物质说明的其他许多许多内容。它的技巧是必须掌握权与法之间的细微的原则。差之毫厘，失之千里。

这是更高的学问，比"忽悠"实际得多。

马婶难能精通此道。

她却已久经考验，游刃有余了，这对她是后天的才干。她早习惯了在厂长的日记上写明"安排"这一词。一个普通的女人的灵魂究竟能在生活和事业中走出多远，要看她究竟能与一切称之为"正统"的观念决裂的程度和分道扬镳的勇气。她及时地明白了这一点。她对凡她认为可敬的"正统"观念仍保持着敬意，但如果它妨碍她，她则仅仅把它供起来而已。她已不能够再做它的模范的"修女”，不管是生活方面还是事业方面。如果它不能导致成功和快乐，甚至只能导致失败和烦恼，那么人为什么非要依顺于它？作为一个女人她不许自己缺少快乐，作为一位厂长她不许自己失败多于成功。

她已形成了自己的风格。一个女人的风格，各方面的风格。按照自己的风格活着，她才能领悟到活着的价值和意义。当厂长在她看来只不过是自己的活法之一，并不是她活着的目的。

她以她自己做事的风格，征得马婶家属同意之后，在厂内为马婶举行了隆重的追悼仪式。

她亲自致悼词。

悼词是这样写的：

> 生活中经常有这样的情况，最初我们很不喜欢的人，最后成了我们很喜欢的人，甚至成了我们很亲爱的人。原因何在？让我告诉大家——人的心的确是可以相互交换的。以心换心是最公平的交换。在这架天平上，年龄、性别、容貌、知识，某个人的地位和脾气，都是没有分量的。有分量的只是一颗心。如果将两颗心在天平上调换一下，天平仍然是平衡的，我们便有足够的理由相信我们在别人心中的分量，和别人在我们心中的分量。它跳动的时候，我们便欣慰。它停止跳动的时候，我们便悲哀。即使这样的人对我们的成功与失败已不再起任何作用，这个人对我们也一如从前那般重要，离开我们之后，会被我们铭记着。马婶对我便是这样一个普普通通的女人。连我们的隐私都是从未互相隐瞒过的。我们之间曾经有过一句誓言——同舟共济。她对得起我们之间这句誓言，所以我尊敬她异于尊敬别人。我知道，她对于你们，也许不是一个值得喜欢更不是一个值得亲爱的人。甚至也不是什么副厂长，仅仅是一个刀子嘴豆腐心的、太爱教训你们的、太爱管各种闲

事的胖女人。我知道,你们有些姑娘在背地里叫她“半吨”。我并不想在这种场合谴责你们。因为我当年,也就是最初我很不喜欢她的时候,也在背地里对别人把她叫过“河马大婶”。而此时此刻,我内心里的悲痛是语言所无法形容的。我要告诉你们的是,我们这个工厂得以存在并且发展到今天的规模,当年的一半基金是这个普普通通的,刀子嘴豆腐心的,太爱教训你们的,太爱管各种闲事的女人的钱。一万七千多块钱。是她卖掉了自己的城市户口的钱,和她干某些又脏又累的活用汗水换来的钱。她活着的时候从未希望你们知道这一点并且因此回报她感激和敬意,也从未抱怨过你们不知道这一点。看到你们这些年轻的姑娘在我们这个工厂里工作是愉快的,她已很满足了。她虽然那么爱教训你们,可她甚至都没有要求你们热爱过我们这个工厂。我认为她是有这种权利的。恰恰相反,她时常觉得,我们这个工厂,还应该为你们做好许许多多福利方面的事情。你们之中,没有一个是干部的子女,没有一个是知识分子的子女。社会提供给他们的选择机会和竞争机会已经不少,但提供给你们的却不算多,因为你们是社会最底层的劳动者家庭的姑娘。当你们考不上大学的时候,当你们终于放弃了种种更令人羡慕的憧憬的时候,我们的工厂向你们敞开它的大门。只要你们永不嫌弃它,它便永不嫌弃你们。这一条与其他单位有所不同的招工原则,是我们今天所追悼的这个女人的主张。因为她也是来自于社会最底层的。她内心里时刻关怀着你们的福利,如同时刻关怀她自己的女儿们的福利。她太爱教训你们,也许正因为她太爱你们。今后,我将继续奉行她生前的主张,因为我也是来自于社会最底层的。我将努力为你们实现更多的福利,因为这是她生前的愿望。也是我对你们的责任。我们这个工厂,大概永远不可能向你们许诺更令人羡慕的憧憬，但是它将保证对你们每个人目前的和今后的物质生活负起它应尽的责任，使你们不至于受到贫穷的困扰，仅此而已。别的方面，它只愿协助你们去寻找和获得，但不能代替你们去寻找和获得。这一些话，也是马婶生前总想对你们说明白而总也没有说得很明白的话。今天，在我们追悼她的这个时刻，我相信我已经替她对你们说得非常明白了……

悼词是她亲笔写的。每一句话甚至每一个标点符号，都是从她内心里涌到笔端的。没有修改，不愿修改。她要对马婶维护自己内心里一向对马婶的真实。连她与她的小伟之间的隐情，她都坦白地告诉过了马婶，那么在为马婶而写的悼词中，还有什么不适当的话，是马婶所不能原谅她的呢？何况马婶是宽厚的女人！……

她怎么写的，便怎么念了。

许多姑娘听着听着哭了。

录音机播放着哀乐，不是中国人所听熟悉了的那首哀乐，而是贝多芬的《安魂曲》。

马婶生前曾说过，最听不得哀乐，一听到哀乐心就像被一只大手揪住了。她也认为中国人所听熟悉了的那首哀乐，不太适于作为凡人的殡葬曲。它使死亡的严峻性对活人显得太强烈了！它太震撼活人的心灵了！而马婶是凡人。一个安分的凡人必定是不愿以自己的死亡去震撼活人的心灵的。相比之下，倒确实是贝多芬的《安魂曲》更适于作一切人、一切不平凡的人和一切凡人的殡葬曲。因为它所体现的悲哀是忧伤的，而不是撕肝裂胆仿佛天崩地坼般的震撼。凡人的死是震撼不了天地的，凡人的死尤其需要的是一首《安魂曲》。追悼凡人的活着的凡人的灵魂尤其需要将悲哀淡化为忧伤，而忧伤之对于活着的凡人的灵魂，也将能比悲伤更长久些。

一辆车头披挂了黑纱和白花的小面包车做了马婶的殡车。她和兼职工会工作的两位姑娘陪同马婶的亲属们乘另一辆大客车前往火葬场。可是许多姑娘也眼泪汪汪地挤上了车,非要将马婶“送到底”。殡车开出厂,又有百多名姑娘骑着自行车紧紧尾随其后,这是她预先没估计到的。

都是些有良心的好姑娘啊!

她从车后窗望着她们一个个顶风猛蹬的样子,心中深受感动,吩咐司机减慢了车速。

她暗暗对自己说:徐淑芳,为了她们,你值得努力当一位好厂长!你永远也不必为自己所选择的这一种活法后悔!

一件马婶在手工车间没来得及缝完的绒布熊猫,作了马婶的殉葬品。

马婶活着的时候常说,做梦都不敢想,这辈子还能在亮堂堂的车间里为孩子们做玩具,这种工作是女人的大福气。一想到有些孩子多么喜爱她亲手做的玩具,她恨不得回到和姑娘们一样的年龄,为孩子们从头儿活几十年……

体重一百八十多斤的马婶,死后用那么小的一个盒子就装下了!马婶的灵魂会不会感到憋闷呢?如果不是因为没处埋葬,她真愿为马婶做一口特大的棺材,用上等的红松木料做……

回到厂里的第一件事,是吩咐会计支出一万七千余元,并且按照储蓄结算了几年来的利息。那时,后来被她送上了法庭的老会计,还受着她的绝对信任。

他问:“要还给马副厂长的家属?”

她说:“是的。如果可能,我还真想出公款为马婶买一个城市户口,像当年别人买我们的一样……”

“你也把自己的城市户口卖了?”

“……”

“按理说，对马副厂长，无论怎么做，都不算过分。可具体到我这儿，就没法下账了……”

“下在工会支出的账上吧。”

“连本带利，二万多元，不是一笔小数啊！万一公社细查起来……”

不提公社则矣，一提公社，她愤怒了。

“那就让他们问我！”

她居然对他拍起桌子来。

但是马婶的丈夫，一个因病提前退休了的锅炉工，一个与马婶的火辣性格恰恰相反的老实巴交的男人，畏畏缩缩地不敢写收条。

他讷讷地说：“这钱我们今后可以花么？不可以花，拿回去又有什么用呢？”

她说：“这是马婶卖城市户口和汗珠子掉在地上摔八瓣儿挣来的钱，厂里如今应该归还你们，你们当然是可以花的，愿怎么花就怎么花！”

“我只知道她当年为了厂，把自己的城市户口卖了……究竟卖了多少钱，她从来也没有告诉过我……哪晓得是这么大数目一笔钱啊！要是我们花了，以后有一天再说违犯了啥制度，要我们还，我们可怎么还得起？……”

“我保证，没人让你们还！……”

胆小怕事的男人还是觉得那笔钱烫手。

她急了，代他写了一张收条，签上了自己的名字，并且盖了章。

老会计将她扯到办公室外，提醒道：“当年这笔钱，你们账面上可没注明是借给厂里的啊！如今你替人家写了收条签了字，将来可是要负法律责任的啊……”

她干脆地回答：“我负！”

送走了马婶的家属们，她才觉得内心稍微平静了些。

老会计见她在一把椅子上坐下了，试探地问："你当年那一笔钱……要不要也想个什么名目……今天一块儿支出来？厂里现在资金雄厚了，你也犯不着……"

她倦怠地闭上眼睛，摇了摇头……

她常想到那笔钱。她认为那是她为自己的投资，为自己的生活的投资。她对自己目前的生活颇满意，因而并不觉得是损失……

第三天，晚报"群众之窗"专栏，登出了一封批评信。批评百花玩具厂在全社会大力提倡精神文明之时，为一位厂领导的死停产一日，兴师动众，劳民伤财。更严重的是，厂长徐淑芳，在悼词中，只字不谈化悲哀为建设四化的热情，却大谈所谓良心，以封建主义的恩德思想蛊惑人心……

措词尖酸，行文刻薄。

全厂的姑娘们差不多个个都被激怒了，她们拿着那张报纸到厂长办公室去找她。

而她不在。因为她已先于她们看到了那张报纸……

当天，有几十名姑娘进了城，到报社去提抗议。她们离去的时候，在总编办公室和走廊里留下了一地瓜子皮儿。

报社的人训斥她们："你们当这是什么地方了？露天电影院？扫干净了再走！"

"哟喝，怪厉害的！瓜子皮儿就让你们不高兴了？你们往我们脸上抹黑怎么说？"

"扫干净了再走？姑娘们不受你们这份儿支使！"

"你们自己扫吧！"

"你们自己也别扫了，明天后天我们还来呢！"

她的姑娘们不是好惹的。

那一天，报社不知往她的办公室里挂来了多少次电话，而厂长秘书的回答是：我们厂长今天不在，明天后天也不会在。她这几天忙于谈业务。

第二天又有另一批姑娘到报社去抗议……

比第一天那批姑娘留下的瓜子皮儿还多……

第三天如是。

她的原则，或者说她的厂的原则是——人不犯我，我不犯人；人若犯我，我必犯人。在事关百花玩具厂荣誉的问题方面，她从不含糊。她要让世人知道，小厂不可辱，小厂不可欺。谁也抓不到任何把柄，可以指责她怂恿那些姑娘到报社胡闹。因为三天内，她确确实实都不在厂里，她确确实实都在与各方面洽谈业务。

只有老会计心中明白。因为他得到她的指示，对没上班而到报社去了的姑娘们，当天的工资按“出勤”算。

第四天，她亲自出现在报社总编室。

很有点儿“少壮派”气质的总编，对她拍桌子蹾茶杯，大大发了一通脾气，根本不把她放在眼里。

她却表现得相当有涵养，一声不吭，听任对方宣泄个够。

末了，人家指着她的鼻子说：“像话吗？啊？连续三天，一拨一拨地来！你们这个厂也太无组织纪律性了！……”

她端正地坐着不动，微笑道：“我可以保持涵养，但前提是您的手指尖千万别碰到我的鼻子。”

对方的手立刻就放下了。有时候微笑着低声说出的话，要比愤怒地大嚷大叫更奏效。这是她的经验，她还不止这一条经验呐！

对方客气了些，宽宏大量地说：“既然你亲自来赔礼道歉了，事情也就算了。你回去要好好教育你的工人们！”

“您想错了！”她仍微笑着说：“我不是来向你们赔礼道歉的。我是亲自来向你们提出抗议。你们预先不进行必要的调查了解，结果不但损害了我们厂的荣誉，也损害了一位无辜的死者的荣誉。

我以我们厂,也以死者及其家属的名义,郑重通知您,要对贵报进行法律上的起诉。至于谈到我们厂的组织纪律性,我十分惊讶您居然不知道,它是前不久唯一被评为市厂纪厂风优秀单位的集体企业。而我的工人们到贵报来不是无缘无故的。咱们中国有一句话说得明白,叫做'众怒难犯'。这是我们所聘请的律师的名片,您收好。请今后不要为此事给我本人挂电话了,我目前工作很忙,接下来应该是你们和我们的律师打交道了……"

对方一时望着她发起愣来。

她从容告辞。走到门口,转回身又微笑道:"我不对您说再见。让我对您说——咱们法庭上见。"

她那辆漂亮的小汽车停在报社门口。

她刚打开车门,一位报社里的老同志气喘吁吁地追了出来,跑到她跟前,搓着双手说:"徐厂长,您看,事情本来不必搞得这么僵……这可能是一场误会……我们总编刚上任,年轻气盛……请您,再跟我们详细谈谈好不好?……"

她看了看手表,抱歉地说:"真遗憾,我没时间了,还有别的事儿。不过欢迎你们明天派记者到厂里来调查了解一下。"说罢,毫不动摇地坐进车内,大声吩咐司机:"开车!"

第五天,果然有一位记者来到了厂里。调查的结果是——所谓"劳民伤财",不过是开了四十分钟的追悼会,几丈黑布,一卷白纸而已。事实亦是如此。"停产一日,兴师动众"也纯属夸大其词——只有五分之一不到的人停产半日。绝大多数工人开完了追悼会就回各车间干活去了……

第六天,晚报上登出一篇和登在"群众之窗"专栏上那封"批评信"字数差不了许多的自我批评文章——当然是报社的自我批评文章。并且加了编者按,引为缺乏调查了解的教训。

她也就相应地从法院撤回了起诉书——将它寄到了报社,以证实“咱们法庭上见”,不是威胁对方的谎言。

同时致信报社总编,只一句话——“我是个不爱在这类问题上开玩笑的人。”

总编的复信更其简短,仅两个字——“佩服”。

然而在她这方面,此事只了结了一半。她将总编的信抛下之后,立刻让秘书找来了设计科科长。那二十四岁的科长,是个很有设计才能的风流倜傥的英俊小伙儿。从省“工艺美术学院”毕业后,不少单位争着要他,却都无法满足他的条件——两室一厅的一套住房,一报到就得住上。百花玩具厂的宿舍楼当时恰恰竣工,她亲自“三顾茅庐”,以每月三百元的高薪,将他聘请到厂里任新成立的设计科科长。当然还使他一报到就住上了两室一厅的一套住房。她的治厂方针是:人无我有,人有我优,人优我转。一九八六年,一切商品的市场竞争都是空前激烈的。胜则存,败则亡。购买力毫不犹豫地站在竞争的胜利者一边。经济规律绝不同情失败者。不管是谁,只要你当上了厂长,只要你的厂生产的是商品,你就好比戴上了拳击手套,成了职业拳击手。那么便不管你情愿或不情愿,你都将一场接一场地被推上拳击场。不是你击倒别人,就是你被别人击倒。荣誉属于最后站立着的那一个人。幻想轻轻松松舒舒服服当官的那些人,已被压在中国历史翻过去了的几页中,不太容易钻出来。必须有一个设计科。必须广招具有设计才能的人。他们将决定百花玩具厂这个被同行视为对手的小厂的经济命脉。否则,它在空前激烈的竞争中被挫得一败涂地,可能就是一年半载时间内终将发生的事情。尽管它目前还显得生气勃勃的。正是基于这种严峻的忧患意识,她在招募人才方面不惜代价。

那风流倜傥的英俊小伙儿一跨入她的办公室,她便吩咐秘书道:“搬把椅子,坐在门外看着,不许任何人打扰我们的谈话。”随手抛过去一册《青年一代》。那是她常翻翻的刊物。除此而外,还常常翻翻诸如《读者文摘》、《世界博览》、《中外妇女》之类。文学刊物她是早已不翻了的，中国作家们写的小说早已引不起她的丝毫兴趣了。某些作品越被吹得天花乱坠，她越是从其中读到了“空洞无物”四个字。前几年她还看看所谓“知青文学”和“改革文学”，如今也不愿看了。她在心理上早已与“知青”挥手告别，并且认为这是明智的。同时明白了，改革可以被写成一篇篇小说，而小说是帮不了改革什么忙的，连点小忙也帮不上……

“厂长，您找我有事？”

“您先请坐。”

因为他“您”，她便也“您”。她知道，在他的礼貌中，包含着对她的轻蔑。她清楚他打心眼里就从来没有瞧得起过她。原先她因为要重用他，一向容忍着。而今天她认为最后的容忍期限是到了。

“可以吸烟么？”

“您请便。”

他在沙发上坐下，吸着一支烟，架起“二郎腿”。

上等料子的一套西服，洋烟，昨天脚上还是一双黑色皮鞋，今天脚上换了双棕色皮鞋，他脚上似乎入厂后就没穿过太旧的鞋，每月三百元把他这个年轻的单身汉养得挺宽绰。他不愧是“工艺美院”毕业的，很注意色彩对比在衣着方面的效果。

她仍坐在她办公桌后那把木椅上，隔四五米远望着他，赏识地说：“你今天的确应该穿一双棕色皮鞋，因为你今天穿的这一套西服是苍花色的。”

他晃了晃跷起的那只脚，说：“先锋鞋店买的。”

那是最有名的一家鞋店。她说：“我脚上穿的这双皮鞋也是在那儿买的，不过我三年内只买了两双。您入厂半年来买了几双皮鞋？”

“你找我来就是谈这个？”

跷起的脚仍悠然地晃着。

“不,”她微笑了一下,“这是题外话。您不愿回答可以不回答。”

“那么我不回答。”

“设计科天天和油彩打交道,您连您那双手都没粘上点儿颜色,有什么好经验么?”

“你是在批评我吗？难怪还吩咐秘书守在门外!”

由“您”而“你”,在他是由礼貌的轻蔑而无礼的轻蔑。

“批评您犯不上让秘书坐在门外看《青年一代》。”她也拉开抽屉取出了一盒进口坤烟,那是前不久与广州一家儿童商店签订合同时,对方送给她的。带过滤嘴儿,细而长,二十支二十种颜色,只剩半盒了。她弹出一支褐色的。有一次她听到姑娘们在聊天时说,褐色代表决裂。点燃后,她优雅地吸了一口,接着说:“也是题外话。您不愿回答,也可以不回答。”

“厂长,也许……别人对您说我什么坏话了吧？……”

“你”又变成了“您”。

他似乎感到了气氛太不对劲儿,显得有几分心虚起来。而他那张又年轻又英俊的脸,这时就仿佛从白皙的脑皮下渗透出了一种委琐,好比从白书皮后能隐约看到一本书模糊的封面图案。

“不,您大可不必怀疑有谁对我说了您什么坏话。姑娘们在我面前谈到您的时候,大多数是崇拜和倾慕的,您自己当然更知道,您对她们是多么具有吸引力。因为您是我们厂目前唯一的一名大学生,又是搞艺术设计的,又是全厂工资最高的人,比我这个厂长还高二十元。我们谈话的正题是——您一定对我写的那篇悼词有什么见教吧？我愿当面洗耳恭听……”

“这……没有,没有……写得很感动人,朴实无华……那是我所听到过的最出色的一篇悼词……”

他那只跷起的脚虔诚地停止了晃动。

“是这样吗?”

“正是这样。”

很肯定的回答,很真挚的模样。

“谢谢您的夸奖。您……不想也问问我,对您寄到报社那封匿名的批评信有何看法吗?我应该也给您一次表示虚心的机会呀,是不是?……”

那只跷起的脚放落到地上了。

“不愿意问?”

“……”

“那么让我坦率地告诉您我的看法——您是个卑鄙的人。”

“……”

他那张白皙的脸顿时变得像猪肝一样。

“在追悼会上,您不是也落泪了吗?怎么解释?鳄鱼的眼泪?”

“妈的,他们……到底出卖了我……”

他狼狈地嘟哝。他那张英俊的脸,像被火烤软了的塑料面具,扭歪了,走形了,丑了。

“怎么能说是人家出卖了您呢?明明是您用谎言欺骗了报社嘛!”

“你……厂长……您……您要把我怎么样?……”

“别激动,坐下,坐下。该激动是我,您看我都一点儿也不激动。我保证,绝不向全厂公布这件事。如果我向全厂公布了,您会想象得到,群众的情绪意味着什么。您的漂亮面孔也帮不了您的忙……”

他迟疑地又坐了下去。

她不再看他,瞧着手中的烟,若有所思地吸着。

“厂长,您原谅我这一次吧……我……我一时感情用事……”

原谅？不！

她在他身上浪费的已经够多的了。

他刚入厂的那些日子里，处处对她多么尊敬多么亲近呀！骗取了她对他发自内心的喜爱。每天中午他都要主动替她打饭，端到她的厂长办公室来，陪她一块儿吃。他不知从谁那里了解到，她非常喜欢精巧的工艺品，就经常暗地里送给她工艺品商店销售的新颖好玩的一些个小东西。可是后来她渐渐对他警惕起来，因为她以女人的敏感有所觉察，他对她的尊敬是不真实的，他对她的亲近是另有图谋的。讨好并非最终愿望，最终愿望是诱惑的成功。以一个二十四岁男人的风流倜傥的英俊外表征服一个三十四岁的独身女厂长的心智，在这年轻人的动机的背后，蛰伏着一种什么目的呢？仅仅是目前某些像他一样的小伙子们所普遍具有的征服欲么？她百思不得其解。她觉得要认清他，远比认清厂里的任何一个姑娘的本质难。作为一个女人的心智，包括肉体，她不认为被他这样一个具有吸引力的小伙子所征服，是多么了不得、多么耻辱的事，但作为一个女厂长的心智，如果被这样的一个小伙子所迷乱，那是后患无穷的。她不允许自己对于他只是一个女人，而不是一个女厂长。

她开始疏远他。使他不能在每次跨进她的办公室的时候，得寸进尺地以为也等于跨进了一个独身女人的卧室。

然而他并未放弃他似乎稳操胜券的这一场“战斗”。他仿佛不达目的，誓不罢休。

有一天下班后，他又来到了她的宿舍。他和她住在同一层楼，对门。仅仅因为这一点，她才多少次容忍他侵占她的时间，破坏她所需要的安宁。

“我给你买了一条金项链。”

他连厂长也不叫。说着就从首饰盒里取出那条金项链，走到她跟前,轻佻地要亲自给她戴上。

她正色道:“你想干什么?”

他笑嘻嘻地说:“我爱你。”

她说:“如果这意味着你想和我结婚,我可以考虑。尽管我比你大整整十岁,你若不在乎,我更不在乎。”

他不知说什么好了。

“仅仅是想和我睡觉?我不是一个很正统的女人。原先是,现在不是了。我承认我也需要和男人睡觉,但不是你这样的男人。我还不习惯被自己的下属轻易睡觉,一条金项链不会使我养成这样的习惯,你那张脸也不会。”

“我知道你喜欢跟什么样的男人睡觉。我跟踪过你……难道我不如一个跛足的男人?……”

没等他说完,一记耳光使他闭上了嘴。

“听着,我跟什么样的男人睡觉,这是我自己的选择。我们这个厂制定的对厂长的监督条例之中,不包括这一点。从今以后,不谈工作,不许你再随便迈入我的办公室!更不许你出现在这儿。对于你,我只在办公室里办公!现在你给我滚。”

他“滚”得很帅。卑恭地将头一低,为了能够矜傲地一扬。一低一扬之间,彼得式长发飘逸得马鬃似的,在空中甩了一道大写意的弧。

然而那一次她原谅了他。

第二天她亲自将他“请”到办公室,对他说:“昨天晚上的事,你只当没有发生过吧!我也绝不会记着。希望你为这个厂施展你的才干,我期待着。如果你不辜负这种期待,我和全厂的每一个人都将感激你!”

不久他将一份新产品图样呈送给她过目。她十分高兴,着实鼓励了他一番。虽然她当时便断定,那没有多大投产的价值,但她没说出来，还是同意了投产。小批量产品的市场试销状况，证实她的判断并不错，没有为厂里创造什么利润。而他背后散布，她是存心压制他的才干。

“我看你弄来的那个小科长，不是个好东西！整天专围着漂亮姑娘转，还讲你坏话！”

马婶曾这么对她说过。

而她只是笑笑。

至今，设计科设计出了六类畅销的新产品，已为全厂创造了四百七十四万元利润。但他本人却再没有拿出过第二张图样……

接着是小郑怀孕的事……

那长得十分标致的具有一种古典仕女美的姑娘，在半月前的一个晚上轻轻敲开了她的房门，使她特别惊讶。

“下班这么久，你怎么还没回家?”

“厂长，我……”

姑娘的睫毛一扑闪，眼中滚落了两滴泪。

待她将房门关上，姑娘双手掩面，凄楚地说：“厂长，我怀孕了……”

“你……怀孕了？……跟谁？……”

她简直不相信自己的耳朵。

“厂长，我不愿告诉您……”

“那你找我干什么？……”

“可我不能没结婚就生孩子呀！我怕……一个人到医院去做手术……可我实在想不出……谁肯陪我去……”

“几个月了？……”

“三个月了……”

她亲自陪小郑到医院去做手术。她亲自开了一张厂里的证明信，证明那姑娘“已婚”。因为她知道那姑娘怕的绝不是简单的手术。

“没结婚吧?”术前照例进行的询问,但医生那非常肯定的问话,包含有毫不掩饰的冷嘲热讽的意味。表明着对这类亵渎婚姻法的手术已多么厌烦。

“结婚了。”

她替垂下头去的小郑回答。

“结婚了?她才多大?”

“她不小了。二十了。”

她替小郑多说了一岁,同时将那份证明从兜里掏出来,展开后放在医生面前。

医生向那份证明溜了一眼,见并无什么破绽,仍怀疑地问:“她自己为什么不回答?哑巴?”

她有点讨厌那医生了,冷冷地说:“她太胆怯,怕这种地方。”

“你是她什么人?姐姐?”

“不,您猜错了,我是她的厂长。”

她又掏出自己的工作证,放在医生面前。

那医生还真拿起她的工作证仔细看了看,那样子不像是干医生这一行的,而像是位负责的海关检查员。

“初孕?”

“是的。”

“既然已婚,而且初孕,为什么非要刮掉呢?”

“为了计划生育。”

“那为什么不采取避孕措施!”

医生竟很恼火起来。

“医生,您不必恼火。每个人在许多方面都犯过疏忽的错误,包括您和我。”她收回了她的工作证之后,又说:“她的疏忽我看不会造成多么可怕的后果,而她的胆怯我看是有几分道理的。”

医生听出了她的回答带有明显的挖苦成分，心中虽然有气，却再也不想说什么了。

而她，坐在手术室外的长椅上，很有耐性地等待小郑从手术室出来的时候，反复问自己：我究竟为什么要如此这般地庇护这姑娘的自尊心在这种地方不受到丝毫伤害呢？为什么？仅仅因为我很喜欢她么？

是的，她很喜欢小郑。喜欢小郑那种俊俏的古典仕女的模样，喜欢小郑文文静静的性格。那姑娘的父母都在废品收购站工作，他们却创造了一件美轮美奂的精品。她是他们的掌上明珠，也许更是他们唯一的骄傲。他们并未宠爱坏了她，她不但外表是个文文静静的姑娘，本质上也是个又安分又单纯的姑娘，并且很聪颖。她对百花玩具厂怀有感激之情。因为没有这个厂，她不接她父亲的班，就只能接她母亲的班。区别仅仅在于，是蹬着三轮平板车收破烂儿，还是推着手推车收破烂儿……

那姑娘曾对别人说："小时候爸爸妈妈请了一位瞎子给我算命，瞎子讲我是王妃之命，命中必有尊神保佑。我不信什么王妃之命的，如今咱们中国哪个女的还做梦想要当王妃呀？除了是疯子！但我可有点儿信我的命中有尊神保佑。咱们厂不就是我命中的尊神么？没有咱们这个厂，我不是早'破烂的换钱'去了么？所以我一走进咱们厂的大门，禁不住就想唱歌……"

这番话后来别的姑娘学给她听了，她从此铭记在心，也使小郑在她心里留下了更深的印象。她是从普遍的意义上去理解小郑的话的。她从此更加明白，她所励精图治开创的这一个小厂，对那些社会最底层的，既竞争不到一张大学录取通知书，也无缘踏入某些理想单位的姑娘，的的确确可能是她们命中的尊神。

命中的尊神——它体现着她们由衷的爱厂之心。

她能不庇护她们中的每一个么？

只不过因为小郑说过那番话，她喜欢她尤甚于喜欢其他的姑娘罢了。

而她与她们交谈时，已自然地形成了两句习惯的口语——“我的姑娘”或“我的姑娘们”。

有一天中午在食堂，她看见小郑穿了一件款式新颖色彩美观的连衣裙，打趣地问：“小郑，穿得这么漂亮，是不是想让别的姑娘都嫉妒你啊？”

小郑红了脸说：“才不是呐，今天我生日？”

“你生日？那你得请客呀！”

“不对！我的生日，应该别人请我客，祝贺我！”

“说得有理，我请你！”

“别别别，厂长……我说着玩呢……”

“我也当请客是玩啊！”

结果她被一群姑娘包围住了，高高兴兴地花了三十多元，买了许多盘菜。连食堂的大师傅也凑上了热闹，现为她和姑娘们又炒了好几道菜……

午饭后，小郑来到了她的办公室，吞吐了半天才说：“厂长……我……我想调到设计科……”

“噢？……”这种事不同于请客，她严肃起来。如果别人想要利用她对别人的好感，她对别人的好感是会变为同样发自内心的反感的。

“厂长……您……您可千万别以为我是不安心本职工作呀！其实我挺乐意在车间干活的，和收破烂儿相比，还有什么不乐意的呢？”

“那你为什么想离开车间呢？”

“您不是在全厂大会上号召，人人都要争取为厂里做更大的贡献么？您不是说，信息科是咱们厂的触角，而设计科是咱们厂的龙头么？我……觉得……我既能当一个好工人，也能当一个好设计员！没事儿我常逛商场，蹲在玩具柜台前看起来就没够！我自己设计了好几种玩具……就是不好意思送给您看……真的！……”

她不动声色，问她设计图样在家里还是在厂里？那姑娘说在厂里。她就叫她拿来看。那姑娘转身便往外跑，一会儿气喘吁吁地取来了十几张图样。

对其中一张图样，她当即下达了生产令。

那姑娘激动地说：“厂长，只要我能为厂里多做点儿贡献，不调到设计科也一样！我业余搞设计，设计好了就给您看……”

第二天她将她调到了设计科……

正由于受这姑娘的启发，她颁布了有奖设计条例：

一、除设计科以外的全厂任何岗位上的职工，所设计之图样，一经投产，奖励五百元、七百元、一千元不等。

二、设计十张图样均未被采纳者，亦给予适当鼓励奖，五十元内不等。

设计科的同志们反映小郑很勤奋。

可究竟是谁在这姑娘纯洁的身体里播下了一颗不负责任的种子呢？倘若没有她的亲自陪同，这姑娘在这种地方将遭到怎样的奚落和挖苦呢？

如果说，这件事在她内心里激起一种不愿对小郑表现的愤怒，乃因陪同小郑的是她而不是一个男子。

一个男人必须对给女人造成的任何痛苦负责任，男人必须对女人为他们所流的每一滴血负责任。否则，他们是坏蛋。

她扶着小郑走出医院时，小郑说：“厂长，我不敢回家……”

她说：“住我那儿。”

“可我怕我不回家，爸爸妈妈会起疑心……”

于是在医院门口的公用电话亭，当着小郑的面，她给这姑娘的母亲打通了电话，说小郑要为厂里赶出一批设计图纸，住在她那里，任务完了回家，请那当母亲的放心……

怕司机小李知道这件事儿，她们来时乘的是公共汽车，回去时乘的是出租汽车。

一进到她的家，小郑便哭了。

“厂长……我向您坦白……是他……”

“谁？”

“设计科长……”

她们上楼时碰到了他下楼，他还快乐地吹着口哨，还冲她们微笑！

“他爱你？……”

“他起初这么说过……”

“现在怎么说……”

“他说……他说让我死了这条心……和他爱着玩玩可以，要和他结婚……是做梦……还说……还说一想到岳父岳母是收破烂的……他就恶心……我恨死他了……”

“那么厂里被他玩弄过的姑娘，就一定不只你自己！把你知道的事都告诉我！”

“还有小蔡，还有小乔……她们都自己去过医院……也不敢休假……照常上班……”

“你们！……你们这些糊涂的姑娘！她俩为什么不找我呢？……”

“怕您……开除她们……”

“我怎么会开除她们！”

“是他……这么警告她们的……”

“你不怕我开除你吗？”

“我……我知道您喜欢我……舍不得开除我……厂长，您处分我吧……只要千万别开除我……我求求您……”

小郑痛哭失声，双腿软软地在她面前跪下了。

“起来……我替你保密……绝不对第二个人说……”

小郑就扑在她怀里了，欷歔着又说：“他……他还发誓……迟早有一天要……摆平您……”

“别哭，别哭了？摆平我是什么意思？……”

“就是……就是把您也钓上钩……他说您让他当科长……是大材小用……他想当的是副厂长……他说他只要当上了副厂长，连您也得听他的……他说他是个有良心的人，只要我继续和他好……今后在厂里我愿意怎么样就怎么样……”

在不久后的周末晚会上，他居然还邀请小郑跳舞。

“我陪你跳可以吗？”她走到了他跟前。

“厂长陪我跳舞，是我的荣幸！”

他跳得相当潇洒。

在他们跳舞的时候，她下了决心——他必须从厂里滚蛋！

请神容易送神难？……她想，这有何难！

那一次她给他留下的是“蒙娜丽莎”的微笑……而今天她要给他留下一次难忘的教训……

“真遗憾。”她平静地说。

“什么？……”他仍怀有某种侥幸心理，以一头有益无害的小动物那种乞怜的目光望着她，幻想用这种目光动摇她的意志。

“您这么年轻，却这么危险。”

“厂长……我向您认错……”

“您从哪儿来？”

“我……”他虽然故作镇静，然而懵懂着。

“我从困境和绝望中走出来，”她仍那么不动声色，执拗地又问：“您从哪儿来？”

“……”

“想摆平我，您未免太嫩了点儿。”

“……”

“您以为您年轻，英俊，有大学文凭，有才华，就该玩女人，玩生活了么？”

他那颗高傲的头，渐渐低了下去。

“今天我让您明白，玩女人是要付出代价的，玩生活是要受到生活惩罚的。”

他一下子抬起了头：“究竟打算把我怎么样呢？”

“开除您。”

他腾地站了起来。

她便从桌上拿起他的档案，抛向他：“我不给您写鉴定了，这是我赏您的最后一点儿面子。也不在您走之前宣布您是卑鄙小人，免得大伙儿往您那张年轻英俊的脸上啐唾沫。”

档案落在他脚旁。他垂目瞧着它，僵立在那里，似乎想弯腰捡起它，却弯不下腰去的样子。

“世界很大，您另谋高就吧！”她站起来，离开了桌子，一边向他走过去，一边继续说：“祝您走运，再找到一个地方，每月给您三百元高薪，而且允许您玩女人，玩生活。不过依我看来，中国似乎目前还没有这么一个地方。”

“厂长，我……”

“住口！您现在已没资格叫我厂长。”

他以为她是向他走，其实她是向门走。

她推开门，吩咐秘书：“立刻去把小郑、小蔡、小乔找来。”随后回到她的座位那儿，吸第二支烟。站着吸了两口，她重新坐下，又说，“这个月没您工资，一分钱也没有。”

“厂长，您能够对司机小李那么宽宏大量，为什么对我就这样……”

他终于现出了一副可怜相,语势中却包含着挑衅。

不错,她对司机小李是宽宏大量的。有一次,那一向对她忠心耿耿的小伙子开车时,忽然将车靠向郊区公路的路边停住。她以为他要下车解手,不成想他突然搂抱住了她,就要亲她的脸。她从他口中闻到了一股酒气,脱下一只高跟鞋,用打了铁钉的鞋跟在他头上狠狠来了一下,竟将他击昏了,结果是她开车将小李送回家……

第二天小李的小平头正中肿起一个大包,惶恐万状地来到她的办公室认错,两人之间也有一次严肃认真的谈话。

那一次她对小李可比对这位设计科长不客气多了！她生气地拍着桌子吼:“你怎么胆敢欺负我!”

“厂长,我不是欺负你,我……我是从心里喜欢你……”

“喜欢也不行！……”

“不行就不行……”那小伙子一副犯了死罪的沮丧样子,“你都打了我了……我不是喝醉了么……”

“你居然还胆敢驾驶前喝酒！我开除你！……”

结果他被吓哭了。

结果她心软了。

“你有姐姐么?”

“有……三个姐……”

“喜欢她们不?”

“当然……喜欢……”

“对她们也像昨天对我那样过?”

“没有没有……那还算人啊……”

“听着,今后要将我当成你一个姐姐看待！不管你心里喜欢不喜欢的！记住了?”

“记住了……”

“听说你有个挺不错的女朋友,吹了?”

“没吹……好着呢……”

“二十六了,也到结婚年龄了。为什么不结婚?你这样的就该有个厉害老婆管着……”

“是……厂长……我们没房子……”

“那你就给我结婚!先租房子!每月三十元以内,随便你租什么样的!厂里给你报销二十元。”

那小伙子又高兴地笑了。

“我警告你,再对我无礼,把你送到公安局去!……”

连她自己也笑了起来。

不久小李便结婚了,他老婆跟他是同行。后来甘愿不开车,调到厂里来了。宿舍楼一盖起,两口子首先分到了房子。她和小李那次谈话,却被秘书偷听,传得全厂人人皆知。直到现在,姑娘们仍爱拿他老婆开玩笑:“单姐,咱们厂长坐车时的人身安全与否,可得仰仗你调教丈夫的本领啦!”而那新媳妇也是个爱闹的,常常听天由命地说:“咱们厂长比我会调教他!大不了再往他头上来一鞋跟呗!……”

“您又错了。”她冷冷地对眼前这位已被她宣布开除了的小科长说:“这件事对于我不是丑闻,而是厂长逸事。小李和你不一样。他是透明的瓶子,你是涂了漆的罐子。对他只需要调教,对你则需要防备。我厌恶你这样的人像厌恶毛毛虫。”

秘书引着三位姑娘走入了办公室,她们一见他也在,一个个显出忐忑不安的样子。

“交给你们一项任务。”她说:“必须高标准高质量地完成——在半个小时内,监督这个被开除的才子离开我们厂。除了他自己的东西,厂里的一针一线也不许他裹走。可以借给他一辆手推车用，但过了马路你们就得把车推回来！去吧！”

他出去时仇恨地瞪了她一眼，说：“你会后悔的！”

而她却说：“记住我的临别赠言——请神容易，送神更容易。”

半个小时之后，她站在窗前，望见他在前推着手推车，像个收破烂的，车上乱七八糟地堆着他的一切东西。而小郑等三个姑娘，又像随从又像押解似的跟在其后。

他那模样，像一只被扭断了膀子的鹅。

他推着手推车出了厂门，过了马路，她们便将车上的东西，如同卸沙土一般，卸在马路旁，看也不看他一眼，推起车便往回走……

她脸上浮现出了极其轻蔑的冷笑。

只是轻蔑而已。跟这样的对手较量，她没多大情绪。这不是较量。在她，这仅仅是对一个又年轻又危险的人的一次玩闹式的教训而已。谁叫他玩生活呢？……

生活不是软弱可欺的姑娘，生活无论怎么样进行都不是可以让人玩的。使他记住这一次教训是必要的。正因为他那么年轻……

如今，小郑被她提拔为设计科长了。这姑娘没文凭，但是对工作有热情，有责任感，爱厂如家。

爱厂如家么？一九八六年，中国还有这样的人存在么？

当然！

爱厂如家的人是所谓工厂的特殊的“创造”。他们不产生在“流水线”上，产生在工厂的良心之中。而所谓工厂，其区别不仅仅在于规模大小和管理水平，更在于有良心或者没良心。

百花玩具厂厂长深知软性管理、企业文化的重要性。

如今，曲秀娟被她“三顾茅庐”请来当了生产副厂长。

曲秀娟上任的第一天郑重地对她说：“你得给我实权。不给我实权,我还是不干。”

她也郑重地问:“你要多大的权?”

“既然让我当生产副厂长,一切生产方面的权力都归我。你下生产指示,我保质保量完成生产任务。至于我怎么完成,你不得干预。”

“这正是我所希望于你的嘛!”

“我试着当好副厂长,你试着爱上刘大文。我当不好副厂长我滚蛋,你爱不上刘大文你另择良婿。”

“那好,咱们一言为定。”

于是她们像小孩子似的“三击掌”……

由于马婶的死,使她想到了当年和她一起干过活的那些老的丑的女人们。她和马婶在这个地方立稳事业的脚跟之后,那些老的丑的女人们,曾来找过她和马婶,要求成为这个厂的第一批职工。她拒绝了她们的要求。马婶和她们是有着深厚感情的,她们动员了马婶说服她。马婶千说万说,竟没有说服得了她。最后马婶谴责她:“淑芳你真狠得下心,连我的面子都不给!”

是的,她当年是狠下心来创业的。她不想当一位养老院院长。因为谁也不会给她一分钱的社会福利基金。她招收的第一批职工,是五十名待业的姑娘。因为这样可以不交所得税。在那段最初的艰难的日子里,她只讲实利,不讲良心……

中秋节那一天,她让工会买了十几份礼物,用一整天的时间,拉上曲秀娟陪同自己,坐着厂里的小面包车,挨家挨户去看望当年和她一起干过活的那些老的丑的女人们。她们有的已经死了,没死的更老了。她向十几位老太太补发了盖有百花玩具厂鲜红大印的退休职工证书,补发了几年来的退休金。答应她们,在本厂以后招收工人时,优先考虑她们的子女。

那些老太太们啊,那些被社会淘汰回家了,被家庭推到生活的似乎完全多余的角落里的老太太们啊，没有一个不拽住她手哭的，哭得她难过极了。她明白了，那一时刻她才明白，她送给她们的，不唯是退休证和退休金，还送给了她们一种她们从来不敢奢望的荣誉，还扶起了她们在家庭中的地位。

她对她们说："从今以后，每逢年节，咱们厂都会派人来看望你们。你们无论在社会上，或者在家里受了什么委屈，厂里都会出面给你们做主！"

"淑芳，你心肠真好！"回厂的路上，曲秀娟在车内说了这么一句。

一句话，将她说得伏在曲秀娟肩头流泪了。

痛痛快快地流了一阵眼泪，她对曲秀娟说："秀娟，我真希望百花玩具厂将来能发展成一个大企业！拥有千万元万万元的资金。一个工厂的良心不是一句空话，缺少资金的工厂就一定对工人缺少良心；没有资金的工厂就一定对工人没良心可讲。亏损的工厂就一定在良心方面亏损于工人！你可要全力以赴帮我啊！这几年我太累了，真的！当一个有良心的厂长，比当一个没良心的厂长难多了！……"

曲秀娟问："你和马婶之间有句话，怎么说的？"

"同舟共济……"

曲秀娟便紧紧握住了她一只手："你掌舵，我划桨。我和你之间也是这话——同舟共济！你一个人，又唱红脸儿，又唱白脸儿，太难为你了！今后你唱好红脸儿，我唱好白脸儿，我比你心肠硬。"

她说："那不公平。遭人恨的事儿不能只叫你一个人去做啊！"

曲秀娟说："不遭人恨不等于就是长久受拥护。涨工资，谋福利，都得靠钱。生产副厂长不就是应该为工厂赚大钱的人么？那时候感激我的人准比感激你的人还要多！你以为我唱白脸儿是比你傻呀？"

一番话,又将她逗笑了……

曲副厂长人人都怕。她甚至不许姑娘们一边干活儿一边说笑。但是生产情况示意图上一度低落下去的红箭头扬了起来,她曾担心不能如期完成的几份合同,提前完成了……

最近她在全厂大会上宣布,年终每人可望浮动一级至一级半工资。

姑娘们大鼓其掌。她们第一爱美,第二爱钱。觉得这两样都不算缺少的时候,就热烈地爱生活。她们普遍还处在会被男人们所喜欢却并不怎么急需嫁给他们的年龄。

但她已经开始为她们筹建另一幢职工宿舍楼了。

"厂长,花瓶该换水了!"

不知何时,老郑师傅已进入了办公室,给她送来了一束绛紫色的菊花。

这老秋翁似的老头儿,堪称厂里的老花王,春夏秋三季,辛辛勤勤地用各种花将厂院装点得如同花园一般。摆在她办公桌上的那只花瓶里,除了冬季,总有鲜花插着。

她感激地对老头儿说:"郑师傅,多亏了您,咱们百花玩具厂才名副其实啊!"

老头儿却道:"话不好这么说,是先有咱百花玩具厂,后有我这爱花的老秋翁,对不对?"

老头儿拿着花瓶出去替她换新水,回到办公室后又说:"厂长,今年冬天,我想在厂里搞些冰雕。我就烦冬天。一入冬,这厂院里就没什么好看的啦!搞些冰雕也算有点儿景致啊!"

"行!你看着搞。我批钱给你!"

"不用花钱。每个生产班组搞一个,姑娘们准乐意。春节时,咱们再来一次评比,让工会发点奖品什么的,岂不是人人高兴的事儿!"

“郑师傅,你想怎么办就怎么办。怎么办我都支持!”

老头儿今年六十七了。按厂里的规定,是早该退休的年龄了。可老头不愿退,她也绝不想逼着他退休。她挺舍不得他离开厂。她爱每一个爱厂的人。她觉得老头儿仿佛是厂的灵魂,是花的灵魂,仿佛只有经老头儿的手栽种培养,满厂院各种各样的花才能在春夏秋三季常开不败,美观无比似的。

桌上的电话铃突然响了。

她抓起听筒,听出是她的小伟的声音:“嫂子,小梅生了!”

“男孩女孩?”一阵喜悦涌上她心头。

“男孩……”

“……”她一时却又不知说什么好了。

“小梅请你给孩子起名……”

“……”

“我也这么想……”

“好……”

他那端一阵沉默。

“我……一定给孩子起个……使小梅……使你们满意的名……”

他那端仍沉默着。

她又不知再说什么了。

“喂……喂……”

他已挂断了电话。

她缓缓放下了话筒。她的目光落在桌子上,玻璃板下压着他和她的妹妹小梅的结婚照。

“厂长,什么人让你给孩子起名啊?”

老郑师傅轻轻将花瓶放在原处。

“我妹妹……”

“小梅呀,我道是谁呢?生了个小子还是丫头?”

“小子……”

“听说她丈夫姓郭不是?”

老头儿并不知道她的妹夫也是她的小叔子。

“姓郭……”

“姓郭可不太好起名。你还真得想一想呢!”

“是啊,得想一想……”

“张王李赵,周吴陈杨,这些常姓都好起,姓郭么……我也帮你琢磨琢磨……”

老头儿自言自语着走了出去。

她呆呆站立了几秒钟。目光继续瞧着玻璃板下那张六寸的结婚照片。后来她坐到了椅子上,拉开抽屉,拿出了那盒法国坤烟,烟盒里只剩下了一支烟,一支绛紫色的。与花瓶里的菊花颜色深浅相同的一支。她已将它夹在指间了,并且拿起了火柴,却不知为什么,没吸它,又放回到烟盒里了,烟盒也又放回到抽屉里了。她推上了抽屉,目光移向了那束绛紫色的菊花。其时满院怒放着绛紫色的那种花朵不大的菊花,老郑头既是用花更是用色彩装点着工厂的院子。他不喜欢纷杂的色彩。在某一个月份,他只让厂院里开满一种色彩的花。有时是桃红色,有时是洁白色,有时是艳粉色……

而去年这个时候,满厂怒放的则是同一品种的金黄色的菊花。

去年这个时候,一度从她的生活中消失了的妹妹——既不同胞亦不同父亦不同母的那个妹妹,有一天突然出现在她面前。实际上她们没有半点儿血缘关系。她姓她自己父亲的姓,妹妹姓妹妹自己的父亲的姓——裴。少有的一个姓。完全是因为一个死了妻子的男人和一个死了丈夫的女人耐不得床笫寂寞的仓促的结合,使姓徐的她成了一个姓裴的姑娘的姐姐。而后来生活证明父亲和继母的结合是很大的一个错误。夜晚他们在床上言归于好，天一亮刚刚起床他们往往便开始争吵。她甚至常这样想，父亲的早故对父亲是幸事，与继母那样一个女人白头到老才是父亲的大不幸。继母的凶悍和刁钻使她至今回忆起来仍不寒而栗。

但当站在她面前的“妹妹”叫她“姐姐”的时候，她以拥抱代替了怨恨。因为这个世界上再没有第二个人叫她“姐姐”了，她实际拥抱的是一个久违了的自我。而在她的心灵的深处，“姐姐”二字比其他的称谓更能唤起她的女性意识。她抗拒不了被一切年龄小于自己的男人或女人视为“姐姐”的诱惑，她在这种时刻变得尤为心肠绵软。

妹妹的第二句话却是——“我离婚了……”

“我们没有孩子，但那不是我的错……医生认为是他不行……可他打我……他恨不得让全世界的人都相信，我是个不能生孩子的女人……”

“原来……这样……姐姐能帮你什么忙呢？……”

“我不愿在我那个厂呆下去了……都离了……他却又整天纠缠我……我丢不起那份儿人了！姐，让我到你这厂吧！我一定好好当个工人。姐，你是厂长，全凭你一句话了……”

妹妹说着，就伏在她的办公桌上哭了。

“妈妈呢？……她一点儿都不管你的事儿？……”

“她死了……”

“死了？……”

“死三年了……癌……那个家我也回不去了……归妈那个男人了……我如今连个能安身的窝都没有了……”

从那一天开始，她向这样一个妹妹展开了她的羽翼……

而妹妹便成了她新搬入不久的那两室一厅的家以及一切家物的第二位主人，与她享有绝对平等的主人的权力……

一个月后的一天晚上,妹妹在吃晚饭的时候突然说:“姐,你又得给我做主了……”

“什么事啊……”她放下了饭碗,疑惑地反问。被没头没脑的话搞得一片糊涂。

“我相中一个人了!”

“那也不是我能给你做得了主的事儿啊!谁?”

“小伟……”

“小伟?哪儿的?”

“姐,看你嘛!成心装不明白!还能有哪个小伟?就是郭立伟呗!”

“他?……”

她愣愣地盯着妹妹的脸,许久没说话,如同盯着一个敢于当众冒犯她的人,如同盯着一个要对她进行掠夺的人。她那种表情,仿佛立刻会将妹妹赶出去似的。

妹妹也不由得忐忑地放下了碗……

桌上的电话铃又响了。

老郑师傅通告——来了一位美籍华人陈先生……

第二十六章

“厂长,我送你来几次了?”

“四五次吧?”

“少说啦,七次!”

“烦了?”

“你自己不烦?”

徐淑芳不由得将脸转向司机小李。刘大文家这一带“拆迁”,残垣断壁和建筑备料形成种种障碍,坑坑洼洼,车难通过。一辆推土机推着一堆碎石乱瓦迎面而来,小李急忙倒车。

“下次我坐公共汽车。”当厂长的很是抱歉地说。

小李将车拐上另一条街道之后才回答她的话:“那又何必?不开车送你来要我这个司机干什么?我的意思是,七次了,你们也该进行到实质性阶段了!”

她笑了:“什么阶段算实质性阶段呢?”

“还用问?他愿不愿意做你丈夫,你愿不愿意做他老婆,这么简单明确的事儿,用得着接触七次吗?我要是你早烦了!”小李一脸认真。

“你和你那口子婚前接触了几次啊?”当厂长的仿佛对这个话题颇感兴趣,极想听听高见,讨教点什么要领似的。

“我们?我们可比你们讲究效益!”小李不无骄傲地说:“第一次接触,我觉得她挺讨我喜欢,也看出来她对我也挺中意,分手时,我不管三七二十一,就亲她。她忸忸怩怩地推我,还装出羞答答的样子说:‘你干什么呀你?’我说:‘干什么?亲你呗!’她说:‘咱俩还没确定关系啊!’我说:‘什么关系?就眼前这关系我还没权利亲亲你呀?咱俩都是开车的,你少跟我玩轮子!’几句话就把她给镇住了。不是讲一见钟情么?一见不能钟情,还谈个什么劲儿?一见钟情了,又谈个什么劲儿?第二次接触,分手时,我说:‘你亲我!’她乖乖地亲我!其实她乐意亲我,装正经!第三次,在她家,趁她妈出去买菜的空儿,我就把她‘安排’了!这叫速战速决!如今什么年代?腾飞的年代!时间对谁都是宝贵的!我们中国人一个星期休息几天?一天!一个月几个星期,才四个星期!两人见面,不吻,不拥抱,不亲不爱,光谈,能谈出情绪么?哪一对儿爱人是谈成功的?谈上一年半载,不浪费时间,瞎耽误工夫吗?像你们这么个谈法,我看于他于你,都不合算!要是今天还没什么大的进展,厂长你干脆和他拉倒吧!你们各自的条件明摆着嘛,你又不是找不到比他更好的了,何必一棵树上吊死?”

小李一番话,开始还让徐淑芳听得好笑,后来竟让她听着不觉得好笑了。她认为他的话还是多多少少有些参考价值的,时间对她的的确确很宝贵,她没那么多闲工夫谈上一年半载的。她挺同意小李的高见,恋爱不是谈成功的。刘大文也并非善于“谈”情“说”爱的男人。他往往显得无话可说,迫使她绞尽脑汁东拉西扯。她也不得不暗自承认,七次接触,他们之间的关系仍未推进到“实质性阶段”。他对她七见而分明地没有钟情,她对他也是。七见尚不能钟情,岂非真真地是浪费时间,瞎耽误工夫么?

“厂长,你们怎么谈啊?”

“还能怎么谈?坐着谈呗。”

“面对面坐着谈?”

“是的。”

“干谈?”

她又将脸转向了他，不明白。

“我是说……”

汽车猛地颠了一下，摆在车窗台上的小狗剧烈地晃了一阵脑袋。

“他妈的这熊路！我是说……你们就那么面对面地坐着谈啊谈的？也不穿插点儿别的内容？比如……”汽车悠然一拐，轮胎避过一片坑洼——“比如，来个‘K 斯’什么的。”

“我们不玩扑克。”

“谈恋爱玩扑克干吗？这个！”他将嘴撮起，朝她很响地“咂”了一声。

“亲嘴？”她耸耸肩，“没来过。”

“啧啧！”他表示极大的遗憾。

“我们总要互相理解啊！”她叹了口气。

“一个女人理解一个男人，反过来说也一样，需要接触那么多次吗？”

“因人而异。他和别的男人有点儿不一样。”

“你呢？厂长你和别的女人也不一样么？你们在一起都谈什么啊？”

“他跟我谈，他多么多么爱他死去的妻子。”

“什么玩意儿！你呢？你跟他谈你多么多么爱你死去的……”

“住口！”

小李顿时紧紧闭上了嘴。

前面不远，看见刘大文家那幢房子了。孤零零地被残垣断壁包围着，同院的人家都搬走了，只有他家还没找到一处临时的栖身之地。

“我没跟他谈过我死去的丈夫。”

小李的嘴仍紧闭着。受到她的呵斥，他仿佛再也不愿开口了。

“我尽跟他谈厂里的事儿。”

“……”

“是曲副厂长给我们当的介绍人……我得有耐心啊!”

“曲副厂长,”小李终于又嘟哝地开口了,“胡整！你知道我每次见了他怎么想？我想揍他！因为他对你不冷不热的!”

她警告:“你胆敢对他无礼,我饶不了你!”

“放心,从这一次起,我连他家门也不进了。”小李淡淡地说,将车贴着刘大文家的后山墙停稳。从小李的语气中,她听得出来,他对刘大文很不“感冒”。

“还十点接你?”

“嗯。”

望着小汽车调头开走,她站在那儿有点儿索然。看手表,不到七点。四周静悄悄的,最后的一抹晚霞,涂在那些残垣断壁之上,它们变得像些有生命的东西,正渗血。三个多小时,尽够谈的了。

可是今天她与他谈什么呢?

他又要与她谈什么呢?

他还谈他的袁眉,他的“小女孩儿”？谈他们曾怎样怎样相爱？谈她的死是多么多么不幸的事件？谈他多么多么忏悔不该给她吃安眠药不该往炉子里压煤？谈他至今仍怀念她无论如何也忘不掉她?

她听够了。

真是听够了。

第一次当面听他谈起这些,她深受感动,他泣不成声,她陪他落泪。

第二次,她对他产生了由衷的敬意。一个男人如此爱一个死去的女人,证明这个男人起码有一点是值得女人去爱的。

第三次,她还能耐心地劝他想开点。

第四次，她则暗暗怀疑他的心理不正常了……

刘大文，刘大文，请你行行好，发发慈悲，今天千万不要再对我谈你的“小女孩儿”了！如果你继续谈你的至亲至爱的“小女孩儿”，我捂上耳朵你可别见怪！

她祈祷。

如今她愿意和人热烈地讨论明天，不愿意和人一块儿翻找昨天破碎的回忆。像狗扒倒垃圾桶企图翻找到一根骨头啃似的，那是耄耋之人打发空虚日子的方式。三十多岁的人，无论男人抑或女人，早晨醒来后应该想的是——今天我做什么？而不应该是——昨天我怎么度过的？

刘大文——曾是一个对于她既富有人情味儿又富有传奇色彩的男人。他和他的“小女孩儿”的爱情，对于她是现代童话，美好而感伤的现代童话。这童话使他比许多男人对于她更具有吸引力。她原以为，她和他都是北大荒返城知青，都有类似的遭遇，无疑便会有共同的语言，对人生和生活的共同的理解，并且自信他们的心无疑会自然而然地贴到一起。

结果证明她错了。尽管目前她还不能肯定自己完全彻底地错了，但已经可以肯定自己是大错特错了。

她从他身上闻到了一股馊味儿。她觉得他所有那些关于自己和关于他的“小女孩儿”的破碎的回忆，像麻袋片儿和旧棉花套堆成的床榻，他还要躺在上面用破碎的回忆编织一层又一层的网罩住自己。今天对于他是没什么意义的，明天对于他仿佛是更没什么意义的，他活着仿佛仅仅是为了回忆。

美好的事物之所以美好，恰在于适当的比例和适当的尺寸。酵母能使蒸出来的馒头雪白暄软，却也同样能使馒头发酸。六次接触下来，她觉得他像一个揉圆了经久没上屉的馒头，外面正在变干，变成壳，而内里已经发馊发酸。如果掰开来，必定千丝万缕黏糊糊地变质了。他的“小女孩儿”早已在他心里腐烂着，而他以为她仍是他心里的一朵鲜花一年四季常开不败。一个这么样活着的男人是没法儿让一个女人对其产生爱的，甚至连怜悯也很难继续。他令她大失所望，她原以为昨天的不幸会使一个男人更加牢牢地抓住今天，却万万没料到那也会使一个男人变得心灰意懒萎靡不振。

他渴望向人絮絮地述说。她猜想一定早就没谁有工夫有耐性像她一样肯面对面地听他述说了，故而她每一次在他面前坐下都看得出来他是多么的需要她！多么迫切地预备开始述说！是的，他需要她。这一点是任何一个迟钝的女人都会看得出来感觉得到的，何况她并不迟钝。同时她也看得出来感觉得到——他需要她乃是因为他需要一个倾听者。仅此而已。还因为他恰恰需要一个女性倾听者。一个女性倾听者陪他落泪，对他婉言劝慰，使他既获得满足亦获得鼓舞，也许还获得述说的快感。因为在他的絮絮述说之中，悲哀的成分已经极少极少，更其多更其主要的，是力图打动听者，使听者大悲大哀而达到自己兴奋的目的。他述说时，眼睛一眨不眨地凝视着她，竟令她不好意思目光旁顾，仿佛那样便等于向他证明了自己是一个毫无同情心的冷漠的女人似的。连他的眼睛也好像在同时向她絮絮述说着——我是一个多么不幸的男人啊，我还有什么心思继续好好活下去！他述说时如同一台录音机，使她感到他根本忘记了他自己的存在。尽管他的两只眼睛里也会动辄流出泪来，但它只是泪腺的习惯分泌罢了，没有什么意义。

是的，每个人都有向谁述说的愿望，或者说是本能。幸运的人和不幸的人都有这种愿望都有这种本能。在这一点上，人的内心世界是很渺小的。幸运稍微多一点儿或者不幸稍微大一点儿，就会溢出来，所谓水满自流。她承认，她自己也时常如此，渴望着向谁述说些什么，哪怕是一个完全陌生的人。只要述说的契机是良好的，一种莫名的冲动也时时怂恿她不要错过良机。一旦错过了就觉得失落了什么似的。但是，她更善于提醒自己，告诫自己，千万莫使人听得厌烦起来。因为谁也没有倾听别人不幸的义务；因为乐于分享别人的幸运而又丝毫无妒意的人生活中并不多。

她不知道刘大文何时才能结束这种喋喋不休的述说，和她谈一些如同小李司机所说的那种“实质性问题”。她甚至怀疑姚守义和曲秀娟也许没把事情说明白。

上次，也就是第六次“会晤”结束时，她直率地问他：“守义和秀娟促成我们来往的意图，你还不大清楚吧？”

“我清楚。”他说，“我清楚。十分清楚。他们希望我们好。”

“好？好又怎么解释呢？”

“希望我们能成呗！”

“成又怎么解释呢？”

“希望我们能做夫妻呗！这一点我清楚，十分清楚。”

他清楚，十分清楚；她便不好继续问什么了。

他却反问她：“你哪天还来？”

他希望她到他家里来，这也是十分清楚的，来听他述说他的不幸。

是的，他很不幸，他简直太不幸了！他失去了他的“小女孩儿”同时也失去了他的“金嗓子”。失去了成为歌唱家的玫瑰色理想，不久又失去了老父亲和老母亲。他当之无愧地是一个非常非常之不幸的男人。她同情他，特别同情他。也许获得别人的同情对他是极端重要的事情。但是同情别人对她却不是也不可能是什么极端重要的事情。她认为，同情是种义务——作为一个人对任何不幸的人都应该具有的这一种义务，但它并不像自来水，只要拧开水龙头就哗哗哗流个不止。对它也是需要提倡“节能”的，否则便也是浪费。何况她不是修女，她是一位厂长，她的本职工作常常延续到八小时以外。

“你也愿我们能成么?”

“这,怎么说呢?我忘不了小眉!忘不了。世界上没有比她再好的女人了!我们曾经发誓要白头到老,可是她死了,撇下了我和两个女儿,死得那么惨。我忘不了她,没有比她再好的女人了……你哪天还来?”

她真想明明白白地告诉他——我不来了!我再也不来了!刘大文见你的鬼去吧!如果你乐意这么活下去与我何干?让你那死了的“小女孩儿”把你的整个心都霉透吧!那一时刻她真想嘲笑他一番。如今她早已对“爱”这个字有了另一种理解——它应该是令人活得轻松愉快的事。她毫不含糊地认为,他对他的“小女孩儿”那份痴情,连同像他这样的一些个痴男痴女,是应该被历史重重地压住,不许再显露出来蛊惑现代人的心灵的。现代人不需要也不应该需要它。它是一种文化和文明造成的不正常的情结遗留在现代人心灵上的霉块儿,应该用一把特殊的手术刀动作麻利地剜除掉。而他的自我感觉却还那么好,自信他是天下第一个有情男子。这种感觉分明地使他正体验着类乎一头活恐龙的骄傲,如果世界上存在着活恐龙并且那种巨大的远古爬虫会骄傲的话。

她当时没有回答他哪一天会来。

她今天来之前犹豫再三,本不想来了。

结果她还是鼓励自己来了。

她给他最后一次机会。

她没那么多闲工夫。

“阿姨!”

“阿姨!”

刘大文那一对儿双胞胎女儿发现了她,欢叫着从砖瓦堆上向她跑来。一个摔倒,捧在手中的罐头盒滚出老远,她赶紧走过去扶起了那女孩。她们长得是太像了，她仍分不清哪一个叫“雯雯”，哪一个叫“蕾蕾”，她喜爱她们。她每一次来，刘大文每一次述说起她们的母亲，她们总是礼貌地坐在一旁，乖乖地听。令她奇怪的是，她们已完全没有了悲哀，就像听她们的爸爸讲一个她们不知听了多少遍的童话。而他落泪时，她们只感到茫然。她们和曲秀娟那个宝贝儿子一样，也是小学二年级的学生了。学习都很用功，不用她们的爸爸格外操什么心。所以他下了班之后，更有充分的时间在家里回忆自己的不幸了。

她一边替那摔倒了的女孩儿拍打沙土，一边问：“你们谁是雯雯？谁是蕾蕾呀？”

“我是雯雯，是姐姐。”另一个指着摔倒了的那个说，“她是蕾蕾，是妹妹。”

她说：“你们的爸爸好像存心不让别人把你们区分开，给你们买同样的‘布拉基’穿！”

雯雯说：“我头上长两个‘旋儿’妹妹头上长一个‘旋儿’！”

她笑了，她从内心里喜爱她们。

“蕾蕾，你们在砖瓦堆上干什么呀？”

“捉蟋蟀。”

雯雯捡起罐头盒，埋怨妹妹：“你看，蟋蟀都跑了！”

蕾蕾就要哭。

“蕾蕾，别哭。阿姨再帮你们捉！”于是她带着她们走向砖瓦堆。

尽管她是冲着她们的爸爸来的，但是她倒更愿意和她们在一起。

当刘大文召唤两个女儿吃晚饭的时候，天快黑了，她和她们不得不带着三只“俘虏”离开了砖瓦堆。她一手领着雯雯，一手领着蕾蕾，默默地往她们的家走，心想，刘大文，你干吗不跟两个女儿一块儿捉捉蟋蟀呢，你这两个小女儿可爱地活着，像两朵花儿正在一天天绽放，而你那个“小女孩儿”早死了，你却为她半死不活地打发日子，对付你才三十五六岁的一个做父亲的生命，这种活法毫不可取啊！

刘大文已煮好了饺子。

“我估计你今天准来，请坐下和我们一块儿吃吧。”他一边解围裙一边说。

“我吃过晚饭了。”她用平淡的语调回答，在沙发上坐下，其实她没吃晚饭。

他的家挺规整，挺干净。墙上挂着袁眉的大幅彩色照片，是那种黑白照片放大了着色成的彩色照片，显然是他涂的，涂得很细致。该红的地方红，该黑的地方黑。然而看去毕竟色彩不那么自然，给人的感觉更像是一幅年画。她瞧着它，心悦诚服地承认，他的“小女孩儿”是她迄今为止所见到过的最美丽最甜蜜有味儿的女人。

“那也吃点儿，象征性地吃点儿。你没吃过我包的饺子啊！”

他说着，将半盆洗手的清水从盆架上端到她跟前。就那么端着，等待她洗手。

“阿姨，吃吧！”

“阿姨，我爸爸包的饺子可香呢！”

雯雯和蕾蕾，一个给她拿来了香皂盒，一个给她拿来了毛巾，一左一右站在她身旁，仰起脸儿恳求地望着她。

“好，我吃。”她不忍拒绝两个可爱的女孩儿，仅仅是不忍拒绝她们。如果没有这两个女孩儿，她肯定不吃，饿也不吃。

在他的两个女儿洗手的时候，他说：“当初小眉活着，无论日子多么艰难，每个月我们总要想方设法包顿饺子吃！这是小眉她给我留下的传统啊！小眉……”他眼圈又红了，目光转向他的“小女孩儿”的大照片。

她笑道:“还没吃,你就饱了么?”

她已经不得不用外交式的微笑来应付他了,也朝他的“小女孩儿”瞥了一眼。袁眉似乎在对她说:他爱我爱得多么深,多么执著,多么持久,多么痴情!我在他心中的地位又是多么巩固呀!你休想取代我!

我能够取代你,能够。她默默地回答袁眉:只要我想取代你,我便可以取代你!因为你死了。尽管你非常美丽,但你死了,就像一朵花,你已经没了香气,你是被压扁了的标本。而我是一个活生生的女人!在一张美女的照片和一个活生生的女人之间,男人最终所选择的是后者。用更简单的道理说,男人在他睡觉的时候,希望他所搂抱的是一个温暖的女人的肉体,而不是一张美女的照片。如果我诱惑他,你在他心中的地位立即会崩溃瓦解。但是我可不愿对他进行诱惑,因为他对我没有什么吸引力,我并没爱上他……

“阿姨,坐呀!”

“阿姨,你坐在我们中间!”

雯雯和蕾蕾,一个拽住她左手,一个拽住她右手,拖她往桌旁去。

她们的爸爸已在桌旁坐下了。他看着她说:“这张照片还不是小眉照得最好的照片,吃完饭我让你看看她的影集。我将她的照片收在一个影集里了,可惜全是黑白的。影集放在我枕头底下,每天睡觉前都要翻翻。”

“搂着影集睡觉么?”

“有时候……”他苦笑起来。

世上居然真有这样的男人!

她坐下后,不可理解地端详着他。才三十几岁的男人,他看去相当老了,他那张一点儿也不漂亮的脸上,有几条深深的皱纹。额上竖着两条，斜着一条，仿佛被人用刀刻下了一个“≠”号。仿佛正是以这个“≠”号，他对一切女人宣布——任何一个女人都≠他的“小女孩儿”。在他左腮上，也有一条深深的竖着的皱纹。那大概是他经常习惯地紧抿着左嘴角的缘故吧？他整个脸上笼罩着一种心甘情愿被幽情苦绪所煎熬所折磨的表情。一种看去怪神圣的表情——被钉在十字架上的基督的表情就是如此这般的。

她心里对姚守义和曲秀娟产生了一个不满。在这件事上，在她和他索然地进行着的这件事上，如果也能算是进行着所谓“恋爱”的话，那两口子的善意更主要地是从他这方面出发的，或者是从北大荒返城知青的美好愿望出发的，而不是从她和他双方面出发的。她感到他配不上自己。不是配不上一位女厂长，而是配不上一个正热情饱满地拥抱住生活的女人。她这么认为。起码可以说，那两口子与她犯了一个同样的错误，都没有预想到，这么多年来，生活大大地改造了他们每一个人，谁都不是当年的自己了。北大荒返城知青之间，共同的东西，早已消亡得所剩无几了。不同的东西，完全相反的东西，甚至难以调和的东西，在北大荒返城知青之间产生了。它增长着，裂变着，像一些透明的然而坚硬的隔板，早已将他们彼此分隔开来了，使他们成为独立的你、我、他。不错，仍有一种亲近感如同毛细血管，维系在他们之间，使他们在大千世界中好像都很熟悉似的，而实际上他们已经陌生了。那真正能将他们联通在一起的动脉和静脉，已经被城市生活所切断。而他们都曾幼稚地以为，那是极有韧性的，是不易被切断的。

她进而想到了当年的大游行。在那种难忘的情况之下，她第一次见到这个富有传奇色彩的“金嗓子”刘大文。他是一种精神的象征，是当年他们二十余万本市返城待业知青的全体的精神象征。他不是组织者，组织者是严晓东。但严晓东却没有成为他们的精神象征，而是他，“金嗓子”刘大文。他们听从严晓东的口令行动，但是他们的心随着他刘大文的双臂所挥舞的节拍跳动！他那蓬乱的长发被大雨淋湿了，一绺贴在他脸上。他的双臂挥舞得那么有力！他的大嘴一张一合，带领他们高唱："兄弟们啊，姐妹们啊，不能再等待！……"尽管他的嗓音当时已淹没得不那么响亮了，但是他们当时仿佛都觉得，他们全体二十余万所唱出的歌声，分明就是他自己一个人唱出来的。那歌声直冲霄汉，横贯城市的上空！时至今日，她每每想起当年那大游行的情景，仍不由得热血沸腾，心潮澎湃。当时他满脸写着一种强烈的渴望，需求，以及由此造成的强烈的愤怒。她也是。他们二十余万人全体都是那样。正是那种强烈的渴望和需求，甚至包括那种强烈的愤怒，支撑着她和他们，使她和他们没有在最初的艰难时日一个个一批批因绝望因委屈而颓废下去。她和他们如同大潮退后被遗留在沙滩上的鱼群，在生活中啪啪嗒嗒地蹦跳着，大张着他们干渴的嘴巴，大咧着他们鲜红的腮，挣扎而落下一片片鱼鳞，遍体伤痕却呈现出令人触目惊心的活下去的生命力。正是那样一种久经磨砺而仍不衰不竭的生命力，向社会向人们预言，只要再一次大潮将他们送回水中，他们虽然遍体伤痕但都不会死去。他们都不是娇贵的鱼。他们将在水中冲洗掉磨进了他们躯体里的尖锐的沙粒。不管淡水咸水，只要是水！有水他们便能活！并且能活得够样！

她清楚地记得，当他们的游行队伍被治安警察的蓝色方阵所阻，不得不停止前进的那一时刻，他猛转身面对着治安警察们那种样子：他的一只手臂举在空中，而另一只手臂向前伸出去，大张着嘴，怒瞪着双眼，仿佛是在呐喊：水！给我们水！送我们回到水中去！……

那一时刻她觉得他是一条雄鲸般的男人！她觉得他身上凝聚着无穷无尽的男人的力量。

如今她和他都在水中了。难道不是都在水中了么？生活的大潮来临得虽然说不上有多么汹涌，但是毕竟将他们送回到水中了。而且，按照历史的进程推算，它来临得并不迟，并不是在他们奄奄待毙时才来临的。也足以使他们游得比他们自己预想的更远更远。可是她怀着当年他给她留下的深刻印象接近他后，却发现他原来自哀自怜地沉没在死水湾一角，自以为是个天生情种似的一直把怀念他那死去了的“雌鲸”当成他最主要的事！

一个男人怎么能这样！

一个女人的死亡难道也意味着一个男人的生活激情的泯灭么？倘若爱情就是那种所谓“在天愿作比翼鸟，在地愿作连理枝”的爱情，一旦失之交臂对人造成的竟是如此不堪设想的后果，那么这种爱情是该诅咒的！

她又想到了吴茵曾对她说过的那番话——男人活着，我们爱他们，甚至可以努力全心全意地去爱。男人死了，我们就应该忘掉他们，甚至应该努力去忘掉他们，去爱别的活着的男人……

当时她的确觉得吴茵的话未免太冷，太缺乏人情味儿。现在她觉得吴茵的话很正确，充满了人情味儿。归根到底，更需要人情味儿的是活人不是死人。

不错，她曾有过和他一样的心态。她现在克服了那种心态，是她的小伟帮助她克服的，她认为克服那种心态并不比小孩子克服吮手指头的毛病难。一个活人恋一个死人倒莫如自己也干脆死掉！

她很想告诉他，自己是怎么做的，给他树立一个榜样。她认为他是需要向她这么一个榜样好好学习的。话到唇边，又咽了回去。

她以女人特殊而细微的洞察力注意到，他的那双眼睛里凝聚着一种什么东西。一种类似渣滓或沉淀物的东西，一种类似在浑浊的死水下暗暗生殖的小球藻似的东西。

那是什么？有什么意义？

她困惑了。

他在回忆之中获得一种把玩的乐趣么?

“你回答我。”

“什么?”

“哦,没什么……你包的饺子很好看。”

“吃吧,吃吧,都凉了。小眉说,吃饺子是艺术享受。薄薄的一层皮儿,想包什么内容就包什么内容。小眉说饺子好看在褶儿上。我从前就是捏不出褶儿来,小眉教会了我……”

她赶快夹起一个饺子塞入口中——怕自己再说句什么话,又不得不听一串儿“小眉”。

“阿姨……”雯雯轻轻扯了她衣袖一下。

“阿姨这是我妈妈的筷子。”

饺子很香,油水滴在小盘儿里。

她不由得停止了咀嚼,抬头看他,见他正皱眉望着她面前的小盘儿。

她仿佛当着他的面,玷污了一件对他来说是非常之神圣的东西似的,窘而且惭。

她使劲儿咽下了口中那个半囫囵的饺子,红着脸说:“真对不起,你没讲,我也没想到。”

“我的过错,我的过错。光请你吃饺子,却没摆你的筷子和小盘儿……”

他起身去拿来了一双筷子和一个小盘儿,摆在靠近自己的桌面上,说:“我们的户口本儿上写着三口人,可我总觉得我们仍是四口。当然是四口,四口人在一起生活……”

她佯装未闻,只顾吃饺子。很香,何不吃个饱呢?

“雯雯,蕾蕾,你们说是不是四口呀?”

“是。”她们齐声回答,也津津有味儿地吃起来。

她趁又一次夹饺子的机会,迅速地看了他一眼。

他一脸欣然之色。

多一张吃饭的嘴,物价猛涨,你一个人那点儿工资够开销么?我看还是精减一口的好!

她很想这么挖苦他一句。见他也吃起来,才打消了念头。

和他们父女三人吃罢晚饭,她挽起袖子说:“我不能白吃,让我洗盘子吧?”

他说:“那可不行,那可不行。小眉活着的时候,一向是她做饭,我洗碗筷,这个规矩是不能破的!”

她耸了一下肩,说:“那我带雯雯和蕾蕾去捉蟋蟀。”

两个女孩儿一听,高高兴兴地找手电筒。

“你早点带她们回来!”他在厨房里说:“前几次我没对你讲过,小眉生她们时,听着小眉的喊叫声,我怎么样在产房外哭,急得用头撞墙。”

而她已带着两个女孩儿走出去了。临出门她看了一眼手表,八点四十多了,不管能否捉到蟋蟀,她想和两个女孩儿在砖瓦堆上消磨掉一个多小时,等车一到,向他告别一声就走。她还想生一个孩子呢,她可不愿在自己生孩子之前,听一个男人絮絮地把女人生孩子这种事儿形容得那么恐怖。

在手电筒的照射下,蟋蟀们倒是不难捉到的。

雯雯忽然说:“阿姨,我们喜欢你!”

“噢!”她十分高兴,“真的?”

“真的呀!”蕾蕾抢着说,“阿姨你喜欢我们吗?”

“喜欢。”

“那你给我们做妈妈吧!”

“对,那你就和我爸爸结婚吧!”

“你们懂什么是结婚么?”

“懂！”

“我们什么都懂！我们已经二年级了啊！”

“你们愿意我做你们的妈妈？”

“愿意！”

“愿意！那我们就有两个妈妈了！”

“你们更需要哪一个妈妈呢？”

蕾蕾又抢先回答：“让我挑，我就挑活的！”

雯雯毕竟是姐姐，似乎已经学会了含蓄地表达愿望的技巧，庄严地纠正妹妹的话：“我们更需要一个真的妈妈！”

袁眉，袁眉，你听到了么？你的存在是不真实的，是虚假的。一切死亡了的，在真实面前都注定了是苍白的。如果你对于他竟真是永存的，那么他也是虚假的，不可救药的。

“你们为什么不告诉你们的爸爸，你们更需要一个真的妈妈呢？”

蕾蕾说：“我们不敢。”

雯雯说：“爸爸不懂我们。”

“胡说！”

一声怒喝。

她一回头，见刘大文不知何时站在她的身后。

他的两个女儿便不安地一左一右偎向她。

“这两个孩子，尽胡说！胡说八道！今后再听到你们这样胡说八道，我就揍你们！”

她默默地向路口望去，巴不得接她的车立刻出现。一圈儿影子聚在那儿的路灯下，不知是有人在打扑克还是在下象棋。

“走吧。”他说。

“时间不多了，”她说，“你得快点结束。”

“你不是还来么？”

“我们捉到了不少蟋蟀。”

回到屋里，他命令两个女儿去睡觉，自己则陪她坐在沙发上。一册厚厚的影集，已经摆在茶几上了，还有两杯茶。

他照例将一只沙发挪了位置，使他能够同她面对面地坐着，在想要面对面地凝视她的时候，就可以捕获她的目光，使她的目光无法转移。

“喝茶吧。”

她端起茶杯呷了一口。

他则从茶几上拿过影集，放在自己膝上，往她跟前拖了拖沙发，并坐得更端正了些。

“我已经不吸烟了。”他说，照例是那么一种絮絮的，富有感情色彩的语调，“我已经不吸烟了，也不喝酒了，不论什么情况之下也不喝酒了。小眉活着的时候，非常反对我吸烟喝酒，她比我自己还注意保护我的嗓子。可当年我戒不了，偷着吸，偷着喝。买一盒烟买一瓶酒，都不知道该往什么地方藏。她一发现，就生气；她一生气，就掉眼泪；她一掉眼泪，我就觉得我对她犯了罪，我就哄她，逗她笑，她笑起来像天使一样。”

“像天使一样么？”

“是的，像天使一样。你不信？”

“我是不信。我没见过天使怎么笑。”

“我也没见过。这不要紧，你明白她笑起来像天使一样就行了！”

他忽然不说话了。他的目光呆呆地望着他的“小女孩儿”那幅年画般的大照片。

“属于你的时间不多了，你得赶快结束。”她又一次提醒他。

“哦，哦……”他便开始凝视着她，“如今她死了，我倒戒了烟戒了酒。嗓子也完了。”

“她死了么?”她作出十分惊讶的样子。

“你也以为她没死么? 你真好。知音难寻啊! 你第一次到我家来,我就意识到了你是我的一个知音。你今后一定要经常来啊,你任何时候来我都是欢迎的。”

他又翻开了影集。

她赶快又端起了茶杯,佯装低头品饮,唯恐自己脸上已经呈现什么样的嘲弄的表情,被他看出来。她原以为他最需要的不是女人,而是心理医生。可是这座城市未婚女人成千上万,心理医生却一个没有,也许将来会有。她曾背着姚守义两口子去找过“大胡子”,询问他平时在单位的表现是否很正常,“大胡子”告诉她绝对正常。

“他不跟工友吵架,不接触女人,工作安心,分配他干什么活儿就干什么活儿,不怕脏不怕累的。”

“那袁眉死了这么多年了,他为什么还没有结婚呢?”

“我不是说了么,他不接触女人啊!”

“这不是就很不正常吗?”

“没那个! 一个男人不接触女人,怎么能算不正常呢? 我也劝过他赶快结婚,还想帮他介绍。我们这儿也有几个老姑娘对他表示好感,可是他不理睬人家! 因为我劝他结婚,竟跟我翻过脸! 如今哪儿找袁眉那么漂亮的一个女人会上赶着追求他呀? 话又说回来,比不上袁眉那么漂亮的,又怎么能打动他的心呢? 我劝你也甭试,试也白试! 他这也是一种活法!”

如果从“大胡子”那儿得到的证实是相反的,她将很怜悯他。

而现在她连怜悯也不怜悯他,只认为他荒谬可笑,认为他这么一种活法是对自己的犯罪,是对生命的亵渎。

不接触女人……

“大胡子”认为这不能算不正常——男人对男人的认识怎么永

远那么浅薄呢?

一个男人不接触女人——世界上还有比这更不正常的事情么?

如果“大胡子”告诉她——“他尽跟女人纠缠!”她倒觉得他还有几分可救。

“你看,这一张是我们在兵团宣传队时的合影。你公正地说,小眉是不是所有当年那些姑娘们中最漂亮的?……”

“是。”

“这几张是我们结婚时的合影。你看我这傻乎乎的样子!连里的知青都说,刘大文被幸福冲昏了头脑!那一天我时刻想放开嗓子大声唱歌!我能预想到她竟会被煤气熏死么?我一翻开这册影集就想哭……我瞅着她的照片跟她说话……我一张一张亲这些照片……当年的北大荒返城知青们的命运都转变了,都渐渐好了起来,现如今最不幸的顶数我刘大文了。”

她看了一眼手表,差五分十点。她放下杯站起来说:“我想我应该走了。”

“别走。你别走,再坐一会儿吧!”他可怜巴巴地请求。

“不,”她坚决地回答,“也许我的车已经在外面等着了。”

“可是,今天我们还没来得及谈什么啊!”

“谈得够多的了。”

他不得不非常之遗憾地合上了影集。

她一边往外走一边说:“你别送我。”

“怎么能不送呢!”他站起来,跟着她往外走,继续抓住时机说,“光顾让你看小眉的照片了忘了……”

“忘了对我讲她临产时,你在产房外听着她的喊叫,急得如何如何哭,如何如何用头撞墙是不?”

“是啊,是啊,以后我们还有机会!”

她什么话都没有再说，默默地走到了外边。

四周静悄悄的，蟋蟀在残垣断壁间吟唱，聚在路口那盏路灯下的人们已经不见了。

小李却没来。

“我们再进屋坐会儿吧！”

“接着对我讲？”

“嗯。”

“等会儿吧！我的司机一向是很准时的。”

“小眉死了，可是她似乎对我变得更重要了！没有哪一个女人能取代她在我心中的位置，没有。”

她又借着月光看了一眼手表，十点过五分了。她有些焦急起来。她暗暗决定，明天就让曲秀娟或者姚守义委婉地转告他，她不再来了。雯雯和蕾蕾一定会因此很伤心的，她想。他也一定会因此很伤心的——像她这样的“知音”他大概寻找不到第二个了。

“以后我要挑选一张她微笑着的照片放大。”

“笑得像天使一样的？”

“对，对！笑得像天使一样的。”

“还亲自着上色彩？”

“亲自着上色彩。据说外国已经能将黑白电影复制成彩色电影了，那么黑白照底片也是能复制成彩色照的了？是不是？你说中国从外国引进了那么多先进技术，为什么这个就不引进？”

“你回去睡觉吧，别陪着我等了！”

然而他执意陪她等。等了半个多小时，她的车还迟迟不来。在这半个多小时内，他的嘴没闲着。她根本没听他究竟说了些什么，反正知道他是在继续地喋喋不休地说他的“小女孩儿”。她听累了，站也站累了，当他再一次建议回到屋里去等时，她顺从了。

雯雯和蕾蕾已经睡着了。她刚刚在沙发上坐下，他就又拿起了那册厚厚的影集。

“我对你说说我的不幸如何?”他正欲翻开影集,她按住了它,完全是为了禁止他说下去。她烦透了。

“好哇,这也好哇!”他谦逊地笑笑,仿佛他和她都不是普通的男人和女人,而是两位研究共同问题的学者。

我也是有过种种不幸可以炫耀的,她想,如果不幸是人生的资本或光荣的话。于是她开始回忆:继母的刁恶,待业的困境,结婚仪式上的花圈,割手腕的轻生之念,无家可归的凄惨,寄人篱下的尴尬,丈夫的死,创业的艰难……等等,等等。可是,真要对人述说,这些却都变得模糊了。她不知应从何说起,而且,她不明白述说这些有什么意义?有什么必要?无论对于他或对于自己,除了浪费时间,究竟有什么益处?她找不到他那么一种嚼口香糖似的良好感觉。她认为如若强装自哀自怜的样子,乃是十分作态的。

“算了,我不说了。”她太没兴趣了。

“说吧,说吧!我听,我愿意听!我不是在聚精会神地听着么?”他鼓励她,怂恿她。

“不说了。”她笑笑,又补充道,“我可不能够像你说得那么动听。”

“别夸我了,我也就那么点儿值得对人说说的事儿!”他那份儿谦逊是很由衷的。

“你们附近有打电话的地方没有?”她站了起来。

“哎呀,没有,附近没有。”

她失望地又坐了下去。忽然她听到了汽车喇叭声。

“我的车来了!”她迫不及待地奔出屋去。

外边不见她的车的踪影,是她幻听。

又看表——十一点多了,末班公共汽车也赶不上了。从他的家到她的厂,城市大南角对大北角,得走三个小时,只有耐下心等小李开车接她。

又过了半个小时，小李仍没来。在这半个小时内，他几次想开口述说，但见她那种心烦意乱的样子，挺明智地没有开口。

终于，她不得不问："我可以睡在你这儿么？"

他连连回答："当然可以，当然可以。"

"睡哪儿？"

"我和雯雯蕾蕾睡里屋的大床，你睡在外屋我的小床上吧？"

"我和雯雯蕾蕾挤着睡。"

"那可不行，怎么能让你和孩子们挤着睡呢！"

"你长胳膊长腿的，睡着了一翻身，还不把她们蹬下去！"

"这……"

"用不着再争了。我困了，现在就可以去睡么？"

"行，行。"

"抱歉啊，这一次没容你对我说个够！"

"别客气，真的。我没把你当外人……"

"那太谢谢你了。"她站起身，向里屋走去。走进了里屋，又走出来叮嘱，"我睡觉很死，要是你听到车来了，千万叫醒我。"

大床并不大。她睡得既不舒服，也不算死。迷迷糊糊的，不知躺了多久，隐隐地听到了他在外屋哭泣。她暗暗思忖，他准怀念他的"小女孩儿"，今天又格外伤感起来了。她想，也只有让他哭去，该劝他的话，她早已劝过了，她不知还能用哪些话劝他。然而他的哭声渐大，那种悲悲哀哀的哭声搅得她更无法安睡。恐怕他哭醒他的女儿们，她只好穿上衣服，走到外屋来象征性地劝他几句。他连外屋的灯也没关，用被子蒙着头。她站在门口，不知如何是好。他分明感觉到了她的关注，他那种悲悲哀哀的哭声中加进了一种莫名的委屈的成分，宛若一个受了伤害而又被大人冷落不理睬的孩子的哭。他哭得愈加不可抑制。

“大文……”

他的头往被子里缩了缩,哭声却没停止。

她轻轻走到他的床边,隔着被子碰了碰他的身体:“你别哭。你如果还想说,你来说,我听就是……”

他的身体往床里靠了靠,给她让出足以供她坐的地方。

她瞅着他让出的地方,犹豫片刻,坐了下去。

他的哭声这才有所减弱。

“好好睡吧,你明天还得上班……”

他的哭声又有所减弱。

“我们也得学会忘却,正如学会记住一样。我觉得对于一个人,往前看这句话是有道理的。如果我们都善于爱惜自己的生命,我想我们至少还能活三十年吧?我们都还不老,我们都应该对自己有一种责任,认真考虑今后的三十年怎么活着。不谈那些为祖国为人民的大道理,起码也应该活得对得起自己吧?说白了,一个人只有一个命。能高高兴兴地活了,为什么倒不高高兴兴地活呢?”

他的哭声停止了。

她站起来,轻轻退回里屋。可是她刚躺下身,听到他又哭了。

她也干脆用被子蒙上头。

然而那哭声透过被子,直往她耳朵里钻。被一个男人的哭声搅得睡不成觉,没有比这更糟糕的事了!她生气地想。

因为她穿的是一双高跟鞋,所以她第二次下床,没穿,赤着双脚,披着衣服走到了外屋,径直走到他床边,一把从他头上掀开被子。

“你这个人怎么这样!”

她尽量压低自己的声音,然而她的话还是像吼出来的一样。

他那张脸哭得很不成体统。

她坐在床边，注视着他，又怜悯又腻歪又反感又忍不住想笑。

“刘大文，你怎么变得这么没出息啊？”

他盯着她。他眼中投射出一种真切的东西，就是那种被她以为像是渣滓或沉淀物的东西。它如同浸了酒精或汽油的石棉，表面看并没有在燃烧着，但只需吹口气，灰白之下就会透露出炽红来。

她困惑极了。她一时不能判断这种变化有什么特殊的意义，证明什么？

“亏你还是个男人！你需要回忆你的不幸像婴儿需要喝奶么？”

她伸出一只手，抚摸一下他的脸，那仅仅是一种怜悯的表示。

他用他的双手抓住了她那只手。

他非常用力，似乎他全身的力都运集在他那双手上了，而且，他的双手，连同他的手臂抖个不止。他这会儿变得像一个发疟疾的人。

他眼中那种真切的东西使她感到脸上灼热，她那只手也被他攥得挺疼。

“你……”

“我想……”

“想什么？”

“想……”

他将她那只手放在嘴上凶猛地亲起来。

她明白了。他眼中那种使她困惑的东西，那种像是渣滓或沉淀物的东西，乃是男人对女人的半死不活的欲望。也许它被压抑得太久了，在这一个夜晚苏醒了。它如同他本人一样，从一个自造的硬壳里爬了出来。

她费劲地挣脱他的手，从他枕头底下抽出那册厚厚的影集，放在他胸上,说:“她在这儿,你的‘小女孩儿’在这儿。”

他却将影集推开了——它掉在地上。

他的双手又要抓住她那只手。

她将两只手都背到了身后。

他羞耻地痛苦着。她也在他眼中羞耻地痛苦着。

这会儿她反倒并不觉得他荒谬可笑,而是觉得他可怜亦可悲了。她不能够完全从心理上摈除对他的轻蔑,因为他此时此刻仍不完全真实,只有足够的真切,没有足以打动她的心灵的真实。

为什么?究竟为什么你不能再真实一些?

如果他明明白白地说,徐淑芳,我想的是女人,我想的是一个活生生的女人。我想要你。那她会默默在他身边躺下去,她并不觉得这是一件羞耻的违背常情的事。此时此刻,她也不乐意将这件事和道德两个字联在一起。她高兴看到他从一种虚假的情感涅槃中突围,重新成为一个真真实实的男人。如今她顶讨厌任何形式的虚假。而有一种虚假常人不易识破,它披着真实的仿佛圣洁的值得赞美的外衣在生活中行骗。被它蛊惑的人也往往变得不真实起来,往往不自知自己的虚假。它是鸩毒,是食人罂粟,她憎厌它。而他目前正是沉湎于这种虚假之中的一个男人。她真是又轻蔑他又怜悯他。她以对他的大的怜悯冲淡着对他的几分轻蔑,唯恐轻蔑在她内心里转化为憎恶。

她捡起了影集:“那么你需要的不是她?”

他又用被子蒙上了头,他又开始低泣。

你为什么不明明白白地说?为什么不?此时此刻你仍不粉碎那戏弄着你的虚假的涅槃,你还要等到哪一天?难道它将你变得还不够丑陋还不够愚蠢么?哪怕你仅仅对我说一个“不”!

她几乎恼恨他了。

她无可奈何地缓缓地站起来,又回到里屋去了。一会儿,她重归到他身边，复在床上坐下。她将悬挂在里屋的袁眉的那幅年画般的大照片取了来。她并不嫉妒他的“小女孩儿”。从她开始接触他那一天，任何时刻都没有对他的“小女孩儿”产生一丝一毫的嫉妒。只有离死不远的活人才至于嫉妒死人。恰恰相反，她觉得对袁眉，对雯雯和蕾蕾，她负有着一种责任，一种使命，那就是引导他爱起来。爱的是否自己无关紧要，太无关紧要了。即便他如痴如狂地爱上了自己，她也要慎重考虑他适不适合，不，更坦白地讲是配不配作自己的丈夫。但是他得重新焕发起爱的热情，爱女人的热情，爱活的女人的热情。男人是通过爱女人才爱生活的。女人也一样。不爱女人的男人和不爱男人的女人，却硬要说爱生活，那是天大的谎话。那是瞎胡扯。就普通的男人和普通的女人而言，大抵如此。

而这种普通人正常人不可全无的热情，在他身上已仅剩一点点可怜的渣滓，一点点几近于彻底冷却了的沉淀物了，仅剩眼睛里的那么一点点。

她又将被子从他头上掀开了，向他端举着他的“小女孩儿”，问：“那么你需要的是这个了？”

他夺去了它，然而他并未将它搂抱到被窝里去。他再次用双手抓住了她的一只手。

她挣了一下，没挣脱。

她虔诚地想要帮助他。

“对我说，你想的不是她！不是你的‘小女孩儿’。她已经死了，不是吗？”

他又将她那只手放在自己嘴上，贪婪地亲吻着。

“告诉我，你这会儿想的是一个活生生的女人！你想将她紧紧拥抱在你怀里，你想要她对不对？”

他放开了她的手，却又牢牢地抓住她的胳膊，他将她拽倒在自己身上。

“别这样,大文。不需要这样。”

她想坐起来,可是动不得。

“刘大文,忘掉她,忘掉你的‘小女孩儿’。不幸早已成为过去,你要面对今天的生活。你要收藏起她的照片……”她伏在他身上,注视着他的眼睛低声说,“你知道我是怎么做的吗?我将我丈夫的照片烧了。于是我又获得了我自己的生活,还有爱的机遇。这和良心无关。如今我想起他的时候,并不悲痛万分了。死了的已经死了,活着的要努力活得更美好。如果你不能像我那么做,你也要暂时收藏起她的照片,直至你足以平静地回想她了再挂。”

他贪婪地亲吻她的胳膊她的颈窝。

“你要再爱一个女人像爱她一样!你要重新有一个妻子。雯雯和蕾蕾也要再有一位母亲。我知道她们多么需要一位母亲而不是遗像。你要如同原先那么乐观地生活。我觉得你的心灵已经被过去的不幸揉搓得皱巴巴的了!这样不好,很不好。”

“不!我刘大文永远只爱她!她仍活在我心里!”

他猝然一翻,将她压在身下。

“你说谎!”她愤怒了,“这不真实!你需要的是一个活生生的女人!一个你能够拥抱得住亲吻得到的女人!”

他正在如饥似渴地那样对待她,而口中却喃喃着:“不,不,不……”

她感到了巨大的震惊!

她觉得他像一个攀登者,带着一颗孤独得绝望了的灵魂,牢牢地抓住以往的不幸这条绳索,攀登上了虚假的巅峰。自我欣赏,迷信他的情感无可匹敌,令人赞美。而当真实的光耀逼退了虚假的雾障,他竟毫无勇气从那耸入云端的巅峰之上跳下来。尽管根本不至于使他粉身碎骨,尽管只要一跳便可证实那巅峰并不比板凳更高,他却不敢。他怕什么?究竟怕什么?他怕一旦跌入现实,将重新负担起一个男人的种种义务么?而他的灵魂却分明早已忍受不住那虚假巅峰之上的寂寥了!此刻他站立在性上,站立在男人的生殖器上。那有多高?

她对他全然不悟的虚假震惊到了极点,心中涌起一股不可遏止的厌恶感,发出一声低沉的怒喝:“够了!”声音虽然不大,却也足以使忙手忙脚精神亢奋的他为之一怔,她乘机奋力挣掉他那死沉的躯体,站在床前,理了理头发,面对着一脸惊愕、惶惑的他,平静地说:“一点多了,我困极了,休息吧!”说完撇下他走进了里屋。

雯雯和蕾蕾睡得很香,睡眠中仍手握着手。她俯身注视她们——她们那么相像,都那么漂亮。她们需要一个能给予她们爱的母亲,而他认为她们有一张遗像就足够了,并且要求她们爱它像爱活人一样。儿童的心灵怎能够变得像大人的心灵一样虚假?真是人性的自虐式的堕落啊!而他在这种灵魂的自虐中,居然体验着类乎高贵的痛苦之快感。刘大文啊刘大文!

她思索着躺倒了下去。侧耳聆听,他没有再哭。她如释重负地舒了口气,然而她已无法立刻入睡,又开始从一个超脱于自己的角度审查自己的灵魂。她不得不承认,自己在所谓信仰、道德、友谊、爱情、义务、文明等等观念方面,都曾有过他那么一种精神殉葬的倾向。为了在精神上达到一种足以自我欣赏的完成,而在灵魂上虐待自己,在人性上作践自己。把一种东西推向距人性遥远的极致,对之膜拜顶礼,全不顾惜自己生命的白白的铺张和耗损,从而能在荒谬之中维持心理的虚假平衡。她的心灵有过如此的历程,他们整整这一代人都在种种虚假的观念之中跋涉过,那是一批形形色色的圣徒在食人间烟火的尘世的可悲可叹的跋涉。抵御人性仿佛抵御魔鬼的诱惑,那是时代这位传教士的虚假功绩。像某个肉类加工厂出产的铁盒罐头,同样都有着凸起或凹入的机压商标。他们的精神殉葬倾向过去几乎一致地体现在主义信仰和政治热情方面。而如今它在他们这整整一代人内心里分化，但它的幽灵却继续在不同的方面腌制着他们当中某些人的心灵。使有些人的心灵糖分过多，使有些人的心灵酸性过多，使有些人的心灵碱性过多。使这个刘大文在情爱方面变得迂腐透顶，浑身散发出虚假观念的腐败馊味儿。这么多年过去了，他们有些人身上的机压印痕早已被生活磨平，而有些身上的机压印痕仍那么清晰，使接近他们的人有恍如隔世之感。她暗暗庆幸自己从身上抖落了许多时代的尘土，使她得以变换一种角度领略生活的意义和生命的意义。

一个影子踱进了屋里，那是他。他借着透过窗帘的微弱月光，将他的“小女孩儿”的照片挂到了墙上。之后，他坐在沙发上吸烟。

烟头的火蒂在黑暗中一闪，一闪。

他吸完一支，又吸一支。

她屏息敛气，装睡。

他吸完第二支，向床前走来。他站在床前，注视着她。尽管她闭着眼睛，但知道他在注视着她。她感觉到他的一只手在她颈子上畏缩地抚摸一下，立刻胆怯地收回去了。

过了许久她才缓缓睁开眼睛，他已不在床前了。

她听到了一声喟叹，从外屋传来，像一声呻吟。

她又想，看来她是太钟爱和她有过共同经历的这一批了。她原以为他们所有的男人过去都曾是男子汉，而今天必定依旧堪称男子汉；她原以为她们所有的女人过去都曾是可爱的女人，今天必定依旧可爱。正是由于受这种逻辑的支配，她才乐意来和这个刘大文“谈恋爱”。事实上她错了，大错特错了。今天，尤其今天，他们那一批之中，某些人身上的劣点和弱点、缺点，从来没有在日渐向真实向人性转化的生活中暴露得如此生动，如此鲜明。正像他们那一批中，某些人身上的优点和美点、特点，在今天发扬得无比充分无比光彩夺目。

应该结束了。她在心里暗暗对自己说。

归根到底,拯救刘大文灵魂的只能是刘大文自己。我不是修女,她想。把一个变成像他这样的男人从那么一种虚假涅槃中拖拽出来,是要比爱上一个像他这样的男人更费精力更费时间的。

而她的精力和时间对另外的几百人的切身利益负着义不容辞的重要得多的责任。

于是她侧过身,躺得更舒展一些,一会儿便酣酣实实地睡着了。

第二天是星期六。

当她醒来时,发现雯雯和蕾蕾一左一右偎在她身旁。她们分别搂抱着她的两条胳膊,还在睡。而她记得她是躺在床边的。她大为诧异,搞不明白“布局”是在什么情况改变的。

她抽出被雯雯搂抱着的胳膊,看了一眼手表,六点半了。

“孩子们,该起床了。”

她触触雯雯,又触触蕾蕾。她们却更紧地偎贴向她的身体,她们在半睡半醒的状态中,无言地向她表达着一种真实的依恋之情。她想起昨天晚上和她们捉蟋蟀时,她们对她说的“两个妈妈”的话,一股柔情充满心间。

“孩子们,再不起来,你们上学会迟到的！我数一二三,和阿姨一块儿起。一、二、三!”

她们比她更迅速地坐了起来。

雯雯说:“阿姨,其实我们早醒了!”

蕾蕾说:“阿姨,我们不过装作还没醒的样子,喜欢和阿姨多躺一会儿!”

“孩子们,我怎么睡到你们中间了?”

她们便调皮地格格笑起来。

她想象着她们在自己完全睡熟了的情况之下,怎样将自己从床边挪到床中间,自己竟全然不知,也笑了起来。

“你们夜里没有听到……你们爸爸在外屋打老鼠么?”笑罢,她又有些不安地问。

“老鼠? 自从爸爸撒过了一次药,我们家里早没有老鼠了呀!”蕾蕾眨动着大眼睛,肯定地回答。

“蕾蕾,别说得那么肯定嘛!”雯雯以大人的口气教导妹妹,“对自己没把握的事儿,就不能那么肯定。咱们在砖瓦堆上捉蟋蟀的时候,有好几次不是发现老鼠了么?”

“那是在外边呀!”蕾蕾予以反驳。

“你能保证一只都没有从外边跑进屋里么?”雯雯据理力争。

“那你夜里听到爸爸在外屋打老鼠了么?”

“我……”当姐姐的看了徐淑芳一眼,低下头回答,“没有。我什么也没听到……”

她看出,雯雯听到了。

她不禁绯红了脸。

蕾蕾却问:“阿姨,你怕老鼠么?”

“什么老鼠不老鼠的,一早晨起来别那么多废话!”刘大文在外屋厉声训斥。

蕾蕾将嘴凑近她耳朵,悄悄说:“阿姨你别怕,有我爸爸呢! 我爸爸会消灭老鼠的!”

雯雯一边穿鞋子,一边从旁注视着她的脸。在小姑娘的目光中,包容着那么多发自内心的亲爱。

唉,雯雯,雯雯。你以为你听到了,你以为你明白,你大概就同时以为我已经等于是你们的妈妈了么? 你还很幼稚噢! 那什么也不等于啊! 尽管我喜欢你们。

她禁不住在雯雯的小脸蛋上亲了一下。

结果引起蕾蕾的嫉妒，也将一边脸蛋凑向了她，她只好再亲蕾蕾一下。

她拉开窗帘，天格外好，明媚的阳光晃得她眯起了眼睛。

她转过身，发现雯雯和蕾蕾并坐在床畔，都在默默地似有所问地望着她。

“你们为什么这样望着我？”

蕾蕾说：“阿姨，你什么时候和我爸爸结婚呀？”

雯雯不开口，目光中有着同样的问号。

她一时很窘，不知如何回答才好。

“蕾蕾，我揍你！”刘大文在外屋吼。

她朝墙上袁眉的大照片看去——阳光映耀着它。他的“小女孩儿”那永恒的甜美的微笑仿佛对这个已失去了她的家庭仍具有统治的意味。那是美的统治，那是魅力的统治，那是女性的温良贤惠的品格的统治。

她对“她”既深怀敬意，亦大不以为然。因为她确信好女人各有其美点。因为她确信自己是一个好女人。不但在男人眼里是个好女人，在女人眼里也是个好女人。并且，她确信，一种不寻常的品格，正在自己身上萌生着，形成着。如果“她”仍活着，“她”不过是一个美貌的贤妻良母，而她将会越来越是一个杰出的女性。美貌是逐渐衰老的东西，而品格能使人保持其更长久的魅力。是的，是这样的。她凝视着“她”，骄傲地想。她虽然预见不到自己将做成功些什么事，但她确信，在她生活道路的前面，肯定有许多事在等待着自己去做。在做成功一件又一件事的同时，她有着充分的信心使自己由一个好女人改变为一个杰出的女人。她不已经是一位精明强干的女厂长了么？她甚至觉得，袁眉那永恒的甜美的微笑中对她或多或少流露出了羡慕和钦佩。

可刘大文是睁眼瞎，他看不到这一点。这是他的遗憾，不是她的。她只不过替他感到遗憾罢了……

“雯雯,蕾蕾,走,跟阿姨到外边洗脸去!”见她们仍那么出神地望着她,她十分亲切地笑了笑,端起脸盆带领她们走出屋去。

吃饭时,他照例在桌上多放了一只碗和一双筷子。

雯雯用胳膊肘将那只碗碰掉地上,碎了。

“你!……”刘大文恼怒地瞪着雯雯。

徐淑芳注意到,那孩子是成心的。

“不是姐姐碰掉的,是我碰掉的。”蕾蕾大无畏地替姐姐承担罪过。

“撒谎!”当爸爸的更加恼怒,“你坐在她左边,碗在她右边,你怎么能把碗碰到地上?嗯?”

“我不是成心的。”雯雯瞪着爸爸,异常镇定地替自己辩护。

“住口!我说你是成心的了么?”

“别责备雯雯,其实是我碰掉的。我不是坐在雯雯左边么?”她弯腰捡起碎碗片,之后又说,“五个人围着这么一张小圆桌吃饭,太挤了。大文你应当买一张大圆桌,总免不了有客人来吃饭的时候啊!垃圾桶在哪儿?”

他愣愣地瞧着她手中的碎碗片。

她又问:“垃圾桶在哪儿?”

他低下头,重新拿起筷子,相当不情愿地告诉她:“在外屋煤箱旁。”

她就走到外屋,将碎碗片儿哐啷一声扔进了垃圾桶。

她从容地坐下,接着吃饭。少了一个“人”,雯雯和蕾蕾的举动似乎宽松多了,他的脸色却变得很阴沉。直至都吃完饭,谁也没再开口说一句话。

雯雯和蕾蕾上学去不久,外边响起了汽车喇叭声。

“司机接我来了。”

“你……稍等会儿……我还有话对你说。”

她站在门口,显出耐心的样子,平静地期待着。

“我……我觉得内疚。”

她并没有因为他说出这样的话而受什么感动。她想,他是应该感到内疚的。无论对于她,或者对于他的两个女儿,或者对于他自己。

不料他接着说:“我觉得太对不起小眉……昨天夜里,我一时冲动……”他又朝他的“小女孩儿”的大照片望去。

“还有什么可说的?”

“我混蛋！……”

他仿佛在默默向他的“小女孩儿”忏悔,默默乞求着“她”的宽恕。

“对我,你就再没有什么话要说了么?”

他这才将目光转向她,嗫嚅道:“你……你千万别怀疑,我刘大文是个爱情不专一的人……我很专一,真的！昨天夜里,我真是一时冲动。”

“我不怀疑。”她打断了他的话,“我很高兴能从你身上发现一个男人这么重要的品质,发现了这一点对我也是重要的。我说的也是真的。”

他谦逊地一笑。

“一两个月内,我恐怕不会来了。”

“为什么？这为什么？我们不是挺对脾气的么?”

“我要出差。”这是她吃饭时想好的理由。

“那没什么,没什么。一两个月的寂寞,我是绝对耐得住的……”他又笑了笑。那是安心的笑,自信的笑。

“再见!”她也笑了笑,伸出了一只手。

他赶紧地握住她的手。

她只容他握了一下，就抽回手，跨出门去。

她的“伏尔加”开走不远，又拐了回来。

“刘大文！……”她坐在车上叫他。

他换上了一身工作服走出家门。

“刘大文，你去找严晓东，带着雯雯和蕾蕾搬到他家住去吧！他是个热心肠的人，准会答应。再说，他家房子宽敞。别等撵你搬啊！”

“我……我跟他一直没来往。”

“主动去找他不就有来往了么？我知道他挺关心你的！让守义陪你去找他也行嘛！”

小汽车又开走后，她回头看了一眼，看到他仍呆呆地站在家门口。

“小李，你昨晚有事儿脱不开身？”

“没事儿啊。”小李回答得毫不吞吐。

“那你为什么不接我？！”

“为了让你感谢我啊。”小李一脸得意之色。

“嗯？！”

“厂长，你别发火呀，我这也叫成人之美嘛！我是故意对你说刘大文坏话的，激将法！越激，越爱。《爱情心理学大全》上是这么讲的！如果昨天晚上我像上几次一样按时来接你，能促成你们之间的关系有今天早晨这种程度的进展么？”

她一边不动声色地听着，一边暗暗脱下一只高跟鞋，预备在他最最得意忘形的时刻，用鞋跟往他头上来那么一下，使他牢记以后少自作聪明。

“瞧你俩今天早晨这热乎劲儿，大概难舍难分了吧？我按过喇叭那么半天你才出来，我刚开走车你又命令我拐回来。我听你跟他说话那种口气，已经像跟自己的丈夫说话了似的。”

她恼也不是，笑也不是。小李的做法固然可恶，动机毕竟是好的，她相信那是出于他对她的百分之百的善意。她原谅了他，将那只已拎在手中的高跟鞋暗暗又穿上了。

“你以为你有资格在爱情方面指导我是不是？”

“那当然喽！该我们向你们虚心学习的地方，我们就学。该你们向我们虚心学习的地方，你们也要不耻下问嘛！”

“哪些人是你们？哪些人又是我们呢？”

她以为他指领导者和被领导者。对这方面的一切关系、学问她都有浓厚的兴趣。

“经历过三年自然灾害的是你们，没经历过的是我们。吃过糠窝窝头忆苦思甜过的是你们，没吃过糠窝窝头没忆苦思甜过的是我们。造反有理过的是你们，没造反有理过的是我们。下过乡的是你们，没下过乡的是我们。你们大多数人想的是——我怎么活着才对呀？我们大多数人想的是——我怎么活着才好呀？所以呢，你们总在对和不对之间掂量来掂量去的，而我们总在好和不好之间选择。所以呢，我们活得就比你们活得好，你们却都自信你们活得比我们好……”

她忽然命令：“向右拐！”

小李一怔，看了她一眼，顺从地把车子开向一片小树林。

她打开车门，欣喜地下了车，独自走到林间去了。秋天第一次使她感到也是美丽的。尽管眼前所看到的，不过是秋天的些微意趣。林间的落叶托着晶莹的露珠。她极小心地走着，仿佛唯恐踏碎露珠似的。金黄的落叶像华贵的枕褥，它们优雅地躺在地上。她每走一步，它们便发出缱绻的声音，仿佛在互相耳语。仿佛在向她，向这片小树林细述落叶归根是多么美妙的事情。而几年前，她视它们等待扫走的垃圾。她奇怪于自己此刻竟有这么闲惬的心境。

她从地上捡起了一片叶子，因为它与别的落叶略有不同，它是肉桂色的，它的锯齿形的边缘齐整如剪纸。

为什么那么多人觉得表达出享受生活的真实欲望是件羞耻的事？假装是骗不了人的，而且会惹人讨厌。这种欲望是隐瞒不住的。就像咳嗽一样，不管人怎样压制，它还是会表现出来。人生应像我手中这片叶子，从生长到落地，都顺乎自然才对劲儿。小李，你把你厂长看错了，大大的看错了。我向别人负责时才考虑对与不对，我向自己负责时只考虑好或不好，如同我要捡起一片落叶一样……

她捡了一把叶子带回到车上。

"要留做标本？"

"没那份儿闲情逸致。"

"当书签？"

"我看书翻到哪儿从哪儿看起。"

"看过的地方呢？"

"想看书的时候，对我不存在看没看过的问题。"

"那你捡这么多落叶干吗？"

"想捡的时候就捡。"

她摇下车窗，将那一把叶子，一片一片从开着的汽车上扔掉了。

小李莫名其妙地摇摇头。

"接着说我们和你们吧！"

"我还在想哪！"

"我下车这会儿，你一直在想？"

"嗯。"

"挺难举出个恰当的例子是不是？"

"挺难。"

“记住我这句话——老鼠嘲笑猫的时候,因为它旁边有个洞。”

“不明白。”

“那么我替你举个例子——小学一年级学生问老师:‘我知道二加二等于四,但我想知道为什么?我们太相信现成的人生经验,而你们太不相信现成的人生经验。往往活了一辈子,还不明了究竟应该怎样生活,这就是人生的困难所在。我们知道二加二等于四了,便不再追问为什么,这是我们不足取的一面;而你们知道二加二等于四了,却仍要追问为什么,并不能算是比我们智商高。我们不问为什么,是因为我们太尊重现成的人生经验,没想到应该再丰富点儿什么经验传给后人;你们偏问为什么,是因为你们太不尊重现成的人生经验,你们不善于继承,所以也就谈不上能传下什么。不过,我指的‘我们’是过去的我们,我指的‘你们’是现在的你们。在人生面前,我们和你们,都不过是一年级小学生罢了。你今后别自我感觉那么好才对啊!”

“行,行!你这不还是代表‘你们’在教导‘我们’么?”

“这不是教导哇!咱俩这是进行平等的讨论嘛!”

“那‘洞’呢?我从来不知道我还有个‘洞’!”

“有一次,我在汽车上听到一个小女孩用单调的声音数数。人们以为她数到一百就会停嘴。但数到一百之后,她问她的爸爸:‘爸爸,一百以后是多少呀?’他爸爸大概也听她数烦了,回答说:‘无限!’以为她不会再数下去了。她却接着数下去:‘无限一、无限二、无限三……’能有耐心数到一百并且为此心满意足的是过去的我们。连数到一百的耐心都没有并且对什么都不满意的是你们……”

小李哈哈大笑……

顺路,她到一家全市最大的玩具商店了解本厂产品的销售情况。新上任的三十六七岁的经理,也是个北大荒返城知青,同时是个离了婚的二荐子光棍。自从在一次推销座谈会上认识了她,便一见钟情。还当面试探地问过她,来个“珠联璧合”怎么样。

她当然理解他的意思,她嫌他个子矮。那一时期晚报上正在从价值观的角度替未婚的矮个子男人们“正名”,发表热情洋溢的鼓励文章,列举矮个子丈夫的种种优点。比如从人类长久的消费问题方面看,一套衣服能节省几尺几寸布等等。同时发表社会学专家们针对未婚女性择偶条件偏爱高个子男人的笔调忧郁的批评文章,论证与心灵的美丑相比,个子的高矮是无关紧要的。她阅读过那类文章。其中“一论”、“二论”、“再论”三篇“系列文章”,是化名“文竹”的王志松写的,她并不知道那是他写的。她觉得“文竹”装腔作势,仿佛诲人不倦似的,文章的骨子里却透着虚伪。归根到底,她认为女人们偏爱高个子的男人是女人们自己的事,无须社会发言。何况心灵是可以受影响而变化的,却从没听说过哪一个男人当了丈夫后又长个子了。既然自己的个子不矮,那么她一定要找一个起码一米七五以上的丈夫。“文竹”指责这样的女人未免“俗气”,她却根本不想在这一点上“超俗”。除了个子矮,她还嫌那位踌躇满志的玩具商店经理近视眼,六百度。她厂里的一个姑娘就嫁给了一个近视眼,时时在厂里向待嫁的姑娘们抱怨:“千万别嫁给近视眼!无尽的麻烦!他要亲亲你,你还得先替他把眼镜摘下来,碍事!”

她一想象一个六百度近视的矮小男人和自己亲近时将会是什么情形,就感到那对自己是不容忽视的挺大的损失。

当时她只有装糊涂,顺水推舟地回答:“好哇,我是玩具厂厂长,你是玩具商店经理,珠联璧合,双方有利嘛!”

过后他写给她一封信。信中说:“你使我被爱神的箭射中了心脏。”

她在回信中写道:“我真抱歉,如果爱神也朝我的心脏射中一箭就好了。很遗憾两件事没有同时发生。”

她倒是十分敬佩他的领导水平和管理才干,但是这可代替不了床上的事。在工作中她已然变得男士风格了,可在床上她希望自己是个原原本本的女人。

她和他久违了。

她的光临使他诚惶诚恐。他详详细细地向她介绍了百花玩具厂的产品销售情况,末了羞答答地告诉她,几天前他当了新郎。接着说:“徐厂长,为了你,我才决定结婚的。我和你是免不了经常打交道的。我这样做,见面时都少些心理负担对不对?不至于相互感到别扭。”言语之间戚戚哀哀的。

其实她在他面前并没有什么心理负担。她不认为自己应对一个爱上了自己却不被自己所爱的男人的心理有什么责任。而且她早有策划,如果他对她很冷淡,她将买下与他的玩具店相邻那块私人地皮,营建本厂产品经销部,从此和他进行剧烈的竞争。如果他对她一如既往,不耿耿于怀,她将投资鼓动他买下那块私人地皮,扩展他的店面。由于他的态度可嘉,她非常替他高兴,也替自己高兴。

她借故离开了一会儿,交待小李拿着她写的条子,开车到首饰商店去找一位业务主任,赊买一件二百元以内的首饰。

小李以为她一时心血来潮给自己买,高高兴兴去执行。

回到他的办公室,她向他提出了她的建议。他兴奋异常,感激得不知如何是好,当时就铺开办公纸,握笔在手,和她一项一项拟定起意向书来。

意向书刚刚草拟完毕,小李就捧着一个漂亮的首饰盒走了进来。

她接过首饰盒,启盖一看,是一串带红宝石鸡心的金项链。

“三百六。”小李表功地说:“我一眼就看中了它。三百六可不贵。不过才是你两个月的工资呗！没有你写的条子人家还不卖呢！我自作主张没错儿吧？”

“没错儿，没错儿！”

她连连说着，转身将首饰盒递给了踌躇满志的经理，诚心诚意地说：“这是我送给你夫人的结婚礼物，你替你的夫人收下吧！”

“哎呀呀，不行不行！如此贵重的礼物我哪能收！”那小个子男人直往后退。

“对我来说这也不算太贵重。”她笑了，“我们小李不是说了么，不过才是我两个月的工资呗！”

他无论如何不肯接受。

她最后说：“你不肯接受，就令我怀疑你的宽宏大度了！”

他只得惴惴不安地接受了。

小李瞠目瞧瞧她，瞧瞧他，一声不吭地若有所思地退了出去。

她问：“珠联璧合的话还算数么？”

他说：“当然算数，当然算数！”

“君子一言，驷马难追？”

“驷马难追！”

“彼此信赖，永不相坑？”

“相坑？哪能呢！咱们是国营企业，文明联合。再说还有北大荒兵团战友这一层特殊关系起作用呢，是不是？”

“祝你们夫妻生活美满！”

“谢谢，谢谢！接受你这么贵重的礼物，真不好意思……”

她玩笑道：“那等我结婚时，你再如价送我嘛！”向他伸出了手。

他双手紧握她的手，连连说：“到那时，我一定要送，一定要送！”

…………

“厂长，你可不好啊！”坐进小汽车，小李板着脸对她说了这么一句。

“我怎么啦?”

“你跟他什么关系?”

“我跟他能是什么关系?”

“你不说清楚我不开车!”

“你不开我开！我考下了驾驶证,提防的就是你这一手!”

于是她下了车,绕过车头,打开车门,将他从驾驶座上赶开了。

“你以为我和他是什么关系?”她春风满面的样子,一边熟练地操纵着方向盘一边质问。

“我知道你和他是什么鬼关系!”小李没好气地嘟哝,“送给那小子三百六的结婚礼物,是想续风情,能说是一般的关系么？骗鬼去吧!”

“我吩咐你买二百元以内的,谁叫你又自作聪明？你让我多花了一百六,我不怪你,你倒质问起我来了!”

“我要知道你买了是送给那小子,我就不去买！你这算干什么呀你!”

“好哇,你胆敢监视我！谁给你的这种权利?”

她生气了,将车靠向路边停住,就脱高跟鞋。

她举起高跟鞋,小李一动不动地坐着,严严肃肃地说:“打吧,反正我是为你好,免得以后被别人议论你不正经!”

“傻小子!”

她舍不得打他了。正是他这份儿耿耿忠心,使他在做了什么蠢事的时候,往往获得她的原谅。

“我送给他结婚礼物是表达我诚心的祝贺,同时也能联络咱们厂和他们商店的感情,这里没什么风情可续。”她一边穿鞋一边说,“你昨天夜里把我留在刘大文家里……”话到舌尖,她吞了回去。她真是羞于提到昨天夜里的事情。她愣了一下,又接着刚才的话题说:“我和他签订的意向书实现后,每年至少能为厂里增加三十万利润！这叫产销联合。每天至少有一千余名顾客光顾那个玩具商店！几乎没有不在那里为自己孩子掏钱包的人。这个经理决定着我们厂在本市产品销售量的百分之四十,这些你懂么?”

小李半信半疑地看着她,点点头。

回到厂里,食堂开饭了。

曲秀娟匆匆去替她买了几个包子和一碗“甩袖汤”,十几个姑娘跟随而来。她们亲热地围着她,新奇地端详着她,好像她与她们离别了很久,她身上发生了许多很大的变化似的。

“你们这是干什么？我有什么不对劲儿吗?”

“厂长,你昨天在外边过了一夜吧?”一个端着饭盒的姑娘胆大包天地问,问罢,嘘溜嘘溜地喝盛在饭盒里的“甩袖汤”,两眼却一眨不眨地盯着她,有几点浅色雀斑的脸面上浮现着一缕小狡猾。

“你怎么知道?”她看那姑娘一眼,也低头喝汤。心里却把司机小李恨得要命。这坏小子！肯定是他将这件事儿当成自己的一大聪明告诉她们的,否则她们怎么会知道?

“厂长,你没正面回答呀!”

“对,没正面回答。”

“我们只要求你回答‘是’,或者‘不是’,不要求你交待其他的!”

“厂长,你脸红什么?”

这帮放肆的姑娘！她们怕她的时候,一个个老鼠似的,她们不怕她的时候,调侃她如同调侃一个小丫头。

她抬头磊磊落落地瞪着她们,大声回答:“是!”接着拿起个包子咬了一口,她不信自己果真脸红了。

一时间她们都静默了。

她装作饿极了的样子,自顾低头吃包子,不再理睬她们,但是她却能感觉到她们的目光从不同角度盯视在她身上。

“真棒!”忽然两个字从一个姑娘口中响亮而出,内含着相当之丰富的赞叹意味。

“嗯?”她不由得又抬起了头,极其严厉地问,“谁说的?”

“我……”一车间顶老实的一个姑娘怯怯地承认,脸红得一塌糊涂。

“棒什么?”

“我……我是指……咱们的新产品。”

曲秀娟站在她身旁,手中正摆弄着厂里的新产品——小乌龟爬竿。

想不到在她眼中顶老实的一个姑娘竟如此善于随机应变!

她装出一本正经的样子问曲秀娟:“估计销路会比小猴爬竿好么?”

其实她早有预见,肯定会比小猴爬竿的销路好。正如一只会爬到竿顶做种种高难动作的活乌龟肯定比一只活猴子更能引起重视。

曲秀娟简短地回答:“那当然。”

不知哪一个姑娘悄悄扇动:“咱们喊一声‘乌拉’怎么样?”

“喊,喊!”

“同意!”

“一、二!”

“乌拉!”

“乌拉!!”

“乌——拉!!!”

姑娘们大喊特喊,似乎企图用欢呼声将屋顶掀掉。

走廊里一阵奔跑声,厂长办公室的门被撞开,又一群姑娘拥了进来。

“喊什么？喊什么？什么事儿你们这么高兴？”

“又要追加奖金了么？”

“到北戴河集体旅游的事儿定了？”

后拥进来的姑娘一个个急切地发问。而大喊特喊“乌拉”的姑娘们互相搂着脖子揽着腰，眼睛都瞧向她，嘻嘻哈哈笑作一团。

她却看着曲秀娟耸耸肩，明知故问：“她们这是怎么了？”

曲秀娟也耸耸肩：“谁知道她们，一个个放肆得没边儿了！”手中仍心不在焉地玩弄着“小乌龟爬竿”。

“厂长，究竟什么好事儿？”

“既然让她们知道了，也得让我们知道！”

“她们高兴过了，我们还没高兴一下哪！”

后拥进来的姑娘，呼啦一下围住了她，七嘴八舌地问。

“我明确告诉你们，什么好事儿也没有！既不追加奖金，到北戴河集体旅游的事儿也还没定下来！去去去，都给我立刻出去！让我安静一会儿好不好？”

她饭也不吃了，站起来驱赶姑娘们。

可是后拥进来的姑娘们赖着不离开。她们一定要弄个明白，先前在厂长办公室里的那些姑娘们究竟为什么大喊特喊了一阵“乌拉”？

“我哪儿知道，莫名其妙！”她拉开办公桌抽屉，翻出那盒港商送的高级彩色特制坤烟，吸着那剩下的唯一一支紫色的，缓缓吐出一口有香味儿的袅袅烟雾，问：“是啊，说说吧，你们究竟为什么欢呼‘乌拉’？究竟为什么高兴？”

“厂长，这要问你自己了！”

“厂长，你自己首先宽松了，才会允许我们更加开放呀！姐妹们你们说是不是？”

“就是的！”

“厂长，瞧人家《莫斯科不相信眼泪》里那个老毛子女厂长，那当的才叫够份儿呐！一手抓生产，一手抓男人，我们就打心眼里佩服人家那样的女厂长！哪像咱们中国的这个那个改革者，喊！……”

她无法遏制地哈哈大笑起来。一心想要严肃，却不能够。

“就为我在外边过了一夜你们喊‘乌拉’？”

姑娘们异口同声地回答“对”！

她们都端详着她，一个个那种喜悦劲儿，好像她当着她们的面儿许诺给了她们什么大的利益。

“够了吧你们？”曲秀娟把握时机对放肆的姑娘们说，“该结束了，厂长的午饭都让你们搅得吃不成了！”

姑娘们便一个个畏惧地退出了。

她静心静意地享受般地吸完那只高级坤烟，拿起包子接着吃。

曲秀娟放下“小乌龟爬竿”，用手背触了触汤碗，说：“凉了。”拿起暖瓶替她往碗里加了些开水，然后从报架上取下报纸坐在沙发上看起来。

她吃了两个包子，喝了半碗汤，将今天拟定意向书草案的事从头至尾细说一遍，说到小李如何跟她赌气，曲秀娟也忍俊不禁开怀大笑。

“你处理得不错嘛！”曲秀娟用夸奖的口吻说，“我一直挺担心这件事儿呢！要是咱们那位北大荒哥儿们也像小李似的跟你赌起气来，咱们厂以后的日子可就过得不那么顺啦！唔，我差点儿忘了，美国那位陈先生上午打来一次电话，邀请你今天晚上到国际旅游俱乐部跳舞。他的电话号码记在台历上呐，去或不去你给人家回个电话。”

“去，那得去！”她抓起电话，看着台历，边拨边说，“咱们不是跟他还有笔好交易可谈嘛！”

曲秀娟冷静地说:“我看他对你本人的兴趣比对谈交易的兴趣大得多呢!”

“你闻出味道来了?”

“倒不是我的嗅觉太敏感,是他的心思流露得过于急切了。”

不成想电话一拨就通,对方“喂,喂”着,她听出正是那位陈先生的语调。她犹豫了一下,用另一只手捂住话筒,以目光将曲秀娟召到了跟前。

她对曲秀娟耳语了几句,曲秀娟领悟地微微颔首,随即接过话筒,用一种与自己性格大相径庭的斯斯文文的语调说:“陈先生吗?我已向我们徐厂长转达您的雅意了。不过,她工作太忙,未必能够赴邀。但她表示一定努力争取挤出时间前往。是的,她是这么表示的。当然,她当然对您的雅意十分重视。没有,没有,您别误会。不是借口,更不是拒绝。哪里,哪里,我是乐于成人之美的。”

曲秀娟放下电话,二人相视而笑。

曲秀娟满腹狐疑地问:“你肯定去?”

她沉吟片刻,走到窗前,从玻璃中欣赏着自己的面容,拢了拢头发,说:“要去的,我对这位陈先生也颇感兴趣。不去,岂不是有点不识抬举了么?”

“因为他是美籍华人?”

“因为他是位有钱的大老板。”

“你呀!……”

“说下去。”她将脸转向了曲秀娟。

“你变得太有心计了。”

“是么?世界需要有心计的女人丰富它的色彩,否则,尽数男人出风头,那这个世界对女人来说不是太乏味了么?”

“你不情愿是个女人?”

“不,恰恰相反。”她离开窗口,走到了曲秀娟的跟前,将一条手臂轻轻搭在曲秀娟肩上，面对面地注视着曲秀娟的眼睛，思考着说，“女人为什么要喋喋不休地抱怨自己是一个女人呢？女人如果不能够靠自己的灵性寻找到一个真实的自我，那么她不过是男人的附属品。一切的抱怨之词都是从这样的女人口中散播的。其实这样的女人又最容易满足。只要生活赐给她们一个平庸的男人她们就会闭上嘴巴的，即使别人看出那个男人朽木不可雕也，她还会充满幻想地回答：可以生长香菇。觉得她自己就是香菇。”

“你呀，不但变得有心计了，还变得能说会道了。”曲秀娟笑着将她的手从肩上放下来，又问，“你对姑娘们刚才的放肆有何感想？”

“你不是在责备我把她们都宠惯坏了吧？”

“你不妨这么认为。”

“是啊，我承认我对她们有点儿宠惯。因为我常想，除了戴红卫兵袖标的年代，我们几乎没被宠惯过。家长普遍对我们要求得很严，老师普遍对我们要求得很严。社会普遍对我们要求得很严，后来是革命的思想对我们要求得很严。整个生活对我们就像一位马列主义老太婆。她声明她爱我们，可是她把我们放在飞转的砂轮上磨，磨到她对我们满意了为止。造成了我们遍身平滑的伤痕，比我们各自的命运对我们造成的伤痕尤为严重。它是那么平滑，结成完善的痂，以至于我们不觉得是伤痕。我们互相对比，总觉得我们身上才具有美好的东西。我们瞧着身上没有痂的年轻人，觉得他们陌生。还嘲笑他们没有被放在砂轮上磨过，他们身上没有看去那么平滑又那么完善的一层痂。而现在我感到，正是在当年被那砂轮磨得很疼，淌过血的地方，生长出新的皮肤，和新的思想，使我身上的痂在一部分一部分地蜕掉。我们没有权利要求如今的年轻人像我们当年一样活得紧紧束束。我们的那些姑娘们，在工厂是好工人，在社会上是好公民，便足以认为她们全都是好姑娘了。至于她们对爱啦,性啦,有些什么稀奇古怪的想法,随她们去好了。我们是厂长,不是教化院院长,对不对?我确信生活在这方面的能力比我们大得多。生活本身知道应该对人宽容到什么程度。所以我们保持与生活相同的宽容态度,不使别人讨厌,不使自己委屈。生活本身主管着一切,我们大可不必操那么多的心……"

"我的天,瞧你这张能说会道的嘴!"曲秀娟两手一拍,表示对她的惊讶和叹服,又从桌上拿起"小乌龟爬竿",玩弄着问:"打算什么时候结婚?"

她在椅子上坐下去,说:"首先是和谁结婚的问题?"

"当然是和刘大文嘛!"曲秀娟的语调中,流露出更大的惊讶。

"我正想告诉你,我不爱他。"

"你不爱他?! ……"曲秀娟放下"小乌龟爬竿",双手扳住她的两肩,使她的脸正对着她,"再说一遍。"

"我不爱他。"

"别开玩笑,我是在认认真真和你谈这件事,我一心要做司仪呢!"

"我也是在认认真真和你谈这件事。我当然高兴我结婚的时候由你做司仪,不过新郎肯定是另外一个男人。"

"你……你们闹别扭了?"

"哪怕闹点别扭也好,可是没有。"

"你昨晚没……住在他家?……"

"是住在他家。"

"我不信……"

"不信什么?"

"不信你俩会……相安无事。"

"既不相安,也不无事。"

"我指的那种事……"

“我也指的那种事。”

她扑哧笑了。

“你笑什么！”曲秀娟的双手将她的两肩扳得更紧：“你严肃点，我和守义是你俩的介绍人。我们得对你们双方负责任！不允许他白占你的便宜，也不允许你捉弄他！”

她忍住笑，朝办公室门努努嘴。

曲秀娟回头看了一眼，随手从办公桌上操起一本字典，使劲儿扔在门上。

门外一阵嘻嘻窃笑，一阵惊慌逃去的脚步声。

“你扳得我身子都酸了！”她站起来说，“你坐，你坐。审问者理应是坐着的嘛！”她将曲秀娟按坐在椅子上，自己则抵桌而立，交叉抱着手臂说，“我希望你建议他去找心理医生。他昨天夜里的表现使我的忍耐达到了极限。你和守义已经完成了你们的使命，我也已经对他做到了仁至义尽。解铃还需系铃人，接下来你和守义要最后做的，是怎样委婉地告诉他，我们结束了。”

“结束了？”

她点点头，表示就应该这么简单。

“可我……还是不明白。”

“如果你非弄明白不可，那么我告诉你，他忘不掉他的袁眉，忘不掉他的至善至美的‘小女孩儿’。而我根本不打算取代袁眉成为他的又一个至善至美的‘小女孩儿’。就这么回事，明白了？”

“你不是对自己太缺少信心吧？”

“完全不是。”她微微笑道，“对于一个男人，任何一个有魅力的女人，要取代一个死去了的女人在他心灵中的地位的话，我看绝不比用石块砸开一个核桃难。我刚才说的，我并不打算那样。”

“原来如此。”

曲秀娟瞪大着眼睛，呆呆地望了她半天，而后起身走到她跟前，又像刚才那样，用双手扳住她的两肩，鼓励地说："你应该帮助他，帮助他忘掉袁眉……"

她平静地回答："我认为我没有义务教育一个男人爱我并做我的丈夫。"

"那么，你是感到他配不上你了？"曲秀娟的手缓缓从她肩上落下了。

"是的。"

"因为你如今是一位厂长了，而他是一个工人？"

"因为我觉得自己如今是一个挣脱了平庸的女人，而我原以为他是一个不寻常的男人，结果发现他变成了一个平庸的男人。"

"平庸？！"曲秀娟生气了，"你对他的评价太过分了吧？"

"不，一点都不过分。"

"你！"

曲秀娟猛然转身往外走，走到门口，又站住了，从地上捡起字典，赌气抛向桌子。字典打翻了桌上那半碗"甩袖汤"。顿时意识到自己不够冷静，默默走过去用抹布擦桌子。

徐淑芳也从墙角拿起墩布去拖地。

她放下墩布后，又将曲秀娟按坐在椅子上，赔笑道："副厂长同志，您别生气。当介绍人的，谁不希望自己成功？有时候他们过于热心地将牧羊犬引到了羊跟前，满怀善良愿望地说：'你们相爱吧，你们应该是有共同语言的。你们应该是能够相互理解的。'牧羊犬和羊往往也会错误地这么认为。结果证明是愚蠢的事情。那有什么呢？那就让牧羊犬去寻找牧羊犬，羊去寻找羊呗！从前，我认为女人就是天生被男人爱的。谁若向我表示他爱我，我就大受感动，觉得有一个男人爱我是多么好啊！多么幸福啊！我和王志松正是这样。但今天的我已经不是从前的我了。我不仅希望被爱，更希望去爱。如果我真的爱上了一个男人，我更会觉得那多么好啊，多么幸福啊！去爱一个男人！热烈地去爱一个男人，使他明了没有一个女人对他的爱足以与你相提并论！我们不是见惯了听惯了男人如此这般去爱一个女人吗？为什么我们女人不能如此这般去爱一个男人？我们女人对爱情的体验不是天生比男人更真实更细致更丰富更美妙吗？从前生活将我们的体验磨得迟钝了！又平滑又迟钝！如今我要恢复自我！我还无法向你解释清楚如今许多人挂在嘴边上的那个自我是什么意思？但是我凭女人的灵性明了它对每一个人都是至关重要的！有些女人高谈阔论自我是为了赶时髦，可我不是为了赶时髦，我要通过对一个男人的爱证明给自己看，生为一个女人并非是一种不幸！刘大文他唤不起我这样的热情。”

她说得有些激动起来。然而她站立的姿势还是那样子——双臂交抱在胸前，身体微微向后倾斜，抵着桌子，始终没改变一下，更没做什么手势。但是她的脸由于激动而变得绯红，她的眼睛更加明亮，闪烁着奇异的光彩。

曲秀娟一直目不转睛地瞪着她，沉默有顷，低声问：“你三十几了？”

“三十五啊，和你同岁么！别用那种看一个待嫁老姑娘的眼神儿看着我。我觉得我正处在一个女人最美好的年龄，一切都可以从从容容地开始。急中生错！”她轻松愉快地微笑了。

“照你这么说来，我应该和姚守义那小子离婚，也学你的榜样，再从从容容地开始一次喽？”

“别，千万别，守义还不恨我一辈子？”

“那你不是挺自私的吗？你对我宣传了一大通自我，结果我相信了，你倒说千万别！我的呢？我的自我哪儿去找？”

“你的么……你没丢哇，你不是跟一位科长照了结婚纪念照，而后却投到人家守义怀里去了吗？”

她们对视片刻,突然都哈哈大笑。

“我很赞同你刚才那句话,一切都由生活本身主管着呢!”曲秀娟站了起来,问,“你认为你是牧羊犬还是羊?”

“把我归到牧羊犬一类吧!”

“好,就算你是牧羊犬。你的个人问题,从今以后我不管了!我替你去向刘大文那个可怜的家伙了结。你满世界寻找你的牧羊犬去吧!找不到牧羊犬,猎狗也行,狼狗也行,是不是?可别找来找去,找到一只狼!那我曲秀娟还是要进行干预的!”

她默笑。

“这是我特意送给你的。”曲秀娟再次从桌上拿起“小乌龟爬竿”,玩弄了几下,它灵巧地爬到竿顶,表演了个单“臂”倒立。

曲秀娟又说:“没事儿的时候玩玩它,能使你认识到另一点,知道自己应该感激什么,报答什么。”说完,交到她手中,亲密地和她贴了贴脸儿,匆匆走出去了。

一失去手劲儿的控制,铁皮组合的小乌龟顺着尼龙绳索从两尺高的竿顶滑落了下来。她抻动几下绳索,它又顺着竿爬,又爬到了竿顶,在竿顶表演各种杂技。

不靠帮助,乌龟永远不可能爬到一根竿子的顶端,更不要说表演什么了。

她似乎明白了曲秀娟送给她这个的用意——她是知道自己应该感激什么的。

她想到了马婶,想到了小叔子郭立伟,进而想到了曲秀娟,甚至想到了那位“天真”玩具商店的经理,想到了在生活中,在事业上,在熬过去的那些艰难时日里曾给予她各种帮助的每一个男人和女人。

是的,她是应该感激他们和她们的,应该报答他们和她们的。她已经回报了不少,她仍会继续回报。但我更应该感激生活。她想。我更应该竭尽虔诚、热情和努力回报生活。因为除了生活本身,谁也无法使我成为今天的我,我自己亦不能够。我的自我是生活交给我的,如果我已经抓住了它的话……

生活,我热爱你!

生活,你要指点给每一个人以更多更多更真实更真实的自我啊!

她相信她正确地理解了曲秀娟的提醒和告诫。

她将小乌龟固定在竿顶,插入笔筒,为了随时看到。

电话响了。

她犹豫着,一时不知该不该拿起听筒。猜测是那位陈先生打来的。

电话不停地响。

她终于拿起了听筒。不是陈先生,是把门的老师傅。

"厂长,有个抱孩子的女人要找你。"

"抱孩子的女人? ……让她进来吧。"她一时想不到会是谁。

"她已经进去了。"

门开了,吴茵抱着宁宁站在门口。

"是你!"她赶紧放下电话迎上去。一看到宁宁,她所熬过的全部的艰难时日,一切的酸甜苦辣咸,在她心中翻涌了起来,搅成一片混沌的难以形容的心潮……

"淑芳,帮我一把! 他们从上海来了,他们要将宁宁夺走!"

吴茵紧紧搂抱着怀里的宁宁哭了。

哭得那么绝望。

"妈妈,妈妈,我不离开你,我不离开你……"

宁宁也哭了。

第二十七章

严晓东的蓝色“大篷车”已经好几天没开张了，他也有半个多月没到他的回民饭馆去视察了。

这一天他是这样打发的：

九点钟起床，懒得刷牙洗脸，懒得吃饭，拥被坐在床上，欣赏日本女歌星岩崎宏美一吟三叹的歌声。当代青年似乎越来越不够仁义了，崇拜起一位什么人物便如痴如狂，冷落起一位什么人物则一言以蔽之曰“过时货”，这就叫“潮流”。昨天是邓丽君红得发紫，今天是岩崎宏美盖世无双，明天将是谁取而代之呢？

赶时髦是件很累的事情。

但他是严晓东。严晓东可不能欣赏“过时货”，所以他买了十几盒岩崎宏美的原声带。在黑市高价买的，卖的人说是原声带，他听不出究竟是不是，反正当原声带听呗。

邓丽君在别人那儿怎么过时的，他不得而知，在他这儿过时了，却相当简单明确。

有一天小赵——就是电业局负责这一带民用线路的那个小青工来玩，见他在听邓丽君，不屑地说：“大哥，你怎么还恋着邓丽君哇？她早过时了！”

“唔？过时了？”他不禁大惭，红了脸追问，“那么现在听谁的啦？”

“港台歌星的早没味了，流行歌曲还得听岩崎宏美的！”

他信了。不由他不信。小赵没来由地骗他干什么呢？于是他的十几盒“邓丽君”就都成了“过时货”，从此没再听过。

他去别人家，见别人在听邓丽君，也不屑地说：“你怎么还恋着邓丽君哇？她早过时了！”

于是经他提醒，“邓丽君”在别人那儿也成了“过时货”。

小赵引导他的“潮流”，他引导别人的“潮流”。耻于听“邓丽君”的人多起来，听岩崎宏美的也便多起来。细想想他常觉得可笑，好像不管什么人都足以引导个“潮流”似的。

他认为当今某些时髦其实就是这么形成的。不过这不关他什么事，他关心的只是自己有没有被时髦甩下。不，他关心的也并不是这个。归根到底，他所关心的是，在别人眼里，能不能长久维持住一个不概念化也就不一般化的“倒爷”的形象。他不能忍受在这一点上，自己也堕落到了概念化一般化一块堆儿去……

老父亲既不欣赏台湾小姐邓丽君，对小日本娘们“哼哼叽叽”更反感，所以组合音响从客厅转移到了他的卧室。他不在家的时候，父亲也会呆在他的卧室，往组合音响里塞一盘京剧磁带，摇头晃脑听“斩五雄”或“文昭关”什么的。而且必定将门插上。有一次他回家，在门外明明是听到了大花脸哇呀呀的叫板，可等母亲给他开了门，进屋之后，却见父亲端坐在客厅的沙发上，戴着老花镜，聚精会神地看《人民日报》，连瞧也不瞧他一眼。

他问：“爸，你刚才听京剧来？”

老父亲矢口否认：“你小子眼瞎？没见我正坐这儿看报吗？”

“音响还没关啊！”

“那问谁？问你自己！我有志气，不动你那玩意儿！”

母亲从旁作证：“你爸是没动，你爸可有志气。”

他并未禁止过父亲动。但父亲那几盒京剧磁带，不是买的便宜货，就是买的旧货，质量低劣。他是怕父亲那几盒磁带磨损了价值五千余元的高级组合音响的娇贵磁头。他给父亲买了十几盒新的京剧磁带。因为是他买的，父亲拒绝欣赏。没奈何，他给了母亲八百多元，让母亲又买了一台中档的“夏普”，并且对父亲说是用她自己的“贴己钱”给父亲买的，父亲才受之无愧地领了母亲的情。

有一种文化信息在威胁着他——据说越是流行的，则必然越是大众化的；而越是大众化的，则必然越是没文化的。真正有文化的人士又要欣赏曾经非常之大众化而现如今非常之不流行的京剧了。因为那是中华民族的四大艺术瑰宝之一，是绝对民族性的高档次的东西。有文化的外国人都在研究中国的京剧了，并且在这个国家那个国家兴起一阵阵京剧热。在普遍的大众乐于欣赏中国之京剧的年头，京剧并未被普遍的真正有文化的人士视为多么了不起的一档子事儿。而普遍的大众冷落中国之京剧的现如今，普遍的真正有文化的人士重新引导其潮流，可见中国之真正有文化的人士们永远比普遍的中国之大众们有文化，并且非常之明白在什么时候表现出有什么样的文化之“窍门”。

他怪怕这个“潮流”一朝果真到来。

他能将就邓丽君，却实难培养起对京剧的兴趣。

大约十点钟的时候，父亲充当义务交通管理员去了，母亲上街买菜去了。小赵跟着就来了。

小赵终于知道了他不过是“倒爷”而非什么文化局的“主管艺术”的干部之后，不但没有瞧不起他，反而更亲近他了。个中原因，他不甚了了，也不打算问个明白。不过他不讨厌这个硬往他身上贴的“小哥儿们”。真的没谁往他身上贴了，他会觉得活得更加索然。

小赵坐在床边儿，将音响组合的音量调小了些，用充满反省意味的口吻说：“大哥，我今天彻底觉悟了！”

“唔？……”

床左侧是维纳斯，床右侧是雄赳赳的猫头鹰标本，他那拥被而坐的样子，仿佛被哼哈二将保护着的一位法老。

“我受教育了！”小赵从床头柜上拿起他的烟盒（到他家里来小赵一向是不带烟的），心安理得地吸着一支，往他跟前凑了凑，推心置腹地说：“大哥我那辆破自行车不是因为没闸叫警察给扣了吗？我也没工夫去取，今天是坐公共汽车来的。我在车上给一个老头儿让了座，他就和我聊起家常嗑来。那老头儿，话多着哪！他说他有三个儿子，三个儿子都是知识分子。大儿子是讲师，二儿子是写诗的，三儿子当编辑。也不知是不是吹牛，反正谁有这么三个儿子够让人羡慕的吧？”

“嗯。”

“我问他：‘您老是当教授的吧？’其实他那样儿，土头土脑的，给教授拎包儿教授也不会要！我故意逗他。他说：‘我哪有当教授的命！教授，那都是天上的文曲星！’我又问：‘那您老是干什么的呀？’他嘿嘿一笑，怪腼腆地说：‘我开个私人小杂货铺子！’周围的人全乐了。等周围的人乐过了，那老头又说：‘买卖虽然不算红火，可也够贴补三个知识分子儿子的家了！’我旁边站着一个男的，四十多岁，顶数他笑得开心。可老头儿一说完那话，他的脸马上绷起来了。你猜怎么着？他胸前戴着红底儿白字的一枚大学校徽哪！周围的人可就开始瞅着他乐了。车一到站，他就下车了，准是尴尬不过，提前下车……”

严晓东听了很受用。表面儿上却丝毫不流露，庄重地说：“是啊，要不现如今怎么讲一等智商经商，二等智商从政，三等智商才从文呢？知识分子嘛，也就是说起来还有点体面罢了！观念在变嘛，时代在前进嘛……”

“对，对！大哥，你说我还能不觉悟吗？大哥，电工我是不想再当了，我给你做个小伙计吧！我的智商那是没问题的，总不至于低到三等去吧？啊？”小赵迫切地期待着他的回答。

“这……这我得考虑考虑。”

小赵的脸立时就失望地抹搭下来了。

“总归得对你进行点必要的测验啊！你以为谁都有资格给我当小伙计?”他不忍见到小赵那种失望的样子,又补充了一句活络话。

“那是,那是……”小赵连连点头,“大哥我随时准备接受你的测验。”

两人仿佛都沉浸到岩崎宏美的歌声中去了,相对无言。

小赵续了支烟,吸几口,搭讪着又问:“大哥,你今天怎么没去开张啊?”

他心不在焉地反问:“干吗非开张不可?”

“赚钱啊!”

“赚了钱又怎么样?”

“瞧您问的,赚钱扩展店面,好发大财呗!”

“发了大财又怎么样?”

“又怎么样？逍遥自在地享清福呗!”

“那你以为我现在干什么呐?”

他倒不想抬杠。恰恰相反,他挺欣赏小赵的勇气。简单明了地说出人生的目的在于享受人生,需要很大的勇气。许多人有这么想的勇气,没这么说的勇气,更没这么做的勇气。他连续几天不开张,也不去视察自己的回民饭馆,正是为了考验考验自己有没有点儿享受人生的勇气。又得赶时髦,又得顾全买卖,近来他是感到活得累极了。

小赵很想讨他一份儿欢心,可一时间却捕捉不到什么更能激越情绪的话题接着侃。两人各怀心事,又陷入一阵不咸不淡的都怪不自在的沉默。

他从床上探身调大了些组合音响的音量,岩崎宏美一吟三叹的歌声,仿佛非要把他们唱得哭泣起来才肯罢休似的。

忽而小赵又将岩崎宏美的歌声调小,神神秘秘地问:“大哥,你知道十亿元是多少钱么?”

“不知道。”他懒洋洋地回答。闭着眼睛,觉得自己不是拥着被子,而是偎在一个温温柔柔的日本少妇的怀里。她用她的歌声抚慰他疲惫的心灵,尽管他根本听不懂她在唱些什么。她的歌声对于他仿佛是摇篮曲,是专唱给心灵疲惫的男子汉大丈夫们听的摇篮曲。他的心灵仿佛正从他的躯体里云游出来,像一条轻纱,飘飘荡荡地被她带往极远的地方。那儿没有别人,只有她和他。不,和他的心灵,疲惫的,对任何事物都丧失了兴趣的心灵。一大片绿草地,一大片树林,一条河,静静地流淌着的一条河。他想睡,不敢睡。怕一旦在她的歌声中睡着了,就永远不能再苏醒。那仿佛是哀婉的美貌女妖的歌声。

“人家给我讲了一个故事,说有一个阔佬,找了个情妇,嫌他太太整天监视着他,盯他的梢,行动不自由,就给了他太太一百万元,叫她去旅游,每天花一千元。他太太照办了,三年后才花光了钱回来。于是他又给了他太太十亿元,叫她继续去旅游,还是规定太太每天花一千元。结果他太太三千年后才回来!”

小赵的话,不像说的,倒像唱的。像某些歌星们一手攥着话筒,嘴皮子贴在话筒上,一边溜溜达达一边梦呓般地嘟嘟哝哝的那种唱法唱的。

十亿元。

为了十亿元,人整天和钱这个魔鬼打交道也是值得的。为了一亿元也值得。为了一千万一百万元也值得。可是为了十几万呢？值得的么？每天花一千元,三千年后才花光……一个人一辈子能挣那么多钱,和当总统当国家主席当党总书记的相比,无疑是同样伟大的。现如今个体户多了,简直他妈的太多了！竞争激烈了。他已渐渐感到，钱这东西对他而言，不如头几年那么好挣了！他在心里暗暗盘算了一番，盘算出自己每个月能挣千儿八百的就不错了。以这样的收益进一步盘算，到自己六十多岁的时候，兴许能挣到五十万？这一辈子的生活也就全搭上了！

何况他现在就已经感到很疲惫了，人也累，心也累。

“妈的，咱哥儿俩要是每人都有十亿元多抖！”

小赵自暴自弃地叹了一口长气。他觉得在这一口长气中，包含着小赵对他这位拥有十四万元的“财神爷”的重新认识——他也不过是个穷光蛋。

“大哥，趁钱你就老是年轻！你不漂亮也漂亮了！你没有气质也有气质了！你没有风度也有风度了！你没有文化也有文化了！你不是知识分子也是知识分子了！你唱的歌儿不好听也好听了！”

“你这是梦话。我们只能年轻一次。”他打断了小赵的话，却仍闭着眼睛。

“是啊，是啊，可不是梦话咋的呢！大哥，有时候我走在马路上，看到一座十几层的大宾馆，心里边就不由得不想——它要是我的多好！它咋就不能是我姓赵的呢！看见一个漂亮妞，也想，那座大宾馆要是我的，这漂亮妞也是我的了！大哥你说那她不是我的还有跑么？可惜连那大宾馆也不是我的。走过市银行，也想，什么时候它成了我的呢？我就不信我不是当银行家那块料！我要是当了银行家，职员都要女的，年轻的，漂亮的，十八岁到二十五岁之间的。超过二十五岁的咱们不要她！二十五岁以前结婚了的咱们也把她解雇！得教她们懂礼貌，见了咱们得鞠躬，说‘总经理先生您好’！不许说同志，现如今什么年月了还说同志？总经理和女职员能是同志关系么！”

他缓缓地睁开了眼睛，见小赵不知何时也闭上了眼睛，像边打瞌睡边念经的虔婆子似的，穿着鞋盘腿打坐在他床上，身子一前一后晃着，夹在指间的烟触在床上，烟头已烧了床单。

“你他妈的不能见什么想要什么！世界上的好东西你受用得过来么！”他大吼，将小赵一下子从床上推到了地上，摔了个重重的屁股蹲儿。

“你看你他妈的烧了我的床！”他骂着，双手就赶快揉搓床单。

小赵也慌慌忙忙帮着揉搓，床单已然烧了个窟窿。幸亏及早发现，否则连床垫子也烧了。

“你小子有没有正经事儿？没正经事儿趁早给老子滚！别在这儿穷侃！”他心中生起一股无名火——绝对不是因为惋惜床单。

“好，我滚，我滚……大哥您别生气……”小赵逃出房间，又探进头问，“我给您当小伙计的事儿……”

他站立在床上恶狠狠地跺了下脚。他忘了他的床不是硬板床，而是“席梦思”，弹簧相当之好。他那只脚被高高地弹了起来，结果他的身体失去平衡，朝一旁倒了下去，恰恰倒在维纳斯身上，他和美神一块儿栽倒了。幸亏有地毯，否则美神早就尸首两处了。他自己只不过摔疼了，却哪儿也没摔伤；而维纳斯就惨点了，磕在组合柜的柜角上，左乳房被磕碎。

他扶起美神，肺几乎气炸了。小赵却早已逃之夭夭，对这一切不负身后责任。

他很觉得对不起“她”，和“她”那原本好端端的美轮美奂的一只乳房。他从地毯上小心翼翼地捡起那些石膏碎片，翻找出父亲补自行车胎的万能胶，如同一位进行整形的外科医生，一小块儿一小片儿地往她身上粘。这时他万分后悔，倒宁愿摔伤了磕破了自己，保全维纳斯的左乳房。皮肉之损是完全可以长好的，只不过会流点儿血；美神的一只乳房却难以再复原如初，尽管没有一滴血流出来。他倾注了一个多小时的耐心在“她”身上，然而事倍功半，无论如何也不能将一只已然破碎了的乳房拼对为一只完整的乳房，总是缺少那么一点点儿。仔仔细细在地上寻找,却又找不到。哪儿去了呢?那么一点点儿东西哪去了呢?再看看维纳斯,"她"的身体被他弄脏了。这儿那儿,胶水将他的指印留在了她洁白无瑕的身体上。她那只乳房,好像被孩子的肮脏小手剥了皮的半个橘子。胶水放得太久了,变质了,不是无色透明的了,是橘黄色的了。怎么刚开始就没发现这一点呢?

猫头鹰恶毒地瞪着他,仿佛随时会像人一样幸灾乐祸地哈哈大笑起来。

好好儿的一个原本独自享受着的无烦无恼的上午,就这样转瞬之间被完全彻底地破坏掉了。

他恨死那个王八蛋小赵了!

可小赵这会儿兴许又找别人"侃"去了,又对别人去讲十亿元是多少钱的故事去了,以及看见十二层的大宾馆经过市银行梦想着占为己有的可怜而可怕的野心……

他隔着床朝猫头鹰扑将过去,将它抓在手里,摔在地上,狠狠地跺,他一边跺一边咬牙切齿地说:"我再叫你瞪我!我再叫你瞪我!"

猫头鹰干了的骨骼在他脚下发出裂断的脆响。

它不叫。它不挣扎。哪怕它痛苦地叫一声,挣扎一下,他的怒火和仇恨也会消除许多。然而它是死的。

死的东西不在乎毁灭。

它在他脚下扁了,支离破碎了,羽毛遍地。

因为它不叫,不挣扎,不在乎毁灭,所以他的怒火和对它的仇恨丝毫也没有得到宣泄。他似乎觉得,自己从未欣赏过它,一直都在仇恨它。在自由市场上第一眼看到它的时候,就已经在仇恨它了,而它对他也是。他忘不了它当时曾怎样仇恨地瞪着他,仿佛要用它那双锐利的爪子将他带上万米高空,抛下来活活摔死。摔得脑浆迸射肝胆涂地。它的那种仇恨的目光当时和现在都根本没有改变过。一想到每天夜里,他睡熟之后,它怎样在黑暗之中仇恨地瞪着他,一阵悸怖从他心头掠过。难道自己当时买下它正是由于某种仇恨心理的需要?花六百多元高价买下一种仇恨?为了每天夜里被一种仇恨陪伴着?……

“不！不！不是!”他吼着。

它虽然扁了,支离破碎了,但它那双眼睛,仍瞪着他,充满了更大的仇恨。一只眼睛已从眼窝中被踏了出来,粘在一根羽毛上,朝他投射着一种宁死不屈的目光。一只眼睛所表达的仇恨要比两只眼睛要比整个一种生命所表达的仇恨更加令人恐惧。

“你还瞪着我！你还瞪着我!”他继续跺踏,跺踏那只粘在羽毛上仇恨的眼睛。

接着他抓起它的赤铜底座,猛转身朝美神砸去。赤铜击在石膏上,一声钝响,维纳斯的腰断了,她的一丝不挂的上半身栽在地毯上。

他扑向她,挥起沉重的赤铜底座,继续砸。顷刻将美神砸成遍地石膏片。宛如遍地惨白的骨片。

他终于住了手,抬起头,却见母亲站在门口,正忐忑不安地呆呆地瞧着他。

他轻轻放下赤铜底座,缓缓地默默地站了起来。

“东儿,你怎么了?”母亲赔着十二万分的小心低声问。从母亲的眼里,他也发现了父亲有时候瞧着他的那种特殊的目光。那种老牧羊犬瞧着一只狼狗崽子似的目光,那意味着一种本能的怀疑,一种企图隐藏住而无法隐藏的不信任。他顶忍受不了父亲那种目光,而今天母亲也开始以这种目光瞧着他了。

他心里好不是滋味儿,好难过啊！难道我不是你们的亲儿子么?难道我还不能孝敬你们么?难道你们不知道我心里有多么爱你们么？就像我小的时候你们爱我一样啊！只因为我有了十四万元存款，只因为我成了“新潮服装店”的店主和一个小小私营回民饭馆的经理，只因为我能够大把大把地赚钱也养成了大把大把地花钱的习惯，而不像你们原先所一心期望的那样是个有正经八百的职业的人，便不是你们的好儿子了么？可那样这么宽敞这么讲究的楼房你们这辈子住得上么？你们能像现在一样无忧无虑地享受晚年的清福么？爸爸兴许还是会去当什么义务交通管理员，而妈妈你所喜爱的那一盆盆花又怎么会存在呢？……

“东儿，东儿？”母亲见他发怔，用手在他脸颊上抚摸了一下。不，那简直就是触摸，手指尖的触摸。好像他是一个糖浆吹起来的儿子，怕他粘手，亦怕触破了他。然而母亲从前很粗糙的指尖现在是那么的滑润了。家中早已没有许多容易使女人的手变得粗糙的活儿了，家中的一切都是细致的了，母亲的手便也细腻了。母亲也早已不再往手上擦“蛤蜊油”了，而是擦“奶液”了。他心中立时又感到很大的安慰。

“妈……”他笑了笑，讷讷地说，“我没怎么……你们不是总看不惯这些东西么？所以我就砸了。”

母亲说：“可只要不往客厅摆，摆你屋我和你爸没什么大意见啊！”

“我自己也嫌它们碍眼了！”

他说着，就到厨房里取了笤帚和撮箕，开始收拾残渣，之后用吸尘器吸地毯。

“妈来吧！”母亲从他手中夺下了吸尘器。看着母亲像大宾馆的年轻女服务员们一样熟练地在家里使用吸尘器，他内心的烦乱隐退了些，又被一种更大的安慰温存着。一九八六年，有几个当儿子的能够让自己的老母亲在家里使用吸尘器呢？他认为自己看到的是那么动人甚至那么富有诗意的情形。

“妈，我出去散散心。”

“去吧，兆麟公园有耍飞车的。”

他走到楼外，忽然想起兜里还有一张票——一张今天下午一点开庭的市法院大法庭的旁听票，是一个当警察的哥儿们送给他的。据说今天将要被押上被告席的，有好几位是本市的体面人物。他还没领略过法庭气氛的威严。他想，兴许比打斗片更富有刺激性吧？

公判的场面的确值得感受一次，法庭气氛无比庄严肃穆。

第一个被宣判的是一位贪污四万多元的副局长兼什么什么开发公司的总经理。

宣判结果——神圣的法律念被告在二十余年的领导岗位上，做过不少确确实实于人民有益的工作且认罪态度良好，从轻发落，有期徒刑八年。

座无虚席的大法庭一片嗡嗡议论之声。

“怎么才判八年啊？真便宜了他！”

“认罪态度好嘛！”

“这小子从哪儿请了一位能言善辩的律师？法官们被说迷糊了吧？”

“迷糊？那是因为有大人物保！这桩案子牵扯到的大人物们不少呢！那小子都一股脑儿揽在自己身上了，不保着点，那些大人物们的日子还好得了？”

“判是判八年，三四年就会逍遥法外啰！”

严晓东的前后左右，一些人们这么讲。

一位法警走过来，指向他低声喝道：“你，不许嗑瓜子。要嗑出去嗑！”

慌得他赶紧将口中正嗑着的瓜子吐在手上。法庭的威严气氛使他更加意识到自己其实不过是一个非常之渺小的人物，这儿可没谁认他严晓东“哥儿们”。

第二位被带上法庭的人西装革履，气宇轩昂，其从容镇定，简直使严晓东心里暗暗肃然起敬。

“被告龚士敏，一九六四年毕业于建筑工程学院。原系某建筑公司副工程师……”

居然是一位正宗知识分子！

严晓东精神为之一振，坐得更端，侧耳聆听。

“被告龚某，于一九八五年，辞去原职，钻改革之空隙，将户口迁往农村。其后，以发展农村联营企业名义，采取请客送礼，拉拢贿赂之手段，两次共从银行贷款三十万元，从此大过资产阶级享乐腐化之生活，却没花一元钱在正当经营方面。三十万元于今挥霍尽净……被告龚某，你承认罪行吗？”

“一点儿不错，正是如此！”

听不出丝毫悔罪的意思。出言铿锵，一字一句，落地有声。

严晓东极想看到被告脸上是一副什么表情。无奈这知识分子“龚某”似乎并不把千余听众放在眼里，始终面对法庭，背对听众，也不高也不矮也不胖也不瘦也不驼也不弯的身体，顺条笔直地站在那儿。整个儿是一条知识分子好汉似的。严晓东忽然感到：“这个人的身影怎么这么熟啊！”他急切想看看这位被告的面容，于是，就贸然站了起来。

“你坐下！”又是刚才那一位法警。

他马上坐下，心里却有些不安。

近两三年的犯罪率还真不低，他想。不过和前些年比，成色大不相同了。前些年，一张宣判布告贴出来，勾红一串儿，流氓犯多，强奸犯多。近两三年，经济犯多起来了。贪污、诈骗、行贿受贿，非法牟利……几千元是小数，动辄几万十几万几十万。罪犯也不再往往是二十多岁的小青年了，国家干部多起来了。官小的是科长、处长；官大的则是局长、厅长、县长、市长、甚至省长一级。岂不是应了“上梁不正下梁歪”那句话么？

法官威严的声音震击着他的耳鼓：“根据我国刑法152条和155条的规定，本法庭判处大诈骗犯、贪污犯龚士敏死刑，缓期两年执行……”

“龚犯，你还有什么可说的？”

“没什么可说的。人唯一命，宁享乐百日，不穷酸百年！但请速死，何必缓刑！”

“将龚犯押下去！”

于是那龚某不卑不亢地就被押下去了。

又引起一阵嗡嗡议论之声：

“对，这样的趁早枪毙算了，为什么还缓期两年啊？”

“就是。瞧他那副蔑视法庭的傲慢劲儿！”

“据说因为他还有十几万元没挥霍，不知藏在什么地方，打算留给老婆孩子。得在枪毙他之前，把国家这笔钱追问出来呀！”

“还希望他交待啊？我看他是不会交待的！”

“你没听他说嘛，人唯一命，宁享乐百日，不穷酸百年！他那是把人生看得透透的啦，早有一死的思想准备！”

“对，对。他不是还说但请速死嘛！”

“这叫心甘情愿地以身试法啊！”

“安静！下面将罪犯……”

严晓东站起来匆匆离开了法庭。龚某被押下去时将脸转向了听众一次。他认出了龚某，他们曾一块儿吃过几次饭。可在场的“哥儿们”为他们互相介绍时，龚某不叫龚士敏，而叫龚冰啊！那顿饭本是以他的名义请的，他忘了带钱，结果是龚某替他付的账，四百多元。龚某给他的印象豪爽仗义。他总想着要当面还龚某钱，却再也没机会见到。他曾托一个“哥儿们”代转，可那“哥儿们”说：

“干什么呀！你这不等于埋汰人家么！”

没有谁退出法庭，只他一个人往外走。他的表情很不正常，不少人将猜测的目光投射到他身上，大概以为他是龚某的亲属。那位法警不知何时转移到了门口，迎面盯着他，好似盯着一个同案犯，盯得他心怦怦跳。

一走出市法院大法庭，他就在高高的台阶上坐下了，迫不及待地掏烟吸。万万想不到龚某是个如此这般的大诈骗犯！他严晓东欠一个大诈骗犯四百多元！妈的这世道也变得太凶险了！他宁愿事情反过来，是自己被龚某诈骗了四百多元！他觉得自己胃里消化过极不干净的东西似的，一阵阵地翻腾。

“你这个人怎么回事？法庭门口是你坐着吸烟的地方么！”又是那位法警。

他一句话也不敢多说，掐灭烟，起身便走……

当他出现在他的回民饭馆里的时候，他所雇用的两位大师傅和三个跑堂伙计围住他，指着街对面向他诉苦。才半个多月没来查看，街对面竟又出现了一家回民饭馆的门脸儿，比他的饭馆的门脸儿更体面，使他的生意受到严峻的竞争的威胁。

“当家的，他们不地道，偷了咱们一份菜谱去！”

“偏偏在咱们对面开门脸儿，这不是成心想挤垮咱们吗？”

“当家的，咱们干脆扩建吧！你甩出几万元起个二层三层的！要不我们还在你这儿干个什么劲儿？冷冷清清的！”

“两位大师傅不干，那我们也不干了！”

“吵吵什么？乱吵吵什么！”他大发脾气，“我不是还没因为生意冷清减你们的工钱吗？扩建不扩建，用不着你们操心，我自有打算！”

他从管账的手里要出五百元钱，接着就抓起电话，想问一个“哥们儿”，那龚某家住哪儿。刚抓起电话，见大师傅和伙计们都在默默地瞧着他，又放下了。他不能当着他们的面打这个电话。如果他们知道了他跟一个大诈骗犯有瓜葛，那他是没法儿继续挽留住他们的。

“我待你们怎么样？”

“当家的，那还用问吗？你待我们是不薄呀！要不我们为你操心？”

“正因为你待我们不薄，我们眼见生意被人挤了才发愁啊！”

两位大师傅说着知近的话。

“我给你们每个人的工钱，都不算低吧？”

“不低，不低！”

“当家的，我们可没有再让你加钱的意思！”

三个伙计立刻表白。

“我这个门脸儿，从一开张起就仰仗着你们，我严晓东是个有良心的人，你们若也讲良心，别背弃我！”

“哪能呢，哪能呢！”

“当家的，你不蹬我们，我们是决不背弃你的！只是咱们的生意……”

“你们放心，我严晓东绝不是个甘于被谁挤对垮了的人！不就是竞争么？没个隔街竞争的，我还觉着太缺少刺激呢！你们让我好好考虑两天！”他说完这话，就走了出去。

站门口，他冷眼望着对面饭馆顾客络绎不绝的兴隆情形，一种近乎仇恨的竞争心理顿然而起。在某些日子里，他清清楚楚地知道，自己实际上并非是为赚钱做买卖，其实是为竞争做买卖，刺激他的已不是钱，而是“争”。也不唯是与具体的对手竞争，其实是与“竞争”这种促使人无比亢奋的心理竞争。那只能说是亢奋，绝不能说是兴奋更不能说是昂奋。不知从什么时候开始，这种心理统治了他的潜意识。他总想要在潜意识领域战胜它一次，然而每次较量他必败无疑。他成了它既不甘心驯服又无可奈何的奴隶。

严晓东的潜意识一旦活跃,必定是因为感到了威胁。贫穷早已不能对他造成威胁,对他造成威胁的是同行强过于自己的事实。或者更直接地阐明是他自己桀骜的竞争心理。十四万元像十四万层锡纸包裹着它,故而它是很娇贵的。

“一山不容二虎。咱们骑驴看唱本,走着瞧!”他赌口恶气,犹豫一阵,大步跨过街,以一副不可一世的派头迈入了竞争对手的回民饭馆。

“敌方成员”——跑堂的伙计们(二女一男,也都是年轻人)显然并不认识他。尽管他有点来者不善的样子,却未被当成个特殊顾客对待。已经没座位了,十几个顾客这儿那儿站着,等座位。

“严老板,您这儿坐!”几个以往常在他的饭馆里吃饭的工人发现了他,客客气气地和他打招呼。

“你靠边儿站,别碍事!”伙计们猜测到了他是谁,对他反而更不客气了,甚至可以说怀着某种敌对情绪。

“怎么?不欢迎吗?我又不是来偷菜谱的!”他偏不靠边儿站。

“你说话掂量点儿!谁偷谁的菜谱啦?”那个二十六七岁的男伙计,一边在围裙上擦手,一边凶狠地瞪着他。

“想打架?在这儿打架,吃亏的可不会是我。我不过豁出这身儿衣服,你们的损失可就大了!”他冷笑。

“你!……你成心找茬儿是不是?老子不怕你这个!”对方瞪着双牛眼向他走了过来。

“哎哎哎,二位别这样,别这样!有话好说嘛!”那几个认识他的工人,慌忙起身相劝。

“你瞧你这把门狗似的德性!你们老板要是到我那儿吃饭,我的伙计不会这么对待他!”他在一个工人让出的座位上坐下,又冷冷地问在座的顾客,“我的两位厨师都是退休二级,难道做的菜不如这儿味道正？”

“哪里哪里，这儿新开张，不是更需要我们照顾照顾情绪嘛！”

“严老板，别误会，千万别误会！你那儿他这儿，菜是做得都不错，价钱是都挺便宜的。我们一三五在你那儿，二四六在他这儿，你看好不好？”

“那不必！我严晓东只照顾别人的情绪，不需要什么人照顾我的情绪！”用手一指那个瞪着双血性牛眼的伙计，“听着，一瓶啤酒，一盘儿牛肚儿，一盘羊肝儿。啤酒要青岛筒装的，不是青岛筒装的甭上！”

“不侍候你这份儿，你立刻给我出去！”对方好大的脾气。

他有些火了，腾地站起。正欲发作，这儿的老板露面了，却是三十四五岁一位“阿庆嫂”式的女人。

“阿庆嫂”不像那些他所熟悉的工人们似的称他“严老板”（与其说这种称呼中多的是敬意，莫如说多的是戏意），而称他“严大哥”，使他听来多出几许亲热。他心里很是受用，火气顿减。“严大哥，您担待点儿，您千万担待点儿！那是我大妹夫，他不懂事！您请后头坐吧！我亲自为您服务。啊！”“阿庆嫂”的殷勤和微笑使他发窘：“我不是到你这儿来吃饭的，我到你这儿来吃饭干吗？我也不是来找茬的。大路朝天，各走一边，我严晓东找你的茬儿干吗？你说我找你的茬儿干吗？我不过就是来看看，既然不欢迎，我走！”

“严大哥，您别走啊，您不能走！您大驾光临，憋着一肚子气走了，倒显得我做得太不合适了！您无论如何得给我个台阶下呀！”

由不得他自己，他被“阿庆嫂”请到“后头”去了。他以为“后头”还有单间，还有雅座，却没有。“后头”分明是家，十三四米的屋，火炕之上搭着二层铺，家具摆得挤挤插插，火炕上还悬着摇篮，摇篮绳系在二层铺上。

“阿庆嫂”陪他进屋后，先推了一下摇篮，然后支开一张小圆桌和一把折叠椅,用衣袖擦了擦椅子,笑盈盈地说:"严大哥,您请坐,别见外。"接着,蹲下身从柜底下拖出一个纸盒箱,连带着拖出了一双旧鞋儿只袜子。她打开纸盒箱,从中取出瓶白酒,往桌上一放,难为情地又说:"我这家也造得太不像样了,您别见笑!这是起执照时送礼剩下的一瓶'五粮液'。啤酒嘛……没进到筒装的青岛啤酒,您将就着喝瓶装的吧!我先给您沏杯茶……"一边说着话儿,一边用脚将那双旧鞋和那儿只袜子往柜底下踢。

"这……这我太打扰了,我得走!"他站起身就欲走。

"严大哥,您看得起我,您就坐着别动!您就这么走了,我心里会不安的!"

他只好又坐下去。

"我母亲前年去世了。我父亲是正阳街那家饭馆儿的大师傅,去年退休了。跑堂儿的是我俩妹妹和一个妹夫。我主管全面儿!我原先在民办厂干活儿,工资低。日子可是真够难过的!全家一合计,干脆,腾出住的地方开饭馆吧!如今谁不想富起来,甘心过穷日子?这也叫穷则思变嘛,大哥您说是不是?""阿庆嫂"一边涮着茶杯,沏茶,斟茶,一边同他聊。

"那,你们全家如今就挤在这一间屋里?"

"暂时没法子啊!创业阶段,住得窝囊点儿就窝囊点儿呗!""阿庆嫂"乐观地笑笑,抽身走了出去。

他听见她说:"小妹,叫爸炒几样拿手菜,你送进来!"

他一眼瞥见摇篮在往火炕上滴水,起身看,见孩子醒了,便将孩子从摇篮中抱了出来。

"阿庆嫂"这时又回到了屋里。

他对她说:"孩子尿了。"

"哎呀,弄脏了你衣服!"她急忙接过孩子,一边换尿布,一边说,"严大哥,同行是冤家这话不对。我大妹夫是去偷了你们的菜谱,我骂过他好几遭了,还想当面去向你赔罪来着。可人家告诉我,你这人火暴脾气,我没敢主动找你。以后我们的生意,还得请您方方面面的多关照啊!”

“你丈夫在什么单位工作?”

“他呀,远着呢!在杭州。返城那年,我俩就各奔南北了!他那边儿也一大家子人口,生活也不轻松。”

“为什么不往一块儿调呢?”

“难呀!咱们一个普普通通的老百姓人家,说往一块儿调就能调到一块儿呀?他总写信抱怨我,怕耽误了给他生儿育女。这不,去年他来住了一阵子,今年开春我就多了这么个累赘!等我赚下笔大钱,买了房子,就让他来!如今只要有钱,户口算什么?大哥你说是不是?”

她给孩子换好了尿布,就半坐在炕沿上,当着他的面,解开衣扣,敞开衣襟,暴露出一只丰满的乳房奶孩子。

他不好意思再看着她,转移目光四处打量。

她便扭转了身子。

她的妹妹端着一盘儿菜迈了进来。白了他一眼,使劲儿把盘子往桌上一放,“哼”了一声出去了。

他一时无话可说,搭讪着问:“你当年是兵团的?”

她瞄了他一眼,点点头。

“我也是。大水冲了龙王庙,一家人不认一家人!”他站了起来,“我看你也真够不容易的。坦白对你说,我来,是想探探你的实力。”

她又瞄了他一眼,目光中流露出几分疑惑,几分不安。

“你放心。”他笑了一下,第一次觉得找到了那种良好的感觉,那种在别人面前仿佛真正是一个强者的良好感觉,他的语气也就随之变得相当豪爽,“我是不会把你当成冤家的。如果我想要和你竞争,就一定能挤垮你,你是根本竞争不过我的。我有十四万元,十四万元你知道是多少吗?”

她默默地点了点头,又换一只乳房奶孩子。

“十四万元……”他思考地说,“我豁出几万元把我那饭馆扩展成二层,三层,布置得宽宽敞敞的,这条街上的生意还有你做的份儿么?”

她低了头,不吭声儿。

“不过我不会那么做的。”他又笑了一下,“我得多多关照你!谁叫我们有过共同的经历呢?牛羊肉加工厂,我有关系;副食供销总社,我也有关系。找张纸来,我给你留下人名和电话号码。你有了这些关系,生意做得才有保障。今后遇到什么困难,求我!你求我比求别人可靠,我不收你的礼,我会全心全意帮你的忙!”

她就一手抱着孩子,一手拉开抽屉,取出一个小本递给他。

他记下几个她少不了要麻烦到并且绝对会看在他的份儿上给予她帮助的人的姓名和电话号码,对她说:“孩子已经睡着了。”就走了。碰到她那个“愣头青”妹夫,他在他肩上重重地拍了一下。对方满腹狐疑,不知意味着什么,托着一摞空盘子,瞠目看着他大摇大摆走了出去。

他跨过马路,走回自己的饭馆门前,不禁回首一望,见她亦站在她的饭馆门前望着他,怀中仍抱着孩子。

他向她挥了挥手,意思是让她回去。她显然是误解了这意思,抱着孩子就要跨过马路来。

“别过来!用不着过来!”他对她喊。苦笑着摇一下头,走入了自己的饭馆。

他自己的饭馆里,依旧冷冷清清。

是啊,对方的地盘宽绰些,相比之下,自己的地盘太狭窄了。对方那儿干净些,相比之下,自己这儿的卫生就差得多了。他在一张靠窗的桌子旁缓缓坐下，心想，如今的人们，不只是要吃得便宜，还希望在一个宽敞些干净些的地方吃。

他陷入沉思。

三个伙计又围了上来，一人从他的烟盒里取出一支烟吸。

“当家的，你到他们那边干什么去了？”

“当家的，动员起你那些关系，掐断他们的货源，给他们点儿厉害瞧瞧！”

“对，给他们点厉害瞧瞧！就凭你，还挤不垮他们！”

忠心耿耿的伙计们怂恿着他。

两位闲着没事儿的大师傅也从厨房走了出来。

一个说：“当家的，事不宜迟，要下什么决心就趁早下！”

另一个说：“好汉不吃眼前亏。他们的便宜，就占在地盘比咱们大上！”

他忽然对三个伙计吼：“你们闲着没事儿，就不能搞搞卫生吗？瞧这地板，多少日子没好好拖了？快成黑的啦！”

三个伙计面面相觑，同时退开，默默地就开始搞卫生。

他又吸了几口烟，问两位大师傅：“常言道，一山不养二虎，对不对？”

“对！”

“对对！”

他递给他们一人一支烟，恭而敬之地替他们点着，用讨教的语气问：“好男不和女斗，对不对？”

“对是对……不过，该斗还得斗。你不斗，它就不倒嘛！”

“现如今讲的是男女平等，讲的是竞争。竞争就是斗呗！谁斗胜了谁英雄，谁斗败了谁狗熊！”

“那，我甘心情愿当狗熊。”他站了起来，“这个饭馆我是决定不开下去了！你们大家对得起我严晓东，我严晓东永世不忘。我也要对得起你们,本月的工资你们照拿！另外,我给你们两位师傅每人一千元解雇费。你们三位伙计,每人五百。我这地盘,重打锣鼓另开张,再谋哪方面的生意我还没想好……当然,高兴继续留下扶持我的,我将感激不尽!”

三个伙计都停止了搞卫生,与两位大师傅目瞪口呆地望着他。

在他们大惑不解的注视之下,他羞愧而内疚地垂了头。

突然他大步走了出去。

“晓东!”

“当家的!”

两位师傅在背后叫他。

他却没有停止脚步,越走越快。走到街口,他的脚步放慢了。终于,他站住了。他侧转身朝他的小饭馆望去——他们在锁门,在窗上安装栅板,用竹竿搭取下营业的幌子,他们将那营业幌子扔进了垃圾箱。他们先后离去了……

望着他们去远,他又折了回来,走得很慢,很慢,很慢。

他在垃圾箱前站住了。五颜六色的营业幌子,宛如一朵大丽花开放在垃圾箱里。他掏出打火机,接着,点燃了它。他瞧着它升腾起一片火焰,渐渐化为黑色的灰烬,余烟袅袅。他低垂着头,一动不动地,呆呆地站在那里,仿佛在向一个亡友的灵柩志哀。

“严大哥……”

他抬起头,见“阿庆嫂”站在一旁。

“你又何必如此呢？难道你心里恨我？”

“这不关你什么事。祝你早日赚下一笔大钱,买房子,把你丈夫接来!”他冲她笑笑,呆望着垃圾箱内的黑色灰烬愣了片刻,缓缓举起右臂,捻指打了个很响的榧子,彻底完成了一桩挺难于完成但终于完成了的工作一般,一脸满意的神情。他对她深施一礼,扬长而去……

他在街上有些盲目地走着，走着。他心情复杂，如同丧失了某种重要的东西，亦感到获得了某种重要的东西。直至路过公用电话亭，他才想起了自己今天必须办的一件事。

“喂，我是谁？是你二大爷！严晓东！告诉我那个姓龚的家住在哪儿！”

“大哥，他……他坑你钱了么？”对方谨慎地问。

“少废话！”

“既然没坑你，你打听他家的住址干什么？大哥你不知道他今天都被宣判了吗？这种时候你还往他身上贴呀？”

“放你妈的屁！告诉我！……”

…………

一个多小时后，他出现在一幢漂亮的苏式住宅小花园般的院子里。

他踏上木板台阶，轻轻敲门，敲了半天，无人应声。他推了一下，门却没关，虚掩着，便走进去。

这是一幢房间很多的住宅，所以他看到的封条也很多。盖着法院和公安局大红印章的封条，交叉贴在一扇扇房间门上。地毯已经卷起，好几卷，立在过道墙角，也贴着封条。遍地纸张，地中间有只敞盖的皮箱，衣物里里外外散乱一堆。

他大步跨过它，脚下被什么能够滚动的东西垫了一下，差点摔倒。站稳后，低头一瞧，是一颗图章，他抓起图章看看，扔到皮箱里。

他发现地上有许多硬币。不知究竟出于什么心理，他开始捡。结果越捡发现的越多，捡到一只手放满了，他只得揣入兜里，接着捡。他发现了破碎的猫型的储蓄罐。

忽然他听到了一个女人的低低的哭泣，他循声望去，总算发现了一扇没有贴封条的门。他扔掉白瓷猫头，攥着一把硬币站起来，轻轻走到了那扇门前,问:“可以进吗?”

女人低低的哭泣立刻停止。

他又问:“可以进吗?”

经久,没得到回答。

他缓缓将门推开一半,那是一个很小的房间,除了一张床,一张无抽屉的长方桌,别无他物。一个四十余岁的女人坐在床上,搂着一个站在她跟前的少年,从身材判断,那少年十二三岁。虽然并未被允许,他还是走进了这个房间。

那女人泪流满面,神色惶惶,目光忐忑。

“龚士敏是你丈夫吧?”

她不吭声。

“是不是?”

她仍不说话,脸转向一旁。

那少年朝他扭过头,替那女人回答一个字:

“是……”

那少年的神色也是惊慌的,目光也是忐忑的。

“我是为钱……”

那女人猛地将脸转向了他:“我不知道!我真的不知道他把剩下那笔钱藏在什么地方!我一直相信他是在办公司!一切事他都瞒着我,欺骗我……”她的话说得十分哀切。

他相信她说的无疑是真话。

他解释:“我不是法院的,也不是公安局的。我……我是他朋友……来还他一笔钱……”他从内衣兜里掏出那一沓四百元钱递给她,她不接,瞪着他。他默默地退后一步,将钱放在桌上。

女人猛地推开少年,扑向了他,一手紧紧抓住他的衣领,一手狠狠扇他耳光,并且高声叫嚷:“他没朋友!他的朋友都不是好东西!我恨他!我恨你们!是你们陪着他吃喝玩乐,花天酒地!公安局怎么不把你们也一个个抓起来！法院怎么不也判你们的刑啊！……”

待他挣脱了身子,已挨了几记耳光。

那女人又抓起他放在桌上的钱,咬牙切齿地撕着,劈头盖脸地抛向他,一时间残钞遍地。

“你滚！你滚!!”

他怜悯地望着她,将攥在手里那把硬币放在桌上,又从兜里掏出所有的硬币,也放在桌上,嗫嚅地说:“过道地上的……”

女人从桌上抓起硬币,像抓起一把石子似的,仇恨万端地投在他脸上。

他几乎是抱头鼠窜着逃离了房间。在过道里,他被那只敞盖的箱绊倒了。

当他狼狈地逃到外面时,听到了那女人的号啕大哭,夹杂着那少年的哭叫:“妈妈！妈妈!”

他抻了抻被那女人扯歪的领带,双手插进衣兜,一步步踏下了台阶。他的手在兜里摸到了没掏尽的一枚硬币,掏出来看了看,是五分。他不知该如何处理,想了想,弯下腰,将它放在了台阶上。

一只矮小的板凳狗从房后蹿出来,凶猛地向他狂吠,却又不敢真咬他。他狠狠地踢了狗一脚,将狗踢得在地上打了几个滚,汪汪叫着,瘸着一条腿,朝房后蹿去……

女人和少年的哭声,还有留恋在花丛中的一只又大又漂亮的玉蝴蝶,一直将他送出院外,并且追随了他一段路。

哭声终于渐渐地听不到了。

下午四点多钟的时候,他出现在最近开放不久的市体育俱乐部。他对新兴的体育项目——壁球产生了一些爱好,同二十多岁的收票员混得挺熟。

“来了?”

“来了。”

“就剩下这一副拍子了，估计你今天会来，特意给你留的。”

“多谢。”

说罢，他接过拍子就走入了球室。一走入球室，就脱了西服和衬衣裤子，连皮鞋也脱了，只穿着背心裤衩袜子，挥拍抛球，对着三面墙壁，砰砰嘭嘭，一通儿猛击。

他爱好上了这种新兴的体育项目，乃因为它是一个人同自己较量的方式。他仿佛总企图在这样一种没有窗子的房间里，在没有另外一个人观看的情况下，自己击败自己。

战胜对手不值得骄傲，能击败自己却很不容易。某些人之所以懦弱，恰恰由于常败给自己。而我们的严晓东却那么与众不同，他要在击败自己的时候显示出一种刚强，寻找到一种自信，因为他没有一个明确的对手。但他却又不知道自己究竟应该在哪些方面彻底战胜自己……

老父亲是越来越觉得他不可救药地变坏下去了。甚至像密探似的跟踪他，怀疑他经常在某些堕落的地方与某些堕落之徒鬼混。有一次跟踪他来到这儿，见他独自在连扇窗子都没有的房间里发疯般地对着墙壁打球，认为他是空虚已极，怒不可遏地将他拖出球室，在大厅里当众痛斥一顿。

他说：“在西方，最文明的人也爱打壁球！”

老父亲说：“那是花花世界的文明！吃饱了撑得没正经事儿干的资产阶级才会一个人对着墙壁打球玩！连你买卖都不想好好做下去了么？像你这样的，就得彻底清除清除你头脑里的污染！要不你是没救了！”

他打了一个多小时的球，出了一身透体大汗，内心轻松多了，终于像顽强地击败了一个对手那么舒畅。

离开体育俱乐部，不想回家，不想看到父亲那副正经八百的煞有介事的面孔。

趁还不到工厂下班的时间,他给小婉挂电话,邀她晚上看电影。出乎他意料,她爽爽快快地答应了。

她见到他的第一句话是:“我连晚饭都没顾上吃。”

他说:“我也没吃。”

他不饿。但小婉那句话的意思等于告诉他——她是为了他没顾上吃晚饭的。尽管他在电话里已对她讲过,时间很富裕,她可以不慌不忙地在厂里吃了晚饭再来会他。

他非常憎恨她,又非常爱她。在这件事上他最想战胜自己,却根本无法战胜。爱是一种病。每一种病都有它的领域;疯狂发生于脑,腰疼来自椎骨。爱的痛苦则源于自由神经系统,由结膜纤维构成的网,情欲的根本奥秘,就隐藏在这看不见的网状组织里。这个神经系统发生故障或有缺陷就必然导致爱的痛苦。这里全是化学物质的冲击和波浪式的冲动。这里织着渴慕和热情,自尊和嫉恨。直觉在这里主宰一切,完全信赖于肉体。因为它将人的生命的原始本能老老实实地表达出来。理性在这里不过是闯入者,“第三者”。

他憎恨她如同憎恨使自己得痢疾的大肠杆菌。他爱她的程度和憎恨她的程度不相上下。他吃得再饱也乐于陪着她继续吃遍全市的中西餐厅。

“你想到哪儿去吃?”

“我想吃烧小牛排。”

“那咱们到老地方吧!”

老地方是“俄罗斯餐厅”,也是高消费者们光顾的地方。

当他们穿过一处地下桥洞,小婉鬼鬼祟祟地说:“你转过身去挡着我一会儿!”

她站在一条印刷标语前。那条标语写的是——“这里也属于你,请保持清洁。”

他不知她想搞什么名堂,他不愿问,像一个忠实的贴身保镖,默默地服从地转过身去。

“快,我们走!”

他奇怪地朝那条标语看了一眼,见多了一行碳素笔写的字——“本人的股份愿廉价出售!”

“从今往后不许在我面前摆出阔佬的神气了啊,我也是有资产的女性嘛!”她格格笑。

吃饭的时候,她没头没脑地告诉他:“我和那小子分道扬镳了!”

“谁?”

“你在舞厅差点儿和他打起来的那小子呗!”

“难怪你今天这么痛快就答应和我看电影!”他恨恨地想,讥讽地问:“感到孤独了是不是?”

“那倒没有!又不是他和我‘掰’了,是我和他‘掰’了!”

“为什么?”这使他高兴。

“和他在一起,我觉得他是全世界最聪明的人。所以我其实更愿意和你在一起。”

“为什么?”

“和你在一起我觉得我自己是全世界最聪明的人。”

她食欲旺盛,吃得津津有味,将一碗俄罗斯风味的咖喱汤喝了个精光。

“小婉……和我结婚吧!”

“为什么?”——“为什么”从她嘴里问出总是充满天真意味儿。

“我已经三十七岁了!”

“可我才二十一岁呀。”

“我爱你!”

“有多爱?”

“只要你和我结婚,一年三百六十五天我都爱你!”

“闰年多出的那一天你爱谁?”

“这……你为什么要自甘堕落呢?”

“你不堕落？你不堕落跟我这样的女孩子睡觉?”

“你小声点!”

“你不是大大的男子汉,连堕落的时候都胆小如鼠。”她笑了,笑得又可爱又可恶。

“你生气了?”

“我真想揍你!”

“别动肝火,千万别动肝火。别人告诉我,外国有一个小镇的牧师死了,镇上的居民纷纷给教会写信,请求赶快再派一个牧师来。可是等到新委任的牧师正准备动身前往时,教会又接到了小镇上的居民们的联名信。信中说,别派牧师来了,我们发现生活在罪恶里更有趣味。如果派来,我们一定将他赶跑,或者杀了他！大哥,你别在我面前装牧师好不好?”

她用最后一小块面包蘸尽了红烧牛排的汤汁,塞入口中,吞咽下去,像小孩儿似的嘬着手指。

他阴沉着脸问:“你觉得我配不上你?”

她又笑了,笑得仍那么可爱,亦那么可恶。

“那倒不是。我不想结婚,我早把你们男人研究透了。男人结婚前对女人的好处很多,看电影为我们买票,乘车为我们占座,进屋为我们开门,在饭店吃饭为我们付账,写情书供我们解闷儿,表演‘此情不渝’的连续剧供我们观赏……可结了婚以后呢？使我们成为烹饪名家！‘那天在外边吃的一道菜好吃极了,哪天你也学着做做!’还锻炼我们的生活能力！‘怎么连电视机插头也不会修？怎么连保险丝也不会接？怎么连路也不记着？怎么连……’最后我们女人什么都会了，成了你们男人的优秀女仆。你们男人还善于培养我们各种美德，控制我们花钱教我们节俭，用‘结了婚的女人还打扮什么’这句话教我们保持‘朴实’本色。用纠缠别的女人来教我们‘容忍’，用‘别臭美啦’来教我们‘谦虚’……”

他本来心里又开始憎恨她，听了她这一番话，竟忍不住笑了。他喜欢听她胡说八道，更爱她了。

“别人告诉我你最近常到体育俱乐部去，想在体育方面出点儿什么风头吗？”她放下刀叉，推开被自己吃得一无所剩的盘子，赤裸的手臂贴着桌面向他伸过来。

他误以为她是想主动接受他的抚爱，肆无忌惮地用自己的双手攥住了她那只手。她却不动声色地将自己的手从他的双手中抽出，眼睛在望着他，就用那只手默默地将他的那份儿面包和汤拖了过去。

“不，只是想减肥。”他非常奇怪于她的胃口如此之大，却仍能保持窈窕的体态，完全看不出要发胖的趋势，真使人嫉妒。

“减肥还有更好的途径嘛！一次普通的热吻大约消耗九卡热量，亲三百八十五次嘴儿可以减轻半公斤体重。”说完，她继续津津有味儿地吃。

“难怪你这么能吃也不发胖！”他恶毒地讥讽：“你就不怕得‘爱之病’？”

“你‘老杆’。艾滋病——滋。滋味儿的滋！”她吞咽了一口，对他加以纠正。优雅地用小瓷勺舀了一口汤，又说：“我不发胖因为我是劳动女性，日本投资商在厂里搞了生产流水线，你想偷懒儿都没法偷懒儿，许多女工被累得哭。你若和我们一样，每天紧张地劳动八个小时也就不必到体育俱乐部去减肥了！谈恋爱对我来说不过是八小时之外的一种游戏，一种娱乐，一种有益的运动，是自我调节精神的方法，是养身之道，我喜欢这一运动。关键在于要‘多、快、好、省’，今后你虚心跟我学着点儿，我免费教你！”

她终于放下瓷勺，用餐纸擦嘴，擦手，然后对他做一个应该走了的手势，率先站起来朝外走。

他便也一声不响地站起来跟在她身后。

“现代派儿……”有人在他们背后似褒又似贬地说了一句。

他不由得回过头。她也回过头。见说话的是两个年轻女服务员中的一个，她们被看得一时有些不知所措。

“谢谢！”她装出受到赞美的天真而礼貌的小女孩儿那种可爱样子，挎起他的胳膊。

他们看的电影是《超人》，散场天已经黑了。

她对男演员的英俊形象和健美体魄大大地动了情怀，一边挎着他的胳膊走，一边和他喋喋不休地谈论：“瞧人家外国人，男人长得像个男人，女人长得像个女人！这电影是怎么拍的呢？咱们中国电影——闲扯淡！闲扯淡还扯不明白！”

他们正穿过公园。

明月高悬在他们头顶。月光下，一对对情侣的剪影，或立在角亭，或偎在长椅，或坐在草地。

四周静谧。

他触景生情，联想到了《钢铁是怎样炼成的》关于保尔与冬妮娅的爱情描写——保尔提议和冬妮娅赛跑一段。保尔让冬妮娅先跑，保尔追。当保尔终于追上了冬妮娅后，冬妮娅喘息着靠在保尔的胸膛上，使保尔第一次对一个美丽的姑娘产生了亲近之感。保尔就是从那一时刻开始深深地爱上了冬妮娅的……

他希望体验到保尔当时所体验到的那一种圣洁的情感。尽管小婉不是冬妮娅，尽管小婉早已将他对爱对女人的圣洁之感彻底打破。正因为那种圣洁之感早已被彻底打破，他更加希望补偿地体验到一次。

假山后响起了手风琴声，奏的是《莫斯科郊外的晚上》……

公园里夜色美好。

“男主人公叫什么名字来？”小婉站住了。

“就叫超人。”他醋意大发。

“我问的是演超人那个演员的名字！”

“我也没记住……咱们赛跑吧！”

“赛跑？……”她微微仰起了脸，莫名其妙地望着他。月光下，她的脸那么洁白，那么俊，眼睛那么亮。

“嗯。你先跑，我追……看谁先跑出公园的前门……”

“可我穿的是高跟鞋呀！”

“冬妮娅当时穿的也是高跟鞋……”

“冬妮娅？冬妮娅是哪个臭婊子？老实交代！……”

“别问这么多了！”

“那，给我什么好处？”

“给你买一辆自行车。你不是早想买一辆‘飞鱼’牌的自行车么？包在我身上了！”

“行，不白跑就行！”她笑了。于是她向前跑去。

等她跑出二十几米远，他开始追。

忽然她一边飞跑一边喊：“来人啊！有歹徒啦！……”

猛地从假山石后跃出一个蛮小伙子，拦腰抱住他，将他摔倒在地，随即扑在他身上。

紧接着又从假山石后出现一位姑娘，也喊：“来人啊！抓歹徒啊！……”

小婉停止飞跑，转身见状，格格大笑，直笑得弯下了腰。

一时间不知从哪儿又冒出几个人，团团围住在地上搏斗的他和那个蛮小伙子。

小婉笑着跑了回来，对那些人说：“别认真，别认真，我们闹着玩呐！”

拼命压住他的那个蛮小伙子，慢慢从他身上爬起来，瞪着小婉吼：“有你们这么闹着玩的吗？！”

“走吧，谁叫你多管闲事？真不像话！”那姑娘挽着小伙子气愤愤地走了。

“是不像话！”

“唉，林子大了，什么鸟都有！”

“应该教育教育他们，再别这么闹着玩！”

“算啦，走吧！”

人们议论纷纷地散了。四周归复了静谧。

小婉瞧着他狼狈地爬起来，忍不住又用一只手捂住嘴噗哧笑了，还说：“这下我那辆‘飞鱼’牌自行车吹了吧？”

他给予她的回答是着着实实的一记耳光。他顺着原路朝公园后门走去。

她捂着火辣辣的面颊，柳眉倒竖，望着他的背影像望着一个抢走了她钱包的凶汉。

他的背影在一些巨大的老树之间显得那么孤独。他一手捂着腹部——其实是攥着在搏斗时因运气过猛绷断了的窄皮带的两端。他迈的是那种仿佛被捅了一刀的人踉踉跄跄的步子。

她垂落捂着面颊的手，有些不安地喊：“哎！……你没事儿吧？”

他孤独的背影渐渐被那些老树扯开的黑暗之网笼罩了……

回到家里，父亲用威严的目光上下打量着他，凛凛地问：“你哪去了？”

“办我的事去了。”

他想立刻躲进自己房间，可父亲把守在他房间门口。

“办你的什么事？”

“还能有什么事？买进，卖出，赚钱。”

“你撒谎！你以为我没去侦察过么？你那货车的锁头都快生锈啦！那个饭馆的窗子上了栅板！连营业的幌子都不知被大风刮到哪儿去啦！”

“……”

“你今天怎么回事，非向老子交代清楚不可！”

“我又哪儿惹您发脾气了？”

“你皮带呢！”

他腰里扎的是他的鞋带儿。他不知如何回答，欲言又止，觉得没法儿解释，也解释不清。

“说！！”父亲盛怒，脸色铁青。

“丢了！”

“丢了？……我叫你不走正道！”父亲扇了他一耳光。

“你打吧，我跟你无话可说。”

父亲怒不可遏，又扇了他一耳光。

如果他招架，如果他躲避，父亲的愤怒也许会小些。可是他不招架，也不躲避。他十分倔强地站立在父亲面前，十分倔强地注视着父亲。这使当父亲对儿子的那种“恨铁不成钢”的愤怒达到了顶点。身材虽然瘦小看去却相当硬朗的退了休的老工人，踮起脚尖，抡胳膊，左右开弓扇他那“不走正道”的儿子的耳光。他仍十分倔强地站立在父亲面前，仍十分倔强地注视着父亲，不招架，不躲避。挨一记耳光，挺一下身体，梗一下脖子。像“武士道”精神十足的日本兵在暴怒的长官面前似的。

幸亏去收户口本的母亲及时赶回来了。母亲慌忙扑到父子之间，将儿子推入客厅，将丈夫推入儿子的房间，自己也跟进了儿子的房间。

“物价一天天涨，哪儿你都能听到老百姓抱怨共产党，哪儿哪儿你都能听到老百姓咒骂‘二道贩子’！偏偏咱们就有这么一个没出息的儿子！我这老脸都觉得没处藏没处搁，一听到别人咒骂‘二道贩子’我就低了头赶快走远点儿！他……他还不学好……连扎裤子的皮带都丢了。”父亲在他的房间里对母亲倾诉忧伤。

他听得出来父亲说着说着哭了。

母亲从他的房间走出来，走入客厅，见他呆呆地坐在沙发上望着电视机发愣，低声说：“儿啊……”

他仿佛没听见。

母亲又说：“儿啊……”声音更低了。

他不回答，也不看母亲，他脸上毫无表情。

母亲开了电视，像言行谨慎的老仆妇似的，悄没声儿地退出客厅，掩上了客厅的门。

电视屏幕出现电影《英雄儿女》的战斗场面——头缠绷带的王成，双手紧握冒烟的爆破筒，纵身跃入敌群。敌人一片胆战心惊，抱头鼠窜……浓烟烈火滚滚升起……却没有音乐，好像无声片。

他慢慢站起身，慢慢走到电视机前调音量。

英雄主义的音乐声渐大，渐大，渐大……

他的手缓缓将音量调钮调到了头，强大的英雄主义的音乐几乎使整个客厅都随之震撼。

英雄猛跳出战壕
一道电光裂长空
地陷进去独身挡
天塌下来只手擎
两脚熊熊蹚烈火
浑身闪闪披彩虹

激越煽情的女高音插曲，使人听了心潮澎湃，热血沸腾，仿佛要将人推入到屏幕中去，代英雄一死！

但他却骤然觉得,一根联系自己和某种旧东西的韧性很强的脐带断了。他原是习惯于从那旧东西吸收精神的营养的,而它如今什么也不能够再供给他了。它本身稀释了,淡化了,像水晶般的冰块溶解成了一汪清水一样。脐带一断,婴儿落在接生婆血淋淋的双手中或早已为婴儿预备好的温柔的襁褓中。此时此刻,他却感到自己那一根"脐带"不是被剪断的,它分明是被扭扯断的,是被拽断的,是打了个死结之后被磨断的。他感到自己是由万米高空下坠,没有地面,没有海洋,更没有一双手向他伸过来,哪怕是一双血淋淋的肮脏的接生婆的手。

而他已不是婴儿。是一个男人,一个长成了男人的当代婴儿。

他虽已长成了一个男人,可还不善于吸收和消化生活供给他的新"食物"。他牙齿习惯于咬碎一切坚硬的带壳的东西,而生活供给他的新"食物"既不坚硬也不带壳。它是软的,黏的,粘牙,容易消化却难以吸收。

他感到他是一个自由落体……

忽然他双臂搂抱住电视机放声恸哭,那情形如同一个不招人喜爱又不明白自己为什么不招人喜爱,怎么才能招人喜爱的孩子搂抱住母亲放声恸哭。

他哭得悲哀极了。

"你作死啊!……"父亲撞开门,见他那种样子,慑住了,在门口站立片刻,退出去,复掩上门。

强大的英雄主义的音乐继续震撼着客厅。

不知是谁走到他身旁,将音量渐渐调小,终于丝毫全无。

他的哭声也渐低,终于完全停止。

他抬起头,身旁是姚守义。

"挺大的人,什么事儿想不开,哭得这么吓人?"守义关上了电视。

他用手胡乱抹了一下眼泪，见守义在奇怪地瞧着他腰间，赶紧扣上西服的扣子，坐到沙发上去，习惯地架起"二郎腿"，吸着了一支烟。

"银行里存着十四万，腰间却扎根鞋带儿，哪一派？"守义瞅着他笑，摇头。

他不予理睬，只是大口大口地吸烟。

"别难为情，我如今从电视里看《英雄儿女》、《上甘岭》、《在烈火中永生》什么的，也往往大受感动，却从没感动到你这么个份儿上！"守义继续调侃，"人间英雄主义的因子如果太多了，会阻碍人的正常呼吸的！还是听段轻松点的流行歌曲吧！"说着，顺手从磁带架上取下一盒磁带，塞入了他为父亲买的那台录音机，接着也坐在沙发上吸烟。

亚细亚的孤儿在风中哭泣
黄色的脸孔有红色的污泥
黑色的眼珠有白色的恐惧
西风在东方唱着悲伤的歌曲……

一位男歌星用沙哑的低沉的声音，倾诉着心中冷漠的、寂寥的、忧郁的、孤独的惆怅。

亚细亚的孤儿在风中哭泣
没有人要和你玩平等的游戏
每个人都想要你心爱的玩具
亲爱的孩子你为什么哭泣……

他猛地站起身去关上了录音机，退出了磁带。可是姚守义却从他手中夺下了磁带，又塞入了录音机里，往回倒磁带。

他生气地吼："你他妈的还想让我哭一通是不是？"

"连这么一首歌你都不能平平静静地欣赏，心理也太脆弱了吧？”姚守义反唇相讥，按了一下放音键。

男歌星那沙哑低沉的歌声又在客厅中回荡……

他再次起身退出了磁带。

姚守义说：“那就换一盘听。”

他将另一盘磁带塞入了录音机，复坐在沙发上。

“我真想换个活法儿……我穷得只剩下钱了！”他忧郁地凝视着姚守义。

姚守义亲密地拍了他的肩一下，理解地说：“刚返城的时候，我们寻找的是生存地点。如今，我们不愁吃，不愁穿，不愁住，不愁没钱花了，我们又要寻找什么生活的起点了，寻找一种活法。人他妈的真是永远没个满足的时候！寻找到一种我们完全适应的活法不容易，只怕老了还没有寻找到，所以我们眼珠里都免不了隐藏着点恐惧。”

录音机突然播放出一句京剧唱词：

包龙图打坐在开封府上……

姚守义立刻起身关上录音机，安慰他也安慰自己地说：“每个人突然都会老的！别当回事儿，别钻牛角尖儿去想。哪一种活法都有可取之处。一钻牛角尖儿去想，连英国女王和日本天皇也肯定活得没情绪了！”

他瞪了姚守义一眼，说：“我用不着你安慰。”

姚守义掀起罩住“伟大的女奴”那块花布看了看，转过身望着他说：“我不是来安慰你的。你以为我那么稀罕你？我是为宁宁的事儿来的。咱们王哥儿们在晚报上登的那篇文章，你拜读了吧？”

“你今后少对我提他，他的事与我有什么相干！”

“不是他的事！是宁宁的事！你我都发过誓，要作宁宁的好叔叔！可现在上海来了人，说是宁宁的亲生父母，要把宁宁从吴茵身边夺走！吴茵她连家都不敢回了，带着宁宁住在徐淑芳那儿呢！

咱们有义务帮着吴茵想想对策！……”

他愣愣地望着姚守义……

第二天上午，一男一女两位晚报的年轻记者，在“民众旅馆”的一个房间里，对一对儿来自大上海的夫妻进行着神秘的采访。

“民众旅馆”是小小的私营旅馆，只有十来个简陋的房间，却有三四块大而醒目的招牌，分别立在几个路口。靠了这些招牌上的红色箭头指引，想找到它的人才能走过几条热闹的街道在一条僻静的胡同里发现它。那一对儿来自大上海的夫妻住在这么一个小小的旅馆，想必自有他们的种种考虑。

那丈夫，四十来岁；那妻子，三十七八岁。他们穿得都挺体面，气质也都不俗，他们包了一个房间。

两位晚报记者比他们年轻得多。男的，二十五六岁；女的，二十三四岁。

一张破旧的桌子摆在两张单人床之间。那对儿夫妻并肩坐在一张床上，两位晚报记者并肩坐在另一张床上，桌上放着一台小型录音机。

采访似乎刚开始不久。那当丈夫的向男记者敬烟。男记者并不推拒，吸了两口，问：“那么事实应该是这样的啰——孩子根本不是被你们抛弃的，是求人照看，因为当时火车站混乱，你们找不到替你们照看孩子的那位解放军了，对不对？”

那丈夫赶紧附和：“对，对！就是这么回事！”

两位记者对视一眼。男记者又问：“那么，为什么不让车站的广播处广播一下呢？”

“嗨，当时火车站那种混乱情形，你们是想象不到的！广播处关着窗，关着门，广播员早不知躲到哪儿去了！”

那丈夫说起话来，表情丰富，绘声绘色。相比之下，那妻子沉默多了,倒好像孩子不是她生的,是她丈夫生的。而男记者感兴趣的,分明是那丈夫;女记者感兴趣的,分明是那妻子。

女记者问她:“请您再详细说一遍当时的某些细节,比如您将孩子交给那位解放军同志时,是要去干什么?”

男记者说:“对,细节很重要。那就请您再详细说一遍吧!这有助于我们帮助你们,使孩子顺利回到你们身边。”

“这……上厕所……”

“你当时在不在你妻子身边?”女记者突然将脸转向那丈夫,出其不意地发问。

“在!我不在我妻子身边还能在哪儿?”

“那么你为什么不将孩子交给你丈夫呢?”女记者的脸又迅速转向了那妻子,目光盯得对方低下了头去。

“是啊,你为什么不将孩子交给你丈夫呢?”

“我……我……”

那妻子抬头看了两位记者一眼,继而看看她的丈夫,似有难言之隐,复低下头去。

“光她需要上厕所,我就不需要上厕所啦?我当时也急着要上厕所嘛!”那丈夫站了起来,感情冲动地在所余有限的空间来回走。

男记者说:“别冲动。这不过是一些细节问题,无关紧要,想询问清楚是我们的职业习惯。”

女记者对那丈夫笑了笑,继续问:“我还想知道那孩子属什么的?以及出生年月日。那孩子胸前有片痣您记得吗?手掌一般大,是这种形状的。”女记者说着,用笔在小本上画。

那丈夫瞅着,说:“当然记得。我当然记得!我的儿子嘛,连这么明显的标记我还能不记得!可你们为什么总纠缠这些细节?我们是孩子的生身父母,我们当年不是抛弃了孩子,是失去了孩子!你们如果真有诚意帮助我们,就敦促收养孩子的人来见见我们好了，其他的一切事不劳你们费心……”说着又坐到妻子身边，用一条手臂搂住妻子的肩，在两位记者面前摆出一副“恩爱夫妻”的姿态。

两位记者又对视了一眼。

不料他的妻子将他的手从肩头上推下去了，说：“你满口胡言乱语。孩子胸前根本没有什么痣……”

忽然她伏在桌上哭了：“我不来你非逼我来！不是你的骨肉，即使归我们了，你能爱他吗？……”她难以抑制地哭着，再也不抬起头来。

两位记者和那当丈夫的，三双眼睛久久地互相凝视着。

“是的，我不是那孩子的父亲。”那丈夫相当之镇定地承认道。随即又站了起来，又在有限的空间走着，一只手叉着腰，另一只手挥舞着，“但我现在是她的合法丈夫！”一指他的妻子，“你哭什么？有什么可哭的！孩子，我们也是可以不要的。但我们不能在没有任何条件的情况下不要！人性必将站在我们的立场上！生身母亲的权利必将站在我们的立场上！你们总不至于怀疑她冒充那孩子的母亲吧！”

那妻子哭得更悲哀了。

两位记者默默地瞧着那丈夫，目光中都流露出了鄙视。

“他们抚养了别人的孩子，他们获得了社会的赞美。这对他们已经是一种补偿了！可我们呢？我们失去了孩子，却什么也没有得到，这公平吗？我的妻子，她肚子里怀了那孩子十个月！她为那孩子经受过生育的痛苦，难道她无权获得某种补偿吗？”他的话戛然而止，因为有人敲门。

他脸上那种既坦白且无赖的表情，他眼中那种既贪婪且无耻的眼神，倏忽间便全部消失了，消失得非常之快。一种仿佛具有良好教养的气质，又归复到了他身上；一种仿佛高尚的表情，又归复到了他脸上;一种仿佛磊落的眼神,又归复到了他眼中。归复得非常之快,他整个地倏忽间变了,彻底变成了一位正人君子。他犹豫片刻,从容不迫地开了门。

门外站着一男一女两位中年人。

男的问:“您贵姓?”

“免贵姓韩。”他矜持地回答。

“从上海来的?”

“不错。你们是……”

“我们是晚报的记者,你们的信我们收到了。”

女的说:“我们晚报对这次采访很重视。这是我们记者部主任。”

“十分感谢!”他将他们请了进来,望着已先到一步的两位“记者”,冷笑道:“他们也是晚报的记者,你们不需要我互相介绍吧?”

两位冒充的“记者”不禁缓缓站了起来,不知所措……

十几分钟后,一位附近派出所的民警被服务员诚惶诚恐地引入了这个房间,早有一些住客拥挤在房间门口看热闹。

那位妻子似乎比两位冒充的“记者”更加尴尬,身体朝向一隅,低低地垂着她的头。

四十多分钟后,姚玉慧出现在附近的派出所,见她的妹妹和未来的妹夫规规矩矩地贴墙站着。妹妹对她做了个鬼脸儿。

“姚主任,您请坐。”那位民警对她相当客气,“咱们见过一面。您忘了上次您陪夏律师来了解过一桩民事纠纷案么?”

她点点头,表示没忘。

“他俩冒充记者,进行非法的所谓采访。”对方指了指她的妹妹和未来的妹夫,“还说他们是离休的姚市长的女儿和女婿。我不敢相信,也不敢不信,更不敢贸然惊动姚老,所以呢,就用电话把您给请来了。”

她不无惭愧地说："他们确实是我的妹妹和我妹夫。"

"那就简单多啰！"对方拉开抽屉，取出录音机放在桌上，轻描淡写地笑道，"这也不算什么大不了的过错，姚主任您看，是不是就带他们回去吧？您工作也挺忙的！"

"好的。我替他们向您保证，今后再也不做这样的事情，给您添不必要的麻烦！"

她站了起来。

对方也站了起来，客客气气地送她，从上衣兜掏出"记者证"欲还给她妹妹，想了想又揣进了衣兜，说："伪造得还真不错。你们就别要了，留在我这儿吧。啊？"并且拍了拍她那未来的妹夫的肩。

离开派出所，她不理两位"记者"，径直向自己坐来的小汽车走去，他们逍逍遥遥地跟随她身后。

她在车旁站住，转身瞪着他们，声色俱厉地说："你们怎么不冒充市长和市长夫人玩？哪一天把你们逮捕起来我才高兴！"

"姐，你别生气嘛！"妹妹满脸功大于过的得意，将录音机朝她一递，笑模笑样地说，"我们也是为你那位兵团战友吴茵摸摸对方的底牌嘛，你这两天不是一直在为她的事儿分心么？又要替她请律师又要帮她打官司的！带回去听听，有大大的参考价值！"

她的表情有所缓和，夺过录音机，喝道："上车！"

在车内，她迫不及待地听起了录音。

坐在车后座的她的妹妹和未来的妹夫更加得意，她在他脸上啪地亲了一下……

当天晚上，姚玉慧、夏律师、姚守义、严晓东、吴茵和徐淑芳，聚在徐淑芳的客厅，一个个侧耳聆听那盘录音。

"太无耻了！"姚守义拍案而起，"宁宁明明是被遗弃的，如今他们倒说是丢失！早知如此，当初王志松就不该将宁宁抱回家，而应该让那位解放军往失物招领处送！"又一步迈到夏律师跟前大声说,“夏律师,您一定得帮我们打赢这场官司!这不是吴茵一个人的事!这是我们几个……”

夏律师“嘘”了一声。他只好忍气回到他的座位上去。

严晓东坐在他旁边,似听非听,吸着烟,翻着《大众电影》。

姚守义劈手夺过,将它从敞开的房门扔进了卧室。

听完录音,几个当年的兵团战友面面相觑,最后都将目光射到了夏律师身上。

姚玉慧说:“老夏,这种事儿你经验丰富,你认为我们……该怎么办?”

夏律师却望着吴茵问:“你丈夫怎么没来?”

“他……工作忙……”吴茵低下了头。

徐淑芳替她解释:“她丈夫最近当了局党委秘书处处长,工作很忙很忙。”

夏律师望着吴茵追问:“那,他是怎么想的呢?”

吴茵不得已抬起头,忧心忡忡地说:“他和我一样,也是很爱宁宁的。”

这时,门被无声地推开了一道缝,宁宁正欲挤进来。一只手将宁宁拽开了,曲秀娟的声音在门外说:“宁宁,你再跟几个小阿姨到院里去玩会儿,啊?你妈妈正和大家谈重要的事儿呢!”随即自己进来,将宁宁关在了门外。

她找了个地方坐下后,环视着众人,最后盯着严晓东问:“刘大文搬你们家里去住,两位老人没不高兴吧?”

“什么?”始终闷声不响地吸烟的严晓东抬起了头,莫名其妙地问,“干吗往我家搬啊!”

他觉得和大家相比,他是个说话最没意义的人,所以他不愿发言。如果不是曲秀娟那句话使他莫名其妙,他很可能从始至终不开口。

姚守义赶忙接过话茬："我昨天晚上不是在你家对你讲了么？刘大文家是拆迁户，暂时先住你家一段日子……"

"你昨天晚上根本就没对我讲这件事！"严晓东火了。

"是么？我真没讲？那也许是我忘了。"

"你小子还也许！"严晓东怒冲冲地站了起来，跨到电话跟前，抓起来就往家里拨电话，"妈……我是晓东……我知道，我知道，忘了跟你和我爸打声招呼了……让他们住客厅里吧，客厅宽敞些……东西不少？那就随便他堆，随便他摆吧！是我当年的兵团战友……好人！妈你千万相信我，是绝对的好人！跟我爸爸好好解释……千万压住他的火……"

他放下电话，狠狠地瞪着姚守义。

姚守义抱歉地挠挠头说："要是又惹你老头子不高兴了，你也别太勉强……"

"哼！一卡车东西都卸下来了！诸位失陪，我得立刻回家照应照应！"说着往外便走，走出门外又返身对吴茵说，"他们都是比我高明的人，让他们给你出主意吧。有用得着我这个低下人物的地方，告诉我就行！"

"哎，我派车送你！……"徐淑芳起身阻拦，但他已噔噔噔跑下楼了。

曲秀娟对姚守义责怪道："你看你办的什么事儿！"

姚守义红了脸笑笑："没关系，随他去。"

姚玉慧说："咱们还谈正题吧！"

好像在这种情形下，她的身份依然是办公室主任或教导员，是在由她主持召开一次特别会议似的。而奇怪的是，不唯姚守义他们，连夏律师在内，也都分明受着某种习惯心理的约束，不言而喻地认同了她的资格。

夏律师默默地向姚守义讨了一支烟，吸几口后，深思熟虑地说:“不到万不得已的时候,不要诉诸法律。因为一位生身母亲希望儿子回到自己怀抱的要求,无论孩子当年是被她丢失的或遗弃的,无论是在中国或外国,都将受到普遍的同情。对方的丈夫说得一点儿没错,人道,人性和法律,不可能不站在生身母亲的立场上。谁都有权严厉地谴责一位生身母亲遗弃儿子的做法,却谁都无权阻止一位生身母亲希望儿子回到自己怀抱的要求。”

吴茵打断夏律师的话,急切地说:“我绝不奉陪对方上法庭!我绝不让宁宁站在法庭上,面对两位母亲进行选择,那太伤害孩子的心灵了,他才六岁!如果真把我逼到了这一步,我……我就让他们把宁宁带走好啦。”她哭起来。

徐淑芳便起身坐到她旁边,搂着她肩膀,用无言的亲密安慰她。

“有了!”姚守义忽然大声说,“我有一个高招了!明摆着,他们来认孩子是假,来敲诈才是真正目的!吴茵辛辛苦苦将孩子抚养到六岁,还要受敲诈,如果让对方的目的实现,这世道也太他妈的不公平了!干脆,吴茵你明天就把宁宁给他们送去,把球踢给他们,看他们如何?!这叫反‘将’一‘军’!”

曲秀娟点点头道:“这也不失为一个方案。”

夏律师也表示赞同地说:“在迫不得已的时候,可以考虑这一方案。”

“宁宁不是球!”吴茵却坚决反对。她抬起头,泪流满面地望着大家,“你们谁也不必替我考虑了!我什么都能忍受,可你们得一心一意为宁宁着想啊!那样做了,受害的还不是宁宁吗?……我求求你们再为宁宁想出一个不受伤害的好办法吧!”

“吴茵,别急,守义他不过是快人快语,你别见怪。”徐淑芳掏出手绢替她擦泪,一边说,“我也认为这不是一个什么方案,根本不值得考虑。我们明明知道对方的目的不在于孩子,怎么能把宁宁推给他们呢？万一这一‘军’把他们‘将’得别无选择，不得不把宁宁带走，宁宁从此摊上那么一位继父，今后不是太不幸了么？”

姚守义发窘地嘟哝：“是啊，这的确不是一个好方案。”

夏律师又说：“依我看，应该和对方进一步接触接触。吴茵先不要出面接触，因为你必然会感情用事……”他将目光落到了姚玉慧身上：“小姚，你出面最合适。你处事冷静，当年又是一位教导员，你会知道有些话怎么说才更好。”

姚玉慧用征询的目光一一望着大家，见包括吴茵在内，都默默地对她表示着一种莫大的信任，便不无几分自信地说：“行。”

…………

第二天晚上，他们又聚在了一起。只有夏律师因为爱人生病了没来。严晓东仍一言不发地坐在一个角落闷头吸烟。

姚玉慧“出师不利”，对方根本不对她这位当年兵团的教导员怀有任何敬意，几句不礼貌的话就将她顶走了。

姚守义发了一通事后诸葛亮的言论，认为推选姚玉慧去接触对方，是极大的策略上的失误——一位当年的兵团教导员，不引起两个当年的北大荒知青的逆反心理才怪了！

姚玉慧自尊心受损害，默默坐了一会儿，借口有事讪讪告退。

他又推选徐淑芳作吴茵的代理人，扳着手指列举了徐淑芳作代理人有利的几个方面，其中一条就是：她也抚养过宁宁，同时具有当事人的双重身份……

徐淑芳表示愿意。

他毛遂自荐，说可以陪同前往。

曲秀娟说：“算了吧，多一个你莫如多一个我。你去了，还不三句话后就捋胳膊挽袖子呀！”

…………

第三天晚上，他们又全体聚在一起。

徐淑芳和曲秀娟也同样“出师不利”。对方根本不屑于看在什么兵团战友的情分上跟她们谈,连房间都没让她们进。

跻身另一代人之内的夏律师激愤起来,他本是由于姚玉慧求他才来的。职业导致他是一个非常之理性的人,即使在法庭上慷慨陈词滔滔不绝能言善辩的时候,他也是一个非常之理性的人。如果让他选择,他倒宁愿站在对方的立场上,替一个当年抛弃了儿子而如今又想要夺回儿子的母亲辩护。他认为“物归原主”这句话用在母子关系方面天经地义合情合理。当姚玉慧第一次向他讲述这件事时,他的同情就给予了那位从上海远道而来的母亲,留给吴茵的只是理解。他甚至打算在必要的时候,对吴茵晓以大义,同意宁宁的生身母亲将宁宁带走。但在几次接触中,吴茵对宁宁那种无私的爱深深打动了他,对方另有所图的可耻目的使他产生了鄙夷。亲眼见这些比他小十来岁的男人和女人被对方逼到了走投无路的地步,他倒决定要替他们打一场胜负难测的官司。

“这太岂有此理!”他说,“现在我主张诉诸法律。吴茵,你要正式请我作你的律师。至于孩子,我一定竭力避免法律伤害他幼小心灵的事情发生。我一定要在这场官司中,让那两个男女一无所获,狼狈而归。否则我不当律师了!那一盘磁带呢?从今天起由我保管吧!”

姚守义一拍大腿:“对!有夏律师帮咱们打这场官司,准赢!”

吴茵却低头不语。

姚玉慧、曲秀娟、徐淑芳无言地期待着吴茵开口。

大家一时沉默。

“磁带呢?磁带放在哪儿了?”姚守义到处翻找那盘录音磁带,见严晓东正拿着它摆弄,夺下生气地说,“瞎摆弄什么!你哑巴了?这事儿与你无关啊?连个屁都没听你放过!”

严晓东站起来说:“你们当厂长的,当主任的,都被人家碰得鼻青脸肿的，我一个‘二道贩子’还能帮上什么忙啊！”

说完，他竟走了。

曲秀娟便责备姚守义道：“你怎么可以对晓东那样？他根本不是那种袖手旁观的人！”

姚守义不认错儿地说：“正因为他不是那种人，我见他连个屁都不放才生气！”

徐淑芳劝解道：“刘大文带着两个女儿搬到他那儿住去了，准把他麻烦得够呛。我们也实在不能指望他帮多大的忙。”

在玩具厂的院子里，严晓东看见宁宁独自和一只小狗玩耍，走过去，蹲下身问：“宁宁，你认识叔叔么？”

宁宁望着他摇摇头。

“在徐阿姨这儿住得快活么？”

“不。”

“为什么？”

“我想我爸爸。”

“几天没见着他了？”

“五天了。”

“五天没见着就想了？”

“嗯。”

“你爱你爸爸？”

“嗯。”

“非常爱？”

“嗯。”

小狗跑走了，宁宁也转身跑走了，去追小狗。

他站起身，看着宁宁追上小狗，继续和小狗玩耍。突然他一脚将一根围花的篱笆条踢断。

住在小小的“民众旅馆”的那一对儿上海夫妻，这几天内争吵不休。女的经常在房间里呜呜哭泣,男的经常对她进行粗暴的训斥,或者对服务员和别的住客进行游说,争取同情。而仁者见仁,智者见智,同情并非百分之百地属于他们。

徐淑芳和曲秀娟被他们,更正确地说是被那当丈夫的拒之门外的第二天上午,他从街上买了毛笔、墨水和几张大白纸回来,铺开在桌上,正准备写吁请全市人民给予他们公道和同情的“呼吁书”的时候,有人敲他们房间的门。

他放下刚刚写了几行字的毛笔,打开门,见门外站着一位身着西服,颈系领带,气宇轩昂的男人。

来人问:“你姓韩?”

他傲慢地回答:“不错。”

他们互相审视。

“我是吴茵……”

“又是代理人!少来这一套!我们和你没什么可谈的,让姓吴的亲自出面跟我们谈!”

“我是吴茵的丈夫王志松。她来跟你们谈也代表我,我来跟你们谈也代表她。”

他傲慢地从门口闪开了。

来人镇定地走入房间,扫了一眼写在大白纸上的几行字,说:“用不着这样吧?”

他说:“那得看我们谈的结果如何了?”语气中隐含着要挟的意味儿。

“会令你们满意的。”来人在床上坐下,“我喜欢开门见山。你们如果真想要孩子,明天我就将孩子送来,车票已经替你们买好了,后天的,软卧。两张大人的票,一张孩子的半票。”说着从兜里掏出三张票放在桌上。

那女人十分意外地看着来人,看了半天,又仰起脸看自己的丈夫。表情与其说是喜悦，莫如说是惊异。

“这……”她丈夫脸上的傲慢立刻被沮丧抻扯得现出了俗相。

“怎么？你们好像并不太高兴嘛！”

那丈夫从桌上拿起了火车票，一张一张仔细看。

“放心，绝不会是假的。”

夫妻俩一时瞠目而视。

“如果二位的真正目的是勒索报酬的话……”来人拉开了黑色的手提包，取出一捆钱放在桌上，不慌不忙地说，“这是一千。不必点，刚从银行提出的。”

接着，取出了第二捆，第三捆。最后索性将提包兜底儿往桌上一倒，桌面顿时堆满钱。他一捆一捆将钱摆整齐，摆了四摞两层。

“你们这种人，我打过交道。选择吧，要孩子，还是要这些钱。”

那一对儿男女眼神儿直勾勾地瞪着钱发愣。

来人又从兜里掏出一张折叠的白纸，展开，双手抚平了折痕，说：“给你们吸一支烟的时间考虑考虑。超过了时间不行，我没那么好的耐性。要孩子，我在这张纸上给你们写字据，保证以后绝不为孩子和你们纠缠。要钱，你们在这张纸上给我写字据，保证以后绝不为孩子和我纠缠。八千，补偿怀孕和生育时的痛苦，不算少吧？”说完就吸烟。

“我们写！我们给您写！”那当丈夫的慌忙从上衣兜取下笔，顾不得坐下，伏在桌上就要写。

“一边去！”来人将一只手放在那张纸上，“孩子又不是从你肚子里生出来的，你和孩子一点儿血缘关系也没有，你算老几？得她写才行！”

那女人仍眼神儿直勾勾地瞪着钱。

“好，好，她写，她写。”那当丈夫的就将笔硬塞在妻子手里。

“写……什么啊？……”她怔怔地问。

“第一,写明收下了我们八千元钱。第二,写明永远不再为孩子的事纠缠。”来人突然发火,一拍桌子吼道,“写什么你们他妈的还用问吗!”

那一对男女被吓了一大跳。

“你真笨!连个字据都不会写吗?!”

当丈夫的也对自己的妻子吼起来,握着她的一只手,着急忙慌地写。写了几行字,签上他们的名,赔着小心双手将那张纸呈送给来人看:“您瞧这样写行不行?不行我们重写,或者你起草我们抄,纸我们有的是!”

来人认真审阅一番,将字据一折,揣入了衣兜:“提包也奉送了。”来人立刻站起。于是那当丈夫的便往提包里塞钱。

来人看也不看他们,往外便走。走到门口时,那女人怯怯地问:“能……允许我……看看我儿子吗?”

来人转过身道:“你这还是句有人味儿的话,我替你想到了这一点。”他从兜里取出一个塑料夹子,抽出一张儿童照片,走回来放在桌角。

那女人扑向桌角,拿起照片凑近眼睛细看。那不是宁宁的照片,分明是从什么画报上剪下来的。“这……这不是演过电影那个……你骗我!”

“你将就着看吧!”他扬长而去。

在他背后,房间里传出了哭声。同时传出了那个男人的呵斥:“哭什么哭!有什么可哭的?咱们今天就离开!一会儿我就去退票!买站台票今天就混上火车,说不定他们会后悔!”

他又走回来,推开了房门。那男人忐忑不安地望着他。他说:“你可以再占我两张软卧票的便宜,但把孩子那张半票还给我。”

那女人扑在床上痛哭。

那男人赶紧挑出半票还给他,堆下满脸笑容说:“我们都是通情达理的人,事情才能解决得这般圆满!”

“滚你妈的!”他将那张半票撕碎,掷在那男人脸上。

几个当年的北大荒返城知青这一天又聚在一起时,已经是在夏律师的指教下,逐字逐句地推敲“起诉书”了。如此重要的决策,严晓东竟没来,使姚守义大为不满,嘟嘟哝哝的,开口闭口尽说些谴责严晓东“不仗义”的话。“起诉书”终于写好,徐淑芳念了一遍,众人都认为有理有据,无懈可击,吴茵却动摇了。她说她怕。

“你怕什么?你究竟怕什么?你不是那种前怕狼后怕虎的女人嘛!你不是因为离婚上过一次法庭的嘛!”姚守义不客气地数落她。

“我还是怕伤害了宁宁。夏律师,您真能保证我的宁宁丝毫也不至于受到伤害吗?”这一点,只有这一点,使她下不了最后的决心。

“我将尽力而为。当然,如果非需要孩子出庭不可的话,那……只有尊重法律。”夏律师理智地不肯说出太绝对的话。

这时,严晓东来了。

“你还知道来啊?今天更没你什么事儿了!”姚守义又对他发脾气。

“我说两句话就走,我父亲病了。”他并不介意姚守义的无礼,转向吴茵低声说,“事情已经了结,你放心吧。宁宁是你的儿子,永远是你的儿子。上海来的那一对夫妻,明天就离开,也很可能已经在火车上了。今后他们不会来找你什么麻烦了!”

大家听了他的话,一时都有几分怀疑,像瞧着一个安慰大人的孩子似的瞧着他。

他又说:“我严晓东说话算数。当年我说过要做宁宁的好叔叔的话,我说到做到。”他一说完,就往外走,走到门口,回头看了吴茵一眼，犹豫片刻，又说：“宁宁他想……想家了。”

不待大家对他的话有所反应，他已走掉了。

老父亲看去似乎身体健健朗朗的，却突然就病倒了。仿佛一台老式的车床，正常地运转着，突然发生了闹不清楚弄不明白的故障一样。昨天午饭后，开始呕吐不止，躺在床上再没有起来过。好像被一双看不见的手用一支看不见的针管，将力气从身体内抽尽了，包括一家之主的威严和一位老“新党员”的种种“政治热忱”。

正是从那一时刻起，他意识到了他是多么爱自己的老父亲。也看出来了老父亲内心里也是多么的爱他这个儿子。

昨天夜里，老父亲要求他睡在父母那个房间的地毯上。

老父亲说：“这几天你多陪陪我吧，我怕……我怕我挺不过这一关，走了的时候见不着你个影儿。”

他哭了。他像一条眷恋主人的狗似的，和衣在父母床前的地毯上躺了一夜。

今天无论如何得安排父亲住上医院。

两个多小时后，几经周折，他终于办妥了父亲的一切住院手续，心情较为落实较为轻松地从医院里走了出来。

路过“亚细亚”电影院，他不由得一边走一边抬头看“亚细亚”三个朱红色的立体大字。它们被阳光照耀得如同抹了一层鲜血。在它们下方，广告板上，预告着电影《峨嵋飞盗》、《少林小子》、《刁拳鹰爪手》……

一个青年拦住他，向他兜售电影票：“嘿，哥儿们，《逃亡雅典娜》，有脱衣舞的精彩片断，还有不少床上镜头，黄惊打混合。错过不看你这辈子算亏大发了！”

“《逃亡雅典娜》？那得有出国护照！”他粗鲁地推开了对方。

他边走边哼了起来：

> 亚细亚的孤儿在风中哭泣
> 黄色的脸孔有红色的污泥……

吴茵当天晚上和宁宁回到了家里。

王志松却十点多钟才回家。他回来时，宁宁已经在小屋睡熟了，而她正坐在桌前看他誊写得清清楚楚的一篇文章。

文章的题目是《我为什么又割舍了儿子？》

桌上堆着几十封信，每一封信都是写给他的。

他问："你带着宁宁这几天住到哪儿去了？"

她问："你还要到大学去作报告？"

"没办法，推脱不了。你以为我心里就真愿意吗？"他走到桌旁，将文章从她手中抽出，和那些信一齐收在夹子里。

她站起来，说："题目和内容都得改变了，事情已经彻底过去了。他们根本不是为宁宁而来的，他们最迟后天将心满意足地离开了。"

"真的？那太好了！"他要搂抱她，"我们不是什么也没有损失吗？你知道我收到多少封信？近二百封！几乎每一封信中都有对你的赞美之词啊！报告文稿不难改，换另一个角度谈就是了！……"

她挣脱他朝小房间走去。

他抢前一步拦住她，低声问："你还是不肯原谅我？"

她回答："我原谅。"

"可你心里明明还在恨我！"

"我恨不起来你了。"

"你自己不是刚才还说，事情已经彻底过去了吗？"

"是的。是彻底过去了。"

"那你继续跟我怄气！"

“你看我是跟你怄气的样子吗？”

“那……你帮我参谋参谋报告文稿怎么改。”

“你自己会改好的。”

他注视着她，忽然狠狠打了她一记耳光。

她淡淡一笑：“连这我也原谅。”

“你！……”他的心理倾斜了，他的脸扭歪了。

她无声地走入了小房间。他扑过去推门，门从里边插上了。

马路上，传来几个小青年阴阳怪气儿的歌唱：

谁说认识你
是命运的错
谁说离开你
是命运的折磨
谁说这一切都是错
那我情愿一错再错……

他像一头豹子似的扑到窗前，探身窗外，大吼一声：“住口！”

唱《错》的是垃圾清除工们。他遭到了他们的一顿怒骂……

沽名者大抵总要付出代价。

到了作报告的日子，他托词生病，结果还是被小车接了去。

尽管有讲稿，他的口才也没得到正常发挥。因为严晓东和姚守义混进了大学礼堂，而且坐在第一排。使他感到那礼堂仿佛大法庭，自己是被告，两个昔日的好伙伴是坐在法官席上的法官。

大学生们并不那么容易感动。递条子提出一个又一个尖刻的问题。诸如：

高尚者是不屑于自我标榜高尚的，你认为你自己高尚吗？

你不过就是抚养了一个弃儿，这值得让全社会都知道吗？

你是不是想借此达到什么不可告人之目的？

他怀疑他被请来，其实是要当众解剖他。类似的问题他一个也不回答，将那些条子悄悄揣入衣兜。像个穿上了教服的偷儿，偷圣坛上的银烛台。

尤其使他如坐针毡的是严晓东和姚守义的目光——透视着他的灵魂……

从始至终，与其说他受到欢迎，莫若说他受到审判。

他觉得自己简直就是赤身裸体地离开了用小汽车接他的这一所大学。也许唯一感到满意的是学生会主席——他毕竟组织了一次活动。意义何在是另外一回事。

既然他的报告并未怎样受欢迎，因而也就未受欢送。小汽车接去的，自己走回来的。

在他家那幢楼前，严晓东和姚守义不知从哪儿钻出来，将他拦在楼口。

严晓东扔掉烟，问姚守义："开始吧？"

姚守义说："开始吧！"

于是他们开始狠狠揍他。

"晓东，别捣他肋骨。踢他屁股！"

"我知道！"

他们将他打倒在地，两个人四只脚，猛踢他的屁股。

"住手！怎么回事？"

一位民警从路口奔过来。

他被踢得一时爬不起来，一手撑地，一手抹了下鼻子——满手鲜血。

他对民警说："他们……是我兄弟……放他们走……"

"兄弟？……兄弟之间也不能大打出手啊！……"

民警不相信。

姚守义埋怨严晓东："你干吗往他脸上打？"

严晓东看了他一眼，嘟哝："你就那么肯定是我打的吗？"掏出手绢往他上衣兜一掖,警告道:“擦干净了血再回家,要是叫吴茵看出你挨揍了,我俩还会堵住你,教训你!”

姚守义说:“走!”

他们就走了。

他们互不说话,互不相视,大踏步地直往前走。

走到路口,他们同时站住,一个往左转身,一个往右转身,都回头看。

王志松仍蜷坐在地上,似乎还爬不起来。

“我……踢得太狠了点儿……”

“我……也是……”

严晓东和姚守义泪流成行!

…………

第二十八章

那是一只纯种的年轻的波斯猫。雄性。

大时代的生活节奏加快了。愈来愈快。中国人的闲情逸致却增多了。愈来愈多。不但渐渐形成了花市、鸟市、鱼市,而且出现了猫市和狗市。

姚玉慧从猫市买下它,一路抱回家,如同带回家一位值得信赖的好朋友。

一首歌曲流行了没几天便过去了。又一首歌曲刚刚开始在二十多岁的小青年们之间流行,随时随地听得到他们悲哀地唱着:

我被痛苦震撼着
但这不是你的过错
我被失望纠缠着
但不是心的沉默……
…………
也许痛苦的由来
出源于爱的深渊
也许失望仅只在于
当初渴望的太多
也许世界上没有了痛苦
我们不再了解欢乐
也许大海失去了风浪
将会变得多么寂寞

情感淡漠
啊，不要再说，不要再说……

听起来他们什么道理都懂！听起来他们痛苦得要命——可你千万别信以为真！——其实他们活得滋润着呐！

仔细考查，我们的共和国创建三十七年以来，还没有哪一代人二十多岁的时候比他们活得更洒脱过！悲哀也罢，痛苦也罢，现如今都多多少少有点儿时髦的意味儿。不悲哀不痛苦倒未免显得不够“现代”了。他们谁个不爱赶时髦、谁个不爱装出很“现代”的样子呢？

既然人爱人似乎发生了障碍，很不容易，很难真心真意更难全心全意了，于是爱猫爱狗的男人和女人就多了起来。

谁说认识你，
是命运的错？
谁说离开你，
是命运的折磨？
谁说这一切都是错？
那我情愿一错再错！……

二十多岁的姑娘们却依然都爱唱三个月前流行的这一首歌，仿佛成心要使它经久不衰，一直流行到世纪末似的。报上分析说这首歌是“第三者”的“插足进行曲”，应予禁止，而她们则唱得更来情绪了。做父母的听了更大摇其头，从“一错再错”四个字听出了“死不改悔”的宣言。而真正的所谓“第三者”，尤其身为女性的“第三者”们，又是绝不愿意高唱着什么“进行曲”去“插足”的。如果可能，她们倒更希望悄悄地进行，悄悄地成功。

举办了几次座谈会——讨论儿童的早熟现象，讨论中学生的早恋现象，讨论大学生严重缺乏社会责任感的现象。

一位七十五岁高龄的老学者在报上公开撰文，说眼见自己六岁的孙子一天天变得“胸有城府”感到可怕。

而一位二十五岁的哲学研究生在报上与这位老先生展开激烈论战，说以自己的体验，人要真正成熟，非回到五岁时不可。因为那时人才最能吸收，最能学习，最善于如饥似渴地掌握活着的技巧和本领……

参加“早恋”座谈的女中学生们普遍认为那是很值得骄傲自豪的现象，并且引证许多杰出的优秀的具有天才的女性大抵是“早恋”的。还认为如果少女时期缺了“早恋”这一课，那么将来她们即使杰出起来了，回忆录中很重要的一个章节也没什么值得记载的。那不是一个挺大的遗憾么？

关于大学生社会责任感问题的讨论档次似乎高了些，见报的文章也最多。

有位大学讲师就不久前大学生们因部队侵占校址未还而游行请愿一事发表见解——幸亏我还看到了他们这一行动，否则他们将纨袴下去了。比起那一天仍在图书馆埋头读书的，我寄希望于前者。因为“两耳不闻窗外事，一心只读圣贤书”，就连那些自私自利的学生也做得到……

一石激起千重浪。遭到了十几篇文章的严厉批判，指出其文动机不良，有“扇动”之嫌。于是一场公开讨论以讲师在报上的公开忏悔而告终。据说那位讲师还受到了行政处分。

其后一段日子，报上再不见有任何引起人兴趣的文章发表。

夏律师因为在吴茵那件事上，没帮得了什么实际的忙，倒是严晓东八千块钱轻而易举地平息了一场风波，自觉着挺有失大律师的威望，接连数日不太好意思和姚玉慧照面。

后来他的内弟请求他出面帮着打离婚。内弟的妻子和他自己的妻子相比简直可谓悍妇，他早已同情这位内弟多年了。再加上他是姐夫,那同情就非一般男人对男人的同情,于是更激起正义之感,爽然受命。但结果并不像他所想的那么艰难,不是什么“持久战”,甚至根本没费什么周折,“文明离婚”或曰“和平离婚”——几天之内就离妥了。并非得力于他这位当大律师的姐夫,而是得力于钱和财产,和严晓东了结吴茵那件事的方式相同。从此内弟两手空空寄宿在他家里,为了一张离婚证书欠了一屁股债。

隔几天内弟又央求他帮一位不相干的女士打离婚。他觉着蹊跷,再三追问,内弟才吐实情——自己离婚是为了和那位女士结婚。

他妻子也从旁鼓励:“他这一方已然离了,我们帮着对方离成了,他们好再组织起个家庭呀!否则他们俩有情人不能成眷属,多痛苦啊!一辈子的心灵创伤!今后他还有什么幸福可言?”

“你们认识多久了?”

“一年多了。”

“不在一个单位,怎么认识的?”

“那一天她和她丈夫逛公园,我和我妻子逛公园,我们四个坐在一条长椅上。一会儿她丈夫上厕所去了,一会儿我妻子也上厕所去了。撇下我俩坐在那儿,她问我几点了,我告诉她几点了,我们聊了起来,不就认识了嘛!她告诉我她在邮电局工作,是集邮协会会员,我若也有同样的爱好,想买纪念邮票可以去找她。她给我留了个电话号码,迎着她丈夫走了……”

“以后呢?”

“以后我给她打了一次电话。”

“买纪念邮票?”

“嗯。”

“我怎么不知道你爱好集邮?”

“从那以后爱好的。”

“接着说。”

“一来二去，我俩有了感情。”

“多深的感情？”

“很深的感情。要不我也不会下决心离婚。”

“你爱她到什么程度？”

“爱得天天心烦意乱，不和她结婚我无法再打起精神生活下去。”

“她呢？”

“她也是。她丈夫酗酒，还赌钱。因为赌钱，被拘留过。”

“哪一天把她请来，我要跟她当面谈谈。”

…………

夏律师觉得很为难。以他的观点，他坚信恩格斯那句话——“没有爱情的婚姻是不道德的婚姻”深刻而又正确。但“第三者”是自己的内弟，尽管内弟爱那位女士“爱得天天心烦意乱”，也还是不能彻底打消他的种种顾虑。再说他是名律师，名律师应该顾虑的方面就更多。

后来那位女士被他的内弟请到了他家里。内弟是中年知识分子，那位女士也是中年知识分子。两位错过了爱情机遇的中年知识分子，当着他们夫妻的面相向垂泪，无限感伤，口口声声发誓不结为伉俪绝不罢休……他大受感动，答应要努力成全他们。

几天后的一个晚上，内弟回来，左眼眶青肿，鼻孔下面，嘴唇上面有血迹。

妻子惊问：“你怎么了？！”

回答：“我去当面声明了。”

“声什么明？”

“我到她家里，当面告诉她丈夫，我和她相爱！我们一定要成为夫妻！她不再爱他，他应该做一个文明的男人，应该同意和她离婚……”

“你真傻!”妻子连连说,“你真傻!你真傻!你这不是把事情越搞越糟么!”

他正在里屋看报,丢下报,从里屋走出来,沉着脸问:“谁给你出的主意?”

“她……她说……她根本就不敢和丈夫提离婚两个字。我想,我是一个男人,我是知识分子。在这件事情上我们没有什么可耻的,为什么不能光明正大,摆事实,讲道理?”

“他怎么说?”

“他什么也没说。”

“这不可能!”

“就是一句话也没说。他打了我两拳。一拳打在眼眶上,一拳打在鼻子上。还抓起一个花瓶砸我,幸亏我躲得快,没砸着……我从她家跑出来了。”

他的妻子追问:“她呢?她看着她丈夫揍你?”

“她……吓傻眼了,愣在一旁。”

“到了这种地步,让我还怎么成全你们?”

内弟——生物研究所的助理研究员,灰心丧气地说:“别费心了,拉倒吧,太没意思了。”

拉倒吧?……太没意思了?

姐夫瞧着内弟,大律师瞧着助理研究员,知识分子瞧着知识分子,一时竟再没什么话可说。也觉得为这么一个男人和那么一位女士发扬“舍得一身剐,敢把皇帝拉下马”的“法律骑士”的精神太没意思了!

他的儿子从自己的房间跨了出来,嘲讽舅舅:“哈,哈!爱得个五迷三道,挨了工人阶级两拳,便顶不住劲儿了!这就是你们知识分子的本色哇?”

他妻子劈面给了他儿子一巴掌。然而在外甥的心目中，舅舅的全部尊严，包括知识分子的全部尊严，从那一天起丧失尽净。

后来内弟就带着心灵的创伤和洗刷不掉的耻辱调往外省市去了。

后来有一天，在百货公司，他碰见了那位令他大大同情过的女士。她挽着她丈夫的手臂，她丈夫拎着大盒小盒的东西。他本不愿和她打招呼，但却打了招呼。

她说，他们分到了很理想的住房，来买些床上用品。她脸红极了，显出非常窘的样子，惴惴不安地向自己的丈夫介绍他。

"噢！久仰久仰。咦，你们怎么会认识？"

她的脸更红了。

他说："我爱好集邮。"

握手道别后，他望着她和她丈夫的背影，不由得想：如果他的内弟有几万元钱送给那位当丈夫的，结果会如何呢？……

大名鼎鼎的律师，在那一时刻，内心里多多少少有点羡慕起腰缠万贯的严晓东来。

严晓东曾怀着十二分的崇敬拜访过他。虔诚地向他细述内心的苦闷——渴望成为一个有知识的人，可如今知识太丰富，不晓得哪一类知识对自己更有益，恳求他加以指教。

他问严晓东知不知道苏格拉底是谁？

严晓东诚实地回答不知道。

他便告诉严晓东苏格拉底是谁，并且给严晓东讲了一个苏格拉底的故事：有一位青年去找苏格拉底，请教苏格拉底怎样才能获得知识。苏格拉底问："你需要知识到什么程度？"青年说："需要得很迫切。"苏格拉底便带那青年到海边，将青年的头按入海水中，许久才提起来，又问："现在你最需要什么？""空气！"青年惊慌地叫道，"现在我最需要空气！"苏格拉底说："如果你需要知识像需要空气一样,你就能自己获得知识。”……

严晓东默默地听他讲完,一句话没说,站起身就离开了他的办公室。

他明白那一次自己伤了严晓东的自尊心,客客气气地伤了严晓东的自尊心。

但他又想:今后生活中的许多事情,大概都是用钱就可以解决得了的。

如果我鼎鼎大名的夏律师有很多钱呢?会为吴茵慷慨抛出八千元么?会为我的内弟——假设钱可以改变两个知识分子的爱之命运的话——抛出几万元么?

他竟不能肯定地回答自己。

而他确信,几万元是足以使那位当丈夫的心甘情愿地在一份离婚协议书上签字的。在中国,在今天,是足以确保百分之八九十的夫妻“文明离婚”或曰“和平离婚”的。

钱在使普遍的中国人文明起来了么?

普遍的中国的知识分子却又面临着沦为城市贫民的危机。

鼎鼎大名的律师困惑了。开始怀疑,对于中国人,许多问题,律师和法院是不是比钱更起作用?……

亢奋的旋转的似乎变得扑朔迷离变得把握不准了的大时代的磁波,也干扰到了他的家里。他的独生儿子俨然是一位现代的“六一居士”了——大学文科毕业之后,分配到某编辑部,才当了三个月的编辑就认为吃亏了,也不跟他和妻子商议,便辞职,成了一位“贵族式”的无业者。

“哼,给他人做嫁衣裳?我没那觉悟!现如今一个修鞋匠每月的收入起码也要比我高三、四倍!”儿子愤世嫉俗。

骆驼有时会气冲牛斗,突然发狂。阿拉伯牧人一看情况不对,就把上衣扔给骆驼,让它践踏,让它咬得粉碎,等它把气出完,它便跟主人和好如初，又温温顺顺的了。

他原以为儿子的愤世嫉俗，不过就像骆驼的突然发狂罢了。他却想错了。

儿子整天是：孤灯一盏、书桌一张、人参蜂王浆一支、瘦人一个，一心想通过“托福”。

“哼，出了国老子就不回来了！”儿子坚定不移地向他和妻子声明。仿佛投胎为一个中国人，首先已然是吃了大亏了。二十来岁，张口“老子”，闭口“老子”，仿佛全中国十亿之众，尽是孙子辈的！

他的妻子愤怒之下，摔了儿子学外语用的录音机。没过几天儿子买回了一个新的，当然花的是他这位老子的钱。

他和儿子谈心：“外国就那么好？”

“明知故问！”

“你通不过‘托福’呢？”

“没个通不过！”儿子自信得很。

他知道儿子是肯定能考上的。现如今的年轻人，为了出国，是大有“头悬梁，锥刺股”的勤奋劲儿的，何况儿子的智商不差。

“你到了外国就能当上博士或教授？”

“不混出点名堂，一辈子不踏中国的土地！”

“混出了名堂呢？”

“混出了名堂更不回来了！不过，要是中国方面请我讲学，还是可以考虑考虑的……”似乎已经不是中国人了。

他真想对儿子大打出手。可是打又解决什么问题呢？

妻子又要摔新买的录音机，举了起来，却没舍得摔。一百多元买的。心疼的不会是儿子。

他希望儿子就是一头骆驼，那么他可以脱下上衣扔给儿子。可儿子不是骆驼。他不知道该用什么让儿子去践踏，去咬，去宣泄。按说有他这么一位大名鼎鼎的当律师的父亲，儿子起码应该承认做一个儿子并不算吃亏更不是件倒霉的事。可儿子竟连这一点也不承认。

“鼎鼎大名的夏律师的儿子！我早就听够了听烦了听腻味了！我在哪儿？我自己是何许人？我的自我呢？你想过光你这样一位父亲使我感到的压抑还不够我受的吗？”

“滚！……”他怒不可遏，拍案而起。

儿子扬扬长长地滚了，一天没着家。吃晚饭时方回来，指着桌上的一盘青菜豆腐，挑剔母亲把豆腐炒成豆腐渣了。

他的妻子没好气地说：“你别那么讲究了，凑合着吃吧！”

儿子娓娓地说：“讲究是精神的要素，与物质财富并没有直接的关系。满汉全席可以是一种讲究，一种文化；青菜豆腐也可以是一种讲究，一种文化。物质生活不讲究的社会，很少讲究精神生活，因为精神的观念是整体的。经由物质生活的洗练，才可能达到提高精神生活水准的目的。中国的物质生活水准太低，所以我不通过‘托福’誓不罢休，所以我得出国！”

“物质不灭！”他几乎是恶狠狠地瞪着儿子说，“即使你死在国外，埋在国外，外国人还是要指着你的坟墓说：‘这里埋着一个中国人！’你永远当不成一个彻底的外国人，你绝了这个‘高贵’的念头吧！”能在儿子自以为是的时候一针见血地指出这一点，他感到很痛快，很解气，甚至有点儿幸灾乐祸。

“物质不灭？”儿子用筷子拨拉着那盘炒得不讲究的青菜豆腐，振振有词地反唇相讥，“爸你显然还不知道，如今这个观念正受到威胁。科学家发现在印度一个一千六百米深的金矿里，质子似乎正在消失。物理学家在远离大多数宇宙线干扰的金矿里，聚集了一百五十吨铁，每隔数月，铁里似乎就有一个质子逸去，留下微少的次核子碎屑。他们动用了一千六百五十具放射侦察器，却根本寻找不到消失了的质子的踪影！”

他张了张嘴，一个字也说不出来，连同儿子辩论个孰是孰非的信心都没有了。儿子是当代大学生，而他是二十年前的大学生。儿子一向自称是“立体知识结构”型的人，一向将他视为“平面知识结构”型的人。他不敢贸然和儿子进行辩论，怕“物质不灭”的科学观念的确已经是一个陈旧的错误的观念，在辩论之中更加遭到儿子的耻笑。

儿子放下碗筷，走入自己的房间，关上门又去攻“托福”。

他呆呆地坐在饭桌旁，沉思默想了一会儿，问收拾桌子的妻：“物质不灭……真的不对了吗？”

妻耸耸肩：“我哪儿知道！”

他觉得问得多余。因为妻和他一样，也是个“平面知识结构”型的人。用儿子的话说，都是“一批保守的知识分子”、“被时代列车甩在旧站台上的最末一批乘客”。儿子似乎早已把中国上下几百年和中国知识分子的前因后果研究得透透的了，持一种高傲的轻蔑的态度。而在同代知识分子中，他却自以为并不保守，还常常被社会和同代人认为是一个观念激进者。儿子的话起码验证了一个事实——在如今这亢奋的旋转的扑朔迷离的把握不准了的大时代，他正变成一个越来越在上下两代人的白眼间显得不尴不尬的角色。他心中涌起了一阵悲哀。

“抽空儿给中国科学院写封信，问一问他们。”

“问什么？”

“问‘物质不灭’还对不对……”

“我没那兴趣，要写你自己写！”妻捧着盘子碗，气哼哼地走进了厨房。

如果“物质不灭”已然不对，那么足见今天这个世界上的错误多到什么程度了！也足见自己这位“平面知识结构”的父亲被“立体知识结构”的儿子瞧不大起是活该的事了……他郁闷地离开了家。

天色已黑,晚风习习。夜市初上,热闹非常。

他来到了姚玉慧家。她正在写信。

“别理我,写你的。我没什么事儿,坐会儿就走。”

“不写了。”她收起信纸和笔,为他削了一个梨,将椅子向他拉近些,吸起烟。

“很甜。”

“我妹妹送来的。”

“小姚,你知道不知道,‘物质不灭’——还是不是一个正确的科学观念?”

“大概还应该是正确的吧?不过也难说。我记得从一期什么杂志上看到,爱因斯坦的相对论正面临被某些科学家推翻的可能性。”

“噢?找来我看看!”

于是姚玉慧便起身翻一摞摞的杂志,翻了半天却没有找到那一期。

“唉!……”他叹了口气,苦恼地说,“这年头,不值得在儿女身上花费太多的智力投资,免得出国了不回来。也不能一点儿不花费,以至于成一个白痴。我劝你将来干脆别要孩子算了!”

姚玉慧劝道:“又生你那儿子的气了吧?他要考‘托福’是值得高兴的事儿嘛,能出国就让他出国呗!出国有什么不好?”

“可我就这么一个儿子啊!我和他妈天天四处打探消息,希望出国手续更复杂些,希望卡住他小子出不去!可听到的消息都是手续更简便了,政策更宽松了……”

他将那只梨吃得只剩下一点点,放在茶盘上,掏出手绢擦擦手,又说:“比如吃梨,他小子也看不惯我和他妈,指责我们吃剩得太少。还告诉我们有教养的人不是这么个吃法!”

“怎么个吃法？”

“起码保留下三分之一不再吃，说那才是绅士派头！如今一斤梨便宜的也八九毛钱，他不是太烧包了么！”他又叹了口气。

她也陪着叹了口气。

“你这几天为什么也有点闷闷不乐的？”

“我？你何时见我真正快乐过？城市生活早使我厌倦了。没想到城市这么快就撕下了它的假面具！”

“假面具？你以为它应该是怎样的？”他认真地问，也吸着了一支烟。

“少一点儿卑鄙小人。”

“比如来敲诈吴茵的那一对？”

“包括王志松。他当年将宁宁抱回家，在艰难的日子里尽心尽意地抚养那孩子，那是一种多么高尚的情操！可是如今他拿自己的高尚沽名钓誉！连一个曾经很高尚的人的灵魂如今都变得卑鄙，生活不是让人感到有点儿可怕了么？”

“你太理想主义了！理想主义在今天就是一种矫情！一种幼稚！设想一个世界，报上没有谋杀案的报道，从来没有火警，飞机从来不失事，没有丈夫遗弃老婆，没有妻子与别的男人私通，没有导演玩弄女演员，没有国王为了爱情放弃王位，没有敲诈勒索，没有营私舞弊，当官的都是好官，老百姓都是良民，没有利令智昏、野心膨胀的人，没有虚伪欺骗、沽名钓誉的行径。人人都是正人君子，顺理成章地实现他十岁时就立下的大志。有情人终成眷属，每一个家庭都无忧无虑，和和美美。这样的世界算了吧！生活的兴奋和趣味将全部消失，高尚者也将不再追求高尚，因为人人都很高尚，品格和他一样。高尚完全消失，并不存在。也不会再有小说、电影和戏剧。一切艺术家也就不明白一切艺术对人还有什么价值和必要，新闻也将永远没有了值得报道的事情。没有了坏的事情发生,只剩了好的事情天天发生,人们也就可以认为天天什么事情也没有发生。没有罪恶,没有堕落,没有嫉妒,没有偏见,没有不当行为,没有人性弱点,也就没有律师,警察,法院和监狱,最要命的是人人都将丧失了生活的激情,最糟的是人人再也不会感到惊奇和困惑,这样的世界还算一个世界么?”

她不由得笑了。

他说得兴奋起来,烟灰积了挺长一截,也不弹,接着说:“至于你们那个王志松,根本不值得一提!你们北大荒那一伙中怎么就不能有个灵魂堕落的?你们很特殊?哪儿特殊?如果你搞一次社会调查,我断定除了那个王志松和那一对敲诈勒索者,类似的至少还会有一百个!”

他说完这一些话,他的入党介绍人有几分不悦起来。因为他说“你们”和“你们那个王志松”,使她觉得他所贬低的是一个整体,而这个整体包括着她。她时时处处企图在整体上维护“北大荒那一伙”的心态是很执拗的,并不仅仅由于她当过“北大荒那一伙”的教导员那种执拗是连她自己也解释不清的。

她淡淡地说:“我本想劝慰你几句,看来太自作多情了。既然你对社会和人分析得如此精辟,那么大可不必因为有一个狂妄自大,一心只希望能甩掉一双旧鞋似的甩下你们两口子漂洋过海的儿子而牢骚满腹了嘛!”

他从她的话中听出了挖苦的意味,将烟按灭在烟灰缸里,笑道:“你说得好。好极了!挖苦别人也是一种宣泄的方式。我到你这儿来,其实正是想痛快淋漓地大发议论,宣泄宣泄。在家里可没人听我这一套!多挖苦我几句吧,啊?你骗不了我,你比我更需要宣泄。咱们之间理应机会均等!”

他们互相瞧着瞧着,忽然都噗哧笑了。

她从桌上拿起烟盒,又递给他一支烟,自嘲地说:“别人听了我们的话,准以为我们是一丘之貉,凑在一起攻击改革开放后的大好形势呢!"

"而我们却经常受到真正的保守者们的大肆攻击。"他深吸一口,缓缓吐出,注视着如同涟漪一般飘散开来的烟雾,又说,"在今天,面对现实,真正困惑的并非那些思想保守的人们。因为他们对改革开放的前途并不觉得应负什么责任。真正困惑的也不是改革者们自己,因为他们所肩负的历史使命不允许他们困惑。真正困惑的是我们这样的一些人,一些从内心里拥护改革开放而又不对此承担着任何责任的人。因为改革开放之对于我们,是一个崭新的寄托,是一种精神倾向的附着体。一旦我们失望了,我们也许将变得比那些保守的人们更偏激。我们也许将成为改革开放的最顽强的逆反势力。上个月,我不是回南方老家去了一次吗?小镇刚在各十字路口装上'行'和'勿行'两种信号的交通灯。我问警察实行的情况如何?他说:一如所料,信号'勿行'亮起时,人人都快跑。中国的情况正是这样。改革者们想要建立新秩序,而普通的中国人,一方面既习惯于旧秩序,一方面又想要奔跑到新秩序前面去。交通信号灯取代指挥棒无疑是进步,但普通的人们不知为什么一看见交通信号灯则表现得那么慌慌张张。"

"但愿我们不要变成为改革开放的阻力。……"

"但愿……"

他们便都沉默起来,各自心事重重地吸烟。

那只波斯猫不知从哪儿钻了出来,跃到他膝上,舒舒服服地趴下了。

"今天它怎么变得这么老实?"他一只手抚摸着它问。

她看了它一眼,笑笑,没有回答。

电话铃响了。她欠身抓起来听了一下,递给他说:"找你。"

他接过话筒听着,表情渐渐变得愠怒了。

等他放下电话,她问:“什么事儿?”

“这么一会儿工夫,他们母子又吵了一架。我那难以调教的儿子扬言要离家出走……”

他将波斯猫从膝上推下地,连句告辞的话也顾不上说,就匆匆离去了。

波斯猫又跃到了她膝上,舒舒服服地趴下。

刚买回来那几天,它十分不安生,在房间里上蹿下跳,喵喵叫个不停。有天傍晚,她刚一开门,它就从门缝挤了出去。她以为它肯定回不来了,深更半夜的时候,却被一阵阵猫叫声扰醒。那种叫声像婴儿的啼哭,显然不是一只猫在叫,是四五只猫在合唱。她披着被单开了门看个究竟,但见黑暗的楼梯上和走廊里,这儿一双那儿一双黄的或绿的猫眼在闪耀。她将她的波斯猫唤入屋里,关上了门,外边的猫们叫得更凶。她出出进进驱赶了几次,猫们一发现她从房间里走出来,便都不叫了,在黑暗中瞪着她。她一次次将它们驱赶到楼外。而当她重新躺在床上后,又听到了它们在叫。它们在外边叫,她的波斯猫在房间里叫。天亮以后,外边的猫们才散去,她的波斯猫才安静下来。

她去上班的时候,发现楼外贴了一张白纸,墨迹未干的两行醒目的字是“养猫者,请每晚给猫吃安眠药”。

那天她下班回来的第一件事,就是将两片安眠药捣碎,拌在食物中给猫吃了。

那天晚上严晓东突然光临。她以为他一定有什么事儿想请她帮助,问了几遍,他都说没什么事儿,只是来看看她,聊聊。尽管他在公共汽车上曾对她相当无礼,但她早已原谅了他。归根到底,她认为公共汽车上那件事,完全是由于自己不好,不该装作不认识他的样子。他态度怪虔诚地向她说些赔不是的话,她只是矜持地笑笑。她甚至对他显出由衷的欢迎的样子,因为最终是他帮助了吴茵。她问他给了那一对上海夫妻多少钱？他说“不多，不多”。她便更加断定那是一笔数目不小的钱。她不禁对他怀有了几分敬意，刮目相看起来。

“你的猫怎么了？”

他摆弄那只波斯猫。它躺在沙发上，任他百般摆弄，毫无生气，如同死了。

“我给它吃了两片安眠药。”

“吃安眠药？为什么？”他惊讶。

“昨天夜里它招引回来许多猫，搅得四邻不安。”

他笑了，说：“我看见你们楼外贴的那张抗议书了，却没想到是针对你的。公猫？”

她点头说是公猫。

“天天晚上想着给它吃安眠药多麻烦！交给我，我替你养几天它就会安分多了。”他胸有成竹。

“真的？”

“当然！我骗你干什么？”

她相信了他。

他走时，将猫抱走了。

过几天他将猫送回来了。她看出它的确是变得乖顺了。

她问：“你有什么经验？”

他说：“我把它劁了。”

“它，它可是一只品种高贵的猫呀！”她瞧着它，连连顿足，觉得自己对它犯下了不可饶恕的大罪。

他回答：“高贵不高贵都一回事儿，比劁猪容易得多。”

…………

现在它已经不再是一只公猫，而仅仅是一只猫了。一只慵懒的猫。除了吃，几乎整天睡。也不爱叫了。呼噜声倒比是一只公猫的时候响多了。它的众多的“情人”深更半夜来呼唤过它两次，它对“她们”那种充满情欲的呼唤相当冷漠。“她们”太失望，可能也太悲伤，再也不来呼唤它了。

她抱着它在沙发上坐了一会儿，一阵困意，迷迷糊糊地卧倒身子睡了一小觉。好像还做了一个杂七乱八的梦。

倏然地她醒了。波斯猫仍在她怀里，死睡得软绵绵的。呼噜之声有如壮汉的鼻鼾，尽管它已永远不可能再是“汉”。它口中还淌出一些黏液，把她的衣服弄脏了一片。那一时刻，她对这只种族高贵的猫忽然产生了极大的厌恶。她知道自己不会再宠爱它了。这不是它的错，也不是她的错，是严晓东的错。

“滚！讨厌的东西！”她揪着它的皮毛将它摔到地上。可是它在地上一滚，就像刚卸了套的驴似的一滚，站起来后，复跃她怀里。

“滚！”她又一次揪着它的皮毛将它摔到地上。

它又那么一滚，死皮赖脸地瞪着她，还要往她怀里跃。

她脱下一只鞋，不容它站稳，一鞋将它击了个斤斗。够狠的一下。它却不叫，逃到桌子底下去了。从桌子底下，探头探脑地窥视她。

她觉得它不再是一只公猫之后竟连瞅人的眼神儿也变得怪诞，仅仅这种卑鄙的眼神儿就够使她厌恶的了。

她脱下另一只鞋朝它打过去。

它则苟且地完全缩到桌子底下去了，它在桌子底下打起嗝来。她生平第一次知道了猫居然还会打嗝。

她简直忍受不了这个，自己也感到恶心了。她挪开桌子，揪起它，从窗口将它抛了出去。这么做之后，她才想到是从六层楼上将它抛了出去。她被自己杀生害命的不人道行为震呆了好一会儿。

她确信它死定了。

接着她将喂它吃食的东西扔入室外的垃圾暗道。

接着她洗被它弄脏的衣服。

接着她一边听音乐，一边着实为那只高贵而无辜的猫难过。

接着她开始写那封没写完的信。

信是写给当年营部管理员的。在北大荒，在她给营长送毛衣那个寒冷的冬季的夜晚，管理员的妻子死于第四胎难产。那不是她的罪过，但时至今日她仍认为，如果派车迅速，孕妇就不会死在去团部医院的半道上。

她还给管理员寄过几次钱。最初，基于一种深刻的赎罪心理。说它深刻，乃因它曾使她的灵魂在相当长一段日子里不得安宁。后来，则渐渐嬗变为一种依托，一种宗教式的虔诚和童话般的幻想经纬交织的虔诚。

每当城市生活令她感到失望感到沮丧感到困惑感到疲惫的时刻，她的心便飞回了北大荒。每一次回忆，都是一次精神的过滤。每一次过滤，当年严酷的荒谬的虚伪的现实，就渐渐淡化了。每一次淡化，都将北大荒描摹成了一幅诗意盎然的图画。而与令她常常感到失望感到沮丧感到困惑感到疲惫的城市相比，那片她当年生活过的土地终于又重新成为她所日夜向往的地方。

神秘的白桦林，清澈的小河，“木克楞”房子，铺展在火炕上的热乎乎的被窝……宁寂之中的宁寂……被她的幻想充分净化了的男人和女人，老人和孩子……接近着大自然的自自然然的一切事物……外面静静地飘荡着雪花，坐在灶口，让通红的炭火映耀着自己的脸，听不到任何声音，独自看一本什么书，不必担心有谁来干扰美好的情境……在细雨濛濛的早晨，挎着个小篮到林子里去采蘑菇和木耳，顺便折回各种各样的野花……沐浴着黎明的朝晖或黄昏的霞光，登上哪一座山顶，远眺金色的麦海……北大荒重新成了她精神上的圣地。

管理员写给她的信中说，她什么时候愿意回来都行，高兴住多久便住多久。

她在信中说自己太思念那个地方了,太思念那个地方的人们了。

他在信中说那个地方的人们也很思念她这位当年的教导员,说他的三女儿都已经二十多岁了,订婚了,还记得她。天天念叨结婚前一定要到大城市玩玩,看看她……

她已经回了一封信让那北大荒土生土长从没离开过那片土地连小小的县城也没去过一次的姑娘赶快来,越快越好。她说她一定热情招待那姑娘,如果工作摆脱得开,也许还会请下一段长假,亲自将那姑娘送回北大荒……

她没写完的这封信,是要叮嘱那姑娘动身前一定拍封电报给她,她将去火车站迎接,并且叮嘱管理员寄一张他女儿的照片来,免得她去迎接时由于已互不认识错过了……

她还买了一张折叠床。那姑娘来后,她自己将睡折叠床,而让那姑娘宽宽绰绰地睡在"席梦思"床上……

她考虑得周周到到。她诚心诚意。她觉得她又有了一个可以重新回归的"圣地"。

倘城市对她这位其貌不扬的老姑娘造成的压迫太甚,她已明确了该往哪儿逃遁。

那个地方将是她的"最后的停泊地"。

她从一本什么杂志上读到了一位名叫张辛欣的女作家写的一篇小说——《最后的停泊地》。非常之欣赏这篇小说的题目,从此认为只有女作家才最理解女人的内心世界。每一个人都需要有"最后的停泊地",没有的话,生活在当今的人将太惶惑也太可悲了。女人尤其如此。她甚至几次想把这个感叹写信告诉那位很有名的女作家,但由于自尊心没写。怕她的信被那位很有名的女作家连信封也不拆就揉巴揉巴扔进废纸篓。

写完给管理员的信，贴好邮票，摆在一眼可见的地方，心里想着明天上班时就顺路投出去。一时没什么事儿可干，又睡不着，便翻杂志。她很舍得花钱订杂志，也相当有时间看。翻了半天，没有哪一篇小说将她吸引，突觉索然。猛地想到，也应该往信中夹一张自己的照片才对。于是揭邮票，揭封口。胶水干得很快，要揭下邮票揭开封口根本不可能，只有浪费了一张邮票一个信封。重写了一个信封，找出影集，选择照片。返城后除了工作证上需要的照片，她就再也没有第二张照片可供比较和选择。而那一张正面标准照上的她，显得太老了，表情呆板得不能再呆板。她真不情愿将这么一张照片夹在信中。最后她挑了一张自己在北大荒当“毛著标兵”那一年的照片——戴顶羊剪绒的棉帽子，露出齐耳短发。那时的她也不漂亮，但年轻。意气风发的样子，脸上完全没皱纹，眼睛挺有神。但那已是十年前的照片了，那是一个虚假的自己，虚假而又年轻。青春装饰了虚假，虚假似乎也就不那么丑恶了。她甚至对那个“自己”产生了很深的恋情。她拿着照片走入卧室，站在大衣柜的穿衣镜前，仔细端详镜中自己那张脸，又仔细端详照片上自己那张脸，希望寻找到相同之处，结论判若两人。这样的一张照片寄去，是会使管理员和他的女儿见到她本人时吃一惊的。按照片上她的样子，那姑娘是无法在火车站那种慌慌乱乱的地方认出她的。再说，她只这么一张令自己感到满意的照片了，底版早丢了。她很有些舍不得寄给人。结果是白白浪费了一张邮票和一个信封，最终并没有夹入照片，又惆怅地封上了。

她却忽然想到了那句话——青春是人生的黄金时代。

她明白了，与其说自己缅怀那个生活过十一年之久的地方，毋宁说自己缅怀那个付出了青春的地方。而在那个地方，她是不可能重新找回什么宝贵的东西的。所有宝贵的东西全丢在回忆中了。

小妹和她的朋友们,如今却对她及她的同代人常常表示羡慕。羡慕那种所谓“经历”。羡慕爱的苦闷,羡慕“战天斗地”的精神,羡慕英勇而无价值的死亡,羡慕艰苦而枯燥的生活,甚至羡慕人性的扭曲……她们说那无论如何是很值得的。正像小妹她们所唱的那样,“也许世界上没有了痛苦,我们不再了解欢乐”。是的,正因为她们的痛苦太少了,她们的欢乐也很轻飘。然而她又清清楚楚地知道,让小妹她们如今到北大荒去的话,那儿得先盖起舞厅和咖啡厅,还得不被管束,还得给高工资,还得允许一个星期回一次城市,并且最好是有班机……否则,她们宁肯在越来越繁华越来越亢奋的城市里天天唱“也许世界上没有了痛苦,我们不再了解欢乐”。

如今她是了解欢乐了,然而欢乐却远远地避开了她……

她收起影集,决定干脆早早睡觉。睡不着也要睡。她洗漱完毕,服下了两片安眠药。那本是给猫预备的。

她躺在床上,熄了灯之后,听到外面有爪子挠门的声音。她以为自己幻听。然而不是,确确实实是爪子挠门的声音。难道波斯猫回来了?不可能!从六层楼的窗口抛出去的一只猫,居然会活着回来么?除非是猫精!

爪子挠门声不停。门上包着白洋铁皮,声音刺耳。

“谁?!……”

明知外面是一只猫,却大声问“谁”。

“喵……”仿佛回答她,一声怪诞的猫叫,听来像人装的。

她有些毛骨悚然起来。

爪子挠门声更响了,要将白洋铁皮包着的门挠烂似的,使她无法对那种刺耳的声音不加理会。

她赤脚下床,蹑足走到门旁。她不敢开门。想象着只要一打开门,门外便会有只人那么大的猫精立起来扑向她,用爪子挠她的胸脯,如同挠白洋铁皮包着的房门。

“喵……”又叫了一声,凄凄惨惨的。

她鼓起勇气,壮着胆子,将门打开一条缝。正是她那只高贵的波斯猫,哧溜钻进屋。

“出去！不许进来！我不要你了！出去！……”

它在屋内转一圈,蹿入她卧室。

她跟进卧室,见它已跃到床上。黑暗之中,那双异色的猫眼仿佛满怀歹意地盯着她。楼下一家商店遮阳光的帆布凉篷救了它一命,她想不到这一层。它居然摔不死使她感到恐惧,它那双仿佛满怀歹意的眼睛使她内心发悚。

她要将它重新驱赶出去,它灵活地这躲那藏。她柔声唤它,终于将它诱到跟前,一把揪住了它的皮毛。她又想从窗口抛出它去,但她毕竟不是狠心的女人,抚摸了它一会,放下了。

她将它关在卧室外,怀着一种可笑的谨慎心理,插上了卧室的门。唯恐做噩梦,上床之前,又吞了一片安眠药……

第二天,她起得很迟。匆匆忙忙喝了一杯麦乳精,一出门,发现门口蹲着一个人,怀搂着一个小包袱,在酣睡。

“哎,你怎么睡这儿啊?”

她弯腰推醒那人——却是一位穿男人衣服的姑娘。一副风尘仆仆的样子,像逃荒的。

“我……找人……”

姑娘揉着眼睛怯怯地回答。

“找我大姐……”

“那我肯定不是你大姐,你到别处找去吧!”她说着,急急忙忙下楼。刚下两级楼梯,站住了,转身从头到脚打量那姑娘。

“找你大姐?”

“她叫姚玉慧。”

“我就是!”她立刻明白那姑娘是谁,踏上楼来。

“大姐，我是小俊啊！庞管理员的女儿！看，这是你给我爸爸写的信。”姑娘从兜里掏出一封信皮儿肮脏了的信递给她。是她给管理员写的那封信。

“快进屋……”她赶紧打开房门，握住姑娘一只手，将姑娘引入房间。

“什么时候到的？”

“昨天后半夜。”

“你怎么不预先拍封电报来？”

“拍电报干啥呀？”

“让我接你啊！真是的，委屈你在我门外蹲了一夜！”她抱歉之极。

姑娘憨憨地腼腆地笑。腼腆之中流露出乡下人在城里人前那种不知所措的拘谨。她注意到姑娘左眼在害着“针眼”。

“来来来，快坐下。你爸爸妈妈都好么？”她将小俊领到沙发前。

小俊规规矩矩地坐在长沙发一端，低声回答：“好，都挺好的。”

蜷在沙发另一端的波斯猫躬起身，虎伏着两只前爪伸了个夸张造型般的懒腰，望着小俊一步步踱过去，直爬到她身上，又头尾相接地卧下了。小俊竟拘谨得不敢抚摸它，仿佛她的手会将它那高贵的雪白的毛弄脏似的。

她不禁笑了，说：“你别这么拘谨呀，在我这里应该像在你自己家里一样随便嘛！”忽然悟到自己刚才问那句话有些荒唐，而小俊的回答也有些荒唐，便问，“咦，你妈妈不是已经不在了么？”

“我妈妈是不在了……我爸爸他挺好的。”小俊脸红了一阵子，又说，“大姐，给我杯水喝吧！我上了火车就没喝水，渴死了！”

“也没在车上吃饭吧？”

小俊点了一下头。

“那我先给你冲杯麦乳精吧！”她一边冲麦乳精，一边又问，“你坐这趟车那么挤吗？”

小俊说：“挤倒不太挤，我没买票。”

“为什么？”

“不为什么，省几个钱是几个钱呀！”

这姑娘诚实得可爱，这种诚实博得了她对她的第一份好感。将麦乳精放在茶几上，她从兜里掏出信说：“小俊啊，你看，我昨晚还给你爸爸写了这封信，没想到你今天就来了！在我这儿你千万别见外，啊？你想住多久住多久，啊？”

“嗯。”小俊解开小包袱，取出一个干巴巴的面包，一手端起那杯麦乳精，饥饿地咬了一大口面包。

“别吃那面包了！”她从小俊手中夺下面包，“留着喂猫吧！”

小俊怔怔地望着她。

她亲切地瞧着小俊，说今天上午所里有会，她这个“小头儿”必须参加。并且详细地告诉小俊，在附近哪一条街上有浴塘。浴塘对面有家饭店，那儿的馄饨很好吃。

“先去吃馄饨，然后再洗澡。记住，饿不洗澡。这是经验之谈，否则你会头晕的。要洗盆塘，一定要洗盆塘，盆塘卫生。好好洗个澡，解解乏。洗完澡就回来，别逛商店，逛丢了怪让我着急的。我一定抽空儿陪你逛遍全市所有的大商店，到处玩玩。衣柜里的衣服随便你换，喜欢哪件你穿哪件！”她说着，将房门钥匙从钥匙链上取下交给了小俊，还给了小俊十元钱。

“大姐，我不花你的钱。我爸爸嘱咐了，不许花你的钱。”小俊只接钥匙，不肯接钱。望着她那种目光，像望着一位倍加敬仰的人物。

“什么话！不许花你自己的钱。一分也不许花你自己的钱！快接着，要不我生气啦！”

小俊这才腼腼腆腆地接过钱。

她对小俊怜爱地笑笑，说句“中午见”，就走了。

中午，她回来时，小俊睡着在沙发上，搂着波斯猫。

小俊没穿她的衣服。

她悄无声息地坐在椅子上，静静端详这来自北大荒的姑娘。这姑娘头发真好，黑而密，可谓秀发。扎成两条柔软的大辫子，一条压在身子底下，一条搭在胸上。这姑娘的脸色也真好，红润润的。这姑娘的身体发育得真成熟啊！像一位充分显示丰腴之美的少妇的身体。胸脯在旧的男人的衣服下高高耸起。衣扣勉强扣着，随时会绷开似的。这姑娘的脖颈长得太迷人了！不长也不短，而且是那么的白，使她猜测这姑娘的身体无疑也相当之白皙。那是谁的衣服呢？大概是她父亲的吧？干巴瘦小的管理员两口子，何以会生出如此可人的一位女儿呢？

她根本回忆不起来管理员这位三女儿小时候什么模样。

当年小俊才十岁。

当年她没有太注意过管理员的女儿们。而眼前的小俊，使她联想到了一颗成熟得不能再成熟的樱桃，包在一片绿叶子中。或者是一朵野百合花，它们当年在北大荒的野地里怒放时，火红耀眼，远远地就能发现，引诱人去折取。

北大荒的野百合花给她留下极深的印象。

她简直不是在端详那姑娘，而是在欣赏那姑娘了。

她觉得自己非常喜爱管理员这位女儿。

将要成为这姑娘的丈夫的小伙子是什么样的男人呢？一定是个身强力壮的小伙子吧？应该是那样的小伙子！只有那样的小伙子才配做她这样的姑娘的丈夫啊！

她觉得小俊焕发出一种强盛的青春勃勃的生命力。尽管睡着，但那种无与伦比的生命力却仿佛在这姑娘体内欢欢腾腾地活跃着。

成熟得不能再成熟的，樱桃般诱人的，怒放的野百合般迷惑人的，在睡着了的时候也仿佛欢欢腾腾地活跃着生命力的，旧的不合体的男人的衣服也不能使其逊色的，充分显示出女性自自然然而又原始的本质魅力的这姑娘的身体，令三十六岁的其貌不扬的缺乏肌肤之美的老姑娘羡慕极了，嫉妒极了。由于羡慕由于并非可耻的嫉妒，使她更加从内心里喜爱这姑娘。

她非常惊讶于自己还能够喜爱一个人，而不是喜爱一件东西，或者一只猫。她买那只波斯猫，正是为了要喜爱它，现在却已经开始厌恶它了。并不完全是由于它被严晓东给劁了的缘故。如果它也是件东西，她相信自己早把它扔掉了。而它是一个活物，一个生命。她不因厌恶而弄死它，是因为她心肠软。她厌恶它而又继续喂养它，是因为她总得有个伴儿。她有了未婚夫而从内心里不想结婚，甚至厌恶结婚，是因为她不能在情感上心灵上接受他为爱人。她害怕和他结婚终于不可避免地成了一个事实。她本能地一而再、再而三地推迟这个事实迫近的日子。她对他和对那只波斯猫差不多。她不能完全没有一个“他”，但她更多的情况下更多的时候厌恶他。而在厌恶他的时候厌恶他的情况下偶尔也渴望他需要他，如同一个想喝清茶的人在渴了的时候渴极了的情况下端起一碗油腻的汤。每每在她渴望他需要他的时候和情况下，她对他的厌恶恰恰有增无减。她恼恨自己这样一种古怪心态，然而她对自己无可奈何。

人是特殊的物质。人一旦变了，只能更不是自己，不复能再是原先那个自己。绝对地不能。

现在好了。她这么想。从此以后就好了——因为她不但还能够喜爱一个人，而且有了一个人可以让她喜爱。终于是有了一个人可以让她喜爱,这是比喜爱一件东西或者喜爱一只猫更要紧的。

妹妹努力希望被她喜爱,却无法被她所喜爱。而眼前这个刚刚到来的还十分陌生的姑娘,却在她内心里引起了一种匪夷所思的喜爱之情,由衷的喜爱之情。她解释不了,真是匪夷所思!

不知为什么,她非常不喜爱复杂的东西。比如两幅画,她肯定会喜爱其中构图单纯的那一幅。比如两首歌,她肯定会喜爱其中歌词明了的那一首。现在许多画的构图更趋向单纯,现在许多歌的歌词更趋向明了。现在许多人却更复杂了,复杂得相互之间难以真正贴近,难以真正沟通,难以真正理解。是不是正因为人们本身变得如此了,才转而向别的方面去寻找单纯和明了呢?认为一幅画的构图单纯或者认为一首歌的歌词明了,那是随心所欲的事情。而这样去认为一个人,在今天是可能处处潜伏着危险的。在今天人无可救药地变得最最不堪信赖了。她这么看。

她问自己,也许我喜爱这姑娘,是因为她从我的回忆中走来?是因为她看去那么单纯而又似乎那么需要我的关心和保护?

其实更是因为这姑娘带来了沉淀在她那种诗化了的、被她的主观情感筛滤过了的、大不真实的回忆之中的一点点温馨。它是提炼了的,结晶了的,含有杂质,却很浓。

她不愿见这姑娘搂着她那只被劁了的、她已经厌恶了的波斯猫。她总觉得那只猫被劁了之后,变得虚伪了,整天装出有益无害的样子,而骨子里怀着对她的仇恨。时刻伺机在她麻痹了放松警惕了之后对她进行阴险的报复。

她揪着它的一只高贵的耳朵想将它扔到地上,结果它醒了。它用爪子挠住小俊的衣服,结果小俊也醒了。

"这沙发软得真舒服。"小俊难为情地坐了起来。

"我带回了眼药,我给你上点儿眼药吧!"她从挎包里取出眼药水,用根牙签卷了点药棉,滴上眼药水,给小俊轻轻洗眼睛,"一天这样洗两次，就会好的。”

“嗯。”

扔了牙签，她牵着小俊的手走入卧室，打开大衣柜，展现出她的许多衣服，问：“叫你随便穿，为什么不穿？”

“我怎么好穿大姐的衣服呢？”

“那有什么！挑你喜欢的穿吧。”

“不……”

“我替你挑！”她首先找出了一套崭新的一次也不曾穿过的内衣放在床上，慷慨大方地说，“给你了！”接着从衣架上扯下了几条裙子和连衣裙，一一放在床上：“给你了，给你了，给你了，这件也给你了。”

“大姐，我不要。我真的不要。”小俊慌了起来。

“给你，你就要。你不要，我不高兴。我这个人就是这样的怪脾气！”

“那……大姐你给的太多了……我要一件吧！”

“给你的，你都得要。大姐老了，穿不得这些漂亮的衣服了！”

“那……也应该给你妹妹啊！大姐你不是有个妹妹吗？”

“是有个妹妹。她才不稀罕我送给她的衣服呢！送给她说不定还会落得她取笑我！你叫我大姐，你不也是我一个妹妹么？”

“大姐你真好！”

“来，现在就换上这一套内衣，再穿上这一件连衣裙！”

“大姐，晚上再……”

“我这会儿就想看到你穿上变成个什么样儿！”

“怪……羞的。”

“那我出去！”

她离开了卧室，坐在小客厅的沙发上吸了一支烟。

待她再走入卧室，见小俊已换上了那件连衣裙。那是一件橙黄色的，束腰的，仿唐样式的连衣裙。女人们对时装的追求，不外乎两大流派——或者越来越现代；或者越来越古典。这两大流派无论怎么变化和发展，都与她毫不相干。那些自己买的，却似乎永远只能供自己欣赏的衣服，今天终于穿在一个自己喜爱的姑娘身上了，她高兴。

小俊不晓得那条带饰物的裙带是怎么个结法。她替小俊结上裙带，将小俊推到了镜子跟前。

“漂亮么？”

“真漂亮。”小俊望着镜中的自己，有些不相信那就是自己似的。

“别留辫子了。大姐有卷发器，电吹风，趁着头发还没干，给你来个披肩式行不？”

“大姐你想怎么就怎么吧，怎么的我都乐意。”

于是她给小俊剪发，卷发，吹发。为自己喜爱的一位姑娘这么做，她感到了一种从未感到过的快乐。她也曾在自己的头发上很下过几番工夫，但感到的是沮丧。她也曾在那只高贵的波斯猫身上下过工夫，企图将它的毛变成卷曲的，就像羊羔皮皮袄那种被叫做“麦穗毛”的样子。可是波斯猫身上带不惯卷发器，她的实践没成功过。

将乡土气息十足的来自北大荒的姑娘，变成了一位城市里的集“现代”与“古典”美于一身的时髦女之后，她开始和小俊支折叠床。

支好折叠床，铺备齐整了，她坐在折叠床上，依着被子，亲切地瞧着坐在“席梦思”床边的小俊，微笑着说：“你睡那张床，我睡这张床。”

“大姐，我睡折叠床吧！我在家里睡火炕睡惯了，睡这么软的床……不自在。”

小俊彻底变了一个样儿之后，似乎那种村姑的感觉仍一时变不过来，坐得过分的端庄，仿佛是模特儿，随时准备听吩咐改变姿态。

“别争。睡几天就睡得自在了。你两个姐都出嫁了吧？”

“嗯。”

“阿黄活得好么？”

“他离婚了。后来撇下老婆孩子也返城了。”

“返城了？我问的是你家那只狗。”

“我还以为你问的是当年留在北大荒那个天津知青呢！狗死了。”

“老死了？”

“不是老死的。它在山上被狍子套套住，让狼吃了。发现它的时候，只剩下一点儿碎皮。”

“那是一条好狗啊！当年我到团里去开会，如果搭不上车，就常常带着它，让它一路护送我。”她真真地难过了片刻，又问，“你家门前那棵树呢？”

“我家门前没有一棵树哇！”

“有！肯定有！我记得清清楚楚的。营部当年要伐那棵树派什么用场，是我阻止的嘛！那是那个地方最老的一棵树，据说起码一百年了。”

“大姐你记错了。你指的是我们邻居李驼背家门前那棵树吧？是不是当年上边钉块‘深挖洞，广积粮’的大标语牌那棵老树？”

“对，对！就是那棵老树。中间被雷劈裂，一半死，一半活，吊一截铁轨。营部集合，我总要亲自去敲。我爱听那声音！如今我一个人安安静静地坐着或躺着的时候，似乎常常听到那声音，当，当，当……就像催促我到什么地方去集合似的。”

“它早没了。”

“没了？”

“嗯。李驼背把它砍了。”

“为什么把它砍了？”

“给他老娘做棺材盖儿。”

“那……铁轨往哪挂了呢？”

“铁轨？……”小俊想了想，摇头，“没挂在哪儿。没人注意它哪儿去了，大概在李驼背家吧？”

“那……现在集合敲什么呢？”

“集合？现在不集合。不着火，一年也集合不了一两次。”

“不集合？”

“嗯。不集合。现在搞承包了，没人分派活儿，没人训话，集合干什么呀？”

“是……这样……河呢？”

“河？河还那样。十一月结冻，四月开化。”

“还那么清？”

“还那么清。”

“河边还长蒲棒么？”

“不长了。”

“怎么不长了？”

“不知道……兴许以后还会长吧……”

“河里还有鱼么？”

“有。我爸常叉鱼，一夜能叉几十条呢！他每次叉鱼回来总要喝酒。喝了酒便叨咕，‘知青走光了，河里的鱼多了。知青走光了，河里的鱼多了。’河里的鱼真是比你们当年在时多了，当年都快被你们知青叉光了。”小俊笑起来。

她也笑了。她一心想从小俊的话中得到证实，证实她记忆之中那种沉淀了的诗意是的确存在过，并且仍然存在着的。

可小俊的话令她失望。

“你爸爸……他还当管理员？”

小俊又笑起来：“大姐，也就是你在信中还称他管理员呗！营长死了，你这位教导员返城了。营部那排房子空着没人住，一半儿做了几户人家的猪圈，另一半儿塌了。没有什么营部了，他管理谁呢？……”

“营长……死了？”她一下子坐起来。

“嗯。”

“什么时候……死的？”

“去年。”

“病死的？”

“不是。吊死的。”

“被人害了？”

“没人害他。害他干吗？他承包的土地太多了，还承包了一台加拿大的拖拉机和一台美国的联合收割机。别人劝他别那么大的胃口，可他不听劝。说，几十年的老农垦了，难道怕被土地坑了？结果那片土地真把他坑了，草和麦子比着长。年终一结账，他欠了公家九千多元。他那种人哪受得了这个呀！原先土地也坑人，但坑的是大家伙，人人照样拿工资。现在坑的是他一家。他老婆一看前景不妙，带着孩子回山东老家去了，给他来了封信，提出坚决要和他离婚，结果坑他一家不就变成坑他一人了么？不是九十，九百，是九千啊！谁也帮不了他渡过这一关。他想不开，有天晚上喝光了一瓶酒，就上吊了。第二天被人从房梁上放下来的时候，还满身酒味呢……大姐你怎么了？”

“我……头昏。”

“大姐你……躺会儿吧！”

“不，不用。”

她猛站起,匆匆地走入洗漱间。

她怀念营长。这么多年来,她此时才真切地怀念营长,觉得太对不起那个男人而怀念那个男人。她常常希望能有机会再见到他,从一个离他不太近也不太远的地方观察他,而又不被他发现。她想知道他是否仍习惯于吸那种劲儿冲极了的黄烟叶,北大荒人叫那种烟“蛤蟆炮”。她想知道他是否仍习惯于光着脊梁穿绒衣。她想知道他是否仍习惯于蹲在哪儿瞅定一个什么不相干的东西发呆。全营一千多知青几天之内走得只剩下了三个,她想知道他当时是一种什么心情。想知道他背着人偷偷哭过没有?……

她想知道他如今的很多很多事。更想知道他是否宽恕了她,抑或怨恨她。

而她从来没有怨恨过他。从来没有。即使在当年那一个寒冷的孤独的寂寞压迫心灵的夜晚他真的将她“铆上”了——北大荒人是这么说那种事的,她也不怨恨他。因为是她去找他的。更直截了当地说,是她主动将自己送上门的。那是她心甘情愿的。

她从没爱他。

他亦是。起码在那一个夜晚之前,那一个夜晚之前,他像别的男人们一样,似乎从不认为她是女的。

之后她不敢肯定了。

之后他恨他自己。

因为他开始蔑视自己。从内心里不再将自己当人看,不再将自己当一位党员和一位营长看。而在人前却更加表现自己是一名好党员和好营长了,企图减轻自己的罪。

她从不认为在那件事上他有罪。也从不认为自己有罪。她没诱惑他,他亦没诱惑她。在那一个寒冷的孤独的寂寞的夜晚,她孤独她寂寞,他也是……

她不知到哪儿去寻找到一点儿温暖,而他靠酒取暖…… 如今他死了……十年了……整整十年了……十年之中谁都说不定会死,但她从未想到过他这个男人会死。会自己吊死自己！为什么偏偏要吊死自己？为什么不是别种死法？

十年中她不止一次想到死,然而只是想,并不愿死。如今他死了。他宽恕我了么？他始终不肯宽恕我么？他恨他自己是否意味着他就是恨我？为什么？为什么恨我？他永远地带走了一个谜底。

她觉得他带走的是属于她自己的很重要的一部分,带到泥土中去了。谜底会腐烂么？像人或动物的尸体一样？……

回忆呢？回忆也腐烂么？我为什么要躲到这里来？躲谁？躲什么？躲我自己的回忆？还是躲小俊讲的现实？……

她开了洗漱间的灯。灯光将壁镜晃得锃亮,锃亮的镜子中自己的脸苍白如纸。

难怪小俊那么吃惊！

她觉得自己身上沾染了什么腐烂的东西似的。她下意识地拧开水龙头,抓起肥皂洗手。接着洗脸……

“大姐,大姐……”

“喵……”波斯猫挠洗漱间的门,叫声里有种幸灾乐祸的歹毒意味。

用凉水洗过的脸,更加苍白了。

“大姐,大姐……”

“喵……”

她从毛巾绳上一把扯下毛巾,使劲擦手,擦脸。像是要从地底下挖出来的什么东西上擦掉一层锈。

她装作若无其事的样子走出洗漱间,小俊神色惶惶地瞧着她：“大姐,你究竟怎么了？你脸白得吓人。”

“没什么。就是一时头昏……最近常这样……”

波斯猫挠住她裤角,她用鞋尖将它挑出老远。她复走入卧室,躺在折叠床上,枕着被子。

“你家承包土地了么?”

“嗯。”

“收成呢?”

“还好。我爸那人稳,他量力而行。不像营长那么逞能。大姐你不知道,地一旦承包给自家了,望着它,那么一大片,你觉得你像只田鼠。全家人的指望都在那一片地上,就不由你不怕它。我就怕地,我爸也怕。我爸常说:‘不成想我们这些修理了大半辈子地球的人,以前看地不过手里一团泥,咋捏弄咋是,捏弄不好也没什么关系。如今却怕起地来,要是侍候不周到它,营长就是我们的下场!’我们全家人都不敢懒,一年四季扑在那块地上,累死累活地和它拼命。”

“小俊,讲点别的吧!”

“嗯。那我给大姐讲点别的……前年有十几个北大荒知青返回北大荒,总局请回去的,说是‘探亲’活动,都当了作家、记者什么什么的了。我爸见过他们。那天晚上,我爸都睡下了,被人叫起来。说是他们要参观美国进口的大帐篷,要我爸去发动充气机。那充一次气得几百升柴油呢!那天充气机有毛病,好不容易充起气来,他们才进去一两分钟就出来了。白白浪费几百升柴油。那东西充气快,半个多小时就差不多充起来了。放了气收起来可就麻烦了。我爸忙了大半夜,回来气哼哼地对我们说:‘他们这哪叫“探亲”!一个个衣锦还乡的样子!妈的这号的往后趁早别花钱请他们回来!’那天晚上他们还吃西瓜。没到下瓜的季节。没到下瓜季节也给他们摘了两麻袋。结果呢,第二天早晨他们离开后,他们住的那房子周围,哪哪扔的都是切两半的没红瓤的瓜。老职工们见了心疼,捡回家去吃。听人讲他们里还有人说这样的话:‘北大荒当年亏我们的，我们回来怎么吃怎么喝都仗义，甭客气那个！’大姐你说北大荒真亏你们的吗？当年就那么个年代，就那么个条件，你们城里人去受了点儿委屈，也不是北大荒的罪孽呀！好歹你们挣的是工资不是工分吧？遇上多么不好的年成，也没少开过你们工资吧？要怨恨也别怨恨北大荒呀？是不是大姐？当年不是我们北大荒人到城里花言巧语将你们骗去的吧？”

“不是。”

“当年你们许多知青是怀着一颗无限忠于毛主席的红心自愿去的对不对？”

“对。”

“我爸说，你们去了，我们敲锣打鼓欢迎你们。腾出房子给你们住。你们受苦受累，我们和你们一样。好点儿的工作，都是你们知青的份儿。有几个我们老职工的子女们能摊得着？因为你们文化比我们高哇！你们忽拉一走，学校没了老师，拖拉机没人会开了，卫生所没人看病了；没有了电工，没有了机修工，没有了会计，没有了搞农科研的；麦子收不回来，菜长在地里，我们怨谁呢？”

“……”

“‘探亲’那伙里，有一个在北大荒呆了还不到半年，就仗着他老子是部队的官儿，‘走后门’参军了。大姐你说他探的什么亲啊？大姐你说北大荒亏他什么了啊？大姐你说北大荒冲哪方面对不起他啊？他还抱怨北大荒盖了砖房，修了公路，有了电线杆子，败了他的诗兴。从国外买这么多先进的农机具干什么？这地方永远永远保留着一种荒蛮景象才好。那才真叫入诗入画的地方！大姐你听这是人话么？说这种话损不损呀？他怎么不说连麦子干脆也别种啊？横竖我们北大荒人该像野人似的住在树洞里，见了他这样的人就围上去讨面包渣吃？让他这样的城里文明人儿一路坐着大轿车观自然景，高兴胡诌两句诗的时候有诗可作是不是？”

尽管其实并没换话题，仅仅换了谈话的角度，小俊却显得不那么被动了，越说话越多。从那些话中，她听出了积郁在胸的抵触情绪。当年北大荒知青大返城后，究竟给北大荒造成了什么样的惨重损失？究竟在北大荒人的头脑中造成了什么样的具体的伤痛性的思维？她不得而知，也无从想象。此前她根本就没有这样想过，若不是小俊这北大荒姑娘当面对她说的这些牢骚甚于亲近的话，她永远也不会彻底摆脱一个返城北大荒知青那种痼疾般的偏执的受损心态，而从另一种超越自我得失的更客观的立场进行思考。

她默默地望着小俊，暗想，难道一场历时十一年之久的始于轰轰烈烈而终于诅天咒地的所谓“上山下乡”运动，造成的不仅仅是一代人延续持久的失落心理，更是两败俱伤么？

那一片遥远的记忆中的土地受到伤害了么？真的受到伤害了么？

由于我们？那一些印象淡漠了的在记忆中渐渐模糊了的北大荒人受到伤害了么？真的受到伤害了么？也由于我们？

是啊，是啊，我们是又回到城市里来了，在苦涩的回忆之中提炼着美好的或感伤的经历。在与个人命运和生活的疲惫不堪的较量之中忘却我们的伤痛，愈合着我们的创口，平复着被我们各自的积怨啃得凸凸凹凹的残缺不全的我们各自的品格。而北大荒的土地却是永远缄默的，以其缄默显示出高贵的矜持。而北大荒人却是永远还要生活在那片土地上的。子子孙孙，做那片土地的主人，亦做那片土地的奴仆。将他们的后代生殖不息地繁衍在那片土地上，将他们的汗水一把一把甩播在那片土地上，不论前景如何。

与他们相比，我们的种种积怨种种失落感种种自以为天经地义理由充足的要求补偿什么的心态，是不是证明我们太自私太娇贵太矫情了呢？她第一次这样自问。

“小俊，别说了。我想睡一会儿。”

“嗯。我不说了……大姐你生气了吧?”

“生什么气?”

“生我的气呗!”

“不……我只是想睡一会儿。”她闭上了眼睛。

小俊有几分猜疑有几分失悔地瞧着她,习惯地要摆弄自己的辫梢,手在胸前抓了个空,才意识到自己已经没有辫梢可摆弄了,便摆弄裙带。

“喵……”波斯猫的叫声更令她厌恶了。

“小俊,替我喂喂猫。”

“喂啥呀?”

“喂你那个干面包吧,泡点水。”

“这,我自己吃了。”

她睁开了眼睛,迷惑地瞧着那北大荒姑娘:“你……没去吃馄饨?”

“嗯。”

“你喜欢吃那干面包?”

“馄饨一碗三毛多钱,挺贵的,才六个。我要吃饱了不得花一元多钱呀!”

“嗨,你这姑娘!……”她一跃而起,走到外屋拎起手提包就出门。

“大姐你哪去?要是给猫买吃的,我去吧!”

“我才不那么孝敬它呢!整天喵喵叫,烦死了!我也洗个澡去!”

她在门口站住,拉开提包,取出一个信封交给小俊:“工资。给我放抽屉里。”

那姑娘愣愣地站立了一会儿,也出了门,伏在楼梯栏上望她,已望不见她,只听见她匆匆下楼的脚步声。那姑娘回到屋里,拿着钱又愣了一会儿，忽然扑到窗口，巴望了片刻，看见她走出楼。

那姑娘离开窗口，靠着窗台若有所思。她从信封中抽出钱来——一百多元。

她冲到门口插上门，将钱揣进了自己兜里。转而冲入卧室，打开大衣柜，将里面的衣服一股脑儿抛在床上，用床单包起，扎了个大包袱。

她将包袱扛在肩上，倒退着离开了卧室。

她的目光落在录音机上。她犹豫了一下，扛着包袱走过去提起录音机……

姚玉慧洗了近两个小时。

她觉得自己的身体仿佛同什么死亡了并且腐烂了的东西接触过似的，这在她内心深处造成一种特殊的敏感。那更是一种觉得自己被有害射线辐射了的敏感。并非一个有洁癖的女性觉得自己肮脏了的敏感，它曾穿透过她的心灵，在她的心灵上留下了灼焦后的疤痕。而那是用药皂和水洗不掉的。她洗着洗着，伏在浴盆边沿哭了。

她的"最后的停泊地"，在水雾中变得模糊了，距离她更远更远了。仿佛是一处可以望到而根本去不到的地方。仿佛"海市蜃楼"，美妙又飘渺……

她很长时间没哭过了。

她回到家里，见小俊在拖地："哎呀小俊，别拖！我自己来！"

房间里明亮了许多。

她放下挎包夺拖把。

"大姐我拖！我干活干惯了，一会儿也闲不住。你刚洗完澡，肯定怪乏的……"小俊不放开拖把。

她只好任由姑娘继续拖。

“你还替我擦窗了?”

“嗯。”

“小俊,你是我的贵客,不许再替我干活!”

小俊低着头笑笑。

她走入卧室,站在大衣柜前梳发,想换件衣服,拉开柜门一看,见内中变了样子,又问:“你还替我整理衣柜了?”

“嗯。”小俊拄着拖把,抬头看她,“大姐,你不介意吧?”

“不介意。你又不是外人!”她发现小俊仍穿着自己的鞋,便找出一双八成新的半高跟皮鞋,放在小俊脚旁,说,“你看我,光给了你衣服,连双鞋也没给你!这双鞋大姐没怎么穿过,试试跟不跟脚,大小合适的话就归你了。”

小俊站在那儿,拄着拖把换上了那双鞋,来回走几步,腼腆地笑道:“大姐,还怪合适的呢!”

她也笑了,说:“你像个城市姑娘了。今晚我带你到我家去吃饭,让我们全家人都认识认识你!”

她全家的人都对小俊非常亲热。

离休的父亲,将小俊视为“人民”。而这北大荒姑娘所代表的那些他并不了解的人民,又是他的女儿当年非常贴亲过的人民。

他对小俊的欢迎是由衷的。

他请小俊回到北大荒以后,问问农场的领导,欢不欢迎他去“安家落户”,做一名普普通通的农场职工。

小俊保证将这个话带到。还说,以他的资格,起码得安排他做总局一级的官儿,哪能就让他当一名普普通通的农场职工呢!说得全家人都笑起来。

父亲笑道:“官儿是不当啰!当了一辈子,当够啰!”

她知道父亲这话是不由衷的。父亲当了一辈子官儿,并没当够。如今仍挂着市政协主席的头衔。假若任何职位都失去了，他也就不知道该怎么活着了。而且父亲也是绝不会去到北大荒当一名普普通通的农场职工的，肯定睡不惯硬邦邦的火炕，每天不舒舒服服地洗一次热水澡也是不行的。甚至根本不可能像她所想的那样，觉着挎个小篮在毛毛细雨中到北大荒的林子里去采蘑菇乃人生一大愉快……

母亲多半是通过对小俊的亲热体现对这个女儿的亲热而已。自从姚玉慧有了自己的房子，回家团聚的次数越来越少了。这个家的存在，对于她也越来越不重要了。而母亲对于这个已经三十六岁的，有了未婚夫却仍迟迟不结婚的长女，越来越不可理解了。母亲已经渐渐开始接受一个事实——越来越无可奈何地失去着她这个当处级干部的女儿。母亲对她采取"无为而治"的态度，不愿再多操什么心，由之任之。正因为如此，每次她回到家里，母亲才对她格外亲热。那种亲热是对日趋淡薄了的母女之情的掩饰。

当人与人相互之间不再能够给予真正的情感和心灵方面的安慰，人与人相互之间则便不再能够存在什么特殊的关系。母女亦罢，父子亦罢。

弟弟对小俊的亲热完完全全是对一只小猫小狗的亲热，连这种亲热在他也是凑趣罢了。小倩并没有当成她的弟妹，嫁给了一位加拿大商人。在国外离了婚，去年通过中国大使馆"营救"回来了。她碰到过小倩一次，推辆外国婴儿车。车内躺着一个金头发蓝眼睛的"混血儿"。比从前更时髦了，一副高贵的样子，仿佛是中国最后一位皇帝的母亲。听弟弟说她又要第二次出国了，这次要嫁给的是一位有欧洲血统的日本人。弟弟和小倩，究竟谁"蹬"了谁，对全家人都是一个谜。弟弟也结了婚，也离了婚，刚离婚不久。弟弟目前正恋爱着一位法国女留学生，却一直没敢领到家里来，当市政协主席的父亲不允许。而弟弟自己有了一套房子，也就不屑于将那位法国姑娘领到家里来。妹妹见过那位法国姑娘一面，评论是："都说法国女郎是全世界最美的女性，哥你追求的这一位怎么看着那么不顺眼啊？脸也太窄太长了点儿吧？好像正面儿看一只汽车轮胎！"

弟弟却说："既要出国，又要做一位漂亮的外国女郎的丈夫，哪有那么两全其美的事儿？鱼与熊掌，二者不可兼得。漂亮的中国女人嫁给不那么漂亮的外国男人，出色的中国男人娶不那么出色的外国女人，这是目前普遍的规律。中国穷，劣等民族，和外国人互通嫁娶，当然要自觉降低条件啦！如果五十年后中国仍发达不起来，出色的中国人要不走光了才怪呢！"

弟弟始终认为自己是绝对出色的一个中国人。并且经常要发一通"爱国主义"的议论，忧虑像他这么出色的中国人一旦真走光了的话，中国将怎么办？他急着要出国像临产的孕妇急着要生孩子，不在乎那法国姑娘的脸像"一只汽车轮胎"。

母亲倒不像父亲那么僵化，如今变得很具有现代意识，多次怂恿弟弟将那位法国姑娘带到家里做客。

"我总得好好招待人家几次，啊？要不，将来我到法国去，在人家父母面前多难为情！她家是在巴黎吧？马赛？看看世界地图，马赛是个大城市还是小城市？有所大学？那就必定小不了！不过反正法国也不算太大，外国人又有小汽车，到巴黎方便！她家总不至于连小汽车都没有吧？……"

据弟弟说，那位法国姑娘的父亲是开鲜花店的。母亲最初觉得门户颇不般配，认为弟弟起码应该爱上一位教授或者艺术家或者相当于市一级的法国政府官员的女儿。后来也便想开了，承认现实不无道理。

母亲经常发的牢骚是："现在，什么人都出国！我五二年入党，当了三十多年处长，连次出国的机会也没赶上就被一刀切了！改革，改革，没这么个改法的！我们这样的家庭，摊着改革的什么好处了？”她希望有一天以婆婆的身份受到特殊的尊敬到法国观光。

在父亲到北戴河疗养的日子里，在母亲的“幕后策划”和弟弟的精心安排之下，家里举行了几次“沙龙”式舞会。那位法国姑娘凯丽丝小姐，终于出现在本市前任市长的家里。受邀的是一批本市很有名气或者自以为很有名气的年轻的作家、诗人、评论家、画家、编剧和演员。他们借此机会证明他们的的确确是不容忽视的很有名气的一些年轻人，而弟弟通过他们的陪衬证明自己的的确确是毋庸置疑的一位出色的中国人。母亲通过那几次“沙龙”式舞会证明自己绝非一般的普普通通的中国母亲。

“姐，你为什么不回家凑热闹呢？多开心啊！你可没瞧见妈对凯丽丝那股亲热劲儿！攥住人家的手直叫‘媳妇’，‘媳妇’！八字还没一撇呢，也叫得太早了点儿是不是？”

被时代的大潮从党政领导岗位淘汰到家里来了的母亲，完完全全成了一位“家庭妇女”之后，变成了牢骚满腹的精神空虚而又寻找不到寄托的女人。母亲不愿承认这个事实，但这个事实随心所欲地摆布着母亲。也许，对于母亲，能以婆婆的身份到法国观光，是最后的寄托和人生的最后满足了。而最后的寄托一旦成为泡影，最后的满足一旦满足，人是会很迅速地接近衰老接近死亡的。她怜悯母亲。

弟弟是对任何人也不会发自内心地亲近起来的了，包括对父母。她太清楚这一点了，因而他对谁都是想装出亲近的样子便可以恰到好处地装出亲近的样子的。弟弟也是个愤怨甚多的人。除了愤怨中国的贫穷落后以及中华民族炎黄子孙“种”上的“低劣”，还极端愤怨于如今要在中国人之中寻找到一个全无私心绝对值得信赖处处能够成人之美时时不忘助人为乐的朋友难于上青天，而他首先并不想做别人的这样的一个朋友。姚玉慧觉得，如果说她对父母对这个家庭的情感日益淡漠，乃因她愈来愈不愿依赖这个家庭；愈来愈不愿接受这个家庭的任何形式的恩泽和庇护。这个家庭之对于弟弟，不过是一枚即将过时的目前佩戴在胸前仍足以使某些人侧目而视的正在贬值的徽章罢了。他利用它要一直到它最后那点儿价值丧失尽净为止。

弟弟对小俊的亲近，是一位“出色”的城市里的年轻的当代“绅士”对一个北大荒的“蛮女”的、高贵的亲近。仿佛他认为对小俊越亲近越能显示出自己的高贵、出色和有教养，所以，他不时对小俊进行自以为幽默的机智的调侃。

他敬小俊烟，小俊拒绝，回答不会。

他说：“十八岁的大姑娘叼着大烟袋，不是你们北大荒三大怪之一吗？”

小俊说：“那证明我们北大荒还有十八岁的大姑娘。我来之前，我们那儿的人告诉我，你们城里如今正在搞一次什么调查，全体动员寻找看还有没有一个……大姑娘，好容易找到了一个，没等宣布，结果被找到她的那个男人给……给睡了……”

母亲皱起了眉头。

父亲变得严肃。

弟弟吐了口烟，尴尬地说：“这是对我们城里人的污蔑！”

小俊剥开一块糖说：“所以我不信。你那话也是对我们北大荒人的污蔑，你也别信。”

妹妹则拍手叫好，对小俊大加鼓励：“你这张嘴真厉害。他再取笑你，就这么回敬！”

妹妹对小俊的亲近，是带有浓厚的好奇心的亲近。妹妹对一切引起自己好奇的人都发自内心地亲近得起来，从不计较别人对自己的态度如何，印象怎样。妹妹对一位刚红起来的歌星会产生好奇心，对一位来自北大荒的姑娘也会产生好奇心。

姚玉慧觉得小俊不过就是一位普普通通的北大荒姑娘，而妹妹觉得小俊哪儿哪儿似乎都不太寻常，遍身涂着足够神秘的色彩。

小赵也在。他对小俊的亲近不过是礼貌。

全家每个人对小俊的亲近，都与姚玉慧自己对小俊的亲近不同。

然而小俊一副快活的样子，成为中心人物，她反倒不那么腼腆的了。

然而全家每个人也显出特别快活的样子。由于小俊的存在，那一次团聚气氛轻松而愉悦。

至于姚玉慧，让小俊认识自己的家人，不过纯粹是为了使小俊内心里明白，她对她的到来多么重视。除此而外，别无用意。

…………

从第二天开始，她每天晚上都引导小俊“阅读”这座城市。如同一只城市的麻雀引导一只乡下的麻雀参观城市所有的屋檐。她毫不吝惜地花掉她多年的积蓄，仿佛那些钱原本就是为小俊积蓄的。

她自己也是第一次领略这座城市的种种娱乐，也是第一次获得娱乐的愉快。没有小俊，她不会去光顾那些场所；没有小俊，在那些场所她也不会获得愉快；没有小俊，她不会出现在大饭店里点名菜。因为是和小俊一起，这样的事则显得意义非同一般了。在她的逻辑中，甚至不明确小俊和她自己，究竟谁更应该感激谁了。

城市对连偏僻小镇的风貌都没有领略过的北大荒姑娘小俊，像专门善于撩拨和诱惑情窦初开的少女情欲的西方舞男。她是完全被“他”迷住了，被“他”迷得心旌飘摇，她整个儿的心几天之后便彻底被“他”俘虏了去。城市这本“书”她一旦翻开就不能再放下了，她的心思已进入了这本“书”。她恍恍然觉得自己不再是读者，而是角色，一位女主角，一位年轻的待嫁的女主角。她想象着哪一天在城市中遇到一位心上人，而姚玉慧这位“大姐”是她的保护人。她迷住了城市这个风流倜傥精力充沛的“舞男”，好比小猫一口叼住了一个大发腥味的鱼头，谁若企图抢下来她就会挠谁，哪怕是主人。

“大姐，明天晚上你带我到哪儿玩去？”

“大姐，今天晚上路过的那个咖啡厅你哪天带我去呀？那里边的灯光真神秘啊！在那里边唱歌儿的一个晚上能挣不少钱吧？”

“大姐，要不明天咱们参观时装展销会吧？”

“大姐，后天歌舞团招考演员，你一定带我去，啊？我不是想考。像我这样的，哪考得上？我是听人家说，考演员的，都是漂亮的人……大姐，那么多漂亮的人聚到一块儿，多热闹啊……大姐，咱们就去看看热闹开开眼界呗！”

每天晚上，临睡前，这北大荒姑娘一定要获得“大姐”明确的回答，明天晚上“读”哪一“章”哪一“节”，否则，她像固执的小女孩儿似的纠缠不休，或者噘起嘴显出不高兴的样子。

在小俊所说的那个咖啡厅，女流行歌手边唱边舞，将北大荒姑娘唱得如醉如痴，即使在如醉如痴的情况下，她仍牢记着服务员还欠她们钱。

临走时，她崇拜地望着那女流行歌手，提醒道：“大姐，欠咱们一元多没找给咱们呢！”

女流行歌手的演唱服是本着节约得无法再节约的精神做的，看着就使人感到那么的凉快。然而咖啡厅里却依然浪费地放着冷气。小俊这么认为。

“大姐”在她手上掐了一下，低声制止道：“别说！”把她拉扯走了。

走到外面，她百思不得其解地问：“大姐，明明欠咱们一元多钱嘛！为什么不要？”

“不能要。那是小费。”

“小费？什么是小费呀？”

“小费……就是人家为咱们服务了，人家为咱们付出了微笑，咱们就得给人家点钱。”

“可……她们是挣工资的呀！”

“微笑挣另份儿，不包括在工资里。”

“可……她们微笑是应该的呀！咱们不是还对她们说‘谢谢’了吗？”

“她们为咱们微笑着服务是应该的，咱们对她们说句‘谢谢’也是应该的。可她们反过来说‘谢谢’咱们，那两个字是用小费买到的。否则她们会对咱们说‘谢谢’么？”

“那我宁肯不需要她们说那两个字！”

“那我们走了就会被她们瞧不起。那里是中外合资，新加坡来的老板，本市第一家实行收小费的娱乐地方。许多人正是因为这一点才到那里去的。”

“因为那里的微笑得付钱。”

“就算这么回事儿吧。不过别处可没笑脸相迎啊！”

“早知道这样，大姐我不求你带我来了！”

“你不求我，我也会带你来的，我也没来过。那据说是代表着一种城市文明呢！”

“大姐你觉得给小费也值？”

“值。”

“你若觉得值，我就更觉得值了！”小俊笑了。

从时装展销会上回来那天晚上，小俊坐卧不安，显得又兴奋又诡秘。

终于，她吞吞吐吐地说：“大姐，我不敢瞒你……”

“什么事？”

“我福星高照，发横财了。”

“发横财了？”

“嗯……我……兴许会成大富翁！”她两眼闪闪发光。

“噢？……”姚玉慧糊涂之至。

“大姐你看！”她将手探入怀里，取出的是一个条状塑料袋，内中装的是十几枚黄澄澄的崭新的金币。

姚玉慧生平第一次见到金币，而且是那么大的金币。比邮局发行的生日纪念币小不了多少，且十几枚。在这黄金大涨价的时代，姚玉慧一时估计不出它们的价值，然而它们足以使一个人富起来是无疑的。

她望着托在小俊双手中的那一塑料袋金币，愣了。它们在塑料袋中一枚压一枚地排列着。

“你？……你偷谁的？在哪儿偷的？！……”她震惊同时震怒。

“大姐，不是偷的。真不是我偷的啊！在展销会上捡的。”因为金币被怀疑是偷的，小俊快急哭了。

“捡的你也不该带回来！你当时为什么不交给展销会的工作人员？！”姚玉慧的怒气并不因金币是捡的而平息。

“我不交！有丢有捡。我一人做事一人当！”小俊退开一步，防范金币被她这位“大姐”一把夺去。

“给我！”

“不……”

“给我！！”

“不……”小俊又退开一步，将金币背到身后。

“你……小俊，我真没想到你会这样……”

“大姐，你别生气，你先坐下，你听我慢慢说嘛！大姐，你对我好。我心里有数，我感激你，我愿意报答你。我小俊是个仁义的姑娘！这么着大姐，你想办法把它卖了，钱咱俩平分。不管卖多少钱,咱俩都平分！行不行?”

她向前走一步,小俊向后退两步。

她终于说:“行。”想先将金币骗到手。

“拿去吧。”小俊终于将金币扔在床上。灯光的照耀之下,它们在床上发着黄澄澄的金辉。

她默默从床上拿起了那袋金币。奇怪于它们的分量竟很轻很轻,也开始奇怪金币怎么会装在一个连半分钱都不值的透明的塑料袋里。每一块金币的正面,都凸压着“2000 $”的字样。她知道“$”代表美元。十四块,那么它们价值两万八千美元。她也听说如今黑市上人民币兑换美元的比率是1∶6。那么它们价值近二十万人民币。

拥有了这些金币,如今是足以使一个中国人变成为阔佬的。

她翻过塑料袋看,每一块金币的背面又都凹压着“恭喜发财”四个中国字。

姚玉慧将这些金币在手里掂了又掂。她终于怀疑起它们的真伪了。

“大姐,你一定能想出稳妥的办法倒手是不是?大姐我不回北大荒了！有了它们傻瓜才回北大荒呢！大姐我要在城里买住房,买两间像你这样的单元楼房。然后我要起个执照做个体户。我从此要当一个城市人,嫁给一个城市人。大姐今后我还是少不了得求你帮我什么忙。大姐今后我要把你看做是我的亲姐姐,一辈子不忘你对我的大恩大德。”小俊轻轻走到她身边,欣赏着金币,以充满憧憬的语调,絮絮地娓娓动听地尽说尽说,这北大荒的姑娘陶醉在某种向往之中了。

“不是金币。金币不可能这么轻。”姚玉慧断然地说,然后将它们抛到了床上。

“不是金币?不是金币是什么?明明是金币!”小俊迅速地将

它们抓了起来,眼里闪出精明的目光,狡猾地望着她。那意思是:大姐,你别跟我来这一套,你骗不了我的,我不是三岁小孩儿!

“我绝不逼你交到任何地方了,完全属于你。”她脱衣服,预备睡觉。

小俊则扯开了塑料袋,将那些金币抖落床上,拿起一枚,像旧时代金银铺的老板似的,放一半在嘴里使劲儿咬:结果一口咬下半个金币。她吐在手心,瞅着呆住了。

姚玉慧见状,从她手心拿起看看,又放在她手心,笑道:“吃了吧,是巧克力。”

“巧……克力? 怎么是巧克力呢? 怎么是巧克力呢?”小俊也呆笑了。

突然这姑娘一头扎在床上,大哭。边哭边嚷:“不吃! 不吃不吃!”抓起那些“金币”,歇斯底里地扔向四面八方……

就在那一时刻,好“大姐”厌倦了自己所扮演的角色……

第二天小俊“病”了。

小俊似病非病地在床上整整躺了一天。不吃,不喝,不说话。

小俊病好了之后,变得无精打采,沉默寡言了,却矢口不提打算什么时候回家。

小俊不提,好“大姐”姚玉慧也不提。她认为自己不该提,因为她已经说过那样的话,“这里就是你的家一样,你愿意住多久便住多久。”

她依旧提议带小俊去什么什么地方开开眼界,玩玩。但她已经没有了最初那种兴致勃勃的好情绪。

小俊也没有了初来乍到时那种希望能在一天内就逛遍这一座城市的好情绪。

所里要派一个人到南京参加律师事务经验交流会议,她第一次为自己争取了一次出差机会。

她要摆脱自己已经厌倦了的好“大姐”的角色，起码希望摆脱一个时期。她觉得自己如果要将好“大姐”的角色成功地饰演到底，有始有终，非得超出目前的“规定情节”，重新体验角色，重新进入角色不可。她唯恐在没有来得及重新进入角色之前，不但已经厌倦了自己的角色，而且厌倦了小俊这个配角。

配角？究竟小俊是配角？或我自己是配角？她得不出一个肯定的结论。而这件事不过是生活中的戏剧？小戏一场？

不，不，不……

小俊，我发誓，管理员，我发誓，我姚玉慧本不是在演戏啊！我是真心实意欢迎你们的呀！我从内心里想要亲近你们，亲近一些人，或者仅仅哪一个人。

她怀着一颗对别人感到无比内疚的心到南京去了。

她没有委托家人照顾小俊这位远方客人。

母亲根本不会将小俊当做客人，在母亲眼里，小俊不过就是一个土里土气的北大荒姑娘而已。和家里曾经频繁雇用频繁辞退的那些来自安徽、四川、江西、江苏农村的小“阿姨”们是一类姑娘。与其说母亲很难容忍她们，毋宁说她们很难容忍母亲。母亲的令人难以容忍，不唯是因为进入了更年期，更是因为曾经管理过许多男人和女人，而现在连儿女们也压根儿不服她管了。

父亲是能够将小俊当做客人的，但父亲自己仿佛也变成家里的一位客人了。父亲是那么害怕终于有一天也会像母亲一样，被时代的大潮毫不留情地彻底逼退到家中，所以像一个老孤儿，一往情深不知疲倦地留恋在社会上，出席各种各样的会议。包括一些无关紧要的，政协主席到场既没有什么意义也不见得很受欢迎的会议。

弟弟是不堪信任的，并且绝对不能够礼貌地平等地对待小俊。因为他是一个“出色”的城市人。

妹妹对这位来自北大荒的姑娘那种被自己的想象夸张了的好奇心，在与小俊进一步接触之后，很快便会索然的。索然了，便不肯履行任何义务了。何况，在玩乐方面，妹妹一向喜欢“天马行空，独往独来”。连小赵也常常寻找不到她的芳踪，对之无可奈何，敢怒而不敢言。

好“大姐”将小俊“移交”给了电脑以“优选”的方式替她选择的那一个男人——英语教师田非。当初，在婚姻介绍所，她就是通过电脑“红娘”才结识他的。除了夏律师，他是最值得她信任的人。她虽然至今仍爱不起他来，但却信任着他。别人说他本分，业务型，是个老成持重的知识分子。电脑也是将他这么归类的。她认为在这一点上，别人和电脑并没错。尽管她至今仍爱不起他来，努力想爱也无济于事，但她准备嫁给他。甚至可以说，其实她已经下了决心嫁给他，下了决心要结束老姑娘的生活。只不过因为仍爱不起他来，希望再往后些做他的老婆。婚姻介绍所的人曾含蓄地告诉过她，即或电脑，也是很难再为她选择一个对于她那么理想的男人了。电脑尚且很难，她自己还能存什么非分之想呢？在这科学的大时代，不相信科学无疑是不明智的。

她从南京回来，到家已经夜里十点多了。

小俊不在，也没有发现小俊那个小包袱在。

她以为他已经替她将小俊送上火车了。这本是自己应该做到的，却没做到。怀着更深的内疚，拥抱着旅途的疲乏，她酣睡了。

早晨醒来，却一眼发现小俊睡在“席梦思”床上。

“小俊，你没走？”

“大姐，不最后见你一面，我怎么会走呢？”

“猫呢？”

“大姐，真对不住你，猫饿跑了，好几天没回来了！”

“跑就跑吧，我早讨厌它了。”

“大姐,你看下手表,几点了?”

“七点半了。”

小俊哎呀一声,撩开被子,匆匆忙忙穿衣服。

“这么早哪儿去呀?”

“他约我到太阳岛去!”

“谁?”

“田老师啊。”

小俊仿佛对她问“谁”感到很奇怪。

“你穿这件旗袍裙显得更漂亮了,好像不是我送给你的呀。”

“田老师给我买的。”

小俊穿好,就去洗脸。洗完脸,走入卧室,对着大衣柜镜子描眉,抹口红,小俊居然还染了鲜红的指甲!

十几天不见,小俊学会化妆自己了。

“大姐,我走了!”

“嗯。”

有了那么时髦的挎包,难怪不见了她的包袱皮儿。

…………

小俊又是很晚很晚才回来。

“小俊,你打算哪一天走啊?大姐得预先给你订票,保证让你坐卧铺回家。”

“大姐,我决定不回家了!我给你当阿姨吧!”

“给我当阿姨?开玩笑!我又不是小孩子!”

“我说的阿姨就是佣人啊!大姐,你不是早晚要结婚的吗?结了婚不是早晚要生孩子的吗?将来雇别人,莫如现在雇下我啊!”

“那你自己就不结婚了?你不是订婚了么?不是准备今年结婚的么?”

“什么订婚不订婚的,那是北大荒那一套,不受法律保护!”

小俊不但善于打扮和化妆自己了，而且增长了法律常识，不用问必定归功于他。

“不行！你得回北大荒去，我要对你父亲负责任！”

“我绝不回北大荒去！田老师他喜欢我！他也不会让我回去的！”

“他喜欢你那是因为我喜欢你！”

“因为你喜欢我?”小俊笑了，“是不是因为你喜欢我，我才不管，反正我已经是他的人了！”

那语气，那神气，如同在说，反正他已经板上钉钉是我小俊的人了！

“什……么?”

“大姐，当着真人不说假话，他和我睡过了！那么他就得和我结婚，那么我就是一个城市女人了，那么我将来生下的孩子也是城市人了。我可不是好让人白白占便宜的姑娘！他若敢说一个‘不’字，我告他。那么他今后的前程就完蛋了！他这人把前程看得比什么都重，谅他也不敢说一个‘不’字！我现在犯愁的，倒是怎么在城里找到工作，将来我们不能光靠他那点儿工资过日子啊！大姐你帮帮我吧，帮人帮到底啊！”

“他……他是我的！”

“你的?”

小俊默默地瞧着她，继而瞧镜子。她们站在大衣柜镜前。在她们之间，一个男人究竟愿意选择谁？小俊似乎有点不相信自己的判断力了，因而才瞧镜子，镜子是客观的，镜子使小俊恢复了自信。

小俊又瞧着她，摇摇头笑了：“大姐，你怎么这么说话呢?”潜台词是，大姐你太缺少自知之明了啊！

那语气，那神气，那借助镜子向她证明什么暗示什么的做法将她激怒了,令她感到受了极大的羞辱。她劈面给了小俊一耳光!

“他是我的!他是婚姻介绍所用电脑介绍给我的!他就要和我结婚了!你被他玩弄了!”她叫嚷。

小俊捂脸退后,凝眸注视她。

那姑娘的目光使她感到身上发冷。

小俊说:“活该!”

结果又挨了她一耳光。

“活该!”小俊跺脚,“谁叫你不预先告诉我?我小俊要是知道,也不费心思勾引他!你不预先告诉我,怨得着我吗?”那语气,那神气,仿佛哪一个城市里的男人,都已经是她想勾引便注定会勾引上的了。

她又举起了手臂。

小俊却没再往后退,反而往前走了一步,平静地冷冰冰地说:“大姐,随你打吧。”

她的手臂缓缓垂下了。

她坐在折叠床上,双手捂住了自己的脸。羞耻感蹂躏着她的自尊心,她无声地哭了,泪水从她指缝间落下:“小俊,小俊,我……我不是因为……我怎么向你父亲交待啊!”

“大姐,你别哭,你犯不着哭。犯不着觉得对不起我……和我父亲,算我自讨的。既然他是你的,我不告他了。我小俊看在你的份儿上,放他一马,我不告他,他还是你的。你对我不错,我小俊有良心。我认了。算我报答你。”小俊语气平静,冷冰冰。包含有大大“开恩”的意味和对弱者的怜悯意味。

她的自尊心更加感到被无情地蹂躏。然而她无话可说,也觉得没有任何理由再发怒。应该乞求宽恕的,分明已不是小俊,而是她了。

她羞耻得没勇气抬一下头。

“大姐，咱们相处这些日子，小俊我太搅扰你了。几次你希望和我谈谈心里话，我不痴，我看出来了，但我没把心里话掏给你。今天，咱们好到头了，我把心里话掏给你。你听明白了，我恨你！我在第一天曾想把你这里偷个一干二净！但你一见面就对我那么好，让我不忍。我恨你们！恨你们当年那些知青！你们忽忽拉拉一大队一大队地去到北大荒了，喊着‘扎根边疆，建设边疆’、‘屯垦戍边’、‘战天斗地’、‘改天换地’什么什么的，可你们自己说，你们给北大荒究竟带去了多少变化？河里鱼少了，草甸子里黄花少了，林子里蘑菇少了，木耳成了宝贝了！你们受过的苦，我们也受了！等我们刚刚从内心里觉得，你们的的确确是给我们带去从前没有过的东西的时候，你们忽忽拉拉，诅天咒地，骂爹怨娘地几天工夫就全走光了！还在北大荒‘改天换地’、‘战天斗地’的是谁？是我们！永远永远只该是我们么？村子里哪一户生了一个小孩，我去看看，觉得好像认识了那皱巴巴的小脸儿一百年！因为那是我们北大荒人！难道北大荒永远只该有我们北大荒人么！大姐，我告诉你，你轻易不要再回北大荒去！更不要以什么‘探家’代表团的身份回北大荒去。没谁真正欢迎你们，鬼才信你们回去是‘探家’！你们当年从北大荒回城市那才是真的‘探家’！你们永远忘不掉你们是城市人，和我们不一样的。怨恨你们的不光我小俊一个人！你知道你们走后我们有些北大荒人怎么讲？他们讲：老毛子坑过北大荒一次，知识青年又坑了北大荒一次，比老毛子坑得厉害多了！如果我们北大荒人还接待你们回去的人，那不过是礼貌。大姐，我小俊说的可都是真话！你仔细想想我这些话你就能明白我小俊了！你可要记住我的话！至于田老师，我绝不恨他。相反，我感激他！因为我被他喜欢过！你说他那是假装的？是玩弄我？假装的就假装吧！玩弄就玩弄！我不在乎！反正他让我真正高兴过，真正快活过，真正胡思乱想过！……大姐，要说的，都说了。最后一句话,我小俊对不起你了,我给你鞠躬谢罪了!”

她没有勇气抬起头。

小俊的话对于她无异于一片冰雹。

而当她终于抬起头时,小俊已不在了。

地上,是她送给小俊那双鞋。床上,是她送给小俊那些衣物裙子,一件不少,包括他给小俊买的那件旗袍裙,和那只时髦的手提包。

“小俊! ……”她冲到走廊大喊。

“小俊! ……”她冲回房间,伏在窗口大喊。

“小俊! ……”她又迅速地离开房间,一边往楼下跑,一边大喊。

“小俊! ……”

“小俊! ……”

“小俊! ……”

她在楼外东跑一阵,西跑一阵,寻找着,呼唤着。

“小俊! ……”

“小俊! ……”

“小俊! ……”

她的声音在一幢幢高楼之间回荡,如同有数以百计的姚玉慧在呼唤。

小俊一声不应。

她不相信小俊这么快就走得很远了,更不相信小俊是躲藏在什么地方了。她觉得小俊是消失了,彻底消失在城市的黑夜中了。

夜深沉。城市死寂一片如公墓。在这一个仲夏之夜,她周身寒冷得瑟瑟发抖。

“小俊! ……”她用尽力气呼唤了最后一声。然而那只不过是低低的一声咽唤,连微小的回声也没有造成。

三层楼的一扇窗子骤然推开，被惊醒好梦的一个男人吼：“半夜三更的穷喊什么？叫魂啊！”

夜深沉。城市死寂一片如公墓。温风拂面，她似觉北风扫来！满天星斗，她看成是大雪纷飞！在这一个仲夏之夜，姚玉慧她快要被冻僵了！连天接地仿佛冰川耸立！她“最后的停泊地”冻结在冰川之中。那山，那树，那河，那狗，那些曾非常熟悉又变得非常陌生了的人冻结在冰川之中。以及她内心里存留至今的那点温馨，那点儿被她的回忆一次次过滤了的诗化了的大不真实的温馨。

隔着透明的冰川，一座冰山载着她那被冻结的“最后的停泊地”在城市的深沉的死寂一片如公墓的黑夜飘浮远去……月光将那被冻结了的一切都照耀得清清楚楚，反射着水晶般的冽辉……她仿佛觉得她自己也被冻结在连天接地的耸立的冰川之中了，无法随同她的“最后的停泊地”飘浮远去……

“喵……”近处一声猫叫。

不知是不是她那只波斯猫……

第二天晚上，姚玉慧又用电话将她的未婚夫召了来。

他进门时，她正在厨房里洗几只玻璃杯。她知道他走近，甚至能想象出他有些鬼鬼祟祟的神情。她没有回过头去，仍然洗着玻璃杯，仔仔细细地擦拭着。

“小俊呢？”他装出一副漫不经心的样子。

“走了！”

“走了？”他语气中分明透出了怀疑，却仍然装出不相干的样子，他轻轻踱进了卧室，游移不定的目光东瞅西看，仿佛认为小俊被她藏了起来。

“什么时候走的？”

“昨天。”

“那……预先怎么不告诉我？”

“她是我的客人,又不是你的客人。”

“那……从礼貌上讲,我也该送送她嘛!”

“你对她够礼貌的了。”

“她……临走也没向你提我一句? 让你给我带好什么的?”他那双目光老成厚道的眼睛,在近视眼镜后心虚地眨了几眨。

“提了。她说一辈子忘不了你!”

她往两只杯里倒满啤酒。

桌上,摆着几盘买的熟食和现炒的菜。

“请入座吧!”她说,摘下围裙,团成一团,扔向墙角,首先在一把椅子上坐下。

他这才走出卧室,在另一把椅子上坐下。

“我不会炒,将就点。”

“好主妇也是后天在生活中培养的嘛!”

两人默默注视着,举起各自的杯,都笑着。

他说:“第一次吃你炒的菜。”

她说:“我也是第一次炒菜。”

“为此干一杯?”

“奉陪。”

于是他们轻轻碰杯。

她盯视着他,慢慢倾斜酒杯,从容不迫地一饮而尽。

他却只饮半杯。

“我甘拜下风。”

“随便。”

他觉得她今天情绪真好。

她觉得他今天情绪真好。

两人喝酒,吃菜,东一句西一句聊。

他说:“听听音乐吧?”

她便起身将一盘舞曲塞入录音机。

优美的舞曲助长着良好的气氛。

“想跳吗?”

“想。”

“那咱们跳。”

“不会。”

“我教你……”

他饮尽那杯酒,站起来。

她又往他杯里倒满酒,也站起来。

他跨近她,揽她腰,握她手。

在他带动下,她机械地呆板地旋转。

“第一次?”

“第一次。”

“从来没跟别的男人跳过?”

“从来没跟别的男人跳过。”

“不信。”

“信不信由你。”

“真是第一次,证明你很有节奏感。”

“谢谢你的鼓励。”

优美的舞曲将他们从客厅送入卧室,又将他们从卧室扯到客厅。

“知道这是什么舞曲吗?”

“不知道。”

“华尔兹。高雅的华尔兹。”

“记住了。高雅的华尔兹。”

舞曲停止,两人各自归座,继续喝酒,吃菜,东一句西一句漫无边际地聊。

气氛良好。

他心里这么认为。

她心里也这么认为。

然而没有高潮。

优美的舞曲和刚才的双人舞,并没能将良好的气氛更推向情感热烈的高潮。

他想营造出一个高潮。

她也想。

然而两人之间的气氛始终驻在良好的状态停滞不前,他做出种种煞费苦心的尝试却无法营造高潮。

她也是。

他暗暗觉得遗憾。

他认为这个晚上她是多多少少像点女人了。

应该有高潮。

她同样暗暗觉得遗憾。

她往他杯里预先放了几片安眠药的齑粉。

应该有高潮。

因为这个晚上她企图杀了他。

她要在高潮过后杀了他。

要在他认为她也是一个值得他爱的女人后杀了他。

要在她得到他一次后,更进一步说,要在她得到了一次那一种满足后杀了他。

因为他是电脑通过优选之法"分配"给她的一个男人。一个科学认为对于她非常之理想的男人。她有权通过这一个男人得到一次那一种满足。

而后杀了他。

为小俊。为她自己。更为她的"最后的停泊地"——是他毁灭了它。

彻底毁灭了它。

她再也找不到赖以从城市退却的营盘了。

她觉得她已没了为将来所保留的归宿……

当她和他都离开桌子时，她又往录音机里塞入一盒磁带。“迪斯科”。

他坐在沙发欣赏，十指按膝点拍节。

他说：“‘迪斯科’挺好听嘛，看来欣赏完全是观念问题。”

她说：“我同意。”

她不慌不忙收拾桌子，耐心期待安眠药发生效力。

“今天我不走吧？”

“今天你别想走。”

“我头晕了。”

“你醉了。”

“我真是个没酒量的男人……那我先到床上躺着去了……”

“那你先到床上躺着去。”

他摇摇晃晃走入卧室，在卧室内他转过身，用流露情欲的目光望着她，笑道：“今天你受看了点儿。”

她说：“是么？”

她心不在焉地做这做那，有意磨蹭了些时候，然后走入洗漱间洗手，洗脸，刷牙。

为什么刷牙？有什么必要？

她暗问自己，却回答不了自己。

当她脱了衣服，上了床，安眠药已在他身上很见效了。

他酣睡得像那只饿跑了的波斯猫被她喂过安眠药片的样子，而且打着很响的鼾。

她推他，掐他胳膊，擂他那完全没有胸肌的胸脯，揪住他的耳朵往起拎他的头，将他的身体掼过来，掀过去，任她如何摆布，也无法将赤裸的男人弄醒。

他好像不用她杀，已然死了。

这使她对他的报复心理陡增百倍！

她拉开床头柜，操起预先放入的一把削果刀。用那样的一把刀杀死一个男人，尽管是一个酣睡的不健壮的男人，也未免显得太短小了。

她想往他心口扎一刀。

想割断他腕动脉。

然而一旦操刀在手，她丝毫没了胆量。

她连杀死一条鱼的胆量也没有。

她根本不敢下手，哪怕是在他赤裸的身体的某一部位划一道浅浅的伤口。

她对血有种特殊的恐惧。

报复心理却烧灼着她。

不知为什么，她朝大衣柜镜子瞥了一眼。

镜中那个操刀想要杀人的自己，更加令她感到恐惧。

甚于她对别人的身体流出的血的恐惧。

她操刀的手抖了。

继而她全身抖了。

那把很难用以杀死一个人的削果刀掉在床上。

她怯懦地心慈手软地扑在床上哭。

但她的报复心理不允许她不对他实行任何报复。

她哭着下了床，寻找到一把剪刀。

她又上了床，跪在床上，将枕巾铺展在自己膝上，将他的头抱起来放在自己膝上，剪那个男人由于谢顶剩得不多的头发。

她眼里凝聚仇恨。

一边哭，一边剪。

剪下一撮，随手扔在地上一撮，仿佛那是极其肮脏的东西……

那情形并不像一个被报复心理所燃烧的女人在对一个毁灭了她最重要也最宝贵的精神依托的男人实行报复。

像圣母在哀怜死亡的耶稣……

夜里，他醒了，赤裸着身体蹦下床，也不开灯，到客厅里来找水喝，发现她和衣睡在沙发上。

"你……你怎么还是睡在沙发上？"

她没有睡，立刻坐起。

"现在该我睡到床上去了。"

"又让我睡沙发？"

"不。你走。"

她走入卧室，将他的衣物一件件从卧室内抛在他脚下。

她堵立在卧室门口，冥冥黑暗中，她枯瘦的身影也是黑的，像站在修道院门洞里的夜游的修女。

"走？……为什么？……"

"你应该明白。"

他有几分明白了，默默地，一件件地，慢腾腾地穿上他的衣服。

他连鞋也穿好了之后，却不走，望着她枯瘦的黑影，期待她打消赶走他的念头。

她却说："从今天起，我们之间的关系完结了。"

他向门口走去。

"我不会散布那件事。"

他站住了。

她又说："这扇门从今以后再也不对你敞开了。"

他转过身，艰难地咽了口唾沫，声音滞涩地问："你……真不散布?”

“我保证。”

“别人问起来……我……如何解释?”

“随便。比如可以说我毫无女人味儿,令任何一个男人都难以忍受。”

“那么……玉慧……再见了。”

枯瘦的“修女”身影在冥冥的黑暗中岿然不动。

马路对面一幢兴建中的大楼,电焊的弧光一闪一闪,给她的影子镶着闪烁的银边。

她倔傲地沉默着。

“你真像你装的那么坚强么?”他低声问。

她倔傲地沉默着……

破碎从正中观察,大抵是而且起码是双向的射裂现象。

一星期后,当年生产建设兵团的营后勤管理员出现在姚玉慧面前。不是首先找到她那老姑娘的心理设防壁垒森严的“城堡”,而是首先找到了律师事务所的主任办公室。

“教导员,我可被骗惨了!”

他一开口便说了这么一句话。像许多当年的北大荒知青见了当年的“顶头上司”叫“连长”、“指导员”、“营长”一样,他也仍叫她“教导员”,尽管他的年纪比她大。

一种沉淀了的习惯。如同获得了博士学位的人或者当了教授的人见了自己的小学老师仍毕恭毕敬一样。何况当年的教导员如今仍是个官儿,而当年的营后勤管理员如今却只不过是一个北大荒的个体农场职工了。他对她那种恭敬尤胜当年几分。

“老姜,我求求你别在这儿说,到我家去我再向你解释吧!”她唯恐他再多说一句话,几乎是拉扯着心里有些不明不白的北大荒人离开了办公室。办公室里的两位年轻姑娘在他们走后猜疑了半天。

她一路不开口,匆匆地领他走,仿佛领一位陌生人赶火车。

她不开口,他便也谨慎地沉默着。

她带他一进入房间,关上门,将拎包往沙发上一扔,站在他面前说:“老姜,在这儿,你可以往我脸上吐唾沫。可以骂我。可以扇我耳光。”

“教导员……你……什么意思啊?……他们骗我跟你有什么关系啊?”

“他们?……谁们?”

“还能是谁们?当年我手底下那几个知青呗!我托运来了十几麻袋黄豆,还带来了六百多元钱。想把黄豆卖了,钱凑一起,办一批服装倒腾回去,赚笔钱。我得找他们帮忙啊!除了他们,在这城里我也没个熟人可找啊!找到了一个,就是营部开‘嘎斯六九’的那个关耀文,结果找到了一串儿七八个,有认识的,有不认识的,都是当年的北大荒知青。他们说这种事儿找到他们算找对了,不难办成。教导员你说我要是连他们都信不过的话,在这城里还有我老姜信得过的人么?我把黄豆和钱都交给了他们。结果……嗨!……”那北大荒人蹲了下去。

“结果怎样?”

“结果他们是串通一气儿,合伙坑骗我!钱,没了。黄豆,没了。再找他们,找不到了!好容易找到一个,一推六二五。说后来就没插手,找另外几个去!还说……”

“还说什么?”

“还说……‘不就是几麻袋黄豆,几百元钱嘛,就算意思我们哥儿几个了吧!当年你管理我们管理得够孙子的,如今孝敬孝敬我们也是应该的!’教导员,我收那十几麻袋黄豆不容易啊!那是我和小俊她们姐儿几个的血汗啊！那六百元钱，是小俊准备结婚用的钱哇！”北大荒人伤心地孩子似的哭起来。

“混……蛋！老姜，你别哭。你找我，是想告他们？我姚玉慧能给你讨回个公平的！”

“不，我不告他们！”他右手擤了一把鼻涕，左手掏手绢，掏遍几个兜儿，没掏出条手绢来，只好将鼻涕抹在鞋上，接着说：“教导员，我不告他们。当年我常对他们进行‘再教育’，如今想起也觉得挺对不起他们的。在一块儿十多年，山不亲了，水还亲不是？闹到法院，他们更恨我一辈子不是？我找你要向你借点钱，我保证还你！住旅馆都没钱了，被撵出来了！我总得买张火车票才回得去呀！教导员我不说假话，我在火车站蹲了一夜，从昨天中午到现在一口东西都没吃。”说到伤心处，他双手直拍自己两腿。好像鸡扇翅膀一般。

“老姜，别急，别急。今天住我这儿，我回家住去。钱我借给你，还不还无所谓。”她将他扶起，推向沙发。待他坐下，给他沏了杯茶，翻出半盒烟递给他。

那北大荒人便不再说话，勾着头，一口紧接一口贪婪地吸烟——样子真是够可怜的。大概几天没吸一口烟了。

“老姜，小俊……她……回去了吧？”她站立在他面前，心头压着负罪感，低声问。

“回哪儿？……”他抬起头，很奇怪地仰望着她。

“没回去？……”她的心不但被负罪感所沉重地压迫着，而且被一种极大的不安所压迫着了。

“她根本就没离家呀！这次想随我一块来，因为家里活全靠她操持，没来……”

“可是……她来过我这里呀！在我这住了二十多天呢！”

“不可能！绝对地不可能！”

“那……那在我这里住过的……不是小俊？”

“当然不是！教导员……什么样个姑娘啊？”

于是她向他描述了一番那个曾口口声声叫她“大姐”的“小俊”。

“她拿着我写给你的信来的呀！”

“她说她就是小俊？”

“对啊！我又怎么能怀疑她不是小俊呢？”

她找出“小俊”带来的那封信给他看。

“这……这信怎么会落在别人手里呢？哎呀！八成是李驼背的姑娘吧？她常向小俊打听你的情况，准是那姑娘！教导员……你也被骗得够惨的啊！”

“我也被骗得够惨的……”与其说回答，莫如说自言自语。

一种本能的、平素游弋在潜意识中的对人的恐惧，渐渐从她心底浮出到她那张毫无女性光彩的脸上。

他们互相望着，一时无话可说……

第二十九章

人的死因有时荒谬。

木材加工厂的老厂长退位后的第一个夙愿，是到北京去探望当年的老首长。

从一九四八年他就再也没有见过老首长一面。

人们说到他时，还常常用这么一句话概括他这个人的特殊性："他当年是某某同志的警卫员，还救过某某同志的命呢！"

这一点，使他一向具有直闯市一级领导甚至省一级领导办公室的资格。无论多么善于周旋的秘书都不敢挡他的大驾，无论换了哪一届领导都不曾怠慢过他。近四十年来，无论什么样的政治风云都没有将他彻底按倒过。无论他被认为"左倾"或者"右倾"，却始终是个特殊人物。近四十年来，他凭这无与伦比的特殊性，受到上级领导的宽宥，受到同级干部的嫉妒，受到下属的敬畏。

每一年春节前，他必定亲自督办一份厚礼，派人送往北京老首长家里。受命之人不但享受特殊的出差待遇，而且感到是种特殊的荣幸。

此次是他女儿秀红陪同进京。

在省驻京办事处下榻后，他立刻往老首长家拨电话。

电话通得顺。握着听筒，他的手由于激动直抖。

"找谁？"一个女人的声音。

"我找老首长啊！"

"哪位老首长？"

“×××同志啊！……”

“×××同志死了。”

“我是老关啊！不……不对不对，我是小关啊！老首长当年的警卫员……”

“噢……×××同志死了。”

“我当年救过老首长的命啊！……”

“你听不清我的话吗？×××同志死了！”对方颇不耐烦。

“死了？……”

他仿佛这才明白“×××同志死了”的意思，那颗激动无比的心“咯噔”往下一沉，如同坐车过断桥时那种感觉。

“喂！你有什么事啊？”

“没……什么事……特意到北京来看望老首长，没想到……您是……”

“儿媳妇。”

“今年春节前给老首长捎来的礼物……收到了？……”

“是您每年托人捎来的啊？收到了，谢谢。您还有话吗？”

“没……有了……”

“再见！”对方挂了电话。

第二天他便乘飞机离开了北京，两只耳朵灌满了三女儿秀红的讥言讽语。她原本是打算从从容容在北京玩几天的，结果连王府井也没逛成。

一回到家里，他就将几个曾替他送过礼物的人传了去，对他们大发雷霆。他的老首长死了，他们居然只字未曾向他汇报！

他们唯唯诺诺地解释，他们实是不知。他们说他们都没见成他的老首长，甚至连他的老首长的家人也见不成。他们认为他们将礼物送到了高墙深院的门房，告诉明白了谁谁派他们送来的，就算不辱使命了。

他骂跑了他们，又逼迫三女儿秀红去翻《人民日报》——他怀疑他的老首长并没死，而是老首长的家人不愿接待他。果真如此，他要二次进京！他救过他的老首长的命啊！有他身上的枪疤为证！

秀红翻遍厂办公室订的截至那一天的当年的《人民日报》，没发现父亲的老首长的讣告。

“到市资料馆去！到省资料馆去！翻去年的！翻前年的！翻大前年的！”不容三女儿在家里坐下扇扇风凉，他吼叫着将她赶出门。

傍晚三女儿带回了一份一九八四年的《人民日报》。他的老首长千真万确是死了，白纸黑字，还有遗照。

“老首长，老首长啊！……您病危的时候，怎么也不给我拍加急电报，让我到北京去看看您哇！您临死前，怎么也不叮嘱家人一句，给我个信儿，让我到北京去参加您的追悼会哇！您连让我见您最后一面的机会都不给我……您……您把我小关给忘了啊！……”他捧着那份报纸，哭诉不休，泪涟涟如雨。

“爸，您这么大岁数了，害臊不？您这是哭您自己。哭您自己三十来年的自作多情！参加追悼会的那都是些一般人物么？您小小一个木材加工厂厂长，芝麻官儿，您配么？哭得人心烦劲儿的！”三女儿秀红极看不惯他那种老小孩儿模样，轻蔑地挖苦他。

他操起手杖要打她，吓得她尖叫着逃入自己的房间，插上了房门。

当天他佩戴黑纱，为他的老首长的死弥补他那一份儿由衷的哀思。

看见的人无不背后议论：“这古怪老头子，犯得着嘛！他那等于是为自己戴的！”

不幸被人们言中，三天之后，他自己也死了。

在无人知无人晓的时刻，坐在他那把巨大而沉重的有轮子的黑皮大转椅里，悄没声儿地就死了。

当然要成立“治丧委员会”的。

“治丧委员会”主任是局党委书记——当然也是“当然”的了。

不知什么人出于什么样的考虑，将姚守义也列入了“治丧委员会”委员之中，而且是第一名。

因为老头子生前对邢副厂长“不感冒”，更因为两家由于儿女之事关系恶化，“治丧委员会”委员中当然便没有邢副厂长。

邢副厂长当然认为是被剥夺了一份荣誉，对主持操办丧事的工会主席大发脾气。

“姚守义他小子有资格当委员，我就没有资格么？他小子不过是个车间主任，而我是副厂长！这不是故意排挤我是干什么?!”邢副厂长气愤得失去了往日的矜持和涵养，又拍桌子又踢椅子。

工会主席却很矜持很有涵养地解释：“邢副厂长，别拍桌子，别踢椅子嘛！论资格，你当然是该有的。但这是‘治丧委员会’啊，不是别的什么委员会，总得民主点，尊重老头子家里人的意思吧?”

“民主？还要不要集中了！现在反对的就是绝对民主化！……”

他当即给局党委书记挂电话，提出“最最强烈”的抗议，郑重指出他的威望将受到极大的损害。

没想到局党委书记的回答是，在此类事情上，他赞成民主化，反对集中化。“绝对民主化”一次，没什么了不得的。

邢副厂长愤怒得想摔电话，又不敢。

姚守义也找到了工会主席，虔虔诚诚地替邢副厂长争取当个“委员”。

工会主席让他去找老头子的家属交涉。

老头子的老伴儿倒怪通情达理的，说：“可也是，那就让邢副厂长当个委员呗，既然他那么在乎是不是委员的！”

“让他当个屁！”秀红火了，“死的是我爸，不是你爸！等你爸死了，你再请他当个委员吧！”

第三车间主任灰溜溜地离开了老头子家。

他明白，他那老父亲若死了，就是三揖九叩恳求邢副厂长当个“治丧委员会”委员，邢副厂长可能也是不屑于赏脸的。

他又去向邢副厂长汇报“交涉”结果。

“谁让你替我去交涉的？我求你了么？你想当面取笑我么？你别以为你这一次可算在全厂人中出大风头了，把我的威望压倒了！告诉你姚守义，你高兴得太早！乐极生悲！比起你姚守义来，我总算是个在党的人！我不信共产党果真就会舍得把管理一个厂的大权交给一个党外的小子！”邢副厂长非但不领他的情，反而恨他恨得咬牙切齿。

“我操你妈！”他骂了邢副厂长一句，转身便走。若不快走，他怕自己会揍邢副厂长。

市委、市总工会、局里、市“老干部俱乐部”预先派人送来了十几架花圈，通知说有头面人物要来参加追悼会。报社派来了记者采访老头子的生平和革命经历。一切表明，这是木材加工厂有史以来将要召开的最隆重的一次追悼会——因为是木材加工厂有史以来最不可等闲视之的一个人物死了。

厂里的工人们议论：

“嘿，这叫虎死不失威！再过一百年咱们木材加工厂也不会出这么一个跺跺脚惊天动地的人物啦！”

“那用说？死了，还把邢大头治得服服帖帖的！”

“倒抬举了小姚！讣告上那大名排在局党委书记后边啊！”

退了休的守义他爸和晓东他爸，认为义不容辞地应该借此时机表达对老厂长的特殊感情。两位老人主动承担了指挥布置追悼会会场的责任。

于是又有人阴阳怪气地说："老姚也出马了！这叫'草船借箭'，老姚那是为小姚当上厂长忙活呢！"

"小姚早就是老头子的干儿了！要不他算老几？凭啥当'治丧委员会'委员？"

"瞧姚守义那小子装出的一副难过相儿！其实他心里保准高兴着呢！快当厂长了，不高兴骗谁？"

姚守义真是挺难过的。老厂长死了，他才愈发觉得老厂长活着的时候，的的确确是个人情味儿十足的好老头儿。尽管有些霸道，有些主观，有些说一不二。而且，他愈发意识到，老头子是把他看透了的，就像老头子把邢副厂长看透了一样。周围许多活着的人，却并不能看透到他内心里去。

他内心里没那么多狡猾，计谋，溜须拍马的肮脏企图和沽名钓誉，不择手段向上爬的念头。他本质上是个随遇而安的人。

把他看得很透的人死了，把他看得很卑鄙的许多人活着。

许多人愈来愈不相信别人和他们自己是不太一样的人了。因而人人心目中没有了好点儿的人。因而世上仿佛也便没有了好点儿的人。他更其难过于此……

"爸，你别凑这份儿热闹了。让人说闲话！"他希望老父亲也能为他这个儿子着想着想。

"凑热闹？我凑什么热闹啦？老子才不巴望你当官呢！你以为我就是聋子，一句闲话没听到哇？"

"听到了，你就回家去吧，何苦在这儿忙得一身灰一身土的啊！"

"你，你管不着老子！再多嘴老子揍你！……"正在钉挽幛的老父亲将锤子一扔，当着些小青工的面，就要揍他这个当车间主任的儿子。

晓东爸连看也不看他一眼，捡起锤子接着钉，还烧火浇油："揍！这还不揍！凑热闹……有这么说话的么?!"

可追悼会没开成。

老厂长的家人在整理他的遗物时，发现了他亲笔所写的一份遗嘱："老子死后，不开追悼会。谁动这门儿心思，断子绝孙!"——遗嘱上就这么一句话。有署名，有印章，没日期。

从那张夹在《毛泽东选集》合订本中的纸看，显然是早在十几年前写的。因为那张纸的抬头印着一条"最高指示"：阶级斗争是个纲，纲举目张。

如今还没处找到这么样的一张纸。这么样的一张纸相当于"无产阶级文化大革命"的历史文物。

也显然是故意不写日期，留到真快死了的时候添上。而他又死得那么悄然，大概也早把那份遗嘱忘了。但那毕竟是他的遗嘱。谁都觉得没有任何权力任何理由不把它当成回事儿。因为不曾发现另一份遗嘱，声明那一份遗嘱作废。

于是工会主席与其家属紧急磋商，最后"统一了意志"，宣布取消追悼会。"治丧委员会"当然也就白成立了。"治丧委员会"委员们大部分觉得扫兴。

邢副厂长得到消息，脸上的表情顿然开朗。

有几个小青工们也白买了一挂鞭炮。本是预备开追悼会的时候放的，他们认为"那老家伙"早该"给马克思喂马"去了！自从厂门上挂了那两块不怕风雨侵蚀的大木牌子之后，他们一年四季剃光头，以示对"极左"压制"自由"的无言抗议……他们非但比"治丧委员会"委员们更其扫兴，简直是觉得"妈妈的"了!

死了的老厂长最早坐"吉普"，后来坐苏联"老大哥"援助的"伏尔加"。"老大哥"变"修"后，以示对"修正主义"的轻蔑，用新"伏尔加"换了辆旧"上海"。中国之门户对国际商团大敞开后，旧

“上海”更其显得破旧,服务于十一级干部未免太不成体统,便进口了一辆“丰田”坐,以示紧紧追随时代之改革潮流。老厂长活时常感慨系之地说:“妈那巴子,现如今皮包公司经理坐‘奔驰’,发了家的老农坐‘皇冠’,老子堂堂正正的十一级,却坐‘丰田’,够能保持优良传统的了!”

局领导要与姚守义和邢副厂长谈话,两人同坐那辆“丰田”去。

“瞧这车造的,积灰蒙土的。往后,你得至少每天给我刷洗一次!”邢副厂长在车里这么对司机说,“给我”两个字咬出特别强调的意味。

司机连声回答:“是,是……”仿佛那辆小车理所当然地已然是只有邢副厂长才配坐的专车了。

姚守义当即叫司机停车。

司机将车靠向人行道停了,他说:“我溜达着去。”就下了车,扬长而去。

来到局里,却见邢副厂长坐在会客室。两人互不相视,各吸各的烟。

一会儿,局党委秘书走进,客客气气地对邢副厂长说:“让您久等了,局长和局党委书记刚才在开会,请跟我来吧!”

邢副厂长掐灭烟,得意地站起,瞥着姚守义笑道:“既然先请我,我就不礼让了!”趾高气扬地跟在秘书身后走了出去。

几分钟后,又一个人走进会客室,问他:“你是姚守义?”

他抬头看那人一眼,冷冷地回答:“对。”

“我是局长。”那人向他伸出一只手。

姚守义将头扭向一旁,不握那人的手,连站也不往起站一下。

局长笑笑,将门关上,落座后掏烟盒,又问:“换一支?”

姚守义倔头倔脑地说:“不换。”

“我的比你的好。我的是‘金键’。”

“好也不换。”

局长又笑笑,吸着了烟。

“小姚,你究竟想不想当厂长?”

“不想!”他回答得相当干脆。

“真不想当?”

“你怀疑我口是心非?”他有些火了,隐忍地瞪着局长。

局长说:“就算我怀疑你,也不是没有道理嘛,真不想当官的人可不多呀!”

“当厂长有什么好处?”姚守义吐了一口烟雾,有意摆出玩世不恭的样子。

“好处?”局长笑了,眼光迅速掠过姚守义,又弹了弹烟灰,“好处,可是多了。比如:分房子,安电话,调工资……都挺实惠的!”那眼光,又迅即从姚守义脸上扫过。

“诱以官禄?”

姚守义先是觉得这位局长大人真够庸俗的,待到抬眼望一下局长,又觉得那张脸上的表情,难以捉摸。

局长表情严肃起来:“我不过直人直话,把事挑明了说。党既然给予当官的人好处,那就应该对想当官的人有个比较,有个选择。我们选择了你,这叫一厢情愿。一厢情愿不行。老百姓话说,上赶着不是买卖。比方我刚才敬你烟,你不接受,我也不硬塞给你,不然反而会被你瞧不起。木材加工厂厂长,也不是非你姚守义莫属。当然,你有你的优势,当过几年红旗车间的主任,下过乡,吃过苦,有责任感,有一定的领导能力,给你个机会。我们党如今奉行为尽量多的人创造机会的原则。你可别把事想拧了。”

“这……我是怕……辜负了领导的信赖啊!”

姚守义的傲慢劲儿被局长一番话彻底扫光了,语调顿时变得谦虚。他低下头,不好意思继续瞪着局长。他忽然觉得这位局长并非庸俗之人，很开诚布公，很随便，没架子。

“我们也怕你辜负了我们的信赖啊，所以要和你当面谈谈。”局长见他那支烟快吸尽，向他递过烟盒，他红着脸弹出一支。局长又将按着的打火机向他伸过来，他赶紧吸着烟。

“那……邢副厂长……我怕……我比他年轻，关系难处啊！”

“局里新成立了外联办公室，他这人有这方面的特长，我们把他调到局里来当主任。”

“他不愿意呢？”

“他会愿意的。韩书记正在和他单独谈话。如果他实在不愿意，可以当工人嘛！共产党人，应该能上能下嘛！”

“我……不是党员……”

“不是党员也可以当厂长嘛！我就是先当上了局长，以后入的党嘛！当局长前我是林学院教授，出版过三本林业方面的书。我认为我这个局长当得不错。当上局长后又出了一本书。”

局长笑了。

姚守义也笑了。

“可我……还……骂过共产党……”

“你指你在整党期间那些言论？不算骂共产党。有人认为那是反动言论，我看不是。在这一点上，我和韩书记的看法是一致的，态度是明确的。共产党请党外同志帮助进行整党嘛，就是真有人骂也没什么了不起的。党就那么脆弱？那么经不起骂？一骂就垮？如果党到了这种地步，还领导什么改革？嗯？被认为是在骂共产党的人中，有从内心里爱护党的同志。用老百姓话说，恨铁不成钢。像毛毛虫似的爬在党这棵大树上的人，才不骂党呢！”

姚守义不好说什么，光自低着头吸烟。

“我看今天咱们就谈到这儿，你先回去考虑考虑。”局长说着站了起来。

“我……我当！”姚守义也站了起来。

“当厂长的好处打动了你的心？”

“不！”姚守义不好意思地笑了，“局长……这么看得起我，我姚守义也不能太不识抬举啊！”

“决心定了？”

“定了！”

“那咱们还得坐下来谈谈。”

局长又坐下了。

姚守义也又坐下了。

他掏出烟盒向局长献烟。

局长说：“吸我的。有好的不吸孬的！”

于是他又吸了局长一支烟。

“怎么个当法？”

“还用问？改革！大刀阔斧！”

“怎么个改革？怎么个大刀阔斧？”

“这……”姚守义答不上来。

“我就怕你这么干。这么干你当不长，最多半年非垮台不可！我希望你当得长远点儿，半年垮台岂不等于辜负了局里领导？一个人渴了的时候，常常说一口气儿能喝光大海，那是愿望，或者叫做吹牛皮。真喝起来，恐怕一瓢他也喝不光，何况海水是咸的。今天的报上说，改革要只争朝夕，步伐越快越好，越大越好，改得越彻底越好。这完全正确，但这是愿望。所以你别说什么大刀阔斧，那是大话，是吹牛皮。你根本不可能做到，局里也根本不可能做到，也就谈不上多么有力地支持你。你要悠着劲儿干，抻着劲儿改，这是我当好局长的经验。传授给你，你得信。中央改革的火候还没烧到，你一个小小厂长迫不及待地掀锅，那馒头非夹生不可。”

姚守义洗耳恭听，越发觉得局长是个可亲的人了。

“我……我在厂里有群众基础，我想不至于……”

“不至于怎样？什么叫群众基础？别过分自信这一点，别那么幼稚！你们厂告你的信不少，四十多封。”

“什么？四十多封！……”姚守义霍地站了起来。

“坐下。你坐下。这有什么大惊小怪的？你有群众基础，那是群众认为你根本没可能当厂长以前。你一旦当上了，群众基础就丢了一半，有群众基础就也许会变成没群众基础了，这是如今的一条规律，还挺普遍。现在一种有意思的现象是，谁恨谁，就四处散布，说谁谁谁要被提拔了，要被重用了，要高升了，于是有关方面准收到不少群众来信，揭发检举那个人多么坏多么坏。马克·吐温写过一篇小说《竞选州长》，主人公还没当上州长呢，便被指控犯有盗窃罪、诈骗罪、强奸罪，并且有九个肤色不同的私生子……”

姚守义不由得笑了。

“你笑什么？”

“九个，太多了！”

“是啊，太多了……不谈这些。你们木材加工厂的浪费现象很严重，每年十几万元的损失。我看你第一年内减少浪费就不错了。改革，改革，具体进行，要一件事一件事地做。某些改革者，新官上任三把火，三把火烧过，倒把孙悟空自己的毫毛烧光了，不但自己遍体鳞伤，改革之火也随之熄灭。别做这样的改革者。”

“局长，您放心，减少浪费不是件难事。”

“不是件难事？要减少浪费，就得端正每一个工人的劳动态度。光靠宣传主人公精神，行吗？靠奖金？你们是个亏损厂，哪儿来那么多钱发奖金？靠劳动纪律？劳动纪律一严格起来，工人们能不骂你？我们过去总强调群众是真正的英雄，群众之中蕴藏着多么多么巨大的建设社会主义的热情。这是很片面的观点，不实事求是的观点，幼稚的观点。群众不就是张三李四王五姚六徐大麻子杂姓人等吗？看不到群众的惰性，涣散性，麻木性，逆反性和被动性，对改革者是危险的。改革的某些阻力，也来自于群众身上积淀的消极因素。怎么比喻呢？类似一种黏糊糊的东西，能黏住改革者的手脚，甚至黏住他们的思想……”

当局长送姚守义时，他仿佛觉得自己变聪明了些，又似乎变得更糊涂了。他仿佛觉得自己信心十足，又仿佛完全没有信心了。但他当厂长的意念却更坚定了。他喜欢担点风险。那样，一个人活着才不无趣味。

邢副厂长已经坐在小车里了，满脸失宠者的沮丧表情。

局长和蔼地问邢副厂长：“想通了？”

“想通了。”邢副厂长本不愿笑，又习惯了对上级笑，那种笑就非常之勉强，非常之苦涩。

“想通了好，想不通不好。”

局长同姚守义握过手之后，又对邢副厂长说：“你要认真负责地向小姚交待厂里的工作。”

小汽车开走，姚守义和邢副厂长，一个将脸转向左边，一个将脸转向右边，各自望街景。

忽然邢副厂长吼道：“停车！”

司机如同没听见，继续开。

“聋啦？我叫你停车！”

司机扭回头看他一眼，并未停车。

“我不回厂！到医院拔牙去！”

司机将车开过红绿灯，正缓缓靠向路边。

姚守义语气平和地说：“先送邢副厂长到医院！”

“好嘞。”司机开走了车……

姚守义在厂长办公室从上班到下班连续坐了三天，耐心地等待有人来向他请示工作或者汇报工作。然而没人来向他请示，也没人来向他汇报，三天中连他办公桌上的电话也没响过一次。二十七八岁的女秘书坐他对面，翻了杂志，又翻报纸。

今天她看的是一本《法制文学》。

上午明媚的阳光照在她身上，也照在他身上。她看得出神入画，他若有所思地吸烟。

“你别吸了行不行？”她说，没抬头。

“行，行……”他立刻将烟掐灭。觉得她的语气太冲，问：“你怎么跟我说话呢？”

“你想我怎么跟你说话？”她仍不抬头，只是撩起单眼皮儿，向他射出两束桀骜不驯的目光。

“跟厂长说话不能客气点吗？”

她撇撇嘴，口中发出两个鼻腔音——“哼嗤”，将身子一转，脸朝墙了。

“以后上班时间不许看杂志。”

“……”

她翻过一页，接着看。

“讨厌！”

“说谁呢？”

“苍蝇！”

一只大麻蝇在窗子上嗡嗡乱撞。

他站起来，想用什么东西打死它，可没有应手的东西用来打苍蝇，只好推开窗，将那只大麻蝇放飞了。

“有意思吗？”搭讪着问。

“有！”

“写的什么？”

“一个新上任的厂长，开除了一个工人，结果被那个工人用菜刀砍死了!”

“瞎编的。”

“报告文学,真人真事儿!”

“那……太惨啦……”

“哼,有不好惹的!”

“你放下!”他猛地一拍桌子。

她吓一跳,将《法制文学》往桌上一抛,又倏地一站,叫道:“你要什么官僚态度?你让我干什么?!”

“我……我……”他一时没什么可吩咐她干的,憋了半天,憋红了脸,才憋出一句话,“你去给我看天气预报!”

“阴转多云!有暴雨!二到三级东南风!转东北风,北偏西北!”

“你胡说八道!”

“你才胡说八道呢!昨晚电视里这么预告的!”

“你别发火,你别发火……”

“你先发的火!”

“咱俩都别发火……你听明白了,我知道你是邢副厂长的人。可你要不给我好好当秘书,我开除你!我才不怕你用菜刀砍我呢!”

“开除我?就你?……开除我?小样儿!……”她柳眉倒竖,轻蔑他像轻蔑一个卖狗皮膏药的。

他明知她是不至于用菜刀砍他的,因为他首先就开除不了她。因为她爸是市“改革办公室”主任。

他先自软了下来,缓和语气道:“小王啊,别误会。我的意思是……首先支持我开展工作的应该是你哇!”

“少来这套!”她一扭身走了。

一会儿,隔壁办公室一阵男女的笑声,接着一阵哭声。接着邢副厂长的夫人过来了,以一种极端公正的语调批评道:“厂长,这就是你的不对了。我们在隔壁听得清清楚楚,从始到终就是你的不对嘛!你把人家气哭了,还不赶快去赔个礼,道个歉,认个错?”

他用手一指那女人,愤愤地说:“你出去!”

“哟,你怎么狗咬吕洞宾,不识好赖人啊?”

“出去!”

“哟,厂长你还想动手打人啊?”那娘们儿故意嚷得让隔壁听得见,笑盈盈地站在他面前,并不想出去。

他自己出去了。

一车间二车间三车间,全不见个工人的影儿。电锯停着,一根巨大的圆木夹在锯上,有些车床却在转着。

他好生纳闷儿。顺着厂路走,走近厂后门,许多工人在那里排起了大队,正买什么东西。

卖主站在手推车旁,一边称,一边吆喝:“大家别急,排好队,一个一个来!这位您看秤星儿,四斤高高的!……”

他的工人们排得很有秩序,也都排得很有耐性。在厂卫生所给工人们注射免疫针的时候,他才见过工人们的这种秩序和这种耐性。

他走至跟前一看,手推车上,四只大柳条筐,两筐装的是木耳,另外两筐空了,显然已经卖光,只筐底剩些细碎木耳屑。

新厂长胸中的火气别提有多大了!他不便立即发作,强按压住恼怒,抓起一把看了看,不动声色地问:“什么价?”

卖木耳的,是个四十多岁的瘦小精明的汉子,一巴掌打落他抓起的木耳:“别乱抓,要买后边排队去!”

一个工人替那汉子回答:“七元五一斤,十四元两斤!够便宜的小姚,你也来两斤吧!”

排在后边的一些工人却嚷:

“嘿,那是哪个小子,后边排着去!”

“想加塞儿怎么着啊?”

“谁也不许加塞儿,把他拖一边去!”

姚守义只装没听见,对那汉子说:“我是厂长……”

那汉子压根儿不理他:“厂长也这个价儿!”将一秤盘子木耳,倒入一个工人双手撑开的塑料袋里。

待那汉子再欲给下一个工人称,姚守义抓住了他的秤杆子:“你从哪儿进来的?”

“后门儿进来的。”

新厂长背后的几个工人笑了,觉着那汉子的话挺有意味儿。

“谁让你进来的?”

“也没谁不让我进来啊?”那汉子不耐烦。

姚守义见他车上还有不少木料,放开他的秤杆儿,拿起一根二寸截面的方子问:“这是什么?”

“这是方子啊!”

姚守义放下二寸的,又拿起一根四寸的问:“这是什么?”

“这也是方子啊!”

“这是什么?”

“这是木板呗!”

“你的?”

“你的?”

“我看是我们厂里的。”

“不错,是你们厂里的。”

“那怎么在你车上?”

“这可不是我自己拿的啊,你厂里一个工人买了我的木耳,钱不够,差三元多,他就不知从哪儿抱来这些木料,说‘顶了吧!’我当时还不乐意呢!你问问你们的工人,是不是这么回事儿?”

新厂长身后的几个工人也不耐烦了，七言八语起来：

“是这么回事儿，我做证！”

“我也做证！”

“不就这些木料嘛，找什么茬儿呀！”

“守义，你不想买办公室呆着去，你耽误的可是生产时间！”

排在后边的工人中有人吼：“哪个小子在前边捣蛋呢？滚！”

于是一个工人将他往一旁推：“守义，去去去，别惹大伙儿不高兴！”

姚守义被推开了。他眼见着买卖继续进行，不知如何制止才不至于引起众怒。他忽然觉得，他似乎还一点儿权力都没有呢！在群众看来，似乎他姚守义当厂长，和这个一千四五百人的厂没有厂长是差不多的事儿。

卖木耳的汉子边卖边喊：“大家别急，别急，还按秩序排好。‘加强纪律性，革命无不胜’！哎，别急，急中有错。咱们把被耽误的时间夺回来！”

那卖木耳的汉子的吆喝，对他的群众的情绪还真起奇妙的作用。

邢副厂长推着自行车出现，见这场面，仿佛内心被可喜的景象所鼓舞，红光满面的脸上现出兴高采烈的模样，大声说：“嗬，买卖兴隆啊！小李子，给我带两斤，送我家去！”推着自行车从姚守义身旁走过时，又说，“姚厂长，拔牙不？拔牙找我，合同医院牙科咱们有熟人！”说罢，骗身上车，一路不停按着清脆的铃声骑走了。

姚守义盯着他的背影，恨得紧咬下唇。

他又凑近手推车，趁那汉子不注意，抓了一把木耳，躲开细看。

那汉子正卖得顺心之至，姚守义在他肩上拍了拍。

“你又找什么别扭啊！”

“你来，我跟你说几句话。”姚守义不管那汉子愿不愿意，扯着那汉子的衣袖,将那汉子扯到了远处。

“守义,你小子今天成心扫大家伙的兴是不是?”

“小姚,你就这么当官吧,没你好!”

“哼,什么东西!他那是在这儿找当厂长的感觉哪!”

工人们纷纷喊叫。

也不知姚守义究竟跟那汉子说了些什么话,那汉子一走回来,就从车上将那些木料扔下,口中连连说:“不卖啦,不卖啦!……”推车便走。

“嗨,别走,别走!别听那小子吓唬你!”

“老子白排这么半天队啦?不许走!”

工人们不放那汉子走。

“买卖自由,买卖自由,诸位行个方便!……”那汉子又是抱拳,又是作揖,硬是推车从后门走了。

群众愤怒地瞪着姚守义。他从他们的目光中,感到了一种曾有所领教的敌意,这使他联想起当年给厂里提意见,反对用木料换大米的事。然而却并不像当年似的,觉得他们有多么的可怕。倒觉得他们更像些被大人宠惯坏了的孩子,错误地认为大人软弱可欺,有点不识好歹。

他对他们说:“上班时间,你们居然擅离职守,在厂里排起大队买木耳,老厂长在位,你们敢吗?”

他们沉默着,轻蔑地瞪视着他。

有几个嘴里嘟嘟哝哝地欲走。

“都别走!谁走扣谁这个月的奖金!姓姚的敢说敢作,不怕你们哪个拎把菜刀砍我!较起真儿来谁砍了谁还不一定呢!”

欲走那几个不走了,抱起了膀子。那架势是,姚守义你小子有什么威风尽管抖抖看吧!

然而毕竟有人畏惧了,毕竟有人惭愧了,毕竟有人向别人背后闪了。

他扫视着他们，目光落在一个有把握支使得动的人身上，抬手一指："你，找个盆，端半盆水来！"

那人一声不响地就去了。

众人却不知他究竟想干什么，他们眼中蔑视的敌意的目光，有了几分迷惑。

一会儿，那人端了半盆水来，放在他脚旁。

他将手中那把木耳撒在了盆里。

不迷惑的也迷惑了，迷惑的更迷惑了。

几人走到盆边，蹲下围看。看片刻，仰视姚守义。

姚守义不动声色，观天而已。便吸引更多人走到盆边，或蹲或立，也伸长脖子看盆，仿佛盆中有只金龟。

姚守义估计木耳在水中泡开了些，这才望向众人嘲道："木耳哪儿的最好？北大荒的！我在北大荒生活了整整十一年，木耳的成色如何，仔细一看便知！那人卖的木耳，起码掺了三分之一的假。假木耳叫地耳子。就像假海参叫'海茄子'！而且他还掺了沙子！木耳泡开，席上铺层大粒沙子，暴日一晒，木耳就把沙子裹起来了！一斤木耳起码裹二两沙子！"说罢，他俯身从水中捞尽木耳。众人但见水底一片沉沙，个个顿足，大叫"上当"。有些人气不过，欲追那卖木耳的汉子。

姚守义厉声喝道："哪个敢出厂门一步，今天我就拿他做个典型！贪便宜没好货，活该你们这么许多人上当受骗！都立刻给我回车间去！"

工人们众怒化作羞臊，纷纷离去。

邢副厂长的夫人和秘书小王，率领科室一帮女性，疾奔而至。

姚守义往当路一站，板着脸道："你们来迟一步，好事没赶上！"

她们垂头丧气向后转。

新厂长一肚子的怒气,终于觉得平息了些许。想起局长的“群众观点”,内心对局长肃然起敬。认为那是很正确的观点。同时因为行使职权,小心地整治了他的基本“群众”一次,心中不无领导者的畅快。这原本是怪不得他的事儿,谁叫他们太目中无人,拿他不当成个厂长看待?

望着女人们,他忽然笑了,又觉着自己的做法未免太孩子气,有点儿失了自己的身份。

吃罢午饭,姚守义决定下达自己的第一道命令:将厂后门用砖砌死。

他抓起了办公桌上的电话,拨了几下。

“要哪儿?!”一个怒冲冲的男人的声音。

“维修队。”

“找谁?!”那声音震他耳膜,他不由得将话筒离远了耳朵。

“找队长……”

“我就是!你哪儿?……”

“调主!再调!甩啦!操,又抠你们底!……”一句句兴奋之至的吆喝夹杂着手掌拍击桌面的声音传入话筒,显然正玩扑克。

“往外掏票子吧!”

“输急眼了怎么的?不就是一张‘大团结’嘛!还没赢你老婆孩子哪!”

“给你!接着玩!不玩不行!老子得捞回来……”

分明还是带赌的。

姚守义瞅瞅话筒,听得发愣。

对方却把电话放了。

他接着又拨。这一次好久才有人接,仍是同一个男人。

“我找你们队长!”

“我就是!”

“带上你的人,把厂后门用砖砌死,现在就去!”

“你谁?”对方语气压低了些。

“我……”他想说“我是厂长”,但很不习惯这么说,犹豫片刻,说的是“姚守义”。

“姚守义?姚守义是谁?”

对方这么一问,“厂长”二字,他是更有点难于出口了,半天才说:“前几天讣告上,名字排在治丧委员中第一位那个姚守义。”

“噢,听说过。你当管理科长了?”对方似乎奇怪于居然不知道他当“管理科长”了。

而他更奇怪于对方居然不知道他当厂长了:“三天前的全厂大会你们都没参加?”

“三年前的全厂大会我们维修队都没参加!我们才不参加厂里的什么会。姚科长,今天干不成了,改天再说吧!”

“今天怎么干不成了?”他索性便以科长的身份质问。

“今天嘛,人手不够。”

“人手不够?好,好,是个借口……”姚守义缓缓放下了电话。

秘书小王坐在他对面将一根手指担在桌上,用小刀刮指甲上褪了色的指甲油。

他默默地想了一会儿,抓起电话又拨号码。

“喂,找谁?”一个女人的声音。他听出了对方是徐淑芳,却不愿说出自己是姚守义。

“麻烦让曲秀娟接电话。”

“你是守义吧?”

“是啊……”

“听秀娟说你当厂长了?怎么样?如今当官也不太容易吧?”

“正领教着呢!……”他叹了口气。

“好,你等会儿,我这就去找秀娟!”

不多时，曲秀娟接了电话："什么事儿？"

"秀娟，我这儿，正开展工作呢……"

"有话直说，别绕弯子！"

"想……请你……给我们车间里那帮小兄弟挂个电话，告诉他们，我需要劳他们大驾。"

"有给我打电话这工夫，你不是自己就找到他们了！"

"我……不知为什么他们有点冷落我了，你的情面不是比我大嘛！"

"你的事儿，往后别找我！能当下去你就当，当不了趁早别当！我不管！"

"喂，秀娟，秀娟……"电话断了。他放下听筒，坐在那里瞧着电话发呆。

小王抬头看他，四目相对，她扑哧笑了，他亦苦笑。

"厂长，上午……我不对，你别往心里去啊！"

"我没往心里去。"

"你这厂长当得也真够难为的了！"

"难为倒不难为，就是缺少吹喇叭抬轿子的。"

"还不难为？都开始向老婆求助了！"

"小王啊，你过去给邢副厂长办事，往后给我办事吧！厂长连秘书都吩咐不动，不是让全厂看我姚守义的笑话吗？再说，你爸是'市改革办公室'的头儿，你尤其应该支持我开展工作啊！"他这一番话，说得怪动听的，不无恳求成分。

小王"嗯"一声，红了脸，受了些微感动，不好意思地低下头去，将织针毛线收入袋中。

"你爸，平时跟你谈点改革的事儿不？"

她复抬起头说："我听我爸讲，改革最大的艰难在于，官僚主义者们训练了一大批只习惯于听官僚主义者话的人。我爸还讲这样的人好比马戏团的跑马，主人可以骑在它身上拿大顶，耍把戏，换了个人骑，它就尥蹶子！”

姚守义频频点头。

“我爸认为改革的首要问题是一个成龙配套的问题。真心想改革的人和真心拥护改革的群众成龙配套。改革者得有一批自己的群众。厂长，要不哪天我请我爸到厂里来做一次演说，给你撑撑腰，刹一刹邪气？”

“不用不用！……”姚守义连忙摆手。他预想到那后果将必定是她爸前脚一走，他成了群众的公敌。

电话响了。曲秀娟打来的。她只说一句话：“你去找他们吧，他们向我保证听你吩咐！”

姚守义精神为之一振……

三车间的“哥儿们”，聚集车间门口，望着新厂长大踏步走来。其中一个高声问：“厂长，咱们干什么去？”

他一挥手：“都跟我来！”

维修队工房里，一场赌博正进行在将亮底牌的节骨眼上，姚守义率人撞门闯入，赌徒们一时愣住。

“哪个是队长？”姚守义忽然感到权力使人威严。

“我是，我是……你……科长？”赌徒中的一个，放下牌，趁机抓起钱，慌慌地往兜里揣。

“科长？姚厂长姚守义！”三车间的一位“哥儿们”厉声纠正。

“厂长？我还不认识。”维修队长嗫嚅着。

其他赌徒面面相觑，也不由得一个个放下牌，边抓钱往兜里揣边站起来。

“厂长不认识你情有可原，你不认识厂长是错误的！”车间的另一位“哥儿们”对其大加训斥。

“一回生，二回熟，这不就认识了……厂长您请坐……”

工房内又脏又乱，乌烟瘴气。维修队长拖过一把椅子，用工作服袖子擦了擦椅面儿上的灰，殷勤之至地请姚守义坐。

姚守义不坐。

他说：“从现在起，你被罢免了。”

维修队长顿时懵了。

“罢免你懂不懂？”

“懂，懂……但我是厂部任命的……”

“我代表它。”

“这……厂长，我看不合适吧……”

新厂长冷冷一笑：“没有什么不合适的！好了！把你们进行赌博的钱都掏出来，给我乖乖放桌上。”

车间的“哥儿们”们齐声发吼：“听见没有！”

赌徒们面面相觑，一个个将刚揣入兜里的钱掏出，驯服地放在桌上。如果厂长单独而来，他们未必肯。但新厂长带了一批护驾的来，使他们觉得这位新厂长很惹不得。也许他发一句话，那批护驾的就会一哄而上，将他们扭送到派出所去。赌博无论在家里在厂里，都是法律禁止的。这点常识他们还知道。派出所对赌徒比新厂长更威严，这一点他们当然也想象得到。

姚守义将钱全部拿起，点点，交给一个“哥儿们”道：“不少呢，二百多！给工会，做工会的活动经费了。”

赌徒们敢怒而不敢言。

“都给我到后门干活去！”

赌徒们不情愿地拿起工具。

新厂长又对他的“哥儿们”说：“他们干，你们看着他们干，不许他们偷懒。从砌第一块砖开始，不许任何人再通过！”

“走吧，走吧！”

“厂长不处分你们，对你们够开恩的啦！”

他的“哥儿们”催促着赌徒们。

顷刻,都走了出去,工房里只剩下姚守义和维修队长。

“你还愣什么?也干活去!”

维修队长哼一声,一脚踹开门,恨恨而去。

“妈的!”新厂长突然一脚将赌桌踢翻。

姚守义回到厂长办公室,坐下定了定神,见笔筒里有毛笔,桌上有墨盒,便打开墨盒,取笔在手。这找那找,找不到一张白纸,秘书小王又不在,他不得不站在走廊叫邢副厂长夫人。

“厂长,什么事儿?”那女人光探出一颗头。

“请你立刻找一张大白纸,一瓶糨糊送过来。”

一会儿,那女人送来了纸和糨糊。

姚守义铺开纸便写,那女人站在他对面瞧着。

通　知

为整肃厂纪,兹决定将厂后门封堵……

刚写一行字,那女人开口道:“厂长,当初开这后门可是老厂长和我们老邢决定的,是为了方便工人上下班什么的,你刚上任就给堵了,怕不合适吧?再说全厂工人也不会答应。”

他一听,住了笔,抬头看着她说:“是吗?我倒觉得没什么不合适的。老厂长在时订的制度现在还行得通的我就坚持,行不通的,我有权更改,这也是我当厂长的职责。堵后门是为了厂里的安全保卫,也为了严格劳动纪律,工人们会理解的!你说呢?”

那女人讪讪一笑,说:“我倒没什么,我是替你着想。既然你厂长有权,也用不着我多管闲事,哼……”说完,她悻悻然地走了。

姚守义望着她的背影摇了摇头,沉思了片刻,挥笔将通告写完。之后他亲自将通告贴在了厂门前的告示板上。

老门卫从传达室小窗口伸出头,望着“通告”对年轻的新厂长说:“行,你还想着替我干件好事儿。就凭这件事儿,赶明个你被撵下台了,我不冷落你。要不,我才是个多余的摆设呢！上月一天夜里,公安局的忽然来大搜捕,从咱们木材仓库逮走好几个小流氓,那儿都成了小流氓的免费招待所啦,全厂却没谁发现过!”

姚守义自信地说:“能把我撵下台的人,还没长大呢!”

他回到办公室,刚坐定,厂前门来了邢副厂长。

邢副厂长扶着自行车,看着那“通告”,冷笑着说:“这是堵广大群众的方便之门嘛!”说罢,就要跨上自行车往厂后门骑。

老门卫踱出传达室客客气气地跟他打招呼:“邢副厂长……”

“别再叫我邢副厂长,我是局里的外联办主任了!”

“噢,那是高升了呀！下班这么早?”

“没上班,到医院咬牙印去了!”

“回家?”

“不回家回哪儿?”

“回家绕厂外吧,后门儿正在堵呢!”

“正堵呢不是还没堵死吗？还没堵死我今天就还从后门过!”他没好气地回答,骑上了自行车……

老门卫独自摇摇头,走入传达室,给姚守义打电话:“厂长,有个人,我拦不住。”

“谁?”

“邢大头啊,他说是堵了广大群众的方便之门。”

“随他去吧!”

这时,邢副厂长到了后门。堵后门的砖已经砌了一米多高。

他下了车,用命令的口吻吩咐一个工人:“把我车弄过去!”

他命令的正是三车间的一个工人,姚守义的小“哥儿们”。后者二话不说,举起他的车,放到一米多高的砖墙那边去了。

“搁我一把，帮我过去！”

“您也过去？姚厂长说了，从砌第一块砖开始，任何人不许通过。”

“我不是任何人！”

“那也就是说，您不是人喽？”

“你！……岂有此理！”

“还八有此外呢！一边去，一边去，别妨碍干活！”

“今天我偏从这儿过去不可！”

“今天您肯定是不能从这儿过去啦！”

一丢眼色，三车间的四个“哥儿们”，站在了那堵砖墙前，肩并着肩，一个个抱着膀子，睥睨着他。

“那……那是你把我自行车弄过去的吧！”

“是您请我弄过去的呀！”

“你小子再给我弄过来！”

“我那么好支使呀？说一百句好听的，我也不给您弄过来了。”

他们都瞧着他笑……

他满脸怒气，走回到前门。

老门卫一见他那表情，心中明白八九分，又踱出传达室，奚落地问：“邢主任，后门不那么好通过吧？车呢？”

他恨恨地说：“老杨头，你听着，早晚我还是要回来当厂长的！不为别的，就为争口气！”

老门卫继续调笑：“您今年已经满五十七了吧？三年内回不来，您该被‘切’啦！”

“哼！”他望着那“通告”，涨紫了一张大脸，直想一把扯下它。

堵了群众的“方便之门”，群众愤怒了！

一九八六年，群众很容易便愤怒起来。愤怒了的群众的愤怒方式是骂娘。骂新厂长姚守义的娘，捎带着骂共产党的娘，尽管这件“妈妈的”事和共产党毫无干系,甚至和这个厂的党委也毫无干系(正书记“给马克思喂马”去了,副书记当外联办主任去了,它处于瘫痪状态)。而且姚守义并不在党。

除了骂娘,另一种宣泄方式便是中午在食堂排队买饭时敲盘子敲碗。或者一看见新厂长,都拿眼往死里瞪他。或者偷走新厂长的自行车铃盖、牌照。往新厂长的自行车座上抹沥青,扎新厂长的自行车轮胎。最厉害的一着,也不过就是怂恿他们的家属,孤立新厂长一家人。像要拿眼瞪死新厂长似的,见了新厂长的老父亲老母亲,孩子老婆,也同样个瞪法。就这些方式而已。没敢罢工。没敢示威游行。也许有领头的,就敢了。但没有领头的。

新厂长对群众的愤怒十分惊异。他想他不过就是下令堵上了厂里的后门。群众不过就是上班下班来来往往多绕那么一小段路哇!就算因此而骂我姚守义的娘不无道理罢,因此而骂共产党的娘却明摆着说不出个什么道理!他也只是惊异,并不害怕。不就是骂娘么?由你们骂去。不就是瞪眼么?由你们瞪去!那反正是瞪不死我的。一旦当了官,总是难免被人所瞪的。你都当了官了,你还不许别人瞪你么?那才真是官僚主义呢!

我们的姚守义很明事理。

“厂长,我和你找别扭,那是作给别人看的。要是你一当上厂长,我就围着你转,别人该骂我溜须拍马了,那我今后就不好作人了!”秘书小王满怀难言之隐地对他表白。

他说:“我懂,我懂。”

她又献计献策:“厂长你若有什么指示,你别亲自出面。那倒显得你太掉价了!由我传达好。你越扎起厂长的架子,群众到头来越得买你的账。俯首甘为孺子牛?千万别信那个。你真像头牛,群众往你背上爬,还要给你穿上鼻环,牵着你走!群众就这德性,软的欺负硬的怕!”

她仿佛早已把中国的“群众”研究得透了，如同夏律师的儿子把中国的知识分子研究得透透的了。

“我懂。我懂。你的见解很有意思。小王，我这里正好有几份生产通知单，请你分送给有关科室、车间去。”

“行！”小王接过生产通知单，痛痛快快地走了。

于是几道生产指示，概由小王传达到各科室、各车间。这果然高明。倘厂长亲自传达，可能会有人跳出来表现个人勇气，当面抗旨。厂长并不露面，也就没给那种人以表现的机会，而指示就是指示。

厂长秘书不软不硬地说：“我不过传达，不落实，责任可不在我，在你们！”

却也没谁敢当真不落实。

三车间那帮“哥儿们”，愈发成了死心塌地追随厂长的人。因为他们感到群众在骂新厂长，捎带着骂共产党时，分明也是指桑骂槐地侮辱他们的。他们也是群众，群众才不怕群众呢！他们反倒在厂里睥睨一切，以眼还眼，以骂还骂。

“骂谁？说清楚！你们骂谁哪？！”

“蹦跶什么？你们蹦跶什么？！告诉你们说，姚厂长是老厂长活着时定下的接班人！是局长着力培养的新干部！是你们能撵下台的么？那叫痴心妄想！看准形势，如今是改革的年头！”

有了对立情绪的存在，他们很是兴奋，觉得有了种刺激存在。来劲！

倒是新厂长的老母亲老父亲忍受不了孤立，劝儿子将厂后门重新开放，以平众怒。

当儿子的回答：“我才不搬起石头砸自己的脚呢！万里长城不倒，后门不开！”

老父亲老母亲觉得儿子从此是管不了，无可奈何。

严晓东的父亲,却大老远地跑到厂里来,给老哥儿们的儿子撑腰眼,到各科室各车间叫号,要跟反对新厂长的那些个兔崽子们"较量较量。"

"怎么着?老厂长死了,就再没人治得了这个厂了么?要'反教'?谁想'反教'谁给老子站出来!文来文对!武来武挡!堵了个厂后门你们就骂新厂长?还骂共产党?今天我老严头就是来骂你们的,看谁敢还口?……"

没人敢较量。文的不敢,"武"的也不敢。因为他浑不论,是老朽了的"拼命三郎",并非虚张声势。

姚守义得知后,派秘书小王坐自己的专车将晓东他爸送回家去。

他临下车说:"告诉守义那小子,别怕事儿!隔三差五的,我就会去厂里骂一回!"

新厂长对所谓群众的理解,由局长所教导的感性认识,一跃而达到理性认识的崭新水平。一精至斯。他内心里反倒踏实了。也相应地更加深思熟虑,"守备綦谨",不给心怀敌意的人们进一步张扬宣泄的机会。

局长亲自打来电话:"小姚,你那儿怎么了?"

"没怎么啊?我不过就堵上了厂后门啊。"

"我可是又接到了不少告你的信呀!"

"没揭发我有九个肤色不同的私生子吧?"

"暂时没有,需要我亲自去坐坐镇不?"

"别来,别来,我这淡化处理呢。"

"淡化处理好。是门学问,努力实践,努力掌握……"

一个星期后,骂娘的不骂娘了。似乎要拿眼把新厂长瞪死的,见了新厂长也不做金刚状了。甚至当时最愤怒的那些个人们,见了新厂长也开始点头微笑，打招呼说几句话了。人们绕着工厂围墙上班下班来来往往，也就习惯了。

群众的情绪都转移到物价方面去了，厂后门被堵死的事也没人提了。

各科室、各车间的头儿们，开始向新厂长汇报工作，请示什么什么的了。有些工作，有些事情，到头来他们还是自己不敢做主，非得汇报非得请示不可的。不管厂长是新的是旧的是年轻的是年老的是姓姚的还是姓其他的……

他想：我战胜了……群众。是的，在第一个小小的回合，我——厂长——战胜了他们！这是值得高高兴兴的。群众并非永远是英雄，更非从来是英雄。某些时候，必须战胜他们，首先必须战胜他们的惰性。绝不让步，绝不妥协。其次才是领导他们，才是管理他们，才是和他们打成一片……

耳边，电锯声响刺耳。

噪音。正是在这种刺耳的噪音之中，劳动力和生产资料转变为生产价值，也将重新集聚和形成着莫名的愤怒。它将在何时，又以何种方式宣泄呢？他无法预知。

“国际旅游俱乐部”是A市的第一座四星级饭店。它外观宏伟，内部设施富丽堂皇。

陈先生在这里包下了三间客房：一间自己住，一间二十二三岁的女秘书住，一间作为洽谈业务的临时办公室。

徐淑芳在这里已经与陈先生会晤过多次了，每次都有副厂长曲秀娟在座陪同。相应地，陈先生的秘书自然也每次都在座陪同。昨天，双方终于签订了一份合同——由陈先生向百花玩具厂投资外汇三百万美元，二十年后偿还。并且在今后五年内包销百花玩具厂的出口产品。作为互惠条件，陈先生索取百分之十利润。同时签订了一份双方长期合作的“意向书”。

今天,陈先生亲自给徐淑芳打电话,希望“单独会晤”一次。她答应了。

他的秘书陈小姐在铺紫红地毯的高高的大理石台阶上迎候她。宽阔的前大厅寥寥数人分散而坐。水池中,石雕鲤鱼口喷清泉。陈小姐挽着她的手臂,引她走到水池旁一张仿古陶瓷桌旁,两人分别坐在两只鼓形凳上。

身材修长,容貌清丽的陈小姐低问:“要可可,还是要咖啡?”

她说:“要咖啡。”

于是陈小姐以优雅的手势召来穿蓝色西服衣裙头扎雪白A字巾的妙龄女侍礼貌地说:“请小姐送两杯咖啡。”

她默默掏出钱包放在桌上。

“我付钱。”陈小姐莞尔一笑。

她觉得对方那一笑并不轻松,隐隐地预感到此次“单独会晤”,将可能有什么出乎自己意料的结果,她的心理本能地处于外交周旋的机警状态。

“接受您的雅意。”她也一笑,将钱包收了起来。

片刻,女侍送来两杯咖啡,翩然离去。

陈小姐双手叠放在光滑的仿古陶瓷桌面上,注视着她的眼睛,语调缓慢而庄重地说:“徐厂长,家父邀请您来,却又没有勇气会晤您了,所以,此次与您倾心一谈的机会,就荣幸地落在我身上了。”

“家父? ……”徐淑芳不禁一怔。

“我并非陈先生的秘书,而是他的女儿。”

徐淑芳满腹狐疑。

“难道,我们都姓陈这一点,丝毫也没引起您的什么猜测吗?”

徐淑芳只有摇头而已。

“您也从没注意过,我们的容貌是多么相像吗?”

徐淑芳仍摇头。

“看来您是个不习惯于对别人进行猜测的女性。”陈小姐又莞尔一笑。显然，她努力想使谈话轻松，但却分明并不能胜任愉快。

“我不认为那是文明的习惯。”徐淑芳也又一笑。她那种亦庄亦谐的语调告诉了对方，她们的努力是完全一致的。

“猜测之心使人类丢掉了许多文明。”陈小姐掏出烟，敬给徐淑芳一支。于是她们都吸烟，都仿佛欣赏地望着喷泉。

陈小姐诚挚地说：“家父特别嘱托我，请徐厂长原谅。”

徐淑芳将目光收回，望着对方笑道：“我想，在国外女儿以秘书的身份随同父亲，是不足为怪的事。”

她心中暗暗猜测对方与自己进行这次“单独会晤”的最终目的。

“家父此行，其意不在商务。”

“……”

“也不是为了寻根。”

“……”

“更非为了满足衣锦还乡、光宗耀祖的心理。”

“如果我的判断不错，陈小姐是否在向我暗示，我们与令尊昨天签署的合同，隔夜之间，变成了白纸一张？这便是令尊今天邀请我来‘单独会晤’届时又没勇气见我的原因么？”百花玩具厂厂长的表情严肃了起来。而果真如此，她准备立即告辞，并且永远不想再见到那位彬彬有礼的美籍华人陈先生，尽管这陈氏父女给她留下了良好的印象。她不能容忍被愚弄。

“不，徐厂长的判断大错特错了。家父在商务方面是言必信，行必果的。尊重合同像尊重法律一样，是家父数十年坚持的原则。那份合同永远不会是白纸一张。”对方信誓旦旦。

徐淑芳内心踏实，随即一笑，亲切地说：“我与令尊坚持的是同一原则。”她缓缓擎起杯子,小饮一口后,放下杯子问,“那么令尊驻留本市,究竟为了什么呢?”

“徐厂长,如果我请求您的话,您有耐心听完一位美籍华人家族的简要家史吗?”陈小姐也缓缓擎起杯子,啜饮一口,目光期待地望着徐淑芳。

“十分高兴。”徐淑芳轻轻将烟按灭在烟灰缸里,双手托腮,作出洗耳恭听的样子。

“谢谢。”陈小姐放下杯子,娓娓地说,“我曾祖父是华工,在美国西部铺过铁路。我曾祖母是一位美国参议员家的中国女仆,她是追随我曾祖父到西部去的。她给他生下了一个儿子,就是我祖父。我曾祖父后来死于美国西部暴徒枪下。我曾祖母便带着我祖父,经历千辛万苦,又回到了城市,做洗衣妇。我的祖父长大后,当了面包店的伙计。他的最大愿望是自己开个小小的面包店,然而直到他死时也没能实现这个野心。但是他唯一的儿子却在艰难时日读完了大学法律系,并且获得了法学博士学位。那便是我的父亲。我的父亲曾梦想成为华人大律师,甚至梦想当诗人,还出版过一本无人问津的诗集。博士学位并不能使一位中国洗衣妇的儿子在美国前程似锦。那正是美国的商业恐龙爬行无忌的时代,恰如中国目前所处的特殊时代一样。您赞同我的看法吗?……”

“任何比喻都是有缺陷的。”她机智地引用这句不知在哪本书中读过的话作为回答。

“那一时期的美国社会给予家父的最成功的教育,是使他懂得了面对现实,使他懂得了物质的富有是必要的。因为穷人不能自给,也不能助人。那一时期的美国,世人莫不争做生意,这一点也像目前的中国一样。科学和艺术尽管受人尊重,科学家和艺术家却有陷于穷困潦倒境况的忧虑,倘他们的发明和艺术创作不被商人们所认可的话。于是我的父亲便彻底丢掉了成为华人大律师和当诗人的梦想,而作了一名出色的推销员。父亲的推销才干渐渐受到上司的赏识,好运气从那时才开始向他招手。而当他有了一点点积蓄后,便实现我祖父的遗愿,自己开了一个小小的面包铺。那就是一位美籍华人商业之路的真正起点,一个美籍华人家族的新纪元。按照中国的传统说法,虽然我的父亲受过美国的高等教育,但是我的祖父和曾祖父,却是劳苦大众,在西方,被称为'指甲黑乎乎的人'。也就是说,我和家父都是'指甲黑乎乎'的人的后代。我已将我们的家族史原本托出,徐厂长,希望你理解我的父亲。"

"我对令尊深表敬佩,也感激陈小姐向我讲述这些,我认为今天是一个值得纪念的日子,没有比友情更好的馈赠了！您不这么认为么?"徐淑芳向陈小姐举起了杯子。

"谢谢！家父嘱我,这些是务必要告知您的。为了您对友情的理解,我替家父再向您说一句谢谢!"

她们相视而笑,象征性地碰了一下杯,各自又饮一口,同时放下。

"现在,我应该坦白回答您刚才所提的问题了。家父此行,是希望在国内幸遇一位理想女性,结为伉俪。家母在十年前去世之后,家父一直过着循规蹈矩的孤独男人的生活,这在家父,抵御的是社会对男人的几乎不可抗拒的诱惑。"

"我完全没有想到。"徐淑芳有些狐疑了。

陈小姐接着说:"您一定会很奇怪,家父何以万里迢迢,回到中国寻找晚年伴侣吧？连我和我的两位哥哥当初也很奇怪。可是后来我们理解父亲了。因为我的两位哥哥都早已成立了家庭,各自有了自己所爱的职业,对继承父亲的商务事业毫无兴趣。而我本人正在大学攻读文科,准备研究中国文学。在美国,一位年逾五十,并且有了三个成年子女的男人,要寻找到一位能使他再度燃起年轻人那般的生活热情，而同时又能与他的成年子女和睦相处，互敬互爱，加强他与子女们的亲情，而不是削弱这种亲情的女性，却并非那么机遇遍地。更主要的是，父亲还希望那一女性必得成为他事业上的同道。美国女性的独立精神可做世界女性，更可做中国女性的良好榜样。她们的普遍的独立意识，是连美国男子的心理如今也日益受到严重挑战的。家父对于同一双美国女性的手配合无间，弹奏出后半生的美好乐章没有信心。而在美国的华人女性中，好妻子和好参谋双任兼能，品貌称心的女性，他至今仍无幸接触到。商人传统地位的安全，如今在美国是越来越不足依恃了。对许多人而言，险象丛生。即使对比较成功如家父的人而言，竞争也使他们的个人处境变成为不安全的，孤立的，焦虑的了。《美国一日》报道，每天有近百名富翁诞生，有近百名富翁破产。新市场瞬息万变的结构，好比追射到旋转舞台之上的灯光。它照耀着谁，似乎带有命定说的意趣。而它将谁冷落在黑暗之中，并不照顾到谁昨天是不是一个好角色。我的父亲其实已竭尽全力，其实已很疲惫，不像当年那么锐气万千了……我怜悯父亲……”

百花玩具厂厂长从这最后一句话中，品味出了莫大的忧伤，她被感动了。

她不由得想：人注定是不幸的动物么？包括那些看来仿佛万事如意踌躇满志的人？也许是的吧？因为每个人总想使自己活得更好，生活便在这种永无休止的追索中变得愈加苦涩了么？

陈小姐端起了杯子。

“别喝，”她制止道，“已经凉了。”

对方像个听话的乖孩子似的，温顺地笑着放下了杯子。这时一位女侍正好从她们桌旁走过，徐淑芳叫住她说：“请换两杯咖啡。”之后凝视着对方，又说，“这两杯我付钱，好么？”

陈小姐怫然首肯。

她们喝热咖啡时，大厅里响起了优美的音乐。

陈小姐问："是莫扎特吧？"

徐淑芳回答："我对音乐所知甚少，几年前我还是个'指甲黑乎乎'的女人，几乎与音乐绝缘。"

"是的，是莫扎特。"

"看来令尊的理想中人，选择甚慎，我能尽什么微弱之力么？"

"目前还只能说寻找到了而已。那是一位可亲可敬的女性。对家父她富有特殊的魅力。对我她是第三次接触。她使我确信，美国女性的独立精神和中国女性的传统美德相结合，女人会和男人一道，将这个世界设计得更加美好。徐厂长，您想认识那位可亲可敬的女性吗？"陈小姐不无神秘地凝视着她。

"当然！"在陈小姐的凝视下，她心里涌起一阵莫名的慌乱情绪。

"其实您比我和家父都更熟悉她。"

"噢？……"

"她就是您！"

"我？……"徐淑芳的身体缓缓离开了桌子，一时坐得端端正正，愣愣地瞧着陈小姐。

"家父向我谈到了第一次见到您的情形，就在这个地方，在门外，台阶下。您当时吸引他的原因，是您那么像我的母亲。真的，太像了。我刚才凝视着您时，内心里在怀念着我的母亲。我觉得简直不可思议，我……我是在努力抑制着对您亲爱的感情。"陈小姐从挎包里取出记事本，翻开来，展现一张四寸彩照，连同记事本从桌面上推向她。

照片上，一位三十余岁的容貌端庄娴雅看去面善心慈的妇人，沉静地向她微笑着，如同她自己在向她微笑。

她低声重复着说："这太荒唐了，这太荒唐了……"差不多是用一种畏惧的目光瞧着那张照片，一副惶惶然不知所措的样子。

“您认为五十岁的独身男人爱上一位三十五岁的独身女性是荒唐的事么?”陈小姐凝眸注视着她问，表情和语气是同样的庄严。

“不，我不是这个意思……不过……你，你们……你和你的父亲……并不了解我……我不是任何男人的理想中人。”她语无伦次地解释着。

“家父并非理想主义者”，陈小姐的表情和语气依然那么庄严地说，“我刚才已经讲过，美国对家父的最成功的教育之一，乃是以面对现实的冷静眼光看待人和人生。家父所谓的理想中人，不过是传统而不愚昧，贤良而又独立的女性罢了。如果连这样的一位女性都是根本不存在的，那么世界上的男人岂不太绝望了？并且，我和家父对你的了解并没有被接触与交谈的古老方式所局限……”说着，再次拉开小巧的蛇皮挎包，取出一卷经过装订的活页纸递给徐淑芳。

徐淑芳接在手中，缓缓展开一看，竟是关于自己的一份“档案”。显然是电脑打印的。她惊讶地望了陈小姐一眼，对方含笑不语。

详看时，籍贯、出生年月日、简历、家庭背景、个人爱好、生活方式、社交风格、工作能力、健康状况、甚至包括属相和色彩偏爱……方方面面，俱列其上。却又不能不使她承认，是准确无误的。便是自己填表，也不过如此而已。

“这简直是联邦调查局的方式!”她用抗议的口吻说，有些生气了，将“档案”放在桌上，不满地看着陈小姐。

“您千万别生气。绝不是联邦调查局的方式，是走‘群众路线’的收获。我和家父在这座城市上上下下接触已比较广泛，其中很有些认识您或同您打过交道的人啊！还有，报上不是也介绍过您这位创业型改革型的厂长吗？这与家父无关，完全是我这位女儿出于对父亲的爱心，替父亲一点一滴收集整理的。您理应被我感动才对呀！”陈小姐言之婉婉，毫无窘色。

倒是徐淑芳有些不好意思起来，宽宏地笑了，一笑之中包含深厚理解。“可是……”

“可是什么？”

“总需要……”

“总需要互相考验么？按照中国的程序进行？第一年相互交往，第二年作为朋友，第三年公开关系，第四年结成夫妻？难道您真的相信，爱慕之心非经三四年压抑才顺理成章？”

“这……不……我倒并不这样认为。”徐淑芳在陈小姐的步步紧逼之下，一时语塞，不禁又笑了起来，但随即变得愈加庄重严肃。

“徐厂长，您大概不会不明白，那份合同，对于家父的事业，几乎等于无利可图。”

话题一谈到合同，徐淑芳的心理，马上由女人的立场转变到女厂长的立场上去了。

“今天我们之间的单独会晤，意味着是一个后决条件吗？”她敏感地反问，语气也变得强硬了，“不错，我十分明白您所指出的那一点。我方曾力主将在国外销售利润的百分之四十提取给予令尊，那在利益方面才更公正。是令尊一压再压，我们违心同意。陈小姐不是也在场的么？对此我们将力图后报。但如果我本人竟成为了一个决定性的砝码，那请转告令尊，合同可以作废。”只要对方的回答稍有逼迫性的潜词，她将当即起身离去。

“您误解了！”陈小姐摇摇头，叹了口气，“家父从不强人所难的。否则，为什么我们这次单独交谈，在合同签订之后而不是之前呢？我仅想使您进一步明白，家父对您本人所怀的爱慕之心同对您的事业的热忱关注是一致的，同样真诚的。”

徐淑芳由于自己的误解而惭愧了，她躲避开对方那诚挚的目光，望向喷泉，掩饰地伸出一只手承接喷到池外的水珠。

“如果我的话，居然不慎冒犯了您，请您原谅我。”对方仍盯着她。

“不，应该请求原谅的是我……”她内疚地望向对方，一抹愧笑浮现于唇角。

陈小姐也回报她宽宏的一笑：“徐厂长，家父很为您目前的个人处境担忧。”

“替我的个人处境担忧？”她表示出大大的诧异。

“徐厂长，您和我们之间不必相瞒了。我们从可靠人士那里获知，有关方面……”陈小姐犹豫着是否应该直言不讳，终于含蓄地说了出来，“对您这位创业型加改革型的厂长，不很信任了吧？”而她的表情告诉徐淑芳，她知道的要比说出的严重得多。

徐淑芳望着对方，又是一阵发愣。她知道自己目前正受到有关方面暗中进行的审查。今天以前，仅仅是某些细微的感觉告诉她的。她甚至还没有向曲秀娟流露过。她极不愿使别人认为自己神经过敏，疑心重重。现在，陈小姐的话证实了这一点。看来她的种种的细微感觉并未欺骗她。有关方面？哪些方面？她却不甚了然了。她矢口否认地笑道：“毫无根据！”

“不是我和家父毫无根据，也许是那些人捕风捉影吧？”

“……”

“家父以他几十年所积累的辨别人的宝贵经验判断，您绝不会是那种损公肥私、受贿贪赃之人。家父嘱我转告您，他对您的品格是非常信赖的。”

徐淑芳不由垂下目光，沉默经久，口中才低低吐出两个字：“谢谢。”

她也只有“谢谢”而已。

“我们对于中国所谓改革者们的普遍命运有所了解。你们骑的是无鞍无缰驽马，局势稍有动荡，许多人便可能纷纷落马，甚至身败名裂。您……不至于认为家父替您的担忧，也是荒唐的吧？”

“谢谢。”她也只有再说“谢谢”而已。但她望着对方的那种目光，却是相当坦荡相当镇定的。她固守着她的尊严。

“这份徐淑芳女士的粗略的资料，留给您做个纪念吧！与其说它是慎重的证明，莫如说是美国式的幽默。家母的照片，也请求您哪怕暂时收下……我们已经预订了五天后的机票，如果家父枉自多情了，我们希望它五天内物归原主。不必当面送还，请寄我就是。在我们今后的来往中，家父将绝不重提这件事。家父在商业方面是铮铮硬汉，在人际方面实乃谦谦君子。您看我这当女儿的，尽说自己父亲的好话了。”陈小姐站起，收走记事本，只将照片留在桌上，矜持地向她伸出手时，瞧着照片又说，“如果五天内它没有物归原主，我和家父将会高兴无比地推迟归期。”

徐淑芳表情沉静，却心中紊乱，竟忘了礼节，没有站起，也没有回答一字，只是默默将一只手伸给了对方。陈小姐轻轻握了她的手一下，转身便走。她这才站起，一直望着陈小姐的背影，直至那个苗条身影消失在楼梯口……

她缓缓坐下，目光一落在照片上，立刻又下意识地站了起来。仿佛对于照片上那个女人太像自己，或者反过来说自己太像照片上那个女人这一事实心怀忐忑。

她一路思绪纷杂地回到了厂里。

曲秀娟一见劈头便问：“淑芳，你究竟干了些什么？！”这话问得咄咄逼人而又唐突，她不知秀娟是从何谈起，一时愣住了。

“审计局来人找我调查你的问题，这是为什么？”

“为什么？”

“我正在问你哪！他们问我何时调入厂里的？谁把我调入厂里的？谁任命我当副厂长的？工资多少？有多大权？我和你的关

系如何？我们是怎样分配权力的？是以什么原则发奖金的？对你在行使职权方面或经济来源方面有没有过什么疑点？等等，等等！还要求我向你保密！这一切都是为什么？啊？为什么啊？”

“为什么？……为什么？”她只有自言自语的份儿。

突然她叫嚷起来：“为什么？我不知道！我什么都不知道！我一概不知道！不知道是谁，抓住了我什么把柄！不知道首先是哪些方面，以什么名义暗中审查我！不知道哪些人，到底要把我怎么样！也不知道我自己犯了什么错误！不知道！不知道！”她连连拍了几下桌子。

笔筒中，那只爬到竿顶的小乌龟受到震动，倏地顺着控制线绳滑落，被笔筒一口吞了。

曲秀娟一时呆住了，怔怔地望了她许久，缓缓走至她跟前，将双手轻搭在她肩头，凝视着她说：“淑芳，别生气……我才不信他们会从你身上搞出什么名堂，只不过把我弄糊涂了。”

她低下头，发出一声呜咽。然而并未哭，眼中亦无泪。她猛地扬起头说：“吃饭去！”

…………

那天夜里，守门的老赵头发现一个人影在厂内徘徊，这儿站站，那儿站站，姗姗走向车间，如同幽灵。

他起了疑心，披件衣服跟踪着，接近了猛喝一声：“谁！”举起手电，一道光束射将过去。徐淑芳被光束射得以臂掩目。

“原来是厂长啊，怎么还没睡？”

“睡不着，散散步……”她搪塞着。

“咱们这厂，如今是越来越体面啦！满院的花儿，满院的香气，我可不真成了老秋翁么！你看这夜来香偷偷地开得多娇美！厂长，我替你掐一把拿屋里插着？”老头儿说着就欲掐花。

“别，掐了多可惜！”她赶忙加以制止。

这一时刻，她内心里充满了爱，不唯是对那偷偷地开得娇美无比、馨香四溢的夜来香，而是对整个厂的情感。

她觉得她自己早已是它的一部分，而它之对于自己同样重要。

“我不走……”她喃喃地对自己说，然而那听来是动摇着的固执。

“那你就在这儿闻吧，别凉着。”老赵头儿嘟哝着离开了。

夜来香似乎将整个夜都熏香了，月光将她变了形的长长的身影投在地上。

事情势态发展得急剧而严峻，超出她的料想。

第二天上午，她的办公室里来了两位不速之客。领头的是一位年近五十的精瘦女人，另外一位，是显得很结实的青年人。

“徐厂长在吗？”精瘦女人的眼光停在徐淑芳脸上。

“我就是。你们是……”

“我们是市审计局派来的，这是我们的介绍信。”说完从提包里拿出介绍信交到徐淑芳手中。

徐淑芳一边看介绍信，一边思忖，脸上很平静：“好，请坐。”看罢，为他们沏茶。“哟，还是龙井茶。我们不喝。”精瘦女人的嘴角漾起一丝冷笑。

“我自己喝。”徐淑芳点燃一支香烟，用睥睨的目光望着蜷坐在长沙发中的两个男女。

精瘦女人从提包里拿出小本，迎着徐淑芳的目光说：“徐厂长，我们审计局最近收到一些反映你问题的群众来信，有的是由报社转来的。这些问题写得都很具体，领导上让我们来和你核实一下，希望你能如实回答我们的问题。”

“我不是早就洗耳恭听了吗？有什么话直说吧！”

精瘦女人和那位男青年交换了一下目光，年轻男人摊开本子准备记录。

精瘦女人干咳了一下说:“第一个问题,你是怎么成为党员的?”

“怎么?审计局也过问党组织的事吗?”徐淑芳确实有些惊讶不解了。

“不,这个问题和我们下面要问的有关,请回答好了!”

“个人申请、党员介绍、支部通过、上级批准。我就这么成为党员的。”

“介绍人是谁?”

“我厂原先的会计,周德启。”

“他现在何处?”

“被判刑了。”

“什么罪?”

“贪污。”

“噢……”精瘦女人又和那位年轻人交换了一下会意的目光,年轻人随即又往记录本上写。

“据反映,会计被捕前几天你还把他留在厂里好酒好肉款待,有这事吗?”

“实有其事。”

“为什么?”

“我已发现了他的问题,怕他自杀。”

“他贪污了那么多钱,你身为厂长说包庇重了点,但你一直把他视为亲信,起码是纵容犯罪。”

徐淑芳掐灭烟蒂,有些恼火地说:“的确,身为厂长我没能及时发现他贪污,给厂里带来经济损失,我有不容推卸的责任,我多次在党内外作过检查,并引以为深刻教训,这是失察,却不是纵容,你们混淆了这两个概念。”

“现在请你回答第二个问题。你指使会计,就是这个会计吧?

从本厂资金中支付给一位姓马的两万元钱?”

“对。您所说的姓马的是我厂原副厂长。这件事与会计无关,是我的决定。”

“为什么要支付给她那么大数目一笔钱?”

“不是支付给她,是支付给她的家属。这个厂是用她和我本人当年转卖自己城市户口的钱为基金办起来的。”

“多少钱?”

“她一万,我一万。”

“那为什么要支付给她的家属两万?”

“包括利息。”

对方目不转睛地盯着她,显然心中暗暗计算,猝不及防地说:“利息没那么多吧? 连五千都不到。”

她镇定地回答:“我认为对于这一笔钱理应偿还高利。”

“你代她的家属签的收据?”

“您掌握的情况很准确。”

“她的家属为何不签收据?”

“那么一大笔钱,不敢签。”

“而你敢。”

“对。我是厂长嘛!”

“照你刚才的说法,这个厂还欠着你一万元呢?”

“当然。”

“不想要了?”

“暂时不想,工资够花。”

“你工资多少?”

“二百五十元。”

“这相当于一个局级干部的工资了!”

“没横向比较过。”

“你的工人们平均工资多少?”

“各种福利费、奖金加在一起,平均每人一百六七十元。”

“你也没和他们比较过?”

“比较过,觉得我拿的工资实在不算高。”

“你这么认为?”

“我对这个厂的贡献不是我的任何一位工人所能相比的。”

“有什么根据,或者有什么人能够证明,你本人和原先那位马副厂长当年转卖自己城市户口的两万元,是全部作为建厂基金了呢?”

“我证明她,她证明我。”

“到哪儿去找她核实。”

“她死了。”

“死了? ……”

“死了。”

“没有什么当年的账目可做参考吗?”

“当年创业只我们两个人,我们一商量,便决定了钱怎么花,立账是以后的事。当年我们是两个什么都不太懂,凭着股热忱干起来再说的女人。”

“那,这件事……等于没有证据、没有证人了?”

“怀疑者是会这么认为的。”

“嗯?! 你这是什么意思?”两个人同时瞪着徐淑芳。精瘦女人极为不满地说:“徐厂长,我们来是为了核实情况,你不要有抵触情绪,这无助于澄清事实解决问题嘛!”

徐淑芳微微一笑,说:“谈不上什么抵触情绪,事实即是这样!”

“这个问题我们还会调查的。下面再问第三个问题,你有没有利用职权之便搞了一些不正之风?”

“什么不正之风? 请讲具体点!”徐淑芳不由得激动了起来。

精瘦女人翻了翻手中的本子,说:“据群众揭发,你搞请客送礼，笼络人心；巧立名目，滥发奖金；独断专行，刚愎自用；排除异己，打击有高等学历的技术人员，栽培亲信，任用无专业技能的人把持设计科。你是不是把一位设计科长赶走了？”

“行了！”徐淑芳从这后句话里听出点端倪来，在他们向她提问中，她心里就琢磨这个“群众”是谁？现在她明白了，这个“群众”果然是被她送瘟神般送走的原设计科长，他被轰走时，不是恶狠狠地瞪着她说“你会后悔的”吗？他果然向她身上泼污水了。

“我想请问一下，这位写材料的‘群众’是谁？”

“这个吗，你没有必要知道。我们要保护写揭发材料的群众的权益。”

“我敢肯定，他是被我赶走的原设计科长！”徐淑芳言语颇为自信，不容欺瞒。

两位调查人面面相觑，既不否认也不肯定。

徐淑芳平缓了一下语气说：“你们为什么不调查一下这位‘群众’的情况？如果愿意你们可找厂里任何人询问。”

“我们会了解的。现在我再问你一个问题，你和美籍华人陈先生是什么关系？”精瘦女人单刀直入，摆出一副审判者的神情。

此言突兀，徐淑芳为之一怒，她克制地说：“怎么，对此你们也有兴趣吗？”

“不是兴趣。是工作。是职责。”

上方宝剑在手的语气。

“请问你们究竟代表什么？”

“上边。”

对方竖起一根枯瘦的手指，往上指了指。

“我还是不明白，‘上边’是什么意思？”

“应该让你明白，我们自然会让你明白的。不需要你明白的，你没有必要明白。改革很混乱，一定得整顿。我们奉命行事，一个一个地整。先整这一类……”竖起小手指，“后整这一类……”竖起大拇指，“整个一清二楚，不整是不行的！”

对方口吻相当之威严，听来非常自信。好像有了他们的存在，世事从此界线分明，朗朗乾坤，澄清万里似的。

“也包括我和陈先生的关系么？”

“当然。”

“那么让我悄悄告诉您……”她朝门口看一眼，故意装出一副门外有谁在偷听的样子，诡秘地隔着桌子向对方俯过身去。

对方也不由得向她俯过身来。

她的嘴几乎贴着对方的耳朵说：“我想和陈先生睡觉！”

对方如同被电击了一下，倏地躲避开她，意识到受了捉弄，脸气得煞白。

她表情烂漫地望着对方。

对方猛地站了起来：“今天就谈到这里！”

“欢迎再来！”

她坐着不动。只撩起目光，嘲笑地瞧着对方的脸。

此刻，她的抵触情绪已达到了挑战的地步。

那一男一女转身便走。

“我们厂里花开的正好，要不要折一束？”

“不——要！——”

门砰地关上了。

徐淑芳怔怔地望着眼前烟灰缸中被水浸湿，渐渐变黄的烟蒂，心中亦如被一股腥黄的污水浸渍。

忽然，她伏在桌上，脸掩埋臂中。

门轻轻开了。

曲秀娟同情地望着她——她双肩耸动，在无声哭泣。

“淑芳……”

“……”

曲秀娟犹豫地站在那里，几经踟蹰，退了出去……

第二天，她被通告停职反省。

曲秀娟像母亲寻找走失了的孩子，找遍全厂，各处打电话，找不到她。问司机小李，小李也不知她的去向。

“你为什么不知道她在哪儿？”曲副厂长大发脾气。

“你又没让我看着她！”司机小李同样大发脾气，他也正为此事着急。

全厂乱了套，没谁还能安心工作。

姑娘们八个一帮、十个一伙，叽叽喳喳，都说厂长如果有个好歹，非把来调查的人挠成条不可！

“老秋翁”寸步不离曲秀娟，喋喋不休：“找哇！副厂长你下令找哇！全厂人都派出去！找遍全市！”

相比之下，曲秀娟倒显得异常冷静。她相信，徐淑芳既不会去死，也不至于发疯。如此这般的不公正如果压在她自己身上，她也是完全承受得了的。不就是停职反省么？小菜儿一盘！咽得下去！她不过是想在徐淑芳需要安慰的时候，给予一些安慰罢了！倘徐淑芳真的被撤职了，副厂长她也不当了。仍去经营个体修鞋铺，当个自由民！这年头，会赚钱的自由民比当个小厂的厂长日子过得潇洒多了。

她欺骗姑娘们，说厂长已经找到了，是被陈先生父女请去了。

全厂人这才安心。但姑娘们仍替厂长愤愤不平，一边干活一边计议，有的说罢工，有的说去游行，还有的说去审计局闹去，就像上次去报社一样，七言八语，计议到下班，也没个结果。大家都窝着一口气。

那一天下午，在公园里，在碰碰车场，一位三十多岁的女人使玩碰碰车和看玩碰碰车的人们都好生奇怪。她表情愀然地坐在一辆碰碰车上，却似乎根本无心加以控制，被撞来撞去，不惊不慌，不叫不笑，任而由之……

人们以为她神经不正常，或者在家受了丈夫的气，到碰碰车场上来以独特的方式宣泄。

隔日，徐淑芳出现在陈氏父女面前。

她郑重地对他们说："我十分感激你们送给我那张珍贵的照片，我愿意永远保存它！"

那父女二人惊喜异常地相互望了一眼。

陈先生冲动地向她张开了双臂，然而扑入他怀中的并不是被停职反省的百花玩具厂厂长，是他自己的女儿。

女儿对父亲说："爸爸，我真替你高兴！"

随后，陈小姐拥抱着徐淑芳说："按照西方的习惯，从今往后，'您'对于我们就是'你'了！可能我和我的两位哥哥都将不习惯叫你母亲，但我们都会特别尊敬你，并像我们的父亲一样亲爱你！"

陈先生幸福得落泪了，连连说："退机票！退机票……"

徐淑芳也落泪了。她内心里大受感动，却并不怎样激动。她的眼泪与陈先生的眼泪所表达的很不相同。

晚上，她来到了她的小叔子也是妹夫家中。当年的大院已不复存在，全院人家都住上了楼房。

那一天是一九八六年九月十二日。

那一天是她的小伟的生日。

他说："姐，你来得正巧，帮我们包饺子吧！"

有时他随着妻子叫她姐，有时妻子随着他叫她嫂子。那本是怎么叫都有理的。

于是她就洗了手，帮他们包饺子。

他们的儿子躺在床上睡着，家里很安静。

她细致地包好了几个饺子，低声说："我要结婚了。"

他们都停了手，有些不相信，以为她在开玩笑。

"真的。"

他问："跟什么人？"

她低下头，拿起一个饺子皮儿，一边抹馅一边说："跟那个美籍华人陈先生，一星期后。"双手使劲一捏，捏成一个工艺品似的饺子。

一阵沉默。

妹妹问："那，我和立伟能参加你的婚礼吗？"

她说："当然。谁比你们更有资格？"目光却望着她的小叔子。

而他说："我去看看水开了没有。"走出屋去了。

一会儿，他进来后，仍一言不发地擀饺子皮儿，一个饺子皮儿快被擀透明了，还擀。

"立伟，你怎么不说话？"

"我有点怕……"

"怕什么？"

"怕再也见不到嫂子了……"

"放心，嫂子还是你嫂子。我只想作陈先生的妻子，不想作美籍华人。"

他笑了。

她也笑了。

她包的饺子个个像工艺品，没有一个煮破的。

第三十章

婚礼由“侨联”代为操办，晚报于是有了头条新闻。通栏标题是“爱国华侨觅知音，改革女性结良缘”。不乏祝贺之词，“在对外开放的大好形势之下，鹊桥横架太平洋，多情伉俪一线牵”云云。

徐淑芳亲送部分请柬，也就是曲秀娟、姚守义、吴茵、严晓东、姚玉慧、夏律师，再加上自己的妹妹和小叔子等人而已。

她本不愿请王志松，几经考虑，最终还是将他的名字写上了请柬。是将他的名字和吴茵的名字分开写的，一人一份。

她想：来不来在他，不看僧面看佛面。尽管她已很瞧不起他，但他目前毕竟还是吴茵的丈夫。实际上她已不将他看成吴茵的丈夫了。他留在她心中的最后的情愫也早已荡然无存了。她希望他能在自己的婚礼上反省到，他们没有结为夫妻对她更是命运的恩典，而对他一往情深的吴茵做了他的妻子之后又是多么的不幸。

她本想给刘大文寄出一份请柬，但几经考虑，最终将写上了刘大文名字的请柬撕碎了。她真是不愿见到他那张仿佛被生活强奸了一百多次的脸。不善于忘记是人类高贵的愚蠢。她怕刘大文果然来了，会在自己的婚礼上喝醉了哭悼他的至亲至爱的“小女孩”袁眉。那她再也没什么话劝慰他。

举行婚礼那一天，王志松没来。她没问吴茵他为什么没来，吴茵也矢口不提他。

姚玉慧也没来，委托夏律师向她转达歉意，说是她的“转氨酶”又不正常，参加别人的婚礼是缺少公众道德感的。这不失为一个无懈可击的理由。但她知道,教导员患的是乙型肝炎,只有通过血液才会传染给别人。而且,这几年调养有方,早已处在稳定期了。教导员委托夏律师给她的礼物——一个模样憨拙得令人发笑的大布娃娃,表达了一份情意。

夏律师说:"这是她亲手为你做的。她知道你喜爱孩子,祝你早生贵子。"

陈先生替她收下,连说:"谢谢,谢谢。姚女士是我的妻子所尊敬的人,当然也就是我所尊敬的人。我们还没见过,但已感到她早是我们共同的朋友了!我妻子今天请来的每一位客人,也都是我们共同的朋友!"

陈先生离去四面应酬时,夏律师悄悄对徐淑芳说:"那边一些领导人物都在找机会与新娘碰杯呢,你快过去吧!"

她朝那些人扫了一眼,淡淡一笑:"我和我的丈夫预先已有明确分工,他们归他应酬。"说完向姚守义夫妻走了过去。她身着紫色旗袍,显得体态绰约,线条优美,亲切的端庄之中有几分神秘的魅力。

姚守义一套西装,长短肥瘦倒还合适,却没穿惯,擎着半高脚杯香槟,呆板之极地站立着和郭立伟说话。曲秀娟和徐淑芳的妹妹坐在他们身边的桌旁,唧唧喁喁聊得正近乎。

曲秀娟见徐淑芳走来,站起身擎杯在手,笑道:"让我借用报上的词儿,鹊桥横架太平洋,多情伉俪一线牵,祝你幸福!"

"姐,我也祝你幸福!"当妹妹的紧跟着站起,两只高脚杯同时举向徐淑芳。

徐淑芳笑着从桌上拿起一只有酒的高脚杯。

妹妹说:"那是立伟的,他喝过了。"

徐淑芳不禁朝自己的小叔子看了一眼,他也在看着她。

"小伟,你不为嫂子干一杯?"徐淑芳便将那只杯递向郭立伟。

郭立伟默默接过了杯。

“别把我冷落在一边啊!”姚守义也凑了过来。

徐淑芳为自己斟了半杯酒,五杯相碰,她的目光只注视着小叔子,说:“为了一切,徐淑芳谢谢了!”

五人都一饮而尽。

郭立伟放下杯说:“嫂子,陈先生大概在找你呢,快到他身边去吧!”

徐淑芳扭头看去,果见陈先生在举目四望,必是寻找自己。她没走过去,反而对他招了招手。

大餐厅内,来宾逾百人。除姚守义夫妻和郭立伟夫妻及夏律师外,十之八九,徐淑芳并不认识。陈氏父女认识的人也不多。各方人士,多是“侨联”的宾客。陈先生出钱,“侨联”是极其乐于做东道主的。而来宾们,也是极愿有这样一个荣幸之至的机会,与一位美籍华人亿万富翁互赠名片,一见如故的。陈先生刚刚从一批形形色色的经理和大大小小的厂长的包围圈中脱身。他们鼓动如簧之舌,希望得到投资、贷款、赞助或其他的种种经济利益。好像他们参加的不是婚礼,而是交易会。这使几位市里的领导同志不但觉得特殊身份被利欲淹没了,甚至觉得那些经理们和厂长们太丢人现眼——简直和讨小钱儿的一群乞丐差不多了嘛!他们坐在同一张桌上,都尽量保持着领导者可贵的自尊和庄严。受托主持婚礼酒会的“侨联”负责人,面对从一开始就已然失控了的过分“自由化”的场面,一筹莫展。他们的良好愿望也是想通过这样一次大规模的“外事活动”,为“搞活”本市经济做出贡献,为“改革开放”立下功勋,并不愿劳师动众,正正规规地按部就班地恭喜一番,热闹一番,一散拉倒了事。故此他们索性无为而治,索性不加控制,任其“自由化”更自由下去。

但是无论怎样自由,几位光临的市里领导同志,是不可以被冷落一旁，混同一般，不受格外礼遇和重视的。所以一位“侨联”的负责同志请陈先生去同几位领导者见见面，陪同一块坐坐，说说话。陈先生是精细之人。他早先于“侨联”的负责同志想到了这一点，注意到了几位领导者格外自尊格外矜持格外庄严的存在。只不过刚才他被轮番包围，脱不开身。他同时注意到了，他的新娘徐淑芳，倒仿佛是一个无关紧要、可有可无的女人似的。这使他暗觉扫兴。并且对某些人迫不及待的功利心态，不免产生了几分反感。尽管他们塞给他的名片，证明着他们是些本市的佼佼人物。然而他毕竟“久经沙场”，深谙周旋之术，脸上始终浮着彬彬的微笑，将心中的反感隐藏得很严很严。

他寻找自己的新娘，是要和她一同走到几位领导者身边去。见她向自己招手，隔着许多人，不便大声说明，只好与企图拦住他进行攀谈的男子女士不失友好和礼貌地应酬着，一边尽量摆脱他们向徐淑芳走来。

他走到她面前，她郑重地将姚守义、郭立伟和妹妹介绍给他。之后说：“除了他们，来宾中再无你妻子的亲人友好。”

陈先生耸耸肩，幽默地回答：“你只当这种热闹是你的丈夫为你花钱营造的吧！”

曲秀娟早已与陈先生熟悉，调侃道：“反正你是大富翁，讨讨新娘子的好也是应该的！”

陈先生歉意地说：“现在我必须将我的新娘从你们这几位亲人友好身旁带走一会儿，那边有几位领导者还没跟新娘照面呢，请求你们给我这点权力！”

曲秀娟挥手笑道：“带走吧，带走吧。从今往后，她首先属于您陈先生了，其次才属于我们！”

徐淑芳也微笑了，挽着陈先生手臂，与之双双离去。

姚守义望着他们，感慨万端地对郭立伟说：“改革时代，真是成了女人走大运的时代，我当车间主任，你嫂子当厂长，压我姚守义一头！我刚当上厂长，你嫂子又摇身一变，成了亿万富翁的太太！她这一变，我可就望尘莫及了！”

郭立伟默默品酒，不说话。

姚守义见桌上摆着盒“三五”，拿起来自己叼上一支，递给郭立伟一支，说：“哎，我刚才的话，你做何想法？”

郭立伟默默吸烟，仍不说话。

“怎么，连点儿想法都没有？”

“她首先是我嫂子。其次才是亿万富翁的太太。”郭立伟一字一句，深信不疑地说。

“嚯，你这话说得倒是很权威！”姚守义笑了，用一只手抻领带束结。

曲秀娟瞪他道：“还抻！都抻歪了！”

姚守义嘟哝：“你给我扎得太紧嘛！怪勒脖子的！”干脆绕头硬扯下来，塞入衣兜，松松领口。

曲秀娟正欲发作，徐淑芳挽着陈先生的手臂走了回来。

她问：“吴茵呢？我得向吴茵介绍一下咱们这位陈先生啊！”

守义等人这才发现，不经意间，他们之中少了个吴茵。

他说：“我去找找！”

但吴茵已经走了。谁也不知她何时走的，怀着何种心情走的。

夏律师在谦虚地回答着一群形形色色的经理们对于经济法律问题的请教和咨询。

陈小姐在与几位好像很有思想或者自以为很有思想的男女热烈讨论中国传统文化心理积淀在改革开放时期大受冲击的倾斜、嬗变和断裂现象。

忽然有人宣布：

“诸位来宾恭请肃静，领导同志要发表讲话！”

于是鸦雀俱寂。

于是一个朗朗之声在大厅回荡:“同志们,同胞们,侨胞们,首先,让我们全体衷心祝愿陈先生与徐女士的爱情和婚姻花好月圆,美满幸福！他们的爱情,他们的婚姻,是改革开放时期结出的可喜可贺之果！徐厂长表示,她在婚后,将不定居国外,仍愿担任百花玩具厂厂长之职,仍愿为这个改革型小厂的发展继续作出贡献!”

一阵掌声。

“陈先生尊重并且称赞这一点!”

再一阵掌声。

“我们呢？我们认为这好得很嘛！我们将一如既往地肯定她的改革热情,支持她的改革热情!”

又一阵掌声。

“借此机会,我要宣布,有种谣传,徐淑芳同志徐厂长在改革中犯了这样那样的错误,这完完全全是谣传,子虚乌有之事！毫无根据嘛,我们对徐淑芳同志徐厂长的信任,是从未动摇过的!”

一阵更加肃静的肃静。

“我很荣幸地告知大家一个好消息,陈先生将在我市设立分公司及经济开发中心,委托徐淑芳同志徐厂长徐女士任全权代表,他本人也将每年至少有半年时间居住本市！我高兴地向大家宣布陈先生从今天起,已是本市的第一位荣、誉、公、民！……”

长时间的热烈的掌声。

男男女女擎着酒杯,纷纷围向新郎新娘,恭喜祝贺之词八面响起,使他们答不及答,谢不及谢。一时间,徐淑芳倒似乎成了众目所向,光芒四射的中心人物,大有压倒自己的丈夫陈先生之存在的趋势。

她并未受宠若惊,她违心地客套着,周旋着,应酬着。

她非常清楚,这种突如其来的转移和变化,皆因她从此是丈夫的全、权、代、表……

又有人大声宣布：

“现在，婚礼宴席开始！”

…………

当天晚上，百花玩具厂厂长留宿在“国际旅游俱乐部”陈先生的豪华包房。

夫妻双双上床之际，陈先生说：“在我们的婚礼上，我居然观察到了中国目前那么多种形形色色的众生相。”

徐淑芳说：“有机会你最好再参加一次特殊人物的追悼会，将可能看到同样的众生相！”

“结婚戒指应该戴在你另一只手上。”

“恐怕我今后首先得养成戴它的习惯。”

那天夜里，她庆幸自己，不但与一个预想不到的男人结了婚，而且与一个身体仍很强壮的男人结了婚。

否则，她将会永远将结婚戒指戴在左手上，将错就错。

两天之后，她随同陈氏父女乘机回美国度蜜月去了。夫妻二人将还要旅游法国、英国、瑞典、意大利……

行前，她交给曲秀娟三袋喜糖，嘱咐一定要代送姚玉慧、严晓东、刘大文。至于王志松，她没有想到他。恐怕今后在任何情况之下，也不会再想到他了。

守义夫妻当晚分头“执行任务”。他给姚玉慧送，她给严晓东和刘大文送。

守义迈入姚玉慧家，吃一大惊。但见窗帘严拉，四壁用摁钉摁满国画。大幅小幅横幅竖幅，画的尽是形状古怪之极的黑色鱼。地上也左一张右一张铺满宣纸，画的也尽是同一种类形状古怪之极的黑色鱼，几乎连落脚之隙都没有。

“教导员，你……这是在干什么？”他仿佛潜水员潜入了海洋深处的怪鱼世界。

“作画。”姚玉慧手中握着一管大毫画笔，表情极其郑重地回答。

“乖乖，真吓人！”姚守义咂舌不已。

“你是说我画得不像鱼？”姚玉慧的自尊心受到了挫伤似的，颇有几分不悦地瞪着他。

姚守义并不想恭维，但见她显出了不悦而认真的样子，连连夸赞：“像，像！像极了！栩栩如生啊！”

姚玉慧这才一笑，说：“沙发上坐吧，小心别踩了我的画！”

姚守义像只袋鼠似的，用脚尖蹦跳到沙发前。

沙发靠背上也搭着两张宣纸，他只能缩着身子坐在一角。宣纸上，几条形状古怪之极的黑色大鱼，朝他龇牙咧嘴，好像都要咬他。

“你先坐会儿，我这一幅还没画完。”姚玉慧说着，不再理他，站立桌前，运动神思，朝宣纸上一个同样龇牙咧嘴的黑色大鱼头凝视片刻，毫端滚墨，刷刷刷疾挥几笔，又完成了一幅“杰作”。然后，双手捏着宣纸两角，伸直胳膊，展示向自己，不无自我欣赏的意味。

“教导员，你这画的什么鱼啊？”

“鲑鱼。”

“鲑鱼就是这样的啊？”

“对。”肯定的口吻。

“怎么不画几条别的鱼啊？比如鲤鱼、鲫鱼、黄花鱼、带鱼什么的？还有金鱼，画金鱼多好看啊？”

“那些鱼我还不会画呢，我刚刚学会了画这种鲑鱼。”姚玉慧终于表现出了一点儿谦虚，一边将那幅可能是她最得意的“杰作”往墙上按，一边不无自豪地说：“老师认为我画得不错，挺有特点的，鼓励我多多练习！”

“你……拜师学画了?”

“我参加国画班了!”

“噢?……想当业余画家?……”

“那倒不是。培养兴趣,陶冶性情呗!”姚玉慧拿起一张纸一边擦着手上的墨污,一边问:“有事?”

“淑芳委托我送你一袋喜糖。”姚守义从拎包里取出一袋糖递给她。

“我让夏律师带去的礼物,她喜欢么?”

“喜欢。”

“依你看,她会幸福么?”

“依我看,她肯定会幸福。”

“那我就替她高兴了。女人,还是结婚好。主张独身的女人,其实都在说谎。”她扯开糖袋,挑出一颗糖,缓缓剥着糖纸。

“是啊,结了婚的女人,都说结婚多么多么不好。可不结婚的女人,又能好到哪儿去呢?”

她刚欲将那块糖塞入口中,听了他的话,有所触动,不吃了,递给他:“你吃吧,香酥的。”

姚守义摇摇头:“我不爱吃糖。”

“我也不爱吃糖。”她将那颗糖放入糖袋,将糖袋轻轻放在桌上。话题一转,突然问:“你看我这些画,哪一幅最好?”

姚守义举日四望,心不在焉地回答:“都好。都一样。”随即盯着她说,“教导员,你别再抻着了!”

“抻着?什么?……”

“结婚。”

“我……我目前心思在学画方面。”

“鲑鱼是要画的,婚也是要结的。一想到你至今仍一个人,我们都替你着急!”

姚玉慧低下了头。

“教导员，我们帮你物色吧？”

“不，不，”她立刻抬起头来，急急地说：“不用！我……我已经有了一个。”

“有了？”姚守义表示怀疑，“教导员，你何苦骗我呢？谁不需要别人的帮助呢？”

“我真的不用！我真的有了！”

“一个什么样的男人？在哪个单位工作？”

“身材高高的！不是那种瘦高型的男人，很健壮，体操运动员！像个体操运动员，不是体操运动员……形象也挺英俊的！很有文化修养，多才多艺的。性格含蓄，体贴人。喜欢音乐、喜欢美术、喜欢文学……他很爱我！真的！我当然也很爱他！我们生活在一起会幸福的！比徐淑芳和那位陈先生生活在一起还会幸福！真的！我们很快就要结婚了！他很快就要做我的丈夫，我很快就要做他的妻子了！”她甚至是有几分兴奋地说着，陶醉在自己的幻想之中，陶醉在自己信口胡诌的谎言之中。她仿佛十分相信了自己的谎言，因而姚守义瞧着她那兴奋的陶醉的样子，不由得将她的谎言当成了真话。

他笑了：“那就好！我们今后不用为你操心了！”

她也笑了：“当然！”

她觉得她似乎根本不是在骗姚守义，更不是在骗自己。觉得自己所说的乃是一个无比美好的事实。因而她那笑，使她脸上焕发出光彩。幻灯打在墙壁上，墙壁就是这样产生图像的。

“可你还没告诉我他在哪儿工作啊！”

“这……以后告诉你。”

谎言是有惯性的，它被“煞”住的时候，甩出来的是真实。

她支吾着，搪塞着，又低下头去。因而已经深信不疑的姚守义并没发现她的脸红到了什么程度。

他又问:"哎,你那只宝贝猫呢?"

"跑丢了。"姚玉慧站起来,掩饰地说,"我给你沏杯茶?"

"我该走了!"

姚守义也站起来,开玩笑道:"打算结婚的女人,往往都顾不上自己养的猫了,跑丢就跑丢吧!"说着,夹起拎包,仍像只袋鼠似的,用脚尖蹦跳到门口。

"守义。"

"嗯?"他在门口转身望她。

"你不选我一幅画么?"

"好,选一张!"姚守义扫视一幅幅"鲑鱼图",拿不定主意该选哪一张。他一幅也不喜欢。它们画得太古怪了,太难看了,根本谈不上什么特点。它们不过是认真的,笔法拙笨的,毫无灵气可言的,走火入魔的涂鸦罢了。他选走了,也是不愿意裱起来悬挂家中的。但是他认为应该照顾照顾她的情绪。

他指着最小的一幅说:"那幅!"

姚玉慧却说:"别要那幅,小里小气的!送你这一幅吧!"她从墙上取下最长最宽的一幅。

"哎,不行不行,太大了!"姚守义连连摆手。宣纸上那条大约七八斤重的黑色怪鱼,在他看来是可怕之物。

"有什么不行的?送你我还舍不得么?你多选几张吧,我替你选!这幅、这幅……那幅也是挺不错的!横幅竖幅的,有个搭配,挂着才美观!"姚玉慧慷慨地说着,又从墙上取下两幅,包括搭在沙发上那两幅,一并卷起,交于姚守义手中。她对他的关心,使他十分感激。

"这叫我怎么表示才好呢!我简直是贪得无厌了么!"姚守义千恩万谢,带着几幅自己非常不愿接受的,看着感到别扭的龇牙咧嘴形状古怪黑不溜秋的“鲑鱼图”，也带着对当年的教导员虔诚之至的祝福走了。

姚玉慧无意再“作画”——或曰无意再炮制可怕的水族怪类。她四面环视，这时，仿佛只有这时，她才看出，自己运动神思，潜心孤诣，专执一念所画的那一幅幅“杰作”，原来却是多么的刺激视觉，多么的败坏观赏，多么的低劣多么的不成样子！

“鲑鱼是要画的，婚也是要结的。”姚守义的话响在耳边，就好像是从那一条条形状古怪之极，仿佛会跃纸而出咬人的鱼口中说的。

波斯猫不能代替一位丈夫，无论是否被严晓东劁了。鲑鱼也不能代替一位丈夫，无论画得美妙或不美妙。

她的目光从墙壁上垂落地上，发现脚下已踩脏了一幅。然而她却没有立刻挪脚，踩着不动。似乎认认真真画了，本就是为了踩在脚下的。

她走到墙壁前，缓缓举手，缓缓扯下一幅，缓缓撕了。撕成一条条，抛于地上。接着，又缓缓扯下一幅，又缓缓撕……她那样子，如同裱墙女工，不慌不忙地从墙上扯下肮脏的旧墙纸。她将墙上所有的“杰作”都扯下来，都撕了。她仿佛一个梦游人，只是机械地扯着，撕着，却不知自己在干什么。

一幅幅“杰作”变为铺地废纸。她也不清除，踏着废纸，踱到桌前坐了下去，瞧着那一袋喜糖发呆。

从自己所编织的幸福谎言中跋涉出来，被那谎言所力掷的坚固而完整的真实，复落在她身上。那如同是想方设法甩掉却永远也无法甩掉的沉重的负荷。

她伏在桌上，抓出一把糖，一块一块地摆，排成一列横队。接着又抓出一把，一一排成一列纵队，组成了一个“十”字。她指点着那些组成“十”字的喜糖，像个小女孩一样喁喁自语：“太妃的、香酥的、可可的、菠萝的、椰子的、大白兔的、高粮饴的……”

突然她抚乱“十”字，抓起一把，连糖纸也不剥，塞入口中……

刘大文和他的两个女儿仍住在严晓东家。

守义两口子知道晓东到外地“跑买卖”去了，因而徐淑芳也知道，便没给他寄请柬。她是个心细之人，既不愿在自己的婚礼上见到刘大文那张自虐者型的脸，也不愿使刘大文感到在她心目中，自己和严晓东的地位是不同的。

然而新闻是不屑于照顾一个女人这点儿渺小的愿望的。刘大文从报上得知徐淑芳结婚之事后，将那张晚报扯了。

当资本家的老婆！赶这种潮流！他认为自己有非常之光明磊落的理由轻蔑她了。袁眉可不是她那样的女人，他想。同时认为自己一开始就未能将她当成一个袁眉从感情上接受，实实在在是一个男人的可靠的潜意识。

曲秀娟可不这么认为。她把喜糖当面给他时说：“我替你遗憾，瞎子是娶不到好女人的。”

“正因为我不是睁眼瞎，她才没当成我老婆！”他恨恨地说，将那袋喜糖扔给了两个女儿，“你们替爸爸吃！小心糖里有虫子。”

两个女儿不吃，愣愣地瞧着他。

“吃！吃！干吗瞧我？喜糖有毒么?!”他大吼起来，又夺过糖袋，扯开，抓了两把，塞给一个女儿一把。两个女儿还是愣愣地瞧着他，还是不吃。

“给我吃！叫你们吃就得吃!”刘大文大发雷霆。

两个女儿同时哇哇地哭了，边哭边剥糖。

晓东爸和晓东妈走入房间，一人抱起一个，哄着她们往外走。

晓东爸扭回头，生气地说：“吼什么吼？但凡是个有张扬的男人，你给俩孩子再找个妈!”

“你何必呢!”曲秀娟谴责道,“跟孩子们发的什么火?她今天下午三点的飞机。这是她家那房子的钥匙,她请你带孩子们住她那儿。我看也是,你和孩子们也把晓东家麻烦得够意思啦!”说罢,将钥匙放在桌上,也走了。

剩下刘大文孤零零的一个人在房间内呆坐着,瞪着撒在床上的喜糖。

他缓缓转头,又瞪向袁眉的年画般的彩色大照片,“她”挂在墙上,天使般地笑着。“她”以那种仿佛“空前绝后”的“天使”般的微笑连这个临时的家也主宰着。

他突然拿起一只茶杯向“她”投去,像框玻璃哗啦一声碎了。

“她”那“空前绝后”的“天使”般的微笑却毫未受损。

晓东妈轻轻走了进来,低声问:“大文,生谁这么大气啊?晓东得罪你了?还是我和你大爷对你们照顾不周?”

“大娘,我……我……我心烦。”他哭了。

…………

一种复杂的心理驱使他,冲出严晓东家,在马路上拦了一辆出租车。

他想见徐淑芳一面。她究竟是个好女人还是个坏女人,此时此刻,倒变得无关紧要了。而能不能再见她一面,却似乎变得相当之重要了!他认为倘若错过了今天,他将再也见不到她了。尽管曲秀娟告诉他,徐淑芳最多在国外旅游三个月。他却根本不相信。他甚至也不相信徐淑芳毕竟仍是中国人。

“飞机场!赶上三点钟的飞机,要多少钱我给你多少钱!”被这话所鞭策,小汽车风驰电掣。

机场,夏律师夫妇送儿子出国留学。那“托福”留学生搭的也是三点钟的国际客机。

“爸,妈,你们别愁眉苦脸的啊!有我这么个儿子你们应当感到自豪嘛！别人指望儿子考上‘托福’，还没我这么有出息的儿子呢！又不是送我上中越边境去打仗！”

夏律师阴郁地说：“别吸毒，别得上艾滋病，别忘了你在中国还有爸和妈。”

儿子笑道：“爸，你说的什么呀！”

此时，登机者已剩下寥寥无几了。

徐淑芳与陈氏父女姗姗而来，发现夏律师，虽在时间短促的情况之下，免不了还是要停步交谈几句话的。

那踌躇满志的“托福”留学生，从旁听说徐淑芳也是去美国，连连鞠躬：“阿姨，我是初次去美国，请多关照，请多关照！”

徐淑芳瞅瞅陈先生，笑道：“这话对他说，连我也得受他关照啊！”

“托福”留学生立即转移目标，又连连对陈先生鞠躬，毕恭毕敬地说：“请多关照，请多关照！……”

“好说。”陈先生笑了，对夏律师道，“贵公子挺讨人喜欢的嘛！”

夏律师苦笑道：“我这当父亲的，是‘无为而治’啊，见笑，见笑！”

夏律师夫人也说：“陈先生，拜托了啊！”她掏出手绢抹泪了。

陈小姐彬彬有礼地插言：“去美国留学，是好事呀！您放心，我父亲会说到做到的！爸爸，咱们不能再耽误了！”

于是双方握手道别。

“爸，妈，拜拜！”

“托福”留学生将自己的皮箱扛在肩上，殷殷勤勤地替陈先生拎着皮箱，兴冲冲走在最前头。

夏律师夫妇目送他们走入检票口，急忙转身扑向落地窗前，朝外望着那架即将起飞的“波音”。

他们望见自己的儿子最后登上飞机舷梯，转身而立，高高扬起手臂，喊了句什么。

妻子问："他喊什么？"

夏律师回答："我也听不见。"

那风华正茂的年轻人骄傲地豪迈地大喊的是："别了，中国！"

出租车未停稳，刘大文便跳下了车，欲往机场内跑，却被反应迅速的司机一把死死揪住："给钱！"

他摸摸衣兜，抱歉地说："没带钱包，送走人，我回去还坐你的车！"

"少来这套！"司机也下了车，仍死死揪住他不放，"你入机场，我哪找你去？我才不上这个当！"

刘大文无奈，眼睁睁望着跑道上，那架"波音"收起舷梯，开始徐徐滑行，愈来愈快，终于昂起机头，一声长啸，如同一只银色大鹏，冲上了蓝天……

七八位身着浅蓝色制服体态婀娜的"空姐"，排着纵队步出机场，好奇地望着刘大文和司机。刘大文也呆呆地望着她们，他似乎今天才从一个酣长的迷梦中醒来，发现生活中比他的"小女孩"更加漂亮更加富有魅力的女性，原来竟是多得成排列队的。

揪着他衣领的司机摇撼他，气愤地嚷："你还他妈的赏花阅色！给钱！"

严晓东并不是到外地"跑买卖"，而是去担任一部电视剧的"监制人"。在小婉的乞求下，他赞助了那个拍电视剧的"野班子"三万元，为讨小婉欢心，使她担任女主角。

那部电视剧的剧名还没最后确定，也许叫《壁橱里的女尸》，也许叫《幽夜鬼影》，或者叫《一个"倒爷"和一位女模特的罗曼史》什么什么的。如果叫第一个剧名，小婉演女尸。如果叫第二个剧名，小婉演"鬼"。如果叫第三个剧名，小婉演女模特。反正全剧算上

“女尸”就这么三个女角色。“导演”说她爱演“女尸”就演“女尸”，爱演“鬼”就演“鬼”，爱演女模特就演女模特。她演什么，就将什么往主角上靠。“导演”对她一应百应，言听计从，因为主要的一笔“赞助”是她拉的。

小婉觉得演“女尸”血滴乎拉的，太吓人。演女模特假酸捏醋的，会引起观众“逆反”。她说她要演那个“鬼”，又嫌“鬼”的戏太少。

导演说：“行！咱们给‘鬼’加戏，干脆拍成一部高水平的鬼戏！历届电视剧金鹰奖、飞天奖，还没有过演‘鬼’而获奖的女主角呢。演好了，大爆冷门，兴许能拿个最佳女主角！”

在“导演”的鼓动下，小婉对演好那个“鬼”信心十足。

严晓东总想读读剧本，可剧本不是“正在进一步修改”，就是“送去打印了”或“有关领导正审查”，所以他始终没读到。起初他很怀疑那帮人不是“搞艺术”的，他们一个个行为乖张，口出秽语。

小婉要求他彻底打消怀疑：“大哥，相处这么久，你还不了解我么？我会骗你么？我演出名了，你也跟着出名啊！你当监制人，电视剧一播放，几亿人都记住有个严晓东了！监制人那得比导演更有水平，对整部剧的艺术质量负责！”

而且那帮人个个有名片，全组有介绍信。说拍，选定了场景，支起摄像机真刀真枪地实拍。不由他不信。

他责任心很强地看他们排了一场精彩的戏：男主角爱上了小婉演的那个美丽的“鬼”。两情相悦，爱意畅浓，所谓“身不由己”。

导演对那场戏要求极严，反反复复拍，还是大摇其头道：“不理想，不理想，重来！”

摄像不耐烦，说：“操，这场戏还需要鸡巴导演么！定准机位，塞盘带子，让他俩随便安排去！明早来取带子！”

导演板脸坚持：“中心情节，半点不能马虎！”

严晓东觉得导演是位好导演了。

第二天他告辞。临行说:“导演,我信得过你! 我不用整天跟着监制了。别忘了把我严晓东的名字打在字幕上就行!”

导演回答,那是绝对忘不了的。打算着夺奖,岂能缺少了一位监制人么?

当夜下火车,小赵前来接站,一路向他贩卖“新潮系列”:“打‘奔驰’的,绣外国蜜,吸鬼子烟,喝威士忌。掷保龄、碎(cuèn)电子、跳霹雳。吃西餐、炒美元、切港币。穿牛仔裤、披新潮装。得艾滋病,洗桑拿浴。喇疯狂的爱,挣火红的‘屉’。哎呀我要飞跃,英特纳雄耐尔就一定要实现! ……”

“什么乱七八糟的,不懂!”

“白领倒爷”一片糊涂。

“大哥,你听我解释:出租小汽车怎么叫? 英文叫‘的士’吧? 坐出租小汽车,起码那得坐‘奔驰’牌的,坐杂牌子的,那掉价! 现如今有资格的,早就不跟中国女孩子‘玩戏’啦! 跟外国的玩,那多显身份! 绣,‘绣蜜’。大哥你听听,这是学问,是文化。没点文化能造成这么个词儿吗? 病了? 什么病? 肝癌? 直肠癌? 那活该! 死人的事是经常发生的! 得艾滋病,那什么自我感觉? 明摆着就不是等闲之辈嘛! ……”

严晓东笑道:“才几天不见,你又出息不少!”

小赵回答:“我不落后! 现如今我光怕落后!”

“哎,你这是引我走哪儿来了?”

“到画家那儿去!”

“哪位画家?”

“大哥你真是贵人多忘事,卖你‘伟大的女奴’那一位呗!”

“这么晚了,我又不想再买他的画了,到他那儿去干什么?”

“大哥,你无论如何得跟我去! 这不拐个弯就到了嘛! 他叫我今天不管多晚，也得把你带去！他要当场作画，让你开开眼！”

小赵一片热忱，严晓东不愿扫他的兴。两人说着走着，不一会儿来到了画家的单身宿舍。

四十多岁的光棍画家，开了门，客气地将他们请入，说：“我立刻开始，你们别急！”

地上摆了一只大洗衣盆。盆四周，围着二十几只颜料瓶。但见他，拿起一瓶，咕咚咚，全倒入盆中。又拿起一瓶，咕咚咚……再拿起一瓶，咕咚咚……放下一瓶，拿起一瓶，一声不响，将二十几瓶颜料全倒入大洗衣盆中。盆中就非常之奇观。直看得严晓东二人张口结舌，目瞪口呆。

画家用画笔杆儿在盆中搅了几下，歪着头瞅瞅，又搅了几下，然后将一方雪白画布，缓缓铺入盆中，独自吸起烟来。吸完一支，缓缓从盆中拎出画布，展放桌上，又铺入一方画布。如法炮制几幅，严晓东二人大惑不解。

“严老板，你也请来作一幅吧？”画家将搅颜料的画笔杆儿递向严晓东。

“我，不敢不敢！”

“来吧，别不敢嘛！”

严晓东犹犹豫豫地接过了画笔杆儿。

“搅哇！随便搅！”

严晓东一阵猛搅，如搅麻酱一般。

画家笑道：“没事儿没事儿，照我的样，铺一方画布！”

严晓东在画家的指导下，怀着种稚子学艺的虔诚，完成了一幅。

“不错！相当不错！”画家表示满意。于是将那些着了颜料的画布，一一用小夹子夹在晾衣绳上。那几幅色彩斑斓的画布，悬挂一起，玄妙各异，倒也相映成趣。

“这算什么?”小赵忍不住发问。

“《一九八六年——中国组画》!”画家高傲地回答。

“什……么?! ……”

“《一九八六年——中国组画》!”

严晓东给镇住了。不是被那几幅画镇住了,而是被画家的话和那种自信的样子给镇住了。《一九八六年——中国组画》那几方廉价的色彩斑斓的画布,一赋予这等气吞山河的标题,似乎就非同小可了。

他低头瞧瞧自己亲手搅过的那一大洗衣盆染料,又瞧那组画,仿佛感觉到无数种生命在那些画布上呈现出来,相互渗透着,混淆着,一种覆盖一种,一种衬托一种,每一种都宛如在画布上流淌着,使整幅画布也仿佛骚动了起来。他认定了它们是有价值的,远比“伟大的女奴”更有价值。尽管它们是简单操作之下的“产品”。他要买下《一九八六年》,买下《中国》。

“卖给我?”

“不卖。”

“我出高价!”

“出高价也不卖。”

“为什么?”

“我要凭它们在画展上夺奖。”

“……”

“以前卖给你的,是骗钱货。这一组画,是为了争得名声。钱和名声,我都缺少,都需要。像需要钱一样需要名声,像需要名声一样需要钱。这你不难理解吧?”

“我……理解。”他失望极了。

“那幅‘伟大的女奴’,你多给了我三百元,我一直对你心怀感激。也没个机会表示……这样吧,你自己完成那一幅,归你了。”画家友好地在他肩上拍拍，将烟盒举到他面前。

也许是因为三个人对《一九八六年》的创造性劳动，对《中国》的异想天开不拘一格的“诞生”感到满意吧，都显得挺高兴。都似乎还有些话需要交谈。尽管夜很深了，画家却好客地找出半瓶“茅台”，花生米、罐头什么的，诚恳挽留两位似乎颇懂行的“鉴赏家”小酌一番。

于是为“一九八六年”干杯。

为“中国”干杯。

于是望着“一九八六年”，大谈一九八六年。望着“中国”，大谈中国。正所谓“书生意气，挥斥方遒，指点江山，激扬文字”。这一个肯定，那一个否定，第三个否定之否定，争论得不亦乐乎。意中言下，都有那么点“煮酒论英雄”、“粪土当年万户侯”、“数风流人物还看今朝”的当代弄潮儿气概。

小赵发誓般地说：“大哥，电工我是绝对不当了！我无论如何得奔个体。骑着摩托车背着秤，又能花来又能挣！那什么精气神儿？”

严晓东几盅酒下肚，丢入嘴里一颗花生米，津津有味地嚼着说：“你这‘茅台’是冒牌货！”

画家笑笑，承认道：“是冒牌货。连我自己也是冒牌货。除了你们，没人欣赏我的画。”

一心巴望“严老板”金口玉牙，封自己个柜前伙计的小赵说：“现如今，连冒牌货也有冒牌的！猪往前拱，鸡往后刨，争名夺利，各有各的高招，谁也甭笑话谁！”

于是“心有灵犀一点通”。

于是又干杯。

与画家告别，严晓东在小赵的搀扶之下，不辨东南西北地往家走。

“大哥,你过量了吧?”

“胡说,仨人喝一瓶假‘茅台’我严晓东会过量?”

“假‘茅台’那是酒精加水……”

“不加水也喝不醉我!”他一甩膀子,甩开小赵的搀扶。他的确没醉。只是因为佐酒之物不对口,有点烧心。

一路没碰见个行人。夜风习习,吹来一阵凉爽,他头脑清醒了许多。眼前,但见残垣断壁。那是一幢拆除得尚不彻底的旧楼废墟。一九八六年,不管人们怎么说,城市毕竟还在迅速地发展着、建设着、变化着,而且无可争议地是朝崭新的面貌变化着。

“咱们迷迷瞪瞪地走哪儿来了?”严晓东站定,四周瞅瞅,连盏路灯也没有。马路对面,一片空旷。是“都市里的乡村”还没被都市征用的菜地。

“我……也不知道……”

突然,废墟间发出一声女性的惨痛的叫喊。

“你听!……”

“大哥,咱们快走!……”

又是一声叫喊,分明是被掐住了脖子拼命挣扎着叫喊出来的。

“大哥,别管闲事!”小赵拖他走。

“放开我!”他大吼一声。一种强烈的解危救难的英雄豪杰式的冲动,顿时遍布他周身的每一根大小神经!城市,城市,你还算对得起我严晓东,终于给了我一次作英雄人物的机会!这个机会叫我严晓东等得好苦!“白领倒爷”甚至有些振奋地想。

他狠狠一掌将小赵推倒,如同一头凶猛的豹子,朝那片废墟冲跃过去。

接下来的事情了结得极快。一个人持刀进攻他,搏斗中,那人哼一声,倒在地上蹬蹬腿,不动了。只不过两三分钟之内的事情。

忠心耿耿的小赵逃走了。

全部英雄行为的意义是,一位可能不但会遭到强奸而且可能会遭到杀害的姑娘得救了。

“妈的,装死!”

他踢歹徒一脚,啐一口,从断壁下扯起缩成一团、瑟瑟颤抖的姑娘。

他十分沮丧,那歹徒竟不是他的对手。自己连点轻伤都没受,太缺少刺激性。两三分钟内的打斗一点也不过瘾,英雄主义色彩若有似无。简单到程式化概念化的地步——京剧舞台上武二郎就是这么打死一只老虎的。

很索然。索然得使他在那姑娘面前有点不好意思起来。

他怪不自在地搀着那姑娘离开了废墟。

“你家住哪儿?”

“……”

“你怎么会独自走到这么偏僻的地方?”

“……”

“我送你回家吧?”

“……”

三问而不获一答,他也就不问。问多了,倒显得自己别有企图似的。

走到安全地区,他拦住辆出租小汽车,一言不发地将自己的钱包拍在那姑娘手中,望着她坐入小汽车,转身溜达溜达地走了……

小婉,你可别跟那个瘦猴似的导演睡觉!……

远处,火车站方向,传来调度员的广播呼唤:“三〇七次,三〇七次,进第四站台,进第四站台。”

他这时才感到手有点疼,那歹徒的下巴够硬的。

第二天上午十点多钟,躺在被窝里酣睡的严晓东被推醒,睁眼一看,是小赵。

“你昨夜逃得够快的嘛！”

“大哥，我那是为了保护你的《中国》啊！瞧，给您送来了，半点没损坏！”小赵将卷成筒儿的《一九八六年》交到他手里。

他展开看看，单幅而言，竟不认为有多么了不起。诸色重叠混乱，恰似次品蜡染布。做台布太小，做沙发垫有点不伦不类，挂在墙上，老父亲看了又会大动肝火。

“细看，不怎么样！”

“大哥，别细看呀！这根本就不是细看的玩意儿嘛！《一九八六年——中国组画》高在名目上！组画，那是非组在一起看才越看越有味的！”

“你不光是为送这玩意儿来的吧？”

“大哥……那小子死了！”

“哪小子？”

“就是昨天夜里那小子啊！现在事情传遍全市了！”

“他……他怎么死了？”严晓东腾地一下子坐了起来。

小赵淡淡一笑：“大哥，你装糊涂干吗！死在你手里了呗！”

“我……我杀人了？”他这一惊非同小可。

“大哥，别紧张！我不说，鬼都不知道！”

“……”

“可我要去告发呢，你就完了！”

“……”

“我不会去告发的，只要大哥你肯用钱堵住我的嘴。”

“……”

“大哥，我不敲你。一万，怎么样？知情不举，我担风险呢！一万不能算多吧？”

“你……你让我想想……”

“你想，你想。慢慢想，好好想。”

严晓东像尊佛爷似的，一动不动地坐在床上，目定神呆想了半天。

小赵一旁欣赏《中国》。

终于，他开始穿衣服。

“大哥，想好了？”

“嗯。”

“怎么说？”

“……”

“给现钱？还是给存折？”

他打开床头柜，往西服兜里揣了一盒烟。沉吟片刻，拿出整整一条，塞入怀中，腋下夹着，走到了父母的房间。

“爸，妈，我去公安局自首。”

老父亲老母亲仿佛没听明白。他们正在谈论他的终身大事。老母亲手中拿着一张照片——热心之人打算介绍给他认识的姑娘。

趁父母尚未醒过味来，他往外便走。

“哎，大哥，哪去？”小赵相跟着追在身后。

“自首！”小赵被他一把攥住腕子，“我是为救人，误伤一命，合理自卫！你得跟我去做证！”

“做证？给钱！做证也得给钱！”小赵一反往日卑恭常态。

“不给！”

“不给？不给你玩蛋去！孙子才做证！”小赵挣脱手腕，悻悻先下楼而去……

城市忍心地出卖了“白领倒爷”严晓东。

被公安局传讯的小赵，当着他的面，一口咬定说，与画家告别之后他们就分手了，他的话那纯粹是“扯鸡巴蛋”！

城市也似乎根本就没有一个遭到色魔劫持，不但会被强奸甚至会被杀害的姑娘。

公安机关的调查深入到各个单位,各个工厂,各个学校,各条街道,然而没有一个姑娘承认自己被严晓东救过。

她不存在。

她仿佛是他幻想出来的。

“白领倒爷”的英雄行为,仿佛不过是他自己编造的故事。

城市虚伪地庄重地沉默着。严晓东在拘留所里一晃就度过了十几天。

姚守义夫妻看过他一次,从铁窗口塞给他两袋喜糖一条烟。告诉他,徐淑芳出国度蜜月去了。

他对他们说:“我冤枉啊!”

“夏律师特别关注你这个案件。如果你真是冤枉的,就得有耐心。”姚守义夫妻留下了这一句安慰他的话。

之后夏律师来看过他一次。是在会谈室相见的。

“是我们教导员的情面在起作用吧?”

“不。我自己愿意做你的辩护律师。”

“你就那么相信我冤枉?”

“如果连我也不相信你,你怎么办?”

“我能怎么办?把牢底坐穿呗!”他苦笑。到了这般田地,只有苦笑而已。

夏律师不愧是夏律师,他找到了在那个夜晚,被严晓东拦住的出租小汽车的司机。并且从那个嘴巴如同上了锁,以“多一事莫如少一事”为原则的司机口中,逼问出那个姑娘被送到了哪里。

于是一位摩登的,在本市非常之走红的女歌星被传讯,与严晓东当面对证。

严晓东一眼认出她。

她说:“你认错人了吧?”

“我怎么会认错人呢？我还怕你身上的钱不够坐车的，把我的钱包给了你！”

“越说越荒唐！”

“你……你不能这样啊！”

“照你说我应该怎样？承认自己被歹徒劫持？差点被强奸？没发生在我身上的事我能承认么？岂有此理！”

连审讯者也凭经验明白几分了，对她说：“姑娘，你得诚实啊！”

她说：“我打小就诚实得很！”

严晓东瞪着她，什么话也不想说了。

从那一天以后，无论再被怎样讯问，核实，他都不肯开口说一句话了。

一天下午他又被提审，走入审讯室，见到的却是小婉。

“她说你救的是她，你看她究竟是不是被你救的那个姑娘？”

他对小婉摇了摇头：“小婉，你何苦呢？”

“不是她？……不是你，你为什么要来承认是你？姑娘，作伪证也是犯法的！”

“是我！是我被歹徒劫持了！是我被歹徒强奸了！是我！就是我！大哥你说是我啊！”小婉哭了。

“你回去好好演你的角色，别为我的事分心。”他往外就走。

“大哥，我俩……都受骗了！他们是一伙骗子！摄像机只是个空壳，剧本是盗用别人的……”

不久，严晓东被无罪释放了。他打死的毕竟是一个歹徒，一个色魔，一个通缉犯，一个罪大恶极的城市里的豺狼。

办案人员对他说：“该做买卖，你做买卖。该赚钱，你赚钱。该怎么生活，你还怎么生活，就当没发生过这么一码事儿！其实我们是早相信了你的话的！不过办案嘛，捉人放人，总是希望符合法律章程，所以才让你受了这么多日子的委屈。”

两辆小汽车停在拘留所外，车旁分别站立着姚守义和小婉。

都是来接他的。所不同在于姚守义坐的是厂长的专车。小婉坐的是出租车。

他眯起眼睛，抬头望望天，拿不定主意坐守义的车好，还是坐小婉的车好。

“到底当厂长了？”

“当了。”

“当得稳么？”

“还算稳。”

“你俩都来接我，倒让我为难了！”

“别为难，想坐谁的车，就坐谁的车。”

“我应该给你们介绍介绍。”

“算了，我知道她是谁！”

守义笑了。

他也笑了。

小婉站立在那辆出租车旁注视着他。

他朝她走了过去。走到她跟前，指指守义说：“他叫我坐你这辆车！”

小婉凝眸望他，忽然乐了，扑到他身上，双臂揽住他的脖子，大大方方地亲了他一下，说：“大哥，我不想当演员了，也不想出国了。我嫁给你吧！”

老父亲承受不住儿子成了杀人犯那等沉重的心理打击，精神彻底崩溃，去世了。

“妈，我爸死前，说了些什么？”

“他说……他想喝‘茅台’。你给押起来了，我哪儿弄瓶‘茅台'啊!"老母亲伤心落泪。

当夜,在马路边,他将两瓶货真价实的"茅台"祭注于地。接着,他双膝跪下用打火机一张一张地烧"大团结"。他爱父亲。他真是从内心里爱父亲呵! 他失声哭泣……

他喃喃地说:"爸,先给您这些钱,路上零花……我给您买的'茅台'不是冒牌货。"

一辆卡车从马路上驶过。一阵旋风将那十张"大团结"如墨菊般的灰烬卷走了……

"小伙子,什么人死了也不值当来真格的啊! 再者说呢,烧人民币是犯法的。"

他缓缓抬起头,见跟前站的是一位陌生人。虽然陌生,虽然是好奇的路人,一个"法"字,使他顿时有点紧张。

他立刻站起来,赔着几分小心说:"我不烧了! 我不知道烧人民币是犯法的……真的!"

"不知者不怪。"

"那……没烧这些给您吧! 就算谢谢您提醒我别犯法。"

他由于紧张而讨好。

对方赶快伸出只手接。

"晓东! 晓东哎! 你又惹事啦?"母亲呼唤着,慌慌地走过来。

在城市的这一条寂静而文明的街道,在一九八六年这一个闷热得积聚着大暴雨的夜晚,母亲的声音拖带出极度忐忑的担惊受怕的腔调儿。

"你看,你看,你……你把我当成什么人了啊! 真是的! ……"

对方表明着自己德性的清白,缩回那只恨不得抢夺他的钱的手,心有不甘地匆匆走掉了……

"国庆"前夕,打北京来了一拨"走穴"的二三流影视演员,并有几位据说小有名气的男女歌星“搭帮儿”，以壮阵容。

公园里冷清了一年多的露天舞台派上了用场。入园门票由一角而三元。为了“突出重点”，狮子老虎狗熊豺狼被禁闭起来，连一只猴儿也见不到。

曲秀娟对影视演员的兴趣比对动物的兴趣大多了。而姚守义是喜欢听现代流行歌曲的，尽管不会唱。所以星期天夫妻二人带着儿子，各自身着体面的衣服来到了公园，还将严晓东拖来了。

现在的人拿三元五元钱不当回事了。想要花三元钱一睹二三流影视演员芳容玉貌的人还真不少。他们的芳容玉貌也就值三元钱一睹。所谓“刹价货”，“薄利多销”。有人替他们计算，每场演出，少则分个五百六百，多则千儿八百也不成问题。

大广告牌上，红的绿的美术字写的是：

明星×××与×××联袂登台，小品巧妙，演技精湛。

歌星×××声遏行云，吟成白雪。

一九八六年，但凡是个女的，在一部电影或电视剧中演过角色的，也是可以自诩为或被吹捧为“明星”的。在一次演出中唱过一首歌的，以后登台当然已便是“星”了。

台上，报幕多时，该出场演唱的女歌星迟迟不露，在后台脸红脖子粗地讨价还价。

报幕的男演员干在台上，灵机一动，对几千名望眼欲穿的观众表演“老头老头出来……老头老头没啦……”

台下，严晓东对姚守义说：“该出场的再不出场，那报幕员就会领我们唱‘排排坐，拍拍手，分果果’了吧？”

姚守义说：“你想得倒美！几千人分果果，他们就赔大发了！”

“守义，你最近见到吴茵没有？”

“见到了。她和那小子离了！”

严晓东望着台上“黔驴技穷”的报幕员，沉默良久，又问：“宁宁归谁?”

“当然归吴茵!”

“她还想不想结婚?”

“她说暂时不想了,把宁宁抚养到上了中学再考虑。我看她还算乐观。她告诉我她写了一部中篇小说,就要在什么刊物上发表了!”

“也许她能成为女作家?”

“但愿!”

该出场的歌星还不出场。一男一女两位闻所未闻的电影演员垫场表演乏味的小品——“剃头”。

严晓东说:“没劲儿! 还不如我当年剃得利索呢!”

姚守义说:“是他妈的没劲儿!”

“找个地方坐下吸支烟去?”

“对! 找个地方坐下吸支烟。”

他们挤出人丛,走到一张长椅前,坐下吸烟。

台上,报幕员几番恭请,台下,观众千呼万唤——身价百倍的女歌星气哼哼地抛头露面了!

台下不少小伙子拍掌吹哨,以泄心头愤懑。

严晓东说:“嚯,好热闹!”

“你看那是谁?”

严晓东忽然抬手一指。

姚守义看去,见姚玉慧推一辆轮椅车缓缓走着。车上坐一位戴墨镜,穿无章军装的男人。

严晓东奇怪地问:“她推的那是谁?”

姚守义回答:“是她丈夫。”

“丈夫? ……”

“嗯……云南前线下来的。双目失明了……一条腿还是假腿……战斗英雄……”

“英……雄？……”

“当然是英雄。”

严晓东望着姚玉慧，缓缓站了起来。

“你要干什么？”

“跟她说几句话呀！好长时间我没见着她了……”

“坐下！”

姚守义使劲将他拉坐下。

“低头！你给我低下头！……”

姚守义首先低下了头，严晓东便也疑惑地低下了头。

“再低一些！”

两人都将头低得不能再低。

姚玉慧推着她的丈夫，她的战斗英雄，从他们面前目不斜视地走过。

婚前，她告诉他：“我是个丑女人。”

他说：“我是瞎子。”

她还告诉他：“我性格孤独，好静不好动。”

他说：“我少一条腿，想动也不方便。”

此时，他问她：“你都看见了什么？”

她回答：“许多人。”

“除了人呢？”

“还有树。”

“除了树呢？”

“还有假山。”

“假山仍是从前那种样子吗？”

“假山仍是从前那种样子。”

“人们都在干什么？”

“人们都在看明星和歌星演出。”

“现在演出什么?”

“小品。”

“有意思吗?”

“没意思。”

“在前线,就要发起总攻时,有了未婚妻的战友,将未婚妻的照片放在贴胸的衣兜里。没有未婚妻的战友,就将自己喜爱的女明星或女歌星的照片从各种画报上剪下来,也放在贴胸的衣兜里……”

“你呢?”

“我一样。”

“你剪下来的是谁?”

“赫本。”

“不是中国演员?”

“不是。”

“男的女的?”

“女的。”

“哪个国家的?”

“我也不知道。”

“你崇拜她?”

“是的。”

“为什么?”

“美。”

“很美?”

“很美。”

战斗英雄的嘴角浮现出一丝苦笑。

他妻子的嘴角也浮现出一丝苦笑。

她身体挺得笔直,目不斜视,瞅定前面一个别人不可知的目标,推着她的丈夫她的英雄,旁若无人地,神态刻板地,缓缓地,缓缓地走着,走着……

严晓东和姚守义听他们的话声渐远,才抬起头来。

“你为什么不许我去跟她说话?”

“别干扰她的心。”

“……”

“从今往后,除非她遇到了什么困难,需要我们帮助,我,你……再也不要去见她……”

“……”

“你保证!”

“我……保证……”

“让他们从熟人的圈子中退出吧,也许他们都更希望如此……”

严晓东久久望着姚玉慧枯瘦的背影,忽然鼻子一酸,眼中一热。

他赶快又低下头去……

姚守义将烟一抛,狠踩一脚:“走,花了三块钱,得听听去!不听,三块钱白让他们挣了!”

于是二人踱回台下。

穿超短裙而非拖地长裙的二十来岁的女歌星,手捏话筒,用咿呀学语的婴儿那般稚稚嫩嫩的声音唱道:

忧伤的情怀请把它抛开
你有那醉人的歌声
你有那迷人的色彩
……

站在严晓东身旁的一个小伙子,离台只有二十多米,却举着高倍望远镜。

严晓东笑问:“哥儿们,看见什么了?”

“裙子太长,什么他妈的也没看见!”那位连望远镜也不放一下。

来唱支歌
谁不为你喝彩
人生本来愉快
……

歌声娇娇滴滴,比夜莺叫的还婉转。

姚守义问严晓东:“你愉快么?”

严晓东反问:“这会儿?”

“现话现说呗。”

“还可以。”

“唱得怎么样?”

“听得过去。”

曲秀娟和儿子挤到了他们身边。曲秀娟说:“这位是他们的台柱子!”

姚守义从兜里掏出钱包交给儿子,吩咐:“去,买束花。等她唱完了,你跑台上去,把花献她!”

儿子讷讷地说:“我不敢。”

姚守义板起脸道:“这都不敢,将来还指望你有什么出息?快去!”

儿子便像只耗子似的挤出了人丛。

曲秀娟没好气地说:“看把你迷的,她才不稀罕花呢,她稀罕的是钱!”

来唱支歌

谁不为你喝彩
人生本来愉快
……

台上,女歌星扭扭捏捏,反反复复只唱这一句。仿佛不将几千人都唱得和她一样扭起来誓不罢休似的。唱到“本”字,甩出一个花腔女高音,滑成“奔”字,听来如同“钻天猴儿”花炮蹿上天空那种尖声。

忽然,观众骚动起来。人们莫名其妙地朝着同一个方向跑。顷刻,跑走了十之七八。

一大股人潮涌向公园南门。

严晓东扯住一人问:“怎么回事?”

“大学生在讲演!”

“讲演? 讲什么? ……”

“抵制日货!”

那人被某种心态所驱使,满脸兴奋,匆匆跑掉。

“爸,还献么?”儿子买到一束鲜花回来了。

“献! 咱们照献不误!”

谁不为你喝彩
人生奔(本)……

台上,女歌星唱不下去,捏着话筒,失态地望着混乱的观众。她的一只脚,却仍受着扭动和旋转的惯力的摆布,一时控制不住地踢踏着……

人生奔(本)来……

后台的伴唱之声,便也戛然止在这一句。

公园南门那边传来了大学生通过扬声器呼喊的口号:

驱逐“丰田”!

铲除“日立”！

横扫“三洋”！

抵制日货！

振兴中华！

慷慨激昂，有如当年“红卫兵”呼喊“造反有理”！

严晓东说：“怎么，咱们倒退回‘林家铺子’那个年代啦？”

姚守义说：“老兄，现如今，倒退和前进都不那么容易！走，咱们也给大学生侄子们捧捧场去！”

说罢，从儿子手中夺过鲜花，抛到台上。

鲜花落在女歌星那一时控制不住，仍在踢踏不止的脚旁。

报幕员及时出台，捡起那束鲜花，连连鞠躬，学着港腔高叫：“演出到此结束，谢谢，谢谢”……

“抵制日货！”

…………

过了“国庆”，晚报登载《一九八六年——中国组画》荣获本市中青年画家联展二等探索奖。

登在末一版，右下角，不显眼的一小“旮旯”。

一九八六年，中国，仿佛要在最后的两三个月里，憋出点儿什么名堂……

一九八八年二月二十二日于北影